LISELOTTE
BEHRENDT-WILLACH

Melodie in der Zeit

LISELOTTE
BEHRENDT-WILLACH

Melodie in der Zeit

Ein Gutshaus zwischen den Zeiten
und seine Geschichten drum herum

1. Auflage 2019

BUCHER Verlag

Hohenems – Vaduz – München – Zürich

www.bucherverlag.com

Umschlagbild: Norman Rehme

Grafische Gestaltung: Silvia Wasner

Korrektorat: Robert Lackner

Herstellung: BUCHER Druck, Hohenems

Printed in Austria

Übersetzungen einzelner Textpassagen finden
Sie im Anhang des Buches – die Originaltexte
sind mit Endnoten gekennzeichnet.

ISBN 978-3-99018-478-3

Für
meine Kinder,
Enkelkinder und
Gut Merberich

*Der „Blick durch das Schlüsselloch" führt Ihnen eindrucksvoll
und in ausgewählten Aufnahmen das Märchenschloss der
Familie Behrendt-Willach im Laufe der Zeit vor Augen.
Auf der Rückseite des Schutzumschlags sind neben Fotografien
auch Daten zu den einzelnen Stationen vermerkt.*

Ein Blick
durchs Schlüsselloch

Es ist schon einige Jahre her, dass ich in einer Ausstellung zum ersten Mal den Werken des britischen Kunstmalers David Hockney begegnete, dessen Gemälde mich so faszinierten, wie es keine anderen bisher jemals vermocht hatten.

Die herrlichen Bilder dieses Künstlers bedurften für mich keiner fachlichen Interpretation und ohne eine Kunstexpertin zu sein, wurde ich wie ein Magnet unwiderstehlich in seine Darstellungen hineingezogen.

Seine Werke zeigen meistens Landschaften, gelbe Getreidefelder, grüne Wiesenflächen, einzelne Bäume oder einen schmalen Weg, der einsam durch den Wald führt.

Ein einfacher Waldweg, und dennoch verspürte ich den Wunsch, diesen jetzt selber entlanglaufen zu dürfen. Er schlängelt sich in einer leichten Kurve durch den Wald, begleitet rechts und links von hohen Bäumen und verschwindet dann in einer leichten Rechtsbiegung im entfernten Waldesinnern. Was aber daran besonders auffällt, sind an seinem linken Wegrand ein Stapel Stämme gefällter Bäume und daneben ein langer Stumpf, der vom Fällen eines Baumes noch übrig geblieben ist. Gerade diese Stämme mit dem dahinter stehenden Baumstumpf sind es, die dem Betrachter als zentraler Ort dieses Waldstückes erscheinen, denn der Künstler hat sie bewusst in violett-weißlicher Farbe gemalt und den Stumpf allein sogar nur in einem einfarbigen grellen Violett.

Eigenartig diese Farben, die doch einem Baumstamm in der Natur so gar nicht ähnlich sind, und dennoch irritiert mich diese Darstellung keineswegs, ich empfinde sie sogar irgendwie als richtig.

Richtig, weil ich glaube, dass der Künstler sich hier selbst eingebracht hat. Sein eigenes Empfinden, sein Denken und Handeln als Mensch haben sich mit diesen gefällten Bäumen vereint und sind dabei zu einem einzigen Wesen geworden. Nur durch eine solche Symbiose, dem Zusammenkommen menschlichen Denkens und Empfindens mit der Natur, konnte diese Veränderung der ursprünglichen Farbe entstehen.

Ein weiteres Charakteristikum seiner Gemälde ist, dass jedes, sei es ein großes oder kleineres, aus vielen, sechs, acht oder mehr einzelnen Facetten besteht, die aber dann, alle zusammengesetzt, zuletzt doch ein Ganzes ergeben.

Dabei zeigt jedes Teilbild dennoch eine selbständige Darstellung, beinhaltet für sich ein eigenständiges Bild, sei es der Ast eines Baumes mit einem Vogel, ein verzweigter Wurzelstock mit einer blühenden Pflanze die sich zu seinen Füssen rankt, oder das Stück eines Weges. Zuletzt aber, in der richtigen Platzierung zusammengesetzt, vollenden sie dann endlich das ganze Gemälde.

So, wie Einzelnes zuletzt zusammengesetzt ein harmonisches Ganzes ergibt, verfügt auch das Buch über viele eigenständige Kapitel. Im Gesamten dann aber ergibt sich daraus doch eine einheitliche Geschichte.

Dadurch, dass in den Kunstwerken von Hockney sich die Gesetze der Natur mit dem Geist eines Menschen vereinen, verändern sie damit auch gleichzeitig die ursprünglichen Farben.

Im Vergleich dazu können wir sagen: Wenn nackte Tatsachen sich mit der menschlichen Phantasie paaren, erlebt die daraus resultierende, oft sogar leicht veränderte Erzählung, eine andere Färbung, als diejenige der einfachen Realität.

Also fragen wir uns jetzt: „Ist denn auch wirklich alles haargenau so passiert, wie es in den einzelnen Kapiteln beschrieben wird?" Aber sind diese Bedenken nicht vollkommen unwichtig? Wichtig ist doch nur die Tatsache, dass die Geschichte wahr ist, und wahr ist eine Geschichte dann, wenn sie genauso, wie sie berichtet wird, aus der Erinnerung hervor geholt, und das scheinbar Vergangene und Vergessene, dadurch wieder lebendig werden darf. Wenn dann noch hier und dort ein kleiner Farbklecks, aus der Phantasie geboren, dazwischen getupft wird, dann bringt das dem Schreibenden seinen Spaß und freut den Leser.

„Strahlend schien die Sonne vom Himmel, als ...."

So könnte es im Bericht stehen; oder war es damals vielleicht doch ein grauer und eher unfreundlicher Tag? Wer erinnert sich, Jahrzehnte danach, noch so genau daran? Ist nicht eigentlich die innere Einstellung zu dem, was damals geschehen ist, richtungsweisend?

Wie die einzelnen Bilder von Hockney zuletzt durch einen Bindestoff zu einem ganzen Gemälde zusammengesetzt worden sind, so werden auch in „Melodie in der Zeit" die einzelnen Kapitel durch einen unsichtbaren

Faden, miteinander versponnen. Es ist dies der zauberhafte Klang, hervor geholt aus dem glitzernden Material leuchtenden Glases, allein durch das Streichen mit den Händen, welcher dann endlich alles zu einer Geschichte vereint, die in sich selber ruht.

Die Musik dieses Instrumentes erklingt in jedem Kapitel. Sie huscht hinein wie ein tanzender Kobold, sie zwitschert mit den Vögeln im Park, begleitet jubelnd die johlenden und spielenden Kinder, schleicht sich tönend hinauf in das großräumige Treppenhaus des alten Gutshauses und schlüpft fein summend zwischen die duftigen Blätter der Rosen im Garten.

Auch kann dies seltsame Instrument mit seinen Sphärenklängen, seinen Interpreten, den Sirenen gleich, zurück in die Zeit seiner Ahnen zaubern. Dort hört er das Spiel von Richard Pockridge auf seinen „Musical Glasses", kann sogar ein Gespräch von Benjamin Franklin an einer Soirée im Hause von Lord Parker in London belauschen und fährt mit Georg Washington in einer Kutsche durch die wilden Wälder Amerikas.

Zum Schluss noch eine gutgemeinte Empfehlung:
Sollte jemand Bedenken haben, in Kapitel 3 durch das desolate, kriegsgeschädigte Gemäuer von Gut Merberich zu wandern, sei es aus Angst „Huri", dem Geist des Hauses, welcher sich manchmal in die Merbericher Einsamkeit mischt, zu begegnen, vielleicht gar aus Furcht vor diesen vielen dunklen Sälen, zahlreichen unbewohnten Räumen, geheimnisvollen Gängen, staubigen Treppen, verlassenen Etagen und dem Himmel so nahen Dachboden, oder gar einer düsteren Ahnung, am Ende dann sogar den Ausgang nie mehr finden zu können, so rate ich diesem Zauberer, gleich von Kapitel 2 in Kapitel 4 hinüber zu hüpfen. Dort ist es dann gar nicht mehr so gefährlich ...

Nun aber ist es an der Zeit, nicht mehr weiter nur durch das Schlüsselloch zu gucken. Lasst uns die große Tür weit öffnen und hinein gehen in den geheimnisumwitterten Raum, denn dort warten viele bunte Geschichten, wie ein lebendiges dickes Bilderbuch in Worten.

LISELOTTE BEHRENDT-WILLACH

Inhalt

Kapitel 1

Hans Graf lüftet das Geheimnis im Glas, und ein seltenes Instrument entsteht

*Geistige und körperliche Turnübungen im Auto nach Herrliberg –
an Tante Rösis Kaffeetisch – Onkel Hans und seine Entdeckung – was Gläser
so alles können – Entstehungsgeschichte der „Singenden Gläser"*

Es ist Herbst und endlich haben wieder einmal Ferien begonnen. Wie die Zeit doch so schnell vergeht, das Jahr 1976 nähert sich schon langsam seinem Ende zu. Unser VW sucht sich auf der deutschen Autobahn den Weg in die Schweiz. Die Reise ist lang, viele Stunden müssen erduldet werden. Auch mit meiner Ankündigung, dass sie alle eine wunderbare Überraschung im Hause von Onkel Hans erwartet, kann ich unsere drei Trabanten Wiebke, die Älteste und die beiden etwas jüngeren Brüder Claas und Niels dennoch nicht zu lange hinhalten.

Die Ruhigste ist wie immer unsere Dackeldame Maidy. Sie vertrödelt die langweilige Fahrt zwischen den Unruhegeistern ausgestreckt schlafend und lässt sich in ihren Hundeträumen weder durch lautes Reden, noch durch gelangweiltes Gejammer und nicht einmal durch zeitweiliges Geschubse stören.

Zur Abwechslung, und vor allem um die ermüdende Zeit „totzuschlagen", erinnern wir uns an unser beliebtes Spiel auf so einer langen Autofahrt mit dem Namen: „Ich seh' etwas, was du nicht siehst, und das ist blau", oder gelb usw."

„Runter!", tönt es plötzlich laut und energisch. Sofort hört man jetzt auf den Hintersitzen ein heftiges Rumoren.

„Auah, der Claas hat mich gestoßen!"

„Ich hab keinen Platz, der Niels macht sich so breit!"

Was wir gerade wieder einmal üben ist nicht nur ein Spiel, sondern eine ernst zu nehmende Sicherheitsmaßnahme. Den Kindern erklärten wir diese einmal folgendermaßen:

„Wenn wir das Kommando ‚runter!' geben, dann müsst ihr ganz schnell hinunter rutschen, und so gut ihr könnt fast ganz auf den Boden kriechen und euch gegen die Rücklehne pressen! Stellt euch vor, es könnte passieren, dass wir plötzlich mit einem anderen Auto zusammenstoßen, oder besonders im Winter, bei gefrorenen Straßen, das Auto ins Rutschen geraten sollte, dann seid ihr am Boden sicherer und fliegt durch den Aufprall nicht gleich nach vorne in die Windschutzscheibe. Habt ihr verstanden?" Diese Übung ist es jetzt, die wir wieder einmal durch ein überraschendes und strenges Kommando trainieren. Es klappt gut, die Kinder reagieren sehr schnell, aber in der räumlichen Beschränkung und dem eifrigen Gedrängel, bei dem jedes sein Bestes geben will, geraten schon einmal die Köpfe zusammen oder eines der Kinder findet keinen Platz mehr in der Vertiefung. So wird dabei immer etwas gejammert: „Der Niels hat mich nicht hinunter gehen lassen!"

Auch kurze Pausen zum Beine vertreten werden eingeschoben, denn immerhin sind ca. sieben Stunden Fahrt von zu Hause zu überbrücken, und auch unser ruhiger Hund muss zwischendurch sein „Pieterchen" machen.
Aber auch Erzählen gehört zu den abwechslungsreichen Möglichkeiten, und die nächste Aufforderung dazu kommt gleich nach dieser letzten sportlichen Übung im Untertauchen.

Seit vielen Jahren wohnen wir in Langerwehe, einem kleinen Ort in der Nähe von Aachen und unser erstes Ziel in diesen kurzen Ferien ist Herrliberg am Zürichsee.

„Mama, wer sind eigentlich Tante Rösi und Onkel Hans, die wir heute besuchen wollen?", macht sich Wiebke mit ihren Gedanken bemerkbar.
„Tante Rösi ist eine Cousine meiner früh verstorbenen Mutter, also eurer Großmami und seit meiner Kindheit eine geliebte Tante von mir, und ihr Mann ist der Onkel Hans."
„Du hast uns dort eine Überraschung versprochen, erzähl doch jetzt schon darüber, dann sind wir auch ganz still", drängelt unsere Tochter weiter von hinten.
„Also, dann hört zu. Unser Onkel Hans ist ein ganz toller Pionier in der Musikgeschichte!"
„Was ist ein Pionier?", unterbricht Niels, der nun endlich ganz ruhig hinten in seiner Ecke sitzt, aber sehr aufmerksam zuhört.
„Das ist eine Person, die irgendetwas tut, was noch nie jemand getan hat, also ein Entdecker oder Erfinder. Wie zum Beispiel Johann Gutenberg,

der vor vielen hundert Jahren, ungefähr Mitte des 15. Jahrhunderts, den Buchdruck erfunden hat. Er konstruierte eine Druckerpresse und konnte so die früher nur mit der Hand geschriebenen Bücher, die meistens nur den Klöstern zur Verfügung standen, nun mit Hilfe seiner neu erfundenen Buchdruckerkunst auch der restlichen Bevölkerung zugängig machen. Jedes Kind, das in die Schule gehen durfte, konnte mit so einem Buch das Lesen erlernen. Es waren allerdings noch nicht viele. Berühmt aber wurde vor allem die Bibel, die er in einer großen Vielzahl druckte. Man nannte sie dann die ‚Gutenberg-Bibel‘. Nun konnte wenigstens das gebildete Bürgertum selber darin lesen. Verstehst du jetzt, was ein ‚Pionier‘ ist?"

„Aber was hat denn Onkel Hans erfunden?" Auch Claas ist jetzt ganz wach. Nach so einem Gutenberg muss dieser Onkel wohl etwas ganz Besonderes sein. Alle drei erwarten jetzt von mir eine spannende Geschichte.

„Könnt ihr euch daran erinnern, als ihr kürzlich einmal versucht habt, vorsichtig mit einem Bleistift an eines meiner Weingläser zu klopfen? Da antwortete euch dieses mit einem eigenen Ton. Claas hat dann sogar versucht, mit den Fingern am Glasrand herum zu streichen!"

„Und das Glas hat auch dabei etwas getönt."

„Aber dann hast du uns das gleich verboten, wir würden das Glas kaputt machen!", tönt es anklagend im Chor von hinten.

„Das stimmt. Das Gleiche hat aber auch eines Tages der Onkel Hans ganz spielerisch versucht und konnte dabei durch so ein leichtes Anschlagen mit einem Stöckchen und später dann auch durch Streichen, genau wie du Claas es mit deinen Fingern am Rand entlang versucht hast, aus Weingläsern saubere Töne hervorlocken."

„Was hat dann die Tante dazu gesagt, hat sie es ihm auch verboten?"

„Nein, das glaube ich kaum, denn er hatte ja keine neugierigen und nicht immer ganz sauberen Bubenhände wie ihr. Dieses Experiment hatte er zuerst auch nicht zu Hause gemacht. Er war von Beruf eigentlich Schreiner, im späteren Lebensalter aber dann angestellt bei der Firma Kiefer & Co. Das ist ein großes Glas- und Porzellanwarengeschäft an der Bahnhofstrasse in Zürich. Es ist ein ganz ähnliches Geschäft wie Kuckerts bei uns in Langerwehe, nur viel größer. Bei seiner Arbeit kam er natürlich mit Gläsern in verschiedenster Größe und Qualität in Berührung. Außerdem ist er sehr musikalisch und singt auch in einem Männerchor. So war es kurz vor seiner Pensionierung, als ihm eines Tages, nur durch ein leichtes Antippen, oder vielleicht sogar durch ein leichtes Streichen eines einzelnen Glases, dieses ihm mit einem wunderschönen, seltsamen Klang antwortete. Jetzt könnt ihr euch vorstellen, wie ihn diese plötzliche Entdeckung sofort sehr neugierig gemacht hat – genau so, wie es bei euch passiert ist.

Erst staunte er, denn es musste ein ganz besonderes Glas gewesen sein, das er in die Finger bekommen hatte, denn nicht jedes Glas bringt einen schönen und klaren Ton hervor. Dieses eine aber traf unbarmherzig seinen musikalischen Nerv. Wie elektrisiert ob dieser herrlichen Entdeckung, holte er noch weitere Gläser aus ihrer Kartonverpackung. Eines nach dem anderen nahm er dann in seine sorgfältigen Hände, und kaum dass er liebevoll und doch so voller Aufregung über die Ränder gestrichen hatte, begann bei seiner Berührung jedes einzelne wundersam zu klingen und zu singen und das in ganz verschiedenen Tönen. Er versuchte es mit einem großen bauchigen Glas und das antwortete, schon beim leichten Anschlagen seines Glasrandes, in einem tiefen Ton, ein kleines Glas aber tat dies mit einem hohen und hellen Klang.

Könnt ihr euch vorstellen, was in seinem musikalischen Kopf nun vorging, und dass er zeitweise vor lauter Ausprobieren fast seine Arbeit im Geschäft vergaß? Und dann überkam ihn plötzlich folgende wundersame und doch noch so vage Idee:

‚Wenn ich ganz viele verschiedene – große, mittlere und auch kleine – Gläser mit ihrem jeweils persönlichen Ton nebeneinander stelle, dann könnte ich versuchen, darauf eine Melodie zu spielen!‘ "

„Hat er das dann auch getan?" Claas ist ganz hingerissen und vielleicht jetzt genauso aufgeregt, wie damals Onkel Hans, als der diese plötzliche Entdeckung machte.

„Ja, genau das tat er. Er stellte Gläser verschiedenster Größen und Formen nebeneinander, sodass sich ihm sehr bald eine ganze Glasfamilie in unterschiedlichen Tönen der Tonleiter präsentierte. Dann horchte er bei jedem Glas ganz genau auf dessen Ton. Und weil er das absolute Gehör besitzt, erlaubte ihm dieses recht schnell, die verschiedenen Gläser in eine Tonleiter einzubauen. So nahm unweigerlich ein Gedanke von ihm Besitz ... Nun ratet welcher."

„Er wollte ein Instrument daraus bauen!" Claas ist vor Begeisterung hinten von seinem Sitz hochgesprungen.

„Ganz richtig, er hat mir in einem Brief geschrieben: ‚Ich will daraus ein klingendes Instrument bauen!‘

„Ist Onkel Hans schon alt?", meldet sich nun auch Wiebke.

„Für dich, liebe Wiebke, sicher, denn er hatte gerade seinen 60. Geburtstag, als er begann, diese Idee in die Tat umzusetzen. Das sind jetzt ungefähr sechs Jahre her. Er hat mir in einem späteren Brief, als er schon viele Monate auf der Suche nach geeigneten Gläsern war, geschrieben, dass er damals, als ihn die Gläser so intensiv angesprochen hatten, noch nicht ahnte, wie unglaublich schwer und zeitaufwändig es werden würde, nicht nur Gläser in dem reinen Klang einer Tonfolge zu finden, sondern dass er beim Bau eines richtigen Instrumentes noch so viele weitere Hürden hat nehmen müssen. Jeden Tag experimentierte er stundenlang. Er musste geeignete Gläser aussuchen, ihren ganz eigenen und vor allem reinen Ton heraus hören und auch noch auf die Tonqualität achten ... Die Zeit lief ihm manchmal davon und auch die Mahlzeiten, die er oft einfach vergaß."

„Hatte er denn keinen Hunger?", staunt der immer hungrige Niels.

„Ich glaube, abends wenn er zu seiner Rosa nach Hause kam, stellte sie ihm so viele gute Sachen vor die Nase, dass er damit sein ausgelassenes Mittagessen nachholen konnte. Auch muss man daran denken, dass er ja noch seine Arbeit in diesem Glasgeschäft erledigen musste, die durfte er nicht vernachlässigen."

Jetzt mischt sich Peter, unser Fahrer, der auch aufmerksam meinem Erzählen zugehört hatte, in das Gespräch ein.

„Ich kenne ja inzwischen viel von der Geschichte über die Entwicklung und den Bau dieses Instrumentes, aber jetzt überlege ich doch, was hat denn sein Vorgesetzter dazu gesagt, wenn er durch sein Geschäft lief und einen seiner Angestellten in eine andere Welt versunken vorfand?"

„Das war ja das Erstaunliche. Stellt euch vor, es ging gar nicht lange, da überraschte Onkel Hans seinen Chef schon damit, dass er mit ein paar wenigen, mit Wasser abgestimmten Gläsern und mit Hilfe eines Bleistiftes, mit dem er die Gläser leicht anschlug, die kleine Melodie ‚Kein Feuer, keine Kohle' darauf spielen konnte. Dieser war gleich so begeistert, dass er sagte:

‚Herr Graf, ich beobachte sie schon seit einiger Zeit mit Erstaunen, wenn auch sicher erst recht skeptisch, was sie da Eigenartiges mit unseren Gläsern anstellen, aber was ich jetzt von ihnen zu hören bekomme, das tönt so gut, dass ich denke, solche Musik könnten sie einmal bei einem speziellen Geschäftsanlass erklingen lassen!'"

„Hat er dann auch wirklich einmal vor all den Leuten so richtig lange gespielt?", will Niels wissen.

„Das kannst du dir vorstellen, dass dieses Interesse vom Chef selber, an das sich dann auch seine Kollegen anschlossen, für ihn ein richtiger Ansporn wurde, diese gläserne Musik weiterzuentwickeln. Es wurde ihm dann sogar die Möglichkeit gegeben, für diesen Zweck die Lagerbestände nach geeignetem Material zu durchsuchen und auch kartonweise zum Ausprobieren nach Hause mitzunehmen.

Aber mehr darüber will ich euch nun nicht mehr verraten, für den Rest der Geschichte könnt ihr den Onkel dann selber ausquetschen."

„Armer Onkel Hans, dem wird dabei nichts erspart bleiben!", bedauert Peter trocken.

Ich selber aber bin doch überzeugt, dass es bei all den kindlichen Fragen keine einzige gibt, die Onkel Hans nicht sehr gerne beantworten würde.

Durch all meine spannenden Erzählungen habe ich glücklicherweise wieder hinten im Auto eine Stunde Stillsitzen überbrücken können.

In meinem Handgepäck, im letzten Moment noch schnell hinein gelegt, befindet sich ein zweiteiliger Entstehungs-Bericht über das Werden des Glasspiels, von Onkel Hans selber verfasst. Erst vor kurzem hatte er mir diesen, mit einem beigelegten Schreiben, zugeschickt. Darin erläutert er: „Bei meinen Konzerten begegne ich oft interessierten Menschen. Deshalb fand ich es notwendig, den Bau dieses neuartigen Glasspieles einmal schriftlich niederzuschreiben."

Da sich die Kinder für einen Augenblick ruhig verhalten und wohl schon von der Musik mit Gläsern und vor allem von ihrem geheimnisvollen, hoch interessanten Onkel träumen, nehme ich die beiden Schriftstücke aus meiner Handtasche, um diese noch einmal leise, und für mich selber, durchzulesen.

Das Glasspiel, sein Werden und Wachsen
Zusammengestellt von Hans Graf

Als mir die Idee kam, aus Gläsern ein Instrument zu bauen, von da an verging selten ein Tag, an welchem ich nicht 2–4 Stunden, an Sonntagen manchmal über 12 Stunden meiner Freizeit für dieses Instrument verwendete. Immer wieder wurden Gläser durch bessere ersetzt, neue Töne hinzugefügt, geeignete Unterlagen und Befestigungsarten ausprobiert oder Tongestaltung geübt. Da die Tonreinheit

noch nicht durchwegs einwandfrei war, entschloss ich mich,
die Gläser mit Wasser rein zu stimmen. Im Moment schien
dieser Versuch gelungen zu sein; jedoch entstanden dadurch
erneut nachteilige Umstände wie: Veränderung der Töne
infolge Verdunsten des Wassers; Trübung des Wassers bei
längerem stehen lassen, sowie die immer wieder notwendig
werdende Einstimmung der Gläser.

Eine entscheidende Wendung erfolgte eines Tages, indem
das Erzeugen der Töne nicht mehr durch Anschlagen mit
einem Bleistift oder einem leichten Holzstab, sondern durch
Reiben der Glasränder mit benetzten Fingern erfolgte. Viele
Gläser hatten bei dieser neuen Spielart nicht mehr den ge-
nau gleichen Ton und mussten deshalb wieder ausgewech-
selt werden. In diesem Zusammenhang kam ich auch wieder
von der Methode der Wasser-Stimmung ab und suchte von
neuem nach tonreinen Gläsern.

Zur Fortsetzung der ersten Beschreibung nehme ich jetzt noch das andere
Blatt aus der Tasche, denn hinten herrscht noch gedankenvolle Ruhe.

In des Künstlers eigener Werkstatt
Die Mühe hat sich gelohnt, denn anfangs Januar 1969 stand
eine 4 Oktaven umfassende, mit 94 Kristallgläsern besetzte
„Glasharfe" zum Spielen bereit, wenn auch in Sachen Per-
fektion nicht ganz ohne Mängel.

Nun galt es noch einen Unterteil (Korpus) sowie drei
passende Deckel über die Gläser zu konstruieren, welche
gleichzeitig als Tragkoffer zu dienen hätten. Dies alles war
für mich als ehemaliger Schreiner kein unlösbares Problem.

Endlich erklingen die Gläser!
Kaum fertig erstellt, gab ich, wie vorgesehen, am 11. Februar
1969, anlässlich einer Spezialausstellung der Firma Kiefer,
mein erstes „Konzert".

Im Jahre 1972 unternahm ich eine Neugestaltung mei-
ner Glasharfe. Der dreiteilige Tisch wurde auf zwei Teile
verkürzt, die Gläser von 94 auf 70 Stück reduziert und neu
angeordnet. Viele, der vorher zum Teil dreifach vorhandenen

Gläser konnten weggelassen werden, ohne den Tonumfang einzuschränken. Der Korpus wurde neu konstruiert und mit Rädern versehen. Diese Änderungen ermöglichten ein ruhigeres Spiel und eine bedeutende Erleichterung beim Transport. Zugleich entstand dadurch ein gefälligeres Aussehen des Instrumentes.

Abschließend möchte ich noch erwähnen, dass ich der Überzeugung war, der Erste und Einzige zu sein, der eine solche Idee zur Ausführung brachte. Erst als mein Instrument nahezu fertig war, vernahm ich, dass die erste „Glasharmonika" im Jahre 1763 von Benjamin Franklin erfunden wurde und dass sogar Mozart eigens für jenes Instrument Stücke, wie z.B. „Adagio in C", komponiert hatte.

Gegenwärtig besitzt und spielt außerdem nur noch Bruno Hoffmann aus Stuttgart eine um ca. 1930 selbst verfertigte Glasharfe.

Hans Graf, Herrliberg, im Januar 1976

Ich bin gerade mit lesen fertig geworden, da – endlich erscheint in der Ferne der Zürichsee.

„Kinder, ich kann den Zürichsee sehen, wer sieht ihn auch?"

Welch ein Zauberwort, denn an diesem See wohnen Tante Rösi und Onkel Hans, das wissen unsere drei, obschon sie sich an Tante und Onkel nicht erinnern können. Es wird lebendig auf den hinteren Plätzen, kein Gequengel mehr, sondern viel frohe Erwartung, endlich naht die Zeit der Befreiung aus der Enge des Autos.

Einen großen Teil von der Stadt Zürich müssen wir allerdings noch durchfahren. In dieser großen fremden Stadt gibt es, vor allem für unsere Landkinder, ja so viel Interessantes aus dem Auto heraus zu beobachten. Auch mit etlichen Ampeln, die natürlich meistens auf Rot stehen, müssen wir noch Freundschaft schließen.

Unsere drei schauen jetzt interessiert aus den Fenstern, bestaunen die hohen Häuserblocks und die blaue Straßenbahn, die wir gerade links überholen. Dann steuern wir noch an einem Fluss entlang, und ich erkläre den Kindern, dass dies die Limmat sei.

„Ich sehe kleine Boote darauf fahren!", jubelt Claas und Niels rebelliert:

„Rutscht doch ein bisschen, ich kann nichts sehen, ich sitze auf der verkehrten Seite."

Aber endlich erreichen wir die Seeuferstrasse, die uns aus der großen Stadt hinausführt.

„Wie weit geht es noch?", tönt es wiederholt von hinten. Doch schon fahren wir durch Küssnacht, dann ist Meilen dran und endlich klettert unser braves Auto den Berg hinauf, denn Herrliberg liegt, wie sein Name es schon ausdrückt, an einem Berg.

Dann aber, hurrah! Endlich am Ziel! Wir halten vor einem neueren Mehrfamilienhaus an. Tante Rösi schaut und winkt auch schon einen herzlichen Willkommensgruß aus dem Wohnzimmerfenster auf uns herab. Dann der erlösende Startruf von Papa:

„So, jetzt dürft ihr ...", aber das Wort „aussteigen" kann er sich sparen, denn hinten ist es schon blitzschnell leer geworden, nur unser Dackel schaut aus noch verschlafenen Augen etwas verwirrt ob seiner plötzlichen Einsamkeit um sich und schnuppert erstaunt in die Luft. Unsere Drei aber sehen wir auf dem Plattenweg am Haus vorbei stürmen und hinter der Hausecke verschwinden.

„Schuhe ausziehen, bevor ihr die Wohnung betretet!", schreie ich den Davoneilenden noch hinterher und hoffe, dass ich gerade noch gehört worden bin.

„Das ging ja wie aus der Kanone geschossen. Aber woher wissen die Kinder eigentlich, wo die Haustüre ist, sie kennen sich hier doch gar nicht aus?", staune ich.

„Behrendt'sche Intuition!", erklärt Peter nur trocken. „Sie sehen ja, dass wir vor den Garagentoren stehen, und daher kann hier auch keine Haustüre sein. Also muss sich diese anderswo, wahrscheinlich hinter dem Haus befinden, und dahin flitzen sie jetzt."

Nun kriechen auch wir, durch das lange Sitzen recht steif geworden, aus dem Auto und folgen, nach einigen notwendig gewordenen Streckübungen unsern Kindern.

Nicht nur die Haustüre haben unsere drei Trabanten gleich gefunden, auch die Wohnungstür, denn dort liegen, zwar brav ausgezogen, alle Schuhe; aber wie! Man hatte es, gut sichtbar, wohl recht pressant gehabt. Für einen Kunstmaler wäre der Anblick sehr wahrscheinlich ein sehr brauchbares Stillleben gewesen. Die Schuhpaare wurden in der Eile wahllos voneinander getrennt. Der eine Schuh, er muss von Claas sein, macht einen Kopfstand, seinen Partner kann ich gerade nicht finden ... doch, dort hat er sich ganz alleine in der Ecke verkrochen. Wiebkes beide Exemplare sind zwar beieinander geblieben, aber einer liegt auf dem anderen, und der untere schaut nur noch mit seiner Schuhspitze darunter hervor. Wo aber sind die beiden von Niels? Ach, ich sehe, er hat sich schon unten an der Haustüre von ihnen entledigt und ist auf Socken die paar Treppenstufen zur Parterrewohnung von Grafs hinaufgelaufen. Hoffentlich findet er sie nachher wieder. Ich gedenke nämlich keineswegs, hier Ordnung zu schaffen, sollen die Herrschaften ihr Schuhwerk doch alleine wieder zusammensuchen.

Tante Rösi, Onkel Hans, Peter und ich freuen uns sehr über das Wiedersehen, was ein paar Jahre auf sich hat warten lassen. Die Kinder sind jetzt, nach dem anfänglich erlösten Herumhüpfen, etwas ruhiger geworden, denn Tante und Onkel sind ihnen doch noch recht fremd. Aber mit einem herzlichen Willkommensgruss, der nicht nur aus der gut gefüllten Kaffeekanne heraus dampft, werden wir gleich in die gute Stube beordert, wo auf die Kinder eine feine Ovomaltine wartet. Nun sind sie zufrieden und vertilgen hungrig, immer noch etwas aufgeregt, die angebotenen Kuchenstücke.

*

Ich sehe meine Verwandten nur noch selten und so kommen wir bald eifrig ins Erzählen nach dem bekannten Motto: Weißt du noch?

„Es sind viele Jahre vergangen, als du eine Zeitlang bei uns gewohnt hast", erinnert sich jetzt Tante Rösi.

„Dann hast du geheiratet. Nicht nur von Peters Praxis und von euerem Gut Merberich erzähltest du manchmal viel Spannendes in deinen Briefen, vor allem aber von deinen drei Kindern. All das hat euch sicher ganz schön auf Trapp gehalten.

Das letzte Mal, als wir uns gesehen haben, da habt ihr euren Urlaub in der Schweiz verbracht und seid bei uns vorbei gekommen. Ihr hattet damals erst die Wiebke, die gerade das Laufen lernte."

„Ja, das war auch ein ganz besonders schönes und mir unvergessliches Wiedersehen", erinnere auch ich mich.

„Es war die Zeit, als bei Onkel Hans gerade die Idee geboren worden war, ein Glasinstrument zu bauen. Als wir dann eure Wohnung betraten, bemerkten wir sogleich eine erstaunliche Veränderung. Im Gästezimmer überraschte uns eine verwirrende Gläserwirtschaft, die sich im ganzen Raum, bis in jede Ecke hinein, ausgebreitet hatte, eine Invasion von Trinkschalen aller Größen, die dicht an dicht den Tisch, das Bett, sogar den Schrank besetzten, Gläser, Gläser und nochmals Gläser und unter dem Tisch auch noch volle Kartons."

Diese letzte Begegnung haben wir jetzt, wo wir endlich wieder einmal zusammensitzen und miteinander plaudern können, noch sehr lebendig vor Augen, und jetzt müssen wir alle fröhlich darüber lachen.

Onkel Hans aber macht dazu noch die trockene Bemerkung:

„Ihr hattet euch sogar sehr interessiert erkundigt, ob ich mich im Glashandel etabliert habe!"

„Ja, das war damals ein fast geschichtsträchtiger Moment, der sich aus diesem Stichwort löste", erinnere ich mich. „Eifrig bist du dann aufgestanden, du sprühtest nur so vor Begeisterung, und hast uns erklärt: ,Ich bin dabei, ein Glasinstrument zu bauen!' Damit hatte sich für uns natürlich dieser anspruchsvolle Glaswirrwarr im Gästezimmer von selbst aufgeklärt."

Die Kinder haben bei diesen Erinnerungen gut zugehört, und es amüsiert mich zu beobachten, dass nicht nur durch meine Information im Auto, sondern vor allem durch unser jetziges Gespräch bei den dreien eine gewisse aufmerksame Spannung aufgekommen ist. Immer wieder schaut das eine oder andere hinüber zu Onkel Hans, und doch trauen sie sich nicht, jetzt auch selber nach seinen Gläsern zu fragen.

Aber der Kuchen schmeckt halt gar so gut und die Ovomaltine wird durstig getrunken. Dann, nur ein kurzer Augenblick der Unaufmerksamkeit, und keines hatte gemerkt, dass da jemand ganz still und leise vom Tisch aufgestanden und durch die Tür hinaus verschwunden ist.

Da, auf einmal stehlen sich aus dem Nebenzimmer wundersame Töne in unsere Ohren und lassen uns wie gebannt aufhorchen. Ich jedoch lächele freudig, denn sogleich erkenne ich, dass das, was uns so plötzlich aufmerken lässt, die Gläser von Onkel Hans sind. Nun gibt es bei Peter und den Kindern kein Halten mehr, die halben Kuchenstücke bleiben ungegessen auf den Tellern liegen und alles stürmt hinaus, den sonderbaren und doch irgendwie vertrauten Klängen nach. Etwas besorgt eile ich hinterher, denn ich weiß, dass wir uns gleich auf ganz sensiblem und zerbrechlichem Terrain befinden werden. Aber Kinder, sogar unsere drei Wildfänge reagieren jetzt sehr schnell, sie haben die heikle Situation gleich erfasst und bleiben erstaunt vor diesem ungewöhnlichen Anblick an der Zimmertür stehen.

Gläser, viele Gläser! Weingläser aller Größenordnungen. Jetzt stehen sie aber nicht mehr wahllos im Zimmer herum, wie wir es damals erlebt hatten, sondern sind auf einem einfachen Holztisch befestigt. Atemlos beobachten wir, wie Onkel Hans sie zum Klingen bringt. Durch behändes Streichen mit seinen angefeuchteten Fingern an deren Rändern, entlockt er ihnen seltsame Töne und ganze Melodien.

Still und andächtig stehe auch ich an der Tür, lasse mich vom Zauber dieser Klänge gefangen nehmen und weiß, was die Kinder hier kennenlernen, werden sie in ihrem Leben nie mehr vergessen.

Dann ist auch der letzte Ton verklungen. Einen kleinen Moment lang bleibt es ruhig, dann aber kann er sich vor all den Fragen der Kinder kaum noch retten:

„Onkel Hans, wo hast du all diese schönen Gläser her?"

„Wie weißt du, wie jedes davon tönen soll?"

„Warum sind sie so verschieden groß? Hier sind ganz große und dort ganz kleine Gläser!"

„Woher kennst du die Melodie, die du gerade gespielt hast?"

„Halt, jetzt erst einmal alles der Reihe nach!", antwortet er geduldig mit seiner wohltönenden Stimme.

„Du Claas möchtest wissen, wo ich diese klingenden Gläser her habe. Deine Mama hat dir ja schon berichtet, dass ich in einem Glas- und Porzellanwarengeschäft gearbeitet habe. Das tue ich nun nicht mehr, dafür gebe ich jetzt mit meinen Gläsern ganz viele Konzerte.

Obwohl meine damalige Firma sehr viele Gläser hatte, so waren diese für die Kundschaft nach deren Schönheit, aber nicht nach ihrer darin verborgenen Musik sortiert. So konnte ich damit nur kleine Melodien spielen und um reine Töne zu bekommen, musste ich sie zusätzlich noch mit Wasser stimmen.

Aber eines Tages habe ich dann, um wohlklingende und tonreine Gläser zu finden, meinen Citroën 2CV (Deux Chevaux) aus der Garage geholt und mit Rosi ging es einmal kürzer, oft aber auch länger auf Reisen. Durch meine Voranmeldung erwartete zuerst die Glasbläsereien Hergiswil bei Luzern unseren sicher recht ungewöhnlichen Besuch. Wesentlich weiter weg war dann Zwiesel im Bayrischen, aber auch da scheute ich die lange

Fahrt nicht, immer in der Hoffnung, wieder ein paar geeignete Gläser entdecken zu dürfen."

Fragend schaut er auf die Kinder.

„Seid ihr schon einmal in einer solchen Fabrik gewesen, wo man nicht nur Gläser verschiedenster Sorte, sondern auch andere Glaswaren, wie ihr sie in den Geschäften bewundern könnt, bläst oder herstellt? Ihr könnt euch nicht vorstellen, wie heiß es dort in der Nähe solcher Schmelzöfen ist."

„Nein, das haben wir noch nie gesehen. Wie hast du denn dort Gläser finden können?"

„Die fertig geblasenen Gläser werden in Kartons verpackt oder in Regale gestellt, bis sie dann weiter an die Glaswarengeschäfte versandt werden. Aus dieser großen Fülle durfte ich dann großzügig die geeigneten aussuchen.

Dabei hatte ich die spannende Gelegenheit, bei der Herstellung und Verarbeitung von Glas zuschauen zu dürfen. Auch vieles über die Geschichte dieses schon sehr alten Materials hat man mir erzählt und sogar einige Prospekte durfte ich mitnehmen.

Schaut hier auf diesem Bild, dieser lange Stab, er sieht wie ein Besenstiel aus, aber innen ist er hohl! Das ist eine sogenannte Glasmacherpfeife. Man weiß, dass sie schon 150 Jahre vor Christus im Gebiet des heutigen Libanon benutzt wurde. Das bedeutet, dass man Glas schon vor über zweitausend Jahren gekannt und verwendet hat!"

„Das ist ja schrecklich lange her!", staunen meine drei und hören fasziniert weiter dem Onkel und seinen Darstellungen zu.

„Und dieses lange und hohle Metallrohr taucht der Glasbläser nun das durch große Hitze verflüssigte Glas hinein, wie in einen Honigtopf. Dadurch bleibt ein Pfropf an diesem Stab hängen, und unter gleichmäßigem Drehen bläst er nun kräftig durch diese Pfeife, wie ihr in einen erst schlappen Luftballon, bis das Gefäß oder weiche Glas die gewünschte Größe hat. Auf diese Weise sind auch meine Gläser hier entstanden."

Immer noch an der Tür stehend beobachte ich die ganze liebevolle Szene und mache mir dabei so meine eigenen Gedanken:

Es nimmt mich schon wunder, wie viel die Kinder von dieser etwas komplizierten Bildbeschreibung behalten werden. Aber wenigstens einen Eindruck, wie Gläser entstehen, werden sie sicher mit nach Hause nehmen. Wäre diese Geschichte nicht ein gutes Thema für einen Schulaufsatz?

Vor meinem inneren Auge beobachte ich aber noch etwas anderes: Da steht in der Glasbläserei, zwischen diesem emsigen handwerklichen Treiben, ein älterer Mann. Vor ihm türmen sich Kartons mit Gläsern verschiedenster Größen. Er schaut weder nach rechts noch nach links, achtet weder auf das Hin- und Herlaufen der Glasbläser, noch auf die heiße Glut im Brennofen, die die Glasmasse goldgelb färbt. Er beobachtet auch nicht die Geburt eines Glases. Seine Frau hatte er momentan sowieso vergessen. Allein mit seinen unbestechlichen Ohren prüft er nun Glas um Glas, verwirft, zieht in die engere Wahl, aber verpackt nur wenige, um sie nach Hause zu transportieren.

Was er in jedem einzelnen Glas sucht und mit seinen mit Wasser benetzten Fingern hervorzuzaubern, ist eine, jedem einzelnen Glas eigene Ausdrucksweise, sein persönlicher Toncharakter, eine Sprache, wie aus der Materie erlöst, sanft und doch auch eindringlich, einer verborgenen Seele gleich.

Diese meine gedankliche Exkursion ist aber nur ganz kurz, denn jetzt interessiert auch mich, wie Onkel Hans seine Gläsersuche weiter beschreibt.

„Die Angestellten in der Glasbläserei waren sehr hilfsbereit und freundlich. Die Kartons mit den eingepackten Gläsern stapelten sich zu Bergen vor mir. Dann aber war ich voll hinabgetaucht in eine momentan gläserne Welt.

Da gab es etliche Kartons mit großen Gläsern, von ihnen erwartete ich einen tiefen Ton, den sie mir beim Streichen dann auch brachten, weitere in mittlerer Größe mit Tönen in der mittleren Tonlage und zuletzt horchte ich dann noch auf die ganz kleinen. Voll konzentriert lauschte ich nur auf die mir von den vielen Gläsern angebotenen Töne.

Plötzlich ein furchtbarer Lärm, eine schrille Sirene heulte auf, wie im Krieg. Ich erschrak so sehr, dass mir beinahe ein Glas aus der Hand gefallen wäre. Um Himmels Willen, was war passiert? Ach, diesmal gar nichts Gefährliches, nur das Zeichen zur Mittagspause."

Ich kann mit einem Schmunzeln beobachten, dass Onkel Hans, allein schon beim Erzählen, der damalige Schreck jetzt noch vom Gesicht abzulesen ist. Sehr wahrscheinlich galt dieser aber doch wohl eher dem kostbaren Glas, welches er beinahe hätte fallen lassen und nicht dem Lärm.

„Auf einmal aber war ich nicht mehr allein mit meinen Gläsern. Ich vermute, dass ich den Glasbläsern, oder besser den Künstlern der Glasherstellung, schon lange wie ein außergewöhnlicher ‚Arbeitskollege‘, aufgefallen war.

Es war also Mittag und sie hatten Zeit, mich und meine neuartige Tätigkeit in ihrem Arbeitsfeld zu betrachten. Etwas schüchtern standen sie vor mir, dann aber trat der Neugierigste hervor und fragte:

‚Warum versuchen sie, den Gläsern Töne zu entlocken?‘

Jetzt war ich natürlich in meinem Element und gerne gab ich darüber Auskunft.

‚Ich will ein Instrument aus Gläsern bauen. Es ist aber nicht leicht, die reinen Töne zu finden, deshalb muss ich viele Gläser aus euren Kartons unter meine prüfenden Hände nehmen. Sie klingen alle sehr gut und zeugen von einer hoher Qualität, aber jedes Glas hat seinen eigenen unveränderbaren Ton, und daher ist nicht jedes für ein Musikinstrument geeignet.‘

‚Warum stimmen Sie die Gläser nicht mit Wasser, um den reinen Ton zu bekommen, das ginge doch schneller und wäre viel einfacher?‘, war die nächste Frage, die ich nun verständlich und ausführlich erklären konnte.

‚Das habe ich zuerst auch ausprobiert, aber dieses System bringt wesentliche Nachteile mit sich. Die dauernde Stimmerei der Gläser langweilte mich bald, denn das Wasser verdunstet, je nach Zimmertemperatur, oft schon sehr schnell, manchmal sogar während des Spielens, und daher müssen die Gläser immer wieder neu eingestellt werden. Ebenfalls habe ich den Eindruck, dass das Wasser im Glas leicht mitschwingt, so dass der Ton nicht mehr so klar und rein hervorgebracht werden kann wie ohne.‘

Auf einmal bemerkte ich, dass auch der Abteilungsleiter auf diese ungewöhnliche Ansammlung, die ich verursacht hatte, aufmerksam geworden war. Auch er blieb stehen und lauschte interessiert meinen Ausführungen über Glas aus einer anderen Sicht, nämlich der Fähigkeit dieses Mediums, bestimmte Töne hervorzubringen. Mir war ja bekannt, dass man in seinem Betrieb nur auf dessen künstlerische und praktische Gestaltung und Schönheit Wert legt, und dazu wird es in den verschiedenen Größen, Formen und Farben geblasen und manchmal auch geschliffen.

Aber nun mischte auch er sich interessiert in meine Erklärungen ein.

‚Herr Graf, ich bin beeindruckt, Glas einmal von einer anderen Fähigkeit kennenzulernen. Sicher prüfen wir unsere Gläser auch in Bezug auf ihren Ton, dieser überzeugt uns von seiner Qualität, ein Beweis für die bestmögliche Zusammensetzung seiner Bestandteile. Aber ein Instrument daraus zu bauen, das kam uns noch nicht in den Sinn. Übrigens beobachte ich ebenfalls, dass für Sie auch die Form von Wichtigkeit zu sein scheint. Die Gläser, die sie als brauchbar aussortieren, entsprechen alle eher einer Glockenform!'

‚Das haben Sie gut beobachtet. Ja, auch das ist ein wichtiger Aspekt. Die Form des Glases, welches ich für mein Instrument aussuche, ist von wesentlicher Bedeutung. So wie sich der Duft von Rotwein in einem glockenförmigen Glas besser entfalten kann, harmonieren auch die Schwingungen in einem solchen zu einem volleren Klang. Worauf ich aber ebenfalls noch achten muss, ist die Höhe der ausgesuchten Gläser. Aus spieltechnischen Gründen sollten die Gläser für mein Instrument ungefähr eine ähnliche Höhe besitzen. Manchmal aber ist der Stiel bei einem sehr gut tönenden Glas leider zu lang. Ebenfalls darf er nicht zu dünn sein, sonst hält er der mechanischen Beanspruchung beim Spielen nicht stand. Auch was ein eventuelles Einritzen eines Musters anbetrifft, so stört es die normale Schwingung des Glases und ist dadurch für die Musik ungeeignet.

Jetzt aber habe ich selber noch eine Frage an Sie: Ich bin begeistert vom Klang fast aller ihrer Gläser. Einmal hatte ich welche unter den Fingern, deren Nachklang sich so lange hielt, dass am Ende einer Tonfolge der erste Ton immer noch zu hören war. Könnte es sich dabei um Bleiglas gehandelt haben? Ihre Gläser aber zeigen keinen solchen Effekt, sind folglich für ein Instrument sehr gut geeignet. Wie ist die Zusammensetzung ihrer Gläser?'

Ein leises Schmunzeln kann der Chef nun doch nicht ganz verstecken.

‚Ich kann Ihnen nicht unser ganzes Geheimnis der Glasherstellung verraten, aber es handelt sich hier auf jeden Fall um Kaliglas. Dass Bleiglas lange nachklingt, so schön sein Ton auch ist, darin kann ich Ihnen recht geben.'

Dann endlich lichtet sich der Zuschauerknäuel, man hatte allgemein Hunger.

‚Herr Graf', wandte sich der Abteilungsleiter nochmals freundlich an mich, ‚darf ich sie jetzt dennoch von ihren ‚Zauberklängen' weglocken und in unsere Kantine bitten? Ihre liebe Frau wartet dort schon seit einiger Zeit auf Sie! Unser Mittagsmenu ist zwar bescheiden, wird aber von einem guten Koch angeboten.'

Ich muss ja gestehen, erst jetzt erinnerte ich mich daran, dass ich nicht alleine nach Zwiesel gefahren bin und war dann richtig gerührt, dass der Chef seine Einladung schon auf zwei Personen ausgedehnt hatte. Gar so sehr schien mich Rösi aber doch nicht vermisst zu haben, denn sie wurde von der Belegschaft freundlich und gut versorgt und wartete nun bereits, geduldig wie immer, an einem einladend, mit farbigem Tischtuch, gedecktem Tisch.

Bei unseren vielen Reisen, bei denen mich Rösi immer treulich begleitet hat, obwohl sie sicher so manches mal gerne zu Hause geblieben wäre, haben wir nicht nur schöne Gegenden befahren, wir lernten dabei auch viele nette Leute kennen. Damals waren wir noch auf der Suche nach tonreinen Gläsern, inzwischen sind meine Konzerte unsere Ziele. Auch dabei sind wir fast immer zu zweit, denn ich bin bei meinem so diffizilen Instrument für jede Hilfe dankbar und verlasse mich gerne auf meine ‚Fachgehilfin'.

Jetzt habe ich euch vieles über den Bau dieser Glasharfe berichtet. Aber du Claas, du wolltest ja wissen, woher ich all die Melodien habe, mit denen ich heute so manches Konzert gestalte.

Ja schau, du hast ganz recht! Was nützen zauberhafte und rein tönende Gläser, wenn man kein Notenmaterial zur Verfügung hat und daher nicht weiß, was man darauf spielen könnte? Noten, wie z. B. Klaviernoten, zeigten sich für dieses neuartige, irgendwie vollkommen aus dem Rahmen fallende Instrument, als ungeeignet. Also stand ich, kaum hatte ich meine ersten rein tönenden Gläser zusammengestellt, auch vor dieser Frage.

‚Hole sie dir selber, die geeigneten Melodien, aus dem großen Reichtum unserer heimischen Musik, die ich vor allem in ihren Liedern so gut kenne!', sagte ich zu mir, und so begann ich zu komponieren.

Ich kenne meine Gläser inzwischen. Ihren ganz persönlichen Klang, die verschiedenen Möglichkeiten und werde auch immer wieder von Neuem davon inspiriert, so dass ich ihr ureigenes Wesen zu spüren bekomme. Dadurch kamen die entsprechenden Tonfolgen und Melodien fast wie von selbst, und dabei so klar, dass Glas und Ton in vollkommener Einheit miteinander zu verschmelzen schienen."

Onkel Hans wendet sich wieder seinen Gläsern zu und beginnt von neuem zu spielen. Andächtig hören wir weiter zu.

Unter seinen flinken Fingern entflieht ihm sein „Frühlingslied" (Kompositionen werden im Anhang aufgelistet).

Ich erinnere mich, dass Onkel Hans mit diesem fröhlichen Lied schon in seinen frühen Anfängen Ohren und Herzen seiner Zuhörer beglückt hatte.

War es wohl die Freude des Erfolges, nach einer fast mehrjährigen, entbehrungsreichen und hingebungsvollen Pionierarbeit endlich seine

„Singenden Gläser" in reinen Tönen unter den Händen zu spüren, dass das Stück gleich beim dritten Ton in ein hohes C hinauf springt, und kaum sind die unteren Töne der Grundtonleiter gefragt, schon fliegt die Melodie gleich wieder hinauf in eine jubelnde Höhe. Auch die Komposition, von Onkel Hans „C-Haspel" genannt, hält in seiner Melodie nichts von Traurigkeit, denn hier hüpfen die Noten ebenfalls hinauf und hinunter. In der „Alphorn-Melodie" bleibt es dann etwas ruhiger. Auf dem Notenblatt steht: langsam, getragen. (Kompositionen von Hans Graf s. Anhang)

Dann schweigen die Gläser, der Bann ist plötzlich gebrochen. Schüchtern, als wäre es etwas Unglaubliches, fragt Claas:

„Darf ich die Gläser auch ein bisschen berühren?"

Ja, die Kinder dürfen, alle drei, aber erst nachdem sie folgsam ihre Hände sehr sauber gewaschen haben. Zart streicht ein jedes über den einen oder anderen Glasrand. Die Augen strahlen, weil die Gläser auch bei ihnen freundlich und lieblich erklingen. Ob in dem einen oder anderen Behrendtschen Kopf jetzt der Gedanke durchfliegt, zu Hause auch Gläser zu sammeln, kann ich heute nicht mehr sicher sagen. Tatsache ist, dass später meine Gläser zu Hause brav im Buffet stehen bleiben durften, was ich doch sehr begrüßte.

*

Die Fragen sind alle beantwortet, die kindliche Neugierde voll befriedigt und auf einmal stehen Peter und ich mit Onkel Hans alleine vor dem Instrument. Die Kinder sind verschwunden, sie haben sich an ihre, inzwischen kalt gewordene Ovomaltine, und vor allen an die auf den Tellern zurück gebliebenen Kuchenstücke erinnert.

„Ich habe damals noch geglaubt, dass ich der Erfinder dieses Glasinstrumentes bin, bis ich von einem Bruno Hoffmann hörte, der in Stuttgart wohnt", erinnert sich Onkel Hans nachdenklich.

Obschon Peter und ich die einzigen aufmerksamen Zuhörer sind, berichtet er weiter:

„Er hat ein solches Instrument, er gab ihm den Namen ‚Glasharfe', auch selber entworfen und gibt nicht nur in Deutschland und der Schweiz Konzerte. Seine Reisen führen ihn weit in der ganzen Welt herum. Darüber schrieb er sogar ein sehr ausführliches Buch. Ich habe es mir besorgt und auch gelesen. Dann lernte ich ihn eines Tages auch persönlich kennen. Sehr interessiert, Näheres über seine sogenannte Glasharfe und auch seine Spielweise zu erfahren, lud ich ihn, nach einem seiner Konzerte in Zürich, zu uns nach Hause ein. Spätabends kam er dann auch, und wir saßen uns, bei Rösis gutem Kaffee, erst etwas fremd gegenüber. Dann zeigte ich ihm meine Gläser und spielte auch einige von meinen eigenen Kompositionen. Leider hatte er sein Instrument nicht mitgebracht, so dass ich nicht feststellen konnte, wie seine Gläser angeordnet und befestigt sind, und welche Erfahrungen er in den vielen Jahren seiner musikalischen Tätigkeit damit gemacht hat. Er meinte nur, es sei ungefähr dasselbe.

Nun, ihr könnt euch denken, dass ich über diese knappe Auskunft recht enttäuscht war, denn ich hätte mir schon einen Kollegen gewünscht, um mich mit ihm auszutauschen. Das ist jetzt leider nicht der Fall gewesen, und ich muss weiter selber sehen, woher ich eventuell Noten für mein Glasinstrument bekommen kann.

Vor kurzem erfuhr ich, aus einer anderen Quelle, dass vor ungefähr 200 Jahren sogar schon Wolfgang Amadeus Mozart für ein Glasinstrument komponiert hat. Es ist eingetragen als Adagio für Harmonika in C, Köchelverzeichnis No. 356. Woher ich diese Noten eventuell bekommen könnte, weiß ich jedoch bis jetzt noch nicht.

Aber etwas konnte ich von Herrn Hoffman doch noch erfahren und zwar, warum er seinen Gläsern den Namen Glasharfe gegeben hat. Es war wegen der klanglichen Verwandtschaft mit der Äolsharfe oder Windharfe. So werde auch ich meinem Instrument, welches ich bis dahin Singende Gläser genannt habe, diesen Namen geben."

Bei diesem Gespräch fliegen mir Erinnerungen aus meiner Schulzeit durch den Kopf.

„Onkel Hans, könnte es sein, dass ich Herrn Hoffmann schon einmal auf seiner Glasharfe habe spielen hören? Es war damals in Bern, als ich Schülerin der Neuen Mädchenschule war. Ich erinnere mich noch gut, dass in unserer Turnhalle ein Herr auf einem eigenartigen Instrument gespielt hat. Die Außenwände seines Instrumentenkastens umschlossen leider auf allen vier Seiten diesen geheimnisvollen musikalischen Inhalt, so dass man nur die Bewegung seiner Hände sehen konnte, die darin eine unbekannte Musik erzeugten. Jetzt aber bin ich mir fast sicher, dass dieses, für uns Schüler damals so ganz unbekannte Instrument, tatsächlich eine Glasharfe gewesen sein könnte."

„Das kann absolut möglich sein", meint Onkel Hans, „denn Herr Hoffmann konzertiert, wie er mir berichtet hat, schon seit 1930 und tritt auch oft in Schulen auf."

Endlich aber kehren nun auch wir drei übrig Gebliebenen ins Esszimmer zurück, wo leider unser Kaffee kalt geworden ist. Aber Tante Rösi, als aufmerksame Gastgeberin, hat inzwischen nicht nur unsere Kinder liebevoll versorgt, sondern verwöhnt auch uns erneut mit einem warmen Getränk.

Jetzt aber möchte sie endlich, da wir wieder alle am Tisch versammelt sind, noch so Vieles über unser Leben und Alltag auf Gut Merberich in Langerwehe wissen.

Von Wiebke werden Pferdegeschichten hervorgeholt, ein unerschöpfliches Thema. Sie berichtet von Turnieren, an denen sie mit ihrer Freundin Susanne, die ebenfalls auf Merberich wohnt, teilgenommen hat.

Die Buben beschreiben ihre Abenteuer, wobei sie aber größere Dummheiten schlauerweise mehr oder weniger unerwähnt lassen. Sie finden Leichtathletik auch wesentlich spannender als das Reiten. Erst kürzlich haben die beiden auf dem Siegerpodest gestanden. Claas, der im Februar geborene Ältere, stand zuoberst auf dem ersten Platz, Niels, fast zwei Jahre jünger als sein Bruder, im Dezember des folgenden Jahres geboren, musste im Doppel-Jahrgang mit den Älteren kämpfen. Wir erinnern uns noch sehr gut daran, wie aufgeregt wir waren, als er sich in den letzten Metern nach vorne kämpfte und damit noch den dritten Platz eroberte. Er war sehr stolz darauf. Tante Rösi fand es eine ganz tolle Leistung.

Unsere Dackelhündin Maidy, die sich von dem ganzen Glasgeklimper überhaupt nicht hat irritieren lassen, und die auch unsere Familiengeschichten wenig interessieren, liegt unterdessen brav unter dem Esstisch und wartet auf einen Spaziergang, der heute sehr wahrscheinlich sehr kurz ausfallen wird.

Onkel Hans ist schon wieder in seinem „Glaslabor" verschwunden. Wir aber plaudern gemeinsam weiter, wobei leider auch die Schule nicht ausgelassen werden darf. Trotzdem wird auch darüber brav Auskunft gegeben, obschon dieser pflichtmäßige Alltag wesentlich weniger spannend ist.

Schnell ist es dann Abend geworden und die Zeit zum Aufbrechen naht. Wie schwer fällt uns das jetzt, da wir wieder einmal Abschied nehmen müssen. Wir tun es in der Hoffnung auf ein baldiges Wiedersehen, und vielleicht das nächste Mal sogar in Deutschland. Onkel Hans wünschen wir noch besonders viel Freude und Erfolg bei seinen weiteren Konzertauftritten.

Damals ahnte ich bei weitem noch nicht, dass gerade dieses faszinierende Instrument einmal entscheidend in mein Leben treten sollte und zwar zuerst gemeinsam mit Onkel Hans.

Kapitel 2

Ein Dornröschenschloss

Wieder zu Hause – wir kaufen ein „Dornröschenschloss" –
Langerwehe – ein neuer Stall – der Efeuwald – Turnübungen an der steilen
Hauswand – die „Amerikaner" werden zugestopft – ein Schmetterling
schlüpft aus – die Glasharfe im Wasserkocher – Merbericher Idylle

Die erlebnisreiche Ferienwoche in den Schweizer Bergen mit den Kindern ist zu Ende gegangen, und auch die ebenfalls viele Stunden dauernde Rückreise haben wir ohne Komplikationen recht gut überstanden. Jetzt erreichen wir unsere Autobahnausfahrt, fahren zügig an den Häusern von unserem Nachbarort Weisweiler vorbei, streifen noch die Heidesiedlung und dann durchbricht beidseitig das freie Wachstum von Wiesen und Feldern unsere breite Bundesstraße nach Langerwehe und Düren.

„Ich seh unser Haus!", ruft Wiebke von hinten.

„Ich auch!"

„Ich auch!"

Ja, wir sehen es alle. Zwar nur ein kleiner Teil weißen Mauerwerks winkt uns von weitem zwischen Bäumen und Büschen hindurch schon zu, aber für uns ist es dennoch wie ein Willkommensgruß: Ich bin noch da, ich erwarte euch!

„Hoffentlich ist die Bahnschranke nicht geschlossen!" Wiebke schaut angestrengt von ihrem Fensterplatz in Richtung Eisenbahnlinie.

„Sie ist offen, ich kann keinen Zug sehen!", jubiliert Niels.

Die Räder unseres Autos poltern über die Schienen, und nur eine halbe Minute später fahren wir durch das offene Tor auf das Hofgelände von Gut Merberich.

Sie war so schön, diese Woche Freizeit mit ausgiebigem Wandern, ohne störende Telefonanrufe oder sonst dringenden Aufgaben, die unseren Unternehmungsgeist gebremst hätten.

So sind es jetzt recht gemischte Gefühle, die Peter und mich, beim Anblick von unserem großen Haus, fast vorwurfsvoll mahnend beschleichen. Was ist es, was uns hier gleich wieder entgegenlacht? Es ist die Arbeit, die geduldig und leider auch gut sichtbar auf uns gewartet hat. Schade, dass es in Köln keine Heinzelmännchen mehr gibt. Wir hätten sie uns gerne einmal ausgeliehen. Blödes „Schneiders Weib!", warum musste sie so neugierig sein.

Anders jedoch erleben die Kinder das Heimkommen. Sie sind jetzt wieder zu Hause, stürmen gleich aus dem Auto und wollen direkt in den Garten und in den Pferdestall laufen. Auch Dackel Maidy muss sich durch Bellen bemerkbar machen, sie ist wieder in ihrem Revier angelangt und hat jetzt, gut vernehmlich, das hündische Sagen.

„Halt!", rufe ich meine drei Trabanten energisch zurück, „herkommen, erst wird ausgepackt"!

Mit wesentlich langsamerem Schritt kommen die drei zurück, nehmen zwar brav, aber etwas gelangweilt ihr eigenes Gepäck in Empfang, um es hinauf in ihre Zimmer zu tragen.

Auch wir schleppen jetzt unsere Koffer und den sonstigen Gepäckhaufen in die Wohnung.

„Grrrr!" – den Ton kennen wir unüberhörbar. Es ist das ach so freundliche Telefon, das unsere Ankunft leider gleich bemerkt hat, und uns auf seine Weise willkommen heißt. Mein langer Seufzer wird nicht gehört. Da kommt Peter auch schon zurück und erklärt kurz: „Bei H. hat eine Kuh Milchfieber, packt ihr schon alles weiter aus, ich bin zeitig zum Essen zurück."

Wie könnte es bei uns auch anders sein. Das aufmerksame Empfangskomitee ist nicht nur die endlose Arbeit am Haus, sondern vor allem unsere tierärztliche Praxis. Schnell wird jetzt das Auto entrümpelt, direkt mit den tierärztlichen Kisten beladen, und schon fährt Peter hinaus aus dem Hof. Der Alltag hat uns wieder voll im Griff.

Die Kinder aber sind schnell verschwunden. Von Koffer auspacken hat Mama doch nichts gesagt, das kann warten, dazu hat man ja noch sooo viel Zeit, schlimmstenfalls bis zu den nächsten Ferien. Dann brauchte man praktischerweise auch gar nicht erst wieder alles einzupacken.

Noch eine Weile stehe ich, allein gelassen, auf dem Kopfsteinpflaster, betrachte unsere Linde, die tief herab ihre belaubten Äste hängen lässt und vielleicht die einzige ist, die von uns nichts fordert, noch erwartet, sondern nur bescheiden und schön die Mitte des Hofes schmückt.

Sie stand schon dort, als wir hier in Gut Merberich eingezogen sind. Hat sie sich, nach der Jahrzehnte langer Stille, über unseren Einzug und gleichzeitig die lebhafte Unruhe, die damit entstand, wohl gefreut?

Mein Blick wandert weiter zu den fast burgartigen Mauern des Gutshauses. So manches Mal, besonders abends, wenn endlich auch bei uns
der Feierabend die erhoffte Ruhe bringt, da stelle ich mich in frohen
Gedanken neben diesen Baum, freue mich über den Anblick der linken
Hauswand und daneben dem Turm mit dem Haupteingang, beides schon
von uns repariert und mit weißer Farbe gestrichen. Noch erwartet in den
nächsten Jahren nicht nur das Gemäuer des Mittelteils mit Praxis und
Stall diese sehr notwenigen Streich(el)einheiten, auch die Reithalle und
das große Einzelgebäude an der Toreinfahrt, ganz zu schweigen von der
Alten Schmiede, einem Nebengebäude und der ganzen Gartenseite.

Jetzt aber, im glücklichen Anblick des schon Vollbrachten, denke ich
gar nicht daran, mich von der arbeitsintensiven Zukunft entmutigen zu
lassen. Im Gegenteil, ich kann mir jetzt viel besser vorstellen, wie unser
ganzes Haus einmal in naher, aber auch noch in ferner Zukunft, Abschnitt
für Abschnitt in jungfräulichem Weiß erstrahlen wird, und das schenkt
mir gerade in diesem Augenblick eine solche Vorfreude, dass ich weiß,
wir werden immer wieder den notwendigen Mut und die Kraft für diese
Aufgabe aufbringen.

Noch steckt unverbraucht eine gute Portion Abenteuer in uns, wie damals, als wir Merberich entdeckten, und nach einigen Wochen dann sogar
auch kauften.

Wie aber haben wir es überhaupt damals gefunden?

*

Es war direkt nach unserer Hochzeit, als wir mit unserem, noch sehr bescheidenen Hausrat, nach Langerwehe gezogen sind, um dort eine tierärztliche Praxis zu übernehmen. Der dortige Tierarzt sah seine Zukunft in
einer administrativen Tätigkeit, und brauchte daher für seine Landpraxis
einen Nachfolger.

Diese kleine deutsche Ortschaft liegt am Nordrand der Eifel und gehört zum Kreis Düren.

Die Frau des Vorgängers blieb mit den drei Kindern noch einige Monate im Haus wohnen. Wir bezogen eine 2-Zimmer-Wohnung im Souterrain
darin. Beim späteren Auszug der ganzen Familie zog dann, da wir das
Haus nicht kaufen wollten, eine andere Familie, mit ebenfalls drei Kindern ein.

Inzwischen aber hatten wir schon Wiebke, unser erstes Kind und Claas ließ dann auch nicht lange auf sich warten. So wurde es für uns zu eng.

Zuerst überlegten wir, und gingen auch auf die Suche danach, eine größere Wohnung zu mieten. Dabei erfuhr Peter, dass in einem großen Gebäude, abseits von Langerwehe, eine solche angeboten wird. Es war das erste Mal, dass wir mit dem recht desolaten Gut Merberich Bekanntschaft machten. Aber die einzige Wohnung darin, die wir eventuell hätten mieten können, war nicht groß genug und auch noch in einem unschönen und unrenovierten Zustand.

Nach erfolgloser Suche näherte sich uns dann die Überlegung, für unsere wachsende Familie ein eigenes Haus zu bauen. Bald danach fanden wir tatsächlich, sogar in unserem Wohnort, ein schönes und recht großes Grundstück. Es nannte sich „Auf den Kempten". Mit den modernen Entwürfen unseres Architekten aber waren wir nicht immer einverstanden. So kam es, dass wegen unserer eigenen Vorstellungen eines gemütlichen, vor allem aber auch kinderfreundlichen Hauses, die Pläne noch einmal zur Genehmigung an das Bauamt eingeschickt werden mussten.

Oft bewahrheitet sich im Leben das bekannte Sprichwort, wenn etwas nicht gleich den eigenen Wünschen entspricht: „Gut Ding will Weile haben." Plötzlich legt sich, unerwartet und ungeplant, noch etwas Besseres in den Lebensweg. Diese Erfahrung durften wir jetzt machen.

In der Zeit unserer intensiven Hausplanung, bekamen wir Besuch aus Amerika. Durch Peters Briefwechsel mit seinem Bruder Jens, der seit einigen Jahren mit seiner Freundin Claire in den USA lebt, erfuhren wir, dass beide überlegten, endgültig wieder nach Deutschland zurückzukehren. Vor allem wollte er wissen, wie im Moment die Berufschancen und Möglichkeiten in Deutschland sind. Peter schrieb zurück, dass wir ihren Plan nur befürworten könnten und sie in ihrer Heimat willkommen seien.

Wir freuten uns sehr, als beide eines Tages vor unserer Tür standen. Mit etwas (sogar etwas viel) Zusammenrücken, blieben sie ein paar Tage unsere Gäste. Claire und ich genossen es ganz besonders, dass wir miteinander Schweizerdeutsch sprechen konnten, sie Züri- und ich Berndeutsch. Wir wurden sehr schnell gute Freundinnen, obschon es im Volksmund heißt, dass die Züricher und die Berner sich oft recht tüchtig gegenseitig auf die Füße treten können.

Dann geschah es ... es war an einem sonnigen Sonntagnachmittag. Keiner von uns ahnte, dass jetzt das Schicksal in unsere Zukunft eingreifen, und uns sanft und zielsicher zu diesem „gut Ding" führen wird.

Claire und ich wollten diesem warmen Tag mit einem Spaziergang begegnen. Peter und Jens blieben aber zu Hause, um Töchterlein Wiebke und das Telefon zu hüten. Bald fanden wir freie Feldwege und ließen die Häuser hinter uns.

Da, plötzlich hatte ich eine Eingebung. Woher kam sie, wer hatte sie mir eingeflüstert?

„Claire, ich muss dir etwas zeigen, es ist gar nicht mehr weit von hier." Unser Wanderweg führte uns noch durch ein kleines Wäldchen, aber dann standen wir auf einmal davor. Zuerst war es ein stiller Teich. Doch hinter diesem dunkeln Wasser, fast versteckt zwischen Bäumen und Büschen, verbarg sich das romantische Gebäude, welchem Peter und ich, auf unserer Wohnungssuche, schon einmal begegnet waren, und das bei uns irgendwie einen unvergesslichen Eindruck hinterlassen hatte.

Claire war sprachlos: „Das ist ja das reinste verwunschene Märchenschloss!" Noch eine Weile blieben wir an dem großen Teich stehen und rätselten an diesem einsamen „Schloss" herum.

„Sehr bewohnt sieht es ja nicht gerade aus und ganz schön demoliert", beschrieb damals Claire gedankenvoll ihren ersten Eindruck.

„Wenn ich so an England denke, könnte das ein ehemaliges ‚Manor House' gewesen sein, aber scheinbar seit Jahrzehnten weder gepflegt noch bewohnt. Hier hat die Natur, ungehindert von den Menschen, die einst erschaffene Bausubstanz in jeder Hinsicht vollkommen zurück erobert!"

Während wir so an diesem ruhigen Teich standen, erfasste mich, angesichts dieser zugewachsenen rätselhaften Mauern, auf einmal eine eigentümliche Anziehungskraft, ein Gefühl, als dürfte ich hier nie mehr weggehen.

Langsam drehte ich mich zu Claire um und erinnerte:

„Als Peter und ich eine Zeitlang auf Wohnungssuche waren, besichtigten wir auch hier, in diesem seltsamen Gebäude, eine kleine Wohnung. Sie war aber für unsere wachsende Familie nicht nur zu klein, auch kaum bewohnbar, denn drinnen sah es genau so verwahrlost aus, wie hier draußen diese demolierten Mauern.

Aber schau dort drüben dieses große Fenster, das hier zum Teich hinausgeht. Dort drinnen waren wir nicht, aber ich versuche mir gerade vorzustellen, wie es hinter diesen vorhanglosen und trüben Scheiben wohl aussehen mag. Zu gerne möchte ich einmal in dem ganzen Haus herumstöbern dürfen."

Noch eine Weile bummelten wir etwas herum, dann aber betraten wir, wie von einem geistigen Magneten angezogen, den Innenhof des Gebäudes. Plötzlich, wir wussten nicht weshalb, hatten wir es auf einmal sehr eilig nach Hause zu kommen. Warum war ich jetzt so aufgeregt? Vor kurzem hatten wir hier doch gar nicht einziehen wollen?

„Peter, wir kommen gerade von dem seltsamen und einsamen Gebäude in der Nähe der Bundesstraße nach Aachen. Claire meint, dass hätte ein ehemaliges Manor House sein können. Es ist dasjenige am stillen Teich. Erinnerst du dich, wir haben doch vor kurzem darin eine recht schäbige Wohnung besichtigt!"

So platzte ich, innerlich immer noch aufgewühlt von diesem seltsamen Erlebnis, ins Wohnzimmer hinein, wo Peter und Jens ahnungslos und gemütlich schon am vorbereiteten Kaffeetisch saßen.

Doch auf einmal, bei meinem hastigen Bericht, wurde auch Peter recht aufmerksam.

„Natürlich erinnere ich mich noch gut daran. Wir sind aber nur kurz in dieser einen kleinen Wohnung gewesen. Aber Moment einmal, da habe ich doch kürzlich gehört, dass dies Haus, sein Name ist übrigens ‚Haus Merberich', jetzt sogar zum Verkauf steht! Es ist im Besitz der Rheinischen Braunkohle AG. Kommt mit mir hinauf auf die Straße, ich will euch etwas erklären."

Neugierig erhoben wir uns aus den bequemen Sesseln, auch der Kaffee wurde bedenkenlos zurückgelassen, und folgten ihm die Treppe hinauf.

„Seht ihr da drüben, den langgezogenen, mehrstufigen Hügel? Er liegt übrigens unmittelbar hinter diesem ‚Haus Merberich'. Es ist eine Abraumhalde der ‚Rheinbraun'. Sie entstand aus dem über der Braunkohle liegenden Erdreich. Dieses ist wohl in den letzten zehn Jahren, angeschlossen an den nahe gelegenen Braunkohletagebau der Grube Inden, über Förderbänder und großen Lastfahrzeugen auf das einstmals landwirtschaftlich genutzte Gelände dieses ehemaligen Gutes hin transportiert, aufgeschüttet und abgelagert worden. Dort, am hinteren Ende, da könnt ihr noch einen riesigen Absetzbagger erkennen, der wohl demnächst abgebaut werden soll. Mit seiner Arbeit prägt er noch weithin die Landschaft.

Der Gebäudekomplex selbst, von dem ihr gerade kommt, mit den heute sehr verwilderten, ehemals aber großen Park- und Gartenanlagen, war für diesen Zweck aber nicht nutzbar. Wie ich kürzlich, ganz zufällig gehört habe, steht er deshalb, dem eigentlich schon geplanten Abbruch entgangen, jetzt schon über längere Zeit zum Verkauf."

Mit diesem Bericht hatte Peter auch das Interesse bei seinem Bruder geweckt.

„Lass uns schnell einmal hingehen, ich will das auch sehen", und schon war Jens startbereit.

Wir beiden Frauen aber machten es uns jetzt mit Wiebke gemütlich. Dennoch waren wir sehr gespannt auf den Bericht unserer Männer.

Nach einiger Zeit kamen beide recht angeregt von ihrer Besichtigung zurück, und schon am anderen Tag erkundigte sich Peter bei der Rheinischen Braunkohle nach dem Gutshaus. Der Bericht war positiv, man suchte immer noch einen neuen Besitzer.

Jetzt wurde zu viert eifrig debattiert, das Dafür und Dagegen erläutert, gegenüber gestellt, aber zuletzt siegte das sehr heruntergekommene und ach, so romantische Gebäude.

Leider mussten Jens und Claire abreisen, sie wollten noch einige Familienmitglieder besuchen, und für die kommende Woche war auch schon der Rückflug nach Amerika gebucht. Dort wollten sie die notwendigen Vorbereitungen für eine endgültige Rückkehr nach Deutschland in Angriff nehmen.

„Haltet uns auf dem Laufenden!" war der beiden Wunsch, dann waren sie weg.

Kurz entschlossen legten wir unsere Hausbaupläne ad acta und noch manches Mal, wenn es unser Praxisbetrieb irgendwie erlaubte, fuhren wir ganz schnell zu unserem geheimnisvollen, noch gänzlich unbekannten Objekt. Wir erlebten dann noch eine sehr spannende Zeit, denn es trat ein unerwartetes Problem auf. Das zum Haus gehörende Grundstück war, im Verhältnis zu dem sehr großen Gebäudekomplex, recht klein. Vor allem aber befürchteten wir, dass auf der großen angrenzenden Hangwiese, die nicht im Kaufplan inbegriffen war, eines Tages Häuser gebaut werden könnten. (Dass unser Verdacht dahin gehend berechtigt war, erfuhren wir zufällig recht bald.)

Durch diesen, von uns eingereichten Neuauftrag, dauerten die erneuten Verhandlungen noch weitere drei aufregende Monate. Es war eine äußerst nervenaufreibende Zeit. Da unsere finanziellen Möglichkeiten nicht sehr groß waren, sprachen wir absolut mit niemandem über unsere Kaufpläne. Nur noch im Flüsterton wurde darüber geredet. Immer fürchteten wir, dass jemand anderes, der pekuniär besser gestellt, die Nase an unsere Bemühungen bekommen und uns dann das Haus, trotz seines desolaten Zustandes, im letzten Moment doch noch wegschnappen könnte.

Endlich, im Dezember 1970, nach vielen Wochen des Bangens, war dann die spannende und aufregende Zeit der Verhandlungen vorbei und wir erhielten den erlösenden Notartermin.

Erwartungsvoll, und in einer solchen Angelegenheit noch so ganz unerfahren, saßen wir an dem festgelegten Dezembermorgen in den weichen Sesseln eines Notars, konzentrierten uns auf den im Eiltempo vorgelesenen, meist aber recht schwer verständlichen Text und setzten dann aber an der richtigen Stelle unsere Namen unter die Urkunde.

So wurden wir stolze, recht mutige und, ach, noch so ahnungslose Gutsbesitzer.

Haus Merberich gehörte nun uns, und voll Zuversicht betraten wir das uns noch unbekannte aber verheißungsvolle Land, das „Zukunft" heißt.

Als wir am gleichen Abend in unsere kleine Behausung zurückkehrten, stellten wir uns, im Überschwang unserer Begeisterung, unseren damaligen Mitbewohnern als neue Hausbesitzer vor. Auch ihnen hatten wir unsere Kaufbemühungen verschwiegen. Nicht einmal unsere besten Freunde wussten von unseren Zukunftsplänen.

Nachdem wir über Haus und Garten, die ganzen Beschädigungen daran und die Wildnis darum herum, sehr anschaulich berichtet hatten, wurde der Mann, er war als Physiker bei der Kernforschungsanlage in Jülich beschäftigt, plötzlich sehr aufmerksam und irgendwie ausgesprochen interessiert.

„Herr Behrendt, könnten wir gleich dorthin fahren? Nach Ihrem spannenden Bericht würde ich das Gebäude gerne einmal selber anschauen."

Ich aber verblieb bei Wiebke und dem Telefondienst.

Als Peter nach einer Stunde wieder zu Hause war, ging mir sein Bericht dann doch sehr unter die Haut. Er war die volle Bestätigung, dass wir mit unserem absoluten Stillschweigen mehr als recht getan hatten.

„Du glaubst es nicht. Als mein Begleiter vor dem imposanten Gebäude stand, hüpfte er fast im Zick-zack und rief immer wieder aufgeregt: ‚Wie kommen sie zu diesem tollen Haus? Ich habe nie etwas davon gehört! Warum wurde nie darüber berichtet? Hätte ich auch nur eine Ahnung davon gehabt, ich hätte das Haus direkt gekauft und ein physikalisches Institut daraus gemacht. Ich suche schon lange so etwas Ähnliches.' Du kannst dir nicht vorstellen, wie verdutzt ich neben diesem Gefühlsausbruch stand. Dann fragte er mich noch, ob man hier auch hinein gehen könne, er möchte gerne auch einige der Räume darin besichtigen. Du erinnerst dich, dass wir bei der Übergabe eine ganze Kiste voll Schlüssel ausgehändigt bekommen haben. In welches Schloss aber ein jeder passen sollte, das konnte man uns nicht sagen. Zum Glück fanden wir wenigstens die große Haustüre offen, und so konnten wir die beiden unteren Räume besichtigen. Wenn ich nicht wüsste, dass ich gerade eine Besitzerurkunde unterschrieben habe, ich sähe als Fata Morgana schon morgen ein physikalisches Labor dort installiert."

Schon am nächsten Morgen, nach einer trotz all der vielen Aufregungen gut durchschlafenen Nacht, begannen wir, nun als richtige Besitzer, das ganze Gebäude zu durchstöbern. Nur die Parterreräume im linken Flügel waren noch vermietet und uns im Augenblick nicht zugänglich. Dennoch fanden wir genug Räume, Gänge, Treppen und Flure, um uns darin manchmal fast zu verirren. Um unsere jeweiligen Standorte festzustellen, half dann allein der Ausblick aus den Fenstern. Zum Schluss schätzten wir, dass es hier insgesamt an die 50 Zimmer geben müsste, verteilt auf große, mittlere und kleinere Wohnungen.

„Hallo, wo bist du?", hörte ich Peter rufen, denn ich hatte ihn wieder einmal aus den Augen verloren.

„Komm hoch, ich bin hier oben; die obersten Zimmer und dann erst der Estrich, das musst du dir ansehen, einfach gewaltig!"

Natürlich musste ich. Schnell krabbelte ich eine hölzerne, allerliebste Wendeltreppe hinauf und stieß, oben angekommen, auf den neuen Besitzer.

„Komm hier durch das große Zimmer und schau dir diesen kleinen Balkon an. Von dem aus kannst du gleich den ehemaligen Park als unser zukünftiges Betätigungsfeld betrachten!"

„Großartig, bei diesem Anblick, von so hoch oben, verspürte ich direkt den Wunsch, über das ganze Gelände hinaus zu fliegen. Die Natur schien in den letzten Jahren da unten viel Spaß und Freude gehabt zu haben, denn sie durfte, ungestört von menschlichen Eingriffen, über Jahrzehnte wachsen und gedeihen."

„Hast du eigentlich das schlafende Dornröschen noch in keinem Raum gefunden?", fragte ich, nach einer Weile des Staunens mit verträumter Stimme.

„Nein, leider nicht, ich hätte es bestimmt wach geküsst!"

„Auch ohne ein Prinz zu sein?"

„Bin ich denn nicht dein Prinz?" Peter spielte den Enttäuschten.

Eines aber stand fest: Platz für uns und unsere Kinder war jetzt genug vorhanden, nur eben ... in welchem Zustand!

Wieder unten auf dem Hof angekommen, schauten wir uns erneut um, diesmal aber schon irgendwie mit planenden Absichten.

Den größten Teil des hofseitigen Mauerwerks konnte man gar nicht mehr sehen, denn ein rankender und dickstämmiger Efeuwald hatte, in vielen unbeobachteten und stillen Jahren, als dichtes Blättergeflecht den Stein überklettert und damit die vielen Wunden, die die Geschütze im letzten Weltkrieg hinterlassen hatten, mitleidsvoll zugedeckt.

*

Ausgeträumt! Ich bin wieder da! Eigentlich sollte ich unsere Koffer auspacken und mich um das Abendessen kümmern. Die Kinder kann ich noch hören, sie haben inzwischen den Garten erreicht und sind nicht mehr im Stall. Nach einer so langen Woche der Abwesenheit müssen sie sich in ihrem Spielreich zurück melden und überall nachschauen, ob noch alles Bekannte vorhanden ist. Fast wie unser Hund, nur dass sie nicht bellen, sondern fröhlich, aber ebenfalls recht lautstark, herumtollen.

Und doch stehe ich, wie ich es auch damals nach unserem Einzug so manches Mal gemacht habe, immer noch allein auf dem Hof, der mich wieder einmal, nach einigen Jahren schon vollem Einsatz, zu einigen gedanklichen Rückblicken inspiriert.

Aber im Gegensatz zu früher betrachte ich nicht gedankenvoll einen fast die ganze Mauer zudeckenden Efeubewuchs, sondern darf mich inzwischen schon an einer klaren und weißen Wand erfreuen.

*

„Könnten diese doch reden, diese grün bewachsenen Mauern!", wünschte ich damals ganz intensiv. Zwei Weltkriege hatten sich auch hier ausgetobt, aber diese dicken Mauern überstanden beide. Viele Menschen belebten das Haus, sind durch diese Türen ein und ausgegangen. Was aber ist in den vielen Jahrzehnten hier geschehen, als man das Haus verlassen hatte, und warum hatte man es überhaupt verlassen? Ob ich das wohl einmal zu einem bescheidenen Teil erfahren darf?

Ich erinnere mich heute mit einem Lächeln daran, dass meine Gefühle für das Haus manchmal fast persönlich wurden. So stellte ich mir einmal sogar vor, man könnte das, von dichtem Efeu zugewachsene Gebäude, mit einem vollbärtigen alten Mann vergleichen, dem dichtes Haar, buschige Augenbrauen und ein wolliger Bart das Gesicht bedecken.

Was man an einem solchermaßen „zugewachsenen", Mann aber immer noch sehen kann, sind seine Augen und die können, je nachdem was sie sehen, knurrig, fröhlich oder gewitzt dreinschauen, vor allem aber können sie lachen. Ich glaube sogar, dass ich in den Jahren, in denen wir unser großes Haus mehr und mehr kennen gelernt haben, diese oft habe lachen sehen, denn mit unserem Einzug, und dann später unseren drei lebhaften eignen Kindern, zu denen sich mit den Jahren noch eine ganze lärmende und spielende Schar fremder Kinder gesellte, durften sie, nach der vergangenen Einsamkeit und Stille, viel Lärm und Fröhlichkeit erleben. Kann es sein, oder war es nur meine eigene, phantasievolle Einbildung? Dann hatte ich den Eindruck, als ob sich die Fenster vor Freude auseinander zögen ... und würden lachen!

Haus Merberich, später wurde es als Gut Merberich eingetragen, befindet sich nicht weit außerhalb der Ortschaft Langerwehe und vor der Halde Nierchen. Dieser künstliche Berg, gelegen an den nördlichen Ausläufern der Eifel, entstand durch die Aufschüttung beim Abbau von Braunkohle und bietet einen freien Blick auf die Ebene der Kölner Bucht. Nach der Rekultivierung wurde hier ein ausgedehntes Wander- und Reitgelände angelegt.

Langerwehe selber ist eine eher kleine Ortschaft, jedoch durch seine Töpfereien und dem daran angeschlossenem Museum, in Deutschland – und teilweise auch im Ausland – recht bekannt. Es gehört zum Kreis Düren und liegt geografisch gesehen am Nordrand des Mittelgebirges und in der Nähe der geschichtsträchtigen Stadt Aachen, sowie an dem, vom Zweiten Weltkrieg in die Geschichtsbücher eingegangenen Hürtgenwald. Dort fand eine der letzten, sehr verlustreichen Rückzugsschlachten der deutschen Truppen statt, die den Vormarsch der Amerikaner, für einen Landgewinn von nur etwa 30 km, fast ein halbes Jahr aufhielt.

Jetzt wohnen wir schon einige Jahre in unserem stolzen „Paradies", wie Claire es gleich betitelt hatte, und zurückdenkend kann ich feststellen, wir haben doch schon recht viel dran gearbeitet. Zwar leben wir immer noch in unserer zuerst renovierten Wohnung in der ersten Etage des linken Gebäudeflügels. Unsere Phantasie jedoch, die träumt schon

vom Einzug in die wunderschöne, luxuriöse ehemaligen Herrschaftswohnung.

Über die Entstehung des Hauses konnten wir erfahren, dass es in den
Jahren 1909–1912 im Jugendstil von dem Münchner Architekten Emanuel
von Seidel gebaut worden war, der sich damit im Rheinland, neben seinen
Industriebauten, ein bleibendes Denkmal gesetzt hat.

In einer großzügigen Hufeisenform umgibt es einen, mit Kopfsteinen
gepflasterten Hof, in dessen Mitte der schöne Lindenbaum seine langen
Äste ausstreckt.

Die Toreinfahrt besteht leider noch immer nur aus zwei übrig gebliebenen steinernen Pfeilern, von denen schon der alte Putz herabbröckelt.
Ein richtiges schmiedeeisernes Tor steht noch auf unserer Wunschliste.

Rechts von dieser Einfahrt steht, immer noch unbewohnt, ein einzelnes Haus. Obschon mit dem restlichen Gebäude verbunden, bildet es
dennoch eine separate Wohneinheit. Leider muss hier die Wiederherstellung des ehemaligen Zustandes noch eine Weile warten, und auch unsere
akrobatische Streicherei ist noch lange nicht bis an diese Mauern vorge-
drungen.

An dieses schließt sich ein lang gestreckter, mit großen, mehr als
mannshohen und -breiten Fensteröffnungen versehener Trakt. Altes, ver-
rostetes, liegen gebliebenes Gestänge auf einem dazugehörigen Beton-
sockel, zeugt noch heute davon, dass es sich hier um einen ehemaligen
offenen Kuhstall handelt mit einer für die damalige Zeit ausgesprochen
fortschrittlichen Fischgräten-Melkanlage.

Neugierig kletterte Peter einmal in dieser verlassenen Anlage herum,
immer auf der Suche nach etwas Brauchbarem. Was er dabei fand, war
zwar nichts Materielles, dafür aber eine großartige Idee, in die ich dann
auch gleich eingeweiht wurde:

„Folgendes habe ich mir ausgedacht: Wenn wir diese ganze, leider
heute unbrauchbare Einrichtung entsorgten, dann die darüber liegende
Decke des ehemaligen Heubodens herunter reißen könnten und so wäre
diese Halle nicht nur genügend groß, sondern auch hoch genug, um für
unsere Pferde eine schöne Reithalle daraus zu machen."

Wir waren gerade eingezogen, und unser Entdeckergeist zog uns fast
täglich in die entlegensten Winkel des weitläufigen Gebäudes. So blieb
es nicht aus, dass wir neben dieser Halle auch den Stellplatz für die ehemalige Kutsche der Gutsbesitzer entdeckten. Mangels eines solch herrschaftlichen Gefährts wurde bei uns daraus eine Garage, nicht nur für

unser Auto, sondern auch den kleinen Traktor und sonstiges Gartengerät. Später leistete darin eine Getreidemühle für unsere Pferde gute Arbeit.

Die Unterkunft der damaligen Kutschpferde fanden wir dann gleich daneben, in der rechten Ecke des Gebäudes. Zwölf Ständer mit Anbindungen und mit jeweils einem steinernen Pferdetrog zählten wir darin. Leider war auch hier das Meiste in einem unbrauchbaren Zustand. Peter überlegte kurz, holte einen Messstab, begann alles auszumessen und kam dann auf folgendes Ergebnis:

„Hör zu! Ich bin kein Freund von Ständern. Angenommen, wir machten aus zwei eine Pferdebox, dann bekämen wir auf der einen Seite zwei, auf der andern sogar drei davon."

Unsere stetige Triebfeder war immer das Planen und anschließende Handeln, wobei bei unserem Haus raummäßig nichts unmöglich zu sein schien.

Leider gab es da aber so einen lästigen Spielverderber und der hieß „Finanzen", und der setzte sich immer wieder einmal bösartig zwischen unsere Zukunftspläne.

Ein kurzes Wiehern aus dem Stall, das in einer etwas tieferen Tonlage auch gleich beantwortet wird, unterbricht in der Stille des Hofes meine Gedanken. Es erinnert mich daran, wie wir damals, doch schon recht bald, vier Pferde in den neuen, selbst hergerichteten Boxen unterbringen konnten. Ist es jetzt unsere kleine Schimmelstute Simone, oder das schwarze Pony Polly, das sich gerade meldet? Nein, ich glaube es ist eher unsere edle Trakenerstute Mondfahrt, die wohl etwas Unterhaltung mit Fiona, dem aus Bosnien gebürtigen Doppelpony, sucht. Von den Kindern, kaum waren sie aus dem Auto gesprungen, wurden unsere Lieblinge natürlich direkt als erstes begrüßt.

Aber anstatt jetzt in den Stall zu gehen, um meinerseits nach dem Rechten zu sehen, bleibt mein Blick doch noch einmal stolz an den von uns erst kürzlich selbst restaurierten, jetzt schön weiß gestrichenen Hausmauern hängen.

*

Wie haben wir das gemacht, und woher kam uns die Idee?

Es war bereits in den ersten Monaten nach unserem Einzug, da fiel uns auf, dass dies große und weitläufige, meist an vielen Stellen noch frei zugängliche Gebäude so manch bettlosen „Wandersmann" als Übernachtungsmöglichkeit anlocken könnte. Merberich liegt an einem kleinen Waldstück, etwas entfernt von der nächsten Siedlung, und so war uns der Gedanke an solch unbekannte und nicht geladene Gäste doch etwas unheimlich. Was also konnten wir tun? Nach kurzer Überlegung beschlossen wir, dem Haus wenigstens von außen einen bewohnten, sauberen und adretten Eindruck zu geben. Ein neuer weißer Anstrich würde diesem sicher entsprechen.

Besonders die linke Hausseite, sowie diejenige im Mittelteil, fanden wir beim Kauf des Hauses von dicken Efeumatten bewachsen. Das werde ich wohl nie vergessen, wie Peter dort Tarzan spielte!

Also mussten wir zuerst einmal die dicken Matten des immergrünen Strauches entfernen. Kurz entschlossen stellten wir uns eines Tages vor dieses gewaltige, weit in die Höhe kletternde und durch starke Haftwurzeln an der Mauer anliegende Gewächs, packten die dicken Stämme und versuchten, mit einem gemeinsamen kräftigen „Hauruck-Ziehen" sie abzulösen und herunter zu ziehen. Aber das funktionierte nun überhaupt nicht. Die fast armdicken Äste klammerten sich mit ihrer Verzweigung so stark an das Mauerwerk, dass ein einfaches Herunterholen aussichtslos schien. Die Natur zeigte sich wieder einmal in ihrer vollen Stärke, lachte uns einfach aus, denn was in all den Jahrzehnten ungebremst, ungestört und kraftvoll wachsen und sich entwickeln konnte, ließ sich nun nicht mehr so leicht wieder entfernen.

„Ich muss hinauf klettern und von oben mit der Gartenschere und Spachtel die Matten von der Mauer los machen", überlegte Peter. Kurz entschlossen holte er das notwendige Werkzeug und begann, an den Stämmen hoch zu klettern.

Ich weiß noch, wie ich damals von unten dieser noch unerprobten und schlecht kalkulierbaren Kletteraktion mit gemischten Gefühlen zuschaute.

„Pass auf, ob der Efeu auch wirklich fest mit der Mauer verwachsen ist!", warnte ich noch.

Die ersten Klimmzüge waren erfolgreich, die grüne Matte bewegte sich kaum. Wie an einer steilen Kletterwand, sich an den Efeustämmen festhaltend, zog Peter sich nun Schritt für Schritt hoch, bis er etwa in einer Höhe von 6 Metern die Dachrinne erreichte. Mit seiner einfachen Gartenschere und durch festes Ziehen begann er nun Zweig für Zweig von der Mauer zu lösen. Das schien gut zu gehen und die erste dicke Matte hing schon abgelöst herunter. Sorglos stellte Peter sich auf diesen scheinbar stabilen Untersatz, der jetzt traurig die beblätterten Ranken hängen ließ.

Da bemerkte die Kletterpflanze, dass sie verloren hat. In ihrem Stolz und Heimatrecht verletzt, antwortete sie dem Störenfried mit einer kleinen Rache, denn plötzlich erscholl ein lautes Krachen! Ich hielt die Luft an. Eine Schere kam im hohen Bogen durch die Luft herunter gesegelt und landete hart auf dem Hofpflaster. Zum Glück nur die Schere, denn reaktionsschnell konnte Peter sich im letzten Moment noch mit beiden Händen an der Dachrinne festhalten, während seine Beine nun haltlos in der Luft hingen, weil ihnen der notwendige Untersatz fehlte. Was war geschehen? Sein bequemer Teppich war doch nicht so sicher verhaftet wie angenommen. Zu viel vom Efeustamm hatte er schon abgelöst, so dass der Rest nicht mehr fest genug mit der Mauer verbunden war um die schwere Gewichtsauflage zu tragen.

Man könnte hier weise erwähnen: Man sollte nicht auf dem Ast sitzen, den man gerade absägt!

„Links von dir ist das Ablaufrohr!", rief ich spontan hinauf, aber Peter hatte dieses schon entdeckt und schwang sich an der zum Glück sehr stabilen Dachrinne hinüber, bis an die Ecke zu diesem Rohr. Daran kam er nun unverletzt, nur etwas erschrocken, herunter gerutscht.

Diese Kletterakrobatik schien so ihre Tücken zu haben, aber runter musste der Efeu, nur wie? Da hatte der Artist wieder eine Idee:

„Wir holen das Abschleppseil aus dem Auto und versuchen, die restlichen dicken Matten mit dem Auto abzuziehen!"

Schnell wurde das gewünschte Seil geholt und erneut kletterte Peter damit an der Mauer hinauf, aber nur bis zu der Stelle, wo der restliche Teil des Efeus noch fest haftete. Dann verknotete er dieses an dem herunter hängenden, schon abgelösten Knäuel, während ich das andere Ende an der Stoßstange unseres VWs fest machte. Wieder unten auf festem Boden rief er mir zu:

„Jetzt kannst du starten, aber langsam, sonst ist die Stoßstange weg!"

Vorsichtig gab ich Gas, der Widerstand wurde nun deutlich fühlbar. Sehr langsam, Zentimeter um Zentimeter, bewegte ich das Auto noch ein wenig weiter vorwärts ... da, ein lautes Krachen, Rauschen und Brausen hinter mir. Sofort stoppte ich den Wagen, stieg aus und stand erschrocken, erstaunt und irgendwie betrübt vor einem riesigen Berg grüner Blätter an braunen Stämmen.

„Nun, das hätten wir geschafft, das ging soweit doch ganz gut!", sagte ich erleichtert und doch irgendwie etwas verzagt zu Peter, denn der Anblick der sich uns jetzt bot, ließ uns an unserer Aktion einen Moment lang fast zweifeln. Ein Stück Natur, in so vielen Jahren schön gewachsen, überdeckte nun weit und hoch ausgebreitet einen großen Teil unseres Hofes. Und da war noch etwas, was in all den Nachkriegsjahren durch stetiges Wachstum von grünen Blättern sanft und kontinuierlich zugedeckt worden war. Dies zeigte sich nun in seiner ungeschminkten demolierten Schäbigkeit. Ein hässliches, fleckig gelbes und durch Einschusslöcher verunstaltetes Gemäuer präsentierte sich uns in seiner nackten Hilflosigkeit. Erstaunlich, wie diese Mauern, durch ihre Dicke und Stabilität, bei den kriegerischen Angriffen, so tapfer Widerstand geleistet hatten. Nachdenklich betrachteten wir unser trauriges Werk. Dann aber tröstete uns, dass wir jetzt so schnell wie möglich diesen unschönen Anblick durch einen neuen Anstrich verändern und damit dem einstmals herrlichen Gebäude seine Schönheit wiedergeben wollten.

Eigentlich wäre es jetzt praktisch, ein stabiles Baugerüst an der Wand zu befestigen, um von einem sicheren Standort aus, die komplizierten und mühsamen Arbeiten zu erledigen. Leider aber erlaubte uns wieder einmal unser immer präsenter „Störenfried und Spielverderber" diesen Luxus nicht.

Aber für eine zweite lange und ausziehbare Leiter, dafür reichte das „Taschengeld" gerade noch. Die wurde nun auch sofort besorgt und gemeinsam stellten wir die neue Errungenschaft an die Wand.

Die hässliche, fleckig gelbe Wandfarbe, die vorher durch den dunkelgrünen Efeu zugedeckt worden war, mussten wir nun, mit einem scharfen Spachtel und einer harten Drahtbürste, Meter für Meter von der Mauer abkratzen. Auch die Einschusslöcher, die uns die amerikanischen Krieger, als liebevolles Andenken zurückgelassen hatten, wurden nicht verschont, sie alle mussten anschließend noch zugespießt werden.

Entschlossen kletterten wir die zwei langen Leitern hinauf. Das erste Teilstück der Mauer, das wir auf diese Weise in Angriff nahmen, war die linksseitige mit der Haustür zu unserer Wohnung.

Am Anfang beschlich mich doch ein recht mulmiges Gefühl, wenn sich der sichere Erdboden immer weiter von mir entfernte, und mein Stehvermögen sich allein auf die dünnen Sprossen der Aluminiumleiter verlassen musste. Zu Anfang vermied ich es, hinunter zu schauen und betrachtete nur die Wand, die von mir behandelt werden sollte. Eine Sprosse nach der anderen zog ich mich hoch, bis ganz oben die freundliche Dachrinne, die Peter schon einmal zu Hilfe gekommen war, mich zum Festhalten einlud. Ihr Angebot nahm ich gerne an und begann von dort mit der staubigen und mühsamen Kratzarbeit.

Zuerst hatte ich das erste zu reinigende Teilstück direkt vor der Nase. Zu den nächsten aber musste ich immer wieder eine Stufe nach der anderen weiter hinunter steigen. Je näher der Boden mir entgegen kam, umso mehr entfernte sich leider die Mauer. Da ich meinen Arm nicht verlängern konnte, musste ich schlussendlich den letzten Meter hinunter steigen, um die Leiter zu verstellen.

Auf dem sicheren Boden wieder angelangt, verschob ich diese ein Stück seitlich, und das Spiel begann von Neuem: Hochklettern, bis hinauf zu meiner Haltestelle, wo ich die Dachrinne wie eine alte Bekannte begrüßte, dann begann von dort erneut meine langsam hinunter steigende, kratzende Tätigkeit.

Dieses war der erste Streich ... – dies galt der gelben Farbe, die wir endlich entfernt hatten. Allein dieses Abkratzen der losen Farbe dauerte nicht nur viele Stunden, ja Tage verbrachten wir damit, vor allem die Wochenenden wurden dafür eingesetzt – ... und der zweite folgt sogleich!, und der betraf die Einschlaglöcher oder „Amerikaner", wie wir sie entsprechend ihrer Urheber nannten, und die unsere Kratzarbeit jetzt umso sichtbarer gemacht hatte. Mit diesem Spruch kam zwar Wilhelm Busch zu Ehren, uns aber nicht zu Hilfe.

Als nächstes kauften wir also einen schweren Sack Zement und mein Vorarbeiter organisierte noch einen Kübel Sand. Alles zusammen mit Wasser eingerührt und vermischt ergab eine dickflüssige Masse, die wir dann auf zwei Eimer verteilten. Den einen übernahm Peter, den anderen bekam ich.

Nachdem wir die Wand, und vor allem die gähnenden Löcher, mit einem breiten Quast vollkommen mit Wasser nass gespritzt hatten, turnten wir erneut, schwer beladen mit den gewichtigen Zementeimern und einem Spachtel, die Leiter hoch, die mir jetzt schon nicht mehr so gefährlich erschien. Damit wurden alle Löcher oder Einschläge verpflastert. Die Eimer hängten wir mit einem Metzgerhaken vor uns an die jeweilige Leitersprosse. Wie heißt es doch so schön: „Aller Anfang ist schwer!" Diese Weisheit galt wahrhaftig unserem Speißtransport, der bis ganz oben, der irdischen Schwerkraft folgend, kräftig nach unten zog. Mit dem stetigen Verbrauch aber wurde er leichter und auch der Boden kam wieder näher. Endlich war auch dieser Arbeitsgang vollendet.

„Peter, weißt du, an was mich diese geflickte Wand erinnert? Einerseits sieht sie aus, als hätte sie die Masern. Kürzlich aber, als ich beim

Friseur war, habe ich einer kosmetischen Behandlung zugeschaut. Die behandelte Dame sah genauso verkleckert aus wie jetzt unsere Wand."

Nachdem die Flickstellen etwas angetrocknet waren, konnten wir endlich mit dem ersten Pinselstrich beginnen.

Inzwischen hatte ich mich an das Hochklimmen an der hohen Leiter gewöhnt. Die nächsten Eimer, die wir hoch schleppen mussten, waren nun bis zur Hälfte mit einer dickflüssigen weißen Farbe gefüllt. Dazu gehörte noch eine dicke filzige Rolle und eine Art Abtropfsieb, welches am Eimerrand eingehakt wurde.

Vorsichtig tunkte ich die Rolle in die Farbe, drehte diese dann etwas, um sie auch rundherum leicht zu tränken, gerade genug für die Mauer, aber nicht zu viel, denn wir hatten nicht die Absicht, dem Boden unter uns, noch einen unerwünschten Segen zu spenden. Zum Schluss, für ein gleichmäßiges Verteilen, noch ein letztes Abrollen am Sieb, dann hob ich sie aus dem Eimer heraus und rollte damit über die nun glatte, gut vorbereitete Mauer.

Hoch, runter, hoch, runter. Das schmatzende Geräusch berührte meine Ohren wie die schönste Musik, denn mit jedem Rollenstrich begann sich Meter für Meter die hässliche Wand in ein sauberes Schneeweiß zu verwandeln. Es schien, als wollte hier der „Schmetterling Merberich", wenn auch mühsam, aber doch wenigstens hörbar, aus seiner schäbigen Puppenhülle schlüpfen.

Da, ich hörte es ganz plötzlich! Was war das!? Aus diesem, fast zirpenden Geräusch, das meine Farbrolle machte, kam, wie darin verborgen, ganz leise und fast so, als wären es nur meine Gedanken, eine sonderbare Melodie heraus. Es war ein überaus seltsames leises Klingen, ich hörte es ganz deutlich. Feine, fast sphärische Töne, wie von Gläsern erzeugt, die sich plötzlich, wie kleine Diebe, zwischen das Geräusch des Rollens stahlen!

„Peter, hörst du das auch? Beim Überrollen vernehme ich die Glasharfe von Onkel Hans!"

„Ich kann nichts hören, ich bin hier oben und unser Musikus ist mit seinen Gläsern weit weg!"

Da waren sie auch bei mir plötzlich verstummt. Aber vielleicht kommen sie doch noch einmal zurück. In dieser träumerischen Hoffnung arbeitete ich den ganzen Tag fleißig weiter. Rollte und rollte, aber außer dem quietschenden Geräusch der Farbe konnte ich nichts mehr vernehmen.

An dem Tag, als die erste Wand nach Wochen endlich in neuem Glanz erstrahlte, setzte ich mich am Abend, genau hier, wo ich jetzt stehe, neben die Linde auf einen Stuhl und betrachtete träumerisch unser schon vollbrachtes, wenn auch noch recht bescheidenes Werk. Es war ja erst eine einzige Wand von diesem riesigen Gebäude, die wir fertig gestrichen hatten. Aber dennoch versuchte ich mir vorzustellen, wie es einmal sein wird, wenn das ganze Gebäude in so einem sauberen Weiß erstrahlt.

In den vergangenen Jahren durfte dann auch wirklich noch weiteres Mauerwerk diese Metamorphose erleben, aber auch die Restaurierung der Räumlichkeiten im Innern des Gebäudes, jahrzehntelang unbewohnt, haben wir inzwischen schon ganz langsam in Angriff genommen.

Unser sehnsüchtiger Wunsch, Merberich in seiner alten Schönheit wieder auferstehen zu lassen, gab uns jeden Tag die notwenige Energie, immer wieder, über viele Jahre hinaus, an diesem prächtigen Bauwerk zu arbeiten, sei es außen an der Hauswand, der Renovierung innen, oder seiner wild zugewachsenen Parkanlage.

Gibt es ein Fach Pflanzenarchäologie? Wenn nicht, dann muss das Lexikon unbedingt um einen Begriff erweitert werden. Die alte Parkanlage war durch ein natürliches und ungestörtes Wachstum vollkommen verschwunden und wir verbrachten viel Zeit mit deren Ausgrabung, wobei wir immer wieder wunderschöne Überraschungen erleben durften. Allein wenn ich jetzt an die Entdeckung des Rondells sowie des Rosengartens denke ... aber diese Erlebnisse sind auch heute noch unvollendete Geschichten und warten noch immer auf ihr „Happy End".

In meinen jetzigen „höfischen" Betrachtungen und nachdenklichen Feststellungen bedaure ich sehr, dass die Heinzelmännchen für immer und ewig verschwunden sind, und uns, obwohl wir doch gar nicht so weit von Köln weg wohnen, diese uns nie besuchen werden.

Auch Peters Beruf als Tierarzt, in den nicht nur ich, sondern manchmal sogar die ganze Familie immer wieder mit einbezogen wird, erfordert täglich viel Zeit und zeichnete sich vor allem durch seine Unregelmäßigkeit aus. Kein Wochenende vergeht, das nicht mit einigen Anrufen geschmückt wird.

*

Die Kinder sind immer noch nicht aufgetaucht und Peters Auto ist auch noch nicht zurück. Auspacken kann ich morgen, auch ich habe es nicht unbedingt eilig, meinen Alltagsschritt wieder aufzunehmen. Also nehme ich mir noch etwas Zeit zum Träumen, bevor ich endgültig hinein gehen muss, um für meine, doch sicher sehr bald auftauchende und hungrige Familie zu sorgen.

Noch immer stehe ich neben der Linde auf dem Hof und schaue, den Kopf tief im Nacken, hinauf zum hohen Turm über dem Haupteingang. Da kommt mir doch noch ein Erlebnis in den Sinn, welches zu den Anfängen unserer ersten Anstreicherei gehört.

Er ist, bis zu seinem Dachrand, fast 14 Meter hoch, dieser Hofturm, der sich an die damals als erste in Weiß strahlende Hauswand anschließt. Auch dieser wollte gerne stolz in alter Pracht erstrahlen. Leider gab es eine so hohe Leiter höchstens bei der Feuerwehr.

Aber erprobten nicht schon die alten Ägypter ihre Denkgymnastik an ihren Pyramiden? Und wozu hatte man einen freundlichen und hilfsbereiten Landwirt als Nachbarn? Karl Grouven lieh uns seinen Traktor mit dem Frontlader und fuhr uns diesen sogar selber auf den Hof und vor die Treppe des Haupteinganges, wo sich der Turm in seiner stolzen Höhe erhebt.

In kurzer Zeit hatte Peter den Mechanismus des Frontladers verstanden. Vorsichtig hoben wir gemeinsam die lange Holzleiter in die Ladeschaufel hinein, dann ließ er diese bis auf das Maximum hochfahren. Gespannt betrachtete ich diese Aktion:

„Das scheint gut zu gehen, ich glaube, die letzte Leitersprosse reicht jetzt bis knapp unter das kleine mittlere Turmfenster. Ich hole ganz schnell das Seil aus dem Auto, und während du hinauf steigst, flitze ich damit das Treppenhaus hoch. Vom Turmzimmerfenster aus kann ich dann die Leiter festbinden."

So machten wir es. Während ich mit dem Seil, immer zwei Stufen auf einmal nehmend, hinauf eilte und schon ein paar Minuten später das noch unbewohnte Turmzimmer des 2. Stockwerkes erreichte, kletterte Peter vorsichtig in die hochgestellte Schaufel des Frontladers hinein und prüfte, bevor er den ersten Tritt der Leiter betrat, dessen Standfestigkeit in diesem runden Behälter. Aber nichts rührte sich, seine Kletterhilfe schien stabil zu stehen. Langsam und vorsichtig begann er, den Farbeimer in der einen Hand, mit der anderen sich immer wieder an der Leiter festhaltend, hoch zu steigen und näherte sich Sprosse für Sprosse meinem Fenster. In der Zeit hatte ich das mittlere der drei ovalen, alten Fenster schon geöffnet und beobachtete recht aufgeregt den immer näher kommenden Anstreicher. Dann sicherten wir sofort, kaum hatte er diese schwindelnde Höhe erreicht, die Leiter mit dem starken Seil.

Nun konnte die Streicherei beginnen. Leider war ich ihm, selber auf sicherem Zimmerboden stehend, nur manchmal mit der Farbrolle eine bescheidene Hilfe.

Aber auch hier stellte sich wieder das gleiche Problem, die Leiter musste immer wieder verstellt werden.

Wir waren doch recht froh darüber, dass der Turm kaum Einschusslöcher aufwies, und in den Jahrzehnten, auch die gelbe Farbe durch Wind und Wetter abgeschliffen worden war. So konnte, nur nach einem kurzen Bürsten, die weiße Farbe direkt aufgetragen werden.

Da, plötzlich, mitten in unserer konzentrierten Arbeit, hörten wir von unten herauf ein Quietschen und Lachen:

„Papa, hier bin ich!" Erschreckt schaute Peter hinunter in die Tiefe und entdeckte unseren mittleren, etwa dreijährigen Sohn Claas, entdeckerfreudig auf dem Sitz des Traktors herumrutschen und an dessen Steuer eifrig drehen. Peter aber war augenblicklich bewusst, dass allein durch das Berühren eines einzigen kleinen Hebels auf Sitzhöhe, die ganze Ladeschaufel blitzartig herunter gelassen werden konnte.

„Claas, verhalt dich jetzt ganz still, nichts anfassen, nur ganz still sitzen bleiben!", rief Peter laut und energisch seinem kleinen Sohn zu und raste, so schnell ihm die Sprossen das erlaubten, die Leiter hinunter, um seinen neugierigen Filius, der meistens alles mit den Fingern untersuchen und begreifen musste, zu „entschärfen". Dann erklärte er ihm:

„Claas, du darfst nie mehr alleine hier hinaufklettern, sonst würde nicht nur die Leiter, sondern der ganze Papa hinunter stürzen!"

Ja, das war damals ein Schreck. Aber Claas, so klein er auch noch war, schien diese eindringliche Mahnung seines Vaters doch verstanden zu haben. Peter konnte in den nächsten Tagen die Streicherei am Turm unbehelligt beenden.

*

Jetzt wird es aber wirklich Zeit, hinein zu gehen, um mich um das Abendessen zu kümmern. Dazu muss ich aber meine Gedanken, die eine Zeitlang in unserer abenteuerlichen Vergangenheit herumgeschwirrt sind, in der wir eigentlich immer noch mitten drin stecken, für eine Weile beiseite legen, und mich der lebendigen Gegenwart widmen.

Schnell ist dann doch alles fertig, nur das Teewasser muss noch heiß werden.

Ob Onkel Hans wohl seine Glasharfe spielt? Warum muss ich gerade jetzt wieder an unser Ferienerlebnis denken? Der Wasserkocher beginnt zu summen, je heißer das Wasser darin wird, um so lauter sein Gesang.

Da, was ist das, ich höre eine Melodie! Augenblicklich bleibe ich in höchster Aufmerksamkeit stehen. Das ist nicht der Wasserkocher allein der summt, da stehlen sich doch noch ganz andere Töne hinein, solche, wie diejenigen der Glasharfe! Woher kommen sie? Ratlos bleibe ich stehen und lausche. Ganz deutlich kann ich es hören. Auf einmal stellt der Kocher sein Summen ab, das Wasser hat gekocht und im gleichen Augenblick schweigt auch diese seltsame Musik. Ich öffne den Deckel, aber nur heißer Dampf schlägt mir ins Gesicht, nirgends ist eine Glasharfe. Spinne ich jetzt? Irritiert schüttle ich meinen Kopf. Aber die Klänge waren doch da, und zwar ganz typisch!?

Draußen höre ich es hupen. Es ist Peters Auto, der von seinem Notfall zurück kommt. Jetzt wird es aber Zeit für mich, nicht nur meine Gedanken aus der Vergangenheit endgültig in die lebendige Gegenwart zurück zu bringen, sondern auch das gedankliche Glasinstrument für eine Weile ruhen zu lassen. Unsere Ferienkoffer stehen auch noch unausgepackt in den Zimmern.

Schon bald steht ein etwas vorgezogenes Abendessen auf dem Tisch und wartet nach der langen Heimfahrt auf so einige hungrige Mäuler.

Schnell gieße ich noch das heiße Wasser auf den Tee und schon stürmen die Kinder herein und plumpsen etwas verschwitzt auf ihre Stühle. Peter kommt etwas langsamer hinterher.

„Mama, ich habe bei Mondfahrt und Fiona den Stall ausgemistet und neues Stroh auf dem Boden ausgestreut!", berichtet Wiebke recht selbstbewusst.

„Ich habe den Pferden Pellez und Heu gegeben, da war nichts mehr in den Boxen und sie hatten Hunger!", erzählt Claas.

„Ich hab Fiona gestreichelt!", will auch Niels, unser Jüngster, zu den Berichten der Geschwister seine eigenen Taten beisteuern.

„Ja, und dabei hast du mir beim Ausmisten immer im Weg gestanden."

„Aber Fiona hat das gerne gehabt, sie hat ihren Kopf an mir gerieben!", verteidigt sich der Kleine.

„Danke, das habt ihr alle drei gut gemacht, jetzt sind die Pferde für heute versorgt und morgen früh kommt wieder Herr Dohmen zum

Helfen. Aber habt ihr auch danach die Hände gewaschen?", ist jetzt meine, ach so banale Frage. Alle stehen wortlos auf, also nein.

„Warum müssen wir die Hände waschen, die sind doch sauber", muffelt Wiebke dann aber doch.

„Sicher sind die sauber, wir haben ja nur die lange Fahrt aus der Schweiz hinter uns, und vor allem kommt ihr gerade vom Misten aus dem Stall, da sind eure Hände natürlich immer noch blitzblank", kommentiere ich dem abziehenden Trio hinterher.

Während die drei sich nun doch willig entfernen, muss ich von Peter noch schnell wissen, ob es der Milchfieberkuh wieder besser geht.

„Ja, als ich kam, lag sie steif am Boden, aber nachdem ich ihr die Calciuminfusion gegeben habe, brachten der Bauer und ich sie gemeinsam wieder auf die Beine."

Jetzt sind wir wirklich wieder zu Hause, mit allem was so zu unserem Alltag gehört, Kinder, die Tiere, die Praxis, das Haus, der Garten, einfach unser ganzes Merbericher Leben. Aber das ist auch gut so, nur Ferien würden uns auf Dauer doch nicht voll zufrieden stellen.

Die Gläser von Onkel Hans mit ihrer zauberhaften, seltsamen Musik, die passen nicht mehr so ganz in unser arbeitsames und oft stürmisches Leben. Und doch finde ich hie und da stille Minuten, wo ich mich daran erinnere und dann versuche, ihre Stimmen zu hören.

Kapitel 3

Eine Expedition ins häusliche Leben

Wieder zu Hause – Amerikabesuch – ein Hausgespenst? – unsere Linde –
die Vergangenheit erwacht – ein gefährliches Zimmer – muss Fliegen schön sein –
ein verwirrender Dachboden – wieder in der Zivilisation – Jens will Kaffee –
Gespräch mit Tante Rösi – leise Töne im Telefonhörer

Bevor morgens meine Familie das Haus verlässt, gibt es zuerst immer noch einigen Wirbel. Sind die Schulsachen auch alle ordentlich in den Ranzen verpackt?

„Claas, hast du heute nicht Turnen? Dann vergiss deinen Turnbeutel nicht!"

„Nein, der Lehrer ist krank, das ist prima, wir haben heute früher Schulschluss!"

„Vergesst die Butterbrote nicht, auch du Claas, trotz deines kranken Lehrers!"

Das Telefon klingelt mehrere Male, und die Aufträge zur ersten vormittäglichen Praxistour werden von Peter oder mir notiert.

Endlich aber sind alle weg. Wiebke und Claas in der Schule und Niels wurde von Papa in den Heisterner Kindergarten gefahren. Ich atme auf und genieße wieder einmal die plötzlich eingetretene Ruhe, die nur manchmal durch das Klingeln des Telefons gestört wird. Die Patienten, deren Besitzer ein bisschen später aufgewacht sind, gebe ich dann Peter per Funk durch.

Dackel Maidy hat sich bei dieser allgemeinen Unruhe wieder zurück in ihr Körbchen verkrochen und beobachtet von dieser sicheren Warte heraus aufmerksam das lebhafte Geschehen. Als sich aber Herrchen für die Praxis bereit macht, da steht sie startbereit an der Tür, denn als treuer Wachhund fährt sie meistens auch gerne mit und hütet aufmerksam das normalerweise nicht abgeschlossene Auto, während Herrchen im Stall ein Tier behandelt.

Einmal brauchte Peter für eine Behandlung ein Medikament aus dem Auto, und da er gerade keine Hand frei hatte, bat er den Bauern, dieses für ihn aus seiner veterinären Werkstadt zu holen. Aber schon nach kurzer Zeit kam dieser recht verschreckt zurück.

„Herr Doktor, es tut mir leid, ich komme leider mit leeren Händen, sie müssen die Flasche schon selber holen. Als ich die Wagentür öffnen wollte, bin ich von ihrem Dackel beinahe gefressen worden. Sogar als ich mich schnell und unverrichteter Dinge entfernte, bellte er wütend weiter hinter mir her und schabte sogar noch mit seinen Zähnen an der Seitenscheibe."

Wunderbar still ist es nun um mich herum. Meine erste morgendliche Handlung bezieht sich zuerst auf das Abwaschen des Frühstücksgeschirrs. Dann werden die Schlafzimmer ordentlich gemacht. Dabei sammle ich alle Pyjamas ein, suche, unter die Betten kriechend, nach verlorenen Socken und ordne andere Kleidungsstücke, von denen die einzelnen Teile selten dort zu finden sind, wo sie eigentlich hingehörten. Bevor ich über irgendwelche Pantoffeln stolpere, werden auch diese von mir zusammen gesucht und dort hingestellt, wo sie eigentlich ihren Platz hätten. Sollte das aber nicht die Aufgabe unserer Brut sein?

Einmal habe ich in einem Buch gelesen, dass die Buddhisten lehren, all die banalen Handlungen des Alltags sollte man als Meditation betrachten oder sogar als eine Art Gebet. Bei meinen eigenen hausfraulichen Beschäftigungen muss ich zwar nicht unbedingt meditieren oder sogar beten, jedoch kann ich bei nichts so gut meine Gedanken wandern lassen, wie bei diesen ständig immer wiederkehrenden, recht monotonen, den Kopf frei fegenden und nicht weiter beanspruchenden Tätigkeiten. Das können leichte oder schwere Gedanken sein, wichtig ist es aber, dass es die eigenen sind, und die umkreisen meinen täglichen Einsatz um die Familie, Praxis, das Haus und den Garten.

An diesem Morgen wandern Peters Bruder Jens und seine Frau Claire durch meine Erinnerungen. Es war vor ein paar Jahren im Sommer, als die beiden für einige Wochen aus Amerika zu einem Besuch in Deutschland weilten und wir gemeinsam Gut Merberich entdeckten. Von da an war es kein Haus mehr, nein, es sollte ein ‚Schloss' sein. Bei vielen gemeinsamen und ernsthaften Gesprächen, meistens bei einem gemütlichen Nachmittagskaffee, kam aber auch zum Ausdruck, dass die ‚Auswanderer' es doch endlich an der Zeit fanden, auf dem fernen Kontinent bald einmal ihre Zelte abzubrechen und nach Deutschland zurückzukehren.

Ein Jahr später waren die beiden Mitentdecker dann tatsächlich wieder da, und dies sollte sogar eine endgültige Rückkehr werden. Um in

Deutschland wieder Fuß fassen zu können, wohnten sie bei ihrer Ankunft für einige Monate noch bei uns. Merberich war zwar damals immer noch in einem sehr desolaten Zustand, aber Räume hatte es für nicht so anspruchsvolle Gäste genug. Man musste nur etwas danach suchen.

Wenn ich aber heute an die erste Führung zurückdenke, kommen mir ihre fast entsetzten Gesichter vor Augen, als sie das Haus zum ersten Mal auch richtig von innen betrachten und erleben durften. Darüber muss ich jetzt noch lachen. Ganz so marode hatten sie sich das Anwesen damals, bei der Besichtigung, nur von außen, dann doch nicht vorgestellt, und sie bewunderten unseren naiven Mut.

Ja, unser Merberich. Eigentlich hatten wir vor, in Langerwehe – „Auf den Kempen" – ein Haus zu bauen, denn die Wohnung auf dem Nikolausberg war für ein Kind allein schon zu klein, und nun war ja auch schon Nummer zwei unterwegs.

*

Inzwischen waren wir ja nicht nur stolze Gutsbesitzer, sondern auch glückliche Eltern eines Sohnes geworden. Nun durfte dieser Neubürger, kaum dass er mit seiner Stimme der Welt seine Anwesenheit kundgetan hat, auch schon sehr bald mit seinem Schwesterlein in Gutshaus Merberich einziehen.

Aber noch bewohnten wir unsere Miniwohnung am Nikolausberg und Klein-Claas wurde nachts in seinem fahrbaren Korb in das kleine Badezimmer geschoben. Dort musste er aber weder das Waschbecken noch die Toilette anschauen, denn über ihm hing schützend das von mir selbst genähte Himmelbett und wiegte ihn hinein in seine unschuldigen Träume. Gleichzeitig rollte Wiebke in ihrem Paidy-Bett vom elterlichen Schlafzimmer hinüber ins frisch gelüftete Wohnzimmer.

Niels, unser verwöhnter Nesthöck, wurde dann eineinhalb Jahre später, aber dann direkt als „Gutsherrensohn" geboren, und jetzt ist er schon im letzten Kindergartenjahr. Wie die Zeit vergeht ...

Die Renovation unserer ersten Merbericher Wohnung ging dann doch recht zügig voran. Ich erinnere mich noch gut daran, wie Peter mir, nach Claasens Geburt bei seinen Besuchen im Krankenhaus immer wieder lebhaft über die Fortschritte von unserem Traumschloss berichtete. Um einen schnellen Einzug möglich zu machen, hatten wir die für uns praktikabelste Wohnung ausgesucht. Sie lag im linken Flügel auf der

1. Etage zwischen Dachgeschoss und Parterre. Das war, wenn auch unwissend und noch absolut unerfahren, von uns dennoch eine glückliche Entscheidung, denn dort waren wir vor eventuellen Regengüssen durch ein defektes Dach oder eventueller Feuchtigkeit von unten her, am besten geschützt.

„Verflixt, wo ist jetzt die Pyjamahose von Niels?"

In meinen Gedanken unterbrochen beginne ich zu suchen. Doch diese Hose war im Kinderzimmer nicht auffindbar.

„Vielleicht ist sie im Badezimmer!" Ja, tatsächlich, dort liegt sie, achtlos liegen gelassen, einsam auf dem Boden. Mit dem wiedergefundenen Kleidungstück wandere ich nicht nur ins Kinderzimmer, sondern auch zu meinen Erinnerungen zurück.

Da kommt mir gerade so eine lustige Geschichte mit den beiden ersten Kindern in den Sinn. Es war noch nicht lange her, dass wir das einsame Gutshaus durch unsere plötzliche Anwesenheit aus seinem langen Schlaf aufgeweckt hatten.

Abends blieben Peter und ich normalerweise kinder- und auch praxisbedingt meist zu Hause. Einen Babysitter konnten wir, so abgelegen und einsam wir wohnten, noch keinen bekommen, und die Mieter zogen erst viel später, nach einer gründlichen Renovierung ein. Aber einmal wagten wir es doch, eine Einladung von unseren direkten Nachbarn, noch in Sichtweite von unserer Wohnung, auf ihr landwirtschaftliches Anwesen anzunehmen. Wiebke war damals etwas mehr als zwei und Claas ein Jahr alt. Beide schliefen friedlich, als wir abends unser einsames Anwesen verließen.

Noch einmal schaute ich besorgt vom Toreingang zurück, hoch zu dem Fenster im ersten Stock, wo ich die Kleinen wusste. Besonders wenn die Schwärze der Nacht das große und noch so unwirtliche Haus einhüllte, empfand ich seine, ich möchte fast sagen, ausgehöhlte Einsamkeit, besonders stark, und nun schliefen, ganz allein gelassen, zwei kleine Kinder darin friedlich in ihren Bettchen, wie kleine lebende Punkte irgendwo in einem toten Gemäuer. Aber auch in dieser Nacht würde, wie immer, unser besonders großer Schutzengel an den Bettchen treu Wache halten, dachte ich vertrauensvoll.

Es wurde ein sehr schöner, freundschaftlicher und unterhaltsamer Abend. Wir lernten uns dabei gegenseitig viel besser kennen. Dennoch blieben wir nicht zu lange. Noch ganz aufgekratzt von den vielen Gesprächen machten wir uns auf den kurzen Heimweg.

„Sag einmal, hast du das Licht im Wohnzimmer brennen lassen?"

Von der Straße aus konnten wir über unser großes Wiesengrundstück hinweg unser Haus sehen und da brannte tatsächlich Licht.

„Nein!", antwortete ich. „Ich bin ganz sicher, dass ich es noch kurz bevor wir weggingen, ausgemacht habe!"

Nun aber begannen wir beide zu laufen, rannten den Weg durch das jetzt nachtdunkle Wäldchen zum Teich hinunter, stolperten über den Hof, die Treppe hinauf, zur Wohnungstür hinein und schon standen wir im dunklen, nur vom Flur aus spärlich beleuchteten Kinderzimmer. Wiebke befand sich augenscheinlich friedlich schlafend in ihrem Bettchen. Peter indessen staunte, dass Claas, noch hellwach, sich stehend an den Gitterstäben seines Bettchens festhielt.

„Wie siehst du denn aus!", rief er aus.

„Deine Tochter scheint bei ihrem Brüderchen Friseuse gespielt zu haben. Er trägt nun einen neuen ‚Look' auf seinem Kopf!"

Schnell drehte ich mich um und sah es selber. Unser kleiner Sohn sah etwas eigenartig blond aus, denn sogar hier, vom halbdunklen Flur aus, erkannte ich, dass seine sehr hellen Haare eine neue Frisur bekommen hatten, eine Art Stufenschnitt, aber erstaunlich fachgerecht geschnitten. Aus wachen Augen schaute uns der Kleine fröhlich entgegen.

„Aber ordentlich ist unsere Tochter! Sieh mal, hier auf dem Boden habe ich eine kleine Plastiktüte gefunden und darin hat sie die Haare fein säuberlich versorgt! Meine Tochter!" ... die gefällte Haarpracht besitze ich heute noch.

„Eher ganz der Papa! Aber kannst du mir sagen, wie sie zu einer Schere kommt?"

„Oh, ganz einfach. Wiebke spielt sehr wenig mit ihren eigenen Spielsachen, obschon sie davon genügend besitzt. Was sie leider am liebsten tut und mich oft fast verzweifeln lässt, sie räumt mir meine Schubladen aus. Eingeräumt wird aber dann nach ihren eigenen Vorstellungen. Das Umräumen dieses für sie spannenden Inhalts findet sie viel unterhaltsamer, als sich mit ihren eigenen Spielsachen zu beschäftigen. Es wundert mich daher gar nicht, dass sie genau weiß, wo auch eine Schere zu finden ist."

Achtung! Das Telefon klingelt. Ich nehme Name und Ursache des Anrufes schriftlich auf und bin froh, Peter auch schnell am Funk zu haben, damit ich den Auftrag gleich weitergeben kann.

Also, wo bin ich stehengeblieben? Ach ja, bei der Geschichte mit Claasens neuem Haarschnitt. Aber eigentlich war es die Rückkehr der beiden Amerikaner, über die ich gerade zurück denken wollte, und vor allem die erste spannende Führung durch unser Haus.

Also, pünktlich, wie angekündigt, kamen Claire und Jens im Frühjahr 1972 mit einem nagelneuen Wagen angerollt. Peter und ich waren gerade auf dem Hof beschäftigt. Aber kaum ausgestiegen und noch bevor wir Zeit hatten, die beiden Weltenbummler begrüßen zu können, hörten wir den ersten erstaunten Ausruf von Jens: „Da habt ihr euren Traum vom Schloss doch tatsächlich wahr gemacht. Davon haben wir zwar in den Briefen gelesen, aber so richtig vorstellen konnten wir es uns, nach der so kurzen Besichtigung vor mehr als einem Jahr, doch nicht. Das Gebäude habe ich nicht mehr so groß und leider die Wände auch nicht so sehr demoliert in Erinnerung. Ich weiß nur noch, wie vollkommen zugewachsen es damals war."

„Ich mache euch einen Vorschlag", unterbrach ich, nachdem die Begrüßung nachgeholt worden war:

„Wir laden erst euer Gepäck aus, dann bringt doch bitte eure vornehme rollende Unterlage hinaus auf den Parkplatz da draußen. Ihr werdet sehen, der Anblick, wenn man zu Fuß von dort her auf das Haus zugeht, ist jedes Mal ein besonders schönes Erlebnis."

So machten wir es, luden die Taschen und Koffer aus und deponierten sie hinter der schweren Tür unseres Treppenhauses. Aber von dem Augenblick an, als wir wieder draußen standen, da begann, für unsere noch ahnungslosen Gäste, die recht lang dauernde, intensive und auch oft verwirrende Hausführung.

„Wo sind die Kinder, Wiebke und euer neuster stolzer Zuwachs?", wollte Claire wissen.

„Die verbringen gerade ihren gemeinsamen Mittagsschlaf, aber ihr werdet sie bald noch zur Genüge genießen dürfen."

Während wir wieder den mit Kopfstein gepflasterten Hof betraten, ertönte plötzlich ein mehrstimmiges „Quak, Quak!" Sollte dies wohl ein Willkommensgruß unserer Enten an die Gäste sein, oder hofften sie nur auf Futter? Eigentlich glaube ich eher Letzteres.

„Ihr habt Enten?" Claire lief neugierig dem Gequake nach, verschwand durch ein Gebüsch, hinter dem sie auch sehr schnell die Quelle dieser mehrstimmigen Teichmusik entdeckte und schon hörte man sie begeistert rufen:

„Jens, komm schau dir diesen herrlichen großen Teich an, hier könnte man sogar mit einem kleinen Boot herum fahren. Schade, dass ich von unserem Frühstücksbrot so gar nichts mitgenommen habe. Hier wird nämlich schon eifrig gebettelt."

Es war selbstverständlich, dass nun auch wir drei noch stehen Gebliebenen zum Teich drängten, wo nicht nur graue Wildenten, sondern auch einige weiße Kameraden, eben einfach unsere ganze Entenmenagerie, eilig angepaddelt kam. Man wusste recht gut, dass Teichbesucher meistens etwas zum Futtern mitbringen. Leider mussten wir sie jetzt aber enttäuschen.

„Sind das dort auf der andern Seite des Teiches nicht Rhododendren?"

Aufmerksam um sich schauend hatte Claire am gegenüberliegenden Ufer, in unserem Wäldchen, die darin hoch wachsenden und gerade jetzt blühenden Büsche entdeckt.

„Die erinnern mich an England, wo ich ähnliche Wälder davon gesehen habe. Aber dass sie auch hier so hoch und dicht wachsen und blühen können, habe ich noch nirgends, weder in Deutschland noch in der Schweiz gesehen, höchstens in gärtnerisch angelegten und gepflegten Parks. Aber hier wachsen sie so üppig, wie in einem richtigen Urwald. Ich möchte diese Büsche nachher unbedingt auch noch von Nahem betrachten!"

„Aber sicher", bestätigte ich, „dafür wirst du noch viel Zeit finden. Auch wir haben an diesen sehr großen, waldähnlichen Büschen immer wieder viel Freude. Wenn ich hier die Vernachlässigung und teilweise sogar Zerstörung in und am Haus sehe und mich dabei doch hie und da der romantische Optimismus verlässt, betrachte ich diese ganze farbige Blütenpracht und weiß, dass auch diese ihre Zeit zum Wachsen und Entfalten gebraucht hatte. So geht es mit dem Haus, denn auch ihm wird eines Tages wieder eine Zeit des Blühens kommen.

Ich finde es übrigens prima, dass ihr in der nächsten Zeit, bis ihr auch beruflich hier in Deutschland wieder Fuß gefasst habt, bei uns wohnen werdet. Wir müssen allerdings noch einigermaßen passable Räume für euch finden, in denen ihr wenigstens ein bisschen bequem, wenn leider noch sehr bescheiden, wohnen könnt. Ich hoffe, dass ihr, trotz der imponierenden Größe des Hauses, hier kein Grand-Hotel erwartet. Also seid noch einmal herzlich willkommen in unserem noch recht unvollkommenen ‚Märchenreich'."

Eigentlich hatte ich mir vorgenommen, heute Morgen kurz mit dem Staubsauber durchs Wohnzimmer zu fahren. Aber bei all dem träumerischen Nachdenken und Beurteilen der damaligen Lage habe ich meine häuslichen Arbeiten beinahe vergessen. Dieses gemütliche Zimmer hier ist dann meistens unser gemeinsamer Raum geworden, denn es ist wesentlich besser möbliert, als der Behelfsraum, den wir damals unseren Beiden anbieten konnten. Wie ging es dann weiter bei unserer spannenden Hausführung, bei der wir erst einmal draußen bewundernd steckengeblieben waren? Ich weiß noch ...

Peter und Jens waren dann weiter in Richtung Hof gegangen. Dabei fiel dem Bruder gleich auf, dass sich an unserer Hofeinfahrt kein Tor befand. „Sag mal Peter, gehört hier nicht ein Eingangstor hin? Rechts und links sehe ich, dass auf jeden Fall in den Seitenpfeilern die schweren Scharniere dafür noch vorhanden sind!"

„Junge, das war einmal, wir haben hier kein solches vorgefunden. Aber eines Tages werden wir sicher irgendwo ein neues und in der Größe passendes entdecken und dann einbauen."

Nun betraten wir den Hof und der Anblick von diesem und dem imponierenden Gebäude überraschte beide doch sehr.

„Wunderschön!", rief Claire begeistert aus. „Und schaut doch einmal diesen herrlichen Lindenbaum, der hier mitten drin auf einem kleinen Hügel steht!"

„Wir haben einmal erfahren", berichtete nun Peter, „dieser, heute noch nicht so dicke Baum, sei hier erst nach dem Krieg neu gesetzt worden, denn der alte musste bei den Kriegshandlungen auf dem Hof sein Leben lassen! Könnt ihr euch erinnern, wie tief herunter, fast bis auf den Boden, die Äste hingen? Wir haben sie dann doch etwas gekürzt, so dass man jetzt darunter stehen kann."

„Hier sind ja schon zwei Hauswände, und sogar der hohe Turm, weiß gestrichen. Habt ihr das selber gemacht? Wie seid ihr denn da überhaupt so hoch gekommen?", staunte Claire erneut.

„Diese, fast abenteuerliche Geschichte über unsere akrobatische Streicherei werden wir euch später beim Kaffeetrinken erzählen", war mein unterbrechender Einwand.

„Erst aber solltet ihr einen kurzen Überblick von hier aus, wo wir gerade stehen, über den ganzen Gebäudekomplex bekommen. Er ist nämlich, wie ihr erkennen könnt, in Hufeisenform angelegt, das heißt, ihr seht hier einen rechten Gebäudeteil, dann geradeaus, hinter der Linde, den Mittelteil mit der Haupthaustür unter dem Turm, an den sich dann, durch diesen getrennt, der linke Teil anschließt. Die meisten Räume, außer unserer augenblicklichen Wohnung, sind alle immer noch leer und unbewohnt. Auch das Haus hier, gleich rechts neben der Toreinfahrt, das aussieht wie ein separates Einfamilienhaus, ist noch in einem absolut desolaten Zustand. Daran schließt sich gleich diese große Halle an, ein ehemaliger Offenlaufstall für Kühe. Weiter dahinter der ehemalige Pferdestall. Wir werden euch später alles noch genauer zeigen!"

Aber Claire war schon zu diesem gelbgrauen Gebäude gelaufen und drückte wissbegierig ihre Nase an eine der schmutzigen Fensterscheiben.

„Großartig, hier möchte ich wohnen, nur schade, dass es noch nicht unbedingt so aussieht, als könnte man bald einziehen."

„Ach Claire, ganz Merberich sieht noch so aus, alles ist verlassen und leer und wartet noch auf seine Erweckung.

Es ist erstaunlich, aber wie du sehen wirst, kein Zimmer gleicht hier dem anderen und, du wirst es nicht glauben, jede ehemalige Wohnung hat trotzdem ihren individuellen Schnitt. Das haben wir beim spannenden Stöbern im ganzen Haus, was wir immer wieder einmal unternehmen, herausgefunden. Wir bewohnen wirklich ein absolutes, wenn auch riesiges Unikat. Manchmal denke ich, um das geistige Wesen dieses ungewöhnlichen Hauses zu erkennen, sollten Peter und ich einmal jede Nacht in einem anderen, der leider jetzt noch so unwirtlichen Zimmern, verbringen. Ich stelle mir dann vor, dass gerade des Nachts, in der dunklen Stille, jeder Raum sich in seiner Individualität noch viel besser ausdrücken könnte!"

„Wirst du das wirklich einmal unternehmen, und wie soll das funktionieren?"

„Ganz einfach, Peter und ich würden dann zu dieser Belagerung jeder eine Luftmatratze und einen Schlafsack mitnehmen. In knapp zwei Monaten wären wir dann mit unserer Reise von Raum zu Raum durch. Vielleicht lernten wir bei unserer nächtlichen Wanderschaft sogar das Merbericher Gespenst, ‚das Huuri', kennen, wenn es um Mitternacht aus den Wänden hervor gekrochen kommt."

„Bist du auch sicher, dass es ein solches überhaupt gibt? Obwohl ich diesem Haus alles zutrauen würde. Aber wie sollen, bei eurer nächtlichen Wanderschaft, euch eure Kinder finden, wenn sie nachts durch einen bösen Traum oder sogar durch dein Merbericher Nachtgespenst aufwachen sollten, du Rabenmutter?"

„Danke für die Rabenmutter. Übrigens ist das ein Kompliment. Du erinnerst dich sicher daran, dass wir in der Schule in Biologie gelernt hatten, dass gerade diese Vogelart zu den intelligentesten und fürsorglichsten aller Vogelmütter gehört. Aber keine Angst, wir werden, wie auch im Märchen, Reiskörner oder noch besser Schokoladenstückchen auf dem Boden ausstreuen, denen werden unsere Kinder sicher folgen und uns so auch bestimmt finden."

„Und unterdessen haben die Mäuse den Reis oder deine Schokolade aufgefressen!"

Ausgelöst durch das Empfinden der sich hier überall präsentierenden lebendigen Vergangenheit, beim Anblick so vieler Mauern und Wänden und verlassener Räume, hätten wir unseren gedanklichen Spinnereien noch weiteren Platz einräumen können, wenn uns nicht unsere Männer in die Realität zurück gerufen hätten.

„Habt ihr eigentlich dort Wurzeln geschlagen?"

„Nein, wir haben uns nur gerade über das ,Merbericher Huuri' Gedanken gemacht!"

Unser Besuch war auf einmal doch recht still geworden. Die Größe und vor allem die unendlich vielen Aufgaben, alles hier restaurieren zu müssen, beeindruckten doch sehr und machten ihn etwas nachdenklich.

Gemeinsam schlenderten wir dann zum Mittelteil des Hauses, in dem Peters Tierarztpraxis schon eingerichtet war. Ein paar Stufen führen dort über ein kleines Podest zum Wartezimmer, daneben eine ähnliche Treppe, jedoch von einem eckigen Mäuerchen eingefasst, zum Eingang des Behandlungsraumes und gleichzeitig in ein kleines Treppenhaus zu den beiden darüber liegenden oberen Stockwerken.

„Meine Praxis werde ich euch morgen zeigen, jetzt denke ich, wollen wir als nächstes der ehemaligen Herrschaftswohnung unseren Besuch abstatten."

Claire aber blickte immer noch fasziniert zu unserem Lindenbaum, der, von der Hofanlage eingerahmt, in dessen Mitte auf seinem kleinen Hügel steht. Seine tief herabhängenden Äste strichen wie beschützend sanft über unsere Köpfe und der Duft seiner Blüten hieß uns zärtlich willkommen. Hat wohl der Dichter Wilhelm Müller unsere Linde gekannt, als er in seinem Gedicht so liebevolle Worte für diesen friedlichen Baum fand:

Ich träumt in seinem Schatten
So manchen süßen Traum.
(...)

Es zog in Freud' und Leide
Zu ihm mich immer fort.
(...)

Und seine Zweige rauschten,
Als riefen sie mir zu:
Komm her zu mir, Geselle,
Hier find'st du deine Ruh'!

„Hier kommt man ja direkt ins Träumen", begeisterte sich Claire und schaute verzaubert hinauf in das dichte Geäst.

„Das tun im Frühling wohl auch die blühenden Tulpen, deren Zwiebeln wir im letzten Herbst dem harten Boden darunter anvertraut haben. Besonders aber muss ich an unseren Sohn Claas denken. Der träumte einmal ahnungslos unter dem Schutze dieser sich weit ausbreitenden Äste mit den noch jungen Blättern. Das ist eine besondere Geschichte und diese gehört zu den ersten Abenteuern, die uns sehr bald, nach unserem Einzug, willkommen geheißen haben."

„Was ist denn passiert, komm erzähl!", werde ich gleich im Duo aufgefordert.

„Vielleicht könnt ihr euch noch daran erinnern, als wir gemeinsam bei der ersten Entdeckung des Gebäudes, wie die Indianer um diese alten Mauern herum gestrichen sind und durch die mannshohen Brennnesseln stapften?"

„An den ‚freundlichen Empfang', den diese uns zukommen ließen, kann ich mich noch sehr gut erinnern. Sehr wahrscheinlich eine ganz spezielle aggressive und wohl nur hier heimische Art, die ihr Revier durch besonders wirksames Brennen sehr gut zu verteidigen wusste", unterbrach Jens.

„Damals erschien plötzlich und unerwartet über uns auf dem großen Rundbalkon eine dunkelhäutige Frau und fragte uns von oben herab energisch, was wir hier zu suchen hätten. Peter antwortete nur trocken: ‚Wir wollen das Haus kaufen!', obwohl wir noch gar nicht viel davon gesehen hatten. Das wirkte, denn kommentarlos, aber doch recht laut, wurde oben das Fenster wieder geschlossen."

Peter ergänzte dann noch: „Später erfuhren wir, dass die Stimme, die uns aufgeschreckt hatte, von einer amerikanischen Malerin kam. Sie hatte, zusammen mit ihrer Freundin, zwei im Parterre liegende, große und renovationsbedürftige Räume von der Rhein-Braun-AG, unserer späteren Verkäuferin, gemietet und diese als ihr Atelier benutzt. In Künstlerkreisen war ihr Name schon recht gut bekannt. Die Damen waren die einzigen Mieter im Haus und sie blieben uns, auch als wir Merberich dann gekauft hatten, noch eine Zeit lang erhalten. Wenn wir ihnen später zufällig über den Weg liefen, pflegten wir aber doch immer einen friedlichen und freundlichen Kontakt miteinander. Dies änderte sich, als sie sich eines Tages selber ausquartierten."

„Wie kam es denn dazu? Diese Geschichte musst du uns erzählen!", unterbrach Claire, die aufmerksam zugehört hatte.

„Das war also so", begann ich:

„Ich erinnere mich noch gut, es war damals an einem Karfreitag um die Mittagszeit. Peter war mit Klein-Wiebke ‚auf Praxis' unterwegs, und ich schälte in unserer noch bescheiden eingerichteten Küche gerade geschäftig mit Schürze und Küchenmesser die Kartoffeln für unser Mittagessen, als durch ein kurzes Läuten an der Tür angemeldet unser Fliesen-und Teppichleger mit dem Ausruf hereingestürzt kam:

‚Das Treppenhaus ist voller Qualm, ich vermute, dass irgendetwas in der Wohnung hier direkt unter euch brennt!'

Es brauchte von meiner Seite aus keine lange Überlegung, Telefon und Funkgerät befanden sich praktischerweise gleich neben mir in einer Küchenecke und so konnte ich die Feuerwehr schnell verständigen.

Selber hatte ich weder Rauch bemerkt noch ihn gerochen. Aber immerhin liegen unser langer Flur, sowie zwei Türen zwischen dem Treppenhaus und meiner Küche und auch meine Füße waren bisher von unten her noch nicht gewärmt worden.

Aber was nun? Irgendetwas musste ich tun. Die Feuerwehr sollte bald eintreffen und wertvolle Sachen um gerettet zu werden besaßen wir noch nicht. Doch, da war eine Kostbarkeit.

‚Können Sie mir bitte helfen, die Wiege mit unserem Sohn die Treppe hinunter und auf den Hof zu tragen?', bat ich unseren Handwerker. Das taten wir direkt und erst da bemerkte endlich auch ich, als wir unsere kleine Last das ungemütlich verqualmte Treppenhaus hinunter trugen, dass in der Wohnung der Künstlerin etwas ganz und gar nicht stimmte, vermutlich sogar ein Feuer ausgebrochen sein musste.

Wir trugen Claas, der friedlich und ahnungslos in seinem Bettchen weiterschlief, unter gerade diese Linde.

Einen Tag später konnten wir einen Bericht über den Brand in der Zeitung lesen, und als begleitende Fotografie die Wiege betrachten. Das war also unseres Sohnes erster öffentlicher Auftritt.

Zum Glück dauerte es dann nicht lange, bis mit Tatütata die Feuerwehr anrückte. Sie stellte bald fest, dass es sich hier um einen Schwelbrand handelte, der durch einen alten eisernen Kanonenofen, den die Frauen zu dicht vor ein zu voll gestapeltes Bücherregal gestellt hatten, ausgelöst worden war. Da die beiden Mieterinnen an diesem Morgen gerade auswärtig waren, konnten ihre daheim gebliebenen zwei Katzen und ihr Hund nicht mehr gerettet werden. Obwohl ich die Tiere kaum kannte, war ich doch sehr traurig über ihren wehrlosen Tod. Das Büchergestell wurde völlig vernichtet, die schweren, dunklen, fast schwarzen, sehr dekorativen Deckenbalken, aber nur zu einem Teil. Da damals der ursprünglich große Raum von ungefähr 60 m², kriegsbedingt durch eine nachträglich eingebaute dünne Zwischenwand in zwei Räume aufgeteilt worden war, blieben diejenigen in dem nicht brennenden Teil erhalten. Die anderen aber wurden von der Feuerwehr, aus Sicherheitsgründen, wie man uns erklärte, heruntergerissen, denn es hätten sich darin noch Glutnester befinden können. Die Feuerversicherung zeigte sich später nicht sehr großzügig, und so wissen wir auch heute noch nicht, nachdem wir diese Zwischenwand endgültig entfernt haben, ob wir die zerstörten Balken nachmachen lassen sollen oder nicht."

Inzwischen waren wir gemeinsam zum Haupteingang spaziert.

„Aber lasst uns doch jetzt endlich einen Blick in die Hauptwohnung werfen. Wenn wir noch lange hier herum stehen, haben wir keine Zeit mehr für eine Tasse Kaffee, denn ich habe nachher noch zwei Patienten zu versorgen!", drängte Peter. So trennten wir uns von dem grünen Blätterdach. Nur Claire schaute noch einmal kurz mit einem versprechenden, ,Ich-komme-wieder-Blick' zurück. Dann stiegen wir die breite, in leichter Rundung verlaufende Treppe hoch zu dem, mit einem ebenfalls gerundeten Vordach überdeckten Haupteingang. Einen Augenblick blieben wir auf dem mit niedrigen, aber dicken Steinmauern eingefassten Podest noch stehen und bewunderten die schöne massive, in den Merbericher Farben ,blaugrün' gestrichene Holztür. Das ganz Besondere an diesem Eingang war aber der darin in Weiß eingebrachte fast mannsgroße Strahlenkranz. Ein kleines ovales Guckfenster in dessen Zentrum, erlaubte den Bewohnern, den um Einlass läutenden Besucher zuerst zu begutachten.

Erwartungsvoll traten wir nun in einen kleinen Vorraum und standen darin gleich vor einer Doppelschwingtür mit in Facetten geschliffenen Glasscheiben.

„Schaut einmal hier links diese niedliche kleine Holztreppe!", und husch war Claire schon, diese paar Stufen hinauf steigend, in einem kleinen Nebenraum verschwunden.

„Oh wie schön, eine ehemalige Garderobe, sogar mit grau-weiß gestrichenen Einbauschränken aus Holz!"

Schnell öffnete sie gleich einige der Schranktüren, um neugierig das Innere zu begutachten.

„Solch schöne Schränke möchte ich auch einmal haben! Und dann dieses ovale Marmorwaschbecken mit sogar noch den ursprünglichen Armaturen daran!"

Selbstverständlich untersuchte sie sogleich, ob diese nicht nur als eine stumme Antiquität übrig geblieben war. Vielleicht hoffte sie sogar, hier antikes Wasser aus dem Wasserhahn fließen zu sehen. Es floss – und wirklich rostbraun, denn es hatte lange auf seine Befreiung warten müssen.

„Auch der Toilettenraum fehlt hier nicht und der ist sogar durch eine massive Spiegeltür gesichert, aber ... was hat denn hier diese komische Badewanne auf den weinroten Bodenplatten zu suchen? Die passt nun wirklich nicht hierher. Ich stelle mir gerade die pikante Situation vor: Da kommt vornehmer Besuch, die Damen lassen sich ihre weichen Pelze abnehmen, die dann von einem Diener in einen der so schönen alten Schränke versorgt werden, und da hören sie plötzlich aus der Ecke ein genierliches Plätschern.

Und da sitzt der Hausherr noch in der Wanne und versucht unterdessen sich verschämt unter dem Wasser zu verstecken. Nur leider ist dies Medium etwas durchsichtig", spinnt Jens die Situation noch weiter bildlich aus.

„Aber vielleicht nimmt er gerade ein Schaumbad", kann Peter mit seinem Kommentar nicht zurückhalten, alle diese phantasievollen Betrachtungen noch weiter auszuschmücken. Dann aber beginnt er zu erklären:

„Diese Wanne ist noch ein Relikt aus dem Ende des letzten Weltkrieges. Ihr müsst euch vorstellen, damals herrschte, durch die vielen Kriegsflüchtlinge, große Wohnungsnot, und so hatte man notgedrungen den edlen Empfang zu einem Behelfs-Badezimmer für die vielen, meist aus dem Osten kommenden Familien, degradiert. Wenn wir eines Tages, nach einer gründlichen Renovation, hier in diese einst herrschaftliche Wohnung ziehen wollen, wird dieses unpassende ‚Enfant Terrible' schleunigst verschwinden."

Mit dieser Verheißung gingen wir in den nächsten Raum, der vermutlich das ursprüngliche Badezimmer gewesen sein musste. Hier aber versuchte Claire vergeblich aus dem Doppelwaschbecken, welches demjenigen in der Garderobe entsprach, mit normalem Wasser ihre Hände zu waschen. Es floss nun überhaupt nichts. Die hier eingemauerte Badewanne jedoch, die passte schon eher, und wurde daher von uns nicht „beanstandet". Leider war, wie wir feststellten, im Moment auch diese noch nicht funktionsfähig, aber das musste man, wie so vieles, wohl akzeptieren. Wie in der Garderobe waren auch hier die Wände ebenfalls mit den kleinen grauen Plättchen gefliest.

Etwas nachdenklich geworden schalteten wir den Rückwärtsgang ein, passierten die Garderobe, bewunderten noch einmal das Waschbecken, und übersahen geflissentlich die fast scheu in die Ecke gedrückte Badewanne. Aber anstatt jetzt wieder die kleine Treppe zum Haupteingang hinunter zu gehen, um dann von dort, linkswendig durch die, mit den geschliffenen Glasscheiben versehene Schwingtüre hindurch, dann drei Stufen einer breiten Holztreppe hinauf, in den nächsten Raum zu gelangen, entdeckten wir stattdessen, neben dem schönen Waschbecken, eine ebenfalls mit geschliffenen Glasfenstern versehene Tür. Durch diese gingen wir jetzt und standen plötzlich, sehr erstaunt, ja beinahe erschrocken, in einer fast nachtschwarzen großen Halle.

„Hier sind ja die ganzen ehemaligen Fenster zugemauert! Was ist denn da passiert?", kam im gemeinsamen Duo die erstaunte Frage, die aber gleich von Peter beantwortet werden konnte.

„Könnt ihr euch noch daran erinnern, als wir damals durch dichten Wildwuchs um das Haus herumgeschlichen sind, dass wir dabei an der gartenseitigen Hauswand eine, von Gras, Brennnesseln, Büschen und sonstigen Pflanzen überwachsenen Hügel entdeckt hatten? Darunter befand sich einmal eine vielstufige Steintreppe. In den letzten Kriegsjahren hatte man wohl noch Munition zu viel. Nachbarn haben uns berichtet, dass diese Treppe durch eine Fliegerbombe in ihrer ganzen Pracht zerstört worden ist. Ein großer Teil der Granitstufen liegt heute noch, säuberlich zusammen gelesen und gestapelt, vor dieser Außenwand.

Kommt einmal her! Was ihr jetzt hier, mit einfachen Klinkersteinen zugemauert seht, waren einst zwei große Fenster, und als Ausgang, eine dazwischen liegende, etwa drei Meter hohe Fenstertür. Mit diesen zugemauerten Fensteröffnungen hatte man dann versucht, den großen Saal vor seinem vollkommenen Verfall zu schützen. Ich könnte mir vorstellen, dass dieses einmal ein herrschaftlicher Wintergarten, mit einem weiten Blick hinaus ins Grüne, gewesen sein könnte. Was sich draußen, wie ihr gesehen habt, nur noch als überwachsener Schutthaufen präsentiert, war die ehemalige halbrunde Freitreppe, über die man von hier aus direkt in den parkähnlichen Garten hinaus schreiten konnte. Diese breite, jetzt nicht mehr vorhandene Außentreppe, ist sehr wahrscheinlich ein Pendant zu dem dekorativen Hauptaufgang vorne, den wir vorhin herauf gekommen sind.

Eigentlich stehen wir hier in zwei Sälen. Trotz der Düsternis kann man darin noch die frühere, recht imponierende große Eingangshalle erkennen. Sie wird vom Wintergarten nur durch einen großzügigen und eleganten hohen Scheintorbogen getrennt, dessen Schwung allein von der Höhe der Decke und den weit auseinander stehenden Wänden begrenzt wird. Leider hängt von oben immer noch diese alte, schwarze und schmutzige Plastikplane herab. Den vielen Unrat, der noch herum liegt, auch den haben nicht wir hier deponiert, nur geerbt."

Noch eine Weile musste dieser fast unheimliche Eindruck verarbeitet werden, dann aber unterbrach wieder ein trockener Kommentar die Stille, und diesmal kam er von Jens:

„Ich komme mir vor wie in dem Spukschloss im Spessart! Überall diese zugemauerte Dämmerung, und wozu diese ‚Theaterdekoration' hier angebracht wurde, könnt ihr mir das verraten?"

„Nein, das können wir nicht, und eigentlich wollten wir dieses unheimliche schwarze Ungetüm aus Plastik schon längst entfernt haben.

„Seid etwas vorsichtig, hier in der Dämmerung könnte sich, hinter dieser schwarzen Folie, das Merbericher Huuri ganz gut versteckt halten! Solche Orte liebt es ganz besonders!"

Ich konnte mich nicht zurückhalten, diesen recht unheimlichen Dämmerzustand mit einer entsprechenden Gruselvorstellung noch etwas auszuschmücken.

Recht still geworden, begann nun jeder sich in dieser dunklen Einsamkeit umzuschauen, ging einige Schritte und versuchte zu verstehen, was hier einst passiert war, bis Peters Stimme in unsere Gedanken einbrach:

„Trotz des Dämmerzustandes hier drinnen möchte ich euch noch auf diese beiden eingebauten Kamine hinweisen, den einen hier an der rechten, den anderen gegenüber an der linken Wand. Jeder ist mit einer Marmorplatte abgedeckt und zeugt von einer einstmals künstlerisch gereiften Architektur. Besonders in den kalten Wintermonaten schenkten diese Feuerstellen dem großen und hohen Raum Wärme und Behaglichkeit.

Trotz der enormen Beschädigungen kann man heute noch erkennen, dass in diesem Haus nichts einengend oder einschränkend wirkt, alles fließt in sich und schenkt dem Bewohner ein Gefühl von Offenheit, Großzügigkeit und Freiheit."

„Hast du ein paar Kilo Stahlwolle bereit?" Claire holte uns mit dieser Bemerkung in die trübe Wirklichkeit zurück. „Wenn ihr diesen Parkettboden einmal hell und sauber haben möchtet, dürfte euch das ein paar Wochen Zeit und Arbeit kosten!"

Ja sicher, was diesen schwarzen Boden anbetraf, den man gerade noch als altes Parkett erkennen konnte, hatte sie wohl recht, denn er gab ein trauriges Bild. Nicht nur die vielen ungenutzten Jahre haben ihn fast schwarz und unansehnlich werden lassen, es fehlten ihm auch an vielen Stellen die sonst eng verlegten Brettchen, so dass wir aufpassen mussten, nicht über eines der dadurch entstandenen Löcher zu stolpern.

Nach dieser Bodenkatastrophe schauten wir umso hoffnungsvoller zur Decke und ... zogen unwillkürlich unsere Köpfe ein. Jens, immer etwas an Bankgeschäften interessiert, bemerkte bei dessen Anblick nur trocken: „Hier scheint wohl jemand einen Schatz gesucht zu haben. Wie schade, dass er dabei einen Teil der ehemaligen Stuckdecke hat losreißen müssen, so dass sie jetzt nur noch traurig mit dem noch teilweise daran klebenden Putz herabhängt." „Ich hätte allerdings einen solchen nicht unbedingt in einer Zimmerdecke gesucht!", konterte Peter.

Langsam fühlten wir aber alle, dass diese staubige und beschädigte Einsamkeit uns doch recht aufs Gemüt schlug und wir uns nur noch in eine Art Galgenhumor retten konnten.

Es war kühl hier drinnen und das nicht nur in unseren Köpfen, sondern es zog auch durch etliche Ritzen der undichten Fenstermauern, so dass wir begannen, uns fester in unsere Jacken einzuhüllen.

Betrübt über so viel Zerstörung einstiger architektonischer Schönheit, gingen wir langsam in die Eingangshalle zurück. Dort öffnete ich, aber nur um einen kurzen Blick hinein zu werfen, eine große dunkelbraune Holztür.

„Schaut, schon von hier aus kann man an den jetzt fehlenden Decken-balken erkennen, dass es in dem hinteren Teil dieses Raumes gebrannt hatte", übernahm ich nun das Wort. „Die Geschichte erzählte ich euch ja schon unter der Linde. Noch heute ist einiges von den Brandschäden sichtbar, und an den Wänden kann man noch die Stelle der provisori-schen Trennungsmauer erkennen. Gleich nach dem Auszug der beiden Frauen, und um dem Raum seine ursprüngliche Ausdehnung zurückzu-geben, haben wir diese herausgenommen. Nur leider sieht man nun umso deutlicher, dass ein Teil der angebrannten Deckenbalken von der Feuer-wehr weggerissen worden waren.

Im Gegensatz zu dem unschönen Parkett nebenan sind wir froh, dass hier der Boden mit roten Fliesen ausgelegt worden war, denen der Schwel-brand nichts anhaben konnte."

Nachdem jeder einen kurzen Blick in diesen, jetzt noch leeren, un-benutzten Raum geworfen hatte, und auch bezüglich Erneuerung nichts weiter zu entdecken war, schloss ich die Tür wieder, und wir wendeten uns endlich dem hellen Treppenhaus zu. Am Fuße dieses herrschaftlichen Treppenaufganges fiel jedoch noch eine hohe, oben abgerundete Tür auf, zu der Peter erklärte: „Früher war auch diese Tür mit Glaskassetten verse-hen, leider aber wurde sie in der Kriegszeit ebenfalls zerstört und ihr Glas dann nur provisorisch durch eine einfache Sperrholzplatte ersetzt. Der Raum dahinter ist jetzt mein Büro."

Daneben, kaum zu übersehen, bemerkte Jens eine große, sichtbar ebenfalls später provisorisch eingebaute, dunkel weinrot gestrichene Bret-terwand mit darin einer kleinen Tür. Das ganze Gebilde wirkte ästhetisch unpassend und hatte augenscheinlich nicht mehr viel mit einem origina-len Eingang zu tun.

Langsam und vorsichtig öffnete er dieses Provisorium. Vielleicht dach-te er in diesem angespannten Augenblick, unwissend, was dahinter ver-borgen sein könnte, instinktiv an meine Warnung vor dem Merbericher Huuri. Schweigend traten wir ein. Eigentlich dürfte uns jetzt nichts mehr überraschen, und dennoch erschraken unsere Besucher bei dem Anblick dieses Raumes, bei dem man wegen seiner Größe ebenfalls von einem Saal sprechen könnte, denn auch hier empfing uns eine beklemmende Düster-nis. Nur eine einzelne Glühbirne hing traurig von der Decke und brachte lediglich ein kleines und trübes Licht, so dass die Umrisse der ehemaligen, ebenfalls sehr großen Fenster, kaum zu erkennen waren. Auch hier hatte man die Öffnungen, zum Schutz gegen den Unbill des Wetters, mit roten

Ziegelsteinen lieblos und schnell zugemauert. Nur ein kleines, in eines der Fensterhöhlen eingelassenes Gitterfenster, brachte von draußen etwas Licht herein. Obwohl zusätzlich der ganze Raum noch durch alten sperrigen Plunder zugestellt war, versuchten wir dennoch einzutreten.

Auch in diesem Raum versteckte sich noch eine lebhafte Vergangenheit, und davon begann Peter erneut zu erzählen:

„Berichten älterer Bewohner von Langerwehe zufolge, müsste es sich hier um den ehemaligen Musiksaal handeln. Jahrzehnte sind seither vorübergegangen, und dennoch sind bei den Altbürgern noch heute die damals in Haus Merberich häufig abgehaltenen Theater- und Musikveranstaltungen in lieber Erinnerung geblieben. Gleichzeitig mit dem Wintergarten fiel aber auch dieser prächtige Saal der Fliegerbombe zum Opfer und setzte der kulturell hohen Zeit ein endgültiges Ende.

Ihr könnt an einigen Stellen an den Wänden sogar noch eine teilweise vorhandene Streifentapete entdecken. Aber mehr gibt es im Moment eigentlich nicht zu sehen, außer dem auch hier geschwärzten und zerlöcherten Parkett."

Still gingen wir wieder zurück in die Eingangshalle.

Während unsere Männer sich bald wieder nach draußen verzogen, blieben Claire und ich für einen Augenblick noch in dem dunklen und unwirtlichen Raum zurück. Nur spärliches Licht, von den hohen Fenstern des schlossartigen Treppenhauses, fand durch die schmale Eingangstür noch Zutritt.

Unsere Gedanken führten uns Jahrzehnte zurück. Wie heftig müssen im Krieg die Kämpfe um das Gutshaus herum getobt haben, aber nicht einmal diese konnten seine festen und dicken Mauern zerstören. Tapfer und standhaft leisteten sie Widerstand. Danach aber hatte niemand mehr die finanziellen Mittel, dieses wunderschöne Anwesen wieder in seinen alten Zustand herzurichten. Später sind dann die Menschen, die hier noch ein bescheidenes Heim gefunden hatten, entweder weggezogen oder sogar verstorben und hatten Haus und Park einsam zurückgelassen. Aber nicht nur das ist hier vergessen worden, auch sämtliches Gerümpel der Künstlerin, die diesen Raum als Werkstatt genutzt hatte, blieb zurück und wartete geduldig; auf wen? – vermutlich auf uns.

Gedankenvoll betrachteten wir noch einmal die uns umgebenden Wände. Dabei begann sich leise meine Phantasie zu regen, und es schien mir, als wollte sie mir etwas aus längst vergangenen Zeiten erzählen:

Ganz versponnen und für einige Momente der Gegenwart entrückt, wurde es plötzlich hell um mich herum. Jemand spielte auf einem Klavier, begleitet von einer Geige. Diese schöne Musik, von begnadeten Künstlern dargeboten, breitete sich in dem großen und hellen Musiksaal aus, umschmeichelte zart die Wände, hüpfte durch die geöffneten, großen und hellen Fenster hinaus in das Grün des Gartens, trat auch hinein in den mit vielen blühenden Pflanzen geschmückten Wintergarten, schlüpfte dort in alle Ritzen und schwebte zuletzt das stolze, von hohen Säulen begleitete Treppenhaus hinauf, um sich dann irgendwo in der Weite des Hauses zu verlieren.

Ein Dienstmädchen mit weißer Schürze und einem lustigen Häubchen sah ich gerade eilig die Treppe herunter kommen und geschäftig hinter einer der Türen verschwinden. Noch gefangen in den Tönen und von dieser prachtvollen Umgebung, schaute ich durch die großen, mit weißen Spitzengardinen umrahmten Fenster hinaus. Dort draußen hegten und pflegten fleißige Gärtner den weitläufigen Park, als wollten sie mit dessen Architektur, durchzogen von Wegen und Treppen aus Naturstein, den mit bunten Blumen geschmückten Rondellen und Rabatten, dem Rosengarten und den sauber gemähten Wiesen, der Schönheit dieses edlen Hauses einen Blumenkranz winden. Zwischen blühenden Büschen grüßte das Glasdach eines Gewächshauses. Alles war voller Leben.

Die Kälte brachte mich wieder auf den Boden der Wirklichkeit zurück, aber auch die Stimmen unserer Ehemänner suchten uns von der oberen Etage herunter.

„Claire", fragte ich meine Schwägerin, „hast du dir in Gedanken auch die einstmals großartige Vergangenheit dieses Hauses vorstellen können? Für ein paar Minuten lebte ich darin. Ich sah helle Zimmer und lebende Menschen."

„Ich habe es bemerkt, ich wollte dich aber nicht stören. Mir ging es fast ebenso. Diesem jetzigen traurigen Zustand muss man entweichen und sich einfach vorstellen, dass alles in ähnlicher Art und Weise zurückkehren könnte!"

„Ja, das ist auch unser Bestreben und entspricht unseren Vorstellungen für die kommenden Jahre. Nur leider sehe ich hier, auch in der Zukunft, wohl kaum jemals ein diensteifriges Personal herumschwirren, wie ich es gerade in meinen Gedanken erlebt habe. Aber einen hellen Wintergarten und auch einen tönenden Musiksaal soll es eines Tages wieder geben. Das verspreche ich hiermit nicht nur uns, sondern auch dem Haus. Vor allem aber sollen die Stimmen vieler fröhlicher Menschen die heute so einsamen und verlassenen Räume beleben, und auch der Garten möge wieder neu erblühen."

Nun stiegen endlich auch wir die großzügige, in ihrem Verlauf einen Halbkreis bildende, schlossartige Freitreppe hinauf, bestaunten die weißen runden Säulen, welche die Stufen an der rechten Seite begleiteten und damit die hohe Decke des Obergeschosses zu stützen schienen. Drei hohe Fenster auf der Außenseite erlaubten einen herrlichen und freien Blick auf den Hof hinunter. Wir befanden uns hier im hofseitigen Turm, direkt über dem Haupteingang.

So ganz still war es jetzt dort unten schon nicht mehr, denn Dackel Maidy amüsierte sich bellend mit den weißen Enten die, vom Teich her, in Einerkolonne und im Wackelgang über den Hof watschelten. Das aber irritierte den Erpel keineswegs, es sollte ja auch nur ein lustiges Spiel sein. Ruhig und unbeirrt führte er seine familiäre Herde an, denn er wollte wohl nachsehen, ob an unserer Treppe noch ein paar Brötchen zu holen wären. Eines Tages hatte er nämlich entdeckt, dass der Bäcker jeden Morgen eine Tüte voll dieses feinen Frühstückgebäcks draußen vor unsere Hoftür legte. Holten wir Hausbewohner diese nicht rechtzeitig herein, so waren sie für ihn und seine Damen ein genüssliches Entenfrühstück. Wir durften uns dann mit den angeknabberten Resten begnügen. Heute aber war er zu spät und deshalb für ihn und seinen „Harem" nichts mehr zu holen.

Endlich waren auch Claire und ich oben bei den Männern angekommen.

Es war jetzt ein richtiggehend erlösendes Gefühl aus der Dunkelheit kommend, nun im sonnigen Tageslicht stehen zu dürfen. Hier oben blieb uns nichts verborgen.

Aber wie sollte man den Ort, von dem wir noch einmal fast andächtig auf die breite geschwungene Treppe und auf die hofseitigen hohen Fenster hinabschauten konnten, eigentlich nennen? Ein großzügiges, schlossartiges Treppenhaus mit oben einem Podest oder eher ein hausinnerer Balkon?

Fast andächtig strichen Claire und ich mit unseren Händen über das dicke, dunkelbraune, wunderschöne hölzerne Geländer zwischen den stämmigen weißen Säulen.

Als wir uns dann auch vom Weitblick über den Hof und seinen momentanen Aktivisten trennten, entdeckten wir links vor uns, über Eck stehend, zwei Türen, und gleich daneben eine romantische, wendeltreppenartige Holzstiege aus dunkel gebeiztem Holz, die zum Entdecken eines weiteren Obergeschosses verführte. Rechts von dieser, ebenfalls über Eck, nochmals zwei Eingänge. Vor allem diese beiden Letzten versprachen den Entdeckerdrang unseres Besuches zu inspirieren, denn auf der einen las Jens ein daran klebendes Warnschild: *„Nicht Eintreten, Einsturzgefahr!"*

„Euer Haus scheint nicht nur ein zum Teil düsteres, sondern auch ein gefährliches zu sein!"

So öffneten wir, zur allgemeinen Beruhigung, vorerst nur den Eingang daneben, einen hoffentlich ungefährlichen. Hier überraschte uns ein sehr ungewöhnliches Zimmer. Auch dieses wurde leider, gut sichtbar, schon sehr lange nicht mehr bewohnt, und doch erfreuten wir uns, bereits beim Eintreten, an einem kleinen orangeroten Kamin. Dieser hatte dem Raum früher sicher eine warme und behagliche Atmosphäre geschenkt.

Gewöhnt an mehr oder weniger rechteckige Zimmer, fiel hier gleich besonders auf, dass drei Wände zur Gartenseite sich in zwei stumpfen Winkeln brechen. In diesen, daraus entstandenen drei Flächen, sorgen zwei Fenster (sogar mit Scheiben), sowie eine doppelte Fenstertür für Licht.

Diese Tür ließ sich, trotz ihres Alters, erstaunlich leicht öffnen und gemeinsam gingen wir hinaus auf eine wunderschöne, große, im Oval geschwungene, mit braunroten Fliesen gedeckte und überdachte Terrasse.

„Das ist ja hier wild romantisch!", waren wir uns alle einig, und Peter machte gleich darauf aufmerksam:

„Wir stehen, wie ihr sehen könnt, hier zwischen zwei eckigen Türmen. Sie sind das Pendant zum hofseitigen Turm. Um aber die äußere Krümmung des in Hufeisenform gebauten Gebäudes aufzufangen, mussten hier zwei davon gebaut werden."

„Sieht der Raum in dem zweiten Turm innen genau so aus wie derjenige, aus dem wir gerade gekommen sind?", interessierte sich Jens.

„Du riechst wohl von dort schon deinen Kaffee!", schmunzelte Peter.

„Warte noch ein bisschen, dann wirst du sehen, dass hier einfach kein Raum dem anderen gleicht, auch wenn dies zu vermuten wäre. Aber immerhin eine identische Fenstertür, wie diejenige, durch die wir gerade hinausgegangen sind, hatte es einmal gegeben. Du kannst in der Wand hier noch deren Umrisse wahrnehmen. Leider wurde auch sie zugemauert, um während oder nach dem Krieg, wegen der damals herrschenden

Wohnungsknappheit, eine zusätzliche separate Wohnung zu ermöglichen. Damit wurde die einstmalige großzügige Herrschaftswohnung in mehrere kleinere aufgeteilt." Diese Erklärung erscheint uns recht plausibel.

Eine Weile betrachteten wir still, den von hier oben leider noch recht verwildert wirkenden, doch immerhin viel versprechenden Park. Unsere Blicke wanderten über sein noch wenig gezähmtes Grün. Besonders aber genossen wir von hier oben einen herrlichen Weitblick. Er reichte weit hinauf bis zu dem, noch immer recht ramponierten, zwischen Büschen versteckten Glashaus und weiter zu den Höhen der Halde Nierchen. Nach links schauend, ließ uns die große Hangwiese von darauf weidenden eigenen Pferden träumen.

Peter fügte noch hinzu: „So schön der Ausblick weit hinaus auf die ehemals besonders gepflegte Parkanlage auch ist, so macht das Ganze leider immer noch einen recht verwilderten Eindruck. Wir haben mit dem Roden zwar angefangen, aber es braucht viel Zeit, die wild wachsende Natur ein bisschen zu zähmen, es sei denn, ihr hättet Spaß daran, an der Kultivierung etwas mitzuhelfen."

Endlich erinnerten wir uns an den versprochenen Kaffee, und da dieses weitläufige Gebäude vermuten ließ, dass die Führung noch eine ganze Weile dauern könnte, kehrten wir gemeinsam in das Zimmer zurück.

Stolz aber wiesen wir noch auf die Fensterbänke dieser leicht über Eck stehenden Fenster hin. Sie bestehen aus leuchtend orangeroten, großen und schweren Steinplatten. Aber nicht nur ihre Farbgebung ist ungewöhnlich, nein auch in dem daneben, durch eine schmale Schiebetür abgetrennten Raum hatte man den blauen Himmel auf den Fußboden gezaubert.

„Einen blau gestrichenen Zimmerboden habe ich noch nie gesehen!", staunte jetzt Claire.

„Auch wir wunderten uns über diesen Boden, als wir das erste Mal hier hinein gingen. Aber schon vor unserem Einzug hatten wir einmal von einem sogenannten ‚blauen Zimmer' in der Herrschaftswohnung gehört. Er besteht sehr wahrscheinlich aus einem frühen, und damals sehr modernen Kunststoff. Es hieß, er wurde Ende der 20er Jahre von der gerade verwitweten Gutsbesitzerin persönlich ausgesucht", erklärte ich.

„Ihr könnt mir glauben, jedes Mal, wenn ich das Haus durchstöbere, und das können wir jetzt, wo noch alles unbewohnt, nicht renoviert oder vermietet ist, ganz ungeniert machen. Wo ich auch gehe und oft dabei stehen bleibe, erfüllt mich ein großes Staunen. Nicht nur die ganze

Architektur des Jugendstils blüht hier meisterhaft und phantasievoll, dazu kommt noch diese ungebremste mutige Farbgebung. Und schaut hier. Es erstaunt doch sehr, dass im Gegensatz zu den meist vorhandenen Sprossenfenstern, hier oben ein sehr großes, fast die ganze Wand ausfüllendes Schiebefenster, mit bronzefarbenem Rahmen, das Licht herein lässt. Vermutlich ist es schon vor dem Krieg, direkt bei der Neueinrichtung, wenn auch nicht unbedingt stilgerecht, durch die Gutsherrin mit eingebaut worden. Und hier unten, am unteren Rahmenrand, da deutet ein Granateinschlag jetzt noch auf die Kriegseinwirkungen hin. Aber schön ist es, dass man bei der Größe des Fensters, jetzt eine freie Sicht auf die, direkt vor dem Fenster wachsende, dickstämmige Platane hat."

Doch Claires Blick war schon weitergegangen. Sie bestaunte die in eigelber Farbe gestrichenen, eine ganze Zimmerwand einnehmenden Wandschränke.

„Wenn ihr einmal hier in diese riesige Hauptwohnung einziehen solltet, könnt ihr euch eine recht üppige Garderobe anschaffen. Schränke, um sie darin zu verstauen, sind hier ja zur Genüge vorhanden! Das war sicher einmal ein Schlafzimmer."

„Gerne! Wenn nicht bis dahin die Renovation unsere Finanzen völlig verzehrt hat", bezweifelte Peter.

Ungeniert begann sie, Schranktür für Schranktür zu öffnen. Es hätte sich ja noch etwas Altes darin aufhalten können.

„Und dann diese großen und leicht ausziehbaren Schubfächer, einfach toll. Da passen Unterwäsche und Pullis einer ganzen Großfamilie hinein. Nur der gelbe Anstrich ist etwas befremdend. Ob dieser wohl auch ursprünglichen oder doch eher neueren Datums ist?"

Unterdessen hatte Jens eine andere Tür entdeckt. Interessiert, welche Überraschung ihn diesmal erwarten könnte, öffnete er sie. Was er dann dahinter zu sehen bekam, war ebenfalls nicht unbedingt sehr erfreulich.

„Du Peter, ich glaube, das ist der Raum, an dessen Tür wir im Treppenhaus das Schild *gefährliches Zimmer* gelesen haben, und dass man ihn also nicht betreten sollte. Man sieht es deutlich, der ganze Oberboden ist zerstört, vermutlich durch lang einwirkende Feuchtigkeit."

Vorsichtshalber schauten wir nur neugierig vom Eingang aus hinein.

Nicht so aber Claire, sie war auch hier nicht aufzuhalten. Langsam, wenn auch etwas abtastend, machte sie einige Schritte in den Raum hinein. Dann aber vergaß sie, vor lauter Begeisterung, auf welch eventuell brüchigem Boden sie sich befand.

„Ich glaube, das könnte einmal der zum Schlafzimmer passende Ankleideraum gewesen sein. Einfach wunderschön! Rund herum, den Wänden entlang, all diese großtürigen Wandschränke, nur dort, hinten am Fenster, sind keine. Alle hellgrau gestrichen und mit dunkelbraunen Holzleisten versehen. Und schaut hier, dazwischen erfüllt eine fast wandhohe Spiegeltür ihren eitlen Zweck. Mit welcher Garderobe wollt ihr hier diese ganzen Schränke noch füllen, wo doch im Nebenraum die gelbe Pracht schon jeden Luxus ermöglicht? Hier fände sogar diejenige der Queen von England ihren Platz, und die muss ja, wie ich einmal gelesen habe, für jeden Auftritt ein neues Kleid anziehen!"

In ihrer Begeisterung turnte sie über die kreuz und quer liegenden Balken.

„Und dazu diese vielen Schubfächer! Auch die sind im gleichen Stil geschreinert."

„Komm jetzt lieber hier heraus!", mahnte Peter. Seine Schwägerin jedoch war mit all dem ehemaligen Luxus, der sie hier umgab, immer noch nicht fertig.

„Hier gibt es sogar drei Türen. Diese hier rechts müsste die zum Treppenhaus sein, von der zweiten schaut ihr gerade ängstlich herein, und die dritte, wie ich sehe, ist der Eingang zum Badezimmer. Es ist so furchtbar schade um diesen zerstörten Boden. Aber der Charme dieses noch so gut erhaltenen eingebauten Mobiliars ist einfach so phantastisch, es ist wie ein Traum aus ‚Tausend und einer Nacht!'"

„Neugierde, dein Name sei Weib! Wir würden es begrüßen, wenn du doch endlich von deiner Expedition ins Ungewisse zurückkommen würdest!" Peter wirkte doch etwas besorgt.

„Ihr könnt mich ja anseilen, falls der Boden unter mir durchbrechen sollte und ich dadurch wieder im Untergeschoss lande. Dann müsste ich halt wieder das ganze Treppenhaus herauf steigen."

Wir aber dachten nicht daran und betrachteten unterdessen lieber das gleich daneben liegende Badezimmer. Hier waren die Wände mit schwarz-violetten Fliesen belegt, und über der Badewanne hing noch der alte, mannsgroße Wasserboiler. Wenn die orangeroten Fensterbänke auch faszinierten, so konnten wir uns weder für den blauen Kunststoffboden erwärmen, noch mit diesen traurigen dunklen Fliesen anfreunden.

Endlich war auch Claire, nach ihrem „gefährlichen" Ausflug, wieder unbeschadet bei uns angekommen, und so kehrten wir gemeinsam in das große Treppenhaus zurück, wo wir erneut die feine, ganz aus Holz gedrechselte Wendeltreppe nach oben bewunderten, die uns schon vorher als besonders lieblich aufgefallen war. Aber noch stiegen wir diese nicht hinauf, denn unsere Gäste interessierte noch, was hinter den zwei weiteren Türen, gleich neben dieser Treppe, verborgen sein mochte. Wir wollten sie sicherlich nicht an deren Besichtigung hindern, und so betraten wir ein einzelnes, helles Zimmer, dessen besonderer Charme in seiner ovalen Form lag. Auch hier führte eine verglaste Balkontür zu der wunderschönen Terrasse hinaus, die wir gerade verlassen hatten. Zwei zusätzliche Fenster brachten viel Helligkeit in das kleine romantische Oval. Leise flüsterte ich Claire zu, damit es die Männer nicht gleicht hören konnten: „Hier möchte ich einmal mein Boudoir einrichten. Ich habe gehört, in diesem hübschen Zimmer hätte einmal ein runder Kaminofen gestanden. Leider ist heute davon nur noch dieses große Ofenloch zurückgeblieben. Es soll wohl damals das Frühstückszimmer der gnädigen Frau gewesen sein."

„Und demnächst erneut ein Zimmer von einer zukünftigen ‚gnädigen Frau' werden!", neckte mich Claire.

Auf die Terrasse gingen wir jetzt kein zweites Mal und auch die andere Tür, direkt neben meinen Zukunftsträumen, mieden wir, denn dann hätten wir schon beinahe den verlockenden Kaffeeduft in die Nase bekommen. Sie führte nämlich in unsere jetzige Wohnung. Vorsichtshalber verriet ich nichts davon, sonst hätte unser Rundgang ein jähes Ende gefunden, ohne auch dem obersten Geschoss Ehre angetan zu haben. Dieses aber versprach, wie ich genau wusste, noch so einiges an Überraschungen. Also stiegen wir nun noch gemeinsam die kurze Wendeltreppe hinauf.

Liebevoll über die dunkeln Streben dieses kunstvoll gedrechselten Holzgeländers streichend, meinte ich fast etwas träumerisch: „Es ist doch ermutigend, dass nicht alles zerstört worden ist, und wir noch so ein Kleinod bewundern dürfen?"

Gleich nach den letzten Stufen öffnete der Hausherr eine Tür und entließ uns in ein größeres Zimmer. Es war, wie die vielen anderen, auch leer, aber es empfing uns mit einer Besonderheit. Er öffnete eine, auch hier verglaste Tür, und lud uns auf eine kleine Terrasse, kuschelig eingebettet in das riesig ausladende, das ganze Gebäude schützende Dach.

„Schaut her!", sagte ich verträumt und hob dabei leicht meine Arme hoch:

„Hier oben sind wir dem Himmel noch näher gekommen, und wir können noch besser über unser noch wild wachsendes Gelände schauen.

Wenn immer ich hier hinauf klettere, wünschte ich Flügel zu haben. Ich würde sie aufspannen und weit in den blauen Himmel hinaus fliegen, unter mir das helle Grün der Wiesen, und vor mir das Dunkel unserer dicht gewachsenen Kiefern. Was glaubt Ihr? Hatte wohl Josef von Eichendorf auch einmal an einem so hohen und luftigen Ort gestanden, als er die Reime fand:

Es war, als hätt' der Himmel,
Die Erde still geküsst,
Dass sie im Blütenschimmer
Von ihm nun träumen müsst.

Die Luft ging durch die Felder,
Die Ähren wogten sacht,
Es rauschten leis die Wälder,
So sternklar war die Nacht.

Und meine Seele spannte,
Weit ihre Flügel aus,
Flog durch die stillen Lande,
Als flöge sie nach Haus."

„Pass auf, dass nicht du gleich hier runterfliegst, wir stehen doch ein bisschen hoch oben. Traum und Wirklichkeit sollte man immer noch gut unterscheiden können. Und so ganz nebenbei bemerkt, habe ich an dir noch keine Flügel entdecken können!", sorgte sich auf einmal Jens.

„Männer, wo bleibt eure Poesie. Ich habe von einem Wunschtraum der Seele gesprochen und nicht vom Körper, man müsste nur einmal gut hinhören", brummte ich, so plötzlich in die Realität zurückgeholt.

Dann aber erzählte ich, dass Peter und mir, bei unserem ersten Rundgang, die Idee kam, das Dornröschen zu suchen.

„Und, habt Ihr es gefunden?", wollte Claire ganz schnell wissen.

„Nein, der richtige Prinz hatte es schon mit seinem Kuss geweckt und in sein Märchenkönigreich entführt, und mein Prinz hatte das Nachsehen."

„Ja, ihm blieb nur noch ein Röschen mit manchmal stacheligen Dornen! Armer Peter!"

Doch dann trennten wir uns von diesem freien Ausblick und dem dazu gehörenden Zimmer, denn zur weiteren Besichtigung erwarteten uns hier oben, von einem fensterlosen Flur aus, noch drei weitere phantasievolle Räume, und sogar mit Bad.

„Auch damit besteht die Möglichkeit, später einmal eine kleine Wohneinheit auszubauen", erklärte ich der langsam sich der Erschöpfung nähernden Verwandtschaft.

„Zu diesem, jetzt noch unbrauchbaren Badezimmer, muss ich euch dann noch eine Geschichte erzählen, aber erst beim gemütlichen Kaffeetrinken, bevor ihr mir jetzt noch umfallt. Aber es ist halt so, dies Haus steckt einfach voller Erlebnisse, und man hat sogar manchmal das Gefühl, es warte nur darauf, uns immer wieder neue Überraschungen zu präsentieren."

Etwas versteckt, und nicht so leicht zu entdecken in der spärlichen Beleuchtung, wies ich auf eine Holztüre hin, öffnete sie, sie knarrte leise, denn sie war es nicht gewöhnt, Besuch zu empfangen.

„Passt auf, hier geht es noch einmal einige Stiegen hinauf, denn ganz oben befindet sich der verwinkelte Speicher!" Allen voran trat ich auf die erste, sogar noch erstaunlich gut erhaltene Stufe, und begann, die mit den Jahren staubig gewordene Holztreppe zu besteigen.

Aber auch der größte Wissensdurst kommt einmal auf seine Reserven:

„Liebe Schwägerin: geht deine Führung wohl noch lang? Sonst schalte in den zweiten Gang."

„Bist du jetzt, vor lauter Begeisterung, sogar poetisch geworden, oder hast du irgendwie Höhenangst?" Doch ich merke, diese Art von Poesie entflieht einer sich langsam anbahnenden leichten Verzweiflung, die kein Ende in Sicht sieht.

„Ich dachte, wir seien jetzt, nach all dem Umherirren, endlich ganz oben angekommen und hätten alles gesehen!"

Dennoch blieb dem erschöpften Jens nichts anderes übrig, als mit uns weiter, Schritt für Schritt, über die alten, noch gut erhaltenen Treppenstufen hinauf in die sehr verstaubten Höhen eines riesigen Dachbodens zu steigen. Auch wusste er nicht, ob er den Heimweg von hier aus allein noch finden würde. Bewundernd schauten wir nun in ein Gewirr von dicken, dünnen, steilen, schrägen und winkligen Balken, die in allen Richtungen das ganze lange Dach stützten, einmal so niedrig, dass man den Kopf einziehen musste, dann wieder hoch, bis zu dem viele Meter hohen Dach des Hofturmes.

„Gehört diese Rundung zu dem Turm über dem Haupteingang? Es gleicht, von hier aus gesehen, der Rundung einer spitzen Tüte."

Auf einmal aber inspizierte er nicht nur dieses Gewirr von Dachkonstruktionen, er schaute auch recht interessiert in die vielen Winkel und
Ecken und machte sich dabei so seine eigenen Gedanken.

„Sag einmal, gibt es hier vielleicht noch einige ‚Schätze'? Habt ihr
schon einmal danach gesucht?", wendete er sich an seinen Bruder.

„Das haben wir, schon gleich in der ersten Zeit. Leider aber mussten
wir feststellen, auch wenn wir nicht gerade Schätze erhofft hatten, dass
in den Jahren alles leicht zu Transportierende entfernt und mitgenommen
worden ist. Nur diese alte schwere Wäschemangel durfte hierbleiben, sie
war wohl doch zu unhandlich für einen Abtransport. Aber ein interessantes Stück aus alten Zeiten ist sie doch. Schaut, ganz aus Gusseisen,
mit zwei hölzernen Walzen und einem handgetriebenen Schwungrad, mit
dem sie einstmals in Bewegung gesetzt worden war."

Peter und Jens probierten natürlich gleich den Mechanismus aus. Er
funktionierte immer noch, nur fehlte es jetzt an der Mangelwäsche. Schade
habe ich nicht daran gedacht, rechtzeitig meinen vollen Wäschekorb herauf
zu bringen. Hätte der aber, zur praktischen Bearbeitung, schon hier gestanden, ich bin fast sicher, das spontane Interesse an diesem Altertümchen
wäre bei den beiden Herren wohl doch nicht mehr ganz so groß gewesen.

Spinnweben konnten wir wenige entdecken, dafür schräge Dachfenster die vorne, hinten und seitlich einen traumhaften Ausblick gewähren.
Die Stille und Abgeschiedenheit liebte ich hier oben von Anfang an. Vor
allem aber den Ausblick über gewaltige Dächer, dann hinunter in den
Garten mit seinen weiten Wiesen und dunkelgrünen Bäumen, und der
dann schließlich weit hinaus in die Ferne reichte. Auch die verwinkelten
Dachkonstruktionen mussten jeden unglaublich beeindrucken. Dieser
Jugendstilarchitekt Emanuel von Seidel aus München, was war er wohl
für ein Genie, dass er einen solchen Bau, mit dieser ausgesprochen komplizierten Planung, die aber dennoch im Ganzen so viel Phantasie und
Harmonie ausstrahlt, erschaffen konnte, ohne eines Tages völlig die Orientierung darin zu verlieren.

Endlich befand sich meine Familie in Richtung einer schmaleren Treppe
im eiligen Abwärtsgang. Sie benutzte dabei nicht die romantische, über
die wir gerade hoch gekommen waren, sondern diejenige im Mittelteil des
Hauses, sehr wahrscheinlich einmal eine für das Personal gedachte. Diese
führt nun, nicht ganz so repräsentabel, an der Praxis vorbei und direkt
auf den Hof hinaus. Dabei kommt man noch an zwei weiteren kleinen,

ebenfalls noch unbelegten Wohnungen vorbei. Ob sie diese noch kurz besichtigt haben, bekam ich nicht mit. Ich vermute eher nicht, denn man hatte es jetzt doch recht pressant.

Ich jedoch verblieb noch eine kleine Weile allein an diesem stillen Ort hoch oben und vom täglichen Getriebe entfernt, ja fast abgehoben von der Welt.

Doch dann ging auch ich zurück, nahm eilig die Abkürzung über die schöne Wendeltreppe, sprang die zwei Meter nach rechts an meinem zukünftigen Boudoir vorbei und durch die gleich daneben liegende Tür hinein in unsere Wohnung. Es war höchste Zeit, auch für mich, den ausgiebigen Rundgang zu beenden, denn im Kinderzimmer wurde es lebendig. Der Mittagsschlaf war ausgeträumt und ich hörte, wie Klein-Wiebke mit ihrem Brüderchen plauderte.

„Hallo Kinder, gut geschlafen? Stellt euch vor, wir haben Besuch von Tante Claire und Onkel Jens und gleich gibt es Kuchen!"

„Kuchen! Für Claas auch Kuchen!" Jauchzte mein Töchterchen, und schon wünschte sie ganz schnell aus ihrem Gitterbettchen heraus gehoben zu werden. Mit Windelpaket im Unterhöschen eilte sie zum Wohnzimmer und ich konnte erahnen, dass sie ein enttäuschtes Gesicht machte, als dort niemand vorzufinden war. Claas ließ ich noch in der Wiege, denn jetzt hieß es, ganz schnell Wasser für Tee und eine große Kanne Kaffee aufsetzen. Dann stellte ich, natürlich mit Hilfe meiner Tochter, den selber gebackenen Kuchen auf den Tisch und schmückte diesen noch mit einem Büschel im Garten selbst gepflückter Wildblumen.

„Fertig!", konstatierte Wiebke und es war auch Zeit, denn vom Treppenhaus her hörte ich Gepolter.

*

Seit diesem erlebnisreichen Besuch von Schwägerin und Schwager, den ich jetzt, während meiner täglich anfallenden Hausarbeit, in Gedanken noch einmal durchlebe, ist jetzt auch schon wieder recht viel Zeit vergangen. Aber an diese, damals recht lange, aber auch lustige Führung durch unser Haus der Zukunft, denke ich doch noch so manches Mal und recht amüsiert zurück. Sie wird mir, wie gerade an diesem heutigen Morgen, für immer in fröhlicher Erinnerung bleiben.

Inzwischen haben wir drei Kinder und so manches Mal, wenn ich zum Fenster hinaus schaue, oder selber auf den Hof oder in den Garten hinaus gehe, erfreue ich mich an ihnen. Sie schenken mir vor allem auch Mut und Kraft und eine Gewissheit, dass der Kauf von Gut Merberich der richtige Entscheid war. So beobachte ich zum Beispiel, wie Wiebke vor der Reithalle fleißig ihre Ponys Simone und Polly putzt, oder Niels begleitet eifrig unsere weißen Enten, die wieder einmal im Entenmarsch vom Teich auf unseren Hof gewatschelt kommen. Und wie oft flitzt Filius Claas indessen mit seinem Fahrrad im Schnelltempo um die Linde herum, begleitet von unserer Dackeldame Maidy, die ihn dabei fröhlich und bellend umtanzt. Was habe ich vor Jahren dem Haus so verheißungsvoll versprochen und ist jetzt wahr geworden – die Ruh ist hin ...

Auch sind wir in diesen vergangenen Jahren nicht untätig geblieben und haben, bezüglich der Wiederherstellung von Haus und Garten, schon einen recht weiten Weg zurückgelegt. An Abwechslung fehlt es uns an keinem Tag, denn es gibt immer wieder irgendwo etwas zu entdecken und zu tun, was die Abteilung für Phantasie in unseren Köpfen in vollen Touren laufen lässt.

Sehr bald nach unserem Einzug haben wir festgestellt, dass es bei einigen Ein-, Zwei und Mehrzimmerwohnungen möglich ist, ohne dass man darin irgendwelche Wände verschieben oder einbauen müsste, diese zu restaurieren. Mit kleineren Einheiten haben wir schon angefangen und dafür ohne Schwierigkeiten auch bald Mieter gefunden, die gerne in das Gutshaus Merberich eingezogen sind. Bei der damaligen Führung mit der Verwandtschaft, da konnte davon allerdings noch keine Rede sein. Die meisten Räumlichkeiten waren früher wohl für die Familien der Angestellten geplant worden. Einzigartig aber war sicherlich die ehemalige Herrschaftswohnung. Neben dem, eines kleinen Schlosses würdigen Treppenhauses, boten damals die drei großen Säle einen besonderen Luxus. Da ist das rote Zimmer, in dem es gebrannt hatte, dann der Musiksaal und auch der dazwischen liegende Wintergarten. Bei beiden letzteren sind noch heute die Fenster zugemauert. So ruhen auch weiterhin hoffnungsvolle Zukunfsträume darin.

Verwöhnt waren Jens und Claire nicht, als sie in den nachfolgenden Monaten bei uns wohnten, denn sie mussten sich, nach den langen Jahren in den USA, in Deutschland wieder einleben und vor allem auch beruflich orientieren.

Wo sie dann bei uns ihre Zelte aufschlagen wollten, das entschied Claire recht schnell. Es musste das originelle Turmzimmer mit der herrlichen Terrasse und dem anschließenden Blauen Zimmer sein, denn dort konnten sie ihre bescheidenen Habseligkeiten in den gelben Schränken versorgen. Ich weiß nicht mehr, ob Claire die vielen Schranktüren und die darin zahlreichen Fächer beschriften musste, um die darin eingeräumten Pullover, Hemden, Socken und Unterhosen bei Benötigung wieder finden zu können. Auch lehrt es die hausfrauliche Erfahrung, dass Männer in der „häuslichen Schatzsuche" nicht unbedingt sehr finderisch sind. Das Badezimmer war noch brauchbar, und glücklicherweise erwies sich auch in Zukunft der Boden des sogenannten gefährlichen Zimmers haltbarer als gedacht, denn Claire ist dort nie durchgebrochen. Die Küche teilten wir uns. Die gemeinsame Kocherei machte mir Freude, ganz abgesehen davon, dass, wenn irgendetwas den Herren nicht besonders schmeckte, was aber eigentlich sehr selten vorkam, der Schuldige dann nicht auszumachen war, denn wir beiden hielten zusammen.

*

Während ich jetzt noch den Staubsauger hole, um die Krümel unter dem Frühstückstisch weg zu saugen, aber nur noch diejenigen, die Maidys spitze Schnauze nicht gefunden hat, lasse ich erneut meine Gedanken zu diesem charmanten und fröhlichen Besuch zurückschweifen und so auch zu der ausführlichen Hausführung.

Ich weiß noch, kaum hatten Wiebke und ich im Wohnzimmer die letzten Handgriffe an unserem Kaffeetisch gemacht, den Kuchen in einzelne Stücke geschnitten und den frisch im Garten gepflückten Blumenstrauß noch etwas dekorativer geordnet, da vernahmen wir, recht gut hörbar, Peter mit Jens und Claire unser Treppenhaus herauf kommen.

„Kaaaffffeeee!", schallte es durch unseren langen Flur.

Doch hier hatte man die Rechnung wieder einmal ohne den Wirt gemacht, und dieser trat in Persona grata auf, wobei man darin Claire, mit ihrer immer noch interessierten Entdeckerfreude erkannte.

„Bitte, zeigt uns doch auch noch ganz schnell eure jetzige Wohnung. Es scheint mir, als wären wir hier endlich in einem normalen Wohnniveau angekommen. Ich bin ja so gespannt, was ihr inzwischen schon fertig gebracht habt. Diese lange Besichtigungstour fand ich zwar ausgesprochen spannend, meine arme Seele allerdings, die wurde dabei doch etwas eingestaubt ... und deshalb brauche ich jetzt einen guten Kaffee, der von meinem, ebenfalls recht überforderten Gemüt, den Staub wegspült!", versuchte Jens zu protestieren.

Claire aber war schon in einem Zimmer verschwunden, aus dem schon eine revoltierende Stimme zu vernehmen war. Diesen Tönen nachgehend fand sie problemlos das Kinderzimmer, aus dem Claas, weil seine Schwester ihn verlassen hatte, sich lautstark bemerkbar machte. Dort überraschte sie ein kleines, aber helles Spielparadies mit einem großen Fenster zum Hof hinaus. Claire begrüße liebevoll diesen revoltierenden Neffen und trocknete ihm die noch rollenden Tränen weg. Jetzt quietschte er vor Freude, weil er nun nicht mehr alleine, sondern sogar die Hauptperson war. Dann aber sah sie sich eingehend in diesem kleinen Zimmer um und rief entzückt:

„Schaut diese niedliche Frisierkommode mit einem darin eingesenkten kleinen ovalen Waschbecken. Was für ein schönes Kleinod! Und hier, dieser dreiteilige einklappbare Spiegel darüber, der ist genial, und dann erst die weißen Schubladen darunter und der Kleiderschrank daneben, alles schon fertig eingebaut. Hier brauchtet ihr wirklich nur noch die Bettchen hinein zu stellen, und eure Kinder konnten mit Windeln, Höschen und allen weiteren Kleidungsstücken gleich einziehen."

Aber auch Jens war, trotz seines Kaffeedurstes, nicht ganz untätig geblieben und machte jetzt seine eigene Entdeckung:

„Wozu dient hier auf dem Flur dieser runde, in der Wand ganz versteckte Alkoven? Darin sehe ich sogar ein recht originelles altes Waschbecken. War das vielleicht für die Putzfrau gedacht oder einfach wieder einmal eine einfallsreiche, architektonische Besonderheit, die nicht unbedingt notwendig ist, aber Freude bereitet?"

Da aber unterbricht Peter den Neugierigen:

„Jens, komm einmal her. Rate, was sich hier an der Wand, gleich neben der Eingangstür, hinter dieser kleinen zweiflügligen Blechtüre versteckt!"

Dann öffnete er diese und alle steckten gleich ihre Nasen hinein. Große Enttäuschung, kein versteckter Tresor wurde hier sichtbar, sondern nur die Schalttafel der neuen Sicherungsanlage für die Stromversorgung der Wohnung.

„Was ist denn da Besonderes daran?", wollte Jens etwas verwundert wissen.

„Ganz einfach", beginnt Peter nun seine Erklärung.

„Hinter diesem Schaltbrett befindet sich ein tiefer Schacht, und der wurde ursprünglich, als die Großküche des Hauses noch im Keller betrieben wurde, als Speiseaufzug verwendet. Dann aber kam unser einfallsreicher und findiger Elektriker auf die grandiose Idee, hier unsere Elektroanlage für Licht und die Heizungsleitungen hinein zu legen. Herr Gradel, dieser intelligente, auch immer sehr praktisch denkende Handwerker, kam ursprünglich aus dem Osten. Wir werden ihm auch in Zukunft die Treue halten, denn einen besseren Mann für dieses weiträumige und in seinen Anlagen sehr komplizierte Haus, bei welchem auch die Baupläne nicht mehr auffindbar sind, werden wir wohl kaum jemals wieder finden!"

Nachdem wir unsere Phantasie wieder aus der Kellerküche den Schacht heraufgezogen und in den Flur gestellt hatten, kehrten wir der Haustüre den Rücken und gingen den Flur entlang, an zwei linksseitigen Türen vorbei, bis an dessen Ende. Dort befand sich, etwas versteckt in einer Nische, ein weiterer Durchgang.

„Claire, mach doch diese Tür hier einmal auf!", forderte ich sie auf.

„Ach, da bin ich ja wieder in dem großen Treppenhaus mit der niedlichen Wendeltreppe. Und hier, jetzt flüsterte sie, ist auch dein Boudoir!"

Bei unseren Gästen liefen die Orientierungszellen im Gehirn auf Hochtouren.

„Aber macht euch jetzt keinen Kopf", tröstete ich. „Kommt zurück und gleich hier rechts in unser Wohnzimmer. Auch wir brauchten unsere Zeit, um zu erforschen, wo was ist."

Jetzt aber staunte ich doch etwas, denn unser Besuch, als er zu einem der beiden Fenster hinaus schaute, erkannte recht schnell, dass wir uns hier im dem anderen Turmzimmer befanden, welches Claire vorhin, von der großen Terrasse aus, schon beschreiben haben wollte, und wo aufmunternd von uns der Kaffeetisch in Aussicht gestellt worden war.

Mit den zwei, auch hier über Eck stehenden Fenstern, den jetzt bunten Gardinen daran, einem Teppichboden und einer bequemen Polstergarnitur, lud endlich ein gemütliches Zimmer zum kulinarischen Willkommen ein. Auch von hier aus erfreute sich unser Blick wieder an der wunderschönen Hangwiese und dem vielen Grün des Parks.

„Neben diesem Fenster war einmal ein Ausgang zu der großen Terrasse", erklärte ich weiter. „Diese Öffnung ist aber, wie ich euch schon von draußen gezeigt hatte, während des Krieges zugemauert worden. Wir haben dann darüber tapeziert, so dass man heute nichts mehr davon erkennen kann."

Jens aber hatte es sich am Kaffeetisch, in einem der einladenden Sessel, schon recht gemütlich gemacht. Claire jedoch entdeckte die daneben liegende Küche. Leider tönte auch hier Peters Erklärung dazu wieder einmal wenig romantisch:

„Als wir zum ersten Mal diese Wohnung betraten, war dies ein ehemaliges Küchen-Badezimmer. Auf jeden Fall war der Anblick einfach grauselig! Die verschiedenen Mietergruppen der Nachkriegszeit hatten die alte Badewanne mit einer Holzplatte zum provisorischen Küchentisch umfunktioniert und darüber breitete sich später, in all den unbewohnten Jahren, großflächig der Wand entlang, ein grellgelber ekliger Pilz aus.

Aber kommt einmal her und schaut euch, hier im hinteren Teil der Küche, diesen noch gut erhaltenen ehemaligen großen Vorratsschrank an. Wir freuen uns, dass wir wenigstens den behalten konnten. Nach einer kompletten Räumung und Entfernung der Badewanne, ließen wir hier dann unsere Küche einbauen, denn der nächste Raum bot sich praktischerweise sehr gut als Esszimmer an. Kommt, schaut es euch selber an!"

Bei dieser Erklärung wurde sogar Jens wieder aufmerksam. Mit einem leisen Stöhnen erhob er sich aus seiner bequemen Lage, vergaß aber nicht, dem Sofa zu versprechen, gleich wiederzukommen und zwar dann auf sicher.

Auch im Esszimmer, welches wir nun wieder gemeinsam beschritten, konnte sich Claire wiederum über eine, die ganze breite Wand ausfüllende, dunkelbraun gestrichene Schrankwand wundern.

„Wie gut, dass doch nicht alles zerstört worden ist!"

Auch hier musste sie natürlich gleich eine nach der anderen dieser vielen Schranktüren öffnen und die darin befindlichen Schubladen herausziehen. Plötzlich aber machte sie eine interessante Entdeckung, auf die Peter und ich schon schmunzelnd gewartet hatten.

„Was ist denn das, das ist ja gar kein richtiger Schrank, hier kann ich ja hineingehen!"

Das musste natürlich gleich ausprobiert werden. Also schritt sie durch diesen Rseudoschrank, der sich im Aussehen von den anderen Schranktüren nicht unterscheiden ließ, klemmte sich durch einen Miniraum, stieß darin die nächste Tür auf und landete auf einmal in unserem Schlafzimmer.

„Einfach toll! Hier kann man ja richtiggehend durchmarschieren!"

„Auch wir haben damals gestaunt, dass man so ganz ungehindert einfach durch die Wand, wie durch einen geheimen Durchgang, spazieren kann. Wir waren uns dann gleich einig, dass dieses helle Zimmer mit den weiten Fenstern sich für unser Schlafzimmer eignen könnte."

Nun öffneten wir die große Terrassentür mit den doppelten Glasscheiben, und gemeinsam traten wir auf einen, mit Steinmauern eingefassten, schmalen Balkon. Der Blick, von der Höhe dieses Obergeschosses, überraschte mit einer ungetrübten Sicht hinunter auf den durch unsere Enten belebten Merbericher Teich und auf die schöne alte Ulme an seinem Ufer.

Peter erklärte, dass dieses recht große Gewässer vom Grundwasser der Halde Nierchen gespeist würde.

„Dort im Wald, zwischen den alten Bäumen, da sehe ich ja die Rhododendronbüsche. Wie viele weiß-rote Blüten tragen sie doch immer noch, fast wie damals in England und auch genau so schön!", rief Claire plötzlich aus.

Außerdem beeindruckten uns alle, von hier oben aus gesehen, nicht nur diese großen Büsche, sondern auch ganz besonders der gerade ebenfalls blühende Magnolienbaum.

Dann kehrten wir wieder ins Schlafzimmer zurück.

„Dieser großzügige Raum hatte sich uns auch daher gleich als Schlafzimmer angeboten, weil er den Vorteil dieses, gleich daneben liegenden, wenn auch ebenfalls sehr restaurationsbedürftigen, kleinen Badezimmers anbot. Kommt und schaut einmal selber!"

„Es ist ja schon etwas eigenartig", meinte nun Jens. „Da habt ihr ein riesiges Schlafzimmer, und in dieses kleine Bad passen nicht einmal zwei Waschbecken. Aber nett ist es dennoch. Die Sitzbadewanne ist ja auch nicht gerade groß, aber für eine Person reicht sie wohl aus. Wo führt denn hier links diese Tür hin?"

Als Jens diese öffnete, stand er erstaunt in unserem Treppenhaus und gleich erkannte er vis-à-vis die Eingangstür zu unserem Flur.

„Dann ist also unser Rundgang hier zu Ende. Liebe Schwägerin, ich habe meinem gemütlichen Sessel versprochen, sehr bald wieder zurück zu sein und dieser Zeitpunkt ist jetzt endlich gekommen. Wenn ich nicht gleich deinen Kaffee, der so herrlich gerochen hat, bekomme, gehe ich in die nächste Kneipe!"

Den Weg zurück ins Wohnzimmer fand er dann schnuppernd und zielsicher durch die Schrankwand trappend, sehr schnell.

Wir aber nahmen den anderen Weg, gingen durch das Treppenhaus und auf der anderen Seite durch die Wohnungstür hinein in den Flur, dort vorbei an der Gästetoilette, dem Kinderzimmer, dem Putzfrauenwaschbecken und betraten endlich tief aufatmend unser Wohnzimmer. Nein, schneller waren wir zwar nicht, dafür aber hatten wir jetzt den ganzen Rundgang vollendet.

Jens stand schon da, sein weicher Sessel jedoch, der war nun inzwischen von unserem Töchterchen besetzt worden. Dieser Irrtum wurde aber gleich geklärt. Beflissentlich goss ich ihm seine Tasse voll, damit er den kräftigen und schwer erkämpften Inhalt nicht doch noch an irgendeinem anderen Ruheplatz finden musste.

Als unsere Hälse endlich etwas entstaubt waren, begann Peter zu erzählen:

„Es war gerade ein Tag nach der notariellen Überschreibung. Wir wohnten noch für eine kurze Zeit auf dem Nikolausberg, da erreichte uns, schon früh morgens, ein Hilferuf der letzten beiden Mieterinnen unserer Neuerwerbung:

„Eines der Wasserrohre muss undicht sein, Wasser läuft von der Decke in unser Zimmer herunter, sie müssen ganz schnell kommen!"

Blitzschnell saßen wir im Wagen und wurden schon am Hofeingang von den zwei aufgeregten Frauen empfangen. Sie führten uns gleich in das große Zimmer mit der schönen Stuckdecke, welches wir heute als Büro benutzen. Dort lief das Wasser, einem ungehemmten Wasserfall ähnlich, von oben und an der Wand entlang herunter. Eilig rannten wir das schmale Treppenhaus hinauf, dasjenige gleich neben unserer heutigen Praxis, und erlebten in der darüber liegenden, kleinen Wohnung, das gleiche Drama. Auch dort sprudelte das frische Nass von der Decke herab. Also sausten wir noch weiter hinauf. Wir erreichten die letzte Etage. Vielleicht erinnert ihr euch noch an den Raum, gleich vor der Treppe zum Speicher. Wenn es nicht so überraschend und unerwartet gewesen wäre, hätte man nur lachen können, denn dort oben, in einem ehemaligen Badezimmer, floss ein breiter Strahl aus dem undichten Wasserhahn in eine rostige Badewanne."

„Vielleicht wollte das Merbericher Huuri gerade ein Bad nehmen! Dann hat es sich aber, bei unserer Ankunft, wohl doch besser ganz schnell aus dem Staub gemacht", musste ich Peters Darstellung ganz schnell unterbrechen. Der aber erklärte unbeeindruckt weiter:

„Was ich gleich bemerkte war, dass bei dieser alten Wanne der Stöpsel und der Rohranschluss fehlte, so dass es keinen normalen Abfluss mehr gab, und so suchte sich das Wasser seinen eigenen Weg. Erst hüpfte es über den Badezimmerboden, suchte dann, der irdischen Anziehungskraft folgend, immer weiter nach unten alle möglichen Schlupflöcher."

Es war dann nicht so ganz einfach, dem starken Strahl Einhalt zu gebieten, denn der Wasserhahn war so defekt, dass man ihn nicht abstellen konnte. Eilends machten wir uns auf die Suche nach dem Haupthahn des Hauses. Das war, in diesem riesigen Gebäude, für uns, so völlig unorientierte Schlossbesitzer, keineswegs ein leichtes Unterfangen. Doch dann

wurde unsere intensive Detektivarbeit zum Glück doch von Erfolg ge-
krönt, wir wurden fündig. Schnellstens baten wir einen Installateur im Ort
um Hilfe. Zum Glück kam dieser noch am gleichen Vormittag.

Langsam aber sicher dämmerte es in unseren noch so ahnungslosen
Köpfen, dass dies eventuell nur ein kleiner Vorgeschmack von allen Darbietungen sein könnte, die unser Haus in Zukunft Phantasievoll für uns
noch bereit hält.

„Da kann man ja nur sagen: ‚Petri heil!‘ Auch ich vermute, dass da
noch so Einiges an Unannehmlichkeiten auf euch warten dürfte!", meinte
Jens, der sich den Kuchen jetzt gut schmecken ließ.

Nach einer kurzen Denkpause antworte ich ihm darauf:

„Dennoch glauben wir, dass wir mit diesem Haus etwas Besonderes als
unser Eigen nennen dürfen. Das Beste wird sein, auch in der ungewissen
Zukunft, alle diese ‚Hätte, Könnte, Vielleicht, Möchte, Sollte und Dürfte‘
gar nicht erst einzuladen."

So endete also damals unsere gemeinsame und sehr ausführliche Schloss-
entdeckung. Inzwischen können wir immer mehr auf Erfahrung bauen
und freuen uns an einigen Erfolgen. Sie sind wie der Kraftstoff in einem
Motor und helfen uns immer weiter.

*

Trotz so vieler Gedankenwanderungen in die Vergangenheit, bin ich mit
meiner Haushaltsrunde doch noch fertig geworden, prompt klingelt wieder einmal das Telefon und nimmt mich in seinen Dienst.

„Tierarztpraxis Dr. Behrendt, guten Tag!"

Welche Überraschung, es ist Tante Rösi aus Herrliberg in der Schweiz.
Ich freue mich sehr.

„Wie geht es dir und Onkel Hans und was macht die Glasharfe? Wir
haben lange nichts mehr voneinander gehört."

Es folgt nun ein langes Telefongespräch, und dabei erfahre ich, dass
die Glasharfe inzwischen in das Zentrum ihres Lebens getreten ist.

„Hans blüht bei den immer mehr werdenden Engagements so richtig
auf, und es macht ihm nichts aus, wenn diese uns auch oft über den Kan-
ton Zürich hinaus bringen." Dann berichtet sie weiter:

„Stell dir vor, kürzlich hatte Hans sogar ein Engagement in Konstanz.
Das war ein ganz besonderes Ereignis. Er spielte dort seine Gläser an-

lässlich einer Schlussfeier. Du siehst, unser Publikum gestaltet sich recht abwechslungsreich."

„Fährst du dann immer mit?", möchte ich aufgeregt wissen.

„Aber ja, Hans braucht mich, und er ist froh über jede helfende und ordnende Hand. Da ich den ganzen Bau dieses sensiblen Instrumentes von Anfang an miterlebt habe, kenne ich mich damit recht gut aus und weiß, wo ich Hilfeleistung geben muss. Doch manchmal, ich muss es schon gestehen, möchte ich in meinem Alter doch lieber zu Hause bleiben, mich einfach gemütlich an mein Radio setzen und stricken."

„Hat Onkel Hans vor seinen Konzerten eigentlich kein Lampenfieber?", möchte ich noch wissen, aber da lacht sie nur und meint: „Für Hans können es nicht genug Zuhörer sein; je mehr, umso lustiger und aufgekratzter ist er dann!"

Schon seit einer Weile fühle ich, oder höre ich sie wirklich? Eigentlich nur einige kurze Läufe, dann nichts mehr. Doch, fast nur zu erahnen, erneut diese zarten Klänge, gefolgt von einer kurzen Melodie.

„Tante Rösi, spielt Onkel Hans auf seinen Gläsern? Es kommt mir aber vor, als würde er immer nur ein paar Noten spielen."

„Aber ja, Hans arbeitet im Nebenzimmer gerade an einer neuen Komposition. Ich staune, dass du das hören kannst."

Nach einem langen Gespräch verabschieden wir uns mit dem gegenseitigen Versprechen, bald wieder einmal neue Berichte auszutauschen.

Langsam lege ich den Hörer auf die Gabel und damit verstummt auch die Musik der Gläser.

Kapitel 4

Wintergartenausbau
Hof-Konzert

Rückblick zwischen Gläsern – wir ziehen um – ein Vogelerlebnis – Kinder im Badezimmer – Wanderung durch die Räume – eine Wohnung in Abteilungen – es kommt Licht in den Wintergarten – Frau Simons klärt auf – die Bombe – „Langerwehe in alten Bildern" – der Schmetterling öffnet seine Flügel – die Einladung – sie kommen – Archäologie im Wintergarten – „es hat sich nichts geändert" – das Konzert – Nachlese

Die Nachmittagssonne durchflutet hell und warm den Wintergarten von Gut Merberich. Weiße, gemusterte Tüllvorhänge an der geöffneten großen Tür und den beiden seitlichen Flügelfenstern, bewegen sich sanft in der leichten Luftströmung, die leise vom Garten herein weht. Die hellgelben Übergardinen nehmen die Sonnenstrahlen in sich auf und schenken damit dem ganzen Saal Wärme und eine heitere Behaglichkeit.

Vor mir stapeln sich einige Kartons, aus denen ich Wein- und Sektgläser herausnehme und säuberlich nebeneinander auf die dunkle Marmorplatte des einen der beiden, sich gegenüber liegenden Kamine des Wintergartens stelle. Peter hat sie im Porzellan- und Glaswarenhandel hier in unserem Ort ausgeliehen und schon gestern Abend abgeholt.

Wenn ich mich umdrehe, sehe ich aber noch andere Gläser. Für einen Fremden ein eigenartiger Anblick, denn diese sind nicht nur fast alle ungleich in ihrer Form und Größe, sondern zusätzlich und sichtbar, aber ganz bewusst, in einer etwas unverständlichen Ordnung zusammen gestellt und mit Winkelschrauben an einem Brett befestigt. Obschon auch sie von „Geburt" edle Kristallgläser und einmal ebenfalls als Trink- oder Weingläser gedacht waren, sind sie jetzt ganz besondere Spezialitäten und gehören sozusagen zum Adel der Familie Glas. Einmal aus einer riesigen Anzahl ausgesucht, werden sie nicht mit Flüssigkeit gefüllt, auch wenn diese noch so kostbar und teuer sein sollte. Ihre würdevolle Aufgabe ist es, als Orchester eine wundervolle Musik erklingen zu lassen. Als Instrument wird diese Gläsergemeinschaft „Glasharfe" genannt.

Im Moment beschäftige ich mich aber nicht mit dieser Elite, sondern wende mich wieder dem so genannten gläsernen Fußvolk zu. Dieses hat zwar eine andere Aufgabe zu erfüllen, aber sicherlich keine weniger wichtige, denn sie sollen noch heute, mit ihrem köstlichen Inhalt, durstige Gäste erlaben und erfreuen.

Nur in der Ferne höre ich noch die Stimmen der Kinder, die im Garten spielen – sonst ist es still. Onkel Hans und Tante Rösi, die gestern, nach einer langen Autofahrt aus der Schweiz hier auf Gut Merberich angekommen sind, haben sich zu einer erholsamen Mittagsruhe hingelegt, und Peter ist in seiner Großtierpraxis noch zu zwei Patienten unterwegs.

So habe ich jetzt etwas Zeit für mich selber, denn fast alle Vorbereitungen für den heutigen Nachmittag sind erledigt. Die belegten Brötchen befinden sich gut zugedeckt in einem kühlen Raum, auch Sekt, Wein, Wasser und Orangensaft zur Erfrischung der Gäste warten geduldig in einem dunkeln Kellerraum.

Der große Tag, von dem wir so lange Jahre geträumt und in den letzten Wochen schwer darauf hin gearbeitet haben, ist nun endlich gekommen.

Die Einweihung des Wintergartens mit der Glasharfe von Hans Graf!

Der Weg aber bis zu diesem heutigen, so herrlichen Tag, an dem auch eine warme Sonne daran teilhaben möchte, forderte sehr viel Einsatz, Arbeit und Planung.

Für einen Augenblick setze ich mich in einen der bequemen Sessel unserer neuen Polstergarnitur. Sie ist bezogen in einem englischen Design mit dezenten, aber zu diesem speziellen Raum passenden Blumenmuster. Fast liebevoll streiche ich über den bunten, etwas romantischen Stoff.

Dann lasse ich mir, tief eingekuschelt in das weiche Polster, die vergangenen Wochen noch einmal vor meinem inneren Auge vorüberziehen:

*

Endlich sind wir in die herrschaftliche Wohnung umgezogen, und jeden Tag genießen wir das vornehme Ambiente, das uns hier überall umgibt. Und doch fehlt da etwas, was in früheren Zeiten in diesem Hause ganz selbstverständlich war, einfach zur Normalität gehört hatte, mir aber weder heute und sicher auch nicht morgen, zur Verfügung stehen wird. Das sind nicht nur die fleißigen Gärtner im Park, sondern für mich noch mehr die im Hause wirtschaftenden jungen Zimmermädchen mit weißer Schürze und zierlichen Häubchen. Eine Schürze, wenn auch keine weiße, benutze auch ich hie und da, auf den Kopfschmuck allerdings verzichte ich recht gerne.

Aber wie war das dann mit unserem Umzug!? Eigentlich gar nicht so spektakulär wie man annehmen würde, denn wir rutschten mit dem kleineren Mobiliar in das herrschaftliche Treppenhaus mehr oder weniger nur so hinüber.

Unsere erste Wohnung, die wir so manches gute Jahr innehatten, und die uns dadurch lieb und vertraut geworden war, ist von dem Treppenhaus der Hauptwohnung nur durch eine kleine Verbindungstür getrennt. Schon in den ersten Tagen nach unserem Einzug in Gut Merberich entdeckte ich, am Ende unseres langen Flurs, ganz verborgen, und im Dunkeln kaum wahrzunehmen, diesen Durchgang. Mit einem Hau-Ruck versuchte ich damals diese Holztür zu öffnen. Ungehalten, aus ihrem langen Schlaf aufgeweckt, stemmte sie sich erst einmal gegen meine Kraft, knarrte recht unwirsch, gab dann aber doch nach, und ich stand erstaunt in dem großen, von Säulen gestützten Treppenhaus. Später bin ich dann immer wieder einmal dort hindurch gegangen, und in Gedanken renovierte und möblierte ich schon jedes der zahlreichen, von mir entdeckten Zimmer.

Vorher aber gab es noch so viele andere Arbeiten, die wir anpacken mussten, und diese hatten für uns einfach Vorrang. So war uns bewusst, dass wir sicherlich nicht dort einziehen könnten, während alleine schon die Außenmauern sich noch in einem kriegsbeschädigten Zustand präsentierten. Erst als wenigstens diejenigen auf der Hofseite rundherum gesäubert, abgekratzt und weiß gestrichen waren, durften wir an diesen bedeutenden Schritt denken.

Aber eines Tages war es dann doch soweit, wir zogen in die traumhaft schöne, aber erst zum Teil neu renovierte Herrschaftswohnung um, packten unsere ganzen Habseligkeiten, schleppten und schoben Betten, Tische, Stühle, Teller und Tassen, hinüber. Für diesen Transport reichte meist diese schmale Verbindungstür. Größere Sachen allerdings, die mussten über den Hof und zur Haupthaustür hinein getragen werden. Dann aber war es geschafft. Das Zimmer mit den roten Bodenfliesen, in dem es einmal gebrannt hatte, verwöhnte uns bald als Wohnzimmer, aber nicht nur durch seine Größe, sondern auch mit dem, im Winter etwas wärmenden, aber vor allem gemütlichen offenen Kamin. Dennoch gestaltete sich unsere Neubesiedlung etwas eigenartig, denn in der nächsten Zeit wohnten wir in drei voneinander getrennten Abteilungen. Oben befindet sich, auch heute noch, unser Schlaftrakt, und der wurde von den Wohnräumen, ganz unten im Parterre, durch den dunklen, noch nicht restaurierten Mittelteil getrennt. So verlockend es auch gewesen wäre, es war uns nicht möglich, alle Zimmer gleichzeitig bewohnbar zu machen, und so mussten Wintergarten und Musikraum doch noch eine Weile in kühler Dunkelheit verharren und sehnsüchtig auf Licht warten.

Das Blaue Zimmer, so benannt wegen seines, in den 20er Jahren modernen blauen Kunststoffbodens, wurde also bald unser neues Schlafzimmer. Inzwischen ist der Boden nicht mehr blau, denn ein warmer Teppichboden gibt dem Raum, mit den immer noch gelben Holzwänden und gleichfarbigen Einbauschränken, mehr Gemütlichkeit. Wenn wir aus dem großen und weiten Schiebefenster schauen, begrüßt uns draußen die alte Platane mit ihrem dickem Stamm und ausladenden starken Ästen. Obwohl der Ausblick in unseren Garten durch ihn etwas behindert wird, spendet er dem Raum im Sommer eine willkommene Kühle. Eines Tages überlegten wir, diesem prächtigen Baum noch eine besondere Gesellschaft zukommen zu lassen. Wir befestigten an seinem Stamm ein Vogelhäuschen. Peter legte unsere viel gebrauchte, und von der Streicherei an den Mauern teilweise weiß gesprenkelte Leiter an den Stamm, kletterte hinauf bis zu den ersten Ästen, wo er dann diese Vogelwohnung mit einem Nagel an der Rinde des Stammes aufhängte. Von nun an betraten wir im Frühjahr unser Schlafzimmer etwas vorsichtiger, immer mit einem beobachtenden Blick auf das Häuschen. Noch tat sich nichts. Wir hatten wohl vergessen, daran zu schreiben: Wohnung zu vermieten! Tag für Tag warteten wir nun mit Spannung auf das Ereignis einer eventuellen Einquartierung.

Endlich aber geschah es. Ein Meisenpaar schien, nach eingehender Inspektion, diese Behausung für ihren Nachwuchs als annehmbares Logis für gut zu befinden. Ich war gerade damit beschäftigt unsere Betten zu machen, als ich das kleine Wunder beobachtete. Schnell lief ich den weiten Weg hinunter in unsere Küche und an unser Funkgerät:

„Hugo eins, bitte kommen!" Das war unser Funkspruch.

„Ja, Hugo eins, bin am Apparat, was gibt es Neues?"

„Peter, unser Vogelhäuschen scheint besiedelt zu werden, wann kommst du nach Hause?"

„Was ist es für eine Vogelart?"

„Es sind Blaumeisen und ich habe beobachtet, dass schon kleine Strohhalme durch das Eingangsloch hinein transportiert werden!"

„Wunderbar, ich beeile mich."

Von dem Tag an konnten wir als Zuschauer auf den besten Plätzen, so oft wir tagsüber Zeit fanden, den Nestbau verfolgen. Als wir dann bemerkten, dass man darin auch mit dem Brüten angefangen hatte, betraten wir, um das Vogelpaar ja nicht zu irritieren, unseren Schlafraum immer mit einem vorsichtig beobachtenden Blick.

Eines Tages konnten wir dann auch ein fleißiges Ein- und Ausfliegen der Eltern beobachten, und immer hing bei der Heimkehr irgendein Würmchen oder Ähnliches an ihrem Schnabel. Wie viele Kinder dabei gefüttert werden mussten, konnten wir leider nicht feststellen. Wir blätterten in Vogelbüchern um zu erfahren, wie lange die Brutzeit normalerweise dauert, denn wir wünschten so sehr, den Zeitpunkt des Ausfliegens nicht zu verpassen.

Und doch war es dann wohl eher ein großer Glücksfall und gehört zu einem unserer rührendsten Erlebnissen, als wir gerade dann zugegen waren, als eines Morgens die flügge gewordenen Meisenkinder, auf Ruf der Eltern, ihr sicheres Nest verließen. Wir hielten den Atem an, als plötzlich der erste kleine Piepmatz seinen Schnabel in die frische Luft hinaus streckte und durch das Flugloch schlüpfte. Dann spannte es, noch etwas unsicher, seine Flügel aus und flog auf den nächsten Ast. Dort blieb es kurz sitzen, dann war es, husch, weg! Es hatte sich selber in sein eigenes Vogelleben entlassen. Kaum hatten wir uns von diesem Erlebnis erholt, kam schon der nächste Schnabel durch das Loch zum Vorschein. Dies Vögelchen zögerte etwas länger, sein sicheres Nest zu verlassen, aber die natürliche Neugier, der Trieb zur Selbständigkeit und eigenen Freiheit war jetzt groß genug, um das Wagnis des Ausfliegens zu machen, und nach einem kurzen Probeflattern, war auch dieser Spross verschwunden. Noch konnten wir die lockenden Eltern auf dem Baum sehen, die den Abschied ihrer Kinder beobachteten. Ein drittes, ein viertes, fünftes und sogar noch ein sechstes Vögelchen kamen zum Vorschein, dann schien das Nest leer zu sein. Dies einmalige Schauspiel hatte keine viertel Stunde gedauert, dann war die ganze Familie einfach weg, nirgends mehr zu erblicken und wir konnten ihnen nur noch ein freies und frohes Vogelleben wünschen.

Gutshaus Merberich wurde in einer sehr langen, und vom Menschen kaum berührten Zeit, von der Natur zurück erobert. Viele Tiere fanden im Wildwuchs des Gartens für sich ein geeignetes Umfeld. Noch nirgends zuvor habe ich im Frühling ein so lautstarkes, ja richtiggehend dominierendes und vielfältiges Vogelorchester gehört, wie hier. Daher ist dieses fast feierliche Naturwunder, das wir gerade von unserem Schlafzimmerfenster hinaus erleben durften, so erfrischend und absolut passend. Ein anderes Mal bildete die tierische Theaterkulisse eine etwas weiter hinten im Garten stehende Zeder. Auch die konnten wir von unseren Betten aus betrachten.

Es geschah an einem Sonntagmorgen am Anfang des Frühlings. Die Blätter unserer Platane hatten sich noch nicht aus ihren Knospen gedrängt, so dass wir nicht nur den Blick in den Park hinaus genießen konnten, wir besaßen sogar wieder einmal einen Logenplatz.

Die Komödianten waren diesmal vier rote Eichhörnchen, die uns mit ihrem „den Baum Hinauf- und den Baum Hinabjagen" ein übermütiges Spiel vorstellten. Einmal verschwanden sie ganz oben im Geäste, rannten von dort im Sauseklettertempo, und natürlich Kopf voran, wieder bis fast auf den Boden hinunter, umrundeten den dicken Stamm, machten, mit den spitzen Krallen sich an der Baumrinde festhaltend, einen kurzen Halt, beobachteten mit ihren lustigen Knopfaugen spitzbübisch die ankommenden Partner und entwischten diesen schleunigst und im Eichhörnchen-Schallwellentempo gleich wieder hinter dem Stamm ... es war eine äußerst amüsante Gratisvorstellung ... aber ach! Es war halt Frühling!

*

Das ehemalige Ankleidezimmer, mit den im typischen Jugendstil gehaltenen Einbauschränken, liegt direkt neben unserem neuen Schlafzimmer. Den zerstörten Oberboden, auf dem meine Schwägerin, bei der damaligen Hausbesichtigung, trotz Warnschild herumgeturnt war, ließen wir, obschon der Raum von uns kaum benutzt wird, neu belegen. Die ausgiebige Schrankwand in unserem Schlafzimmer ist für unseren bürgerlichen Gebrauch, und sicher wenig königliche Garderobe, absolut ausreichend. Mit seinen schweren, mit dunkelbraunen Leisten verzierten Holztüren und den geschliffenen hohen Spiegeln, ist er aber immer wieder eine Augenweide und eine Erinnerung an einen Phantasievollen, hochbegabten Architekten.

In dem recht geräumigen, mehr langen als breiten Badezimmer, ließen wir ein neues Fenster einbauen. So wurde es darin viel heller. Dann entrümpelten wir den Raum von dem restlichen feucht schimmelnden Inventar. Der alte Boiler, die Badewanne, sowie die dunkelvioletten Fliesen, all diese ehemaligen Schmuckstücke flogen Stück für Stück und mit

Schwung durch die nun breitere Fensteröffnung hinunter auf den Hof, wo der Container schon auf sein Beladen wartete.

Als dann endlich Platz geschaffen war, ließen wir auf der einen Seite eine Dusche, eine große neue Badewanne und auch ein WC mit modernem Bidet einbauen. Gegenüber errichteten wir eine Art langes, hüfthohes Podest mit darin eingesenkten Waschbecken. Es bestand aus stützenden Leichtbausteinen und mit darin verstärkenden Metallstäben. Der darunter entstandene Hohlraum dient jetzt als Unterschrank und Stauraum. Für das ganze Badezimmer suchten wir dunkelgelbe, leicht gemusterte Fliesen aus, was dem ganzen Raum jetzt ein freundliches und helles Aussehen verleiht.

Neben den Waschbecken ergab es nun eine meterlange und sehr nützliche Ablage, die – vor allem unseren Kindern – abends als Kleiderdeponie dient. Nach einem, für die Trabanten immer recht ereignisreichen Tag draußen in der Natur, wurden jeden Abend alle drei in die Badewanne gesteckt. Dann hieß es: Kleider ausziehen, auf einen Haufen werfen und eintauchen in das warme Nass zum ausgiebigen Plantschen. Anfangs durfte Mama dann den Kleiderberg sortieren. Das wurde ihr dann doch einmal zu dumm.

„Kinder!", sagte ich eines Abends: „Wir machen jetzt einen Wettbewerb. Wir schauen, wer den schönsten Kleiderhaufen machen kann!" Wettbewerb kommt bei Kindern immer gut an, und so konnte ich beobachten, wie am nächsten Abend jedes seine Kleider aufs Säuberlichste ordnete. Zentimeter um Zentimeter wurde nun gezogen, geschoben, zusammengefaltet. Sie vergaßen beinahe, dass sie eigentlich in die Wanne eintauchen sollten. Nun lag es an mir, den schönsten Haufen zu bestimmen. Das war, trotz all der Bemühungen, leicht auszumachen, denn bei den Kindern, obschon im Alter kaum mehr als ein Jahr auseinander, gab es halt doch eine Älteste und einen Jüngsten. So siegte Wiebke, und es tat mir so leid, die etwas enttäuschten Gesichter der beiden andern zu bemerken, hatte sich doch ein jedes so viel Mühe gegeben. Nach einer kurzen Absprache mit Peter beschlossen wir, am nächsten Abend keinen Sieger zu bestimmen, und alle drei für ihre schönen Kleiderhäufchen zu loben. Das war aber den Kindern auch wieder nicht recht, denn es muss doch immer einen Sieger geben! So wurde der Wettbewerb bald stillschweigend eingestellt. Aber von nun an waren die Kleider meist recht ordentlich hingelegt – einmal gekonnt, immer gekonnt.

*

Der große Raum im Parterre, gleich neben der Eingangshalle, in dem es kurz nach unserem Einzug in Merberich gebrannt hatte, wurde nun also unser Wohnzimmer. Die damals für die Mieter eingebaute provisorische Wand, die diesen praktischerweise in zwei Zimmer geteilt hatte, schonte damit zum Glück die eine Hälfte der schönen, dunkelbraunen Deckenbalken. Es war auch ein Segen, dass dieser Saal nicht, wie Wintergarten und Musikraum, mit Parkett, sondern mit braun-roten Fliesen belegt war, und dadurch beim Brand unbeschädigt bleiben durfte. Wir entfernten diese Schutzmauer und schmückten die Wände, nach ausgiebiger Säuberung, mit einer hellen Tapete. In diesem jetzt wieder gewonnenen, etwa 60 m² großen Zimmer, von uns bald der „Rote Salon" genannt, mit seinen neuen Doppelfenstern, können wir in den kalten Wintertagen, zusätzlich zur Zentralheizung, noch den alten Kamin benutzen. Er ist wunderschönen lila-weiß gekachelt und funktioniert noch sehr gut.

Wohin aber jetzt mit unseren vielen Büchern? Eine kleine Bibliothek hatte jeder schon in unsere Ehe mitgebracht. Inzwischen aber hat sich diese, mit einer beträchtlichen Anzahl literarischer Zugänge, weiter vergrößert. Ungenutzte Wände waren eigentlich genügend vorhanden, die besonders charmante Idee aber kam von Peter: „Wir umbauen die Tür zum Kinderspielzimmer komplett mit einer Bücherwand. Ich kenne einen guten Tischler, der könnte uns ein solches Regal ausmessen und schreinern."

Gesagt und auch bald in Auftrag gegeben. Das Resultat war einfach hinreißend. Die ganze hohe und breite Wand wurde mit einem dunkelbraunen, attraktiven hölzernen Bücherregal umbaut, und nur die weiße Tür zum Nachbarraum dabei ausgespart. Als dann recht bald die meisten Fächer mit unserem umfangreichen Lesematerial gefüllt waren, blieb ich oft lange beglückt davor stehen und stellte mir dabei vor, wie viele Gedanken und gelebte Lebenserfahrung, auch nur von einem einzelnen Schreibenden, in die vielen Seiten seines Buches gebracht worden waren. Ja sogar in nur wenigen Worten kann sich so viel Wissen versteckt halten, man muss es nur lesend daraus herausholen. Könnte man hier nicht sogar von einer wissenden und belebten Wand sprechen?

Ein großer, fast die ganze Längswand einnehmender Geschirr- und Gläserschrank, eine Spende meiner Eltern, eine Couchgarnitur, davor ausgebreitet ein roter Teppich, schenken, zusammen mit dem schon erwähnten Kamin, diesem Zimmer, trotz seiner enormen Größe, viel Wärme und Gemütlichkeit.

Sein Nachbarraum ist an dem herumliegenden Spielzeug, welches tagsüber meist den Boden bevölkert, aber auch an den malerischen Aktivitäten an seinen Wänden, als Kinderspielzimmer leicht erkenn- und sogar durch vier Türen betretbar. Eine davon öffnet sich zu unserem früheren Treppenhaus, eine zweite geht gegenüber direkt auf einen gartenseitigen Balkon. Da unsere Kinder die leidige Angewohnheit pflegen, hinein in die Wohnung und wieder hinaus aus der Wohnung, ist es hier sehr praktisch, dass unsere drei und ihre Freunde im „Durchzug" von der Hofseite über diese Terrasse gleich in den Garten und von dort aus auch wieder zurück flitzen können. Dadurch vermeiden wir, dass unser Wohnzimmer seltener als Tummelplatz missbraucht wird.

Durch die vierte Tür dieses kindgerechten Spielzimmers betritt man ein besonders schönes Kleinod. Als wir diesen Raum zum ersten Mal entdeckt hatten, waren wir entzückt von der darin eingebauten, bis über die Wandmitte hinaufreichenden Holzvertäfelung. Drei urtümliche Doppelfenster geben von hier aus den Blick zum dunkel glänzenden Teich frei, ein etwas kleineres öffnet sich hinauf zum Grün der großen Hangwiese. Beide, noch intakten Fenster, sorgen hier für viel Licht. Ich erinnere mich, dass es gerade dieses große dreiteilige Panoramafenster war, welches Claire und mich, bei der Entdeckung des Märchenschlosses draußen vom Teich her, als Erstes so fasziniert hatte. Ganz verträumt rätselten wir damals daran herum, was wohl dahinter verborgen sein könnte. Noch ahnten wir keineswegs, welch romantischer Raum hier fast unbeschädigt überlebt hatte.

Er wurde jetzt unser Esszimmer, und die, mit geschnitzten Holzleisten versehenen Schränke, benutzen wir für unser Tagesgeschirr.

Es ist erstaunlich, wie jedes Zimmer, jeder Saal, ob klein oder groß, immer wieder mit einer individuellen Besonderheit überrascht. Allein die vielen Türen sind oft prachtvoll mit Holzleisten verziert.

In dem, für Merbericher Verhältnisse kleinen Raum daneben, konnten wir dann unsere Küche einrichten. Dieser besitzt erfreulicherweise, für die Entlüftung von Küchengerüchen, gleich zwei hohe Fenster, das eine mit Sicht auf den Teich, das andere, sehr vorteilhaft für eine schnelle Außenkommunikation, zum Hof hinaus. Eine schon vorgegebene Wandvertiefung wurde, ähnlich einem beleuchteten Kommandostand, mit Telefon, Funkgerät und dem dazu gehörenden Aufschreibbrett eingerichtet. Und wie praktisch war doch daneben der zusätzliche Ausgang, direkt hinaus in unser ehemaliges Treppenhaus! Kein Wunder, dass dieser dann, für die ganze Wohnung, zum meist benutzten Eingang wurde, denn er öffnete sich ja zu der familiären Futterkrippe.

Es war an einem ganz normalen Vormittag, die Familie befand sich, wie alle Tage aushäusig, sei es in irgendeinem Stall oder in der Schule, als ich, in der Stille des Hauses, ein unvergessliches und denkwürdiges Erlebnis hatte. Zum Lüften öffnete ich im Esszimmer das große Fenster zum Teich. Als ich mich dann wieder umdrehte, da bemerkte ich, dass beide Flügeltüren, diejenige zum Spielzimmer und in gerader Linie auch die nächste hinüber zum Wohnzimmer, weit offen standen. Mein zufälliger Blick durchquerte diese beiden großzügigen Räume und wurde erst weit hinten durch den Kamin aufgehalten. So eine freie Sicht hatte ich bisher nur einmal bei einer echten Schlossbesichtigung erlebt.

Ein tiefes Staunen überkam mich. Minuten zogen vorüber, ich konnte mich von diesem unerwarteten Anblick kaum trennen, und ein frohes Gefühl von Weite und Freiheit erfüllte mich. Lange Zeit verhielt ich in Dankbarkeit ob so vieler Schönheit und stillen Friedens, und eine plötzliche Erkenntnis durchlief meine Gedanken:

Nur im Sinne eines solch weitreichenden und ungestörten Fernblickes können wir die Wiederherstellung dieses prächtigen Hauses meistern. Kleinlichkeiten und ein zu ängstliches Sorgen und Denken würden hier niemals zu dem ersehnten Erfolg führen.

Dann drehte ich mich um, ging in die Küche, aber zurück ließ ich eine belebende und ermutigende Träumerei.

Daran muss ich jetzt denken, während ich gerade so gemütlich und geborgen in meinem weichen und bequemen Sessel des Wintergartens sitze.

Noch vor einigen Wochen verharrte dieser Raum in einsamer Dunkelheit. Lange Jahre war seine vornehme, stolze und hochstehende Architektur, geplant und ausgeführt mit der Eleganz eines Künstlers, verborgen geblieben. Aber nun sind doch endlich unsere Träume und Planungen Wirklichkeit geworden, wir haben wieder einen kleinen Teil des Hauses zum Leben erwecken dürfen. Und jetzt will ich noch eine weitere Weile ungestört seine vornehme Stille genießen.

Wie schon erwähnt, mussten wir nach unserem Einzug noch in drei Abteilungen leben. Das war oben der Schlaftrakt, unten der Wohnbereich und trennend dazwischen der noch unbewohnbare dritte Bereich, eben dieser Wintergarten mit seinen zugemauerten Öffnungen. Seine abweisend kalte und zugige Dunkelheit spürten wir ganz besonders an den kühlen bis sehr kalten Herbst-, Winter- und Frühlingstagen. Vor allem aber in der Übergangszeit, in den besonders unangenehmen feucht-kalten Tagen, war der Weg durch „Klein Alaska" einfach sehr weit. Man verabschiedete sich von der angenehmen Wärme des Wohn- und Essbereichs und erhielt den ersten Schock in der dunklen Eingangshalle mit dem noch zugigen Wintergarten. Da war Eile angesagt, denn diese räumliche Durchquerung und mit der anschließenden Besteigung des weiten und hohen Treppenhauses, war es dann entsprechend eine recht erfrischende Angelegenheit. Die Erwärmung erwarteten wir dann erst wieder im Obergeschoss in unseren Schlafräumen. Oft hatten wir den Eindruck, der Weg würde sich in gleicher Weise verlängern, wie sich die Temperatur senkte. Und wehe man hatte etwas vergessen, sei es oben oder unten, so tat man dann gut daran, sich warm einzupacken. Ich war in den kalten Monaten deshalb recht oft erkältet und wurde an meine Englandzeit und das dortige ähnliche Londoner Wetter erinnert.

Dafür genossen wir umso mehr die warmen Spätsommertage. Aber es blieb halt dann doch nicht aus, dass die Tage wieder einmal kürzer wurden, und man sich unaufhaltsam den kühlen und kalten Jahreszeiten näherte. Dann dachte ich an meinen nächsten Schnupfen.

„Peter! Was meinst du, könnten wir nicht endlich mit dem Ausbau des Wintergartens beginnen? Es wäre schon schön, wenn es im kommenden Winter darin ein bisschen temperierter wäre!"

„Darüber habe ich mir auch schon Gedanken gemacht. Ich spreche wieder einmal mit dem Bankdirektor, und dann müssen wir auch Herrn Dohmen informieren."

*

Aber da war noch etwas anderes, jemand Besonderes, der immer wieder in meinem Kopf herumgeisterte. Es war Hans Graf mit seiner Glasharfe. Wir blieben immer mehr oder weniger in Kontakt miteinander, sei es in schriftlicher Form, per Telefon oder sogar durch einen eingeschobenen Kurzbesuch bei ihm zu Hause. So durften wir, wenn auch meist nur fernmündlich, von seinen vielen glasharfnerischen Auftritten erfahren. Einem gelungenen Konzert folgten gleich zwei bis drei weitere Anfragen. Onkel Hans war in seinem Element und glücklich. Er sammelte alle Zeitungsausschnitte, die seine Konzerte beurteilten und lobten. Einmal verstopfte sogar ein dickes Kuvert, mit vielen Briefen darin, beinahe seinen Brief-

kasten. Es war das Echo einer begeisterten Schulklasse auf seine ungewöhnliche und zauberhafte Glasmusik, das jetzt beim Öffnen als kleine
Aufsätze daraus heraus purzelte.

In seiner nun sparsam gewordenen Freizeit arbeitete er seine Stücke
musikalisch immer noch weiter und feiner aus, arrangierte passende Melodien und Lieder, die ihm besonders gefielen und erweiterte mit neuen
eigenen Kompositionen sein vielfältiges Programm.

So wurde bei uns, auch in Erinnerung an die Hasencleverschen kul-
turellen Anlässe, von denen man uns erzählt hatte, der Gedanke immer
lebendiger: „Onkel Hans muss auf Merberich spielen!"

Auch noch den Musikraum selber herzurichten, das wäre im Augenblick pekuniär noch nicht zu bewältigen gewesen. Aber der momentan
so zugige, kalte und dunkle Wintergarten, der sollte nun doch endlich
restauriert werden, um in seiner ehemaligen blumigen Schönheit und
Würde wieder erscheinen zu dürfen und wir dann auch weniger frieren
müssten.

An dieser Stelle möchte ich einen sehr verdienten Lorbeerkranz unterbringen. Dieser gehört unserem Alleskönner Arnold Dohmen. Er wohnt
in Weisweiler, einem Nachbarort von Langerwehe.

Die Arbeiten im Garten, dem Hof und den Stallungen wurden uns
eines Tages einfach zu viel. Überall war irgendeine, wenn auch geduldig
auf uns wartende Arbeit nicht getan, da reichten 24 Stunden einfach nicht
mehr aus. So suchten wir eine Hilfe, und eines Tages stand Herr Dohmen mit seiner Frau vor unserer Tür. Als ehemaliger Betriebsschlosser im
Bergbau, hatte ihn altershalber gerade frisch die Bergrente erreicht. So
bot er uns seine Arbeitskraft und seinen noch lebendigen Tatendrang an.
Von nun an hörte man ihn täglich und zu jeder Jahreszeit, bei Wind und
Wetter, tuckernd mit seinem alten Moped auf den Hof fahren, um als erstes gleich die Pferde zu füttern und anschließend die Boxen auszumisten.
Was er auch in Stall, Haus, Hof und Garten in Angriff nahm, er führte
alles in erfahrener Vollendung aus und war bei keinem Problem ratlos.

Als wir nun dieses neue Unternehmen, unsere kühle bis kalte Rezepti-
on zu restaurieren, finanziell organisiert und planerisch, so gut es im Voraus ging, durchdacht hatten, begrüßten wir unseren Stallmeister an einem
sonnigen und warmen Spätsommermorgen mit dem Vorschlag:

„Herr Dohmen, wir wollen den Wintergarten wieder in Stand setzen.
Was halten Sie davon?"

„Da müsste ich erst die zugemauerten Fensteröffnungen in Angriff nehmen. Ich bringe morgen ein Stemmeisen und einen Vorschlaghammer mit, dann will ich sehen, ob ich die Steine allein heraus klopfen kann." So lautete die nüchterne Antwort auf unser Anliegen. Kein überlegendes Zögern, noch vorsichtiges Zweifeln, demnach auch kein Problem für unser vertrautes Faktotum.

Mit diesem Einverständnis war sicher schon der erste und vielleicht wichtigste Schritt getan. Anderntags rumpelte er, bewaffnet mit dem richtigen Werkzeug, welches er gekonnt auf seinem schmalen Gepäckständer montiert hatte, auf den Hof, wo wir schon gespannt auf ihn warteten. Peter hatte früh seine ersten Patienten besucht, um ja rechtzeitig bei diesem aufregenden Moment der Fensteröffnung dabei sein zu können.

Mit einem „Guten Morgen, Herr Dohmen!" liefen wir ihm gleich entgegen.

Etwas erstaunt schaute er auf das, sicher nicht alltägliche, schon so frühe Empfangskomitee:

„Heute wird es wieder einen geschichtsträchtigen Tag in der Wiedergeburt von Gut Haus Merberich geben, da müssen wir unbedingt dabei sein!"

Nach dieser aufgeregten frühen Begrüßung, beluden auch wir uns mit dem schweren Werkzeug und gingen gemeinsam durch den Haupteingang hinein.

Ach, wie gerne wollte ich damals, an diesem fast geschichtsträchtigen Moment, den noch so schmutzigen und abgeschabten Wänden, ja dem ganzen nachtdunklen Raum, erklären, dass wir jetzt gleich Sonne, Leben und Fröhlichkeit zurückbringen werden!

„Ich schlage vor, dass wir mit dem Öffnen hier, mit diesem großen linksseitigen Fenster beginnen."

Die Männer waren sich gleich einig, während ich noch abwartend und voll innerlicher Spannung etwas im Hintergrund blieb. Aufmerksam beobachtete ich, wie Herr Dohmen eine kleine Ritze im Gemäuer suchte, dann dort die Spitze des Meißels in diese hinein setzte und kräftig mit dem Hammer auf die Rückseite des eisernen Stabes schlug. Ein Stein lockerte sich, noch ein Schlag und plötzlich fiel er, mit einem kurzen Poltern, hinaus in den Garten. Im Bruchteil einer Sekunde flitzte der erste Sonnenstrahl durch die noch bescheidene Öffnung und berührte blitzschnell einen kleinen Teil des schwarzen Parkettbodens. Wie an einem willkommenen Freudenfest, begannen nun tausende von Staubkörnern in einem hellen Strahl zu tanzen und herum zu wirbeln. Licht! Nach Jahrzehnten wieder Helligkeit in diesem einst so edlen Raum. Wir standen alle drei staunend vor dem kleinen Wunder und erlebten diese Wiedergeburt mit jedem wachen Nerv.

Angespornt durch diesen, wenn auch noch sehr bescheidenen Lichtstrahl, nahm unser Meister erneut sein schlagkräftiges Werkzeug zur Hand und schon in den nächsten Minuten flog auch gleich der nächste Stein heraus. Eins, zwei, drei, einer folgte dem andern, und bald war ein Teil des großen Raumes von Licht durchflutet. Immer heller und sonniger wurde es, bis endlich, nach Stunden harter Arbeit, auch der letzte Stein dieser ersten Öffnung seine schützende Funktion aufgeben musste.

Mittags brachte Peter Niels aus dem Kindergarten zurück, kurz darauf folgten die beiden Größeren aus der Schule. Ein begeistertes Hurra erfüllte den nun zu einem Teil schon geöffneten Raum. Hunger und Mittagessen waren vorläufig unwichtig. Alle drei kletterten jubelnd durch dieses erste große Loch hinaus in den Park. Eine Treppe gab es draußen nicht, aber was machte das schon, man sprang ganz einfach über den Schutthügel hinunter auf die grüne Wiese, und das im Schnelltempo dann auch wieder zurück. Ein freudiges Gejohle hallte von den Wänden, die Kinder wurden nicht müde mit ihrem lustigen Hinaus- und wieder Hereinstürmen durch das neue Loch, bis wir die wilden Herrschaften doch endlich zum Essen ermahnen mussten. Aber auch wir selber benahmen uns wie übermütige Kinder und waren dabei so frohen Mutes.

Auf den Praxiswegen, die Peter, nach der aufregenden ersten Stunde der Wiedereröffnung, dann doch angehen musste, blieb er nicht müßig. Er fand sogar einen Schreinermeister, den er gleich für den Fensterbau um einen Voranschlag bat. Da wir keine alten Fotos besaßen, vermuteten wir, dass auch diese Fenster denjenigen in den anderen Räumen entsprochen haben könnten, nämlich so, dass der obere, der nicht zu öffnende Teil, mit Kassetten versehen sein müsste. In dem uns dann überbrachten finanziellen Kostenvoranschlag mussten wir aber feststellen, dass der Einbau des Glases im Preis leider noch nicht inbegriffen war. Das ließ uns nun doch etwas zögern, denn unsere Bankkredite hielten wir immer auf einem noch übersehbaren Limit.

Aber sollte man nicht manchmal an Schutzengel glauben? Wir haben einen und der mischt sich immer dann in unsere Aktivitäten ein, wenn wir ihn wirklich brauchen. So wurde er auch jetzt aktiv und schickte uns gerade an diesem, dem Tag vor der endgültigen Entscheidung, Frau Simons, eine ältere Bauernfrau und Fast-Nachbarin, vorbei. Sie wohnt unterhalb von uns, an der Hauptstraße, und war über Peters tierärztlichen Rat schon manchmal froh. Heute aber sollte sie unser rettender Engel werden. Sie stand plötzlich in unserer Praxis.

„Guten Abend Frau Simons, haben Sie Kummer mit einem Ihrer Tiere?", begrüßte Peter sie freundlich.

„Nein, diesmal nicht, wir sind ja froh, wenn wir den Doktor nicht brauchen. Ich bin wegen Ihrem Haus hier", erklärte sie uns in ihrem schönsten rheinischen Dialekt.

„Immer wenn ich etwas Zeit finde, einen kurzen Spaziergang zu machen, komme ich jetzt meistens hier am Teich vorbei und freue mich jedes Mal, wenn ich sehe, dass an Merberich wieder etwas getan worden ist.

Sie wissen vielleicht nicht, dass ich als junges Mädchen, lange vor dem Krieg, einige Jahre als Hausmädchen bei der Familie Hasenclever gedient habe. Es war damals eine glückliche Zeit für mich, denn ich konnte bei den Herrschaften Hasenclever, die recht großzügig und immer anständig und freundlich mit den Angestellten umgingen, viel im Haushalt lernen. Zu tun gab es ja einiges, denn das kulturelle Leben, welches hier geführt wurde, war in der ganzen Umgebung gut bekannt und brachte so manchen Künstler ins Haus, sei es in der Malerei oder Musik. Ich habe noch einige Fotos aus dieser Zeit als schöne Erinnerung daran behalten. Nun möchte ich Sie fragen, ob Sie diese als Hilfe für die Restaurierung des Hauses vielleicht gebrauchen könnten."

Nach dieser langen Vorrede begann sie in ihrer Handtasche zu kramen und brachte daraus einen großen Umschlag zum Vorschein. Ganz begeistert schauten wir uns Bild für Bild an, und dann plötzlich ein erstaunter und überraschter Ausruf von uns beiden:

„Die Fenster vom Wintergarten waren ja damals ganz anders, als die in den anderen Räumen! Liebe Frau Simons, Sie haben uns, vor allem aber den Stil des Hauses gerade gerettet und uns damit einen riesigen Gefallen getan. Ganz herzlichen Dank dafür!

Aber kommen Sie doch mit uns hinüber in den Wintergarten, denn wir sind gerade dabei, diesen in der alten Ausführung wieder herzurichten. Der Schreinermeister hat schon den Auftrag für die Fenster, es fehlte ihm, für die endgültige Ausführung, nur noch unsere Bestätigung dazu. Wenn sie jetzt nicht, im diesem wirklich letzten Augenblick mit den Bildern gekommen wären, hätten wir die Fenster, ohne von diesem Missgriff etwas zu ahnen, nicht im Originalzustand anfertigen lassen. Aber gerade darauf legen wir doch so großen Wert!"

Gemeinsam durchquerten wir eifrig den Büroraum und traten in den jetzt offenen Wintergarten. Beim Anblick von so viel offensichtlicher Zerstörung bemerkten wir, wie unser Überraschungsgast auf einmal sehr ruhig wurde, doch dann begann sie erneut zu erzählen.

„Es ist schon traurig, was damals geschehen ist. Ich war lange nicht mehr hier drin, und so nehmen mich jetzt, bei diesem Anblick, die Erinnerungen an das Geschehen wieder gefangen. Es war in den vierziger Jahren, noch Mitte des Krieges, als wir alle bei einem erneuten Sirenenalarm in unsere Keller stürzten. Dann hörten wir plötzlich ein Krachen und die Erde erzitterte sogar in unserem Wohnhaus unten an der Straße. Entgeistert und verstört starrten mein Mann und die Kinder uns gegenseitig an, und jedem war gleich bewusst, jetzt hat man sogar über unserem kleinen, einfachen Dorf eine Bombe abgeworfen. Nach dem Endalarm hasteten wir auf die Straße, dann sahen wir es, eine Rauchwolke strebte über den Bäumen gegen den grauen Himmel:

‚Merberich ist getroffen worden!', riefen wir entsetzt aus. Ich weiß nicht einmal mehr, ob wir uns die Zeit genommen hatten die Haustüre zu schließen, wir rannten alle wie gehetzt den Weg hinauf zum großen Haus. Kaum konnten wir die Frontmauern erkennen, den Turm, die unversehrte wunderschöne Haustüre, da atmeten wir erst einmal tief auf, aber schon kam die bange Frage: ‚Wo hat das Geschoss getroffen?'

Auf dem Hof erblickten wir Frau Hasenclever mit ihren Angestellten. Niemand schien verletzt zu sein, aber den verstörten und staubigen Gesichtern war der gerade erlebte und erlittene Schock deutlich anzusehen. Wir riefen alle schon von weitem: „Was ist passiert, seid ihr alle gesund, wie steht es mit dem Haus?"

Ein bisschen zu viele der aufgeregten Fragen auf einmal an die verängstigten Menschen, die nun gegenseitig des Nächsten Nähe suchten. Frau Hasenclever war die Erste, die leise und mit monotoner Stimme antwortete:

„Der Wintergarten ist teilweise, die Freitreppe nach draußen vollkommen zerbombt, die Fensterscheiben, auch die vom Musikraum, sie sind alle zerbrochen!"

„In meinem ganzen Leben werde ich den Schock und den Anblick der Zerstörung nie mehr vergessen – aber nun sehe ich, dass sie schon angefangen haben, die beschädigte Hinterfront wieder zu reparieren und bin doppelt froh, dass ich noch rechtzeitig bei Ihnen vorbei geschaut habe. Sie glauben ja nicht, wie lebhaft ich immer noch jede Ecke und jede Treppenstufe in Erinnerung habe. Diesen Kamin durfte ich im Winter täglich anfeuern." Sie lachte kurz und fröhlich auf.

„Was ich auch nie vergessen werde, ist meine äußerst ungeliebte Aufgabe, nämlich die von Zeit zu Zeit notwendige Säuberung desselben vornehmen zu müssen. Die Asche staubte jedes Mal über meine Hände und schlüpfte mir in die Nase, und dann wurde ich zusätzlich von den anderen Zimmermädchen kurz aber deutlich darauf hingewiesen, dass ich nicht so viel Staub aufwirbeln soll. Aber das war leichter gesagt als getan." Mit einem Blick, aus dem ein Funke Wehmut sprach, sagte sie: „Ich gratuliere Ihnen zu Ihrem Mut und wünsche Ihnen von Herzen, dass Sie Ihr Ziel, das Haus wieder in seiner alten Schönheit herzurichten, erreichen mögen."

Dankbar verabschiedeten wir uns von ihr und begleiteten sie zum Ausgang. Noch einmal betrachteten wir eingehend die gut erhaltenen Fotos, auf denen die Rückfront des Hauses, vom Park her fotografiert, in allen Details abgebildet ist. Ganz deutlich sieht man darauf, dass die Wintergartenfenster mit den anderen, wir hätten es eigentlich wissen müssen, nicht alles gemein hatten. Die zu öffnenden Fensterflügel waren z. B. oben nicht gerade, sondern endeten, nach echtem Jugendstil, in einem geschwungen Bogen. Die breiten Oberlichter aber enthielten bei dem einen Fenster ein „E", bei der Tür ein „H" und bei dem anderen Fenster ein „I". Da brauchte man nicht lange zu raten, dass dies die Initialen von Edwin und Irma Hasenclever waren.

Sofort wurde nun, mit Hilfe der Fotos, der Fensterbauer über diese Änderung informiert, und so erhielt der Wintergarten seine Fenster wieder in der historischen Form, wobei wir aber auf unsere eigenen Initialen verzichteten und somit die Oberlichter nur einfach verglast wurden.

Diese Buchstaben „E", „H", und „I" beschäftigen uns aber nun doch sehr. Wir wollten mehr über die Träger dieser Initialen erfahren.

Es war dann gar nicht so schwer ein Buch zu finden, welches uns die gesuchten Informationen geben konnte. Einige Langerweher hatten eines Tages die Idee, ihre Erinnerungen und Fotografien hervor zu hole. Dieses daraus resultierende Forschungsergebnis wurde dann eines Tages in einem Buch der Öffentlichkeit zugänglich zu machen. Eine Kurzfassung darüber möchte ich hier jetzt übernehmen:

„Langerwehe in alten Bildern"

Herausgeber: Burchard Sielmann, mit Beiträgen von Heinrich Freitag,
Willi Mock, Hubert Rosarius und Hans-Jürgen Willer

Eine Quelle, deren Wasser in einem kleinen Wasserlauf die Teiche um Merberich speist, wurde Marbach oder Merbach genannt und dürfte dem Besitz den Namen gegeben haben.

Um 1890 kam Merberich in die Hand der Aachener Familie Hasenclever, die die Anlage 1911–1912 durch den Münchner Architekten Emanuel von Seidl zu einem schlossähnlichen Herrensitz umbauen ließ. Der Gutshof erlebte durch Edwin Hasenclever, geb. 1872 und seiner Gattin Irma, geb. 1877 geb. Prym, die der Stolberger Industriefamilie entstammte, die mit der Herstellung von Stecknadeln und Druckknöpfen gegen Ende des 19. Jahrhunderts Weltruhm erlangte, eine kulturelle und gesellschaftliche Blütezeit.

Als landwirtschaftlicher Betrieb war er offiziell als Muster- und Lehrhof anerkannt. Der 1904 geborene Josef Simons, der von 1920–1930 auf Merberich angestellt war, rühmte Edwin Hasenclever als einen „feinen Herrn", der gerecht und freundlich war und zur Bevölkerung des Ortes einen guten Kontakt besaß. Auch die Hausherrin wurde von den Bediensteten geschätzt und verehrt. Edwin Hasenclever verstarb 1928 und seine Frau führte dann das Gut mit Hilfe des Verwalters Baron von Kersting weiter. Da das Ehepaar kinderlos geblieben war, übernahm nach dem 2. Weltkrieg der Neffe Robert Hasenclever die Leitung des Gutes und ihm folgte sein Sohn Peter, der Landwirtschaft studiert hatte, für kurze Zeit, nach dem Tode seines Vaters 1953.

1960 verstarb auch Irma Hasenclever und die Rheinbraun drängte auf eine Übernahme, weil sie die Ländereien des Merbericher Gutes zur Anlage einer Kippe des Tagebaues Inden benötigte. Peter Hasenclever erhielt einen Ersatzhof in Süddeutschland. Es ist ein Glück, dass letztendlich das Haus Merberich und ein kleiner Teil des umliegenden Landes außerhalb der Rheinbraun-Deponie geblieben ist.

*

Nachdem wir schlussendlich alle Fensteröffnungen des Wintergartens, von den, nun als Haufen noch am Boden liegenden Ziegelsteinen und dem Mörtel befreit hatten, waren wir bereit für die neuen Fenster. Erst jetzt im hellen Licht wurde der jämmerlich schlechte Zustand, der bisher durch die Dauerdämmerung etwas gemildert worden war, und mit all seinen Schäden unerbittlich nackt und bloß sichtbar. Doch dies sollte sich schnellstens ändern.

Als Erstes kamen die Elektriker und klopften die Wände auf, um die notwendigen Leitungen zu erneuern. Dann erledigte auch der Putzer seine Arbeit zu unserer Zufriedenheit. Von einem festen Gerüst aus musste er, in beträchtlicher Höhe, die Decke, mit dem schon lange herabhängenden Drahtnetz, fachgerecht reparieren. Den Stuckateur müssen wir uns leider noch ersparen. So wird die beschädigte Hälfte des ovalen Stuckbogens, der die hohe Decke einst schmückte, leider auch noch in Zukunft fehlen. In der Folge erhielten auch die Säulen im Treppenhaus, die im Gegensatz zu den Wänden nicht tapeziert werden sollten, ihren neuen weißen Anstrich.

Das fast schwarze Parkett musste abgezogen und an vielen Stellen ergänzt werden. Dabei stellten wir fest, dass diese ehemaligen Parketthölzer um einiges massiver waren als diejenigen, die man heute anfertigt. Also musste der noch desolatere Musikraum herhalten und einige seiner gleich großen Bodenhölzer abtreten.

Das Schleifen von Holz ist normalerweise nicht nur mit Lärm, sondern noch mehr mit viel Staub verbunden. Aufgewirbelt von den lauten Schleifmaschinen hatte er dann hier ein ausgiebig großes Areal zur Verfügung, um sich ungeniert ausbreiten zu können. Das Treppenhaus hinauf bis in die obere Etage ging der ungehemmte und unkontrollierbare Tanz der Staubkörner. Sie produzierten auch in allen Ritzen ihr Versteckspiel und kitzelten die hart arbeitenden Menschen unangenehm in den Nasenlöchern. Meine zeitweilige Putzhilfe, in diesem Chaos vollkommen frustriert, kündigte mir von einer Stunde zur anderen ihren Dienst mit der Begründung, dieser endlose Staub und Dreck sei nicht normal und ihr einfach zu viel. Da ich selber nicht fliehen konnte, gab es dadurch eine kleine Arbeitsverschiebung, die nun unweigerlich mich betraf.

Endlich kamen die Fenster und wurden unverzüglich in die weit offenen Fensterhöhlen eingesetzt. Ach, wie wohltuend war es jetzt, nachdem, mit viel Aufwand, auch alles gesäubert worden war, des morgens den Weg von den oberen Schlafräumen, vorbei an dem nun hellen und nach außen geschützten Wintergarten, und sogar ohne zu frieren, in die Wohnräume hinunter gehen zu können. Da erfüllte uns das freudige Gefühl, dass der bunte Schmetterling, wenn auch langsam und mühsam, aber unentwegt und mit immer neuer Lebensfreude, wieder ein Stück weit aus seiner dunklen Hülle geschlüpft war.

Alles war nun fertig und dennoch fehlte hier etwas sehr Wichtiges.

Man stelle sich vor, im Schaufenster eines Textilgeschäftes stünden die Dekorationspuppen darin nackt. Arme, Beine und auch der Kopf, alles lebensecht an den richtigen Stellen montiert, und dennoch würde sicherlich niemand sich die Mühe machen, davor bewundernd stehen zu bleiben, jeder Passant ginge desinteressiert daran vorbei. Was also fehlte hier noch? Ganz einfach, der dekorative Teil oder die schmückende Bekleidung, die der Figur Leben einhaucht. So musste also ein Dekorateur her. Bald war der Wohnzimmertisch mit dicken und schweren Büchern, welche die unterschiedlichsten Tapeten präsentierten, zugestellt, und diese wurden nun interessiert durchgeblättert und diskutiert. Bald schmückte die Wände im ganzen Treppenhaus eine freundliche Tapete in Blau. Die dicken Säulen strahlten dazwischen, wie in alten Zeiten, in sauberem Weiß und der Boden glänzte mit seinem hellbraunen, neu geschliffenen und versiegelten Parkett. Einig aber waren wir uns darüber, dass für einen Wintergarten eine Tapete in einem hellen Grünton gefunden werden musste. Die Übergardinen sollten dann das gelbe Sonnenlicht verstärken, und diejenigen aus Tüll ein dekorativ weißes Häkelmuster zieren.

Und dann endlich war es soweit, der Wintergarten war fertig, der Schmetterling breitete seine prächtig schimmernden Flügel aus. Wir standen dabei, empfanden seine Eleganz und Schönheit und seine stolze Ausstrahlung sagte uns:

„So, wie ich jetzt wieder bin, hat mich mein Meister einst erdacht und geschaffen. Dafür wurde ich lange Zeit bewundert, geehrt, geliebt und mit Musik belebt!"

„Musik, ja Musik musste wieder in diesem Raum erklingen!"

Das war meine erste Eingebung, als ich dann endlich in dem prächtigen fertigen Saal stehen durfte. Diese aber sollte eine ganz besondere sein. Schnell eilte ich an meinen Schreibtisch und schrieb an Onkel Hans und Tante Rösi: „Hurra! Unser Wintergarten ist fertig, der rote Teppich auf dem neuen Parkett für euch ausgebreitet, und seine Einweihung kann nun organisiert werden. Nichts Schöneres könnten wir uns vorstellen, als euch jetzt bei uns zu empfangen, und die liebliche Musik der Glasharfe sollte dabei unser erstes Fest schmücken!"

Die Antwort darauf kam erstaunlich schnell: „Wir kommen!"

*

Und sie kamen! Das war gestern, als sie wohlbehalten, nach einer langen Reise aus der Schweiz, auf den Hof fuhren und dann gleich von unseren Kindern, dem fröhlichen Empfangskomitee, empfangen wurden.

Jetzt halten sie noch ihr wohlverdientes Mittagsschläfchen. Ich aber sitze immer noch untätig, dafür aber gemütlich eingekuschelt, als hätte ich überhaupt nichts zu tun, in meinem tiefen Sessel und schaue mich in dem jetzt, ach so wunderbar hellen Wintergarten um. Durch die neuen Fenster erblicke ich draußen das frisch gemähte Grün des Gartens, und während ich meine neue Umgebung betrachte, erlaube ich noch weitere Gedanken, all das Vergangene durch meinen Kopf wandern zu lassen. Eigentlich darf ich das jetzt, denn die Trinkgläser für den Empfang habe ich schon alle aus den Kartons ausgepackt. Nun stehen sie aufgestellt wartend, gehorsam wie Soldaten, auf dem Kamin.

Es ist wie die Ruhe vor dem Sturm, denn in ein paar Stunden werden die Gäste kommen, und wir können sie in diesem stolzen, schönen, wiedergeborenen Saal herzlich willkommen heißen.

Da kommt mir doch gerade noch der alte Spruch in den Sinn: Vor dem Preis fließt noch der Schweiß! Kaum war die Zusage aus der Schweiz eingetroffen, begannen wir eifrig zu planen und zu diskutieren. Als Erstes wollten wir unsere Freunde einladen, dann musste Alt-Langerwehe, durch hoffentlich eine rege Mund-zu-Mund-Propaganda, sowie durch die Zeitung, über das kommende Ereignis informiert werden. Auch den Bürgermeister, als den meist Verantwortlichen für die ganze Gemeinde, möchten wir mit einem freundlichen Schreiben ganz persönlich dazu bitten.

Aber noch mehr kritische Gedanken mache ich mir über das Konzert selber, welches diese Einweihung umrahmen sollte.

„Peter, das Konzert können wir nicht im Wintergarten abhalten, dazu fehlt uns die notwendige Bestuhlung!" Der aber hatte dafür direkt eine gute Idee:

„Den Empfang, den sollten wir drinnen machen, aber das Konzert werden wir auf dem Hof abhalten müssen, und ich weiß schon, wo ich eine entsprechende Außenbestuhlung ausleihen kann.

Onkel Hans müsste dann auf dem Podest vor der großen Hauptein-gangstür stehen und von dort aus spielen. Dann könnten ihn alle Leute nicht nur gut sehen, sondern auch akustisch einwandfrei hören. Seine Gläser aber wären zusätzlich sicher vor den Fingern besonders neugieri-ger Zuhörer."

„Dann sprich aber auch ein gutes Wort mit deinem Namensvetter im Himmel, dass er die Sonne scheinen lässt, denn seine Gläser brauchen keine Wasserabstimmung von oben", füge ich noch hinzu, war aber mit diesem Plan sehr einverstanden.

Nun machte es mir noch besonders Freude, die Einladung selber zu zeichnen und zu schreiben.[1]

„Sie kommen, sie kommen!", die Kinder schrien es durch das ganze Haus, polterten eilig die Treppe hinunter und stürzten auf den Hof hinaus. Tat-sächlich, da rumpelte ein kleiner, aber tapferer Deux Cheveau durch unser Hoftor und ihm entstiegen strahlend, wenn auch etwas steif und müde, Onkel Hans und Tante Rösi. Gleich wurden sie von unseren Kin-dern umringt.

„Hast du die Glasharfe auch mitgebracht!", wollte unsere schlaue Tochter sogleich wissen. Onkel Hans ging lächelnd hinter das Auto, öff-nete die Kofferraumklappe:

„Kleines Fräulein, was ist das wohl?"

Alle Nasen steckten nun augenblicklich im Kofferraum. Da lagen sie, die zwei braunen stabilen Holzkisten und darin, wie wir alle wussten, si-cher verpackt und gut geschützt, der kostbare gläserne Inhalt, der seinem Auftritt entgegen geschaukelt worden war.

Nun war auch unsere Tochter, als sie mit eigenen Augen den wichtigen Inhalt gesehen hatte, zufrieden.

„Ist auf eurer langen Reise alles gut gegangen?", fragte ich fürsorglich.

„Ihr seid sicher sehr müde. Ich weiß ja aus eigener Erfahrung, wie anstrengend die lange Fahrt vom Zürichsee bis hierher ist, und mit eurem Wagen stundenlang auf der lebhaften Autobahn zu fahren, erfordert viel Kraft. So kommt doch erst einmal herein, auspacken können wir später. Die Kinder können dann dabei helfen. Ich habe mir schon gedacht, dass ihr etwa um diese Zeit eintreffen würdet, und daher erwartet euch bereits, auf unserer neuen Polstergarnitur im wiedergeborenen Wintergarten, ein gemütlicher Zvieritisch."

Gemeinsam stiegen wir, aber noch ohne Gepäck, die Treppe zum Haupteingang hinauf. Beim Betreten der Eingangshalle sind unsere Gäste auf einmal ganz still geworden, bis Tante Rösi überwältigt ausrief:

„Oh, wie wunderschön, das ist ja wie in einem richtigen Schloss!"

Der Bann war gebrochen und die Kinder rannten jetzt eifrig hin und her, brachten aus der entfernten Küche Kaffee und Tee. Zur Feier des Tages bekam die Jungmannschaft sogar eine Cola, die immer nur bei besonderen Ereignissen gestattet ist. Auch die Sonne war scheinbar auf die Neuankömmlinge neugierig, denn sie schlüpfte durch die neuen Fenster und betastete sie mit ihren warmen Strahlen. Die Wiese draußen präsentierte sich frisch gemäht, wie es sich für eine ordentliche Parkanlage auch gehört und wurde von unseren sehnlichst erwartenden Schweizer Gästen auch dementsprechend bewundert. Nur die Kletterei hinaus, über die immer noch nicht vorhandene ehemalige Außentreppe, gestaltet sich für unsere älteren Herrschaften dann doch nicht ganz so einfach. Dies aber ist umso mehr ein tägliches Vergnügen für die Kinder, die sich daraus schon einen fidelen Sport gemacht haben.

Noch am selben Abend holte Onkel Hans seine Glasharfe aus dem Auto und baute sie im Wintergarten auf, denn er wollte sicher sein, dass das Instrument die lange Reise gut überstanden hatte. Weder an kleinem noch an großem Publikum fehlte es ihm, als er über die Gläser strich und diesen die ersten Töne entlockte. Ich hatte dabei das Gefühl, als ob die zauberhaften Klänge sich selber an dieser weitläufigen Umgebung begeisterten. Neugierig strichen sie an den Wänden entlang, erkundeten und ertasteten sich sogar zum hohen Treppenhaus hinauf.

Es ist das Geheimnis des Glases, wo immer es seinen Klang ausbreitet, ob in kleinen oder großen Räumen, ob ein bescheidenes oder zahlreiches Publikum damit erfreut werden soll, sogar bei weiten Entfernungen lässt ihre Intensität nicht nach, so dass auch der hinterste Zuhörer den einmaligen Genuss voll zu hören bekommt. Onkel Hans hat auch bei großen Auftritten nie irgendwelche Verstärker zugelassen, damit ihre Natürlichkeit nicht durch ein fremdes Material gestört werden kann. Und nun soll dieser Zauber der Musik, an dem heutigen, strahlend schönen Sonntag, ein Konzert krönen: Es gilt der Einweihung des Wintergartens von Gut Merberich.

Die Sonne strahlt, weder von kleinen noch von größeren Wolken getrübt, neugierig vom Himmel herunter. Vielleicht aber liegt es ja auch an Petrus, den die Töne der Glasharfe an die Engelsmusik erinnern, die er, als berühmter himmlischer Torhüter, manchmal hören darf. Dass er an diesem, für uns so großen und wichtigen Tag der Wiedereinführung der einstigen Merbericher Kultur, uns seine sonnigen Strahlen schickt, scheint für ihn wohl selbstverständlich zu sein.

Da heute Sonntag ist, hatte Peter sich schon gestern einen Anhänger ausgeliehen und diesen an seine Kupplung am Auto angehängt. Damit holte er dann die langen Bänke vom Verleih. Schon zeitig am Morgen packten alle Hände zu und verteilten das Gestühl in einer leichten Rundung auf dem Hof, immer so, dass von jeder Bank aus die Sicht auf das Podest vor dem Haupteingang ungestört gegeben ist.

*

Nun muss ich mich aber doch endlich aus meinem bequemen Sessel erheben, denn von oben höre ich Schritte. Tante Rösi und Onkel Hans kommen von ihrem Mittagsnickerchen langsam die Treppe herunter. Beide haben sich in Schale geworfen und wirken jetzt sehr vornehm in unserer prächtigen Umgebung.

„Sind wir, für solch großartige Treppenstufen, auch passend genug angezogen?", will Tante Rösi wissen.

„Onkel Hans, hast du deine Gläser für dein Konzert schon gestimmt?", empfange ich die beiden unten an der Treppe.

Im ersten Moment versteht er meine Neckerei nicht und antwortet energisch: „Meine Gläser brauchen kein Wasser, die haben alle den reinen Ton!", dann aber bemerkt er mein Schmunzeln, und wir müssen lachen.

Jetzt ist es auch Zeit, dass die Kinder von ihrem Spiel im Garten, oder gar aus dem Stall, herein kommen. Ein energischer Pfiff durch die Finger und siehe da, alle meine drei Spatzen sind zur Stelle.

„Schnell wascht die Hände und zieht euch um!"

Es ist erstaunlich, dass es nie ein Gemurre noch irgendwelchen Protest gibt, wenn es heißt, sich schön anzuziehen. Unsere Kinder tun es sogar gerne und sind dabei fast etwas eitel. Sehr wahrscheinlich kommt es daher, dass ich sie tagsüber immer ungestört spielen lasse, ohne sie wegen eventuell schmutzig werdender Kleider zu mahnen.

Während Onkel Hans seine Gläser noch ein letztes Mal „bespricht", gehen auch Peter und ich nach oben, um ebenfalls in Feiertagskleidung zu schlüpfen.

Bevor aber die ersten Gäste eintreffen, trägt Peter mit Onkel Hans die Glasharfe noch vom Wintergarten hinüber in unser Wohnzimmer, wo sie dann in Sicherheit vor allzu viel Neugierde auf ihren Auftritt wartet. Dass unsere engsten Freunde unter den ersten Gästen sind, freut uns ganz besonders, haben wir doch dabei das Gefühl, durch sie etwas Verstärkung bei diesem, für uns noch ungewohnten Anlass, zu bekommen. Die ankommenden Autos werden von den Kindern draußen, in bekannter Weise konsequent noch vor der Einfahrt, auf dem provisorischen Parkplatz eingewiesen. Dann betreten, wie üblich, fast alle gleichzeitig den Hof und werden von uns erfreut durch den Haupteingang in den Wintergarten gebeten. Die Türen von Gut Merberich sind heute, nach stillen, dunklen und einsamen Jahren, für freundliche Gäste wieder offen.

Selbstverständlich sind auch unsere tüchtigen Handwerker eingeladen. Wir erkennen sie fast nicht mehr wieder, so herausgeputzt sind sie erschienen. In einen feinen Anzug gesteckt, der natürlich von einer Krawatte geziert ist, und vor allem aber jetzt auch mit sauberen Händen, so stehen sie fast etwas schüchtern herum, obwohl gerade sie den Wintergarten fast besser kennen als wir selber, denn es ist ihre sachverständige Arbeit, die hier alles so schön gemacht hat. Dabei aber strahlen sie eine freudige Zufriedenheit über ihren so großen und gut sichtbaren Erfolg aus.

Die Erfahrung zeigt, dass das Aussehen eines Hauses, durch seinen Charakter und sein Wesen eine äußere und innere Ausstrahlung besitzt, die immer den eigenen und persönlichen Geist trägt. Dieser breitet sich aus, dringt über die Augen und Ohren hinein in das Fühlen und Denken seiner Bewohner und beeinflusst ebenfalls das Wohlbefinden seiner Gäste.

Während ich fleißig bewirte und dabei auch viele Fragen beantworten darf, beobachte ich plötzlich, wie einer der Elektriker auf Peter zugeht und ihm ein Kuvert übergibt. Was mag wohl darin sein? Das muss ich unbedingt auch wissen!

„Herr Dr. Behrendt", höre ich ihn jetzt sagen, „das habe ich hier gefunden, und ich möchte es Ihnen heute anvertrauen. Sie wissen ja, um die elektrischen Leitungen neu zu verlegen, mussten wir teilweise die Wände aufklopfen. Auf einmal rutschte mein Meißel unkontrolliert in die Wand hinein. Ich bin richtiggehend erschrocken. So etwas ist bei einer kompakten Mauer absolut ungewöhnlich. Da bin ich natürlich gleich neugierig geworden. Ich erweiterte das zuerst noch kleine Loch, indem ich einen ganzen Stein heraus klopfte und geriet tatsächlich in einen verdeckten Hohlraum. Ich kann Ihnen sagen, jetzt verstehe ich die aufgeregten und erwartungsvollen Gefühle eines Archäologen, der gerade dabei ist, eine alte Fundstelle zu entdecken. Ich versuchte also in das dunkle Mauerloch hinein zu schauen und fühlte auch mit den Händen nach. Tatsächlich, es war nicht leer, ich konnte eine kleine Bierflasche vorsichtig daraus hervorholen. Man hatte sie damals beim Bau als Flaschenpost hinein gelegt und anschließend ummauert, um für spätere Generationen ein Zeitzeichen zu hinterlassen. In dieser Flasche eingerollt fand ich nämlich diesen Brief. Es ist eine Nachricht aus dem Jahr, in dem dieses Haus gebaut worden ist. Ich habe Flasche und Blatt auch meinem Chef, dem Herrn Gradel, gezeigt. Leider verstanden weder er noch ich diese alte Sütterlinschrift zu lesen, aber die Zeichnung eines Schiffes konnte uns dennoch eine alte Botschaft übermitteln."

„Das ist ja großartig!" Vollkommen fasziniert betrachten wir das kleine bräunliche Schriftstück [1,2] und möchten jetzt nur zu gerne auch wissen, was da geschrieben steht. Aber vergeblich, außer ... natürlich, Peter, der diese Schrift einmal in der Schule gelernt hatte, ist schon damit beschäftigt, das für uns Unlesbare lesbar zu machen. Langsam und deutlich beginnt er, die Zeilen zu entziffern. Und Auge und Ohr gespannt, vernehmen wir nun alle folgenden Text:

Anno 1913
Jahr des Krieges auf dem Balkan.
Bulgarien, Griechenland, Serbien und Montenegro im Bündnis
gegen die Türkei.
Heute ist der 27. März. Das Dokument wird eingeschlossen.
Putzer der Fa. Henning und Grünzig in Stolberg, Rhld. sind hier
beschäftigt. Gerhard Einkehr aus Münsterbusch bei Stolberg
Johan Peters aus Raeren Kreis Eupen. Wilhelm Hompesch,
Joseph Peters aus Raeren Gerhard Haschetz in Raeren. Heinrich
Dankler in Büsbach Kreis Aachen. Hochlöblich Handlanger-
personal Wilhelm Wilden Münsterbusch Fritz Nussbaum,
Arnold Jansen Wohlgemut und heiter schmiert der Schmiermann
weiter. Schmieren sie uns lustig drauflos
Ihr Schmierhelden
Wohlgemut und heiter, schmiert der Müller weiter

Untergang des Torpedobotes S178 das bei Helgoland mit dem
Kreuzer „York" zusammenstieß und sank am 4. März 1913
83 Mann mit 2 Offizieren ertranken
Aufnahmen des S178 auf der Fahrt durch den
Kaiser Wilhelmkanal.

Die Vergangenheit hat uns mit diesem geschichtsträchtigen Text eingeholt.
„Können Sie uns vielleicht die Stelle noch zeigen, wo sie diesen interessanten Fund gemacht haben?"

Das kann er ohne Probleme, und wir starren auf dieses kleine Stück Wand, welches Jahrzehnte lang ein solches Geheimnis unversehrt bewahrt hatte. Dabei denken wir auch an die lustigen „Schmiermänner", wie sie sich selbst nannten, die sich damals bei ihrer Arbeit doch mehr Gedanken gemacht hatten, als nur die Wände zu verputzen. Einen kurzen Moment lang versuche ich, mir diese fröhlichen Idealisten vorzustellen, die sicher kaum anders ausgesehen haben, als unsere heutigen so fleißigen Anstreicher, Putzer und Elektriker. Auch sie leisteten, aber gerade erst vor kurzem, an diesem Raum so saubere und gute Arbeit.

Mit einem herzlichen Dank übernehmen wir jetzt das Schreiben und studieren es noch eine Weile. Ob es diese Firma Grünzig[3] wohl heute noch gibt? Wir beschließen, gleich am nächsten Tag uns danach zu erkundigen.

Vollkommen fasziniert bestaune ich noch immer diesen Fund. Wollte das Haus mit uns reden oder danken, indem es sein lange gehütetes Geheimnis preisgab? Ich habe die Botschaft verstanden und werde mein Möglichstes tun, um mein Versprechen, dem Haus wieder seine alte Würde und Schönheit zurückzugeben, einzuhalten.

Aber nicht genug der Überraschungen an diesem Tag, allein schon beim Empfang selber. Noch folgendes Erlebnis wird uns für immer unvergesslich bleiben:

Unsere zahlreichen Gäste wandern, alles eingehend betrachtend, durch diesen neuen Innengarten, wie man diesen Raum auch benennen könnte. Wir begrüßen und reden mit dem einen oder anderen. Dabei fällt uns ganz besonders ein alter Herr auf. Seine ganze Erscheinung zeugt von Würde und Disziplin, von einem Wissen über eine Kultur, die nur der Mensch erschaffen kann. Wir schätzen ihn auf sicher über 80 Jahre. Auf einen Stock gestützt durchwandert er am Arm einer Hasenclever Nichte still den Raum. Auf einmal aber wendet er sich mit folgenden Worten an uns:

„Wunderschön, hier hat sich nichts verändert!"

Wir bleiben einen langen Augenblick stumm. Nichts verändert? Es ist das schönste und tiefgreifendste Kompliment, das man uns jetzt machen kann.

Es hat sich nichts verändert!

Gerade das wollten wir ja mit der ganzen Renovierung und Wiederherstellung dieses Saales erreichen, und dass es uns wirklich gelungen ist, das haben wir mit den Worten des alten Herrn voll bestätigt bekommen.

„Darf ich mich vorstellen, mein Name ist Gierike", unterbricht der ehrwürdige Gast unser stillschweigendes Erstaunen.

„Ich war lange Jahrzehnte Oberforstmeister in dieser Gegend, und da sich damals die Familie Hasenclever nicht nur eines guten Namens sondern auch großer Ländereien rühmen konnte, war ich sehr oft als Berater, aber noch öfter als Gast in diesem prächtigen Haus. Wenn bei einer Veranstaltung die Türen für die Öffentlichkeit geöffnet wurden, sei es bei einem Konzert eines bekannten oder noch unbekannten, noch im Studium stehenden Künstlers, einer Ausstellung oder sogar eines Theaterstückes, auf eine freundliche Einladung durfte ich dabei immer hoffen. Die Großzügigkeit, Offenheit, Bescheidenheit und tatkräftige Hilfe in sozialen Belangen – besonders nach dem Ersten Weltkrieg – vor allem von Frau Irma bleibt bei der Langerweher Bevölkerung unvergessen. Sie wissen es vielleicht nicht, aber während des Krieges hatte das Haus größtenteils als Lazarett gedient.

Ganz besonders wurde der Musiksaal für solche Veranstaltungen in Beschlag genommen. Wenn es nicht unverschämt ist, dürfte ich Sie wohl heute darum bitten, nach so vielen Jahrzehnten, die ich nicht mehr hier drin gewesen bin, einen kurzen Blick hineinwerfen zu dürfen?"

Schweigend gehen wir gemeinsam zu der geschlossenen, noch provisorischen Tür, öffnen sie und lassen unseren Gast eintreten. Wir beobachten, von uns fast erwartet, wie der Herr Oberforstmeister sich plötzlich auf seinen Stock stützen muss, seine Augen werden groß, Tränen stehlen sich hinein, er sagt lange nichts. Dann schaut er uns an:

„Diesen Anblick habe ich nicht erwartet! Hat der Wintergarten auch so ausgesehen?"

„Ja", ist unsere leise Antwort, „da hing zu einem Teil sogar die Decke herunter, und auch dort mussten die Fensteröffnungen wegen einer Bombe, die in den letzten Kriegstagen draußen auf die Freitreppe gefallen war, zugemauert werden. Nach alten Fotos, die uns im letzten Moment eine

Nachbarin gebracht hat, konnten wir die Fenster nach den damaligen Vorbildern rekonstruieren."

Der Oberforstmeister tritt wieder in den Wintergarten zurück.

„Ich danke Ihnen und nachdem, was ich hier sehen musste, wünsche ich Ihnen viel Erfolg beim Wiederaufbau dieses herrlichen Gebäudes. Möge Gottes Segen auf Ihrer Arbeit liegen!" Damit geht er still hinaus auf den Hof, wo auch die anderen Gäste inzwischen ihre Plätze für das bevorstehende Konzert gefunden haben. Alle aus dem Haus heran geholten Stühle und die geliehenen Bänke werden besetzt, und wir sind froh, dass wir genügend davon besorgt haben.

Der Hof hüllt sich jetzt in eine erwartungsvolle Stille, denn aus dem Haupteingang heraus kommt Onkel Hans zusammen mit Peter, dem Gastgeber. Sie tragen beide behutsam das kostbare Glasinstrument und stellen es, für alle gut sichtbar, auf dem Podest vor der Haustüre ab.

Dann bleibt Peter einen kleinen Augenblick stehen, schaut hinunter auf das jetzt sehr ruhig und aufmerksam gewordene Publikum und begrüßt mit folgenden Worten:

„Geschätzte Gäste, liebe Freunde! Es ist mir und meiner Familie eine große Freude, dass Ihr, wie ich an den voll besetzten Bänken feststellen kann, an dem Gutshaus Merberich so viel Interesse zeigt. Den meisten von Ihnen blieb das Haus bis heute noch als kulturelles Zentrum in Erinnerung. Damit dieses in Euch Bürgern von Langerwehe lebendig bleiben kann, erscheinen nicht nur manchmal Fotos in unserem Mitteilungsblatt, auch ein Buch aus seiner Blütezeit bringt seine ehemalige Geschichte in Wort und Bild zurück. Sein verletzter Nachkriegszustand aber hat uns allen immer wieder wehe getan. Manchmal vergleichen wir Merberich mit einem wunderschönen bunten Schmetterling, der lange Zeit in einem grauen Kokon versteckt gewesen ist und jetzt, Flügel für Flügel sich daraus heraus arbeitet. Wir wollen versuchen, ihm, was in unseren Kräften steht, bei diesem Kraftakt zu helfen.

Einen größeren Teil des Hauses haben wir in den letzten Jahren restauriert, und dazu gehört jetzt auch der gerade neu erblühte Wintergarten, eine künstlerische Besonderheit im Jugendstil.

Seine Einweihung soll eine ganz besondere und seltene Musik krönen, die zu Mozarts Zeiten noch in ihren Kinderschuhen gesteckt hat.

Der Musiker und Komponist, Hans Graf, kam gestern mit seiner Frau zu dieser besonderen Feier aus der Schweiz angereist. Sein Instrument, die Glasharfe, die er nach eigenen Ideen selber gebaut hat, wird er Ihnen in all seinen Variationen selber vorstellen."

Nach dieser kurzen Ansprache kommt Peter die Treppe herunter und setzt sich zu mir und den erwartungsvollen, noch etwas zappeligen Kindern.

Die Gespräche sind jetzt völlig verstummt und alle Augen erwartungsvoll und konzentriert auf den Künstler und sein Instrument gerichtet. Dieser benetzt mit ruhiger Bewegung seine Finger in einem kleinen Wasserbehälter und beginnt nun behände über die Ränder seiner Gläser zu streichen. Die ersten Töne erreichen die Ohren der Zuhörer, eine Musik, ungewohnt und zauberhaft.

Als erstes begrüßt er mit seinem selbst komponierten, lieblichen und fröhlichen „Frühlingslied", die mit allen Nervenfasern gespannt lauschenden Zuhörer. Fremde, zarte, noch nie gehörte und doch so eindringliche Töne, erreichen die Gemüter der stumm und aufmerksam lauschenden Menschen. Zauber der Melodie, sie löst sich von den Gläsern, schwebt über den ganzen Hof, streift die schweigend Lauschenden und vereint sich wieder in den Blättern der Linde. Bald hoch, bald tief, bald lebendig schnell dann, wieder ausharrend weich umschmeichelt uns das Lied, bis der Künstler, an seinem letzten Glas angekommen, sachte seine Hände davon löst. Dann erhebt er freundlich seine Stimme und erzählt der gespannten Zuhörerschaft einiges über den Werdegang seines Instrumentes. Das „Buscheschwänzli" ist seine nächste eigene Komposition. In ihr erzählt er in fröhlichen Tönen von einem munter herumturnenden Eichhörnchen.

Ist jetzt nicht sogar das Zwitschern der Vögel verstummt? Diese lauschen wohl recht erstaunt diesem fremden Konkurrenten hier auf ihrem Hof, wo sie doch eigentlich selber jeden Tag die Hauptakteure für das Singen und Jubilieren sind. Nur unten, in der Nähe der Straße, da donnert manchmal ein Zug vorbei und schluckt durch seinen Lärm einige Töne, denn den Eisenbahnfahrplan konnten wir für diesen Abend nicht umändern. Aber diese Musik ist so tief in das Gefühl der konzentriert Lauschenden eingedrungen, dass keinerlei Nebengeräusche Eingang in ihre Gedanken finden können.

Melodie folgt auf Melodie, eigene Kompositionen, aber auch bekannte Lieder, die er für sein Instrument selber arrangiert hatte. „Oh, mein Papa", ein Lied, einst gesungen von Lyss Assia, wird von vielen wiedererkannt. Heute wird es von der tiefen und sonoren Stimme des Glasharfenspielers begleitet und führt so manche entrückte Seele in die entfernte Kindheit zurück.

Hans Graf spielt
seine Glasharfe

Als dann der letzte Ton von diesem ungewöhnlichen Konzert verklungen ist, belohnt den Künstler ein herzlicher und überaus begeisterter Applaus. Dieser ehrliche Dank beglückt nicht nur den Musikpionier, vor allem auch uns, die Gastgeber.

Dieser erste Erfolg und das anschließende ehrliche Lob, gibt uns neue Kraft, an dem weiteren Aufbau dieses mächtigen Hauses zu arbeiten. Dabei ist es unser fester Entschluss, ihm seine frühere Kultur zurück zu geben, wenn es uns auch noch so manches Jahr, vielleicht sogar Jahrzehnt, an Einsatz abfordern wird. Aber ist es im Leben nicht etwas voll Beglückendes, sich wertvolle Ziele zu setzen und gemeinsam Schwierigkeiten, vorhergesehene und oft auch überraschende, zu meistern?

„Liselotte, Peter, dass war ja ganz toll, ganz herzlichen Dank für die Einladung", so umarmen und beglückwünschen uns unsere Freunde, und von der allgemeinen Langerweher Seite klingt es ebenso begeistert:

„Liebe Frau Behrendt, lieber Herr Behrendt, wir waren uns gar nicht bewusst, was uns hier in den letzten Jahrzehnten eigentlich gefehlt hat! Sie haben hier wirklich ein stilles Dornröschenschloss wieder wach geküsst!"

Dann werden wir von einem Einheimischen freundlich und aufgeschlossen angesprochen. „Mein Vater hat die Hasenclevers noch so gut gekannt und ich durfte ihn als kleiner Bub manchmal auf seinen Geschäften zu diesen allseits beliebten Herrschaften begleiten. Mir war immer fast feierlich zumute beim Anblick dieser herrlichen Umgebung, den schönen und edlen Räumen im Haus, dem einladenden Hof und prächtigen Park.

So erinnere ich mich, dass hier täglich ein lebhaftes Treiben herrschte. Werden sie auch in Zukunft Veranstaltungen für Langerwehe organisieren?"

Dieses Versprechen können wir für die nächste Zeit doch noch nicht geben, denn dafür sind wir mit dem Restaurieren noch nicht weit genug.

Ein paar Tage später erhalten wir, neben anderen lieben Dankesbriefen, noch ein handgeschriebenes, sehr freundliches Schreiben von unserem Bürgermeister, der uns zu unseren weiteren Plänen ermutigt:

Sehr geehrter Herr Dr. Behrendt,
sehr geehrte Frau Behrendt!

Trotz einer etwas frischen Spätsommerwitterung war das abendliche Hofkonzert im Innenhof Ihres Gutes Merberich, vorgetragen von der noch frischeren und sehr aufgelockerten Art des Künstlers – Herrn Hans Graf –, ein ausgezeichnetes Erlebnis für mich und ich meine, sicherlich für alle Besucher und Gäste.
Gestatten Sie mir, dass ich Ihnen zu diesem gelungenen Abend meine herzlichsten Glückwünsche ausspreche und dafür danke, dass meine Frau und ich Gäste Ihres Hauses sein durften.
Entzückt waren wir von dem unteren Bereich Ihres Haupthauses und zwar deshalb, weil mir der Nachkriegszustand aus eigener Kenntnis noch gut in Erinnerung ist. Ich habe den Mut der Eheleute Behrendt vor Jahren bewundert, sich an diesen Komplex heranzuwagen. Sie können stolz auf das bisher Erreichte sein.
Meines Erachtens ist das „Gut Merberich" inzwischen auch wieder eine wesentliche Bereicherung für den Ort Langerwehe.
Nochmals herzlichen Dank für Ihre Einladung und insbesondere auch für Ihre freundliche Bewirtung in Ihrem Salon. – Ich begrüße Sie auf das Herzlichste auch im Namen meiner Frau.

Ihr
Heinz Beckers

Kapitel 5

Bummel durch den Park

„Ein richtiger Park!" – Heimische Archäologie – Brombeeren- und
Brennnessel-Eldorado – Eine Rose als Botschafterin – Ein Pavillon und ein alter
Apfelbaum – Das schreiende Telefon – Im Gartenhaus gackert es – Ein unheimliches
Nachtquartier – Die Zeder – Eiskeller statt Kühlschrank – Zwei „Wildpferde" –
Pferdegeschichten – Ein Fohlen mit weißer Nase – Wir zäunen ein –
Das Echo im Silo – Unser ‚Hausboot'

Am anderen Morgen beginnt wieder die Schule. Der Inhalt der Schulranzen wird gepackt. Der weite Schulweg führt die beiden Älteren erst durch unser kleines Wäldchen, dann den alleeartigen Feldweg entlang bis ins Dorf, wo an dessen Ende dann der Ernst des Lebens beginnt.

Niels darf noch für ein weiteres Jahr spielen. Sein Vater bringt ihn morgens, bevor er auf seine Praxistour fährt, in den drei Kilometer entfernten Kindergarten in Heistern. Doch manchmal schaut er etwas sehnsüchtig den älteren Geschwistern nach, die ja schon so groß sind. Aber mittags, wenn dann alle drei nach Hause kommen, ist auch er groß. Schnell nimmt er einen dieser interessanten Rucksäcke, in dem es manchmal sogar etwas klappert und marschiert damit gewichtig auf dem Hof herum.

Nun sind sie alle weg, und im Haus ist es still geworden. Aber Stille hat nicht unbedingt etwas mit ruhiger Untätigkeit zu tun. Geduldig erwartet mich im Wintergarten vom gestrigen Tag noch ein zurückgelassenes Chaos von Gläsern, Tellern und Tassen. Auch der große rote Teppich kann noch etwas Staubsaugen vertragen.

Durch die großen Fenster scheint eine noch wärmende Frühherbstsonne ungehindert in den ganzen Raum, bis hinein in jede Ecke. Weit habe ich die zweiflügelige Fenstertür geöffnet, um vom Garten her die erfrischende Luft herein zu lassen, die nach Gras, blühenden Blumen und den Nadeln der sechs Kiefern riecht. In einer so hellen und freundlichen Umgebung möchte man bei dieser häuslichen Pflicht, die sonst eher unbeliebt und lästig ist, sogar singen.

Auch die Gäste sind schon wach und unser Künstler hat seinen Gläsern bereits einen guten Morgen gewünscht.

Spontan hilft mir Tante Rösi bei der Arbeit und mit viel Lachen und Erzählen geht alles so fix von der Hand, dass kaum angefangen, alles schon wieder blitzeblank ist. Zum Schluss noch ein gemeinsames tiefes Durchschnaufen, weil nun das ganze Fest so gut und schön verlaufen ist, dann sind wir bereit für einen Spaziergang im Garten. Auch Peter kann seinen Patientenrundgang heute schon recht früh beenden und staunt über die so schnell wieder hergestellte Ordnung.

Jetzt will ich aber endlich hinaus. Ungeduldig stehe ich an der Fenstertüre des Wintergartens und rufe laut und energisch:

„Kommt doch bitte alle her, auch du Onkel Hans, die Sonne scheint so schön warm! Ihr wolltet doch so gerne die Umgebung vom Haus sehen, jetzt hätten wir genügend Zeit dazu! Und keine Angst, deine Gläser werden dich inzwischen nicht vermissen und sicher geduldig auf dich warten!"

Wir freuen uns sehr, dass unser Musikus, mit seiner jetzt sehr besichtigungsbereiten Frau, noch ein paar Tage bleiben kann. Sicher werden wir in dieser verbleibenden Zeit noch so manches Mal die Glasharfe im Wintergarten hören dürfen. An Zuhörern aus dem Familien- und Freundeskreis wird es dann kaum jemals fehlen.

Obschon Haus und Garten sehr groß sind, brauche ich, um Onkel Hans zu finden, nicht, wie so oft bei meiner Familie, durch die Finger zu pfeifen. Wo sollte er sonst sein, als bei seinem geliebten Instrument. Er entlockt ihm schon wieder durch seine klaren und doch sanften Fingerstriche Töne, die fröhlich den ganzen Raum erfüllen, an den neu tapezierten Wänden entlang wandern und bis über das mit weichem Teppich belegte Treppenhaus hinauf klettern.

Jetzt aber lacht sehr verlockend durch die klaren Fensterscheiben auch für ihn das Grün des großen Gartens. So muss ich nicht lange warten, denn von dessen Anblick angezogen, folgen nun alle meinem Rufen. Etwas misstrauisch allerdings begutachten sie den steilen und recht unebenen Treppenhügel, den sie jetzt hinunter turnen sollen. Aber mutig betasten sie diesen Schritt für Schritt und merken, dass es ja gar nicht so schlimm ist. Wie man so etwas bewältigt, zeigt ihnen auch unser Dackelmädchen Maidy. Dieses scheint ihr Vormittagsschläfchen beendet zu haben, denn plötzlich taucht sie zwischen unseren Beinen auf und springt quicklebendig und lustig bellend um uns herum und hinunter auf die Wiese. Von einer anderen Seite sind wir ebenfalls entdeckt worden. In großen Sprüngen nähert sich ein anderer Spielkamerad. Es ist Spezi, unser junger Schäferhund, der vom Stall her um die Ecke heran sprintet, denn er hat schon von Weitem bemerkt, dass er jetzt Gesellschaft bekommt.

„Das nennst du einen Garten, das ist doch ein richtiger Park!" Tante Rösi muss immer wieder staunen.

Wieselflink läuft ihr Spezi vor die Beine.

„Ich habe gar nicht gewusst, dass ihr einen Schäferhund habt, ihr seid immer nur mir eurem Dackeli zu uns gekommen."

„Wir haben ihn auch erst seit einem Jahr. Er ist noch ganz jung und übermütig, aber du brauchst keine Angst vor ihm zu haben, er ist sehr lieb."

Peter ist schon voraus gegangen und erklärt stolz:

„Ja, es gehören zwei Hektar Land zu unserem Haus und dann kommt noch der Teich dazu. Hier links, diese große Hangweide, sollte zuerst nicht dabei sein. Weil wir aber befürchteten, dass man sie eines Tages mit Häusern zubauen könnte, wollten wir sie unbedingt noch dazu haben. Stellt euch einmal vor, wenn dieses historische, schlossähnliche Gebäude plötzlich durch eine direkte Häusernachbarschaft eingeengt würde. Es hätte dann wohl seinen freien und eigenständigen Charakter verloren. Schon allein seine Göße erfordert unbedingt den entsprechenden Umschwung. Dies, uns so wichtige Anliegen, aber hatte zur Folge, dass der Termin zur Überschreibung weit hinaus gezogen werden musste. Während dieser Zeit lebten wir immer wieder in der Angst, ein anderer, pekuniär besser gestellter Interessent, könnte unterdessen auf das Gutshaus aufmerksam werden."

„Da bin ich aber richtig froh für euch!" Onkel Hans ist ganz versunken in die fast verschwenderische Pracht der weiten Rasenflächen und auf die ehrwürdigen alten Bäume.

„Aber ihr könnt euch wohl kaum vorstellen, wie sich hier überall, während Jahrzehnten, die Natur ungestört nach ihrem eigenen Sinn ausgebreitet hatte. Es war die reinste grüne ‚Bürgerwehr der Pflanzen‘, die, bereit zur Verteidigung, uns hier empfing", mische nun auch ich mich ein.

„Vor allem die fast mannshohen Brennnesseln, ihrem Namen alle Ehre gebend, versuchten, ihr inzwischen erobertes Areal zu blockieren, indem sie, hoch und dicht gewachsen, uns das Durchkommen erheblich erschwerten. Der gleichen Meinung waren auch die Brombeeren mit ihren Stacheln, die ihren Siegeszug mit einem erheblichen Höhen- und Breitenwachstum ausgebaut hatten. Sie wollten uns erst gar nicht herein lassen. Wo aber Mensch und Natur sich begegnen, muss man sich immer wieder gegenseitig arrangieren und Kompromisse schließen, so dass für beide Platz geschaffen werden kann. So überlassen wir den Brennnesseln immer noch einige Nischen und trösten uns damit, dass sie einerseits Brutplatz für Schmetterlinge sind, uns aber auch im Frühling mit ihren Blättern einen gesunden Tee schenken. Und schaut dort, weit hinten im Garten, wo eine Straße zum Nachbarn ausgebaut worden ist, wächst noch eine dicke und dichte Brombeerhecke! Trotz ihrer stachelig abwehrenden Bockigkeit pflücken wir jeden Sommer ihre herrlichen schwarzen Früchte. Aber beide Pflanzen sind ihrem Ruf treu geblieben. So brennen die Brennnesseln und stechen die Brombeeren noch immer. Das ist halt so ihre Art."

Während des Erzählens sind wir weitergelaufen, steigen jetzt drei Stufen einer aus Natursteinplatten bestehenden Treppe hinauf und stehen unter den hohen Kiefern. Hier ist der Boden weich, denn diese Bäume haben uns, durch ein jahrelanges Fallenlassen ihrer Nadeln, einen dichten Teppich beschert. So empfängt uns in unserem Garten nicht nur abwehrbereites Brennen und Stechen, hier bereiten uns alte Bäume ein freundliches Willkommen.

„Das sind die Kletterbäume unserer Kinder, und auch wir haben schon versucht, den Garten von dort hoch oben aus zu betrachten. Wesentlich einfacher und bequemer ist natürlich dieser herrliche Weitblick von der großen, ovalen Terrasse aus, die ihr von hier aus gut sehen könnt, oder sogar von dem kleinen Balkon darüber.

„Wie wunderschön, dieses Rondell und die darin blühenden Dahlien!", begeistert sich nun Tante Rösi.

„Das muss einmal ein tüchtiger Gartenarchitekt gewesen sein, der diese ganze Anlage geplant und ausgeführt hat!", freut sich auch Onkel Hans über den blumigen Anblick.

„Dieses aber mussten wir erst wieder ausgraben, denn alles war hier von Gestrüpp und sogar willkürlich gepflanzter Bäume überwuchert. Über diese entsprechende Rodung und damit Wiederentdeckung kann ich euch eine kleine Geschichte erzählen", gehe ich gerne auf diese Begeisterung ein.

„Als noch alles zugewachsen war, konnte man von dem allem überhaupt nichts sehen, weder hier von den Steinplatten, auf denen wir jetzt stehen, und schon gar nicht von diesem Rundbeet dort vorne. Bei einem der ersten Versuche, das wilde Gras zu mähen, stieß ich eines Tages, beim Zusammenrechen, auf etwas Hartes, das aussah wie ein Stein, und wie fast herausfordernd zwischen den Halmen hervorschaute. ‚Was ist denn das, mitten in der Wiese?‘, fragte ich mich erstaunt. Tatsächlich schaute da ein kleines flaches Stück zwischen dem Gras hervor. „Wenn so ein flacher Stein hier liegt, dann müssten eigentlich noch mehr davon unter der Wiese ruhen“, überlegte ich. Das musste ich doch gleich genauer wissen!‘

Immer auf Überraschungen gespannt, holte ich einen Spaten und begann die noch darüber liegenden Grasmatten und Wildkräuter abzutragen. Je mehr ich daran arbeitete, umso breiter wurde dieser vergrabene Stein, bis ich auf einmal eine große, ganz unbeschädigte Buntsandsteinplatte freigelegt hatte. Es war eine quadratische, natürliche Platte, wie man sie oft für Gartenwege verlegt. Von der Erde befreit glaubte ich, dass er mich fast wie auffordernd anschaute, als wollte er mir verkünden: Da liegen noch viele weitere gleichartige ‚Kollegen‘ schon schrecklich lange begraben. Ich verstand und weiter schob ich Gras und Erde weg, befreite so das nächste Exemplar, dann noch eines und so weiter, bis ich diesen ehemaligen Plattenweg, der, wie ihr seht, bis hier zwischen die Kiefern reicht, auch vollends ans Tageslicht gebracht hatte. Doch dann wurde ich auf einmal gestoppt, denn jetzt ging es aufwärts. Nicht nur unter einfachem Gras fand ich dann diese drei Treppenstufen, nein, zwischen diesen Steinen waren zusätzlich sogar kleine Sträucher und Jungbäume heimisch geworden. Dafür brauchte ich jetzt noch die Hilfe einer Kreuzhacke, um diese tief verwurzelten Neubürger mit viel Kraft aus ihrer Behausung heraus zu reißen.

In vielen fleißigen Arbeitstagen arbeitete ich mich Meter für Meter vorwärts. Dann kam mir Peter zu Hilfe, denn er war und ist heute noch Spezialist dafür, bestens verankerte und stechende Sträucher, sowie andere unwillkommene Gäste, aus der Erde zu ziehen. Beim Weitertasten und Schürfen legten wir dann hier diese, mit großen und unebenen Platten ausgelegten Stufen frei. Da erst wurde sichtbar, dass diese in einer eleganten Rundung auch das Mauerwerk eines Rondells einkreisten. Darin aber konnte, in guter Erde und wenig steinigem Widerstand, das Wachstum noch üppiger gedeihen, was vor allem Peter nun desto mehr beschäftigte. Und heute, wie ihr gerade entdeckt habt, wachsen hier nun keine Büsche mehr, es blühen darin Dahlien in ihrer farbigen Pracht."

Bei all dem Erzählen und Erklären steigen wir langsam und aufmerksam, diese romantische Gartenanlage genauer betrachtend, noch weitere Stufen an der mit kleinem Wildwuchs bestückten Rondell-Mauer hoch.

Auf einmal stehen wir an einem, durch eine mannshohe, verwilderte Ligusterhecke geschützten und dadurch fast etwas verborgenen Rosengarten.

„Diese Rosen hier habe ich nicht alle selber gesetzt, sie stammen zum Teil noch aus einem alten Bestand der Hasencleverzeit", erkläre ich, indem ich auf eine besonders schöne Blüte zeige.

„Auf meiner fast archäologischen Entdeckungsreise endlich hier oben angekommen, leuchtete mir auf einmal ein roter Punkt entgegen. Es war eine einzelne Rosenblüte. Sie allein hatte es geschafft, durch diese grüne Wildnis hinaus zu wachsen, und hat dadurch zum Gedeihen, die Wärme und Leuchtkraft der Sonne gefunden. Überrascht und bewundernd betrachtete ich sie, strich dann sanft und liebevoll über ihre samtenen Blütenblätter und hatte dabei das leise Gefühl, als wollte sie mir sagen: ‚Bring uns doch bitte alle an die Sonne!'

Dadurch neugierig geworden begann ich gleich nach weiteren Rosen zu suchen. Brombeersträucher wurden jetzt auch von mir gepackt und erbarmungslos ausgerissen, Gras und Brennnesseln entwurzelt, damit Schubkarre um Schubkarre gefüllt und im nahen Wäldchen entsorgt. Es war eine tagelange Knochenarbeit. Dabei fand ich einen Strauch nach dem andern, aber alle in einem trübseligen Zustand, ganz ohne Blüten und mit nur wenigen Blättern. Ihnen hatte einfach das notwendige Sonnenlicht gefehlt, und dennoch hatten einige davon tapfer all die lichtarmen Jahre durchgehalten, überlebt, vielleicht in der stillen Hoffnung auf Leben spendendes Licht. Auch hier kann man eine erfahrene Gartenarchitektur erkennen, denn die Rosenstöcke wachsen, wie man jetzt erkennen kann, in länglichen Beeten, welche gegenseitig voneinander durch schmale Einfasssteine und Plattenwege getrennt sind.

Auch zwischen diesen Steinplatten rupften wir dann das Unkraut erbarmungslos heraus, bis endlich, nach vielen Tagen, der ganze Rosengarten ausgegraben vor uns stand. ‚Oh, wie schön!' konnte wir nur noch staunen.

Nein, schön war er sicher nicht, aber die einzelne Rose, die treue und tapfere Botschafterin für ihre Kameradinnen, ließ mich hoffen, dass vielleicht noch im gleichen Jahr durch Wärme und Sonnenlicht sich weitere Knospen bilden könnten, um sich dem Lichte zu öffnen. Meine Hoffnung erfüllte sich dann auch tatsächlich, allerdings nur in einem recht spärlichen Gedeihen."

„Sehr viele Blüten tragen diese Büsche aber immer noch nicht, und ich sehe, dass die Blätter einige braune Flecken tragen." Onkel Hans betrachtet alles recht kritisch.

„Bei all unserer sorgfältigen Pflege mussten wir dennoch feststellen, dass diese alte Sorte recht empfindlich zu sein scheint, denn nicht alle gefundenen Rosenstöcke wollten so richtig gesund gedeihen. Dann mussten wir auch noch eines Tages feststellen, dass nachts Rehe an einigen der Knospen Geschmack gefunden hatten. Aber dennoch wollen wir keine Neuzüchtungen einpflanzen, denn eine solche, aus sehr wahrscheinlich robusteren Pflanzen, könnten den alten Bestand verdrängen."

Onkel Hans entdeckt jetzt noch etwas ganz Besonderes. Er hat beobachtet, wie Spezi und Maidy schnell in dem ruinenhaften Pavillon, gleich neben unseren Rosen, verschwunden sind.

„Sagt einmal, ist es nicht gefährlich, wenn man sich unter die morschen Deckenbalken dieser einstmals sicher recht romantischen Pergola stellt? Eure Hunde scheinen davor ja keine Angst zu haben. Sie gefällt mir aber dennoch, und ich kann mir gut vorstellen, wie die Damen des Hauses hier einmal zum Tee gebeten haben. Ganz besonders schön ist diese blühende Vogelmiere, die hier alles so malerisch umwächst und die Steinsäulen mit den Resten der hölzernen Balken umschlingt. Es ist erstaunlich, wie man hier, obwohl noch so vieles kaputt und reparaturbedürftig ist, immer wieder irgendwie und irgendwo noch so viel Schönes finden kann."

„Ja, Onkel Hans, da hast du wohl recht! Aber wir dürfen nicht vergessen, wie oft sich Neues auf Altem aufbaut. In dieser Erkenntnis kann man nicht nur wichtige Erfahrungen sammeln, man sollte all dem Gewesenen auch immer wieder mit Respekt begegnen. Dabei lernt man, nie zu vergessen, auch mit dem Herzen zu denken", erwidere ich. „Schau dir zum Beispiel hier daneben die Reste dieses uralten Apfelbaumes an. Normalerweise hätte man ihn eigentlich längst fällen sollen, aber wir wollen es nicht. Durch sein hohes Alter ist er knorrig, hohl und runzelig geworden, es fehlen ihm sogar einige Äste und doch finden wir ihn einfach schön.

Jedes Alter kann irgendwie schön sein, vor allem dann, wenn es lebensbejahend und starken Willens ist. So freuen wir uns in jedem Frühling daran, wenn er sich immer wieder mit seinen weiß-rosa Blüten schmückt. Das versteh ich unter lebensbejahend, stark, mutig, liebenswert und vor allem schön. Auch schmecken uns allen im Herbst die paar wenigen rotbackigen Äpfel besonders gut, wir glauben, dass es Boskop sind, die er immer noch bringt, besonders gut. Die vielen anderen Bäume wie Zwetschgen, Äpfel und Birnen in diesem alten Obstgarten, wie wir diesen Teil des Parks nennen, sie sind erst nach dem Krieg gesetzt worden, auch die blühen kräftig und sind in einem erstaunlich guten Zustand.

Natürlich haben sich auch hier die Brombeeren wie wild ausgebreitet, und ihr könnt euch nicht vorstellen, wie schwer es für Peter war, diese schon sehr langen und dichten, vor allem aber stacheligen Büsche sozusagen mit Stumpf und Stiel, also eben mit ihren ganzen Wurzeln, aus dem Boden heraus zu reißen. Er musste mit dem Spaten den Wurzelstock erst lockern, dann zog und zerrte er mit all seiner Kraft und dicken Handschuhen an den langen und leider recht dornigen Ästen, bis er dann plötzlich auf dem Hosenboden lag, vor sich aber die ganze, dem Boden endlich entrissene Pflanze. Nur die langen Äste zu beschneiden, die nicht nur hoch, sondern auch weit dem Boden entlang gewachsen und sogar diesem alten Obstbaumbewuchs an den Kragen gegangen waren, hätte nichts genützt. Die Jungtriebe würden uns nur jedes Jahr wieder von neuem auslachen. Wie angenehm wäre es aber gewesen, hätte dieser Kraftakt maschinell ausgeführt werden können, aber leider steht uns immer noch kein entsprechendes Gerät zur Verfügung, und wir müssen uns daher auf uns selber und unsere eigene Kraft verlassen."

„Wollt ihr diesen Pavillon wieder herrichten lassen? Immerhin besitzt er noch einen festen Steinboden, wenn auch das Unkraut vorwitzig durch alle Ritzen schaut. Es scheint, als seien seine Säulen ebenfalls noch recht stabil?"

Onkel Hans besichtigt alles eingehend. Unsere beiden Vierbeiner schauen ihm recht aufmerksam zu, als hätten auch sie ihre Überlegung und Meinung dazu.

„Das wissen wir noch nicht, denn wir finden immer wieder viele andere und wichtigere Arbeiten, die einfach Priorität haben. Es wäre schon schön, mehr Zeit zu haben, zum Beispiel um einen gemütlichen Nachmittag hier zu verbringen. Aber schon allein durch die Entfernung zum Haus würde das schwierig werden. Ein wesentliches Hindernis ist vor allem das für die Praxis so wichtige Telefon. Von hier aus ist es nur im Akkordlauf zu erreichen, was für ein gemütliches Verweilen in einem romantischen Gartenpavillon nicht unbedingt von Vorteil ist."

Dieses so allumfassende und wichtige Gerät scheint sich in diesem Augenblick persönlich angesprochen zu fühlen, denn plötzlich stört ein lautes und schrilles Läuten die Stille des Gartens und Peter macht in Richtung Haus einen Sprint, als müsste er einen Hundertmeter Wettkampf auf dem Sportplatz gewinnen, natürlich begeistert begleitet von Maidy und Spezi.

Erstaunt, und mit einem großen Fragezeichen auf den Gesichtern, schauen ihm unsere beiden Gäste nach. Recht amüsiert über diese immerhin verständliche Reaktion beginne ich ihnen unser so genanntes Außentelefon zu erklären.

„Was sich da gerade so lautstark gemeldet hat, ist ein ausrangiertes, aber vor allem wetterfestes, ehemaliges Bergwerkstelefon."

„Der Lautstärke nach kann ich mir das für einen tiefen und gangreichen Stollen gut vorstellen!" Tante Rösi hat sich von dem Schrecken etwas erholt. Auch Peter scheint bei dem Lärmmacher angekommen zu sein, denn der ist jetzt verstummt, so dass ich weiter berichten kann.

„Durch Beziehung haben wir es preiswert von der Braunkohle in Weisweiler bekommen. Das Angebot der Post für einen ähnlichen Außenapparat war um das Zehnfache höher und dazu hätte ein solches noch eine lange Lieferfrist gehabt. Aber dieses hier erhielten wir sogar ‚postwendend'. Der morgendliche Hinweis eines Bekannten und unsere darauf sofortige Anfrage bei der Geschäftsstelle der Braunkohle genügte, dass schon am gleichen Abend das Telefon gebracht und sogar direkt an der Außenmauer des Hauses befestigt und mit unserer eigenen Leitung versehen wurde. So haben wir die Möglichkeit uns im Garten aufzuhalten, ohne dass jemand im Haus ‚Telefondienst' machen muss, denn durch das laute Klingeln ...“

„Das kannst du wohl laut nennen, ich dachte schon, der Krieg sei wieder ausgebrochen und die Sirenen riefen in den Keller!", unterbricht Onkel Hans leicht amüsiert.

„... können wir die Anrufe auch hier draußen noch rechtzeitig annehmen!", beendige ich meine Erläuterung.

„Für Besucher ist es immer ein lustiger Anblick, wenn, diese leider etwas nervende Klingel erschallt und man dann die Familienmitglieder, spätestens beim dritten Schrillton, alle gleichzeitig aus verschiedenen

Ecken des Gartens hervor spritzen sieht. Gestoppt wird erst, wenn der dem schreienden Telefon nächst Rennende den Hörer in der Hand hält."

Da sehe ich, dass Peter schon auf dem Rückmarsch ist.

„Ist etwas Besonderes?", möchte ich wissen.

„Nein, aber ich muss dann auf meiner Abendtour noch in Schlich vorbei fahren."

Nun trennen wir uns von diesem Teil des Gartens, denn wir möchten vor allem noch das Gewächshaus und den Eiskeller vorstellen. Wir sind gespannt auf diese nächste Reaktion, denn damit präsentieren wir zwei Dinge, die heute in keinem normalen Hausgarten mehr anzutreffen sind. So wandern wir im Gänsemarsch weiter und kommen als nächstes an zwei langen und breiten, von uns noch unbenutzten und dadurch stark verunkrauteten ehemaligen Außenbeeten vorbei. Beide sind sie von recht hohen Backsteinwänden eingefasst und dadurch noch gut als ehemalige Gemüsebeete zu erkennen. Gleich daran angeschlossen stehen wir vor einem kleinen, mit braunrotem Klinker und steilem Schrägdach gebauten Häuschen.

„Ist das euer Gartenhaus? Das sieht ja richtig nett aus, leider kann ich daran nur ein einziges Fenster entdecken."

„Onkel Hans, in diesem Häuschen befand sich einmal eine richtige Heizungsanlage mit der man damals, in den kalten Winter- oder Frühjahrstagen, über Rohre das Gewächshaus beheizen konnte."

Ich öffne die Holztür und ... „gaaack, gack gack!" ... werden wir von unten her empfangen. Gemeinsam schauen wir die paar Stufen einer schmalen Holzstiege hinunter und sehen, dass drei Hühner friedlich auf dem alten Gestänge der ehemaligen Anlage sitzen. Ein viertes kratzt unbeeindruckt, um noch ein paar Körner vom heutigen Frühstück zu finden, am Boden herum. Der Hahn aber flattert, durch unsere Präsenz aufgescheucht, unruhig herum und versucht durch das Fenster hinaus zu entfliehen.

„Hühner habt ihr auch? Was gibt es hier auf dem Hof eigentlich nicht? Hunde, Pferde, Katzen, Hühner, Enten?"

„Vergiss die Ratten nicht, die eine Zeitlang im Stall herum geschwirrt waren, bis dann unsere Miezen mit ihnen ‚Fangen' gespielt haben. Nun ist es in dieser Hinsicht ruhiger geworden", ergänze ich zu Tante Rösis Erstaunen.

„Unser Gartenwerkzeug haben wir praktischerweise in der Garage untergebracht, der Weg dorthin ist kürzer. Daher kam uns eines Tages die Idee, das Heizungshaus als Hühnerstall zu nutzen. Durch das Fenster erfreuen sich dessen Bewohner an einem weiten Auslauf, so dass das wichtige Hühnerprodukt unter der Marke ‚Freilandeier' läuft."

Noch ein kurzer Blick hinunter, dann verschließe ich die Tür wieder mit dem großen Riegel. Aber schon hat Onkel Hans wieder etwas Neues und für ihn Interessantes entdeckt. Es ist die, gleich an das Garten- und Gewächshaus anschließende und mit Holzstämmen eingezäunte Wiese.

„Ich muss schon sagen, euer so genannter Garten ist ja sehr weitläufig, und ich sehe, dass hier viel Wiesenareal euren Pferden gehört. Wie ich euch einschätze, ist dieses weitläufige Einzäunen sicher auch wieder euer eigenes Werk. Wie habt ihr das gemacht und woher habt ihr überhaupt die dazu notwendigen Stämme?"

„Onkel Hans, wenn wir unseren Rundgang beendet haben, erzählen wir dir und Tante Rösi diese Geschichte bei einer Tasse Kaffee. Sie wird euch sicher gut unterhalten", antwortet Peter, denn nun betreten wir das alte Gewächshaus.

Die Hunde sind uns schon wieder voraus und gleich hinein gelaufen. Natürlich hebt Spezi am nächsten Pfosten sein Bein, um klarzumachen, dass er sich hier auskennt. Leider lässt sich im Augenblick auch mit dieser ehemaligen Gärtneranlage noch kein Staat machen, denn viele Scheiben sind gebrochen und liegen als Scherben auf dem langen Gartentisch aus Steinplatten. Grün, wie es sich gehört, ist es dennoch hier drin, nur gab es in der unbeaufsichtigten Zeit einen so genannten Artenwechsel. Statt der Tomate haben auch hier die Brombeerranken, in guter Gemeinschaft mit der „Urtica dioica" – oder zu Deutsch einfach der „Großen Brennnessel" – sehr eindrucksvoll einen geschützten und hellen Unterschlupf gefunden.

„Ihr müsst euch diese ganze Anlage einfach so vorstellen, wie sie einmal gepflegt und von vielen tüchtigen Händen bearbeitet worden war. ‚Es war einmal' ... Ja, es erscheint heute wirklich fast wie ein Märchen. Ein vielseitiger, breit ausgelegter Garten- und Landwirtschaftsbetrieb, gekoppelt an die besondere Architektur und Pflege eines Parks. Dabei durfte weder ein großzügiger Gemüseanbau, noch reicher Blumenschmuck fehlen. Man spricht heute noch von zeitweise etwa acht Gärtnern, die hier ihre Beschäftigung fanden. Die vielfältigen Produkte wurden nicht nur ins Dorf hinab, sondern sogar auf die Wochenmärkte der umgebenden Orte gebracht und feilgeboten.

Aber ihr hört doch so gerne von Merbericher Erlebnissen. Von einem ganz besonderen können wir euch berichten, das gerade hier, in diesem kaputten Glashaus, geschehen ist." Vier Augen schauen jetzt so gespannt auf mich, dass ich mit dieser Geschichte jetzt wirklich nicht bis zur gefüllten Kaffeekanne warten darf. So begann ich zu erzählen:

„Also, es geschah vor über einem Jahr. Da kam Peter eines Mittags nach Hause und berichtete, er hätte heute Morgen gerade von mehreren Landwirten gehört, dass in der näheren Umgebung schon wieder eine Scheune gebrannt habe. Auch die Morgenzeitung, die wir schnell durchblätterten, berichtete bereits eingehend darüber. Das war jetzt in kurzer Zeit schon das dritte Feuer."

„Brandstiftung!" Tante Rösi schaut mich mit großen und erschreckten Augen an. „Brandstiftung?"

„Ja, so vermutete man recht bald. Ihr könnt euch vorstellen, dass diese üblen Nachrichten uns nun doch recht nervös machten. Kaum auszudenken, wenn so ein verrückter Pyromane sich eines Tages unserem Gutshaus näherte und dabei unsere mit Heu und Stroh gefüllten Speicherböden entdeckte. Wie leicht und unbemerkt könnte er sich dort mit Streichhölzern amüsieren. Ihr könnt euch denken, dass die kommende Nacht sehr unruhig wurde und oft schaute ich noch zu später Stunde zum Fenster hinaus in den nachtdunklen Garten.

Wir sollten einfach Wache schieben!, war am anderen Morgen Peters Gedanke, und das planten wir dann auch gleich für die nächste Nacht. Unsere erste gemeinsame Überlegung war dann, von wo so ein Einbrecher sich dem Hause nähern könnte?

Vielleicht denkt sich so einer, dass es am informativsten sein könnte, tagsüber das Terrain zu studieren, um dann den nächtlichen Weg zu planen, der am wenigsten bewacht ist. Ich kann mir nicht vorstellen, dass so ein Kerl die Courage hat, einfach und gut sichtbar über den Hof spazieren zu kommen. Der nähert sich sicher über die oberen Wiesen, von wo er dann beim Hühner- und Gewächshaus Schutz findet. Von dort kann er dann ungesehen durch den Garten schleichen, um von hinten die Futterböden zu erklettern.

Wir waren uns einig, wozu schaute man denn schließlich des Abends im Fernsehen die lehrreichen Krimis.

Damit wir in der kommenden Nacht nicht auf zerbrochenen Scheiben übernachten wollten, kehrten wir diese zur Seite. Dann transportierten wir zwei Liegen und dazu noch Schlafsäcke in unser neues und luftiges Nachtquartier.

Der spezielle Abend kam, die Kinder durften in ihren Betten schlafen, wir aber schlichen in Pyjama und Trainingsanzug durch den Garten, die Wiese hoch und betraten ganz leise unsere Wachstube.

Wenn er kommt, dann müsste er zwischen dem Heizungshaus und dem Eingang hier durchkommen!, war ein weiterer Gedanke.

Passierte gestern Abend nicht etwas Ähnliches in dem Krimi ‚Der Alte‘, sinnierte ich still vor mich hin? Jetzt waren wir, als schon erfahrene Fernsehkriminalisten, bereit den Täter zu fangen.

Schlafen durften wir daher nicht, und ich war sowieso viel zu aufgeregt dazu. Eine Weile noch tuschelten wir, dann umgab uns die große nächtliche Stille.

Aufmerksam beobachtend, was draußen so alles geschehen könnte, schaute ich hinaus durch unsere offene Tür. Wird er kommen oder spielt er gerade ganz wo anders mit dem Feuer? Fragte ich mich, ganz erfüllt von einer inneren Spannung.

Wie ein schwarzer Scherenschnitt erschienen Äste, Büsche und Bäume an dem nur von Sternen erleuchteten dunklen Nachthimmel. Die langen Triebe und Stängel der ungeliebten Wildkräuter umklammerten wie Nachtgeister die metallenen Rahmen und durchwuchsen die zerbrochenen Scheiben des Glasdaches. Manchmal hörte ich, durch einen nächtlichen Windhauch bewegt, ein ganz sanftes Rauschen in den Blättern, dann lag alles wieder in einsamer Stille.

Da, horch! War das nicht ein Ast, der geknackt hat? Wie ein vor der Schlange erschrecktes Kaninchen starrte ich hinaus, jeden Moment eine düstere Gestalt erwartend, die an meinen Augen vorbei in Richtung Haus huscht. Aber nichts dergleichen geschah. Alles blieb wieder so nachtstill wie zuvor.

‚Peter, hast du gehört, da hat ein Ast geknackt!‘ Keine Antwort, Wachposten eins schlief. Also musste ich jetzt umso mehr aufpassen. Von Zeit zu Zeit wiederholte sich das Knacken, jedes Mal starrte ich hinaus, aber nichts geschah, kein Schatten der eilig vorbei schlich.

‚Das sind sicher nur irgendwelche Nachttiere, die sich akustisch bemerkbar machen!‘, überlegte ich. Mit der Zeit wurde dann auch ich nicht nur müde, sondern begann mich, trotz aufregender Spannung, zu langweilen. Ich wollte ins Bett. Wenn so ein Kerl kommen wollte, dann hätte er dies sicher etwas zeitiger getan, denn auch so ein Spinner denkt an seine Nachtruhe.

‚Peter, komm, ich will ins Bett, es ist mittlerweile schon zwei Uhr.‘

‚Was ist?‘, tönte es müde von nebenan.

Dies war zum Glück die einzige Nacht, die wir draußen verbringen mussten, denn schon am nächsten Tag vernahmen wir, dass der Täter gefasst werden konnte. Wir hatten also umsonst Wache geschoben, aber ein spannendes Abenteuer war es auf jeden Fall."

„Da bin ich euch aber doch recht dankbar, dass ihr für Hans und mich ein geborgenes Zimmer mit guten Betten bereitgestellt habt. Auf einem schmalen Liegestuhl unter fast freiem Himmel und dann noch einen Pyromanen erwartend, das ist für unser Alter doch nicht mehr so ganz das Richtige. Heute Abend werden wir umso dankbarer unter die warme Decke kriechen!"

„Ach weißt du, ein bisschen spannende Nachtluft hat uns nicht geschadet. Aber spurlos ging diese Erfahrung doch nicht an uns vorüber. Um auch für die Zukunft solche ungemütlichen Nachtwachen zu vermeiden beschlossen wir, uns nach einem Wachhund umzusehen. So kam Spezi auf unseren Hof."

Als der Hund seinen Namen hört, kommt er schnell von seinem kurzen Streifzug angelaufen, natürlich Maidy im Schlepptau, setzt sich erwartungsvoll vor uns hin und beobachtet mit seinen klugen Augen, ob wir wohl irgend welche menschlichen Wünsche an ihn haben. Lobend streichle ich ihn kurz über den Kopf, dann darf er wieder in großen Sprüngen davonlaufen.

„Wo aber bleibt der Hund über Nacht? Im Haus haben wir ihn nicht gesehen?"

„Wenn wir gleich durch die Stallgasse laufen, kommen wir an seinem Gehege vorbei. Wir nennen es die ‚Spezibox‘. Herr Dohmen lässt ihn morgens, noch vor der Fütterung der Pferde, heraus und dann gehen beide ‚gemeinsam‘ an die Arbeit.

Jetzt wollen wir euch aber noch den so genannten Eiskeller zeigen, auch eine ehemalige Merbericher Spezialität."

Um dahin zu gelangen, müssen wir noch eine kurze Treppe hinunter steigen, denn die Gärtnerei steht auf einer leichten Erhöhung.

„Was ist das für eine prächtige hohe Zeder! Die muss aber schon viele Jahre an Wachstum hinter sich haben! Es ist gut, dass sie hier frei auf einer Wiese stehen darf, so dass dieser herrliche Baum keinen Schattenwurf eines anderen zu befürchten hat. Schau Rösi, wie ihre langen Äste ganz ungehindert sich weit und dicht ausbreiten können!"

Die Bewunderung ist groß, als wir an dieser vorbeikommen. Aber auch wir freuen uns immer wieder über eine solche Harmonie des Wachstums.

Die Wiesen haben wir noch kurz vor dem Fest sauber gemäht, so dass wir jetzt über einen schönen und kurzen Rasen laufen dürfen, auf dem aber die Gänseblümchen schon wieder fröhlich und keck ihre Köpfchen der Sonne entgegen strecken.

„Nach alten Zeichnungen soll hier, wo wir jetzt stehen, einmal ein Tennisplatz gewesen sein. Leider haben wir viele andere ‚Freizeitbeschäftigungen‘, die uns bisher immer noch wichtiger waren. So verzichten wir halt auf dessen Freilegung", erklärt Peter.

Endlich stehen wir vor dem schon vorher erwähnten Eiskeller. Es ist eine hohe und breite, fast acht Meter tief in den Hang hinein gebaute Höhle, einem gewölbten Eisenbahntunnel zu vergleichen, mit einem großen bogenförmigen Eingang. Ein altes grünes Holztor verschließt ihn vollkommen. Wir öffnen es, es knarrt ein wenig, dann betreten wir gemeinsam das mit Backsteinen ausgekleidete hohe Gewölbe. Trotz spätsommerlicher Temperaturen draußen ist es hier drinnen angenehm kühl.

„Diesen Keller hat man gebaut, um das ganze Jahr hindurch Eisblöcke lagern zu können. Sie wurden vom Merbericher Teich, der meistens im Winter zufriert, geschnitten und hier hinein transportiert. Für einen so großen Haushalt, wie die Familie Hasenclever ihn führte, war das dazumal eine äußerst nützliche und praktische Einrichtung. Für uns, die wir heute die Erfindung der Kühl- und Gefrierschränke kennen und benutzen, ist er höchstens als Lagerraum für Gartengeräte noch brauchbar. Interessant ist aber so eine private Höhle dennoch, und nicht nur die Kinder, die manchmal hier Verstecken spielen, auch Erwachsene erkennen darin etwas ganz Besonderes."

Vom nahen Stall her ermahnt uns jetzt ein energisches vielstimmiges Wiehern. Man hat uns gehört und möchte auf die Weide gelassen werden.

„Bleibt bitte hier stehen, wir wollen ganz schnell die Pferde hinaus lassen", und damit flitzen Peter und ich auch schon die kurze Strecke zum Stallgebäude hinunter und hinein zu den unruhigen Tieren.

„Passt du auf die beiden Fohlen auf? Ich lasse dann Freude, Dunja, Fiona und Mondfahrt heraus."

Den kleinen sieben und acht Monate alten und recht stürmischen Nachwuchs überlasse ich doch ganz gerne Peter, er kann sie besser bändigen. Als wir den Stall betreten schütteln Mandelblüte und Firuzé, die Töchter von Mondfahrt und Freude, schon recht unwillig und energisch den Kopf und trampeln unruhig in ihren Boxen herum. Beide können es nun kaum noch erwarten hinaus laufen zu dürfen. Kaum hat Peter die

Türen aufgeschoben, da schrammen sie vor lauter Ungestüm mit ihren kleinen, noch gummiweichen Hufen über den Steinboden, rennen zur Stalltür und stürmen wie die wilde Jagd hinaus und im Wettlauf – wer ist schneller – den Schräghang hinauf, direkt auf die oberhalb des Stalles gelegenen Wiese. Dort werden noch einige Bocksprünge und Kapriolen fabriziert und mit den Hinterbeinen tüchtig ausgeschlagen. Zum Schluss der Vorstellung muss noch eine gemeinsame Galopprunde um die ganze Fläche herum absolviert werden.

Aber dieses Theater vollziehen sie nicht alleine. Da ist noch jemand anderes, der bei dieser wilden Jagd mithält. Dieser rennt hinter her und heizt mit lautem Bellen die ganze Horde noch weiter tüchtig an.

„Spezi, lass den Unfug, komm sofort zurück!", aber unser Rufen nützt ganz und gar nichts, wird vollkommen überhört. Der junge Schäferhund springt, weiter die Fohlen umkreisend und geschickt den ausschlagenden Hufen ausweichend, hinter diesen her. Es ist eine tolle Verfolgungsjagd.

Doch endlich hat sich auch der größte Übermut ausgetobt. Nach dieser dargebotenen Leistung ruhiger geworden, ignoriert unser Jungvolk das immer noch laute Hundegebell und beginnt, davon nun vollkommen unbeeindruckt, mit dem Abknabbern des Grases. Als der Hund merkt, dass das Spiel jetzt zu Ende ist, kommt er endlich den Abhang zu uns herunter getrottet, wo ihn eine tüchtige Strafpredigt empfängt, die er aber gelassen über sich ergehen lässt. Dieses ganze übermütige Theater geschieht vor den erstaunten Augen unseres Besuches.

Bei den vier Stuten, die im vorderen größeren Teil des Stalles zu Hause sind, geht es zum Glück etwas ruhiger und friedlicher zu. Sie folgen altersgemäß etwas würdevoller ihren Kindern, obschon auch sie es jetzt recht eilig haben aus ihren Boxen hinaus und auf die sonnige Weide zu kommen. Mondfahrt verlässt als letzte den Stall und hinkt etwas mühsam hinterher den Hang hinauf. Die beiden Mütter freuen sich sichtbar wieder mit ihren Töchtern zusammen sein zu dürfen. Mondfahrt begrüßt Mandelblüte und Freude ihre Firuzé. Nachdem nun alle oben angekommen sind, schieben wir noch den Eingangsbalken davor, und dann kommt uns auch schon Tante Rösi etwas verschreckt entgegen.

„Jetzt bin ich aber recht froh, dass wir zu euren Wildlingen Abstand halten durften, die haben mir nun doch fast etwas Angst gemacht."

Lachend geh ich auf sie zu und erkläre: „Mit den Pferden umzugehen musste auch ich erst lernen, aber mit der Zeit wurde ich doch recht vertraut mit ihnen, besonders mit dem temperamentvollen und lebensfrohe Nachwuchs."

„Die beiden Fohlen sind ja auch so wunderschön, man könnte sich direkt in sie verlieben. Allerdings nur im Ruhezustand und solange man nicht unter ihre Hufe gerät. Aber sag einmal, was ist mit der großen schwarzen Stute los, die hinkt ja und hatte Mühe, den Steilhang hinauf zu kommen?"

„Das ist leider eine traurige Geschichte!", antworte ich.

„Diese schöne schwarze Trakenerstute heißt Mondfahrt. Sie war unser erstes Pferd und kommt aus Dreiborn, einem Ort in der Eifel. Dort wurde sie in einem großen Gestüt als Zuchtstute gehalten. Sie hatte schon zehn gesunde Fohlen zur Welt gebracht, und als wir sie als 16-Jährige kauften, war sie erneut tragend. Aber ein Pferd, und vor allem Mondfahrt, ist ein Herdentier, und damit sie nicht alleine im Stall stehen musste, bekamen wir von unserem immer hilfsbereiten Nachbarn Herr Pfeiffer die Bosnier Stute Fiona ausgeliehen. Er war uns damals, als gelernter Schreiner, auch beim Stallbau und auch sonst oft in Haus und Hof mit seinen handwerklichen Kenntnissen eine große Hilfe. Später kauften wir Fiona für meine noch bescheidenen Reitkünste. Ihr könnt sie von hier aus sehen. Es ist das braune, halbhohe Pferd mit dem schwarzen Aalstrich am Rücken und dem Bosnierbrand am Hals. Es steht dort hinten an der Hecke neben Mondfahrt und Mandelblüte."

„Was bedeutet dieser Aalstrich, wie du ihn nennst?"

„Dieser Strich, du kannst ihn sogar von hier aus ganz gut erkennen, deutet auf ihre Wildpferdherkunft hin. Er fängt schon am Kopf an, zieht sich schmal, wie ein Aal, daher auch diese Bezeichnung, den ganzen Rücken entlang bis hin zum Schweif.

Als Mondfahrt dann in unseren Stall kam, war sie als Zuchtstute nur wenig zugeritten. Diese Aufgabe übernahm dann Peter zusammen mit einer Bekannten, einer sehr guten Reiterin. Leider wurde aber Fiona, als sie noch nicht endgültig uns gehörte, öfter zum Reiten geholt. Dann stand unser Pferd für einige Stunden alleine im Stall, und dabei hatte sie sich jedes Mal so aufgeregt, dass sie eines Tages Zwillinge verfohlte. Es ist bekannt, dass Pferde, auch ohne besondere Stresssituationen, selten Zwillinge austragen können, aber hier kam dann wirklich noch diese Aufregung dazu.

Lange versuchten wir vergeblich, sie wieder tragend zu bekommen, was erfahrungsgemäß eine Folge eines Abortes ist. Bei der Deckstation Nagel in Selhausen fand Peter dann einen Hengst, der uns als Vater für den Nachwuchs besonders gut gefiel. Pelzjäger hieß der elegante und kräftige Trakehner mit väterlicherseits noch arabischem Blut. Der Weg zu dem Gestüt ist zwar recht weit, man kann aber viele Feldwege benutzen, und da wir damals noch keinen Transporter besaßen, wurde Mondfahrt, um wieder Mutter zu werden, gesattelt und von Peter zur Deckstation geritten. Ich begleitete die Beiden mit dem Auto.

Dort wurden wir schon erwartet, so dass Peter sein Pferd gleich in die große Halle führen konnte. Damit sie beim Deckakt nicht gegen den Deckhengst ausschlagen konnte, fesselte man sie an ihren Vorder- und Hinterbeinen. Peter und ich hielten sie vorne am Halfter fest, und ich redete beruhigend auf sie ein, obschon ich selber sehr wahrscheinlich aufgeregter war als diese erfahrene Stute.

Dann wurde der Hengst und zukünftige Vater unseres Fohlens herein geführt. Dieser war aber mit diesem ‚Hochzeitsarrangement' nicht einverstanden. Er hatte nämlich, als er in die Reithalle geführt wurde, eine andere Stute entdeckt, in die er sich gleich verliebte, und so weigerte er sich nun, unserem gut geplanten ‚Stammbaum' gefällig zu sein. Wir, mit unserer prächtigen und hübschen Stute, waren beleidigt. Ein Trick half dann doch noch zum Erfolg: Die eigentlich von ihm Auserwählte wurde ebenfalls in die Halle und direkt in sein Blickfeld gebracht, und während sich die beiden gegenseitig anbeteten, wurde der Deckakt bei unserer ‚älteren Dame' doch noch vollzogen.

Peter musste danach wieder ‚auf Praxis' fahren, und so durfte nun ich mich auf den Pferderücken schwingen. Ich habe das Reiten erst mit Fiona gelernt und fühlte mich noch nicht sehr sattelfest. Aber unserer treuen Mondfahrt konnte ich mich problemlos anvertrauen. Noch oft und gerne denke ich an unseren gemeinsamen langen, und irgendwie vertrauten Heimritt zurück. Der führte uns über Felder und Wege, weitab von allem Autoverkehr. Unterwegs erzählte ich ihr, wie schön es für sie sein wird, bald wieder einmal ein kleines Fohlen betreuen zu dürfen.

Wie glücklich waren wir erst, als sie dann endlich tragend war, denn von einer so schönen und auch charakterlich guten Stute ein Fohlen zu bekommen, war unser großer Wunsch.

Damit auch in Zukunft durch Aufregung eine Fehlgeburt ausgeschlossen werden konnte, kauften wir nicht nur Fiona, sondern an einer Auktion verliebte ich mich ganz spontan in eine ganz schicke Trakehnerstute. Peter und ich saßen, ohne irgendwelche Kaufpläne auf der Tribüne und beobachteten, wie ein Pferd nach dem anderen, mit beschreibendem

Kommentar über Abstammung, Charakter und Wuchs, in der Arena vorgetrabt wurde. Dann kam *mein* Pferd! Ich stieß Peter fast von der Bank: ‚Schau dir diese wunderschöne Stute an, die sollten wir kaufen.‘ ‚Aber ist sie nicht recht klein? Und dann hast du gehört, dass sie sich beim Transport am Fuß verletzt hat!‘, bezweifelte Peter.

‚Ach was, das sieht nur so aus, weil gerade vorher ein Riese vorgeführt worden ist!‘

So ließ ich nicht locker, bis mein Herr Tierarzt dann endlich aufstand, um meine Auserwählte näher zu betrachten.

‚Da haben Sie eine sehr gute Wahl getroffen!, bestätigte uns später der Auktionator. ‚Diese Trakehnerstute ist Tochter von Flaneur, einem vielfach prämierten Hengst, er war 1977 sogar Trakener des Jahres. Ihre Mutter ist ein englisches Vollblut. Sie werden an ihr sicher viel Freude haben, wie auch ihr Name ‚Freude‘ es Ihnen ja schon vorhersagt. Auch der Deckhengst Iwanow, von dem sie jetzt tragend ist, verspricht ebenfalls einen erfreulichen Nachwuchs.‘“

„Ist es das Pferd, welches das braune Fohlen begrüßt hat?“, will Tante Rösi wissen.

„Ja, das ist meine Freude, und wir haben den Kauf nie bereut. Sie ist ein liebes, unkompliziertes und zuverlässiges Reitpferd, besonders für die Kinder. Auch ich, als gelegentliche Freizeitreiterin, fühle mich mit ihr, auch im Gelände, recht sicher, nur habe ich lernen müssen, dass sie Pfützen nicht mag. Sie muss sie jedes Mal überspringen. Ihr Fohlen Firuzé zeigt trotz ihres jungendlichen Übermuts schon heute die guten Eigenschaften ihrer Mutter.“

„Wie seid ihr auf diesen seltsamen Namen gekommen.“

„Den haben wir ebenfalls von einer Reiterfreundin. Sie lebte lange Jahre in Persien und wurde in dieser Zeit auch mit der Landessprache vertraut. Als richtige Pferdenärrin liebte sie auch gleich dieses Fohlen und machte uns den Vorschlag, ihm den Namen Firuzé zu geben. Das sei das persische Wort für „Edelstein“. Als Tochter von Freude musste der Name des Nachwuchses ebenfalls mit dem Buchstaben F beginnen. So waren wir mit dieser originellen Namengebung sehr einverstanden.“

„Aber da lief doch noch ein weiteres Pferd den Hang hinauf!“

„Da hast du gut gezählt, Onkel Hans“, fühlt sich nun Peter angesprochen.

„Nachdem wir Freude in unserem Stall aufgenommen hatten, blieb es dann doch nicht bei diesem Zuwachs. Als ich eines Tages als Tierarzt zu

Mondfahrts Deckstation fahren musste, stellte mir der Chef eine Vollblut-stute vor, die er gerade in den Stall bekommen hatte.

‚Herr Doktor, schauen sie sich doch einmal dieses Englische Vollblut an. In ihrer Fohlenzeit wurde sie für die Rennbahn ausgebildet und trug sogar den bekannten Jockey Peter Alafi einmal zum Sieg. Aber wie sie selber wissen, ein Rennpferd hat auch nur eine bestimmte aktive Zeit, und so soll sie jetzt als normales Reitpferd verkauft werden.'

Leider konnten wir auch dieser schönen und eleganten Stute nicht widerstehen ...“

„Und wie ich sehe, hast du damit eure Herde noch einmal vergrö-ßert!“, lacht Onkel Hans.

„Ja, so kam Dunja auf unseren Hof. Wir mussten uns dann als Anti-Jockey betätigen denn, um ihr die Rennmanieren abzugewöhnen, durften wir das Tier drei Wochen lang nur ganz diszipliniert im Schritt und höchstens im Trapp gehen lassen. Aber auch bei diesem Neuzuzug durften wir ebenfalls mit Freude feststellen, dass es sich um eine liebebedürftige und anhängliche Stute handelt. Sie lässt auch gutmütig die Kinder auf sich herum turnen und sogar unter ihrem Bauch durch krabbeln.“

„Damals aber habe ich dann doch einen tüchtigen Schrecken bekommen und es ging alles so schnell!“, unterbreche ich nun Peter.

„Es geschah während einer Herbstjagd. Diesmal wollte ich nicht mit reiten, sondern begleitete die schmucke Reiterkolonne mit dem Auto. Die Kinder saßen hinten drin und jedes Mal, wenn wir die vielen Pferde über eine weite Wiese galoppieren sahen, jauchzten die Drei begeistert, und jedes Kind wollte Dunja mit ihrem Papa als erstes entdeckt haben. Treffpunkt war dann die erste Jagdpause, wo man sich bei einem kleinen Imbiss für die weiteren reiterlichen Aktivitäten stärkte. Da passierte es so plötzlich, dass ich gar nicht reagieren konnte. Wir standen alle um Dunja herum und Peter rühmte sie, wie diszipliniert sie sich in der ganzen Zeit schon benommen habe.

Claas, noch ein kleiner Bub, wollte auf einmal auf die andere Seite vom Pferd und der kürzeste Weg dorthin war natürlich unten durch. Das tat er dann auch und krabbelte gemächlich und ahnungslos unter dem Pferdebauch und zwischen vier kräftigen Beinen hindurch. Dunja blieb ruhig stehen und, als wäre es ihr eigenes Fohlen, was sich da unter ihr bewegte, machte sie auch keinerlei abwehrende Bewegungen. Drüben angekommen, stand der Bub unbeschadet auf seinen eigenen Beinen, und ich holte mein verschrecktes Herz wieder aus der Hose.“

Während ich all diese Geschichten erzähle, stehen wir immer noch am Zaun und beobachten die inzwischen ruhig weidenden Tiere. Spezi sitzt jetzt brav neben uns, und auch Maidy hat sich ins weiche Gras gelegt. Nur die Fohlen müssen hie und da ihrer Lebensfreude noch etwas Ausdruck geben, indem sie mit einem plötzlichen Aufspringen übermütige und unkontrollierte Wettläufe einlegen.

„Bei einer solchen Herde musstet ihr natürlich dann euer ganzes Grasland einzäunen. Auf die uns versprochene Zaunbaugeschichte bin ich ja immer noch sehr gespannt! Aber was ist mit dieser Mondfahrt passiert?", möchte Onkel Hans jetzt nun doch wissen.

„Das ist jetzt eine sehr traurige Geschichte. Es war so, dass sogar die eingezäunten Weiden oft knapp wurden, und so ließen wir die Pferde manchmal für einige Tage, auch nachts, sogar im Gartenareal weiden, damit das schon recht abgefressene Gras nachwachsen konnte. Da geschah leider das Unglück.

Eines Morgens fanden wir Mondfahrt auf der Steintreppe beim Rondell. Sie bewegte sich nicht, obwohl wir mit unserem ‚Hossi, Hossi' sie zum ‚Kraftfutter-Frühstück' riefen. Peter musste dann feststellen, dass sie sich in den unebenen Steinen einen Fuß gebrochen hatte. Endlich war sie tragend geworden und dann dieses Unglück. Zusammen mit einem Kollegen, einem Spezialisten für Pferde, wurde das Bein mit einem Gipsverband und zusätzlichen dazwischen eingelegten Plastikstäben stabilisiert. Nach einigen Tagen wollte Mondfahrt nicht mehr fressen, und wir vermuteten, dass mit dem Bein und dessen Verband etwas nicht stimmen konnte. Beim Lösen des oberen Gipsteils sahen wir dann eine große schwärende Wunde, die durch die Stäbe und das große Gewicht des Tieres aufgeschürft worden war. Um diese behandeln zu können, mussten wir immer wieder einen Teil des Gipsverbandes aufbrechen und ablösen. Zuletzt haben wir dann die Stäbe vollständig entfernt und das Bein nur noch mit Gips verbunden. Wie oft sind wir nachts beunruhigt aufgestanden, um nach unserer Patientin und ihrem Bein zu sehen. Ich kann jetzt verstehen, warum man ein Pferd mit Beinbruch meistens nicht weiter leben lässt. Hier aber hätte es dann zwei Opfer gegeben.

Als dann die Zeit heran kam, dass Mondfahrt fohlen sollte, hielt immer einer von uns auf harten, nicht sehr bequemen Strohballen liegend, die nächtliche Stallwache.

Einmal aber kamen wir spät nach Hause, denn wir hatten unseren Theaterabend im Grenzlandtheater in Aachen. Kaum aus dem Auto gestiegen liefen wir gleich in den Stall. Peter bemerkte es zuerst, hinter Mondfahrt bewegte sich etwas. Auf wackeligen Beinen und doch schon aufrecht stehend, fand er ein kleines schwarzes Fohlen.

‚Komm schau, unser Fohlen ist da!', aber gleich darauf folgte ein erstaunter Ausruf: ‚Wie siehst du denn aus?'

‚Was ist los, etwas nicht in Ordnung mit dem Kleinen?', fragte ich sehr besorgt.

‚Alles ist gut, aber schau dir einmal sein Köpfchen an!'

Dicht an das Mütterchen gedrückt zeigte es uns scheu nur die eine Seite, und dort hatte es am Köpfchen eine große weiße Blesse, langgezogen bis über die ganze rechte Backe. Auf der anderen Seite des Kopfes entdeckten wir einen ähnlichen weißen Flecken. Der aber bedeckte nur die Nase.

‚Das macht doch nichts! Im Gegenteil! In Zukunft wird ihr diese lustige, ja recht eigenwillige weiße Zierde zu einer persönlichen Unverwechselbarkeit verhelfen. Und schau, auch an den Fesseln der beiden Hinterbeine trägt sie weiße Pantöffelchen.'

So wurde also pünktlich nach elf Monaten und keinen Tag zu früh unsere Mandelblüte geboren. Was waren wir doch glücklich über dieses kleine Wesen. Es war zwar ein etwas klein geratenes Fohlen. Der Grund dafür, sehr wahrscheinlich der böse Zustand seiner Mutter.

Ihr habt den übermütigen Strolch, von jetzt bald neun Monaten, beobachten können. Mandelchen, wie Wiebke sie zärtlich nennt, ist immer noch ein zierliches kleines Pferdchen und wird wohl nie die Größe der Mutter erreichen können. Dennoch ist sie auffallend hübsch. Der damals so erschreckende weiße Fleck gibt ihr nun wirklich ein besonders charmantes Aussehen. Einen dazu passenden eigenen Kopf hat die Kleine aber jetzt schon."

„Es ist auch ein ganz besonders schönes Fohlen!", begeistert sich Tante Rösi erneut. „Da seid ihr aber sicher froh, dass ihr die Mutter am Leben erhalten konntet, obwohl mir diese so sehr leid tut. Aber auch das andere braune Kamerädlein kann man direkt lieb gewinnen."

„Auch Fiona, unsere Bosnierstute, haben wir von Pelzjäger, dem Vater von Mandelblüte, decken lassen. Bei ihr hat er sich, sehr wahrscheinlich mangels Konkurrenz, nicht so wählerisch angestellt. Ihrem hübschen Hengstfohlen gaben wir den Namen Fanu. Aber dieses Fohlen wollten wir nicht behalten. Wir haben den feschen Junghengst später einmal auf seiner neuen Weide in der Nähe von Aachen besucht. Es geht ihm gut, und darüber sind wir froh, denn wir fühlten uns für die Nachzucht unseres Stalles doch irgendwie verantwortlich."

„Ihr habt euch hier wirklich ein kleines Paradies geschaffen, auch wenn es euch sicher noch über Jahre hinaus beschäftigen wird! Sind das eure ersten Fohlen, die hier geboren worden sind?"

„Es sind die ersten, die wir behalten haben", antwortet Peter. „Früher hatten wir zwei kleine Ponys. Das erste war ein schwarzes Shetland Pony und hieß Polly. Sie bekam bei uns ein Fohlen. Das zweite, mit Namen Simone, war ein kleiner Schimmel. Doch dann verkauften wir alle drei, weil sie immer irgendwo auf der Weide eine Stelle zum Ausreißen fanden und bei den Großen dann für viel Aufregung sorgten – aber nicht nur bei denen, wir selbst durften hinterher eine Such- und Einfangaktion starten.

Aber Spaß hatten wir trotzdem mit diesen kleinwüchsigen Pferdchen.

Könnt ihr euch noch an die Energiekrise vor gut zwei Jahren erinnern? Am Sonntag war Autosperre auf den Straßen angeordnet worden, nur Ärzte, und auch Peter, aber nur bei einem Notfall, durften ihren Wagen aus der Garage holen. Aber wir besaßen doch unsere kleine Kutsche. Es war ein praktisches und recht originelles Gefährt, gerade passend, um ein Pony davor zu spannen. Das taten wir dann auch. Und so kutschierten wir an diesem Tag mit den Kindern und Polly als Zugpferdchen fröhlich, und von keinem Benzinschlucker gestört, durch die Gegend. Die Straßen waren einsam und leer. Gefahrlos rollten wir mit unserem kleinen Fuhrwerk sogar auf der Bundesstraße. Kein Auto, das uns entgegen kam oder überholte. Wir eroberten unbehelligt die Hauptstraße unseres Dorfes, als hätte man diese nur gerade für uns gebaut. Es war fast ein bisschen unheimlich, wenn wir an den hier sonst immer regen täglichen Verkehr dachten. Als wir genug an Herausforderung genossen hatten, rollten wir dann aber doch endlich, wie es sich auch eigentlich für uns gehört, wieder brav über Feldwege und genossen zuletzt an einem Waldrand ein ausgiebiges Picknick.

Mit Polly verließ dann eines Tages auch die kleine Kutsche unseren Stall."

*

Noch eine Weile stehen wir gemeinsam am Zaun bei den grasenden Tieren, jeder beobachtend und still in seine eigenen Gedanken versunken.

Es ist doch immer wieder ein schöner Augenblick: zu sehen, wie friedlich, nach all den übermütigen Bocksprüngen, unsere Herde das frische Gras jetzt abweidet, und wie besorgt liebevoll die beiden Mütter immer noch ihre Kinder beobachten.

Doch dann unterbricht Peter diese allgemeine Andacht, indem er auf die Einzäunung aufmerksam macht.

„Übrigens ist hier diese Stallweide die erste Weidefläche, die wir für unsere Pferde zum Einzäunen ausgewählt hatten, denn die Tiere können nun, wie ihr gerade selbst gesehen habt, vom Stall aus direkt und alleine hinauflaufen.

Obwohl sie an einer Seite von hohen Buchenbäumen, die einer ehemaligen Windhecke entwachsen sind, und an der anderen durch eine dichte, meterhohe und breit ausgewachsene verwilderte Thujahecke eingefasst ist, haben wir sie dennoch rundum zusätzlich mit Stangen abgegrenzt.

Die für die Einzäunung notwendigen Weidepfähle hatte man uns, auf vorherige Bestellung, mit einem großen Anhänger gebracht und auf dem Feldweg dort drüben hinter den Bäumen abgeladen. Wir waren froh darüber, so mussten wir die schweren Pfosten nicht mehr so weit heranschleppen. Es war auch ohne diese Kraftanstrengung eine sehr aufwändige Sonntagsarbeit. Sie sind aus Akazie, einem recht harten und wetterfesten Holz."

„Aber wie habt ihr denn diese Zäune befestigt? Ihr wart ja nur zu zweit?"

Es scheint, als ob Onkel Hans das geschichtsträchtige Kaffeetrinken kaum noch erwarten kann, und vielleicht versucht er jetzt schon, etwas durch dieses Schlüsselloch mit Namen „Holzgeschichten" zu gucken.

„Das ging so", mische ich mich jetzt ein, „zuerst mussten wir mit dem Spaten ein tiefes Loch in den Boden graben. In dieses stellte ich dann einen der vorne zugespitzten Pfosten hinein, den Peter mit einem großen Vorschlaghammer so tief wie möglich in die Erde hinein schlug. Zuletzt wurde dann, mit kleinen Steinen und Erde, dieser noch zusätzlich verfestigt. Rund um die ganze Weide herum haben wir auf diese Weise viele Pfähle in gleichmäßigem Abstand im Boden verankert, und erst dann die langen Stangen heran geschleppt und sie im Doppel mit langen Nägeln daran befestigt, d.h. eine Stange unten und die andere, mit immer demselben Abstand, etwas weiter oben."

„Ihr seid noch jung genug für eine solche Arbeit, ich müsste mich dabei wohl mit Zuschauen begnügen. Da spiele ich doch lieber auf meinen

Gläsern, die verlangen eine zartere Behandlung, und um sie zum ‚Singen'
zu bringen brauche ich auch keinen Vorschlaghammer."

„Da wir später noch weiteres Weideland zum Park dazu kaufen konnten, musste auch dieses für unsere Tiere eingezäunt werden. Aber auf diese Geschichte musst du halt, so neugierig du auch bist, doch noch bis zum
Kaffee warten!"

Gemeinsam sind wir inzwischen in der mit Kopfsteinen gepflasterten
Stallgasse angekommen. Die Gasse erhielt von uns diese Bezeichnung,
weil sie sich, wie der Name es sagt, zwischen Stall und Reithalle auf der einen Seite und der wirtschaftlich genutzten im Fachwerkstil gebauten Alten
Schmiede auf der anderen befindet. Direkt gegenüber dem Stallausgang,
aus dem unsere wilden Wiesengänger gerade herausgestürmt sind, haben
wir praktischerweise den Misthaufen auf einer Betonplatte, die seitlich von
einer Klinkermauer ordentlich abgegrenzt wird, angelegt. Daneben aber
fällt unseren Besuchern ein hoher runder Turm aus Beton auf.

„Ist das ein einstmaliger Siloturm? Heute sehen die ja etwas anders
aus!", meldet sich der ehemalige Landbub, der nicht nur auf Gläsern spielen kann.

„Ja, du hast das richtig erkannt. Aber für die damalige Zeit war dieser
hier, mit einem Durchmesser von ca. drei und einer ungefähren Höhe von
zwölf Metern, eine ausgesprochen moderne Anlage. Sie besetzt auch den
richtigen Platz, wie ihr seht. Der Turm steht vor einem Steilhang, oder
besser gesagt vor diesem steilen, bis in Turmhöhe senkrechten Abbruch.
Darüber befinden sich weitere Wiesen, so dass man dieses Silo, praktisch
ebenerdig, nur durch Anheben des ganzen runden, spitz zulaufenden Daches, mit dem gemähten Gras füllen konnte. Durch diese Öffnung aber,
hier unten in der Stallgasse, wurde dann wohl, nach einer gewissen Lager-
zeit, die fertige Silage entnommen.

Wir selber erfahren hier immer wieder erneut, wie kompetent die
Landwirtschaft auf diesem Gut damals schon geführt worden ist, und dass
nur das Modernste und Beste gerade richtig war.

Jetzt, da der Turm nicht mehr benutzt wird, steht er leer, höchstens dass
irgendein besonderer Schlaumeier meint, er müsse seine leere Cola-Dose
hineinwerfen, die wir dann halsbrecherisch wieder herauf holen dürfen."

Neugierig treten nun alle an die große Öffnung und schauen in den
Turm hinein, dessen Boden von hier immer noch etwa zwei Meter tiefer
ist. Es ist sehr verlockend, darin sein eigenes hohles Echo zu erproben
und Onkel Hans versucht das als Erster.

„Hallo, wer ist denn da!", aber nur seine eigene, jetzt dumpf widerhallende Stimme antwortet ihm.

Dieses „Hallo-Rufen" haben die Kinder auch schon oft ausprobiert. Auch sie finden das lustig, und ich warte nur auf den Tag, wenn sie groß genug sind, einmal den Versuch zu wagen, zu diesem Siloboden hinab zu klettern.

„Was glaubt ihr, wie großartig das tönen könnte, wenn ich dort unten meine Gläser spielte?", sinniert Onkel Hans.

„Lieber nicht, einen Sturz würden deine ‚Schätzchen' sicherlich nicht unbeschadet überstehen, und den dabei entstehenden klirrenden Ton möchten wir uns doch lieber ersparen", erwidere ich lachend.

Im Weitergehen erklären wir unseren Gästen noch die linksseitige, leider auch etwas heruntergekommene „Alte Schmiede" mit ihrem schönen, noch recht gut erhaltenen Fachwerk.

„Damals, nach dem Krieg diente, nach alten Berichten, dieses Gebäude der Sauenhaltung, bis die Schweinepest dieser Zucht leider ein Ende bereitete. Auch vermuten wir, dass große Gerätschaften wie Traktoren für die Landwirtschaft im vorderen Teil untergebracht worden waren. Über dem Stall könnt ihr sehen, dass man noch bequem Heu und Stroh unterbringen kann. Momentan reicht uns für dessen Lagerung noch die Scheune direkt über dem Pferdestall, so dass wir die Ballen nicht weit tragen müssen. Hier oben hat übrigens im letzten Jahr noch eine Schleiereule genistet. Auch sie scheint von den Jahrzehnten der Ruhe im Haus profitiert zu haben, und wir versuchen, sie auch in Zukunft nicht allzu sehr zu stören.

Ach, und hier am anderen Ende dieses Trakts, diese leeren Fensteröffnungen, gehörten sehr wahrscheinlich einst zu Tagelöhnerwohnungen. Noch steht alles leer, aber wir planen, auch hier einmal wieder zu renovieren und zu vermieten."

Unser Besichtigungsspaziergang, bei dem wir zwar vieles und dennoch nicht alles zeigen können, endet schließlich an meinem Lieblingsplatz, dem Waldweg am Teich entlang. Hier in diesem kleinen Wäldchen, welches noch zum Grundstück gehört, haben hauptsächlich die baumhohen Rhododendronsträucher im Wettlauf mit anderen Büschen und Kräutern die Herrschaft übernommen. Ihre Hauptblütezeit ist jetzt vorbei, aber dennoch können wir an einigen wenigen verspäteten Blüten ihre weißrosa Farbe erkennen. Am Ufer dümpelt unter einer alten Ulme einsam unser hölzernes Ruderboot.

„Ist das euer Boot?", will Onkel Hans wissen und steuert auch schon geradewegs darauf zu. Er möchte es doch noch unbedingt auf unserem großen Wasser ausprobieren. So springen wir schnell zu dritt hinein, nur Tante Rösi will uns lieber vom Ufer aus begleiten. Peter übernimmt die Ruder und schweigend schwimmen wir jetzt damit über das stille Gewässer. Neugierig und vielleicht etwas Futter erhoffend begleiten uns dabei ein paar von unseren Enten.

„Euer Seelein ist ja nicht ganz so groß wie unser Zürichsee, aber so gemütlich wie jetzt hier, bin ich noch nie Schiffli gefahren! Wie heißt dieses praktische Holzboot?"

„Wir haben es nach unserem Haus ‚Merbe' genannt, aber ohne Anlehnung an das Französische, welches ein ‚d' anstatt ein ‚b' hat", lacht der Steuermann.

Eine Weile rudern wir gemächlich über den Teich, und manchmal auch sehr nahe an dessen Ufer entlang. Dabei machen wir uns einen Spaß daraus, nach den herabhängenden Ästen der ufernahen Sträucher zu greifen.

Onkel Hans genießt es, und er hat für den Augenblick sogar seine Gläser vergessen, und das ist schon erstaunlich. Peter und ich registrieren dieses Phänomen mit einem gegenseitigen leisen Augenzwinkern, und wir sind ganz stolz auf unser kleines Bötchen.

Nach einer gemütlich erpaddelten Rundreise, gelangen wir wieder an die hölzerne Anlegestelle.

„Diesen Steg haben wir extra für dieses Boot selbst gebaut. Zuerst aber mussten wir die verlandete Bucht in Handarbeit wieder vertiefen", erklären wir noch beim Aussteigen.

Nun wollen wir aber Tante Rösi nicht länger warten lassen, und es ist auch schon bald Mittag und anschließend Tee- und Kaffeezeit. Auf einem von Klinkersteinen eingefassten Betonweg, der auch einige Altersschäden aufweist, kommen wir zuerst an der Terrasse vorbei, die zum Kinderspielzimmer gehört, erfreuen uns an der großen daneben wachsenden Magnolie, und schon gleich darauf erreichen wir den etwas steilen Schutthügel zum Wintergarten, der wieder tapfer von uns allen erklommen wird.

Peter aber steigt schnell in sein Auto um Niels vom Kindergarten abzuholen. Die Schulranzen von Wiebke und Claas finde ich einsam auf dem Boden, wo sie eigentlich nicht hingehören, was aber heißt, dass die Besitzer auch schon aus der Schule zurückgekehrt und nun sehr wahrscheinlich nur mit meinem Merberischer Pfiff irgendwo auffindbar sind.

Zuerst aber flitze ich ganz schnell in die Küche um für einen bescheidenen Mittagsimbiss zu sorgen. Der ist schnell zubereitet, denn Reste vom Vortag schmecken uns, gut gelagert, wenn auch nicht im „Merbericher Eiskeller", doch im ebenso kalten Kühlschrank, noch immer gut. Danach gibt es zu einem guten Kaffee noch den selbstgebackenen Kuchen. Normalerweise sitzen wir dazu am Wohnzimmertisch. Aber noch ist der Wintergarten die Hauptattraktion, und besonders an diesem spätsommerlich warmen Tag, dürfen wir seine große Tür noch weit offen lassen.

Nachdem wir uns nun endlich, nach diesem langen und ausführlichen Parkspaziergang in den weichen Sesseln niedergelassen und genießerisch den ersten Schluck Kaffee geschlürft haben, ist der Moment gekommen, die, besonders von Onkel Hans, lang erwartete Geschichte über unser Holzabenteuer zu erzählen.

Peter beginnt zu erzählen: „Also, das war so ..."

Kapitel 6

Wie wir Stämme aus dem Wald schleppten

Wir erzählen – „Aller Anfang ist leicht" – hat Goethe auch einmal Stämme geschleppt? – Glückliche Heimfahrt – Glasharfenklänge zwischen Rosenblättern – Fohlenzauber – Abendgespräch mit Mondfahrt

„Das war eine recht abenteuerliche Geschichte!"

„Kannst du mir sagen, was es hier an diesem Haus und Park gibt, was nicht abenteuerlich ist?", unterbricht Onkel Hans ihn lachend.

„Aber ich muss sagen, es ist schon jetzt ein richtiger Herrensitz. Zu Hause werde ich mich an unsere kleinen Räume wieder gewöhnen müssen, obschon ich dann dankbar sein werde, nicht mehr so weit laufen zu müssen um meine Rosa irgendwo zu finden."

„Noch eine Tasse Kaffee zur Stärkung? Die braucht ihr jetzt, wenn ihr diese Holzgeschichte erst hört – wir hätten damals auch zwischendurch gut so eine gebrauchen können!", unterbreche ich noch einmal kurz.

„Gerne! Aber nun erzählt endlich, von wo ihr all die vielen Stämme für die Weidenzäune bekommen und wie ihr die Koppeln dann selber auch gebaut habt."

„Das sollst du jetzt gleich erfahren. Also das war so", fährt Peter fort, nachdem ich alle gut versorgt habe:

„Im Stall sind vor einiger Zeit zwei Pensionspferde zu den unsrigen dazu gekommen, daher war die eine Stallkoppel als Weide für alle Pferde nicht mehr ausreichend. So hieß es nun dringend, weitere Wiesen müssen eingezäunt werden, und dazu brauchten wir Stangen und Pfähle.

Beim ersten Mal bekamen wir die Stämme geliefert, jetzt aber benötigen wir einfach zu viele davon. So haben wir überlegt, dass wir in den sauren Apfel beißen und das notwendige Holz selber aus dem Wald holen.

Ich wendete mich daher, während einer meiner Praxistouren, mit unserem dringenden Problem an den Förster in Schevenhütte. Die Auskunft war erfreulicherweise recht positiv.

„Herr Doktor", erklärte er mir auf meine Anfrage, „Jungstämme hätten wir genug, denn der Wald muss von Zeit zu Zeit ausgelichtet werden.

Durch den vielen Jungwuchs ist nach einigen Jahren ein zu dichter Baumbestand entstanden. Durch Ausforstung aber verschaffen wir ihm das notwendige Licht zum Gedeihen und Erstarken seiner Bäume. Leider aber habe ich keine gleich verfügbaren Arbeitskräfte, um diese harte Arbeit machen zu lassen.

Wenn Sie selbst Zeit haben, so könnten wir gemeinsam in den Wald fahren, dann zeige ich Ihnen, wo sie Jungbäume herausholen können."

Und so kam es, dass mich der Förster in ein Stück Wald führte, aus dem wir eine Schneise Jungbäume absägen und herausschleppen durften. Nun aber brauchten wir dazu noch einen erfahrenen Säger, und da erinnerten wir uns an Herrn Fritsch.

Es ist immer wieder erstaunlich, wie unser Haus bei manchen Leuten wie ein Magnet wirkt. Trotz vieler Mängel scheint es einen besonderen Charme auszustrahlen, so dass phantasievolle Menschen, die selber Ideen entwickeln und auch ohne Scheu eine Arbeit anpacken können, ihm nicht widerstehen können. Sie werden Freund des Hauses. So verhält es sich auch mit Herrn Fritsch aus Kerpen. Er machte mit dem Haus Bekanntschaft, als er uns einen gebrauchten, original englischen Spindelrasenmäher für unsere großen Rasenflächen im Park lieferte. Es blieb dann nicht nur bei dieser einen Begegnung".

Peter steht auf, zeigt nach draußen auf die Grünfläche direkt vor dem Wintergarten.

„Auf diese Wiese, die ihr von hier aus so gut sehen könnt, haben nach dem Tode von Frau Hasenclever Mieter der Rheinbraun Obstbäume gepflanzt. Solche Bäume, an diese Stelle des Parks gesetzt, empfanden wir als Stilbruch. Sie störten uns erheblich. Eine Motorsäge, um sie zu fällen aber besaßen wir nicht. Eines Tages erschien Herr Fritsch mit der seinen, und die Bäume wurden zu Kleinholz verarbeitet.

So genügte nun auch diesmal ein Telefonanruf nach Kerpen, und wir hatten für den kommenden Samstag einen Sägemeister.

Noch ein weiteres Problem stellte sich uns in den Weg. Ein Traktor steht auch heute noch nicht auf unserem Hof, und doch brauchten wir jetzt ein kräftiges Transportmittel, um die geschnittenen Stämme, nicht nur aus dem Dickicht herauszuholen, sondern sie dann auch nach Hause zu bringen.

Wie wurde, vor der Zeit der Motorisierung, so ein Problem gelöst? Es war das Tier, sei es Ochse oder Pferd, das Jahrhunderte lang der Helfer des Menschen war. So griffen wir zu dieser altbewährten Art des Transportes und dachten an unsere Bosnierstute Fiona. Aber uns war dabei auch klar, dass sie alleine kräftemäßig damit überfordert wäre. Wir fuhren also gemeinsam zu Herrn Pfeiffer, zu dessen Stall unser Doppelpony einmal gehört hatte, und fragten ihn, ob sein Norwegerwallach Bubi kameradschaftlich hier einspringen könnte. Die beiden Pferde kannten sich recht gut, nicht nur als ehemalige Boxennachbarn, sondern, da beide in gleicher Größe, auch als Kutschengespann. Daher waren auch keinerlei tierische Animositäten zu befürchten."

„Darf ich dich noch einmal unterbrechen? Wer ist eigentlich dieser Herr Pfeiffer? Du hast ihn zwar schon einmal als guten Nachbarn und Kameraden erwähnt. Aber eigentlich habt ihr hier ja gar keine richtigen Nachbarn", möchte Onkel Hans doch noch schnell wissen.

„Herr Pfeiffer ist ein Fast-Nachbar. Du hast ganz recht, so einen richtig nahen Nachbarn hat Gut Merberich nicht. Ihr habt ja selber gesehen, dass wir abseits vom Dorf und jeder Siedlung liegen. Die Familie lernte ich als Tierarzt kennen, indem ich ihre zahlreichen Tiere wie Pferde, Katzen und den Hund bei Krankheit oder der alljährlichen Impfung betreue. Seit Beginn unserer Merbericher Zeit war und ist Herr Pfeiffer für uns immer ein treuer Helfer.

Nach einem von mir erstmals für alle Kollegen des Kreises, einmal selbst erstellten Dienstplan, hatten wir an diesem Wochenende frei, so dass wir mit gutem Gewissen für einen Tag abwesend sein konnten.

Schon am Freitagabend hörten wir die Kinder rufen: ‚Der Bubi kommt!'

Fionas Arbeitskamerad wurde für die eine Nacht in den Stall geführt. Auch der ausgeliehene lange Anhänger, zum Verladen der Stämme, wartete schon in Fahrtrichtung auf dem Hof.

Die dreizehnjährige Schülerin Monika, die uns manchmal, vor allem nachmittags, unsere drei Kinder hütet und stundenweise dabei auch den tierärztlichen Telefondienst übernimmt, erklärte sich bereit, den ganzen Samstag die Kinder zu versorgen.

Ihr könnt euch vorstellen, dass in der Aufregung der Dinge, die für diesen Samstag geplant waren, unser Frühstück nur ganz kurz gehalten wurde. Dann ging das Kommando an die Kinder:

‚Holt bitte Fiona und Bubi aus dem Stall, damit wir die beiden vor den Wagen spannen können!'

Das brauchten wir nicht zweimal zu sagen, unsere drei stoben aufgeregt zur Tür hinaus, wo sie fast mit Monika zusammenstießen. Mit einem fröhlichen ‚Hallo, wir müssen schnell die Ponys aus den Boxen holen, die gehen heute in den Wald!', wurde sie von den Kindern begrüßt.

Kurz vor unserer Abfahrt, die beiden Zugpferdchen schlugen schon aufgeregt mit ihren Köpfen, gab es doch noch so einige kindliche Kommentare.

So meldete sich Claas gedankenvoll:

‚Wenn Mama und Papa weg sind, müssen wir dir dann gehorchen?', wollte er mit einem ernsthaften Gesicht von Monika wissen.

‚Ist doch klar, dafür ist sie doch hier bei uns!', erklärte altklug Wiebke, unsere Älteste.

‚Ich will ihr aber nicht gehorchen, sie ist nicht unsere Mama!', piepste Niels, unser Jüngster.

Doch unser kluges Kindermädchen klärte dann die Situation ganz psychologisch: ‚Wir spielen den ganzen Tag lustig miteinander, dann fällt das Gehorchen auch nicht so schwer.'

Damit war die Situation ja geklärt und so konnten wir getrost den Wagen besteigen."

Tante Rösi und Onkel Hans sitzen so gespannt und aufmerksam zuhörend in ihren Sesseln, dass bei ihnen der Kaffee fast kalt wird. Also fährt Peter in seinem Bericht weiter fort:

„‚Hüh ihr beiden!', rief ich Bubi und Fiona zu und nahm dabei die Zügel fest in die Hände. Unter lautem Hallo der Kinder und noch langem Winken fuhren wir aus dem Hof hinaus. Der Weg in den Schevenhüttener Wald ist recht weit, und vor allem geht es dabei meist aufwärts. Aber immerhin besser, die Pferde mussten jetzt einen leeren Wagen hoch ziehen, dafür wird er voll beladen beim Hinunterlaufen dann doch etwas leichter gehen."

Jetzt aber unterbreche ich Peters Erzählung, denn an diese morgendliche ruhige und so friedliche Kutschenfahrt, denke ich noch sehr gerne zurück. So berichte jetzt ich weiter:

„Lange fuhren wir auf einem schmalen und einsamen Teerweg dem Waldrand entlang. Obwohl das Rollen der Räder gut zu hören war, übertönte dennoch das lautstarke Gezwitscher der Vögel dieses monotone Geräusch. Ein Eichhörnchen flitzte noch ganz schnell vor uns über die Strasse und kletterte behände den nächsten Baumstamm empor. Von sicherer Höhe aus betrachtete es mit klugen Äuglein die Pferde und das ungewohnte Gefährt. Bubi und Fiona waren leicht zu lenken und zogen willig und tatkräftig. Man hatte sogar den Eindruck, dass ihnen nicht nur das

Wiedersehen, sondern auch die Fahrt selber Spaß machte. Wie oft hatten sie am Karnevalsumzug im nahen Eschweiler schon gemeinsam, zur allgemeinen Freude unserer und auch anderer Kinder, einen geschmückten Wagen gezogen. Vielleicht glaubten sie jetzt dasselbe oder Ähnliches zu tun, wobei hier aber nicht fröhliche Menschen, sondern eine munter jubilierende Vogelwelt das Publikum bildete.

Da, auf einmal wurde ich auf ein anderes Geräusch aufmerksam. Es kam aus dem Waldesinnern:

,Peter, ist das nicht eine Säge, die man von weit her hören kann?', rief ich aus."

Mit meiner Zwischenfrage „Möchtet ihr noch eine Tasse Kaffee?" erschrecke ich beinahe unsere beiden aufmerksamen Zuhörer.

„Entschuldige, im Moment habe ich ganz vergessen, wo ich mich befinde. In meiner Phantasie sitze ich eigentlich auf eurem lustigen Pferdegespann", lacht Tante Rösi. „Gerne, wenn noch genug davon da ist. Aber fahr doch jetzt bitte mit dem Erzählen fort, ich bin ja so gespannt, wie es weitergeht!"

„Wir waren jetzt nicht ganz eine Stunde unterwegs, und unser Wegweiser zum Ort der heutigen Handlung war nun diese lautstarke, wenn auch noch recht entfernt zu vernehmende Motorsäge", erzähle ich nun weiter. „Die markierte Stelle fanden wir dadurch recht schnell. Es war kaum zu glauben, aber Herr Fritsch war schon früh aus Kerpen hierher gefahren, bis hier hinauf in den Wald immerhin sicher auch eine Stunde Anfahrt und hatte, schon gut sichtbar, eine deutliche Schneise in das Jungholz geschnitten. Gerade hörten wir in einiger Entfernung wieder einen Stamm geräuschvoll fallen.

,Hurrah Herr Fritsch, wir sind angekommen!', meldeten wir uns so lautstark, dass wir hofften, unsere Stimmen könnten bis tief in den Wald hinein zu hören sein. Den Wagen mit den Pferden brachten wir sogleich in Ladeposition. Herr Fritsch hatte uns tatsächlich gehört. Die Säge noch in der Hand, kam er entlang der schon geschlagenen Schneise, aus dem Dickicht heraus gestapft.

,Wir können es kaum glauben, dass sie schon hier sind und so viele Stämme gesägt haben!', begrüßten wir uns gegenseitig.

,Mögen sie einen Kaffee? Wir haben hier eine stärkende Brotzeit mitgebracht.'

Gemeinsam setzten wir uns auf einen Baumstamm am Wegesrand und genossen ein kleines zweites Frühstück. Aber viel Zeit dazu nahmen wir uns für diese erfrischende Kaffeepause dann doch nicht. Unser treuer Helfer verschwand alsbald wieder im Waldesinnern und bald sang seine Säge erneut ihr harsches Lied.

Nun nahm Peter den Bubi und ich die Fiona und führten sie am Zügel ein paar Schritte in den Wald hinein.

‚Nur Mut, Fiöneli‘, flüsterte ich damals meinem getreuen Pferdchen und braver Helferin ins Ohr. Ich vermute aber, dass ich diese Aufmunterung vor allem mir selber gab.“

„Und eure Ponys haben dann das ganze Holz aus dem Wald herausgeschleppt?“, kann sich Tante Rösi dieser Zwischenfrage nicht enthalten.

„Das taten sie, stundenlang, es blieb ihnen und auch uns selber ja nichts anderes übrig. Eigentlich heißt es ja: ‚Aller Anfang ist schwer!‘, aber bald merkte ich, dass diese Regel hier im umgekehrten Sinn galt, denn zuerst waren die vorderen Stämme ganz leicht zu erreichen. Meinen ersten befestigte ich an Fionas Schleppleine, dann nahm ich das Tier am Kopfstück. Zusammen marschierten wir die paar Schritte zum Wagen zurück, wo Peter, mit Bubi am Zügel, mit seinem Balken schon auf uns wartete. Gemeinsam hoben wir, mit einem lauten ‚Hau-ruck‘, diese beiden Hölzer auf die noch leere Ladefläche des Hängers.

Die geschlagene Waldschneise war nicht sehr breit, so dass gerade Platz für ein Pony mit Begleiter vorhanden war, und wir daher auch kaum wenden konnten. Stamm für Stamm holten wir nun aus dem Wald heraus. Die ersten lagen ja fast am Weg, aber je mehr wir heraus holten, desto weiter wurde die Laufstrecke und umso härter auch die körperliche Arbeit für Tier und Begleiter. Der Boden, von grünen Ästen bedeckt, uneben durch kleine Erhebungen und Löcher, war nur sehr konzentriert begehbar, und oft musste sogar hartnäckig aufgestautes Astwerk von Hand weggeräumt werden. Der Berg auf dem Hänger wurde auch von Mal zu Mal höher, und das Beladen dadurch auch entsprechend mühsamer. Aber immer wieder liefen und stolperten wir, ich Fiona am Halfter fassend, Peter den Bubi, weiter hinein in den Wald, wendeten die Pferde, befestigten die gefällten Hölzer am Zugseil und schleppten sie, die immer größer werdende Strecke zurück. Zu Anfang waren es zehn, dann fünfzig, dann hundert Meter und mehr. Stundenlang arbeiteten sich Mensch und Tier immer tiefer in den Wald hinein, immer länger wurde der schwere Transport der Stämme, aber unentwegt hörten wir das unermüdliche Kreischen der Säge.

Endlich war unser Wagen voll beladen, d.h. so voll, dass wir den Rücktransport für die Pferde gerade noch verantworten konnten. Nun warteten wir noch auf den zusätzlich bestellten LKW. Auch der sollte eine hohe Ladung übernehmen. Während dieser kurzen Verschnaufpause ließen wir die Pferde an den Wegrändern grasen. Für uns holten wir Getränke aus unserem Rucksack und den Rest unseres eingepackten Picknicks. Auf einmal verstummte auch das Sägen im Innern des Waldes, Herr Fritsch schien das Ende der zum Fällen erlaubten Schneise erreicht zu haben, und so kam auch er zu einer kurzen Stärkungspause zu uns zurück. Aber nicht viel Zeit war uns vergönnt, da hörten und sahen wir den Lastwagen auf dem Waldweg heran rauschen. Ein weiteres Abschleppen, einer noch ganzen Wagenladung, wartete auf uns und unsere sicher schon recht müden Tiere.

Ich weiß nicht, wie sich meine brave Fiona und der tapfere Bubi fühlten. Ich auf jeden Fall war so müde, dass ich manchmal über den unebenen Waldboden mehr stolperte als dass ich marschierte. Zuletzt durften Peter und ich, die uns immer schwerer erscheinenden Hölzer, unter den kritischen Blicken des Lastwagenchauffeurs, der seine Hände tief in den Hosentaschen versteckt ließ, noch weiter selber verladen. Endlich hatten Peter und ich die beiden letzten Stämme an dem, inzwischen weit entfernten Ende der Waldschneise, an die Leinen gehängt. Als ich mit diesem beim LKW angekommen waren, da passierte mir etwas Unerwartetes und Merkwürdiges ... ich saß plötzlich auf dem Waldboden.

‚Was ist denn jetzt los, ich wollte mich doch gar nicht hinsetzen?‘, brummte ich erstaunt vor mich hin. Das aber taten protestierend meine erschöpften Beine ganz von selber. Sie streikten und knickten einfach zusammen wie ein Schweizer Taschenmesser, was auf ‚Beinisch‘ unmissverständlich hieß: ‚Jetzt reicht's!‘

Da ‚sitz‘ ich nun, ich armer Tor, und bin so klug, als wie zuvor!

Hatte das nicht Goethe so ähnlich in seinem Faust einmal geschrieben? Vielleicht hat Herr Doktor Goethe auch einmal Stämme geschleppt?!

Kraftlos, müde und völlig erschöpft, waren wir dann sehr froh, dass Herr Fritsch beim Verladen der letzten Bäume uns noch geholfen hatte. Das nennt man Kameradschaft bis zuletzt, wenn die Hände zugreifen und nicht ungenutzt in den Hosentaschen verschwinden. Mit einem ganz herzlichen Dankeschön für seine wunderbare Hilfe, verabschiedeten wir uns. Der LKW, mit seinen mechanischen Pferdestärken, fuhr voraus. Fiona und Bubi wurden vor den beladenen Hänger gespannt, und müde zockelten wir dann mit unseren zwei lebenden, sicher auch recht erschöpften PS hinterher. Ob sie noch die notwendige Kraft besitzen, die Last jetzt auch noch nach Hause zu ziehen, dass konnten wir die beiden nicht fragen. Als aber Peter noch einmal die Zügel in die Hände nahm und ein aufmunterndes ‚Hüh' rief, da wussten sie: ‚Jetzt geht's nach Hause' und bereitwillig setzten sie sich noch einmal in Bewegung. Sie kannten den Heimweg und sie wussten auch, dass jeder Schritt sie näher an die wohlverdiente Futterkrippe brachte.

Die langen Stammenden hatten wir vorschriftsmäßig mit einem roten Tuch markiert. Als wir aber an die ersten Häuser kamen und um eine enge Kurve herum fahren mussten, hatte ich doch Angst, die längste Stange könnte an einem der Häuser eine Fensterscheibe ‚krümmen'. Aber alles ging gut, und wir holperten endlich, Pferd und Mensch erschöpft aber glücklich, dass alles ohne Unfall abgelaufen war, über das Kopfsteinpflaster unseres Hofes. Dort stand bereits der voll beladene LKW mit seiner wuchtigen Bürde. Bescheiden stellten wir uns dann neben diesen Koloss."

„Zwischendurch musste ich aber wirklich die Luft anhalten!", seufzt Tante Rösi. „Alleine schon vom Zuhören und Mitfühlen bin ich ganz erschöpft." Dann schiebt sie sich zur innerlichen Beruhigung noch ein weiteres, aber kleineres Stück Kuchen auf ihren Teller.

„Nicht nur an die so hart schaffenden Tiere, auch an euch musste ich immer wieder denken. Jetzt bin aber wirklich sehr froh, dass ihr damals alle wieder heil zu Hause angekommen seid. Ich glaube, ich muss gleich noch einmal hinauf zu euren eingezäunten Weiden gehen, denn nun haben die Hölzer dort auf einmal für mich eine Sprache bekommen!", kommt ein gedankenvoller Kommentar aus dem anderen Sessel.

„Das Heimkommen war dann besonders schön", fahre ich mit meinem Bericht weiter. „Die Kinder empfingen uns und unsere müden Tiere mit Jubel. Liebevoll wurden sie von Wiebke und Claas gleich aus ihrem Geschirr herausgeholt und in den sauberen Stall gebracht. Die Boxen hatten die Kinder, zusammen mit Monika, während des Tages recht fleißig und sauber ausgemistet, neues Stroh darin verteilt und als Abendmahlzeit Pellez und Möhren in die Futterkrippen geschüttet. Als besondere Belohnung wurden dann noch jedem zwei Scheiben vom besten Heu dazu getan.

Wenn ich jetzt an diesen Tag zurückdenke, so machte uns damals diese treue Hilfe von Wiebke und Claas, so klein die beiden noch waren, sehr glücklich. Aber auch Klein-Niels, der sehr wahrscheinlich, wie der geschwisterliche Kommentar später lautete, in seinem helfenden Eifer wohl so manchmal doch etwas im Wege gestanden hatte, war mit von der Partie gewesen. Monika dankten wir dann auch noch besonders, denn sie trug bei dieser ganzen Aktion in Haus und Stall doch die Hauptverantwortung.

Nun wurden beide Tiere von dieser eifrigen Stallmannschaft kräftig trocken frottiert und gebürstet. Eine solche Massage erweckte erneut die Lebensgeister, denn Bubi wurde noch am gleichen Abend von Herrn Pfeiffer abgeholt und musste noch den Weg, aber jetzt ohne schweren Wagen, nach Hause laufen. Wir konnten ihn nicht genug loben, wie treu und brav er neben Fiona gearbeitet hatte.

Den LKW mussten wir allerdings noch abladen, der Pferdehänger blieb bis zum nächsten Tag stehen.

Bevor wir dann endgültig hinein gingen, besuchte ich Fiona noch kurz in ihrer Box, strich ihr sanft über ihre Mähne und flüsterte ihr ein Gutenachtversprechen in die Ohren: ‚Morgen haben wir keinen Sonntagsdienst und können schon anfangen, für dich und die anderen Pferde, all die großen Weiden mit ihrem feinen grünem Gras einzuzäunen.' Fiona schüttelte ihren Kopf. Ich weiß nicht ob aus Freude an meinem Versprechen oder ob ich ihr dabei nur die Ohren gekitzelt habe."

Peter ergänzt zum Schluss unsere gemeinsame Erzählung noch ganz locker mit dem Hinweis:

„Den Erfolg unserer darauf folgenden sonntäglichen Arbeit habt ihr ja oben am Gewächshaus schon bewundern können."

Nach diesem recht ausführlichen Bericht herrscht noch einen Moment lang gedankenvolles Schweigen. Dann greift jeder wortlos nach seiner, noch immer nicht leer gewordenen, Kaffeetasse und trinkt daraus den letzten Schluck.

„Und, wie war der Muskelkater am anderen Morgen?", erkundigt sich Onkel Hans nach einer Weile.

„Da frag lieber nicht nach!", lachen wir beide. „Mit dem Einzäunen haben wir aber tatsächlich schon gleich am Sonntagmorgen angefangen, nur etwas verspätet."

*

Alles Schöne hat nicht nur einen fröhlichen Anfang, leider steckt in ihm auch meist ein etwas wehmütiges Ende. Am anderen Morgen stehen die Koffer schon reisebereit, nur die Glasharfe ist noch nicht eingepackt. Da kommt Tante Rösi mit der Bitte auf mich zu: „Ich möchte zum Abschied so gerne noch einmal die Rosen im Rosengarten betrachten!"

So wandern wir zusammen den Plattenweg hoch, an den dunklen, hohen Kiefern vorbei, von dort zum Rondell, wo uns die Dahlien schon zunicken, und gelangen von da über die letzten breiten Stufen hinauf zu den ersten Rosensträucher. Sie tragen, wenn auch nicht sehr viele, doch einige wunderschöne rote Rosen. Die warmen Sonnenstrahlen halfen den wenigen Knospen sich zu öffnen. Wir stehen nun davor und betrachten sie froh, dankbar und bewundernd. Eine besonders schöne Blüte schaut uns an. Ob es wohl ein Nachkommen von dem Stock meiner damaligen Botschafterin ist? Gerade bekommt sie Besuch von einer Biene. Diese schlüpft hungrig und voll Erwartung zwischen die weit geöffneten Blätter und bis hinein in den Kelch. Angelockt vom süßen Duft, sucht sie darin summend und brummend den versprochenen Nektar und Blütenstaub.

Auf einmal höre ich nicht nur die Sprache der Biene, da vernehme ich noch etwas anderes, ganz deutlich! Es sind die Gläser der Glasharfe. Durch die warme Luft getragen, fliegen ihre Töne heran und berühren, mit ihrem unverkennbaren, nur ihnen gehörenden Klang, die duftenden Blätter der Rose. Vorwitzig durchstöbern sie, zusammen mit der fleißigen Biene, die engen Kammern zwischen den seidigen Blütenblättern, vermischen sich mit dem Duft der Rose, steigen mit dem warmen Sonnenlicht wieder heraus, fliegen hoch auf deren Strahlen und lassen schwebend ihr seltsames Lied erklingen.

„Hans spielt zum Abschied noch einmal seine Glasharfe und hat dabei die Wintergartentür offen gelassen. Es ist ja auch wieder so ein herrlicher Tag", höre ich die Stimme von Tante Rösi, die immer noch neben mir steht. Schweigend drehen wir uns um und gemeinsam, noch in Gedanken versunken, gehen wir die Stufen hinunter den Weg zurück.

Die Gläser sind inzwischen wieder geschützt in ihrer stabilen Kiste, und traurig sehe ich diese im Kofferraum des Autos verschwinden. Jetzt ist die Stunde des Abschieds endgültig gekommen.

„Ach Onkel Hans, wie sehr wünschte ich mir auch so ein wunderbares Instrument, aber du siehst ja selber, die Zeit, entsprechende Gläser zu suchen, die fehlt mir hier vollkommen. Familie, Praxis, Haus, Garten und all die Tiere, diese Aufgaben füllen die Tage einfach vollkommen aus!"

Ein letztes Winken, wir stehen alle ein bisschen wehmütig herum. Dann rumpelt der voll bepackte Deux Chevaux endgültig aus dem Hof hinaus. Wir aber drehen uns um und alle wissen, was zu tun ist.

*

Mit der tierärztlichen Praxis, den Arbeiten in Haus und Garten sind die Tage immer wieder gut ausgefüllt. Die Kinder sind schon recht selbständig. Ihren Unternehmergeist darf ich dann aber am Abend, an ihren Hosen und Pullovern, bewundern.

Am späteren Nachmittag, nach der recht lebhaften Kleintiersprechstunde, fährt Peter nochmals zu einigen Landwirten, die Probleme im Stall haben. So übernehme ich unsere Pferde, die, nachdem sie tagsüber die Freiheit auf der Weide genossen haben, doch gerne wieder an die Futterkrippe im Stall zurück kommen. Noch eine kurze Inspektion der Pferdeboxen: alles ist in Ordnung, Herr Dohmen hat für die abendliche Rückkehr der Tiere alles schon sauber hergerichtet und neu mit Stroh eingestreut. Dann steige ich das kurze Stück zum Eingang der Stallweide hinauf und schiebe, bevor ich unsere Stallbewohner rufe, den Eingangsbalken zurück.

„Hossi, Hossi, Hossi!" Den Ruf kennen sie alle und schon kommt unser temperamentvoller Nachwuchs angestürmt, saust an mir, die ich noch abwartend am Eingang stehe, vorbei und verschwindet im Stall. Aber nicht nur die Fohlen, auch die Großen haben es jetzt eilig. Da der Abgang recht steil ist, laufen sie jedoch vorsichtiger. Aber noch bevor auch Mondfahrt langsam herabgeklettert kommt, eile ich hinterher, um drinnen für Ordnung zu sorgen. Das fast allabendliche Spiel von den Kleinen ist mir wohl bekannt. Und siehe da, es herrscht in der Stallgasse wieder ein gedrängtes Durcheinander und weshalb? Weder Mandelblüte noch Firuzé gedenken in ihre eigenen Boxen zu gehen. Sie haben ihren Spaß daran, jeden Abend zuerst ein anderes Domizil auszuprobieren. So finde ich, als ich gleich hinter dem letzten Pferdebein, aber noch vor Mondfahrt, in den Stall komme, dort ein aufgeregtes Wirrwarr vor und auf dem Steinboden ein Klappern und Stolpern von vielen Pferdehufen. Dunja kann nicht in ihre Box, weil sich Mandelblüte gerade lustig in ihrem Revier tummelt und nach dem abendlichen Futter sucht. Da ich dieses Manöver aber schon zu Genüge kenne, wird sie Derartiges sicher nicht vorfinden, denn das

Abendbrot wird erst verteilt, wenn sich alle ordnungsgemäß in ihren eigenen vier Wänden befinden. Auch Freude steht noch immer unschlüssig im Gang herum, ihre Box ist besetzt, denn Tochter Firuzé ist gerade auf Inspektion in dieser anderen, momentan gerade besonders interessanten Umgebung. Nur Fiona, die den kleinsten, und damit für das Jungvolk recht uninteressanten Stall bewohnt, kann ungestört durch ihre Tür treten, niemand hält sich darin auf.

„Ab mit dir in deine eigene Box, marsch hinaus mit dir!", scheuche ich die unternehmungslustige Mandelblüte. Aber so einfach ist das nun nicht mehr, denn die Stallgasse ist voll besetzt und, da inzwischen auch Mondfahrt eingetreten ist, ein Durchkommen recht schwierig geworden. Aber unsere Tiere sind nicht aggressiv und so kann unser Vorwitz, nach erfolgreicher Exkursion, erhobenen Hauptes durch das Getümmel ihr eigenes Quartier betreten, und Dunja ist froh, dass ihr Zuhause frei geworden ist. Auch Firuzé spediere ich energisch dorthin, wo sie hingehört.

Endlich ist Frieden und Ruhe eingetreten, alles aufs Beste geregelt. Erst jetzt bekommen alle ihre abendliche Ration Pellez und zum Knabbern etwas Heu für die Nacht. Dann vernehme ich nur noch ein zufriedenes Mampfen. Aber bevor ich den Stall verlasse, gehe ich noch zu Mondfahrt. Auch sie genießt ihr abendliches Futter. Liebevoll streiche ich über ihre lange schwarze Mähne.

„Weißt du noch", spreche ich leise zu ihr, „als ich dir am Abend deiner Ankunft Futter in deine Krippe bringen und für die Nacht dein Strohlager noch etwas ausmisten sollte? Ich hatte Angst vor dir, denn mit Pferden hatte ich damals noch keinerlei Erfahrung."

„Brrrh!", schnaubt Mondfahrt. Hat sie mich wohl verstanden und lacht mich aus oder hat sie nur Staub vom Futter in die Nase bekommen?

„Ja, das muss dir sicher komisch vorkommen. Dein Herrchen musste noch zu einem Patienten fahren und rief mir beim Abfahren schnell zu: ‚Machst du den Stall, ich muss weg!' Du kamst mir so groß vor. Aber ich nahm allen Mut zusammen und betrat deine Box, um dir deine abendlichen Pellez in die Futterkrippe zu schütten. Schnell flitzte ich dann, nach dieser mutigen Tat, wieder hinaus. Aber noch war ich nicht fertig, du musstest für die Nacht noch ein sauberes Strohlager bekommen. Ich holte also Mistgabel und Schubkarre. Natürlich standest du gerade dort, wo ich misten wollte. Vorsichtig scheuchte ich dich mit der Gabel auf die andere Seite, um die wenigen Kotballen zu entfernen."

„Brrh!", bekomme ich wieder als Antwort auf mein Erzählen.

„Als ich mit der Zeit bemerken durfte, wie lieb du eigentlich bist und nie vorhattest, mit den Hinterbeinen auszutreten, sind wir so gute Freunde geworden. Erinnerst du dich noch an unseren gemeinsamen Heimritt von Selhausen? Diese, mit dir so intimen Stunden, werde ich nie vergessen. Du hast auch keine Probleme gemacht, als du, mit schon sechzehn Jahren, erstmals den Sattel kennen lerntest. Dein Herrchen ist dann, so oft er Zeit fand, mit dir ausgeritten. Du hast deinem Reiter immer voll vertraut und dieses Laufen im Gelände und im Wald hat dir sicher auch immer viel Spaß gemacht. Vor allem aber ist es dir dabei nie langweilig geworden, denn ihr benutztet nicht immer nur Wege. Einmal aber, dein Herrchen hat es mir berichtet, es war im Wald, da geriet dein Fuß tief in ein Fuchsloch. In deinem vollen Vertrauten zu deinem Meister standest du ganz ruhig, bis er dir half, dein Bein vorsichtig daraus heraus zu heben.

Aber auch du bist nicht immer nur ein Pferdeengel gewesen. Als verantwortungsvoller Tierarzt dachte dein Reiter oft an seine Praxis, vor allem bei längeren Ausritten. So stieg er einmal aus dem Sattel, ging zu einem einsamen Gehöft, um von dort zu Hause anzurufen. Da er nicht lange wegbleiben wollte, band er dich nur locker am Gartenzaun fest. Dort solltest du inzwischen brav warten. Scheinbar wurde es dir aber langweilig so alleine herum zu stehen. Kaum war dein Herrchen fertig mit telefonieren, kam die Tochter des Hauses ihm entgegen und fragte: ‚Hallo! War das da draußen Ihr Pferd? Das ist gerade weggelaufen!'

So durfte er dann errötend deinen Spuren folgen und zu Fuß den weiten Weg nach Hause laufen. Da du auch eine Landstraße überqueren musstest, hatte er deshalb ein reichlich mulmiges Gefühl. Unterwegs fragte er immer wieder Passanten nach dir, dem ungeduldigen Ausreißer. Mit einem feinen Lachen in den Mundwinkeln gaben sie dann, dem marschierenden Reitersmann ohne seinen Untersatz, über deinen Verbleib Auskunft. Wie froh war er aber, als er dich zu Hause wohlversorgt im Stall vorfand, unschuldig das abendliche Futter kauend. Jetzt sind wir sehr traurig, dass wir nicht mehr mit dir ausreiten können. Gute Nacht, liebe Mondfahrt!"

Noch einmal streiche ich über ihren Hals, dann trete ich hinaus aus dem Stall auf den etwas vereinsamten Hof. Den oberen Teil der Stalltüre lasse ich offen, so dass unsere Tiere eine frische Nachtluft atmen können.

Noch ein kurzer Gedanke hält mich auf: „Sind Onkel Hans und Tante Rösi jetzt wohlbehalten in ihrem Heim angekommen?"

Dann aber gehe ich ins Haus, denn es ist Zeit für das familiäre Abendessen.

Kapitel 7

Merbericher Allerlei;
Der Telefonanruf

Reitstunde – Hosenwechsel – des Gutsherren Schnäpschen – Restaurierung
des Pferdestalles – Reithalle statt Fischgrätenmelkstall – „Deutschritter,
Abteilung Merberich" – Reiterprüfung – Kinder, die schönste Zier im Garten –
die verschwundenen Heinzelmännchen – Springstafette – Heuernte –
Heu wird gestapelt – ein trauriger Telefonanruf

„Mama, kannst du mir helfen der Mandelblüte die Trense anzulegen, sie streckt immer wieder ihren Kopf in die Höhe und will nicht herhalten!" Vor mir steht meine Tochter Wiebke, fertig angezogen für die gleich folgende Reitstunde.

Ewas aufgeschreckt schaue ich hoch und trenne mich für einen Moment von meinen Zahlen. Ich sitze nämlich im Büro und beschäftige mich mit der Buchführung. Den lästigen Schreibkram aber, was die Praxis anbetrifft, vor allem der für die Fleischbeschau, erledigt Peter immer selber. Lieber hätte ich jetzt diese zeitaufwändige, von mir nicht unbedingt geliebte Beschäftigung zu Ende gebracht, doch Wiebkes Problem mit Mandelblüte ist mir nun doch wichtiger.

„Dann komm halt, wir werden dein Pferd gemeinsam schon meistern."

Also marschieren wir beide in Richtung Stall.

Auf dem Hof angekommen, herrscht dort schon ein emsiges Treiben. An der Hauswand, entlang der Reithalle, stehen geduldig unsere eigenen, sowie die Pensionspferde. Sie sind mit einer Leine, an den in die Mauer eingelassenen Eisenringen festgebunden, und werden von ihren meist kleineren Besitzerinnen emsig gestriegelt und gekämmt. Es macht mir immer wieder Spaß, mit welcher Begeisterung die Mädchen ihre Tiere schön machen. Für diese Tätigkeit brauchen sie aber immer recht viel Zeit, und diese dauert oft länger als das Reiten selber. Buben sieht man hier nur unsere Zwei, Claas und Niels, und die haben gewiss keinen damit vergleichbaren Putzfimmel.

„Mama komm, wir müssen uns beeilen, dort kommt schon unsere Reitlehrerin", drängelt jetzt mein Töchterlein. Eilig läuft sie voraus in den Stall, denn sie will nicht zu spät zur Stunde kommen.

Fast alle Boxen sind nun leer, und das findet Wiebkes Liebling nun ganz und gar nicht gut. Sie ist jetzt noch ungnädiger als gewöhnlich und von einem kleinen Mädchen kaum zu bändigen. Auch ich hab so meine Mühe, um Madame Ungeduld die Trense umzulegen, denn statt ihren Kopf freundlich und hilfreich zu senken, streckt sie ihn widerspenstig hoch in die Luft. Unser süßes Fohlen ist inzwischen zu einem Teenager herangewachsen und macht leider jedes Mal Theater, wenn man ihr das Halfter, oder auch nur ein Kopfstück, überziehen will. Für die erst zwölfjährige und zierliche Wiebke ist diese Prozedur kaum allein zu bewältigen. So braucht sie, obwohl ihr Pferd nicht von großer Gestalt ist, beim Aufzäumen meist die Hilfe eines Erwachsenen. Dieser mangelhaften Größe ist es leider auch zuzuschreiben, dass Mandelblüte als Trakehner und nicht als Zuchtstute eingetragen werden konnte. Aber dennoch sind wir stolz, wie unser Mandelchen, wie Wiebke sie oft liebevoll nennt, zu einem schönen und eleganten Damenpferd herangewachsen ist. Wie heißt es doch so schön: „Klein, aber oho!" So hat sie manchmal, bei aller Anhänglichkeit, dann doch recht oft ihren eigenen Kopf. Wiebke aber sagt dazu recht altklug: „Mein Pferdchen ist sehr lieb, man muss nur mit viel Geduld ihr Vertrauen gewinnen."

Während ich dem Tier die Gebissstange zwischen die Zähne schiebe, dann auch die Riemen im Nacken zumache, hat sie schnell den Sattel gebracht und ihr diesen über den Rücken gelegt. Beim Zuziehen des Bauchgurtes schimpft sie noch etwas ungeduldig mit ihrer geliebten vierbeinigen Freundin, nimmt sie dann aber schnell am Zügel und marschiert energisch in Richtung Reithalle, wo die anderen Pferde von ihren Reiterinnen schon eifrig warm geritten werden.

„Vorsicht, Mandelblüte kommt!", wird gemeldet. Die ganze Reitmannschaft bleibt sogleich stehen, der Balken am Eingang wird weggeschoben, die Bahn ist frei, und Mandel hat jetzt ihren ungenierten Soloauftritt. Beim Aufsteigen braucht Wiebke keine Hilfe mehr, dafür ist sie gelenkig genug.

Am Halleneingang und an den rechts und links davon scheibenlosen, ca. 3 Meter breiten und 4 Meter hohen, fensterähnlichen und gewölbten Hallenöffnungen haben sich einige, meist jugendliche, Zuschauer eingefunden. Auch ich stehle von meiner nachmittäglichen Zeit noch einen Augenblick, beobachte stolz den guten Sitz unserer Tochter und die harmonischen Schritte ihrer jetzt sehr artigen Stute. Zwischendurch aber lasse ich meinen Blick immer wieder kurz durch die Reithalle schweifen.

Dabei geht mir ein Erlebnis mit den beiden älteren unserer drei Kinder durch den Sinn. Die Erinnerung daran amüsiert mich heute noch.

Schon einige Zeit ist darüber vergangen, als auf der Wiese eines Landwirtes in Obergeich, einem kleinen Ort, nicht weit von uns entfernt, ein sonntägliches Turnier abgehalten wurde. Niels, unser Jüngster, war noch nicht turnierreif, jedoch Wiebke und Claas. Üblicherweise tragen die Teilnehmer, hier waren es vor allem Kinder, bei einer solchen Veranstaltung richtige Reithosen. Bei uns aber war nur eine einzige vorhanden, und so musste diese eine nun für beide herhalten. Wiebke, ein Jahr älter als Claas, ritt mit der ersten Gruppe. Alles ging gut, das Kind konnte auf eine gute Platzierung hoffen. Claas sollte aber schon in der nächsten Abteilung mitreiten. Startbereit oder Gewehr bei Fuß standen Peter und ich am Wiesenrand. Kaum hatten diese ersten Reiter ihre Runden beendet, liefen wir in Windeseile zu unserer Tochter, holten sie vom Pferd, legten sie auf die Wiese, jeder nahm ein Hosenbein, zog daran und ruck zuck war die Reinhose herunter. Claas wartete daneben schon geduldig im Unterhöschen und wurde im gleichen Tempo in dieselbe Hose gesteckt. Dann hoben wir ihn aufs Pferd und halfen, sich in die Reihe der schon gestarteten, hintereinander die Wiese umkreisenden Pferde anzuschließen. Sieger wurden beide nicht, aber dennoch schmückte zum Schluss eine bunte Schleife die Trense ihres Pferdes, die dann stolz nach Hause getragen wurde.

Inzwischen haben alle unsere Kinder, heute ist auch Niels von der Partie, ihre eigenen Reithosen, so dass keine Garderobenmanöver mehr notwendig sind.

Diesmal aber ist ein größeres Turnier als das damalige angesagt, deshalb wird der heutige Unterricht sehr ernst genommen und noch einige Fehler auskorrigiert.

*

Während ich untätig, so richtig zeitverschwenderisch, am Halleneingang der konzentriert arbeitenden Reitergruppe zuschaue, und dabei für eine Weile sogar meine Buchführung vergesse, gehen mir noch andere Gedanken durch den Kopf.

Es sind schöne Pferde, die hier die Halle umrunden, aber nicht nur eigene, auch Pensionspferde haben eines Tages im Stall eine Box gefunden. Fast gleichzeitig mit dieser Einquartierung folgte die Gründung eines richtigen Reitclubs. Der Weg aber bis dahin war lang, denn es liegen so einige Jahre ausgefüllter, intensiver Planung und harter Arbeit hinter uns. Auch dieser, jetzt so fröhlich belebten Halle, war vor vielen Jahrzehnten eine andere Nutzung zugedacht worden.

Als wir damals, kaum waren wir in Merberich eingezogen, zum ersten Mal den Stall betraten, betrachteten wir bewundernd die vielen Relikte von ehemaligen Pferdeständern, sogar mit den noch sichtbaren Anbindungen für den Reit- und Kutschbetrieb. Nur leider war das Meiste in einem absolut unbrauchbaren Zustand. Dennoch fühlten wir uns in unserer Phantasie hineingezogen in die Zeit, als hier noch reges Leben ein- und ausging. Es war später dann gar nicht so schwierig, vor allem für Peter, der durch seine tierärztliche Praxis viel unter die Leute kommt, Näheres über die Erbauer des Gutshauses selber zu erfahren. Darunter ist auch ein recht informativer Bericht, der sich auf diesen Gutshof und dessen Bewohner bezieht.

Damals bevölkerten nur wenige Autos die Straßen, und so mancher Herr beliebte mit seiner eigenen Kutsche zu seinen Geschäften zu fahren. Von dem ehemaligen Gutsherrn, Herrn Hasenclever, erzählt man sich folgende Geschichte: Morgens ließ er seine Kutsche anspannen und fuhr damit in den Ort, dem etwa ein Kilometer entfernten Langerwehe. Dort wurde als Erstes sein spezieller Friseur für eine frische Rasur konsultiert. Dann erwartete ihn in einer Wirtschaft schon sein Morgenschnäpschen, welches er dann in guter heimischer Gesellschaft genoss. Bald nannten die Dorfbewohner dieses Glas Korn, dessen Inhalt damals noch im Ort selbst gebrannt wurde, einen *Hasenclever*. Noch heute ist er älteren Langerwehern unter diesem Namen bekannt.

*

Aber zurück zu unserem Stall. Für seine Restaurierung fanden wir tatkräftige Hilfe bei Herrn Pfeiffer, der ebenfalls aus Peters brandenburgischer Heimat stammt. Als gelernter Schreiner half er uns tatkräftig, diesen auszubauen. Diesmal sollten es aber keine Ständer mit ihren engen Anbindungen mehr sein, sondern neun geräumige Pferdeboxen. Wochenlang wurde gemeinsam gehämmert und gesägt. An die senkrechten hölzernen und recht schmucken Stützen, die von früher noch stehen geblieben waren, wurden nun Eisen angeschweißt, am unteren Teil der zukünftigen Boxen 4 cm dicke Holzbohlen in U-Eisen eingesenkt, während der obere Teil mit Eisenstäben vergittert wurde. Die Holzbohlen waren einstmals Verpackungsmaterial von russischen Maschinenteilen, die mit der Bahn für die Erweiterung des nahegelegenen Kraftwerkes angeliefert worden waren. Kyrillische Zeichen zeugten sichtbar noch von ihrer Herkunft. Durch sogenannte Mund-zu-Mund-Propaganda wurden wir von diesem, am Bahnhof Frenz deponierten Materials, in Kenntnis gesetzt und freuten uns sehr über solch stabile Bretter aus altem, gut abgelagertem Holz. Noch heute erinnern uns die schweren Schiebetüren mit ihren quietschenden Rollen an diese kameradschaftliche und professionelle Arbeit.

Die desolate, leicht gerundete Bimsdecke wurde mit Holzpanelen abgedeckt, und der mit den Jahrzehnten undicht gewordene Luftschacht mit Plastik umhüllt und damit abgedichtet. So war ein intakter Abzug der Stallluft wieder gewährleistet.

Diese grobe Knochenarbeit überließ ich damals gerne den Männern. Jedoch die zeitaufwändige und viel Geduld fordernde Anstreicherei der zahlreichen Gitterstäbe an den einzelnen Boxen, die war dann schon eher Frauensache. Als erste Aktion trug ich mit dem Pinsel die Grundierung auf. Tage später bestrich ich dann säuberlich Stange für Stange mit der Merbericher Farbe, dunkelblaugrün. Die Arbeitsstunden habe ich nicht gezählt, es waren auf jeden Fall viele.

*

Die Reithalle aber, an der ich jetzt stehe und mit Freude die eifrig reitenden Kinder beobachte, entstand erst später.

Sie diente vormals als offener Rinder-Laufstall mit angeschlossener Melkkammer, denn Kühe fehlten auf diesem landwirtschaftlich geführten, sehr großen Gutshof sicher nicht. Was uns dabei aber besonders in Erstaunen versetzte, war der in einer Ecke angegliederte, sehr moderne Fischgrätenmelkstand. Dabei handelt es sich um einen ungefähr 80 cm hohen Beton-Block, mit darauf angebrachten Stahlrohrboxen, auf dem die Kühe halbschräg nach rechts und links an einen Kraftfuttertrog traten, um von dem aufrecht stehenden Schweizer, dem Melker, mit einer Maschine von unten gemolken zu werden. Es ist kaum zu glauben, dass schon in den 30er Jahren eine solch praktische Einrichtung benutzt worden war. Über der ganzen Halle befand sich der Heuboden.

„Daraus könnte man eine Reithalle bauen, die Größe würde stimmen, und der Pferdestall liegt ja praktischerweise auch gleich daneben. Allerdings müssten wir die jetzige Decke entfernen, die ist zu niedrig, vor allem, wenn man daran denkt, dass ein Pferd auch gelegentlich springen will. Das tun Kühe ja normalerweise nicht."

Nachdenklich standen wir zu dritt vor dieser großen Halle und meine Fachleute planten gleich einen entsprechenden Umbau.

So erwartete uns, kaum war der Stallausbau fertig und für viele Pferde bezugsbereit, nach solchen Überlegungen, ein ausgiebiges neues Tätigkeitsfeld. Es schien fast so, als hätten wir mit der harten Arbeit so richtig unternehmungslustige Kräfte und neue Ideen gesammelt. Auch hier waren wir über die unkomplizierte nachbarliche Hilfe von Herrn Pfeiffer sehr erfreut und dankbar. Schon sehr bald konnten wir in fachkundiger Teamarbeit diese Umgestaltung in Angriff nehmen.

Als Erstes entfernte man die alte Melkanlage, und die Zwischendecke zum Heuboden musste herausgenommen werden. Das war alles nicht so einfach, denn 30 cm hohe und 13 Meter lange Doppel-T-Träger erlitten das gleiche Schicksal. Ein halbes Dutzend grazile Eisenverstrebungen, 3 Meter höher, ersetzen nun zur neuen Stabilisierung die Schwergewichte. Wie notwendig diese Sicherheitsmaßnahme war, zeigte uns Jahre später der Einsturz einer ähnlichen Anlage in einem Nachbarort, bei dem man diese statische Hilfe nicht eingebaut hatte.

Zu einem weiteren Problem wurden die Seitenwände, die wichtige, schützende Umfassung des Parcours. Dieses löste sich erneut durch die Beziehungen unserer treuen Teamkollegen zu ihrem ehemaligen Arbeitgeber, der in der Nähe liegenden Braunkohlengrube. Man brachte uns eines Tages ausrangierte, 1,2 Meter breite und unglaublich schwere, ehemalige Gummiförderbänder mit einer Stahleinlage. Diese tonnenschweren Rollen wurden dann als Schutzwall für Tier und Reiter nicht nur angeliefert, nein, die sehr sozial eingestellte Firma übernahm mit ihren eigenen großen Maschinen das Aufrollen und deren Einbau entlang der ganzen Hallenwand sogar noch selber. Dafür waren wir sehr froh und dankbar.

Der anfänglich eingebrachte Sandboden, der nach längerem Gebrauch leider so zu stauben begann, dass die Kinder nach der Reitstunde dunkel und badewannenreif eingefärbt waren, wurde jährlich mit frischen Holzspänen gelockert und dadurch bestmöglichst entstaubt. Dennoch musste vor jeder Unterrichtsstunde der Hallenboden mit einem starken Wasserstrahl aus dem Gartenschlauch angefeuchtet werden. Zu einer richtigen Beregnungsanlage hat es auch in Zukunft leider nie gereicht, denn andere Investitionen waren immer wieder vorrangig.

*

Die Reitstunde ist nun schon fast zu Ende, und ich stehe immer noch untätig und träumend am Eingang zur Halle. Nur leider erledigt sich meine Buchführung nicht von selbst. Etwas unlustig löse ich mich vom süßen Nichtstun und gehe, immer noch etwas gedankenversunken, zurück zu meinen langweiligen Trockenübungen. Hier, bei diesem fleißigen Reitbetrieb, bin ich nur eine bescheidene Zuschauerin, denn ich weiß diesen in besten Händen.

Aber da geht mir doch noch eine andere Geschichte durch den Kopf. Wie fing es damals überhaupt an, mit dieser Reiterei und dem damit verbundenen, heute so aktiven Reitclub? Daran muss ich jetzt auf meinem Rückweg denken.

Bestimmt fünf Jahre sind es nun etwa her, kurz nach dem Konzert von Onkel Hans, als eines Nachmittags zwei Frauen auf den Hof kamen. Sie hatten weder Hund noch Katze bei sich, noch trugen sie einen Käfig mit einem Kanarienvogel, also wollten sie nicht in die Sprechstunde. Wie üblich trug ich meine sogenannte Merbericher Arbeitskleidung und die Stiefel an meinen Füßen waren auch nicht gerade sauber. Auf einen Nachmittagskaffee war ich daher nicht unbedingt eingerichtet. Dennoch kamen beide direkt auf mich zu:

„Sind Sie Frau Behrendt?"

„Ja, wie kann ich Ihnen weiterhelfen?"

„Mein Name ist Bossant aus Schlich und hier darf ich Ihnen Frau Weber aus Jüngersdorf vorstellen. Wir suchen für unseren kleinen Reitclub, dem vor allem Kinder angehören, eine neue Bleibe, einen Stall für mehrere Pferde und eine dazugehörende Reithalle. Vor kurzem hörten wir von Ihrem Hof und dass Sie auch selber Pferde halten. Hätten Sie noch einige Boxen frei, und wären Sie überhaupt an so einem Zuwachs interessiert?"

Alle diese Fragen kamen fast in einem Atemzug. Für einen Augenblick war ich mit diesen Wünschen fast etwas überfordert.

„Wir haben in unserem Stall nur unsere eigenen Tiere, und ich weiß jetzt nicht, wie Sie sich einen solchen Reitbetrieb vorstellen. Am besten, ich zeige Ihnen unsere Pferdeunerkünfte und alles was dazu gehört, dann können Sie und auch wir am schnellsten beurteilen, ob wir Ihnen für ein solches Unternehmen auch das Notwendige anbieten können!"

Gemeinsam betraten wir den im Augenblick leeren Stall, denn unsere Tiere sind tagsüber meistens auf der Weide. Nur die mit frischem Stroh ausgelegten Boxen zeugten von ihren Bewohnern.

Immerhin konnte ich ihnen die leer stehenden Boxen zeigen. Auch die Reithalle, obschon sie in ihren Maßen etwas kleiner ist, als die in den üblichen Reitbetrieben, fand Anerkennung.

„Könnten Sie uns auch einen Clubraum zur Verfügung stellen? Die Kinder, um die es sich hier handelt, sollten vor und nach der Reitstunde betreut werden können."

Auf diese Frage war ich allerdings nicht vorbereitet. Peter, von seiner Praxis aus auf uns aufmerksam geworden, kam auf uns zu.

„Erst einmal guten Tag und seien Sie willkommen. Aber darf ich fragen, um was es hier geht?", wendete er sich an die beiden Frauen.

„Die beiden Damen suchen einen Hof mit Stallungen für Pferde und einer Reithalle! Jetzt aber bräuchten sie noch einen Raum für einen richtigen Reiterverein, in dem sich alle Mitglieder jederzeit aufhalten können", überfiel ich meinen Mann gleich in stenografischer Kürze.

„Und Sie sind hier der Hausherr? Mein Name ist Bossant und das ist Frau Weber. Wir haben schon mit Ihrer Frau gesprochen, dass wir für unseren Reitclub ein neues Zuhause suchen."

Nach dieser kurzen Vorstellung hatte sich die ganze Situation dann auch für Peter geklärt.

„Im Stall hätten wir tatsächlich noch einige Boxen frei, und die Reithalle wäre für ein Reiten in der Gruppe ebenfalls groß genug. Jetzt aber suchen Sie, wie ich gerade verstanden habe, für Ihre jugendlichen Teilnehmer mit ihren erwachsenen Helfern noch einen Gemeinschaftsraum." Im ersten Augenblick standen wir etwas ratlos auf dem Hof und blickten uns fragend um. Aber gibt es etwas, was unser großes Haus nicht ermöglichen könnte? Und schaute uns da nicht das Haus, direkt neben dem jetzt weit offenstehenden Hoftor erwartungsvoll und so einladend an? Ein kurzer Blick mit Peter und wir verstanden uns schweigend.

„Kommen Sie doch bitte einmal mit, ich sehe da eine Möglichkeit."

Peter ging voraus und gemeinsam betraten wir den vom Haus überdachten Unterzug. Diesen könnte man, mit seinen bogigen, torähnlichen zwei Öffnungen, fast mit einem kurzen Teil eines klösterlichen Kreuzganges vergleichen. Auch ohne irgendeinen dazu passenden Schlüssel öffnete er nun die schwere, dunkelbraune, aus zwei Halbteilen bestehende Holztür. Erst klappte er den oberen, dann, indem er innen einen Riegel zurück schob, den unteren Teil auf. Neugierig folgten uns die beiden Frauen. Ihr leichtes Erschrecken konnten wir gut verstehen, denn hier standen wir in einen recht großen, aber gähnend leeren, und dadurch recht unwirtlichen Raum. Uns selber kann ein solch unrenovierter Nachkriegszustand nicht mehr groß irritieren. Wir sahen darin einfach eine praktikable Lösung des Problems.

„Hier in der Ecke hat es sogar einen alten Eisenofen", machte ich die erfreuliche Entdeckung. „Wir sollten diesen bald einmal ausprobieren, das könnte eine ideale Heizquelle für den Winter werden. Den Raum müsste man nur etwas zurechtmachen, die Wände neu anstreichen und den Fußboden säubern!"

Für mich war die Suche nach einem geeigneten Clubraum schon beendet, und statt irgendwelcher Probleme, sah ich hier eine erfreuliche Möglichkeit, auch in dieses Gebäude endlich wieder Leben hinein zu bringen.

Hier zeigte es sich wieder, wie wichtig es doch ist, positive Gedanken auszusenden. Es dauerte dann gar nicht lange und diese landeten zielsicher in den Köpfen unserer etwas überraschten Zauderer.

Schon in den nächsten Tagen wurde nicht nur gemeinsam geplant und ausgemessen, schon bald wurden Farbeimer und Pinsel brachte man, und viele Hände begannen fleißig zu verputzen und zu streichen. Die Farbe war noch nicht ganz trocken, da holperte schon ein Pferdehänger auf den Hof und brachte gebrauchtes Mobiliar. Und dann waren sie alle da. Über die Rampe eines anderen Transporters polterten auch schon die ersten Pferde auf das Kopfsteinpflaster des Hofes herunter und wurden gleich in ihr neues Zuhause geführt. Auch die Jugendlichen kamen. Sie brachten Sättel, Zaumzeug und noch sonstige Clubutensilien und begrüßten auch gleich ihre Lieblinge im Stall.

„Das sind ja alles nur Mädchen!?"

Oh, ich weiß noch so genau, wie bei dem großen Einzug unsere beiden Buben vor mir standen und runde, vollkommen enttäuschte Augen machten.

„Die wollen uns sicher nicht dabei haben!", konstatierte Claas.

„Mich auch nicht!", echote Niels.

Dass es sich hierbei nur um Mädchen handelte, war für Claas und Niels doch recht deprimierend.

„Jetzt müsst halt ihr dafür sorgen, dass auch die Männerwelt vertreten ist, und dann habt ihr ja noch den Herrn Weber als Verstärkung", versuchte ich zu trösten.

Eine kleine Weile schauten mich die beiden noch wortlos an, fast so, als hätten sie eine große und überlebenswichtige Überlegung zu tätigen.

„Wir gehen jetzt!", war das plötzliche Endergebnis von Claasens Gedankenwelt. Ohne ein weiteres Wort drehte er sich auf einmal um und marschierte, Niels treu an seiner Seite, in Richtung Stall.

Ich glaube, das Wort Männerwelt hat die beiden Buben doch irgendwie beeindruckt und im Glauben einer diesbezüglichen Verantwortung, entschieden sie sich, diese tapfer zu vertreten.

Schon sehr bald wurde der neue Club auch beim Verband angemeldet und mit der offiziellen Bezeichnung *Deutschritter, Abteilung Merberich* dort eingetragen.

Kaum getauft entwickelte sich schon bald ein reges Treiben in Stall, Hof und Reithalle. Nicht nur unsere Kinder, auch Peter und ich wurden bald einmal Mitglieder. Der neu renovierte Aufenthaltsraum aber, dessen Wände noch mit bunten Bildern, meist aus der Reiterwelt, malerisch ausgestattet wurden, bekam den Namen Sattelkammer.

Jeden Dienstag- und Freitagnachmittag liefen, trabten oder galoppierten jetzt mit ihren jugendlichen Reiterinnen, Ponys und großen Pferden in der Halle ihre Runden und wurden von der Reitlehrerin, die in der Mitte der Reithalle auf einem Stuhl saß, eine Stunde lang geleitet und korrigiert.

Jedes Kind gab sich redlich Mühe, denn als Belohnung für gutes Reiten waren kleinere und auch größere Turniere in Aussicht gestellt.

In den Sommerferien aber blieb es dann nicht nur bei diesen beiden nachmittäglichen Reitstunden. Ein Osterlehrgang wurde organisiert, bei dem die Kinder, die daran teilnehmen wollten, sich nicht nur im Reiten fleißig übten, wichtig war auch das Lernen der Theorie, welche alles beinhaltet, was mit dem Pferd zu tun hat. Dieser intensive Lehrgang sollte dann mit einer Prüfung abschließen, die den Nachweis über genügend praktische und theoretische Kenntnisse im Reiten bringen sollte, wobei zusätzlich noch besonders großen Wert auf das Verhalten mit dem Pferd im Gelände gelegt wurde. Am Ende der Ferien war es dann auch so weit. Dieser Eignungstest wurde dann ganz offiziell von einem Polizisten der Aachener Reiterstaffel abgenommen und mit einem echten Reiterpass beurkundet. Und dann war er überstanden, dieser aufregende Tag und alle hatten bestanden. Auch die Kleinste und Jüngste, unsere Wiebke! Da das Kind aber erst in der zweiten Schulklasse und daher im Schreiben noch nicht weit genug war, durfte sie die Fragen mündlich beantworten, und die wurden dann vom Prüfer selbst zu Papier gebracht. Das Gruppenfoto der erfolgreichen Prüflinge war recht lustig. Unsere Tochter stand in der Mitte der kleinen Gruppe und war mindestens einen Kopf kleiner als ihre Kameradinnen. Auch Peter und ich unterzogen uns dieser Prüfung und waren froh, sie ebenfalls bestanden zu haben, sonst wären wir von den graduierten Damen wohl nicht mehr ernst genommen worden. Damit hatten wir nun eine Art Führerschein für das Reiten im Gelände.

Durch das ganze Jahr hindurch, auch in den Wintermonaten – und daran hat sich bis heute glücklicherweise auch nichts geändert – wurde in der Reithalle immer recht fleißig trainiert. Besonders schön war es aber, wenn manchmal im Sommer der von uns auch selbst hergerichtete Außenparcours unterhalb des Teiches benutzt werden konnte. Nach den Unterrichtsstunden aber, da gab es kaum Grenzen des fröhlichen Treibens, sei es an kalten Tagen in der Sattelkammer oder bei schönem Wetter draußen in der freien Natur.

Es geschah einmal an einem sonnigen Frühlingstag, unser Garten bot mir in dieser erwachenden Jahreszeit viele, gerade jetzt zu erledigende Arbeiten an.

Da, auf einmal schallte es aus allen Ecken durch den ganzen Park, lautes Lachen und Rufen. Es waren die Kinder, deren Reitstunde zu Ende gegangen war, die jetzt recht gut hörbar miteinander Nachlaufen und Verstecken spielten und sich dabei ihrer kindlichen Freiheit erfreuten. Mit einem Lächeln begleitete ich diesen fröhlichen Lärm, und zufrieden stellte ich fest, dass unser damaliger Wunsch, schon beim Erwerb des Gutes, und dann zu jeder Zeit, eben gerade durch dieses muntere Leben, Bestätigung bekommen hat, dass Merberich, mit seinem parkähnlichen Gelände, vor allem den Kindern gehören sollte?

Doch da, auf einmal hörte ich darin noch andere, ganz besondere Klänge! Ich kannte sie ja so gut. Waren das nicht die Singenden Gläser von Onkel Hans, die jetzt zwischen diesem lebenslustigen Trubel mit ihrer besonderen Musik mithalten wollten? Leise und doch so eindringlich mischten sie sich in den kindlichen Lärm und fühlten sich dabei mittendrin jubelnd und liebevoll aufgehoben in ihrem eigenen seltsamen Klang. Ich stand ganz still, horchte auf dieses ganze Orchester und war einfach glücklich.

*

Obwohl meine Buchhaltung einsam und geduldig auf mich wartet, stehe ich immer noch untätig und nachdenklich auf dem Hof herum und beobachte die Kinder, die gerade nach dem Kommando von der Mitte her ihre Runden drehen. Da kommt mir eine Erzählung von Oscar Wilde in den Sinn. Ein Buch seiner wunderschönen Geschichten befindet sich in unserer Bibliothek. An diese eine erinnere ich mich aber ganz besonders.

Sie erzählt von einem Selbstsüchtigen Riesen, der auch in einem schloss-ähnlichen Gebäude mit einem rundherum herrlichen Park wohnte. Den aber wollte er nur ganz für sich alleine haben, bis er dann eines Tages durch ein ihn erschütterndes Erlebnis, das Teilen lernen musste. Am Ende sagt er dann aus fröhlichem Herzen: Ich habe einen wunderschönen Garten, aber das Schönste darin sind doch die Kinder!

Dasselbe erlebe und empfinde auch ich, wenn ich die wilde Horde beim Herumspringen beobachte, anstatt an meine Pflichten zu denken. Aber ich weiß, dass wir es richtig gemacht haben, und ich darf auch befriedigt feststellen, dass hier ein Dornröschen nicht die geringste Chance mehr hat, noch weiter zu schlafen.

Jetzt aber Schluss mit sinnieren, denn inzwischen habe ich doch endlich den Rückweg in unser Büro gefunden und sitze nun wieder vor meinen buchhalterischen Zahlen. Nichts ist inzwischen damit weitergegangen, keine Zeile hat sich von selber organisiert.

Wie war es doch in Köln einstdem,
mit Heinzelmännchen so bequem.
Man streckte sich hin auf die Bank und pflegte sich.
Da kamen bei Nacht, eh man's gedacht,
die Heinzelmännchen ...

Die Heinzelmännchen konnten damals viel. Sie buken, schneiderten, sie hämmerten, vielleicht hätten sie auch etwas von meinen Zahlen verstanden? Dann aber würde es jetzt heißen:

Sie addierten und subtrahierten,
sie multiplizierten und dividierten,
und eh der Faulpelz dann erwacht ...
schwupp, war seine Kalkulation bereits gemacht.

Und wie ging es dann weiter?
Leider lebte damals so ein dummes Weib, und die war neugierig ...

Neugierig war des Schneiders Weib
Und machte sich den Zeitvertreib ...
Streut Erbsen hin die andere Nacht,
die Heinzelmännchen kamen sacht ...

Und dann sind sie auf diesen dummen Erbsen ausgerutscht, sind gestürzt und haben sich wehgetan. Das war dann der Dank für ihre Liebestaten. Nun kommen sie nicht mehr, und jeder muss seine Arbeit selber machen, leider auch ich.[1]

*

Der Turniersonntag ist angebrochen, was für eine Aufregung auf dem Hof von Gut Merberich. Geschäftig laufen Kinder und Erwachsene hin und her. Pferde werden nach einem kurzen Frühstück aus ihren Stallboxen geholt und an den eingelassenen Ringen an Stall- und Reithallenwänden angeleint. Mit Kartätsche wird nun das Fell von Ponys und großen Pferden gestriegelt bis es glänzt, Schweif und Mähne mit der Bürste traktiert und teilweise sogar deren lange Rosshaare gezopft. Je vornehmer desto besser, es handelt sich immerhin um besondere Lieblinge, und ein jedes sollte doch das Schönste sein. Nicht zuletzt sind Richter auch nur Menschen und werfen gerne einen Blick auf die Pflege des einzelnen Tieres.

Mit viel Gerumpel kommen nun die Autos mit den daran angekoppelten Pferdehängern angefahren, versuchen ihr Parkglück entweder auf dem Hof selber, oder bei dessen Überlastung draußen vor dem Tor auf den offiziellen Parkplätzen. Dann werden die Klappen der Hänger heruntergelassen und, je nach Charakter und Erfahrung des Pferdes, poltern die einen ruhig und der Situation absolut gewachsen die Ladeklappe hinauf, andere schalten ängstlich und aufgeregt den Rückwärtsgang ein und bedürfen besonderer psychologischen Zuwendung.

Für das heutige, größere und anspruchsvollere Turnier hat sich Wiebke unsere junge Stute Firuzé ausgesucht, während Mama Freude von anderen Kindern unseres Clubs geritten werden soll. Unser Fohlen hat sich in den letzten Jahren zu einem recht temperamentvollen, aber dennoch willigen und leistungsfähigen Pferd entwickelt. Vor allem wenn sie springen darf, ist sie in ihrem Element. Wiebke lockt drin im Hänger mit einem Eimer Futter und siehe da, Firuzé marschiert brav die Rampe hoch, gefolgt von ihrer Mutter, und beide beginnen gleich friedlich an ihrer Sondermahlzeit zu kauen.

Diesmal müssen wir mit unseren Tieren eine längere Strecke zum Turnierplatz fahren. Dafür aber steht für Wiebke ein ganz besonderes Angebot auf dem Tagesplan: Es ist eine Springstafette. Das gefällt unserer kämpferischen Tochter ganz besonders. Dienstags und freitags in der Reithalle diszipliniert Pflicht zu reiten, das gehört nun einmal zum Reitsport, wie die Schule zum Alltag. In der freien Natur aber, oder an einem Wettkampf teilzunehmen, das ist eine ganz andere Herausforderung.

Kaum angekommen am Turnierplatz meldet sich Wiebke auch gleich für diese Disziplin. Da sie aber keinen geeigneten Partner mitgebracht hat, wird ihr ein ihr unbekannter junger Mann als Mitstreiter zugeteilt. Als dieser das zierliche Mädchen sieht, macht er ein Gesicht wie sieben Tage Regenwetter. Sein Urteil kann man leicht an seiner Miene ablesen: Was soll ich mit so einer Göre und dann erst noch einem Mädchen, damit kann man ja nie gewinnen!

Kein gegenseitiges kameradschaftliches Wort wird gewechselt, außer dem Vorschlag, dass er den Anfang zu machen wünscht. Er hegt wohl die Hoffnung, wenn die Partnerin gar nicht erst zum Zuge kommt, kann sie auch nichts vermasseln.

Die Regeln lauten nämlich folgendermaßen: Das erste Pferd startet und springt den ganzen Parcours. Sollte es aber ein Hindernis abwerfen, dann setzt sofort das zweite Pferd genau an dieser Stelle ein und reitet den Rest bis hinein ins Ziel. Dabei wird dann die Gesamtzeit gestoppt.

Aufgeregt und voller Spannung mischen sich fast alle Merbericher Reiterinnen, unter ihnen natürlich auch wir, unter die Zuschauer. Die meisten drängeln sich sogar durch die Leute bis in die vorderste Reihe. Wir drücken Wiebke und ihrem Pferd fest die Daumen, geht es doch hier um die Merbericher Ehre.

Der Start wird freigegeben, Wiebkes Partner versammelt sein Pferd und startet ... und wirft schon beim zweiten Hindernis die Stange ab.

Peter und ich halten den Atem an, denn jetzt gilt es für Wiebke mit Firuzé. Ich sehe, wie sie sofort Kontakt mit ihrer Stute aufnimmt, ihr die Sporen gibt (ohne Sporen, nur Absatz) und ins Ohr flüstert: „Los, Firu, gib Gas, das machen wir!"

Firuzé versteht, dass sie jetzt alles geben muss und saust los ... Sprung an Hindernis 3, Hindernis 4, 5, 6 ... ohne Fehler bis zum Ziel.

„Na, wer sagt es denn!?" Wiebke und ihre temperamentvolle Stute kommen hoch erhobenen Hauptes angeritten. Die Zuschauer, und vor allem unsere Leute, klatschen stürmisch und ich mache einen erleichterten und frohen Hopser. Firuzé hört den Beifall, bläht die Nüstern und prustet stolz. Der junge Mann sagt nichts mehr. Am Ende der Stafette haben sie mit einer guten Zeit den zweiten Platz errungen.

*

Die folgenden Wochen verheißen ein paar Tage schönes Sommerwetter. Die Wiesen sind saftig und schon fast zu hoch gewachsen.

„Wer könnte bei uns mähen kommen, das Gras ist jetzt reif zum Schnitt?"

Aber Peter weiß Rat:

„Das geht in Ordnung, ein Bauer aus meiner Praxis hat mir zugesagt, dass er baldmöglichst auch bei uns mähen wird", beruhigt er mich.

Aber was heißt schon baldmöglichst? Auf jeden Fall nicht gleich und weitere zwei nervige und so schön sonnige Tage ziehen sich hin. Verständlicherweise sind diese auch für den Landwirt selber und seiner eigenen Heuernte kostbar. Doch endlich hören wir die große Mähmaschine und in kurzer Zeit liegt die hohe Pracht geschnitten und ausgebreitet am Boden. Die Sonne scheint immer noch heiß vom Himmel, die Halme trocknen schnell und so marschiere ich am Nachmittag, bewaffnet mit einer Heugabel, auf die obere Weide. Die treue Monika ist nach der Schule gleich gekommen und übernimmt die Kinder, die eigentlich schon nicht mehr gehütet werden müssen. Vor allem aber braucht der Telefondienst Hilfe, und so muss ich mich um diesen jetzt nicht mehr kümmern.

Doch so ganz einfach gestaltet sich das Wenden nun doch nicht, denn unser Gras ist nicht nur inzwischen recht hoch gewachsen, es ist auch durchwachsen von verschiedenen Kräutern wie Löwenzahn und dem dickstängeligen Hahnenfuß. Diese Grasschwaden erweisen sich daher als entsprechend schwer und das ganze grüne Gemisch ist zusätzlich noch sperrig ineinander verflochten. Aber immer wieder steche ich tapfer mit meiner Gabel in dieses stoppelige Gewirr von flach liegenden Grashaufen, die oben zwar schon gut angetrocknet, unten aber noch frisch und grün geblieben sind. Mit Schwung werfe ich Schwaden um Schwaden mit der Heugabel in die Luft und wende das noch immer recht schwere Kräutergemisch. Manchmal erwischen die Gabelzacken nur wenig davon, beim nächsten Zustechen und Hochheben habe ich aber das Gefühl, die halbe Wiese hinge daran. Aber alles muss dringend gewendet werden, sonst bekommen unsere Pferde im Winter kein Heu von den eigenen Wiesen.

Die Sonne brennt, die Mücken und Bremsen fliegen und finden in mir oft auch ein willkommenes Opfer. Die gefällte Wiese ist nicht sehr groß – solange man sie nicht bearbeiten muss.

Es ist schon späterer Nachmittag, als endlich diese ganze Knochenarbeit erledigt ist und ich, müde und verschwitzt, die Heugabel über die Schulter gelegt, langsam dem Haus zuwandere. Ich hatte gar nicht gemerkt, dass inzwischen auch Zeit für die von uns allen geschätzte nachmittägliche Teepause gekommen ist. Der letzte Hund in der Sprechstunde wedelt erfreut, weil er jetzt, nach mehr oder weniger brav überstandener Behandlung, mit Frauchen wieder nach Hause fahren darf.

Plumps! Müde lasse ich mich auf einen leeren Stuhl fallen und bete unsere Helferin vor freudiger Dankbarkeit beinahe an, dass sie uns auch heute wieder mit einer guten Stärkung versorgt, denn zum Tee gibt es meist noch etwas Gutes zu knabbern.

Ja, diese uns kostbar gewordene Teepause läuft fast jeden Nachmittag mit der gleichen Zeremonie ab. Wenn ich höre: „Es sind noch zwei Patienten im Wartezimmer, dann können wir Tee trinken!", decke ich manchmal selber im Büro, dem gemütlichen Zimmer, nur durch einen schmalen Flur von der Praxis getrennt, den Teetisch. Dann freue nicht nur ich mich, sondern auch Peter und die Helferin, die wir inzwischen für die zunehmenden Kleintierpatienten eingestellt haben, über diese, oft nur kurzen, aber doch täglichen Plauderminuten. Wir sitzen dann gemeinsam in dem weichen dunkelgrünen Sofa und den dazu gehörenden Sesseln.

Jetzt aber, in der warmen Jahreszeit, wird der kleine, gartenseitige Balkon bevorzugt. Diesen erreichen wir durch denselben Gang, der von der Praxis links herum ins Büro, gerade aus aber in den Garten führt. Dort genießen wir jede Minute unter der dickstämmigen Platane mit ihren weit ausladenden, belaubten Ästen. Auch der vertraute und so schöne Ausblick in das Grün, der durch ein fast wöchentliches Mähen gut gepflegten Gartenwiese, schenkt uns für eine Weile Erholung und innere Ruhe. Erst gestern hatten wir sie mit unserem Mäher überrollt. Etwas entfernt spenden die dunklen hohen Kiefern ihren Schatten, und ganz oben erfreut uns noch ein kleinerer Rhododendronbusch mit ein paar wenigen verspäteten Blüten.

Gerade so kleine und vertraute Gewohnheiten machen den Alltag ganz besonders kostbar. Bei dieser jetzt so willkommenen Belohnung, nach meiner recht kräfteraubenden Beschäftigung, kann ich mich wieder etwas erholen.

In der Nacht aber, da schrecke ich plötzlich auf, denn ich höre ein unangenehmes und äußerst unwillkommenes Geräusch ... Neeeeein! Doch, ja ... es regnet.

„Peter, wach auf, es regnet draußen auf unser Heu!"

„Dann stell das Wasser ab, und lass uns weiter schlafen, du kannst daran doch nichts ändern."

„Danke für den Ratschlag. Aber morgen darfst *du* dann das nasse Gras erneut wenden!", brumme ich genervt zurück und verstopfe gedanklich meine jetzt besonders sensibilisierten Ohren.

Für den Winter muss aber noch zusätzlich, und vor allem rechtzeitig, Heu eingelagert werden, denn unser schmaler Stapel selbst geerntetes Pflanzenfutter bildet nur eine kleine Zusatzration für unsere schon recht zahlreich gewordenen Stallbewohner. Auch einige Fuhren Stroh sind als Einstreu und Winterfutter sehr wichtig. Sie kommen aber dann erst nach der Reife.

Aber schon einige Tage nach unserer eigenen Ernte rattert der bestellte und schon erwartete Traktor mit zwei Hängern, hoch beladen mit duftenden Heuballen, auf unseren Hof. Der Fahrer rangiert so geschickt rückwärts, dass wir das Heu direkt in den über dem Stalleingang liegenden Heuschober ausladen können. Aber auch hier gilt das umgekehrte Sprichwort: Aller Anfang ist leicht, denn vom hoch beladenen Wagen sind die ersten schweren Ballen problemlos auf den Heuboden zu stemmen, oder auch nur zu schieben. Peter und ich stehen mit unseren Helfern bei der Ankunft schon startbereit. Dazu gehört der hilfreiche Herr Dohmen, und auch unsere Kinder freuen sich schon lange auf dieses Abenteuer. Jetzt dürfen auch sie sich einmal auf dem Heuboden austoben, denn meist hütet unser Stallmeister diesen wie ein Zerberus. Zu viel Kleinzeugs könnte dort in der ordentlich gelagerten Kostbarkeit ein, wie er sagt, Durcheinander verursachen.

Nun wird eine Art Stafette gebildet. Auf dem Hänger steht der Bauer mit seiner Heugabel, mit der er den ersten Ballen aufspießt. Mit kräftigen Armen stemmt er diesen hoch und überreicht ihn dem vorne am Scheunenfenster stehenden ersten Helfer. Dieser packt den Ballen schnell an dessen zwei Kordeln und schwingt ihn hinüber zu dem am nächsten Stehenden. Der Letzte in der Reihe legt dann die erste Lage auf den Boden. Zu Anfang geht alles recht zügig voran, denn auch die zweite Lage ist, quer dazu, nicht schwer zu schichten. Jetzt aber wird es immer mühsamer.

Ballen für Ballen fliegt durch das Scheunenfenster herein, dann greift jeder in der Reihe schnell zu, fängt auf und reicht direkt weiter.

Ab der dritten Schichtung aber heißt es, den schweren Ballen von unten hochheben und von oben packen. Der Zweitletzte muss nun schon auf eine untere Lage klettern, damit die Kordeln oben vom Stapler überhaupt ergriffen werden können. Je höher wir dann steigen müssen, und je weniger Material draußen auf dem Wagen selber noch liegt, desto weiter werden unsere Wege. Immer mehr Zwischenträger müssen auf den schon gelegten Berg steigen, um den Ballen weiterreichen zu können. Endlich gibt es von draußen eine kurze Pause, denn der zweite Hänger muss herangezogen werden. Tief schnaufen wir durch und strecken unsere langsam etwas ermüdenden Muskeln.

„Peter, erinnert dich diese Aktion nicht auch an unser Holzschleppen im Wald? Auch dort wurde der Weg immer weiter und der Holzstapel entsprechend höher!"

Die Antwort jedoch bleibt aus, denn der nächste Ballen wird mir entgegengeworfen.

Wir sind schon jedes Mal sehr froh, wenn mehrere Reiterinnen beim Heuschichten teilnehmen und anpacken helfen. Manchmal aber haben diese Freiwilligen „zufällig" gerade etwas viel Wichtigeres vor. Nur für die Familienmitglieder gibt es keine Entschuldigung. Dafür dürfen diese dann aber anschließend eine erfrischende Limo genießen. Normalerweise herrscht aber doch eine recht gute Kameradschaft, geht es schließlich um die geliebten Pferde. Die sollen im Winter nicht hungern müssen und für eine warm eingestreute Box ist nun auch gesorgt.

Besonders liebe ich es, trotz der wesentlich größeren Anstrengung, ganz zu oberst auf dem inzwischen viele Meter hohen Heustapel zu stehen und von dort die Ballen vom Nächstunteren in Empfang zu nehmen. Ich finde diesen Platz einfach am spannendsten. Mit jeder weiteren Lage rückt auch die Decke immer näher. Dann kann ich tief hinab schauen, wo die Helfer, auf verschiedenen Höhenstufen stehen und zum Anreichen ebenfalls immer weiter hinauf steigen müssen. Der herrliche und so schön luftige Blick hinunter in die Tiefe erinnert mich an das Hinaufklettern auf Bäume in meiner Kindheit. Auch dort war der Blick in die Weite so frei und der Himmel so nah.

Dann verlässt die erste leere Fuhre den Hof. Die Hilfsmannschaft klettert aus verschiedenen Höhen hinunter bis er auf dem Hof, wo sie noch tüchtig den Heustaub aus den Lungen pustet. Dort angelangt strebt dann jeder der Sattelkammer zu, wo für alle eine erholsame Tee- oder Limonadenpause schon bereit steht. Auch ein Stück Kuchen zur Belohnung, darf dabei nicht fehlen. Die Helfer werden manchmal ausgewechselt, nur der eiserne Stamm, das sind vor allem wir mit Herrn Dohmen und unseren Kindern, müssen zur nächsten Schicht antreten. Es dauert dann auch nicht allzu lange, da rumpelt es von draußen erneut recht aufdringlich, was so viel heißt: Eine weitere Ladung ist im Anrollen und andere Ecken des Heubodens sollen noch in gleicher Weise kunstgerecht bestückt werden.

Dieser ganzen Prozedur des Einlagerns folgt einige Wochen später auch diejenige mit Stroh. Dann aber sind wir schon richtige Fachleute.

Endlich verlässt für heute auch der letzte Wagen geleert unseren Hof. Müde und verschwitzt, aber dennoch fröhlich nach der so wichtigen getanen Arbeit, geht oder fährt jetzt jeder nach Hause. Auch wir finden den Weg hinter unsere Haustüre, aber vor allem hinein in die gemeinsame Badewanne.

*

Aber bevor wir diese erreichen, da läutet das Telefon. „Oh bitte, nicht noch ein Praxisfall!", seufzen Peter und ich gleichzeitig. Nein, es ist ein privater Anruf.

„Tante Rösi, wie schön von dir zu hören, wir kommen gerade vom Beladen des Heubodens und sind ganz schön kaputt. Wie geht es dir und Onkel Hans?"

„Onkel Hans liegt im Krankenhaus, er hatte vor ein paar Wochen einen Schlaganfall."

Es ist nicht gerade liebevoll, aber mein erster Blitzgedanke, der mir gleich durch den Kopf geht, ist: Und was ist mit seiner Glasharfe? – aber den auszusprechen wage ich nicht.

„Wie geht es ihm und wann ist das geschehen?"

„Das war genau am 8. Mai. Er freute sich gerade auf ein neues Engagement und wie du ja selber weißt, bereitete er sich wieder sehr intensiv darauf vor.

Es geht ihm schon wesentlich besser. Mutig macht er alle Übungen, und er gibt die Hoffnung nicht auf, dass er sich bald wieder richtig bewegen kann. Er steht auf, kann laufen, nur sein linker Arm ist immer noch gelähmt."

„Bitte versprich mir, mich auf dem Laufenden zu halten! Liebe Grüße von uns allen und er soll ‚die Ohren steif halten'!"

So verabschieden wir uns mit diesen, meinen besten Wünschen und meiner Hoffnung für seine vollständige Genesung.

Ist es nur ein böser Traum oder Wirklichkeit? Wird er wegen seines linken, noch immer gelähmten Armes, seine Gläser nie mehr spielen können?

Langsam gehe ich in unsere Küche, die Badewanne muss noch auf mich warten. Fast automatisch wasche ich mir die Hände, kehre ins Wohnzimmer zurück, nehme sanft eines unserer kristallenen Weingläser aus dem Buffet heraus und streiche mit dem Mittelfinger langsam an dessen Rand entlang. Ein bescheidener einzelner Ton löst sich von dem glitzernden Material. Keine Melodie, nur ein einsames trauriges Klingen kann ich hören. Aber es ist wie ein leiser Gruß zum Meister dieses Materials. Traurig stelle ich es wieder zurück zu den anderen Gläsern und denke an die nun vereinsamte Glasharfe. Wird sie eines Tages wieder singen können oder ist sie für immer zum Schweigen gebracht worden, weil ihr Erzeuger sie nicht mehr spielen kann?

Kapitel 8

Merbericher Winterfreuden

Jahreszeiten – Papa bringt einen Tannenbaum – „Hallenzirkus" am Weihnachtsturnier – eine Quadrille – Wanderung am Heiligabend – Der Teich friert zu – Eisakrobatik – Impressionen auf dem nächtlichen zugefrorenen Teich – Bäume fallen auf das Eis

Ein erlebnisreicher Sommer hat ein Kalenderblatt nach dem anderen umgewendet, dann wird er von einem munteren Herbst abgelöst. Dieser findet das viele Grün seines Vorgängers recht eintönig und langweilig. Nun ist endlich seine Zeit wieder gekommen. Eifrig holt er seinen Farbkasten hervor und beginnt alle Blätter lustig zu bepinseln. Jeden Tag wird seine Welt dadurch bunter und bunter, und eines Tages zeigt sich sein künstlerisches Werk als vollendet. Stolz bewundert er die neue Farbenpracht, und dadurch übermütig geworden wünscht er sich, dass seine roten, gelben, orangen und braunen Malobjekte vor Freude über ihr neues Kleid tanzen sollen. Daher fragt er den Wind:

„Herr Pustemann, könnten sie nicht meinen neu angestrichenen Baumschmuck etwas kitzeln? Ich möchte sie herumwirbeln sehen, aber die Äste der Bäume halten sie immer noch fest."

„Aber lieber Herr Herbst, wir kennen uns ja schon so lange, und Ihr Wunsch ist jedes Jahr derselbe. Gerne mache ich Ihnen und auch mir diesen Spaß und werde so kräftig blasen, dass sich alle Ihre farbigen Blätter, große und kleine, von den Ästen trennen müssen. Sie werden dann sehen, wie diese ganze bunte Pracht in meinem Atem fröhlich herum wirbeln wird!"

Kaum gesagt, fängt der übermütige Herbstwind sogleich an, seine Bakken so dick aufzublasen, dass sie wie pralle Ballons aussehen. Dann pustet er gegen den bunten Blätterwald, bläst und bläst so kräftig, dass sich ein Blatt nach dem anderen zu lösen beginnt. Da fangen immer mehr und mehr an zu fliegen, tanzen, schweben bald hinauf, bald hinunter und wirbeln herum in einem herrlichen, luftigen Spiel. Die Bäume wollen zwar noch etwas von ihrem neuen Schmuck behalten, aber aller Widerstand gegen diesen wilden Gesellen ist umsonst. Und dann ist plötzlich alles vorbei, und jeder Baum, jetzt nackt und bloß, weiß, dass er sich nun zur

Winterruhe begeben muss, denn was er den ganzen Sommer hindurch tragen durfte, liegt nun verstreut oder in dichteren Haufen auf dem Boden. Viele der bunten Tänzer sind auf den Teich getrudelt und schwimmen noch eine Weile als kleine Schiffchen auf dem glitzernden Wasser, bis auch sie nach einiger Zeit, vollgesogen und schwer geworden, auf den Grund hinunter sinken. Nur die gut eingepackten Knospen halten sich weiter an den Ästen fest, denn sie sind die sichere Hoffnung auf ein neues Wachsen und Grünen im Frühling.

Und schon bald wird er kommen, der strenge Winter. Wann immer sich die wärmeren Jahreszeiten ankündigen und seine Herrschaft vorbei ist, zieht er sich in seine Sommerresidenz, die eisigen Höhen der Berge zurück, denn der Sommer ist dem stolzen Herrscher zu warm, und er schämt sich, einfach wehr- und kraftlos dahinschmelzen zu müssen. Doch wenn seine Zeit wieder gekommen ist, steigt er würdevoll von seinem hohen Thron ins weite Land herunter.

*

Das fröhliche Leben und Treiben auf Merberich ist aber trotz der kälter werdenden Herbsttage geblieben, es hat dort nur einen bescheidenen Ortswechsel gegeben. Der Garten ist jetzt nicht mehr der wichtigste Anziehungspunkt für die Jugend, denn im Stall ist es angenehmer, und wenn nicht geritten oder geputzt wird, schlüpft man auch gerne in das gemütliche Reiterstübchen. In der kalten Jahreszeit wird dort der alte Ofen fleißig mit Holz gefüttert. Dumpf bollert er dann und strömt viel wohlige Wärme aus.

Die Pferde allerdings vermissen den täglichen Weidegang und langweilen sich oft, wenn ihre Reiterinnen Schule und Schularbeiten vorziehen müssen.

Doch dann beginnt die Zeit der Herbstjagden mit langen Ausritten über abgeerntete Felder und durch stille Wälder. Dabei können sich unsere treuen Vierbeiner noch einmal so richtig austoben, obschon, um Reitunfälle zu vermeiden, in der Gruppe eine rechte Disziplin erwartet wird und so mancher junge Übermut noch geschickt gezügelt werden muss. Und was für ein tolles Erlebnis, und wie besonders aufregend ist es immer für unsere Reiter und auch die Zuschauer, wenn unser Gutshaus manchmal sogar als Startplatz ausgewählt wird. Laut schallen dann die Jagdhörner zum allgemeinen Sammeln über den ganzen Hof. Aber leider sind auch diese spannenden Ereignisse jetzt vorbei.

Unser großer Garten hat sich zur Winterruhe zurückgezogen. Der Rasen muss nicht mehr gemäht werden, was wir doch recht begrüßen und auch die Plantes déplacées (gemeint sind damit die Unkräuter) wachsen lange nicht mehr so fleißig und schnell wie in den Monaten zuvor. Und auf einmal ist die Adventszeit da. In der Reithalle wird nun fleißig für das Weihnachtsturnier trainiert, zu dem Eltern, Verwandte und Freunde eingeladen werden, um die Fortschritte ihres Nachwuchses zu bewundern.

„Papa bringt einen Tannenbaum, kommt alle her!" Claas ruft es ganz aufgeregt, denn schon von Weitem hat er das Auto entdeckt, das jetzt langsam und hoch beladen vom Bahnübergang her angefahren kommt.

Kaum eine Minute vergeht, dann steht unser Trio schon bereit. Ich muss wieder einmal feststellen, wenn etwas Besonderes passiert, dann hören unsere drei die Flöhe husten. Auf mein Rufen erscheinen sie nie so schnell, aber eben, ich habe dabei selten etwas Spannendes zu bieten. Meistens heißt es: „Kommt essen!", oder „Es ist Zeit für die Badewanne!" Daher habe ich gelernt, wenn ich die Kinder suche, meinen Merbericher Pfiff durch die Finger in Aktion zu setzen. Jetzt aber steht innert kürzester Zeit ein aufgeregtes Empfangskomitee bereit, zu dem auch ich mich erwartungsvoll hinzustelle.

„Ist der aber groß! Kommt er wie letzte Weihnachten neben die Praxistür? Dürfen wir ihn herunterholen?"

„Vorsichtig, ich helfe euch!", und gemeinsam mit Papa wird der schöne Baum vom Autodach heruntergezogen. Dabei gibt es noch etwas Gejammer bei den Kindern: „Auah, der Baum piekt!"

„Buben, geht und holt die Brechstange aus dem Geräteraum", ordnet der Chef an. Die beiden flitzen los und bringen das Gewünschte im Eilschritt.

„Jetzt darf erst Claas und dann Niels jeder einen Stein mit dieser Stange aus dem Kopfsteinpflaster herausholen."

Die beiden müssen sich dabei recht anstrengen, obwohl wir die Stelle vom letzten Jahr noch erkennen können, denn die Pflastersteine haben sich wieder gut im Boden verankert. Aber gemeinsam ist das Werk doch bald vollbracht.

„Wiebke darf jetzt den Baum holen, weil sie die Steine nicht herausnehmen durfte", meint Schlaumeier Niels großzügig. Vermutlich will er sich nicht noch einmal vom Baum in seine Finger stechen lassen.

Man einigt sich aber, dass doch alle anpacken sollten. Zu fünft kann der Baum, sogar ohne Gejammer, leicht in das neue, noch etwas vertiefte Loch, hineingestellt und gesichert werden.

Die elektrischen Kerzen, an einem langen Kabel befestigt, liegen schon bereit. Von der Höhe einer kurzen Stehleiter, wird unser Weihnachtsbaum nicht nur unten, sondern auch in seiner respektablen Höhe damit geschmückt.

Zur Probe, ob noch alle Lämpchen in Ordnung sind und auch gut verteilt am Baum hängen, darf nun Wiebke den Stecker in die Außensteckdose stecken, und siehe da, in einem Bruchteil einer Sekunde stehen wir vor einem leuchtenden Wunderwerk.

„Bei Tageslicht wollen wir den Baum nicht brennen lassen. Aber am späten Nachmittag, bei Einbruch der Dämmerung, dürft ihr die Lichter anzünden. Erst dann kann man wirklich ihr warmes Licht über den ganzen Hof leuchten sehen."

„Oh, ich freue mich schrecklich darauf!" Claas hebt strahlend seine Arme hoch zum frisch geschmückten Baum.

Auf einmal wird es jetzt auch im ganzen Reitclub munter. Tannäste werden von den Kindern herbei geschleppt, die oft so groß wie ihre Träger selber sind. Nicht nur die Boxen im Stall bekommen diesen reichen Schmuck, auch die Reithalle verwandelt sich in einen duftenden Wald. Ob die Pferde selber von dieser neuen Pracht begeistert sind, ist schwer zu erraten. Sicher ist, dass ihnen dies neue Grün an ihrem Logis, nachdem sie vorsichtig etwas daran geknabbert haben, nicht unbedingt schmeckt.

Das Fest wird aber nicht nur reiterlich vorbereitet, auch im Reiterstübchen findet so manches Kind eine Ecke, wo es einige Erlebnisse des vergangenen Jahres mit seinem Pferd auf Matrizen schreiben darf. Wiebke erzählt liebevolle Geschichten von ihrer Mandelblüte. Sie hat sich dazu in ihr eigenes ruhiges Zimmer zurückgezogen, um dort von ihren Erfahrungen zu erzählen. Der Nachteil ist nur, dass jetzt die Eltern das fleißige Werk besichtigen wollen. Natürlich machen diese Störenfriede darin etliche Schreibfehler ausfindig und können es nicht lassen, diese auch zu korrigieren. Nach der Vervielfältigung kann nun jeder Leser diese elterliche Einmischung auf dem Blatt erkennen. Auch Eltern sind nicht immer weise Pädagogen.

Endlich ist der große Tag gekommen. Nicht nur die vielen Reiterinnen und die zwei Reiter, denn unsere Knaben sind immer noch die einzige männliche Vertretung, erscheinen in ihrem sauberen Reiterdress, auch jedes Pferd wird stolz herausgeputzt. Der Parkplatz vor dem Hoftor ist sogar bis zum unteren Teich mit Autos voll besetzt. Jedes Kind darf sich freuen, dass trotz winterlicher Kälte, nicht nur die Eltern und Großeltern, sondern auch die Geschwister, und was noch zum familiären Freundeskreis gehört, sich jetzt erwartungsvoll vor der Reithalle drängt. Drinnen aber wird auch so einiges geboten. In kleinen, dem Alter und Können der Kinder entsprechenden Abteilungen, wird dort Schritt, Trapp und Galopp vorgeführt, wobei jedes Kind beweisen möchte, dass es nicht nur sein Pferd oder Pony gut zu führen weiß, sondern auch einen ordentlichen Sitz vorzeigen kann. Auch Niels sitzt stolz auf Fiona. Jedes Mal, wenn er die Reihe der aufmerksamen Zuschauer passiert, schaut er sich um, ob man auch bemerkt, wie schön er schon reiten kann.

Lustig ist es dann bei den Spielen. Eifrig werden einige Strohballen herein getragen und in gewissen Abständen auf den Sandboden gelegt. Jetzt geht es um Geschicklichkeit und auch schnelles Reiten, denn jeder Reiter muss nun um diese Hindernisse herum ein Slalom vorführen. Das Pferd, das dann am schnellsten und ohne Fehler das Ziel erreicht, ist natürlich auch der Sieger.

Elegant wirkt dieser Ritt nicht immer, denn die kleinen Reiter ziehen und zerren manchmal recht nervös an den Zügeln, um das Pferd in die vorgegebene Richtung zu dirigieren. Natürlich wird jeder Kandidat vom engagierten und amüsierten Publikum fleißig und lautstark angefeuert. Einem Pony aber wird diese Hektik zu dumm, es bricht plötzlich einfach aus und stürmt mit seinem verzweifelten kleinen Reiter durch die ganze Halle. Ein heiteres Lachen von der Zuschauerseite begleitet diesen ungeplanten Zirkuslauf, dann aber holen helfende Hände den übermütigen Ausreißer mit seinem unglücklichen Reiter zurück. Irgendwie erreicht aber dann jeder, auch der Widerspenstigste, das Ziel.

Bei einem anderen Spiel muss reitend ein mit Wasser gefülltes Glas transportiert werden. Nach dem Startschuss wird eilig zuerst Wasser aus einem Eimer geschöpft, damit vorsichtig und doch schnell das Pferd bestiegen und möglichst ohne Wasserverlust von einer Stelle zur anderen gebracht, und dort, wieder eilig abgestiegen, in einen anderen Behälter ausgeleert. Es ist ein Spiel, bei dem die Reiter der Ponys den Vorteil haben, nicht so hoch hinauf und hinunter klettern zu müssen. Daher eignen sich Fiona und auch Pfeiffers Bubi, der, wieder einmal mitmachen darf, ganz besonders gut. Die Zuschauer ereifern sich großartig und mit ihren Zurufen: „hopp, mach schnell, pass auf!" fühlt sich wohl jeder, als würde er selber kämpfend auf so einem Pferd sitzen.

Nach diesen hitzigen Vorstellungen sind Zuschauer, aber vor allem Akteure und Antreiber, ausgepumpt und etwas erschöpft. Man begibt sich daher lachend und diskutierend in die Reiterstube. Dort gibt es Cola, Limo, Kaffee und Kuchen.

Noch darf man aber den Höhepunkt des Tages erwarten. Vier von den fortgeschrittenen Reitern sind im Stall verschwunden. Letzte Handgriffe an ihren herausgeputzten Pferden, eine nochmalige Besprechung untereinander, dann sind sie bereit. Was haben sie vor?

„Alle herkommen zur Königsdisziplin!", wird es laut in der Reiterstube verkündet. Keiner will diese verpassen, jeder ist gespannt auf die Quadrille, die im Programm angekündigt worden ist.

Die Kaffeetassen werden halbleer auf dem Tisch deponiert, auch die Colaflaschen sind noch nicht leer getrunken, man hat es jetzt eilig. Alles strömt hinaus, denn man möchte noch einen guten Platz an den Reithallenfenstern oder am Eingang ergattern. Dann sind alle Plätze besetzt und es herrscht gespannte Ruhe.

Der Eingang zur Reithalle wird frei gegeben und vom Stall her erscheinen hoch zu Ross Wiebke auf Mandelblüte, Claas mit dem jungen, erst dreijährigen Fajal, Christine mit Dunja und Astrid mit ihrer Annika. Alle vier in feierlicher Reitermontur und die Pferde glänzen vor Sauberkeit. Die Decken unter den Sätteln leuchten in frisch gewaschenem Weiß. Hintereinander betreten sie, am aufmerksamen Publikum vorbei, die Halle und versammeln sich in der Mitte, eines neben dem andern.

Mit recht gemischten Gefühlen betrachte ich unseren Claas, der jetzt stolz auf dem hoch gewachsenen Pferdejüngling sitzt. Eigentlich sollte er auf Freude diese wunderschöne Disziplin reiten. Aber unsere liebe Stute und Mutter von der quecksilbrigen Firuzé und dem gutmütigen, aber manchmal doch noch recht übermütigen Fajal, weilt leider nicht mehr unter uns. Dies treue Pferd hatte eine ungeklärte und unheilbare Lungenkrankheit. Als 5-Jährige brachten wir sie nach Gut Merberich, wo sie, die damals noch kleinen Kinder Wiebke, Claas und auch Niels, treu und brav auf ihrem Rücken trug und ihnen half, ohne große Schwierigkeiten und ohne Verletzungen das Reiten zu erlernen. Durch ihr besonderes einfühlsames und gelehriges Wesen, wurde sie bei schwierigen Prüfungen und Turnieren gerne geritten und auch im Gelände trug sie die Kinder sicher auf ihrem Rücken.

Jetzt aber ist keine Zeit zum Trauern, denn mit einer leichten Verbeugung mit dem Kopf werden die Zuschauer begrüßt. Es ist mäuschenstill, die Spannung steigt, da setzt Musik ein. Die Vier starten hintereinander erst im Schritt und umkreisen die ganze Halle. Dann trennen sie sich und finden in einer neuen Konstellation wieder zusammen. Jeder Schritt passt sich harmonisch der Musik an.

Die Quadrille ist eine Spezialform des Formationsreiten und lebt von den Figuren, die geritten werden. Hier werden sie in wunderbarer Harmonie dargeboten. Wir sehen und spüren es, wie jeder Reiter aktiv den Bewegungen seines Pferdes folgt, und durch Gewichtsverlagerung, Schenkeldruck und Zügelführung dem Tier die notwendigen Hilfen gibt.

Nun wechseln sie über in einen zügigen Trab, durchreiten erst in Schlangenlinie die ganze Halle, trennen sich, zwei rechts, zwei links, umkreisen die ganze Fläche und finden sich, vom anderen Ende herkommend, wieder in der Mitte, kreuzen dort, trennen sich wieder in verschiedene Richtungen, nähern sich einander im Bogen erneut und fügen sich, im Reißverschlussverfahren, alle vier wieder zusammen. Alles ist wie ein scheinbar müheloses Fließen, ruhig, voll konzentriert und harmonisch zur Musik.

Ein begeisterter Applaus belohnt nicht nur die erleichterten und frohen Reiter, ich glaube auch unsere Pferde spüren, dass sie eine große Leistung vollbracht haben. Die ganze Spannung löst sich, alles ist wunderbar und fehlerlos gelaufen. Wochenlang hatte man nicht nur die Choreografie diskutiert und ausgearbeitet, auch nach den Reitstunden wurde immer wieder trainiert, verbessert und erneut gestaltet.

Jetzt aber fühlen sich alle wie erlöst. Es wird gelobt, bewundert, gelacht, geschwatzt und endlich in der gemütlichen, gut geheizten Reiterstube der inzwischen kalt gewordene Kaffee getrunken. Die Reiter aber kümmern sich zuerst um ihre Pferde, die heute eine besondere Leistung vollbracht haben. Jede Box wird frisch mit sauberem Stroh eingestreut, und neben viel Heu und Pellez bekommt jedes Tier noch eine Extraportion Möhren. Man hört jetzt nur noch zufriedenes Kauen und Schnauben.

Früh ist es dunkel geworden und schon lange leuchten die Lichter am hohen Tannenbaum und halten friedlich und verheißungsvoll Wache über das große Haus und den ganzen Hof.

*

Endlich ist der Tag da, der Heilige Abend und das letzte Törchen am Kalender wird schon morgens ganz früh geöffnet. Es ist das Größte und sicher hatte man schon vorher ein klein bisschen an einer Ecke daran gezogen, denn das Bild dahinter verspricht immer auch das Schönste zu sein.

Mein erster Wunsch an die Kinder ist wieder einmal: „Bitte räumt eure Zimmer auf, heute Nachmittag habt ihr dazu keine Zeit mehr."

„Mein Zimmer ist ordentlich", tönt es natürlich in Gemeinschaft.

„Wandern wir wieder nach Schlich in die Kirche wie letztes Jahr?", will Claas wissen.

In jedem Zimmer wird jetzt doch noch eifrig, geheimnisvoll, und natürlich hinter geschlossenen Türen, gewerkelt. Die meist selbst gebastelten Geschenke müssen ja noch verpackt werden, und immer fehlt es an Weihnachtspapier und bunten Bändern. Da muss ich aushelfen.

Gegen Mittag wird es dann immer geheimnisvoller im Haus. Ich schließe das Wohnzimmer ab, denn es ist höchste Zeit, dass ich den Weihnachtsbaum mit bunten und silbernen Kugeln, mit Strohsternen und Holzfigürchen schmücke und die roten Wachskerzen in ihren Haltern an die Äste klemme, aber sorgfältig, so, dass kein nadeliger Zweig in Gefahr ist, angebrannt zu werden.

An Heiligabend gibt es bei uns vor der Bescherung immer Kartoffelsalat und Würstchen. Also will ich diesen noch schnell herrichten, damit bis zum Abend die Salatsauce gut durchziehen kann. Peter erledigt währenddessen noch seine morgendliche Praxistour, dann fahren wir mit zwei Autos in den etwa fünf Kilometer entfernten Ort Schlich, wo wir mein Stahlrösslein an der Kirche deponieren.

Der Nachmittag neigt sich dem frühen Abend zu. Die festen Wanderschuhe werden angezogen, dazu auch warme Jacken, denn es ist draußen recht kalt geworden. So ziehen wir alle fröhlich los. Es kann noch so kalt oder sonst schlechtes Wetter sein, dieser gemeinsame Spaziergang zur Schlicher Kirche gehört zu diesem feierlichen Tag.

Startbereit stehen nun alle auf dem Hof.

„Habt ihr auch nichts vergessen, Mützen, Handschuhe, Schal, die richtigen Schuhe?" Noch eine kurze Inspektion meinerseits, dann marschieren wir los. Zuerst steigen wir das kurze Stück Waldstraße am Teich hoch, dann entlang der Allee in Richtung Langerwehe. Dort sind nur noch wenige Leute auf der Straße. Als wir die letzten Häuser hinter uns lassen wird es ganz still. Am Himmel ziehen dunkle Wolken daher, aus denen der Schnee in feinen Flocken sanft und leise, wie ein Weihnachtsgeschenk, vom Himmel hernieder schwebt. Vor uns, weiß gepuderte, von einsamen Wegen durchzogene weite Felder. Wir suchen diese und meiden die Teerstraße.

Wir hätten auch den Gottesdienst in unserem Ort besuchen können. Aber an einem so geheimnisumwitterten Tag wie heute, voll von Erwartung und Spannung, das wäre uns fast zu langweilig gewesen. Die Kinder sind aufgeregt, erzählen von diesem und jenem, und Niels hüpft immer wieder von einem Bein auf das andere und stampft mit den Füßen im frischen Schnee herum.

Auch das ist ein triftiger Grund für diese lange Wanderung, denn die Kinder müssen sich in der Kirche eine Stunde lang ruhig verhalten. Vorsorglich habe ich noch drei Brötchen von heute Morgen in meine Jackentasche gesteckt.

Eine frühe, winterliche Dämmerung beginnt das Land einzuhüllen, da erreichen wir den Schlicher Wald. Hier ist es nun besonders still, nur unsere Schritte sind zu hören. Manchmal fällt raschelnd etwas Schnee von den dunklen Tannästen herunter.

„Wir können hier eine Abkürzung nehmen!", sagt Papa und weist auf eine, schon im Dunkel liegende Waldschneise. Aber solche Wege, die eigentlich gar keine sind, haben manchmal so ihre Tücken. Es wird jetzt sehr eng zwischen den Bäumen und Büschen und auch abschüssig. Wie heißt es im Wilhelm Tell: Durch diese hohle Gasse muss er kommen ...! Unsere hohle Gasse hier ist aber sicher noch viel enger als die Tellsche, auch ist der Boden nass, rutschig und manchmal sogar leicht vereist. Hier gibt es kaum noch Schnee, nur das bisschen, was von den Ästen herabfällt. Wir müssen uns ducken, halten uns an Ästen und Zweigen fest, um nicht in den Matsch zu rutschen.

Nur das immer schwächer werdende Abendlicht gibt uns noch etwas Sicht. Es drängt sich weit oben durch die schmale Himmelsöffnung der Baumlücken und leuchtet hilfreich auf uns herab.

Schritt für Schritt bewegt sich jeder langsam vorwärts und umklammert jeden erreichbaren Busch. Spannung pur! Die Kinder sind jetzt ruhig und konzentriert und finden diese Aktion indianertoll. Da, plötzlich ein lautes Krachen. Peters Ast kann ihn nicht mehr halten, auf einen kleinen eisigen Fleck geraten, rutscht er ein Stück weit über nassen, lehmigen Waldboden, den Abhang hinunter.

„Sch...! das wollte ich eigentlich vermeiden", tönt es recht unchristlich aus seiner Ecke.

„Papa, hast du jetzt einen nassen Hosenboden?", ist Claas interessiert.

Endlich haben wir diese Abkürzung ohne weiteren Unfall hinter uns gebracht und schon hören wir die Glocken der Kirche grüssen und uns willkommen heißen. Wir sind nicht die letzten, die durch das heute weit und einladend geöffnete Portal den Kirchenraum betreten, aber sicher die schmutzigsten. An unseren Wanderschuhen hängt dick der Lehmboden des Waldes, auch die Hände sind durch das Anklammern an den Ästen braun geworden und Nielsen Nase ziert ein dicker Schmutzstreifen. Am schönsten und dekorativsten aber ist sicher Papas Hose. Wir suchen nicht lange wählerisch nach einem Platz, sondern schlüpfen schnell und fast unbemerkt in die nächste Kirchenbank. Auch die mit feuchter Erde verklebten Tannnadeln an Peters Hosenboden nehmen dort unschuldig Platz.

Unsere drei verhalten sich fast die ganze Stunde lang aufmerksam und still auf ihrem Platz. Für Wiebke, unsere Älteste, ist das selbstverständlich. Auch Claas wird nicht müde, andächtig und versonnen den riesigen Tannenbaum mit seinen brennenden Wachskerzen zu bestaunen. Nachdem aber bei Niels die erste Müdigkeit überwunden ist, und er seiner Meinung nach alles Sehenswerte in der Kirche begutachtet hat, die Leute, den Pfarrer, den noch viel größeren Baum als der Unsrige auf dem Hof, da fragt er mich leise.

„Wie lange geht das noch, ich möchte jetzt nach Hause."

Da hole ich ganz vorsichtig und leise eines der Brötchen aus der Tasche.

Nach dem Gottesdienst wartet draußen mein Wägelchen, das uns jetzt schnell nach Hause und in das geschmückte und warme Weihnachtszimmer fährt.

*

Der Januar bringt nun endgültig den Winter. Es schneit erst ein bisschen, dann wird es kalt. Jeden Tag steht die Sonne am klaren Himmel. Aber mit ihrem Scheinen bringt sie dennoch keine Wärme auf den Boden.

Eines Tages entdecken wir auf dem Teich einen glitzernden Film.

„Unser Teich friert zu!" Die Kinder haben es gleich entdeckt.

„Können wir dieses Jahr Schlittschuhlaufen? Mama, kaufst du uns Schlittschuhe?"

„Langsam, wir wissen noch gar nicht, ob die Kälte weiter anhält. Und wenn es tatsächlich eine Eisdecke geben sollte, dürft ihr diese erst dann betreten, nachdem Papa und ich sie ausprobiert haben. Habt ihr das verstanden und ist das auch hochheilig versprochen?" Das Versprechen bekomme ich und weiß, dass ich mich darauf verlassen kann.

Es gibt von uns nicht viele Verbote. Sie wissen, dass sie Respekt vor dem Teich haben müssen. Solange sie noch nicht schwimmen konnten, durften sie sich diesem nicht nähern, und auch der Bahnübergang unten in der Nähe der Hauptstraße war ein absolutes Tabu.

Jeden Tag können wir nun mit Spannung feststellen, wie die Eisdecke dicker und dicker wird. Wenn das Wasser erst einmal seine tiefe Temperatur von Minusgraden erreicht hat, dann kann das Zufrieren recht schnell Fortschritte machen.

Nur das Wasser in der Nähe des Hoftores wird durch unsere Enten noch frei gehalten. Aber auch diese Stelle wird kleiner und kleiner, bis dann das Paddeln der Entenfüße wirklich nur noch eine ganz kleine Öffnung erlaubt. Jeden Tag gehe ich nun an den Teich, um die Tiere zu füttern. Durch die Kälte bleiben nicht nur die täglichen Spaziergänger mit ihren vollen Brottüten weg, auch das natürliche Futter versteckt sich unter der immer fester werdenden Eisdecke. Meine diesbezüglichen Beobachtungen fasse ich in Form eines Gedichtes zusammen:

Wir armen Enten, gross und klein,
Wir möchten gern gefüttert sein.
Doch keiner denkt an uns, oh weh!
Wenn der Winter kommt, mit Eis und Schnee.

Der Teich friert zu, der Boden knarrt,
Kein Krümlein mehr, das unser harrt.
Einem jeden, den wir kommen sehn,
Voll Hoffnung, wir entgegen gehn.

Doch mager bleibet unsere Kost,
Und keiner gibt uns Mut noch Trost.
Ach Kinder! Wollt Ihr heut nicht denken
An Eure Merbericher Enten?

Endlich ist das Eis so dick, dass man gemütlich darauf spazieren gehen kann. Ich besitze noch meine ehemaligen Schlittschuhe mit weißen Stiefeln. Schnell werden sie vom Speicher herunter geholt. Am Teich angezogen und immer noch etwas ängstlich, ob das Eis auch wirklich hält, mache ich meine ersten Schwünge. Rechts, links, rechts, links, ich habe nichts verlernt. Vorsichtig, immer aufmerksam der Reaktion des Eises lauschend, fahre ich meine erste Runde, dann eine zweite. Dabei sammle ich noch ein paar Stöckchen auf, die von den Bäumen herab gefallen sind. Leider finde ich dabei auch einige Steine, die Kinder oder sonst besonders intelligente Leute auf das Eis geworfen haben, um festzustellen, wie dick es schon ist.

Als Kind bekam ich keine Skier, aber sehr früh Schlittschuhe. Zuerst zum Anschrauben, aber dann fand ich bald auf dem Weihnachtstisch Schlittschuhe mit braunen Stiefeln. Meine ersten Versuche machte ich mit acht Jahren auf dem Natureis auf dem Beatenberg im Berner Oberland. In Bern, wo ich zur Schule ging, hatte ich einen recht weiten Weg bis ins KaWeDe, einer viel besuchten Kunsteisbahn. Wie gerne hätte ich das Kunstlaufen gelernt, aber solche Unterrichtsstunden waren für uns zu teuer. Das hielt mich aber nicht davon ab, unbemerkt unter dem Seil zu den trainierenden Läuferinnen hindurch zu schlüpfen und ihre Kunststücke nachzumachen, bis man mich dann, als Nichtmitglied, wieder auf den Allgemeinplatz zurück schickte.

Ob ich wohl von den kleinen Kunststücken noch etwas kann? Ich versuche gleich das Rückwärtsfahren mit Übersetzen an den Kurven, es geht problemlos. Ein kleiner Sprung ... bin nicht hingefallen. Aber auch das Vorwärtsübersetzen will noch ausprobiert werden. Links, dann rechts, um den ganzen Teich herum. Das dünnhäutigere Entenrevier allerdings vermeide ich. Runde um Runde genieße ich. Ein kühler Fahrtwind umschmeichelt meine Ohren, ich habe das Gefühl, über die Eisfläche zu fliegen. Lange hätte ich dieses schwebende Gleiten auf dem Eis noch machen mögen. Leider muss ich aber doch bald die Schlittschuhe ausziehen und in die Küche wandern, denn von alleine macht sich das Essen nicht.

Peter kommt nach Hause. Er schleppt ein dickes Paket und legt es im Wohnzimmer auf den Boden. Ich weiß nicht mehr, woher er alle die Schlittschuhe organisiert hat, aber als die Kinder von der Schule nach Hause kommen ist der Jubel groß. Jedes bekommt ein Paar davon angepasst. Dummerweise gibt es vorher noch so eine lästige Pflicht und die heißt: Blöde Schularbeiten. Dann aber strömt alles hinaus zu dem nun dick zugefrorenen Teich.

Peter beherrscht das Schlittschuhlaufen auch noch recht gut. Kein Wunder, wenn man selber im kalten Norden, in der Nähe der Mecklenburgischen Seenplatte an einem natürlichen See aufgewachsen ist, der alljährlich vielerorts eine dicke Eisschicht für dieses Wintervergnügen anbot. Die Kinder lernen das Schlittschuhlaufen so schnell, als hätten sie das schon in die Wiege gelegt bekommen. Das war auch wichtig, denn zu den Schlittschuhen besorgte Papa noch alte Hockeyschläger, und schon bald ist der erste Match angesagt. Wild geht es jetzt auf dem Eis zu, Regeln werden gar nicht erst aufgestellt, das hätte dem rasanten Spiel doch den Schwung genommen. Komplett uninteressant ist auch die gar nicht erst gestellte Frage, ob Hockey vielleicht nur Männersache sein könnte? Tapfer und gleichberechtigt kämpft Wiebke in dieser recht chaotischen Mannschaft mit. Diese vergrößert sich bald durch Susanne, Wiebkes bester Freundin, die auch seit einiger Zeit auf Merberich wohnt. Auch ihre Eltern sorgten für Schlittschuhe und eines Tages sind sogar noch fremde Kinder Teilnehmer von der wilden Partie, und das manchmal auch ohne Schlittschuhe. Alles ist egal, Hauptsache man darf herumflitzen und kämpfen. Am lautesten hört man Niels, aber auch das ist uns nicht unbekannt. Wenn er den Puck eine Weile nicht erwischen kann, ist sein Protestgeschrei weit herum allgegenwärtig. Aber auch das macht nichts, wir wohnen ja glücklicherweise nicht in einem Wohngebiet, sondern in der freien Natur, und die lässt sich durch so einen Schreihals sicher nicht aus ihrem Winterschlaf aufwecken.

Bald aber interessieren sich die Mädchen besonders für das Kunstlaufen, davon hat man ja im Fernsehen schon so einiges gesehen. Vorwärtsfahren können sie schon recht gut. Rechts, links, rechts, links. Aber am jeweiligen Ende des Teiches muss man eine Rechts- oder Linkskurve absolvieren. Diesen Trick aber kann ich ihnen erklären:

„Wenn ihr links herum fahren wollt, dann müsst ihr den rechten Schlittschuh nach vorne über den linken heben, dann den hinteren wieder neben den rechten stellen. Also: rechts über links, wieder beide parallel. Umgekehrt gilt es für eine Rechtskurve: Linker Schlittschuh über den rechten, dann beide wieder parallel und dies langsam, aber fließend. Das kleine Kunststück wird probiert, geübt und bald schon recht passabel gekonnt. Wenn ich ihnen aber die Kanone – oder wie man in der Schweiz sagt: „ds Kanönli" – vormachen will, gibt es oft etwas zu lachen, denn da sitze ich leider meistens selbst auf dem Hosenboden. Das geht so: Ich muss in die Hocke gehen und ein Bein als Kanonenrohr nach vorne strekken. Meistens, wenn ich mich dabei nicht genügend nach vorne lehne, habe ich dann gegenüber dem ausgestreckten Bein zu viel Körperübergewicht und rutsche sitzend über das Eis.

„Haha!" tönt es dann vielstimmig und ich erhebe mich lachend aus meiner ungewollten Sitzstellung.

Manchmal morgens, wenn Peter auf Praxis ist und die Kinder brav die Schulbank drücken, heißt es für mich: Eis frei! Nun habe ich die ganze herrliche Eisfläche für mich alleine. Dann trainiere ich unter den Bäumen, die am Ufer ihre Äste weit über den Teich hinausstrecken, nicht nur die einst abgeguckten und dann selber eingeübten Sprünge, auch die Acht, die bei den Eiskunstläuferinnen zur Pflicht gehört. Zu Anfang stehe ich in der Mitte der Acht, stoße mich mit dem rechten Schlittschuh ab, um mit dem linken die Linkskurve um den einen Kreis der Acht zu vollführen. Um wieder etwas Tempo zu gewinnen, hole ich am Kopfende der Acht den hinteren Schlittschuh mit einem leichten Schwung nach vorne und erreiche so wieder den Mittelpunkt. Von dort fabriziere ich dasselbe mit dem rechten Schlittschuh, der mit dem linken angestoßen wird. Ruhig, langsam und konzentriert fahre ich eine Acht nach der anderen. Diese Übung ist nicht nur wichtig für das Gleichgewicht, es ist auch ein gutes Training zum Kantenfahren.

Hie und da höre ich ein einzelnes Quaken von den Enten, während sich das leise Knistern des Eises unter meinen Kufen in die morgendliche Stille schleicht. Es ist ein wunderbares Gefühl, während ich auf dem harten Eis am Ufer entlang fahre, die langen Zweige der Büsche vertraulich mit der Hand berühren zu können.

Dieser neue Merbericher Tummelplatz hat sich etwas herumgesprochen, denn eines Morgens erscheint Herr Pfeiffer, setzt sich auf einen Baumstamm und zieht seine alten Schlittschuhe über die Füße.

„Herr Doktor, haben Sie Zeit?"

Klar, kein Problem, man hat. Die Patienten müssen heute warten, jetzt steht Herreneislauf auf dem Programm. Auf den zwei gegenüberliegenden Seiten werden mit Steinen Tore markiert, dann geht es los. Fast zwei Stunden rasen und schieben zwei Verrückte einen kaputten Gummiball über das Eis und versuchen, auch hier akustisch sicher nicht zu überhören, damit lautstark Tore zu schießen. Die Kinder sind zum Glück in der Schule, und irgendwelche frühen Spaziergänger noch nicht unterwegs. Hemmungen sind nicht gefragt, wichtig ist nur das Kämpfen. Endlich aber haben auch diese wilden Buben sich ausgetobt, man erinnert sich an so einige Pflichten, die man brav hinaus geschoben hat. Die kameradschaftliche heiße Tasse Tee darf dann aber doch nicht fehlen und auch nicht der Muskelkater am nächsten Tag.

An einem Spätnachmittag, es ist schon sehr früh dunkel geworden, und niemand ist mehr draußen zu sehen, da nehme ich meine Schlittschuhe und gehe zum Teich hinunter. Vom Eis kann ich nur noch wenig sehen und muss mich darauf verlassen, dass es von Hindernissen, die mich zum Stolpern bringen könnten, wie kleine Zweige oder Steinchen, frei ist.

Vier Jahre sind es jetzt schon her, dass Onkel Hans sein Glasharfenkonzert auf dem Hof gegeben hat. Auch damals brach, gegen Ende seines Vortrages, die Dunkelheit herein. Weil dadurch nur noch wenig zu sehen war, verzauberten die Klänge noch eindrücklicher und die Musik übernahm eine alleinige und unsichtbare Herrschaft. Lange habe ich nichts von ihm gehört, aber ich weiß, dass er sein Instrument nicht mehr spielen kann. Ich hoffe, dass wir im Herbst wieder einmal in die Schweiz fahren können. Dann werden wir ihn besuchen.

Zügig fahre ich jetzt eine Runde nach der anderen. Rechts, links, rechts, links. Das Eis äußert sich bei der Berührung meiner Schlittschuhe durch leises Knistern und Knacken. Nur selten höre ich noch einen kurzen und fast schlaftrunkenen Laut einer Ente. Die Dunkelheit hat sich inzwischen in jede Ecken geschlichen. Aber hell erleuchtet sind viele Fenster am Haus und senden ihr sanftes Licht über den Hof und auch etwas davon über meine vereiste Fläche. Im Wartezimmer brennt Licht, Patienten warten auf die Behandlung ihrer Tiere. In der Praxis beobachte ich das Hin- und Herlaufen von Peter und seiner Helferin. Am beleuchteten Esszimmerfenster vorbei, das zum Teich hinausgeht, huscht ein kurzer Schatten.

Rechts, links, rechts, links; es ist ein Augenblick der Stille, meiner Einsamkeit auf dem harten Eise in der Dunkelheit eines Spätnachmittags. Rechts, links, rechts, links; tröstliches Licht, was mir das große Haus jetzt noch schenkt, dabei das Geräusch des Eises unter meinen Kufen, und in diesem Moment weiß ich es: ich werde ihn vielleicht nie mehr auf diese eindrückliche Weise erleben, den Zauber dieses Momentes, aber auch in Jahrzehnten niemals vergessen. Rechts, links, warmes Licht in dunkler Nacht, Stille, wieder ein leises Quaken bei den Enten, ein Auto fährt auf den Hof, man möchte in die Tierarztpraxis. Rechts, links, rechts, links, ich werde mich ein Leben lang an diesen fast mystischen Augenblick erinnern, denn er ist ein Teil direkt von Merberich.

Das eisige Vergnügen dauert mehrere Wochen, dann ziehen Wolken auf und es beginnt zu schneien. Durch stundenlanges Schneeschieben versuchen wir, wieder eine Eisfläche zu gewinnen, aber den ganzen Tummelplatz frei zu bekommen, das schaffen wir dennoch nicht mehr. Eines Morgens aber kommt uns eine neue Idee. Schon seit einiger Zeit planen wir, den dichten Wildwuchs von Büschen und Bäumen, wie Erlen, am Teichufer des Rhododendronwaldes etwas zu reduzieren. Diese aber zu sägen, und sie dann anschließend aus dem Wasser herausfischen zu müssen, das war uns immer zu umständlich. Jetzt aber haben wir doch die Eisfläche! Könnte diese vielleicht die Stämme tragen? Wieviel einfacher wäre es, das abgesägte Holz auf diese Weise entsorgen zu können. Eine super Idee, die natürlich mit Herrn Pfeiffer gleich besprochen werden muss. Da er nicht nur wie ein Teufel Schlittschuhlaufen kann, hilft er uns, als praktischer Mensch, auch diese Aktion in die Wege zu leiten.

Schon anderntags hört man von weitem, wie er mit seinem Einzylindertraktor angeknattert kommt, und neben ihm sitzt noch ein starker Mann als zusätzlicher Helfer. Schnell öffnen wir für den Traktor das hintere große Tor, dasjenige am Wäldchen. Es dauert dann nicht lange, da durchbricht ein lautes Sägen die morgendliche Stille. Wir sind aber alle etwas angespannt. Wird das Eis die Last auch tragen können? Langsam senkt sich der erste, nicht sehr dicke Baum, unter der Säge und fällt, paff!, auf das Eis. Es hält, nicht einmal ein Sprung ist darin zu sehen. Für den Transport werden aber noch alle Äste abgesägt, ein dickes Seil zuerst am Stamm, dann an dem anderen Ende des Traktors befestigt. Langsam zieht dessen Motor das Holz den kurzen, aber steilen Abhang vom Teich hinauf und hinaus auf unsere verschneite schräge Hangwiese. Das Herausziehen braucht etwas Zeit, denn unser Einzylinder hat beim Abschleppen doch so seine Mühe. Ich sammle unterdessen auf dem Eis die Zweige und Äste zusammen und trage sie ebenfalls ans Ufer. Auch größere Büsche müssen daran glauben, aber durch diese Aktion hoffen wir, dass die Rhododendren im Frühjahr für ihr prächtiges Blühen noch etwas mehr Licht bekommen werden. Stunde um Stunde vergeht, inzwischen gibt es hörbare Reklamation vom sehr belasteten Eis, aber es hält immer noch. Können wir ihm diese dickere Erle wohl auch noch zumuten? Die Gelegenheit wäre jetzt günstig. Wir wagen es und wieder steigt die Hochspannung. Etwas mühsam arbeitet sich die Säge durch das stramme Holz, dann ist es endlich geschafft, und die ganze mächtige Würde beugt sich und fällt krachend auf das schon recht misshandelte Eis. Ein lauter Knall ist dessen Reaktion, als wollte es sagen: Ihr spinnt wohl, jetzt ist es aber genug, ich kann so ein Gewicht nicht mehr tragen! Noch bricht der Baum nicht durch, aber ein riesiger Spalt ist durch sein Gewicht entstanden, so dass nun stetig Wasser an die Oberfläche sickert. Jetzt müssen wir schnell handeln. Keiner zögert, auf die jetzt unsicher gewordene Eisdecke hinunter zu klettern. Um die Last für den alten Traktor leichter zu machen, wird der schwere Stamm noch in einzelne Teile zerschnitten, und gleichzeitig die Äste von seiner Krone abgesägt. Dann werden an den einzelnen Holzlängen die Seile festgemacht. Jeder Schritt, den wir jetzt machen, ist ein Risiko, denn unter uns schwankt es erheblich. Während die Stammteile sehr langsam und mühsam an Land geschleppt werden, und der Traktor dazu all seine Kräfte aufbieten muss, ziehen und zerren auch wir anderen in vorsichtiger Eile das restliche Holz, was noch herum liegt, Stück für Stück schnell und konzentriert ans sichere Ufer.

Einen weiteren Baum hätte das Eis nicht mehr tragen können, aber der ist auch nicht vorhanden. Die restlichen Büsche dürfen als Zierde auch in Zukunft wieder den Teich mit ihrem sommerlichen Grün schmücken.

Kapitel 9

Murmi und andere Katzengeschichten

Rätsel Onkel Hans – Murmi ist weg – Claasens Kätzchen – Merbericher-Katzen –
Teufelchen – gesucht wird ... – Murmi und Maidy – Schabernack an der Autobahn –
Murmi fährt Eisenbahn – gerettet – ein besonderes Weihnachtsgeschenk – Burg Palant

Es sind wieder viele Monate vergangen, seit dem strengen aber auch lustigen Winter, der uns so viel geboten hatte. Ihm folgte ein fleißiger Frühling,
ein ebenso ausgefüllter Sommer, und jetzt entdecke ich an den Buchen
sogar vereinzelt schon ein paar gelbe und rote Blätter. Wiebke und Claas
besuchen jetzt das Gymnasium, und beide müssen sehr fleißig lernen. So
mancher Seufzer, produziert in den Zimmern, in denen die Köpfe rauchen, entflieht aus den Fenstern und entweicht sehnsuchtsvoll hinaus in
die grüne und blühende Natur.

Auch bei uns findet Langeweile immer noch keine Unterkunft, weder
in der Tierarztpraxis noch in Haus oder Garten. So kommt es, dass wir mit
der Schweiz nur noch wenig Kontakt haben, die Zeit fliegt einfach an uns
vorbei. Und doch drängt sich so manchmal ein besorgter Telefonanruf dazwischen. Dann aber vernehmen wir, dass es Onkel Hans, trotz der linksseitigen Lähmung, gut geht. Er spielt auch wieder auf Gläsern und gibt damit sogar schon kleine Konzerte. Streicht er sein Instrument nun einfach
allein mit der linken Hand? Wie oft drängt es mich dann, schnell einmal
nach Herrliberg zu fahren, um dieses gläserne Geheimnis zu lüften.

Claas und Niels tummeln sich irgendwo im Garten, ich kann sie
manchmal hören. Von Wiebke und Susanne weiß ich, dass sie Fiona vor
unseren Planwagen gespannt haben und damit weggefahren sind, dies
aber, wie ich jetzt mit Erstaunen feststelle, schon vor über drei Stunden.
Wo sind die Mädchen nur abgeblieben? Nun werde ich doch langsam
unruhig und gehe hinaus auf den Hof. Wie erleichtert bin ich, als ich das
Gespann endlich vom Wäldchen herab rumpeln höre. Eilig laufe ich ihnen entgegen.

„Wo seid ihr bloß abgeblieben, wisst ihr, wie lange ihr nun schon weg
seid?"

Eigentlich erwarte ich jetzt etwas zerknirschte, aber doch wenigstens fröhliche Gesichter, aber weit gefehlt.

„Mama, Murmi ist weg!"

„Murmi, wieso Murmi, habt ihr das Kätzchen etwa mitgenommen?"

„Sie war doch so brav, und sie sollte auch einmal Planwagen fahren. Aber dann kamen im Wald Kinder und lärmten herum, da hat sie sich so erschreckt, dass sie ganz plötzlich von meinem Arm herunter gesprungen und weggelaufen ist. Das ging alles so schnell!"

„Wo war denn das passiert?", fragt Papa, der aufmerksam geworden, zwischen zwei Patienten schnell aus der Praxis heraus kommt. Er hat von dort den Wagen mit den Mädchen kommen sehen und gleich gemerkt, dass etwas nicht in Ordnung ist.

„Wir sind zur ‚Wolffarm' gefahren. Aber dort, in der Nähe des Spielplatzes, kamen dann diese lauten Kinder, so dass Murmi sich erschreckt hat und weggelaufen ist! Wir haben noch lange nach ihr gesucht und gerufen, aber sie kam nicht. Dann bemerkten wir, dass es inzwischen schon so spät geworden ist!"

„Aber Kinder, dies Restaurant ist ja bei Mausbach und für euch schrecklich weit weg, mindestens eine Stunde Fahrt? Wie seid ihr denn auf diese Idee gekommen?"

„Es hat drum so viel Spaß gemacht, und dann sind wir einfach immer weiter und weiter gefahren", meldet sich jetzt die ebenfalls recht verstörte Susanne.

„Für heute ist es zu spät, noch einmal nach Murmi zu suchen, denn es wird schon dunkel. Aber morgen ist Samstag, da werden wir mit dem Auto an die Stelle fahren, wo ihr sie verloren habt", entscheidet nun Papa.

Stumm, ihren traurigen Gedanken nachhängend, nehmen sie Fiona aus ihrem Pferdegeschirr, reiben sie noch trocken und versorgen sie im Stall mit Futter, Stroh und Heu. Auch der Planwagen wird noch ordentlich in den hinteren Teil der Garage geschoben. Dann gehen die beiden Mädchen gemeinsam durch den Haupteingang hinein, trotten schweigsam die große Freitreppe hinauf und trennen sich mit einem kurzen und traurigen „dann bis morgen" an der Tür. Susannes Eltern wohnen in der Wohnung, die wir als erste restauriert hatten, und das ehemalige Kinderzimmer, mit Fenster zum Hof hinaus, durfte Susanne als ihr eignes Reich selber einrichten. Für die Kinder ist es sehr praktisch, dass dieser interne Durchgang nie abgeschlossen wird, so dass sich tagsüber ein ungestörtes Hin und Her entwickelt hat.

Nun sind alle ins Haus gegangen, nur ich stehe noch draußen auf dem Hof. In der Abendstille, die sich langsam um mich herum ausbreitet, trete ich unter die herunter hängenden, mit herbstlichem Gelb schon geschmückten Äste unserer Linde. Auch ich bin traurig, dass unser Kätzchen mit dem silbrig glänzenden Fell jetzt alleine die ganze Nacht im dunklen Wald verbringen muss. Dabei wandern aber noch einige andere besondere Erlebnisse mit unseren Katzen durch meinen Kopf.

Bei Murmi muss ich ganz kurz bei ihrer Mutter beginnen:

Unsere Kinder durften schon von klein auf, wenn sie nicht gerade im Kindergarten waren, mit Papa auf Praxis fahren. Meistens verschwanden sie dann zuerst einmal, nicht, wie man hätte erwarten können, im Stall, sondern besuchten die Hausfrau in der Küche. Diese hatte immer eine kleine Süßigkeit für die Doktorkinder parat. Schlimm wurde es damit aber in und vor allem nach der Karnevalszeit. Tütenweise brachten sie, zu meiner Verzweiflung, diese klebrigen Bonbons, die sogenannten Kamelle, mit nach Hause. Nach ein paar Tagen verschwand dann allerdings der größte Teil dieser süßen Pracht, so ganz versehentlich, und von den Kindern unbemerkt, im Mülleimer.

Doch dann war auch der Stall interessant, und besonders wenn ein Kälblein zur Welt kam. Einmal nahm Klein-Claas, etwa drei Jahre alt, gleich einen Büschel Stroh und begann unaufgefordert fleißig das nasse junge Wesen trocken zu reiben. Er hatte diese wichtige Handlung nach einer Geburt schon häufiger beobachtet. Der Bauer staunte nun nicht schlecht, wie schnell und unaufgefordert der kleine Kerl jetzt handelte.

Freuen taten wir uns aber jedes Mal, wenn die Bäuerin, zwar etwas schüchtern, den Doktor fragte, ob wir Höschen, Kleider oder Pullis für die Kinder brauchen könnten. Ihre Tochter oder der Sohn seien daraus heraus gewachsen, und die Sachen seien halt alle noch gut und auch frisch gewaschen. Gerne nahmen wir so ein Paket in Empfang, und zu Hause gab es ein großes Hallo und aufgeregtes Anprobieren.

„Das möchte ich haben", oder „das ist aber schön, darf ich es gleich anziehen?" Erst als die Kinder älter und dadurch auch die Wünsche erwachsener, halt einfach etwas modebewusster wurden, waren dann diese Präsente ganz von selber nicht mehr so interessant. Übertrieben aber haben sie in dieser Hinsicht ihr Erwachsenwerden dennoch nie.

Als Claas wieder einmal mit Papa mitfahren durfte, kam er am Mittag strahlend nach Hause gestürmt und zeigte mir und seinen Geschwistern eine Schuhschachtel.

„Wollt ihr einmal sehen, was ich geschenkt bekommen habe?", lachte der Bub. Natürlich wollten wir, und so wurde vorsichtig der Kartondeckel gelüftet, und was lag darin? Ein junges getigertes Kätzchen. „Ah und Oh" hörte man aus allem Mündern und viele sorgliche Hände griffen gleich nach dem niedlichen Tierchen.

„Es gehört aber mir, hat Papa gesagt. Ihr dürft es aber auch streicheln", machte Claas die Sache dann doch gleich klar.

Das Tierchen wurde Muggi genannt und genoss die Zuwendung von allen, vor allem natürlich von seinem neuen Besitzer. Er durfte es sogar manchmal abends mit in sein Bett nehmen. Muggi bekam dann ein eigenes weiches Kissen und fühlte sich, so liebevoll umsorgt, in dieser weichen Herberge sehr wohl.

Normalerweise aber haben unsere Katzen Außendienst und kommen nicht in die Wohnung. Im Heuschober oder im Stall finden sie immer ein warmes Plätzchen. Als die ersten großen und erwachsenen Katzen auf Merberich frei herumliefen, verschwanden sehr bald die vielen Ratten, die sich anfangs fröhlich und ungestört in den unbenutzten Gebäuden, vor allem in Stall und Scheune, herum getummelt hatten. Darüber waren wir sehr froh, denn es war doch immer ein eigenartiges Gefühl, wenn wir einen nicht genutzten Raum betraten, plötzlich überall etwas herumflitzte, raschelte und eiligst irgendwo hin verschwand.

Einige dieser fleißigen Miezen bekamen sogar Namen, vor allem diejenigen, die länger bei uns geblieben sind. Wir erfuhren nie, warum und wohin die eine oder andere von einem Tag auf den anderen einfach plötzlich weg war. Wir hegten dabei sogar den vielleicht etwas grotesken Verdacht, dass sie gestohlen worden sind … oder hatten sie sich selber einen heimeligeren Ort gesucht und gefunden?

So lebte einmal ein Minister bei uns. Er war ein großer, anhänglicher Kater, der uns sogar häufig und freiwillig bei Spaziergängen begleitete. Als wir einmal mit dem Zug wegfahren wollten, lief er uns bis in die Nähe des Bahnhofes nach, von wo wir ihn aber dann doch energisch nach Hause schicken mussten.

Dann ein Schwärzeli, weil sein Fell schwarz glänzte. Eines Tages erschien Schrägi. Sie kam von irgendwo her, war einfach auf dem Hof und blieb auch da. Sie war sicher keine Schönheit, denn sie hatte einen, sehr wahrscheinlich durch einen Unfall verursachten, schiefen Kopf. Noch viele Jahre blieb sie uns erhalten, denn eine schräge Katze wollte wohl niemand haben.

Die Kinder liebten alle unsere Tiere. Je nach Beliebtheit wurden diese gestreichelt oder sogar im Puppenwagen herum gefahren. Diese etwas seltenere Ehre hatte vor allem die jetzt entlaufene Murmi.

Auch Muggi, trotz Claasens sorglicher Liebe, blieb dann doch meistens, auch des Nachts, draußen und vertrug sich bald ganz gut mit den größeren Kollegen. Als sie etwa ein Jahr alt war, entdeckten wir eines Tages noch eine weitere Muggi, eine noch ganz kleine. Ihr Fell hatte eine seltene, hellgraue, fast silbrig glänzende Farbe und als sie zum ersten Mal die Augen auftat, da betrachtete sie ihre Umwelt aus großen und kugelrunden Augen. Daher bekam sie den Namen Murmi.

Murmi aber wurde und blieb von da an Wiebkes Kätzchen und stand bald vollkommen unter ihrer Betreuung und ihrem Schutz.

Natürlich durfte sie vom ersten Tag an in die Wohnung und, als sie größer wurde, auch in ihr Zimmer. Das hatte aber dann sehr bald zur Folge, dass ich eines Abends, beim gute Nacht sagen, bei den beiden Buben im Bett, zusammengerollt auf einer extra Decke, ebenfalls je eine Katze entdeckte. Bei Claas war es natürlich Muggi, die gleich wieder ihr altes Kissen besetzte. Mein nicht sehr erfreuter Blick wurde gleich verstanden, und so setzten sich Niels und Claas schnell in Verteidigungsposition.

„Wiebke darf auch eine Katze in ihrem Zimmer haben, wir möchten auch mit einer spielen."

„Soll ich dir sagen, wie meine Katze heißt?", versucht mich Niels schnell zu besänftigen.

„Welchen schönen Namen hast du ihr denn gegeben?", gehe ich weise auf sein Ablenkungsmanöver ein.

„Sie heißt Teufelchen, weil sie immer so lustig herumspringt!"

„Da passt ihr beiden ja recht gut zusammen. So schlaft nun, ihr beiden Teufelchen."

Das war für meinen Sohn die Zustimmung und wurde mit einem Juchzer gedankt.

„Teufelchen, du darfst hier bei mir auf deinem Kissen bleiben und morgen haben wir es zusammen wieder lustig und machen, wie ein Teufel, ganz schlimme Sachen!"

„Seid lieber fröhlich und brav, das macht mehr Freude und ich muss nicht mit euch schimpfen."

Ich muss ja zugeben: Was dem einen recht ist, ist dem andern billig, sagt man nicht so? Anhänglich und an die Kinder gewöhnt waren ja die meisten unserer Miezen. Nicht unbedingt begeistert von dieser Aktion, ließ ich sie dennoch gewähren, denn ich war mir doch recht gewiss, dass diese Anwandlung nicht unbedingt von Dauer sein muss. Dass diese Geschichte aber noch traurig ausgehen würde, daran hat keiner von uns gedacht.

Eines Abends blieb das Katzenkissen in Nielsens Bett leer, denn es gab kein Teufelchen mehr.

Noch am Morgen hüpfte und trollte das fröhliche Tierchen auf dem Hof herum und fand bald an herab gefallenen Ästchen seinen Spaß. Aber wie jeden Vormittag kam auch an diesem Tag unser Milchmann mit seinem großen Wagen auf den Hof gefahren. Wir waren vielleicht seine besten Milchabnehmer von ganzen Ort, denn vier bis fünf Liter verschwanden bei uns meistens in kürzester Zeit. Dafür gab es Cola und andere Süßgetränke nur in Ausnahmefällen.

Wie immer fuhr der Milchmann etwas zu schnell und auch nicht umsichtig genug auf den Hof. Das Kätzchen aber sprang wieder lustig und vollkommen unaufmerksam herum. Mitten in seinem übermütigen Spiel wurde es von den dicken Rädern des schweren Milchwagens überrollt und war sofort tot.

„Warum musste es gerade mein Teufelchen sein?", jammerte Niels.

Wie kann man da trösten. Es ist sicher nicht schwer, dem Buben ein neues Kätzchen zu besorgen, aber ein Teufelchen? Unmöglich, dieses Tierchen gab es nur einmal. Das wissen wir und auch Niels. Er wollte jetzt kein Kätzchen mehr.

So blieb Murmi auch weiter der Sonderfall. Mit ihr wurde gespielt und von den Mädchen ließ sie sich, wie schon gesagt, sogar im Puppenwagen herumkutschieren. Ja, und diesmal durfte sie im Planwagen mitfahren, aber daraus scheint sich nun leider fast eine Tragödie zu entwickeln.

Es ist nicht das erste Mal, dass uns diese kleine Krabbe Sorgen bereitet, man könnte fast meinen, sie ist dazu prädestiniert, in ihrer quecksilbrigen Art, so ihre eigenen Geschichten zu fabrizieren. Diese jetzige, wenn auch unfreiwillige Waldexpedition, wird vermutlich nicht ihre letzte sein.

Schon einmal ist sie uns abhandengekommen und das kam so:

Eines Tages war sie einfach verschwunden. Die ganze Familie ging auf Suche, im Haus, im Garten und sogar in der näheren Umgebung hörte man tagelang das Rufen: „Murmi, wo bist du? Murmi, komm doch her!"

Zettel wurden an Bäume geheftet und Schulfreunde gefragt, ob sie eine hellgraue und noch ganz junge Katze gesehen hätten. Nichts! Ein Tag verging, ein zweiter, auch am dritten Tag blieb sie verschwunden, wie vom Erdboden verschluckt. Nach einer Woche beschlossen wir, eine Suchanzeige in die Tageszeitung setzen zu lassen. Noch nie zuvor hatte sich die ganze Familie um eine verschwundene Katze so bemüht. Und tatsächlich, endlich kam darauf eine Reaktion. Es meldete sich ein Kegelbruder von Peter. Er rief uns an und erklärte, sein Sohn habe vor einigen Tagen bei ihnen im Garten ein anhängliches, silbergraues Kätzchen gefunden. Nach näheren Erkundigungen, wohin sie eventuell gehören könnte, hatte man ihnen sogar erzählt, dieses kleine, und so sehr auffallend hübsche graue Tierchen, hätte man letztens in der Kirche gesehen. Es sei dort alleine herum spaziert. Versuchte es wohl beim lieben Gott um Rat oder „Asyl" zu bitten, weil es seinen Heimweg endgültig verloren hatte? Vielleicht wollte es sich aber doch nur von armen Kirchenmäusen ernähren? Der liebe Gott hatte aber dann wohl andere Pläne mit ihr, und so fand Fräulein Murmi, über die Zeitung und den Kegelbruder, endlich wieder heim. Die ganze Familie, denn Ehre, wem Ehre gebührt, rückte aus, um die Ausreißerin glücklich nach Hause zu holen.

Der Bub war allerdings recht traurig, denn er hatte den Findling schon sehr lieb gewonnen. Als Trost haben wir ihm, aber erst nach Absprache mit seinen Eltern, einen entsprechenden Ersatz versprochen.

Murmi, bei all ihrer Lebhaftigkeit und Lieblichkeit, ist aber leider auch ein sensibles Prinzesschen. Eines Tages erschien Wiebke mit ihr auf dem Arm in der Praxis:

„Papa, Murmi ist krank, sie liegt nur noch da und will nichts trinken, auch nicht fressen, und ihre Augen sind ganz verklebt!"

Vorsichtig wurde sie auf den Behandlungstisch gehoben, vom Doktor Herrchen gründlich untersucht, behandelt und folgende zusätzliche Weisung gegeben:

„Wiebke, hier gebe ich dir dieses kleine Spritzchen. Da hinein ziehst du warmes Wasser mit Traubenzucker. Du weißt ja, wie das geht. Davon gibst du deinem Kätzchen alle Stunde in die Backentasche hinein."

Trotz liebevollster Pflege ging es leider dem Tierchen am anderen Tag dennoch nicht besser, sie lag herum und wollte absolut nicht spielen. Dann aber fanden wir sie im Körbchen unseres Dackels Maidy. Suchte sie dort wohl Trost und Wärme? Die beiden kannten sich von Anfang an, denn so ein kleines Kätzchen spielt mit allem, was ihm über den Weg läuft, und wenn es ein Hund ist, den man spielerisch attakieren kann.

War es die Nähe dieses hilflosen Jungtieres, welche ihren Mutterinstinkt weckte, oder einfach eine Scheinschwangerschaft nach einer Läufigkeit? Die Zitzen des Hundes wurden feucht von Milchtropfen.

Friedlich legte sich Maidy auf die Seite. Murmi begann zu saugen und trank dadurch die beste Medizin, die man ihr bieten konnte. Sie bekam die Abwehrstoffe der Muttermilch. Nach einigen Tagen hüpfte sie wieder putzmunter herum und manchmal auch ungeschickt während des Kochens zwischen Frauchens Beine.

Murmi, ein richtiges Merbericher Kind, ist lieb, vorwitzig, unternehmungslustig und manchmal etwas frech.

Es waren Herbstferien und wir planten mit den Kindern, diese zwei Wochen in Riggisberg, in der Schweiz, zu verbringen. Leider konnte sich Peter, nachdem wir schon im Sommer für drei Wochen verreist waren, nicht länger als acht Tage von der Praxis entfernen, so dass ich, Claas und Wiebke im Gepäck, mit dem Zug alleine in die Schweiz voraus fuhr. Niels aber wollte Papa mit dem Auto begleiten und Murmi sollte ebenfalls mitgenommen werden. Ferien in der Schweiz, diese Ehre ist bisher nur unserem Dackel Maidy zuteil geworden. Unsere Miezen hatten daheim Mäusedienst, und den versorgten sie pflichtbewusst.

Es war abends und schon recht spät, als die drei Nachzügler bei uns in der hübschen Riggisberger Ferienwohnung ankamen. Peter hatte tagsüber noch seine Praxis zu versorgen, und so konnten sie erst am späten Nachmittag starten. Wiebke, schlaftrunken, war hoch beglückt, als mit einem kleinen Sprung ein weiches Fell neben ihrem Kopfkissen landete. Aber die Geschichte, die Murmi auf der Reise wieder einmal geliefert hatte, erfuhren Wiebke und Claas, um ihre Nachtruhe nicht länger zu stören, erst am nächsten Morgen. Mir wurde sie schon am Abend brühwarm berichtet. Am Frühstückstisch aber kam dann alles noch einmal zur Sprache, warum Peter mit seinen Fahrgästen erst so spät angekommen war.

„Nächstens bleibt deine Katze zu Hause!", begrüßte Peter am andern Morgen seine Tochter.

„Warum?" Wiebke machte große Augen.

„Warum? Das kann dir Niels gleich erzählen".

Dieser atmete kurz tief durch, dann begann er mit seinem Bericht.

„Zu Beginn lief alles gut, Murmi ging ohne weiteres in den Katzenkäfig, das hattest du mit ihr ja rechtzeitig geübt. Wir waren schon viele Stunden gefahren, da sagte Papa, wir seien jetzt in der Nähe von Basel und könnten eine kurze Pause machen. Obschon es schon dämmerig war, ließen wir auf der Parkplatzwiese auch Murmi aus dem Käfig, damit sie schnell ihr ‚Pitterchen' machen sollte. Nach dem stundenlangen Verweilen in ihrem etwas engen und ungewohnten Domizil, sollte sie sich über eine kurze Spielstunde freuen."

„Den Begriff ‚Stunde' hat sie dann wohl auch als eine solche verstanden", unterbrach Peter die Erzählung.

„Auch du kannst dir diese im Munde zergehen lassen, denn als wir Murmi baten, wieder einzusteigen, hatte diese Dame so gar keine Lust dazu. Hupps, war sie weg zum nächsten Busch, und wir hinter ihr her. Es wurde eine Jagd, ‚zum Mäuse melken!' Katzenaugen sind nachtaktiv und bei der verflixten Katze war nun High Life angesagt. Sie zeigte uns so richtig, dass für eine verwöhnte Murmi das stundenlange Hocken in einer engen Kiste nicht angebracht und einfach zu langweilig war."

„Murmi, komm doch, wir wollen weiter zu Wiebke fahren!", habe ich immer wieder gelockt", setzte Niels den Bericht fort.

„Aber es schien, als hätte es da so einige Sprachschwierigkeiten gegeben, oder genauer ausgedrückt, vermuteten wir eher: Man wollte nicht verstehen!", fuhr Peter, mit einem schiefen Blick zu der unschuldsvoll neben der, am Ofen sitzenden Katze, fort.

„Jedes Mal, wenn wir sie beinahe gepackt hatten, husch, war sie wieder ein paar Meter weggehopst. Ohne ihr helles Fell, hätten wir sie gar nicht mehr sehen können. Wir jagten also hinter ihr her, über die Wiese, hinter Büsche bis Madame Murmi, nach einer geschlagenen Stunde, von ihrem nächtlichen Spiel endlich genug hatte und nach dem Motto: ‚ich will ja nicht so sein', sich endlich einfangen ließ."

„Ich hab manchmal nur noch ihre Augen gesehen, die leuchteten im Dunkeln fast unheimlich, aber immer, wenn ich sie fast geschnappt hatte, war sie ganz schnell mit einem Sprung wieder weg", unterstrich Niels noch einmal den Bericht.

Bei dem schrecklichen Gedanken, was passiert wäre wenn ... bleibt uns fast die Luft weg. Hätte sich Murmi nun gar nicht mehr einfangen lassen, wäre sie nun einsam und alleine an der Autobahn zurück geblieben. Wir waren Papa und Niels sehr dankbar für ihre Ausdauer. Wiebke stand schnell vom Tisch auf, ging zu ihrem Büsi, streichelte es zärtlich und ermahnte es, nie mehr ein solches Theater aufzuführen, das sei viel zu gefährlich.

Ausnahmsweise aber war sie an der nächsten Murmi-Episode unschuldig. Sie durfte noch einmal in die Schweiz, denn Wiebke erhielt eine Einladung von ihrem Patenonkel Rolf, ein paar Sommerferientage bei ihm, seiner Familie und klein Kusinchen Sabine, am Bodensee zu verbringen, während wir Claas und Niels für die Auslandschweizerkolonie angemeldet hatten. Die Buben wurden zum Sammelpunkt gebracht und fuhren zusammen mit einer ganzen Gruppe.

Wiebke setzten wir dann in Köln in den Zug und baten den Schaffner, unserer Tochter beim Umsteigen zu helfen. Ihr Hauptgepäck war der Katzenkorb, denn Murmi musste natürlich wieder mit. Diesmal sollte es aber für den Streuner bis zum Ankunftsort in Tägerwilen am Bodensee kein Aussteigen mehr geben.

Aber eine Murmi ohne aufregende Geschichte, wie langweilig. Wir bekamen per Telefon folgenden Bericht.

„Hallo Papa, hallo Mama, ich bin gut angekommen. Der Schaffner war sehr nett, er hat mich beim Umsteigen zum richtigen Zug gebracht. In Konstanz wartete dann Onkel Rolf auf dem Bahnsteig. Sabine will dauernd mit Murmi spielen, manchmal aber will diese nicht und dann faucht sie ein bisschen."

„Sind dir die vielen Stunden im Zug nicht etwas lang geworden, was hast du gemacht?", möchte ich jetzt noch Genaueres wissen.

„Ach, mit Murmi ist da etwas ein bisschen komisch gelaufen!"

„Was ist denn jetzt wieder passiert?", fragten wir erschreckt im Duo.

„Nichts Schlimmes, aber da saß mir gegenüber eine Frau mit einem Hund. Er war etwas größer als unsere Maidy. Er hatte ganz brav auf dem harten Boden Platz gemacht. Da kam der Schaffner und fragte die Frau nach der Fahrkarte für den Hund. Sie war sehr erstaunt und meinte, er würde ja gar keinen Platz belegen. Aber scheinbar ist die Vorschrift, dass Hunde in der Eisenbahn, wenn sie nicht in einem Sack oder sonstigen Hundebehälter mitfahren, eine halbe Fahrkarte brauchen. Da wies die Frau auf meine Katzenkiste, die neben mir einen ganzen Platz belegte: ,Aber diese Katze hat ja auch keinen Fahrschein!'

,Aber diese Katze befindet sich in einer Kiste, und daher braucht sie auch nichts zu bezahlen', wurde die Frau vom Schaffner aufgeklärt. Ihr könnt euch vorstellen, dass die Frau etwas böse zu uns herüber blickte. Auch ich fand das nicht so ganz fair.

Eine Weile beobachtete ich die beiden Tiere, ich hatte dazu ja viel Zeit. Der Hund, auf dem nackten Boden, beäugte eine Weile meine Murmi, die, ihrer hohen und sicheren Position bewusst, recht „von oben herab" zurückschaute. Beide stellten fest, dass mit gegenseitigem Jagen hier nichts läuft. Da legte sich der Hund in der unteren Etage lang auf den Boden, streckte seine Beine aus, legte den Kopf mit einem schwermütigen Seufzer dazwischen und schloss, wie vollkommen gelangweilt, einfach die Augen. Murmi blinzelte noch etwas siegesbewusst hinunter, kuschelte sich dann in ihr weiches Kissen, welches ich ihr zu Hause noch in den Korb gelegt hatte, drehte sich noch ein bisschen und hat dann die ganze Zeit, bis zum Umsteigen, brav geschlafen."

Es war wieder einmal eine typische, diesmal aber, wenn auch recht amüsante, doch ausnahmsweise eine positive Murmi-Geschichte.

Und jetzt ist sie wieder weg, alleine im Mausbacher Wald. Hier hilft auch keine Anzeige in der Zeitung. Wir können nur hoffen, dass wir sie dort, wo sie weggelaufen ist, auch wiederfinden. Diesmal aber geschah ihr Weglaufen nicht aus Übermut, sondern aus Angst vor den lauten Kindern.

Für uns alle wird es eine etwas unruhige und traurige Nacht. Wenn aber gute Wünsche, liebevolle und besorgte Gedanken durch die Luft schweben könnten, dann würden davon unsere Murmi eine ganze Menge erreichen, und sie in diesem einsamen Wald tröstlich und warm zudecken.

Leider verhindert wieder einmal Peters Arbeit, dass wir gleich schon am frühen Morgen losfahren können. Gegen Mittag aber sitzen alle aufgeregt im Auto. Als wir dann endlich den Wald und die Stelle, wo das Kätzchen weggelaufen war, erreichen, stürzen alle gleichzeitig und aufgeregt aus dem Auto.

„Halt!", mahne ich. „Wenn ihr jetzt Lärm macht, erschreckt ihr Murmi noch einmal, und wir werden sie dann nie wieder finden. Also, jetzt ganz leise und sacht. Jedes sucht in einer anderen Richtung, und dann ruft ihr immer leise und liebevoll ‚Murmi, wo bist du?' – Habt ihr verstanden?"

„Ja!", antworten nun alle feierlich.

Bald hört man im Wald durch die vielen Schritte das Knacken von Ästen, und auch von allen Seiten die sanften und sehnsüchtigen Rufe: „Murmi, wo bist du, wir wollen dich nach Hause holen?"

So vergehen vielleicht zehn Minuten, da hören wir Wiebke: „Hier ist sie, ich habe sie gefunden, sie sitzt auf dem Baum!"

Alle eilen nun zur „Fundstelle".

„Ich habe sie plötzlich gehört, sie hat ganz leise ‚miau' gerufen und da habe ich sie dort oben auf dem Ast entdeckt."

Da können nun alle sie nicht nur sehen, sondern auch deutlich hören. „Miau, miau!", tönt es traurig von oben herab. Jeder versteht, was sie uns sagen will, denn nach einer dunklen und einsamen Nacht allein möchte sie wieder nach Hause. Mit vereintem Bemühen wird sie aus ihrer luftigen Höhe herunter geholt. Endlich darf sie sich in Wiebkes Armen sicher und geborgen einkuscheln.

„Du darfst nicht mehr weglaufen, hast du gehört!", wird sie von ihrem Frauchen noch ernsthaft und doch so liebevoll gescholten und ermahnt.

„Ich glaube, Murmi eignet sich nicht unbedingt zum Planwagenfahren. Lass sie demnächst lieber zu Hause oder schiebe sie in deinem Puppenwagen." Aber diese, meine gutgemeinte Ermahnung wäre gar nicht mehr nötig gewesen.

*

Ja, der Planwagen. Das ist wieder so eine Merbericher Geschichte. Da nun dieses jüngste Murmi-Abenteuer glücklich verlaufen ist, und uns hoffentlich ein ruhiger Sonntagnachmittag bevorsteht, nehme ich mir die Zeit, mich auch an diese zu erinnern.

Es ist schon einige Zeit her, da wurden wir von einem Langerweher Bekannten, der auch einige Pferde hatte, gefragt, ob wir Interesse an einem Planwagen hätten. Wir kannten vor allem seine Frau durch ihre Massagepraxis, denn manchmal wurden wir von unseren Rücken daran erinnert, dass sie wieder einmal eine entsprechende Behandlung wünschten. Aufgewachsen in Brasilien, hatte sie dort noch Verwandte. Nun wollte die Familie für immer dorthin auswandern, und deshalb boten sie uns den Wagen an.

Peter und ich waren doch sehr daran interessiert, und schon nach einer kurzen Besichtigung ging dieser in unseren Besitz über. Planwagen heißt diese Art von Kutsche, weil der Wagen mit einem gewölbten grünen Dach aus Kunststoff, einer sogenannten Plane, überdeckt ist. In ähnlicher Form kennt man dies alte Transportmittel aus den Westernfilmen, nur ist er dort etwas robuster.

Es war damals kurz vor Weihnachten, und so beschlossen wir, daraus ein Weihnachtsgeschenk für die Kinder zu machen. Also wurde darüber noch strenges Stillschweigen verabredet. Am Abend des 23. Dezembers brachte Peter unsere Fiona in den Stall, denn wir verabredeten, dass unser Heilig-Abend-Ausflug diesmal mit einer Kutschfahrt gestaltet werden sollte. Die Überraschung gelang wunderbar. Als wir mit Wanderschuhen an den Füßen loszogen, dachten die Kinder noch ganz ahnungslos an die alljährliche Wanderung in die Kirche und wunderten sich, dass wir diesmal den Weg zum Dorf einschlugen.

„Gehen wir diesmal in unsere Kirche in Langerwehe?", wurden wir etwas erstaunt gefragt.

„Nein, wir holen uns ein Weihnachtsgeschenk ab!" Großes Raten und Staunen.

„Warum ist Fiona nicht mehr in unserem Stall?", wollte Wiebke wissen, denn sie hatte die leere Box schon entdeckt.

Gut, dass wir nun bald am Zielort ankamen, denn die vielen Fragen erwarteten auch entsprechende Antworten.

Jetzt war ich aber doch sehr irritiert, ja fast erschrocken, als wir unser Pferdchen aus einem engen Verschlag, begrenzt an drei Seiten von festem Mauerwerk, herausholten. Ihre Heimatbox hat Seitenwände aus Holzlatten und oben Gitterstäbe, so dass die Pferde sich gegenseitig immer unterhalten und vor allem spüren und sehen können. Hier hatte sie eine Nacht allein und recht eingesperrt verbringen müssen.

„Fiona, da bist du ja!", riefen die Kinder. Es gab ein Wiedersehen mit Streicheln und Umarmen, als hätte man sich lange nicht mehr gesehen. Aber dann erst die Überraschung mit dem Wagen, die war uns nun voll gelungen. Mit einem Jubelruf erkletterten ihn die Kinder und alles musste daran und darin gründlich untersucht werden. Der Kutschbock, sowie die hinteren Bänke, wurden ausprobiert, und man diskutierte, wo man wohl am schönsten sitzt. Bald aber mahnte ich zum Aufbruch, denn ich sah, dass Fiona schnellstens hier aus ihrer Gefangenschaft heraus möchte. Sie war nass geschwitzt, und als wir sie dann im Hui aufgezäumt und vor ihren neuen Wagen gespannt hatten, entledigte sie sich durch einen fliegenden Trab über die Feldwege von ihrer ausgestandenen Platzangst. Dazu ließ Peter ihr die Zügel recht locker, und bald merkten wir, dass sie sich beim Laufen mehr und mehr beruhigte. Trotz Fionas Tempo aber dachten die Kinder keineswegs daran, still auf den hinteren Bänken sitzen zu bleiben. Unmöglich! Sie wuselten aufgeregt unter der grünen, rund gewölbten Planwagendecke herum.

Diese, unsere erste Fahrt lenkten wir in Richtung Gut Palant. Wir wollten unserem befreundeten Ehepaar Leyers ein frohes Fest wünschen, und dies, ganz nach dem Brauch aus alten Zeiten, jetzt sogar mit einer Kutsche.

„Seit ihr mit Palant einverstanden?", fragten wir nach hinten. Ein vielstimmiges „Ja" war die fröhliche Antwort.

„Wenn ihr kurz einmal still sitzen wolltet, könnte ich euch etwas über deren großes Haus erzählen!", war mein Versuch, in der hinteren Abteilung etwas Ruhe zu schaffen. Geschichten waren immer gut, also begann ich:

„Palant war einmal eine richtige Burg."

„Haben da Ritter darin gewohnt?", Claas kriecht sehr interessiert hinter meine Kutschbank.

„Von den Besitzern weiß ich, dass richtige Ritter nur bis Ende des 13. Jahrhunderts darauf gelebt haben. Vermutlich war es zur Ritterzeit sogar ein altes ‚fränkisches Königsgut'. Mit den Jahrhunderten haben sich in die Nähe dieser Ritterburg immer mehr Familien angesiedelt, und dadurch entstand dann unser Nachbarort Weisweiler. Noch heute gehört Palant zu diesem Ort, obschon sie etwas abseits liegt. In früheren Zeiten soll es auch eine richtige Zugbrücke gegeben haben."

„Das ist doch klar, sonst wäre es keine Ritterburg!" Claas kennt sich aus.

„Ja, schon, aber später hat man diese durch eine gemauerte Bogenbrücke ersetzt. Dieser Torbogen befindet sich dort, wo man heute mit dem Auto zum Burghof hindurch fährt, sei es zu Besuch oder wenn Papa im Stall zu tun hat."

Sehr aufmerksam und dadurch ruhig geworden hatten alle drei zugehört. Inzwischen waren wir am südlichen Teil der Mauer angekommen, die das ganze Parkgrundstück umgrenzt, heute aber teilweise recht brüchig geworden ist.

„Seht ihr hier diesen langgezogenen Burggraben. Der war früher viel tiefer, aber Jahrhunderte haben ihn zum Teil zugeschüttet. Dafür aber freuen sich jetzt Büsche und kleine Bäume, dass sie dadurch viel Erdreich zum reichlichen Wachstum gefunden haben.

Auch heute gehören zu diesem großen Hof Wohn- und Stallgebäude und, wie ihr seht, sie sind von weiten Feldern umgeben, die noch gut bewirtschaftet werden."

Die winterliche Dämmerung war schon herein gebrochen, da erreichten wir über eine kleine Grabenbrücke das Tor am hinteren Ende des Parks. Wir kamen also sozusagen durch den Hintereingang. Die Kinder sprangen, natürlich alle drei gleichzeitig, vom Wagen und probierten, dies alte Tor zu öffnen. Manchmal schließt es der Schweizer zu, wie man den zuständigen Mann für Hof und Stall hier nennt. Diesmal aber hatten wir Glück, und nach einer ungehinderten Durchfahrt schlossen die Kinder die beiden Tore wieder ganz ordnungsgemäß zu und hüpften dann schnell zurück auf den Wagen, denn ein Stück war es noch bis zur Haustüre. Wir freuten uns über diese Abkürzung, denn sonst hätten wir den langen Umweg über den Ort nehmen müssen.

„Erinnerst du dich noch daran, wie du das erste Mal zu einer kranken Kuh nach Palant gerufen worden bist? Wir wohnten damals doch schon einige Jahre auf Gut Merberich."

Meine Gedanken gingen auf einmal all die vergangenen Jahre zurück, während Hufe und Räder auf dem Kiesweg knirschten.

„Daran denke ich jedes Mal, wenn ich als Tierarzt hierher gerufen werde! Schon gleich bei meinem ersten Besuch begegnete ich auf dem Hof dem Gutsherrn persönlich. Ich weiß nicht, ob es ein reiner Zufall war, oder ob er den neuen ‚Viehdoktor' vielleicht selber kennen lernen wollte? Wir kamen gleich in ein längeres Gespräch, und daraus erwuchs dann, wie du weißt, trotz unseres großen Altersunterschiedes, diese so erfreuliche jahrelange Freundschaft von Gutshof zu Gutshof."

Nun nahm Peter die Zügel etwas straffer in die Hand, denn wir wollten uns dem Wohngebäude dieses nachbarlichen Gutshofes weder im Galopp noch im Trab, sondern, wie es sich gehört, stilvoll im dezenten Schritt nähern.

Etwas weniger würdevoll benahmen sich die Kinder, sie zappelten und fragten ein um das andere Mal: „Was werden Leyers wohl sagen, wenn wir mit einer Kutsche angefahren kommen?!"

„Eines soll euch aber klar sein!", ermahnten wir noch. „Es sind ältere Leute, die wir besuchen, und da gibt es für euch kein Herumspringen."

„Klar, Mama, das wissen wir, wir sind ja nicht das erste Mal hier!", beruhigte uns unsere kluge Tochter.

Vor der Haustüre angekommen, banden wir Fiona an einem, in der Hauswand eingelassenen Ring, fest. Unterdessen hatte Claas schon die Türklingel gedrückt.

„Was für eine Überraschung, die ganze Familie, und wo habt ihr diesen herrlichen Wagen her? Ach, das erinnert mich jetzt so an früher!"

So wurden wir aufs Herzlichste willkommen geheißen, und das Weihnachtsgeschenk, als welches wir stolz unseren Wagen vorstellten, konnte von dem Ehepaar nicht genug bestaunt werden.

„Aber Kinder, nun kommt doch alle schnell herein, draußen ist es ja so kalt! Ich mache euch jetzt einen Kakao, den mögt ihr doch, und für eure Eltern einen heißen Kaffee."

Mit dieser freundlichen Einladung wurden wir in den großen Saal gebeten.

Dieser lang gezogene Raum hat, im Gegensatz zu seiner Größe, eine erstaunlich tief liegende Decke, was wohl mit seiner Herkunft als Burg zu tun hat. Aber das Besondere und Faszinierende daran sind die fast schwarzen Holzbalken, die hier vermutlich eine tragende Funktion haben. Das Täfer an den Seiten und unter den Fenstern trägt ebenfalls diese dunkle Färbung. Inmitten dieses Raumes beeindruckt ein Holztisch, der fast die ganze Länge des Saals einnimmt.

Wie muss man hier wohl früher edel und großzügig getafelt haben?, fragte ich mich in stillem Staunen.

Die Kinder benahmen sich sehr manierlich. Doch stolz berichteten sie in ganz natürlicher Weise über ihr tolles Weihnachtsgeschenk, den Planwagen. Sie kannten das Ehepaar schon lange und fühlten sich immer wohl bei dessen Herzlichkeit. So ein weihnachtlicher Besuch in einem weihnachtlich geschmückten, altehrwürdigen Salon, das war für sie nicht nur ein ihr Temperament beruhigendes, sondern auch ein wunderschönes Erlebnis.

Allmählich wurde es aber dann doch Zeit, nach Hause zu fahren. Beim Abschied fand Frau Leyers noch eine kleine Weihnachtsgabe, denn jedes Kind erhielt eine Tafel Schokolade.

Draußen war es inzwischen ganz dunkel geworden, und doch war die Nacht nicht ganz schwarz. Funkelten in dieser Heiligen Nacht die Sterne am klaren Himmel nicht ganz besonders hell und freundlich? Fiona fand ihren Weg fast von selber. Sie hatte es nun eilig, nach all der Aufregung, in ihren warmen und vertrauten Stall zu kommen, wo sie auch nicht mehr alleine sein musste. Im Gegenteil, ein mehrfaches allseitiges Begrüßungs-schnauben war bei ihrem Eintritt zu hören. Zufrieden trottete sie in ihre Box, beschnüffelte durch die Gitter noch ihre Nachbarin, dann widmete sie sich zufrieden ihrem abendlichen Futter. Alles war nun wieder gut, und auf uns wartete ein bunt geschmückter Tannenbaum.

*

Das ist also die Planwagengeschichte. Jetzt aber will ich im Garten einen sonntäglichen Bummel machen. Bummeln und nichts anderes, wohl gemerkt, einfach nur faul bummeln und die noch warme Sonne genießen.

Kapitel 10

Die Glasharfe wechselt ihren Besitzer

Mein erstes, kleines Instrument – die richtige Glasharfe – Luftschlösser –
Briefe nach und von Amerika – segeln wie Christoph Columbus!

Ich habe eine Glasharfe! Wirklich und nicht gelogen, nicht geträumt und
es ist auch kein Märchen, obschon es sich wie ein solches anhört.
Ich habe eine Glasharfe!
Sie steht vor mir mit ihren verschieden großen Gläsern, die alle, mit
Hilfe von kleinen Winkelschrauben, in Reihen neben und hintereinander
auf einem Brett befestigt sind. Ich betrachte sie alle, auch jedes einzelne
davon, die Größeren und die Kleineren. Einige sind bauchig, andere eher
gerade und dabei habe ich den Eindruck, als schauten auch sie mich irgendwie erwartungsvoll an.

Ja, erwartungsvoll, und doch weiß ich noch nicht recht, wie ich mit ihnen spielen soll. 37 Gläser, alle in einem reinen, und für das musikalische
Ohr angenehm ausgesuchten Ton. Kein Wasser stört ihre Schwingungen,
wenn sie an ihrem Rand mit den Fingerkuppen gestrichen werden.

Es ist nicht die große Glasharfe mit ihren 70 Gläsern, welche Onkel
Hans zu seinen Konzerten immer gespielt hat, sondern eine Art Versuch-
sinstrument. Er hat es vor allem ganz zu Anfang, und später bei kleinen
Auftritten mitgenommen. Aber es ist dennoch ein zauberhaftes Instrument, eben eine Glasharfe!

Aber wie kam sie überhaupt in meinen Besitz? Gerne denke ich immer
wieder einmal daran zurück und hole, indem ich all die musikalischen
Gläser vor mir betrachte, die Erinnerung und alles Erlebte in meine Gegenwart heran.

Schon eineinhalb Jahre sind vergangen, seit Onkel Hans den bösen Hirn-
schlag erlitten hatte, und weswegen er drei Monate im Spital verbringen
musste. So wurde es endlich Zeit für einen persönlichen Besuch in Herrliberg am Zürichsee, den ich mir schon seit Monaten fest vorgenommen
hatte. Beruhigend war es für uns aber, dass die Berichte, bei regelmäßigen

Telefongesprächen, immer recht optimistisch tönten, so dass wir uns dann doch nicht allzu große Sorgen machten.

Gut vorgeplant, ließ sich Peter durch Nachbarkollegen für eine Woche vertreten, die Kinder hatten in dieser Zeit Schulferien.

Wie hätte es auch anders sein können? Wie die Jahre zuvor, als die Kinder noch recht klein waren, wurden wir alle wieder herzlich willkommen geheißen. Der gemütliche Kaffeetisch, an dem alle Wünsche erfüllt wurden, erwartete uns. Onkel Hans machte weder einen betrübten noch einen frustrierten Eindruck. Deutlich konnte man die Lähmung an seinem rechten Arm feststellen. Schon bald hatte er sich wohl daran erinnert, dass er davon zwei besitzt, nämlich noch einen linken, und der wurde von da an für alles gebraucht. Die rechte Hand, mit nur noch wenigen Kräften, nahm er dennoch bei allen Tätigkeiten irgendwie zu Hilfe.

Den Kindern sprudelten alle ihre Neuigkeiten nur so aus dem Mund. Sie hatten Tante und Onkel noch in erstaunlich guter Erinnerung, obwohl seit deren Besuch auf Merberich schon etliche Jahre vergangen sind.

„Ihr seid schon auf dem Gymnasium?!", staunte Tante Rösi, als sie die beiden Großen nach der Schule fragte.

„Geht ihr auch gerne dorthin und welches sind eure Lieblingsfächer?"

Die Kinder jedoch, nach einem fröhlichen und lauten Wiedersehen, wurden jetzt etwas leiser.

„Ich muss Latein lernen, das ist grässlich!", jammerte Wiebke

„Du lernst Latein?!", Tante Rösi konnte es kaum glauben.

„Ja, Mama und Papa wollten das gerne, aber ich mag diese Sprache nicht. Warum muss ich etwas lernen, was man ja doch nie richtig brauchen kann?"

Aber bevor wir dann noch in eine intensive Diskussion über Latein und Schule im Allgemeinen gerieten, winkte mir Onkel Hans leise zu, ich solle ihm folgen. Wohin war mir natürlich gleich klar: ins Nebenzimmer, zu der Glasharfe. Doch was staunte ich, da stand ja nicht nur das mir schon vertraute Instrument. Ganz ohne mein Wissen hatte sich noch ein neuer, anders gestalteter Gläseraufbau, dazu gesellt. Auch diese Gläser standen auf einem Brett, waren aber zum Teil mit etwas Wasser gefüllt.

„Was hast du denn hier gebaut, Onkel Hans? Sind das die Gläser, von denen du am Telefon so geheimnisvoll gesprochen hast? Das musst du mir jetzt noch näher erklären, ich bin ja so neugierig."

„Ich nenne mein neues Instrument ‚Glasspiel'. Schau, ich kann es mit Hilfe von diesem feinen Holzstöckchen, mit nur einer Hand bedienen.

Ich muss den Gläsern zwar mit Wasser den reinen Ton geben, aber da sie nicht mehr mit den Fingerkuppen gespielt werden, behindert das Wasser die Entwicklung eines vollen Klanges kaum."

Onkel Hans griff nun zu einem langen und schmalen, bleistiftähnlichen Holz. In lockerer Hand haltend, prüfte er damit noch einige Gläser auf ihre Stimmigkeit. Dann begann er einhändig und nur durch leichtes Anschlagen, darauf alte und auch weniger bekannte Melodien zu spielen. Es tönte jetzt wohl anders, die besondere Weichheit des Klanges war etwas verloren gegangen, und dennoch ... wunderschön, hell, klar und rein!

Nicht lange waren wir allein, schon die ersten Töne kitzelten im Nebenzimmer aufmerksame Ohren. Weder die seltene Cola, noch der heiße Kaffee, nicht einmal der noch nicht ganz aufgegessene Kuchen, konnten Peter und die Kinder aufhalten. Das Zimmer war bald voll von interessiertem und sehr erstauntem Publikum.

„Onkel Hans, ist das jetzt deine neue Glasharfe?", wollte Niels wissen, der sich schnell nach vorne gedrängt hatte.

„Nein, das ist nun ein Glasspiel. Du siehst, ich spiele es mit einem Stöckchen, welches ich nur ganz locker in der Hand halte. Damit tippe ich die Gläser leicht an, aber doch so, dass sie klingen können. Ihr glaubt es kaum, und auch mir ist es wieder wie ein Wunder, dass ich mit diesem, recht einfachem Glasinstrument, schon wieder einige bescheidene Konzerte geben durfte, meistens aber jetzt in Altersheimen und Seniorenresidenzen. Da ich aber bald merkte, dass es doch etwas schwierig wurde, allein damit für meine Zuhörer einen ganzen Nachmittag auszufüllen, kaufte ich zusätzlich noch einen Projektor für Dias. Damit zeige ich, zwischen der Musik, einige von mir in den letzten Jahren gemachte Bilder aus der Umgebung von Zürich, und auch von den Reisen, die ich mit Rosi gemacht habe. Nun bin ich schon wieder sehr gefragt."

„Jetzt ist mir klar, warum ich keine traurigen und deprimierten Telefonate erhalten habe. Jedes Mal hieß es: ‚Onkel Hans geht es gut.' Das glaube ich nun gerne und bin sehr froh darüber. Onkel Hans, weißt du, was du bist? Ein richtiges Stehaufmännchen. Deine neue Idee ist einfach großartig!"

Während er uns mit diesen neuen Gläsern noch eine Weile erfreute, entdeckte ich aber in einer Ecke eine kleine Glasharfe. Es war nicht die große, die ich eigentlich gut kannte, nein, es waren hier wesentlich weniger Gläser vorhanden, aber sichtbar auch diese ohne Wasser darin. Bei einer Spielpause erkundigte ich mich nun doch recht neugierig nach diesem kleinen Instrument.

„Onkel Hans, diese Glasharfe hier kenne ich noch gar nicht!"

„Das ist ein Probeinstrument, das ich vor langer Zeit einmal gebaut habe. Damit wollte ich lediglich ausprobieren, ob meine Idee, aus reinen Gläsern ein Instrument zu bauen, auch möglich ist. Aber schon recht bald habe ich dann damit begonnen, eine große Glasharfe zusammenzustellen."

„Kinder, der Kaffee wird kalt und den Kuchen holen bald die Spatzen, sie warten schon vor dem offenen Fenster!" Tante Rösi ruft es, denn sie ist in erster Linie Gastgeberin und nicht unbedingt Musikerin.

Sie musste auch nicht lange warten, die Neugierde war endlich befriedigt, nur der Appetit noch nicht. Alles eilte zum Kaffeetisch zurück und rückte den schon angefangenen Kuchenstücken hungrig zu Leibe.

Mich aber packte jetzt eine Idee. Etwas später, als wir alle zu einem kleinen Verdauungsspaziergang durchs Dorf unterwegs waren, nahm ich Peter zur Seite.

„Hast du die kleine Glasharfe in der Ecke gesehen? Meinst du, ich könnte Onkel Hans fragen, ob er mir diese ausleiht, damit ich versuchen kann, ob auch ich so ein Instrument spielen kann?"

„Klar, frag ihn doch einfach, er bekommt dann auch in seinem kleinen Raum etwas mehr Platz."

Dieses Mal dauerte unser Spaziergang durch das Dorf nicht lange, aber wenigstens konnten sich die Kinder dabei etwas bewegen.

Wieder zurück in der Wohnung atmete ich noch ein paar Mal mutig durch, dann stellte ich die für mich jetzt so wichtige Frage:

„Onkel Hans, könntest du mir vielleicht die kleine Glasharfe ausleihen? Ich würde sicher sehr sorgsam damit umgehen und hätte zudem dann die Möglichkeit auszuprobieren, ob auch ich so ein Instrument spielen kann."

„Ausleihen tue ich sie nicht, aber du kannst sie von mir kaufen", ist die direkte, unerwartete und so wunderbare, herrliche Antwort.

So einfach war das damals und so überraschend. Ich schwebte im siebten Himmel, als der hölzerne Schutzdeckel aufgesetzt und die Herrlichkeit neben unseren Koffern im Auto Platz fand.

*

Wir sind wieder daheim und alles noch intakt. Ja, nun muss ich die Gläser, die jetzt wirklich mir gehören, erst einmal kennenlernen. Die Hände habe ich gut mit Kernseife, einer Seife ohne zusätzlichen Fettinhalt, gewaschen und nachgespült. Onkel Hans hat mir genau erklärt, dass zwischen der Haut und den Glasrändern kein Hautfett mehr sein darf, denn dies verhindert den direkten Kontakt mit dem Glas. Nur durch reine Haut entsteht beim Streichen der Glasränder die notwendige Vibration, durch die man den individuellen und sauberen Ton aus dem einzelnen Glas herausholt.

Voll Entdeckerfreude fange ich jetzt an, das eine und andere Glas am oberen Rand zu streichen und versuche, zuerst die Töne der Tonleiter zu finden. Als Erstes erfahre ich, welcher Druck und welche Streichbewegungen notwendig sind, um ein Glas zum Klingen zu bringen. Schon bald suche ich Akkorde. Dabei bemerke ich, dass ich pro Hand nur zwei benachbarte Gläser berühren kann. Aber immerhin sollte es möglich sein, mit beiden Händen vier Gläser gleichzeitig zu aktivieren.

Die Zeit vergeht, ich merke es kaum. Endlich aber schaue ich doch auf meine Armbanduhr und stelle mit Erstaunen fest, dass ich schon über eine Stunde am Probieren und Erforschen bin und sich das Mittagessen auch nicht von alleine gekocht hat.

So decke ich mein wunderbares Instrument, meine kleine Glasharfe, mit dem Holzdeckel zu und sage mir: Morgen ist auch noch ein Tag. Eines habe ich mir aber fest vorgenommen; schon zu diesen Weihnachten soll Onkel Hans eine Kassette mit Musik auf seinen Gläsern gespielt bekommen. Darauf sollten mindestens zwei seiner eigenen Kompositionen, und natürlich auch noch einige Weihnachtslieder, zu hören sein.

*

Beim Anblick der gewaltigen Schneeberge, vom Beatenberg im Berner Oberland aus betrachtet, wo mein Bruder und ich mit der Großmutter oft die Winterferien verbracht hatten, glaubte ich als kleines Mädchen, hinter diesen Felsen-, Gletscher- und Schneemassen würde die Welt aufhören, es sei das Ende. Doch wie dieses Ende oder Nichts aussehen könnte, das wusste ich natürlich nicht.

Auch heute gibt es Situationen, in denen ich nicht dahinter sehen kann. Dann versuche ich, ein Guckloch hindurch zu graben, das mir die Sicht nach drüben erlaubt, in die mir noch unbekannte Welt.

Dieselbe Unbekannte stellt sich mir beim Anblick meiner Gläser. Sie haben, mit ihrem fast überirdischen Klang, etwas so Geheimnisvolles, ja fast Unirdisches an sich. Ich berühre sie nur leicht mit meinen Fingerspitzen, jedes klingt mit einem anderen Ton.

„Wer seid ihr, wo kommt ihr her, worin liegt eure Seele versteckt, und wie kommt es, dass ihr eine so bezaubernde Musik bringen könnt?" Aber auf all diese meine Fragen können sie mir keine Antwort geben.

Die Stücke von Onkel Hans lerne ich, eines nach dem anderen. Alle seine Werke sind zum Glück nicht lang, aber wunderschön und in ihrer Harmonie und Zartheit den Gläsern so angepasst, dass Glas und Ton in vollkommener Einheit zu verschmelzen scheinen. Dies hatte ich schon beim Spielen von Onkel Hans erkannt, jetzt muss ich lernen, diesen Ausdruck selber hervor zu bringen.

Ich erinnere mich, wie Onkel Hans mir erzählt hat, dass er durch Herrn Hoffmann einmal erfahren habe, dass nicht er, Hans Graf, der Erfinder dieses Instrumentes sei, wie er lange geglaubt hatte, sondern dass zur Zeit von W. A. Mozart schon Glasinstrumente bekannt und gespielt worden waren, und Mozart, in seinem letzten Lebensjahr, dafür selber etwas komponiert hat.

Und wo gibt es heute diese Noten noch? Gibt es noch mehr Musik oder ähnliche Unterlagen? Vielleicht von anderen Komponisten und Interpreten, die möglicherweise auch etwas für die Glasharfe geschrieben haben?

Es sind gerade diese Fragen, die sich, wie große Unbekannte, hinter hohen, felsigen Gedanken-Bergen verstecken.

Also, entweder überklettere ich sie, oder ich bohre mir mein Guckloch hindurch, so weit, bis ich drüben bin.

Ich bin startbereit: Aber wo setzte ich an? Dies ist meine erste große Frage.

Müsste nicht der Brockhaus-Verlag alles in der Welt Vorkommende wissen und jedem mitteilen können? Also, Bohrmaschine ansetzen, was so viel heißt: Dem Verlag schreiben.

Es dauert gar nicht lange, da antwortet die andere Seite. Es ist aber nicht dieser Verlag selbst. Die Antwort kommt sehr bald vom Musikverlag Schott in Mainz:

Sehr verehrte gnädige Frau,

*der Verlag F.A. Brockhaus stellt mir Ihre Leserzuschrift
betr. Notenmaterial „Glasharfe" zu. Der Musikverlag
B. Schott' Söhne arbeitet auf dem Gebiet der Musiklexika
eng mit dem Hause Brockhaus zusammen. Ich habe etliche
Recherchen angestellt: Leider kann ich Ihnen z.Zt. noch kein
weiteres, gedruckt erschienenes Notenmaterial nachweisen.
Das erklärt sich daraus, dass die Glasharfe doch ein sehr
selten gespieltes Instrument ist. Für die Verlage würde sich
die Herstellung gedruckten Notenmaterials nicht lohnen.
In der Gesamtausgabe der Werke Beethovens ist dessen Werk
für Glasspiel nicht enthalten.*

*Ich erwarte noch die Auskunft eines Amerikaners über Ihre
Anfrage und darf mich in Bälde noch einmal melden.*

Mit besten Grüßen

*

Heute, Jahrzehnte später, stelle ich mir die Frage:

Ist es nicht so, dass ich damals mit dieser, meiner ersten Anfrage, und der Antwort des Verlages Schott, noch ahnungslos ein vielversprechendes Samenkorn einer fruchtbaren Erde anvertraut hatte? Könnte ich diese freundliche Antwort nicht vielleicht schon mit den Keimblättern vergleichen, die als Erste die Sonnenenergie speichern können, um ein Pflanzenwachstum zu ermöglichen?

Aber diesmal waren es nicht die Wachstum fördernden Sonnenstrahlen, sondern die sirenischen Melodien meiner Gläser, die zum Gedeihen verlockten, denn schon bald kam der alles entscheidende Brief mit der sehnlich erwarteten amerikanischen Adresse.

Wie aber sollte ich da schon ahnen, dass damit die ersten Blätter aus den Knospen meiner Wunderblume herausgewachsen waren?

So will ich jetzt mit meinem Bericht wieder die vergangenen Jahrzehnte zurückgehen, und in Gedanken den Beginn meiner Glasharfenzeit in die Gegenwart zurückholen und damit erneut erleben.

Ich sitze in unserem Wohnzimmer und immer und immer wieder lese ich das Schreiben des Musikhauses, mit der darin so viel versprechenden Adresse. Fast unbewusst strecke ich damit meine forschenden Fühler aus nach dem fernen Kontinent ... und Amerika kommt! denn in dem Schreiben erfahre ich, dass dieser Spezialist für Glasharfe sich wissenschaftlich mit dem Thema Glasmusik beschäftige und auch über ein beträchtliches Notenarchiv verfüge.

Mit diesem Brief lasse ich für kurze Zeit alles stehen und liegen, schwirre zu meinem Instrument und, indem ich mit meinen Fingern ein paar Hans-Graf-Kompositionen ertönen lasse, erzähle ich den Gläsern von der wundervollen Neuigkeit.

In den nächsten Tagen hole ich mein Deutsch-Englisch-Wörterbuch hervor und schreibe an die angegebene Adresse einen ausführlichen Brief. Darin stelle ich zuerst mich, dann Onkel Hans und unsere gemeinsame Glasharfe vor.

Aber gleichzeitig wird auch Onkel Hans über alle diese neuen, fast bahnbrechenden Ereignisse informiert. Dann kommt sie, nur ganz kurz darauf, die für mich ganz überwältigende und große Überraschung. Onkel Hans schreibt:

Liebe Liselotte,

ich habe jegliche Hoffnung aufgegeben, jemals wieder auf meiner Glasharfe spielen zu können, denn nur mit einer Hand spielen, das ist einfach unmöglich. Gerade kürzlich sprach mich ein Interessent auf das Instrument an, er sei selber Musiker und würde es zu einem guten Preis gerne erwerben. Vielleicht war das jetzt für mich das entscheidende Moment, dass ich nun wirklich daran denke, meinen musikalischen Kameraden doch endlich abzugeben. Ich habe in der letzten Monaten deutlich gespürt, wie du dich für deine kleine Glasharfe einsetzt, und dabei nicht nur immer bessere Fortschritte im Spielen machst, sondern dich sogar auch intensiv mit dem Finden von Notenmaterial beschäftigst. Dieses lebhafte Interesse hat mir den Entscheid erleichtert, und ich frage dich, ob du das große, mein Konzertinstrument, von mir erwerben möchtest. Ich würde es dir zu einem Vorzugspreis abgeben.

Dein Onkel Hans. Rösi lässt auch grüssen.

Ob ich sie kaufen möchte??? Hurra, hurra!

Noch ein paar Mal tief durchatmen, dann wähle ich die Telefonnummer, ich kenne sie auswendig.

Wie gut, dass es Wochenenden gibt. Schon am nächsten Freitagabend springen Peter und ich in unser Auto und sprinten los, in die Schweiz, nach Herrliberg, zu Onkel Hans und zu dem herrlichen Instrument. Diesmal fahren wir ohne die Kinder, die sind inzwischen recht selbständig und wir können sie ruhig für zwei Tage einmal alleine lassen.

Ich weiß nicht, was Onkel Hans dabei empfindet, als sein großes und so geliebtes Instrument in unserem Kofferraum verschwindet und der Autodeckel so endgültig darüber zufällt. Noch ein letztes Zusammensein am heimeligen Kaffeetisch. Ein Trost ist ihm aber geblieben, sein Glasspiel, mit dem er schon wieder häufig vielen Menschen Freude bereiten konnte.

Er gibt mir noch einige Ratschläge, und ich verspreche ihm feierlich, hie und da eine Kassette zu schicken, damit er seine Gläser doch immer wieder einmal hören darf. Ich wäre auch froh, wenn er mich beim Lernen noch etwas leiten könnte.

Ein letztes Winken, wir sind fort und damit entschwindet für Onkel Hans auch ein prägender und wichtiger Lebensabschnitt.

„Jetzt wird er sicher direkt zu seinem Glasspiel gehen und sich mit diesen Gläsern unterhalten und dort etwas Trost holen, meinst du nicht auch?", wende ich mich an Peter.

„Da hast du sicher recht. Aber auch du kannst ihm viel Freude bereiten, wenn er seine geliebten Gläser immer wieder einmal auf einer Kassette hören darf, und auf diese künstliche Weise noch mit ihnen sprechen kann."

Die Heimreise wird nicht langweilig. Es ist schon gut, dass das Auto nicht wissen kann, was für eine kostbare Fracht es gerade transportiert, sonst würden seine Gummiräder anfangen den Walzer zu tanzen. Aber ein so tanzendes Auto wäre nicht mehr verkehrstüchtig, und wir wollen doch immerhin noch heil nach Hause kommen. Auch Peter freut sich, wir schmieden gemeinsam Pläne von Konzerten, die ich auch einmal geben möchte. Im Gegensatz zu mir aber bleibt er dennoch ruhig und konzentriert am Steuer. Ich aber muss nicht fahren, ich darf nur daneben sitzen und großartige Luftschlösser bauen. Ja, die baue ich, stundenlang, hohe und prächtige, dagegen ist Schloss Neuschwanstein bloß ein Pförtnerhaus.

*

„Sie kommen!"

Gesund und munter, aber vor allem überaus neugierig, kommen unsere drei, Entschuldigung, vier, denn auch Susanne ist dabei, aus allen Ecken gesprungen. Unsere Abwesenheit haben sie scheinbar bestens überstanden, ja sicher auch genossen und mehr Fernsehen geguckt, als normalerweise bei uns zulässig ist.

Das Fernsehen ist für unsere Kinder nur am Freitagabend erlaubt, weil am Samstag keine Schule ist. Doch manchmal, wenn unser Jüngster nirgendwo weder sichtbar noch hörbar ist, dann ertappen wir ihn sicher am Flimmerkasten. Den Freitagabend aber, den genießen wir dann alle gemeinsam und dabei werden noch Schokolade und andere Schleckereien geknabbert.

Es ist selten, aber es kommt doch hie und da vor, dass wir abends abwesend sind, sei es zu einem gemeinsamen Kegelabend mit den Ehefrauen oder sonst zu einer Einladung. Dann aber schließen wir dieses verführerische Gerät hinter einem Holztürchen weg, und der Schlüssel dazu wird sorglich versteckt. Erst viele Jahre später erfahren wir, dass die Trabanten dann so lange nach diesem Sesam öffne dich gesucht haben, bis sie fündig wurden, und sie wurden es – jedes Mal. Für diese zwei Tage haben wir nicht abgeschlossen und brauchten daher auch den Schlüssel nicht zu verstecken, es ist ja schließlich auch Wochenende. Sie werden den Fernseher sicher sehr genossen haben, aber wie ich sehe, diesen doch ganz gut überlebt.

Bei einer Elternversammlung in der Schule kam gerade auch dieses Thema auf das Programm. Es war damals die Zeit, in der sehr viel über die kindliche Entwicklung diskutiert wurde.

Wie viel und wie lange dürfen Kinder schauen? fragte der Dozent. Allgemeine Unsicherheit ... dann seine Antwort: eine halbe Stunde ...! allgemeines Aufatmen der lauschenden Eltern ... aber: pro Woche! Oh, nur ... man glaubte verstanden zu haben: pro Tag.

Wir sind also wieder glücklich und heil zu Hause angekommen.

„Wo habt ihr die Glasharfe?" Die scheint wichtiger zu sein als die Eltern, die man ja täglich genießen kann.

Die beiden Holzkisten tragen wir nun sorgsam in den Wintergarten, wo wir sie, wie es Onkel Hans auch gemacht hatte, auf einen Tisch stellen. Dann hebe ich sorgsam die Deckel ab, und bewundernd stehen wir vor den sauberen und glitzernden Gläsern.

„Spiel doch einmal!", werde ich gleich gebeten.

„Kinder, das geht nicht so schnell. Erstens muss ich, wie ihr selber wisst, dafür ganz saubere und fettfreie Hände haben, und zweitens sind wir ja auch erst vor einer viertel Stunde angekommen. Wir decken die Gläser jetzt wieder sorgsam zu, und dann gibt es auch bald das Abendessen!" Der Alltag hat uns wieder und augenblicklich auch noch ohne Neuschwanstein.

*

Ein paar Tage darauf bringt unser Postbote einen umfangreichen Briefumschlag. Er ist aus Amerika und datiert am 15. Mai 1983! Eilig öffne ich ihn und gleich bemerke ich, dass sich hier eine Hoffnung erfüllt, denn er enthält die Antwort auf mein Schreiben, und das, zu meinem großen Erstaunen, sogar in einem recht guten Deutsch verfasst.

Herr Piotrowski entschuldigt sich zuerst, sein Brief sei sicher sehr „ungrammatisch" und bedankt sich für den meinen, der ihn sehr überrascht habe. Es tut ihm auch sehr leid, dass Hans Graf sein Instrument nicht mehr spielen kann. Weiter schreibt er:

Eine Zeitlang habe ich die Musik aus den 18. und
19. Jahrhunderten für die Glasharmonika wieder aufgeführt.
Gegenwärtig spiele ich diese Werke auf einer meinem eigenen
Plan nach gebauten Glasharfe. Im Augenblick beauftrage
ich eine Glasfabrik um die Gläser für eine Glasharmonika
der Franklinschen Bauart mit einem Tonumfang von
4 Oktaven zu blasen.
Das Suchen nach Mikrofilmkopien der vergessenen Musikschätze
für Glasharmonika ist ja das vereitelteste Werk, das ich je
unternommen habe. Oftmals habe ich ein Werk durch reinen
Zufall nach vielen Wochen von intensiver Forschung gefunden.
Die überwiegende Mehrzahl der für Glasharmonika komponierten
Werke (um 1770 bis 1890) besitze ich schon oder erwarte ich
mit der Post von verschiedenen Archiven.

Bei seinem weltweit intensiven Suchen nach Kompositionen für Glasharmonika stellte er fest, dass die meisten, vor allem die europäischen Archivverzeichnisse, oft recht veraltet sind, so dass Kompositionen als verloren und zerstört angegeben werden. So schreibt er weiter:

*Heute besitzt ich diese „verloren" und „zerstörten" Werke für
Glasharmonika.*

*Im Augenblick stelle ich eine Forschungsarbeit, die hoffentlich
eine Tages ausgedrückt würde, über die Glasharmonika und
Glasharfe (musical glasses) – ihre Geschichte, Komponisten,
Kompositionen und Virtuosen – auf. Tatsächlich habe ich
zahllose Stunden dazu verwendet, um die geschichtlichen und
gegenwärtigen Kompositionen, Aufsätze und Bücher zu finden.
Nebst den Glasharmonikawerken von den alten Meistern hab
ich auch Werke für Glasharmonika und Glasharfe komponiert.
Wenn Sie Sich dafür interessieren, schicke ich Ihnen diese
Kompositionen. Vielleicht können Sie mir die Stücken Ihres
Onkels senden? Ich wäre wirklich dankbar.*

*Beigefügt sind ein Verzeichnis der Glasharmonika- und Glas-
harfewerke, deren Komponisten und Ortsangabe (wenn es möglich
sei), die ich gefunden habe, und eine kurze Bibliographie von
Aufsätze über die Glasharmonika.*

*Bitte, schreiben Sie mir so oft als Sie wollen. Noch einmal danke
ich Ihnen für Ihren Brief. Es gibt nur wenige Leute, die für die
Glasharmonika und Glasharfe sich interessieren. Es freut mich
sehr, dass ich noch eine andere Glasharfenistin kennengelernt
habe, mit der ich in Briefwechsel stehen kann.*

*Mit bestem Gruß Ihr
Kenneth R. Piotrowski*

Das Kuvert beinhaltete nicht nur diesen langen und ausführlichen Brief,
auch eine 6-seitige Aufstellung von 35 Werken, die er nach akribischem
Suchen in Europa, Russland und in Amerika gefunden hatte, sondern
auch den Plan seiner selbst gebauten Glasharfe.

In den folgenden Monaten entwickelt sich ein reger Schriftverkehr
und eines Tages kam, wieder per Post, ein noch schwereres Briefkuvert
aus Amerika angeflogen. Was darin verpackt war, konnte ich nur erahnen, und vor allem kaum glauben. Noten für Glasinstrumente, durch
monate- und jahrelanges mühevolles Suchen gefunden. Sie flattern jetzt
so ganz einfach in unsere Stube. Vollkommen überwältigend, kaum je
gutzumachen und schon gar nicht zu bezahlen. Natürlich ist auch Mo-

zarts „Adagio" für Harmonika, Köchelverzeicnis No.356 und das ebenfalls berühmte „Adagio und Rondo" K. 617 für Flöte, Oboe, Viola und Violoncello dabei. Inzwischen habe ich eine Schallplatte von Bruno Hoffman gekauft, und so fällt es jetzt leichter, in meiner Freizeit das „Adagio" für Soloinstrument Zeile für Zeile mir und meiner Glasharfe beizubringen.

*

Ja, diese so genannte Freizeit muss ich mir manchmal ein bisschen stehlen. Familie, Haus und Praxis kommen immer noch an erster Stelle. Die Kinder sind glücklich ein Schuljahr weiter gerutscht. Einmal pro Woche fahre ich nachmittags Wiebke zu Frau Lang, die in einer lockeren und doch produktiven Art und Weise Wiebke in dem schlimmen Fach Latein hilft. Ich kann es nicht, denn meine eigenen Lateinkenntnisse plätscherten bei mir selber in meiner Zeit im Abendgymnasium immer in der Nähe des Gefrierpunktes herum. Englisch ist dagegen nicht das Problem. Oft pilgere ich mit meiner Tochter durch den Garten und frage sie englische Wörter und Ausdrücke ab. Draußen an der frischen Luft kann dieser intensive Energieverbrauch im Kopf besser verdampfen – hoffe ich.

Dieselben Gartentourneen machte ich auch mit Niels, unserem Zappelphilipp. Sein Lehrer hat scheinbar eine Schwäche für Gedichte und versucht, diese auf seine Schüler zu übertragen. Ich kann das etwas verstehen, aber jede Woche ein ganzes Gedicht auswendig lernen?! Soll das etwa die Liebe zur Poesie fördern? Sicher nicht bei jedem. Auch hier wird doch vor allem die geduldige Hilfe der Mütter erwartet.

Manchmal erstaunt es mich, dass ich mit Claas wenig lernen muss. Auch er findet in seiner Schulzeit so einige Stolpersteine auf seinem Weg zum Wissen, meistens aber räumt er diese ganz alleine weg.

*

Auch diese Sommermonate vergehen wie immer recht ereignisreich. Mit Amerika beginnt ein reger Briefwechsel, und Onkel Hans wird selbstverständlich in diesen mit einbezogen. So überquert folgender Brief, sogar mit beigelegter Kassette, den Atlantik:

Herrliberg, den 30. Mai 1983
Lieber Herr Piotrowski,

Via Liselotte Behrendt in Langerwehe, BRD, ist eine Kopie Ihres
Briefes an sie, bei mir angelangt. Hierzu meine Stellungnahme.
Bitte überschätzen Sie meine glasharf'sche Tätigkeit nicht!
Denn weil ich damit vorwiegend volkstümliche Musik spielte,
habe ich keinen internationalen Namen erreicht. (Ich habe auch
erst im 60. Altersjahr damit angefangen.) Nur als einzige Ausland-
Aufnahme, habe ich in Deutschland einige Vorführungen gemacht.
Auf Ihren Wunsch werde ich trotzdem einige Angaben über mein
Wirken machen:
Zuerst lege ich einen Prospekt bei, dann einen etwas detaillierteren
Entstehungs-Bericht, sowie einige Zeitungsartikel in Kopie.
Auch habe ich noch eine System-Aufstellung meines ehemaligen
Instrumentes erstellt und beigelegt.
In Winterthur gibt es einen Herrn, welcher sich sehr für Glas-
harmonikas, bzw. -harfen aller Zeiten interessiert. Er hat sogar
einige solche Instrumente als Sammlung in seinem Besitz.
Seine Adresse lautet:
Herr Prof. Dr. W.M. Meier, Römerstrasse 25
CH-8400 Winterthur, (Schweiz)

Neulich hat er mir sogar ein Buch über Bruno Hoffmann
geschickt. Von diesem Buch habe ich einige einzelne Seiten
kopiert für Sie, für den Fall, dass Sie es noch nicht besitzen,
und sich doch dafür interessieren.
Was meine Kompositionen anbetrifft, (wie schon gesagt, eher
volkstümlich) lege ich hier auch noch je ein Exemplar bei.
Indem ich hoffe, damit Ihrem Wunsche entsprochen zu haben,
grüsst Sie freundlich
Hans Graf

NB Mit gleicher Post (separat) schicke ich Ihnen noch eine
Tonband-Kassette. Natürlich gratis für Ihre wertvollen
Bemühungen.

*

Herrliberg, den 31. Mai 1983
Liebe Liselotte,

Herzlichen Dank für den Brief mit den interessanten Beilagen.
Weil dieser Herr Piotrowski so freundlich und ausgiebig
antwortete, habe ich ihm gleich selbst zurückgeschrieben
unter Beilage der gewünschten Auskünfte. Die Kopie meines
Briefes an ihn lege ich hier bei (nicht zurückschicken).
Es freut mich sehr, dass die Glasharfentätigkeit bei Dir gute
Fortschritte macht; ich zweifle sogar nicht, dass Du dabei noch
bessere Erfolge erzielen wirst als ich sie seiner Zeit erreicht habe.
Gute Fortschritte und recht schöne Erfolge habe ich nun auch
gemacht mit meinem neuen Glasspiel. Hatte schon etwa
30 Auftritte und soeben, während ich diesen Brief schrieb, kam
per Tel. ein neues Engagement für nach St. Gallen. Auch mein
Psalter hat schon verschiedentlich echtes Erstaunen ausgelöst.
Ich bin froh, dass mir trotz des Hirnschlages (es ist übrigens
2 Jahre seither) wieder Auftritte möglich sind.

Herrn Piotrowski kannte ich bisher nicht! Einen System-Plan
unserer Glasharfe habe ich ihm schon geschickt!

Freundliche Grüsse an Alle
Hans
Grüsse auch an die ganze Familie von Tante Rösi.

Die Antwort aus Amerika an Onkel Hans, die bekomme ich natürlich
auch gleich postwendend. Mit einem amüsierten und fröhlichen Lächeln
stelle ich gerade fest, dass wir die Post schon lange nicht mehr so gut beschäftigt haben, und wie freut es mich, dass seine recht schweizerischen
Kompositionen mit folgendem Kommentar von Ken Piotrowski aufgenommen werden:

Ihre Kompositionen sind sehr gut und bezaubernd schön,
besonders „Elegie". Ich habe niemals, bis „Elegie", ein Werk
gehört, das der unkörperliche und himmlische Charakter
der Glasharfe so elegant zum Ausdruck bringt. Die Tonsätze
fließen sanft von einem auf anderen. Ich sehe dem Spielen
der „Elegie" mit Vergnügen entgegen.

Wie gut kenne ich doch diese Kassette von Onkel Hans und ich weiß, dass nicht nur die Elegie darauf zu hören ist. Ich selber liebe die beiden Stücke Dr Diemtigtaler und uf dr Grimmialp ganz besonders. Ich kann sie beide jetzt sogar schon spielen.

Gerade stelle ich mir vor, wie das schweizerische so liebliche Diemtigtal zusammen mit seiner Grimmialp beide, wie in ein klingendes, musikalisches Kuvert verpackt, an das andere Ende der Welt geflogen sind. Musik, und hier vor allem die Glasharfe, können so vieles möglich machen. Sie zaubern sogar eine ganze bergige Landschaft über einen Ozean von tausenden von Kilometern.

Eines Tages aber hole ich einen ganz besonderen Brief von meinem Amerikaner aus dem Briefkasten. Darin erfahre ich, dass im kommenden November in Columbus, im USA-Staat Ohio, ein Internationales Glasmusikfestival stattfinden soll. International! Da fühle ich mich doch gleich angesprochen, und so ist meine spontane Antwort: „I am coming!"

Scheinbar hat mein amerikanischer Glasharfenkamerad eine solche Antwort nicht erwartet, denn er schreibt fast postwendend zurück:

What delight! When your last letter arrived, I was eating,
and nearly choked in surprise at reading of your intent
to attend the glass festival. Of course, we are very happy
about this, and look forward to meeting you.

I called Mr. Dennis James (director of the glass festival)
and reserved everything for you that has to do with the
festival. When you arrive in Columbus, you should telephone
Mr. James and confirm everything with him.

„Kinder, ich fliege im November für einige Tage nach Amerika! Könnt ihr in dieser Zeit ohne mich auskommen?"

„Jaaa!", tönt es einstimmig.

„Mama, bringst du uns auch etwas von Amerika mit?"

„Ganz sicher, aber vor allem werde ich dann ganz viel zu erzählen haben."

Um mit Peter meine Abwesenheit zu organisieren, haben wir noch reichlich Zeit. Mein Instrument lasse ich aber zu Hause, darüber sind wir uns gleich einig.

Dann gehe ich zu meiner Glasharfe, erzähle ihr die Neuigkeit, und gemeinsam jubeln wir das Adagio von Mozart in die Lüfte. Durch das offene Fenster entweicht diese getragene Melodie, schwingt sich voll Sehnsucht hoch, und wie einst Christoph Columbus, so segelt mir meine Vorfreude über den weiten Atlantik schon voraus, zu dem mir noch ganz fremden Kontinent.

Kapitel 11

Meine Reise nach Amerika zum
Glass Music Festival in Columbus / Ohio

Das Festival beginnt – Abschied am Brüsseler Flughafen – über den Wolken –
am New Yorker Flughafen – ein freundliche „Buskränzchen" – und ein hilfsbereiter
Taxifahrer – das unheimliche Motelzimmer – „gute Nacht, ihr Lieben zu Hause!"

"I wish to introduce to you Mrs. Behrendt from Germany, who will tell
you a very charming story having to do with the gentleman, who cannot
attend this Festival but I think you will very much enjoy it." [1]

Mit diesen Worten führte mich Dennis James, der Organisator des 1. Glass
Music Festivals in Columbus/Ohio, ein und überließ mir anschließend
das Wort.

Ja, so war es: Auf einmal verstummten erwartungsvoll alle Gespräche.
Dann ertönte sie, die Glasharfenmusik von Onkel Hans. Klar und rein,
eindrücklich in ihren einfachen und doch so liebevollen schweizerischen
Melodien, erfüllten sie den aufmerksam gewordenen Saal. Alle lauschten
konzentriert, bis auch die letzten Töne verklungen waren. Einen kurzen
Moment blieb alles noch still, träumend der Musik nachsinnend, die in
uns weiter klang. Dann begann ich zu erzählen:

„Let me begin with: Once upon a time there lived a man, not young in
years any more, but young in being always ready for new ideas …!"

„Es war einmal …": Mit diesen Worten habe ich Hans Graf am Samstag, dem Gala-Abend des Ersten Glas Musik Festivals, vorgestellt, als
ungefähr 50 Teilnehmer sich zum gemeinsamen Dinner trafen. Es sollte
wie ein Märchen klingen, und ist es denn nicht auch ein solches, diese Geschichte, als ihm eines Tages die Idee kam, aus Gläsern Musik zu
zaubern? Die Zuhörer vernahmen nun gespannt lauschend, wie er, bis
zur Fertigstellung seiner wunderschönen Glasharfe, an die fünfzigtausend
Gläser in Glasbläsereien und Geschäften zusammen gesucht und auf ihren reinen und schönen Ton geprüft hat.

Diese beiden Ansprachen, diejenige von Dennis und auch die von mir, sowie die von der Musikkassette abgespielten Stücke von Onkel Hans, habe ich gleich an Ort und Stelle auf Kassette aufgenommen und dann, noch am selben Abend, die Ereignisse von diesem ersten Festival-Tag in meinem „Motel-Geisterzimmer" auf das Bändchen gesprochen. Jetzt, wohl geborgen wieder zu Hause bei meiner Familie, höre ich in meinem Zimmer nicht nur diese Aufzeichnungen, ich schreibe sie auch nieder, und dabei werden die schönen Erinnerungen an alles Erlebte erneut Wirklichkeit.

*

Im November 1983
Lieber Onkel Hans, liebe Tante Rösi!
Jetzt müsst Ihr Euch aber wirklich viel Zeit nehmen, denn ich vermute, dass dieser Amerika-Bericht sehr lang werden wird. Vielleicht macht Tante Rösi vorher einen feinen Kaffee, dabei könnt Ihr dann gemütlich, auf dem Sofa sitzend, gemeinsam die vielen Seiten entziffern.

Jetzt zu Dir, Onkel Hans. Du kannst es Dir wohl denken, wie ich Dich und Dein Instrument an dem Gala-Abend dem zahlreichen Auditorium vorgestellt habe. So wurdest Du auf diese Weise nun dennoch, obschon in der Schweiz geblieben, und sicherlich in Gedanken oft bei diesem internationalen Treffen von Glasmusikern weilend, Teilnehmer dieses Festivals in Columbus und spieltest für alle Deine Musik auf Deinem wunderschönen Instrument. An meinem Tisch saßen noch Dennis James und seine Freundin, mir gegenüber Professor Meyer aus Zürich, den Du ja gut kennst, sowie ein älteres Ehepaar, Dominik Labino mit seiner Frau. Er ist ein begnadeter Glasbläser aus Kalifornien. Als Deine Musik vom Band ertönte zeigte ich auch eine Fotografie von Dir. „That is a good looking man!", übersetzt: „Das ist ein gut aussehender Herr!" Frau Labino war nicht nur von Deiner Musik begeistert, sondern auch von Dir selber. Was sagst Du nun dazu? Ist das nicht ein großartiges, fernes, amerikanisches Kompliment?

Es war wirklich eine unvergessliche Reise, und zurück blickend, sind bei mir Geist und Seele immer noch erfüllt von all diesem so eindrucksvoll Erlebten.

Ich glaube, dass ich mit dem Besuch dieses ersten Glass Music Festival einen neuen und sehr entscheidenden Lebensabschnitt betreten habe.

Onkel Hans, Tante Rösi, es ist, als würde vor mir ein Tor seine beiden weiten Flügel weit aufsperren. Dann trete ich hinaus und vor mir eröffnet sich die ganze Welt voll Erwartungen und so verheissungsvoll. Dieser, mein erster Amerikabesuch, war nicht nur sehr erlebnis- und lehrreich, ich gewann als Höhepunkt auch noch wunderbare und interessante amerikanische Freunde.

*

Mit diesem Bericht will ich also jetzt zurückgehen auf den 1. November dieses Jahres, als alles im Auto nach Brüssel begann:

Meine Familie, Peter und unsere drei Kinder Wiebke, Claas und Niels brachten mich nach Brüssel zum Flughafen. Während dieser langen Fahrt fand ich noch Zeit, mich bei meiner Tochter nach ihren Schularbeiten in Englisch zu erkundigen, was bei ihr ein leises, aber deutliches Murren auslöste.

Zu Hause hatte ich noch ganz schnell ein kleines Tagebuch in meine Tasche gesteckt. Nun gab ich dieses den Kindern mit der Bitte, sie mögen doch ein paar Worte hinein schreiben, damit ich in den kommenden Tagen, in dem weit entfernten Amerika, wenigstens schriftlich ein kleines Andenken von ihnen immer bei mir tragen kann.

1. November 1983
Die Autofahrt zum Flughafen nach Brüssel begann mit
anstrengendem Englischunterricht
Tochter Wiebke
Ich wollte sehr gern mitfahren, Papa schwitzt vor Aufregung,
Mama und Wiebke arbeiten fleissig Englisch, Niels schläft,
Claas denkt sich ein Wunderpferd aus, das in Volltempo
springt und neben uns her läuft.
Claas Behrendt,
Niels Peter Rolf Behrendt

Sein Bruder schließt sich praktisch, oder sagen wir faul, nur mit dem Namen an. Selber schrieb ich dann nicht mehr viel hinein, denn die Tage waren zu sehr ausgefüllt mit Erlebnissen, so dass dafür kaum Zeit mehr blieb.

Endlich am Flughafen angekommen, begann nun mein großes Abenteuer, meine Reise nach Amerika zum 1. Glass Music Festival in Columbus/ Ohio.

Die Kinder fanden es toll interessant, einmal so große Flugzeuge zu sehen und dann noch meinen Abflug von der Flughafenhalle aus miterleben zu dürfen. Das sei dann noch ganz besonders aufregend gewesen, haben sie mir später erzählt.

Im Flugzeug wartete ich auf den Start und schaute immer wieder zum Flughafengebäude zurück, in der Hoffnung noch irgendeinen Zipfel von meiner Familie zu erhaschen.

Mit einer halben Stunde Verspätung begannen wir langsam in Richtung Startbahn zu rollen. Von meinem Fensterplatz aus, konnte ich leider nicht alles sehen, denn der breite und lange Flügel versperrte mir so einiges an Übersicht auf die lebhafte Flughafen-Atmosphäre. Trotzdem versuchte ich noch ein letztes Mal, hoch hinauf zur Flughalle zurückzublicken, wo meine vier Zurückgebliebenen sicher gespannt aus den riesigen Hallenfenstern guckten, um den Abflug ja nicht zu verpassen.

Auf einmal begannen die Motoren lauter zu dröhnen und sofort nahm das Flugzeug kraftvoll Tempo auf, so dass wir in unsere Sitze gedrückt wurden. Wir rasten der Startbahn entlang, immer näher dem Ende zu. Aber bevor wir es erreicht hatten, lösten sich die Räder vom Beton. Hoch und immer höher ging es, und kaum hatten wir uns auf das plötzliche Fliegen konzentriert, durchbrachen wir auch schon die ersten leichten Wolkenfetzen.

Es gab endgültig kein Zurück mehr und meine Gedanken lösten sich von Heim und Familie, so wie sich unser Luftvogel auch vom Boden trennte, und ich strebte nun voller Spannung und freudiger Erwartung den zukünftigen Tagen entgegen.

Mein Fensterplatz erlaubte mir, trotz des etwas hinderlichen breiten Flügels, einen tiefen Blick hinunter auf die Erde. Wälder und Dörfer zogen unter uns vorbei, auch einzelne Bauernhöfe, dann breite Straßen und schmale Wege, die Äcker und Wiesen durchquerten, und auf einer belebten Autobahn krabbelten hunderte von Autos. Aber schon sah ich die Küste unter uns, bis weit in die Ferne reichend und ausgefranst, wie ein verkleckster Pinselstrich, mit vielen kleinen Buchten und Schäreninseln, die den ewig nagenden Wellen des unruhigen Meeres immer wieder getrotzt haben. Als auch diese verschwanden, war unter uns nur noch Wasser, unendlich viel Wasser. Eine Notlandung wäre jetzt nicht mehr möglich, ging es mir scheu durch den Kopf. Aber ruhig und zuverlässig brummten die starken Motoren unseres tapferen Fliegers dem Amerikanischen Kontinent entgegen.

Unruhig schien das Meer zu sein, denn sogar von unserer beträchtlichen Höhe aus konnte ich weiße Schaumkronen erkennen, wie eine dichte Herde von weidenden Schafen. Achtung! jetzt entdeckte ich sogar ein Schiff, ein hoch beladenes Containerschiff, das sich, unbeeindruckt von den unruhigen Wellen, durch die weite Fläche des Wassers pflügte, und die weiße Gischt des Wassers schien, aus unseren 10 km Höhe gesehen, den schweren Schiffskörper nur leicht zu kitzeln. Ich konnte sie gut erkennen, die farbigen blau, rot, braun, gelb gefärbten Container, hoch und dicht auf dem Schiffsboden gestapelt. Lange Zeit sah man dann nur noch das weite Wasser. Auf einmal wieder ein Punkt in der großen Weite. Ich glaube, es war diesmal ein strahlend weißes Passagierschiff. Ob ich wohl auch einmal auf einem solchen großen Meeresdampfer mitfahren darf?

Auf einmal aber wurde die Sicht in die Tiefe von dicken Wolken unterbrochen, die erst vereinzelt nur sanft an unserem Flugzeug vorbeistrichen, es federleicht umschmeichelten, um es zuletzt aber zusammengeballt in einen dicken weißen Watteknäuel zu hüllen, der sich nur hie und da bescheiden öffnete. In dieser bauschigen Wolkendecke konnte ich beobachten, dass sich darin manchmal eigenartige Formen entwickeln können, die unsere Augen mit Dingen aus dem Alltag verbinden. Flogen wir zuerst über und in einer kuscheligen und doch recht buckligen Plüschdecke, so löste sich daraus auf einmal ein Band, das aussah, wie ein Elefantenrüssel, woraus sich dann gleich darauf eine Bärengestalt entwickelte? Das müssen starke Winde sein, die nicht nur unseren großen und stabilen Himmelsvogel leicht zu schütteln vermochten, sie gestalteten auch die Wolken kreativ immer wieder neu, und verformen sie so, dass man darin, oder vielleicht auch nur ich, darin viele Dinge sehen konnte.

Trotz der vielen spannenden Beobachtungen begann sich mit der Zeit bei mir der Hunger bemerkbar zu machen, denn das heimatliche Frühstück war schon lange Vergangenheit. So löste ich mich von meinem Wolkenspiel und begann meine direkte Umgebung eingehender zu betrachten. Die Plätze schienen alle besetzt zu sein. In der einen Ecke wurde gelesen, anderswo, anstatt hinaus zu schauen, verschlief man am Fenster einen Teil unseres langen Fluges. Warum besetzt man einen Fensterplatz, wenn man doch den Flug verschläft, wo es draußen doch so viel Spannendes zu sehen gibt? Vielleicht empfinden viele die endlos scheinende

Fläche des unter uns liegenden Wassers, und auch das Spiel der Wolken, als eintönig. Ich aber freute mich jede Minute über mein kleines bescheidenes Guckloch, welches mich, trotz seines beschränkten Ausblicks, die weite Welt erträumen ließ.

Der Sitzkomfort bei der Sabena bot mir nicht die gleiche Bequemlichkeit, die ich einmal, von einem kürzeren Flug, mit der Lufthansa her kannte. Meine Uhr zeigte jetzt genau 14.18 Uhr und außer einem Glas Sprudel, an dem ich lange nippte, wurde leider immer noch nichts angeboten. Die Kopfhörer für den Film und die Musikbox kosteten 3 Dollar; ich verzichtete, denn der Film würde sicher nur auf Englisch gebracht werden. Zudem hing die Leinwand in einer Entfernung, bei der ich dazu noch einen Feldstecher hätte mieten müssen. So begnügte ich mich weiter mit dem abwechslungsreichen „Außenkino".

Endlich aber bemerkte ich ganz hinten, wo sich die Küche befinden musste, eine rege Beschäftigung, und dann umkreisten unsichtbare und leise Duftwölklein meine aufmerksame Nase. Schlafaugen öffneten sich da und dort, man rutschte auf den schmalen Sitzen in erwartungsvolle Sitzposition und siehe da, ein Plastikteller, mit Aluminiumfolie säuberlich zugedeckt, wurde jetzt an jedem Sitzplatz gereicht. Auch meine Nachbarin und ich klappten an der Vorderlehne schnell unsere kleinen Tischchen herunter, und dann durften wir das Geheimnis unter der Folie lüften.

„Bon appétit!", wünschte mir meine Sitznachbarin.

„Merci, pareillement!"

Irgendwo in meinem Gehirn, überlegte ich ganz schnell, musste sich noch eine gewisse Schublade befinden, angefüllt mit französischem Vokabular und der dazu gehörenden Grammatik, erarbeitet und erschwitzt damals in der École Supérieur de Commerce in Neuchâtel. Da sollte doch noch einiges davon vorhanden sein. Ich begann zu kramen und siehe da, es gelang mir ein Gespräch mit der Dame neben mir zu führen, während wir genüsslich die Stücke gekochten Hühnerfleisches aufpikten und die trockenen Reiskörner auf den Gabeln balancierten.

„Fliegen Sie nach New York?", wollte sie von mir wissen.

„Nein, mein Ziel ist Columbus im Staate Ohio. Ich besuche dort ein ‚Glass Music Festival', welches jetzt zum ersten Mal veranstaltet wird."

Dann erzählte ich von den Glasinstrumenten, wie sie aufgebaut sind und wie wunderschön ihre Musik ist. Sie hörte sehr aufmerksam zu, und mit gegenseitiger Hilfe wurden meine Erläuterungen auf Französisch auch verständlich. Dann berichtete sie von sich selber.

„Ich komme aus Belgien und bin beruflich unterwegs. Die Zucker-fabrik, für die ich arbeite, hatte kürzlich eine Fracht minderwertiger Zuckerrüben aus Amerika geliefert bekommen. Solche Fehlposten sind wir nicht gewöhnt, und so schickt man mich jetzt für sieben Wochen in die Staaten, damit ich herausfinde, woher diese schlechte Ware kommt. Ich werde recht viel herum reisen müssen, um die Quelle dieser minder-wertigen Lieferung zu finden. Ich bin nicht glücklich über diesen Auf-trag, denn zu Hause wartet, belastet mit den ganzen häuslichen Aufgaben, sehnsüchtig mein Mann auf mich, und ich vermisse schon jetzt schmerz-lich meine kleine Tochter. Melanie ist erst drei Jahre alt und hat auf dem Flughafen beim Abschiedskuss sehr geweint."

Um 3.35 New Yorker Zeit, nach sieben Stunden Flugzeit und einer halben Stunde Verspätung, landeten wir endlich auf dem John F. Kenne-dy Flughafen. Beim Aussteigen aus dem Flugzeug hatte ich vorerst noch das beruhigende Gefühl, sicher mit der Herde der Passagiere mitlaufen zu dürfen, dann aber stand ich plötzlich allein und etwas verloren in einer langen, hohen und kühlen Flughafenhalle. Um mich herum ein geschäf-tiges und kunterbuntes Hin- und Herlaufen mit Wagen, vollgeladen mit schweren Koffern und Taschen. Familien mit Kindern, an ihrer Krawatte gut erkennbare Geschäftsleute, Rucksacktouristen, sowie auch allein Rei-sende wie meine, hier so kleine und unbedeutende Person.

Die Ansagen durch Lautsprecher schallten laut durch das Gebäude, alles in amerikanischem Englisch und für mich kaum zu verstehen. Ich kannte weder den immens großen Flughafen, noch hatte ich eine Ahnung, wie sich meine schnelle Umsteigerei in die Maschine nach Columbus ge-stalten sollte. Für dieses Umsteigen wurden mir eigentlich zwei Stunden zugesagt, jedoch hatte mir im Flugzeug meine Sitznachbarin erklärt, dass der Zeitunterschied Europa–Amerika hier im Osten nur fünf Stunden be-trage. Das machte mich doch recht nervös, denn mir wurde jetzt rechne-risch bewusst, dass mit der zusätzlich noch halben Stunde Verspätung mir zum Umsteigen nur noch 40 Minuten Zeit bleiben würden. Schnell mar-schierte ich zur nächsten Information und atmete hörbar auf, als ich dort nicht nur meinen nächsten Weg zur TWA, meiner Anschluss-Maschine erfuhr, sondern auch, dass der Zeitunterschied doch sechs Stunden betra-ge, wie ich eigentlich angenommen hatte, so dass mir jetzt gute eineinhalb Stunden Zeit übrig blieben, mein nächstes Flugzeug zu finden.

Mit neuem Mut und angriffslustigem Unternehmungsgeist beeilte ich mich, so schnell wie möglich zum Zoll zu gelangen. Ich hatte einmal gehört, dass Amerika, als großes Einwanderungsland, sich durch strenge Grenzkontrollen vor illegalen Einwanderern schützt und entsprechend viel wissen will. Schon im Flugzeug hatte man mir eine neugierige Karte zum Ausfüllen gereicht, worauf unter anderem die Frage gestellt wurde, ob ich mich kürzlich, vor diesem Flug, auf einem Bauernhof aufgehalten hätte. Ich dachte an unsere Pferde, den Hund, die Katzen, sowie Enten und Mäuse. Die aufdringlichen Stallratten hatten sich mit unseren Katzen schlecht vertragen und waren zum Glück nicht mehr zu sehen. Aber wozu unnötigen Wirbel verursachen, ich schrieb einfach ein „Nein", und damit hatte sich die Sache für mich erledigt. Wir sind ja schließlich nur so eine Art Hobby- Bauernhof.

„What is the reason of your visit in America and how long do you want to stay here?"

Ich erzählte dem Zöllner, dass ich Freunde besuchen und am 8. November wieder zurückfliegen würde. Wenn ich heute an die vielen Freundschaften zurückdenke, die ich in diesen Tagen schließen durfte, entsprach diese Antwort sicher der Wahrheit. Vorsichtshalber verschwieg ich das Festival, damit man nicht plötzlich auf die Idee kommen könnte, ich käme zum Arbeiten, denn inzwischen war mir klar geworden, dass es diplomatischer ist, nicht zu viel zu reden.

Mein Gepäck machte auf dem Band schon seine Runden. Ich packte meinen Koffer und wurde zu einem anderen Zoll geleitet. Recht erleichtert war ich, als mich dort der Beamte nur durchwinkte und keinerlei Koffer-öffnen von mir verlangte. Aber ich hatte darin ja auch keine Geheimnisse eingepackt. So kutschierte ich mit meinem Gepäckwagen weiter, bis ich plötzlich durch ein Absperrgitter erneut gestoppt wurde. Dahinter stand eine Gruppe Gepäckträger, alles Schwarze, mit ihren großen Handwagen bereit, um jegliches Gepäck gegen Entgelt weiter zu transportieren.

Der Koffer sowie mein weniges Handgepäck waren aber nicht schwer, warum also so umständlich. Ich packte meine Sachen und marschierte „do it yourself" an der ganzen schwarzen Garde vorbei.

Das einzig Hinderliche an meinem Eigentransport war nur die weiße Segeltuchtasche, dessen Tragriemen im Brüsseler Flughafen, durch un-qualifizierte Behandlung meiner beiden eifrigen Söhne, gerissen waren. Ein bisschen Bedenken kamen mir dennoch, denn ich hatte keine Ah-nung, wie weit ich noch zu laufen und zu tragen hatte. Aber das Glück war mir wieder einmal hold, denn gleich um die Ecke konnte ich an ei-nem Schalter lesen: „Inland plane service".

Wie froh war ich jetzt, als die Frau am Schalter mir das Gepäck gleich abnahm und mir auch freundlich erklärte, dass ich, um zu den anderen Fluggesellschaften zu gelangen, vor dem Gebäude in einen gelb-schwarzen Bus einsteigen müsse. So verließ ich eilig das Sabena-Gebäude und entdeckte draußen auch gleich das empfohlene Fahrzeug, welches zwar nicht die richtige gelbe Farbe besaß, der Fahrer mir aber dennoch bestätigte, dass er seine Gäste auch zur Amerikanischen Fluggesellschaft TWA transportiere und diese Station auch rechtzeitig ausrufen werde.

Bis jetzt ging ja alles wie am Schnürchen. Zeit, mich in meiner neuen Welt umzusehen, hatte ich jedoch nicht. So könnte ich den New Yorker Flughafen kaum genau beschreiben. Und doch ist mir bis heute so Einiges in Erinnerung geblieben, was ich im Schnelldurchgang beobachten konnte. Da waren zum Beispiel die, für so manchen Reisenden, wie zum Beispiel für mich, tröstlichen Informationsstellen, dann die einschüchternden und wenig beliebten Zollstellen. Auch sah ich einladende Restaurants und bunte Läden, die allerlei Souvenirs anboten, im Vorbeigehen. Zeit schien hier kostbar zu. Mit und an mir vorbei wurden mehr oder weniger mühsam mit Koffern beladene Wagen geschoben. Viele Haufen Beine hasteten oder bummelten um mich herum, begleitet von einem monotonen Stimmengewirr und den immer wieder von den an den Wänden und Decken befestigten Lautsprechern herab schwebenden, wenig verständlichen Ansagen.

Jetzt aber saß ich endlich, aufatmend und geborgen, im richtigen Zubringer und hatte zum ersten Mal so viel Muße, dass ich meine Mitpassagiere etwas genauer betrachten konnte. Dies tat ich dann auch so ausgiebig, dass diese bald bemerkten, dass sich hier jemand im Neuland befindet. Ein kurzes, einladendes Lächeln hier und dort, und bald fiel die erste Frage:

„Where do you come from? Do you come from Germany?"

Ob ich aus Deutschland käme? Nun war mein Redehahn geöffnet und zutraulich berichtete ich von dem „Ersten Glass Music Festival", welches an diesem Wochenende in Columbus stattfinden soll. Mein Portemonnaie trug ich aber dennoch gut versteckt unter dem Pullover, denn New York ist nicht gerade das kleine, heimatliche Dorf.

Unterdessen unterrichtete der Lautsprecher immer wieder pflichtbewusst über die Fluggesellschaften, die er als nächstes anfahren werde: PANAM, Swissair, die italienische, die Belgische Gesellschaft und endlich, nach fast einer halben Stunde Fahrt, erkannten meine gespitzten Ohren die Ansage: TWA.

Schnell stand ich auf, nahm mein Handgepäck, noch ein kurzes Nicken, ein Good bye mit einem Lächeln dem noch sitzen bleibenden, so freundlichen und unterhaltsamen Buskränzchen, und da stand ich schon wieder alleine draußen. Ein Bildschirm informierte über die in nächster Zeit abgehenden Flüge mit Zeitangabe und Flugnummern und den dazu gehörenden Gates. Wo aber war meine Flugnummer? Ich konnte sie darauf nicht finden. Ich fragte mich, ob die TWA wohl mehrere Gebäude besaß und wo sich dasjenige mit der Ansagetafel für meinen Flug befand. Wieder ein großes Fragezeichen, aber welch ein Glück, ich fand ganz schnell eine hilfreiche Informationsstelle, die ich vertrauensvoll sofort ansteuerte. Auch hier standen hinter einem breiten Tresen freundliche Männer und Frauen in ihren Uniformen, um verschreckten „Flughühnern" hilfsbereit den richtigen Weg zu weisen.

„You have to go to the next building", und dann erklärte man mir den kurzen Weg dorthin. Nach einer Unterführung fand ich dann endlich die Halle, wo mein Flugzeug schon aufgetankt und startbereit wartete. Noch blieb mir eine Viertelstunde Zeit, aber auch wirklich keine Minute mehr. Was hätte ich bloß ohne Englischkenntnisse gemacht? Das fragte ich mich auch in den nächsten Tagen noch des Öfteren.

Als mein Flugzeug dann langsam auf die Startbahn fuhr, und ich meine Nase wieder neugierig ans Fenster drückte, wunderte ich mich doch sehr über die fast endlos lange Warteschlange startbereiter Flugzeuge in der wir standen, besser ausgedrückt rollten, während eines nach dem anderen an uns vorbei flog. Wohl eine weitere halbe Stunde dauerte es noch, bis auch wir uns endlich in die Lüfte hoben.

Draußen war es inzwischen Nacht geworden, und ich bestaunte lange Zeit das unendliche Lichtermeer von New York.

Der Flug selbst dauerte vergleichsweise nicht mehr so lange, und im nächtlichen Columbus angekommen fand ich, kaum dass ich das kleine Flughafengebäude verlassen hatte, auch direkt ein Taxi. Ich zeigte dem Fahrer meine Adresse aus der Einladung, die ich bekommen hatte. Darin stand, dass das Festival an der Main Street in der Capital University stattfinden sollte.

Diesen schien diese Adresse sehr zu irritieren, und er fragte noch einmal deutlich, ob diese auch wirklich die Richtige sei, es gäbe dort kein Hotel:

„Are you sure, you really want to go to this address? There is no hotel."

Als ich ihm nichts anderes angeben konnte, überlegte er kurz und teilte mir mit, er würde versuchen, dort eine Unterkunft für mich zu finden.

Er war ausgesprochen freundlich, und ich hatte sogar das Gefühl, obwohl ich auch hier etwas Mühe mit seinem amerikanischen Slang hatte, als wäre er besorgt um mich.

Nun war ich also richtig angekommen, in dem Amerika, worauf ich so aufgeregt gewartet hatte. Amerikanischer Boden, amerikanische Straßen, ein freundlicher amerikanischer Taxifahrer. Die Nacht stand schwarz und still über der Stadt. Nur das Licht einiger Straßenlaternen versuchte die einsame Dunkelheit spärlich zu durchdringen, um den sehr seltenen Fußgängern den Weg zu erhellen. So konnte ich von der Stadt nicht mehr viel erkennen, und die Häuserreihen flogen an mir vorbei, wie nächtliche Schatten.

Endlich stoppte das Auto, wir schienen angekommen zu sein. Neugierig und aufgeregt hüpfte ich auch gleich aus dem Auto, schaute mich um, erschrak zutiefst und hatte instinktiv das Bedürfnis, ganz schnell wieder zurück in den Schutz des Taxis hinein zu fliehen. Nein, diesen Anblick hatte ich nicht erwartet.

Ich stand vor einem, nur wenig beleuchteten, lang gestreckten, einetagigen Motel. Eigentlich war dieses Gebäude nichts Besonderes. Auffallend war zuerst der terrassenähnliche Vorbau. Dieser wurde von einem nicht sehr steilen, durch Holzpfähle gestützten Dach überdeckt und erstreckte sich, nur eine bescheidene Stufe hoch, über die ganze Länge des Hauses. Ich konnte etliche Türen entdecken, die jede von einem fast an den Terrassenboden reichenden Fenster begleitet wurden. Nur hinter einem einzigen Fenster konnte ich das Licht einer Zimmerlampe leuchten sehen. Alles ruhte in der Dunkelheit dieser einsamen und weichen Nacht, aus deren Frieden sich mir jetzt unversehens eine unbestimmte Bedrohung aufzurichten versuchte. Aber was war es wirklich, was mir einen solchen Schrecken einjagte? Stand ich nicht vor einem ganz normalen Motel, einem Haus für Gäste, die für eine kurze Nacht ein warmes Bett suchen?

Aber leider hatte ich vor kurzem den gruseligen Thriller Psycho von Hitchcock, mit Anthony Perkins in der Hauptrolle, im Kino gesehen und seinen unheimlichen Inhalt erschlottert. Gerade diese schaurigen Bilder gingen mir nun blitzschnell durch den Kopf. Ja, genau in und vor einem solchen Motel, vor dem ich nun erschrocken stand, spielten die meisten Szenen:

Der Film handelte von der gespaltenen Persönlichkeit eines einerseits schüchternen, unauffälligen jungen Mannes, der aber zum anderen Teil die herrschsüchtige und zänkische Persönlichkeit seiner Mutter verkörperte, die er vor zehn Jahren, zusammen mit ihrem Liebhaber, vergiftet hatte. Nun lebte er geistig noch immer zusammen mit seiner verstorbenen Mutter, deren toter Körper er im Keller, in ihren Kleidern auf einem Stuhl sitzend, aufbewahrte. Im Film wird die Leiche erst von hinten, mit ihrem grauen Haarteil, gezeigt, dann schwenkt die Kamera nach vorne und konfrontiert den entsetzten Betrachter mit einem grinsenden Totenschädel. Dieser geistig gestörte Sohn kleidete sich zeitweise in Frauenkleider, sprach, die Stimme der Mutter imitierend, mit ihr und ermordete, in deren eifersüchtiges Wesen hineinschlüpfend, eine junge Frau, an der er als Mann interessiert war, in der Dusche des Gästezimmers Nr. 1. Nach dem Mord schimpfte er dann lautstark mit seiner „kranken" Mutter.

Und jetzt sollte ich hier ganz alleine meine erste amerikanische Nacht verbringen? In diesem fremden, wenig einladenden Haus, umgeben von einer genau so geheimnisumwitterten Nacht, die im Film mit ihrer unheimlichen Dunkelheit das düstere Geschehen verbarg?

Nun konnte ich das Zögern meines besorgten Taxifahrers verstehen, obgleich ich kaum glaubte, dass auch er in diesem Augenblick an diesen Film dachte.

Dann aber kam die Besonnenheit zurück, und ich versuchte, mir selber Mut gebend, Ordnung in meine Phantasie beladenen Gedanken zu bringen.

„Was im Kino gebracht wird, ist nur eine ausgedachte Geschichte, und amerikanische Motels sehen sehr wahrscheinlich alle gleich aus. Diese Nacht werde ich schon unbeschadet überstehen", sagte ich zu mir.

Der Taxifahrer, in Unkenntnis meiner Entdeckung, trug hilfsbereit meinen Koffer zum Haus und auf unser Läuten hin öffnete ein indisches Ehepaar die Tür. Ihre Mienen waren ernst, ihre Begrüßung höflich, doch nicht unbedingt besonders freundlich, schon gar nicht beruhigend, noch besonders willkommen heißend. So war die einzige für mich tröstliche Person der noch neben mir stehende Taxifahrer war. Wir wurden in den Vorraum gebeten und als mein „Taxi-Beschützer" nach einem Zimmer für mich und für die Nacht fragte, rief ich aufgeregt dazwischen: „Please, not number one!"

Nein, ich bekam nicht das Zimmer Nummer 1, mein Schlüssel sollte Zimmer 25 aufschließen, also weit ab von jeglichem mörderischen Geschehen. Vielleicht gab es hier gar kein Zimmer mit der Nummer 1.

Der nette und hilfreiche Taxifahrer übernahm noch einmal mein Gepäck, trug es in das mir zugewiesene Zimmer, ich bezahlte die Fahrt und bedankte mich besonders herzlich bei ihm. Dann fuhr er weg, und mit ihm war auch mein einziger vertrauter Schutz entschwunden.

Im Zimmer, nun ganz alleine gelassen, schaute ich mich zuerst einmal interessiert um. Aber auch darin erwartete mich kein tröstlicher Anblick, denn dieser Raum erinnerte mich ebenfalls lebhaft an den Film, als hätte damals, für die Dreharbeiten, gerade dieser Raum als Kulisse gedient.

Als erstes inspizierte ich die Dusche. Vorsichtig schob ich den gelben Duschvorhang, der sauber und trocken an seinen Klammern hing, beiseite (im Film wurde die Ermordete in einen solchen Plastikvorhang eingewickelt, ins Auto transportiert und im Moor versenkt). Nichts Verdächtiges war zu sehen, nicht einmal ein paar alte, eingetrocknete Blutflecken zierten die Wanne. Auch unter dem Bett, welches als nächstes genau inspiziert wurde, lag nichts Anrüchiges, keine vergessene Leiche. Als sich auch hinter den Gardinen niemand versteckt hielt beschloss ich, einfach schnell ins Bett zu kriechen.

Die Dunkelheit ist auf der ganzen Welt dieselbe, still, rätselhaft. Man kann sie mit Hilfe von künstlichen Lichtquellen stören, oder viele Menschen finden Trost in dem punktierten Schein der unendlichen Zahl der Sterne.

So herrschte sie, nach meiner glücklicherweise erfolglosen Gruselinspektion, auch in diesem fremden Zimmer. Schnell löschte ich meine Nachttischlampe, und war, wie Vogel Strauß, der bei Gefahr den Kopf in den Sand steckt, gleich darauf unsichtbar unter meiner Bettdecke verschwunden und machte mich, nur leider ohne Abendessen, für eine eventuell bedrohliche Außenwelt darunter unsichtbar. Hie und da hörte ich draußen noch das eine oder andere Auto vorbeifahren. Ich merkte es auch an seinen Scheinwerfern, die flink, und als breiter gelber Streifen, über meine Zimmerdecke hinweg wanderten. Aber keines hielt an, um vielleicht ein Zimmer in diesem Motel zu suchen.

Jetzt suchte ich aber noch ein Licht, um dem Schwarz dieser Nacht ein klein wenig Helligkeit zu geben. Ich fand es, und es war voll Trost und Geborgenheit; denn ich dachte einfach an zu Hause.

Hoffentlich muss Peter in der Nacht nicht auf Praxis hinaus fahren, dann sind die Kinder ganz alleine daheim in dem großen Haus. Hat Niels wohl am Abend noch gelesen, wie ich es auch Wiebke und Claas aufgetragen hatte? Laut lesen ist sehr wichtig für die Kinder, die lieber draußen spielen, als sich mit der Schule zu beschäftigen. Wie ist die Englischklausur bei Wiebke wohl gelaufen? Hoffentlich hat sie die Vokabeln noch einmal gut repetiert und hat ... da haben mich die Gedanken an meine Lieben schon in den Schlaf hinüber getragen und alle bösen Hitchcockbilder endgültig vertrieben.

Kapitel 12

Allerlei Glasmusiker

Gummibrötchen zum Frühstück – Gedankenvolle Busfahrt – Heimatlos –
Telefonieren „einmal anders" – Kindergezwitscher aus der Ferne – Nickel? –
Dennis James und die Glasharmonikas – Gerhard Finkenbeiner – Spielen auf
einer Glasharmonika – Ken und Susan – „Klein Deutschland neben groß
Amerika" – Ich ziehe um – Ein Propeller für Frischluft – Hurrah! Glasharmonika-
Noten – Heidelberger Krimi – Russischer Spion? – Die Radiosendung –
darf man eine Glasharfe umkippen? – Ein neues Bett

Guten Morgen! Da bin ich wieder!

So also gestaltete sich meine erste Überseereise im Alleingang. Während ich Euch dies schreibe, höre ich Tante Rösi tief durchatmen: „Huiii!". Aber keine Angst, ich habe alles gut überstanden.

Habt Ihr diesen Hitchcockfilm schon einmal im Kino gesehen? Er ist sehr spannend, aber teilweise auch recht gruselig gemacht. In dieser Nacht wäre ich doch froh gewesen, Peter an meiner Seite gehabt zu haben. Er lässt sich nicht so leicht irritieren, sondern hätte Gespenster einfach Gespenster sein lassen. Manchmal muss ich doch fast neidisch feststellen, dass er den Schlaf der Gerechten abonniert hat. Aber vielleicht schickte er mir aus der Ferne etwas davon, denn ich habe unter der schützenden Bettdecke dann doch eine recht gute Nacht verbracht.

Aber jetzt: The same procedure as every day! das heißt für Euch beide so viel wie: Kaffee, gemütliches Sitzen und Vorlesen.

Ich aber werde mich erneut an meine Schreibmaschine setzen, um für Euch die Fortsetzung all meiner vielen Erlebnisse niederzuschreiben. Also, kommt wieder mit mir nach Amerika!

*

Am andern Morgen schien die Sonne. Die Nachtgespenster hatten sich lichtscheu aus dem Staub gemacht, oder war ich vielleicht nur im falschen Etablissement?!

Dafür aber meldete sich bei mir ein gesunder Hunger, und ich sehnte mich nach einem guten Frühstück. Meine Unterkunft hatte nichts Derartiges zu bieten. So ging ich auf die Suche nach einem Restaurant. Lange musste ich nicht danach suchen. Unweit meiner Schlafstätte fand ich ein entsprechendes Schild. Beim Eintreten stellte ich fest, dass zwar schon Leute ihren Platz gefunden hatten, aber doch noch einige Tische frei waren. Einen solchen ansteuernd, wurde ich aber freundlich angesprochen und an einen anderen, jedoch nicht von mir gewünschten, hingeleitet. Recht erstaunt, aber doch widerspruchslos, setzte ich mich. Bald bemerkte ich, dass neue Gäste nach ihrem Eintreten brav an der Türe stehen blieben. Auch sie wurden an einen speziellen Tisch geführt. Daraus lernte ich: Sich selber einen Platz auswählen, das ist hier in Amerika nicht üblich, man bekommt einen Tisch zugewiesen. Auch kann man nicht, wie zu Hause, einfach nach der Karte ein Frühstück bestellen, nein, man geht dafür an die Theke. Dort versuchte ich zu erklären, dass ich nicht das übliche Bacon and Eggs, sondern nur Brot, Butter und Marmelade haben möchte. Unter Brot verstand man dann Biscuits. Also bestellte ich Biscuits. Damit erwartete mich eine weitere kleine Überraschung, denn ich erhielt zwei Gummibälle, die recht süß schmeckten. Aber amerikanisches Brot ist leider meistens weich, wird aber manchmal getoastet, dann ist es für verwöhnte Europäer etwas genießbarer. Doch Hunger ist sicher der beste Koch, und ich wollte jetzt auch nicht zu wählerisch sein. So hoffte ich, für das nächste Mal etwas Besseres zu finden!

Nach dieser morgendlichen Stärkung stand nun eine Stadtbesichtigung auf meinem Wunschprogramm. Dazu suchte ich eine entsprechende Bushaltestelle. Leider fehlten mir im Bus die notwendigen Münzen, denn ein Busfahrer nimmt hier nur genau abgezähltes Kleingeld. Was war ich froh, als eine freundliche Dame mir aus der Verlegenheit half, indem sie mir meinen Geldschein wechselte. An jeder Haltestelle stiegen Gäste zu oder wollten aussteigen. Sehr erstaunt war ich, als ich bemerkte, dass fast alle Passagiere Schwarze waren und Weiße nur in auffallender Minderheit mitfuhren.

Auf der Fahrt in die City schaute ich immer wieder interessiert aus dem Fenster, nichts sollte mir entgehen. Sehr viel Schönes konnte ich aber leider nicht erblicken. Die Häuser waren dermaßen ramponiert und ungepflegt, dass der Anblick mich sehr befremdete, ja richtiggehend trübselig stimmte. Es schienen hier fast nur Schwarze zu wohnen, denn viele von ihnen sah ich tatenlos durch die Straßen schlendern oder sitzen. Da erinnerte ich mich an das lange Zögern meines Taxifahrers am Abend zuvor. Aber die „Capital University" liegt nun mal am Rande dieses trübseligen Quartiers.

Haben die Menschen hier kein Interesse, ihr Wohngebiet zu pflegen und etwas schön zu gestalten, fragte ich mich erstaunt beim Anblick so vieler Verwahrlosung und der überall sichtbaren Verschmutzung. Nein, bei meinen Beobachtungen aus dem Bus hatte ich den Eindruck, dass man die Tage recht tatenlos und gelassen verlebt, und mit diesem schmutzigen Zustand, der hier überall herrscht, absolut zufrieden und auch einverstanden zu sein scheint. Einige Frauen stolzierten mit Röllchen in den Haaren herum und bestiegen damit auch ungeniert unseren Bus. Darüber würde man in unserer Heimat aber doch sehr erstaunt sein!

Neugierig auf so viel Neues und Ungewohntes, was es beim Hinausschauen für mich zu sehen gab, blieb ich an den nächsten Stationen einfach sitzen, machte von meinem bequemen Sitz aus meine Beobachtungen, vor allem aber auch meine diesbezüglichen, etwas philosophischen Gedanken:

Zum Überleben auf unserer Erde muss sich jedes Lebewesen seiner direkten Umgebung anpassen, sei es nun Mensch, Tier oder Pflanze. Was aber heißt Umgebung? Dazu gehören z. B. die Klimazonen mit ihren enormen Temperaturunterschieden. Auch bestimmen lange Gebirgsketten, wie beispielsweise der Himalaja, der Kaukasus, die Alpen oder die amerikanischen Rocky Mountains, sowie auch die Ozeane, das örtliche Klima. Als vor Jahrmillionen das Hochland von Abessinien, im heutigen Äthiopien, hoch gestoßen wurde, starben an der Leeseite, durch die dadurch entstandene Trockenheit, die Urwälder ab? So musste der Mensch den aufrechten Gang erlernen, denn es gab keine Bäume mehr zu erklettern.

All diese Faktoren prägten immer wieder eine entsprechend angepasste Physiognomie, aber auch ein bestimmtes Verhalten, welches dann zu angestammten menschlichen Sitten und Gebräuchen führte. Vor allem aber fanden wichtige Überlebensstrategien darin ihren Ausdruck. Dies alles fixierte sich dann während einer langen Evolution in den Genen, hier deutlich sichtbar an der noch unverändert dunklen Hautfarbe dieser ehemaligen Afrikaner, dem Menschenschlag aus einer Klimazone, mit einer wesentlich intensiveren Sonneneinstrahlung als hier in den meisten Teilen ihrer neuen Heimat.

Still vor mich hin grübelnd, stellte ich mir nun die Frage: Wird die schwarze Bevölkerung hier in diesem Lande, wo sie eigentlich gar nicht hin gehört, oder wird sie es einmal lernen, bei diesen, nicht nur klimatisch enormen Unterschieden, auch den afrikanischen Gegebenheiten gegenüber so sehr veränderten Lebensweise, sich einmal vollkommen anzupassen? Würde man uns, die wir an unsere gemäßigten Zonen und alltäglichen Zivilisation gewöhnt, ohne technische Hilfsmittel dort aussetzen, hätten wir dann überhaupt Überlebenschancen? Warum aber sind sie überhaupt hier?

Vor Jahrhunderten hat man diese Afrikaner nach Amerika deportiert, wo man sie als billige Arbeitskräfte auf Tabak-, Zuckerrohr-, Baumwoll-, Kaffee- und Kakaoplantagen sowie in Bergwerken brauchte.

Bei all meinen jetzigen Beobachtungen aus dem Busfenster heraus, sieht es für mich so aus, als hätten sie hier immer noch keine richtige Heimat gefunden. Als wären weder Urahnen, Großeltern und leider nicht einmal die heutigen Eltern, mit wenigen Ausnahmen, dazu fähig gewesen, den Kindern den Begriff Heimat zu vermitteln. Sie sind folglich auf diesem fremden Kontinent immer noch heimatlos.

Aber was ist Heimat wirklich? Es bedeutet für jeden Menschen denjenigen kleinen Teil unserer großen Erde, wo er nicht nur geboren worden ist, sondern sich schon seit Generationen seine familiären Wurzeln an die Umgebung angepasst haben.

Diese Verschleppung von Menschen in die Sklaverei ist aber keineswegs eine amerikanische Erfindung:

Schon im alten Ägypten, 3.000 Jahre vor unserer Zeit, importierte man schwarze Sklaven aus Nubien, wo sie vor allem beim Bau der Pyramiden eingesetzt worden sind.

In der gesamten europäischen Antike gab es Sklaven. So wird schon bei Homer von derartigen Kaperfahrten berichtet. Das Phänomen der Massenversklavung setzte mit der Schaffung von großen Sklavenmärkten ein, die erstmals um 600 v. Chr. errichtet wurden. Dieser Sklavenhandel war schon damals ein wichtiger Wirtschaftsfaktor. Vor allem die Landwirtschaft, das Handwerk und auch das Prostitutionsgewerbe waren auf stetigen Nachschub an menschlichen Arbeitskräften angewiesen.

Selbst das antike Rom kann sich dieser Methode der billigen Menschenarbeit rühmen, da war die Bevölkerung sogar ganzer Städte davon betroffen.

Im Mittelalter wurde dieser Handel mit den noch nicht christianisierten Germanen und Sachsen betrieben. Später, als auch dort das Christentum Fuß gefasst hatte, gerieten dadurch immer mehr die slawischen

Stämme ins Visier, und es fanden dabei regelrechte Sklavenjagden statt. Vermutlich war dieses Geschäft sehr Gewinn bringend.

Erst sehr viel später holten sich spanische und portugiesische Kolonialherren, vor allem in Südamerika, die indianische Urbevölkerung zu Zwangsarbeiten in ihre Plantagen und in ihre Bergwerke. Viele Indianer hielten jedoch der harten Arbeit, aber vor allem den von den Europäern eingeschleppten Infektionskrankheiten, nicht stand, sodass man auf die Idee kam, schwarzafrikanische Sklaven einzuführen. Diese galten als widerstandsfähiger. Die Nachfrage nach Sklaven, besonders für die Landwirtschaft und sonstige schwere Tätigkeiten, war groß. Diese „Handelsware" wurde nun überwiegend aus Afrika und in bisher nicht gekanntem Umfang verschifft.

Erst nach dem Sezessionskrieg von 1861–65 wurde die Sklaverei in Amerika gesetzlich verboten. Aber nun sind ihre Nachfahren immer noch da, können in ihre angestammte Heimat nicht mehr zurück finden und gehören, heimatlos geworden größtenteils noch heute zu den Armen des Landes.

Nach meinen Beobachtungen aus dem Bus heraus, vermutete ich daher immer noch eine gewisse Isolation der schwarzen Bevölkerung. Ein Beweis für mich sind auch die hier fast ausschließlich farbigen Mitfahrer. Der weiße Amerikaner, so wurde mir später erklärt, wenn er nicht im eigenen Auto fährt, nimmt ganz selbstverständlich ein Taxi. Busse sind, im Gegensatz zu den viel teureren Taxis, richtig billig. Mir kommt Amerika sowieso unglaublich teuer vor. Eine einfache Rechnung: Verdoppelt unsere Währung, und ihr wisst, was alles, im Gegensatz zu unserer Heimat, hier in Amerika kostet.

Mitten in meine historischen Gedankengänge hinein, aber dennoch unentwegt interessiert zum Fenster hinaus schauend, entdeckte ich ein großes Warenhaus. Das musste ich mir ansehen. Es schien mir auch, als seien wir in der Innenstadt angekommen. So verließ ich endlich den bequemen Sitz meines Sightseeing-Busses. Ob meine Fahrkarte wirklich so lange gereicht hatte, wusste ich nicht so genau, Hauptsache, niemand hat reklamiert. Aber jetzt wollte ich doch sehen, wie ein solches in Amerika auch von innen aussieht.

Ein Name war groß draußen mit Lazarus angeschrieben. So schlenderte ich gemütlich in das Parterre des großen Kaufhauses, nahm dann die Rolltreppe in die erste, dann in die zweite und bis hinauf in die oberste

Etage. Alles Notwendige war hier zu bekommen, nur der Luxus, den wir in Deutschland und der Schweiz vorfinden, wurde nicht geboten. Begeistert jedoch war ich von dem sehr schönen Porzellan mit seiner absolut kunstvollen Blumenmalerei. Zuletzt setzte ich mich noch gemütlich – natürlich ließ ich mich setzen – in ein Restaurant, um meine Amerikanotizen zu vervollständigen. Vor allem aber liebe ich es sehr und finde es auch immer spannend, dabei Leute zu beobachten. Die Bedienung begrüßte mich ausgesprochen freundlich mit „Hey, dear, how are you?" Im ersten Augenblick dachte ich schon, ich müsste über meinen Gesundheitszustand Auskunft geben, aber diese Art von Begrüßung scheint in Amerika üblich zu sein, kann aber einen, gerade eben importierten und daher unerfahrenen Europäer fast etwas in Verlegenheit bringen.

Nachdem ich dann alles Interessante begutachtet hatte, fand ich es an der Zeit, meiner Familie mitzuteilen, dass ich heil und gut angekommen bin. Von zu Hause gewöhnt, am besten in einem Postamt ein Ferngespräch anzumelden, ging ich nun auf die Suche nach einem solchen. Diesmal versuchte ich mein Glück zu Fuß, indem ich mich bei Passanten nach dieser entsprechenden Institution erkundigte. Nach etwa 2 Kilometern Suchmarsch, zeigte man mir dann endlich ein Gebäude, in dem sich angeblich die Post befinden sollte. Obwohl kein Postschild darauf aufmerksam machte, ging ich kurz entschlossen dennoch zu dieser Tür hinein und fragte an einem Schalter, wie und wo ich nach Deutschland telefonieren könnte. Leider brachte mir die amerikanische Sprache erneut rechte Probleme. Ich verstand aber dann doch, dass ich hier noch einmal hinaus musste, dann weiter einem Gang entlang und … Wo landete ich? In einem Büro der US Army. Reichlich verdutzt entschuldigte ich mich und erklärte, ich wolle nur nach Deutschland telefonieren und sei deshalb auf der Suche nach einem Postamt. Wieder wurde mir freundlich und geduldig der Weg gewiesen: „You have to go right, then once more right and then you will find it!"

Unerfahren, bezüglich amerikanischer Einrichtungen, ahnte ich keineswegs, wie kompliziert es ist, von Amerika nach Europa zu telefonieren, sonst hätte ich sogar gewagt zu fragen, ob ich vielleicht ihr Feldtelefon benutzen dürfte.

Also ging ich genau nach Angabe rechts und nochmals rechts und tatsächlich, da war sie, die Post, die mir meinen Anruf endlich ermöglichen sollte. Leider war auch hier kein Hinweisschild mit der Aufschrift Post office zu sichten, nur ein paar Postsäcke lagen herum. So vermutete ich, doch endlich richtig zu sein. An einem Schalter erklärte ich einem freundlichen Herrn, der mich um mein Anliegen befragte, dass ich nach Germany telefonieren möchte. Er zeigte auf eine offene Kabine und ich müsse nur die Null drücken, dann würde ich die notwendigen Auskünfte bekommen. Ich nahm also den Hörer in die Hand, tippte eine Null, da meldete sich eine männliche Stimme.

„Ich möchte ein Gespräch nach Deutschland anmelden", antwortete ich und gab auch gleich unsere Telefonnummer durch.

„Bezahlen Sie das Gespräch selber oder der Empfänger? Das Gespräch kostet 7,5 Dollar."

„Natürlich werde ich bezahlen", antwortete ich ahnungslos und glaubte, dass ich die Gebühren wie gewohnt am Schalter begleichen könnte.

Schnell war ich mit zu Hause verbunden, und gleich kamen meine Kinder mit großem Hallo ans Telefon. Leider aber redete der Herr immer wieder störend mit der Forderung in unser wichtiges Gespräch hinein, ich solle jetzt zahlen. Zwischen dem Gezwitscher der Kinder versuchte ich ihm zu erklären, ich hätte kein Kleingeld und ich würde das Gespräch später am Schalter bezahlen. Aber man sollte nicht versuchen, europäische Gepflogenheiten in Amerika einführen zu wollen, denn seine Antwort war:

„Dann gehen Sie bitte jetzt an den Schalter, wechseln Sie das Geld, dann werde ich Sie noch einmal mit dieser Nummer verbinden", und schon waren in Sekundenschnelle meine drei Trabanten wieder tausende von Kilometern von mir entfernt. Dieser Herr scheint unerbittlich, dachte ich, er weiß nicht, wie wichtig meine Erlebnisse für die Kinder sind. So eilte ich erneut an den Schalter, wo ich dann das notwendige Wechselgeld auch gleich bekam. Nun schnell zur Kabine zurück, wiederum wählte ich die 0, da antwortete mir eine Frauenstimme und gleichzeitig hörte ich die Kinder:

„Mama, Mama, wo bist du, du warst plötzlich weg!"

Als ich mit ihnen reden wollte unterbrach mich die Frau, ich solle nun bezahlen. Ich entdeckte den Münzschlitz am Telefonapparat und steckte, während ich aus Deutschland die lieben und so vertrauten Stimmen der Kinder hörte, die alle drei gleichzeitig sprechen wollten, eins, zwei, drei, vier, fünf, sechs, sieben und noch ein kleines Geldstück hinein. Die Frau aber war immer noch nicht zufrieden, ich hätte nicht genug Geld hinein getan.

„Doch, ich habe die 7,5 Dollar bezahlt", antwortete ich. Eigentlich müsste ich jetzt zwei Münder haben, eines für zu Hause und das andere,

um gleichzeitig mit der fremden, unser total wichtiges Gespräch stören-
den, und viel zu schnell sprechenden Frau zu diskutieren. Ich hätte zu wenig bezahlt, reklamierte sie immer wieder und dann „dädädädädä!" jetzt
verstand ich, außer dem Geschnatter meiner zappeligen Kinder, gar nichts
mehr. Nun wurde ich aber endgültig ärgerlich und unterbrach sie:
„Entschuldigen Sie bitte, aber ich versteh kein einziges Wort von dem,
was Sie mir hier erklären wollen." Doch dann bemerkte ich plötzlich
von selber meinen Fehler. Am Apparat neben mir wollte eine Frau ebenfalls telefonieren, und ich war erstaunt, wie viel Geld sie in den Auto-
maten hinein steckte, und als ich sie darauf ansprach, verstand ich, dass
ich keine Dollar in den Geldschlitz hinein gedrückt hatte, sondern nur
Vierteldollar, also wirklich zu wenig. Die Münzen waren aber so klein
beschriftet, dass der Wert, nämlich dass es sich hier um einen Quarter
handelte, kaum zu lesen war. Sogar diese Einheimische hatte ihre Probleme mit ihrem Telefonat. Sie musste immer wieder Geld hineinwerfen,
bekam wieder einiges zurück, ein langes Hin und Her. Aber man ist ja
lernfähig, und endlich klappte es und ich konnte ganze drei Minuten mit
den Kindern reden und von der Reise erzählen. Dann unterbrach erneut
eine Stimme unseren wichtigen Redefluss mit dem leidigen Kommentar,
die Gesprächszeit sei um. So sagte ich den Kindern, ich müsse nun leider
Schluss machen, die drei Minuten seien vorbei, hängte den Hörer auf
und wollte gerade das Gebäude verlassen, da klingelte das gerade von
mir verlassene Telefon. Ahnungslos und naiv nahm ich den Hörer erneut
in die Hand und wurde sofort belehrt, dass ich noch einen Dollar und
einen Nickel zu bezahlen habe. Gut, den Dollar, den ich nun mittlerweile kannte, ließ ich in den Schlitz plumpsen, aber zum Kuckuck, was ist
nun wieder ein Nickel? Ich vermutete ein Kupferstück, steckte auch das
noch hinein, aber ... nein, das sei immer noch nicht genug. Also noch ein
weiteres Geldstück, aber erneute Reklamation, es sei immer noch nicht
genug. Jetzt reichte es mir.

„Moment!", sagte ich zu der unerbittlichen Stimme, ging an den Schalter und leerte mein ganzes Portemonnaie mit dem Kleingeld auf dem
Schaltertisch aus. Da hüpften und purzelten die Münzen, große und kleine, lustig und ausgelassen auf dem Tisch herum, als würden sie sich freu-
en, für eine kurze Zeit aus ihrem engen Quartier befreit worden zu sein.

„Tell me, what is a nickel?", fragte ich jetzt restlos genervt die Dame.
Sie lächelte, fast etwas amüsiert über meinen Unmut und zeigte ruhig auf
ein 10-Cent-Geldstück.

„Here you are, dear, that is a nickel!" Damit marschierte ich erneut zum Telefon und steckte auch diese Kostbarkeit hinein. Jetzt aber verschwand ich eiligst durch die Tür hinaus nach draußen. Kein Klingeln hätte mich wieder zurückrufen können. Das reichte mir für die Zukunft, von nun an machte ich einen großen Bogen um jedes amerikanische Telefon. Wenigstens aber war ich beruhigt, dass man zu Hause nun über meine gute Ankunft Bescheid wusste, und es war ja so ein erquickender Moment, die Stimmen meiner kleinen Herrschaften gehört zu haben.

Ein Telefonat musste ich allerdings doch noch erledigen, aber diesmal war es nur ein Inlandgespräch, und das ging zum Glück ohne die lästige, altmodische Vermittlung. Ich rief Dennis James, den Organisator des Festivals an und teilte ihm mit, dass ich gut angekommen sei und gab ihm auch meine Motel-Adresse.

„Welcome in Amerika! Darf ich Sie heute Nachmittag abholen und zu einem bescheidenen Abendessen einladen?"

Die Stimme klang fröhlich und ich war sehr dankbar über diese spontane Einladung. Ich hatte schon in den ersten Stunden bemerkt, dass man in einem fremden Land, mit fremder Sprache, fremdem Geld und fremder Umgebung so seine Schwierigkeiten haben kann. Und doch durfte ich spontane Hilfsbereitschaft schon in den ersten Stunden erleben. So war ich dann sehr glücklich und erleichtert, als Mr. James mich später abholte.

„I suppose, you are not really happy with your lodging!"

„Nein, glücklich bin ich mit meiner Unterkunft in diesem Motel nicht", bestätigte ich seine Vermutung. „Es ist recht ungemütlich und unpersönlich!" Von meinem Psycho-Unwohlsein erzählte ich ihm jedoch nichts, denn darüber zu berichten, genierte ich mich doch ein wenig.

Liebe Tante Rösi, jetzt darfst Du endlich aufatmen, denn Mr. James versprach mir, für die Tage eine andere Übernachtungsmöglichkeit zu finden.

„Leider liegt die Universität in diesem nicht sehr attraktiven Stadtviertel", erklärte er mir. Als ich ihm dann noch von meiner sogenannte Stadtrundfahrt erzählte, war er ganz entsetzt:

„Da haben Sie aber einen schlechten Eindruck von Columbus bekommen, Sie haben das Armenviertel der Stadt besichtigt. Ich werde dafür sorgen, dass Sie auch den schönen Teil kennenlernen werden, sonst fahren Sie mit einer sehr schlechten Erinnerung von der Stadt nach Hause und das wäre sehr schade. Ich wohne übrigens in ‚German Village' –

einer Siedlung, die einst von Deutschen Einwanderern gebaut worden ist. Diese Häuser werden ihnen sehr gefallen, denn ihr Stil erinnert mich selber immer an das Deutschland meiner dortigen Besuche."

„Eigentlich wollte ich Amerika kennenlernen, denn ‚Deutschland' ist mir recht gut bekannt!", antwortete ich mit einem Lachen.

Am späteren Nachmittag holte mich also Mr. James mit seinem Auto ab, und bald standen wir vor einem kleinen und sehr hübschen, freundlich einladenden Haus. Auch die Nachbarhäuser glichen in ihrer Bauweise einander in auffallender Weise und ich verstand nun, warum man diesem Ortsteil den Namen Deutsches Dorf gegeben hatte. Soweit es die inzwischen schon eingeschaltete Straßenbeleuchtung erlaubte, konnte ich sogar noch feststellen, dass kleine und sehr gepflegte Gärten jedes Haus umgaben.

Bereits im Auto erzählte mir Dennis, wie ich ihn nennen sollte, begeistert von dem von ihm organisierten Festival, besonders aber schwärmte er von seinen beiden Glasharmonikas:

„Gerade kürzlich habe ich durch einen Zufall ein fast antikes Instrument bekommen. Ein zweites kaufte ich von dem Glasbläser Gerhard Finkenbeiner. Auch er kommt aus Deutschland, aus Konstanz. Gerhard lebt jetzt in Boston, wo er auch seine eigene Glasbläserei betreibt", erklärte er mir.

Seine folgenden Erläuterungen über die beiden Instrumente machten mich ganz aufgeregt. „Diese seien ganz anders gebaut als die Glasharfe und würden auch auf andere Weise gespielt."

Kaum hatten wir dann sein Haus betreten, führte er mich auch gleich in sein Wohnzimmer, und da standen sie, die beiden Prachtstücke. Nein, einer Glasharfe glich ihre Konstruktion nun wirklich nicht. Was ich mit dem ersten Blick wahrnehmen konnte, waren viele, auf einen Metallstab aufgezogene, mit geringem Abstand ineinander geschobene, und durch Korken getrennte Glasglocken in verschiedenen Größen. Schnell wusch sich Dennis die Hände und setzte sich vor eines der Instrumente.

„Zu Beginn will ich auf diesem alten Instrument spielen. Es ist wesentlich schwieriger als dasjenige von Finkenbeiner. Und dennoch fasziniert es mich gerade wegen seines Alters und seiner Ursprünglichkeit ganz besonders." Mittels eines Elektromotors brachte er nun die Glasschalen zum Rotieren. Gespannt und aufmerksam beobachtete ich, wie er seine befeuchteten Fingerspitzen an deren äußere Ränder legte. Da, auf einmal, begann das Glas zu klingen und zu singen. Aber so wie dieses Instrument äußerlich in keiner Weise meiner Glasharfe glich, so brachte auch sein Ton selber eine ganz andere Färbung, er klang höher und irgendwie härter. Auch hatte ich den Eindruck, dass im Unterschied zu meinen Glasharfengläsern, die auch schon bei einer leichten Berührung bereitwillig klingen, als müssten hier Dennis Finger um jeden einzelnen Ton kämpfen. Als die Melodie verklungen war, verfolgte ich wieder aufmerksam seine Erklärungen:

„Dieses alte Instrument wurde zwar ganz im Stil von Benjamin Franklin gebaut, dem Erfinder der Harmonika, wie er selber seine musikalische Erfindung damals, Mitte des 17. Jahrhunderts, nach dessen Vollendung nannte. Dennoch hat es mit der Zeit, wie Sie hier auch an diesem sehen können, eine leichte Veränderung erfahren, denn bei einer rein Franklin'schen Harmonika werden die Glasglocken mittels Pedal, Lederriemen und Schwungrad zum Drehen gebracht. Heute aber, bei den neu gebauten, werden sie elektrisch bewegt. Die Gläser selber aber sind unverändert geblieben. Sie sind in Kalottenform geblasen, wobei der Durchmesser von Halbton zu Halbton abnimmt. Deshalb hier die unterschiedlichen Größen. Dann hat man Glasglocke für Glasglocke auf einer gemeinsamen eisernen Welle aufgezogen und mittels Korken voneinander getrennt. So können sie sich gegenseitig nicht berühren, liegen jedoch, aus spieltechnischen Gründen, dennoch sehr nahe beieinander.

Das alte Instrument zu spielen ist recht schwierig, ich habe Wochen, ja Monate gebraucht, bis ich aus diesen Gläsern nicht nur Töne, sondern auch Melodien hervorbringen konnte", fuhr er mit seiner Demonstration fort.

„Wesentlich leichter zu spielen ist das andere hier. Die Gläser sind von Gerhard Finkenbeiner in seinem Labor geblasen worden. Gerhard werden Sie an unserem Festival auch kennen lernen. Er hat mitgeholfen, dieses erstmalige, weltweite Treffen von Musikern, die ein Glasinstrument spielen, zu finanzieren und zu organisieren.

Seine Geschichte, wie er überhaupt zu diesem Instrument gekommen ist, hört sich fast abenteuerlich an. Er hat sie mir eines Tages in seinem Glaslabor erzählt."

Voll konzentriert lauschte ich nun dieser Erzählung.

„Es war während eines Besuches in Paris, als Gerhard dort seine erste Glasharmonika entdeckte. Sie war in einem Museum als eine Art Kuriosität aus dem 18. Jahrhundert ausgestellt, und das daran angeheftete Schildchen sagte nicht mehr darüber aus, als dass dies Instrument von Benjamin Franklin erfunden, und auch W. A. Mozart bekannt gewesen sei. Als ein passionierter Glasbläser war er fasziniert von der leuchtenden Reihe von glitzernden Kristallschalen und begann, mehr Information darüber zu suchen. Endlich fand er ein Buch, welches über viele Geschichten dieses Instrumentes berichtete.

Vollkommen fasziniert versprach er sich, eines Tages, sobald die Zeit es ihm erlaubte, eine solche Glasharmonika in seiner Firma selber zu bauen. Dazu musste aber erst, in vielen Versuchen das entsprechende Glas, oder die chemische Zusammensetzung für den best möglichen Ton, gefunden werden.

So vergingen dann noch viele Jahre, bis Finkenbeiner sein Kapitel zu dieser sonderbaren Geschichte von Franklins Instrument hinzufügen konnte.

In seiner, inzwischen immer größer werdenden Glasbläserei, wird vor allem für Labors gearbeitet. In den letzten zehn Jahren aber entwickelte sich seine Waltham Glasfabrik in Boston zur ersten Quelle für den Glasharmonikabau. Schon bald wurde die Musik seiner Instrumente auf Schallplatten aufgenommen, und ihre Bekanntheit stieg danach vom einfachen Hausgebrauch bis auf die Bühne des Metropolitan Opernhauses. Inspiriert durch sein Beispiel versuchten sich dann auch bald andere Glasbläser in den USA und auch in Europa daran. Finkenbeiner aber ist der einzige, dessen Instrumente auf der absolut regulären Idee von Franklin basieren."

Aufmerksam hatte ich diesem interessanten Bericht zugehört und versuchte konzentriert, mir auch nicht das geringste Detail davon entgehen zu lassen.

Nun aber durfte ich mich selber an das Finkenbeiner'sche Instrument setzen. Erst sanft legte ich meine Fingerspitzen an die Glasränder. Keine Antwort, die Gläser schwiegen. So verstärkte ich meinen Fingerdruck, veränderte ihn, lockte und beschwor geistig die rotierenden Schalen, dass sie doch auch diesen, den fremden Fingern gehorchen mögen. Dann aber plötzlich vernahm ich sie, ihre eigene Stimme. Fremd war sie mir. Ich versuchte verschiedene Töne. Sie antworteten, aber in einer mir noch nicht vertrauten Sprache.

Ein eigenartiger Vergleich drängte sich mir dabei auf: Ist es mit den Musik erzeugenden Instrumenten nicht ähnlich, wie mit den Menschen und ihren so unglaublich abwechslungsreichen und vielfältigen Sprachen? Muss sich nicht jeder um die gegenseitige Verständigung bemühen? Es erschien mir, als wäre ich in diesem Augenblick nicht nur menschlich, sondern auch musikalisch in einem anderen Land angekommen.

Die Gläser meiner Glasharfe sind mir inzwischen vertraut, lieb und teuer geworden, und ihr Wesen verstehe ich täglich besser. Dem Instrument vor mir, dieser Glasharmonika, deren Töne ich nur mit Mühe herauszulocken vermochte, konnte ich erst einmal nur meine Bewunderung, Achtung und meinen Respekt entgegen bringen, weniger meine Vertrautheit oder gar Freundschaft.

Bei meinen bisherigen Recherchen habe ich inzwischen erfahren, dass für die musikalische Welt die Glasmusik schon seit langem bekannt ist. Schon alte Schriften weisen darauf hin, dass die ersten Glasinstrumente ursprünglich aus dem Fernen Osten kamen, wo das Tonerzeugen, mit Hämmerchen an Weingläsern angeschlagen, bis ins 13. Jahrhundert zurück datiert werden kann und zwar nach China. Reisende brachten die Idee dann nach Europa, zuerst nach England, wo sie gerne bei feierlichen Anlässen, auch in der Kirchenmusik, eingefügt worden sind.

Erst sehr spät brachte mich Dennis in mein Superhotel zurück. Wir verabredeten, anderntags gemeinsam die Piotrowkies, meinen ersten Schreibkontakt, vom Flughafen abzuholen. Was war ich doch gespannt auf die, für meine Glasharfe so bedeutende erste Bekanntschaft, die mich auch hier auf diese Reise nach Amerika gebracht hat.

An diesem Abend hatte ich keine Raumprobleme, denn kaum unter die Decke gekrochen, hörte ich erneut die Töne der Glasschalen. Dann sah ich sie. Sie drehten sich, schnell und immer schneller, lösten sich, wie frei schwebend, von ihrer hemmenden Spindel, flogen in die Luft hinaus, jede selbständig frei, und in ihrem ganz eigenen Ton klingend, und dann nichts mehr.

Pünktlichkeit schien nicht die Stärke von Dennis James zu sein. Ich wartete geduldig auf der Straße und befürchtete schon ein sprachliches Missverständnis, da endlich kam er angefahren, eine volle halbe Stunde zu spät. Aber auch das Flugzeug hatte freundlicherweise Verspätung, und so waren wir dann doch noch ein rechtzeitiges Empfangskomitee.

Unser erstes gemeinsames Beschnuppern dauerte nicht lange, ich glaube, der erste Blick reichte, und wir waren Freunde. Per Luftpost hatten wir uns ja schon kennen gelernt. Papier ist geduldig, sagt man, doch manchmal kann es auch ehrlich sein. Wir kannten uns eigentlich nicht und doch, beim ersten Händedruck und in die Augen geblickt, wussten wir schon Bescheid.

Susan verhielt sich recht ruhig und sprach nur leise. Er, Ken, war die Herzlichkeit selber, von sehr feiner, freundlicher und kultivierten Wesensart.

Eigentlich müsste ich jetzt dem Musikhaus Schott in Mainz eine Ansichtskarte mit einem herzlichen Dankeschön schicken, war ein ganz kurzer Gedanken, denn ihnen habe ich diese schöne Bekanntschaft zu verdanken.

Aber noch standen wir am Flugplatz, denn das Gepäck musste geholt werden. Es war nicht gerade wenig, und ich fragte lachend: „Do you intend to go on a world tour?" Nein, eine Weltreise sei nicht geplant, aber nach dem Festival hätten sie Susans Eltern versprochen, sie in Miami zu besuchen, und deshalb diese ganze Baggage.

Als wir endlich, wohl versorgt in Dennis Auto den Flughafen verließen, war unser nächstes Ziel dann gleich mein tolles, wenn auch, wie es sich in den zwei vergangenen Nächten heraus gestellt hatte, recht ungefährliches Logis. Aber schon gleich bei unserem ersten Telefongespräch versprach er mir eine bessere und gemütlichere Unterkunft.

„Do take your baggage, I found a lodging for you in German Village and in a house of a very nice lady! That will be better for you!"

Dieses Angebot, ein Zimmer, sogar in dem netten, kleinen German Village zu bekommen, erfreute mich nun ganz besonders. So beglich ich meine Rechnung. In Deutsche Mark umgerechnet ergab es dann doch, für deutsche Verhältnisse, einen recht stolzen Preis. So teuer habe ich noch nie genächtigt. Mein neues Zimmer kostete zwar noch mehr, allerdings war dann ein Frühstück mit inbegriffen, und dafür, dass ich hier keine Leichen zu befürchten hatte, war mir der Preis mehr als recht.

Mein kleiner Koffer wurde nun auch noch in das Auto geschoben und musste sich zwischen den Gepäckstücken der Piotrowskis recht bescheiden, ganz im Sinne von Klein Deutschland begrüßt Groß Amerika.

Von dem freundlichen Zimmer in einer komfortablen Wohnung war ich gleich begeistert. Nach einer kurzen Vorstellung und Begrüßung mit der neuen Gastgeberin, die mir diesen sehr persönlich eingerichteten Raum für die paar Tage zur Verfügung stellte, überreichte sie mir vertrauensvoll den Hausschlüssel. Sie erklärte mir noch, sie wäre berufstätig und den ganzen Tag nicht erreichbar, daher sei es besser, dass ich jederzeit in mein Zimmer gelangen könne.

In dieser so individuellen Unterkunft begann ich mich in diesen Tagen fast heimisch zu fühlen. Dieses große Vertrauen dankte ich ihr dann damit, dass ich, außer ihrer Küche, in der wir morgens gemeinsam frühstückten, ihre ganze Wohnung bis zum Schluss nicht kennengelernt habe. Das Einzige, was mich als Europäerin irritierte, war die amerikanische Sitte, dass man Luft per air conditioning, hier mit einem Decken-Propeller, in die Wohnung geliefert bekommt, und man somit keinen Grund hat, die Fenster zu öffnen. Ich wagte dann einmal, das Schiebefenster meines Zimmers etwas hoch zu drücken, aber es klemmte, und diese Aktion gelang mir nur um die bescheidene Öffnung eines kleinen Spaltes. Wenigstens konnte ich nun meine Nase hinausstrecken um frische Außenluft zu schnuppern und damit mein Gefühl für Freiheit zu beruhigen.

Unser Tagesprogramm aber mahnte auch schon gleich wieder zum Aufbruch und Dennis brachte uns zur Universität, wo für die Piotrowskis ein Zimmer kostenlos reserviert worden war. Dieses wurde organisiert, weil Ken während des Festivals einen Vortrag halten sollte.

Nachdem nun alle Gepäckstücke verteilt und wohl versorgt waren, konnten wir unsere nächsten Schritte planen. Es war ein besonderes Gefühl, von jetzt an keine Minute mehr allein gelassen, dafür aber, rund um die Uhr, liebevoll betreut zu werden. Keine sprachlichen oder amerikanisch gebräuchlichen Schwierigkeiten musste ich mehr durchkämpfen.

Von einer Ruhepause wollten Piotrowskis jedoch nichts wissen, obwohl sie schon seit 4 Uhr morgens unterwegs waren. Einer kurzen Orientierung an dieser University, wo schon morgen das mit viel Spannung erwartete Festival beginnen sollte, schloss sich ein gemeinsamer Spaziergang durch die Stadt an. Natürlich flanierten wir nun unter Dennis' Führung durch die nobleren, mir bis jetzt noch unbekannten Viertel. Dieser Bummel brachte uns menschlich und vor allem durch musikalische Fachgespräche noch näher. Da Susan gute Deutschkenntnisse hatte, gab es auch keinerlei sprachliche Schwierigkeiten mehr.

Dabei erinnere ich mich, dass die ersten Briefe, die ich von Ken erhielt, alle in deutscher Sprache geschrieben waren. Etwas später aber, nach einer intensiven Korrespondenz, und dadurch gegenseitiges besseres Kennenlernen, beichtete er mir:

„Ich muss mich zu einer Lüge bekennen: Ich kann Deutsch nicht sprechen oder schreiben und nur ein bisschen lesen. Meine Frau Susan übersetzt meine Briefe ins Deutsche und liest mir die deutschen Briefe auf Englisch vor. Diese Täuschung ist zweckdienlich, weil es uns beschwerlich ist, die Erklärung in jeden Brief auszuschreiben. Da ich jetzt mit Ihnen in Briefwechsel stehe, soll ich Sie darüber in Kenntnis setzen. Natürlich freute sich Susan sehr über meine Komplimente ihrer guten Deutschkenntnisse. Sie studierte diese Sprache an der Oakland-Universität in Michigan. Ihre Professorin war Frau Prof. Dr. Renate Gerulaitis aus Kassel, die viel Gewicht auf die Literatur der Goethezeit und auf universitäre Sprache und Grammatik legte".

Nach diesem kurzen Ausflug zur Universität fuhren wir zum Hause von Dennis, und wie konnte es anders sein, unsere Gespräche umkreisten die beiden Harmonikas.

Ken begann gleich zu erzählen, dass das erste Glasinstrument, welches er selber konstruiert und dann einige Zeit gespielt hatte, eine Glasharfe war. Dann aber hätte er von der Glasharmonika gehört und sich gleich näher darüber informiert. Dabei stellte er fest, dass diese Konstruktion ihm, als ehemaligen Pianisten, spieltechnisch sehr entgegen kam, denn, wie auf einem Klavier die Tasten, so ermöglichen die ebenfalls nahe aneinander liegenden Ränder der Glasschalen eine ähnliche Spielweise.

So stellte er auf die Glasharmonika um, und es war sehr wahrscheinlich eines der ersten Instrumente, wenn nicht sogar das erste, welches Gerhard Finkenbeiner gebaut hatte.

Nun wurde wieder eifrig gefachsimpelt, ausprobiert und musiziert.

Danach aber fuhr uns Dennis, auf Kens Wunsch hin, noch zu der Bibliothek der örtlichen Musikschule, denn er hoffte, dort noch weitere Informationen über Glasinstrumente zu finden. Er selber aber musste sich schon vor dem Betreten der Bibliothek verabschieden, weil ihn die restlichen Vorbereitungen für das Festival, das morgen beginnen sollte, noch voll in Anspruch nahmen.

In der Bibliothek erzählte uns Ken, mit an Begeisterung tönendem Enthusiasmus, dass er schon seit einigen Jahren an einem Buch über Glasinstrumente schreibe. Dafür habe er schon sehr viele Noten und vor allem auch geschichtliche Literatur gefunden und gesammelt. Leider aber will dieses einfach nicht fertig werden, und warum? Das erklärt er uns mit leuchtenden Augen folgendermaßen:

„Unentwegt halte ich Augen und Ohren offen, immer wieder in der Hoffnung, doch noch weitere Informationen zu entdecken. So ist das Ende meines Schreibens immer noch nicht abzusehen. Ich suche in Amerika und vor allem auch im alten Europa, wo die Glasharfen sich vor über zweihundert Jahren einer großen Beliebtheit, auch in der Hausmusik, rühmen konnten. Die Virtuosen dieser frühen Epoche reichten vom volkstümlichen Musikanten bis zu den höheren und höchsten Rängen der

Gesellschaft. Gerade kürzlich habe ich in der Widener Bibliothek der Harvard Universität, hier in den USA, Informationen über eine Engländerin, einer Miss Anne Ford, gefunden. Sie hat sogar eine Schule für die ‚Musical Glasses' geschrieben, wovon diese Universität eine Kopie besitzt." Gleich versprach er mir eine davon nach Deutschland zu schicken.

In der Bibliothek dauerte, als erfahrener Glasmusikpionier, die Suche nicht lange:

„I found it! – Ich habe es gefunden!", durchbrach plötzlich ein Jubelruf die konzentrierte Stille des mit Bücherregalen und vielen Tischen, an denen lautlos die Studierenden und Lesenden saßen, eingerichteten großen Raumes. Mit einem freudigen Luftsprung schwenkte er seinen kostbaren Fund durch die Luft. Gleich kopierten wir diese wichtigen Seiten, sogar im Doppel, damit auch ich diese neue Information bekommen konnte. Neugierig blätterte ich den Fund durch, dann erfolgte, auch von meiner Seite, wenn auch etwas dezenterer, dennoch ein deutlicher Hurrah-Luftsprung, denn ich fand darin die Noten von Naumanns Komposition, Wie ein Hirt sein Volk zu weiden, die ich mir schon lange so sehr gewünscht hatte. Ich kannte die Melodie von einer Hoffmannschen Schallplatte her.

„Die Noten von dieser Komposition habe ich zu Hause, leider nur in Lautenschrift, eine Schrift, die man um die Jahrhundertwende, 18./19. Jahrhundert, angewendet hatte, und die kann ich selber nicht lesen. Das sind nur noch Spezialisten, die das können", erklärte mir Ken und betrachtete selber begeistert den Fund, denn hier hatten wir nun diese Noten lesbar, und in unsere Notenschrift übertragen, vor uns. Schade war es nur, dass der zweite Teil, der Choral, nicht dabei war.

Geistig schwer bepackt, obwohl gewichtsmäßig nur mit leichtem Papiermaterial, verließen wir fröhlich und siegesfreudig diese Fundstelle, die sich so ergiebig gezeigt hatte und steuerten ebenfalls in Richtung Radiostudio, wo uns Dennis gleich den Zutritt ermöglichte. Ich hatte noch nie ein so großes Studio betreten, und mir war ganz feierlich zumute. Weil gerade Tonaufnahmen gemacht wurden, mussten wir noch eine Zeitlang warten, dann aber wurden wir in einen Raum gebeten, von wo wir durch eine große Glasscheibe ein Interview beobachten durften. Hurrah, eine Glasharfe! Ich ging ganz nahe ans Fenster, denn dort sah ich einen jungen Mann, der vor seinem Instrument stand und interviewt wurde.

„Das ist Jay Brown, ein junger Glasharfenspieler aus Florida", flüsterte mir Ken zu. Es war lustig, diesen jungen und temperamentvollen Krauskopf in einfachen Jeans und Turnschuhen zu beobachten. Gerade forderte man ihn auf, ein Stück zu spielen, und ich sah, wie im Studio die Hebel an einem großen Schaltpult zu den nun erklingenden Glasharfentönen immer wieder neu verschoben und gestellt wurden.

Elegant, fein und behände flogen Jay Browns Finger von Glas zu Glas. Ken erkannte in dieser Melodie das Adagio für Glasharmonika von Mozart. Wir amüsierten uns sehr darüber, wie Jay Brown immer wieder zwischendurch einen Kanister zur Hand nahm, ihn aufschraubte, Wasser daraus trank. Dann träufelte er noch ein paar Tropfen in einige der Gläser, denn scheinbar waren auch diese bei der Arbeit durstig geworden. Dann spielte er unbekümmert weiter und erklärte zwischen seinen Darbietungen sein Instrument. Obschon sein Spiel teilweise einer Zirkusvorstellung glich, zeugte es von großer Musikalität und technischem Können. Irgendwelche Hemmungen, oder gar Lampenfieber schien Jay aber nicht zu haben.

Da, plötzlich ging an der Rückwand des Aufnahmeraumes eine Türe auf, und in Begleitung einer Frau betrat der, uns aus Fotografien her bekannte Herr Hoffmann den Raum. Ken flüsterte mir noch zu, das sei Frau Ingeborg Emge, die stetige Begleiterin und Sekretärin des Altmeisters.

Was ich einmal von ihm erfahren habe, ist die Geschichte, dass er im Jahre 1929, im Alter von 16 Jahren, an einer Weihnachtsfeier einem Glasspiel begegnete. Vom ersten Augenblick an war für ihn dieser, ihm noch unbekannte und so ungewöhnliche reine Glaston, eine Offenbarung, so dass er nach Hause eilte und sogleich selber probierte, Glas zum Klingen zu bringen. Später ließ er seine Gläser in Glasbläsereien auf den reinen Ton blasen, so dass er sie ohne Wasserabstimmung spielen kann. Er nannte sein Instrument Glasharfe, weil der Ton, wie es ihm schien, einer Äolsharfe ähnlich sei. Daraus wurde für ihn dann nicht nur eine Berufung, sondern, wie er selber erklärt, ein Beruf, der ihn während Jahrzehnten in viele Länder führte, wo er meist Solokonzerte gab, aber auch in Begleitung anderer Instrumente spielte. Heute gilt er allgemein als Pionier der Glasharfe.

Jetzt aber stellte ich, fast etwas amüsiert fest, dass der Reporter vor Begeisterung fast aus dem Häuschen geriet:

„Ich habe die Ehre Herrn Hoffmann, einen ganz besonders willkommenen Gast aus Deutschland und weltberühmter Glasharfenspieler, zu begrüßen und Ihnen vorzustellen. Seit Jahrzehnten spielt er in der ganzen Welt sein einzigartiges Instrument. Seien Sie, sehr geehrter Herr Hoffmann und auch Sie, liebe Frau Emge, recht herzlich bei uns willkommen. Haben Sie eine gute Reise gehabt?"

Herr Hoffmann hatte etwas Mühe mit der Sprache, aber Frau Emge, von Beruf Dolmetscherin, half, wo immer es notwendig war. Der Reporter setzte sein Interview fort:

„Herr Hoffmann, sie sind als Glasharfenspieler hier eigens zu diesem 1. Glas Musik Festival nach Columbus gekommen. Wie viele Musiker auf der Welt gibt es, die so ein Instrument spielen können?"

Jetzt aber, lieber Onkel Hans, wuchsen vor Spannung meine Ohren fast durch das trennende Fenster hindurch: Was wird er antworten? Wird er Dich, den er doch persönlich kennengelert hatte, erwähnen?

„Ja, es gibt schon Glasharfenspieler, die aber das Spielen, und das meist auf kleinen Instrumenten, mehr als Hobby betreiben. Auch sind ihre Gläser mit Wasser abgestimmt. Wenn man aber die alten klassischen Stücke spielen will, braucht man ein Instrument mit einem Tonumfang von mindestens vier Oktaven."

„Itz isch aber gnue Heu abe!!" Ich war empört! Er hat Dich tatsächlich mit keinem Wort erwähnt, obschon er Deine Glasharfe einmal gehört hatte. Wie er dabei auch erkennen musste, sind Deine Gläser nicht nur die Vollendetsten in ihrer Tonschönheit, was es bisher auf der Welt gibt, sie erklingen auch ohne Wasserabstimmung. Aber warte nur, in meiner Handtasche, gut und sicher aufgehoben, trug ich Deine kostbare Musik. Es ist Deine Musikkassette, die ich, wie Du am Anfang dieses langen Briefes schon erfahren hast, dann am Gala-Abend den Festival-Teilnehmern vorgespielt habe. Danach erzählte ich ihnen noch von Dir, dem Schweizer Glasharfenpionier, wie Du eines Tages die Idee hattest, die verborgene Musik aus ganz bestimmten Gläsern hervor zu holen, und dann in unermüdlichen Sucharbeit daraus ein wunderschön klingendes Instrument zusammen gestellt hast. Ich bin immer noch ganz aufgeregt, wenn ich jetzt, hier an meinem Schreibtisch, daran zurückdenke.

Jetzt aber, nach diesem meinem Protestkommentar, wieder ins Studio zurück. Nach diesem kurzen Interview, waren wir doch mit Augen und Ohren darauf gespannt, wie sich das Kennenlernen von Herrn Hoffman mit Jay Brown entwickelt. Nach einer kurzen Vorstellung wurde Jay aufgefordert, ein Stück auf seinem Instrument zu spielen. Erneut hörten wir Mozarts Adagio.

Jetzt aber schien es mir, dass der, vorher so lockere Musikus, da er nicht nur vor einem Radiostudio, sondern sogar vor dem allen gut bekannten Fachmann, ja großen Meister dieses Instrumentes, spielen sollte, doch hörbar Nerven zeigte. Er spielte diese schöne Komposition diesmal viel zu schnell, so dass die Eleganz und Schönheit leider wesentlich verloren ging. Temperamentvoll flitzte er über die Glasränder, wie ein Füllen, das einen Wettlauf zu gewinnen hat, und kam dabei manchmal sogar etwas aus dem Rhythmus.

Dann ging die Radiosendung seinem Ende zu, und man traf sich draußen vor dem Studio zu einer allgemeinen Vorstellung und Begrüßung. Nur Dennis James war schon hinausgegangen und wartete geduldig auf uns in einem großen Auto. Er hatte extra wegen der Instrumente eines mit einer geräumigen Ablagefläche organisiert. Endlich kamen auch wir, Herr Hoffman mit Frau Emge, dann Piotrowskis und ich und versuchten, darin Platz zu finden. Schnell kam dann auch Jay Brown mit seinem Instrument angedüst, aber, was jetzt passierte, war einer Filmszene wert:

Schutzlos und ohne jegliche Abdeckung waren seine Gläser nur mit Gummis auf einem Brett befestigt. Noch befand sich Wasser darin. Damit aber konnte er nicht in die hintere Ablagefläche kriechen. Was wird er jetzt machen?, fragten wir uns. Für Jay kein Problem. Kurz entschlossen hob er sein Brett mit den Gläsern hoch, kippte es einfach um und ließ das Wasser in den Rinnstein fließen. Alle hielten den Atem an, und Herr Hoffmann bekam beinahe einen Herzanfall bei dieser lockeren Behandlung einer Glasharfe. Unvorstellbar bei seinen kostbaren Gläsern. Auch Dennis verschlug es für einen Moment die Sprache, dann aber lachte er und rief aus:

„Diese besondere Aktion müsste man wirklich filmen. Wer hat schon einmal gesehen, dass man eine Glasharfe einfach umkippt!" Inzwischen war Jay mit seinem unkomplizierten Instrument auf die Autoablage gerutscht, und platzierte noch seinen Wasserkanister neben sich.

Nachdem wir Herrn Hoffman und Frau Emge in der Capital University abgesetzt hatten, wurde mir doch recht bewusst, dass junge, unternehmungslustige und unkomplizierte Glasmusiker mit ihrer spontanen Begeisterung für diese Musik, doch etwas Probleme mit ihrem Altmeister haben könnten.

Dennis berichtete dann auch Ken, Susan und mir von den Schwierigkeiten, den Altmeister überhaupt an dieses Festival zu bekommen, denn als er hörte, dass er nicht der Einzige sein sollte, sondern dass noch andere mit einem solchen Instrument eingeladen worden sind, fühlte er sich plötzlich in eine neue und für ihn ungewohnte Situation gebracht.

Er galt aber hier, und das sicherlich absolut berechtigt, als die eigentliche Hauptperson des Festivals, und die Erwartungen auf das Hoffmannsche Sonntagskonzert waren nicht nur bei den Teilnehmern selber, sondern auch bei dem Publikum, welches noch nie ein Glasinstrument, weder eine Glasharfe noch eine Glasharmonika, jemals gesehen und schon gar nicht gehört hatte, sehr groß. Immerhin hatten die Organisatoren, für diesen international weit gespannten Anlass, 16.000 Dollar an Spenden bekommen, jedoch über 20.000 Dollar schon investiert, und daher hoffte man auf eine rege und zahlreiche Zuhörerschaft.

Am Abend bezog ich zum ersten Mal mein neues Zimmer. Meine freundliche Wirtin lud mich noch zu einem Abenddrink ein. Ich erzählte ihr alles über den ereignisreichen Tag, die vielseitigen und spannenden Erlebnisse. Dann aber schlüpfte ich fröhlich und geborgen unter die Decke meines frischen Bettes. Noch einige erwartungsvolle Gedanken zum kommenden Tag gingen zusammen mit mir zu Bett und sangen ihr gläsernes Schlaflied.

*

Und nun Schluss für heute! Auch Ihr seid sicher von dem vielen Lesen schon etwas müde geworden, so wie ich vom Schreiben, all meiner aufregenden amerikanischen Abenteuer. Jetzt gehe ich zwar noch nicht ins Bett, wie hier in meiner Erzählung, aber dennoch muss die Fortsetzung bis morgen warten. Also dann, bis zum nächsten Tag in Amerika, wo endlich die richtigen Konzerte gebracht werden.

Kapitel 13

Die Konzerte

Pioniere der Glasmusik – Jay Brown – Gläser mit Leukoplast – Musikalisches Duo –
Glasharfenstudien – der Maestro – Vorträge – Eine Harmonikageschichte – Achtung
Gefahr! – Wasser ist nicht gleich Wasser – Jazz-Trio-Ensemble – Geschichtliche Unterlagen –
„ting, tong, täng, puff!" – Finale – „Good bye, auf Wiedersehen, au revoir!"

„Ihr lieben beide!

Gestern hatte ich für die Fortsetzung meines Erlebnisberichtes leider keine Zeit mehr. Einige Boxen im Pferdestall mussten ausgemistet werden, und das war recht anstrengend. Sehr viele vollgeladene, schwere Schubkarren fuhr ich dann hinaus und über ein Brett, um sie auf dem hohen Misthaufen zu entleeren. Nun stehen unsere Tiere wieder auf sauberem Stroh, nur dass ihnen jetzt leider die warme Unterlage aus dem mit den Wochen festgetretenem Mist fehlt. Diese finden wir aber recht wichtig, deshalb säubern wir im Winter nur selten.

Jetzt aber will ich mit meinem Bericht fortfahren, denn darin wirst Du, lieber Onkel Hans, einige Deiner Musikkollegen kennenlernen. Also, wieder aufgepasst und weiter gelesen in den so schönen Amerika-Erinnerungen."

*

Endlich war es Samstagmorgen! Ich schaute hinaus aus meinem, leider immer noch nicht zu öffnenden Fenster, rüttelte aber dennoch ein bisschen daran herum, um wenigstens ein klein bisschen frische Morgenluft einatmen zu können. Freundlich begrüßte mich ein blauer Winterhimmel, und versicherte mir auf seine Weise, dass es heute ein besonders großer Tag werden wird, denn es sollten die Konzerte des nachweislich ersten „Internationalen Glassmusic Festivals" in der Geschichte der Glasinstrumente dargeboten werden. Für diese hatte ich die lange Reise ja auch unternommen.

Am späteren Vormittag, und alle sehr pünktlich, trafen wir uns in der Capital University. Natürlich war ich selber schon viel früher zur Stelle, ich hätte ja etwas, was vielleicht gerade nicht im Programm gestanden hat, verpassen können. Andererseits hoffte ich mit dem einen oder anderen Musikkameraden ins Gespräch zu kommen.

Dennis, der Initiator, war auch schon da, und es freute mich sehr, dass er mir den einen oder anderen Musiker, den ich am Vortag noch nicht kennen gelernt hatte, noch vorstellte. Die einzigen Europäer waren Bruno Hoffmann, Ingeborg Emge und ich, leider nur zuhörend.

Um 12.30 Uhr war in der Lobby der Bexley Hall der Einschreibetermin aller Festival-Teilnehmer. Der Hörsaal der Universität war nicht sehr groß, so dass die besten Plätze schon früh, und sogar lange vor Beginn, bis auf die letzte Reihe ganz oben, voll besetzt wurden.

Normalerweise hält man bei einem Konzert gerne einigen Abstand von den Instrumenten, und setzt sich bevorzugt nach hinten, denn die Erfahrung lehrt, dass man Musik bei einer größeren Entfernung in ihrem ganzen Umfang harmonischer, weicher und voller hören kann. Hier ging es aber nicht nur um das besonders gute Hören, vor allem wollte man etwas ganz Neues kennenlernen. Diese Neugierde befiel nicht nur die Gäste, die noch nie ein Glasinstrument gesehen, noch jemals gehört hatten, auch wir selber, die einsamen Glasmusikinterpreten, wollten vor allem beobachten, wie die verschiedenen Instrumente von den Kollegen gespielt werden.

Ich freute mich darüber, dass mein treuer Begleitschutz, Ken und Susan neben mir zu sitzen kamen. Gemeinsam und sehr gespannt, fast ein wenig aufgeregt, erwarteten wir das erste Konzert. Laut Programm sollte Jay Brown das Festival eröffnen.

In diesem erwartungsvollen Moment fühlten wir jetzt vielleicht alle dasselbe: Waren wir doch eigentlich so richtige Pioniere denn, indem wir einen Teil lang vergangener Musikgeschichte, in Archiven und Büchern wohl verwahrt, in Museen vergessen und zur Untätigkeit verdammt, aus ihren Verstecken heraus holten, erweckten wir damit einen Teil verschollener Musik zum Leben, und stellten sie hinein in unsere Gegenwart.

Jay, mit dem ich schon interessiert geschwatzt hatte, war also der Erste, der die Bühne betrat. Vorher hatte man noch einen Holztisch in deren Mitte der Bühne gestellt. Darauf platzierte er nun vorsichtig seine Glasharfe, ein Brett, mit darauf fixierten Gläsern. Dann öffnete er ruhig einen

Kanister, und stimmte, mit einer dicken Spritze, ganz konzentriert jedes seiner Gläser mit Wasser auf ihre Tonreinheit ab.

Dieses genaue Stimmen eines Instrumentes vor dem Spielen, ist ja auch bei einem Saiteninstrument sehr wichtig, ging es mir noch kurz durch den Sinn. Dann aber war ich voll konzentriert und einfach hingerissen von dem, was ich vorne zu hören bekam. Jays Konzert begeisterte mich erneut, und ich war überzeugt, dass er einer der kommenden Musiker für die Glasmusik werden wird. Mit einem eleganten und behänden Strich seiner Finger sicher über die Gläser gleitend, entlockte er diesen Melodie um Melodie. Aufgeweckt aus dem durchsichtig glitzernden Material, spazierte der Ton eines jeden Glases übermütig durch die Luft des weiten Raumes, und gemeinsam kitzelten sie die aufmerksam lauschenden Zuhörer munter in den Ohren. Ich kannte die meisten Stücke bereits recht gut. Vertraut waren sie mir, und dennoch klangen sie auf diesem Instrument etwas anders.

Auf einmal erfüllte mich ein leises Heimweh nach meinen eigenen Gläsern, denjenigen, die von Dir, Onkel Hans, in ihrem Klang als Elitegläser aus einer riesigen Auswahl ausgesucht worden waren.

Noch etwas hinträumend bemerkte ich auf einmal, dass es oben im Saal lebendig wurde. Alle Köpfe drehten sich gleichzeitig, wie an einem unsichtbaren Faden gezogen, in diese Richtung, denn von dort kamen nun vier Musiker die steilen Treppenstufen herunter und setzten sich auf die inzwischen herein gebrachten Stühle neben die Glasharfe. Der eine trug eine Flöte, ein anderer transportierte ein Cello, dazu kamen noch eine Viola und eine Oboe.

„Glasharfe in Begleitung anderer Instrumente"! Das hatte ich bisher nur auf der Schallplatte von Bruno Hoffman gehört. Jetzt wurde es aber noch so richtig spannend. Wie kann das gehen? War noch meine ganz kurze Überlegung. Wird der feine Klang der Gläser von diesen stärkeren Instrumenten in der Melodie nicht voll übertönt werden?

Erwartungsvolle vollkommene Stille herrschte unter den Zuhörern. Nun wurden die Instrumente noch nach der Glasharfe gestimmt. Ein kurzer Moment der aufmerksamen Ruhe, dann begann eine ausdrucksstarke Melodie den Saal zu erfüllen. Ich erkannte sie sogleich. Es war das bekannte Menuett Tanz der Seligen Geister von C.W. Gluck. Das gemeinsame Spiel war voll Spannung und suggestiver Kraft, erstaunlich in ihrer Harmonie, und die Gläser ließen sich ihren zentralen Platz im Quintett keineswegs streitig machen. Im Gegenteil, obwohl die Begleitinstrumente kräftigere Töne brachten, entwickelte sich die Glasharfe, durch ihre charaktereigene Intensität, zu einer weit und voll tragenden Leitstimme. In dieser Komposition, verwandt mit dem Wiener Walzer, vertiefte sie noch das Melodische und Beschwingte ihres eigenen Charakters, und hob wirkungsvoll auch das darin Anmutige und Geheimnisvolle hervor.

Als krönender Abschluss durften wir dann noch das Adagio und Rondo von Mozart hören, eines der schönsten Erlebnisse für jeden Glasmusiker.

„Dieses Quintett soll Mozart in seinem letzten Lebensjahr für die berühmte Glasharmonikaspielerin Marianne Kirchgessner geschrieben haben", flüsterte Ken, mein treues Glasinstrumentenlexikon, mir noch schnell ins Ohr.

Ein großer und begeisterter Applaus beendete zum Schluss das eindrückliche Konzert von Jay Brown mit seinen Begleitern.

Neugierig blätterte ich in dem heutigen Programm. Jim Turner las ich darin. Erneut meldet sich mein treuer Informator neben mir:

„Turner ist ein so genannter ‚all round man'. Er spielt nicht nur eine Glasharfe, er wird uns dazu auch noch demonstrieren, wie man mit einem breiten, elastischen Sägeblatt und einem Geigenbogen Musik machen kann. In seiner Heimatstadt Philadelphia hat er sich inzwischen schon zu einem recht bekannten Musiker hoch musiziert. Dennis war sehr interessiert daran, ihn an unser Festival zu bekommen."

In diesem Augenblick betrat auch schon ein schlanker, hoch gewachsener junger Mann, ich schätze ihn im Alter von Jay Brown, den Saal. Auch seine Glasharfe bestand nur aus einem einfachen Brett, das er nun ebenfalls auf diesen Tisch stellte. Jetzt aber musste ich doch leise lachen. Das darf doch nicht wahr sein! Sein Instrument war noch abenteuerlicher als dasjenige von Jay, denn seine Gläser waren nur ganz schlicht und einfach mit Leukoplast an dem hölzernen Instrumentenbrett befestigt. Undenkbar bei meinen adeligen Gläsern, und sicher jetzt auch nicht unbedingt eine Augenweide, schon gar nicht für einen Ästheten in Glas. Nein, so unkompliziert und unkonventionell wie diese Amerikaner, wagten wir uns in Europa sicher nicht vor Publikum aufzutreten. Erstaunlich waren auch die unterschiedlichen Größen seiner Gläser. Was hier aber fast zu erwarten war, auch dieser Glasakrobat stimmte seine Gläser auf Tonreinheit mit Hilfe von Wasser aus einer langen und dicken Plastikspritze.

Pffft, pffft!, tönte es jetzt vernehmlich von vorne. Zwischendurch prüfte er jedes Glas genau auf seine Tonstimmigkeit, und erzählte dabei noch

Dies und Das. Aber nicht genug der belustigenden Demonstration, denn jetzt brachte er die nächste Überraschung. Er holte aus dem Hintergrund einen Karton, öffnete ihn und zog, eins, zwei, drei und noch einige mehr, große Gläser daraus heraus. So große Gläser hatte ich noch nie vorher gesehen und es ist mir ein Rätsel, wozu man diese Glasmonster im Alltag verwenden kann. Glas für Glas begann er nun unter den leicht amüsierten und doch sehr aufmerksam beobachtenden Zuhörern, zu verteilen. Aber wie ich gleich bemerkte, tat er das nicht einfach wahllos, hier eines und dort ein anderes, sondern nach einem bestimmten System. Er ging durch die Reihen, nach rechts, dann nach links, nach unten und oben, und übergab immer wieder, aber in gewissen Abständen, diese Kelche dem Publikum. Auch wir erhielten so ein Monsterglas. Ganz Kavalier, überließ Ken das Ausprobieren dann mir. Jetzt ging Turner wieder nach vorne und holte aus dem Hintergrund eine große Säge und dazu einen Geigenbogen hervor.

„Ladies and gentlemen, you will be now my orchestra and I am your conductor!"

Schnell hatten wir verstanden, was er von uns wollte. Nun begann er, mit Hilfe des Geigenbogens, aus seiner senkrecht stehenden Säge verschiedene Töne hervor zu locken. Dazu musste er das Sägeblatt immer wieder mehr oder weniger krümmen. Während er so darauf spielte, gab er abwechslungsweise mal der einen, dann der anderen Gruppe der Konzertbesucher das Kommando, ihre Gläser zu streichen.

Ich war voll konzentriert und staunte, dass ich einen Ton aus meinem Glas, auch ohne vorheriges Händewaschen, hervor holen konnte. Es machte uns allen mächtigen Spaß, und jeder hantierte fröhlich an seinem Spielzeug herum. Recht bald merkten wir, dass unser Dirigent genau wusste, wo er die einzelnen Töne hin verteilt hatte, denn auf sein Kommando ertönte, aus unseren großen Glasschalen, nicht nur eine richtige Melodie, es ergab auch zu seiner, immer wieder mehr oder weniger sich biegenden und dadurch Musik machenden Säge, eine musikalische Gemeinsamkeit. Auch diejenigen, die die Musikalität eines Glases noch nie ausprobiert hatten, konnten diese heute, an einem Glasrand streichend, selber erfahren.

Das Ganze sollte beweisen, dass Glas mit anderen Tonerzeugern, gleich welcher Art, problemlos zusammengebracht werden kann. Der Phantasie aber werden dabei kaum Grenzen gesetzt. Hier also erfuhren wir das Experiment: Glasharfe mit Säge.

Dies aber war erst die Einleitung oder das musikalische Vorwort zu seinen noch kommenden Darbietungen, denn nach diesem gemeinsamen Konzertieren ging er zu seiner Glasharfe, und ich staunte, was für Melodien er diesem so einfachen Instrument entlocken konnte. Bewundernswert aber war nicht nur seine Musik, hier wurde vor allem auch der handfeste Beweis erbracht, dass das amerikanische Leukoplast nicht nur wasserfest ist, sondern auch ausgesprochen gute Klebeeigenschaften besitzt, denn trotz seiner oft recht schnellen Passagen, löste sich dennoch keines der Gläser.

So brachte Turner, neben einem vollen musikalischen Genuss, auch eine unterhaltsame und amüsante Vorstellung. Nun fühlte ich mich wirklich wie auf einer ganz besonderen Abenteuerreise, die mich aber auf einmal so sehr inspirierte, dass meine Gedanken, im wechselnden Klang mit diesen tönenden Gläsern, weit ab, in eine Art philosophische Welt, abzuschweifen begannen.

Es ist nicht schwer, irgendwo auf der Welt einem Instrument wie einer Geige oder einem Klavier zu begegnen. Um aber verschiedene Glasinstrumente zu hören, musste ich schon den Atlantik überqueren. Jeder hier anwesende Spieler ist ein Einzelkämpfer, denn die meisten dieser Instrumente, außer der Glasharmonika, wurden von ihren Interpreten selber gebaut und weichen daher in ihrem Gläserarrangement meist erheblich voneinander ab. Erinnerung wir uns an die beiden kostbaren Glasharfen von Bruno Hoffmann und Hans Graf. Im Gegensatz dazu hörte ich heute diese amerikanischen Instrumente. Trotz ihrer sehr einfachen Bauweise konnten sie, vor allem durch ihren individuellen und so persönlichen Klang, aber auch durch die behände Spieltechnik ihrer Meister, die Zuhörer erfreuen, ja sogar faszinieren.

Noch ein weiterer gedanklicher Vergleich:

Betrachten wir zum Beispiel die Violine, als eines der berühmtesten Saiteninstrumente. Die eine ist von einem großen Meister gebaut worden, und aus ihrem Holz löst sich die höchste Schönheit und Vollkommenheit des Klanges. Sie ist dementsprechend von unschätzbarem Wert. Eine andere, in Serie angefertigte, kann diese musikalische Vollendung niemals erreichen, und dennoch, von einem einfühlsamen Künstler gespielt, wird auch sie die Herzen der Zuhörer gewinnen.

Das vielleicht kostbarste und intimste Instrument aber, welches dem Menschen selber geschenkt worden ist, das ist seine eigene Stimme. Lauschen wir einer, wegen ihres außergewöhnlich schönen Gesanges, berühmt gewordenen Sängerin, dann kann diese zu einem tief ergreifenden Erlebnis führen, und uns hinauf heben in die höchsten Höhen musikalischen Seins.

Diese tragen eine besondere Kostbarkeit in sich, erregen damit viele Synapsen unserer Gefühle und leiten sie dann auch direkt zu unserem Gemüt. So ist es nicht allein die arteigene Melodie und die Qualität des Instrumentes selber, welches uns verzaubert, uns Freude bereitet, und das Herz wärmer schlagen lässt, sondern eher der Interpret oder die Interpretin, sei er Künstler oder auch nur ein kleines, unerfahrenes Kind.

Dieses Erkennen entspringt jetzt meiner tiefen Verbundenheit, ja Freundschaft mit dem eigenwilligen Klang von Gläsern. Die Töne hier, geboren aus einem, im Vergleich doch recht primitiven Glasinstrument, erwärmten dennoch durch die Originalität ihrer Darbietung.

Sagt nicht Adalbert von Chamisso in dem Gedicht von „Schloss Boncourt":

Mein Saitenspiel in der Hand,
Die Weiten der Erde durchschweifen
Und singen von Land zu Land.

Ist das zu einem gewissen und möglichen Teil auch meine Zukunft mit der Glasharfe von Onkel Hans?

Nun folgte eine längere Pause, in der wir die unterschiedlichen Glassinstrumente betrachten konnten, und dazu den Künstlern noch wissbegierige Fragen stellten.

Gerade für uns einsame Autodidakten dieser so ganz speziellen Musik, ist es an einem solchen Festival sehr wichtig, Erfahrungen zu sammeln, und die machte man besonders im Gespräch mit den auftretenden Kollegen.

So erzählte ich Jay Brown, dass mir besonders die 32stel Noten viel Mühe bereiten, weil meine Gläser in diesem Tempo nicht so richtig ansprechen wollen.

„Do not use your thumb when playing these quick notes ... nimm nicht den Daumen zum Spielen, viel leichter wirst du es empfinden, den Mittelfinger und Zeigefinger dazu zu nehmen, dann reagieren auch die schnellen Läufe wesentlich leichter. Versuch es einmal bei meinem Instrument."

Das ließ ich mir nicht zweimal sagen, denn so ein kameradschaftliches Angebot ist nicht selbstverständlich, hütet doch jeder seine Gläser wie eine einmalige Kostbarkeit. Schnell huschte ich in die Toilette, um meine Finger mit Seife zu entfetten. Dann flitzte ich zurück und probierte seine Spielempfehlung.

„Look, once I got another insight ... wenn du die großen Gläser der tiefen Töne einzeln streichen willst, dann streiche den Rand des Glases nicht oben sondern seitlich. Der Ton kommt dann viel sicherer, lauter, voller und schöner."

Auch diese Technik probierte ich natürlich gleich aus und war sehr erstaunt, wie gerade die Großen und Tieftonigen bei dieser Streichmethode ganz anders reagierten, wirklich so ausdrucksvoll, wie Jay es mir erklärt hatte.

„Fantastic, thank you very much, that was a huge experience."

Laut Programm erwarteten wir am Nachmittag die Vorträge meiner neuen Freunde wie Dennis, Ken und Gerhard Finkenbeiner. Diesen sah ich mit besonders großer Spannung entgegen, denn wir werden dabei vieles über die Geschichte, die verschiedenen Bauarten der Glasinstrumente, aber auch den, vor allem im Anfang des 19. Jahrhunderts, viel diskutierten eigenartigen Einfluss auf die Psyche des Menschen erfahren. Besonders Ken wird über seine akribische Suche nach spezifischem Notenmaterial berichten.

Noch war es aber nicht soweit. Ich schaute mich weiter nach einem für mich interessanten Gesprächsopfer um, da entdeckte ich, etwas entfernt von mir, Frau Emge, die Sekretärin von Meister Hoffmann. Auf diese Gelegenheit hatte ich gewartet. Eifrig bahnte ich mir einen Weg durch die herum stehenden Leute und steuerte direkt auf sie zu. Kaum hatten wir uns gegenseitig bekannt gemacht, da fragte sie mich direkt:

„Haben Sie nicht das Instrument von Herrn Graf, dem Glasharfenspieler aus der Schweiz, übernommen?"

Du siehst, Onkel Hans, man hat Dich nicht vergessen, man kennt Dich besser als Du ahnst! Aber etwas erstaunt war ich dann doch, dass sie, wie es sich bald herausstellte, so gut über Dein Instrument Bescheid wusste.

Also, wir kamen ganz leicht ins Gespräch und kurz darauf stellte sich auch Herr Hoffmann zu uns. Das war nun der Moment, auf den ich spekuliert hatte. Innerlich etwas aufgeregt, hoffte ich, durch ihn jetzt nicht nur tiefer in das Geheimnis der Glasmusik eindringen zu können, sondern dabei auch der Tradition und der Geschichte meines Instrumentes näher zu kommen. Immerhin hatte ich inzwischen bereits erfahren, dass dieses schon eine lange Vergangenheit in sich trägt. Mit diesen Erwartungen stellte ich mich nun meinem Gegenüber vor.

„Herr Hoffmann, ich habe von meinem Onkel, Hans Graf, vernommen, dass Sie sich vor einiger Zeit gegenseitig in Herrliberg kennen gelernt haben. Leider muss ich Ihnen nun mitteilen, dass Herr Graf vor einem Jahr einen Schlaganfall mit linksseitiger Lähmung erlitten hat und daher sein wunderschönes Instrument nicht mehr spielen kann. Ich durfte nun seine Glasharfe übernehmen und auch seine eigenen Kompositionen. Die spiele ich ganz besonders gerne."

„Aber sicher kann ich mich an ihren Onkel noch sehr gut erinnern. Ich weilte damals wegen einer lang geplanten Konzerttournee in der Schweiz. Das tut mir aber sehr leid, bitte grüßen Sie Herrn Graf doch von mir, wenn Sie ihn wieder einmal besuchen sollten."

„Das werde ich gerne tun, denn er wartet jetzt natürlich doch sehr gespannt auf meinen Bericht über dieses Festival. Sehr froh bin ich heute, dass er noch vor seiner Krankheit die Möglichkeit hatte, in einem Tonstudio seine eigenen Kompositionen auf Tonband aufnehmen zu lassen. Diese kostbare Kassette habe ich nun mitgebracht und möchte sie den Teilnehmern gerne vorspielen, dazu auch noch einige Worte zu Hans Graf selber und seiner großartigen Pionierleistung sagen. Dazu müsste ich aber einen günstigen Zeitpunkt finden, wo wir alle gemeinsam zusammen sitzen."

„Das ist eine gute Idee. Die beste Gelegenheit wäre natürlich heute Abend während des Galadinners, wo doch alle Teilnehmer anwesend sein werden", war sein ermunternder Vorschlag.

Wie Du und Tante Rösi schon gleich am Anfang dieses Briefes erfahren hattet, habe ich das dann auch getan. Genüsslich könntet ihr diese Sätze noch einmal nachlesen! Der große Erfolg blieb ja dann auch nicht aus, und vor allem freute mich (und Dich sicher auch, Onkel Hans!) der lobende Kommentar von Frau Labino: „That is a good looking man!"

Jetzt aber überlegte ich noch ganz schnell, dass ich diese, vielleicht einmalige Gelegenheit, die Begegnung mit dem Altmeister, zu noch einer anderen Frage nutzen sollte. Durch seine Schallplatte war mir bekannt, dass er im Besitze von Naumanns Komposition sein musste, die Ken und ich noch immer akribisch suchten.

„Herr Hoffmann, ich habe auch ein paar Schallplatten von Ihnen, die ich immer wieder gerne höre. Nun suche ich eine ganz besondere Melodie. Es handelt sich dabei um den ‚Choral‘ von ‚Wohl mir, dass ich Jesum habe‘, komponiert von Johann Gottlieb Naumann. Gerne möchte ich das Stück auch selber spielen, nur fehlen mir die Noten dazu. Um ihren Rat, woher ich diese bekommen könnte, wäre ich sehr froh!“

„Ich habe sie in der Bibliothek in Marburg gefunden. Schreiben Sie doch dorthin, vielleicht dass die Bibliothek Sie Ihnen schicken kann.“

Diese Antwort war nun nicht gerade diejenige, auf die ich heimlich spekuliert hatte, denn ich hoffte, die Noten von ihm selber bekommen zu können. Das ging nun leider etwas daneben. Aber immerhin war ich nun doch im Besitze einer zuständigen Adresse.

Mittlerweilen war es halb vier geworden. Mit einem kurzen Nicken, und einem „bis nachher“ verabschiedeten wir uns gegenseitig, denn wir beobachteten, dass die Sitze im Toledo Room erneut schon fleißig besetzt wurden. Die vordersten Reihen hatte man aber uns, den Glasmusikern selber, großzügig frei gehalten.

Nun warteten wir gespannt auf die Vorträge über die verschiedenen Forschungsgebiete. Das „Wann und Woher“ der Glasinstrumente war uns allen sehr wichtig, denn, in den Begriff Zeit eingebunden, besitzen auch sie dadurch eine geschichtliche Vergangenheit. Nur, wie sieht diese aus? Das war für uns Interpreten der Glasmusik immer noch eine teilweise unbeantwortete Frage. So hofften wir, dieser heute einen wesentlichen Schritt näher zu kommen. Auch wünschten wir, neben dem geschichtlichen Hintergrund, auch noch mehr Information über die neueste Entwicklung der recht verschiedenen Glasinstrumente zu erfahren. Ebenfalls war das Auffinden von altem Notenmaterial von außerordentlich großer Bedeutung.

Mit Stift und Schreibblock bewaffnet, wie im Startloch einer Rennbahn, wartete ich nun gespannt auf alle diese Neuigkeiten. Noch beschränkten sich meine Kenntnisse in diesen Gebieten in einem kleinen Rahmen. Nun aber hoffte ich, dass mir jetzt Wege gezeigt werden, meine Glasharfe besser kennen zu lernen.

Noch hatte ich etwas Zeit, mit meiner Phantasie in die Vergangenheit zurück zu wandern, und vor meinem inneren Auge vieles wieder lebendig werden zu lassen.

Wie lebte man damals, vor über 200 Jahren? Statt praktische und schnelle Autos, in denen wir heute leicht und bequem große Entfernungen bewältigen können, unternahmen unsere Vorfahren ihre Reisen recht umständlich, und mit ihren Pferdegespannen auf holperigen Straßen sicherlich recht wenig komfortabel. Auch war die Kleidermode damals, wie man aus Gemälden und der Literatur her kennt, in der mehr oder weniger begüterten Gesellschaft, ausgesprochen aufwändig. Bunt und sehr reich an Material musste sie sein, und die Phantasie hatte sich dabei genüsslich in jede tiefe Falte und verschwenderische Rüsche eingenistet. Ich versuchte mir auch das zuhörende Publikum bei einem Glasharfen- oder Harmonikakonzert vorzustellen. Trugen die Damen Reifröcke und komplizierte, mit Blumen und Bändern dekorierte Hochfrisuren, und die Männer farbige Kniehosen mit bunten Westen?

In welcher Gesellschaft und Aufmachung also wurde der Urahne meiner Glasharfe gespielt? Die Gläser waren damals sicher viel dicker und wurden, wie auch heute sehr oft, mit Wasser abgestimmt. Da man von der Glasharmonika in Museen noch alte Instrumente gefunden hat, ist man über ihre Bauart besser informiert.

Dennis James, der nun das Podium betrat, brachte mich schnell in die Gegenwart zurück. Herzlich begrüßte er alle Teilnehmer dieses 1. Glass Music Festivals und sprach die Hoffnung aus, dass gemeinsames Forschen jeden Einzelnen seinem eigenen Instrument näher bringen möge.

Der Titel seines Vortrag hieß: „Glass Music: One Man's Obsession."

„Obsession" heißt „Besessenheit" und ist eine Aussage über den starken, oft direkt Besitz ergreifenden Einfluss von Glasmusik auf den ganzen Menschen. Er erzählte, wie in der Mitte des 18. bis in die Anfänge des 19. Jahrhunderts, in der so genannten Hohen Zeit dieser Instrumente, diese nicht nur erfreuliche Reaktionen hervorbrachten, sondern auch Erschütterungen, die eine solche Belastung auf die Psyche ausübten, dass sie gar bis zur Krankheit eines Menschen führen konnte. Anderseits aber wurden mit dieser eindringlichen Musik auch gute, ja gar heilende Reaktionen ausgelöst.

Bis auf den letzten Nerv gespannt, lauschte ich seinen Worten und versuchte, sprachlich so viel wie möglich zu verstehen. Leicht war es nicht, aber ich machte mir Notizen, um mich später über wichtige Einzelheiten weiter orientieren zu können.

Da ließ mich der Name Franz Anton Mesmer aufhorchen. Er soll um 1800 herum als Arzt und Psychologe in Wien, später dann auch in Paris praktiziert haben. Seine letzten Lebensjahre verbrachte er aber in Meersburg am Bodensee. Auf seinem Totenbett hatte er einen letzten Wunsch: „Ich möchte noch einmal meine Glasharmonika hören!"

Auch von einer Marianne Davies und einer Marianne Kirchgessner hörte ich zum ersten Mal.

Diese Namen erschienen mir wie ein verheißungsvolles Tor zu der musikalischen Vergangenheit meines eigenen Instrumentes, zu seinem Ursprung. Jetzt brauchte ich dieses nur noch aufzustoßen, um zu entdecken, was sich noch alles dahinter versteckt hält.

Wie froh war ich, dass mir Ken und Susan, als Informationsquelle, noch weiter so selbstlos zur Verfügung standen. Susan, mit ihren guten Deutschkenntnissen, übersetzte mir noch viel Unverstandenes, und von Ken wusste ich inzwischen, dass er einer der besten Kenner auf dem Gebiet der Glasmusik und deren Geschichte überhaupt ist.

Dieser Allwissende raschelte gerade noch etwas nervös in seinen Papieren herum, denn schon im nächsten Augenblick wurde er von Dennis James mit folgenden Worten vorgestellt:

„Jetzt möchte ich Kenneth Piotrowski aus Norman im Staate Oklahoma begrüßen. Wir alle sind sicher sehr gespannt darauf zu hören, was er uns über seine jahrelangen intensiven geschichtlichen Forschungen und Entdeckungen zu sagen hat."

Im Saal war kaum noch ein Geräusch zu vernehmen, denn die aufmerksamen Blicke hingen nun alle an dem neuen Referenten.

„Liebe Freunde der Glasmusik! Sind es nicht oft nur kleine Hinweise, ja scheinbar unbedeutende Erlebnisse im Alltag, die unseren geraden, vorausgeplanten und schon beschrittenen Lebensweg unerwartet in ganz andere Richtungen lenken können? Oder ist es das Außergewöhnliche, das uns manchmal begegnet, welches unseren Forschergeist weckt, so dass wir andere Wege beschreiten und dabei manchmal auch neue Entdeckungen machen dürfen.

Stellt euch einmal einen Baum vor, mit einem senkrechten, geraden Stamm. An seinem Ende beginnt er das, was er schon in der Erde mit seinen unterirdischen Wurzeln getan hat, nämlich sich zu verzweigen. Mit diesen saugt er die lebensnotwendige Nahrung aus der Erde heraus. Seine ‚himmlischen Wurzeln' aber, die erst dicken, dann immer dünner werdenden Äste und Zweige, die dem Licht entgegen wachsen, sie tragen die grünen Blätter, welche die Lebenskraft aus der Sonne empfangen.

So sollten auch wir Menschen, aus der Stämmigkeit unserer Persönlichkeit heraus, unseren Geist in viele Richtungen hinaus wachsen lassen. Die Vielfalt der auf uns einströmenden Eindrücke, sollten wir einfangen, und wie die Zweige und Wurzeln eines Baumes, daraus immer wieder neue Lebenskraft gewinnen. Unsere angeborene Neugierde und unser Forschertrieb wird dadurch befriedigt, und die Fähigkeit, neue Ideen zu entwickeln, angespornt."

Nach dieser fast philosophischen Einleitung berichtete er dann weiter: „So erging es mir eines Tages, als ich eine Schallplatte von einem Bruno Hoffmann entdeckte. ,Sphärenklänge der Glasharfe' hieß sie, und auf dem Titelbild konnte ich erkennen, wie der Künstler mit seinen Fingerspitzen die Ränder von Gläsern berührte. Ich konnte es kaum glauben, dass er aus Glas richtige Musik herausholen kann. Das musste auch ich ausprobieren. Kurz entschlossen kaufte ich so einen runden Musikspeicher, legte ihn zu Hause gleich auf meinen Plattenspieler, senkte erwartungsvoll die Nadel in die äußerste Rille, horchte, und schon bei den ersten Tönen da wusste ich es: ,Ein neuer Zweig will an meinem Lebensbaum heraus wachsen.'

Einst wollte ich die Laufbahn eines Pianisten ergreifen, und dafür nahm ich schon als Kind, bis in meine späte Jugendzeit hinein, Klavierunterricht. Ich wurde ein leidlich guter Pianist und gab auch schon einige kleinere Konzerte, dann aber merkte ich doch, dass gerade beim Klavier die Konkurrenz so hart ist, dass nur eine lebenslange, vollkommene Hingabe an dieses Instrument zu einigem Erfolg führen kann. Ob das nun wirklich meine Bestimmung sein soll, darüber war ich mir bald nicht mehr so sicher. Nach diesen Zweifeln bezog ich die Universität, wo ich mittelamerikanische Anthropologie und Archäologie studierte, bis ich, wie gesagt, eines Tages über die Schallplatte mit dieser geheimnisvollen Glasmusik stolperte.

Nun begann ich viele Gläser zu sammeln. In der gemeinsamen Wohnung von Susan und mir wurde es beinahe ungemütlich. Dabei lernte ich etliche Glasbläsereien kennen, und kein Glas- oder Porzellanladen war von da an vor mir sicher. Es war dann eine recht mühsame und aufwändige Arbeit, die gesammelten Gläser noch nach der Reinheit ihres eigenen Tones auszusuchen, denn zur absoluten Reinstimmung wollte ich nur wenig Wasser verwenden."

Ken machte eine kurze Pause, so dass, trotz größter Konzentration, meine Gedanken ganz kurz, wenn auch nur für Sekunden, von dem spannenden Vortrag abschweiften.

Vor meinem inneren Auge sah ich auf einmal Dich, lieber Onkel Hans, und Deine Gläserinvasion in Eurem Gästezimmer. Auch wie Du mit Tante Rösi in Eurem Deux Chevaux, manchmal in einem halsbrecherischem

Fahrstil, durch die Lande zu den nahen und manchmal auch ferneren Glasbläsereien gefahren bist.

Aber schnell war ich wieder zurück in der Gegenwart, denn Ken setzte seinen Vortrag fort:

„Dieses Instrument, meine Glasharfe, wie ich sie nach dem Beispiel von Herrn Hoffman nannte, spielte ich dann viele Jahre, komponierte selber einige Melodien dafür, gab auch verschiedene Konzerte, bis sich eines Tages, ganz plötzlich und unerwartet, wieder ein neuer Zweig an meinem Lebensbaum meldete.

Über eine Anzeige erfuhr ich von der Glasbläserei Finkenbeiner in Waltham, einem Vorort von Boston. Dort sei ein Versuchsmodell einer Glasharmonika gebaut worden. Natürlich hatte ich damals noch keine Ahnung, was eine Glasharmonika sein sollte, ich hörte darin nur das Wort ‚Glas'. Aber das genügte gerade, um direkt mit Herrn Finkenbeiner, dem Chef der Firma, telefonisch Kontakt aufzunehmen. Auf seine freundliche Einladung hin, fuhr ich kurz entschlossen nach Boston und besuchte ihn in seiner Glasfabrik.

Das Instrument, das ich dort sah, bestand aus vielen, ineinander geschobenen, und auf eine Spindel aufgezogenen Glasschalen, die sich aber gegenseitig nicht berührten. Diese Spindel, in einen schönen hölzernen Kasten eingebaut, wurde nun elektrisch zum Rotieren gebracht.

Den Augenblick, als sich Herr Finkenbeiner an sein neues Instrument setzte und es spielte, werde ich in meinem Leben nie mehr vergessen. Alles sah so leicht aus, wie er feinfühlig und doch so direkt seine Finger an diese, um die eigene Achse sich drehenden Glasschalen legte und ihnen die zauberhaftesten Melodien entlockte. Es war einfach unbeschreiblich schön. Als Pianist durfte ich mich dann auch an diesen Gläsern versuchen. Trotz einiger Anfangsschwierigkeiten, die Schalen zum Klingen zu bringen, entwickelte ich zu ihnen sogleich eine innere Verbundenheit, und so fragte ich ihn spontan, ob er auch für mich ein solches Instrument bauen könnte.

Herr Finkenbeiner zeigte mir noch einige Experimente und originelle Spielereien mit der Materie Glas. Dabei hatte er die Erfahrung gemacht, dass Quarzglas, welches fast unzerbrechlich ist, für den musikalischen Zweck ausgesprochen gut geeignet ist, weil es schneller und freier klingt als das übliche Glas."

Für einen kurzen Augenblick schaute Ken etwas nachdenklich über sein Rednerpult. Dann aber fuhr er fort:

„Die Tage und Wochen wurden mir nun plötzlich sehr lang, denn mit Spannung erwartete ich meine Glasharmonika. Es ist schon gut, dass Glasharfen nicht eifersüchtig werden können, denn ich vernachlässigte in dieser Zeit meine Gläser sträflich, nur um auf diesen Neuankömmling zu warten.

Endlich kam sie, die Finkenbeiner'sche Glasharmonika. Ich war so aufgeregt und so voll inspirierendem Enthusiasmus, dass ich von nun an täglich viele Stunden diesem herrlichen Instrument widmete. Obwohl es mir als Pianist doch sehr entgegen kam, dass die Glasränder, also die einzelnen Töne, wie beim Klavier, sehr nahe beieinander liegen, und ich nun mit den Händen keine weiten Sprünge mehr machen musste, eine Schwierigkeit, die ich bei der Glasharfe immer zu bekämpfen hatte, so musste ich mich dennoch mit einer neuen Technik des Spielens auseinandersetzen. Aber schon bald konnte ich die klassischen Kompositionen von Naumann, Mozart, Reichhard, Röllig und all die zahlreichen, oft sehr anspruchsvollen Werke spielen.

Schon zu der Zeit meines Glasharfenspieles hatte ich begonnen, nach Notenliteratur zu forschen, und ebenfalls interessierte mich jeder geschichtliche Hintergrund der Glasinstrumente. Wozu hatte ich Archäologie studiert? Nun wollte ich nach alten Kompositionen graben, ihren Ursprung und ihre Geschichte studieren, Bau- und Spieltechniken, sowie die Vielfalt von Glasinstrumenten erforschen. Ebenfalls interessierten mich die damaligen Virtuosen.

So wurde mein Archiv an Notenmaterial mit der Zeit immer größer und reichhaltiger. Heute besitze ich die überwiegende Mehrzahl der für Glasharmonika um die Jahre 1770 bis 1810 komponierten Werke.

Das Auffinden von vergessenen Musikschätzen für Glasharmonika war das aufwändigste und erfinderischste Werk, das ich je unternommen habe.

Vor kurzem fand ich in europäischen Archiven sogar einen größeren Teil von Werken für Glasharmonika, die als ‚verlorenen‘ und ‚zerstört‘ galten. Der Grund dafür, dass man nichts von ihnen wusste, waren die in den Bibliotheken meist veralteten Archivverzeichnisse.

Oftmals habe ich eine Komposition nach vielen Wochen intensiver Forschung nur durch reinen Zufall gefunden.

In Amerika gibt es viele Biografien von verschiedenen europäischen Musikarchiven, besonders aus Deutschland und Österreich. Diese Bücher stehen für jedermann in größeren Staats- und Universitätsbibliotheken zur

Verfügung. Glücklicherweise wohnen wir in der Nähe einer Universität, so dass ich mir bisher wenigstens dafür weitere Reisen ersparen konnte. Der Kontakt mit den europäischen Ländern zeigte sich mir manchmal nicht nur erschwert durch die Entfernung, die schon einmal eine Europareise von mir erforderte, auch die verschiedenen Sprachen und Zahlungsmittel machten die Kommunikation immer wieder kompliziert. Dennoch habe ich gerade in den dortigen Bibliotheken die schönsten Schätze gefunden.

Jedes mal bin ich unglaublich aufgeregt, wenn ich wieder eine Entdeckung mache und lache mir wochenlang vor Freude ins Fäustchen, wenn mir so eine Neueroberung ins Haus geflattert kommt. Dennoch bin ich nie zufrieden, ich will immer mehr und mehr. Ich habe das Gefühl, da und dort müsste sich noch irgend eine musikalische Kostbarkeit in den riesigen Regalen von Bibliotheken verborgen halten und wirklich, bevor es mir so richtig zum Bewusstsein kommt, habe ich schon wieder fünf oder sechs neue Werke entdeckt und erhalten.

Im Augenblick sende ich alle meine spürsinnigen Fühler hinaus in die ganze musikalische Welt, um herauszufinden, wo zwei Quartette von Johann Gottlieb Naumann sich versteckt halten könnten, von deren Existenz ich vor einiger Zeit gehört hatte. Ich möchte hier kurz erwähnen, dass Naumann gegen Ende des 18. Jahrhunderts am Hofe des preußischen Königs Friedrichs II., vor allem in Potsdam, eine bedeutende Rolle als Komponist und kurfürstlicher Kapellmeister gespielt hatte."

Immer wieder hörte man die Begeisterung in seinen Worten und Gesten, die auch uns, seine Zuhörer, Zeit und Ort vergessen ließen. Dann fuhr er fort:

„Der weltweite Kontakt mit Bibliotheken entwickelte sich sehr verschieden. Beispielsweise wurden meine Anfragen bei der Deutschen Staatsbibliothek in Berlin sehr unfreundlich beantwortet. Sie erklärten mir, sie besäßen keine Kompositionen für Glasharmonika. Dies Missverständnis klärte sich später auf, indem ich von ihnen dann doch noch sieben alte Werke erhielt.

Aus Ostdeutschland Noten zu bekommen, hat mir nie irgendwelche Probleme gebracht, meistens konnte ich mit den dortigen Bibliothekaren ohne Schwierigkeiten kommunizieren. Eine Ausnahme machte nur die Dresdener Bibliothek. Sie benahmen sich grob und ausgesprochen unhöflich.

Die beste und inhaltsreichste aber mit der ich verhandelte, war und ist immer noch die alte Hofbibliothek in Wien. Sie sandten mir die ganze Sammlung von Rölligs Kompositionen und ebenfalls die Musik von Johann Friedrich Reichhardt für Glasharmonika. Diese interessierten Bibliothekare zeigten sich sehr hilfreich, nicht nur indem sie mir Material aus ihren eigenen Archiven zusandten, sie gaben mir auch Angaben, wo noch weiteres Notenmaterial zu finden sei.

Auch mit Polen, Schweiz, und Westdeutschland hatte ich nie irgendwelche Schwierigkeiten. Die Bibliotheken in England und der Tschechoslowakei zeigten sich ebenfalls hilfsbereit, nur waren diese aus dem letzteren Lande entsetzlich langsam. Mit Russland hatte ich leider wenig Erfolg.

Alle diese Länder, außer eben Russland, sandten mir eine riesige Menge von Originalmusik für Glasharmonika.

Ich besitze auch drei Übungsbücher, geschrieben für ‚Musical Glasses' oder heute meist als Glasharfe benannt. Ich hatte diese, damals noch als Glasharfenspieler, selber zum Studium benutzt. Die darin enthaltenen Übungsstücke sind meistens kurz und lassen sich leicht erlernen. Man braucht sich dabei nicht mühsam durch ein langes Werk durchzuarbeiten. Ihre Autoren sind: Anne Ford, J. E. Franklin und James Smidt.

Sie sind in Englisch geschrieben, weil dieses Instrument in England immer beliebter war als die Glasharmonika.

Es gibt auch ein Übungsbuch, in deutscher Sprache, gedruckt 1788 in Leipzig: Selbstunterricht auf der Harmonika, von Johann Christian Müller.

Da ich der deutschen Sprache nicht mächtig bin, habe ich daraus nur die Übungsbeispiele verwertet.

Wie früher für die Glasharfe, so macht es mir auch heute noch viel Freude, selber für meine jetzige Glasharmonika zu komponieren.

Zum Abschluss möchte ich heute keineswegs unerwähnt lassen, dass ich über Frau Behrendt aus Deutschland die Freude hatte, einen Glasharfenspieler und Komponisten aus der Schweiz kennen lernen zu dürfen."

Nun kam der Bericht über Dich, Onkel Hans, der mir ganz besonders am Herzen lag. Jedes Wort analysierte ich exakt davon, denn auch Du gehörst zu der weltweiten Familie der Glasmusiker! Folgendes berichtete er:

„Gesundheitshalber kann er leider hier in Columbus nicht unter uns sein. Ich war hoch erfreut, als ich vor einigen Monaten von seiner Pionierarbeit erfuhr, dass er aus den besten Gläsern des europäischen Glashandels, selber eine Glasharfe mit rein tönenden Gläsern, also ohne Wasserabstimmung, gebaut hatte. Lange Zeit glaubte er, dieses Instrument sei seine eigene Erfindung, bis er dann von Herrn Hoffmann hörte.

Kürzlich sandte er mir nicht nur seine eigenen Kompositionen, er legte auch gleich noch eine Kassette von seinem Spiel in das liebevolle Postpaket.

Die Kompositionen sind bezaubernd schön, besonders die ‚Elegie'. Ich habe bisher noch niemals ein ähnliches Werk gehört, in dem der unkörperliche und himmlische Charakter der Glasharfe so klar und deutlich zum Ausdruck gebracht wird. Die Tonsätze fließen sanft von einem zum anderen.

Es ist für mich, und sicher für uns alle, heute ein bedeutendes Erlebnis, einen Teil dieser alten Musikkultur wieder in unser Leben und Alltag zurück zu holen."

Mit diesen nachdenklichen Worten verließ Ken, unter großem und anerkennendem Applaus, das Podium und setzte sich wieder zwischen Susan und mich.

Noch ganz beeindruckt von seinem so aufschluss- und lehrreichen Vortrag flüsterte ich ihm schnell zu:

„Danke für das wundervolle Schlussplädoyer für Onkel Hans. Jetzt habe ich den Eindruck, als wäre er sogar ganz persönlich auf dieser Bühne erschienen.

Nun freue ich mich ganz besonders auf den heutigen Gala-Abend. Da werde ich wenigstens seine edlen Gläser mit seinen Kompositionen lebendig werden lassen, und die dürfen dann leicht und musisch durch den vollen Saal schweben. Ich höre sie schon in mir, ich fühle die Schwingungen."

Aber nicht lange, und schon wurde ich aus meinen Träumen in die Wirklichkeit zurückgeholt, denn vorne trugen nun zwei Männer vorsichtig eine Glasharmonika auf die Bühne. Es war, das erkannte ich gleich, diejenige, die ich bei Dennis James kennen gelernt hatte, und ich wusste, dass sie in der Glasbläserei Finkenbeiner gebaut worden war.

Noch einige Gespräche, ein leises Getuschel im Saal, dann aber herrschte wieder eine erwartungsvolle Stille.

Nun betrat Gerhard Finkenbeiner aus Waltham, Massachusetts das Podium. Voll Spannung und Interesse erwarteten wir sein Thema: „Glass Harmonica Reproduction Demonstration".

Ruhig und konzentriert setzte er sich an das Instrument, dann brachte er, mit einem Motor, die Spindel mit den Glasschalen zum Rotieren. Sanft und doch präzise legte er nun seine feuchten Finger an deren Ränder und begann zu spielen. Sehr plötzlich musste ich mich von dem mir so vertrauten Wesen der Glasharfe trennen und ganz auf diese andere musikalische Sprache, derjenigen einer Harmonika, einstellen. Sie war anders, heller, höher. Irgendwie vermisste ich in ihr die Weichheit meiner eigenen singenden Gläser. Sein musikalischer Vortrag dauerte nicht lange, dann stand er auf und begann von seinen Erfahrungen zu berichten.

Auf diesen Vortrag habe ich ganz besonders neugierig gewartet, und erfreulicherweise konnte ich nun sein Englisch recht gut verstehen, denn sein Akzent und auch viel von seinem Satzbau, erinnerten, als gebürtiger Konstanzer, an seine deutsche Herkunft. Wie von einem heimlichen Magneten, so fühlten sich die Zuhörer alsbald von diesem Vortragenden angezogen, denn die Mimik von Gerhard Finkenbeiner, seine glänzenden Augen, seine ausgestrahlte temperamentvolle Energie, gaben ihm die heitere, ja begeisterte Exzentrik eines erfolgreichen Erfinders. Wie ein Märchenerzähler begann er:

„Es ergab sich vor vielen Jahren bei einem Besuch in Paris, dass ich die erste Glasharmonika zu sehen bekam. In dieser Weltstadt besuchte ich immer gerne das eine oder andere der zahlreichen Museen, schlenderte interessiert durch deren Hallen, Räume und Gänge, und empfand es als irgendwie spannend, mich mit all den antiken Gegenständen von Haushalt und Wirtschaft aus längst vergangener Zeit auseinander zu setzen."

Paris, das kam mir jetzt bekannt vor. Hatte mir nicht Dennis erzählt, dass Finkenbeiner in dieser Stadt der Glasharmonika zum ersten Mal begegnete sei? Jetzt war ich aber sehr gespannt, diese aufregende Geschichte, nun sogar von ihm selber, erzählt zu bekommen. Also, weiter aufgepasst!

„Da geschah es eines Tages bei einer solch genüsslichen Besichtigung, dass ich auf einmal wie hypnotisiert stehen blieb. Was sollte das bedeuten? Glasschalen, auf eine Spindel aufgezogen und in einen alten, dunkelbraunen Holzkasten eingebaut? Als passionierter Glasbläser und Tüftler, der Glas in allen Formen und Eigenschaften kennt, und der dieser Materie täglich wie einem zweiten Ich begegnet, da gibt es kaum ein Glas, was nicht wenigstens einer kurzen Beachtung meinerseits würdig wäre. So wurde ich augenblicklich von diesen Gläsern angezogen, und es war mir, als wollte diese leuchtende Reihe von verstaubten Kristallschalen auf sich aufmerksam machen, ja, sogar mit mir sprechen. Von den Besuchern fast kaum beachtet, stand dieses sonderbare Gestell, wie vergessen und für niemanden mehr von Interesse, stumm in einer Ecke. Auf einer kleinen

Tafel davor, wurde es als eine Art Kuriosität aus dem 18. Jahrhundert deklariert. Die Information darauf sagte nicht mehr aus, als dass es sich hier um eine, von Benjamin Franklin erfundene, und von ihm auch gebaute Glasharmonika handle. Dieses Instrument sei Ende des 18. bis Anfang des 19. Jahrhunderts, vor allem in Europa, sehr beliebt gewesen, und sogar Mozart habe dafür komponiert.

Fasziniert, begeistert und vor allem von meiner unersättlichen Neugierde getrieben, bemühte ich mich gleich, mehr Informationen über dieses seltsame Instrument zu finden. Es war dann ein richtiger Glücksfall, dass mir eines Tages ein Buch in die Hände geriet, welches sich über diese Erfindung in einer Art und Weise ausließ, als handelte es sich hierbei um irgendeinen Hokuspokus. In diesen, sicher schon vor etwa zweihundert Jahren geschriebenen Geschichten, wird berichtet, dass in diesen Gläsern übernatürliche Kräfte innewohnen sollen.

Von da an war ich mir sicher, dass ich eines Tages, sobald es mir die Zeit erlaubten sollte, ein solches Instrument selber bauen werde. Als Einstieg in diese Planung war es aber von größter Wichtigkeit, auch das best klingendste Glas dafür zu finden. So widmete ich erneut viel Zeit der Erforschung des Charakters und den Eigenschaften dieses, meines geliebten Materials, im engeren und weiteren Sinn.

Dennoch sollten, nach dieser ersten Begegnung, noch viele Jahre vergehen, bis es mir dann endlich möglich wurde, ein Kapitel zu dieser eigenartigen Saga von Franklins Instrument hinzuzufügen. Aber, was lange währt wird doch einmal gut, und so wurde in dem letzten Jahrzehnt endlich die Waltham Glasfabrik zur ersten Quelle für die Herstellung der Glasharmonika oder Armonika, wie sie ursprünglich benannt worden war. Der Anblick dieses wunderschönen Instrumentes erfreut mich auch heute noch jeden Tag von Neuem."

Fast andächtig, ja so richtig liebevoll, legte er jetzt seine Hände auf das Holz seines Instrumentes. Dann aber fuhr er weiter fort mit seinen interessanten Erinnerungen:

„Wir sehen hier, dass sich die Glasschalen, obwohl eine dicht neben der anderen, auf eine Spindel aufgezogen, sich dennoch nicht berühren. Aufgereiht zu einem glänzenden, spitz zulaufenden Zylinder, man könnte es auch einen Glockenkegel nennen, umfasst ihre Anzahl drei Oktaven. Die ganzen und halben Noten unterscheiden sich durch einen Goldrand voneinander.

In meiner Firma wird die Glasharmonika rein nach dem Franklinschen Prinzip gebaut. Da man die Dicke der Schalen nicht genau kontrollieren kann, prüfen wir jede auf ihren eigenen Klang. Die schwierige Feinstimmung geschieht durch akkurates, immer den gewünschten Ton suchendes Schleifen.

Franklins Fußpedal habe ich allerdings, wie man hier gut sehen kann, durch einen elektrischen Motor ersetzt. Die Gläser aber bleiben traditionsgemäß auch heute, wie damals zu Franklins Zeiten, eingebettet in einen schönen hölzernen Kasten.

Es erstaunt und erfreut mich selber immer wieder von Neuem, dass die Bekanntheit dieses herrlichen Instrumentes mittlerweile bis zur Bühne des Metropolitan Opernhauses emporgestiegen ist, und verschiedene Radiosendungen machen seinen Namen den lokalen Zuhörern der klassischen Musik vertraut.

Dies alles hatte dann aber auch sehr bald zur Folge, dass andere Glasfirmen, in den USA, wie auch in Europa, dazu übergegangen sind, ebenfalls gläserne Musikinstrumente zu bauen, wobei aber auch spezielle eigene Ideen dabei entwickelt wurden."

Auch darüber hatte ich bei Dennis James schon so einiges erfahren, und sogar das Meiste davon verstanden! Jetzt bekomme ich diese Information aber noch von einer anderen, ganz besonders kompetenten Seite! Aufmerksam höre ich weiter zu.

„Jetzt möchte ich nicht versäumen, noch ein paar Worte zu dem großartigen Staatsmann, Wissenschaftler und Erfinder Benjamin Franklin hinzu zu fügen.

In der Zeit, als sich Franklin, als Gesandter der englischen Kolonien Amerikas, in London aufhielt, verbrachte er viel Zeit mit seinen wissenschaftlich interessierten Freunden aus der Royal Society. Dort lernte er die Musical Glasses (das Glasspiel oder die heutige Glasharfe) kennen und war fasziniert vom Klang dieser Gläser. Typisch für Franklin war es, dass er sogleich Möglichkeiten zur Verbesserung dieses neuartigen Instrumentes suchte. So schrieb er, kurz nach diesem Englandbesuch, an seinen Freund Pater Baptiste Beccaria, Professor der experimentellen Physik in Turin, einen Brief, worin er diese so faszinierende Entdeckung beschrieb, gleichzeitig aber auch seinen kritischen Gedanken Ausdruck gab:

‚I wished only to see the glasses disposed in a more convenient form and brought together in a narrower compass, so as to admit of a greater number of tones.‘ Er wünschte also, dass die Gläser für den Spieler in einer bequemeren Anordnung sein mögen, die Ränder näher beieinander, so dass man beim Spielen eine größere Zahl von Tönen gleichzeitig erreichen könnte.

Diese Gedanken setzte er dann 1761 auch in die Tat um. In Gemeinschaft mit einer ihm vertrauten Glasbläserei, ließ er 37 Schalen für die von ihm so genau durchdachte und auf Papier entworfene Glasharmonika blasen, und zuletzt jede Einzelne genauestens zur gewünschten Tonhöhe schleifen. Dann wurden sie auf eine Spindel aufgezogen, und damit sich die Ränder nicht berührten, mittels eines Korkens voneinander getrennt. In Drehung setzte man das Ganze dann mit Hilfe eines Fußpedals. Auf diese Weise konnten, allein bei der Berührung mit den befeuchteten Fingern von einer Hand, an den Rändern der sich drehenden Glasschalen, schon mehrere Töne gleichzeitig gespielt werden. Damit wurde es möglich, Akkorde oder gar komplexere Arrangements, zu spielen.

Franklin gab seiner Erfindung den Namen ‚Harmonika‘, oder oft auch ‚Armonika‘ geschrieben, hergeleitet vom italienischen Word ‚Harmonie‘. Und dieser Name ist diesem Glasinstrument bis heute geblieben.

Bei meinen geschichtlichen Studien erfuhr ich mit der Zeit doch recht vieles, nicht nur über die Entstehung, vor allem aber auch über die weitere Entwicklung der Glasinstrumente. Dabei stieß ich eines Tages auf eine tragische, oder sagen wir doch eher komische Geschichte, die ich Ihnen nicht vorenthalten möchte.

Carl Ferdinand Pohl, er lebte mit seiner Familie in Kreibnitz, einer kleinen Stadt in Nordböhmen, arbeitete anfangs des 19. Jahrhunderts am Bau einer Glasharmonika, indem er eine eigene Methode ausprobierte. Da aber immer wieder Irrtümer seine Planung durchkreuzten, musste er viele Versuche starten. Er brauchte etliche Monate, um sein erstes brauchbares Instrument zu bauen. Dann aber war es doch eines Tages so weit. Jubelnd und frohen Mutes öffnete er die Tür von seinem Arbeitsraum, um seinen so schwer erarbeiteten Erfolg seiner Frau mitzuteilen. Doch da warf ein starker Windstoss diese mit Wucht wieder zu. Das aber hatte zur Folge, dass dabei ein Porträt vom heiligen St. Johann, welches über dem Instrument an der Wand gehangen hatte, von dieser herunter fiel, das endlich vollendete Meisterwerk traf, und es dabei in kleine Splitter zerstörte.

Eine von seinem Enkel herausgegebene Broschüre beschreibt, wie dann, in seiner Verzweiflung, der unglückliche Mann heftig auf dem armen Heiligen herumtrampelte. Aber dank seiner beharrlichen Natur baute er in seinem Leben dennoch viele weitere Instrumente, und erreichte damit weltweite Anerkennung."

Ein allgemeines Raunen und Schmunzeln ging jetzt durch die Reihen, aber sicher staunte jeder über die Beharrlichkeit dieses ehemaligen Glasharmonikabauers.

„Wenn ich an meine eigenen Anfänge zurückdenke", fuhr Finkenbeiner fort, „so war es eigentlich fast ein Zufall, dass ich eines Tages feststellte, dass Quarz die reinste Qualität von Glas und daher auch das geeignetste Material für die Harmonika sein könnte.

Im Jahre 1980 arbeitete ich für IBM und dabei konstruierte ich am Hochofen lange Rohre für Halbleiter. An diesen musste ich ein Ende absperren, um ein Vakuum zu erzeugen. Später wurde dieses Ende dann abgeschnitten und verworfen.

Eines Tages, ich hielt gerade etwas versonnen ein solches in den Händen und betrachtete es. Da hatte ich plötzlich eine Eingebung, eine großartige Idee. Was hier weggeworfen wurde, sah das nicht aus wie die Schale einer Harmonika?

‚Das ist es! Das Ei des Kolumbus!', dachte ich und begann, diese Enden zu sammeln. Nach einem Jahr hatte ich fast hundert verschiedene Schalen gesammelt. Obwohl diese natürlich noch gestimmt werden mussten, war es für mich der endgültige Start. Gestimmt wurden die Schalen, indem man ihre Ränder auf einer Schleifmaschine abschliff. Die Messung an einem Spezialgerät machte eine Reinheit bis auf einen Hundertstel eines Halbtones möglich. So baute ich die erste Harmonika, und als sie fertig war, war ihr Ton faszinierend, einfach wunderschön.

Leider ist die Harmonika schon im frühen 18. Jahrhundert, nach einem zuerst fast raketenhaften Aufstieg zu großer Beliebtheit, dann plötzlich, in einer kurzen Zeit von nicht mehr als 30 Jahren, weitgehend verschwunden. Das heißt also, dass seit mehr als anderthalb Jahrhunderten niemand mehr ihren Klang vernommen hat, denn in den Museen darf man diese Instrumente nicht berühren. Man weiß aber heute, dass sie damals, auf dem Höhepunkt ihrer Bekanntheit angekommen, zu dem halben Dutzend der bekanntesten und beliebtesten aller Instrumente für Liebhaber der Hausmusik gehörte.

Ihr Ruf wurde vor allem durch Marianne Davies, einer englischen Verwandten von Franklin, verbreitet. Sehr schnell lernte sie dies Instrument zu spielen und hatte auf ihren Europatourneen damit auch großen Erfolg. Dieser drang sogar bis an den Hof der Kaiserin Maria Theresia in Wien, wo sie dann lange Jahre als Musiklehrerin für die Erzherzogin Maria Antonia, geschichtlich bekannter als Marie Antoinette, tätig war. Auch wird berichtet, dass in dieser Wiener Zeit, um 1769, W. A. Mozart schon im zarten Alter von 13 Jahren dieses Instrument dort kennengelernt haben soll.

Es heißt weiter, dass der damaligen Modearzt und Hypnotiseur Franz Anton Mesmer die Davies in dieser Kunst unterrichtet habe. Später wurde er dadurch berühmt, dass er mit seiner Harmonika psychisch labile Patienten behandelte.

Leider aber war es dann gerade er, der mit seiner Harmonika, im Verlauf des nächsten Jahrzehntes, den Ruf eines Wunder wirkenden Scharlatans mit fragwürdiger Moral erhielt. Dadurch, dass er ihren Klang benutzte, nervöse Patienten zu beruhigen, war er auch ungewollt daran beteiligt, dass die Musik dieser Gläser einen Verfall ihres Rufes erlitt.

Die übernatürlichen Vibrationen wurden beschuldigt, verschiedene nervliche Zusammenbrüche hervor zu rufen, und sehr schnell zirkulierten Gerüchte, dass sowohl Spieler, wie auch die Zuhörer, von ungewöhnlichen Leiden befallen würden.

Es ist zu bedenken, dass wir uns hier in der Zeit des Spätbarocks befinden, in dem es einen Wandel gab, bei dem die musikalischen Ausdrucksmittel in die Richtung eines galanten, zunehmend nach mehr Empfindsamkeit, bis hin zur Hysterie verlangenden Stils gingen. Einige Historiker vermuteten, dass gerade in dieser hypersensiblen Zeit, das Problem der

Schädlichkeit seine Richtigkeit hatte. Man behauptete, dass durch die Vibration, die beim Berühren der rotierenden Glasschalen in den Fingerspitzen entsteht, verschiedene Leiden hervorgerufen würden. Anderseits ist aber bekannt, dass viele Harmonikaenthusiasten, unter ihnen Messmer und Franklin, dennoch ein hohes Alter erreichten.

Es gibt ein Buch aus dem Jahre 1788, welches mit dem Vorwort: *Das Vorurteil, welches in die Köpfe der Leute so leicht wie sein Ton hinein gekrochen ist*, das Glasinstrument verteidigt.

Dennoch wurden die Gefühle im Volk immer negativer und aggressiver und, als ein Kind während eines Konzertes starb, wurde die Harmonika als eine öffentliche Gefahr verbannt.

Die Glasharmonika wurde auch oft mit den kuriosesten Gerüchten und Phantasievollsten Ratschlägen geschmückt, wie unter anderem:

Spiele niemals um Mitternacht, sonst werden die nächtlichen Geister heranschweben!

Viele Leute, geprägt von der Spätbarockzeit, glaubten wirklich an so einen Unsinn, und dabei handelte es sich doch nur um eine wunderschöne, liebliche Musik.

Den ominösen Gerüchten zum Trotz blieb die Harmonika dennoch bis ins frühe 19. Jahrhundert beliebt. Sie erreichte ihre höchste Beliebtheit durch die Konzerte einer Cousine von Mozart, der blinden Virtuosin Marianne Kirchgessner, deren phänomenale Spieltechnik viele Komponisten inspirierte. Mozart selber komponierte für sie, in seinem letzten Lebensjahr, zwei wunderbare, heute besonders beliebte Werke, und schenkte der Harmonika damit den eigentlichen Ruhm. Es waren dies die wichtigsten und bekanntesten Stücke im ganzen Repertoire für Glasmusik, nämlich das ‚Adagio' für Glasharmonika und das ‚Adagio und Rondo' in Begleitung von Flöte, Oboe, Viola und Cello.

Sogar noch in ihrer schwindenden Beliebtheit und umgeben von kuriosen Gerüchten, war der Charme der Glasharmonika stark genug, um attraktiv für bekannte Komponisten zu sein.

Auch von Beethoven ist dafür ein kurzes Stück mit Gesang bekannt geworden:

Du, dem sie gewunden,
Es waren Dein zwei Rosen.
Nun kann ich nur Totenblumen Dir weihen.
Doch wachsen an meinem Leichenstein
Die Rose und Lilie aufs Neue.

Die Worte sind nicht mehr ganz zeitgemäß, aber die Melodie dazu gefällt den Glasmusikern auch heute noch.

Auch der italienische Komponist Gaetano Donizetti ließ die Harmonika in seiner Oper ‚Lucia di Lammermoor' erklingen, aber durch den schlechten Ruf, den das Instrument da schon hatte, wurde sie nur als Begleitung für die Szene der verrückten Lucia eingesetzt. Aber schon dort gab es Schwierigkeiten. Der Komponist fand keinen Harmonikaspieler, der erfahren genug war, diese Szene zu spielen, so dass er sie für Flöte umschreiben musste und daher der Harmonika nur die einfache Rolle einer Hintergrundmusik geben konnte.

An verschwiegenen Orten von Osteuropa überlebten Harmonikas für weitere 100 Jahre, aber der Französisch-Preußische und der 1. Weltkrieg hinterließen zerschmettertes Glas, und nur ein paar wenige Instrumente fanden Unterschlupf in staubigen Ecken von ‚glücklichen' Museen, die noch so ein Instrument hüten durften.

Es war dann im Jahre 1956, als der Organist E. Power Biggs in einem Konzert im Institut für Technologie in Massachusetts ein Wiederbeleben der Glasharmonika zu erwirken suchte.

Daraufhin begannen bekannte Glasmanufakturen, und vor allem Instrumentenbauer, gemeinsam und nach seinem Vorbild, Instrumente zu bauen. Noch haftete aber der alte schlechte Ruf daran, so dass man sicherheitshalber eine Klaviatur einbaute. Diese Variante nannte sich dann Klavierharmonika. Sie besaß eine Tastatur und war mit einer speziellen Mechanik zum Streichen der Gläser ausgestattet. Damit war also kein direkter Fingerkontakt zu den Glasschalen mehr notwendig. Leider aber klang das Endprodukt dann so schrecklich, dass Biggs notgedrungen das Adagio und Rondo auf einer Flöte oder seiner Orgel spielen musste.

Da endlich, 1964 kam mit Bruno Hoffmann aus Deutschland der Durchbruch für Glasinstrumente. Er ist uns allen bestens bekannt, und wir dürfen ihn erfreulicherweise sogar als Musiker hier an diesem ersten Festival begrüßen. Sein Instrument ist aber keine Harmonika, sondern es handelt sich hier um das vorgängige Instrument, die Musical Glasses. Er aber nannte es dann Glasharfe. Ursprünglich wurden die Gläser mit Wasser abgestimmt, er aber ließ die Seinigen durch Schleifen auf die reine Tonhöhe bringen.

Jeder Musiker, der ein Glasinstrument spielt, weiß, dass die Reinigung der Finger von jeglichem Hautfett für den Interpreten von großer Wichtigkeit ist. Nur so ist die Reibung der Fingerkuppen am Glas einwandfrei möglich, und nur so können saubere Töne aus dem Instrument herausgeholt werden.

Auch spielt der Härtegrad des Wassers selber eine maßgebliche Rolle. Eine der ersten Kundinnen, die von mir eine Harmonika bekommen hatte, erlebte es vor ihrem Konzert, dass das Wasser sehr weich war. Als sie vor dem erwartungsvollen Publikum spielen wollte, brachte sie keinen einzigen Ton aus ihren Glasschalen heraus. Um so einem peinlichen Malheur zu entgehen, reisten viele Musiker schon damals, und tun es oft heute noch, mit dem heimischen Wasser, welches sie in einem Behälter mitnehmen.

Aus einer solchen Erfahrung heraus wurden dann aber die tollsten Vorschläge geboren. Leider tendiert der Mensch immer wieder einmal zu Übertreibungen, so dass aus vernünftigen Ratschlägen, auf einmal geistige Tentakel heraus wachsen, welche sich heute aber, als absoluter Unfug oder schlicht als Übertreibung herausstellen.

So wird in alten Büchern unter anderem behauptet, man sollte dasselbe Wasser zum Spielen benutzen, mit dem man auch die Finger gewaschen hat.

In alten Zeiten verkauften sogar Drogisten Glasharmonikawasser in Flaschen und behaupteten dabei, sie hätten noch geheime Bestandteile dazu getan. Ganze Gestelle davon hatten sie zum Verkauf in ihrem Laden stehen.

Ich vermute, dieser ‚geheime Bestandteil‘ war nur Alkohol, um das Hautfett besser eliminieren zu können.

Ich selber habe beste Erfahrung mit unserem eigenen Waltham Wasser gemacht.

Jeder Harmonikaspieler hat sehr schnell feststellen müssen, dass es viel Erfahrung und stetiger Übung bedarf, um aus den Glasschalen saubere Töne hervor zu bringen. Es gibt keinen Anfänger, der dies auf den ersten Versuch schon gekonnt hätte. Meistens, wenn überhaupt ein Ton kommt, ist es dann nur ein hässliches Quietschen, und manchmal hört man nicht einmal dieses. Wenn dann endlich, nach vielen Versuchen, die ersten reinen Töne kommen, fühlt man in den Fingerkuppen ein eigenartiges Kitzeln, und es ist daher verständlich, dass Gerüchte in Umlauf kamen, dass diese typische Vibration das Nervensystem angreifen, und zu erheblichen Störungen desselben führen würden. Anderseits könnten diese sonderbaren Erregungen aber auch als wünschenswert verstanden werden. Heute, also zwei Jahrhunderte später, sind meine besten Kunden diejenigen, die aus dem Gesundheitswesen kommen.

1980 erfuhr ich durch zwei amerikanische Schriftsteller, dass ein Mystiker mit Namen Gurudas erklärt habe, die Harmonika würde *extreme Kräfte besitzen um Chakras zu öffnen*. Er gab daher die Empfehlung, man möge zu jedem Spiel, statt des reinen Wassers, diesem Edelstein-Elixier oder Blumen-Essenzen hinzufügen. Kurz darauf wurde ich von Briefen überschwemmt. Es waren dies alles Anfragen von Menschen, die die ‚spirituelle und heilende Vibration' aus dem reinen Quarz suchten. Diese Seite meiner Arbeit hat mich schon oft etwas irritiert. Dennoch war ich auch für eine solche treue Kundschaft dankbar, und ich begann sogar, nach Vorschlag dieser Propheten, Quarz-Flöten zu bauen.

Heute bin ich glücklich über den regen brieflichen oder persönlichen Verkehr mit vielen Glasharmonikainterpreten in der ganzen Welt. Ich freue mich über jede CD, die ich geschickt bekomme und halte mit einigen davon auch persönlich regen Kontakt.

An diesem großartigen Treffen von Glasmusikern hier in Columbus, werde ich erfreulicherweise unterstützt von Kenneth Piotrowski, Pianist und Historiker für Glasinstrumente, dessen Vortrag sie in die Geschichte dieser faszinierenden Instrumente geführt hat. Wie sie dabei erfahren konnten, ist auch er seit kurzer Zeit Besitzer einer Harmonika.

Auch Dennis James, Leiter und Initiator dieses Glasmusic Festivals, und heute bekanntester konzertierender Harmonikaspieler, begann seine Karriere mit einem meiner Instrumente. Oft trägt er seine Musik in Begleitung eines klassischen Ensembles vor.

Über diese Entwicklung bin ich hoch erfreut, und jede Diskussion über Neuerungen in der Welt des Glases, erinnert mich lebhaft an meine Zeit als Lehrling, vor allem aber an meine, viel Geduld fordernden Anfänge als Glasbläser.

‚Aller Anfang ist schwer' – die ersten Versuche gingen vollkommen daneben, ich hielt irgendein verzerrtes Gebilde in den Händen, das eher einem Kohlkopf als einem Glas glich, oft wurde zudem das eigenartige Produkt papierdünn, platzte sogar und war damit verschwunden. Die Grundausbildung dauert, je nach Geschicklichkeit der Person, bis zu fünf Jahre, bis dann endlich das Koordinieren von jeder der wichtigen Bewegungen auch wirklich im Gehirn gelandet und eingeprägt ist. Sie können es mit dem Beherrschen eines Instrumentes vergleichen, denn auch hier gilt: Üben, üben, üben, aber dann plötzlich hast du es, und dann ist es ein wundervolles Gefühl."

Ein kurzes, bescheidenes Nicken, noch ein kleines Lächeln an die still und andächtig lauschende Zuhörerschaft; damit verließ Gerhard Finkenbeiner das Podium.

Erst war es ganz still, jeder ließ den ganzen Vortrag in seiner musikalischen, technischen, geschichtlichen und vor allem menschlichen Erzählung durch seine Gedanken laufen.

Auch ich war noch so eingesponnen in Gerhards ganzen Bericht, dass ich ebenfalls das zustimmende Klatschen vergaß. Dann aber, Gerhard hatte unterdessen seinen Platz im Publikum schon fast erreicht, endlich aufgewacht, begleitete seine letzten Schritte ein herzlicher und begeisterter Applaus.

Sein deutscher Akzent machte es mir möglich, alle seine Worte gut zu verstehen. Nichts hatte mich bisher bei den Vorträgen so bewegt, wie seine lebhaften Schilderungen und Erzählungen, nicht einmal die schönste musikalische Darbietung. Meine eigene Glasharfe trat jetzt so lebhaft und liebevoll vor mein geistiges Auge:

„Das bist also Du, da kommst Du her, das ist Deine Geschichte, das sind Deine Vorfahren oder Verwandten, die Harmonika von Franklin und die Musical Glasses, deren wahren Ursprung ich aber doch erst noch finden muss! War es deine geistige Energie, die sich in den Kopf des musikbegabten Pioniergeistes Hans Graf schlich, weil Du erneut ins Leben der Menschen treten und sie erfreuen wolltest?"

Still und sehr nachdenklich folgte ich nun den anderen, den Musikern und geladenen Gästen zum ‚Festival Gala Dinner for Performers and Participants,' welches im Mezzanine im Harry C. Moores Campus Center stattfinden sollte. Sogar meine beiden treuen Begleiter, Ken und Susan, hatte ich für einen kurzen Augenblick vergessen.

*

Ja, lieber Onkel Hans, liebe Tante Rösi, sicher seid Ihr schon etwas müde vom vielen Lesen, aber ich habe in diesen kurzen Tagen halt so vieles erlebt, dass ich, wie ich gerade merke, mit einigen wenigen Seiten nun absolut nicht auskommen kann. Ihr müsst also noch eine Weile aushalten, oder einfach später weiterlesen.

Nach diesen, so aufschluss- und lehrreichen Vorträgen, folgte nun also das Dinner, von dem ich schon am Anfang dieses Berichtes geschrieben habe, und bei dessen Gelegenheit ich Dich, mein Herrliberger Musikpionier, mit Hilfe Deiner Glasharfen-CD musikalisch vorgestellt habe. In meinem anschließenden mündlichen Vortrag erzählte ich dann auch, wie Dich eines Tages die Gläser in der Firma, bei der Du angestellt warst, und mit denen Du jeden Tag zu tun hattest, dazu brachten, ein Instrument zu bauen. Dieses musikalische Abenteuer war rein Deine Idee, denn von den alten Glasinstrumenten hattest Du ja noch nie etwas vernommen. Welch unermüdliche Ausdauer, ja fast Besessenheit, half Dir über die zahlreichen Schwierigkeiten hinweg, um genügend rein und schön klingende Gläser zu finden.

Ich kann Dir versichern, die Anteilnahme war groß, und so mancher bedauerte Deine Abwesenheit.

An meinem Tisch musste ich noch viele weitere Fragen beantworten, es entstanden dabei recht spannende Gespräche, vor allem aber immer wieder große Bewunderung für Deine seltene Pionierarbeit, die so ganz ohne jegliches Vorbild entstanden war.

Dieses lehr- und gesprächsreiche Gala-Dinner wurde dann noch zusätzlich durch einen ganz besonderen Glasmusik-Beitrag unterhalten.

Gloria Parker, eine Glasharfen-Solistin aus Syosset, N. Y. spielte ihr Instrument zusammen mit einem Jazz-Trio-Ensemble. Dazu gehörten ein Klavier, ein Bass und eine Trommel. Mit diesem Programm sollte demonstriert werden, dass die Glasharfe auch in einer modernen Form eingesetzt werden kann. Es wurden vor allem Werke eines traditionellen Jazz Repertoires gebracht, sowie Solo-Improvisationen von der Glasinterpretin selbst.

Aber immer wieder schielte ich in Richtung Gerhard Finkenbeiner. Dieser Abend durfte nicht vorbei gehen, ohne dass ich diesen interessanten Mann noch selber gesprochen hatte. Und tatsächlich, da bemerkte ich, wie er auf einmal seinen Tisch verließ. Wollte er die Gesellschaft schon verlassen? Da musste ich ihn noch erwischen. Schnell stand auch ich auf und stellte mich ihm einfach in den Weg.

„Herr Finkenbeiner, ganz herzlichen Dank für Ihren Vortrag, der mir so viel Neues über die Glasinstrumente gebracht hat. Ich bin auf diesem Gebiet ja noch ein absoluter Neuling."

Das Wichtigste von Dir, Onkel Hans, wusste er ja schon von meinem Vortrag. Aber dennoch kamen wir, und wie wunderbar, jetzt endlich in deutscher Sprache, noch intensiver auf Dich und Deine kostbare Glasharfe zu sprechen. Dann aber erwähnte ich mein Hauptanliegen:

„Herr Finkenbeiner, wo finde ich mehr über die Geschichte der Glasinstrumente, die mich, vor allem nach ihrem spannenden Vortrag, jetzt so brennend interessiert. Ken Piotrowski, mit dem ich seit einigen Monaten in intensivem Briefkontakt stehe, hat mir schon ein paar Unterlagen zukommen lassen, denn seine geschichtliche Sammelaktion betreibt er ja bereits seit längerer Zeit."

„Ich mache Ihnen einen Vorschlag. Zuerst einmal bin ich Gerhard, denn ich glaube, dass wir mit diesem Festival im Begriffe sind, eine Glasinstrumenten-Familie zu werden. Noch heute könnte ich dir einige schriftliche Unterlagen mitgeben. Seit ich damals die Glasharmonika in Paris gefunden hatte, fand ich mit den Jahren, in etlichen Zeitschriften, noch viel Wissenswertes über dessen geschichtliche Hintergründe."

„Ich wäre überglücklich, in einer solch speziellen Familie aufgenommen zu werden. Man fühlt sich doch manchmal mit diesem seltenen Instrument recht einsam, obschon Onkel Hans mir jederzeit mit Rat, für die Tat wohnt er leider doch zu weit von uns entfernt, zur Seite steht."

So kam es, dass ich zwei Tage später, mit schwererem und kostbarerem Gepäck heimflog, als ich hergekommen war. Was für ein Glück, dass am Flughafen nur das Material Papier und nicht dessen geistiger Inhalt gewogen wird, das hätte sonst eine unbezahlbare Fracht gegeben.

Noch war aber dieser ereignisreiche Tag, der so voll Überraschungen glänzte, nicht zu Ende, und auch nicht das Programm, denn was nun folgte, war nicht nur sehr lustig, sondern zeugte von einem musikalischen Einfallsreichtum, der sich in Küchen, Glasvitrinen oder sogar Glasgeschäften erfinderisch umgesehen hat.

So dauerte es eine ganze Weile, bis „The Glass Orchestra in Concert" alles aufgebaut hatte. An einem mannshohen, rechteckigen Metallgerüst aus Eisenrohren, wurden die meisten dieser gläsernen Utensilien aufgehängt.

Dann aber war der Saal erfüllt von:

Ting, tong, puff, kling, ratsch, summ, klirr, brumm, puff, ssssss ...

Dieser phantasievolle, lustige Ohrenschmaus wurde von so ziemlich allen Behältnissen, die aus dem Material Glas bestanden, erzeugt. Darunter befanden sich Gläser verschiedenster Größen und Formen, dann Schalen, Röhren, Reagenzgläser, Trichter, Scheiben, Schüsseln, Schüttelbecher, Sopran-, Alt-, Tenor- und Bass-Flaschen, Glockenspiel und Glaslautsprecher ... eine tönende, kunterbunte Gesellschaft von Glasutensilien, die ich in ihrer Vielfalt jetzt kaum noch aufzuzählen, oder gar zu merken vermag. Aber jedes Gebilde aus Glas sandte uns seinen persönlichen lustigen, ja übermütigen Gruß und herausfordernden Klang. Einige Töne kamen von rechts, andere von hinten, von links oder dann fröhlich von überall her und dazu noch recht laut. Nie aber gab es ein irritierendes oder gar unmusikalisches Durcheinander. Alle Behälter gelangten in ihrer Tonfolge geschickt zu einem gemeinsamen Miteinander, keines störte das andere oder brachte Disharmonie. Es entstand dabei zwar keine richtige Melodie, dennoch lag in dem scheinbaren Durcheinander eine erstaunliche Ordnung, ja eine durchdachte Harmonie, gelenkt von einem geschickten Dirigenten.

„Oh, welche Möglichkeiten hat man doch mit Glas und auch einer Glasharfe!", jauchzte es erstaunt in mir.

Wie schön war es dann, am Abend mit einem Lachen, Kopf und Herz voll neuer Eindrücke, und in der Geborgenheit eines hübschen Zimmers, unter die Decke zu kriechen.

Was wird wohl der morgige Tag bringen, der letzte des Festivals? Kann er sich mit den Konzerten von Herrn Hoffmann und Frau Emge noch zu einem weiteren Höhepunkt steigern? Das fragte ich mich noch vor dem Einschlafen. Ich glaubte es fast nicht, denn es war nicht nur die Gemeinsamkeit in der Musik, die das Festival reich machte, sondern vor allem die harmonische, internationale Interessengruppe, die Freundschaft, die ich hier erleben durfte. Jetzt freue ich mich auf morgen.

Meine lieben Leser im fernen Herrliberg! Auch Euch gönne ich jetzt eine Pause, denn morgen erwartet uns sicher wieder ein spannender Tag, und daher sage ich jetzt: Gute Nacht!

*

Das Sonntagsfinale

Trinity Lutheran Seminary, die Kapelle der Universität füllte sich, man versuchte eilig, noch einen Platz zu bekommen, denn jeder, ob Musiker oder Besucher, erwartete jetzt den Höhepunkt des Festivals, das Konzert vom Meister der Glasharfe.

Wenige im Publikum hatten in ihrem Leben schon einmal ein Glasinstrument gehört, und daher war die erwartungsvolle Spannung im Saal fast fühlbar. Wir, die wir in dieser Kunst noch weitere Erfahrungen zu sammeln erhofften, drängelten wieder in die vorderen Reihen, Auge und Ohr ganz der Bühne gewidmet.

Vorne auf dem Podium stand schon wartend der Instrumentenkörper. Diesmal musste kein extra Tisch herangebracht werden. Das elegante Möbelstück, dunkelbraun poliert, mit Intarsien geschmückt, stand auf seinen eigenen vier schmalen Beinen. Auch waren hier wohl weder Leukoplastbefestigungen noch irgendwelche Wasserspritzereien zu erwarten.

Etwas enttäuscht war ich allerdings, dass die vier Seitenwände so hoch standen, dass ich die Gläser selber nicht sehen konnte.

Es herrschte nun eine gespannte und aufmerksame Atmosphäre, denn Herr Hoffmann, als Altmeister, stellte für uns, noch Experimentalisten, eine Art Vaterfigur der Glasmusik dar.

Noch hatte ich etwas Zeit, mich interessiert umzuschauen. Amüsant, ausgesprochen unkompliziert, ja sogar für europäischen Geschmack recht lustig, war doch bei dem einen oder anderen Konzertbesucher die Garderobe. Da entdeckte ich zum Beispiel einen Mann mit roten Hosen im Schottenmuster. „Die hat in ihrem Hosenleben auch noch nie ein Bügeleisen zu spüren bekommen", dachte ich mit einem belustigten Lächeln. Auch erblickte ich da und dort einen etwas exotischen Hut. Aber passte nicht gerade eine solche Aufmachung in die phantasievolle Zeit der Glasinstrumente? Damals, vor 200 Jahren, war die Kleidermode doch noch wesentlich aufwändiger als heute aber sicher nicht weniger phantasievoll.

Jetzt aber musste ich meine Beobachtungen einstellten, denn auf die Bühne trat der Star dieser Tage, Herr Hoffmann, und wurde mit erwartungsvollem Applaus begrüßt.

Ja, hier war wirklich ein Altmeister an seinem Instrument. Mit seiner ausgereiften Spieltechnik, einer Erfahrung von über vierzig Jahren, scheute er keines, noch so großartiges Werk. Weder ein Naumann, Reichard, noch Mozart mit seinem ergreifenden Adagio und Rondo, in der vier-köpfigen instrumentalen Begleitung, konnte diesem Spieler zu einem Hindernis werden. Was mich aber etwas befremdete war die Eigenart, wie er beim Streichen der Gläser seine Tonakzente ausführte. Mir zu energisch, setzte er, mit der Hand von oben herab kommend, nicht von der Seite, seine Finger auf die Glasränder. Es war eine Technik, die in meinen Ohren dem einzelnen Ton etwas von seiner Weichheit nahm. Aber so hat jeder eine eigene Verständigung mit seinem Instrument.

Zwischendurch erzählte er noch etliche spannende Geschichten, die er auf seinen vielen Weltreisen erlebt hatte. Die Zuhörer waren begeistert und dankten Herrn Hoffmann mit stehendem Applaus. Natürlich blieb es nicht aus, dass die Freude an seinem Konzert noch zwei Zugaben forderte.

Zum Abschluss dieses „1. Glass Music Festivals" wurde für alle geladenen Gäste, in demselben Raum, in dem wir am Vorabend unseren Gala-Abend gefeiert hatten, noch einmal ein Empfang gegeben. Er bedeutete aber auch das Ende einer wunderbaren, internationalen, nicht nur musikalischen, sondern auch menschlichen Begegnung. Die Tage wurden von vielen unvergesslichen Erlebnissen und Erfahrungen getragen, die uns alle reich beschenkten.

*

Dennis funktionierte am Tag der Abreise wieder als Chauffeur, und nachdem wir die diversen Koffer von Ken und Susan im Auto verstaut hatten, brachten wir die beiden zum Flughafen. Die Trennung ging uns dann recht nahe. Doch wir versprachen gegenseitig, wenigstens brieflich fleißig miteinander in Kontakt zu bleiben und dabei Experimente und Erfahrungen mit unseren Instrumenten weiter auszutauschen. Ein letztes Winken, dann waren sie endgültig in Richtung Flugzeug verschwunden ...

Und so möchte ich mich auch jetzt, mit einer mehrstündigen Pause, verabschieden. Morgen komme ich wieder, dann gehen wir gemeinsam in die letzte Etappe meiner Amerikareise, nämlich zu meiner Heimkehr.

Kapitel 14

Abschied und Heimflug

*Bummel durch „German Village" – eine dicke schwarze Frau auf Latschen –
Zivilisationsabfall mit Blumen – „Deutsches Dorf" und seine Bräuche – kriegsbedingte
Wandlung – „Liberty Cabbage" – Wiederaufbau – „hausfrau haven" – immer
zu spät! – ins Flugzeug gehuscht – der Potomac – Washingtoner Taxis – einsames
Gepäck auf Flughafenfließband – Niels und Mainy froh … denn Mama ist wieder zu Hause!*

Montagmorgen. Nun waren sie alle weg, einfach auf einen Schlag in alle
Richtungen weggeflogen, nach Europa, Miami, Philadelphia, Boston
oder wo sie alle hergekommen waren, und ich stand alleine, ganz mutter-
seelenalleine oder besser glass-music-alleine auf der Straße von German
Village, dieses hübschen Vorortes von Columbus. Nicht einmal ein einfacher Fußgänger lässt sich sehen. Hatte man mich einfach vergessen?

Nein, nicht vergessen, nur hatten wir meinen Heimflug auf den Dienstag gebucht, also morgen, erst da sollte mich ein Flugzeug zu meinen Lieben nach Hause tragen und in unseren vertrauten Alltag.

*

Liebe Tante Rösi, lieber Onkel Hans! Mit diesen letzten Seiten dürft Ihr
mich noch auf meiner Heimreise begleiten. So hört noch einmal zu, oder
richtiger, lest weiter!

So hatte ich also noch einen ganzen Tag zur Verfügung, um mich mit
meiner direkten Umgebung noch etwas besser vertraut zu machen. In den
drei Arbeitstagen war ich zu beschäftigt, so dass ich keine Gelegenheit
hatte, um Columbus, und noch nicht einmal meinen jetzigen Schlafort,
genauer kennen zu lernen. Dennis hatte zu tun und war für die nächsten
Stunden nicht verfügbar, hatte mir aber noch einen kleinen, bebilderten
Prospekt gegeben, der mir über die geschichtlichen Hintergründe dieses
charmanten Stadtviertels noch besser Auskunft geben sollte. Also machte
ich mich jetzt, mit diesem allein, auf meinen Informationsweg.

Wie ich aus dem Englischen übersetzen konnte, stammt der Name „German Village" von den Deutschen, die um das Jahr 1850 nach Amerika ausgewandert waren. Noch heute besitzt dieser restaurierte Ortsteil eine „Alte-Welt"-Atmosphäre, die sich von der sie umgebenden Nachbarschaft und dem nahen Geschäftsviertel von Columbus deutlich unterscheidet.

Also nahm ich jetzt meinen papierenen Führer in die Hände und bummelte an diesem, meinem letzten Tag, wenn auch einsam, doch nicht weniger wissbegierig, zwischen teilweise recht unebenen, mit Ziegelsteinen gepflasterten und, wie ich bald feststellen konnte, auf recht verwinkelten Spazierwegen. Diese waren von kleinen, hübschen Häusern gesäumt, die sich im Bau alle gegenseitig fast familiär glichen und aussahen, als hätten sie ihre Verwandtschaft in Holland zurück gelassen. Vereinzelt gab es auch zweistöckige Bauten. Das Mauerwerk war meistens aus Backsteinen, gedeckt mit einem Schieferdach und einem langen Kaminaufsatz.

Jetzt musste ich aber doch recht aufpassen, um den Rückweg nicht zu verlieren, denn es kam mir vor, als würden sich diese kleinen Sträßchen, wie in einem geflochtenen Muster zwischen den Häusern hindurch ziehen, um letztlich immer wieder zu den ebenfalls aus Klinkersteinen bestehenden größeren Straßen zu leiten.

Die Vorgärten zu den Häusern waren, auch bei den robusteren, mehrstöckigen, meist recht klein. Verschnörkelte Zäune aus Eisengittern schützten diese kleinen Grünflächen mit ihren bunten Blumenbeeten, wobei dann bei jedem ein schmaler Weg zu den Stufen führte, über die man die oft schweren hölzernen Haustüren erreichte.

Trotz des deutschen Ursprungs, waren die Häuser aber dennoch nicht unbedingt im echten deutschen oder holländischen Stil gebaut worden, denn auch hier fand ich die, an der Hausfront, so typisch amerikanischen, mit Säulen gestützten Balkone.

Auf meinem Streifzug begegnete ich niemandem. Nach einiger Zeit erreichte ich endlich eine größere Straße, auf der wenigstens ein paar Autos fuhren. Es schien also doch einige Lebewesen in diesem Ort zu geben.

Um meine Entdeckungsreise noch etwas weiter auszudehnen, überquerte ich sie ahnungslos. Was mich aber dann erwartete, ließ mich verdutzt stehen bleiben. Plötzlich befand ich mich in einer anderen Welt. Nicht, dass die Häuser sich in ihrer Bauweise von den vorherigen unterschieden hätten, nein, der gleiche Baustil erwartete mich auch hier, aber alles machte einen so traurigen und verwahrlosten Eindruck, dass es mir fast unheimlich wurde. Diese Häuser bettelten fast um Restaurierung, um ihre einstige gepflegte Erscheinung zurückzubekommen.

Die Straßen, die ich nun fast schüchtern betrat, waren auch eng und schmal. Im Gegensatz zu vorher aber absolut ungepflegt und schmutzig und dies nicht nur wegen des, von den Bäumen in den letzten Wochen herab gefallenen Laubes. Zivilisationsabfall war es, der sich am Straßenrand und auf den Bürgersteigen ungestört tummelte. In den Vorgärten hatte jedes zugeflogene Samenkorn unbehelligt keimen dürfen. Ein fröhliches und ungeordnetes Wachstum von Gräsern und artenreichen Unkrautes gedieh hier bei Sonne und Regen, eine Fundgrube für jeden interessierten Botaniker. Dies ungeregelte Pflanzenwachstum hätte zwar einen etwas ungewohnten, aber doch irgendwie hübschen Anblick ergeben können, wenn nicht Papier, Blechdosen oder Einkaufstüten diese unbeschwert wachsende Natur beleidigt hätten. Auch um die Pflege und Restaurierung der alten Häuser schien sich niemand zu kümmern.

Wo bin ich da bloß hingeraten, was war hier passiert? Diese Frage löste sich sehr bald ganz von selber, denn entlang des Bürgersteigs schlurfte – ja, nur so kann man ihre Gangart beschreiben – eine dicke schwarze Frau an mir vorbei. Sie war das erste lebende Wesen, das mir auf zwei Beinen an diesem stillen Vormittag auf meinem Streifzug im germanischen Viertel begegnete. Ihre Füße versteckten sich ungeniert in ausgetretenen Pantoffeln. Sie hatte sich auch nicht bemüht, ihren schlampigen Rock mit einer passablen Ausgangskleidung zu vertauschen. Mein freundlicher Gruß wurde gar nicht erst beachtet.

Die Gegend wurde mir nun doch recht unverständlich, ja sogar etwas unheimlich. Vor allem war es auch die Stille, die mich vorher nicht eigentlich gestört hatte, sie schlich sich mir ins wachsame Gemüt. Kurz entschlossen machte ich rechtsum kehrt, überquerte erneut die breite Straße, die man hier fast als Grenzstraße bezeichnen könnte und flüchtete in die zwar immer noch einsame, doch gepflegtere andere Abteilung zurück.

Vom Pflastertreten etwas müde geworden, setzte ich mich auf die nächste Bank und blätterte weiter in dem kleinen und dennoch recht aufschlussreichen Prospekt. So las, oder übersetzte ich Folgendes:

Die Geschichte der Deutschen in den Vereinigten Staaten begann bereits im 17. Jahrhundert mit der Gründung der ersten europäischen Kolonie auf dem späteren Staatsgebiet der USA. An der europäischen Besiedelung des nordamerikanischen Festlandes waren Deutsche von Anfang an beteiligt und bis ins 20. Jahrhundert hinein bildeten sie sogar die stärkste

Einwanderergruppe. Das bedeutet, ungefähr von Mitte des 19. Jahrhunderts an, zur Zeit der deutschen Revolution 1848, bis 1918, dem Ende des 1. Weltkrieges, suchte ein stetiger Fluss von deutschen Immigranten Schutz in Amerika. Ihren Höhepunkt erreichte die Migration im Jahre 1882, als etwa 250.000 Deutsche einwanderten.

Ganz zuerst besiedelten sie die Ostküste, dann aber, geködert durch nutzbares und leicht verfügbares, reiches Farmland, schwärmten sie aus nach Pennsylvania, Wisconsin, Missouri, nicht zuletzt hier nach Ohio und auch nach Texas und Kalifornien.

Leider existieren heute diese ganz alten Siedlungen kaum mehr. Sie wurden im Laufe der weiteren Entwicklung abgebrochen. Nur einige wenige sind davon noch übrig geblieben, leicht verändert oder gar umgebaut.

Eine letzte, unerschütterliche Spur einer klaren deutschen Siedlung, steht hier in Columbus. Beschrieben wird sie von der Ohio State Universität für Architektur, als eine der noch komplettesten Ansammlung von Häusern aus dem frühen 19. Jahrhundert. Ihre architektonische Konstruktion zeigt und reflektiert noch heute die Disziplin, den Reichtum und die Umsicht der deutschen Einwanderer. Sie bauten ihre Siedlung auf einem Stück Land, welches sie Süd Columbus nannten, und welches schon 1814 vermessen und der Stadt zugeordnet wurde.

Da saß und bewegte ich mich ja hier auf hoch geschichtlichem Boden!? Ganz andächtig schaute ich mich noch eine Weile um, betrachtete, nun mit neuen Augen, die mir recht heimisch anmutenden Häuser.

Endlich las ich weiter: Die meisten Deutschstämmigen, die sich in Süd Columbus angesiedelt hatten, waren Kaufleute, Steinmetze und Bierbrauer. Durch ihre Sprache, ihre Sitten und Gebräuche, ihre Liebe zur Familie, ihre gemeinsame Heimat und die Kirche, waren sie alle miteinander recht eng verbunden.

In gemeinschaftlicher Zusammenarbeit bauten sie ihre Kirchen. Eine davon ist die St. Marys Katholische Kirche, die heute das Wahrzeichen des Ortes ist. Auch Schulen bauten sie, in denen ihre Kinder aus deutschsprachigen Büchern unterrichtet wurden.

Das damalige theologische Seminar im Ort gilt als der Vorläufer der heutigen Hochschule für moderne Kunst. Auch eine Universität wurde von den Deutschen gegründet und unterhalten.

Ihre Vorliebe, etwas zu organisieren, drückte sich dadurch aus, dass sie verschiedene Clubs und Gesangsvereine starteten. Einer dieser Gesangsvereine, der Columbus Männerchor, wurde schon 1848 ins Leben gerufen und hat heute noch Bestand.

Der Zusammenhalt der deutschen Einwohner war gut sichtbar. Sie wurden in der sich entwickelnden Stadt akzeptiert und für ihren Fleiß sogar bewundert.

Das Jahr 1914 aber brachte eine unwillkommene Wende, und das nicht nur in dieser kleinen deutschen Siedlung hier in Columbus, sondern überall in Amerika. Der Krieg brach in Europa aus, und England wurde, kaum hatte man diese neue Situation in Amerika realisiert, in diesen mörderischen Konflikt hineingezogen. Wie vorauszusehen war, erklärte Amerika am 2. April 1917 Deutschland den Krieg.

Eine böse Zeit begann für die Deutsch-Amerikaner, ein Alptraum. Alles Deutsche und jeder Deutsche wurde suspekt, einschließlich der kleinen Siedlung am südlichen Ende der Stadt – auch sie wurde davon nicht ausgenommen. Nicht nur die Presse, auch von der Kanzel herab wurde alles, was mit Deutsch zu tun hatte, verdammt und verfolgt. Deutsche Bücher wurden verbrannt, Straßen mit deutschen Namen umbenannt und in Namen englischer Herkunft abgeändert; sogar das beliebte Sauerkraut musste herhalten und wurde in Liberty Cabbage umgetauft.

Im Kielwasser des 1. Weltkrieges verschwand dann auch die deutsche Sprache, nicht nur in den Schulen, sondern auch in den Kirchen. Die Deutsch-Amerikanische Zeitung hörte auf zu existieren.

Damit begann langsam aber stetig der Exodus aus dem kleinen Vorort von Columbus. Die Hausbesitzer wechselten und die Familien zogen weg in Englisch sprechende Quartiere.

Im Jahre 1930 folgte die Große Depression oder auch Weltwirtschaftskrise genannt. Düsternis und Verfall befielen die einst so sorgfältig und sauber gehaltenen Steinstufen der kleinen, im holländisch-deutschen Stil gebauten Häuser. Der Schiefer auf den Hausdächern wurde schief, die Kamine zerbrachen. Geld für Unterhalt und Reparatur war nicht vorhanden.

Es folgte 1942 der Eintritt Amerikas in den 2. Weltkrieg, mit der Konsequenz der Wehrpflicht für die Männer. Eine weitere Verschlechterung für diese jahrhundertealten Häuser. Die schon recht verlotterten Besitzungen wurden ganz verlassen oder an Leute vermietet, die es sich kaum leisten konnten und nur vorübergehend beabsichtigen, darin zu wohnen. Die Altbesitzer selber wohnten inzwischen anderswo.

Jahrelang waren es nur wenige Leute, die für diese kleinen, schon so alten Häuser, und mit den darum herum gewundenen Gässchen, Interesse zeigten.

Jedoch in den 50er Jahren begann plötzlich in Columbus ein kommerzielles Interesse an den Gebäuden zu wachsen. Mehr Familien verließen die nahe Innenstadt und zogen in die Vororte. Leider entsprach diese Entwicklung mehr einem Neubauen, mit dem gleichzeitigen Abriss alter Gebäude. Es war wirtschaftlicher, etwas zu zerstören, als zu restaurieren.

Als diese Erneuerungsbewegung immer mehr südwärts rückte, wuchs die Ideen-Gemeinschaft unter den Bürgern, die der Überzeugung war, dass etliche der ehemaligen Gebäude, welche die alte Geschichte der Stadt Columbus widerspiegelten, erhalten und restauriert werden sollten.

1959 entstand eine Bewegung, die alte deutsche Siedlung als Wohnsiedlung zu restaurieren. Es begann mit einem einzelnen Haus, welches renoviert worden war, und das man während eines Wochenendes zur Besichtigung der Öffentlichkeit zugänglich gemacht hatte. Das inspirierte einige Leute, und sie sahen eine Möglichkeit, auch andere Häuser in dieser Siedlung auf ähnliche Weise zu schützen.

Um die Restauration zu leiten und zu kontrollieren wurde im Juni 1960 von der Stadt Columbus die German Village Society, eine not-for-profit (uneigennützige) Vereinigung, gegründet. Zu Beginn waren es 183 Mitglieder, aber bald multiplizierte sich diese auf das Vielfache. Es waren einfache Bürger, aber auch Geschäftsleute und Handwerker. Sie alle strebten danach, hier ein Beispiel zu geben, ein historisch und ethisch wertvolles Gebiet und deren ursprüngliche Architektur zu bewahren. Bald danach wurde die Siedlung als German Village den Einwohnern übergeben.

Wie schön, dass es noch so vernünftige und sensible Menschen gab, die, was andere zerstört, oder kleingeistig als wenig lukrativ eingeschätzt hatten, wieder aufrichteten.

Nun war ich erst recht neugierig geworden. Den Prospekt in der Hand, stand ich von meiner bequemen Bank auf und begann, meinen Bummel für neue Entdeckungen durch interessante Straßen, Gassen und Gässchen fortzusetzen. Vor allem interessierte es mich jetzt doch, ob noch Reste der deutschen Sprache hier immer noch zu finden waren. Und ich fand sie: Sie erschienen als kleine, seltene, aber doch so vertraute farbige Punkte.

Auf einmal stand ich vor einer Einkehrmöglichkeit mit Namen hausfrau haven, die importiertes Bier aus Europa ausschenkte. Zwei Straßen weiter entdeckte ich in Juergen's Backerei & Konditorei heimische Spezialitäten. Ähnliches bot Rudi's Village Deli an. Ein anderes Geschäft nannte sich Das Maus Haus, und für mich besonders interessant und nicht zu übersehen natürlich das Franklin Art Glass Studios. Es gab auch einen Linden Laden, einen Marianplatz und Ursel's Boutique importierte Besonderheiten aus Europa. Ich fühlte mich wie auf einer Raritätenausstellung.

Geduld, Einsatz und Geld wird es brauchen, um diesen charmanten Stadtteil auch bis in die hinterste Ecke zu erneuern, und für die Zukunft zu bewahren. Das Gegenteil habe ich besonders deutlich, gerade erst vor einer Stunde im Schwarzenviertel erfahren müssen. Vielleicht werde ich in späteren Jahren noch einmal hierher kommen. Dann aber hoffe ich, keine schlampige dicke Frau vor einem traurigen Haus mehr antreffen zu müssen.

Zu meinem Erstaunen fand ich den Heimweg dann doch recht schnell und problemlos. Da mir noch etwas Zeit blieb, bis Dennis mich zu dem mir noch versprochenen letzten Bummel durch das, wie er es nannte, sehenswerte Columbus abholen wollte, fing ich an, meinen Koffer für die morgige Abreise zu packen. Das war schnell erledigt. Die geschichtlichen Unterlagen von Gerhard Finkenbeiner packte ich dann ganz besonders liebevoll und fein säuberlich zwischen die Wäsche.

Diesmal kam mein Privattaxi erstaunlicherweise fast pünktlich und brachte zu dieser persönlichen Führung noch eine junge Bekannte mit.

Nach all den Besichtigungen kam ich dann zu der Erkenntnis, dass Columbus aus drei Orten bestehen dürfte, die sich untereinander charakteristisch aber sehr unterscheiden. Ich erinnerte mich an das Armenviertel bei meiner ersten Busfahrt, jetzt aber sah ich hier diese moderne Stadt. Die Krönung und für mich der schönste Teil aber, war und blieb das German-Village.

*

Einen dankbaren Blick schenkte ich am Dienstagmorgen dem Zimmer, das mir in den letzten Nächten noch Wärme und Geborgenheit gegeben hatte. Von meiner freundlichen Wirtin hatte ich mich bei einer Tasse Tee schon am Abend zuvor verabschiedet, denn sie musste, wie alle Tage, zeitig zur Arbeit. Dann nahm ich den voll gepackten Koffer und die Tasche, ging hinunter vor das Haus und stellte mich in gespannter Wartestellung auf den Bürgersteig, denn Dennis hatte mir versprochen, mich rechtzeitig mit dem Auto zum Flughafen zu bringen.

Um 2.40 p.m. sollte mein Flugzeug starten. Diesmal aber ließ sich Meister James auch um 2 p.m. noch nicht blicken. Hoffnungs- und erwartungsvoll hypnotisierte ich das Ende der Straße, von wo angefahren er kommen sollte. Stille, nicht einmal ein fremdes Auto war zu erblicken, aber das hätte mich ja nur enttäuscht. Meine Nervosität wuchs von Minute zu Minute, ich wünschte, der Zeiger meiner Uhr würde etwas langsamer laufen, aber unbeeindruckt und gnadenlos wanderte er immer weiter.

Da endlich, sein Auto. Ich sprang auf, schnappte eilig den Koffer und; hoppla, da rutschte mir die Tasche aus den Händen, denn ich hatte noch keine Möglichkeit gehabt, den Riemen, den mir meine kleine Mannschaft beim Abflug in der Aufregung abgerissen hatte, wieder zu befestigen. Doch nun schnell ins Auto gesprungen und los fuhren wir:

„Don't you think, we are quite late?", informierte ich mich ängstlich. Aber gelassen antwortete Dennis, es seien ja nur 20 Minuten zu fahren bis zum Flugplatz.

Am Flughafen selber sah es dann doch nicht mehr ganz so rechtzeitig aus, denn die Hostess erklärte mir, für mein Gepäck sei es jetzt zu spät, das Flugzeug sei schon startbereit. Auch die Zeitangabe auf meinem Ticket stimmte nicht, denn der Flug startete eine viertel Stunde früher als darin angegeben. Sie beruhigte mich aber:

„Your luggage will be sent by the next flight and you can get it in John F. Kennedy Airport in New York."

Ich verstand, dass mein Gepäck mit dem nächsten Flug nachgeschickt würde. Nun aber Tempo, mit Dennis durch alle Sperren gerannt und gedrängelt, ein sekundenschnelles Abschiednehmen. Eine Hostess brachte mich im Eiltempo über den Platz zum Flugzeug und tatsächlich, man wollte schon die Türen schließen, da konnte ich noch schnell hineinschlüpfen. Türe zu, der Motor brummte schon startbereit – und schon stiegen wir in die Lüfte.

Erschöpft und mit einem tiefen Seufzer sank ich in meinen Sitz, gurtete mich an und schaute noch einmal kurz zurück auf den Flughafen. Hoch über Columbus zerriss dann auch die geistige Nabelschnur zu meinem Amerika-Abenteuer. Langsam konnte ich wieder ruhig denken. So wunderte ich mich jetzt, warum mein Gepäck separat, mit einem anderen Flugzeug geschickt werden sollte. Hätten wir nicht zusammen fliegen können? Nun denn, in New York, so hatte man mir versprochen, sollten

Koffer und Tasche auf mich warten. Von dort würden wir dann wieder gemeinsam nach Deutschland transportiert werden.

Bei all dem Überdenken entdeckte ich aber, dass mein Flug dennoch einen ganz besonders interessanten Aspekt versprach, denn wir sollten in Washington zwischenlanden. Ich durfte also noch so ganz nebenbei *die* Stadt von Amerika sehen, die durch Nachrichten im Radio und Fernsehen, neben New York, für mich schon immer der Inbegriff von Amerika bedeutet hatte. Ich fragte die Stewardess, ob sie mir vielleicht etwas Informationsmaterial über diese Stadt bringen könnte. Tatsächlich, sie fand eine kleine Broschüre, die ich nun in der Schnelle studierte. Schon beim Überfliegen des Textes wurde ich vor Vorfreude schon ganz zappelig und aufgeregt. Dass dies seine Berechtigung hatte, wurde mir auch visuell recht bald bewusst.

Dann erst noch das Glück, trotz meiner Verspätung, noch einen Fensterplatz bekommen zu haben. Ich drückte meine neugierige Nase an das kleine gerundete Fenster, vergaß alles um mich herum und freute mich am Anblick der unter mir liegenden Herbstlandschaft. Viele einsam gelegene Farmen waren dabei zu entdecken, Hügel, Berge, Wälder im herbstlichen, weinroten Farbenkleid. Bei uns sind die Wälder im Herbst auch bunt, haben aber nicht dieselbe rote Farbintensität, die hier bekanntlich nur von einem einzigen Baum ausgestrahlt wird, dem Maple Leave, dem kanadischen Ahorn. Ansonsten schienen die Wälder vorwiegend aus Nadelbäumen zu bestehen. Wohltuend fiel mir auf, dass hier keine Industriekamine ihren gelben Rauch ausströmten, wie mich diese dann wohl wieder im Gebiet von Brüssel empfangen würden, wo der schwefelige Dampf unentwegt die Luft verschmutzt.

Plötzlich aber war ich wie elektrisiert, Washington, diese faszinierende und weltweit berühmte Stadt lag nun unter mir. Schon oft hatte ich im Fernsehen das Weiße Haus gesehen, aber jetzt, dort unten entdeckte ich es sogar in Natura. Tatsächlich, ein schneeweißes Gebäude, wunderbar klar in seinem klassizistischen Baustil, eingebettet zwischen dem Grün ausladender Kronen großer Bäume. In der Ferne eine Kuppel, das müsste wohl das Capitol sein, ein großartiger Anblick, und die hohe Säule, nach meinem kleinen Prospekt sicher das Washington Monument. Aber wo liegt das Pentagon? Dieses Gebäude müsste eigentlich an seinen fünf Ecken gut zu erkennen sein, denn der Begriff stammt aus dem Griechischen und bedeutet ja Fünfeck. Wie sieht er wohl aus von hier weit oben, dieser wichtige Hauptsitz des US-amerikanischen Verteidigungsministeriums?, fragte ich mich jetzt. Im letzten Augenblick konnte ich es noch entdecken, dann aber flogen wir schon über einen mäandrierenden breiten Fluss, der sich unbeirrt durch eine grüne Landschaft schlängelte. Das müsste der Potomac sein. Ist nicht oberhalb dieses breiten und großen Gewässers, das jetzt so ruhig unter uns lag, Georg Washington vor über 200 Jahren in einem großen Gutshaus aufgewachsen? Wieder hatte mich ein Teil der amerikanischen Geschichte in meinen geistigen Fängen. Und diese vielen großzügigen Alleen zwischen den Gebäuden. Dieser Anblick zeigte sich hier ganz anders als derjenige, den ich über New York gesehen hatte. Dort, erinnerte ich mich, breitete sich unter uns ein unendliches Häusermeer aus, und dazwischen erhoben sich hohe schmale Wolkenkratzer, die aussahen, wie die spitzen Stacheln eines pockennarbigen Kaktus.

So wenige Tage und dennoch ein so riesiges Paket an erlebten Erinnerungen und neuen Erfahrungen trug ich jetzt in mir. Bei dem Gedanken, was für ein Glück es doch ist, dass man geistiges Gepäck nicht mit einer üblichen Waage erfassen kann, musste ich doch recht belustigt in mich hinein lachen. Was hätte ich da für eine hohe Summe Gepäckzusatzgebühr zahlen müssen.

Dass ich jetzt aber noch eine der interessantesten Städte Amerikas von oben betrachten durfte, das setzte endlich noch den besonderen dicken Punkt auf das berühmte kleine „i".

Alles ging jetzt sehr schnell. In einem fast halsbrecherischen Tempo, einer steilen Wendung mit dabei plötzlichem Höhenverlust, der einem Absturz glich, so dass ich fast befürchtete, wir könnten im Wasser des Flusses baden gehen, näherte sich unser Flugzeug dem Boden. Bei diesem beängstigenden Sturzflug hielt ich mich unwillkürlich an den Seitenlehnen meiner engen Bank fest. Aber nichts Unvorgesehenes geschah. Zielsicher flogen wir zur Landebahn des Flughafens, in der Nähe des sandigen Ufers des Potomac River, und in doch einiger Entfernung von der Stadt Washington selber. Die Überlegung lag nahe, dass der Grund für diese Abseitslage sehr wahrscheinlich darin begründet war, dass man in den Gebäuden der Bundesbehörden beim Regieren unbelästigt von dauerndem Fluglärm zu sein wünschte, das heißt, einfach seine Ruhe haben wollte.

Am Flughafen, dem Washington National Airport, kaum gelandet, war ich fast die erste, die aufgeregt und erwartungsvoll aus dem Flugzeug eilte. Bis zu diesem Tag glaubte ich immer, Flughäfen seien alle recht ähnlich gebaut, nämlich praktisch und übersichtlich. Doch was mich hier empfing, machte mich sprachlos vor Erstaunen. Plötzlich befand ich mich in einer riesigen Eingangshalle. Ist das hier wohl eine Kathedrale, oder bin ich in ein Dinosaurier-Museum geraten? Lange stand ich staunend auf einer Stelle, dann aber verstand ich:

Die Amerikaner hatten in diesem Flughafen nicht nur schlicht Dach und Seitenwände gebaut, hier lebte sich eindrucksvoll eine kunstvolle Architektur aus. Wie Spinnweben zogen die runden Träger, von einer Mitte ausgehend, stützend über längliche, gläserne Kuppeln. Könnte man diese Konstruktion auch ein gläsernes Kreuzrippengewölbe nennen? Von einer solch großzügigen, sich weit ausbreitenden Bedachung, da konnte diese riesige Halle ungehindert das ganze Licht von außen und in seiner ganzen reichen Fülle aufnehmen und ausbreiten. Aber außer dieser architektonisch grandiosen Besonderheit, konnte ich nichts entdecken, was nicht auch New York, Brüssel oder Kloten hergeben würden. Überall boten Geschäfte aller Art ein reiches Angebot an Textilien, Souvenirs und Duty-free-Waren an. Was auch hier nicht fehlte, waren vielerorts und gut besucht die ausgedehnten Essbeizen für Kurzaufenthalter oder Restaurants, in denen Passagiere geduldig, begleitet von mehr oder weniger zahlreichem Gepäck, ihren Anschlussflug abwarteten. Was zu einem Flughafen immer dazu gehört, waren die riesigen Tafeln, mit den zahlreichen Hinweisen, wo und wann welcher Flug startet, sowie hilfreiche Informationsstellen, die ich selber schon besucht hatte.

Jetzt aber, in der kurzen Zeit die mir noch blieb, wollte ich doch noch ganz schnell beobachten, wie das hastige Flugplatzleben außerhalb des Gebäudes verläuft. Gerade das interessierte mich noch am meisten.

Ganz schnell eilte ich also durch die nächste Glastür und stand draußen auf einem weiten Platz. Staunend erlebte ich doch noch etwas Neues, denn dort sah ich lange Schlangen zahlreicher wartender Taxis, jedes bewacht von seinem Chauffeur. Und dann kamen sie, ihre potenten Kunden. Entsprechend der sehr feinen Kleidung, natürlich Krawatte und schwarzer Anzug, waren es wohl wichtige Geschäftsleute, die nur wenig Gepäck bei sich trugen. Eilfertig wurden sie jetzt mit weit offenen Autotüren in Empfang genommen. Alles ging sehr schnell und – hast du nicht gesehen – waren sie fast alle weg, und ein Auto nach dem andern entschwand auf der breiten Straße in Richtung Stadt.

„Jetzt aber hoppla, mein Flugzeug wartet nicht auf mich!" Eilig lief ich die Gänge zurück, die ich vor kurzem gekommen war, fand meinen fliegenden Transporter, hüpfte eilig seine Treppe hinauf und fand zum Glück meinen Fensterplatz wieder. Der Weiterflug währte nur kurz und wir erreichten zügig New York.

Aus Erfahrung klug geworden ging ich direkt zu der nächsten Information, um mich nach meinem Gepäck zu erkundigen: „Can you tell me please, when flight number 22 will arrive?", denn damit sollte mein Koffer transportiert werden. Dieses Flugzeug sei schon vor einer Stunde gelandet, ob ich denn eine Zwischenlandung gehabt hätte, wurde ich gefragt.

Später stellte ich dann fest, dass die Angestellte vom Reisebüro einen Fehler gemacht hatte. Der Flug um 14.40 Uhr, den sie mir angegeben hatte, war der Direktflug nach New York, mit dem dann mein Koffer und die Tasche transportiert worden waren, der aber hatte eine andere Flugnummer. Mein Flug aber startete eine viertel Stunde früher, also das Flugzeug, in dem ich jetzt angekommen war. Der Fehler lag also entweder bei der Zeitangabe oder bei der Nummer. Das war nun egal, aber beruhigend war jetzt zu erfahren, dass mein Koffer schon angekommen sei. Zum Abholen musste ich aber in eine andere Halle, dorthin, wo Gepäck, welches nicht abgeholt worden ist, aufgehoben wurde. Die freundliche Dame zeigte mir noch den Weg dorthin. Gerade wollte ich an den Schalter gehen um zu fragen, wo ich mein Gepäck abholen könnte, da sah ich, welch herrlicher Anblick, brav Köfferchen und Tasche auf einem leeren Fließband erwartungsvoll und einsam ihre Warterunde drehen. Gerade kamen sie angefahren und erfreut packte ich beides, ging nach draußen, bestieg den richtigen Bus, denn jetzt kannte ich das Flughafensystem schon besser, und fuhr damit bis zum Ausruf Sabena. Diesmal war ich zwei Stunden zu früh, ein ganz neues Gefühl, was ich jetzt genießen durfte. So setzte ich mich gemütlich in die Wartehalle, beobachtete wieder einmal die Leute, die manchmal langsam, oft aber geschäftig, mehr oder weniger beladen mit Koffern, Taschen oder Rucksäcken, an mir vorbei liefen. Ich nahm also mein Buch hervor und wollte darin lesen. Was aber tat ich dann stattdessen? Ich träumte von Glasharmonikas, Glasharfen, den Interpreten dieser Instrumente, lieb gewonnenen Freunden aus aller Welt und vergaß meine Absicht völlig.

Rechtzeitig aber reklamierte dann meine innere Uhr die schon fortgeschrittene Zeit. So packte ich meine Utensilien zusammen und ging in die Abflughalle, wo sich die verschiedenen Passagiere von meinem Flug bereits gesammelt hatten. Eine halbe Stunde vor Abflug durften wir dann unsere Plätze belegen, und ab ging es hoch in die Lüfte, ostwärts in Richtung Heimat.

Meine lieben, mit so viel Ausdauer behafteten Züricher Leser, was war es dann doch so schön, wieder zu Hause zu sein. Die Kinder waren glücklich, und ich musste viel erzählen und besonders Niels wiederholte mehrmals: „Mama, bin ich froh, dass du wieder hier bist!" (War wohl der Papa mit unserem Jüngsten etwas konsequenter?), und unser Dackel Mainy konnte sich fast gar nicht mehr beruhigen. Peter sagte mir, die ersten Tage habe sie nicht fressen wollen, und wenn sie dann endlich etwas genommen hätte, sei das Meiste doch gleich wieder zurückgekommen. Oh, so ein Sensibelchen!

Mitgebracht an Notenmaterial hatte ich das Melodrama, komponiert von Beethoven, sowie den von Ken entdeckten Naumann.

Noch kostbarer aber waren mir die schriftlichen Berichte über die Geschichte der Glasinstrumente, die mir Gerhard so großzügig und ohne ein Wenn oder Aber übergeben hatte. Jetzt kann ich endlich anfangen, die Geburt und die Entwicklung dieser Instrumente zu studieren.

Nun aber ist nicht nur die spannende und erlebnisreiche Amerikareise zu Ende, auch der Brief, in dem ich Euch, lieber Onkel Hans und liebe Tante Rösi, alles darüber erzählt habe. Ebenfalls das Band der Kassette, auf der ich so einiges während des Festivals aufgenommen habe, ist abgelaufen, denn ganz plötzlich machte es in meinem Rekorder einfach „klick".

Kapitel 15

Wieder zu Hause

Zwei Lausbuben – brauchen Entenkücken einen Lift? – ein unheimlicher Fund – unser Teich stinkt und unser Keller schwimmt – was uns der Hürtgenwald zu erzählen hat – Niels möchte ein Würstchen haben – der Teich wird ausgebaggert und der Fisch stinkt – der Teich gibt wieder ein Geheimnis frei – meine Gläser bekommen ein neues Heim

Nicht nur körperlich bin ich mit dem Flugzeug gelandet, auch geistig hat mich der Alltag schon recht bald wieder ganz im Griff. Kaum, dass ich wieder zu Hause war, meldet sich unser Lehrling in der Tierarztpraxis für einige Tage krank. Für mich heißt das: Telefon- und Funkdienst sowie Peter bei der Nachmittagssprechstunde assistieren.

Dennoch geistern die Erinnerungen immer noch in meinem Kopf herum, denn meine Gedanken haben diese noch nicht vollständig bewältigt. Sie erzählen mir von Columbus.

Aber schön ist es dann doch, sich wieder dem Gewohnten anvertrauen zu dürfen. Er gibt mir nach dem aufregenden Amerika-Abenteuer die alte Geborgenheit zurück, obwohl das Leben auf Merberich immer wieder etwas Außergewöhnliches zu bieten hat. Familie, vor allem die drei lebhaften Kinder, Haus, Stall und Praxis, versprechen fast täglich kleinere Überraschungen bereit zu halten.

Das vertraute Merberich und das spezielle Columbus; manchmal träume ich so vor mich hin. Dann komme ich mir vor, als würde ich auf einer großen Wiese voll weißer, blühender Gänseblümchen stehen, aber dazwischen lächelt mich ein freundliches, blaues Vergissmeinnicht an. Wie hübsch strecken die weißen Blümchen ihre Köpfe der Sonne entgegen, aber freuen darf ich mich auch an der Überraschung der kleinen blauen Blume, die in ihrer Mitte blüht.

So streichen unversehens die restlichen Wintermonate vorüber, mit ihren mehr oder weniger alltäglichen, manchmal aber auch spontanen und abwechslungsreichen Erlebnissen. Im vergangenen Winter gab es kaum Schnee und auch der Teich wollte nicht recht zufrieren. So freuen wir uns im Frühling über jede neugierig aufgeblühte Blume. In dieser Zeit des Aufwachens der Natur, beginnen auch wir wieder, begeistert Pläne für Haus und Garten zu schmieden, die wir dann sehr fleißig und mit der Kraft der Frühlingssonne in die Tat umsetzen.

Die Kinder haben sich immer noch nicht zu Klassenersten entwickelt, denn das Leben auf dem Gutshof ist zu jeder Jahreszeit viel zu spannend und abwechslungsreich. Manchmal aber suchen sie das Abenteuer auch außerhalb. So etwas fanden unsere beiden Buben dann auch.

„Was ist mit Claas und Niels los?", frage ich mich an diesem Nachmittag. Beide stehen etwas verlegen und untätig auf dem Hof herum. Mein geübter Blick sagt mir: „Da muss etwas passiert sein!"

„Was ist los mit euch beiden, habt ihr Langeweile?"

„Nein, aber wir haben etwas Schlimmes angestellt!"

„Was habt ihr denn gemacht?"

Claas meldet sich als Erster: „Hier war nichts los und da sind wir zu dem Sandwäldchen gelaufen. Weißt du, das oberhalb von Burg Frenz?"

„Ja, das kenne ich. Es steht wie eine grüne Insel ganz einsam inmitten gepflügter Äcker. Und was habt ihr dort angestellt?"

Jetzt sprudelt Niels los: „Wir wollten nur ein ganz kleines Feuerchen machen, und dazu haben wir einige kleine Ästchen, aber wirklich nur ganz kleine, zusammengesucht und dazu noch trockenes Gras dazwischen gestopft, damit das Holz besser Feuer fangen kann. Das ging auch ganz gut, es hat sehr schnell und lustig gebrannt."

„Wo hattet ihr denn die Streichhölzer her?"

„Ach, die findet man hier bei uns doch ganz leicht."

„Aber der Niels hat nicht nur ein Streichholz, er hat gleich mit mehreren das Holz an verschiedenen Stellen angezündet. Ich hab ihm noch gesagt, pass auf, wir wollen nur ein ganz kleines Feuer machen. Er hat dann auch keine weiteren mehr angezündet. Aber plötzlich sahen wir, dass das gelbe dürre Gras neben der Feuerstelle mit kleinen Flämmchen zu brennen anfing. Ganz schnell sind wir darauf herumgetreten um zu löschen, aber etwas weiter weg, da waren plötzlich auch kleine Flämmchen, und die wurden immer größer! Da haben wir Angst bekommen, denn wir konnten an so vielen Stellen, an denen es nun plötzlich brannte, nicht mehr alles löschen. Komm, wir laufen ganz schnell zur Burg Frenz, zu Bernd Rademacher, dass er uns hilft, das Feuer zu löschen, habe ich dann zu Niels gesagt!"

„Wir sind ganz furchtbar schnell gelaufen! Ich bin sogar auf dem Feld gestolpert und auf die Nase geflogen. Es hat etwas weh getan, aber ich bin trotzdem Claas ganz schnell weiter nachgelaufen."

„Den Bernd haben wir direkt auf seinem Hof gefunden. ‚Das Wäldchen brennt, wir können das Feuer nicht mehr löschen!', haben wir ihm ganz schnell zugerufen. Wir waren so außer Atem, dass wir kaum sprechen konnten. Er hat dann sofort die Feuerwehr angerufen. Er wollte nur noch genau wissen, wie das alles passieren konnte. ‚Jetzt verschwindet aber ganz schnell, bevor die Feuerwehr kommt!', hat er zu uns gesagt, und da sind wir auch direkt nach Hause gekommen. Unterwegs hörten wir schon das Horn, und dann sahen wir auch zwei Feuerwehrwagen."

„Ihr macht mir ja schlimme Sachen. Jetzt wird sich wohl bald die Polizei bei uns melden, und dann dürft ihr Rede und Antwort stehen."

„Nein, der Bernd hat versprochen, uns nicht zu verraten. Er hätte auch einen Buben, aber der sei für solche Dummheiten nur noch nicht alt genug!", korrigierte mich Niels jetzt ganz fix.

„Was ihr da angestellt habt, das war ganz und gar nicht gut, der Schrecken wird euch hoffentlich in Zukunft lehren, ohne Streichhölzer auszukommen. Dass ihr aber sofort Bescheid gesagt und dadurch hoffentlich diese nette kleine Bauminsel gerettet habt, das war aber ganz toll. Jetzt aber macht, dass ihr ganz schnell hinein kommt in eure Zimmer, heute habt ihr genug geleistet. Jeder von euch nimmt jetzt sein Buch – lest noch eine Weile darin. Inzwischen will ich ganz schnell Papa über Funk Bescheid sagen, dass er sich erkundigt, ob die Feuerwehr noch rechtzeitig löschen konnte."

„Aber sag dann Papa, dass wir ganz schnell zum Bernd gelaufen sind, und der war eigentlich gar nicht böse mit uns!", will Niels bei seinem Vater besänftigend vorbeugen.

Die beiden Helden verschwinden sehr bereitwillig in ihren Zimmern, und nicht lange danach kommt Peter von seiner Praxistour zurück.

„Dem kleinen Wäldchen ist nichts passiert, es hat dank der schnellen Löscharbeit kaum Schaden genommen, nur etwas vom Unterholz ist abgebrannt! Aber wenn die beiden Schlingel nicht schnell Hilfe geholt hätten, dann wären die hohen Bäume sicher vom Feuer angegriffen worden."

„Für Dummheiten sind unsere beiden Buben immer mal wieder zu haben. Aber wenigstens feige sind sie nicht, das haben sie durch ihre spontane Rettungsaktion bewiesen. Darüber bin ich doch sehr froh."

*

Überall im Garten und auf dem Hof begleitet uns, wie jedes Frühjahr, das laute Gezwitscher der Vögel. Durch den Winter hindurch haben wir sie etwas gefüttert; die Blau-, Kohl- und Spechtmeisen, den Kleiber, und sogar ein Buntspecht fand eines Tages die Futterkrippe. Gut überwintert wird jetzt lautstark das Revier abgesteckt, denn es ist wieder Nestbauzeit für die neue Brut.

Nur auf dem Teich ist es plötzlich stiller geworden. Das Quaken der Enten hört man nur noch vereinzelt, denn auch hier hat die Zeit des Brütens angefangen. Am Ufer entlang bietet das dichte Gehölz so manchen verborgenen Nistplatz.

Unsere Enten sind Hochbrutflugenten. Die einen bekleidet ein ganz weißes Gefieder, bei anderen sieht man darin schwarze Flecken oder die ganzen Flugfedern sind schwarz. Dass sie fliegen können, haben sie uns schon oft bewiesen. So ist es nicht erstaunlich, dass eine der zukünftigen Entenmütter ihr Nest immer wieder am Teichufer, auf der alten, schrägstehenden Pappel, einrichtet. Dieser innen hohle alte Baum, in der Nähe des Hoftores, mit seinem dicken Stamm, geriet in seinen vielen Altersjahren, nach und nach immer mehr in eine Schief- oder Schräglage in Richtung Wasser. Zwischen zwei ihrer dicken Äste hat nun diese Frau Ente einen bequemen Nistplatz gefunden, und jedes Frühjahr, in dieser luftigen Höhe von sicher drei Metern, ihr Gelege ausgebrütet. Dann schlüpften sie eines Tages, die kleinen gelben Bällchen. Was nun? Ein Entenlift steht nicht zur Verfügung. Es ist ein glücklicher Zufall, dass unsere Kinder, ganz zufällig beobachten konnten, dass ein solcher hier gar nicht nötig ist.

„Mama, die kleinen Entchen vom Baumnest sind einfach ins Wasser hinuntergepurzelt. Die Mutter hat sie vom Wasser aus so lange gerufen, bis sie kamen. Das war vielleicht lustig anzusehen. Zuerst haben sie ein bisschen vorsichtig zum Wasser hinunter geguckt, dann aber ist eines einfach hinunter gesprungen. Und danach ging es hops, das Zweite, hops, das Dritte und so hüpfte eines nach dem andern. Nur eines blieb noch ein Weilchen oben sitzen und beobachtete etwas kritisch diese wagemutigen Turnübungen der Geschwister. Aber dann ist auch dieses Kleine ganz schnell den anderen nachgesprungen. Jetzt schwimmen sie alle um ihre Mutter herum. Es sind zwölf kleine Entchen!"

„Zwölf allein von einer Ente! Wie viele bringen wohl die anderen noch?" Meine Begeisterung für diesen zahlreichen Nachwuchs hält sich etwas in Grenzen. Sie sind ja alle so niedlich, aber der Teich ist nicht groß genug, um einen allzu zahlreichen Entennachwuchs zu vertragen. Diese

Feststellung hatten wir aufgrund der immer schlechter werdenden Wasserqualität gemacht, denn was vorne rein geht, muss hinten auch wieder raus.

„Im Frühsommer werde ich wohl wieder mit einer Ladung duftenden Federviehs die vielen Kilometer zum Viehmark fahren dürfen", denke ich so bei mir.

Aber das sind nur einige der aufregenden Farbtupfer, die der Frühling uns immer wieder bringt. Auch der Sommer hat so seinen Ehrgeiz, will uns etwas bieten, und beabsichtigt keineswegs, langweilig zu werden. Das sollte ihm eigentlich bei einem Haus wie Merberich auch nicht allzu schwer fallen.

Eines Nachmittags kommen die Kinder nach der Schule mit einer neuen Entdeckung angestürmt.

„Mama, da liegt etwas Komisches im Teich, es sieht aus wie ein langes Stück Metall, und etwas steckt darin. Obschon er nur wenig Wasser hat, können wir doch nicht genau sehen, was es ist. Das Ufer an dieser Stelle ist so weich und moderig."

Nachdem der letzte Patient gegangen ist, ziehen Peter und ich unsere hohen Stiefel an. In unserem Park ist diese Fußbekleidung fast das tägliche Brot. Sehr neugierig folgten wir den Kindern, die uns eilig und voll Entdeckerdrang voraus laufen. Erst den Weg an den mannshohen Rhododendronbüschen entlang und dann hinunter zum Teichufer.

„Papa, schau da unten neben diesem dicken Ast. Was ist das?"

Sogar mit Stiefeln ist es jetzt fast ein Problem, den weichen und schlammigen Teichboden zu betreten.

„Kommt alle her, wir bilden einfach eine Schlange. Ich geh voraus, Mama gibt mir die Hand, dann kommt Wiebke und zuletzt Claas und Niels. Ihr beiden haltet euch dann an den herabhängenden Ästen fest." Mit Hilfe dieser Technik dauert es gar nicht lang, dass Peter das eigenartige Corpus delicti heraus ziehen kann.

Noch schnell mit dem wenigen Teichwasser abgespült wird es von uns allen neugierig begutachtet.

„Wisst ihr, was das ist?", fragt Peter.

„Das sieht aus wie eine Art Metallgurt", rätsele ich.

„Du hast ganz recht, das ist ein Magazin für Patronen. Ihr seht, da stecken davon sogar noch vier Stück darin. Ich vermute, dass es sich hier um einen Munitionsgurt eines amerikanischen Maschinengewehrs aus dem letzten Weltkrieg handelt."

„Sind die Patronen, die darin stecken, noch gefährlich?", frage ich etwas ängstlich.

„Und das liegt alles jetzt schon sooo lange in unserem Teich? Wie ist das denn von Amerika hier in unseren Teich gekommen, wer hat das denn verloren?", fragt Claas ganz aufgeregt.

„Ja, da hast du ganz recht, das Kriegsende liegt jetzt über dreißig Jahre zurück", bestätigt ihm sein Vater.

„Kinder, ich mache euch einen Vorschlag. Am Wochenende kann ich mich etwas frei machen, dann fahren wir alle gemeinsam in den Hürtgenwald zum Wandern. Erinnert ihr euch noch daran, als wir vor kurzem in Vossenack waren? Dieser Ort liegt am Rande dieses Waldes. Dort werden wir euch vieles über diesen schrecklichen amerikanisch-deutschen Kampf, der vor langer Zeit in diesem großen und dichten Waldgebiet stattgefunden hat, erzählen."

„Und können wir dann auch wieder in Vossenak Kuchen essen gehen?", erkundigt sich Niels hoffnungsvoll.

Schon gleich am anderen Morgen geht Peter zur Gemeinde und meldet den, auch für uns, etwas unheimlichen Fund.

*

Ja, unser eigentlich so romantisches Gewässer, es machte uns in den letzten Jahren mehr und mehr Kummer. In den heißen Sommertagen fing er so richtiggehend an zu stinken. Nicht nur der Kot unserer immer zahlreicher werdenden Teichbewohner, sondern auch die im Herbst herabfallenden, und mit der Zeit vermodernden Blätter der vielen Bäume darum herum, verursachen dieses unangenehm riechende, so genannte Umkippen des Teiches. Eines Tages besorgte Peter eine Umwälzpumpe. Damit wurde das modrige Wasser, wie ein Springbrunnen, in die Luft geschleudert und konnte sich, durch diesen luftigen Prozess, wieder mit Sauerstoff anreichern.

Ein weiteres Problem wurde aber damit dennoch nicht behoben. Der kleine Bach, der in Form von einst künstlich angelegten Halbschalen, mehr oder weniger stark durch unseren Park floss, diente als Zufluss und gleichzeitig Ablauf von der Halde Nierchen und brachte, neben Wasser, immer wieder Sand und Schlamm. So war dieser eine zusätzlich Ursache für dieses Verlanden. Schon lange beobachteten wir, dass darin immer weniger Wasser war, und unser kleines hölzernes Boot, die Merbe, lief an einigen Stellen sogar auf Grund. Es war dann nicht sehr gemütlich, beim Aussteigen dabei in dem weichen Untergrund tief einzusinken.

Entschlossen hier Abhilfe zu schaffen, bewaffneten Peter und ich uns eines Tages mit einer großen Schaufel. Damit begannen wir Stück für Stück, diese immer weiter fortschreitende Verlandung abzugraben. Zuerst nahmen wir das schon mit Gras und Kräutern bewachsene Uferstück am Einfluss in Angriff. Die Erde häuften wir dann am Ufer auf. Zur zusätzlichen Stabilisierung bauten und zementierten wir am Einflussort mit größeren Bruchsteinen noch eine kleine Mauer. Bald aber bemerkten wir, dass dieses Abgraben von ein paar Quadratmetern, das langsame Verlanden des Teiches, mit der Zeit doch nicht aufhalten würde.

Aber damit nicht genug. Als wir eines Tages, nicht lange danach, den großen, dunklen, in viele Kammern aufgeteilten Keller betraten, da erwartete uns die nächste Überraschung. Eine riesige Überschwemmung! Alles stand unter Wasser. Mit unserem Boot hätte wir darin bequem herumpaddeln können.

Wie nichts an unserem Haus gewöhnlich oder üblich ist, so ist es auch dieser verwinkelte Keller nicht. Wir stellten schon bald nach unserem Einzug fest, dass damals, in dem einen Raum, demjenigen, der als Ausgang einen Unterzug zum Teich hinaus hat, die Großküche für die Herrschaften untergebracht war. Auch fanden wir bei unserem ersten Herumstöbern verschiedene Lagerräume für Lebensmittel und sogar eine kleine Räucherkammer. An hilfreichem Personal hatte es also zu der damaligen Zeit nicht gefehlt. Den Schacht für den Speiseaufzug, hatten wir schon bei der Renovation der ersten von uns bewohnten Wohnung entdeckt. Praktischerweise ließen wir darin unsere Elektroinstallation unterbringen. Heute sind hier unten in diesen Gängen, Kammern und Gewölben, nur noch geschwärzte Mauern und undefinierbares Gerümpel übrig geblieben. Einige dieser einsamen ‚Raritäten‘ schwammen jetzt friedlich auf dem Wasser.

Wie aber konnte es zu dieser überraschenden Wasseransammlung darin kommen? Das heraus zu finden war jetzt wichtig.

Als erstes stellten wir fest, dass der ganze Keller tiefer liegt als die Halbschalen, in denen das Wasser der Halde, sowie dasjenige von einem oberen Teich, der nicht zu unserem Grundstück gehört, in unseren Teich hinunter abfließt.

Unsere nächste Vermutung bestätigte, dass man in diesem oberhalb liegenden Teich, ohne uns vorher darüber zu informieren, das ganze Wasser abgelassen hatte. Durch das von uns neu gebaute Mäuerchen und gleichzeitige Anhäufen von Erde am Teichufer, konnten diese plötzlichen extremen Wassermassen nicht genügend in unseren Teich abfließen und beglückten dafür unseren ganzen Keller. Schnell gruben wir draußen einen schmalen Graben, damit das Wasser wieder abfließen konnte. Es dauerte dennoch einige Tage, bis der Keller wieder trocken war. Der lehmige braune Schlamm aber blieb darin liegen, wurde sogar fest, so dass wir diesen, Kräfte raubend, mit Spaten und Hacke noch hinaus auf die Uferwiese verfrachteten mussten.

Das durch die Verschlammung verursachte jetzige Niedrigwasser im Teich, bringt nun zum Vorschein, was sich vorher während Jahrzehnten unter Wasser verborgen halten konnte.

Dass hier am und um das Haus herum geschossen worden war, das hatten uns schon die vielen Löcher im Mauerwerk bewiesen, die wir damals, vor dem weißen Anstrich, zuerst Loch für Loch, mit Mörtel aus Zement, noch zuschmieren mussten.

Jetzt aber, dieser recht ungemütliche Fund aus dem vergangenen Weltkrieg, ist wie ein Wink des Schicksals:

„Der Teich muss jetzt endlich ausgebaggert werden", ist nun Peters endgültige Entscheidung.

„Ich werde schon morgen mit unserem Bürgermeister darüber verhandeln. Er kennt unser Haus recht gut. du kannst dich sicher auch daran erinnern, dass er auch beim Konzert von Onkel Hans als eingeladener Gast dabei war."

„Herr Dr. Behrendt, wir wissen sehr wohl, dass Ihr Teich, sehr wahrscheinlich vom letzten Krieg her, noch einige Erinnerungen daran verbirgt. Als das Haus noch praktisch unbewohnt war, da hat sich niemand darum gekümmert. Jetzt aber wohnen Sie und etliche Mieter darin, benutzen ihn, wie ich bei meinen regelmäßigen Spaziergängen gesehen habe, auch mit Ihrem kleinen Boot. So erfordert es die Sorgfaltspflicht und Sicherheit für die Bewohner des Hauses, dass hier etwas getan wird. Ich werde mich erkundigen, an welche Stelle man sich wenden muss, damit Ihnen beim Ausbaggern vom Teich und dem gleichzeitigen Entsorgen eventueller Kriegsrückstände wenig Kosten entstehen. Unter anderem könnte ich da zum Beispiel eine Firma in Heistern empfehlen, die solche Arbeiten mit ihren starken Baggern schon häufiger gemacht und auch entsprechende Erfahrung darin hat."

Peter kommt am Mittag mit diesem positiven Bescheid nach Hause. Wir sind nun wirklich sehr froh, dass unser Anliegen gleich auf offene Ohren gestoßen ist. Jetzt heißt es nur noch, warten.

Es vergehen nur ein paar Tage, da erhalten wir nicht nur die endgültige Genehmigung, sondern auch eine finanzielle Zusage, die für uns doch recht wichtig ist.

Jetzt zögern wir nicht mehr. Ein Besichtigungstermin wird mit der Baggerfirma ausgemacht und der Sommer 1984 kann sich mit diesem ersten Abenteuer rühmen dürfen.

*

Draußen im Auto hupt schon ungeduldig der Papa und die Kinder stürmen hinaus. Unsere Rucksäcke mit den Butterbroten, einer Flasche Wasser und Kakao sind fertig gepackt, denn heute, an diesem schönen Sonntagmorgen, wollen wir, wie wir es versprochen haben, in die Voreifel fahren.

„Habt ihr die festen Schuhe angezogen?", rufe ich noch nach.

„Klar!", ist die kurze Antwort, dann beeile auch ich mich, schnappe den Rucksack und laufe hinaus zum Wagen. Das Abschließen der Haustüre wird bei uns nicht besonders wichtig genommen, auch so eine typische Merbericher Angelegenheit. Es gibt bei uns einfach zu viele Türen und zu wenig dazu passende Schlüssel. Sollte jemand ins Haus wollen, dann wäre das für geladene, aber auch für ungeladene Gäste, nicht unbedingt ein Problem. Dafür aber, dass wir selten unbeobachtet sind, denn hier läuft immer irgendetwas, sei es im Stall im Hof oder auch im Garten, machen wir uns mit der Schließerei keine allzu großen Umstände.

Nach ungefähr einer Stunde Fahrt über Schevenhütte suchen wir am Waldrand vom Hürtgenwald, nicht weit von Vossenack und dem Dörfchen Schmidt, einen günstigen Parkplatz. Die Kinder stürmen gleich hinaus. Es gibt dort zwar recht gute und bequeme Waldwege, die aber sind für unsere Kinder zu langweilig. So darf auch ich, ob ich will oder nicht, durch das manchmal sehr dichte Unterholz, über abgefallene Äste und zwischen hochstämmige Fichten und Buchen hindurch turnen. Wir finden Pilze auf dem laubbedeckten Waldboden und auch an Stämmen toter, gefallener Bäume.

Doch nach einiger Zeit meldet sich der Hunger, und das ist uns gerade recht, denn wir wollen diesen Ausflug ja eigentlich dazu nutzen, um den Dreien zu erklären, weshalb sogar in unserem Teich noch Hinterlassenschaften des letzten Krieges zu finden sind. So sucht sich jetzt jeder auf dem nadeligen und ästereichen Boden eine weiche Stelle zum Sitzen, und Peter beginnt zu erzählen:

„Kinder, ihr wisst ja, dass wir heute in diesen Wald gegangen sind, um zu erklären, wie amerikanische Munition in unseren Teich gekommen ist."

„Aber kann Mama nicht vorher die Würstchen auspacken? Ich hab gesehen, dass sie einige in den Rucksack gepackt hat", unterbricht Niels ganz schnell seinen Vater.

Was dürfen unsere drei doch so friedlich und ahnungslos von so viel Bösem in einer glücklichen und ruhigen Zeit aufwachsen, muss ich jetzt denken. Hier, wo wir gerade sitzen, hatten vor Jahrzehnten Menschen zu tausenden ihr Leben lassen müssen. Es war damals Winterzeit, es herrschte Hunger, Kälte und es regnete oder schneite fast ohne Unterlass und kein Soldat, sei er Amerikaner oder Deutscher, wusste, ob er die nächsten Stunden oder Tage überleben würde.

Wie schrieb doch der bekannte Naturforscher und Schriftsteller Ernest Hemingway in seinem Roman „Über den Fluss und die Wälder":

Der Hürtgenwald ist die Gegend, in der es äußerst schwierig war, am Leben zu bleiben, selbst wenn man nichts weiter tat, als dort zu sein,

... und jetzt möchte unser Jüngster ein Würstchen haben.

So packe ich das Gewünschte aus und verteile es auch gerecht, denn mit hungrigem Magen lässt es sich scheinbar nicht so gut zuhören.

Bald aber fährt Peter fort:

„Schaut euch einmal um, was fällt euch hier auf?"

„Es hat überall im Wald viele Äste am Boden, ich bin ein paar Mal darüber gestolpert", kommentiert Niels noch mit vollem Mund.

„Warum ist dort drüben der Baumstrunk so schwarz? Wenn Bäume gefällt werden, dann sind sie doch meistens hellbraun?", macht Wiebke eine wichtige Entdeckung.

„Neben mir ist ein großes und ganz breites Loch. Das finde ich etwas komisch, und solche Löcher habe ich heute schon ein paarmal gesehen", staunt Claas, indem er immer noch die breite Mulde neben sich betrachtet.

„Kinder, ihr habt sehr gut beobachtet und Unregelmäßigkeiten entdeckt, die euch sehr merkwürdig vorkommen müssen. Ich kann euch jetzt vieles davon erklären."

Peter ist jetzt voll konzentriert, seine Gedanken gehen weit in die Vergangenheit zurück. Dabei vergisst er sogar, hie und da selber in sein Brötchen zu beißen.

„Es war damals, vor ungefähr vierzig Jahren, als die Amerikaner in den 2. Weltkrieg eingegriffen hatten. Von Amerika sind sie mit großen Kriegsschiffen und Flugzeugen über den riesig weiten, fünftausend Kilometer breiten, Atlantik nach Europa gekommen, und im Juli 1944 in Frankreich, in der Normandie, gelandet. Auf den Schiffen hatten sie schwere Waffen wie Panzer und Kanonen transportiert. Damit sind sie vom Norden immer weiter herunter gekommen, auch bis nach Köln, die Stadt kennt ihr ja, und davor auch hier in die Gegend von Aachen.

Könnt ihr jetzt verstehen, warum ihr in unserem Teich noch Munition gefunden habt?"

„Ich habe das komische Ding zuerst gesehen!" Claas geht vollkommen in der Erzählung auf.

„Das war gut so, und noch in diesem Sommer werden wir den Teich also ausbaggern lassen, und dann wird sich herausstellen, ob noch weiteres Kriegsmaterial darin liegt. Ich könnte es mir ganz gut vorstellen.

Also, hört jetzt weiter zu. Die US-Truppen wollten mit einem schnellen Stoss zwischen Aachen und Monschau bis zum Rhein vordringen, und das noch bevor die gegnerischen Soldaten Zeit hatten, sich dort zur Verteidigung einzugraben oder Verteidigungsstellungen aufzubauen. Aber da begegnete ihnen ein unerwartetes großes und ungeplantes Hindernis!"

„Was denn für eines?", auch Wiebke hört jetzt ganz gespannt zu.

„Sie mussten jetzt in diese Wälder der Nord-Eifel, hier hinein, wo wir gerade über so viel Baumstämme und Äste gestolpert sind. Die ganze Gegend, durch die sie bisher mit ihrem schweren und unhandlichen Kriegsmaterial gefahren sind, war zerschossen und kaum noch bewaldet. Zuerst kamen sie recht schnell voran. Dann aber stießen sie auf dieses, fast kaum zu durchdringende, hügelige Waldgebiet. Anfangs Oktober versuchte eine US-Division ..."

„Papa, was ist eine Division?", unterbricht Claas, der immer noch sehr aufmerksam zuhört.

„Eine Division ist eine große Menge von Soldaten, Tausende, die mit verschiedenen Waffen, von Gewehren bis zu Panzern und Kanonen, ausgerüstet sind.

Also versuchten die vielen bewaffneten Soldaten hier im unübersichtlichen Gebiet einen Durchbruch zu erzwingen. Aber bald zeigte sich, obwohl sie mit ihren schweren Waffen, den deutschen Truppen eigentlich überlegen waren, dass sie diesen Wald kaum überwinden konnten. Auch die Wirkung der Jagdflugzeuge verpuffte im damals fast undurchdringlichen Dickicht. So sind sie praktisch hier im Hürtgenwald, diesem sehr hügeligen Teil der Eifel, für Wochen und Monate hängen geblieben, denn es entwickelte sich in diesem Labyrinth von Bäumen, tiefen Schluchten und dichtem Unterholz ein regelrechter Dschungelkrieg, den die Amerikaner nicht erwartet hatten, und für den sie auch nicht ausgebildet worden waren.

Die deutschen Truppen aber, die man hier eingesetzt hatte, kannten sich im Gegensatz dazu gut aus und konnten sich darin gut verstecken. Sie nutzten die Zeit, in der die Amerikaner kaum von der Stelle kamen, und machten aus diesem Teil der großen Eifel eine riesige Festung. Jeder Waldweg war vermint oder durch gefällte Bäume blockiert. Bunker wurden gebaut und gut getarnt. Es wurde November, es regnete andauernd und es war schrecklich kalt und überall ratterten die Maschinengewehre. Diese Schlacht hat über fünf Monate gedauert und tausende von Toten blieben hier im Wald liegen, Amerikaner und Deutsche. Erst im Februar 1945 wurde das Dorf Schmidt, wir sind vorhin mit euch dort durchgefahren, endgültig von den US-Truppen besetzt. Es war aber nach diesem elenden Krieg kein Dorf mehr, denn alle seine Häuser lagen in Schutt und Asche."

„Aber jetzt sind keine Amerikaner mehr hier!", überlegt Wiebke.

„Nein, sie sind schon vor vielen Jahren wieder nach Hause, nach Amerika, zurückgekehrt, denn wir haben zum Glück jetzt endlich Frieden und wollen auch nie mehr einen so schrecklichen Krieg erleben", antworte ich erleichtert. „Aber noch viele Jahre lang machten Minen und alte Munition dieses schöne Wanderparadies zu einem gefährlichen Ort.

Claas, dir fiel hier, neben uns, dieser breite Graben auf. Das ist ein Bombentrichter. Hier ist vermutlich eine schwere Bombe in den Waldboden gefallen und hat ihn hoch gesprengt. Das Loch war damals noch viel tiefer, aber mit der Zeit sind viel Laub und Zweige von den Bäumen hinein gefallen, wurden dann zu Erde, so dass die Stelle heute nur noch wie eine größere Delle aussieht.

Du Wiebke, hast die schwarzen Baumstrünke entdeckt. Zwei Jahre nach Friedensschluss, nach diesem so schrecklichen Krieg, im trockenen und heißen Sommer 1947, gab es auch noch einen großen Waldbrand. Die Wälder brannten hier wie Zunder, vor allem, weil auch noch Munitionsrückstände überall herum lagen. Nachdem dann jeder Meter nach restlichem Kriegsmaterial abgesucht worden war, begann man 1950 mit der Wiederaufforstung. Dabei fand man dann neben dem zerschossenen und angebrannten Altholz nicht nur viele zurückgelassene Waffen, sondern auch Knochen und Schädel von gefallenen Soldaten."

„Ich möchte aber kein Totengerippe finden, der Wald ist jetzt gar nicht mehr so schön!" Niels macht recht verschreckte Augen und rutscht näher an meine Seite.

„Es gab damals einen Mann aus Aachen, der hatte in diesem Krieg seine ganze Familie verloren. Er zog sich dann in eine Hütte hier in den Hürtgenwald zurück und begann viele Tote zu begraben. Er tat das wirklich unter Lebensgefahr, denn noch lagen hier in der Erde und unter Laub versteckte Minen und Blindgänger. Das sind Bomben, die nicht explodiert sind. Ihr braucht vor diesen Toten, die sicher noch heute hier überall in der Erde in Frieden liegen, keine Angst zu haben. Tote tun niemandem etwas zu leide, nur die Lebenden können so gefährlich und böse sein. Ein Geschichtsverein der Gemeinde Hürtgenwald-Vossenack hat sich darum gekümmert, dass die sterblichen Überreste von deutschen und amerikanischen Soldaten, die ein Räumdienst gefunden hatte, auf einem Kriegsfriedhof, in Frieden und nicht mehr als Feinde, zu ihrer letzten Ruhe gebettet wurden. Zusätzlich richtete man noch ein Museum ein, wo zerfetzte Stahlhelme und Kriegsschrott gesammelt und als Mahnmal ausgestellt sind."

Die Geschichte ist nun weitgehend erzählt, die Würstchen aufgegessen, Wasser und Kakao ausgetrunken. Wir packen alles zusammen und finden auch bald unser Auto, das inzwischen geduldig auf uns gewartet hat. Nach dem dichten Wald, der unseren Kindern, nach Papas Erzählung, jetzt doch fast etwas unheimlich geworden ist, wollen wir zur allgemeinen Entspannung noch in die weite Ebene des Hohen Venn fahren.

Nach etlichen Kilometern Fahrt erreichen wir unser neues Ziel. Vor uns erstreckt sich die weite und freie Hochebene, eine Grasfläche mit hohem, noch teilweise grünem, aber doch meist schon dürrem gelben Gras. Man nennt es Pfeifengras. Im Herbst leuchtet es in seinem unverwechselbaren Rostorange, im Winter und Frühjahr bestimmt sein Blassgelb die Farbe der Landschaft. Vereinzelt wachsen hier noch Bäume, wie die knorrige Moorbirke, dazu noch vereinzelt Fichten und die ausladende Eberesche. Sie alle verleihen dem Moorgebiet fast eine bizarre Silhouette.

Bei dem offenen Anblick über diese weite Ebene des Venn-Plateaus, leben unsere, durch die Erzählung immer noch recht still und etwas nachdenklich gewordenen Kinder, wieder so richtig auf.

„Jetzt sind wir im Hohen Venn!" Wiebke, als Älteste, kann sich noch gut an vorangegangene Ausflüge erinnern.

„Ja, du hast ganz recht. Wir befinden uns hier in dem grenzüberschreitenden, deutsch-belgischen Naturpark Nordeifel. Geht einmal im Laufschritt hier über diese Wiese, und dann sagt mir, was euch dabei auffällt!"

Die Kinder lassen sich das nicht zweimal sagen und flitzen los.

„Der Boden ist irgendwie anders als sonst, viel weicher, er schaukelt ganz lustig, fast wie in meinem Bett", ruft Claas aus einiger Entfernung.

„Du hast das ganz gut bemerkt", freue ich mich darüber, dass er das so schnell unter den Füßen gespürt hat. Dann aber vernehmen wir Nielsens Stimme:

„Iiii! Ich bin fast ins Wasser gefallen. Kommt schnell her, hier ist ein richtiger Holzsteg, und rechts und links davon ist alles Wasser!"

Peter und ich sind schnell bei unseren drei Entdeckern.

„Schaut her, hier stehen wir auf dem größten Hochmoorgebiet Europas, und unter unseren Füßen spüren wir die meterdicken Schichten von Torf. Ihr habt diese Art von Erde schon kennen gelernt, denn wir kauften einmal ein paar Ballen davon für unseren Rosengarten. An vielen Stellen wurde er früher, heute nicht mehr, auch als Heizmaterial gestochen und verkauft.

Dieser Torfboden hier saugt das Regenwasser auf wie ein Schwamm, und was er nicht speichern kann, bleibt zum Teil an seiner Oberfläche. Damit man dennoch zu Fuß über das Moor laufen kann, hat man diese Stege gebaut. Das meiste Wasser aber fließt als braune Bäche und Flüsse hinein in viele Seen und Talsperren. Ihr kennt doch schon die Urfttalsperre und den Rurstausee."

Aber all diese vielen, so eindrücklichen Geschichten, und die dazu gehörenden geografischen Erklärungen, haben unser kleines Volk nun aber doch recht müde gemacht, so dass wir, nach diesem lehrreichen und fast abenteuerlichen Tag und auf allgemeinen Wunsch hin, doch noch einen Abstecher nach Vossenack machen. Dort sitzen wir noch eine Weile gemütlich bei Kaffee, Kakao und einem dicken Stück Schokoladenkuchen.

*

Zu Hause aber mahnt erneut unser Teich, denn auch in diesem Sommer verbreitet er wieder seinen unangenehmen und modrigen Geruch. Die Lüftung mit der Pumpe reicht nun endgültig nicht mehr aus. Vielleicht schämt er sich wohl deswegen sogar selber ein wenig.

Vor allem durch unseren Fund aus dem letzten Weltkrieg, der noch mehr, vielleicht sogar gefährliches Kriegsmaterial vermuten lässt, und nach dem anschließenden Gespräch mit unserem Bürgermeister, dauerte es dann nicht mehr lange. Die Zusage für eine finanzielle Beihilfe hatten wir bekommen. Zwar glauben wir nicht, damit die ganzen Kosten dieser recht aufwändigen Aktion abdecken zu können. Aber nun gab es dennoch kein Zögern und Zurück mehr, und heute ist der Tag für das Ausbaggern endlich gekommen.

Als Erstes muss das Wasser abgepumpt werden. Da kommt uns wieder die Rheinbraun zu Hilfe. Bei dieser Firma ist nichts zu klein. Wenn ich an die riesigen Bagger in der Braunkohlengrube denke, wo ein ganzer VW in eine einzige Schaufel passt, so bin ich jetzt auch nicht erstaunt, als schon bald mannsgroße Pumpen mit dicken Schläuchen in den Teich gesetzt werden. Für so ein kleines Gewässer, wie unser Teich, wirken sie recht überdimensional. Dieser ganze Aufwand, den man hier einsetzt, ist einfach gewaltig. Voll Spannung und recht aufgeregt stellen wir uns an unser Gewässer und beobachten, wie der Wasserspiegel mehr und mehr absinkt. Das Ufer wird breiter und breiter und zieht sich immer mehr hinaus in Richtung Teichmitte. Dafür aber, dass er unser Wasser bekommt, vergrößert sich der nachbarliche Tümpel an der gegenüber liegenden Seite unserer schmalen Zufahrtstraße, die die beiden Gewässer trennt.

Dann beobachten wir etwas, was wir eigentlich auch schon vermutet haben; es zappelt plötzlich überall. Fische, dicke Karpfen, die sich scheinbar, in dem fast stehenden Wasser, recht wohl gefühlt haben, jetzt aber ihres Lebensraumes beraubt werden. Nun aber war ihr ungestörtes Dasein auf einmal zu ende, sie wurden gefangen und verteilt. Ein fangfrisches Exemplar landet auch auf unserem Mittagstisch. Vorher wird der dicke Kerl aber noch einen ganzen Tag lang in der Badewanne gewässert, denn er riecht nach Teich.

„Heute gibt es eigenen Fisch!", begrüße ich mittags fröhlich meine Familie. Gespannt und erfreut über etwas ganz Besonderes setzen wir uns an den Tisch.

„Iiii, den ess ich nicht!" Wiebke schaut entsetzt auf ihren Teller.

„Mama, der stinkt!"

Niels spuckt sein Stück Fisch direkt wieder zurück auf den Teller: „Bah, der ist ja eklig!"

Nun, sehr erstaunt über diese Reaktion bin ich eigentlich nicht, denn schon aus der Bratpfanne entschwebte ein eigenartiger und ungewohnter Duft, der mir schon etwas speziell vorgekommen war. Ich aber darf nicht feige sein. Tapfer nehme auch ich ein Stück auf meine Gabel, und führe es etwas vorsichtig in meinen Mund. Nein, spucken will ich nicht, man soll ja immer Vorbild sein, aber mit einem kurzen Blick zu Peter, der mich etwas eigenartig von seinem Teller her anblickt, schlucke ich das Malheur hinunter und entscheide still bei mir selber:

„Dieses Menu gehört geruchs- und geschmacksmäßig eigentlich wieder dahin zurück, wo es hergekommen ist." Das Wässern hat leider nicht viel gebracht, der Fisch schmeckt entschieden nach brackigem Moorwasser.

„Ihr habt nicht viel auf euren Tellern, esst es auf, wir können jetzt nicht alles wegwerfen."

Vater hat gesprochen, und da ich in meiner Kindheit auch alles essen musste, was auf den Teller kam – wie Kutteln oder Schweizer Blut- und Leberwurst, Lebensmittel, die für mich ungenießbar schienen – so schlucke auch ich jetzt mein Menu, mit gutem Beispiel vorangehend, tapfer hinunter. Bei den Kindern jedoch gibt es weiteres Gejammer.

„Das schmeckt wie unser stinkendes Teichwasser, das kann man nicht essen!", protestiert Wiebke noch einmal energisch und Niels heult fast.

Auch Claas sitzt recht verzweifelt und angewidert vor seinem Teller:

„Ist dieser Fisch auch aus dem 2. Weltkrieg und jetzt müssen wir ihn essen?"

Endlich ist der letzte Bissen hinunter gewürgt. Der Mittagstisch wird aufgehoben, und die Kinder verschwinden merkwürdig schnell hinaus an die frische Luft.

„Ich fürchte, das dies vielleicht der letzte Fisch gewesen ist, den die Kinder gegessen haben, ich koche auf jeden Fall in der nächsten Zeit keinen mehr, schon gar nicht aus dem eigenen Gewässer!" Den Vermerk kann ich mir bei meinem strengen Ehemann dann doch nicht verkneifen. Auch ich finde diese Art von gesundem Essen wenig genussvoll. Die restlichen Stinkstiefel werden dann stillschweigend entsorgt, und glücklicherweise zappelt bald nichts mehr im Morast, was noch unbedingt auf dem Mittagstisch erscheinen soll.

Bald darauf ist alles Wasser verschwunden, der Teich ist leer, bis auf einige kleine Rinnsale, die sich noch ganz bescheiden einen Weg durch den dicken graubraunen Schlamm bahnen.

Um in Zukunft den Abfluss von unserem Teich, hinunter in den Tümpel auf der anderen Seite der Straße, regulieren zu können, wird jetzt zuerst ein so genannter Mönch gebaut. Damit kann jederzeit die Wasserhöhe bei uns reguliert werden.

Für das Ausbaggern steht die Firma aus Heistern schon in den Startlöchern, nur müssen wir noch ein paar Tage geduldig auf das Abtrocknen des Teichbodens warten.

Sie kommen! Peter und ich stehen abwartend am Ufer. Wir hören sie schon von weitem, die zwei großen Bagger, die langsam, aber gut vernehmbar, die Straße herauf gerattert kommen. Auch die Kinder wären bei dieser erneuten Sensation ja so gerne auch dabei gewesen, aber die Schule ist wieder einmal so ein richtiger Spielverderber.

Mit dem Baggerfahrer noch eine letzte, intensive Beratung über die Vorgehensweise, und eine nochmalige Begutachtung der Festigkeit des Teichbodens. Dann wird zuerst eine Art Schiebebagger eingesetzt. Durch seine breiten, Panzer ähnlichen Hartgummiketten, kann er sich langsam und vorsichtig, aber dennoch fast gefahrlos, über den kurzen, aber steilen Abhang, in die immer noch weiche Masse hinunter tasten. Die obere Kruste ist zwar abgetrocknet, aber wird der tiefe Boden selber die Last des schweren Fahrzeuges schon tragen können?

Die allgemeine Spannung steigt. Wir halten alle den Atem an, denn keiner weiß so genau, wie tief hinunter diese moorige Schlammmasse wirklich reicht, auch fürchte ich mich im Geheimen vor irgendwelchem explosiven Material.

Langsam, Zentimeter um Zentimeter, rollt der Koloss mit seinen breiten Ketten abwärts. Unten angekommen, versinken seine Räder, mitsamt ihren schweren Ketten, fast sogleich vollkommen im weichen Grund, das Fahrgestell aber bleibt zum Glück oben. Jetzt setzt der Fahrer den schweren Eisenschieber auf den weichen Teichboden, schiebt sich langsam vorwärts, und vorsichtig beginnt er die Masse vor sich her zu wälzen. Inzwischen hat sich auch der Radlader bereit gemacht. Dies, nur mit dicken Gummirädern ausgestattete Gerät, bleibt vorerst auf der sicheren und festen Uferstraße stehen, nimmt aber von dort die zusammengeschobene Masse Stück für Stück mit seiner großen Schaufel auf, und kippt sie polternd und schmatzend auf den daneben stehenden Lastwagen.

Alles atmet auf, es scheint keinerlei Komplikationen zu geben. Die Bagger arbeiten gleichmäßig zusammen, der Kleine schiebt, der Große lädt.

So oft es seine Praxistätigkeit erlaubt, bleibt Peter auf der Straße am Teichufer stehen und beobachtete die recht zügig fortschreitenden Arbeiten. Dabei begegnet er eines Tages einem Zuschauer, der ebenfalls dort stehen geblieben ist, aber nicht nur den Teich, sondern vor allem recht aufmerksam das ganze Gebäude und den Hof betrachtet. Ein kurzes, gegenseitiges grüßendes Nicken, dann kommt es zu einem Gespräch zwischen den beiden Männern. Der Fremde beginnt alsbald zu erzählen:

„Es muss im Frühjahr 1945 gewesen sein, dass ich als verwundeter Soldat auf diesen Hof gebracht worden war. Ich kann mich noch gut daran erinnern, dass ich von hilfreichen Kräften in einem Pferdestall ins frische Stroh hinein gelegt wurde."

„Den Pferdestall sehen Sie dort hinten, in der Ecke des Hofes", Peter zeigt mit den Händen in diese Richtung.

„Als wir das Gut gekauft hatten und eingezogen waren, entdeckten wir ihn recht schnell, und wir waren nicht erstaunt, dass auch dort, wie im ganzen Haus, der Krieg und die Zeichen der langen Zeit ihre Spuren hinterlassen hatten. Wir haben dann den Stall in Gemeinschaftsarbeit wieder hergerichtet, und es befinden sich wieder Pferde darin. Möchten Sie ihn gerne sehen? Vielleicht erkennen Sie ihn noch so, wie er in Ihrer Erinnerung geblieben ist."

Gemeinsam gehen sie nun über den Hof. Wie sich in die Vergangenheit hineinträumend, folgt ihm der Fremde. Als sie dann den Stall betreten, erkennt der Mann seine damalige Lagerstätte recht schnell wieder.

„Dort hinten in der Ecke", er zeigt auf Fionas schmale Box, „da habe ich lange gelegen und wurde dabei freundlich und hilfsbereit gepflegt."

Eine Weile stehen beide noch schweigend in der Stallgasse, dann wird Peter von unserer Helferin in die Praxis gerufen. Als er wieder heraus kommt ist der Unbekannte weg. Wir sollten ihn nie mehr wiedersehen. Er ist verschwunden, wie ein übrig gebliebenes Phantom aus lange vergangener Zeit.

Aber jetzt wieder zurück zu unseren Teicharbeiten. In einem Normalfall transportiert der Lastwagen seine Fracht zu einer der Firma gehörenden Halde. Aber war Merberich jemals ein Normalfall? Eine ganz andere Idee ist bei der Vorbesprechung geboren worden.

Wir besitzen seit einigen Jahren das Wiesengrundstück mit noch einigen alten Pappeln darauf, direkt auf der anderen Seite der Straße, und neben den beiden unteren Tümpeln. Könnte man seine leichte Hanglage hinunter zur Eisenbahn mit dem Teichboden nicht etwas begradigen? Dann brauchte der Lastwagen zum Entladen keine Kilometer, sondern nur einige Meter zu fahren. Eine Vorsicht musste aber unbedingt beachtet sein: Der Morast durfte keinesfalls auf die Bahnschienen hinunter rutschen und musste deshalb in einem davon entsprechend sicheren Abstand abgelagert werden. Leider bleibt es uns nicht erspart, dass unsere Aktion von der Bahn bemerkt wird und schon bald kommt, um kritisch unser Vorgehen zu prüfen, eine ernstzunehmende Inspektion. Aber alle möglichen Vorsichtsmaßnahmen sind von uns und der Firma gleich von Anfang an bedacht worden. Zum einen wächst schützend an der Bahndammböschung dichtes Buschwerk, zudem dazwischen auch noch kleine Bäume. Nach intensiver fachlicher Besprechung bleibt es bei der Verwarnung. Wir können weiter abladen. Auch uns irritiert es zu Anfang doch sehr, dass unsere schöne Wiese unter diesem hässlichen, nassen und grauen Belag verschwindet. Aber wir vertrösteten uns auf das kommende Jahr, da werden wir schon gleich im Frühjahr neu einsähen.

Zwischendurch fährt Peter immer wieder zu seinen Patienten. Ich habe genug im Haus zu tun, und so vertrauen wir der Erfahrung der Bagger- und Lastwagenführer.

Am zweiten Tag klingelt es. Der Baggerführer steht an unserer Haustür und möchte mich sprechen.

„Frau Behrendt, haben Sie einen Augenblick Zeit, ich möchte Ihnen etwas zeigen."

Schnell und etwas nervös ziehe ich meine Stiefel an und gehe mit hinaus.

„Schauen Sie, das haben wir im Teich gefunden!"

Und was hebt er dann vom Boden hoch? Ein langes und schweres Metallstück, an dem der Teichschlamm noch heruntertropft. Es ist gleich als ein Maschinengewehr zu erkennen.

„Es ist ja nicht das erste Mal, dass wir kriegsverseuchten Boden bearbeiten müssen", erklärte mir der Mann, „aber eine gewisse Unsicherheit und Spannung liegt dennoch immer wieder in solchen Arbeiten."

„Das glaube ich Ihnen gerne, auch ich fühle bei Ihrer Arbeit eine gewisse Unruhe. Als noch Wasser im Teich war, haben unsere Kinder ein MG-Magazin, sogar mit Patronen darin, gefunden. Nach diesem fast etwas unheimlichen Fund haben wir dann beschlossen, das Gewässer ausbaggern zu lassen."

Einerseits liegt eine gewisse Spannung darin, dass hier solche Erinnerungsstücke aus einer geschichtlich geprägten Zeit gefunden werden. Auf der anderen Seite aber, sind wir doch recht froh darüber, dass man sich heute die damalige grausame Situation eigentlich gar nicht mehr so richtig vorstellen kann.

Noch eine Weile beobachte ich, dadurch recht nachdenklich geworden, die gut voran schreitenden Arbeiten. Stück für Stück kommt jetzt fester Boden zum Vorschein, denn gut die Hälfte hat man bereits weggefahren. Der Teich wird immer leerer.

„Die zukünftige Wassertiefe scheint mir schon jetzt sehr erfreulich. Vielleicht kann man im nächsten Sommer sogar in sauberem und genügend tiefem Wasser schwimmen?", plane ich schon zukunftsfreudig.

Gedankenvoll verfolgte ich noch eine Weile wie, schwer beladen, ein Lastwagen nach dem anderen, hinunter auf das Grundstück fährt. Schon fast die Hälfte der Wiese ist mittlerweile dick mit diesem matschigen, grauen und unappetitlichen Belag bedeckt.

Zwei Tage später ... schon wieder klingelt es an unserer Haustür. Peter ist gerade nach Hause gekommen.

„Gehst du bitte öffnen, langsam geht mir die Spannung etwas auf die Nerven. Immer fürchte ich, dass es durch irgendwelche Munition doch noch einen Unfall geben könnte. Aber eine Explosion habe ich nicht gehört."

Während der ganzen Zeit verfolgen wir diese aufwändigen Außenarbeiten mit stetiger Besorgnis. Wir wissen ja nicht, ob, wie groß, auch wie gefährlich ein eventuelles, noch verborgenes und unbekanntes Munitionslager in unserem Teich versenkt liegen mag. Die Gefahr aber, die dann davon ausgeht, können wir keineswegs abschätzen.

Peter eilt zur Tür, ich – trotz meiner Unsicherheit – neugierig hinterher. Draußen steht der Fahrer des Lastwagens:

„Mein Wagen ist beim Entladen im tiefen Morast voll eingesunken und nun steckt er absolut fest", höre ich ihn gerade berichten.

Zu dritt eilen wir zur Unglücksstelle. Aber der Fahrer des Radladers hat inzwischen schon reagiert und kommt mit seinem kraftvollen Gerät langsam angefahren. Schnell hat man in unserer Garage ein stabiles Drahtseil gefunden. Gibt es in unserem Haus überhaupt etwas, was es nicht gibt, und das irgendwann bei irgendeiner abstrakten Situation dringend gebraucht wird? Es war dann keine sehr angenehme Aufgabe, in diese graue, dicke und schwere Duftmasse hinunter zu steigen, darin herum zu waten, um das Seil an den beiden Fahrzeugen zu befestigen. Aber mit vereinten Kräften gelingt es endlich. Staunend dürfen wir jetzt beobachten, wie die schwere Maschine, mit nicht einmal allzu großer Mühe, den entleerten Laster wieder flott bekommt. Dann sind diese spannenden und sehr aufregenden, und doch so erlebnisvollen Tage überstanden. Es hat kein Unglück gegeben. Wir können endlich unseren Teich auf festem Boden betreten. Nun müssen wir nur noch warten, bis er sich, mit eigenem Grund- und auch Haldenwasser, wieder aufgefüllt hat. Das allerdings dauert dann noch so einige Wochen. Aber jeden Morgen wird nun gemessen, wie weit sich die Wasserfläche schon vergrößert hat.

Ein paar Tage später, nach endgültigem Abschluss der Arbeiten, dürfen wir eine höchst erfreuliche Überraschung erfahren. Durch die gesparten Abfuhrkosten, kann die Endabrechnung, mit den uns zugesicherten Geldern, fast vollständig abgedeckt werden.

Was die untere Wiese, im Augenblick noch ein Schlammlager, das noch nicht betreten werden kann, anbetrifft, so sind wir sicher, dass schon im kommenden Jahr, durch eben diese Ablagerungen, dort nicht mehr eine abschüssige, sondern eine fast ebene Fläche sein wird. Noch ist ihr Anblick mehr als bescheiden, und doch träumen wir von einem neuen Reitplatz für Pferde. Wir haben ihr auch schon einen Namen gegeben. Dies neu gestaltete Grundstück wird dann unser neudeutscher Paddock sein. Unsere Pferde werden diesen nicht nur fleißig beweiden dürfen, er kann dann auch als Reit- und bescheidener Turnierplatz dienen. Ein Platz mehr zum Einzäunen.

Aber auch Träume lassen sich nicht von alleine verwirklichen. Wie heißt es so wahr: „Vor dem endgültigen Erfolg setzten die humorvollen Götter immer noch den Schweiß". Also werden in der nächsten Zeit Peter und ich uns wieder mit Hammer und dicken Nägeln, als Zaunbauer betätigen dürfen. Als Stützen besorgen wir diesmal dicke Akazien aus dem Wäldchen. Dass Peter, bei der Errichtung eines vernünftigen Zufahrtsweges, dann noch mit dem schweren Hoftrack umkippt und dabei fast in den unteren Teich fällt, wird als Erfahrungswert abgebucht.

Damit aber ist der Sommer noch nicht zu Ende, wir wollen ihm noch mehr an Aktivitäten anbieten, und das ist bei uns wahrlich nicht all zu schwer. Trotz der ausgegrabenen traurigen Kriegserinnerungen, oder eigentlich gerade deswegen, dürfen jetzt die warmen Sonnenstrahlen einen neuen Teich erwärmen. Unsere Enten, nachdem sie wochenlang, ohne zu verstehen warum, aufs „Trockendock" gesetzt worden waren, schwaddern nun wieder fröhlich auf dem neuen, und so herrlich sauberem Wasser herum.

*

Von meiner Amerikareise brachte ich viele schöne Erinnerungen mit nach Hause. Dadurch voll motiviert beginnen schon recht bald, so einige neue Ideen für die Glasharfe in meinem Kopf herum zu turnen. Nicht etwa, dass mich die, ich möchte fast sagen, etwas originell einfachen Instrumente von Jay Brown und Jim Turner besonders beeindruckt hätten. Die waren in ihrem Bau eher lustig. Unvergessen aber bleibt mir das behände Spiel dieser Interpreten. Was mir aber ganz besonders in die Augen stach, war das elegante Instrumentenmöbel von Bruno Hoffmann. Könnte ich meinen Gläsern nicht auch eine so schöne Behausung schaffen? Diejenige von Onkel Hans finde ich eigentlich nicht besonders attraktiv, sie ist einfach und männlich praktisch.

Das Arrangement der Gläser aber, wie Onkel Hans es sich ausgedacht hat, will ich auf jeden Fall beibehalten. Schon bald hatte ich bemerkt, dass sich damit sogar ein schwieriger Mozart spielen lässt. Aber warum dürfen meine edlen Gläser nicht auch in einem schöneren Ambiente erklingen? Entschieden plane ich nun, dass sie in den nächsten Wochen ein solches erhalten sollen.

Peter kennt durch seine Praxis viele Leute, darunter glücklicherweise auch einen Josef Krichel. Dieser erfahrene Model-Schreiner wird sehr bald zu Rate gezogen, und ich erkläre ihm meine diesbezüglichen Vorstellungen. Gemeinsam wird nun gezeichnet und beraten. Die Seitenwände des Instrumententisches wünsche ich in einer Höhe, so dass der Stiel der Gläser zwar bedeckt, die Gläser selbst aber für den Zuhörer sichtbar bleiben.

Die Größe des Tisches wird genau in seiner Breite und Länge berechnet und ausgemessen, damit alle darauf zu befestigenden Gläser auch ihren Platz finden können.

Noch bleibt aber die Überlegung bezüglich der Beinarchitektur. Ich will keine Hoffmann'schen gerade Stelzen, die meinen sollten leicht und elegant geschwungen sein, so „à la Louis 14.".

Ob der Louis mit dem eleganten Endergebnis einverstanden gewesen wäre, kann ich ihn natürlich nicht mehr fragen. Ich war es. Aber noch ein weiteres Beinproblem muss zum Schluss gelöst werden: Wie kann man dieses Instrument auch transportabel machen? Auch hier finden wir eine Lösung. Jeweils zwei Beine werden an der Schmalseite über ein Brettchen miteinander verbunden. Dieses wird dann, mittels eines flachen Scharniers, an der Seitenwand befestigt und zusätzlich damit noch stabil verschraubt. Auf diese Weise können beim Transport, die Beine einfach an den Instrumentenboden hineingeklappt werden.

Um die Gläser auch geschützt transportieren zu können, wird noch ein Deckel angepasst. Damit dieser auch leicht abnehmbar ist, wird er an der vorderen Längsseite mit einem Türscharnier versehen. Das Ganze weiß lackiert, rund herum noch eine blaue Zierleiste und das Ergebnis ist wunderschön.

Jetzt aber muss das leere Möbel innen noch bewohnbar gemacht werden.

Die Gläser meines Instrumentes sind für ihre Tonreinheit weder speziell Mund geblasen, noch durch Schleifen an ihrem Boden stimmig gemacht worden. Der Erbauer, Hans Graf, hat dafür ungefähr 50.000 Gläser in den Händen gehalten, um diese musischen Prinzessinnen zu finden. So kommt es, dass sie nicht nur, je nach Tonhöhe, verschiedene Größen, sondern auch einen unterschiedlich langen Glasstiel besitzen. Deshalb müssen sie alle, aus spieltechnischen Gründen, auf eine möglichst ähnliche Höhe gebracht werden. Aus leichtem Balsaholz besorge ich mir schmale Holzbrettchen und säge diese in der Größe der einzelnen Glasfüße zurecht. Je nach Höhenunterschied, werden dann eines, zwei oder gar mehrere davon, aufeinander und zuletzt auf den Instrumentenboden selber geklebt. Um Gewicht zu sparen, werden diese zum Teil in der Mitte noch rund ausgesägt. Die Gläser befestige ich dann an dem flachen, oder entsprechend erhöhten Holzboden, und wie es auch Onkel Hans getan hat, mit kleinen und weißen, kunststoffüberzogenen Winkelschrauben. Da sich die Gläser gegenseitig nicht berühren dürfen, aber dennoch sehr nahe beieinander stehen müssen, damit beim Spielen pro Hand auch zwei Gläser gleichzeitig gestrichen werden können, erfordert diese Arbeit hohe Präzision.

Gemeinsam bohren, der Schreiner und ich, mit einem kleinen Handbohrer, pro Glas je drei kleine Löcher, in die wir dann die Schräubchen eindrehten.

Wir sind beide voll konzentriert bei der Arbeit ... da plötzlich ein leises, wenn auch durchdringendes helles Klirren, dann noch einmal eines ... Was ist das? Noch mit einem Glas in der Hand starre ich atemlos auf den Instrumententisch. Da, wo vor einem kurzen Moment noch zwei der Gläser, auf dem Brett schon festgeklammert, gestanden haben, sehe ich jetzt nur noch kleine, glitzernde Häufchen Glassplitter. Wie zu biblischen Salzsäulen erstarrt schauen wir verständnislos auf die glänzenden Scherben. Gerade noch besaßen zwei Gläser eine wunderschöne Stimme, jetzt aber, in Sekundenschnelle, sind sie einfach gestorben. Wie kann so etwas geschehen? Die Ursache aber finde ich recht schnell heraus.

Mein erfahrener Arbeitskollege wollte die Gläser besonders gut befestigen, damit sie beim Spielen nicht rutschen und vor allem sich dabei nicht berühren können. So hat er diese mit den Winkelschrauben zu hart am Holzboden angeschraubt. Dadurch konnte eine innere Spannung nicht abgeleitet werden, und so zersprang das Glas. Bevor noch weitere ihr Leben lassen müssen, lösen wir ganz schnell alle diejenigen, die er befestigt hat. Durch die Erfahrung von Onkel Hans profitierend, habe ich selbst immer sorgsam darauf geachtet, dass die kunststoffbeschichteten Schraubenhaken den Glasfuß zwar stabil halten, aber dennoch leicht drehbar bleiben. Dadurch behält das Glas eine gewisse innere Freiheit.

Von Onkel Hans habe ich zum Glück noch recht viele Ersatzgläser bekommen, so dass die leer gewordenen Plätze im Instrument ersetzt werden können. Aber der Schock sitzt bei uns beiden, vor allem bei mir, dennoch tief und wird mir wohl immer unvergessen bleiben. Traurig kehre ich das kleine Scherbenhäufchen, der einmal so schönen und reinen Stimmen zusammen.

Philosophisch überlegt: Auch von uns wird einmal, wie bei diesen singenden Gläsern, nur der Ton in Erinnerung bleiben, den wir in unserem Leben angeschlagen haben.

In Zukunft lasse ich nur noch Peter an mein Instrument. Er wird sich demnächst darauf freuen dürfen, bei etlichen Konzerten eine tragende Funktion übernehmen zu dürfen.

Nach harter und konzentrierter Arbeit wird der Glasharfenkörper endlich fertig. In seinem eleganten Stil aus stabilem Holz, ist er wunderschön geworden. Und doch bin ich noch nicht ganz zufrieden. Ich kaufe Farbe und einen Pinsel, und vermache dem Holz noch einen weißen Anstrich. Zum Schluss geben, zur Verzierung, seitlich noch zwei feine blaue Linien den letzten dekorativen Schliff. Jetzt endlich ist mein Vreneli, wie mein Prachtstück von da an heißen soll, fertig.

Jedes Glas hat nun seinen Platz. Zufrieden stehe ich davor. Auf einmal aber habe das feine Gefühl, dass mich hier etwas recht herausfordernd und glitzernd anschaut. Die Sprache verstehe ich und die sagt Folgendes: „Wir danken dir für unser neues Heim, aber jetzt musst du endlich auch wieder mit uns spielen!"

So lege ich fast feierlich meine frisch gewaschenen Finger an die Ränder meiner herausfordernden Gläser, lausche ihrer Stimme und es scheint mir, als wären sie in diesem Moment, und in dieser schönen neuen Umgebung, neu geboren worden, denn nun passte alles harmonisch zusammen.

*

Aber je mehr sie nun beim vielen Üben und Spielen von ihrem Charakter und ihrem Wesen preisgeben, desto drängender wird auf einmal bei mir der Wunsch, endlich auch ihre Herkunft kennenzulernen. In dem Geschichtsmaterial, das ich von Gerhard in so unkomplizierter und kameradschaftlicher Weise erhalten habe, durfte ich davon schon einiges erfahren. Da las ich zum Beispiel über einen Mr. Pockridge. Der soll Mitte des 18. Jahrhunderts ein ähnliches Glasinstrument wie das meine selber gebaut und darauf auch richtige Konzerte gegeben haben. Auch von Benjamin Franklin handelt ein recht ausführlicher Artikel. Dieser Erfindergeist hat bald darauf dann die Glasharmonika konstruiert. Aber wie war es wirklich damals, wie sahen diese ursprünglichen Instrumente aus und wie lebten ihre Interpreten?

Kapitel 16

Richard Pockridge

Verzaubert – ich werde nicht nass – in Hamlin's Coffe-House – geschichtliche
Informationen – Pilkington – Pockridge's „Etablissement" – die Musical Glasses –
eine Lebensphilosophie – Konzerte – Verhaftung?– aus der Vergangenheit wieder zurück

Könnte ich doch, wenn auch nur für eine kurze Zeit, ihre Vergangenheit persönlich erleben. Hineinschlüpfen genau in das Zeitgeschehen, als die Idee, die Gläser zum Klingen zu bringen, Wirklichkeit wurde.

Nichts, was im Band der laufenden Zeit, von Ewigkeit zu Ewigkeit einmal war, alles Geschehen, jede Szene, sei es der Flügelschlag eines Vogels oder eines Schmetterlings, ist in der unendlichen Zeitspanne unwiderruflich eingeprägt und kann niemals mehr ungeschehen gemacht werden.

Könnte es nicht sein, dass jeder Mensch diese Vergangenheit in sich selber trägt, die Möglichkeit aber, dies Wissen abzuberufen, durch unser intensives Diesseitsdenken verloren gegangen ist? Vielleicht aber kann unsere Phantasie dabei helfen, eine faszinierende Zeitreise in eine der unzähligen Perioden der Vergangenheit zu machen. Soll ich das Experiment versuchen?

Ich stehe vor meiner Glasharfe, schließe dabei meine Augen, streiche mit den Fingern leicht über den Rand der Gläser und beginne eine Melodie zu spielen. Ganz konzentriert und irgendwie der Gegenwart entrückt höre ich die Stimme meines Instrumentes und wünsche mir ganz intensiv, dass sie mich in eine andere, längst vergangene Zeit bringen möge.

Auf einmal ist ihre Stimme wie eine aus der Ferne Kommende, eine Erzählende. Sie umkreist meine Ohren und ich spüre, wie sie hinein in mein Denken und Fühlen dringt. Ganz in ihren Klang eingehüllt versuche ich sie zu verstehen. Damit ich sie aber verstehen kann, frage ich sie mit meinem ganzen Willen und Sehnen nach der Geschichte der Glasinstrumente.

*

Auf einmal stehe ich nicht mehr vor meiner Glasharfe, sondern befinde mich in einer engen Gasse.

Was ist mit mir passiert? Ist jetzt mein Wunsch so plötzlich in Erfüllung gegangen? Wo bin ich hier?

Mehr erstaunt als erschrocken schaue ich mich in dieser fremden, mir vollkommen unbekannten und außergewöhnlichen Umgebung um.

Rechts und links sind Häuser aufs Engste zusammengedrängt, niedrig und eigenwillig verwinkelt. Sie scheinen hauptsächlich aus spitzen Giebeln, steilen Dächern und merkwürdig vielen grotesk geformten Schornsteinen zu bestehen.

Wie bin ich hier hin geraten? Hier bin ich noch nie gewesen. Wo sind meine Gläser, ich höre ihre Stimmen nicht mehr.

Die Straße, auf der ich mich befinde, ist mittels Steinpflaster notdürftig befestigt und zusammengesetzt aus schrecklich ungleichen Kopfsteinen. Darauf rumpeln zahlreiche Kutschen und andere Wagen an mir vorbei und verteilen dabei dicken schmierigen Straßenschmutz nach allen Seiten, der sich mit einer fußhohen alten, schwärzlich-matschigen Schneeschicht saftig vermischt ... und da, mitten drin, stehe ich nun.

Hoppla!, ich muss schnell ausweichen, da kommt etwas von oben herab und plumpst direkt neben mir auf das so übel riechende Pflaster auf dem ich stehe. Die Erklärung für diese dicke Schlammschicht habe ich aber gleich: Es scheint, als würden in dieser düsteren Stadt die Hausfrauen alles, was in Haus, Küche und Toilette als überflüssig erscheint, aus den Fenstern in die Straßen und Gassen hinunter werfen. Was dann nicht zertreten, von Regen oder Schnee vermischt worden ist und vielleicht noch als fressbar angesehen werden kann, erfreut eine Anzahl Schweine, die auf Nahrungssuche schnüffelnd und grunzend die Straßen bevölkern. Auch denen muss ich immer wieder ausweichen.

Sehr ungewohnt und merkwürdig empfinde ich auch, dass die Menschen an mir vorbei gehen, so als würde ich gar nicht existieren. Vor allem aber muss ich mich wundern, wie ungewöhnlich sie für meine Begriffe angezogen sind.

Vielleicht kann ich an ihrer Sprache erkennen, wo ich mich im Augenblick befinde. Ich nähere mich einer Gruppe Frauen, versuche aber instinktiv, ihnen nicht zu nahe zu kommen. Eifrig in ein Gespräch vertieft beachten sie mich überhaupt nicht. Aber können sie mich überhaupt bemerken? Ihre Stimmen vernehme ich deutlich, ihre Sprache aber kann ich nicht verstehen, oder doch? Es scheint eine Art Englisch zu sein. Ja, jetzt bin ich sicher, die sprechen Englisch, aber in einem ganz merkwürdigen, sehr wahrscheinlich alten Dialekt, den ich nur bruchstückhaft verstehen kann.

Alles um mich herum ist so eigenartig. Ich scheine, ohne dass ich selber davon etwas gespürt habe, von meiner vertrauten Welt in eine ganz andere getreten zu sein. Haben mich meine Gläser hierher gebracht?

Hilfe! Plötzlich beginnt es heftig zu regnen. Das Wasser stürzt nur so vom Himmel herunter und klatscht unbarmherzig auf das Straßenpflaster, und ich habe keinen Regenschirm bei mir.

„Wo finde ich hier schnell einen Unterschlupf?", frage ich mich und suche verzweifelt einen solchen.

Dort, auf der anderen Straßenseite, das scheint ein Wirtshaus zu sein. Seine Aufschrift kann ich in der Eile gerade noch lesen: „Hamlins Coffee-House" steht in großen Lettern über dem Eingang geschrieben.

„Da habe ich ja noch einmal Glück gehabt", murmle ich vor mich hin und betrete erleichtert einen düsteren, aber warmen Raum.

Das Lokal ist kaum besetzt, nur einige Männer, ihrer Kleidung nach vermutlich Matrosen, diskutieren in einer Ecke. An einem einzelnen Tisch sitzt ein junger Mann, ganz allein und in einen dicken Mantel gehüllt, vor sich einen dampfenden Punsch. Seine Hände wandern unruhig auf dem Holz des Tisches herum, während seine Finger irgendeine imaginäre Melodie dazu trommeln. Mit seinen Gedanken scheint er weit weg zu sein, aber froh, bei diesem nasskalten Wetter wenigstens ein warmes Getränk vor sich zu haben.

Ich kümmere mich nicht weiter um seine Person, sondern versuche, meine nass gewordenen Kleider etwas auszuschütteln. Aber die sind ja gar nicht nass?! Ich bin so trocken, als wäre ich draußen im schönsten Sonnenschein spazieren gegangen. Das ist komisch ... und doch nicht, ich scheine tatsächlich für meine Umwelt gar nicht vorhanden zu sein, nicht einmal für den Regen bin ich existent. Auch fällt mir jetzt auf, dass der Wirt sich überhaupt nicht um mich kümmert. Er hat bei meinem Eintreten nicht einmal zur Tür geschaut. Aber die ist in seiner eigenen Wirklichkeit auch gar nicht aufgegangen. Wo aber befinde ich mich jetzt wohl? In welche Zeit bin ich überhaupt hinein geraten? Das muss ich ganz schnell herausfinden.

Aufmerksam schaue ich mich in dem Pub um, denn als solchen würde ich diesen dämmrigen Raum bezeichnen.

„Oh prima, da liegt ja tatsächlich eine Zeitschrift ganz hinten auf einem aus dunklem Holz grob geschreinerten Tisch. Jemand scheint darin geblättert zu haben, denn sie liegt dort schon aufgeschlagen herum, und einige Seiten davon sind sogar recht unordentlich nebeneinander verstreut!", murmle ich erfreut im Selbstgespräch vor mich hin. Schnell und neugierig will ich danach greifen ... aber halt, das darf ich ja gar nicht! Doch mit Hilfe des Titelblattes und der zahlreichen offen herumliegenden Seiten, versuche ich mich erwartungsvoll über meinen jetzigen Standort und auch das Jahr, in welches ich gerade getreten bin, zu orientieren. Diese Seiten scheinen die von mir gewünschten Informationen auch anzubieten. Da steht zum Beispiel: „London, Januar 1749".

Erinnerungen an meine Geschichtskenntnisse vermischen sich nun mit diesen aktuellen Zeitungsberichten vor mir auf dem Tisch. Nach eingehendem Lesen dieser verschiedenen, schon aufgeschlagenen Seiten, erfahre ich, dass mein jetziges London, also das des 18. Jahrhunderts, zu den wichtigsten Städten der Welt gehört und im Begriff ist, mit seinen zahlreichen Kolonien der Mittelpunkt eines ungeheuren Reiches zu werden.

Weiter entnehme ich, dass die – in meiner eigenen Zeitrechnung Vereinigte Staaten genannten – Kolonien auf dem neuen Kontinent im Jahr 1749 der britischen Dominanz noch gehorchen. Weiter lese ich, dass England einen eisernen Willen zu zeigen scheint, den Franzosen Kanada abzunehmen, um damit der englischen Osthälfte den riesigen anderen Teil Nordamerikas anzugliedern. Gleichzeitig erobern andere britische Truppen gerade Indien.

Da diese Unternehmungen aber erst im Werden sind und die Eroberungskriege sich in verschiedenen Erdteilen abspielen, ist es zu verstehen, dass die Bevölkerung hier in der Hauptstadt nicht allzu viel davon bemerkt. Sie selber scheint in Wirklichkeit das Mittelalter noch kaum verlassen zu haben.

Plötzlich höre ich, dass draußen auf der Straße eine Kutsche hält. Gleich darauf betritt ein kleiner Mann mittleren Alters, mit nervösen, flinken Bewegungen den Schankraum und bringt dabei einen Schub unangenehm kalter und nasser Luft herein. Sein Gesicht ist unregelmäßig, ja fast hässlich, jedoch seine Perücke mit Haarbeutel wirkt tadellos frisiert, obwohl dieser Gentleman augenscheinlich eine anstrengende Reise hinter sich hat. Seine flinken Bewegungen und unsteter Blick aus dunklen Augen, äußert eine rätselhafte Unrast, die jeden Moment überraschende Dinge in Aussicht zu stellen scheint. Er trägt einen schwarzen Rock mit blanken Knöpfen und hohe, faltige Stiefel. Offenbar legt er Wert auf eine gewissermaßen militärische Erscheinung, ein Bestreben, das bei seiner auffallend kleinen Gestalt wohl verständlich ist, aber gerade deswegen ein wenig grotesk wirkt. An dieser diszipliniert wirkenden Erscheinung fällt ein langes Schwert auf, welches er auf der Hüfte trägt.

Erst schaut er sich suchend hier in diesem Pub um, dann tritt er höflich zu dem jungen Gast und stellt sich vor:

„Mein Name ist Captain Richard Pockridge, darf ich Ihnen bei Ihrem Punsch etwas Gesellschaft leisten? Ich komme gerade von einer Konzertreise aus Dublin zurück und wünsche nichts sehnlicher als eine warme Stube, denn draußen ist es sehr ungemütlich."

Ich beobachte, wie sich der junge Mann beflissentlich und überaus höflich erhebt.

„Gnädiger Herr, nichts ist mir lieber, als mich Ihrer ehrenwerten Gesellschaft zu erfreuen, mein Name ist John Carteret Pilkington. Auch ich sehnte mich nach diesem warmen Getränk, das mir der Wirt vorzüglich zubereitet hat und das ich Ihnen sehr empfehlen kann. Wie Sie, hat auch mich eine Reise hier an Land gespült."

Jetzt bin ich aber sehr gespannt, was sich die beiden Herren weiter zu erzählen haben. Vorsichtig erhebe ich mich von meinem Stuhl, und setze mich in die Nähe der Beiden. Ihr Englisch ist nicht gerade dasjenige, was ich einmal in der Schule und dann als Au-pair in London gelernt hatte. Aber Neugierde ist das beste Wörterbuch, und so versuche ich dieser eifrigen Konversation zu folgen.

„Ich logiere hier in diesem Haus", höre ich diesen Captain Pockridge sagen, indem er sich zu dem Gast setzt, „aber da meine Wohnung noch nicht geheizt ist, ziehe ich dieses warme Lokal meinen eigenen vier Wänden vor. Darf ich fragen, ob Sie in London selber wohnen oder nur auf der Durchreise sind? Ihr Name kommt mir irgendwie bekannt vor. Sind Sie ein Pilkington aus Kingsborough? Diese Familie ist mir wohl bekannt, und ich schätze sie außerordentlich."

Jetzt antwortet der junge Mann mit seiner wohltönenden Stimme:

„Es freut mich sehr, Captain Pockridge, dass Sie meine Familie zu kennen scheinen, deren Wünsche, die immer noch mit Ihren alten Traditionen verbunden sind, ich wohl leider bis heute nicht wirklich habe entsprechen können. Nachdem ich kurze Zeit als Freiwilliger auf einem

Schiff zugebracht hatte, begann ich recht erfolglos Verse für eine Zeitung zu schreiben.

Erfolg aber hatte ich schon als Junge nur als Sänger auf der Bühne. Das Singen ist auch heute noch, für mich als Erwachsenen, mein höchstes Gut, und ich habe damit in Irland mehrmals auf der Bühne gestanden. Aber davon leben konnte ich in diesem armen Land bisher noch nicht, und so versuche ich nun mein Glück hier in England. Die lange Überfahrt war grässlich. Obwohl ich für Koje und Verpflegung bezahlt hatte, musste ich durch die Unehrlichkeit des Kapitäns die Nacht in einem Rettungsboot verbringen und bei den anderen Passagieren um Essen betteln. Hier in der Stadt angekommen schaute ich mich sofort nach einem Haus um, in dem ein warmes Kaminfeuer brennt. So sitze ich nun hier, erquicke und erwärme mich an dem warmen Getränk. In Cork, so nennen die Einwohner ihre Stadt Corcaigh, und sie ist neben Dublin die zweitgrößte Stadt Irlands, habe ich vor kurzem mein letztes Konzert gegeben."

Bis dahin hat Pockridge schweigend zugehört, als aber Pilkington von seiner bescheidenen Karriere als Sänger berichtet, wird er eifrig:

„Sie können singen? Darf ich Sie bitten, gleich hier und wenn auch nur einen einzigen Ton, zu singen, damit ich eine Idee von Ihrer Singstimme bekommen kann?"

„Aber sicher, gerne tue ich Ihnen diesen Gefallen!" Jetzt öffnet Pilkington den Mund und singt ein oberes C so klar und hell, dass Pockridge vor Begeisterung vom Stuhl springt und ausruft:

„Bravo! Sie sind mir ein Geschenk des Himmels! Bei Gott, ich werde Ihr Glück machen! Ich habe in meiner Wohnung ein einmaliges, unvergleichlich wunderbares Instrument. Mein Herr, wir sind beide Edelmänner und besitzen ein vorzügliches Wissen über Musik. Wir sollten uns in dieser Hinsicht zusammen tun, und unserem Erfolg sollte dabei nichts mehr im Wege stehen, so dass wir daraus auch großen Gewinn ziehen können. Für diesen Winter habe ich in Dublin, von wo Sie gerade kommen, die ‚Taylor Hall' schon für ein Konzert reservieren lassen. Kommen Sie mit mir, und wir könnten dieses gemeinsam geben und anschließend nach Bristol, Bath und auch nach Schottland fahren – und als Krönung unserer Bemühungen wieder hierher nach London zurückkommen. Und um Ihnen zu zeigen, welchen Erfolg ich für uns dabei erwarte, möchte ich Sie neben Kost und Logis für einhundert Pfund im Jahr engagieren und später, wenn Sie dann weiterhin mit mir auftreten möchten, Ihr Honorar noch erhöhen."

Ich beobachte, wie er seinen neu entdeckten Mitarbeiter ungeduldig am Ärmel vom Stuhl zieht und mit ihm energisch in Richtung Tür marschiert. Dem Wirt ruft er nur noch kurz zu: „Anschreiben, beides!" Dieser wundert sich zwar über nichts mehr. Da aber inzwischen die Liste der angeschriebenen Bestellungen scheinbar schon beträchtlich lang ist und bis auf Irgendwann im Schanktisch ruht, ruft ihm der Wirt, noch bevor Pockridge mit seinem neuen Freund den Raum verlassen hat, mit empörter Stimme nach:

„Ich akzeptiere keine weiteren Schulden Ihrerseits mehr. Die Miete ist auch schon seit Monaten nicht mehr bezahlt worden, ich dulde diese Schlamperei keinen Tag mehr länger, ich rufe die Polizei!"

Das Gezeter des Wirtes erreicht jedoch Pockridges Ohren schon nicht mehr. Er steigt auf Flügeln der Begeisterung mit seinem neuen Freund eine finstere enge Holztreppe zum ersten Stock hinauf und öffnet die Tür mit dem Schlüssel, den er umständlich aus seiner Manteltasche hervor holt.

„Hat er wohl seine Musical Glasses, wie meine Glasharfe zu seiner Zeit genannt wurde, hier oben in seiner Wohnung?", frage ich mich und folge den beiden ganz aufgeregt. Gerade kann ich noch rechtzeitig, ohne eingeklemmt zu werden, durch die Tür schlüpfen, bevor Pockridge sie mit Schwung zuschließt. „Geschafft, ich bin drin, da muss ich unbedingt dabei sein."

Gemütlich ist es in diesem Zimmer, das wir jetzt betreten, nicht gerade. Der Reaktion der beiden Männer zu entnehmen, obwohl ich selber keine Temperatur empfinden kann, scheint es hier drin auch recht kalt zu sein. Das ist, nach Pockridges Äusserungen, auch fast zu erwarten, auch kann ich keine Feuerstelle sehen. Da beobachte ich, wie Pockridge die Tür zu einem angrenzenden Raum öffnet und seinen Gast herein bittet. Schnell husche ich hinterher. Auch dieser Raum ist dunkel, aber nachdem einige, direkt beim Eintreten entzündete Kerzen, ihr warmes Licht ausbreiten, erblicke ich auf einem Tisch eine große Ansammlung von Gläsern verschiedener Größen, fein säuberlich auf einem Brett befestigt. Gespannt gehe ich nahe heran, um den ganzen Aufbau in seinen Einzelheiten besser studieren zu können.

„Das sind sie also, die „Musical Glasses" von denen ich in den Finkenbeiner'schen Unterlagen schon gelesen hatte."

Fasziniert betrachte ich diese Aufstellung, begutachte die einzelnen Gläser, aber dennoch immer bedacht, auf Abstand davon, und vor allem auch von den beiden Männern, zu bleiben.

Konzentriert murmle ich leise vor mich hin:

„Diese Gläser hier sind wesentlich dickwandiger, mit den meinen so zarten, schon gar nicht zu vergleichen! Aber was habe ich auch anderes erwartet. Die Glasbläserkunst hat sich erst in den vergangenen Jahrhunderten enorm weiterentwickelt."

Ob mein Selbstgespräch von den beiden Männern zu hören ist? Frage ich mich und beobachte die beiden, die aber, meiner Anwesenheit unbewusst, in ein eifriges Gespräch vertieft sind.

So kann ich, unbeachtet von den beiden, Glas für Glas ganz von nahem betrachten, und in meinem unhörbaren Selbstgespräch intensiv studieren.

„Ich möchte ja doch zu gerne wissen, wie diese zu spielen sind, und ob ich damit überhaupt Töne erzeugen könnte. Aber sie anzufassen, das lasse ich wohl besser bleiben und diese dann sogar selber so richtig zu streichen, das traue ich mich schon gar nicht. Ich glaube nicht, dass ich dabei auch nur einen einzigen Ton hervorlocken könnte, denn so wenig, wie ich von den beiden Männern gesehen werden kann, so werden auch die Gläser meinen Fingerstrich sicher nicht erkennen und keinen einzigen müden Ton von sich geben."

Bei diesen leise vor mich hin flüsternden Gedanken muss ich fast lachen, wie meine beiden Helden reagieren würden, wenn ihre Gläser plötzlich, wie von Geisterhand berührt, zu klingen anfingen.

Da lass ich doch wohl besser meine neugierigen Finger davon, denn schließlich bin ich hier nur ein neugieriger Gast aus einem anderen Zeitalter – diese Feststellung, die ich vor mich hinmurmle, amüsiert mich nun immer mehr.

Dann trete ich langsam und vorsichtig, wie es sich für einen verantwortungsvollen Geist auch gehört, von dem Tisch mit den Gläsern zurück und warte nun darauf, dass Pockridge selber das Spielen für mich erledigt. Ich bin so gespannt, ja fast gierig zu hören, wie dieses einfache Instrument unter seinem Fingerstrich klingt, und ob er darauf auch Melodien hervorbringen kann!

Aber noch immer sind die beiden Musiker in ihr intensives Gespräch vertieft, wobei Pilkington immer wieder erstaunt diese große Gläserparade betrachtet.

Endlich aber stellt sich Pockridge alleine vor sein Instrument und beginnt mit dessen Vorbereitungen. Durch nichts und niemanden lässt er sich jetzt dabei stören, ansprechen oder irritieren, weder von seinem Gast und schon gar nicht von meinem Geist. Konzentriert nimmt er ein größeres, mit Wasser gefülltes Gefäß, prüft damit jedes Glas auf seine Stimmigkeit, wobei er hier etwas mehr, dort etwas weniger Wasser hinein gießt. Dann stellt er sich zu seinem Arrangement, konzentriert sich eine Weile, als wollte er sich von uns entfernen und nur noch in der Atmosphäre seiner Gläser existieren. Endlich beginnt er zu spielen.

Ich erkenne sie sogleich, diese erste Melodie, die von geschickten Männerhänden so behände aus den Gläsern hervorgeholt wird: es ist Händels Wassermusik. Ihre Töne streifen an den dunkeln Holzwänden entlang, umschmeicheln die ruhig flackernden Kerzen, verzaubern die Zuhörer, und lassen sie die düstere Unfreundlichkeit des Raumes vergessen. Nichts könnte mich jetzt, bei dieser Darbietung, noch in Erstaunen versetzen. Diese einfachen und dickwandigen Gläser sind zu wunderschönen Klängen und Melodien fähig. Das düstere Zimmer wird plötzlich verwandelt in eine Zauberwelt von Tönen, die in der Luft zu schweben scheinen, als würde ein Orchester von Geistern den Raum erfüllen. Es folgen noch etliche andere musikalische Läufe, die mir aber unbekannt sind.

Auf einmal aber verstummen sie. Pockridge steht auf, geht eine Weile, die Hände reibend, auf und ab, gedankenvoll und fröstelnd, als erwartete er etwas oder jemanden.

Pilkington steht da, schweigt, starrt auf die Gläser, die plötzlich so lebendig geworden sind, als hätten auch sie eine Seele.

Dann endlich, wie aus einer Welt fremdartiger Klänge wieder in die Wirklichkeit zurückgekehrt, bemüht sich nun Pockridge, um die Kälte zu vertreiben, mit einem alten brüchigen Blasebalg und einer Handvoll glühender Kohle, im Kamin ein Feuer zu entfachen.

Der Anblick, der sich bei dessen Schein, den beiden Zuhörern offenbart, dem Gast, und so nebenbei auch mir, dem ungeladenen Geist, ist wenig einladend, denn wir stehen in einem ungepflegten und mit Gerümpel überhäufter Raum. Nicht mehr von der Musik getragen, sehen wir uns augenblicklich, unbarmherzig und sehr plötzlich in eine traurige Tatsache zurück katapultiert.

Das einzige Mobiliar scheint aus einem alten klapprigen Bett, zwei wackeligen Stühlen und einem abgeschabten Cellokasten zu bestehen.

Pockridge stellt jetzt einen bauchigen Kessel und eine blecherne Kaffeekanne, deren Griff abhanden gekommen ist, auf den nun erhitzten Kamin. Endlich kommt das Wasser zum Kochen. Er nimmt aus dem Cellokasten eine angeschlagene Delfter Porzellandose, die groben braunen Zucker enthält, dazu aus einer Papiertüte etwas Tee von geringer Sorte. Ein Laib grobkörniges Brot und ein irdenes Geschirr mit schmutziger und schon ranziger Butter vervollständigen das Gericht.

Endlich beginnt das Kaminfeuer auch ein wenig die beiden Räume zu erwärmen. Pockridge steht davor und spürt alsbald die Notwendigkeit, sich in den Gang der Gedanken hineinzufinden, die ihn zu dem Instrument geführt haben. Er wendet sich seinem Gast zu, zieht zwei Stühle heran und bietet diesem einen davon an. Ich selber setze mich in einer Ecke auf den Boden, denn einen weiteren Stuhl kann ich nirgends entdecken.

Dass Pilkingtons Gesichtsausdruck entgeistert wirkt, angesichts dieser Anzeichen allergrößter Armut, kann ich gut verstehen. Es scheint mir, dass ein erheblicher Schwund an der vorherigen Begeisterung, in die das angekündigte Salär ihn versetzt hatte, in seiner Mimik nun deutlich zu erkennen ist. Glaubt Pockridge nicht eher an eine Fata Morgana, wenn er von einhundert Pfund spricht, wo er doch kaum einen Heller sein eigen nennt? Pilkington bittet ihn daher mit größter Bescheidenheit, ihm doch nur einen Schilling zu geben für eine bessere Mahlzeit, als die ihm hier angebotene grobe Kost.

Jedoch Pockridges Lebensphilosophie scheint den Ansprüchen des jungen Mannes nicht zu entsprechen.

„Mein Junge", antwortet er fast etwas gönnerhaft, „mein Lebensstil ist der Fels auf dem ich ruhe, Herrgott! Wozu essen wir? Um den Leib zu erhalten. Angenommen diese Abendmahlzeit enthielte das Beste von jeglicher Sorte, welchen Unterschied würde es morgen, ja sogar in einer Stunde in meiner Körperbeschaffenheit machen? Oder wenn ich herum stolzierte wie ein feiner Herr, wer wird schon wissen, ob ich den feinsten chinesischen Tee oder Wassersuppe zum Frühstück genossen habe? Es ist unter der Würde eines verständigen Mannes, sich seinen Begierden zu unterwerfen, und das gilt ebenso für einen Philosophen, wie für einen jungen Mann wie Sie es sind, der sich noch dazu der besten Gesundheit erfreut. Von Herzen gern gebe ich Ihnen einen Schilling, jedoch rate ich Ihnen, meinem Prinzip zu folgen, und Sie werden beim Jahresende erfahren, wie recht ich gehabt habe."

In diesem so unwirtlichen, chaotischen und armseligen Raum, tritt sein Gast verschämt von einem Fuß auf den anderen und sieht, dass auch die letzten versprochenen Schillinge Anstalt zu machen scheinen, hoffnungslos aus dem Fenster hinaus zu fliegen.

„Was meine Behausung anbetrifft, so habe ich beim Betreten dieser wohl Ihren erstaunten und entrüsteten Gesichtsausdruck, ja Ihre Bestürzung über mein äußerst bedürftiges Leben, das ich hier führe, bemerkt. Für diesen Zustand habe ich zweierlei Erklärungen: Zum Ersten ließ ich alle überflüssigen Dinge entfernen, um genügend Platz zu schaffen. Ich benötige diesen für meine Gläser, und außerdem dulde ich auch keine Dienstboten in meiner Wohnung, damit Ihre verdammten Scheuerlappen und Bürsten meine Gläser nicht zerbrechen können. Zu meinem vergangenen Leben aber, dazu möchte ich noch Folgendes ausführen:

Mein Vater war Engländer, die Familie ist aber dann nach Irland gezogen, wo sie beträchtliche Güter und ausgedehnten Grundbesitz besaß. Nachdem mein Vater im Krieg um den irischen Thron lebensgefährlich verwundet worden war, hinterließ er mir im Alter von 25 Jahren ein Vermögen, das jährlich viertausend Pfund Rente brachte. Wo ist es? Ich habe es meinen Ideen geopfert, denn ich bin genial ... In den kommenden Jahrzehnten verstreute sich das ganze Erbe, weil ich bei all meinen Unternehmungen kein Glück gehabt habe. Es war und ist in meinem Leben immer wieder mein großes Problem, dass ich der geborene Projektmacher und Tüftler bin. Diese, meine unglückliche Charaktereigenschaft ist es, die mich meine ganze Erbschaft gekostet hat. Mein Unglück war das des Genies:

1715 habe ich mich in Dublin niedergelassen und gründete dort eine Brauerei. Dieses Wagnis schlug leider fehl.

Darauf habe ich die irischen Moore gekauft, um Weinpflanzungen darauf zu kultivieren – alle Arbeitslosen Irlands hätten auf Jahre hinaus Verdienst gehabt, aber der Staat wollte nichts davon wissen.

Eine Menge Geld habe ich für die Zucht von Gänsen auf einigen tausend Morgen unfruchtbaren hügeligen Landes investiert. Ich hätte damit den ganzen Irischen, Englischen und Französischen Markt versorgen können. Auch diesem Unternehmen in der Grafschaft Wicklow war kein Erfolg beschieden.

Weil ich mich immer sehr für die Astrologie interessierte, habe ich für entsprechende Beobachtungen auf einem der Wicklower Hügel sogar ein

Observatorium gebaut. Leider konnte ich auch dafür kein allgemeines Interesse wecken.

Außerdem glaubte ich, dass der Trommel viele musikalische Möglichkeiten offen stünden, und daher plante ich ein Orchester von zwanzig Trommeln, die verschieden in Größe und Ton im Kreis angeordnet sein sollten. Damit können sie von nur einer einzigen Person geschlagen werden, die dafür in der Mitte des Kreises zu stehen hat."

Pockridges Redestrom, hervorsprudelnd aus lebhaftem Enthusiasmus und erlebten Enttäuschungen, lässt keine Fragen oder sonstige Interventionen zu, obschon ich beobachten kann, wie Pilkingtons Mund, wie ein nach Luft schnappender Fisch, zwischendurch immer wieder auf und zu geht. Also bleibt ihm, und auch meiner Unsichtbarkeit, nichts anderes übrig, als stillschweigend weiter zuzuhören.

„Dann habe ich unsinkbare Schiffe aus Metall für die Streitkräfte auf See geplant, und sie der Regierung vorgeschlagen. Solche Schiffe würden unter allen und jeglichen Umständen schwimmen und wären unschätzbar im Falle von Schiffbruch oder Zusammenstössen. Unsere englische Flotte kennt nur aus Holz gebaute Schiffe. Die Admiralität hat mich ausgelacht.

An den Lord-Mayor habe ich eine Eingabe gemacht, dass in diesem elenden London mehr Brücken gebaut werden sollten und zwar solche, die nach den neuesten Gesetzen der Statik mit nur der Hälfte der Pfeiler auskommen. Damit würde die Schifffahrt bei ihrer Durchfahrt weniger behindert. Aber man glaubte mir nicht!

Die Mediziner haben mich für einen Narren gehalten, als ich die Lehre aufstellte, dass man unter gewissen Umständen einen todkranken Menschen retten kann, indem man das Blut eines anderen in seine Adern leitet.

Einen Ofen habe ich gebaut, mit dem man Geflügel künstlich ausbrüten kann. Doch den Umstand des Ausbrütens überlässt man weiterhin den Hühnern.

Eine fliegende Maschine habe ich erfunden und war überzeugt, hätte ich noch das nötige Kapital gehabt, der Tag würde kommen und zwar bald, dass niemand, auch nur im Traum, mehr daran dächte, zu Fuß zu gehen. Es würde für die Menschen zum Alltag gehören, nach ihren Flügeln, statt nach Stiefeln zu rufen.

Zweimal kandidierte ich, ebenfalls ohne Erfolg, für das Parlament in Monaghan und letztlich in Dublin.

Leider hatte ich auch keinen Erfolg, als ich für den Posten als Chorleiter kandidierte.

Aus meiner Feder kamen Gedichte und Romane. Sinfonien habe ich komponiert, und nun baute ich dies wunderbare Musikinstrument. Jetzt aber bin ich überzeugt, dass mir damit diesmal der Erfolg nicht versagt bleiben wird."

„Hatten Sie denn vorher ein solches Instrument schon einmal gesehen, oder ist es Ihre eigene Idee?", ergreift Pilkington die kurze Gelegenheit, in der der Meister doch einmal kurz Luft holen muss.

„Die Idee, aus Gläsern Töne hervor zu holen", fährt Pockridge ungeduldig fort, „die kam mir selbst schon vor vielen Jahren, ich glaube es war damals 1741, als mich noch die anderen Ideen täglich beschäftigten. Dennoch geriet ich bald in einen seltsamen Bann, wenn ich durch Anschlagen mit einem Stöckchen Gläser zum Klingen bringen konnte. Da ich von Geburt an ein feines musikalisches Gehör mitbekommen habe, störte es mich jedes Mal außerordentlich, wenn die Klänge nicht rein tönten. Ich versuchte daher, die Gläser mit Hilfe von mehr oder weniger Wasser zu stimmen, wobei ich aber darauf achtete, Gläser verschiedener Größen so auszusuchen, damit sie zur Korrektur nur ein Minimum an Wasser benötigen. Neugierig, ob auch andere Menschen so fasziniert auf diese sonderbare Musik reagieren würden, habe ich dann recht bald das Experiment in der Öffentlichkeit versucht. Da ich mich recht gut in der Musikwelt auskenne, waren einige befreundete Musiker in Dublin bereit, mich sowohl gesanglich als auch mit anderen Instrumenten zu begleiten."

Aufgeregt beginnt er in einem Stapel von Papieren, der sich in einer Ecke des Raumes und in wohl etlichen Jahren zu einem bedenklichen Haufen angereichert hat, zu wühlen. Nach einer Weile kommt er mit einer Hand voll Zeitungen zurück. Er scheint gefunden zu haben, was er davon gerade jetzt braucht.

„Hier, ich habe es gefunden, Mein erstes Konzert wurde in ‚Faulkner's Journal' mit folgenden Worten bekannt gemacht. Darf ich Ihnen den Text vorlesen? Hier, hören Sie zu, und denken Sie daran, dass uns gemeinsam eine leuchtende Zukunft bevor steht: [1]

For the Benefit of the Inventor at the Theatre in Smock Alley,
on Tuesday the 3rd of May, will be a Musical Performance
upon Glasses with other Instruments accompanied with Voices.
To which will be added a Comedy called the ‚Old Bachelor'.
This being the first time that Glasses were ever introduced in
Concert, it is hoped that Curiosity will induce the Town to see

what has so much surprised all those who have heard them
even at the greatest disadvantage. All Gentlemen that love a
cheerful Glass will undoubtedly be zealous in the Affair.

The following Pieces of Musick will be performed that Night, viz.
one of Vivaldi's Seasons called ‚The Spring'. ‚The Early Horn',
to be sung by Mr. Baildon; Hark! Ye little warbling choirs,
by Mrs Storer, Ellin a Roon, Jack Latten and the Black of
which cannot be execute on any Instrument but the Glasses.
The principal Parts in all the above Musick, will be played
on the Glasses.

Dublin, for April 26–30, 1743

„Und jetzt würden wir gemeinsam in Dublin auftreten?" Pilkington läuft aufgeregt, mit seinen Händen gestikulierend, um das Glasinstrument herum, so dass Pockridge, jetzt fast etwas nervös geworden, sich wie schützend davor stellt. „Sie können mir glauben, dass ich immer wieder versucht habe, in dieser Stadt ein Engagement zu bekommen. Leider hatte ich dabei wenig Glück. Nur einmal wurde ich zu einem bescheidenen Gesangsabend in einer kleinen Gesellschaft gebeten."

Pockridge legt beschwichtigend seine Hand auf die Schulter des gestikulierenden Sängers:

„Nun, mein verehrter Freund, gemeinsam werden wir, Sie mit Ihrer holden Stimme und ich mit meinem einmaligen Instrument, in baldiger Zukunft sogar im armen Irland berühmt werden."

Und ohne seinen Gast weiter zu Wort kommen zu lassen, fährt er fort:

„Sie kennen sicher den aus Böhmen stammenden Musiker Christopf Willibald von Gluck, einer der bedeutendsten Opernkomponisten unserer Zeit. Auch er hat schon vor Jahren entdeckt, dass, wenn man leicht mit einem Finger über den Rand eines Weinglases streicht, daraus ein Ton entsteht. Diese Spielerei hat er sogar konzertreif gemacht und mit eigenen Kompositionen ein ‚Konzert mit sechsundzwanzig Trinkgläsern zusammen mit einer großen Orchesterbegleitung' im Hayetmarket-Theater hier in London aufgeführt.

Sie glauben nicht, wie begeistert das Publikum diesen fremdartigen Tönen lauschte. Ich war selber bei diesem Konzert anwesend. Was mich dabei aber irritierte, war leider die Tatsache, dass das Wasser in den Gläsern, womit diese absolut rein gestimmt worden sind, in dem warmen Raum zu verdunsten begann. Wenn auch nur in Bruchteilen davon, so doch immerhin genügend, um Unstimmigkeit einiger Töne daraus zu verursachen, was für einen Musiker zu einem etwas zweifelhaften Genuss werden musste. Da ich selber Musik studiert habe, bin ich vielleicht in der bekannten Musikwelt der beste Meister für Harmonie. Auch Gluck wird mit seinen empfindlichen Ohren die leichten Veränderungen der erst reinen Töne gehört haben, und deshalb hat er die Aufführung, trotz großem Beifall, auch nie mehr wiederholt. Als Erinnerung an dieses, dennoch bemerkenswerte und einmalige Konzert, habe ich den Ausschnitt aus der Zeitschrift herausgeschnitten und aufbewahrt. Schauen Sie hier!", und Pockridge zieht erneut ein leicht zerknülltes Zeitungsblatt aus seinem Papierberg hervor.

Er ist aus dem „General Advertiser for March 31.1746". So hören Sie zu:

At Mr. Hickford's Room in Brewer's – street on Monday, April 14, Signor Gluck, Composer of the Operas, will exhibit a Concert of Musick. He will play a Concert upon Twenty-six Drinking Glasses, tuned with Spring water, accompanied with the whole Band, being a new Instrument of his own Invention, upon which he performs whatever may be done on a Violin or Harpsichord; and therefore hopes to satisfy the Curious, as well as the Lovers of Musick.

To begin at Half an hour after Six
Tickets Half a guinea each [2]

„Die Verdunstung des Wassers, als Ursache der Verstimmung, gab mir damals viel zu denken, bis ich dann, immer darauf bedacht, mein Instrument zu verbessern, zu dem entscheidenden, sehr wirkungsvollen Einfall kam, Gläser vor allem nach ihrer Tonreinheit und nicht nach ähnlicher Größe, zu suchen. Dadurch benutze ich nun keine unbedingt gleich großen Trinkgläser. Mein jetziges Instrument habe ich entsprechend dieser Erfahrungen gebaut. Sie sehen, hier habe ich Gläser so groß wie Glocken, die einen tiefen Ton hervorbringen, wie eine Orgel, jedoch delikater und angenehmer für das Ohr. Auch entsprechen mittlere und kleine Gläser den höheren Tönen. So habe ich sogar Gläser gefunden, die kein Wasser brauchen. Die anderen bedürfen nur sehr wenig und sind daher nur minimal der Verdunstung preis gegeben. Auf diese Weise kann man auch dem absoluten Gehör Vergnügen verschaffen. So habe ich es mit diesem, meinem Glasinstrument gemacht und ihm den Namen Angelick Organ gegeben."

„Ein anderes Problem aber kann leider auch der größte Erfindergeist nicht lösen. Sie haben sicher hier die Zerbrechlichkeit dieser Musical Glasses wahrgenommen. So hatte ich einmal in dieser Hinsicht großes Unglück:

Durch meine Nervosität, die mir eine Premiere verursachte, hatte ich ein Glas beim Stimmen etwas zu hastig angefasst. Es zersprang, und durch sein Fehlen konnte das Konzert nicht stattfinden. Darüber aber, dass man über diesen Vorfall dann noch einen wenig komfortablen Bericht veröffentlichte, war ich nicht sehr glücklich. Der Ehrlichkeit halber zeige ich Ihnen hier auch diesen Zeitungsbericht."

Pockridge beginnt wieder in dem Stoss von Papieren und Zeitungen zu kramen und findet dann endlich das entsprechende Zeitungsblatt, das er jetzt großmütig seinem musikalischen Kollegen zum lesen gibt:

Pockrich performed March 1ˢᵗ, 1744, at Mr. Hunt's
Great Auction Room in Stafford-street, and apparently still
accident-prone, had this to say about the performance in
an advertisement:

When the Glasses were first introduced in Publick, an accident
happened which prevented the Inventor from shewing that
instrument to any advantage; some imputed it to his taking
a Glass too much; but the real cause of it was owing to the
hurry in removing them, which untuned and disconcerted
that instrument. [3]

„Das tut mir sehr leid", meldet sich Pockridges neuer Freund jetzt.

„Auch ich war nicht immer mit Glück gesegnet. Einmal, als ich dringend Geld für die Miete gebraucht hätte, musste ich durch eine böse Erkältung ein gut bezahltes Konzert absagen. Meine Stimme, war wie die ihres Instrumentes, einfach weg. Wenn wir jetzt aber zusammen auftreten, kann in einem solchen Notfall immer noch der andere einspringen, und das Konzert ist gerettet!"

„Nun, wir wollen hoffen, dass unsere beiden ‚Musikinstrumente' in Zukunft gesund bleiben!", erwidert Pockridge, und fährt fort:

„Aber trotz dieses einmaligen Unglückes hatte ich danach die Freude, noch weiter Konzerte geben zu dürfen. Ein besonders Erfreuliches haftet noch in meinem Gedächtnis. Es war in Taylors' Hall. Das Besondere an diesem Vortrag war die liebliche Begleitung von der noch ganz jungen Sängerin Miss Young. Es war ihr erster Auftritt vor Publikum. Dieses Konzert von uns wurde in der Zeitung erwähnt. Warten Sie ...", und erneut beginnt er in seinen Papieren zu kramen, „... hier habe ich den Artikel, ich lese ihn Ihnen gleich vor!"

On March 15th, 1744, he gave a most successful recital at the Taylors' Hall, Back-lane, being a repeat of his performance a fortnight previously. One of the novelties was a song, „Tell me, lovely Shepherd," sung by Miss Young, „who never performed before in Publick." [4, 5]

Immer noch in meiner Ecke sitzend versuche ich, Pockridges Erzählungen und Zukunftsvisionen zu verstehen, die er seinem aufmerksam lauschenden Gast über sein Instrument gibt. Das war ein langer, aber dennoch, auch für mich, interessanter Vortrag.

Dann sehe ich, wie sich Pockridge endlich wieder dem leiblichen Wohl seines Gastes zuwendet.

So habe ich etwas Zeit, entsprechende Vergleiche zu ziehen.

Auch meine Gläser unterscheiden sich in ihrer Größe von einander, wenn auch in bescheidener, nicht so extremer Weise. Die Qualität des Glasherstellens und Bearbeitens hat sich bis heute doch sehr zum Vorteil entwickelt. Die Gläser sind dünner, zarter und durchsichtiger geworden, und in ihrer Aussagekraft des Klanges entsprechend intensiver und feiner. Aber dennoch erstaunt es mich, dass schon Pockridge, über 250 Jahre vor meiner Zeit, die Erkenntnis hatte, dass Wasser ein Störfaktor für den Klang von Glas darstellen könnte.

In dem kleinen Raum scheint es wohl endlich angenehm warm geworden zu sein, denn das Feuer ist unterdessen fast heruntergebrannt, und nur die zusammengefallenen, und zu Asche verwandelten, ehemaligen Holzstücke, glühen noch leicht. Diese letzte Glut aber ermöglicht es Pockridge, aus der Kaffeekanne ohne Handgriff, seinem Gast endlich einen heißen Tee anzubieten. Dafür holt er zwei Tassen, auch ohne Henkel und schenkt das heiße Gebräu ein. Mit einem Stück trockenen, leicht angeschimmelten Brotes und der ranzigen Butter ergänzt er das bescheidene Mahl.

Froh, an dieser Mahlzeit nicht teilnehmen zu müssen, lausche ich weiter den Gesprächen der beiden Musiker. Es ist erneut Pockridge, der das Wort ergreift:

„Nun zu Ihnen, mein verehrter junger Freund. Nach dieser kurzen Probe, die Sie mir schon unten gegeben haben, vermute ich bei Ihnen eine vollkommene Stimme. So lassen Sie uns jetzt versuchen, diese zusammen mit meiner Angelick Organ ertönen zu lassen."

Obwohl der Boden, auf dem ich immer noch sitze, recht hart und dadurch nicht unbedingt bequem ist, bin ich jetzt doch aufs höchste auf die nun zu erwartende Darbietung der beiden gespannt.

Bei der nun gemeinsamen Probe mit Pilkingtons edler Stimme, und den zauberhaften Tönen seiner Angelick Organ, gerät Pockridge in heiteres Entzücken, denn beides stimmt in vorzüglichster Harmonie zusammen.

Leise kommt mir, hier als unsichtbares, miterlebendes und mitdenkendes Wesen einer viel späteren Zeit, eine stille Einsicht, dass man als weltliches Individuum, trotz allen Sehnens danach, sich nicht zu lange in himmlischen Sphären aufhalten darf, denn es will die Erfahrung, oder die menschliche Eifersucht, dass man vielleicht recht bald aus diesen höheren Gefilden auf die Erde heruntergeholt werden könnte ... und dies geschieht hier bei den beiden Zukunftsvisionisten durch ein plötzliches und sehr lautes Poltern an der Tür. Erschrocken werden wir alle drei, auch ich, wieder in die rauhe Wirklichkeit zurückgeholt.

Draußen stehen zwei Gerichtsdiener mit einem schriftlichen Haftbefehl, und eine irdische Stimme dröhnt an Pockridges Ohr: „Wir verhaften Sie hiermit aus Gründen erheblicher Schulden bei dem Wirt des Kaffeehauses Hamlin. Bitte machen Sie sich bereit und folgen Sie uns!"

Selber sehr erschrocken höre ich, wie Pockridge mit folgenden Worten antwortet:

„Gentlemen, ich bin Ihr Gefangner, aber bevor ich mir die Ehre antue, Ihnen zu folgen, geben Sie mir, als ein einfacher Unterhaltungsmusiker, die Möglichkeit, Sie mit einer Melodie zu erfreuen."

„Sir", antwortet einer der Gerichtsdiener, „wir sind hier um unseren Haftbefehl zu vollziehen und nicht Musik zu hören."

„Gentlemen", sagt nun Pockridge ungerührt, „ich unterstelle mich Ihrer Autorität, aber in der Zwischenzeit, während Sie einen kleinen Portwein zu sich nehmen, werde ich meine Gläser erklingen lassen."

Jetzt beobachte ich, wie er ganz ruhig zu seiner Angelick Organ geht. Alle stehen nun um ihn herum, denn auch ich habe mich inzwischen neugierig, was jetzt passieren wird, zu den Männern gestellt.

Wie festgewurzelt lauschen alle, denn Pockridge, der Künstler der Musical Glasses, lässt jetzt ein faszinierendes Präludium auf seinen Gläsern erblühen. Dabei bringt er sein ganzes Können, in allen Variationen, durch die verzaubernden Töne seines Instrumentes zu Gehör. Die amtlichen Ungeheuer, hingerissen durch diese magischen Töne, glotzen wie hypnotisiert. Schließlich, aus ihrer Trance wieder aufgewacht, wenden sie sich mit folgenden Worten an Pockridge:

„Sir, auf Ihr Ehrenwort pochend, alles geheim zu halten, geben wir Ihnen die Freiheit zurück. Ihr Spiel auf den Gläsern ist nicht mehr gewöhnlich. Wenn es das wäre, würden wir bald arbeitslos werden."

*

„Fällt bei uns eigentlich das Abendessen aus?" – Ich stutze, woher kommt diese mir doch so bekannte und vertraute Stimme? Erstaunt schaue ich mich um, und da sehe ich, dass ich zu Hause in der oberen Etage verträumt an meinem Schreibtisch sitze. Wie bin ich hierhin geraten? Stand ich nicht noch vor kurzem unten im Wohnzimmer vor meiner Glasharfe? Einen Moment muss ich überlegen ... ach, so ist das! Von Hamlins Pub bin ich hinauf in die Wohnung von Pockridge gestiegen und, obwohl das in London vor 250 Jahren, also an einem ganz anderen Ort passiert ist, so habe ich hier scheinbar dasselbe getan.

„Bei uns gibt es Tee, hartes, trockenes Brot mit ranziger Butter!", rufe ich zurück.

Doch gleichzeitig versuche ich doch ganz schnell, wieder in die Wirklichkeit zurück zu finden. Fröhlich hüpfe ich, wenn auch noch ganz erfüllt von meinem Abenteuer in die Vergangenheit, unser Treppenhaus hinunter.

In der Küche steht Peter und wendet gerade, mit einem Schwung der Bratpfanne, die Rösti, die sich auf einer Seite schon knusprig goldbraun gefärbt hat. Aus einer anderen Pfanne, gleich daneben, schauen, ihrer weißen Behausung beraubt, zwei Eier, jetzt als Spiegeleier, uns erstaunt an.

„Wie kommst du eigentlich auf dieses kuriose Abendmenu?", will er nun doch wissen.

Da erzähle ich ihm alles über meine Begegnung. Peter sagt vorläufig noch nicht viel dazu. Ich aber bin jetzt sehr froh darüber, am Ende des 20. und nicht Mitte des 18. Jahrhunderts und auch nicht in London, zu leben, denn die köstliche Rösti mit Gemüse, dazu noch eine Beilage, ist mir doch viel lieber.

Das geschichtliche Erlebnis beschäftigt mich aber in den nächsten Tagen doch noch sehr. Ob diese beiden musischen Weltenbummler und Träumer gemeinsam doch noch zu einem Erfolg gekommen sind? Das möchte ich doch zu gerne noch wissen!

Kapitel 17

Neues aus Amerika

Glass Music Festival II in Vorbereitung – lustige Herbstblätter – Onkel Hans
und Amerika – Zusammenspiel – ein Gast aus Amerika – die Wenauer Kirchenorgel
wundert sich – Vorbereitungen – ein unwillkommener Gast – ein musikalischer
Abend mit zwei Musikern – man dankt! – Kornblumen im Ährenmeer

Meine Glasharfe, jetzt im schönen neuen weißen Kleid, muss auch in diesen lebhaften Sommermonaten nicht schweigen. Neben all den vielseitigen Tätigkeiten, wie zum Beispiel dem bisschen Mauerbau beim Ausbaggern des Teiches, auch nicht zu vergessen, dem Schwimmfest im Kellerbereich, darf sie dennoch singen, sie gehört zu dem ganzen Wirbel einfach dazu. Die Zeit jedoch, ihre Töne jeden Tag zum erklingen zu bringen, die muss ich mir manchmal einfach stehlen. Auch neue Stücke sind dabei auf dem Programm. Die aber lerne ich gleich auswendig, denn bei diesem Instrument ist es einfach nicht möglich, die Gläser fließend zu streichen und dann gleichzeitig noch einen hilfreichen Blick auf die Noten zu werfen.

Auch Amerika meldet sich recht oft. Briefe fliegen von hier nach dort und von dort nach hier durch die Luft und flechten dabei in unsichtbaren Schwingungen freundschaftliche Fäden. Der weit entfernte Kontinent scheint in dieser Zeit gar nicht mehr so entfernt. Könnte es sein, dass das nächste Glass Music Festival vielleicht in Boston stattfindet, wo Gerhard Finkenbeiner seine Glasbläserei hat und zurzeit auch der einzige ist, der Glasharmonikas baut? Für mich ist es auf jeden Fall klar, bei diesem nächsten Mal muss ich mit „Vreneli" dabei sein.

Von Gerhard kommt schon im Februar ein Brief, in dem er sich auf meinen erneuten Besuch in Amerika freut.

Im März erhalte ich dann ein ausführliches Schreiben von Dennis James, indem er mir mitteilt, dass das nächste Festival, GMF II, Ende Mai des kommenden Jahres, also 1985, in Oxford/Ohio, stattfinden soll. Die Organisatorin sei eine Mrs. Nelly Bly Cogan.

Inzwischen aber versuche ich in Deutschland meine glasharfnerischen Sporen zu verdienen und gebe noch einige kleinere Konzerte.

Nein, langweilig wird es uns wirklich nie. Vielleicht ist der so lebhaft verlaufende Sommer, durch all die vielen Aktivitäten doch recht müde geworden, am Ende sogar froh, sich bis zum nächsten Jahr verabschieden zu dürfen, und jetzt dem bunten Herbst das Regiment zu überlassen. Wenn ich aus dem Fenster schaue, ist es lustig anzusehen, wie die gelben, braunen und dunkelroten Blätter sich nach und nach von ihrem Baume lösen, an dessen Ästen sie in langen Monaten bei Sonne, Wind und Regen hoch oben und schwindelfrei in der Luft gehangen haben. Nun aber müssen sie, in ihrem neuen bunten Herbstgewand, ihren Hochsitz verlassen.

Dort beobachte ich ein großes Blatt. Es hat seine Arbeit getan und dem Baum mit Hilfe der Sonne täglich viele Nährstoffe zugeführt. Nun wackelt es würdevoll durch die Luft und bettet sich, unten angekommen, ruhig und gelassen auf den feuchten Boden. Plötzlich ein leiser Windstoß. Der aber reicht, um eine ganze Blätterherde von ihren Ästen herunter zu holen. Die einen trudeln lustig wie ihm Walzertanz durch die Luft, andere wieder schaukeln wie das Pendel einer Uhr im Fallen hin und her. Zwei kleine Wichte überholen die ganze Schar und sind dann ganz erstaunt, dass sie bei diesem putzigen Spiel so schnell auf dem Waldboden angekommen sind. Der aber will sie jetzt nicht mehr hergeben. Ein anderes Blatt macht es schlauer. Es entdeckt noch im Fallen, dass unten angekommen sein Tanz ein Ende haben wird. So setzt es sich ganz schnell huckepack auf ein anderes, welches die Reise noch nicht angetreten hat, und genießt von seinem auserwählten Thron aus noch eine Weile eine freie Sicht auf das Fallen seiner Kollegen, bis dann auch dieser bequeme Sitz seine Reise nach unten antritt.

An diesem unterhaltsamen Herbstspiel habe ich meine helle Freude, öffne leise das Fenster und beginne, diesen Blättertanz mit Melodien meiner Gläser musikalisch zu begleiten.

*

Schon im Hochsommer kommt ein persönliches Schreiben der Organisatorin des nächsten Festivals:

*The 2ⁿᵈ International Glass Music Festival, „IGMF",
is in the planning stages. The event is scheduled for Friday,
Saturday & Sunday, Mai 24–26, 1985, here at Miami
University, in Oxford, Ohio.*[1]

Diese Meldung schicke ich postwendend nach Herrliberg zu Onkel Hans. An meiner besprochenen Kassette, mit dem genauesten Bericht über meine Erlebnisse in Columbus, hatte er damals viel Freude gehabt. „Vielen Dank für den Kassetten-Brief. Es kommt mir vor, als wäre ich selbst auch in Amerika gewesen!", schrieb er mir danach zurück.

Nun ist es also wieder soweit, und ich hoffe sehr, ihn dazu überreden zu können, diesmal zusammen mit uns, den großen Sprung über den Atlantik zu wagen. Und tatsächlich, bald darauf antwortet er in einem mutigen Brief:

Heute habe ich nach Amerika geschrieben, dass ich kommen werde. Auch dass ich zusammen mit Dir etwas aufführen könne. Weiter wird es noch viel zu besprechen geben, weil ich ja sehr unerfahren im Reisen bin, und auch die englische Sprache nicht beherrsche, bleibt mir nichts anderes übrig, als mich auf Dich zu verlassen.

Was das Büchlein „Alphornmelodie" anbelangt, so habe ich die gleiche Kopie, wie Dir, auch Ken nach Amerika geschickt. Somit kann uns jetzt eine Zeitlang nicht mehr langweilig werden.

Vor allem durch die freundschaftliche und aufmerksame Korrespondenz mit Ken rückt auch für Onkel Hans Amerika immer näher heran und verliert dabei immer mehr den Schrecken, ein unendlich weit entfernter Kontinent zu sein.

Nun wird gemeinsam schriftlich, und manchmal sogar per Telefon, für Oxford geplant. Ob es uns wohl gelingen wird, meinen Vorschlag in die Tat umzusetzen, und aus Mozarts Oper die Zauberflöte das Lied des Papagenos Ein Mädchen oder Weibchen / Wünscht Papageno sich ..., gemeinsam, er auf seinem Glasspiel und ich auf meiner Glasharfe, im Wechsel vorzutragen? Wenn man aber fast 700 km entfernt voneinander wohnt, bringt so ein Unternehmen so seine Schwierigkeiten mit sich, und Onkel Hans ist, das ich bemerke sehr schnell bei unseren schriftlichen Besprechungen, sehr penibel. Es bedarf vieler Briefe, nur um einigermaßen darüber klar zu werden, wie sich das Wechselspiel überhaupt gestalten sollte. Manchmal ist es fast zum Verzweifeln. Dennoch besprechen, planen und korrigieren wir, vor allem in Briefen, mutig weiter. Es werden, mittels Kassetten, sogar noch akustische Hilfen ausgetauscht.

Sehr bald bemerke ich, dass Onkel Hans größere Kenntnisse der Musik-Theorie hat als ich. Bei mir geht die Musik vor allem über das Gefühl, besonders aber auch über meine Ohren.

Über unsere Auftritte als Solisten, dies Programm entscheidet jeder aber für sich selber.

Zum Sommerprogramm gehört allerdings noch, dass ich im August einen Brief von Dennis James im Briefkasten finde. Da lasse ich alles stehen und liegen, stelle nur schnell die Platten am Küchenherd sicherheitshalber noch auf Null. Mit dem Briefumschlag in den Händen setze ich mich gemütlich in unseren Wohnzimmersessel, finde nach einigem Suchen den Brieföffner und entziffere gespannt seinen langen Bericht, der natürlich in Englisch geschrieben ist.

Unter anderen Informationen lese ich, dass er im September eine musikalische Deutschland-Tournee plant. Bei dieser Gelegenheit möchte er auch bei uns vorbeikommen. Großartig! Aufgeregt flitze ich von meinem bequemen Sofa zum Funkgerät. Manchmal habe ich Glück und Peter meldet sich von seinem Auto aus direkt. So auch jetzt:

„Peter, stell dir vor, Dennis kommt nach Deutschland und will uns im September besuchen! Ist das nicht toll!"

„Das ist ja eine Überraschung! Wann genau will er uns denn beglükken?", tönt es durch den Lautsprecher zurück.

„Mitte September. Er fliegt erst über London und dann nach Köln."

„Sollen wir ihn dort abholen?"

„Davon schreibt er nichts, aber er möchte für vier bis fünf Tage zu uns kommen."

Darauf bekomme ich die sachliche Antwort: „Ich habe noch einen Patienten, danach bin ich zu Hause."

Noch einmal überfliege ich den Brief. Er schreibt, dass er nicht mit einer Glasharmonika kommen wird, denn er besitze noch keine eigene. Die beiden in seinem Studio seien nur ausgeliehen. Er habe aber eine solche schon bei Gerhard in Auftrag gegeben. Weiter berichtet er, dass er als Berufsmusiker vor allem Orgelkonzerte gebe, und im September in England und Schottland verschiedenen Engagements nachkommen will. Am 21. dann fliege er zu einem Orgelkonzert weiter nach München, und trage so nebenbei noch die Hoffnung, dort am Oktoberfest teilnehmen zu können.

In der Küche kann zwar nichts anbrennen, aber das Mittagessen wird ohne die Köchin nicht fertig. Den Brief lasse ich im Wohnzimmer liegen, die Gedanken aber und das Pläneschmieden, das nehme ich mit. So schwirrt jetzt so manches wild und fröhlich um meine Kochtöpfe herum.

„Dennis kann bei uns ein Klavierkonzert geben, wozu haben wir denn vor kurzem einen gebrauchten Flügel gekauft! Vielleicht können wir sogar zusammen spielen, zum Beispiel das Stück ‚Plaisir d'amour'", murmle ich frohgemut so vor mich hin. Achtung, jetzt ist mir beinahe der Kartoffel-stock angebrannt. Leider verharrt der Musikraum immer noch in seinem kriegsbedingten Urzustand, dafür aber glänzt daneben der gleich große Wintergarten schon umso schöner.

„Ich muss gleich eine Liste aufstellen, wen wir zu einem eventuellen Hauskonzert einladen könnten!", ist mein nächster Gedanke zwischen Kartoffelstock, Bohnengemüse und Frikadellen.

Als Peter und die Kinder nach Hause kommen, ist nicht nur das Mit-tagessen fertig, auch meine Pläne für Dennis und unser Konzert, inklusive einer provisorischen Einladungsliste. Beides steht schon, das eine kulina-risch, das andere geistig, abwartend auf und am Tisch.

Gemeinsam wird später alles noch überprüft. Insgesamt werden es 36 Gäste sein. Auf ihre Zusagen hoffen wir nun sehr.

„Peter, kannst du Geschirr, Besteck und Gläser besorgen, für so viele Personen haben wir nicht genug davon!" Mein Wunsch wird genehmigt.

Von der Getränkefirma wird Sprudel, Sekt, Orangensaft geholt. Dazu besorgen wir noch die Zutaten für die kleinen Schweinereien, wie man in Berlinerisch sagt, und damit meint man kleine Sandwichs. Auch das Salzgebäck und die Pralinen dürfen nicht fehlen.

Der Ankunftstag rückt mit Planen und Organisieren schnell heran. Unser Flügel im Wintergarten ist vor kurzem noch gestimmt worden. Den roten Teppich zu einem würdevollen Empfang brauchen wir nicht mehr extra auszurollen. Dieser überdeckt schon seit der Einweihungsfeier, groß und leuchtend in seinem orientalischen Muster, den wunderschönen alten, und jetzt neu reparierten und geschliffenen Parkettboden des Wintergartens.

Dann kommt er, unser, oder im Andenken an Columbus, mein speziel-ler Gast. Peter und ich holen ihn am Langerweher Bahnhof ab, während die Kinder mit viel Spannung zu Hause warten. Etwas schüchtern versu-chen sie bei der Begrüßung, mit Wörtern aus ihrem Schulenglisch, kleine Sätze zu bilden. Das fröhliche Auftreten von Dennis aber löst sehr schnell die erwartungsvolle Spannung, und als er dann erst noch den Flügel ent-deckt und darauf zu spielen beginnt, da fliegt, mit diesen übermütigen Klängen, jede noch verbliebene Scheu einfach davon.

Am anderen Tag lädt Peter unseren Gast ein, ihn auf seine tierärztliche Tour zu begleiten. Bei seiner Rückkehr erzählt er mir dann, er sei mit Dennis noch ins benachbarte Wenau gefahren.

„Ich habe dort beim Pastor geklingelt. Der schaute mich zuerst recht erstaunt an, denn wir kannten uns ja kaum. Als ich aber Dennis vorstellte und ihm erklärte, dass unser Gast ein Amerikaner und bekannter Organist sei, da griff er schnell nach dem Kirchenschlüssel. Ich glaube, dass dieser Orgel noch nicht oft eine solche Fülle von kraftvollen Tönen entlockt worden sind. Dennis, ganz in seinem Element, füllte die kleine Kirche bis in die hinterste und letzte Ecke so mit seiner Musik aus, wie diese es wohl schon lange nicht mehr erleben durfte. Der Pfarrer war restlos begeistert, und hätte ihn liebend gerne zu einem Abendkonzert gebeten. Aber München konnte nicht warten."

Am Tag vor unserem Konzert holen wir zusammen mit den Kindern die notwendigen Stühle aus der ganzen Wohnung zusammen. Den fehlenden Rest entleihen wir noch aus dem Reiterstübchen, denn alle eingeladenen Gäste hatten zugesagt.

Alles ist nun bereit, die Getränke warten, im Keller gut gekühlt, auf ihren Einsatz. Nur die kleinen Brötchen sind noch nicht fertig, die wollen wir erst am Konzerttag streichen. Noch eine Nacht vor dem musikalischen Ereignis. Nicht nur wir, auch unser Künstler freut sich schon sehr darauf. Zwei Stücke wollen Dennis und ich zusammen spielen, nämlich neben dem Plaisir d'amour auch das Lied vom Papageno aus Mozarts Zauberflöte, das Onkel Hans und mir immer noch ziemlich viel Kummer bereitet.

Dann ist er da, der Konzertmorgen. Wir sind bereit und voller Vorfreude. Da schleicht sich doch so ganz hinterlistig, und von uns vollkommen unerwartet, ein nicht geladener, und absolut ungebetener und unwillkommener Gast herein. „Das darf nicht wahr sein!", ist mein seelischer Hilfeschrei. „Was machen wir nun, wie werde ich ihn wieder los? Hat nicht Peter noch gestern im Zeitungshoroskop gelesen: ‚Sie müssen sich auf eine unerwartete Situation gefasst machen!' " Von solchen Voraussagen halte ich ja eigentlich nichts. Diesmal aber scheint das Orakel direkt zu stimmen.

„Wenn er nicht bis am Nachmittag verschwunden ist, dann wird der Abend leider anders aussehen, als geplant!", sinniere ich betrübt. Ja, jetzt ist guter Rat teuer.

So vergeht eine Stunde nach der anderen. In unserer Küche werden eifrig die Brötchen vorbereitet, auch Dennis hilft überall mit, nur die Hausfrau beschäftigt sich mit ihrem bösartigen Gast ...

Gegen Mittag sage ich zu Peter: „Peter, bitte ruf doch den Dr. Strepp an, vielleicht kann er helfen."

Schon in der nächsten halben Stunde erscheint unser „Komm-mir-zu-Hilfe". Auf ihm liegt nun unsere ganze Hoffnung.

„Herr Doktor, Sie können mit mir machen, was Sie wollen, aber bis heute Nachmittag will ich ihn los sein, denn am Abend muss ich so fit sein, dass ich nicht nur unsere Gäste empfangen, sondern auch Glasharfe spielen kann!"

„Ich gebe Ihnen jetzt eine Spritze, die sollte Ihrer Magen-Darm-Grippe endgültig den Garaus machen. Sie werden sich bald besser fühlen!", beruhigt er mich. Nur ein kleiner Pieks, aber er ist unser großer Hoffnungsträger. Und tatsächlich, schon eine Stunde später strecke ich ein Bein aus dem Bett, dann folgt ihm auch das andere an die frische Luft. Ich stehe auf. Noch schwanke ich wie ein alter Dampfer, meine Beine zittern leicht, aber schlecht ist mir nicht mehr. Langsam gehe ich die Treppenstufen hinunter, wo mich das fröhliche und äußerst geschäftige familiäre Personal willkommen heißt.

„Are you all right, do you feel better?" Ja, bis auf eine gewisse Schwäche fühle ich mich wieder ganz in Ordnung. Ich staune und bin sehr dankbar, als ich feststellen kann, dass in den letzten Stunden alles, durch viele fleißige Hände, auf das Beste gerichtet worden ist. Die belegten Brötchen lachen mir bunt von ihren Platten entgegen, und die Getränke sind auch schon ans Tageslicht geholt worden.

Noch einmal spielen Dennis und ich unsere beiden Stücke durch, dann flüstere ich meinen Gläsern noch leise, für die anderen aber nicht hörbar, meine Bitte zu:

„Helft mir heute Abend, wir dürfen nicht schlapp machen!"

Unser Konzert und das anschließende gesellige Beisammensein werden ein voller Erfolg. Dennis spielt, dass die Wände ganz amerikanisch zu vibrieren beginnen. In der Pause verschwinden die Brötchen und die Flaschen leeren sich fast wie von selber. Dennis plaudert charmant mit den Gästen, die alle beflissen ihr bestes Englisch hervorkramen. Es herrschte eine fröhliche und ganz entspannte Stimmung.

Da, auf einmal hören wir feine und etwas zaghafte Töne. Sie kommen vom Flügel her. Alles dreht sich nach diesen sanften und etwas schüchternen Klängen um. Und wer sitzt, noch ganz von der gerade gehörten Musik eingesponnen, auf dem Klavierstuhl und versucht, ob diese verzauberten Tasten vielleicht auch ihm so schön, wie vorhin Dennis, gehorchen wollen? Es ist unser Claas. Auf die Zuhörerschaft muss er nicht lange warten, und vor allem Dennis setze sich sogleich zu ihm:

„That was very nice, let us play together …!", und einfühlsam begleitet er die zarten Bemühungen des jungen Künstlers.

Aber nicht nur unsere Gäste, auch wir haben an diesem Abend, nach dem morgendlichen Fiasko, unsere unverdorbene Freude und sind so dankbar, dass der Abend doch so fröhlich und harmonisch verlaufen ist.

Schon kurz darauf bringt uns der Postbote einige Dankesbriefe, einen davon sogar in Gedichtsform. Ach, was freuten wir uns doch so riesig darüber:

Wenn die Gläser zart erklingen,
Und uns frohe Stunden bringen,
Lauschen wir in heller Freude,
Dem Künstler, der uns heute
Den Genuss zu Ohren bringt!
Dankbar für die schönen Stunden,
Die im Hause Behrendt wir gefunden.
Hanneliese Leyers

Die ausgewählten und meisterhaft dargebotenen Klavierstücke
in Harmonie mit den zauberhaften Klängen, die Sie, liebe Frau
Behrendt, – auch noch so tapfer in Anbetracht Ihrer Unpäss-
lichkeit – Ihrer Glasharfe entlockten, und die so liebevoll und
aufmerksam gestalteten Tischrunden beim anschließenden
„Gaumenfest", werden mich diesen Tag so schnell nicht
vergessen lassen. Ein großes Kompliment an Ihren lieben
amerikanischen Freund!
Dagmar Boller

*

Dann war unser Gast wieder abgereist. Mit einer Postkarte aus München verklingen auch die letzten Töne dieses musikalischen Abends:

The train trip down to Munich was lovely. I had a wonderful
time visiting you in Langerwehe and thank you so much for

your wonderful hospitality. The Oktoberfest is a lot of fun –
many people at first strangers become instant friends. I drank
too much beer the first day – but now have recovered …
Cherio – Dennis

Meine Glasharfe muss sich jetzt wieder mit sich selber und mit mir begnügen. Unser Flügel, der unter den geübten Fingern eines richtigen Musikers, einmal ausgiebig seine großen Möglichkeiten zeigen durfte, hatte sich auch so wunderbar mit meinen Gläsern verstanden. Die beiden Instrumente trafen sich an diesem besonderen Abend in einer Einheit, wie Goethe das einmal so herrlich ausgedrückt hatte: „Als wenn die ewige Harmonie sich mit sich selbst unterhielte."

Da! Horch! Stumm müssen die Tasten scheinbar doch nicht bleiben, denn ich höre sie schon wieder erklingen, wenn auch viel einfacher, bescheidener. Auf leisen Füßen gehe ich den Tönen nach und was finde ich? Es ist wieder Claas. Er sitzt auf dem Klavierstuhl und seine Finger suchen auf den Tasten die Musik, die er von seinem amerikanischen Freund gehört hat. Jetzt aber ist es nur eine kleine Melodie, unbeholfen nachahmend und doch so fein und schön. Still bleibe ich stehen und freue mich, denn auch das ist Musik.

Dieses kleine, wie auch das vergangene große Klavierspiel – sind sie beide nicht wie vereinzelte blühende blaue Kornblumen im Ährenmeer eines reifen, gelben Getreidefeldes?

Um dieses Meer aber, oder genauer ausgedrückt, um die vielen Aufgaben unseres Merbericher Alltages, darum muss ich mich jetzt wiederum kümmern.

*

Und doch möchte ich nun endlich erfahren, wie es Meister Pockridge und seinem Kumpanen weiter ergangen ist. Sind die beiden Musikhelden reich und berühmt geworden, oder verliefen auch diese fantastischen Pläne im Sande einer Ideenwelt?

Aber auch im dichtesten Merbericher Kornfeld findet sich immer wieder einmal eine freie Stelle, und diese benutzte ich, um meine Gläser erneut zu bitten, mir ihre Geschichte weiterzuerzählen.

Kapitel 18

Benjamin Franklin
in London

Londons schmucke Gesellschaft – B. Franklin und E.H. Delaval im Gespräch –
Musical Glasses – was ist aus Pockridge geworden? – Lord Parker, B. Franklin und die
amerikanische Geschichte – Franklin auf dem Schiff nach Amerika – Nein! ich will nicht mit
nach Amerika! – Pferde putzen ist nur etwas für die Mädchen – Brief an Pater Beccaria

Voll Spannung und innerer Erwartung streiche ich über die Ränder meiner Gläser, aber ohne eine bestimmte Melodie zu spielen. Konzentriert lausche ich den Tönen und wünsche mir, sie möchten mich wieder im Tunnel unserer Zeitrechnung zum Ausgang des 18. Jahrhunderts leiten ...

Auf einmal stehe ich in einem großen und festlich geschmückten Saal. Staunend und wie benommen versuche ich mich zu orientieren. Wo bin ich hier? Wird hier Richard Pockridge mit seinem neuen Arbeitskollegen, John Carteret Pilkington, etwa auftreten?, frage ich mich und betrachte verständnislos und doch irgendwie neugierig rundherum meine unmittelbare Umgebung.

Nach oben schauend fällt mir die Decke nicht nur durch ihre künstlerischen Stuckarbeiten auf, sie hängt auch, wie ein märchenhaftes Gemälde, über dem ganzen Saal. Schwere, dunkelrote Vorhänge umrahmen die hohen, jetzt leicht geöffneten Fenster, durch die ein sanfter Abendwind weht. Große Spiegel an den Wänden fangen das Licht der vielen hundert funkelnden Leuchter ein und werfen es in tausendfacher Reflexion zurück. An den Wänden entlang bewundere ich fasziniert eine auffallend geblümte Seidentapete und einen herrlichen gewebten Wandteppich.

Ich scheine in eine perfekte Abendgesellschaft geraten zu sein, denn um mich herum wandeln, redend und gestikulierend, viele feierlich gekleidete Menschen. Es ist eine eifrig debattierende, und wie mir scheint, auch recht illustre Gesellschaft, die sich hier in diesem großen und reichen Saal tummelt.

Instinktiv versuche ich immer wieder den vielen hin und herlaufenden Menschen auszuweichen, denn allein die Damen mit ihren aufwändigen Toiletten nehmen fast den ganzen Raum in Anspruch. Selbst die Bediensteten tragen hier eine vornehme samtene Ehrenlivree.

An der Bekleidung der Damen und Herren versuche ich mich zu orientieren, ob ich mich nun wirklich wieder in der Zeit von Pockridge und seiner Angelic Organ aufhalte. Von einer etwas ruhigeren Ecke aus beobachte ich aufmerksam das laute und bunte Treiben.

Die farbenprächtige und stoffreiche Bekleidung bringt mich richtig zum Lachen. Unsichtbar wie ich hier bin, darf ich die Damen und Herren ganz unbemerkt und ungeniert, und das sogar von ganz nahem, betrachten. So tragen die Damen Kleider mit vorn und hinten tief eingelegten Falten. Der Rockteil ist an das Oberteil angenäht, was sichtbar eine stärkere Taillierung ermöglicht. Sie tragen keine Reifröcke, wie ich fast erwartet habe, sondern über dem Hinterteil wird der Stoff durch ein Polster hochgehoben. Besonders auffallend sind die aufgesetzten Dekorationen in Form von gerüschten oder gefälteten Volants, und geknüpfte Seitenstränge übernehmen eine weitere Funktion der Prachtentfaltung. Die schlichten steifen Ärmelaufschläge werden durch zwei- oder dreilagige Volants mit bogig geschnittenen Kanten versetzt. Die edlen Stoffe ihrer Kleidung sind noch zusätzlich mit Federn, Blumen, Rüschen und Bändern geschmückt.

Das aufgesteckte Haar ist oft von einer Haube oder einem ausladenden Hut bedeckt. Doch manchmal fällt auf, dass ein Zopf am Hinterkopf hochgeführt und auf dem Kopf festgesteckt ist. Eigentlich eine bescheidene Art des Frisierens, im Gegensatz zu so einigen Damen, die scheinbar damit nicht ganz einverstanden sind. Sie tragen keine Hauben, sondern ersetzen diese durch eine turmhohe Haarpracht, die in ihrer Fülle sicher nicht nur selbstgewachsenes Eigentum ist. Eine Dame fällt mir besonders auf, denn zur Feier des Abends trägt sie, wie eine Farce, tatsächlich ein Schiff in ihrem aufgetürmten Haar. Zusätzlich ist diese künstliche Pracht so mit Bändern und Perlen bestückt, dass ihr schwer beladener Kopf dadurch manchmal nach vorne wippt. Amüsiert frage ich mich, ob ihr Ehemann vielleicht Kapitän ist.

Bei den Herren fällt mir auf, dass sie meistens Kniebunthosen tragen und darüber eine bis knapp über die Hüfte herabbreichende Weste. Beides wird teilweise von einem Rock überdeckt, der über der Brust zugeknöpft wird. Die Vorderkante dieser Jacke ist nach außen erweitert und oben am Hals mit einem niedrigen Stehkragen versehen. Die natürliche Haarpracht wird größtenteils durch eine lange und weiß gepuderte Perücke ersetzt.

Irgendwie muss ich jetzt aber endlich herausfinden, in welcher Zeit und in welchem erlauchten Palais ich hier herumwandle. Den Eingang zu diesem Saal zu finden ist nicht schwierig, denn bald sehe ich, dass dort noch immer etwas verspätete Gäste, von zwei livrierten Butlern, willkommen geheißen werden. Von Pockridge aber noch immer keine Spur. Da entdecke ich auf einem hochbeinigen Beistelltischchen noch einige Einladungskarten. Als Geist kann ich mir zwar keine davon nehmen, aber lesen, was darauf steht, das ist mir ohne weiteres möglich:

Lord and Lady Parker, President of the Royal Society in the years 1752 to 1764 gives his request the honour of your company at our home.

Da plötzlich spielt die Musik auf, und ein großer Mann in vollem Ornat – wohl der Tanzmeister? – bittet jetzt um Aufmerksamkeit und kündet den ersten Tanz an.

Auch ich stelle mich, recht neugierig geworden, was jetzt kommen soll, neben diesen schmucken Herrn, immer darauf bedacht, ihn nicht zu berühren.

Die Damen ordnen sich, wie auf ein stilles Kommando, auf der rechten Seite in eine Reihe, die Herren links ein. Jetzt gehen die Damen und Herren aufeinander zu und ich muss ganz schnell auf die Seite hüpfen, um nicht zwischen dieser Haute Couture eingeklemmt zu werden. Die ersten Schritte werden auf dem blank gewienerten Parkettboden gekonnt gemacht, es scheint ein Menuett zu sein. Es folgen nun viele Figuren, bei denen die Tanzpartner fortwährend gewechselt werden. In dieser tänzerischen Kreativität, die ich nun aufmerksam verfolge, werden phantasievolle Drehungen und Verneigungen dargeboten.

Ich fühle mich hier fast wie in einem Sissi-Film und bin sehr dankbar, inmitten dieser alten Reigen, mit meiner einfachen Bekleidung und absolut unpassenden Frisur, für jedermann vollkommen unsichtbar zu sein. Ich balanciere nicht einmal ein Schiff auf meinem Kopf herum!

Meinen Geschichtskenntnissen entsprechend vermute ich, dass diese exzentrische Kleidermode eigentlich in die Epoche des Rokoko gehört. Es ist die Periode, in der man sich die Langeweile des luxuriösen Lebens mit einer neuen Sehnsucht, der Sehnsucht nach dem Zurück zur Natur und den dazu gehörenden Schäferspielen vertreibt. Darin entwickelte sich auch eine Strömung mit einer bis an Hysterie grenzenden Empfindsamkeit, die dann in der Gesellschaft einen immer höheren Stellenwert bekam.

Da bemerke ich, dass sich in einem Nebenraum einige Herren zu einer Gesprächsgruppe abgesondert haben. Sie scheinen sich in einer fast heftigen Diskussion zu befinden, denn ich vernehme durch die offene Tür einige Wortfetzen wie: Denken mittels Vernunft und weg von Vorurteilen und Aberglauben und dabei werden diese festlich gekleideten Gentlemen sogar manchmal recht laut.

Behutsam trete ich etwas näher, um über diese hitzige Debatte noch mehr zu erfahren. Da vernehme ich die Namen John Locke, David Hume, Immanuel Kant, Voltaire, Rousseau, Isaac Newton und Shakespeare und bekomme durch diese Auseinandersetzung meine Vermutung bestätigt, dass ich mich hier vergnüglich in die Zeit der französischen und europäischen Aufklärung hinein geschlichen habe, einem revolutionären Gedankengut, welches im 18. Jahrhundert sogar in dem einfacheren Volk Nahrung finden konnte.

Auf einmal wird meine Aufmerksamkeit auf zwei Herren gelenkt, die abseits stehen. Statt an dieser eleganten Tanzerei mitzumachen, sehe ich die beiden in eine intensive Unterhaltung vertieft. Vorsichtig, aber vor allem sehr interessiert, nähere ich mich nun diesen beiden, stelle mich vorsichtig daneben und höre aufmerksam dem Gespräch zu:

„Lieber Franklin, es ist mir eine ganz besondere Freude und Überraschung, dass ich ihnen hier, in diesen festlich geschmückten Räumen der Londoner ‚Royal Society‘ begegnen darf. Bei dieser, leider seltenen Gelegenheit, möchte ich ihnen nochmals meinen herzlichen Dank für ihre Fürsprache aussprechen, dass man mich als Mitglied dieser ‚Vereinigung zur Förderung aller naturwissenschaftlichen Experimente‘, aufgenommen hat! Nach wissenschaftlicher Überprüfung und Anerkennung meiner physikalischen Experimente und Forschungen zur Elektrizität, wurde ich 1759, also vor gut zwei Jahren, als volles Mitglied anerkannt. Schon bald darauf veröffentlichte man in den ‚Philosophical Transactions‘, dem Publikationsorgan dieser Gesellschaft, meinen Bericht bezüglich einiger Experimente zur Elektrizität unter dem Titel ‚An Account of Several Experiments in

Electricity'. Seit ich Fellow an der Universität Pembroke Hall bin und in der Fakultät Chemie und experimentelle Philosophie mit meinem Spezialgebiet Elektrizität forsche, habe ich seit einigen Jahren meine besondere Aufmerksamkeit dem Ursprung und den Auswirkungen des Blitzschlages gewidmet. Auch mit diesen Erkenntnissen durfte ich eine Veröffentlichung unterbringen. Es ging mir darum, die Folgen eines Blitzschlages in den Turm der St. Bride's Church in der Londoner Fleet Street zu untersuchen."

„Das ist also jetzt der berühmte Benjamin Franklin, und ich stehe neben ihm!" Auf einmal bin ich schrecklich aufgeregt.

Eigentlich fällt er hier gar nicht so richtig auf, oder vielleicht doch durch seine einfache Kleidung, die sich von den anderen, bunt dekorierten Herren, in ihrer Schlichtheit recht unterscheidet. Er trägt einen braunen, knielangen Rock mit Weste, an der ich viele Knöpfe zählen kann. Er scheint nicht mehr ganz jung zu sein, denn nicht nur, dass er eine recht stattliche Leibesfülle aufweist, auch sind ihm vorne die Haare abhanden gekommen, so dass sich seine Denkerstirn nach hinten verlängert hat. Dafür aber hat er die Restlichen hinten lang auf die Schultern wachsen lassen. Sein Auftreten ist ruhig und doch selbstbewusst, aber ohne irgendwie auffallen zu wollen. Seine Augen zeigen Güte, Intelligenz, vor allem aber auch eine volle Aufmerksamkeit und ein lebhaftes Interesse am momentanen Gesprächspartner. Er ist eine Erscheinung, vor der man Achtung aber keine Angst verspüren muss. Wie schade, dass ich mich nicht selber mit ihm unterhalten kann, ich würde es jetzt nur zu gerne tun. Stattdessen aber versuche ich, jedes seiner Worte zu verstehen.

„Verehrter Freund Delaval, ich freue mich sehr, mit Ihnen gemeinsame wissenschaftliche Interessen vertreten zu dürfen. Auch ich habe mir viele Gedanken über das Wesen des Blitzes gemacht, vor allem, da ein Einschlag viel Schaden anrichten und gar Menschenleben bedrohen kann. Uns ist das unheimliche Gefühl wohl bekannt, wenn dunkle Wolken am Himmel aufziehen und drohend immer näher kommen. Die ganze Gegend hüllt sich plötzlich in eine rätselhafte Stille. Wir fühlen uns den Gewalten der Natur hilflos ausgesetzt. Meine Beobachtungen führen dahin, dass wenn elektrostatisch aufgeladene Gewitterwolken über ein Land, hohe Berge, große Bäume, hoch aufragende Türme, Kirchtürme, Masten von Schiffen, Schornsteine usw. wandern, diese dann das elektrische Feuer so auf sich ziehen, dass sich darüber die gesamte Wolke entlädt.

Über diese Problematik, wie ich den Blitz ableiten und seine Gefahr für Haus und Leben neutralisieren könnte, habe ich lange nachgedacht. Es war im Jahre 1750, dass ich einen Versuch über den Nachweis der elektrostatischen Aufladung des Blitzes startete. Mein Experiment nennt sich ‚Das Schilderhaus-Experiment'. Mein Versuch gestaltete sich dann folgendermaßen:

Ich platzierte auf einem Turm ein so genanntes Schilderhaus, und befestigte daran eine lange, in den Himmel ragende Eisenstange. Über diese Eisenstange wurde dann, wie erwartet, die Gewitterelektrizität in das Schilderhaus übertragen, wo, durch die Erzeugung von Funken, der Nachweis, der von mir erwarteten elektrostatischen Aufladung der Wolke, erbracht werden konnte. Diese neue Erkenntnis schilderte ich, anlässlich meines Besuches in Paris, auch dem französischen König. Ludwig äußerte sich darauf hin begeistert über die Anwendung der spitzen Stangen, mit denen die fürchterlichen Auswirkungen von Gewittern verhindert werden können."

„Lieber Freund Franklin, es fasziniert mich außerordentlich, dass wir an dem gleichen Problem experimentiert haben und beinahe zu demselben Ergebnis gekommen sind. Ich vertrete jedoch die Ansicht, dass ein Blitzableiter, wie ich ihn nenne, größere Wirkung erzielt, wenn die Enden nicht spitz sondern abgerundet sind."

Diese Diskussion verfolge ich mit ganz besonders aufmerksamen Ohren und freue mich diebisch, den berühmten Amerikaner, Benjamin Franklin, vor mir zu sehen.

Den weiteren Gesprächen dieser beiden Herren kann ich bald entnehmen, dass man hier, in diesen festlich geschmückten Räumen, den Geburtstag des augenblicklichen Präsidenten der Royal Society, Lord George Parker, Earl of Macclesfield feiert.

Meine Blicke wandern immer wieder aufmerksam durch die angeregt sich unterhaltende bunte Gesellschaft. Da bemerke ich, wie sich eine sympathische Lady meinen beiden Diskussionspartnern freundlich nähert:

„Lieber Delaval, es freut mich außerordentlich, dass Sie, als Freund des Hauses, sich mit unserem besonders geschätzten Gast, dem amerikanischen Abgeordneten Mr. Benjamin Franklin, in einer so anregenden Diskussion befinden. Aber dürfte ich Sie jetzt dennoch an Ihr uns gegebenes Versprechen erinnern, welches hier alle Anwesenden schon lange in erwartungsvoller Spannung hält?"

„Aber sehr gerne, My Lady, ich entferne mich direkt, um die notwendigen Vorbereitungen zu tätigen. Sie entschuldigen mich für einige Zeit, lieber Franklin!", und damit entschwindet er durch eine Tür in einen bisher noch verschlossenen Nebenraum.

Gleich darauf unterbricht ein Gongschlag die allseitig regen Unterhaltungen und bringt die Aufmerksamkeit der ganzen Gesellschaft in eine lauschende Spannung. In diesem erwartungsvollen Schweigen höre ich, wie neben mir eine Dame ihrem Kavalier zuflüstert, dass dies Lady Parker, die Hausherrin selber gewesen sei. Mit ihren folgenden Worten zieht sie nun alle Aufmerksamkeit auf sich.

„Sehr verehrte Anwesende, werte Gäste, darf ich hier im Namen meines lieben Gatten, Lord Parker, Ihnen eine ganz besondere Attraktion ankündigen. Einer unserer erlauchten Freunde ist Lord Edward Hussey Delaval. Sicher haben Sie schon seinen Namen vernommen. Er ist ein begabter Chemiker und Experimentalphysiker und hat sich hier bei uns in England schon einen entsprechenden Namen gemacht.

Nehmen Sie bitte alle Ihr Glas zur Hand und betrachten Sie es einmal genau. Heute Abend ist es Ihnen immer mit einem köstlichen Wein gefüllt worden, und daher werden Sie staunen, wenn Sie nun erfahren, dass Gläser auch eine andere, aber ähnlich kostbare Eigenschaft besitzen.

Jeder Wein hat seine eigene Farbe und so leuchtet der Weißwein in einem hellen Gelbton, der Rotwein aber zeigt sich im roten Blute der Traube. Herr Delaval machte eines Tages Experimente mit Glas, um unter Beimischung verschiedener Metalle eine besondere Farbe, auch ohne flüssigen Inhalt, zu bekommen. So begeisterte ihn dieser durchsichtige Stoff in verschiedenen Variationen und eines Tages entdeckte er eine weitere, vielleicht die außerordentlichste und schönste Eigenschaft dieses durchsichtigen und leuchtenden Materials. Ich möchte nun nicht weiter vorgreifen, sondern alles Weitere Lord Delaval überlassen."

Er hat mit Glas zu tun! Sofort klingelt und geistert etwas in meinem Kopf herum!

Nun wird von zwei Dienern die Türe zu dem Nebenraum, durch die Delaval eben gerade verschwunden war, aufgemacht. Da beobachte ich, wie dieser, zusammen mit Lord Parker selber, vorsichtig einen Tisch hereinträgt. Es gelingt mir zwischen den vielen Beinen und Stoffen hindurch ganz nach vorne zu huschen, und was sehe ich zu meiner großen Überraschung? Viele Gläser, in verschiedenen Größen, die an dieser Holzplatte befestigt und zum Teil mit etwas Wasser angefüllt sind.

„Das sind die Musical Glasses!", geht es mir blitzschnell noch durch den Kopf. Dann höre ich, wie ein erstauntes Gemurmel durch die Reihen der Anwesenden geht. Alles reckt die Hälse, und selbst das Geraschel der Fächer verstummt. Delaval geht auf diesen sonderbar beladenen Tisch zu, legt dann seine angefeuchteten Fingerspitzen an den Rand der Gläser und, nach einer leichten Verbeugung zum Publikum, beginnt er diese mit eleganter Bewegung zu streichen. Augenblicklich ertönt ein leises Klingen.

Ach, wie kenne ich das so gut, wie erinnert es mich jetzt an meine eigenen Gläser. Und doch tönen sie anders, nicht so weich, klar und rein wie ich sie kenne. Die Glaskunst hat sehr große Fortschritte gemacht. Ich stelle mir jetzt einfach vor, diese Musical Glasses seien eine Kusine von meiner Glasharfe. Und dennoch ist es wieder so schön. Ganz konzentriert lausche ich diesen etwas anderen Klängen.

Behände und leicht ist das Spiel des Künstlers. Melodie auf Melodie löst sich von den Gläsern. Welche Zeit ist inzwischen vergangen, fünf Minuten, eine halbe Stunde? Ich weiß es nicht. Da, auf einmal verstummt die Musik. Dann beobachte ich, wie der Erste, der sich aus dem Zauberbann loslöst Benjamin Franklin ist. Temperamentvoll und voll Begeisterung über das Gehörte geht er auf Delaval zu und schüttelt ihm die Hände:

„Mein lieber Freund, Sie sind ein Zauberer. Ich habe in meinem ganzen Leben schon viel gesehen und gehört, ich selber spiele mehrere Instrumente, aber was Sie uns hier an Melodien und Tönen gebracht haben, ist mit nichts zu vergleichen. Es ist, als ob jemand eine Geige spielte und doch anders, nein, fast wie eine Windharfe, aber auch nicht so, wie eine Flöte, und doch nicht gleich, die Töne scheinen in der Luft zu schweben, wahrhaftig, wie ein Orchester von Geistern, das über dem Saal tanzt, um in den Lüften zu musizieren. Ohne sich darüber Gedanken zu machen ist man gewöhnt, das Material eines jeden Musikinstrumentes mitzuhören: bei der Geige die Darmseite, beim Klavier den Stahldraht, bei der Trompete das Blech, bei der Flöte das Holz. Hier scheint dieser stoffliche Träger zu fehlen! Oder ist es doch das Glas, was tönt, in einem Ton, so rein und kaum fassbar?

Jetzt muss ich Sie aber doch fragen: Entspringt dieses mir vollkommen fremdartige Instrument Ihrer eigenen Eingebung, oder haben Sie ein solches schon einmal irgendwo gesehen und gehört?"

„Das Instrument hier, dessen Tonreichtum Sie eben vernommen haben, ist von mir selber gebaut worden. Aber, obschon das Glas immer mein besonderes Interesse geweckt hat, und ich als Chemiker eine Reihe von Experimenten damit gemacht habe, so kam die Idee, ein Musikinstrument daraus zu machen, dennoch nicht von mir, sondern sie stammt von einem gewissen Richard Pockridge aus Irland."

Pockridge hat er gesagt, ich habe es deutlich verstanden! „Den kenne ich!", will ich gerade aufgeregt ausrufen, und wie elektrisiert mache ich einen hastigen Schritt nach vorne. Beinahe wäre ich in der Hektik zwischen die beiden Gesprächspartner geraten. Im letzten Moment kann ich mich noch bremsen, denn ich darf hier niemanden berühren, sonst wäre der ganze Zauber sofort vorbei. Jetzt aber klebe ich mit Augen und Ohren an diesem Delaval. Wo ist Pockridge? Auf jeden Fall nicht hier. Hatte er mit seinen hochfliegenden Plänen den erhofften Erfolg? Ich muss unbedingt noch mehr darüber erfahren. Da höre ich, wie der Künstler weiter berichtet:

„Er war gewissermaßen ein erfinderisches Genie, ein unruhig suchender Geist", berichtet Delaval jetzt weiter, „jedoch mit seinen Ideen unserer heutigen Zeit so weit voraus, dass er, was immer er auch unternahm oder vorschlug, nirgendwo weder Verständnis noch Anerkennung finden konnte. Sein bedeutendes Vermögen fiel so seinem Ideenreichtum zum Opfer. Ich bin diesem ‚Phantasten' persönlich begegnet. Aber auch bei dieser Begegnung war Pockridge kein Glück beschieden, was er doch so dringend gebraucht hätte.

Es ist jetzt schon eine Weile her, dass ich in Dublin zu tun hatte, da wurde ein Konzert auf Gläsern in Begleitung eines Sängers angekündigt. Neugierig, wie ich immer bin, wenn es sich um Musik handelt, ging ich zeitig, lange vor dem Konzertbeginn, an den angegebenen Ort des Geschehens. Der große Saal war bereits mit einer reichlichen Bestuhlung versehen, aber was mir dann besonders ins Auge fiel, war ein hölzerner Tisch, auf dem viele Gläser verschiedenster Größen befestigt waren, ähnlich wie sie es hier bei meinem Instrument sehen können. Ich stellte mich dem Künstler vor als ein Mann, der beruflich und experimentell dem Glas sehr verbunden ist, indessen jedoch noch keinen Versuch gemacht hatte, diesem vielseitigen Material Klänge zu entlocken. Pockridge freute sich über meinen Besuch und mein gezeigtes Interesse. Er stellte mir auch den Sänger, einen gewissen John Carteret Pilkington als seinen musikalischen Begleiter vor. Dann erklärte er mir, dass er zwar schön klingende Gläser für sein Glasinstrument, welches er übrigens ‚Angelick Organ' nannte, ausgesucht habe, aber dennoch mit Hilfe von etwas zusätzlichem Wasser die Töne immer noch vollkommen rein stimmen müsse. In ein vielseitiges

Gespräch verwickelt, gingen wir dann zu dritt hinaus in eine Art Küche, um Wasser zum Stimmen der Gläser zu holen. Plötzlich hörten wir einen Lärm, als wäre etwas Schweres zu Boden gefallen, und gleichzeitig ein Geklirr von zersplitterndem Glas. In ahnungsvollem Entsetzen rannten wir zurück in den Saal. Was wir als Erstes noch erblicken konnten war das Hinterteil einer verschreckten Sau, die in Richtung Tür das Weite suchte. Oh, welch Entsetzen! Wir sahen das stolze Luftschloss aus Glas, verringert zu einem Häufchen Abfall am Boden liegen, und Pockridge machte dabei ein Gesicht wie Mark Anton, als er den toten, am Boden liegenden Körper von Julius Caesar hielt und sagte:

‚Oh, mächtiger Caesar, was liegst du doch so tief!' Zerstört waren nun nicht nur die Erwartungen des Publikums, sondern auch die hoffnungsvolle Aussicht auf einen sicheren Lebensunterhalt des Künstlers.

Es versetzte mich damals in unglaubliches Erstaunen, dass dieses katastrophale Missgeschick diesen unruhig und stetig suchenden Geist trotzdem nicht umwerfen konnte. Aber als Abenteurer und Erfinder hatte er schon mehrere Leben hinter sich.

Jedoch sein Begleiter, der Sänger Pilkington, besaß nicht dieselbe Nervenstärke, er kündigte die einstmals viel versprechende Zusammenarbeit. Es machte mir den Anschein, dass er dem temperamentvollen und ideenreichen Partner gefühlsmäßig nicht folgen konnte. Somit war es wohl nicht nur dieses einschneidende Erlebnis, das ihn zu diesem endgültigen Schritt bewogen hatte. Schon vorher musste es etliche Unstimmigkeiten gegeben haben, vor allem, da ihm eine gewisse finanzielle Sicherheit in der gemeinsamen Konzertlaufbahn nie garantiert werden konnte.

Also nichts war mit der erhofften und ruhmreichen Konzertlaufbahn. Wie schade! Das einzig Bemerkenswerte in seiner Rumpelkammer, und was mich so beeindruckt hatte, das war wirklich sein wunderschönes Spiel auf der Angelick Organ."

Gespannt lausche ich weiter der Erzählung von Delaval:

„Nicht lange darauf, es war im November 1759, las ich dann in einer Londoner Zeitschrift einen Bericht, den ich jetzt versuche, Ihnen so wortwörtlich, wie ich diesen noch in Erinnerung habe, wiederzugeben:

Das kleine ‚Hamlin's Kaffeehaus', in dem auch der bekannte Musiker Pockridge mit seinen klingenden Gläsern gewohnt hat, wurde ein Opfer eines grossen Feuers. Um Mitternacht prasselten plötzlich Flammen aus dem Dache. Menschen rannten herbei, der Wind griff gierig in das dürre Holz, hob Ziegel ab, die Lehmmauern platzten wie alte Töpfe, dann krachte das ganze Haus in sich zusammen. Es wurde kein Lebender geborgen! [1]

„Und jetzt gibt es diesen interessanten Phantasten nicht einmal mehr. Darüber bin ich schon etwas traurig. Aber wenigstens weiß ich jetzt, was mit ihm passiert ist."

Nach einer Trauersekunde höre ich weiter zu:

„Es scheint, dass ein solch außergewöhnlicher Geist nur einen außergewöhnlichen Tod finden konnte. Auch seine ‚Angelick Organ' hat man nicht mehr gefunden. Es wird von ihm gesagt, dass er sein beträchtliches Vermögen verschleudert habe, ohne jemals jemandem ‚ein gutes Mahl gespendet zu haben'.

Verehrter Herr Franklin, ich kann Ihnen aber versichern, dass mit dem Tod und der Zerstörung des Instrumentes von Pockridge die Idee, mit Glas Musik zu machen, nicht erloschen ist. Das sehen Sie z. B. an mir, und ich bin dabei nicht alleine. Es gibt heute da und dort Musiker, die ernsthaft ihren Beitrag zur Weiterentwicklung eines solchen Instrumentes bringen. Sie reichen vom volkstümlichen Musikanten bis zu den höheren Rängen der Gesellschaft.

Bei meinen nebenberuflichen Konzerten habe ich auch eine Mrs. Anne Ford kennengelernt. Sie ist derzeitig die berühmteste Glasharfenvirtuosin, und ich habe gehört, dass sie bis zu den höchsten gesellschaftlichen Rängen hinauf gefragt ist. Besonders bemerkenswert ist ihre ‚Schule für Musical Glasses', wie man Glasinstrumente heute geläufiger nennt, das sie 1760 geschrieben hat."

Aufmerksam beobachte ich weiter den Erzähler. Dieser scheint seine Umgebung momentan vergessen zu haben. Mit leuchtenden Augen und gestikulierenden Armen und Händen drückt er seine innere Begeisterung für sein Glasinstrument aus. Dabei hat er aber auch einen ausgesprochen interessierten und aufmerksamen Gegenüber, ganz zu schweigen von meiner unsichtbaren Gegenwart, mit der ich an seinem Munde klebe.

„Wenn ich auf Reisen bin und stundenlang in einer engen Postkutsche sitzen muss, nehme ich mir immer ein Buch zum Lesen mit. Lesen verkürzt mir die Zeit, und ich werde dabei immer wieder auf viel Neues aufmerksam gemacht. So stieß ich kürzlich auf Goldsmith's klassischen englischen Roman ‚The Vicar of Wakefield'. Dieses literarische Werk, herausgegeben 1761, beweist, dass die ‚Musical Glasses' nicht nur in privaten Kreisen gespielt werden, sondern auch in öffentlichen Konzerten und als modisches Gesprächsthema, hat es in der führenden Gesellschaft immer wieder Eingang gefunden.

Es ist ein deutlicher Hinweis für deren steigende Beliebtheit. So kann man z. B. darin lesen:

They would talk of nothing but high life, and high-lived company; with other fashionable topics, such as pictures, taste, Shakespeare and the „Musical Glasses".[2]

Da beobachte ich, wie ein Herr auf uns zugeschritten kommt. An seinem würdevollen Auftreten und seiner selbstbewussten und aufrechten Haltung kann man leicht den Hausherrn, Lord Parker persönlich, erkennen. Mit großer Herzlichkeit wendet er sich an Franklin und Delaval.

Ganz nahe bleibe ich jetzt neben diesen Herren stehen, denn ich glaube, jetzt wird es erneut spannend.

„Lieber Franklin, es ist mir wieder eine große Freude und eine Ehre, Sie auch heute, wie schon so oft, wenn Sie sich in London aufhalten, sei es in politischer oder privater Mission, erneut in meinem Hause als Gast begrüßen zu dürfen. Es tut mir außerordentlich leid, dass ich mich Ihnen nicht schon früher widmen konnte, aber Sie wissen ja, als Gastgeber hat man so seine unumgänglichen Pflichten. Wir kennen uns jetzt schon seit vielen Jahren, und eines wird mir immer wieder bewusst, wie realistisch, genau und ehrlich Sie, als Gesandter unserer amerikanischen Territorien, die politische Wirklichkeit einschätzen können. In den letzten Tagen haben Sie ja schon im House of Parliament die augenblickliche Situation unserer Kolonien in Amerika sehr eindrücklich dargestellt. Da Sie leider schon heute Nacht wieder nach Amerika reisen müssen bitte ich Sie, mich doch noch genauer, ganz ihrer eigenen Erfahrung entsprechend, über die dortige Situation aufzuklären. Es tut mir leid, dass ich damit jetzt sicher ein interessantes Gespräch mit unserem verehrten Künstler Lord Delaval unterbrechen muss. Aber Sie wissen ja, dass die Zeitungsberichte nicht immer der Wahrheit entsprechen und auch oft sehr von Interessengruppen gesteuert werden."

Franklin und Delaval verabschieden sich höflich voneinander und geben der Hoffnung Ausdruck, dass ihre Wege sich doch eines Tages wieder kreuzen mögen.

Neugierig, wie Benjamin Franklin die amerikanische Geschichte, an der er scheinbar selber aktiv teilgenommen hatte, darstellt, bleibe ich weiter aufmerksam lauschend daneben stehen.

Dieser wendet sich auch direkt seinem Gastgeber zu:

„Verehrter Lord Parker, Sie wissen, wie gerne ich während meiner Londoner Tätigkeiten in Ihrem Hause weile. Ich fühle mich hier immer willkommen, Ihre Gastlichkeit ist für mich jedes Mal wie ein Nachhausekommen. Ihnen ist vielleicht bekannt, dass ich schon als 22-jähriger Jüngling nach England kam, um die Kunst des Buchdruckes zu vervollkommnen. So ist mir unser Mutterland seit vielen Jahren zur zweiten Heimat geworden. Dennoch fühle und handle ich immer als Amerikaner, und daher werden auch meine Ausführungen über unsere Probleme von amerikanischer Sicht aus zu betrachten sein. So will ich Ihnen gerne meine Erfahrungen in einem ausführlichen Bericht über die Entwicklung unserer Geschichte der letzten Jahre erläutern."

Obschon Musik und Tanz jetzt eine Pause eingelegt haben, herrscht im Saal immer noch ein reges, aufgeheitertes Reden und Treiben. Auch dem reichlich eingeschenkten Wein, und dem köstlichen Buffet wird weiter gut zugesprochen.

Einige Pärchen suchen die frische Luft auf der großen Terrasse, andere flanieren zwischen den hohen Bäumen im Park und suchen ein lauschiges Plätzchen.

Wir aber, also Lord Parker, Franklin und ich in meiner Unsichtbarkeit, stehen etwas abseits in einer ruhigen Ecke und Franklin beginnt jetzt zu erzählen:

„Sicher ist Ihnen bekannt, dass das ganze Gebiet im Westen unseres neuen Kontinents jetzt in der Mitte des 18. Jahrhundert französische Kolonie ist. Frankreich weiß genau, dass die Sicherheit des französischen Kanada im Besitze des Ohio-Tales liegt, denn damit ist auch der Zugang zum Mississippi gewährleistet. Man ist sich aber darüber im Klaren, dass die Franzosen ihr amerikanisches Imperium vom Lorenzstrom und den Großen Seen bis nach Louisiana und zum Mexikanischen Golf – die so genannte Nord-Süd-Linie – niemals friedlich aufgeben werden. Tatsache ist aber auch, dass der Druck vom stark bevölkerten englischen Osten im Vergleich zum dünn besiedelten Westen stetig ansteigt. In Französisch-Kanada leben kaum 80.000 französische Bürger als Pelzjäger, Händler und Siedler. In den englischen Kolonien der Küste aber ist die Bevölkerung in den Städten, Plantagen und Dörfern auf mehr als eineinviertel Millionen angewachsen. Der Druck dieser Masse, hinein in den unbesiedelten Westen, über die bisher trennenden Allegheny-Berge hinweg in die Stromtäler des inneren Kontinents, wurde dadurch immer stärker. Mehr und mehr englische Siedler bauten ihre Hütten am Ohio. Der französische Gouverneur von Québec, der Marquis Duquesne de Menneville, hatte die Gefahr erkannt und deshalb auf einem, das obere Ohio-Tal beherrschenden Hügel, inmitten einer weithin abgeholzten Lichtung, eine mit dicken Holzpalisadenwänden und Wallgräben umgebene Urwaldfestung bauen lassen, das ‚Fort Duquesne‘.

Dies mussten wir, die Britisch-Amerikaner, als Friedensbruch betrachten, und so bauten wir unter dem einundzwanzigjährigen Oberstleutnant George Washington und mit Hilfe von kaum hundert Mann – Fallenstellern, Jägern und walderfahrenen Grenzbauern – unsererseits ein Fort vor die Nase der Franzmänner und nannten es ‚Fort Necessity‘, also unser Fort der Notwendigkeit.

Als ein besonders schneereicher und extrem kalter Winter in das Land hereinbrach, wurden die Transportwege fast unpassierbar, so dass es im Fort auch bald an Lebensmitteln fehlte. Nach einem Missverständnis in einem Friedensangebot seitens der Franzosen, standen diese im Frühjahr plötzlich mit zwei Kanonen vor den Palisaden von ‚Necessity‘, die nur noch von kranken und unterernährten Milizen und Washington selber gehalten wurde. Die hilflos unterlegenen Amerikaner übergaben das Fort und die Franzosen zündeten es an, nachdem sie der Besatzung den freien Abzug gewährleistet hatten. Mitten in den Wäldern und Gebirgen am Ohio war so das Kriegsbeil zwischen den beiden Kolonialmächten Versailles und London ausgegraben, und die ersten Schüsse des großen Krieges hier in Europa [3] fielen in Amerika [4].

Lieber Lord Parker, sicher können Sie sich noch an meinen damaligen Kurzbesuch hier in London erinnern, als ich Ihr Parlament darauf aufmerksam machte, dass unsere amerikanische Kolonie gefährdet ist. Auch damals durfte ich Ihr Gast sein. Die Gefahr erkennend, hat man dann schon sehr bald, es war um das Neujahr 1755, eine britische Transportflotte in See stechen lassen, um Verstärkung nach Amerika zu tragen.

Um beim Empfang der britischen Truppen dabei zu sein, bin ich selber nach Williamsburg gereist. Noch heute sehe ich alles ganz lebhaft vor mir. Williamsburg ist der Sitz der Gouvernementsregierung und auch Hauptstadt von Virginia. Gerne verbringe ich, wenn es die Zeit mir erlaubt, einen Kurzaufenthalt in dieser Kleinstadt. Der Ort ist nicht groß, besteht nur aus 200 mit Schindeln gedeckten Holzhäusern und zählt nicht viel mehr als 1.000 Einwohner. Meine Morgenspaziergänge führen mich dann immer durch ihre Straßen, die sehr modern und praktisch zueinander parallel verlaufen und von anderen im rechten Winkel durchschnitten werden. Leider sind sie aber nicht wie in meinem eigentlichen Wohnsitz Philadelphia, gepflastert so dass bei Regenwetter so ein Spaziergang nicht immer ein reines Vergnügen ist.

Vor dem Palast des Gouverneurs hatte man zum Empfang geflaggt. Man feierte den Sieg, noch bevor der Feldzug begonnen hatte.

Auf dem Platz vor den Lagerschuppen standen nun die amerikanischen Milizen, die künftigen Kampfgefährten der britischen Truppen, die von George Washington zur Begrüßung hierher geführt worden waren. Es waren dies vor allem Jäger und Fallensteller aus den Bergen, gekleidet in schäbige, befranste Lederröcke und selbst geschneiderte Hirschlederhosen, Mokassins und auf dem Kopf wärmende Biberfellmützen. Washington kommandierte fast tausend Männer.

Der Kontrast zur aufmarschierten britischen Kriegsmaschine war jedoch überwältigend. Diese bestand aus wohl ausgestatteten Truppen des englischen Königs. Bei deren Anblick wurde ich sehr nachdenklich, und der ganze Aufmarsch mit Kanonen, blitzender Kavallerie und zahllosen Wagen, die mit Reichtümern und reichlichen Versorgungsgütern beladen waren, von denen kein Amerikaner auch nur zu träumen wagte, wollte mir gar nicht gefallen.

Stellen Sie sich vor! Ihr englischer Befehlshaber, Generalleutnant Braddock, der den Feldzug leiten sollte, hatte alleine eine eigene, aus drei mächtigen, mit je 16 Ochsen bespannten Wagen bestehende Feinbäckerei. Sein Koch stammte aus Paris.

So wendete ich mich persönlich an den Generalleutnant:

‚Generalleutnant Braddock, ich bin mir nicht sicher und möchte Sie daher darauf ansprechen, ob sie gedenken, den Feldzug gegen die Franzosen mit diesem ganzen Tross zu leiten? Ich möchte Sie dringend davor warnen, schwere Transporte zu unternehmen, vielmehr möchte ich Ihnen raten, nur leicht tragbares Geschütz mitzunehmen. Sie müssen bedenken, dass die amerikanischen Wälder nicht die Kasernenhöfe Altenglands und nicht die Schlachtfelder Frankreichs sind. Hier gelten andere Gesetze, es sind die Rechte der Wildnis.'

Diese unsere erste Begegnung und meine Warnung nahm Generalleutnant Braddock aber nur mit einem herablassenden Lächeln zur Kenntnis, und die angebotene Hilfe der Milizen für den bevorstehenden Kriegszug gegen die Franzosen im Ohio-Tal hielt er für nicht notwendig.

So wurde ich mit folgenden Worten abgefertigt:

‚Herr Franklin, Sie sind zwar als Abgeordneter unserer amerikanischen Kolonie ein sehr geschätzter Politiker. Das praktische Handeln aber überlassen Sie bitte denjenigen, die auch die entsprechende militärische Erfahrung darin mitbringen. Ich habe manche Schlacht strategisch aufgestellt und geschlagen, und das nicht ohne Erfolg. Somit sehe ich unsere Unterhaltung, was die Schlachtordnung anbetrifft, als beendet.'

Man brach dann mit der ersten Frühlingswärme auf. Die britischen Truppen führten, trotz meiner Warnung, unendliche Bagage mit sich. Der Tross der Fuhrwerke, Verpflegungskarren und Hilfsfahrzeuge war länger als die Kolonne der Regimenter. Besonders schlimm wurde es in den unwegsamen Wäldern des Gebirges, als sich dunkle Hohlwege mit stäubenden Wasserfällen öffneten, und herabgestürzte Felstrümmer, entwurzelte Bäume und vom Schmelzwasser des letzten Winters unterwühlte Wegstrecken das Vorwärtskommen erschwerten. Von den Nachschubfahrzeugen blieb mehr als die Hälfte in den Schluchten liegen.

Mir war aber bei diesem phantastischen Unternehmen gleich bewusst, dass auf diese Weise die Versorgung nicht gewährleistet sein konnte. So habe ich dann aus eigener Initiative 500 Pfund gesammelt und gerade noch zur rechten Zeit eine flexible Kolonne von Frachtwagen und Packtieren aus Pennsylvanien mit Gänsen, Schafen, Ochsen, einem Stapel von Mehlsäcken und Bier zusammenstellen können, die ich dann durch die Wälder zu der inzwischen hungernden englischen Truppe gebracht habe.

Trotzdem haben Generalleutnant Braddock und seine Offiziere – immer in Furcht, sich gegenüber uns Hinterwäldnern eine Blöße zu geben – mich und meinen Tross mit kühler Höflichkeit empfangen.

Jetzt aber, um eine bittere Erfahrung reicher, war nun doch endlich die Stunde gekommen, dass George Washington, zusammen mit dem Engländer William Pitt und den einheimischen geländekundigen Amerikanern die Führung und das Kommando übernahm. Der neue Kurs wechselte von den steifen englischen Formationen, in eine dem Urwald angepasste Kriegsstrategie, die sich auf die amerikanischen Verhältnisse eingestellt hatte, und diesmal gelang es Fort Duquesne einzunehmen. Dieser im November 1759 errungene, für Amerika so wichtige Sieg wird einmal in den Büchern unserer eigenen Geschichte festgehalten werden.

Noch in diesem ruhmreichen Jahr sind dann auch all die anderen französischen Forts mühelos in die Hände der Briten gefallen. Die versprengten französischen Truppen haben sich dann bei den Indianern oder in den Weiten der kanadischen Wälder verborgen."

Fasziniert lausche ich den Worten über die Entstehungsgeschichte Amerikas. Noch ein anderer Begriff geht mir jetzt durch den Kopf: Waren dies die Jugendjahre Amerikas?

Ich bemerke, dass auch Lord Parken sehr gedankenvoll und voll konzentriert diesen ausführlichen Bericht über die Situation in Amerika verfolgt.

Jetzt ergreift er das Wort:

„Mein lieber Franklin, was Sie hier berichten, kommt mir wie der größte Abenteuerroman vor, und Sie scheinen darin keine unbedeutende Rolle gespielt zu haben. Wir Engländer glauben irrtümlicherweise immer noch daran, dass unsere Kriegsstrategien überall auf der ganzen Welt eingesetzt werden können. England ist mit seinen Kolonien in der Welt zu mächtig geworden, und durch eine gewisse, dadurch auch erworbene Arroganz, fehlt jegliche Flexibilität, uns einer ungewöhnlichen Situation zu stellen und auch eine gesunde Einsicht zur Anpassung zu wagen.

Eines aber erstaunt mich beträchtlich: Uns wurde hier in England berichtet, dass durch unsere englischen Truppen Fort Duquesne eingenommen worden sei! Zu Ehren unseres neuen Kriegsministers haben wir sogar das nun britisch gewordene Trutzfort Duquesne in ‚Pitts-Burg' umbenannt."

„Ich sehe, dass man hier leider nicht ganz wahrheitsgetreu unterrichtet worden ist", fährt Franklin fort. „Da ich in diesen Kämpfen aber persönlich anwesend war, es hat sich so zugetragen, wie ich Ihnen die Situation jetzt geschildert habe. Dazu muss ich noch sagen, durch diese kriegerischen Erfahrungen ist der Nimbus englischer Unbesiegbarkeit ebenso zerstört worden, wie die unbegrenzte Hochachtung der Kolonisten vor dem regulären britischen Militär.

Meine Bedenken gehen heute sogar soweit, lieber Lord, dass meiner Voraussage nach schon der erste Schritt zur Loslösung Amerikas vom Mutterland England getan worden ist, nur ist dies hier noch niemandem, wie ich vielen Gesprächen entnehmen konnte, recht zum Bewusstsein gekommen."

Ich beobachte, wie Lord Parker nun recht beunruhigt im Zimmer auf und ab geht.

„Lieber Freund Franklin, so wie Ihr Bericht zu verstehen ist, kann ich Ihnen leider nur recht geben, und wenn nicht ein Wunder oder eine unerwartete Wendung eintritt, werden wir Ihr wunderschönes und noch so geheimnisvolles Land wohl eines Tages hergeben müssen."

„So ist es leider. Noch Folgendes möchte ich zur heutigen Situation in Amerika hinzufügen", fährt Franklin in seiner Darstellung fort. „Kurz bevor mich die jetzige politische Mission, die Gestaltung der neu erworbenen amerikanischen Gebiete betreffend, erneut die lange Seereise hier nach England antreten ließ, hatte ich noch ein Gespräch mit dem Waldläufer Danny Boone, von den Indianern, seinen Freunden, ,Lederstrumpf' genannt. Er warnte mich vor den Indianern. Weil die Franzosen geschlagen worden sind, beginnen die Rothäute, als deren ehemalige Kriegspartner, überall aggressiv zu werden. Sie haben die Franzosen, die als Jäger, Händler und Missionare zu ihnen kamen, gern gesehen, zumindest aber geduldet. Uns aber hassen sie. Überall kreuzen sie nun die Spuren von uns ,Bleichgesichtern'. Wir sind für sie allgegenwärtig, wie die bösen Geister, die in Herbstnächten durch die nebligen Wälder ziehen. Amerika ist seit Jahrhunderten Heimat des roten Mannes. Die schweigenden Wälder, die gewaltigen Ströme, die schilfigen Seen und wildreichen Savannen sind das Revier der Miamis, Shawanos, Lenape und Delawaren. Wer dort jagen oder ackern will, mag um seinen Skalp besorgt sein. Wir nehmen ihnen das Land, wir siedeln und wir vertreiben oder töten das Wild, von dem sie leben. Pontiac, der Miamihäuptling, hat die meist verfeindeten Häuptlinge der anderen Stämme in dieser Notsituation vereinigt und es wimmelt plötzlich in den Wäldern von feindlichen Indianern.

Seit Québec und Montréal gefallen sind und die englische Flagge über Detroit weht, ist es in den Wälder unruhig geworden. Indianische Boten schleichen hin und her, die Knaben schnitzen Pfeile und die Jungmänner schärfen die Tomahawks und machen Kriegskanus bereit. Die Stämme der Miami, Shawanos und Delawaren haben sich zusammengetan und Pontiac als Oberhäuptling gewählt, um zum gemeinsamen Kriege aufzurufen."

Jetzt bemerke ich, wie ein Diener den Saal betritt und direkt auf Lord Parker und Benjamin Franklin zugeht. Mit einer höflichen Verbeugung wendet er sich an Franklin:

„Sir, Ihre Postkutsche ist eingetroffen und wartet draußen auf Sie."

„Mein lieber Franklin, wie schade, dass wir unser Gespräch, welches mir, was unsere amerikanische Kolonie betrifft, so viele ungelöste Fragen beantworteten konnte, nicht noch weiter vertiefen können, denn Ihre Meinung und Erfahrung ist mir sehr wichtig. Seien Sie aber versichert, dass ich im House of Parliament, wo ich bei den Tories und den Whigs immer noch eine gewichtige Stimme habe, Ihre Ausführungen klar und deutlich zum Ausdruck bringen werde. Ich wünsche Ihnen jetzt eine glückliche Rückkehr, und kommen Sie gesund heim. Besuchen Sie uns bald wieder einmal in England, welches immer noch Ihr Mutterland ist, und seien Sie dann erneut unser lieber und geehrter Gast!"

Höflich und herzlich dankend verabschiedet sich Franklin auch von Lady Parker, bahnt sich dann einen Weg durch die wallenden Phantasiegebilde von Toiletten der immer noch eifrig zirpenden Damen und eleganten flanierenden Herren. Ganz besonders herzlich verabschiedet er sich von Edward Delaval und bestätigt diesem, dass er die Musical Glasses als besonderes Erlebnis immer in eindrücklicher Erinnerung behalten werde.

Ich sehe, dass sein Reisegepäck schon in der geräumigen Kutsche verstaut worden ist. So beeile ich mich, ebenfalls schnell in den Wagen zu schlüpfen. Da die Nacht schon weit vorgerückt ist, findet sich Franklin als der einzige Passagier darin. Platz hat es also genug, obwohl ich, als unsichtbarer Geist, in jede Ritze passen würde.

Ein letzter Gruß mit der Hand aus dem engen Fenster, die vier Pferde ziehen, auf Befehl des Kutschers, mit einem Ruck an, und der Wagen rumpelt über den buckligen Londoner Kopfstein. Eine schwarze, mondlose aber sternenklare Nacht umhüllt die Häuser, die geisterhaft an Franklin und seinem Gefährt vorüberhuschen. Nur das Trampeln der Pferdehufe auf dem steinigen Pflaster stört die nächtliche Stille. Die Fahrt, Themse abwärts bis zu den Docks des Londoner Hafens, dauert nicht sehr lange. Der Wagen hält. Hilfreiche Hände transportieren das umfangreiche

Gepäck auf das Schiff, welches ihn direkt in den kommenden Morgen hinein, und die Flut nutzend, in Richtung Heimat tragen soll.

Als er dann den Schiffssteg hinaufsteigt – ich schwebe eilig hinter ihm her – sucht er zufrieden seine kleine Kabine auf. Diese ist nur mit dem Nötigsten ausgestattet, mit Bett, Tisch und Stuhl. Nur wenig Gepäck kann am Boden untergebracht werden, das Restliche wird im Laderaum aufbewahrt.

Während Franklin sich an den kleinen Tisch setzt, beobachte ich, wie er, in der Abgeschiedenheit und Stille dieses kleinen und bescheidenen Raumes, träumend und sinnend seine Gedanken zu seiner gerade vollendeten Londoner Mission zurückschweifen lässt. Viele politische Gespräche hatte er mit Londons Parlamentariern, zuletzt auch mit Lord Parker, geführt. Ganz besonders scheint ihn aber gerade das an diesem Konzertabend Erlebte zu beschäftigen, und jetzt sein ganzes Denken in Anspruch zu nehmen. Es ist das Spiel von Delaval auf diesem zauberhaften und phantastischen Instrument.

„Diese Musical Glasses!", höre ich ihn murmeln. „Diese Töne verfolgen mich, sie klingen noch weiter in meinen Ohren."

Irgendetwas daran gibt diesem Erfindergeist zu denken und Anlass zu grübeln. Intensiv betrachte ich ihn, um herauszufinden, was in seinem Kopf herumgeistert. Dann höre ich ihn weiter vor sich hin flüstern: „Was mir bei diesem Konzert von Delaval aufgefallen ist, ist diese Einfachheit, ja fast Eintönigkeit der Melodien. Weder eine Fülle von Akkorden noch schnelle Läufe konnte man dabei hören. Warum? Wenn ich an das Klavier denke, oder an ein Seiteninstrument, dort sind die einzelnen Klang gebenden Tasten oder Saiten sehr nah beisammen. Bei den Musical Glasses aber stehen die Ton gebenden Glasränder so weit voneinander entfernt, dass der Musiker technisch nur wenige auf einmal spielen kann. Auch das umständliche Stimmen mit Wasser irritiert mich. Es ist erstens recht aufwändig, anderseits bin ich sicher, dass es kaum zu vermeiden ist, dass Wasser in den Gläsern die Schwingung und somit auch die Klangintensität derselben behindern muss, und wenn es auch nur minimal ist. Zwar wird auch ein Seiteninstrument gestimmt, aber die Tonqualität leidet keinesfalls darunter."

Ich bemerke, dass diese Fragen Franklin, hier in seiner einsamen Kabine auf dem Schiff nach Amerika, keine Ruhe lassen.

„Wie könnten doch die Gläser in Gemeinschaft voller tönen, wenn die Ränder genügend nah zueinander stünden, und wie kann man das Stimmen derselben mit Wasser vermeiden?", ich weiter seinem Murmeln entnehmen.

Dann setzt er sich an den Tisch, nimmt ein weißes Blatt Papier, tunkt eine Schreibfeder in das schon bereit stehende Tintenfass und beginnt zu schreiben.

Mit etwas schlechtem Gewissen versuche ich, über seine Schulter zu schauen, denn ich möchte doch zu gerne wissen, was er jetzt schreiben will. Ich kann gerade noch die Anrede seines Briefes entziffern:

An Pater Baptiste Beccaria
Professor der experimentellen Physik

Da ...!, plötzlich ein lautes Rumpeln und Poltern. Ich erschrecke zutiefst. „Will das Schiff jetzt schon ablegen? Nein, ums Himmels Willen, nein! Ich will nicht mit nach Amerika! Darauf bin ich nicht vorbereitet. Ich habe nicht das geringste Gepäck dabei, nicht einmal eine Zahnbürste, und was würden Peter und die Kinder sagen, wenn ich so lange wegbliebe?!"

In Panik drehe ich mich um, renne zur Tür, reiße diese auf ...

„Mama, schau einmal, ich kann gleich drei Stufen auf einmal hinunter springen, ich bin schon dreimal gesprungen!"

Vor mir steht erwartungsvoll mein kleiner Sohn Claas.

Ein leiser Seufzer entflieht meiner verspannten Brust: „Willkommen zu Hause!" Daher kommt also das laute Gepolter, nicht vom Schiff, sondern, oh wie herrlich, von meinem Sohnemann. Welche große Erleichterung, ich brauche nicht nach Amerika!

„Prima, dann zeig mir noch einmal, wie weit du springen kannst."

Eifrig klettert der kleine Akrobat drei Stufen der großen Freitreppe hinauf und, hoppla, fliegt er auch schon durch die Luft und landet sicher unten auf dem Parkett.

„Soll ich es mit vier Stufen probieren?"

„Würde ich nicht tun, versuche lieber, bei drei Stufen einfach noch weiter hinaus zu springen."

Der nächste Versuch gelingt noch besser, und Claas hat sich, wie mir scheint, jetzt so richtig eingesprungen.

„Sag einmal, hast du jetzt nicht Reitstunde?"

„Doch, ich geh ja gleich auf den Hof."

„Ja und den Fajal striegeln und satteln, wie steht es damit?"

„Ach, das tun die Mädchen, die putzen ja gerne und immer schrecklich lange, die brauchen mich nicht dazu!", werde ich getröstet und aufgeklärt.

„Faulpelz, marsch hinaus mit dir und kümmere dich um dein Pferd!"

„Bis gleich, Mama!", und weg ist mein Weitspringer.

Jetzt bin ich froh, einige Minuten für mich allein zu haben, um mein großartiges und fast unglaubliches Erlebnis geistig bewältigen zu können. Ach, was ist es jetzt doch so schön, wieder zu Hause zu sein. Nein, im 18. Jahrhundert möchte ich doch nicht leben, nur schnell einmal hinein zu schauen, das war einfach grandios!

Dafür darf ich jetzt meinem Sohn hinaus auf den Hof folgen. Dort herrscht schon ein eifriges Treiben. Einige Pferde warten noch im Stall auf ihren Einsatz, andere werden an der Stall- und Reithallenmauer festgebunden, gestriegelt und gebürstet. Die Haare fliegen durch die Luft und meistens darf ich den Rest davon abends noch ordentlich wegkehren. Zwei Mädchen bewegen bereits ihr Pferd in der Halle und erwarten die Reitlehrerin für die Reitstunde. Wie ich feststellen kann, ist diese inzwischen schon eingetroffen und ruft mit lautem Kommando zum Unterricht. Auch Claas, der Gutsherrensohn, besteigt jetzt den sauberen und frisch gesattelten Fajal. Ein Mädchen, das in der zweiten Stunde das Pferd reiten soll, hat die Arbeit für ihn erledigt, so dass er sich jetzt nicht allzu sehr um ein schlechtes Gewissen bemühen muss. Auch die beiden treuen Hüterinnen der Kinder und Organisatorinnen unseres Reitervereins stehen schon beobachtend am Halleneingang. Wiebke sitzt auf ihrer Mandelblüte und auch Niels, unser Jüngster, hat seine Fiona gesattelt. Ob er wohl vorher sein Pferd auch alleine und ordentlich geputzt hat?, frage ich mich etwas skeptisch. Ich kann es aus der Ferne nicht beurteilen. Die Buben sind nicht so pferdenärrisch wie die Mädchen. Sie machen mit, könnten sich aber auch anderweitig gut beschäftigen.

Eigentlich liebe ich diese beiden Reitnachmittage. Eine kleine Entspannungspause, ein Nichtstun an der Reithalle beim Betrachten der jungen Reiter, auch ein kurzes Gespräch mit anderen ehrgeizigen Eltern und Verwandten, dann aber rufen mich meistens auch schon wieder neue Pflichten.

Gedanklich noch immer recht versponnen in den Moment, den ich in der Schiffskabine mit Benjamin Franklin verbracht hatte, kommt mir plötzlich ein interessanter Gedanke. Auf meinem Schreibtisch liegen immer noch die Zeitungsausschnitte, die mir, während des ersten Internationalen Glass Music Festivals in Columbus, Gerhard Finkenbeiner übergeben hatte. Er war damals der Initiator, der mit Herz und Seele dieses Treffen organisiert hatte. Als ich ihn dort kennenlernte, erzählte ich ihm während eines Gesprächs, dass ich nach der Geschichte der Glasinstrumente forsche und auch altes Notenmaterial dazu suche. Schon am anderen Tag drückte mir Gerhard gerade so einen Packen in die Hand. Überrascht und begeistert stellte ich gleich fest, dass er mir damit historische Berichte über diese Instrumente anvertraute.

Daran muss ich jetzt denken. Könnte sich der Brief, den Franklin, wie ich beobachten konnte, auf dem Schiff an diesen Pater geschrieben hatte darunter befinden! Das muss ich nun aber direkt herausfinden. Im Eilschritt laufe ich ins Haus und in mein Zimmer und durchstöbere die restlichen, noch nicht bearbeiteten Berichte. Juhuu! Da ist der Gesuchte, ich habe ihn tatsächlich gefunden! Schnell setze ich mich hin um ihn zu lesen und übersetze ihn auch gleichzeitig aus dem Englischen ins Deutsche.

An Pater Baptiste Beccaria [5]
Professor der experimentellen Physik

Sie haben sicherlich schon den süßen Ton vernommen, den
ein Glashervorbringen kann, wenn man mit einem nassen Finger
den Rand entlang fährt. Ein Mr. Pockridge, ein Gentleman aus
Irland, war der erste der daran dachte, Melodien aus diesen Tönen
zu spielen. Er sammelte eine Anzahl Gläser verschiedener Größen,
befestigte sie nebeneinander auf einem Tisch und stimmte sie,
indem er mehr oder weniger Wasser hineingoss. Die Töne brachte
er heraus, indem er die Finger den Rand entlang führte. Leider ver-
brannte er mit seinem Instrument in dem Hause, in dem er lebte.
M. E. Delaval (Edward Hussey, Klassiker und Wissenschaftler),
ein erfinderisches Mitglied unserer Royal Society, baute ein glei-
ches Instrument nach, mit einer vorteilhafteren Form der Gläser.
Dies Instrument war das erste, das ich sah und hörte. Entzückt

durch die Lieblichkeit der Töne und der Musik die er daraus hervorzauberte, wünschte ich nur, die Gläser in einer günstigeren und engeren Position zueinander zu sehen, damit es eine größere Anzahl von Tönen gleichzeitig erlaubt und alle in Reichweite einer Person, die davor sitzt.

Ich verstehe, Franklin möchte die Musical Glasses zu einem praktikableren Instrument umbauen.

In der nächsten Zeit muss ich mich aber wieder ganz meinem Zuhause widmen und meine Forschungen in die Vergangenheit auf später verschieben.

Obwohl ich an diesem Glass Music Festival die Franklinsche Glasharmonika kennen gelernt habe, so weiß ich noch lange nicht alles darüber. Hat Franklin bereits auf seiner langen Überseereise die Pläne für dieses neue Instrument gezeichnet, und welche Glasbläserei hatte damals den abenteuerlichen Mut, so ein unglaublich arbeitsaufwändiges Experiment zu wagen? Fragen über Fragen, die Neugierde packt mich doch schon wieder ... aber halt, jetzt nicht! Später werde ich es vielleicht erfahren!

Kapitel 19

Stationen eines fast
musikalischen Weges nach Oxford

Onkel Hans kommt – der Umweg zu einem Engagement – unsere Kinder werden Hebammen – es ist so Einiges anders auf der fernen Insel – hurrah, vier piepsende Welpen! – was ist „Inner Wheel"? – ein Glasharfenkonzert – der Schweizerclub bekommt heiligen Besuch – „ich will nicht nach Amerika!" – ... oder doch?

Das 2. Internationale Glass Music Festival in Oxford/Ohio sollte zwar erst Ende Mai Anfang Juni des nächsten Jahres stattfinden, so dass für Onkel Hans und für mich noch einige Monate Zeit zur Vorbereitung bleiben. Wir wollen nämlich an diesem Festival, er auf seinem Glasspiel, ich auf meiner Glasharfe, das Stück von W. A. Mozart Ein Mädchen oder Weibchen, wünscht Papageno sich im gemeinsamen Wechselspiel vortragen. Leider gehen die nur schriftlichen Besprechungen noch immer nur recht mühsam voran.

Dann aber kommt eines Tages ein Brief:

„Peter, stell dir vor, Onkel Hans hat geschrieben, er kommt nach Langerwehe! Am 4. Oktober, gerade an deinem Geburtstag, will er hier eintreffen!"

Sein Geduldsfaden, was unser bisher nur briefliches Zusammenspiel anbetrifft, scheint ihm nun doch endgültig gerissen zu sein.

Wir freuen uns natürlich alle sehr über diese Ankündigung, aber ich bin auch ein wenig besorgt, denn er beabsichtigt, ganz alleine mit seinen Gläsern zu reisen. Tante Rösi will diesmal zu Hause bleiben, denn eigentlich handelt es sich dabei nur um einen Arbeitsbesuch. Nicht ganz unberechtigt habe ich aber auch so meine Vermutung, dass sie ganz gerne ein paar Tage, ohne Wehmut nach diesen ewig klingenden Gläsern auskommen kann. So steht die ganze Merbericher Abordnung pünktlich bei Ankunft des Zuges am Bahnhof.

Kaum ist Onkel Hans angekommen, genießt er das Wiedersehen mit unserem Schlösschen, wie er es schon damals, anlässlich seines Konzertes zur Wintergarteneinweihung, genannt hatte, doch sehr. Gleich muss er sich alles wieder ansehen und bemerkt erstaunlich schnell, was wir in der Zwischenzeit doch schon wieder geschafft haben. Aber immerhin sind seit seinem letzten Besuch sieben Jahre vergangen. Gemeinsam durchwandern wir den Park. An so Vieles kann er sich noch erinnern. Auch unseren Rosengarten will er unbedingt wieder sehen. Ob sich die Rosenstöcke wohl noch an das leise Klingen der Glasharfentöne erinnern können, die neugierig ihre Blüten gekitzelt hatten?

„Habt ihr hier draußen immer noch euer laut schreiendes Telefon, das euch zum Rennen bringt?" Das scheint ihn damals besonders beeindruckt zu haben. „Wart's ab", war Peters knappe Antwort, und schon tönt es altgewohnt und gebieterisch von der Hauswand her.

Auch alle unsere Tiere begrüßt er wie alte Freunde. Auf dem Hof aber bleibt er lange schweigsam stehen, denn hier hat er mit seiner Musik so wunderbare Lorbeeren pflücken dürfen.

Doch bald erinnern wir uns daran, warum er überhaupt zu uns gereist ist. Das Köfferchen mit seinen Gläsern steht schon wartend im Wintergarten bereit. Ein entsprechender Tisch ist schnell herbeigeschafft. Darauf stellt er nun seine hölzerne Unterlage mit den darauf befestigten Gläsern.

Mir ist etwas ängstlich zumute. Mit Onkel Hans habe ich zwar einen gutmütigen, aber doch strengen Lehrmeister, dem nichts musikalisch Unebenes entgeht. Aber es dauert nicht lange, wir staunen wirklich beide, was wir in Wochen, ja sogar in Monaten per Telefon und Post schon zustande gebracht haben. Jetzt musizieren wir in kürzester Zeit so harmonisch zusammen, als hätten wir es schon lange regelmäßig miteinander geübt. Vertraut mit der Melodie, aber vor allem in den Farbenwechsel seiner Tonfolgen sich einfühlend, kennt jeder gleich seinen eigenen Einsatz. Unser Zusammenspiel bedarf keinerlei nervender Theorien, so dass wir nur noch wenige Änderungen besprechen müssen. Zu einem kleinen Hauskonzert will er sich aber nicht mehr überreden lassen. In erwartungsvoller Vorfreude auf unsere gemeinsame Amerikareise, bringen wir ihn und sein, mit Gläsern gefülltes Köfferchen, wenige Tage später wieder an die Bahn.

*

Wie schnell spricht sich doch so Manches herum, ohne dass man großartig etwas dazu tun muss. In diesem Herbst und Winter wird plötzlich meine Glasharfe recht häufig gewünscht. So darf ich im evangelischen Frauenverein mein Instrument musikalisch und geschichtlich vorstellen und damit sozusagen meine ersten Sporen verdienen. Ein aufmerksames Publikum sind vor allem Seniorinnen unseres Ortes. Mit welcher inneren Spannung stecke ich einige Tage später meine Nase in das Langerweher Mitteilungsblatt, denn es bringt einen ausführlichen Bericht über das Konzert mit diesem seltenen Instrument.

19. November 1984
Einen erlebnisreichen, ungewöhnlichen Nachmittag erlebten die
Mitglieder des ev. Frauenhilfskreises, Langerwehe, im Vortrags-
raum der Paul-Gerhard-Kirche. Zu Gast kam zu ihnen Frau
L. Behrendt-Willach, Gut Merberich. Mitgebracht hatte sie ihre
Glasharfe, aus der sie sphärenhafte Klänge lockte, welche von
den Zuhörerinnen mit grossem Beifall aufgenommen wurden.
Frau Behrendt-Willach verstand es auch, mit sachverständigen
Worten, etwas über die Entstehung, die Techniken und auch
die Geschichte dieses Instrumentes zu berichten.

Wesentlich aufregender aber ist, etwas später, mein Engagement in das über 200 km entfernte Wiesbaden. Im Zuge eines Wohltätigkeitskonzertes zugunsten Multiple-Sklerose-Erkrankter soll ich noch in diesem November im Hotel Nassauer Hof die Hauptattraktion sein. Für diese Geschichte aber muss ich etwas weiter ausholen: Wie kommt es zu diesem recht weit entfernten Ruf nach einer Glasharfe?

Der Weg in diesen berühmten Kurort ist zwar, wie schon erwähnt, von uns aus in Kilometern recht weit. Der Wunsch aber, nach meinem seltenen Instrument, der hat bis dorthin noch einen viel weiteren zurücklegen müssen.

Es heißt ja, dass alles Geschehen auf einer mit ihr verbundenen Ursache beruht, und bei der Ankunft am Ziel, eine damit auch entsprechende Wirkung zeigt. Wie weit der Weg, von Hindernissen gespickt, vom einen zum anderen sein kann, ist im Voraus meist nicht zu erahnen. Da aber bekanntlich der Weg das Ziel ist, auch wenn dieser manchmal erheblich mäandrierend, sich umfangreich und kompliziert zeigt, kann er dabei doch recht unterhaltsam sein. Der Umweg, den Peter und ich, für gerade dieses Ziel, mein Engagement nach Wiesbaden, vorher noch machen mussten, führte uns erst einmal nach England. Und das kam so:

Jeden Mittwoch um die Mittagszeit fährt Peter nach Düren zu der wöchentlichen Zusammenkunft seines Rotary Clubs, und an jedem fünften Mittwoch werden dann, zu einem Abendmeeting, auch die Ehefrauen dazu geladen. So lernen wir Frauen uns mit der Zeit gegenseitig recht gut kennen.

Seit einigen Jahren pflegt man auch regen freundschaftlichen Kontakt mit dem Rotary Club Cheam, einem Vorort von London, und eines Tages kam von der fernen Insel eine Einladung an unseren Club, und diese galt auch für uns Ehefrauen. Das Datum stand rechtzeitig fest, und selbstverständlich wollten auch wir dabei sein. Aber wie gestaltete sich diese Reise damals, und vor allem, was haben wir dabei Schönes und Neues erleben dürfen?

Es begann an einem Freitag im Monat Mai. Unser kleines Reisegepäck stand seit dem Abend schon bereit, denn wir mussten schon um vier Uhr morgens, noch recht schlaftrunken und doch in freudiger Erwartung, unsere warmen Betten verlassen. Draußen herrschte noch dunkle Nacht, und auch die Vögel, von denen wir immer ein Morgenkonzert gewöhnt waren, schliefen noch in ihren Nestern. Kaum aber hatten wir unsere Betten verlassen, bemerkten wir, dass unsere hoch tragende Dackelhündin Mainy in ihren Wehen lag. Schon in den letzten Nächten hatten wir sie, zur Beobachtung, mit ihrem Körbchen in unser Schlafzimmer geholt, hofften aber, dass sie mit ihrer Niederkunft bis zum Montag noch warten würde. Und jetzt passierte es doch, gerade jetzt, wo wir wegfahren mussten. Vielleicht spürte sie, dass wir sie heute verlassen würden und dadurch könnte sich ihre Geburt beschleunigt haben. Was tun? Wir wurden in Cheam erwartet! Konnten wir uns jetzt noch so plötzlich abmelden und einfach zu Hause bleiben?

„Weißt Du was!", sagte Peter. „Wir holen die Kinder in unsere Betten, und auch wenn die drei keine erfahrenen Geburtshelfer sind, so werden wir ihnen die Situation erklären. Als Tierarztkinder sind sie schon von klein an mit mir ‚auf Praxis' mitgefahren, haben auch Geburten bei kleinen und großen Tieren miterlebt, obwohl sie dann meistens, nachdem sie meinten, im Stall alles Wichtige gesehen zu haben, recht bald in der Küche der Bäuerin verschwunden sind, weil es dort immer so gute Süßigkeiten gab. Ich durfte sie dann immer wieder abholen gehen. Wichtig ist nur, dass Mainy die Anwesenheit der Kinder spürt und damit weiß, dass sie nicht alleine ist."

Schnell eilten wir in die Zimmer der Buben und hinauf in Wiebkes Dachkammer. Noch recht verschlafen krochen die drei in unsere Betten, wurden dann aber doch schnell wach, als wir ihnen erklärten:

„Wiebke, Claas, Niels, hört nun gut zu: Unsere Mainy bekommt heute ihre Kinder. Jetzt seid ihr als ihre Hebammen gefordert. Wenn ein Kleines zur Welt kommt, dann passt ihr auf, dass die kleine Schnauze des Neugeborenen schnell frei von Schleim ist, damit es gut Luft holen kann. Hier habt ihr frische Tücher, damit könnt ihr den Jungen vorsichtig das Köpfchen und vor allem ihr Näschen frei wischen. Dann gebt ihr sie aber gleich ihrer Mama. Ihr wisst ja, dass sie schon einmal Junge bekommen hat, so dass sie sich selber um ihre Kinder kümmern und sie gut ablecken wird."

Alle drei hatten ganz ernsthaft zugehört und beteuerten, dass sie alles richtig machen wollten. Schnell liefen sie noch zu unserem Hundchen, streichelten und trösteten es:

„Wir bleiben bei dir, auch wenn Mama und Papa jetzt verreisen müssen." Dann aber schlüpften sie in unsere noch warmen Betten. Auch wir streichelten noch einmal unsere liebe Mainy, deckten die Kinder noch gut zu und verließen, doch etwas zaghaft und unsicher, unser Heim.

Im Auto hing jeder schweigsam seinen sorgenden Gedanken nach, und die klebten an unserer treuen Hündin. Warum müssen Entscheidungen oft so schwierig sein? Werden die Kinder, vor allem Wiebke, die Ältere und Erfahrenere, die Situation meistern? Sie schlafen hoffentlich noch ein wenig.

Wenn ich jetzt an die damalige Situation zurück denke, so ist mir klar, heute hätten wir nicht mehr den Mut aufgebracht, unseren Hund allein den noch jungen Kindern zu überlassen. Es scheint doch sehr altersbedingt zu sein, bestimmte Wagnisse einzugehen. Schon immer waren Erfinder und Forscher, vielleicht mit ganz wenigen Ausnahmen, junge Leute. Nur ihr Ziel vor Augen, schätzten sie das Risiko anders ein. Das Alter macht vorsichtig und lässt sich in wichtigen Entscheidungen nicht mehr so leicht in ein Abenteuer hinein ziehen.

Klein waren unsere drei ja nicht mehr. Wiebke mit ihren 14, Claas und Niels mit 13 und 12 Jahren, konnten ihren Alltag doch recht selbständig meistern, und dazu gehörte morgens als erstes das selbständige und rechtzeitige zur Schule gehen, und am Sonntag, noch vor dem Frühstück, wartete immer der Stalldienst.

Jetzt trösteten wir uns auch etwas damit, dass unser schon recht erfahrener Praxislehrling um 8 Uhr erscheinen und sich dann um unseren Dackel kümmern würde. An den Wochenenden kommen auch immer einige Mädchen und betreuen die Pferde, und wie jeden Werktag versorgt auch am Samstag Herr Dohmen alle Tiere, den Garten und was so an Arbeiten anfällt. Auf Merberich hat es immer Platz für Viele. Die Kinder werden also mit unserer werdenden Dackelmama nicht lange alleine sein.

Rechtzeitig in Calais und am Kanalhafen angekommen, schlüpften wir ganz schnell in die nächste Telefonkabine. Da zu Hause der eine Telefonapparat direkt neben Peters Bett steht, wurde der Hörer recht schnell abgehoben. Wiebke war am Apparat.

„Papa, Mainy hat schon zwei Junge. Sie sind munter und werden von ihrer Mama gut betreut."

„Wunderbar, wir freuen uns sehr darüber. Sie wird sehr wahrscheinlich noch mehr Junge bekommen, aber geh jetzt nur ruhig wieder ins Bett. Schlafen die Buben?"

„Ja und ich manchmal auch ein wenig."

„Dann schlaf ruhig noch etwas weiter. Wir müssen uns aber jetzt beeilen, denn wir stehen in Calais schon am Hafen, und die Kanalfähre wird uns gleich mit unserem Auto nach England hinüber bringen. Wir werden uns von dort wieder melden. Macht es gut, ihr drei tapferen Geburtshelfer, bis bald!" Schnell legten wir, beruhigt und fröhlich gestimmt, den Hörer auf die Gabel und eilten zum Auto zurück.

Kaum aber waren wir in die Fähre hinein gefahren, da hörten wir plötzlich ein Ohren betäubendes Hornen, einmal, zweimal.

„Peter, wir legen ab!"

„Dann komm schnell zum Heck, von dort können wir sehen, wie es losgeht!"

Gerade noch rechtzeitig konnten wir beobachten, wie der Steg zwischen Land und Schiffseingang hochgeklappt wurde. Unten, wo der Maschinenraum sein musste, begann es zu rumpeln und zu donnern, und durch den ganzen Schiffskörper ging ein Rütteln und Zittern. Das vorher ruhige Wasser rauschte und sprudelte, aufgewühlt schäumte es, als würden tausende von Meeresgeistern plötzlich miteinander Krieg führen. Ganz langsam begann sich das Schiff vom Land zu entfernen. Der Abstand von Calais und dem Festland wurde größer und größer, dann schwammen wir auch schon draußen auf hoher See.

Unsere Gedanken aber schwebten, als unsichtbare, aber kraftvolle Wellen, durch die Luft, zurück an die Adresse Merberich: „Auf Wiedersehen Kinder, sei tapfer, liebe Mainy, wir kommen bald wieder!"

Es gibt wohl keine Entfernung auf unserer Erde, die das unsichtbare und unglaublich dehnbare Band zu unseren vier Kindern zerreißen könnte. Aber sie sind ja nicht alleine, und es ist ja auch etwas Abenteuer für sie, einmal Hausherren und Hausfrau spielen zu dürfen. Daher versuchten wir, uns jetzt auf die kommenden Tage zu freuen. Uns Sorgen machen? Ich glaube, Vertrauen war hier wohl besser zu Hause.

Noch immer standen wir an der Reling, vor uns die weite Wasserfläche. Während die Schiffsmaschinen monoton und kraftvoll stampften, schauten wir hinunter und beobachteten diesen unruhigen, allein durch unseren Dampfer erzeugten Tanz der Wellen. Sich überschlagend stießen sie immer wieder so gegen einander, als wollten sie miteinander kämpfen, dann aber rauschten sie doch nur seitlich am Schiffskörper vorbei. Lebhaft glitzerten die Strahlen der Sonne auf dem unruhigen Wasser.

Das französische Ufer wurde kleiner und kleiner, doch schon bald konnten wir in der Ferne die weißen Kreidefelsen von Dover erkennen, die vor unseren aufmerksamen Augen von Minute zu Minute größer wurden.

„Denk daran, dass wir jetzt auf der linken Seite fahren müssen!", ermahnte ich meinen Chauffeur. Dennoch passte ich wie ein Luchs auf, dass bei Peter immer das Bord, bei mir aber die offene Straße sein musste.

Am Ziel endlich angekommen wurden wir herzlich willkommen geheißen. Aber schon sehr bald baten wir unsere Gastgeber, ob wir ganz schnell nach Hause telefonieren dürften. Diesmal meldeten sich die Buben mit fröhlicher Stimme:

„Papa, Mainy hat inzwischen vier kleine Hundchen. Die sind schlau, die haben sogar schon die Zitzen gefunden und saugen daran."

„Habt ihr denn die ganze Zeit aufgepasst?"

„Das wollten wir eigentlich, aber dann waren wir doch noch so müde, dass wir wieder eingeschlafen sind. Als wir aber dann am Morgen aufwachten, da waren die Kleinen schon da."

Nun redeten fast alle drei gleichzeitig. Was waren wir doch froh und erleichtert. Alles war also gut gegangen.

„Sie leckt die Kinder immerzu, aber wir dürfen die Kleinen ganz vorsichtig ein bisschen streicheln. Die haben die Augen noch ganz fest zu und quieken so lustig."

Jetzt meldete sich Wiebke noch einmal alleine:

„Papa, die kleinen Dackelkinder sind so süß, und Mainy geht es gut. Wir haben sie einmal hinaus gelassen, dann hat sie ihr Pieterchen gemacht, lief aber gleich ganz schnell wieder zu ihren Kindern zurück. Zusammen mit Karin brachten wir ihr Körbchen in die Küche hinunter."

Jetzt durften wir uns endlich unseren freundlichen Gastgebern zuwenden, die uns zu unserem hündischen Nachwuchs auch herzlich gratulierten. Was nun folgte, war ein erlebnisreiches, unkompliziertes und freundschaftlich recht aufgeschlossenes Wochenende mit viel interessanten Besichtigungen und regem Gedankenaustausch. Gastfreundlich öffneten sie uns ihre hübschen, so richtig typischen englischen Häuser, und vergaßen auch nicht, uns ihre gepflegten Gärten zu zeigen. Eine kleine Schwierigkeit war allerdings damit verbunden: die Betten waren von bescheidener französischer Größe. Damit aber hatte doch das eine oder andere recht stattliche Ehepaar so sein Problem. Man musste ungewohnt ganz eng nebeneinander liegen, um einen nächtlichen Sturzflug hinunter auf den Teppich zu vermeiden. Am Frühstückstisch fühlten sich dann nicht alle gut ausgeschlafen, dafür aber fehlte es nicht an diesbezüglichen humoristischen Kommentaren.

Was diese anbetrafen, da gab es noch andere ungewohnte Situationen. So sind es die Engländer gewöhnt, gegenseitig nur den Vornamen zu gebrauchen. Bei uns in Deutschland aber war es noch üblich, den rotarischen Freund mit Herr oder Freund Soundso anzusprechen. Es war in einem Moment des Aufbruchs, da wurde jemand von unserer Gruppe gesucht: „Where is Günter?" Recht verwirrt und mit einem großen Fragezeichen auf jeder Stirn, schauten wir uns gegenseitig an, rätselten herum, wer von uns eigentlich der Günter sein könnte.

Einer Verwirrung kann manchmal noch eine zweite folgen.

Am Samstag, beim abendlichen Apéro, da fiel in einem Gespräch unter Frauen die zufällige Frage: „Do you have Inner Wheel Club in Düren?"

Natürlich ahnte ich damals keinesfalls, dass gerade diese Bemerkung eine der wichtigen Stationen auf meinem mäandrierenden musikalischen Umweg sein sollte, die mich schlussendlich in das entfernte Wiesbaden führte. Aber wer bemerkt denn schon die unsichtbaren Fäden, an denen wir manchmal, wie Marionettenpuppen aufgehängt, in eine bestimmte Richtung gezogen und gelenkt werden?

Ob wir in Düren einen Inner Wheel Club hätten?

Was ist denn das? Ist das vielleicht ein Club für Frauen? Wir machten alle recht erstaunte und recht ratlose Gesichter.

„What do you mean with ‚Inner Wheel'?"

Jetzt war aber die Verblüffung auf der anderen Seite groß, denn für diese Cheamer Frauen war es ausgesprochen verwunderlich, ja fast unbegreiflich, dass wir von diesem weltweit sehr verbreiteten Frauenclub, der sich in England „Antes" nennt, noch nichts gehört hatten. Dabei zeigten unsere Gesichter aber absolute Ahnungslosigkeit, ja sogar eine richtiggehende Abwehr gegen die Idee eines speziellen Clubs nur für Damen. Clubs kannten wir nur für Männer, aber wir? Ausgesprochen befremdlich.

So erlebnisreich dieses Wochenende sich auch gestaltet hatte, wir waren dann doch froh, als der Abschied kam. Am Sonntagabend, endlich auf unserem Hof wieder heil angekommen, stürmten wir gleich aus dem Auto, platzten zur Tür hinein ... und da schaute uns unsere Hundmutter ganz gelassen, aber stolz entgegen und präsentierte uns ihre vier munter quiekenden Kinderchen. Was für ein feierlicher Augenblick, der Liebe in der Natur direkt ins Auge schauen zu dürfen.

„Jetzt müssen wir den Kleinen einen Namen geben und zwar alle mit dem Anfangsbuchstaben ‚D' ".

„Warum gerade dieser Buchstabe?", machte sich die Stimme von Wiebke bemerkbar.

„Ihr wisst ja, dass wir als Züchter von reinrassigen Dackeln im Zuchtverein sind. Dieses hier ist der vierte Wurf in unserer Zucht, und der Buchstabe ‚D' auch der Vierte im Alphabet.

Wiebke, du weißt ja, dass Maidy, unser erster Hund, zweimal Junge bekommen hatte. Die ersten Hundebabys erhielten alle einen Namen mit dem Anfangsbuchstaben ‚A', dann kam ‚B'. Von Mainy aber ist es jetzt das zweite Mal, dass sie Kinder bekommen hat. Könnt ihr euch noch erinnern, dass ihre letzten Welpen einen Namen mit dem Buchstaben ‚C' erhalten haben und damit auch im Zuchtbuch eingetragen worden sind?

Also, überlegt euch, wie das einzelne Kind von unserem Hundemütterchen nun heißen soll, ihr wollt doch sicher ihre Paten sein."

*

Wir waren noch nicht lange wieder zu Hause, da erhielt ich, und wie ich dann bald feststellen konnte, auch die anderen rotarischen Ehefrauen, eine Einladung nach Aachen.

Nicht alle, und vor allem nicht Frau Hertha Neuman, fanden die Idee eines Frauenclubs abwegig oder gar unpassend. So hatte sie sich inzwischen schon grundlegend kundig gemacht und die Statuten eines solchen Clubs gelesen und eingehend studiert. Dabei erfuhr sie auch, dass diese Organisation bereits in einigen deutschen Städten gepflegt wird. Man schien nicht überall so auf dem Mond zu leben wie wir.

Mit Kaffee und Kuchen wunderbar verwöhnt, führte uns unsere aufgeklärte Wirtin durch einen eindrücklichen Vortrag hinein in die Idee von Inner Wheel, diesem ominösen Club.

Mit folgenden Worten wurden wir nicht nur über die Ziele, sondern vor allem auch dessen Geschichte aufgeklärt, und wie es vor recht langer Zeit, zu einem solchen Vereinigung überhaupt gekommen war.

Der Name Inner Wheel drückt es schon aus. Er bedeutet das Innere Rad des Symbols des Rotary-Clubs und ist dadurch auch eng mit denselben Zielen und einem ähnlichen Gedankengut verbunden. Mit der Zeit entwickelte sich aber dennoch eine unabhängige, in der ganzen Welt verbreitete Vereinigung von Frauen rotarischer Ehemännern,

Gründerin war eine Mrs. Margarethe Golding Owen. Sie war Krankenschwester im 1. Weltkrieg. Ihr Einstieg und ihre spätere Übernahme einer Firma für die Ausrüstung von Ärzten und Krankenschwestern, machte sie zu einer erfolgreichen Geschäftsfrau. Verheiratet mit einem Rotarier aus Manchester, hatte sie sich schon oft mit anderen rotarischen Ehefrauen gesellschaftlich und zu sozialer Tätigkeit zusammen getan. Nun wollte sie auch den Frauen Gelegenheit geben, sich ebenfalls, aber unabhängig, um Sorgen und Nöte der Nächsten zu kümmern.

Sie nahm unter anderem auch engen Kontakt zu Paul Harris auf, der 1905 in Chicago, USA, den ersten Rotary Club gegründet hatte, und der den Gedanken von Inner Wheel ausgezeichnet fand.

Im November 1923 trafen sich dann 27 Frauen zur Gründung eines eigenen Vereins und Frau Golding wurde am 10. Januar 1924 davon die 1. Präsidentin.

Die Entwicklung dieser inzwischen weltweiten Frauenvereinigung führte dann über das mit England immer noch sehr verbundene Australien, weiter nach Norwegen und Südafrika und hat heute in vielen Ländern unserer Erde mehr oder weniger intensiv Fuß gefasst.

Unsere Referentin beendete ihren Vortrag mit dem Wunsch, dass sie sich sehr freuen würde, wenn auch wir in Bälde zu dieser weltumspannenden und interessanten Gemeinschaft gehören könnten.

Aufmerksam hatten wir dieser Information, die uns immer noch sehr fremd vorkam, doch mehr und mehr interessiert, zugehört. Ich kann mich noch gut daran erinnern, dass danach eine Zeitlang gedankenvolle Stille herrschte, denn wir wurden hier in ein, für uns, noch absolutes Neuland geführt. Aber ruhig und sicher, mit viel innerem Verständnis, schenkte Frau Neuman uns unsere Tassen wieder mit Kaffee voll, und mit diesem herrlichen Getränk fanden wir dann endlich auch unsere Sprache wieder. Es dauerte nicht einmal lange, da erschien uns diese neue Idee doch gar nicht mehr so abwegig. Besonders in dieser freundschaftlichen und gemütlichen Atmosphäre, konnten wir uns ganz gut vorstellen, hie und da an so einem unterhaltsamen Kaffeekränzchen teilzunehmen. Nur war uns damals doch noch nicht so ganz bewusst, dass es sich bei dieser weltweiten Vereinigung von Frauen, nicht nur um unterhaltsame Kaffeestunden gehen würde, so nett sie auch sein können. Die Ziele sind vor allem Freundschaft, kulturelles Leben und soziale Verantwortung. Es blieb dann auch nicht unser letztes gemeinschaftliches Treffen.

Zu Hause besprach ich mit Peter das Gehörte. Er war von dieser Idee sehr angetan.

Aber welche Kraftanstrengungen Herta Neuman in der kommenden Zeit noch zu bestehen hatte, obschon von ihrem Ehemann immer treu und tatkräftig unterstützt, das erfuhren wir erst viel später. Eines der Hindernisse waren sogar Rotarische Ehemänner selber. Eine der Ehefrauen erklärte, ihr Mann hätte es ihr verboten, so einem Frauenverein beizutreten. Darüber war ich dann doch recht schockiert, denn immerhin befanden wir uns fast am Ende des 20. Jahrhunderts.

Frau Neuman aber war nicht nur eine sehr gescheite, sondern auch eine willensstarke Frau, die sich nicht so leicht aus dem Konzept bringen ließ, und so schritt unsere gemeinsame Planung stetig fort und wurde dann endlich auch das Herz der neuen Gemeinschaft. Inzwischen wussten wir alle recht gut, was in diesem Club von den Mitgliedern erwartet, ja sogar gefordert wurde.

Als sie mich dann sogar eines Tages fragte, ob ich in diesem neuen Club ihre Sekretärin sein möchte, empfand ich es als eine große Ehre, ihr so eng zur Seite stehen zu dürfen. Aber wie auch alle anderen, war ich immer noch recht ahnungslos, was mit dieser Aufgabe alles auf mich zukommen würde. Deutlich aber spürte ich, dass hier ein Samenkorn in die Erde gelegt wurde, und ich durfte ihr dabei helfen, es zum Keimen zu bringen.

Mit ihrem Leitspruch Pflanze einen blühenden Baum in Deinem Garten und es wird ein Vogel kommen, darin zu singen wurde mit 37 Frauen der Inner Wheel Club Düren als 24. in Deutschland gegründet, und Hertha Neuman wurde unsere leitende Gründungspräsidentin. Ein ganzes Jahr später, am 10. Oktober 1984, erhielten wir von einer Gründungsbeauftragten die offizielle Charter, und zu dieser feierlichen, gut vorbereiteten Einweihung, durfte ich nun mit meiner Glasharfe den musikalischen Teil bestreiten. Immer noch ahnungslos betrat ich damit die zweite Station meines Umweges, denn zu den vielen Gästen gehörte eine Sophie Assmussen, Gründungspräsidentin des Clubs Wiesbaden, deren Charter ein Jahr zuvor stattgefunden hatte. Sie hörte mein Instrument, und da hatte ich es, mein erstes größeres Engagement.

*

Jetzt bin ich schon richtig tief in eine meiner Erinnerungen eingetaucht. Dieses ganze Geschehen, mit seinem großen Umweg, könnte man anderseits auch wie die Schleife eines geknüpften farbigen Bandes betrachten. So bezieht sich der eine Bogen dieser Schleife auf unsere Reise nach England, der andere auf den Besuch der Präsidentin des Inner Wheel Clubs Wiesbaden, die die Reise nach Düren unternommen hatte. Beide vereinen sich im Mittelpunkt, meinem Glasharfenkonzert. Die beiden Endstücke symbolisieren unsere Fahrt dorthin.

Nun kommt also der Tag meiner glasharferischen Bewährung. Es ist ein Samstag im November, in dem so spannenden und voller Erwartungen ausgefüllten Jahr 1984. Peter sitzt am Steuer unseres gut beladenen Autos, denn mein Instrument besetzt fast den ganzen Gepäckraum. Auf dem Nebensitz, tief hinein gesunken, bibberte ich still vor mich hin. Immer wieder guckte ich nervös auf meine Armbanduhr und repetierte schweigsam: „In vier Stunden" ... später schaue ich wieder darauf ... „drei Stunden, dann habe ich es hinter mir!"

Die schriftliche Anfrage und Einladung zu dieser Wohltätigkeitsveranstaltung hatte ich bei mir. Darin verspürte ich schon die Vorfreude dieser Präsidentin, die so sehr von meinem Instrument angetan war. Viele bekannte Persönlichkeiten würden kommen: Der Landrat, der Stadtverordneten-Vorsteher und sogar einen US-Brigadegeneral erwähnt sie darin (obwohl ich nicht weiß, was für ein militärischer Grad das sein soll, aber immerhin tönt er doch recht edel). Auf dieses Wissen hätte ich zwar ganz gut auch verzichten können. Daran muss ich natürlich auch gerade jetzt, während unserer Fahrt ins musikalische Abenteuer, denken und rutsche dabei ganz automatisch noch tiefer hinunter in meinen Sitz. Entsprechend dieser erlauchten Gesellschaft hat Peter seinen guten Anzug mit feiner Seidenkrawatte, und ich mein neues, schon für meinen Amerika-Auftritt gedachtes Biedermeierkleid eingepackt. Ein bisschen tröste ich mich damit, dass auf der Einladung steht, dass ich nicht ganz alleine das Konzert bestreiten muss. So steht da geschrieben:

Eingerahmt werden die sensiblen Klänge der Glasharfe durch Kompositionen von Mozart und Haydn, dazu einige Brahmssche Liebeslieder, gespielt vom Brahms-Vokal-Quartett.

Dann sind wir angekommen und werden von der Gastgeberin persönlich recht herzlich willkommen geheißen.

Bevor das Konzert beginnt, bleibt noch genügend Zeit, uns in Ruhe zu etablieren und in Schale zu werfen. Vor allem aber muss mein Instrument hereingebracht und aufgestellt werden. Obschon unsere Arme dabei auch diesmal immer länger zu werden scheinen, diese tragende Funktion überlassen Peter und ich niemandem, auch nicht dem hilfsbereit herbeieilenden Portier.

Dann folgt das intensive Waschen meiner Hände mit meiner eigens mitgebrachten Spezialseife. Aber schon das anschließende Einspielen bringt mich auf einen gesunden Ruhepuls.

Endlich ist es soweit. Beim Betreten des Saales stellt man nicht nur fest, dass alle Plätze besetzt sind, man fühlt es auch fast körperlich, dass bei den Zuhörern bestimme Erwartungen schon recht präsent sind. Jetzt gibt es aber kein Zurück mehr, nur noch ein Vorwärts, dann wird auch das zu viele Denken nicht nur vollkommen überflüssig, es ist auch hinderlich. Von dem Augenblick an, als meine Finger die Ränder der Gläser berühren, und diese bereitwillig und hilfreich zu klingen beginnen, entschwindet mit ihren entfliehenden Tönen, fast wie vom Winde verweht, auch die Nervosität. So gehorchen sie mir auch brav an diesem Abend. Es wurde ein sehr schöner und erfolgreicher Abend. Ach, wie sehr genoss ich dann zum Abschluss noch die liebliche Musik des Brahms-Quartetts.

So ist auf der Heimfahrt meine Stimmung jetzt auf redselig geschaltet. Ich sitze diesmal aufrecht und dankbar neben meinem treuen Fahrer und beglücke ihn mit meinem erleichterten Wortschwall.

Einige Tage später bekomme ich von Frau Assmussen noch die ausführlichen Berichte über das Benefiz-Konzert zugeschickt. Sie sind im Wiesbadener Kurier und sogar der Zeitung des Hotels selber, sogar mit Fotos, gebracht worden. Ich darf sie mit gutem Gewissen lesen.

*

Es fliegt die Zeit, wir fliegen mit! Der Dezember hat dem November schon einen energischen Stups gegeben und ihm gemeldet: „Achtung! Jetzt bin ich dran!"

Ganz Merberich freut sich in der Adventszeit auf die verschiedenen Ereignisse, die nun geplant und auch stattfinden sollen.

Vor vielen Jahren, wir hatten unsere Umzugsbagage nach Merberich kaum ausgepackt, da erkundigte ich mich nach einem, in der Nähe liegenden Schweizerclub. Es gab einen in der großen Nachbarstadt Aachen. Seitdem sind Peter und ich dort recht aktive Mitglieder. Als man dann eines Tages entdeckte, dass wir auf Gut Merberich recht großzügig wohnen, da wurden wir gefragt, ob der 1. August, der Schweizer Nationalfeiertag, eventuell in unserem Park gefeiert werden könnte. Wo hätte man diesen Tag auch unterhaltsamer, festlicher, originalgetreuer und abenteuerlicher, auch für die vielen, dazugehörenden Kinder, abhalten können, als gerade in unserem weitläufigen Park. Wir öffneten ihnen gerne Türen und Tore, und sie kamen alle, jedes Jahr.

Die vorsichtige Anfrage, in diesem Jahr mit dem ganzen Club auch den Nikolaus bei uns erleben zu dürfen, fanden wir eine gute Idee. Kurz entschlossen wurde der warme Pferdestall als Ort für die Feier auserkoren.

Schon am Nachmittag staunen unsere Pferde über eine ungewöhnliche Geschäftigkeit. Die Boxen müssen heute natürlich besonders gründlich ausgemistet werden, und bekommen, außer dem frischen Stroh, noch weihnachtlichen Schmuck aus Tannenzweigen. Selbstverständlich werden die Vierbeiner, obwohl kein Turnier bevorsteht, noch einmal tüchtig gestriegelt und schön gemacht. Diesmal brauchen wir unsere Kinder nicht besonders zum Helfen aufzufordern, da funktioniert auf einmal alles wie am Schnürchen. Zum Schluss fliegen noch etliche zusätzliche Strohballen vom Heuboden herab, denn für diesen Abend brauchen wir genügend Sitzplätze.

„Sie sind da!", tönt es von vielen Ecken her.

Und wirklich, sie kommen alle angefahren. Ein Auto nach dem anderen sucht draußen einen Parkplatz, denn das Hoftor haben wir vorsichtshalber zur Hälfte zugemacht. Die Kinder sind, wie üblich, beim Einparken gleich hilfsbereit und bieten noch zusätzlich das Gelände vor dem Paddock an, damit auch alle ordentlich einen Platz finden können.

Die ganze winterliche Stille liegt schon eingehüllt in das abendliche Dunkel. Aber grüßend senden, mit ihrem sanften, ruhigen und freundlichen Licht, die vielen Kerzen an den Lichterketten unseres Tannenbaumes, ihr herzliches Willkommen aus. Gemeinsam haben wir ihn am Nachmittag wieder vor das Mäuerchen an der Praxistür aufgestellt. Staunend über die vielen freundlichen Lichtquellen in der Dunkelheit, treten unsere Gäste fast feierlich durch das halb geschlossene Hoftor, wo bald viele frohe Stimmen sie begrüßen. Angefahren kommen sie aus Aachen selber, aber auch aus der näheren und weiteren Umgebung, die Familien mit Eltern, Großeltern, Kindern, Tanten und Onkels. Alle bringen selbstgemachtes oder noch schnell gekauftes Weihnachtsgebäck mit. Dazu Pappteller, Becher und Besteck. Auch für genügend Getränke sorgen nicht nur unser Präsident, sondern seine immer wieder aktiven Helfer, zu denen auch wir gehören. So beschränkt sich unser diesbezüglicher Beitrag auf ein normales Arbeitspensum.

Neugierig, ob plötzlich so vieler Menschen, die auf einmal ihren geschmückten, und von Lampen erhellten Stall betreten, klemmen sich die Nüstern unserer Tiere zwischen die Gitterstäbe. Es ist ja auch zu interessant, was hier in der stillen Winterzeit auf einmal geschieht.

„Dürfen wir die Pferde ein bisschen streicheln?", fragt schüchtern eines der Mädchen, und noch einige andere, erwartungsvolle Augen hoffen, dasselbe tun zu dürfen. So bekommen Mandelblüte, Dunja, Freude, ihre Kinder Firuzé und Faial und unser Pony Fiona ihren Streichelbesuch. Und sie haben absolut nichts gegen eine solche Abwechslung. Nur die Pensionspferde müssen sich leider sehnsüchtig mit Zuschauen begnügen. Die Buben aber, nachdem sie sich genügend umgesehen und genauer orientiert haben, entdecken die Reithalle. Claas und Niels haben darin schon das Licht angezündet, und mitten drin, vergessen im Sand, lädt ein Fußball aufmunternd zum Spiel ein. Achtung! Das Spiel beginnt! Die Erwachsenen aber suchen sich inzwischen einen warmen Platz auf einem der Strohballen in der Stallgasse.

„Dürfen wir vielleicht auf dem Pony etwas reiten?" Nach dem vielen Streicheln träumt doch schon bald das eine oder andere Mädchenherz auch einmal auf so einem Pferd zu sitzen. Gerne holen wir Fiona aus ihrer Box. Langsam und vorsichtig führen wir sie an den plaudernden Gästen und den beladenen Tischen vorbei, hinaus aus dem Stall und, trotz Fußball, hinein in die Reithalle, wo sie sich ganz cool auch von einem fliegenden Ball nicht aus der Ruhe bringen lässt. Wiebke und Susanne führen abwechslungsweise eine Runde nach der anderen, und jedes Kind sitzt, mit leuchtenden Augen, mindestens einmal auf dem ersehnten Pferderücken.

Indessen schreitet die Zeit doch schnell voran. Verstohlen schaue ich immer wieder einmal auf meine Armbanduhr, und die zeigt mir, dass es bald soweit sein wird. Die Mädchen ermahne ich, Fiona nun wieder in ihre Box zurück zu führen, und da ich selber das Licht in der Reithalle lösche, bedeutete das auch für das temperamentvolle Fußballspiel das Ende.

Dann laufe ich unbemerkt über den Hof und öffne leise auch den zweiten Torflügel. Angestrengt schaue ich hinunter zur entfernten Straße. Da kommt er! Trotz der Dunkelheit kann ich ihn erkennen. Ein noch entfernter Schatten, der sich unserem Hof langsam nähert. Schnell eile ich in den Pferdestall zurück.

„Alle einmal herhören!" Laut klopfte ich dabei mit einem Löffel an ein Boxengitter. „Ich glaube, heute Abend wird der Nikolaus bei uns vorbeischauen, er weiß auf jeden Fall, dass ihr alle hier seid!"

Auf einmal ist es ganz still, niemand spricht mehr, aber alle schauen mich aufmerksam an. Amüsiert bemerke ich, wie die Kleinsten ganz sachte zu ihrem sicheren Papa- und Mama-Hafen schleichen. Nur einige kecke Buben brüsten sich; sie hätten keine Angst vor dem Samichlous, der sei ja sowieso nicht echt.

„Bschscht", mahne ich noch einmal, „seid jetzt alle ganz still, kommt leise heraus und stellt euch zum Tannenbaum. Ich glaube, er kommt – ich kann ihn schon hören!"

Bald stehen Groß und Klein erwartungsvoll versammelt neben dem leuchtenden Baum, und schauen gespannt durch das schwarze Geäst der Linde hinüber zu dem jetzt ganz geöffneten Hoftor. Wie ein Scherenschnitt wirkt der Baum gegen den klaren Sternenhimmel. Ich glaube, sogar die Erwachsenen sind jetzt etwas aufgeregt. Alles horcht in diese feierliche Nacht hinaus. Tatsächlich, nun hört man es deutlich: Hufschlag und Glockengeläute, erst noch in der Ferne, bald aber näher und näher ... und dann kommt er wirklich, der Nikolaus selber. Alle erkennen ihn, den

Samichlous. Er sitzt auf einer Kutsche, die von einem Pony gezogen wird und fährt, in der nächtlichen Dunkelheit erst nur etwas schemenhaft zu erkennen, und mit einer kleinen Glocke läutend, durch den Toreingang, um die Linde herum und hält vor der erwartungsvoll staunenden Gesellschaft.

„Guten Abend alle miteinander. Bin ich hier richtig, auf Gut Merberich und beim Schweizer Club?"

„Jaaa!", tönt es gemeinschaftlich. Die Kleinsten verschwinden jetzt fast ganz hinter ihren Müttern, nur ihre neugierigen Augen mustern unsicher den großen Mann mit dem dicken weißen Bart. Er ist in einen langen roten Mantel gehüllt und trägt auf seinem Kopf eine hohe, ebenfalls rote Haube. Peter und ich wissen natürlich, dass dieser Nikolaus heute Abend nicht vom Himmel herunter gefallen ist. Auch kommt er nicht aus einem tiefen Wald, sondern nur aus der Heidesiedlung in Weisweiler. Er ist niemand anderes, als unser treuer Herr Pfeiffer. Wir haben ihn, den Kinderfreund, darum gebeten, mit seinem Pony Bubi hier den Nikolaus zu spielen. Natürlich hat er gleich zugesagt.

„Der sieht ja richtig toll aus!", flüstere ich Peter leise lachend zu. Dann aber gehe ich zur Kutsche, um den Nikolaus freundlich zu begrüßen und ihm zu helfen, von seinem Gefährt herunter zu steigen.

„Lieber Nikolaus, du hast sicher einen weiten Weg hinter dir. So tritt herein in unseren warmen Pferdestall. Wir freuen uns alle, dass du zu uns gekommen bist!"

„Danke, eure Wärme kann ich jetzt gut gebrauchen, denn draußen, vom dunklen Walde, komm ich her. Kinder, ich muss euch sagen, überall weihnachtet es sehr. Und wie hier, an eurem strahlenden Lichterbaum, sah ich überall auf den Tannenspitzen, solche kleine hellen Lichtlein blitzen. Und glaubt ihr mir, wenn ich sogar sage: Droben aus dem Himmelstor, ich, der Nikolaus, sah es selber, schaute lächelnd und mit großen Augen das Christkind hervor!"

Bei dieser wunderschönen Geschichte kommen langsam, wenn auch noch etwas zögerlich, sogar die schüchternen ganz Kleinen hinter den Mänteln ihrer Beschützer heraus, und treten vertrauensvoll vor die gütigen Augen des Nikolaus.

Gemeinsam gehen wir nun alle zurück in den warmen und hellen Stall. Es ist ein rührendes Erlebnis, wie sogar die vorwitzigsten Kinder vor diesem Nikolaus brav und ruhig werden. Jedes Kind kennt jetzt auch ein Sprüchlein, welches es mehr oder weniger aufgeregt, oft mit Hilfe der

Eltern oder einer Großmutter, vor dem Nikolaus aufsagt. Auch einige Erwachsene holen, zum allgemeinen Gaudi, so ein altes Nikolaussprüchlein aus der Erinnerung hervor, und das natürlich auf Schweizerdeutsch. So tönt es zum Beispiel:

Samichlous, Du liebe Maa!
Gäll, i muess kei Ruete ha!
Gib mer lieber Schoggela!

Jedes Kind erhält jetzt sein Päckchen aus dem Nikolaussack. Darin findet es nicht nur die gewünschte Schokolade, auch viele Süßigkeiten, Nüsse, Mandarinen und Lebkuchen verteilt der gute Mann, keines wird dort hineingesteckt, und es wird auch keine Rute hervorgeholt, denn alle sind ja durch das ganze Jahr hindurch „soooo braaav" gewesen!

Bei einem so freundlichen heiligen Mann, wie unserem Pfeiffer-Nikolaus, da nehmen auch die ganz Kleinen, jetzt ganz ohne Scheu, von ihm ihre Nikolaustüte entgegen. Sie reichen ihm sogar ganz zutraulich ihr Händchen zum Dankeschön.

Alle sind nun glücklich und zufrieden. Fröhlich begleitet, nicht nur von der Kinderschar, sondern auch von den lachenden Erwachsenen, geht er mit einem leeren Sack zurück zu seinem Pony, steigt auf den Kutschbock, und gleich darauf, nach einem „Hüh und Hoh!" beginnt Pony Bubi zu ziehen. Er möchte jetzt zurück in seinen heimischen Stall.

In dem unsrigen aber werden die Päckchen noch verglichen, teilweise auch schon ausgepackt, und die erste Schokolade verschwindet ganz schnell in dem einen und anderen Kindermund. Nun aber mahnen die Eltern zum Aufbruch. Nach einem allgemeinen Verabschieden, verschwinden nacheinander alle, so schnell wie sie gekommen sind. An jedem Geschenklein aber hängt ein trauliches, vorweihnachtliches Erlebnis.

*

Die Advents- und Weihnachtszeit mit dem üblichen Kirchgang, fliegt nur so vorüber, letzteres natürlich wieder mit lehmigen Wanderschuhen. Diesmal aber bleiben wenigstens Papas Hosen sauber, denn ausnahmsweise müssen wir keine rutschige Abkürzung nehmen.

Das Jahr nähert sich Tag für Tag mehr seinem Ende zu. Da erhalten wir wieder einen Brief von Onkel Hans. Als kleines Weihnachtsgeschenk hatte ich Weihnachtslieder, auf unserer Glasharfe gespielt, auf Tonband aufgenommen und ihm zugeschickt. Er bedankt sich jetzt dafür. Was aber dann im Brief noch weiter steht, das stimmt uns doch recht traurig:

... Nun der Grund meines heutigen Schreibens:
Ich will nicht nach Amerika!
Schon einige Male wurde ich in der Nacht wachgerüttelt und von
Unsicherheiten geplagt. Ich denke oft, man hätte schon vor der
Anmeldung im Reinen sein sollen, was und wie man spielen
wollte, und schon einen gewissen Sicherheits-Erfolg ahnen können.
Als Hirnschlagpatient wären die kommenden Belastungen für
mich zu groß. Die vielen schlaflosen Nächte, die sich eventuell
noch vermehrt einstellen würden, glaube ich nicht mehr verkraften
zu können. Nach Amerika habe ich die Absage schon geschickt
(aus gesundheitlichen Gründen). Nimm es nicht zu schwer,
Du hast die Möglichkeit, die Sache allein gut zu machen und
bist von den zusätzlichen Sorgen um mein Wohlergehen befreit.
Dir wünsche ich für die Allein-Amerika-Reise und Auftritt guten
Erfolg. Für Deine bisherigen vergeblichen Bemühungen danke
ich und grüsse herzlich und bedauernd, auch an die grosse Familie
Onkel Hans

Was kann man dazu sagen? Verstehen kann ich Onkel Hans ganz gut. Mit seiner Behinderung am linken Arm eine so weite Reise, und dann noch in eine ganz unbekannte Umgebung, zu unternehmen, und das mit fast 80 Jahren, das braucht ein außergewöhnliches Maß an Mut. Dazu eine Sprache, die er nicht versteht. Auch weiß ich nicht, ob er in seinem Leben schon einmal in ein Flugzeug gestiegen ist. Hätten wir mehr Möglichkeiten gehabt, miteinander zu musizieren, dann wären seine Bedenken vielleicht auch nicht so erdrückend geworden.

Eines ist mir aber bald klar, drängen darf ich ihn auf keinen Fall. Er muss sich erst einmal von dem Druck des Muss befreien, und seine Gedanken lockern. Noch haben wir viele Wochen Zeit. Vielleicht kommt ihm doch noch zum Bewusstsein, dass er mit diesem Entscheid nicht nur ein großartiges Abenteuer, sondern auch eine einmalige Gelegenheit, einen Höhepunkt in seiner späten musikalischen Karriere zu erleben, damit verpasst ... aber wer weiß das jetzt schon?

Also schreibe ich ihm zurück, äußere darin mein großes Bedauern, aber auch mein Verständnis für seinen Entschluss. Darauf erhalte ich schon recht bald eine Antwort:

Vielen Dank für Deinen grossen Brief; er hat mir sehr viel Erleichterung gebracht; denn ich hatte grosse Bedenken, in Missgunst geraten zu sein, wegen meiner krassen Absage. Nun scheint aber doch ein ordentliches Stück Verständnis dafür vorhanden zu sein. Ja, im Grunde genommen reut mich diese Absage ebenso wie dich. Es haben aber die Bedenken je länger je mehr zugenommen, und sich bis zu schlaflosen Nächten gesteigert, sodass ich dies aus gesundheitlichen Gründen nicht mehr weiter gehen lassen wollte ...
Trotz Deiner guten, aufmunternden Worten – auch von Seiten von Ken Piotrowski –, möchte ich bei der Absage bleiben.

Seine Absage reut ihn! Das ist schon einmal ganz gut! Wenn es auch nur ein ganz kleines, so ist es doch immerhin ein positives Zeichen.

Auch Ken schreibt ihm, um seinem Bedauern Ausdruck zu geben. Er hatte sich doch schon sehr darauf gefreut, diesen großartigen Musiker persönlich kennen zu lernen.

In einem langen Brief steht, dass er sich nicht vorstellen kann, dass Herrn Graf, trotz seines Handycaps, nicht von allen akzeptiert werden würde, denn in Amerika ist nicht wichtig, wer jemand ist, sondern welchen Charakter er hat. Onkel Hans wird der Star des Festivals sein, nicht ich oder du, oder Gott im Himmel ...

I cannot imagine that Mr. Graf would not be accepted by everyone, not would anyone think about his handicap. To Americans, it doesn't matter who you are that matters, but rather what you are inside. „Onkel Hans" will be the „star" oft the glass festival, not me, you, or Gott im Himmel ...

Die Wochen vergehen, es wird Anfang März. Da kommt ein Telegramm aus Herrliberg:

Hurrah! Er will doch mit nach Amerika! Dann bringt die Post noch einen Brief, und darin, als Beilage, eine Kopie seiner Wiederanmeldung.

Mitte April erhalte ich noch ein Musikstück von Ken, er hat es eigens für meine Glasharfe geschrieben. Sehr gerne möchte ich diese Komposition, mit dem Titel Ballade, am Festival spielen. Also, nichts wie los und erneut: üben, üben, üben!

Da kommt mir doch eines Tages so richtig zum Bewusstsein, dass Amerika nicht nur uns, Peter, Onkel Hans und mich, erwartet, auch Benjamin Franklins Heimreise führte damals auf den gleichen Kontinent. Er aber war, im Gegensatz zu uns, dort zu Hause.

Ich muss unbedingt noch vor unserer Reise und dem Festival meine Gläser fragen: Wie und wann hat Benjamin Franklin die Musical Glasses verbessert und die erste Glasharmonika gebaut!

Kapitel 20

Benjamin Franklin
in Amerika

Eine Glasbläserei – Franklin – ein gläsernes Kunstwerk – eine holperige Kutschfahrt –
mit einer interessanten Persönlichkeit– Amerika vor dreihundert Jahren – Dr. Walker
raucht seine Pfeife – viele Fahrgäste – Philadelphia, eine fortschrittliche Stadt –
im Hause von Benjamin Franklin – die Harmonika und ein weißes Gespenst

Oxford kommt jetzt von Tag zu Tag näher. Wie schön, dass sich Onkel Hans im letzten Moment doch noch für die lange Reise entschieden hat. Ich bin sicher, er hätte es sein Leben lang bereut, nicht dabei gewesen zu sein. An dem Ort, wo sich die Spezialisten für Glasinstrumente aus aller Welt ein Stelldichein geben werden.

Wie aber hat Benjamin Franklin [1] seine Idee auch verwirklichen können, die Musical Glasses so zu verändern, dass dann daraus die praktikablere Form der uns heute so wohl bekannten Glasharmonika entstand? Das möchte ich eigentlich doch noch recht gerne vor der Reise erfahren.

Es ist inzwischen Abend geworden. Ich gehe zu meiner Glasharfe, um ihr gute Nacht zu sagen. Leicht streiche ich über die Ränder der Gläser, konzentriere meine Gedanken und mein intensivstes Sehnen auf ihren hellen Glaskörper und frage sie, ob sie mir helfen könnten wie, wann und wo Benjamin Franklin seine erste Harmonika gebaut hat.

Sanft und doch so durchdringend entlocke ich meinen Gläsern die Töne der Elegie, die jetzt erst den Musikraum erfüllen, und dann durch das offene Fenster hinaus in die dunkle Nacht streben. An den Fingerspitzen fühle ich das gewohnte Kribbeln, die spezielle Sprache die mir mitteilt, dass ich mit den Gläsern nun eng verbunden bin. Auf einmal fühle ich eine Reaktion. Es ist wie ein leises Vibrieren, ein Zittern, das von dem starren und doch so lebhaft leuchtenden Material ausgeht, eine unsichtbare, deutlich spürbare Energie, die erst in meine Finger, in die Hände geht, meine Arme hoch steigt, um zuletzt von meinem ganzen Körper Besitz zu nehmen. Dann ein plötzliches zartes Leuchten, ein ganz besonderer Glanz, ein leises Klingen, als wollten mir meine Gläser erneut etwas erzählen … ganz verwirrt fühle ich diesen Kontakt intensiver werden. Aufgeregt spiele ich weiter, immer weiter ohne Unterbruch, keine noch so stille Sekunde soll diese unerklärliche Sendung unterbrechen. Die Elegie von Hans Graf und auch das nächste Stück habe ich schon lange zu Ende gespielt. Es folgen jetzt nur noch unkontrollierte Töne. Weiter und weiter, voll innerer Spannung, und in der geheimen Hoffnung, dass die Gläser vielleicht beabsichtigen, mich an diesem Abend erneut in ihre lange Vergangenheit zurück zu führen.

Auf einmal geht die Deckenbeleuchtung, der große, viel Licht spendende Leuchter, aus. Jedoch aus einer Ecke, punktuell wie aus einem Metallrohr, glüht jetzt ein Feuer, und so intensiv, als hätte sich ein Teil der roten Abendsonne von dieser abgespalten, und sei auf die Erde herunter gefallen. Nur noch von diesem Punkt aus wird jetzt mein Raum notdürftig beleuchtet. Aber ist es denn jetzt noch mein Raum?

*

Nicht mehr die Wände unseres vertrauten Musiksaales umgeben mich, sondern unvermittelt stehe ich in einer großen dämmrigen Halle. Auf meiner linken Seite entdecke ich einen glühenden Ofen mit einer kleinen Öffnung, aus der ein Mann gerade, mit einem langen Stab, eine Kugel geschmolzenen Glases herausholt. Ich staune nur. Also das ist die plötzlich aufgetauchte intensive Lichtquelle! Es ist für mich nun unschwer zu erkennen, dass ich mich hier in einer Glasbläserei befinde. Aber wie bin ich hier hineingeraten?

Viele Männer sehe ich bei ihrer schweren Arbeit, sei es an dem glühenden Brennofen oder an breiten Arbeitstischen aus Metall. Ein Junge in zerrissener Hose und einem ebenfalls schon sehr abgewetzten Hemd, kehrt vor mir den Boden. Fast wäre ich über ihn gestolpert, hätte ich nicht schnell einen behänden Seitensprung gemacht.

„Sieht er denn nicht, dass er mich mit seinem Besen beinahe weggefegt hätte?" Nein, er scheint meine Anwesenheit nicht zu bemerken. Das kann er ja auch gar nicht, denn jetzt erinnere ich mich an meine früheren ähnlichen Erlebnisse und erkenne, dass der leise Klang meiner Gläser mich erneut in die Vergangenheit zurück gebracht hat. Aber eigentlich wollte ich meinen Kameraden doch nur noch eine gute Nacht wünschen?! Nun scheint es mir, als hätten sie meinen abendlichen Wunsch doch verstanden, mich wieder einmal in eine ihrer Geschichten hineinlauschen zu lassen. Und nun ist es passiert und erneut ergreift mich eine intensive Neugierde. Es gibt ja immer noch so viele Fragen, die einer Antwort bedürfen.

Da! Von der Tür her betritt ein Mann die Halle. An seinem selbstbewussten Auftreten ist er leicht als der Meister zu erkennen. Jetzt wird es aber spannend, ich bin voller Aufmerksamkeit, Franklin, Benjamin Franklin! Er höchstpersönlich, ich erkenne ihn sofort. Schon will ich in meiner Freude über dieses unverhoffte Wiedersehen zu den beiden hinlaufen, aber dann halte ich mich doch instinktiv und diskret zurück. Plötzlich aber erschreckt mich in meiner freudigen Betrachtung eine laute und energische Stimme.

„Junge, bist du nicht endlich fertig mit deiner Wischerei, und das zerbrochene Glas hast du auch noch nicht weggeräumt. Wenn du weiter so langweilig arbeitest, ziehe ich dir einige Stunden von deinem Lohn ab!"

Es ist der ungeduldige Meister und ich denke spontan, was er wohl sagen würde, wenn er mich entdeckte? Würde er ebenso barsch fragen, was ich hier eigentlich zu suchen habe? Doch nichts dergleichen geschieht, die beiden Männer bewegen sich auf meine unsichtbare Anwesenheit zu und ungesehen kann ich sie belauschen. Um ihn genauer betrachten zu können, aber möglichst nicht zu berühren, stelle ich mich behutsam neben Franklin.

Seine Kleidung ist diesmal nicht dieselbe, die er damals in London, an der Soirée der Royal Society getragen hatte. Es scheint mir, als trage er jetzt die einfache und typische Tracht des Quäkers. Ein langer, bis zu den Knien reichender Rock, weißes Hemd mit einer leichten Halsbinde, Kniehosen, Strümpfe und Schnallenschuhe.

Die Zeit hat auch bei ihm ihre Spuren hinterlassen, er ist um einiges stattlicher geworden, und seine zugeknöpfte Weste spannt sich jetzt noch etwas mehr um Brust und Bauch. Unverändert aber ist der Ausdruck seiner Augen geblieben, die jetzt den gescholtenen Lehrling freundlich und gütig anschauen. Väterlich legt er ihm die Hand auf die Schulter:

„Junge, denk daran, hier kannst du sehr viel lernen. Daher halte deine Augen offen, auch wenn das Leben eines Lehrlings nicht immer sehr einfach ist. Eines Tages aber wirst du merken, dass es sich doch gelohnt hat, fleißig zu sein."

Dann aber wendet er sich wieder dem Meister zu:

„Lieber Charles, ich möchte Sie in keiner Weise bei Ihrer Arbeit unterbrechen, denn ich weiß, dass Ihre Glasbläserei nicht nur einen hervorragenden Namen hier in Philadelphia hat, sondern dass damit auch eine große Verantwortung auf Sie wartet. Aber ich sehe immer wieder gerne dem Handwerk eines Glasbläsers zu – vor allem jetzt, wo der Bau meines ersten Glasinstrumentes langsam aber stetig Fortschritte macht. Vieles durfte ich dabei über Ihr künstlerisches Handwerk lernen. So erkenne ich hier, dass bei dem Stab, den Sie jetzt ergreifen, es sich um eine Glasmacherpfeife handelt."

„Wann könnte mich ein Benjamin Franklin jemals bei der Arbeit stören", antwortet der Meister mit einem kleinen Lachen um die Mundwinkel.

„Ich weiß ja, warum Sie mich auch heute, trotz Ihrer so vielfältigen Aufgaben in unserer Stadt, seit einigen Monaten fast jeden Tag aufsuchen. Ihre Harmonika, bei deren Bau Sie mir immer wieder assistiert und dabei wichtige Anweisungen gegeben haben, ist wieder um zwei, hoffentlich rein tönende Glasschalen reicher geworden. Wir können damit gleich hinüber in mein Privatlabor gehen, und diese auf die dort bereit stehende Spindel aufziehen. Ich muss nur noch diesen Glasposten in die Form einer lilienförmigen Lampe bringen. Der Auftrag wird heute noch abgeholt.

Aber ich muss schon gestehen, dass mir Ihre Idee, aus Glasschalen ein klingendes Instrument zu bauen, auch heute noch mehr als phantastisch vorkommt. Noch immer beschleichen mich, auch noch nach diesen vielen Monaten, in denen wir aus hunderten von Versuchen nicht mehr als fünf rein tönende Schalen zustande gebracht haben, große Zweifel."

Da entdecke ich tatsächlich zwei einsam auf einem Tisch liegende Glasschalen. Sie sehen genau so aus, wie ich sie von der Glasharmonika her so gut kenne. Sachte nimmt Franklin die eine davon in die Hände und versucht, mit einem kleinen Holzstab ihren Ton festzustellen. Dann aber wendet er sich wieder dem Meister zu. Nun beobachte ich, wie sich dieser, mit der Glasbläserpfeife in der Hand, dem rotglühenden Anwärmloch nähert, einer kleinen Öffnung an der Seite eines glutheißen Ofens. Dieses strömt eine so enorme Hitze aus, dass jeder, der diesen Raum betritt, von seiner Strahlung fast überfallen wird. Jetzt holt er dort mit der Spitze seines Arbeitsgerätes eine Kugel geschmolzenen Glases aus der flüssigen Masse heraus, die in diesem eher düsteren Raum fast wie die untergehende Sonne glüht. Zwischen dem Ofen und der Pfeife glimmt einen Augenblick lang ein hauchdünner, orangeroter Faden auf. Dann dreht er das weiche Glas, den so genannten Posten, auf der horizontalen Auflage des

Metalltisches so lange, bis er dadurch zylindrisch länglich wird. Gefühl-voll bläst er kurz in das Rohr, und langsam erweitert sich die Glasmasse. Dann rollt er diese erneut mehrmals auf dem Tisch, hebt sie hoch, prüft noch einmal und steckt sie dann wieder in die Glut. Wir, das heißt na-türlich Franklin und ich, schauen nun zu, wie der erfahrene Mann durch seine Glasmacherpfeife immer wieder Luft in diesen weichen Glaszylin-der bläst, der sich dann durch weiteres Schwenken sichtbar aufbläht. Zur Erhaltung ihrer Elastizität bis zu der gewünschten Form muss die Masse an der Pfeife mehrmals wieder im Ofen aufgeheizt werden. Während er die entstehende ovale Glocke immer wieder mit der einen Hand dreht, schneidet ein Gehilfe das obere Ende derselben ab. Jetzt beginnt er die Pfeife immer schneller und schneller zu drehen und langsam weitet sich das Ende mehr und mehr. Wir halten alle den Atem an, denn da entfaltet sich, unter unseren erstaunten Augen, eine wundervolle Blüte, dann ist die lilienförmige Form für einen Kronleuchter vollendet.

Einen Augenblick lang ist es in der Halle ganz still, man hört nur das zeitweise leise Zischen der Flammen im glühenden Ofen. Ein Wunder-werk, geboren von einem Künstler der Glaskunst, ist hier in kurzer Zeit aus einem einfachen Klumpen Glas entstanden. Endlich unterbricht die Stimme Franklins den andächtigen Moment:

„Lieber Charles, ich habe schon viele ähnliche Gebilde und in ver-schiedenen Glasbläsereien bewundern dürfen, doch immer wieder von Neuem fasziniert mich der Vorgang, wenn ein besonderes Werk in den Zauberhänden eines großen Fachmannes entsteht!"

Daraufhin aber ergreift er die eine der Glasschalen, der Meister die andere, und beide verschwinden durch eine Tür in einen Nachbarraum.

Noch eine Weile bleibe ich alleine zurück, dann aber folge ich den beiden Glasspezialisten. Als ich durch die Tür trete, stehe ich zu meinem großen Erstaunen nicht in einem anderen Raum, wie ich es erwartet hätte, sondern in einem langen Gang. Ich drehe mich um, vielleicht ist da noch eine andere Tür, die mich zu den beiden Männern führen könnte. Aber keine solche ist zu sehen, Franklin und der Meister, die mich gerade verlassen haben, sind einfach verschwunden. Ich bleibe verwundert stehen, spitze meine Ohren, aber nichts, keine vertrauten Stimmen, nur ganz tiefe Stille umgibt mich. Was soll ich tun? Zurück kann ich scheinbar nicht mehr, denn als ich mich umdrehe ist auch die Tür, durch die ich gerade gekommen bin, einfach weg. Also bleibt mir nichts anderes übrig als vorwärts zu schreiten, diesen langen Gang entlang, in dem ich jetzt stehe und dessen Ende ich nicht erkennen kann. Hier gibt es auch keine Lampen oder sonst irgendwelche Beleuchtungskörper. Woher das schwache Licht kommt, das mir den Weg etwas beleuchtet, kann ich ebenfalls nicht feststellen. Jetzt wird es mir doch unheimlich zumute, ich will hier raus und endlich wieder an das Tageslicht gelangen. So bleibt mir nichts anderes übrig als tapfer und zügig weiterzulaufen, nur immer geradeaus, obschon ich nirgendwo, weder in meiner unmittelbaren Nähe, noch in der Entfernung eine Öffnung, irgendwelche Abzweigungen oder einen so dringend ersehnten Ausgang entdecken kann. Wo bin ich hier hingeraten, was soll dieser unendlich lange Gang, der nur im Dämmerlicht wahrzunehmen ist? Schritt für Schritt laufe ich weiter und immer weiter und plötzlich weiß ich, was jetzt mit mir passiert:

Hier laufe ich die Zeit ab, jeder meiner Schritte bedeutet Tage, Wochen, Monate oder vielleicht sogar Jahre? Die Zeit aber kann niemand zurückgehen, auch ich nicht. Gerade habe ich das Entstehen der ersten Glasharmonika erleben dürfen. In dieser plötzlichen Erkenntnis nehme ich wieder allen Mut zusammen, denn was bleibt mir anderes übrig, als immer weiter vorwärts zu schreiten, bis ich hoffentlich bald denjenigen bestimmten Zeitpunkt erreicht habe, den meine Gläser für mich bestimmt haben. Dort wird sich die Vergangenheit von selber öffnen, und nur für mich alleine wieder lebendig werden. Noch kann ich nicht erahnen, wie viel ich von meinem Zeitweg schon abgeschritten habe, aber ich fühle in mir einen sicheren und tröstlichen Glauben, dass mir ein bestimmter Ausgang bereits vorbestimmt ist.

*

Was ist das für ein lautes Rattern und Holpern, es zwingt mich ja regelrecht zum Festhalten, um nicht von der Bank, auf der ich sitze, herunter zu rutschen. Wo bin ich hier eigentlich? Neugierig schaue ich mich um und entdecke, dass ich in einer Kutsche sitze. Die modernste Ausgabe ist diese nicht gerade, und der Sitzkomfort entspricht ebenfalls nicht unbedingt unseren bequemen Stühlen oder Sofas, die ich sonst gewohnt bin. Sie erinnert mich eher an einen Besuch in einem Historischen Museum, in dem ich einmal ein ähnliches Modell als so genannte Postkutsche gesehen habe. Die Bank, auf der ich jetzt sitze, ist aus dunkelbraunem Leder und mit gleichfarbigen Noppen bespannt.

Plötzlich werde ich durch Stimmen aus meinen Beobachtungen und Überlegungen herausgeholt, und bemerke, dass ich in diesem engen, wackeligen und manchmal fast schleudernden engen Innenraum gar nicht alleine bin. Ich konzentriere mich jetzt endgültig auf diese unbekannte Umgebung, und stelle fest, dass ich dieses historische Gefährt noch mit zwei Herren teile. Sie beachten mich überhaupt nicht, sondern sind miteinander in einem eifrigen Gespräch vertieft. Natürlich spitze ich meine Ohren und gerade vernehme ich, dass der eine Herr den andern mit George anspricht. Wer ist wohl dieser George? Das muss ich jetzt gleich heraus bekommen. Aufmerksam belausche ich die beiden.

„Wenn es Ihnen gelingt, lieber George, Benjamin Franklin für Ihren Plan zu gewinnen, so haben Sie viel, wenn nicht alles gewonnen. Pennsylvanien hört auf seine Stimme. Er ist einer der bedeutendsten Männer Amerikas!"

„Mein verehrter Dr. Walker, da haben Sie wohl recht, ich habe Franklin auf Mount Vernon, der Farm meiner Eltern und Besitz unserer Familie Washington, kennen und schätzen gelernt. Damals war ich noch ein Knabe, kann mich aber noch sehr gut an die vielen intensiven, politisch oft äußerst spannenden Diskussionen und Gespräche meines Vaters mit Franklin erinnern und war sehr stolz, dass ich selbst schon daran teilnehmen durfte. Mr. Franklin hat mich, trotz meiner Jugend, ernst genommen, und ich konnte ihm jegliche Frage stellen, sei sie aus Politik, den Naturwissenschaften oder der Musik, er war nie um einer Erklärung verlegen.

So befürchte ich auch keinerlei Ablehnung bei Franklin, wenn wir ihm die Pläne von uns Virginiern vorlegen. Darin wird ausgedrückt, dass es längst an der Zeit ist, die Kolonien enger zusammen zu schließen. Dies könnte mit einem Postnetz, welches alle Kolonien Englisch-Amerikas überzieht, verwirklicht werden. Man hat ihn auch schon für den Posten des Generalpostmeisters vorgesehen."

Achtung! Das war wohl eines der vielen Schlaglöchern auf der Straße, und dann erst noch ein besonders großes. Beinahe wäre ich gegen einen der Herren gefallen. Aber es ist nichts passiert. Sitze ich hier, in diesem engen Appartement, vielleicht zusammen mit George Washington[2]? Ein Dr. Walker jedoch kommt in meinen Geschichtskenntnissen nicht vor. Jetzt wird es richtig spannend; also weiter festhalten, beobachten und dazu Ohren spitzen.

Walker lehnt sich indessen, trotz Schlaglöchern, behaglich in die Lederpolster zurück und raucht gedankenvoll seine kurze Pfeife.

„Aber eines müssen Sie, lieber George, dabei bedenken, auf solche abenteuerliche Reisen, wie man Sie notgedrungen heute noch unternehmen muss, um von einem Staat in den andern zu gelangen, auf die werden Sie, junger Mann, aber zukünftig mehr oder weniger verzichten müssen. Wir sind vor zwei Wochen von Ihrem großartigen ‚Mount Vernon‘ abgereist. Es waren dort für mich wunderbare und erholsame Tage. Wie oft bin ich morgens früh aufgestanden, nur um von ihrem schönen Hügel weit hinunter auf den Fluss Potomac zu schauen, der sich in der Ferne in die Chesapeake Bay, der größten Flussmündung der USA, ergießt.

Auch ist es für mich immer wieder ein bedeutendes Erlebnis und eine geistige Bereicherung, mit der Familie Washington zu diskutieren, wobei man bei keinem Thema, sei es aus der Politik, den Wissenschaften oder auch der Musik, in Diskussionsverlegenheiten gerät. Für alle höheren Ideen und geistigem Wissen herrscht Offenheit und Freiheit."

Ich beobachte amüsiert, wie sich dieser Mr. Walker kräftig auf seine etwas angeschmutzte Hose aus Leder klopft und dazu deklamiert:

„Es ist gut, dass wir entschieden haben, bei dieser recht mühsamen Reise nach Philadelphia, die widerstandsfähige und praktische Tracht der Waldläufer zu tragen. Sie hat uns, vor allem bei unserem beschwerlichen Ritt durch die unberührte Wildnis, viele gute Dienste geleistet. Nicht einmal hier, in unserer bequemen Kutsche, wollen wir uns davon trennen. Diese Bekleidung haben wir, als Weiße, den Indianern abgeschaut, und die haben sie ihrerseits den Tieren des Waldes zu verdanken. Die Pelzmütze hält wunderbar meine Ohren warm, und die unverwüstlichen Lederjacken und Lederhosen werden später wohl noch unsere Kinder tragen können. In meiner Schultertragetasche ist unser lebensnotwendiger Proviant gut versorgt, und vor allem auch meine Pfeife findet darin sicheren Unterschlupf. Ebenfalls das Buschmesser, hier an meinem Ledergürtel, war uns in den dichten Wäldern so manchmal von großem Nutzen.

Was waren wir auch froh, dass wir für die Flussfahrt nicht nur ein stabiles Rindenkanu von den Indianern, sondern auch ihre Begleitung bekommen konnten. Die Orientierung auf den glitzernden Wasserläufen mit ihren zahllosen Nebenarmen, Altwässern und Randseen, den unübersehbaren, von haushohen Schilffeldern bedeckten Sümpfe, machten die Reise oft recht unübersichtlich. Und dennoch ist eine Bootsfahrt wesentlich gefahrloser, schneller und bequemer als das Vordringen zu Fuß im dichten Urwald und in den Schilfdichtungen. In einer Postkutsche aber kann ich nun endlich bequem meine Pfeife rauchen."

Ich beobachte, dass bei den Worten von diesem Dr. Walker die Augen seines jüngeren Reisepartners begeistert zu leuchten beginnen. Das muss wirklich George Washington sein, überlege ich schnell, denn nach allem, was ich jetzt schon gehört und beobachtet habe, kann es sich nur um diese berühmte Person handeln. Nun beginnt der Angesprochene, wie als Bestätigung meiner Überlegungen, zu sprechen.

„Mein lieber Walker, Sie haben so recht. Diese Reise durch die dampfenden Wälder wird für mich einfach unvergesslich bleiben. Haben Sie in der Dämmerung des Laubgewölbes die riesigen Bäume mit den farbenprächtigen Orchideen gesehen, die sich an den teilweise bemoosten Stämmen empor rankten? Aber ich frage mich, wie lange wird man sich noch an den dichten Wäldern, an den Tieren am Fluss und am fließenden Wasser erfreuen können? Wenn wir uns erst einmal in bequeme Reisewagen setzen können, wird es kaum ausbleiben, dass hier und dort, um Siedlungen entstehen zu lassen, der Wald gerodet wird, und die werden sich wiederum, je nach Attraktivität, weiter vergrößern. Die Indianer haben seit hunderten von Jahren zusammen mit der Natur gelebt, der weiße Mann hingegen ist immer wieder auf Profit aus und zerstört zu seinem persönlichen Nutzen, was in tausenden von Jahren entstanden ist. Auch die Tierwelt wird immer wieder von uns bedroht. Als wir, gemeinsam mit den Indianern, unsere Boote mit Hilfe der Stechpaddel durch das dichte Seegras stießen, wie viele Fische, Krabben, Fischotter, Biber und Vögel konnten wir dabei beobachten, und aus den Fluten stiegen, wie schwimmende Stämme, die Alligatoren empor. Aus den unendlichen Sümpfen trommelte das Konzert der Frösche und lärmten Schwärme von Enten und Reihern. Wir begegneten Riesenschlangen, aus dem Geäst kreischten die Papageien wie feurige Farbstriche, und die kleinen Kolibris schwirrten verschreckt davon.

Eines Tages aber werden Straßen das Land durchziehen.

So hat alles seine zwei Seiten, denn ich war, nach dem heftigen Fußmarsch und der recht anstrengenden Flussfahrt, dann doch recht froh, als wir endlich, an der Grenze zu Pennsylvania, die erste Poststation erreichten. So seien Sie gewiss, dass ich die Idee eines, alle Kolonien umfassenden Postnetzes, weiterhin unterstützen und Benjamin Franklin diese wärmstens empfehlen werde."

Die Unterhaltung, vor allem Washingtons Reisebeschreibung, fasziniert mich so, dass ich nun selber interessiert aus dem Kutschenfenster hinausschaue, in der Hoffnung, noch etwas von den wilden Wäldern und reißenden Flüssen sehen zu können. Aber was jetzt draußen an uns vorüber zieht, ist welliges, von Laubwäldern durchsetztes Land. Manchmal sehe ich auf den Höhen eine weitläufige Farm, und am Weg entlang fahren wir an frisch bestellten Äckern und gerodetem Land vorüber.

Plötzlich knallt der Kutscher mit seiner langen Peitsche und bläst laut durch sein krummes Horn. Dr. Walker schaut zum Fenster hinaus und wendet sich an seinen Reisegefährten:

„Wir scheinen uns einer Quäkersiedlung zu nähern. Ich erkenne das an den sauberen Häusern, die, bei aller Bescheidenheit, doch einen gewissen Wohlstand erkennen lassen."

Tatsächlich hält nun unser Kutscher auf einem großen Platz, es scheint der Hauptplatz des Dorfes zu sein.

Etliche neue Reisende sind mit ihren Gepäckstücken beschäftigt, die auf dem Dach vertäut werden sollen. Bei der schon vorher geringen Räumlichkeit in der Kutsche, wird es nun noch enger. Aber mir, als einem mitreisenden Geist, macht das nichts aus.

Dann knallt der Kutscher erneut mit seiner Peitsche, und schon beginnen unsere sechs kräftigen Rosse den jetzt sehr schwer beladenen Wagen zu ziehen. Jedes Mal, wenn der Kutscher in sein Horn bläst, nähern wir uns wieder einer Siedlung oder einer einzelnen Farm. Dort steigen neue Passagiere ein oder andere aus. Oft wird auch nur ein Paket oder ein Brief abgegeben, und dann durch unsere Post, gegen eine feststehende Gebühr, später dem angegebenen Empfänger abgeliefert.

Ich habe keine Ahnung, wie lange sich unsere Reise noch hinziehen wird. Aber es ist immer noch sehr unterhaltsam, den Gesprächen der mitreisenden Gäste zu lauschen. Besonders informativ sind für mich diejenigen von George Washington mit seinem, um einige Jahre älteren Begleiter Dr. Walker. Auf einmal nimmt die Unterhaltung der beiden eine Wendung. Gespannt lausche ich, denn was ich jetzt vernehmen darf, ist viel Privates über die Persönlichkeit von Benjamin Franklin.

„Wissen Sie, lieber George, dass Franklin in seiner Jugendzeit in Boston nicht einmal eine Schule besucht hat? Alle seine Kenntnisse erwarb er sich durch Selbstunterricht. Schon mit 14 Jahren schrieb er den ersten Zeitungsartikel. Heute ist er in London Mitglied der ‚Royal Society‘, der Königlichen Gesellschaft der Wissenschaften, und kürzlich wurde ihm auch die ‚Sir Godfrey Medaille‘ verliehen. Mit dem Geist eines Universalgenies übersteigt er jedes Maß an Arbeitskraft und Vielfalt. Er ist nicht nur Journalist und Buchdrucker mit eigener Druckerei. Sein Almanach vom ‚Armen Richard' erregte bei den Gebildeten großes Aufsehen. Auch als Gelehrter hat er sich in der Lokalpolitik und Philosophie einen Namen gemacht. Wo immer die Verständigung mit England gesucht wird, ist er als Volksvertreter, Diplomat und Unterhändler gefragt. Er vertritt vor allem die britische Kolonie Pennsylvania gegenüber höchst einflussreichen Kreisen des britischen Königreichs, besonders wenn es um Fragen wie Gebietskonzessionen, Steuern, Abgaben und sonstige zu liefernde Leistungen geht. Bis der englische König einen Beschluss unseres Geheimen Rats billigt, bedarf es jedes Mal zäher Verhandlungen. Außerdem kümmert er sich, als unermüdlicher Lokalpolitiker, um das Gemeinwohl seiner Bürger in Philadelphia, seinem heutigen Wohnsitz. Schauen Sie hinaus, Sie können jetzt schon die ersten Häuser dieser modernen Stadt sehen. Dank Franklin hat sie sich zu dem fortschrittlichsten Ort entwickelt, was man Gleichwertiges weder in den anderen Kolonien, noch in England selber finden kann. Unter seiner Anleitung wurde ein Krankenhaus gebaut, in dem die neuesten hygienischen Erkenntnisse angewendet werden. Seine Empfehlung, bei offenem Fenster zu schlafen, weil die Ausdünstungen der Nacht Krankheiten brächten, wurde allgemein übernommen und auch durchgeführt. Da die meisten Häuser der Stadt aus Holz gebaut sind, hat er eine Feuerwehr, sogar eine Feuerversicherungsbank einrichten lassen, und er selber überwacht persönlich die Ausbildung der Feuerwehrmänner. Eine von ihm aufgestellte Miliz hat die Quäker dazu gebracht, eine ordentliche Polizei zu schaffen.

Sie selber, lieber George, haben schon in Ihrer Jugend erfahren dürfen, dass er nicht nur ein interessanter, sondern auch ein glänzender Gesellschafter ist, immer heiter, bescheiden und ohne eine Spur von persönlicher Eitelkeit, der reinste Diener der Aufklärung. Sein Bemühen gilt dem Volk, dessen Bildungsgrad er heben will, und seine höchsten Ideale sind Freiheit, wahre Humanität und Barmherzigkeit.

Aber auch als Musiker ist er bekannt, er spielt selber Geige, Harfe und Gitarre. Als er aus London zurück kam, es ist nun schon wieder über ein Jahr her, berichtete er mir begeistert von einem Glasinstrument, das er dort gehört und gesehen hat. Ein gewisser Delaval, selber wie Franklin Physiker und Naturwissenschaftler, hätte bei einer Soirée darauf meisterhaft gespielt. Sie können sich nicht vorstellen, welche freudige Neugierde mich gerade dieses Mal in sein Haus treibt, denn er wäre nicht Franklin, wenn er dies neue musikalische Erlebnis nicht dazu nutzen würde, um selber so ein Instrument zu bauen oder es, entsprechend seinem eigenen Ideenreichtum, sogar noch zu verbessern. Einen deutlichen Hinweis darauf konnte ich neulich einem Artikel in einer Zeitung aus Virgina sowie der Pennsylvania Gazette entnehmen. Ich habe einen Auszug des Artikels für Sie bei mir:

An Armonika, invented by Mr. Franklin of Philadelphia, being the Musical Glasses without water, framed into a complete instrument capable of thorough bass and never out of tun. [3]

Jetzt aber bin ich wie elektrisiert, denn diese letzte Bemerkung lässt mich besonders aufhorchen. Ich bin auf der richtigen Spur und sicher ebenso aufgeregt wie Dr. Walker. Unser Wagen fährt inzwischen wesentlich ruhiger, und ich vermisse geradezu die Schlaglöcher, die uns manchmal fast von den Sitzen gehoben haben. Ich drängle zum Fenster und schaue neugierig über den Kopf von George Washington, ohne von ihm bemerkt zu werden, hinaus auf die Straße und zu den an uns vorbeihuschenden Häusern. Es sind jetzt keine Wiesen mehr zu sehen, dafür fahren wir an meist zwei- bis dreistöckigen Gebäuden vorbei, die entsprechend größer sind als diejenigen der jeweiligen Poststationen, an denen wir Halt gemacht hatten. Die Kutsche hält jetzt öfter und entlässt mit der Zeit alle ihre Passagiere. Die Gepäckstücke werden vom Dach herunter geholt und den meist schon bereit stehenden Dienern, meist Sklaven, gereicht.

Nun sind wir im Wageninnern wieder allein, und Dr. Walker betätigt sich weiter als Fremdenführer, indem er uns die großen Gebäude, an denen wir vorbei fahren, erklärt:

„Schauen Sie hier, George, unser Kutscher fährt nun die Broad Street von Philadelphia hinunter, die zum Stadtplatz führt. Ja, wie ich sehe, haben wir sogar schon das mächtige, aus Ziegeln gebaute Stadthaus erreicht. Hier kommen das Ratskollegium der Provinz, die Assembly, und auch die hohen Gerichte zusammen. Dort drüben, in den beiden Häusern, hält der Landtag seine Sitzungen ab. Für die Häuptlinge der Indianer stehen ebenfalls einige Zimmer bereit. Auch das ist ein Bestreben Franklins, einen haltbaren Frieden mit den Ureinwohnern aufzubauen. Aus diesem Grund hält er gemeinsame Gespräche für unverzichtbar. Die Gärten werden von vielen Negersklaven wohl gepflegt. Daneben das Gebäude mit den strahlend weißen Säulen ist auch schon der Gouverneurspalast. Wissen Sie, dass Philadelphia ein in griechischem Stil erbautes Theater hat, und man hier auch Gäste aus der Kolonie in großräumigen und wohlausgestatteten Gasthäusern unterbringen kann? Sicher ist Ihnen auch aufgefallen, dass unsere Kutsche jetzt über eine gute und befestigte Straße rollt. Es war ebenfalls Franklins Idee, die Straßen mit Holzwürfeln zu pflastern, neuerdings werden dazu teilweise sogar Steine verwendet. Gleichzeitig gab er den Auftrag, einen durch Balken abgesetzten Bürgersteig zu bauen, damit die Fußgänger von Lastfuhrwerken und Reitern nicht belästigt werden.

Man kann sich heute gar nicht mehr vorstellen, dass die Stadt, vor nicht ganz 80 Jahren, eine wilde und unbebaute Wüste war, welche nur von Raubtieren und einem wilden Volk bewohnt wurde. Sie liegt am Delaware, einem Fluss so breit und groß, dass man sogar eine Schiffswerft anlegen konnte, und alle Jahre baut man hier etwa fünfundzwanzig Schiffe. Die dadurchrege Schifffahrt begünstigt einen lebhaften Handel, so dass sogar einmal in der Woche sogar ein großer Markt abgehalten werden kann."

Fasziniert folge ich diesen spannenden Erklärungen und staune wirklich, wie sauber hier die Straßen sind. Wenn ich an die dicke Schmiere in Londons Gassen denke, muss ich mich doch wundern, wie wenig Vorbild das Mutterland England in dieser Beziehung ist. Dort fehlt eben ein heller und bürgernaher Geist wie der Franklins, denke ich bei mir.

Mittlerweilen ist es Abend geworden. Männer, mit an langen Stöcken befestigten brennenden Lunten, gehen die großzügig angelegten Straßen entlang und entzünden damit die auf Pfählen stehenden Öllampen. Ein milder, rötlicher Schein erhellt nun die nahe Umgebung.

Die Postkutsche hält endlich auf einem größeren Platz mit einem plätschernden Brunnen, und daneben steht, mit deutlicher Aufschrift gekennzeichnet, das Postamt. Wir scheinen die Endstation erreicht zu haben. Ein behäbiges Bürgerhaus gegenüber fällt mir besonders auf. Durch ein gut lesbares Plakat erkenne ich im Erdgeschoss eine Buchdruckerei sowie einen Papierhandel.

„In diesem Haus wohnt Benjamin Franklin", weckt uns Dr. Walker aus unseren Betrachtungen auf.

Davor hält die Kutsche nun auch für uns, und wir werden, als die letzten Passagiere, daraus entlassen. Washington und Walker schreiten auf das Haus zu und betätigen die Hausglocke über der Eingangstür.

Aufgeregt husche ich hinter den beiden her und bin gespannt, ob ich jetzt gleich Franklin wiedersehen werde.

Da öffnet sich die hölzerne Eingangstür, und nun bin ich doch wieder etwas überrascht, als der Mann, dessen Ruhm weit über die Grenzen seiner Vaterstadt hinausgeht, und den ich in der Londoner Gesellschaft in einem vornehmen Habit beobachtet hatte, jetzt an der Haustür wieder in seiner einfachen Quäkertracht vor uns steht. Seine alten Freunde begrüßt er mit herzlicher und gewinnender Freundlichkeit.

Ungesehen und in Ruhe kann ich ihn nun wieder betrachten und verstehe, dass zu diesem ernsten und einfachen Gewand der weise und kluge Kopf Franklins doch vortrefflich passt. Man sieht ihm an, dass viele Gedanken darin wohnen, dass aber der feste Mund keinen davon heraus lässt, bevor er nicht völlig gereift ist. Hinter ihm steht die Hausfrau auch schon zur Begrüßung bereit, und bittet die Gäste ins Esszimmer, wo nach der langen und anstrengenden Reise, ein schmackhaftes und stärkendes Mahl bereit steht. Aber bald kommen die Männer in ein intensives Gespräch, welches dann, nachdem sich jeder gestärkt hat, in der Bibliothek bei einem Glas guten Weines und einer Zigarre mit heimischem Tabak fortgesetzt wird.

Mir fällt auf, dass in diesem Hause die Angestellten mit natürlichem Respekt behandelt werden, und ich kann mich auch erinnern, dass die Quäker Gegner jeglicher Sklaverei sind und diese in Amerika abschaffen möchten.

Die Pläne, die die beiden Virginier, Dr. Walker und George Washington, dem Gastgeber jetzt vorlegen, werden von diesem in jeder Hinsicht gut geheißen.

„Es wäre längst an der Zeit", meint dieser, „dass sich die Kolonien enger zusammenschließen und dadurch aktiv in die eigene Entwicklung eingreifen sollten. Es nützt nichts, immer nur nach England zu blicken und zu warten, bis die Londoner Regierung die Sorgen Amerikas aus der Welt schafft. Dazu müssen sich aber die einzelnen Staaten eine gemeinsame Bundesverfassung geben, und sich zu einer allgemeinen Volksvertretung in einem amerikanischen Kongress und einer amerikanischen Zentralregierung zusammenschließen. Dies habe ich vor der Kolonialversammlung von Pennsylvanien, deren Mitglied ich bin, schon vor einiger Zeit angeregt. Um dies aber zu ermöglichen, braucht es unter anderem ein gut funktionierendes Postnetz, welches alle Kolonien Englisch-Amerikas überzieht, und damit eine schnelle und direkte Verständigung ermöglicht."

Während Dr. Walker bei dieser Besprechung an seiner unerlässlichen Pfeife zieht, beobachtet Franklin mit einem Schmunzeln, dass sein Freund drei Züge statt nur einen macht, was wohl mit einer gewissen inneren

Spannung zu erklären ist. Woher die kommt, das ahnt Franklin nur zu genau und will seinen Freund nun auch nicht länger auf die Folter spannen.

„Meine lieben Freunde! Ich hoffe sehr, dass Ihr noch einige Tage meine Gäste sein werdet, so dass wir unsere wichtigen politischen Diskussionen auch noch später weiter vertiefen können. Jetzt aber glaube ich, Euch eine kleine Freude zu machen, indem ich mein neues Musikinstrument vorstelle. Nachdem ich bei meinem letzten Besuch in London ein ähnliches Instrument kennengelernt hatte, habe ich dieses nach meinen eigenen Ideen verändert und in eine praktischere Form gebracht."

Bei dieser Ansage springt Walker behände aus seinem bequemen Sessel hoch, deponiert seine Pfeife in einem Aschenbecher und folgt, zusammen mit Washington, eilig und gespannt dem Gastgeber, der uns auf der dunklen Treppe mit einer Öllampe leuchtet. Schnell laufe ich hinterher, denn jetzt wird es, speziell auch für mich, höchst interessant. So steigen wir gemeinsam etliche Stufen hoch und betreten einen großen Raum, der, mit der Schräge seines Daches, von Franklins Lampe nur spärlich beleuchtet wir, denn hinter zwei großen Dachfenstern ruht schon die Dunkelheit der Nacht. Wir befinden uns offensichtlich in Franklins Musikzimmer, denn ich erblicke hier mehrere Instrumente. Auf dem Tisch liegt offen in einem Futeral eine alte Geige, in einer Ecke stehen aufrecht eine Harfe, daneben ein Violoncello und eine Gitarre.

Doch was mich jetzt besonders fasziniert, und ich eigentlich schon erwartet habe, und worauf auch alle aufgeregten Blicke hinzielen, das ist die Harmonika, von der Dr. Walker auf unserer Reise hierher schon gesprochen hatte. Dort, unter dem einen der Schrägfenster steht sie. Geheimnisvoll glitzern ihre Glasschalen in der Klarheit einer Mondnacht. Wir verstehen gleich, dass es sich hier um das neue Glasinstrument handelt. Schweigend stellt Franklin sein Licht auf einen Tisch und setzt sich ruhig und konzentriert an seine jüngste Entwicklung. Dann beginnt er zu spielen. Sogleich erfüllen fremdartige Töne den ganzen Raum. Wir stehen stumm und staunen. Diese erste Vorführung dauert aber nicht lange, denn nach dem ersten überwältigenden Eindruck steht Franklin auf und beginnt zu erzählen:

„Als ich vor ungefähr einem Jahr, das war im Frühjahr 1760, eine Zeit lang in London weilte, um die Probleme unserer Kolonien zu vertreten, lernte ich bei einer Soirée im Hause des Präsident der Royal Society, meinem Freund und damaligen Gastgeber Lord Parker, ein verwirrendes Glasinstrument kennen. Es waren die Musical Glasses oder die Angelick Organ, wie der Erfinder, ein gewisser Mr. Richard Pockridge, sein neuartiges Instrument genannt hatte. Ein Kollege von mir, Lord Edward Hussey Delaval, ebenfalls Physiker, hat dann, nachdem er Pockridge in London darauf spielen gehört hatte, ein ähnliches Instrument nachgebaut. Die Töne haben mich damals so gefangen genommen, dass ich auf der ganzen sechswöchigen Heimreise kaum an etwas anderes denken konnte. Was mich aber daran besonders beschäftigte, und was ich mir passender wünschte, war das Arrangement der Gläser zueinander. Diese wollte ich alle nebeneinander bringen, so dass der Spieler mehr Akkorde und auch schnellere Läufe spielen kann. Auch störte mich das Stimmen der Gläser mit Wasser was, meiner Meinung nach, die Klangfülle, wenn auch nur minimal, doch behindern musste. So hab ich mir schon auf dem Schiff meine Gedanken darüber gemacht. Diesmal hatten wir zum Glück, im Gegensatz zu meiner Hinreise, gute Wetterverhältnisse. Damals gerieten wir in einen starken Sturm und mussten manchmal fast um unser Leben und dasjenige des Schiffes bangen. Nun konnte ich, mit genügend Schreibpapier, diese beiden Probleme schon auf der Reise lösen. Jetzt aber will ich Ihnen das Instrument, das Sie hier schon ganz kurz gehört haben, und welches von mir in diesen vergangenen Monaten ausgedacht und gebaut worden ist, gerne vorstellen."

Mit neugierigen Blicken gehen Franklins Besucher nun ganz nahe an diese erstaunliche Neuigkeit in der musikalischen Welt heran. Ich halte mich noch etwas zurück. Erstens kenne ich die Glasharmonika. Ich habe ihren Ton in Columbus bei Dennis James, ja dort sogar an einer alten Ausgabe, schon vernommen. Anderseits aber will ich mit niemandem aus der Vergangenheit zusammenstoßen. Aber deutlich vernehme ich die erklärende Stimme Franklins, der nun mit den Worten fortfährt:

„Mein erster Weg führte mich, als ich wieder zu Hause hier in Philadelphia war, zu einer mir bekannten Glasbläserei. Der Chef, ein alter und vertrauter Freund von mir, war doch sehr erstaunt, als ich ihm mein Anliegen, sowohl mündlich erklärte und auch die zu Papier gebrachten Zeichnungen unterbreitete. Mir selber war schon auf dem Schiff bewusst, dass dieser Instrumentenbau für uns beide ein Pionierstück werden wird.

Wie Sie hier sehen, dienen zur Tonerzeugung verschieden große, in einer Art Schalen- oder Kalottenform ineinander geschobene Glasglocken. Als ich sie vorhin bespielt habe, konnten sie beobachten, dass ich mit meinen, zuerst in Wasser getauchten Fingern die rotierenden Glockenränder berührte.

Unser gemeinsames gläsernes Abenteuer bestand nun vor allem darin, dass jede Glasglocke nicht nur einen reinen, chromatisch gestimmten Ton besitzen muss, auch soll deren Durchmesser von Halbton zu Halbton abnehmen, so dass die größte Schale einen Durchmesser von 9, das kleinste Glas von 3 Inches hat. Schon bei dieser Vorstellung wollte mein alter Freund, ein in ganz Pennsylvanien renommierter Glaskünstler, der sich auch über unsere Grenzen hinaus eines ausgezeichneten Namens rühmen kann, streiken. Wohl könne er die Glasschalen in den gewünschten Größen blasen, was schon allein einen beträchtlichen Aufwand benötige, dass aber dann Tonreinheit zusätzlich mit der Größe übereinstimmen müsse, das sei schlicht und einfach unmöglich.

Doch ich blieb hartnäckig. Täglich verbrachte ich viele Stunden bei dem Meister, und nur er und die besten und erfahrensten seiner Gesellen bliesen und bearbeiteten Glasschale um Glasschale und verwarfen immer wieder. Doch manchmal, unter Hunderten, gelang es dann, Größe und Ton in gewünschte Übereinstimmung zu bringen. Wir haben fast ein ganzes Jahr daran gearbeitet und ein beträchtlicher Teil meines und meiner Frau Vermögen ist in die Buchhaltung meines Glasbläserfreundes eingetragen worden. Dennoch war es für ihn nicht unbedingt ein leicht verdientes Geschäft, denn viele Arbeitsstunden hat er für mich kostenfrei eingesetzt. Als er aber die ersten drei Gläser erklingen hörte, war er so begeistert, dass ihm nicht der Verdienst, sondern das neue Instrument wichtig war. Seine Gattin hat aber doch, wenn auch ebenfalls in großzügiger Weise, etwas besser auf die finanzielle Seite geachtet.

Sie können hier sehen, dass wir an der Basis der Schalen dann Glasglocke für Glasglocke ineinander geschoben und zuletzt auf eine gemeinsame eiserne Welle aufgezogen haben. Mittels Kork befestigten und trennten wir schließlich die Schalen auf der Spindel so voneinander, dass sie sich gegenseitig nicht berühren konnten.

Und schauen Sie hier: Die kleinere Schale ragt aus der nächst größeren nur ein wenig hervor, gerade genug, dass ich sie an ihrem Rand berühren kann. Die eiserne Welle mit den Glasschalen haben wir dann horizontal in einen hölzernen Kasten eingebaut und seitlich befestigt. Mittels Lederriemen und Schwungrad, mit dem Fußpedal verbunden, kann das Ganze jetzt vom Spieler mit dem Pedal in Umdrehung versetzt werden. Zur leichteren und schnelleren Unterscheidung der einzelnen Schalen bzw. Töne, ließ ich entsprechend eines Pianos, die so genannten ‚schwarzen Tasten‘ durch weiße Ränder und die ‚weißen Tasten‘ in den Farben des Prismas kennzeichnen, also C in rot, D orange, E gelb, F grün, G blau, A indigo und H violett.

Das hier fertige Instrument besteht aus 36 Schalen und hat einen Tonumfang von drei Oktaven. Es ist chromatisch gestimmt, das heißt, die Tonleiter ist eingeteilt in Halbtonschritte.

Damit habe ich alle meine Ziele erreicht. Der Musiker kann sich am Spiel erfreuen, indem er vor einem solchen Instrument sitzend, wie bei einem Piano, schnelle Läufe und Akkorde spielen kann. Ein weiterer Vorzug ist, dass es nie mehr nachgestimmt werden muss. Zu Ehren seiner musikalischen Sprache habe ich das Instrument ‚Harmonika‘ genannt."

Schweigend vor Staunen horchen wir seinen Erläuterungen, und als er sich nochmals an das Instrument setzt, sanft aber bestimmt seine Finger an die Glasränder legt, lösen sich davon erneut kaum zu beschreibende Zaubertöne und erfüllen sein musisches Reich. Dann aber unterbricht er sein Spiel wieder, steht auf und holt uns lächelnd aus einem tiefen Erleben heraus.

„Liebe Freunde, es ist auch für mich immer wieder ein kostbares Erlebnis, wenn ich meine Harmonika spiele. Als wir endlich, mein treuer Meister der Glaskunst und ich, nach einem Jahr das Instrument zu aller Zufriedenheit fertig gestellt hatten, war es nun an mir, es auch spielen zu können. Es verlangt eine bestimmte Technik, die Gläser zum Klingen zu bringen, und so verbrachte ich noch einmal viele Wochen in meinem ‚Glaslabor‘, wie ich den, inzwischen eingerichteten separaten Raum in der Glasbläserei nenne, um zu lernen, nicht nur einzelne Töne, sondern ganze Melodien auf diesem, meinem neuen Instrument zu spielen. Es sind erst ein paar Tage her, dass ich endlich die Harmonika heim in mein Haus transportieren ließ. Es brauchte zwei starke Männer, um den Holzkasten die steilen Treppen hinauf zu tragen.

Nun hoffe ich sehr, dass ich für Sie noch einige Tage ein aufmerksamer Gastgeber sein darf, so dass wir nicht nur weiter unsere politischen Probleme miteinander diskutieren und hoffentlich lösen können, sondern noch manche Stunde an meiner Harmonika verbringen dürfen. Jetzt aber ist es inzwischen recht spät geworden, und Ihr seid von der langen und beschwerlichen Reise sicher sehr müde. Darf ich Sie jetzt in Ihre Zimmer begleiten. Meine Frau ist schon schlafen gegangen, ich bin aber überzeugt, dass sie inzwischen alles zu Ihrer Bequemlichkeit hergerichtet hat."

Die drei Herren verlassen nun das Zimmer. Sie nehmen auch die Lampe mit, die in der letzten Stunde, in dieser Dachstube als einzige Beleuchtung, gebrannt hat, damit sie die steile Treppe hinunter leuchten soll.

Ich bleibe noch bei der Harmonika zurück. Ein voller Mond erleuchtet die Dunkelheit der Nacht, so dass ich durch die beiden offenen Dachfenster dennoch jedes Teil in diesem Raum gut erkennen kann.

Auf einmal geht die Tür auf und Benjamin Franklin tritt in seiner vollen Größe noch einmal herein. Diesmal nur in einem einfachen Hausanzug, trägt er in der einen Hand das kleine Licht einer Kerze.

Ich halte den Atem an. Nicht aus Furcht, als Eindringling hier doch noch entdeckt zu werden, nein, das ist ja auch gar nicht möglich. Aber ich möchte ihn so gerne noch einmal spielen hören. Spürt er wohl jetzt meinen großen Wunsch? Ja, tatsächlich, er setzt sich erneut an sein Instrument und beginnt die Spindel mittels Fußpedal in Rotation zu bringen. Das Mondlicht spiegelt sich silbern auf den sich drehenden Gläsern, als Franklin, wie in einen Traum versponnen, seine Finger an die Glasränder legt und zu spielen beginnt.

Erst leise und sanft lösen sich die Töne vom Glas, dann durchdringen sie lauter die Stille der Nacht und versetzen diese in Schwingung. Erst tanzen sie rund um die Harmonika herum, dann aber entweichen sie hinaus aus dem Fenster und entfliehen auf den Lichtstrahlen des Mondes hinauf in die Unendlichkeit des Nachthimmels.

Plötzlich erscheint, wie ein weißer Geist, eine Gestalt an der Türe. Ich bemerke diese zuerst und erkenne darin bald die Ehefrau von Franklin, die in ein helles Nachthemd gekleidet, stumm und wie aus einer anderen Welt kommend, am Eingang der Raumes steht. Dann aber wird auch Franklin auf sie aufmerksam, unterbricht sein Spiel und geht auf die stille Gestalt zu. Er nimmt sie in die Arme und spricht tröstend zu ihr:

„Es tut mir leid, Liebes, dass ich dich mit meinem Spiel im Schlafe gestört habe. Ich vergaß, die Türe zum Treppenhaus zu schließen."

Es dauert eine Weile, bis wieder Bewegung in die helle Gestalt kommt, dann spricht sie mit träumerischer Stimme:

„Ach Benjamin, es war so schön, ich habe geträumt ich sei gestorben und in den Himmel gekommen. Dort haben die Engel so wunderschön musiziert, und ich durfte diesen überirdischen Tönen lauschen. Hast du diese himmlische Musik mit deiner Harmonika gemacht?"

Noch immer höre ich die Gläser, aber es sind nicht mehr diejenigen von Franklins Harmonika. Ich staune auf meine Glasharfe hinunter, denn es sind jetzt ihre Töne, die ich vernehme, indem ich noch immer sanft über ihre Ränder streiche.

Kapitel 21

II. Glass Music Festival in den USA Oxford, wir kommen!

Der Garten erwacht – eine Katze räumt auf – ein Inserat –
Amerikavorbereitungen – der Flug ist gebucht – warum die Glasharfe
beinahe zu Hause bleiben musste – juhuu! wir sind in Amerika –
meine Gläser streiken – der amerikanische „Zürisee" – fragwürdige
Hosenträger – the best icecream from the world – Vorträge –
unser musikalisches Duo – „standing ovation" – Ausklang

Noch eine ganze Weile betrachte ich meine Gläser, versonnen und gefangen in meinem ungewöhnlichen Traumerlebnis. Sie glitzern im Tageslicht, und obwohl sie immer noch mit ihrem Klang zu mir sprechen, schauen sie mich dennoch so unschuldig an.

Langsam gehe ich zum Fenster und schaue sinnend in das werdende Grün des Gartens hinaus. Die Luft ist warm, und die Sonne streichelt mit ihren Strahlen die ganze erwachende Natur.

Es ist Frühling geworden, die Schneeglöckchen melden es bereits. Ihr leises läuten können wir Menschen nicht vernehmen, aber die lila Krokusse, die gelben und weißen Osterglocken, und dort unter den Kiefern, die blaue Scilla, sie alle haben es gehört. Auch die Blätter an den Bäumen, die noch dicht und fest gefaltet in ihrer Winterhülle ruhen, beginnen nun zu drängeln und sprengen mehr und mehr die harten Knospenschuppen, die sie im Winter vor Kälte und Frost gut geschützt haben. „Wir brauchen euch nicht mehr, danke für euren Schutz, aber jetzt wollen wir heraus aus unserem engen Winterkäfig!", und schon fliegen die braunen Schuppen, überflüssig geworden, durch die Luft.

Es ist so still um mich herum, nur die Vögel höre ich, wie sie ihr frisches Frühlingslied bringen. Haben sie wohl schon fleißig mit ihrem Nestbau angefangen? Ich beobachte das alles, und doch bin ich noch nicht ganz von meiner Traumreise zurückgekehrt.

Bald werde ich mit Peter und Onkel Hans in Amerika sein, und doch wird es nicht mehr dasselbe Land sein, dem ich gerade noch begegnet bin, denn inzwischen sind Jahrhunderte vergangen, und damit hat dort sicher auch eine entscheidende Entwicklung stattgefunden.

„Kommst du zum Tee, es sind gerade keine Patienten im Wartezimmer? Annemarie hat den Tisch schon gedeckt!"

„Ich komme gleich!"

Dieser Ruf erfolgt gerade im richtigen Augenblick. Er holt mich nun endgültig in die Wirklichkeit zurück. Mit einem tiefen Seufzer verscheuche ich sogleich alle meine amerikanischen Träumereien und betrete endlich wieder, auch gedanklich, heimischen Boden.

Meistens freue ich mich schon am Morgen auf diese, mit unseren Tierarzthelferinnen gemeinsame Entspannungspause im großen Büroraum. Es ist lustig, aber beide haben doch tatsächlich den gleichen Familiennamen und nennen sich einfach Schmitz. Sie wechseln sich mit ihrem Dienst morgens und nachmittags ab. Aber beide sind uns mit der Zeit gleich lieb geworden, denn sie zeigen viel Freude an der Arbeit mit unseren Patienten. Besonders freundschaftlich, vor allem für mich, ist es mit Annemarie, denn sie spricht genau so gut Schweizerdeutsch wie ich.

Als krönender Abschluss dieser jetzt zu Ende gegangenen fleißigen Nachmittagssprechstunde, werden diesmal keine besonderen Ereignisse oder Vorkommnisse mehr durchgesprochen oder diskutiert. Wie so oft aber, bei dieser guten Tasse heißen Tees, vor allem von den Kindern berichtet.

Doch kaum, dass wir uns gemütlich in den grünen Sofas niedergelassen und den ersten warmen Schluck getrunken haben, wird unsere Plauderei gestört, denn Peter beobachtet durch das große Fenster, dass sich da jemand dem Wartezimmer nähert. Es ist unsere Langerweher Töpfermeisterin, er erkennt sie schon von weitem. Sie kommt mit ihrem Fahrrad auf den Hof gefahren und balanciert hinten auf dem Gepäckträger eine recht komisch aussehende Holzkiste, die sie mit Schnüren darauf befestigt hat. Wir kennen dies Modell Marke Eigenbau von früheren Transporten her, schon zu Genüge. Es wäre ja auch zu schade, wenn ein Tag so ganz ohne irgendein kleines Abenteuer zu Ende ginge. Unsere Erfahrung aber bringt es mit sich, dass wir jetzt vermutlich doch noch eine spezielle Behandlung vor uns haben, und die will ich mir nicht entgehen lassen, obwohl ich Umgang an den oft recht gelenkigen und wehrhaften Katzen nicht unbedingt sehr liebe.

Also erheben wir uns brav aus unseren bequemen Sitzen, lassen vorläufig Tee Tee sein, der nun leider auch kalt werden wird und beeilen uns hinüber in die Praxis. Aber dennoch sind wir nicht schnell genug, denn die eigenartige Kiste, aus der es energisch miaut, wird schon durch die Tür herein getragen.

„Herr Doktor, ich habe sie fangen können, Sie haben doch gesagt, dass die alljährliche Impfung wieder fällig sei. Ich konnte die Kiste fast nicht auf meinem Fahrrad halten. Aber bitte, tun Sie ihr nicht weh!"
Wer ist hier wohl aufgeregter, Frauchen, die mit zitternden Händen und weit aufgerissenen Augen den Kasten auf dem Behandlungstisch deponiert, oder der darin hörbar widerspenstige Inhalt?

Es ist doch erstaunlich. Oft konnten wir schon beobachten, wie unter den geschickten Händen unserer immer freundlichen Töpferin die schönsten Teller, Tassen, Töpfe und Anderes mehr entstanden sind. Sie ist wirklich eine Meisterin. Ihre einfühlsamen Hände wissen immer sehr genau das weiche Material nach ihrer Vorstellung zu formen. Wenn es aber um ihre geliebten Katzen geht, verliert sie vollkommen die Nerven. Es sind eigentlich meist nicht einmal ihre eigenen, sondern oft zugelaufene. Aber immer finden diese bei ihr, versorgt durch ihre mütterliche Liebe, ein Töpfchen Milch und eine Schale mit Futter.

Jetzt aber ist bei ihr regelrechte Panik angesagt, die sich dem Tier wohl schon beim diffizilen Verladen bemerkbar gemacht hat. Wenn aber schon Frauchen vor Aufregung so arg flattert, was kann man da noch vom Patienten selber erwarten?

„Herr Doktor, seien Sie doch ja vorsichtig, es ist eine sonst so liebe Katze, aber sie lässt sich nicht anfassen. Vorsichtig! Den Kasten muss man hier oben öffnen, ich habe ihn selber gemacht. Die Katze ist sehr aufgeregt, Sie hören es ja schon, ich kann sie wirklich nicht festhalten."
Wir, das standhafte Praxispersonal, bleiben zwar äußerlich recht ruhig. Und doch empfinden wir schon eine leichte innere Spannung. Auch die Luft, ausgehend von unserer sonst so vernünftigen Töpferin und der schon aufgeladenen Katze, scheint jetzt wie elektrisiert.

„Irgendwie müssen wir sie aber doch kurz aus ihrer Box herausholen, sonst kann ich sie nicht impfen. Lassen Sie mich nur machen."
Peter versucht mit ruhigen Worten den aufgeregten Wortschwall zu dämpfen. Nun öffnet er vorsichtig das schiefe Törchen ... da, eine Explosion. Der sehr lebendige Inhalt springt aus dem engen und dunklen Käfig heraus, und als würde die Elektrizität jetzt sogar noch Funken sprühen, sucht dieser, so gut es in unserem Praxisraum möglich ist, in panischer Flucht das Weite.

„Jetzt haben wir die Bescherung, ich habe Ihnen ja gesagt, vorsichtig. Ich kann sie nicht fangen, helfen Sie mir doch, aber vorsichtig, sie kann kratzen."

„Bleiben Sie ganz ruhig stehen, bitte, einfach ganz ruhig stehen bleiben!"

Aber auch dies beruhigende Mahnen nützt nichts, wird gar nicht erst gehört, denn jetzt liegen die Nerven völlig blank. Frauchen rennt völlig aufgelöst durch die ganze Praxis hinter der Ausbrecherin her.

Diese tut dabei ihr Bestes. Zuerst springt sie, wohl die Freiheit erhoffend, gegen das große Fenster, nur hat dieses leider Glasscheiben und ist für eine Flucht ins Weite nicht geeignet. Dafür räumt sie auf der Fensterbank so ziemlich alles ab, was seinen üblichen und bis heute unangefochtenen und unbestrittenen Stammplatz hat. Fläschchen kippen um, Verbandszeug und kleine Kartons landen auf dem weichen Kunststoffboden, der alles geduldig aufnimmt. Nach dieser ersten Enttäuschung gilt der nächste Sprung dem Schreibtisch, wo ruhig und ahnungslos Papier, dazu Bleistifte und Kugelschreiber liegen und durch den plötzlichen Ansturm durcheinander gewirbelt werden. Jeder ihrer Sprünge wird selbstverständlich und getreulich von Frauchen nachgemacht, doch fangen lässt sich die verstörte Mieze dennoch nicht, denn ihr nächstes Ziel ist das Waschbecken, wo sie nur das Handtuch und die Seife beunruhigen kann. Von dort ein langer Sprung zum Telefon ... aber da wird sie plötzlich gepackt ... dann ein Aufschrei:

„Sie hat mich gebissen, ich blute, ich habe es ja gesagt, das geht nicht gut! Wie soll ich jetzt mit meinen verletzten Händen arbeiten?"

Eigentlich müsste jedem bewusst sein, dass Katzen neben spitzen Krallen auch scharfe Zähne haben und zusätzlich noch sehr wendig sind.

Diese wilde Jagd hat kaum eine Minute gedauert. Da nimmt Peter die vollkommen verstörte Frau am Arm und leitet sie ruhig in Richtung Wartezimmer.

„Halten Sie Ihre Hand aufrecht, damit die Blutung aufhört. Ich behandle jetzt Ihre Katze, und dann komme ich zu Ihnen."

Den einen Wirbelsturm hat Peter nun mit guten Worten entfernt, der andere aber ist noch immer in voller Aktion. Diesem gilt nun unsere ganze Aufmerksamkeit. Ruhig bleiben wir stehen, sprechen nur sanft und mit weicher Stimme auf das immer noch hektische Tier ein. Endlich beginnt diese eingetretene Stille zu wirken, die unkontrollierten Sprünge werden langsamer, und es dauert dann gar nicht mehr so lange und Peter kann das nun vollkommen erschöpfte Tier sanft auf den Tisch heben. Annemarie hält sie leicht am Nacken fest, während ich sie vorne, wie mit einem kleinen verschreckten Kind, durch leise Worte und spielerische Fingerbewegungen, ablenkt. Ein kleiner Pieks, sie merkt es gar nicht, die Impfung ist vollbracht und tröstend legen wir das nun ruhig gewordene Tier zurück in seinen Käfig.

Nun aber gilt unsere Aufmerksamkeit noch dem anderen Patienten.

„Kommen Sie bitte, es ist alles in Ordnung, Ihre Katze hat ihre Impfung bekommen."

„Aber was mache ich jetzt mit meiner Hand, ich habe bis morgen noch einige Aufträge zu erledigen?"

„Ich behandle Sie jetzt mit einer antibiotischen Salbe. Den Verband müssen Sie allerdings doch einige Tage an der Hand lassen."

Als das Fahrrad, mit der darauf befestigten originellen Kiste, endlich aus dem Hof hinaus fährt, atmen auch wir erleichtert auf.

„Das wäre wieder einmal überstanden." Peter wäscht sich die Hände.

„Es ist immer wieder das Gleiche. Tiere reagieren sehr sensibel auf ihre Umgebung, und wenn Herrchen oder Frauchen Angst oder zu große Aufregung zeigen, überträgt sich diese sehr schnell auch auf deren Verhalten. Wenn sie sich dann zusätzlich noch in einer fremden Umgebung befinden, dann wittern sie eine unsichtbare Gefahr und reagieren auch dementsprechend. So ein originelles Exemplar haben wir gerade erlebt. Zum Glück kommt es in dieser Form doch recht selten vor."

Jetzt beeilen wir uns, die Praxis noch aufzuräumen. Mit vereinten Kräften werden Fläschchen, Kartons, Bleistifte, Hefte, das ganze bunte Chaos wieder zurück an seinen angestammten Platz befördert.

„Lasst uns noch einmal einen heißen Tee aufbrühen und damit hinsetzen, es werden wohl keine Patienten mehr kommen!" Unsere Superhelferin hat wieder einmal die beste Idee, und so sinken wir wieder zufrieden hinein in unsere bequemen Sessel.

„Erinnerst du dich noch", wende ich mich an Annemarie, während ich zufrieden in meinem neu aufgebrühten, nun wieder heißen Getränk rühre, „wie wir dich gefunden haben?"

Zu Anfang hatten wir als tierärztliche Helferinnen nur Lehrlinge. Aber nicht jede war zuverlässig, und durch Kranksein, Berufsschule und damit verbundener Prüfungsvorbereitung wurde dann oft gefehlt, oder die volle Aufmerksamkeit litt bei der gemeinsamen Arbeit. Als dann aber die Kleintierpraxis mehr und mehr zunahm, und die Patienten oftmals auch außerhalb der Sprechstunden vor der Praxis warteten, da entschlossen wir uns eines Tages, eine schon gestandene Person für diese Aufgabe zu suchen. Sie sollte aber den Anforderungen einer tierärztlichen Praxis nicht nur geistig gerecht werden, sondern sich auch nicht scheuen, manchmal tierische Hinterlassenschaften wegzuputzen. Auch wäre es begrüßenswert, wenn keine kleinen Kinder mehr mit Schnupfen oder Husten ihre Arbeitszeit verkürzten.

Aus all diesen Überlegungen heraus hat sich Peter dann ein eher unübliches Zeitungsinserat ausgedacht. Unter gesucht stand dann Folgendes:

Akademisch gebildete Putzfrau
als Mädchen für alles,
jenseits der 40.

Daraufhin erhielten wir verschiedene Reaktionen. Eine Frau rief sogar ins Telefon: „Diese Anzeige ist eine Frechheit!" Aber eine solch phantasie- und humorlose Dame wäre für uns sowieso nicht in Frage gekommen.

„Diese ungewöhnliche Anzeige machte mich sehr neugierig, ich wollte doch wissen, was dahinter stecken könnte", amüsiert sich Annemarie.

„So meldete ich mich daraufhin telefonisch. Als ich dann aber hörte, dass es sich um eine Helferin in einer tierärztlichen Praxis handle, zögerte ich doch sehr, ob ich dieser Verantwortung wohl auch gewachsen sei. Mein Mann jedoch ermutigte mich mit dem Argument, dass ich noch nie Probleme mit Tieren gehabt habe."

„Nun, war ich mit meiner sicher etwas außergewöhnlichen Suche nicht doch goldrichtig?", lobt Peter sich jetzt doch noch im Nachhinein.

„Gerade bei einem Patienten wie dieser verschreckten Holzkastenpatientin, da ist es so wichtig, dass man nicht nur die Ruhe bewahrt, es braucht auch Umsicht und intelligentes Einfühlungsvermögen!"

Ja, um beide unserer Helferinnen sind wir sehr froh, auch wenn sie nur schlicht und einfach Schmitz heißen.

*

So vergehen die Frühlingstage und fordern, wie alle Jahre, vielseitige Aktivitäten, vor allem im Garten. Nach den langen Monaten der reinen Häuslichkeit, freuen wir uns jetzt aber doch darauf, den Hausstaub endlich in die frische Luft hinaus atmen zu dürfen. Wege sauber rechen, Unkraut jäten, Rasen mähen. Kaum draußen, finden sich auch schon hunderte Tätigkeiten, so dass die erste staunende Frage ist, wo und womit sollten wir zuerst anfangen? Die alten Äste, die der Herbst- und Frühlingswind von Bäumen und Sträuchern heruntergeweht hat, sammeln wir auf und tragen sie auf die nächste Pferdeweide, denn dort soll, auch wenn bis dahin noch Monate vergehen, gemeinsam mit dem Schweizer Club, das große traditionelle „1.-August-Höhen-Feuer" abgebrannt werden. Da dieses aber hohe Flammen schlagen soll, wie es sich für ein richtiges Buzenfeuer, wie man sie in der Alten Eidgenossenschaft zu Kriegszeiten genannt hatte, auch gehört, ist es ratsam, mit dem Sammeln rechtzeitig anzufangen.

Doch eines Morgens, als wir zum Fenster hinaus schauen, wir können es kaum glauben, da hat uns erneut der Winter überfallen. Einfach so, still und heimlich und ohne den Frühling um Erlaubnis zu fragen, ist er in der Nacht zurückgekehrt. Weiß, weißer geht es nicht, für diese Jahreszeit ein trostloser Anblick. Es scheint, als habe dieser kalte Eismann einfach noch keine Meinung, für viele Monate wieder zu verschwinden, und so gibt er im Protest dem Frühling einfach einen kalten Stoß.

Der Frühling ist ins Land gezogen,
Es schneit in dicken Flocken.
Die Blumen blühen um die Wett'
Und tun im Schneematsch hocken.
Die Vögel sitzen plusterdick,
Verdattert im Geäste,
Und gratuliern dem Osterhas,
Nur mit Gepieps zu seinem Feste.

Da aber alles doch so seine geordnete Zeit haben soll, muss sich auch ein Herr Winter danach richten und nach ein paar kalten Stunden, sich dann doch endgültig in die Welt des ewigen Schnees und der eisigen Gletscher der Bergwelt zurückziehen.

*

Trotz der vielfältigen Arbeiten im Haus und vor allem im neu erwachten Garten, darf sich die Glasharfe über meinen täglichen Besuch freuen. Aber was ist der Grund für meine, augenblicklich so besondere, musikalischen Begeisterung?

Amerika meldet sich immer wieder über den Atlantic! Es wird jetzt wirklich ernst mit dem 2. Glass Music Festival. Oft winkt unser treuer Briefträger schon von weitem: „Ein Brief aus Amerika!"

Ken und Dennis schreiben und informieren fleißig, die Organisatorin des Festivals wünscht meinen Lebenslauf, auch fehlt ihr noch mein Musikprogramm, das ich vortragen möchte. Wir freuen uns auch sehr über ihre Nachricht, dass das Studentenwohnheim, welches zur Miami Universität und dem Museum für Kunst gehört, freundlicherweise für die Festivalsteilnehmer einige Zimmer angeboten hat. Dasjenige von Onkel Hans wird dann in unmittelbarer Nachbarschaft zu Piotrowskis sein, so dass er in der gut Deutsch sprechenden Susan immer eine Übersetzerin in der Nähe haben wird.

Ken möchte noch genau wissen, wo und wann wir ankommen werden, denn uns abzuholen sei für ihn Ehrensache und eine große Freude. Er könnte uns dann auch bei eventuellen Zollschwierigkeiten mit unseren Instrumenten behilflich sein.

Onkel Hans steht schon lange aufgeregt in den Startlöchern. Bei ihm und Tante Rösi wird es wohl zur Zeit kein Thema geben, was eventuell noch wichtiger sein könnte als Amerika.

Wieder einmal drückt mir unser Postbote einen Brief mit Schweizer Briefmarken in die Hand. Darin finde ich eine Kopie eines Zeitungsausschnittes aus der Zürichsee-Zeitung vom 15. März 1985 mit dem Titel:

Herrliberg: Comeback von Hans Graf mit seinen singenden Gläsern.
Einladung ans Internationale Glasmusik-Festival in den USA.

Da muss ich beim Durchlesen doch ein bisschen amüsiert lachen. Noch nicht in Amerika angekommen, aber die Zeitung schreibt schon darüber. Aber es freut mich für unseren, trotz seiner Behinderung, so mutigen Festivalteilnehmer.

Für mich aber stellt sich jetzt die so wichtige Frage: Worin transportiere ich mein eigenes Instrument?! Dieses Problem muss unbedingt noch gelöst werden. Wiederum fragen wir unseren Schreiner. Sein Vorschlag ist, das schöne Möbel in einem schützenden Holzbehälter einzupacken. Schon am anderen Tag macht er sich an die Arbeit. Das äußere Resultat ist nicht sehr schön, das Instrument aber, das dürfte darin sicher vor Kratzern und Beulen die Reise überstehen. In die nun auf diese Weise sorgfältig behütete Glasharfe packe ich und sortiere ich, wie in einen normalen Koffer, meine ganze Wäsche, wie

Pullover, Hosen und Jacken.Die Gläser selber sollen darin aber auf keinen Fall bleiben. Noch am gleichen Tag kaufen wir drei Metallköfferchen und dazu dicken Schaumstoff. Da hinein schneide ich dann große und kleine Gruben. So bekommt jedes Glas sein eigenes, sicheres Nest.

*

Endlich kann es losgehen und das tut es am morgen des 28. Mai 1985 mit unserem Flug: Frankfurt – Cleveland, mit der Condor, Flugnummer DF 3252, Flugzeit 09.50–12.40 Uhr; Cleveland-Cincinnati mit der Delta Airlines, Flugnummer DL 1571, Flugzeit 13.40–14.45 Uhr.

Die Spatzen und Meisen haben sich noch nicht gegenseitig einen guten Morgen gewünscht, da sitzen Peter und ich schon im Auto, während Onkel Hans, sicher ebenfalls in erwartungsvoller Spannung und auch schon hellwach, im Zug aus Zürich sitzen dürfte. Unser gemeinsamer Treffpunkt soll der Frankfurter Flughafenbahnhof sein.

Das Auto deponieren wir in der großen Flughafengarage, wo es nun drei Wochen lang geduldig auf uns warten muss.

„Peter, weißt du, wo wir jetzt für die Glasharfe einen großen Wagen herholen können?"

„Bleib du hier und ordne inzwischen das Gepäck, ich werde schon einen finden!"

Ich bin froh, dass ich nicht lange warten muss, da sehe ich Peter schon mit einer fahrbaren Ladefläche zurückkommen. Da hinauf heben und schieben wir, mit einiger Mühe, den holzverkleideten Instrumentenkasten. Dazu kommen dann noch unsere Koffer. Schwer beladen suchen wir nun den Flughafenbahnhof.

„Peter, pass auf, gleich muss die Bahn kommen. Onkel Hans hat geschrieben, dass er in einem der vorderen Wagen sitzen wird."

Schon rollt, mit viel Lärm, die Elektrolok und die ersten Wagen an uns vorbei.

„Da ist er, komm schnell, ich sehe, wie er uns aus dem Fenster heraus sucht!", ruft Peter. Als dann die Waggontür aufgeht, stehen wir schon empfangsbereit davor. Etwas unbeholfen kommt Onkel Hans herausgeklettert, auch er hat uns entdeckt.

„Mein Gepäck ist noch im Abteil, ich kann es nicht tragen, Rosa hat mich an die Bahn gebracht!", sind seine ersten, etwas aufgeregten Worte.

Peter ist bereits die Treppe hinaufgesprungen und reicht mir ein Gepäckstück nach dem anderen heraus.

„Bist du gut gefahren? Bist du nicht auch aufgeregt? Jetzt wird unsere Reise nach Amerika Wirklichkeit!", sprudle ich heraus. Erst jetzt, nachdem er seine drei Gepäckstücke sicher neben sich versammelt sieht, können wir uns richtig begrüßen.

„Ich hab ganz schlecht geschlafen, aber im Zug unterhielt ich mich mit einer Mitreisenden, und ich erzählte ihr, dass ich noch heute nach Amerika fliegen werde. Die hat nicht schlecht gestaunt. Dann habe ich ihr von dem geplanten Festival erzählt und von meinen Instrumenten. Die Zeit ist dabei so schnell vorbei gegangen, kaum sind wir in Zürich losgefahren, da bin ich jetzt auch schon hier!"

Dieses Reisegespräch kann ich mir sehr gut vorstellen. Onkel Hans ist zwar eher ein zurückhaltender und schweigsamer Mensch. Wenn es aber um sein großartiges Hobby geht, dann öffnen sich plötzlich seine Sprachschleusen.

„Ihr habt ja fast gar kein Gepäck!", meint er jetzt ganz trocken, als er unseren hoch beladenen Wagen betrachtet.

„Schau, für die Glasharfe haben wir eine extra Kiste bauen lassen, in der sie gut geschützt transportiert werden kann. Gemessen ist das ganze Möbel 1,30 m lang, 60 cm breit und 50 cm hoch. Das Gewicht kennen wir nicht, uns reicht es, dass unsere Arme beim Tragen immer länger werden. Darin ruhen aber nun, und das ganz unmusikalisch, meine Pullover, Hosen, Blusen, Unterwäsche und meine ganze Fest-Garderobe, denn die Gläser habe ich alle in diesen drei Metallkoffern, vollkommen bruchsicher in Schaumstoff eingepackt. Auf jeden Fall will ich sie als Handgepäck mitnehmen."

Inzwischen hat Peter schon einen weiteren Wagen organisiert. Wir packen um und laden auf … mein voluminöser Instrumentenkasten, drei Metallkoffer, zwei normale Koffer, dazu leichtes Handgepäck und jetzt noch die drei nicht unbedingt kleinen Gepäckstücke von Onkel Hans.

Der Phantasie des Lesers möchte ich nun keine Grenzen setzen, um sich auszumalen, wie wir, mit zwei hoch beladenen großen Wagen und einem einarmigen Onkel, durch lange Gänge, dann mit Lift und vor allem durch viele Leute, die herumliefen und uns natürlich oft im Wege standen, unser Terminal nach Cleveland/USA suchen. Aber irgendwie kommt man ja immer auch irgendwo an, und manchmal sogar am richtigen Ort, es braucht nur so seine Zeit. Vor dem richtigen Schalter platzieren wir Onkel

Hans auf eine Bank und reihen uns in die wartende lange Schlange ein. Vielleicht denken einige Leute, in Anbetracht unserer ungewöhnlichen Bagage, dass wir USA-Auswanderer sind, und jetzt schon einen Teil unseres Hausrates mitführen. Genug Material scheinen wir dafür zu schieben. Ihre abschätzenden Blicke auf unser Gepäck teilen uns diese Vermutung mit.

Endlich erreichen auch wir den Schalter mit dem von uns etwas gefürchteten Zoll.

„Was haben Sie in diesem großen Holzkasten?"

„Das ist eine Glasharfe, ein Instrument mit Gläsern. Wir sind an ein Glass Music Festival in die USA eingeladen." Schnell krame ich die Einladungspapiere und eine Abbildung des Instrumentes aus meiner Umhängetasche hervor.

Erneutes Überlegen beim Beamten.

„Wir wissen nicht, ob wir so ein großes Gepäckstück verladen dürfen. Warten Sie einen Moment, ich werde nachfragen."

Dann kommt der Chef persönlich und es wird gemessen.

„Sie haben Glück, noch 3 cm länger und wir hätten Ihr Instrument nicht verladen dürfen. Kommen Sie mit mir zu dem Spezialschalter für besonders voluminöses Gepäck. Die anderen Sachen können Sie hier aufgeben."

Wir sind erleichtert, dass wenigstens die Ladung des einen Wagens schon hier aufgegeben werden kann, mit dem anderen folgt Peter dem freundlichen Steward. Noch muss ich aber am Schalter überzeugen, dass wir die vier Köfferchen, eines ist noch dasjenige mit den Gläsern von Onkel Hans, als Handgepäck mitnehmen dürfen. Endlich haben wir es geschafft, und wir eilen zu dem geduldig auf der Bank wartenden Onkel zurück.

„Onkel Hans, stell dir vor, wir hätten beinahe meine Glasharfe nicht mitnehmen dürfen, der Kasten war nur um 3 cm kleiner als das Maximum an erlaubter Gepäckgröße."

„Als ich den großen Holzkasten gesehen habe, hatte ich auch so meine Bedenken, ob unser Flugzeug dafür auch groß genug sein wird! Jetzt bin ich aber sehr froh, dass alles doch noch gut gegangen ist!"

Welch herrliches Gefühl, endlich den größten Ballast los zu sein. Besonders aber sind wir froh, dass es für Onkel Hans bis zur Abflughalle nicht mehr weit ist, denn wir merken bald, dass er sich mit laufen doch recht schwer tut.

„Weißt du was", überlege ich laut, „in Cleveland organisieren wir für Onkel Hans einen Rollstuhl. Wir wissen ja nicht, wie weit wir auch dort zum Umsteigen laufen müssen. Schon hier ist es für ihn sehr weit und mühsam gewesen!"

Endlich fliegen wir. Die Sonne begleitet uns auf der ganzen Reise. In einer Höhe von meist über 9.000 m scheint sie, von einem immer blauen Himmel, herein durch unser kleines Guckfenster. So ist es draußen lange Zeit Vormittag, dann endlich Mittag, aber trotz des langen Fluges will es einfach nicht Abend werden. Eigentlich ist, allein nach der Tageshelle gesehen, Amerika überhaupt nicht weit, nur etwa drei Stunden, und das sogar ohne Überschall.

Endlich, nach vielen Stunden, dies allerdings nach unserer Uhr gesehen, die keine Sonnenuhr ist, kommen wir in Cleveland an. Als erstes organisiert Peter einen Behindertenstuhl, in dem Onkel Hans nun sehr gerne Platz nimmt, denn die Lauferei in Frankfurt hatte ihm doch ziemlich zugesetzt.

„Onkel Hans, könntest du diesen Koffer auf den Schoß nehmen?"

„Komm, gib her, wir können ihn ja hier quer über die Lehnen des Stuhls legen!"

„Ginge auch der noch?"

„Her damit!"

„Ich hätte hier auch noch etwas, was meinst du, ginge das auch noch?"

„Komm, lad es nur auf, es wird schon gehen, oder besser gesagt fahren!"

Da unser übrig gebliebenes Handgepäck immer noch recht zahlreich ist, wird der Berg immer höher, bis der gutmütige Onkel dahinter fast verschwindet. So kutschieren wir zum Inland Gate. Der Flughafen von Cleveland ist nicht so riesig wie derjenige in Frankfurt, und so erreichen wir bald unseren Weiterflug. Vorher aber müssen wir erneut durch einen Zoll. Jedes Gepäckstück wird dort jetzt geöffnet, ohne Rücksicht auf den Onkel im Rollstuhl. Lange Auskunft geben über das Was, Wieso, Warum. Wie gut, dass ich vorsichtshalber die Einladung vom GMF und ein Bild von meiner Glasharfe gleich zur Hand habe, denn beim Anblick der vielen Gläser in den Köfferchen hätte man doch leicht vermuten können, dass wir Vertreter für Glaswaren sind.

In Cincinnati aber, da wird dann alles so viel einfacher. Wir werden dort empfangen, als wären wir eine wichtige Delegation auf Staatsbesuch.

Ken und Susan stürzen sich gleich auf uns, regeln die nochnotwendigen Formalitäten und helfen, mein Instrument und die Koffer abzuholen und dann alles in ihr geräumiges Auto zu verladen. Onkel Hans begrüßen sie, als wäre er die wichtigste Person des ganzen Festivals, und Susan zeigt, dass sie recht gut Deutsch, nicht nur schreiben, wie in den ersten Briefen schon bewiesen, sondern auch sprechen kann.

„Juhuu, Onkel Hans, jetzt bist du in Amerika!"

„Ja, ich kann es noch kaum fassen! Rosa denkt jetzt sicher auch gerade an uns."

*

Es ist immer noch Mittwoch, der 28. Mai, und das Festival soll erst am Freitag beginnen.

„Hast du deine ‚Marianne' schon aufgestellt?", möchte ich nach unserer Ankunft von Ken gleich wissen.

Marianne ist nämlich seine Glasharmonika, die er im Januar vorigen Jahres aus der Werkstadt Finkenbeiner bekommen hat. Diesen Namen gab er seinen Gläsern in Gedenken an die sehr berühmte blinde Glasharmonikaspielerin Marianne Kirchgessner. Ende des 18. und zu Beginn des 19. Jahrhunderts konzertierte sie mit ihrer Glasharmonika in ganz Europa. Selbst Mozart, begeistert von ihrer Virtuosität auf diesem seltenen Instrument, komponierte für sie, kurz vor seinem frühen Tod, zwei heute wieder sehr beliebte Stücke. Das eine für Soloinstrument, das andere als Quintett, also mit Begleitung anderer Instrumente.

Der Ankunftstag ist für die Musiker dazu bestimmt, ihre Instrumente aufzustellen und einzustimmen. Das Meinige, das für die Reise zu einem Wäschekoffer degradiert worden war, soll wieder eine Glasharfe, die gut verpackten Gläser von Onkel Hans in ein Glasspiel umgewandelt werden. Diesen diffizilen Einbau tätigen wir beide getrennt und sehr konzentriert in verschiedenen Räumen. Endlich habe ich wieder meine schöne Glasharfe vor mir. Jetzt noch die Hände gewaschen, denn ich will ganz schnell meine Gläser ausprobieren. Aber was ist das? Sie bleiben einfach stumm. Ich streichele sie, erst sanft dann energisch ... nichts, nur ein paar artfremde, fast gequälte leise Töne kann ich ihnen entlocken.

„Könnt ihr mir sagen, was mit euch los ist? Wir sind zwar jetzt in Amerika und nicht mehr zu Hause, aber so anders ist die Luft hier nun auch wieder nicht!"

Immer wieder versuche ich, mein Instrument zum Klingen zu bringen, leider ergebnislos.

„Peter, die Gläser tönen nicht mehr!"

Es ist fast ein Hilferuf in den Flur hinaus, und Peter kommt gleich angelaufen.

„Das kann doch nicht wahr sein, warum sollten die Gläser jetzt plötzlich nicht mehr reagieren, es ist ihnen doch gar nichts geschehen!"

Aber auch er muss feststellen, dass sie einfach stumm bleiben.

„Weißt du was, wasche sie einfach einmal durch, vielleicht finden sie dann ihre Sprache wieder."

Ein Becken mit warmem Wasser ist zum Glück schnell geholt. Alleine gelassen, konzentriere ich mich ganz auf diese recht heikle Prozedur.

„Euch werde ich jetzt schon die Köpfe waschen, das ist doch kein Benehmen, plötzlich so launisch zu sein, das habt ihr mir noch nie angetan! Ihr leidet doch nicht etwa an Lampenfieber, nur weil ihr jetzt in Amerika singen sollt?" Irgendwie muss ich meiner Verständnislosigkeit Luft machen.

Über eine Stunde bin ich nun beschäftigt, Glas für Glas aus der Befestigung herauszuholen und vorsichtig zu waschen. Endlich bin ich fertig mit dieser diffizilen Operation.

„So, geht es euch jetzt besser, ihr beleidigten Glaswürste? Wenn euch die Transportköfferchen nicht gepasst haben, so seid ihr ja jetzt wieder frei!"

Erneuter Versuch ... etwas haben sie von ihrer Sprache wiedergefunden, aber zum Richtig-gespielt-Werden, dazu waren sie immer noch nicht bereit.

„Lass sie einfach in Ruhe. Ich vermute fast, der Schaumstoff, in den du sie so sorgfältig verpackt hast, könnte einen hemmenden Einfluss auf das Glas gehabt haben. Wir wollen jetzt den Deckel darüber stülpen, und bis morgen werden sie sich sicher, in Dunkelheit und Ruhe, wieder normalisiert haben, beruhigt mich mein Reisekamerad."

Nach der langen Reise und dieser unerwarteten Aufregung müde geworden, verschwinden wir schon am frühen amerikanischen Abend in unseren weichen Betten. Die Zeitverschiebung macht uns doch etwas zu schaffen. Diese ist auch die Ursache, dass wir am kommenden Morgen schon recht früh wieder auf den Beinen sind. Außer Onkel Hans, der auch schon ausgeschlafen hat, ist aber weit und breit noch niemand zu sehen, Amerika schläft noch. Mein erster Gang gilt meinem bockigen Instrument.

„Guten Morgen, gut geschlafen und heute besser gelaunt?"
Gleich habe ich die Hände gewaschen und beginne zu spielen.

„Peter, sie klingen wieder, zwar nicht ganz so willig wie sonst, aber mit noch ein bisschen Zusprache bin ich sicher, werden sie wieder ganz in Ordnung kommen!"

Was bin ich jetzt froh, dass sehr wahrscheinlich mit Rücksicht auf unsere zeitliche Eingewöhnung, unser Konzert, Onkel Hans und ich sind zum gleichen Termin eingeplant, erst am Sonntag sein wird. Bis dahin werden sich meine verstummten Kameraden wohl wieder gänzlich erholt haben. Wir empfinden es eigentlich auch als eine Ehre, unser Konzert an dem Tag bringen zu dürfen, an dem die meisten Leute auch Zeit haben.

Nun bleibt uns noch ein ganzer Tag zur freien Verfügung. Treu umsorgt von Ken und Susan dürfen wir nicht nur unsere Umgebung kennen lernen, sondern schon ein paar andere Musiker, die inzwischen auch angekommen sind, begrüßen. Besonders freut es mich, Gerhard Finkenbeiner wieder zu sehen und bei Onkel Hans ist es Freundschaft auf den ersten Blick. Nicht nur sprachlich stehen sie sich sehr nahe, auch menschlich erkennen sich die beiden Tüftler und Musikliebhaber sehr schnell. Leider stehen ihnen nur wenige gemeinsame Tage zur Verfügung. Aber ich bin überzeugt, dass Finki, wie Onkel Hans seinen neuen Musikkameraden nennt, bei ihm treu und unverbrüchlich einen festen Platz bekommen hat und von der Erinnerung getragen, auch mit nach Herrliberg reisen wird.

Also beschließen wir, zu fünft erst einmal die Stadt Oxford zu erobern. Als eine Hochschulstadt, ist sie nicht nur Sitz der Miami Universität, sondern auch des College of Arts and Science. Pflichtgemäß werden nun all die besonders wichtigen Gebäude besichtigt, wenn auch meistens nur von außen.

„Hier, ganz in der Nähe, gibt es einen Park, der ‚Hueston Woods State Park' und der hat einen schmalen See!", erinnert Ken.

Wir finden ihn, und auch die Boote an der Bootsanlegestelle, die wohl nur auf unser gewartet haben. Natürlich verlocken sie uns auch gleich zu einem kleinen Unternehmen auf dem Wasser. Peter, Onkel Hans und ich mieten ein festes Holzruderboot, während Ken und Susan uns ganz sportlich in einem Kanu begleiten.

„Jetzt komm ich mir vor wie an meinem ‚Zürisee'. Nur bin ich dort noch nie in einem kleinen ‚Böötli' gefahren!" Onkel Hans strahlt übers ganze Gesicht.

„Dann wird es ja jetzt Zeit, dass du nun endlich seetüchtig wirst", lacht Peter.

Geruhsam plätschern wir mit unseren Paddeln entlang einem bewaldeten Seeufer. Etwas später beobachten wir, auf einem grünen und hügeligen Golfareal, einige adrett gekleidete Spieler. Diese Ruhe auf dem Wasser, begleitet vom Grün der Wiesen und Bäume, tut uns wohl. Dabei haben wir auch etwas Zeit, uns nun wirklich in Amerika zu fühlen.

„Was haltet ihr von einem kleinen Einkaufsbummel?", schlage ich dann nach unserer Landung vor, denn ich möchte von dem Ort selber nicht nur wichtige Monumente kennenlernen.

„Gute Idee, ich weiß, wo das Stadtzentrum liegt!" Ken bewährt sich erneut als guter Führer. In der Einkaufspassage angekommen, bleibt Onkel Hans plötzlich wie angewurzelt stehen.

„Rote Hosenträger, solch schöne habe ich noch nie gesehen!"

Onkel Hans ist vor dem Schaufenster eines Konfektionsladens für Männerbekleidung stehen geblieben.

„In der Schweiz gibt es die immer nur in Grau oder höchstens Braun."

„Kauf sie dir doch!", ermuntern wir ihn alle einmütig.

„Aber was wird Rosa dazu sagen, der werden diese bunten Dinger sicher nicht gefallen!"

„Ach was, deine Rosa ist weit weg, wir sind hier nicht in Herrliberg sondern in Amerika, und als Amerikafahrer darf man auch rote Hosenträger tragen!"

Darüber sind wir uns alle vier absolut einig. Noch eine Weile bestaunt er dies verlockende Hosenträgerwunder durch das Schaufenster, dann betreten wir zu Fünft, und recht entschlossen, das Geschäft. Ganz hingerissen lässt er diesen einmaligen Fund noch ein paar Mal durch seine Hände gleiten. Doch dann endlich, nach nochmaligem Zögern, erfüllt er sich seinen spontanen, schweizerisch gesehen etwas unkonventionellen, Wunsch. Die freundliche Verkäuferin passt ihm die Gummiträger auch gleich an, dann verlässt er mit einem verschmitzten und fröhlichen Lächeln, und etwas stolz auf seine mutige Tat, mit uns diesen amerikanischen Laden. Auf der Straße fühlt er sich doch noch ein bisschen unsicher, aber wir bewundern ihn alle kräftig.

Mich freuen diese Hosenträger sehr, denn Onkel Hans hat etwas gewagt, was zu Hause nicht möglich gewesen wäre. Damit betritt er jetzt nicht nur endgültig das neue Land, er überfliegt, mit diesem unkonventionellen Kauf, auch geistig die Kontinentale Grenze.

Im Zentrum von Oxford entdecken wir, dass wir inzwischen so eine Art Appetit entwickelt haben.

„Schaut hier diesen tollen Eisladen, was haltet ihr jetzt von einer feinen Eiscreme?" Meine Idee wird freudig begrüßt und schon kleben wir alle fünfe an so einem wunderbaren Stängel. Ich muss gestehen: „It was the best ice cream in the world", einfach köstlich. Ich kann mir vorstellen, dass später, wieder zu Hause, nun jedes unschuldige Eis unter die kritische Prüfung des Vergleichs geraten wird. Während wir weiter die Hauptstraße hinunter schlendern, schlecken wir mit vollstem Genuss daran.

Was ist das doch für ein freier, fröhlicher und so erlebnisreicher Tag! Aber auch der geht zu Ende, so wie alles im Leben, denn die Zeit läuft immer weiter, auch ohne unser Einverständnis. Dafür kommt jetzt der Freitag. Jetzt müssen wir uns endlich um unsere Instrumente kümmern. Wir drei Musiker ziehen uns, jeder für sich, zum ungestörten Einspielen, in einen leeren Raum zurück.

Recht nervös nähere ich mich nun meinen Gläsern, die mich noch immer, ach so unschuldig anblinken. Dann, welche Erleichterung, endlich schenken sie mir wieder ihren vollen Klang.

Nach einiger Zeit klopft es an meine Tür und Onkel Hans fragt fast etwas schüchtern:

„Ich will dich nicht stören, aber hättest du jetzt etwas Zeit? Wir sollten unseren ‚Papageno' von Mozart noch einige Male zusammen spielen."

Gemeinsam tragen wir seine Gläser, die jetzt wieder auf einer hölzernen Unterlage angeordnet und darauf befestigt sind, in meinen Raum und stellen alles auf einen Tisch. Onkel Hans überprüft sie noch einmal auf Stimmigkeit mit den meinen, dann legen wir los.

Die Einsätze gehen gut, es braucht nur noch ganz wenige kleine Korrekturen. Zum Schluss aber haben wir beide ein zuversichtliches Gefühl und darüber sind wir nun sehr glücklich und zufrieden.

Das Festival sollte am Abend beginnen, wir aber haben für unseren Auftritt noch bis zum Sonntag Zeit.

*

Um 19.30 Uhr ist Tickets-Verkauf in Foyer der Universität. Dort entdecke ich, und schon in Auftrittsstimmung, Jay Brown, Jim Turner, Dennis James, die Labinos und noch andere, die ich am Festival in Columbus kennen gelernt hatte. Als gleichgesinnter Kamerad fühle ich mich jetzt so richtig zu Hause, und wir freuen uns alle über unser Wiedersehen. Die Musiker scheinen nun doch etwas angespannt, vor allem Ken, der heute Abend seinen Auftritt mit der neuen Glasharmonika hat. Dann aber setzen wir uns, Peter, Onkel Hans mit seiner getreuen Dolmetscherin Susan und ich in spannender Erwartung auf die besten Plätze im Auditorium der Universität, wo alle Vorstellungen stattfinden sollen.

Um 20 Uhr betritt Ken als erster die Bühne, wo er von seiner Marianne schon erwartet wird.

Als er sich an sein Instrument setzt, geht es mir noch schnell durch den Kopf, wie glücklich er war, als er mir, in einem ausführlichen Brief, die Ankunft seiner Glasharmonika mitteilte, die Gerhard ihm gebaut hatte.

Schon mit elf Jahren erlernte er das Klavierspiel. Eigentlich wollte er Pianist werden. Da bei der Glasharmonika die elektrisch zum Rotieren gebrachten Glasränder sehr nahe beieinander liegen, ist die Umstellung für einen Pianisten nicht allzu groß. Daher ist es nicht erstaunlich, dass er in einer so kurzen Zeit dies Instrument beherrschen gelernt hat. Sein Konzert-Debut gab er, wie er mir geschrieben hatte, schon nach ein paar Monaten in Toronto.

Heute bringt er natürlich nur einen ganz kleinen Teil seines umfangreichen Repertoires. Wenn man bedenkt, dass er in der ganzen Welt Noten von fast 200 Originalwerken für Glasinstrumente gesammelt hat, ist ihm die Auswahl der Stücke, die er uns jetzt bringt, vielleicht gar nicht so leicht gefallen. Dass aber dennoch sehr viele Stunden intensiven Übens zu einem solch wunderschönen Vortrag notwendig waren, das weiß ich, aus eigener Erfahrung, nur zu gut.

Als Nächster betritt Gerhard Finkenbeiner die Bühne. Onkel Hans neben mir wird jetzt ganz besonders aufmerksam, denn nun spielt sein neuer Freund Finki nicht nur die Harmonika, er fängt auch an, darüber zu erzählen. Zwischendurch übersetze ich ganz leise, obschon wir beide das meiste davon schon kennen:

„Die Glasbläserei habe ich in Frankreich gelernt", beginnt er seinen Bericht. „Aber erst viele Jahre später, ich hatte damals schon meine Firma in Boston, da entdeckte ich ganz zufällig bei einem Besuch in Paris in einem Museum und in einer dort versteckten Ecke ein eigenartiges Gestell. Als ich die Spindel mit den darauf aufgezogenen Glasschalen betrachtete, war mir gleich bewusst, dass es sich hier um ein Musikinstrument handeln musste. Aber aus Glas? Ein Material, welches ich in vielen Zusammensetzungen und Formen kennengelernt hatte, und welches in meiner Werkstatt jeden Tag von neuem in den verschiedensten Formen geboren wird? Darüber musste ich unbedingt Näheres erfahren. Und tatsächlich, was ich vor mir sah, war das Original einer Glasharmonika, einem Instrument, von dem genialen Erfinder Benjamin Franklin im Jahr 1761 ausgedacht und gebaut.

Schon der Anblick dieses verstaubten Instrumentes weckte in mir eine wohl angeborene kreative Phantasie, so dass es plötzlich in meinem Kopf zu klingen begann.

Meine Liebe zur Musik, aber auch der Respekt vor dem Genie eines Benjamin Franklins, erweckten in mir den Wunsch, diese neue Herausforderung anzunehmen und ein so eigenartiges Glasinstrument wieder neu aufleben zu lassen. Ich studierte intensiv dessen Mechanismus, erprobte zu Hause verschiedene Glaslegierungen auf ihre Klangfähigkeit und begann Glasschalen nach dem Vorbild von Franklin zu blasen. Dabei lernte ich erneut, wie man, trotz moderner Glastechnik auf so viele, manchmal fast unlösbare Schwierigkeiten treffen kann. Bei meinen Experimenten bin ich zu der Überzeugung gekommen, dass Franklin, der nur seiner eigenen Idee trauen konnte und keinen Prototypen vor sich hatte wie ich, noch unvergleichlich mehr Probleme lösen musste. Erstaunlich, dass er überhaupt einen Glasbläser für dieses Experiment gewinnen konnte. Sicher hatte dieser ihn oft davon zu überzeugen versucht, dass der Bau eines solchen Instrumentes einfach unmöglich sei. Und dennoch, mit seiner ganzen Hartnäckigkeit und Intelligenz schenkte er der Welt dieses Musik bringende Wunder."

Obschon ich die Geschichte schon seit dem letzten Festival her kenne, wird mir auch diesmal seine Erzählung nicht langweilig. Dass ich Franklin in einem unglaublichen Traum sogar selber erlebt habe, davon aber schweige ich.

Den letzten Vortrag hält Jim Turner. Seine Gläser sind immer noch mit Pflaster aus der Hausapotheke befestigt. Onkel Hans sieht das wohl, aber er sagt nichts dazu. Er befindet sich jetzt in Amerika, und hier irgendwelche europäischen Vergleiche zu ziehen, daran denkt er überhaupt nicht, sondern genießt und bewundert das ausgereifte und talentierte Spiel seines Musik-Kollegen. Aber Turner spielt nicht nur auf seiner Glasharfe, er demonstriert auch, dass man aus gewöhnlichen Dingen auch außergewöhnliche Musik herausholen kann.

Dabei erklärt er uns, ob auf der Straße das Publikum im Alltagsstress seinen Gläsern und der singenden Säge zuhöre, oder das Philadelphia Orchester seine Glasharfe begleite, die Zuhörerschaft sei ihm an beiden Orten gleich wichtig. In beiderlei Umgebung fühle er sich zu Hause, denn der Grundton in der Musik sei immer der gleiche, er müsse Freude bereiten.

Ja, die brachte er uns in den nächsten Minuten wirklich, indem sich Beethovens Melodie zu Schillers Gedicht: „Freude, schöner Götterfunke ...", von seinen Gläsern löste. Dann wechselte er hinüber zu Schottischer Volksmusik und beendete sein Konzert mit Bach und Mozart.

Nicht nur für mich, obwohl ich Turners Kunst schon in Columbus bewundert habe, ist es wieder ein unglaubliches Erlebnis. Auch Onkel Hans sitzt wie verzaubert auf seinem Stuhl, denn es ist in diesen Stunden das erste Mal, dass er in den Genuss anderer Glaskünstlers kommt.

Am anderen Tag, dem Samstag, wird uns keine Zeit mehr für Spaziergänge mit Eis schlecken und Hosenträger kaufen gewährt, denn ein volles Programm beschäftigt uns. Schon morgens um 9.30 Uhr, wir sind mit unserem Frühstück gerade zu Ende, werden wir zu einer Dia Show gebeten.

Der Titel lautet: „Artists who use Glass".

Dann lerne ich noch zwei neue Musikerinnen kennen, die in Columbus noch nicht dabei waren. Ardis Leyman und Vera Meyer, beide spielen eine Finkenbeiner'sche Glasharmonika.

Wieder ein wunderschönes Erlebnis. Der Mittelpunkt davon Glas: mit all seinen bezaubernden Möglichkeiten, die nur von unseren Fingern aus dem Material herausgeholt werden können.

Natürlich darf Benjamin Franklin selber, wieder personifiziert in Gestalt und Wort von Howard Quick, einem Bostoner Original, auch diesmal keinesfalls fehlen. Hier kann ich Onkel Hans leider so gut wie nichts übersetzen, verstehe ich doch selber kaum etwas von seiner Rede. Doch wenn ich dabei an meine Zeitreise denke, in die mich, gerade noch vor kurzem, meine Gläser geführt haben, ist mir dieser majestätische Mann nicht mehr fremd, obwohl ich seine Persönlichkeit doch etwas anders, viel eindrücklicher, erlebt habe.

Abends erwartet uns wieder, wie damals in Columbus, ein Gala-Dinner, veranstaltet für alle Teilnehmer dieses Festivals. Da entdecke ich unter den vielen Gästen Frau Labino, die Ehefrau des bekannten Glaskünstlers

Dominick Labino aus Kalifornien. Auf dem Festival-Programm kann ich lesen, dass er am kommenden Morgen in der Webster Goodyear Galleries einen Rückblick auf seine Kunst in Glas geben wird. Dazu wird Dennis James eine Labino Glasharmonika spielen. Darauf freue ich mich schon sehr, im Augenblick aber ist mir seine Ehefrau wichtiger. Aber warum?

„Onkel Hans, ich möchte dir gerne jemanden vorstellen, der damals in Columbus, nach meinem Vortrag über dich und deine Glasharfe, deine Kunst sehr bewundert hat."

„Ja? Wer ist denn das?"

„Komm mit mir, es ist Frau Labino, ich habe sie hier im Saal schon entdeckt."

Als ich damals am 1. Glass Music Festival, an dem ähnlich organisierten gemeinschaftlichen Dinner wie heute Abend, von Onkel Hans und der Entstehungsgeschichte seiner Glasharfe berichtete, dabei auch zwei von seinen Kompositionen erklingen ließ, und zum Schluss ein Foto von ihm und seinem Instrument herumreichte, da ließ Frau Labino mit der Bemerkung: „That is a good looking man!" ihrer Bewunderung für diesen Schweizer Musikpionier freien Lauf. Jetzt aber sind die Sprachkenntnisse von Susan wieder sehr gefragt. Frau Labino zeigt sich bei der Vorstellung hoch erfreut, und erinnert sich noch bestens an den Glasharfenpionier aus der Schweiz. Da er jetzt sogar persönlich vor ihr steht, möchte sie noch so vieles von ihm wissen. Und nicht nur über den Werdegang und die Entstehung seiner Glasharfe, sondern auch über ihn selber. Sie erkundigt sich sogar nach seiner Frau Rosa und wie es ihm in seiner Heimat so gehe.

„Auf ihr Konzert morgen freue ich mich nun ganz besonders. Ich werde rechtzeitig kommen, um gleich ganz vorne dabei zu sein!", ermuntert sie ihn.

Wieder dürfen wir einen wunderschönen, lehrreichen und unvergesslichen Abend erleben. Sein Zauber geht vor allem davon aus, dass uns eine ganz besonders kostbare Gemeinsamkeit und geistige Verwandtschaft verbindet: Es ist das Bestreben, die in Vergessenheit geratenen Glasinstrumente nicht nur selber zu spielen, sondern ihnen wieder einen Platz in der Musikwelt zu ermöglichen.

Aber nicht nur die Konzerte sind es, die uns in diesen Tagen in ihren Bann ziehen, auch das Material selber, welches uns dann am Sonntagmorgen, in der Ausstellung von Dominick Labino, dem Meister der Glaskunst, in allen seinen möglichen Variationen wie Ton, Form und Farbe vorgestellt wird.

Ja, nun ist es wirklich Sonntag geworden und auch schon bald Mittag. Unermüdlich wandern die Stundenzeiger an den Uhren und schon bald zeigen sie mit ihrem spitzen Ende auf die Zahl 13, eine Zeitansage, die unseren gemeinsamen Auftritt bestimmt. Onkel Hans hat sein Glasspiel schon gestimmt und aufgestellt. Seine Gläser stehen, gut befestigt, auf einem, mit einem dekorativen roten Tuch bedeckten Brett. Während Peter eine Karte an die Kinder schreibt:

Liebe Kinder, jetzt stehen wir ganz kurz vor dem entscheidenden Auftritt von Mutti und Onkel Hans. Das Konzert ist der vorletzte Teil des dreitägigen Festivals, und ich hoffe, einer der Höhepunkte. Wir haben schon viel von Glas gesehen und gehört und manches hat sogar den Ohren weh getan. Anderes bestand nur aus Tönen, die Ihr vielleicht auch schon einmal aus verschiedenen Glasteilen herausgeholt hattet. Wir wohnen ganz herrlich in einem Gästehaus der Universität. Bis bald Papa und Mama.

ziehe ich mein neues, extra für dieses Konzert gekauftes Biedermeierkleid an. Der weite Rock reicht bis auf den Boden, die Ärmel schmücken einige bescheidene Rüschen und farblich erfreut es in einem zarten Rosa.

Noch ein kurzer Blick meinerseits aufs Publikum: Die Plätze der leicht ansteigenden Sitzreihen, sind alle besetzt.

Als Einstimmung spiele ich „Plaisir d'amour" von Jean Martini. Eigentlich sollte Ken mich dabei auf dem Klavier begleiten, nur stellte er noch rechtzeitig fest, dass die amerikanische Tonhöhe mit der europäischen nicht übereinstimmt. Also bringe ich das Stück solo.

Onkel Hans steht, etwas entfernt rechts von mir, mit seinem Spielstab in der rechten Hand, startbereit vor seinem Glasspiel.

Wird es uns gelingen, das schöne Lied des Papageno fehlerfrei vorzutragen? Montelang haben wir uns in vielen Briefen darum bemüht, aber es leider nur einmal in Merberich, sowie gestern und kurz heute Morgen, richtig gemeinsam spielen können.

Nun ist es soweit. Ein gegenseitiger kurzer aber verstehender Blick, dann beginnt Onkel Hans, leicht und elegant mit seinem feinen Holzstab, die Anfangsmelodie zu spielen, die gleich danach von meiner Glasharfe beantwortet wird. Die beiden, im Charakter des Tones doch etwas verschiedenen Instrumente, harmonieren dennoch gut miteinander. Das Glasspiel bringt durch das Anschlagen einen härteren, die Glasharfe, von Menschenhand mehrstimmig gestrichen, einen weicheren Ton. Die Wechsel von einem Instrument zum andern gelingen uns fließend. Es ist, als würden sie miteinander sprechen, so lösen sich die Töne dieses fröhlichen und lieblichen Liedes von den Gläsern. Auf einmal aber beginnt das Glasspiel, um seinem Namen Spiel auch alle Ehre zu geben, zu hüpfen und zu springen, frech und dynamisch schnell, um dann doch wieder rechtzeitig auf die Töne zurückzukommen, die in der Melodie vorgegeben sind. Die Glasharfe jedoch bleibt ruhig und vernünftig bei der geschriebenen Notenfolge des Liedes.

Diese übermütige Tanzerei, man nennt sie in der Sprache der Musik Variation, ist Teil einer Komposition, bei der das Thema, melodisch, harmonisch, rhythmisch oder dynamisch abgewandelt und verändert, aber immer wieder zur Hauptmelodie zurück findet. Das lustige Spiel wiederholt sich noch ein paar Mal, bis das Lied zu seinem Ende kommt und das Glasspiel, das den Gesang angestimmt hat, zum Schluss, wieder ruhig geworden, es dann fast besinnlich ausklingen lässt.

Mit welch langem und herzlichem Beifall krönt nun das Publikum unser mehrmonatiges gegenseitiges Bemühen. Ich bin dabei aber fast sicher, dass dieser vor allem Onkel Hans und seinem mitreißenden, selbst eingeführten musikalischen Tändeln gilt.

Wir haben es geschafft und die Gläser glitzern uns so lustig an: Denkt ihr, wir könnten das nicht?

Dann übernimmt die Glasharfe allein. Für die Komposition von Johann Gottlieb Naumann „Wie ein Hirt sein Volk zu weiden", konnte mir die Organisatorin freundlicherweise eine Gitarrenbegleitung organisieren. Da dieses Instrument problemlos auf das meinige abgestimmt werden kann, gibt es keine Tonhöhenprobleme. Ich freue mich immer sehr, wenn ich zusammen mit einem anderen, manchmal sogar mit mehreren Instrumenten, spielen darf. Das gemeinsame Musizieren bringt nicht nur mir, sondern auch den Zuhörern immer wieder einen ganz besonderen Genuss, denn trotz der klanglichen Verschiedenheit, entsteht dabei eine besondere Verbundenheit und Gemeinsamkeit. Vergleichen wir diese Musik mit einem bunten Gemälde, dann entspricht die Komposition allein der Skizze, die verschiedenen Farben darin aber gehören den unterschiedlichen Instrumenten.

Natürlich dürfen bei meinem Vortrag die Kompositionen von Onkel Hans nicht fehlen, die aber werden solo gespielt.

Laut Programm macht den Abschluss dieses sonntäglichen Konzertes, die mit Spannung erwartete Solo-Darbietung des Schweizer Glasharfenkünstlers Hans Graf, meinem Onkel Hans.

Mit Charme und Musikalität bringt er nicht nur seine eigenen Kompositionen, er spielt auch Werke von C. W. Gluck und J. Brahms. Besonders ergreifend spielt er das Heideröslein. Es ist eines der bekanntesten und volkstümlichsten Gedichte von Goethe. Viele Komponisten, darunter Franz Schubert und Heinrich Werner, haben es vertont, Onkel Hans aber lässt jetzt mit seinen Gläser das liebliche Blümchen singen, und entlockt bei den aufmerksamen Zuhörern so manches fröhliche Lächeln.

Ein amüsiertes Schmunzeln jedoch sieht man dann auf vielen aufmerksamen Gesichtern, wenn er jedes Mal, am Ende eines Stückes, seinen musikalischen Holzstab mit einer eleganten Bewegung auf das rote Tuch wirft.

Ganz in seiner Begeisterung gefangen, beginnt er dann, allerdings in deutscher Sprache, das Musikstück ausführlich zu erklären. Erst nach einer Weile bemerkt er die großen Fragezeichen auf vielen, doch leicht verdutzten Gesichtern.

„Können Sie mich verstehen?", ist dann seine etwas hilflose Frage. Ein liebevolles Lachen der Zuhörerschaft ist die Reaktion, denn keiner hatte etwas verstanden.

Als dann aber auch sein letztes Musikstück verklingt, da stehen sie alle auf, alle, niemand bleibt sitzen und klatschen mit ihren Händen ihre Bewunderung und Freude in den Saal hinaus: Standing ovation! nennt man das auch in Europa. Diese einmalige Ehre ist an diesem Festival noch keinem der anderen Musiker geboten worden. Nur dem tapferen Onkel Hans, der seine Liebe zu der Musik seiner singenden Gläser, trotz seines Handicaps, hinüber in das so weit entfernte Amerika gebracht hat.

Einige Teilnehmer reisen noch am selben Abend nach Hause. Auch für Onkel Hans ist die Zeit der Heimkehr schon festgelegt. Am folgenden Tag bringen Ken, Susan, Peter und ich ihn wieder nach Cincinati zum Flughafen. Noch einmal versichern wir uns, dass er bei jedem Umsteigen eine Begleitung mit Rollstuhl bekommen soll.

*Hans Graf und
Liselotte Behrendt-
Willach beim Glass
Music Festival in
Oxford / Ohio*

Peter und ich aber wollen, um noch einiges von der Größe und Diversität des Landes kennenzulernen, noch zwei weitere Wochen bleiben. Das Land? Es ist ein riesiger Kontinent, der vor Jahrhunderten einen europäischen Einfall, oder sollte man eher sagen, einen meist recht rücksichtslosen Überfall, erdulden musste. Europa hatte nicht mehr genug Platz für seine vielen Menschen, ein Problem, welches man mit wahnsinnigen Kriegen lösen wollte. Zu dieser stürmischen Zeit aber gehörte auch ein unbändiges Streben, die Weltmeere, fremde Küsten und neue Welten zu erobern.

Was wir bisher spannenden Geschichtenbüchern entnommen haben, davon möchten wir jetzt noch einen ganz kleinen Teil mit eigenen Augen sehen. Aber nicht als Eroberer sind wir gekommen, sondern als neugierige Bewunderer eines unglaublich vielfältigen Kontinents.

Kapitel 22

Die Aktivitäten platzen
aus allen Nähten

Hilfe für einen ratlosen Reisenden – der Merbericher Garten – ein dunkler Saal beginnt zu sprechen – die Explosion – es werde Licht, und es wurde Licht – eine Schlosstüre – meine erste Schallplatte – „Glasinstrumente gestern und heute" – Glass Music International – wir kaufen 60 Stühle – ein kleiner Hund verliert fast ein Auge – das Konzert

Nach drei sehr erlebnisreichen Wochen in Amerika sind wir jetzt wieder zu Hause. Doch welche Arbeit oder Aufgabe unser Alltag von uns erwartet, auf unser geistiges Ankommen muss dabei noch eine Weile gewartet werden. Immer noch begleiten uns jede Minute so viele schöne Erinnerungen.

Weite Teile des Landes lernten wir mit unserem geliehenen Auto kennen, und im Hause Piotrowski wurden wir, am Ende der Reise, noch ganz herzlich willkommen geheißen.

Von Onkel Hans, dem Weltreisenden, hörten wir, dass auch er wohlbehalten in Herrliberg ist. Jedoch die ganze Geschichte seiner Heimreise, die erfuhren wir erst viel später, und darüber waren wir dann doch etwas erschrocken. Sie ist dann nicht ganz so reibungsfrei abgelaufen, wie von uns geplant und erwartet. Mit einiger Mühe und Piotrowskis Hilfe hatten wir doch beantragt, dass er beim Umsteigen immer Betreuung erhalten sollte. Dass diese sich aber nur auf den Flug und nicht mehr die Bahn bezog, damit hatten wir nicht gerechnet. So landete er zwar sicher in Zürich-Kloten, aber da war dann auch gleichzeitig Endstation seiner Begleitung. Wie er uns dann erzählte, stand er hilflos mit seinem ganzen Gepäck in der großen Halle, wo man ihn sozusagen abgestellt hatte. Nun aber wusste er nicht, wo er den Zug nach Herrliberg finden konnte, und überhaupt, wie sollte er, behindert wie er war, mit seiner ganzen Bagage dorthin gelangen? Zwei junge Frauen bemerkten seine Ratlosigkeit. Freundlich sprachen sie ihn an, und als sie erfuhren, dass er den Zug in Richtung Zürich suchte, da schnappten sie sich nicht nur ihn selber, sondern vor allem auch seine diversen Gepäckstücke und brachten ihn sicher, und gerade noch rechtzeitig, in die richtige Bahn.

Natürlich fragen wir uns heute immer wieder, wenn wir an sein beängstigendes Erlebnis denken, wie wir es hätten anders organisieren sollen. Jetzt können wir leider alles nur noch, und mit etwas schlechtem Gewissen, als eine neue Reiseerfahrung abbuchen.

Was aber dann seine neuen roten Hosenhalter betrifft, wenigstens da dürfen wir fröhlich lachen. Tante Rösi war natürlich absolut nicht einverstanden damit. Als sie ihren Mann vom Bahnhof abholte und das Corpus delicti an ihm entdeckte, rief sie entsetzt:

„Hans, du kannst doch nicht einfach öffentlich so rote Hosenträger tragen, was werden die Leute denken!"

„Warum, in Amerika, da hatte keiner etwas dagegen, und Piotrowskis sind sogar mit mir in den Laden hineingegangen."

„Wir sind hier aber in der Schweiz und im Dorf Herrliberg und nicht in Amerika!"

So musste der arme Onkel seine Lieblinge, während des ganzen Heimweges verschämt unter seiner Jacke verbergen.

Nein, offen darf er sie nicht tragen, aber treu im Herzen behält er nicht nur seine kostbaren Amerikaerlebnisse, geistig trägt er dabei auch seine roten Hosenträger.

*

Wie schön, die Kinder wieder um uns zu haben. Aber nicht nur sie haben treu und brav auf uns gewartet, auch die Alltagsaufgaben und Sorgen, im und um unser Haus herum, stehen oder liegen für uns empfangsbereit. In den drei Wochen unserer Abwesenheit hat sich die Natur in unserem Park in fröhlicher Freiheit des Wachstums ungeniert und lebhaft entwickelt und vermittelt dabei den Eindruck, als hätten wir uns seit Monaten nicht mehr darum gekümmert. Der Rasen muss nun unbedingt geschnitten werden. Also holen wir den großen Spindelmäher aus der Garage. Diese recht schwere Maschine konnten wir einmal gebraucht kaufen. Mit den vorne drei versetzten Spindeln kann man auf einer Bahn eine breite Fläche gleichzeitig mähen. Sicher ist sie einmal in einem großen Park tätig gewesen, also gerade richtig für unser Areal. Damit wird nicht nur unsere Wiesenfläche kurz gehalten, auch die diversen Weiden, auf denen die Pferde nicht jedes Kraut fressen wollen, werden damit bearbeitet. Obwohl es dort manchmal etwas problematisch werden kann, versuchen wir dennoch, auch diese einigermaßen in Ordnung zu halten. Da Peter immer wieder einmal abberufen werden kann, muss auch ich lernen, mit diesem Monstrum umzugehen. Was mir daran besonders gefällt, ich kann es mir bei der Arbeit in seinem schalenförmigen Blechsitz schon fast bequem machen. Die Richtung mit einer, einem Fahrradlenker ähnlichen Lenkstange, einzuhalten, ist auch nicht unbedingt schwierig. Peter hat den Mäher vorher noch gründlich geputzt und geölt, ihn hoffentlich noch mit ein paar guten Worten ermuntert, dann setze ich mich, etwas aufgeregt, in diesen Metallsitz, betätige den Anlasser und warte voll Spannung auf ein akustisches Lebenszeichen. Endlich kommt es – ein lautes Rattern und Knattern meldet das Erwachen seiner Lebensgeister, die während des ganzen Winters hindurch Urlaub gehabt haben. Wie Musik tönt es in meinen Ohren und, während dabei ein schwarz-grauer Rauch aus dem alten Auspuffrohr die Umwelt verdüstert, fahre ich nun los. Bahn für Bahn legt sich das duftende Gras hinter meiner lauten Maschine auf die Seite, und, abgeschnitten von den Wurzeln, ihren natürlichen Wasserspendern, warten sie jetzt darauf, in trockenes Heu umgewandelt zu werden.

*

Aber immer wieder durchziehen, wie ein ganz besonders schönes Muster in einem bunten Teppich, die liebenswerten Amerika-Erinnerungen unseren Alltag. Briefe fliegen hin und her. Die Post bringt schon bald ein kleines Paket. Welche Überraschung, sogar Kassetten von den verschiedenen musikalischen Vorträgen. Hurrah!, eine Aufnahme von unserem Duo, und unsere Soloauftritte sind auch dabei.

Irgendwie liegt für mich eine bestimmte Erregung in diesem schriftlichen Verkehr über den Atlantik, eine stille Energie, die nach Ausdruck und Aktivität strebt. Ist es vielleicht die Ursache, dass ich eines Tages wieder einmal die alte Brettertür in der provisorischen Holzwand öffne? Diese versperrt immer noch den Eingang zum ehemaligen Musikzimmer. Nachdenklich, wie Irgendetwas erwartend, gehe ich hinein und setze mich langsam auf den alten und schwarzen Parkettboden. Wo wir einige Bodendielen für den Wintergarten heraus gelöst haben, gähnen jetzt große leere Flächen. Stille und Düsternis umgeben mich in diesem weiten und hohen Raum. Auch hier sind, wie im Wintergarten vor seiner Renovation, die ehemals großen, im letzten Krieg durch eine Bombe zerstörten Fenster, bis auf eine kleine Öffnung, immer noch mit Backsteinen zugemauert. Angerissen und zum Teil traurig herunter hängend, kleben noch einige Reste von der alten Tapete an der Mauer. An einigen Stellen kann ich noch erkennen, dass sie einmal ein vertikal gestreiftes Muster besessen haben müssen. Langsam gewöhne ich mich an die mich umgebende Dämmerung. Allein und in Stille beginne ich den Raum zu betrachten. Dabei stelle ich bewundernd fest, dass der Architekt die Eintönigkeit eines langen und großen Saales geschickt durch die Eleganz von sieben Ecken aufgelöst hat. So bricht sich die eine schmalseitige Wand, gleich links vom Eingang, in der Mitte, wie ein aufgeklapptes Buch, während die gegenüberliegende Seite mit einer klaren und geraden Fläche das Bild beruhigt.

In der ehemaligen, fast 10 Meter langen Fensterfront, mir jetzt gerade gegenüber, lassen sich noch die Konturen von einer großen und zwei kleineren Fenstereinfassungen erkennen. Bei den zwei kleineren kann ich sehen, dass sie sich in einer leichten Ausbuchtung nach außen fortsetzen. Ich weiß, dass vom Garten aus gesehen, es sich hier um den unteren Teil des einen der beiden eckigen Türme handelt. Ich kann mir gut vorstellen, dass diese Erweiterung damals sehr praktisch für die Musiker und ihre Instrumente gewesen sein musste. Viele ältere Langerweher Bürger erinnern sich noch heute an die schönen Konzerte, die hier während der Hasenclever Zeit gebracht worden waren. Dadurch ist ihnen dies schöne Gutshaus immer noch recht vertraut.

Noch sitze ich auf dem Boden und lehne mich, alles ruhig betrachtend, an die alte Wand. Links von mir ist die Eingangstür, durch die ich soeben eingetreten bin, rechts aber gibt es noch einen weiteren Zugang. Dieser ist verschlossen von einer noch fast intakten breiten und schweren Schiebetür, die sich zu unserem Büroraum öffnet. Ihr massiger Türrahmen ist erstaunlich gut, ja noch fast unversehrt erhalten geblieben. Oft haben wir ihre Konstruktion bestaunt. Hatte hier der Architekt, Emanuel von Seidel, ein Stück Griechenland einbauen wollen? Diese großen, mit jeweils senkrechten Spiegeln verkleideten Türen, tragen über den dunklen Holzrahmen ein dreieckiges Giebelfeld mit einem Stuckrelief darin.

Trotz der Dunkelheit, nur durch eine bescheidene Öffnung in einem der kleineren Fenster leicht aufgehellt, kann ich alles um mich herum recht gut erkennen.

In dieser geheimnisumwitterten Düsternis befällt mich auf einmal eine merkwürdige fremde Kraft. Kommt sie wohl aus diesem noch rohen und festen Mauerwerk, wo sie bis heute ruhte, wie ein schlafender Bär in seiner Winterhöhle?

Ich schließe meine Augen um diese zu enträtseln: Höre ich da nicht Geplauder vieler Menschen? Es sind Frauen und Männerstimmen, auch Schritte kann ich vernehmen, und alles ist plötzlich hell um mich herum. Links von mir vernehme ich deutlich, wie Instrumente gestimmt werden. Die Menschen sind feierlich gekleidet, die Damen im langen Schwarzen, mit meist weißen Spitzenkragen. Auch bei den Herren kann ich eine gewisse modische Strenge erkennen. Nennt man diese Hemdkragen von damals nicht Vatermörder?

Diese Vision aber, die in stiller Konzentration und Sehnsucht nach dem alten Merberich, in meinem Kopf entstanden ist, dauert nicht lange. Als ich meine Augen wieder öffne, ist alles Licht verschwunden. Die Dunkelheit aber, die wieder um mich herum herrscht, ist plötzlich eine herausfordernde, drängende, und da geschieht es ... die in Oxford getankte, bis jetzt aufgestaute und in mir noch ruhende Energie, befreit sich auf einmal. Fast explosionsartig. Nicht laut, aber auch nicht leise. Energisch stehe ich auf, schaue noch einmal zurück zu dem schlafenden Bären und trete hinaus in den schon wieder hellen und freundlichen Wintergarten.

*

Was ist eine Explosion?

Explosionen gibt es laute, leise – sogar stille –, kraftvolle und sanfte.

Die gewaltigsten Explosionen geschehen auf unserer Sonne. Ihre dadurch frei werdende Energie, die in Milliarden kleiner Dosen auf unsere Erde gelangt, macht hier Leben überhaupt erst möglich.

Explosionen kommen in der Natur unzählige Male vor, wirken aber nicht unbedingt immer zerstörerisch, sondern haben auch die Kraft, das Leben zu aktivieren.

So sprengen im Frühjahr, die durch die Sonne energiegeladenen Blätter, die winterlichen Blattschuppen mit einer leisen Explosion. Sie platzen aus ihrer Winterhülle heraus und entfalten sich zu ihrer artspezifischen Größe. Wiederum durch die Sonnenenergie gespeist, beginnt darin die Photosynthesefabrik zu arbeiten. Das Fabrikat, welches dabei entsteht, der Zucker, ernährt dann nicht nur die Pflanze selber, sondern durch eine dichte Vernetzung auf und unter dem Boden, alles Leben auf der Erde. So könnte man sagen: Explosionen sind die Urkraft des Lebens, oder: eine Explosion ist der physikalische Vorgang des plötzlichen Freisetzens von großen Energiemengen, die zuvor auf kleinem Raum konzentriert waren, in Form einer plötzlichen Volumenausdehnung, die von einer Punktquelle ausgeht. Übertragen auf unser Glass Music Festival, könnte man folgende Parallelen ziehen: Diese so genannte „Punktquelle der Explosion als kleiner Raum" wäre in unserem Fall Oxford/Ohio. Die mittels verschiedener Glasinstrumente ausgesandte Energie erzeugte in mir eine Volumenausdehnung von Musik, die eine Stoßwelle verursachte.

Leise knisterte es schon in Columbus. In Oxford aber explodierte etwas und sandte, wie ein buntes Feuerwerk, seine Funken als singende Sterne hinaus in die weite Welt. Die Kraft dazu steckte Jahrhunderte lang still und verborgen in einem glänzenden, durchsichtigen Material, dem Glas. Bekannt, beliebt, viel verwendet und doch so verborgen, eine seiner schönsten und zauberhaftesten Eigenschaften. Auch mich treffen auf einmal solche energetisch geladene Funken, und die drängen in mir nach neuen Aktivitäten.

*

Wenn bei mir eine neue Idee zu gedeihen beginnt, ist es immer Peter, der davon in Kenntnis gesetzt wird, und das natürlich auf dem schnellsten Weg. So ist es auch jetzt, wo er sich leider noch auf einer seiner Praxistouren befindet. Aber wozu haben wir ein Funkgerät? Ich melde mich mit unserem Funkruf: „Hugo 1, bitte kommen!"
Für den Sprechkontakt brauche ich diesmal keine Sekunde zu warten.
„Ja, Hugo 1, was gibt es Neues?"
„Peter, komm bald nach Hause, wir müssen jetzt endlich den Musikraum wieder herrichten lassen!"
„Wie kommst du so plötzlich auf diese Idee? Aber ich komme in ungefähr einer halben Stunde, dann können wir miteinander darüber reden."

Dies aber ist erst die erste der Oxford-Explosionen, denke ich still bei mir. Noch spreche ich es nicht aus, aber ich ahne, dass die nächsten zum Ausbrechen auch schon startbereit sind.
Jetzt saust aber erst einmal diese eine in meinem Kopf herum, die Gedanken und Planungen purzeln nur so durcheinander. Leise murmle ich vor mich hin:

„Die Glasharfe und unser schöner Flügel stehen zwar sehr schön in unserem geräumigen und Licht durchfluteten Wintergarten. Als Musikinstrumente aber wäre es doch noch passender, wenn sie ihre Stimmen nicht zwischen der Botanik, sondern in einer extra für sie hergerichteten Umgebung erklingen lassen dürften. Und wie wunderbar wäre es, wenn dann auch wir, genau so wie es früher war, zu Hauskonzerten einladen könnten, und das dann sogar in einem richtigen Musiksaal. Ein Teil, einer beinahe in Vergessenheit geratener Langerweher Kultur, würden wir dabei wieder aufwecken."

*

Als Peter nach Hause kommt, sind meine Pläne schon fix und fertig, ich brauche nur noch sein Amen dazu.

„Als Erstes muss ich wieder einmal mit dem Herrn Direktor unserer Bank sprechen, was er uns in finanzieller Hinsicht für Vorschläge dazu machen kann", ist seine gedankliche Überlegung.

„Sprich doch gleich morgen mit ihm. Er kennt dich ja schon recht gut, und das Konzert von Onkel Hans im neu hergerichteten Wintergarten, das hat er sicher auch nicht vergessen. Dann müssen wir aber auch gleich wieder die Firma für das Parkett aktivieren. Auch denen ist unser immer prächtiger werdendes Haus sicher noch in spannender Erinnerung. Dann brauchen wir neue Tapeten, die sollten wir bald aussuchen. Es wäre schön, wenn sie dem alten Muster ähneln könnten. Damit die Fenster wieder originalgetreu nachgebaut werden, müssen wir der Fensterfirma wieder die alten Fotos zeigen. Auch den Stoff für die Gardinen sollten wir bald aussuchen. Gelb möchte ich, eine Farbe, die das eintretende Sonnenlicht so richtig willkommen heißt!"

„Sag einmal, willst du etwa schon morgen hier einziehen? Du scheinst es mit deiner Planung recht eilig zu haben. Denk aber auch daran, dass wir irgendwo auch eine neue Tür besorgen müssen, die alte Bretterwand mit dem bescheidenen Durchschlupf genügt dann wohl auch nicht mehr."

„Kennst du ein altes Schloss, das eine seiner besonders großen Türen nicht mehr braucht?"

In den letzten Jahren haben wir immer recht vernünftig kalkuliert. Aber dann kann es passieren, dass uns auf einmal so eine Art Sturm und Drang überkommt, so wie gerade jetzt nach dem lebhaften Festival-Erlebnis, und der strebt vorwärts.

In einem Dorf zu Hause zu sein, das hat doch manchmal recht angenehme Vorteile. Unser Bankdirektor kennt unser Haus und natürlich auch unseren Kontostand, der immer in der Nähe von Ebbe und Niedrigwasser schwankt. Jedoch durch Fürsorge, Fleiß und gute Beratung sind wir dabei nie ganz auf das Trockene gelaufen. Deshalb bedarf es auch jetzt keiner langen Diskussion, den notwendigen Kredit erhalten wir. Immerhin ist ganz Merberich jetzt schon eine gute Sicherheit!?

Für diesen Ausbau die entsprechenden Handwerker und Firmen zu bekommen, gestaltet sich dann gar nicht mehr so schwierig, denn wir sind mit unserem Gebäude inzwischen doch schon recht bekannt. Nun aber gibt es kein Zurück mehr.

*

Achtung! Herr Dohmen kommt wieder mit seinem schweren Stemmeisen und dieser künstlichen Schutzmauer geht es nun endgültig an den Kragen. Laut poltert es wieder einmal durch das ganze Haus, denn unser erfahrener Fensteröffner, schlägt Stein für Stein aus der Vermauerung heraus, und lässt jeden einzeln hinaus in den Garten poltern. Je höher aber draußen der Steinhaufen wird, umso größer werden auch die Öffnungen, bis endlich auch der letzte Klinker hinunterkollert, der hier eigentlich gar nichts zu suchen hat. Die Helligkeit bricht herein und erobert neugierig den noch im aufgewirbelten Staub gehüllten Raum.

„Das Licht bringt es an den Tag!" – wie gut kennen wir diese Verwahrlosung, die sich uns jetzt so plötzlich bietet. Das Parkett, schwarz und in der Mitte ein breites Loch, teilweise auch schwarz und schmutzig die Wände. Wir zögern nicht lange. Wir, die erste Arbeiterkolonne, lösen oder reißen, nass oder auch trocken, je nach Klebefestigkeit der Tapeten, diese von den Wänden herunter. Ein einigermaßen heiles Stück aber behalte ich als Muster für den neuen Wandschmuck. Kaum sind die Wände so sauber und verputzt, dass sie tapeziert werden können, da kommt auch schon die nächste Firma, diejenige für den Boden.

Bereits bei der Wintergarten-Renovation haben wir, an dem sehr desolaten Parkettboden und darin etlichen zerbrochene Leisten, festgestellt, dass die alten Hölzer, vor vielen Jahrzehnten geschnitten, dicker sind als diejenigen, die man heute verwendet. Daher nahmen wir, um diese zu ersetzen, die notwendige Anzahl aus diesem hier noch absolut unrenovierten Saal heraus. Jetzt aber kommen wir um diese Sonderanfertigung in der alten Größe und Dicke nicht mehr herum. Es gelingt dann auch vortrefflich. In einigen Tagen sind auch die nackten Bodenflächen wieder mit neuen Hölzern ausgelegt, so dass auch gleich mit der staubigen Arbeit des Schleifens angefangen werden kann. Wie angenehm ist es jetzt, dass diese, durch die noch behelfsmäßige Pforte, in einem geschlossenen Raum stattfinden kann. Damals, im Wintergarten, da haben die staubähnlichen Späne, die ungehindert bis hinauf in die oberste Etage wirbeln konnten, meine Putzfrau endgültig in die Flucht geschlagen.

Bald darauf steht auch die Schreinerei, die schon die Wintergartenfenster nach fotografischer Vorgabe hergestellt hatte, vor der Tür. Sehr genau wird jetzt die Fensterfront vermessen, damit die damaligen Fenster auch wieder stilgetreu nachgebaut werden können. Dafür vertrauen wir dem alten Meister noch einmal eine alte Fotografie des Hauses an.

Entsprechend meinem explosiven Ideeneinfall, haben wir dann auch die notwendigen Firmen alle fast gleichzeitig mobilisiert. Diesmal brauchen wir auch auf den Anstreicher und Tapezierer nicht lange zu warten. Bald stapeln sich die großen und schweren Probebücher auf dem Wintergartentisch.

Indem ich das alte Muster herbeihole, versichern wir gleich, dass diese neue Zierde der Musikraumwände den hohen und weiten Raum in einem leichten Gelb mit Vertikalstreifen erhellen müsse. Ich glaube, dieser Entscheid fällt uns so leicht, weil uns die schreckliche Dunkelheit noch so negativ in Erinnerung ist.

Gerne nehmen wir die Empfehlung des Fachmannes an, dass ein schwarzes Band, horizontal und knapp unterhalb der Decke, den prächtigen alten Deckenstuck noch besser zur Geltung bringen könnte. Und so wird es auch gemacht. Wir haben gut gewählt, denn kaum kleben die ersten Bahnen, beginnen die Wände auch schon das Außenlicht hell zu reflektieren.

„Herr Doktor Behrendt, kommen Sie doch einmal!" Es ist der Anstreicher.

„Gerade wollte ich die Türrahmen weiß streichen, da entdecke ich hier im Giebelfeld, tief drin im Holz, dieses Eisenstück. Wenn ich versuche, es herauszunehmen, befürchte ich, könnte das Holz beschädigt werden. Was soll ich damit nun tun?"

Über diese Entdeckung ist Peter aber nicht sehr erstaunt.

„Ich kenne das, denn dieses Eisenstück habe ich schon vor einiger Zeit selbst entdeckt, obschon der Raum da noch im Dunkeln lag. Ich vermute sehr, dass es sich hier um einen Splitter der Bombe handelt, die im letzten Krieg auf die Außentreppe des Wintergartens gefallen war. Aber lassen Sie diese Erinnerung an den Wahnsinn eines bösen Krieges ruhig weiter im Rahmen ruhen, und streichen Sie nur einfach darum herum." Während sich im Augenblick ein Handwerker dem anderen die Hand reicht, sind auch wir nicht untätig geblieben. Gerade in Bezug auf die provisorische Eingangstür muss jetzt etwas geschehen. Durch Peters Arbeit kommt er in der Gegend sehr viel herum, und immer werden dabei einige Worte gewechselt. So erinnert er sich jetzt daran, dass ihm eines Tages ein Landwirt den guten Rat gegeben hatte, sich einmal im nahen Belgien in einem Brockenhaus umzusehen. Daran muss er jetzt gerade denken. Belgien, mit seinen vielen alten Schlössern, ob dort nicht irgendwo auch eine große, übrig gebliebene Türe für uns zu finden ist?

„Kinder, sorgt doch bitte heute alleine für die Tiere, wir wollen nach Belgien fahren. Vielleicht finden wir dort eine Tür für den Musikraum."

„Fahrt ihr mit dem Pferdetransporter? Wir wollten ihn eigentlich heute sauber machen!"

„Prima, dann fangt doch gleich damit an, und streut noch eine Lage mit frischem Stroh hinein!"

Kinder sind doch immer neugierig, und wenn etwas Neues geschieht, wollen sie natürlich dabei sein. Auch bei diesem Ausbau haben sie ihre Nasen meist zu vorderst, und so ist es auch nicht erstaunlich, als sie alle drei, und auch noch die eine oder andere Reiterfreundin dabei, sehr schnell mit Schubkarre und Besen in dem geräumigen alten Wagen, einem ehemaligen Möbelauto, verschwinden und energisch darin zu wirken beginnen.

Als Peter von seiner morgendlichen Praxistour nach Hause kommt, können wir gleich in den Transporter einsteigen und mit einem letzten Winken losfahren.

„Weißt du eigentlich, wo wir ein entsprechendes Antiquitätenlager finden können, bei dem auch eine so große und hohe Tür zu finden ist, wie wir sie für unseren Musiksaal brauchen?"

„Ich habe mir heute Morgen eine entsprechende Adresse noch geben lassen.

Hier hast du die Notiz, du kannst mich etwas leiten."

Mit den genauen Angaben ist es gar nicht so schwer, die Adresse und das Gebäude zu finden. Gleich streben wir auf die zuständige Halle zu.

Noch nie habe ich so gewaltige Holzarbeiten, und vor allem Holztüren in einer Größe gesehen, wie sie in einem normalen Haus niemals Platz finden würden.

„Was hältst du von diesem guten Stück? Könnte das in Zukunft unseren edlen Saal beschützen? Auch die Maße würden in der Höhe und Breite stimmen!"

„Schön ist sie, aber ich glaube nicht, dass das auch reiner Jugendstil ist!" Leicht streichle ich mit den Händen über das braune Holz und bewundere die Maserung und die Zierleisten darin. Den Stilbruch nehmen wir in Kauf.

Schon am anderen Tag, wir können es kaum erwarten, werden die so unpassenden Provisorien, mit vereinten Kräften und vor allem mit Hilfe unseres versierten Herrn Pfeiffers, entfernt und fachmännisch durch diese neue Pforte ersetzt.

Nein, Jugendstil ist es wohl nicht, aber dennoch so edel! Träumend stehe ich vor dem neuen, fertig eingebauten Eingang.

In welchem ehemaligen Schloss und welchen prächtigen Saal hat diese voluminöse Tür wohl einmal verschlossen? Damit aber finde ich, ist sie heute unseres Gutshauses absolut würdig. So soll sie, von diesem denkwürdigen Tag an, und in einer langen und hoffentlich ungestörten Zukunft, einen der edelsten Säle dieses Hauses beschützen und bewachen.

Es wird mir wohl niemand glauben, wenn ich behaupte, dass Putzen auch Spaß machen kann. Und doch tut es das jetzt. Wo gearbeitet wird fallen eben auch Späne, und die brauche ich nicht weiter zu suchen. Aber wie schön ist es doch jetzt, dieses mehrmals versiegelte und in sauberer brauner Nussfarbe glänzende alte, zum Teil nun auch neue Parkett. Auch die Wände sind neu tapeziert, die Decke mit der Stuckatur, wie auch die Tür und Türrahmen, in weißer Farbe gestrichen. Diese Grundreinigung aber ist nun dringend notwendig, denn die bestellte neue Fensterdekoration muss jeden Tag eintreffen.

Endlich bringt der Dekorateur die fertig genähten Vorhänge. Aus der großen Auswahl von Stoffen haben wir auch hier einen hellgelben, und in der gleichen Farbe leicht gemusterten, ausgesucht, mit einer am Rand angenähten, leicht dunkleren schmalen Spitze.

Sollen wir diese ganze Pracht aber nun nur ganz einfach auf eine Schiene ziehen, oder mit Ringen an einer geraden Stange aufhängen? Keineswegs! Die neuen Fenster, mit ihren großen und dazwischen kassettenartigen kleineren Scheiben, wären bei einer so simplen Dekoration wohl doch etwas beleidigt. Dieser Meinung ist auch unser phantasievoller und einfühlsamer Fachmann und bringt daher gleich eine, diesen Fenstern in der Breite genau ausgemessene Schabracke mit. Sie kommt jetzt an die Wand, direkt unterhalb der Stuckdecke, und daran befestigt er den Stoff in fünf gerafften Volants. Rechts und links, nur ganz oben mit einem gleichfarbigen Band seitlich leicht gerafft, fällt dann der Stoff herunter, wie ein in die Tiefe stürzender Wasserfall.

Und dann ist er fertig, unser Musiksaal, und um seiner Bestimmung gerecht zu werden, schieben wir den Flügel auf seinen Rollen aus dem Wintergarten hinein und daneben stellen Peter und ich, mit besonderer Liebe und Sorgfalt, meine Glasharfe.

Das Licht der Sonne fliegt jetzt in seiner ganzen Fülle durch die neuen Fenster herein. Es ist ja auch schon so lange nicht mehr hier drinnen gewesen. Dabei streift es, fast schon wie alte Bekannte, zufrieden über die hellen Gardinen und liebkost die Tapeten. Schließlich haben sie, mit der Farbe Gelb, gemeinsam die gleiche Wellenlänge. Weiter schlüpfen die Strahlen in jede Ecke und Ritze, streicheln an der weißen Decke entlang und kitzeln neckisch die beiden dunklen Türen, so dass diese geschmeichelt zu glänzen beginnen.

Erst zart und leise erklingen die Gläser. Noch fremd und doch irgendwie schon vertraut in dieser neuen Umgebung, tasten sich ihre Töne vorwärts. Dann breiten sie sich aus, bis sie endlich, heimisch geworden, den ganzen Musiksaal ausfüllen.

„Peter, hörst du, wie schön die Gläser der Glasharfe hier erklingen? Ich finde, jetzt könnten wir zu einem Konzertabend einladen – für eine Klavierbegleitung wüsste ich auch schon jemanden."

*

Aber nicht nur dieser Plan, gleich noch ein weiterer befreit sich, hops! unternehmungslustig, ähnlich wieder einer geistigen Explosion, aus dem Arsenal der in Oxford aufgeladenen Energien:

„Was hältst du davon, wenn ich jetzt eine Schallplatte aufnehmen ließe? Genügend Stücke dafür habe ich schon in meinem Repertoire! Ich könnte die Aufnahme ganz einfach hier im Haus selber, von unserem Tonspezialisten, machen lassen. So brauchte ich auch kein Tonstudio irgendwo zu suchen, und es fiele damit ein diesbezüglicher Transport ebenfalls weg. Das Studioband würde ich dann auch selber schneiden, denn diese Technik habe ich ja damals im Tonstudio in Zürich gelernt?"

Was gibt es, was es bei uns nicht auch gibt?

Dieser Tonspezialist hat sein Studio gleich nebenan, in unserem ehemaligen großen Wohnzimmer, mit der wunderschönen, dunkelbraun gebeizten Bücherwand, eingerichtet.

Und das kam so: Wir sind nämlich wieder einmal umgezogen und wohnen jetzt im so genannten Stöckli. So nennen wir das einzelne Haus neben dem Hoftor.

Jahrzehntelang hat es leer gestanden, dann hat der Reitclub in seinem untersten Raum eine Heimat gefunden. Dadurch ergab es sich manchmal, dass ich neugierig die Treppen hoch gestiegen bin und dabei die Räume, dieses noch absolut desolaten, und noch völlig unbewohnbaren Hauses, durchstöberte. So speziell und wunderschön wir im Hauptgebäude auch wohnten, eines Tages wollte ich einfach wissen, wie es sich in einem normalen Haus mit normalem Haushalt und normal großen Zimmern wohnen lässt. Also bauten wir diese Halbruine aus und vermieteten unsere Herrschaftswohnung an zwei Parteien. Die eine übernahm die oberen Räume, wozu Schlaf- und Wohnzimmer, dazu der Ankleideraum, das Bad und noch zwei weitere Zimmer gehörten, die andere Partei die unteren, also unser ehemaliges Wohnzimmer, daneben Kinder- und Esszimmer mit Küche und Bad. Die Eingangshalle jedoch mit Garderobe und den daran anschließenden Wintergarten, sowie der jetzt fertige Musiksaal mit dem direkt daneben liegenden Praxisbereich, davon wollten wir uns nicht trennen. Auch die herrliche Bücherwand musste umziehen, fühlt sich aber im Lichte des hellen Wintergartens, geschmückt noch zusätzlich mit einer grünen Palme, sehr wohl. Das war damals vielleicht auch eine abenteuerliche Geschichte!

Im Augenblick aber interessiert mich Audio-Technologie und meine geplante Schallplatte. Sein Studio installierte der neue Mieter also in unserem damaligen großen Wohnzimmer, dem roten Saal. Dass dort der Boden mit roten Fliesen und nicht mit Parkett ausgelegt ist, begünstigte die Einrichtung eines Tonstudios, vor allem akustisch, doch sehr.

Schon am Tag darauf folgt meinem Wunsch die Tat, denn ich darf die Zustimmung des Tontechnikers für die Aufnahme entgegennehmen. Es ist nun ein Leichtes, das Instrument einfach, und ohne es überhaupt verpacken zu müssen, hinüber zu transportieren. Die Rollen an den Glasharfenbeinen, wie sie auch üblicherweise an einem Flügel angebracht sind, erleichtern Peter und mir, durch vorsichtiges Schieben, den Transport diesmal aus dem Musikraum heraus, durch den Eingangsbereich hindurch und hinüber in das Studio.

*

Jetzt gibt es kein Halten mehr! Da ich, durch meine Arbeit in Zürich, mit Tonstudios noch vertraut bin, ist die gegenseitige Verständigung gleich hergestellt.

„Ich habe hier aufgeschrieben, welche Stücke ich gerne aufgenommen hätte."

„Einverstanden, dann fangen wir doch gleich mit dem ersten an. Welches schlagen Sie vor?"

„Nehmen wir doch das Plaisir d'amour."

Meine Hände sind blitzsauber gewaschen, kein bisschen Hautfett soll den Kontakt mit den Gläsern hemmen. Das Revox-Studiogerät ist eingestellt und aufnahmebereit. Ich warte auf die erste Ansage.

„Aufnahme 1: Plaisir d'amour ..."

Meine erste kleine Nervosität habe ich, wie immer, sobald ich mit meinen Gläsern spreche, sehr schnell überwunden. Die liebreizende Melodie fließt fehlerfrei dahin ... doch dann:

„Stop! Da stimmt etwas nicht, ich höre neben Ihren, gerade gespielten, noch andere Töne. Es erscheint mir wie ein leises Echo, das von den Wänden zurück geworfen, und von dem sensiblen Aufnahmegerät leider deutlich aufgenommen wird."

Erschrocken nehme ich, mitten in einem Satz, meine Hände von den Gläsern weg. Dann aber brauche ich nur kurz zu überlegen, und das Problem wird mir gleich verständlich.

„Ein typisches Phänomen der Gläser", kläre ich diese Störung auf.

„Glas reagiert sehr speziell. So zart die Töne auch sind, sie verlieren in der Entfernung kaum an Energie. Da die Akustik in diesem großen und hohen Raum, ohne ein dämpfendes Publikum, einfach zu gut ist, werden sie von den harten Wänden, für den Zuhörer, also uns selber, kaum zu bemerken, immer wieder zurückgeworfen. Ihr großes Studiogerät aber scheint sehr gute Ohren zu haben und zeigt sich für dieses Phänomen sehr

478

empfindlich. Was aber können wir jetzt da machen?", ist nun meine nachdenkliche Frage.

„Warten Sie einmal, ich glaube ich habe da eine gute Idee."

Bald hat der Meister das Problem gelöst. Er holt zwei mit Stoff bezogene Wandschirme und stellt sie so um mein Instrument herum, dass damit diese ungewünschte Ausbreitung der Töne abgebremst werden kann.

„Aufnahme 2: „Plaisir d'amour."

Tadellos, kein Echo ist mehr zu hören, nur habe ich an einer Stelle zwei Gläser nicht richtig zum Schwingen gebracht.

„Wir müssen noch einmal eine Aufnahme machen, ich muss zwei Töne beim Schneiden ersetzen!"

Aufnahme 3 ... und noch eine vierte als Sicherheit, dann können wir das erste Stück abschließen.

Wir entscheiden uns für das nächste. Es ist eine Komposition von Hans Graf.

Aufnahme 1: „Stop! Da war ein Flugzeug."

„Wo? Ich habe nichts bemerkt! Doch, jetzt höre ich es auch, es fliegt hoch über unser Haus."

„Mein Gerät nimmt jedes noch so leise Geräusch getreulich auf. Hören Sie selber einmal!"

Kurzes Zurückspulen, dann vernehme ich es auch, es ist ein leises Brummen.

Also noch ein weiterer Versuch: Diesmal fehlerfrei und auch ohne äußere Störungen kann ich bis zu Ende spielen. So können wir schon übergehen in Aufnahme 1 einer weiteren Komposition von Onkel Hans ... da:

„Stop!"

„Ja, ich habe es auch gehört. Das ist unser Nachbar, der mit seinem großen Traktor laut die Straße hinunter fährt."

Trotz einer Entfernung von über 100 Metern ist dieser Gesang im Bass-ton doch noch gut zu hören.

Wir warten einen Augenblick, dann läuft das Band wieder und ich beginne mit dem Spielen, da mischt sich erneut ein Störenfried ein. Klein aber oho summt eine Biene energisch und gut hörbar am Fenster. Sie will hinaus zu ihren Blumen. Kurze Befreiungsaktion, dann ist endlich auch Stück drei sauber und in zwei Sicherheitswiederholungen auf dem Band festgehalten.

Noch hätten wir Zeit weiter zu arbeiten, aber da vernehmen wir von draußen Kinderrufen:

„Jetzt müssen wir doch aufhören, heute ist Dienstag, und da haben die Kinder Unterricht im Reitclub, und der scheint jetzt zu Ende zu sein." Zwei der Stücke, das eine, wie hätte ich es auslassen können: Ein Mädchen oder Weibchen ... von W. A. Mozart, sowie auch die Ballade von Kenneth Piotrowski, beide brauchen eine Klavierbegleitung, und für den Naumann bedarf es einer Gitarre. Aber wozu hat man gute Freunde, die auch musikalisch sehr engagiert sind.

Schon am Abend hänge ich mich ans Telefon. Der Gitarrist kommt aus der Eifel und hat zugesagt, eine Klavierbegleitung aus Aachen ebenfalls. Unser Flügel steht, aus dem Musiksaal in das Studio hinübergeschoben, frisch gestimmt und in voller Erwartung bereit.

In den nächsten Tagen, in denen wir noch auf die Begleitung warten müssen, haben wir genügend Zeit, alle Solostücke auf das Band zu bringen. Leider inbegriffen ist immer wieder einmal die eine oder andere Störung.

Dann kommen meine Musiker, Andrea setzt sich ans Klavier, Ulrich stimmt seine Saiten.

Die Begleitinstrumente dürfen die Glasharfe nicht übertönten. Wir probieren also verschiedene Entfernungen aus. Als sehr wichtig erweist sich dabei auch, um ein physisches Einfühlen zu einer Gemeinsamkeit zwischen uns Musikern zu gewährleisten, immer wieder ein guter gegenseitiger Blickkontakt. Spielen mehrere Instrumente zusammen, so müssen diese Stimmen zu der Einheit einer Melodie oder zu einem bestimmten Thema miteinander verschmelzen.

Vergleichen wir das doch einmal mit einem Tausendfüßler. Dieser kleine, manchmal recht behände Kerl, gehört zum Unterstamm der Gliederfüßler, hat aber nicht tausend, sondern höchstens eine zwei- oder dreistellige Anzahl Beine. Immerhin aber doch noch recht viele davon. Man stelle sich nun vor, wenn auch nur eines dieser kleinen Fortbewegungsinstrumente in einem bestimmten Takt mit seinen Nachbarn nicht konform ginge, so könnte das für die Vorwärtsbewegung dieses Tieres doch recht hinderlich und verwirrend sein.

Zurück von der Zoologie wieder zu unserer Musik. Es dauert nicht lange, und jeder spürt das Spiel des anderen, und bald musizieren wir in einer Gemeinsamkeit und Harmonie, wie der Tausendfüßler im Gleichschritt mit seinen Beinen.

Dann ist es geschafft. Alle Musikstücke sind auf den großen Studiobändern festgehalten, und zwar jedes einzelne in mehrfacher Ausführung. Während des Spiels können sich immer wieder kleine Unsauberkeiten hineinschleichen, sei es, dass ein Glas nicht richtig anspringt oder sogar ein richtiger Fehler passiert. Auch Nebengeräusche sind nicht unerheblich. Diese mangelhaften Partien werde ich dann durch schneiden selbst ersetzten. In freue mich schon sehr auf diese Arbeit, kenne ich meine eigene Musik doch auch am besten.

So kommt mir jetzt zustatten, dass ich damals, in meiner Studienzeit in Zürich, eine Zeit lang in einem Tonstudio als Cutterin gearbeitet habe. Nach einer kurzen Einführungszeit wurde mir diese ausgesprochen interessante Aufgabe anvertraut. Ich bearbeitete Tonbandaufnahmen für Schallplatten aus den verschiedensten Bereichen, sei es im klassischen, wie Orchestermusik, Orgelkonzerte, Gesang oder auch in der Volksmusik und manchmal durfte ich bei den Aufnahmen sogar dabei sein. Mein Vorgesetzter wurde mit seinem Revox-Studiogerät an die jeweiligen Aufnahmeorte hin bestellt. Ein Techniker und ich begleiteten ihn dann als mitwirkende Adjutanten. Während die beiden Männer das schwere Gerät bedienten, machte ich mir genaue Notizen über die Musik selber, sowie Fehler und Wiederholungen einzelner Aufnahmen.

Zurück im Studio besprach ich mit dem Chef noch genau, welche Teile ersetzt werden müssen.

Jetzt aber bereinige ich mein eigenes Spiel, indem ich als Erstes alle Stücke mit ihren Wiederholungen ganz genau abhöre. Dann mache ich mir Notizen über Fehler oder Unsauberkeiten, die heraus geschnitten werden müssen, und suche dafür entsprechenden Ersatz.

Und so bessere ich solche Stellen aus: Ich stoppe den Bandlauf vor dem ersten Fehler, drehe mit beiden Händen ein bis zwei Zentimeter an den beiden großen Spulen zurück, bis zu der gewünschten kurzen Pause zwischen zwei Takten. Dann drehe ich das Band von Hand noch ganz leicht einige Millimeter vor dem Tonkopf hin und her, bis ein deutliches Plump zu hören ist. Dieser Laut leitet dann die erste Note im fehlerhaften Abschnitt ein. Mit einem weißen Spezialstift markiere ich auf dem Band genau diese Stelle. Wichtig ist, dass die Markierung Millimeter genau gesetzt wird. Dann lasse ich das Band bis an das Ende des heraus zu schneidenden Stückes laufen. Dies erfolgt manchmal im Normalgang, wenn mehrere Takte entfernt werden müssen, oder durch alleinige Drehung mit den Händen, wenn es sich nur um einige Noten oder sogar nur eine Einzige handelt. Dort erneuter Stopp an einer Taktpause, wo die genaue Schnittstelle wieder durch leichte Drehung der Spulen gesucht und erneut mit dem Stift markiert wird. Auf die gleiche Weise suche ich dann den Ersatz bei einer anderen Aufnahme und schneide dort heraus, was ich brauche. Ich spule zurück, schneide das schlechte Stück heraus und ersetze es durch das neue, und schon merkt niemand mehr, dass hier geflickt worden ist.

Manchmal sind es mehrere fehlerhafte Stellen, die gleichzeitig ersetzen werden sollen. Das braucht dann einige Erfahrung und viel Konzentration, um die herausgeschnittenen Bandteile auch an der richtigen Stelle einzufügen, denn diese können nicht selbst sagen, wohin sie gehören.

Diese Arbeit mit meiner eigenen Musik macht mir jetzt sehr großes Vergnügen.

Dann kommt der nächste, und auch recht spannende Schritt, denn ich schreibe

An das Presswerk Pallas
2840 Diepholz
Bezug nehmend auf unser heutiges Telefongespräch möchte ich
Sie bitten, mir ein Angebot über die Herstellung einer Matrize
sowie 500, eventuell 1.000 Stück LPs zukommen zu lassen.
Es wäre mir sehr wichtig, die Schallplatten noch vor Weihnachten
gepresst zu bekommen.
Ich würde auch gerne die Bandaufnahme persönlich überbringen,
um einen Einblick in den Werdegang einer Plattenproduktion
zu bekommen.
L. B.

Bald erhalte ich von der Firma Prospekt und Angebot und etwas später ein technisches Merkblatt für die Herstellung von Etiketten. Mit meinen Angaben sollen dann fertige Aufkleber auf die Schallplatten geklebt werden. Das Cover zeichne ich nach einer eigenen Idee selber.

In der nächsten Zeit staune ich dann doch sehr, wie viele Einzelaktionen zu einer Schallplattenproduktion gehören.

Auch die GEMA[1] meldet sich eines Tages, denn sie fand heraus, dass der Komponist Hans Graf noch am Leben ist und folglich GEMA-Ansprüche auf seine Kompositionen hat.

Dass die Musik einer Glasharfe musikalisch eine Besonderheit darstellt, weiß ich schon lange. Die Schallplattenfirma aber nicht, denn man scheint in den verschiedenen Abteilungen große technische Probleme damit zu haben. Die nun folgende Korrespondenz gestaltet sich diesbezüglich recht lebhaft.

Mein Auftrag bezieht sich auf Schallplatten und Kassetten. Daran aber arbeitet, mit ihren speziellen Druckereien für Label und Cover, nicht nur die Schallplattenfabrik. Für die Kassetten ist dann, mit Etiketten und Spiegeldruck, ihre Zweigstelle zuständig. Bei so einem beträchtlichen und vielseitigen Aufgebot an Zuständigkeiten wird mein Ordner von Tag zu Tag inhaltsreicher.

Aber pünktlich vor Weihnachten dürfen Peter und ich die ganze Produktion bei der Firma PALLAS höchst persönlich abholen. Ganz feierlich verladen wir diese kostbaren Pakete in unseren Wagen.

Kaum zu Hause angekommen, wird dann sofort ein Exemplar nach Herrliberg auf die Reise geschickt.

Die Antwort von Onkel Hans kommt dann auch postwendend:

Liebe Liselotte,
die Platte ist eingetroffen. Es ist ja ein Meisterstück in
dieser verhältnismässig kurzen Zeit so etwas zu erreichen.
Am Umschlag sähe ich eigentlich die Liselotte gern vorne.
Ja sie hat ja hinten auch gute Wirkung inmitten der
Beschreibung. Diese, also die Beschreibung ist sehr gut.
Ich staune, wie da der Hans Graf eine grosse Stellung einnimmt ...

Die Feiertage erlauben uns eine kurze Verschnaufpause. Der neu erstrahlte Musiksaal bekommt zum ersten Mal einen Schmuck aus Tannenzweigen und dazu schenke ich ihm noch einige, auf meinem Instrument gespielte, weihnachtliche Melodien.

*

Meine Oxford-Energie ist damit aber noch lange nicht aufgebraucht.

Ich habe also eine wunderbare Glasharfe, dazu einmalig schöne Kompositionen, die jetzt zum größten Teil auf Schallplatte und Kassette gespeichert sind. Aber was ist nun mit der Geschichte der Glasinstrumente?

Spannende Informationen darüber habe ich von Gerhard Finkenbeiner schon in Columbus erhalten und auch durchgelesen. Auch von Oxford bin ich nicht mit leeren Händen zurückgekommen, dafür hat Ken gesorgt. Aber jedes Mal, wenn ich an meinem Schreibtisch vorbeigehe, schaut mich dieser dicke Stapel geschichtlich hochinteressanten Materials herausfordernd – so richtig verlockend – ja wie etwas Geheimnisversprechendes an.

Jetzt im Frühjahr, der Garten nimmt uns noch nicht ausschließlich in Anspruch, setze ich mich eines Tages gemütlich im Wintergarten auf das weiche Sofa, erlebe und entdecke lesend wieder einmal die lebhafte Vergangenheit meiner Glasharfe. Oft brauche ich die Hilfe eines Wörterbuches, denn Vieles davon ist in englischer Sprache geschrieben. Doch manchmal finde ich, bei meiner intensiven Forschung, auch ursprüngliche Literatur in deutscher Sprache.

Schon in der Schule lernten wir Johann Wolfgang von Goethe kennen, lasen viele seiner wunderbaren Werke. Nie aber wurde darüber berichtet, dass auch er der Glasharmonika begegnet war! Aber hier, in einem kurzen Bericht, da steht es, wie er, entzückt vom Klang dieses Instrumentes, darin „Das Herzblut der Welt!" hörte. Auch Schiller, Jean Paul, Schubert und Wieland, um nur einige zu nennen, und auch viele berühmte Musiker des 18. und 19. Jahrhunderts, verherrlichten in ihren Werken die Glasharmonika. Seite für Seite begegnet mir jetzt eine faszinierende Vergangenheit, von der ich noch nie zuvor etwas gehört habe.

Auch entdecke ich eines Tages die Harmonika sogar in einem der märchenhaft farbenprächtigen Bücher von Ernst Kreidolf. Schon als Kind spielte meine Phantasie fröhlich in diesen Bildern herum. 1863 in Bern geboren, lebte Kreidolf meistens am Bodensee. Vor allem seine zauberhaften Zeichnungen von Blumenkindern und ihren Blütenbesuchern mit ihren Kindergesichtern versetzten mich, damals und auch heute noch, in eine bunte Märchenwelt.

So lässt er in Ein Wintermärchen das Schneewittchen nach diesen gläsernen Klängen tanzen:

Was hör ich für lieblich zarte Musik? Fein wie eine
Glasharmonika erklingen die Eiszapfen[2],
auf denen zwei Zwerge mit federleichten Stäbchen
spielen. Das Schneewittchen tanzt mit den Eisnixen
den Schlittschuh-Elfentanz.

Kein anderes Instrument hätte geheimnisvoller diese verzauberte Märchenwelt mit seinen sphärenhaften Tönen begleiten können.

Diese Literatur nimmt mich so in ihren Bann, dass ich auch in den nächsten Tagen immer wieder etwas Zeit finde, im Wintergarten mein Sofa zu wärmen, bis ich dann endlich das für Glasinstrumente bedeutende Jahrhundert lesend fertig durchwandert habe.

Ob es sich hier jetzt wohl um eine dritte kleine Oxford-Explosion handelt?

Als ich dann auch die letzte Seite erobert habe, hole ich meine Schreibmaschine hervor und beginne zu schreiben.

Aus diesen großzügigen Informationen versuche ich nun, die Ereignisse in der Geschichte der Glasinstrumente in einer zeitlich geordneten Zusammenfassung auf Papier zu bringen.

Nur wenige Monate später, nach der endgültigen Vollendung meiner Schallplatte, enthüllen viele Seiten das klingende Geheimnis vom Glas, was es in seinem glänzenden und durchsichtigen Material so lange verborgen gehalten hat.

Zum Schluss muss ich mich allerdings noch als Buchdruckerin betätigen. In der kleinen Stadt Düren, etwa 10 Kilometer von uns entfernt, kenne ich eine Druckerei. In ihr finde ich Kopiergeräte und auch die Möglichkeit, mein Geschriebenes zu einem fertigen Buch selber zu binden. Ich plane erst einmal nur 30 Exemplare. Dennoch läuft das Kopiergerät heiß, denn meine 75 Buchseiten mal 30 genommen ergeben nach Adam Riese immerhin ganze 2.250 Seiten.

Es fällt mir dann nicht mehr schwer, zuletzt noch einen bebilderten Buchumschlag zu kreieren. Vorne, auf rotem Karton, das ursprüngliche Glasspiel, und hinten die spätere Glasharmonika. Angenehm ist es dann, um das Papier noch in die richtige Größe schneiden zu können, dazu eine Schneidemaschine benutzen zu dürfen. Zum Schluss lege ich Buch für Buch noch in eine Presse, streiche einen Spezialkleber auf jeden Buchrücken und verklebe damit die Seiten mit einem schwarzen Band.

Fast liebevoll, sicher auch recht stolz, vor allem aber sehr zufrieden mit meinem selbst gebastelten „Kunstwerk", betrachte ich meinen fertigen Bücherstapel, verpacke ihn in einen Karton und transportiere ihn eilends nach Hause.

Das Buch ist fertig und trägt den Titel „Glasinstrumente – gestern und heute. Ein historischer Rückblick auf ihre Entwicklung bis zur Wiederentdeckung". Natürlich darf auch die Widmung nicht fehlen, die sich unter dem Titel wiederfindet: „Hans Graf in Dankbarkeit gewidmet, April 1988"

*

Meine stille Überlegung ist, ob ich jetzt vielleicht doch eine kurze Atempause einlegen kann. Doch da platzt vor mir auf einmal wieder so ein Energiesternchen, wie übrig geblieben von einem abgefeuerten Feuerwerkskörper, und dies Sternchen sagt mir: Du musst selber eine Glasharfe bauen!

Aber ich besitze doch schon ein so sensibles Instrument, und sogar das bestmögliche der Welt!?

Was ist also passiert?

Hier spielt eine Art Domino-Effekt eine Rolle, denn eines Tages fällt auf einmal so einer, von mir musikalisch inspirierter Dominostein auf einen anderen.

Dieser Herr Stein nun ist ein rotarischer Freund von Peter. Wie er uns dann selber erklärte, hatte er an die Glashüttenwerke Peill & Putzler in Düren Folgendes geschrieben:

„Bei einer Veranstaltung meines rotarischen Clubs habe ich, zusammen mit meiner Gattin, die Musik einer Glasharfe gehört. Diese Musik hat mich so begeistert, dass ich davon spontan eine Schallplatte gekauft habe. Ich könnte mir gut vorstellen, besonders für eine Glashütte, dass mit diesem sehr seltenen Instrument auch andere Aspekte gegenseitig interessant sein könnten."

Nicht lange danach komme ich dann mit dieser Glashütte nicht nur schriftlich, sondern auch persönlich in Kontakt. Und nicht nur das, es wird mir auch die Möglichkeit geboten, diesen Betrieb selber anzuschauen. Gläser, Gläser, überall Gläser, aus echtem Bleikristall, ein durchsichtiges funkelndes Himmelreich, eine Brillanz, ähnlich einem Edelstein.

Was nun aber diese gegenseitigen interessanten Aspekte betreffen, so wird mir der Vorschlag unterbreitet, an der Frankfurter Herbstmesse, am Stand dieser Firma, auf einer Glasharfe zu spielen, die ausschließlich aus den verschiedenen, mundgeblasenen Peill-Trink-Kollektionen zusammengestellt sein sollte.

Besitzen aber diese Gläser auch die von mir erwartende Klangleistung? Das darf ich nun in dieser großen Firma selber probieren, was sprichwörtlich ja über studieren gehen soll!

Voll Erwartung und Hoffnung, ob sie mir wohl auch das geben können, was ich so gerne von ihnen hören möchte, beginne ich, Onkel Hans, meinem Mentor folgend, Glas für Glas aus der sicheren Kartonverpackung heraus zu holen und, aufmerksam auf ihre Reaktion lauschend, deren Rand zu streichen. Die Antwort kommt, voll, rein, schön und edel, wie sie auch von einem Bleikristallglas zu erwarten ist. Und dennoch ist es für mich wie eine freudige Überraschung, ein Geschenk, das mir hier angeboten wird.

Eines nach dem anderen und in verschiedenen Größen nehme ich nun zur Hand, und entlocke konzentriert jedem einzelnen seinen persönlichen Ton. Zu meiner Überraschung erfüllen sehr viele davon meine hohen Erwartungen, die ich mir von ihnen erhofft habe. Ja, das sind die kostbaren Gläser, aus denen ich ein Instrument bauen möchte.

So beschließe ich, den Vorschlag der Firmenleitung anzunehmen und das Experiment zu versuchen, ausschließlich aus Gläsern von Peill & Putzler, ein schön und rein tönendes Glasinstrument zu bauen.

Beim Aussuchen tonreiner Gläser habe ich es nun viel einfacher als Onkel Hans. Er musste sich voll und ganz auf sein absolutes Musikgehör verlassen, ich aber habe jetzt den Vergleich mit den Gläsern seines Instrumentes. Also packe ich dieses ins Auto und fahre damit nach Düren in die Glashütte. Glas für Glas wird nun in den nächsten Tagen von mir, vor allem klanglich, sehr genau untersucht, und aus den Bergen von Kartons heraus, die Brauchbaren aussortiert.

Aber nicht nur rein im Ton müssen sie sein, auch in Größe und in der Höhe ihres Glasstieles sollten sie mehr oder weniger zueinander passen. Dankbar nehme ich die allseits gute Hilfe im Betrieb an. Besonders zu Anfang ist es schwierig für mich, passende Gläser, vor allem in verschiedenen Größen aus dem riesigen Sortiment, zu finden. Sehr bald stelle ich fest, dass sich nicht nur die mittleren Töne in dieser Firma ganz besonders gut eignen, von den hohen sind auch viele problemlos einzusetzen. Die tiefen jedoch, obschon ich auch hier gute und tonreine Gläser finden kann, sind für mein geplantes Instrument einfach zu groß.

Es geht mir wohl ähnlich wie Onkel Hans. Auch ich konnte in den letzten Jahren, seit ich seine Glasharfe besitze, in keinem Glaswarengeschäft die Finger davon lassen, an Gläsern, die ich nach ihrer Form als glasharfengeeignet empfinde, schnell und neugierig ihre Ränder zu streichen. Dabei entdeckte ich eine österreichische Glashütte, bei der ich, trotz einer erstaunlich kleinen Glasgröße, daraus tiefe und wohlklingende Töne entlocken konnte. Jetzt bin ich sehr froh, nun diese hier einsetzen zu können. Noch ein paar wenige Reservegläser von Onkel Hans, und es ist mir tatsächlich möglich, wenn auch etwas abweichend von der ursprünglichen Abmachung, genügend Gläser für ein zweites Instrument zusammen zu bringen.

In der Zeit meiner Suchtätigkeit habe ich meinen tüchtigen und einfallsreichen Schreiner aufgesucht und ihn gebeten, mir erneut ein hölzernes Gestell für diese neuen Gläser zu bauen. Es sollte diesmal aber um einiges leichter werden als das erste. Es gelingt dann tatsächlich, dafür ein besser geeignetes Holz zu finden.

Eines Tages ist es dann so weit. Die Kartons, mit dem kostbaren Inhalt, kann ich nach Hause, zwei Treppen hoch, in meine kleine, aber sichere Werkstatt bringen, und bald danach auch den neuen Instrumentenkörper.

Diese so genannte sichere Werkstatt befindet sich neben meinem Boudoir in unserem Stöckli. Wegen des hier steil abfallenden Daches, das den Boden in einem spitzen Winkel berührt, kann man nur an der Tür und kurz dahinter aufrecht stehen. Aber ich glaube, seit es dieses Haus gibt, hat sich für dieses kleine, fast unbrauchbare Räumchen, sicher noch nie eine edlere Verwendung gefunden als jetzt. Unter der Helligkeit eines neu eingebauten Fensters, und vor allem auch wohl behütet vor jeglichen unkontrollierten Fußtritten, kann unter meinen Händen meine erste eigene Glasharfe entstehen – nach dem Motto:

„Und ist das Räumlein noch so klein, es könnte gar nicht besser sein!"

Jetzt steht mir noch die sehr diffizile Arbeit bevor, die Gläser in den Holzrahmen einzubauen, wo ich sie einzeln, und in kleinstmöglichem Abstand zueinander, am Boden befestige. Zusätzlich hat mir mein Schreiner, der wieder hervorragende Arbeit geleistet hat, noch dünne, viereckige Holzklötzchen zugeschnitten. Diese brauche ich, um aus spieltechnischen Gründen, allen Gläsern im Instrument eine allgemein ähnliche Höhe zu geben. Während die tiefen Töne diese Erhöhung nicht benötigen, so sind diese Brettchen für die niedrigen Glasstiele der kleinen Gläser mit hoher Frequenz fast unentbehrlich.

Es erfordert jetzt viel Fingerspitzengefühl, alle so nah wie möglich zueinander zu platzieren und sie dann, aber ohne dass sie sich berühren, mit je drei oder vier Winkelschräubchen auf der mehr, weniger oder gar nicht erhöhten Unterlage zu befestigen. Es ist eine reine Freude, in Ruhe und dem Licht des neuen Dachfensters, zu arbeiten, welches mir zwischendurch auch immer wieder einmal einen neugierigen Blick hinunter auf den Hof und die Reithalle erlaubt.

„Mama, kannst du schnell herunterkommen, wir haben in der Reiterstube eine Besprechung für das nächste Turnier!"

Ach, habe ich nicht gerade von Ruhe gesprochen? Aber folgsam schließe ich die Tür zu meinem Kämmerlein ab und begleite meine Tochter hinunter zu der so genannten und sicher wichtigen Besprechung im Reitclub.

Die Zeit rennt mir fast davon, aber noch pünktlich, Ende September, ist es dann doch so weit. Aus einer dicken LKW-Plane lassen wir noch eine grüne Schutzhülle anfertigen. Daran sind, um das Tragen zu erleichtern, seitlich feste Stoffgriffe angenäht. So können Peter und ich meine neue Peill-Glasharfe, sicher eingepackt und an diesen praktischen Griffen, die zwei steilen Treppen hinunter tragen, und sie hinein in mein kleines Auto schieben. Dieser Transport ist jetzt wesentlich praktikabler als damals der mit der Holzkiste nach Amerika. Mein bescheidenes Reiseköfferchen findet gerade noch Platz daneben. Dann fahre ich nach Düren zum Treffpunkt mit der Peill'schen Equipe, wo ich schon erwartet werde. Was bin ich nun froh darüber, dass mein neues, recht schweres Instrument, vom Firmenwagen selber übernommen und nach Frankfurt transportiert wird.

Zum ersten Mal in meinem Leben bin ich ein mitwirkendes Mitglied an der großen Frankfurter Herbstmesse. Es ist äußerst spannend, dieses quirlige Messeleben einmal hinter den Kulissen zu erleben. Mein neues Instrument wird im Stand aufgebaut, zusätzlich mit einem Tuch dekorativ umspannt, und darauf noch ein informatives Plakat befestigt. An der Wand hängt noch ein zweites, und beide sollen den Besucher darüber aufklären, dass es sich bei diesem Gläseraufbau, um ein Instrument handelt, zusammengestellt aus tonreinen Gläsern der großen Mundblashütte Peill & Putzler. In den nächsten Tagen spiele ich darauf so fleißig, wie noch nie vorher. Aber auch noch nie habe ich in so kurzer Zeit so viele Engagements bekommen. Aufträge von Glas- und Porzellanwarengeschäften und auch großen Kaufhäusern im Norden, Süden, Osten und Westen von Deutschland. Alle werden mit Datum und Adresse säuberlich auf ein Formular eingetragen. Mein Spiel sollte ja nicht nur Werbung für Peill sein, auch die recht zahlreichen einzelnen Geschäfte, die mich an der Messe als Glasharfenspielerin engagieren, erhoffen sich, durch diesen so speziellen Gebrauch von Gläsern, selber einen größeren Zulauf an Kundschaft zu bekommen.

Abends dann, mit der Peill-Crew, als Kollegin angenommen, noch zusammensitzen zu dürfen, ist auch ein ganz besonderes Erlebnis. Bei so einem unterhaltsamen Apéro, bei dem in der ganzen Crew der geschäftige Tag noch durch diskutiert wird, lerne ich sogar noch eine ganz besondere Peill & Putzler-Spezialität kennen. Dieses Getränk genieße ich sehr, und für die heimatliche Weiterverwendung darf ich es sogar aufschreiben: Dieses kostbare Rezept [3] werde ich dann zu Hause in meinen Küchenunterlagen sorgsam aufheben.

Die Tage gestalten sich für alle betriebsam und für mich sehr aufregend. Dadurch geht einer nach dem anderen recht schnell vorüber. Zu Hause werde ich viel zu erzählen haben, darauf freue ich mich schon ganz besonders!

Der Heimtransport meiner Glasharfe wird wiederum vom Peill'schen Firmenwagen übernommen. Weniger erfreulich aber ist dann, dass ich in Düren, bei der Übernahme, feststellen muss, dass die stabile grüne Schutzhülle fehlt. Trotz allen Suchens im Transporter ist sie nirgends mehr aufzutreiben, auch in keiner Ecke versteckt. „Da scheint jemand anderes ebenfalls gute Verwendung dafür gehabt zu haben", ist Peters trockener Kommentar.

Als ich ihm dann, kaum bin ich in meinem eigenen Revier als Hausfrau eingetroffen, meine ganzen Aufträge einzeln zeige, da ist er nicht ganz so begeistert.

„Dürfen wir dich vielleicht gelegentlich, zwischen oder nach deiner Tournee, auch wieder einmal hier erblicken?"

„Aber sicher, spätestens zu Weihnachten bin ich zurück. Ich muss doch, wie alle Jahre, unseren Waldspaziergang zur Kirche mitmachen! Aber schau einmal, so schlimm ist es nun doch nicht! Vor allem habe ich darauf geachtet, dass im Dezember kein Engagement mehr sein wird."

Ich bin dann wirklich nicht erst zu Weihnachten zurück, schon Ende November darf ich mich wieder voll und ganz den Adventstagen in der Familie, aber auch der intensiven Reiterei auf dem Hof widmen. Neu dabei ist allerdings, dass kein Weihnachtswunsch der Kinder, wegen eines zu hohen Preises, unerfüllt bleiben muss, denn meine Kasse ist prall gefüllt.

Spannende Wochen habe ich hinter mir. In dieser Zeit lernte ich so manche Stadt in Deutschland kennen, wobei mich meine vielen Aufträge manchmal etwas wirr durchs Land, vom hohen Norden bis hinunter in den tiefen Süden, führten. So spielte ich zum Beispiel in Wolfsburg, dann Neuss, Singen, Mönchengladbach, Würzburg, Osnabrück. Interessant aber war für mich vor allem die Individualität und die Kundschaft verschiedener Kaufhäuser zu erleben, von kleinen Geschäften bis zu großen Warenhäusern.

Wie froh aber war ich doch, bei diesen vielfältigen Unternehmungen nicht alleine zu sein. Geduldig und treu begleitete mich zu all den vielen Engagements, unsere liebe Dackelhündin Mainy. Unser erster Dackel, die Maidy, war vor allem Herrchen- und dann Familienhund. Die Mainy aber ist sehr auf mich fixiert. Manchmal frage ich mich schon warum?

Als wir das neun Wochen alte Hundchen abholten, fuhr Peter unser Auto und ich hielt das verschüchterte und ängstliche Tierchen auf dem Schoss. Seine Aufregung aber war dann so groß, dass es, schwupp, auf meinen Schoss kötzelte. War es wohl durch mein Trösten und sauber machen, dass es durch meine Stimme den ersten Schutz bei mir fand?

Jetzt aber bin ich glücklich, wieder mitten im Merbericher Alltag dabei sein zu dürfen.

„Komm zum Tee, wir haben uns eine Pause verdient!", werde ich von der Praxis her aufgefordert. Das lasse ich mir nicht zweimal sagen und freue mich, dass schon alles einladend auf dem Tisch im Büro steht. Sogar einiges an Weihnachtsgebäck hat darauf Platz genommen.

„Nun erzähl einmal, was hast du alles erlebt!", möchte Annemarie gleich wissen.

„Wie bist du mit dem Hund klar gekommen?"

„Es war einfach wunderbar, sie war die geduldigste und anhänglichste Kameradin, die man sich nur wünschen kann. Zwischen den Glaswaren der jeweiligen Geschäfte lag sie dann immer, während ich spielte, ganz ruhig bei mir.

Aber einmal, die Geschichte muss ich Euch erzählen. Ich wurde gebeten, in einem größeren Saal ein richtiges Glasharfenkonzert zu geben. Auch da machte sie es sich hinter meinem Instrument bequem. Doch dann betraten noch einige zu spät Kommende den Saal. Das fand sie allerdings nicht so gut und bellte einmal kurz und wie zurechtweisend, was aber das Publikum nur erheiterte.

Ein anderes Mal, du wirst es nicht glauben, hat sie aber sogar fast ihre Zähne gezeigt!"

„Wie bitte, die Mainy? Das gibt es doch nicht!"

„Oh doch, bei all ihrer Liebenswürdigkeit hat sie sich einmal als gute Bewacherin erwiesen.

Es ereignete sich in einem Glaswarengeschäft in Mönchengladbach. Mein dreitägiges Engagement war gerade zu Ende gegangen. Da ich in Ruhe meine Glasharfe verpacken und im Auto versorgen wollte, setzte ich den Hund neben meine Handtasche in eines der Büros. Ich habe bis zu dem Tag nicht gewusst, wie sehr mein Hund auch Wache halten kann. Als ich dann beides, Hund und Handtasche abholen wollte, waren die Sekretärinnen sehr erleichtert über mein Erscheinen. ‚Jetzt sind wir aber sehr froh, dass Sie ihren Dackel abholen. Wir können nämlich nicht mehr an unsere Ordner. Ihr Hund knurrt, sobald wir auch nur in die Nähe ihrer Handtasche kommen.‘“

Aber auch meine Mainy freute sich, als ihr Frauchen endlich erschien, denn als ein lieber und friedlicher Hund hat ihm dieses strenge Bewachen sicher ganz und gar nicht behagt.

Ein anderes Mal aber, da hat sie mir doch einen riesigen Schrecken eingejagt. Es war ebenfalls in einer Großstadt, als ich mittags mit ihr an den Schaufenstern vorbei bummelte. Da sie brav neben mir her tippelte, nahm ich sie nicht an die Leine. Als ich mich für ein Schaufenster besonders interessierte, da war mein Hund plötzlich verschwunden.

„Mainy, wo bist du!“ Besorgt schaute ich nach vorne, nach hinten, über die Straße, und da sah ich sie. Auf der anderen Straßenseite saß sie ruhig zwischen den Schienen einer Straßenbahn und beobachtete interessiert die Vorderseite der gerade an der Station haltenden Bahn. Noch nie hatte sie ein so großes und sonderbares Auto gesehen. Aber jeden Moment konnte dies Monstrum doch losfahren, und ich war nicht sicher, ob der Fahrer den Hund auch sehen konnte.

„Haaaalt, haaalt!“, schrie ich so laut ich konnte und rannte entsetzt, kaum den Verkehr achtend, über die Straße. Niemand glaubt, der es in Panik nicht schon einmal erlebt hat, wie endlos lange es dauert, nur ein kurzes Stück einer belebten Straße zu überqueren. Schnell schnappte ich mir meinen allzu neugierigen Hund, der meine Angst gar nicht begreifen konnte.

„Wie schrecklich! Da muss ich ja direkt mit dir zittern!“, Annemarie macht ganz erschrockene Augen.

„Du kannst mir glauben, noch heute wird mir ganz flau bei dem Gedanken, was meinem Liebling hätte passieren können. Aber vielleicht war er ja doch im Blickfeld des Straßenbahnführers, mindestens aber hatte sich unser Schutzengel um das unvernünftige und allzu wissbegierige Hundchen gekümmert.

*

Es ist ruhig geworden. Die Advents- und Weihnachtstage, ausgefüllt mit Schmücken von Haus und Hof, dem alljährlichen Hausturnier, den Einkäufen von Geschenken, der Familienwanderung zur Kirche und zuletzt mit einem reichen Gabentisch, alles ist gebührend feierlich vorüber gegangen. Jetzt aber empfinde ich es schön und sehr erholsam, dass der Januar alles beruhigt, und man endlich wieder, unbelastet von irgendwelchen Verpflichtungen, frei durchatmen darf.

Die Ferien sind vorbei, und da die ganze Familie wieder ihren Verpflichtungen nachgeht, finde ich etwas Zeit, mich an meinen Schreibtisch zu setzen und in meiner Post zu blättern.

Was freue ich mich über den so sehr positiven Kommentar, den mir die Glashütte schon recht bald über diese aktiven und erlebnisreichen Tage zugestellt hat. Den muss ich jetzt gerade noch einmal durchlesen:

Glasharfenkonzerte auf dem Peill-Messestand

Auf dem attraktiven Messe-Stand der Glashüttenwerke Peill & Putzler, D-5160 Düren, eroberten die Peill-Gläser der Glasharfe von Frau Liselotte Behrendt-Willach die Herzen der Besucher des Messehauses West.

„Nur makellos reine, zartwandige und im ureigensten Sinne klangvolle Gläser ermöglichen überhaupt Konzerte von Mozart, Beethoven oder Graf auf diesem Instrument", so die Künstlerin.

Wenn mittels solcher Gläser feine Melodien, ja sogar Konzerte vorgetragen werden sollen, dann müssen Meister ihres Faches tätig sein:

Eine hochbegabte Musikkünstlerin, die nicht nur das „Bespielen" der ausgewählten Gläser beherrscht; sie muss auch über genaue Kenntnisse der klanglichen Auswirkungen von Glasgröße, Kelchöffnung, Dünnwandigkeit, Anordnung und Inhalt der Gläser haben. Nur lupenreine Glasqualität und ausgewogen dünnes Glas machen dieses Klangergebnis möglich, und ein geschulter Glasmacher mit jahrelangen Erfahrungen handwerklicher Glasherstellung bis hin zur künstlerischen Perfektion.

Ich muss ja schon ein bisschen schmunzeln. Die Firma hat nicht nur mich mit Lob bedacht, sondern auch sich selber recht positiv eingebracht. Aber das war ja wohl auch der Zweck der ganzen Aktion mit einer Glasharfe und deren Demonstration.

*

Während der nächsten Wochen darf ich mich tatsächlich etwas auf meinen, nach all dem Trubel, so ersehnten Lorbeeren ausruhen. Aber nicht zu lange, dafür sorgt wieder einmal Amerika.

Es war damals, schon kurz nach dem letzten Festival, dass dort diese zauberhaften Klänge in mir ganz neue musikalische Energiequellen aufgeweckt und lebendig gemacht haben. Unternehmungsfreudige Ideen und Gedanken wurden geboren, breiteten sich aus, wie Sterne, die aus einer explodierenden Rakete schießen und auf fruchtbaren Boden fallen. Einer dieser Sterne landete zielsicher auf Gut Merberich, ein anderer traf Onkel Hans in Herrliberg. Aber woher kamen sie diesmal, diese Himmelskörper, die sehr bald am Glasharfenhimmel intensiv zu leuchten begannen?

Das erfuhr ich schon sehr bald, denn eines Tages brachte unser Postbote wieder einmal einen Brief aus Amerika, diesmal aber war er nicht von Ken. Erstaunt betrachtete ich das Kuvert, drehte es, intuitiv etwas Besonderes erwartend, neugierig in meinen Händen herum und suchte nach seinem Absender. Da ich keinen finden konnte, öffnete ich den Briefumschlag behutsam mit einem Brieföffner und las folgende Zeilen:

June 2, 1986
Dear friend,
My name may or may not be familiar to you. I am a glass
player by hobby. I built and play a non-water tuned instrument.
I along with Greg Sorcsek would like to see glass music blossom.
For that to happen, we need your help.

Blühen soll die Glasmusik!, wie wunderschön hatte er das geschrieben, und er besitzt selber eine Glasharfe. Weiter schrieb er:

As far as I know there is no formal organization of glass musicians, craftsmen, and other interested people. Assuming none of you know of such a group, I would like to see an international one get started.[4]

Als Beilage fand ich dann noch einen entsprechenden Fragebogen, sowie einen Rücksendeumschlag.

Wer aber dieser mutige und sensible Absender war, das erfuhr ich dann beim Durchlesen seines Schreibens. Norman Rehme war sein Name.

Großartig diese Idee, da brauchte ich nicht lange zu studieren, natürlich wollte ich dabei sein!

Ein kurzer Griff zum Telefon. Auch Onkel Hans hat so ein Schreiben bekommen, und selbstverständlich will auch er mithelfen.

Ich ließ dann keine lange Zeit verstreichen, setzte mich an meine Schreibmaschine und brachte in einem Brief meine Freude über diese wunderbare Idee zum Ausdruck. Dann füllte ich noch das von Herrn Rehme mitgesandte Formular aus, und steckte es ebenfalls in den Briefumschlag.

Ich erinnere mich, dass mir auf dem Weg zur Post dann etwas Eigenartiges passierte. Auf einmal hatte ich das Gefühl, als würde dieser Brief in meiner Hand immer schwerer wiegen. Lag hier, in meiner Zusage, wohl bereits eine großartige Zukunft verborgen, ein bedeutender Schritt, welcher der Glasmusik in unserer Zeit wieder mehr Anerkennung und Gewicht verleihen wird? Und wie recht sollte ich mit dieser Vorahnung doch haben!

Es dauerte dann gar nicht lange, da erfuhr ich, wann und wie dieser Norman Rehme überhaupt an ein solch seltenes Instrument gekommen ist?

Jetzt liegt auch dieser Brief neben mir. Ich nehme ihn aus seinem Umschlag und mache mir die Freude, ihn wieder einmal durchzulesen.

Darin schreibt er, dass es in Fort Collins, Colorado, nahe seiner Heimatstadt war, als er den begabten Straßen- und Konzertmusiker Jim Turner auf seinen Musical Glasses spielen hörte.

Jim Turner, wie gut kann ich mich jetzt, beim Durchlesen, noch an ihn erinnern. Dieser Vortrag wird wohl im ähnlichen Stil gebracht worden sein, wie ich ihn von den zwei vergangenen Festivals in Columbus und Oxford noch in so lebhafter in Erinnerung habe. Ich lese weiter:

Fasziniert und voller Erstaunen über den herrlichen Klang die Turner diesen Gläsern entlocken konnte beschloss er, so ein Instrument selber zu bauen. Nun begann auch für ihn eine große Suchaktion. Unermüdlich tauchte er ein in diverse Garagenverkäufe und inspizierte jeden erreichbaren Flohmarkt. In so manchem Glaswarengeschäft staunten die Verkäufer nicht schlecht über diesen kuriosen Käufer, der die Gläser, die er kaufen wollte, nicht nach Aussehen und einheitlicher Form, sondern allein nach deren Ton aussuchte.

Dann experimentierte er mit dem Aufbau der Gläser so lange, bis er mit seinem ersten, mit Wasser abgestimmten, 25 Gläser umfassenden Instrument, etwas spielen konnte. Bald aber fand er einen neuen Weg, reine Töne auch ohne Wasserabstimmung zu bekommen. Wie jeder Glasharfenspieler hatte auch er für das Arrangieren derselben kein Vorbild. Aber die Zeit brachte es mit sich, dass er bald einmal andere Glasmusiker kennen lernte, und dabei mehr über Glasinstrumente erfuhr. Mit der Zeit fand er dann auch Originalmusik aus dem 18. und 19. Jahrhundert.

Jetzt, beim erneuten Durchlesen, geht mir folgender Vergleich durch den Kopf:

Sie kannten sich nicht, Hans Graf und Norman Rehme, Kontinente trennten sie voneinander, und doch erfüllte sie beide derselbe Pioniergeist, so dass sie einen ähnlichen Weg verfolgten. Beide störte das zeitaufwändige Stimmen mit Wasser, und sie fanden heraus, dass es auch die Individualität des Glases beeinflusste. Der Weg zu tonreinen Gläsern war allerdings dann doch nicht ganz der gleiche. Während Hans Graf tausende von Gläsern prüfte, und nur die Besten für sein Instrument gut genug fand, so brachte Rehme seine Gläser durch das Schleifen am Unterboden zu der erwünschten Reinheit des Klanges. Zum Schluss aber waren beide glückliche Musiker, die auf einer Glasharfe mit einem Tonumfang von vier Oktaven spielen konnten.

Etliche Briefe fliegen von da an hin und her über den uns trennenden Ozean. Dabei lernte ich auch so einiges über seine Familie kennen. Seine Frau Carol und die vier Kinder, sie alle nahmen schon in den Anfängen, und nehmen immer noch, recht großen Anteil an seinem schön klingenden Instrument.

Ich erinnere mich, dass ich in einem der Briefe von Norman, auf die ich von da an nie mehr lange warten muss, eine nette kleine Geschichte gelesen habe:

Sein jüngstes Kind, der drei Jahre alte Sohn Koy, mit der unkomplizierten Direktheit eines Kindes, fasste eines Tages die allgemeine Bewunderung in folgenden kurzen Worten zusammen:

Er nahm ein Glas in die Hand, zeigte es seinem Vater und meinte mit gläubigen Kinderaugen: „Here, Daddy, make magic!"

Norman Rehme aus Loveland, CO wurde dann sehr bald auch der erste Präsident von „Glass Music International" (GMI). Er organisierte, führte und leitete von nun an unermüdlich und mit viel Sachkenntnis diese weltweite Vereinigung von Glasmusikern. Schon ein halbes Jahr später konnte er schreiben: „GMI is coming along great. We now have 21 members and growing every day."

Zu diesen nun schon 21 Mitgliedern aber gehören nicht nur aktive Glasmusiker, sondern auch Leute, die diese Musik lieb gewonnen haben.

Gedankenvoll blättere ich, in dieser stillen Stunde und in meinem Zimmer, in meiner jetzt schon sehr reichhaltigen Korrespondenz. GMI hat sich dann sehr schnell weltweit immer weiter entwickelt und trägt eine Art Wiedergeburt der Glasmusik in sich.

Diese „Magie", oder sollte man diese sanfte und doch so eindringliche Musik eher einen „Seelenfänger" nennen? Sie wächst unter der treuen und kompetenten Leitung seines Gründers, und organisiert sich schon bald auf diesem stabilen Fundament.

Vor allem auch genährt durch die beiden vergangenen Festivals, breitet sich diese Zaubermusik, wie ein Glasmusikfieber oder eine Pandemie, über alle Grenzen hinweg aus, und ermöglicht dabei, Länder- und Kontinenten übergreifend, neue Freundschaften. Sie laufen von Amerika über die Meere hinweg nach Australien, Deutschland, Schweiz, Frankreich, England, Kanada, Russland und sogar bis hinüber nach Japan. Festes Bindeglied dieser weltweiten Vereinigung wird bald das in Englischer Sprache abgefasste, vierteljährlich erscheinende Journal „Glass Music World". Im Juli 1987 durfte ich die erste Ausgabe durchstöbern. Schon bei dieser ersten, und vor allem in den nachfolgenden Zeitungen, merkte ich, dass darin nicht nur Erfahrungswerte bezüglich der oft sehr verschiedenen Instrumente weitergegeben werden, in vielen, immer recht spannenden Berichten, lernt man sich gegenseitig auch näher kennen. Mancher Musiker erzählt darin, wie er zu seinem, meist selbstgebauten Glasinstrument gekommen ist, was für Erfahrungen er damit gemacht, und wo er schon Konzerte gegeben hat. Auch Glass Music Festivals sollen zukünftig darin angekündigt, organisiert und besprochen werden.

Der Musikraum darf nun täglich meinen Besuch erwarten und jubiliert durch meine Gläser im hellen fröhlichen Tageslicht.

Durch diese Umgebung angeregt unterbreite ich meiner Familie eine neue Idee.

„Was haltet ihr davon, wenn wir endlich wieder einmal ein Konzert veranstalteten?! Diesmal brauchten wir den Wintergarten nicht dazu, der restaurierte Musikraum wartet doch nur darauf!"

Es scheint, als ob bei mir noch immer ein Rest künstlerisch explosiver Energie übrig geblieben ist.

„Aber dann müssen wir noch die dazu notwendige Bestuhlung besorgen, denn auf dem, wenn auch neuen, sehr schönen Parkett allein, lässt es sich doch nicht weich genug sitzen", überlegt Peter wieder ganz praktisch.

„Ich habe einen Vorschlag!", nehme ich diesen Gedanken ganz schnell auf.

„Lass uns doch zu IKEA fahren, die haben eine recht schöne Auswahl an Mobiliar zu erschwinglichen Preisen."

Optimistisch wird ein paar Tage später wieder einmal unser geräumiger Pferdetransporter gestartet. Diesmal ist der Innenraum noch sauber, denn die Herbstjagden sind längst vorbei, und die Turniere für unsere Clubkinder sollen erst in ein paar Monaten beginnen.

Wir werden nicht enttäuscht und finden weiße Klappstühle aus Holz.

„Die lassen sich auch platzsparend an der einen Wand des Musikraumes versorgen", ist dabei unsere praktische Überlegung. Außerdem suchen wir noch dazu passende braune, leicht weiß gemusterte Kissen aus. Zufrieden mit unserem Fund sind wir dann recht dankbar, dass man uns noch hilft, 60 solcher, im Lager noch vorrätige Stühle, in unseren Laderaum zu stapeln.

Zu Hause erwarten uns schon die hilfreichen Hände unserer Kinder.

„Habt ihr aber eine Menge Stühle gekauft! Werden wir so viele Gäste zum Konzert einladen?"

Unsere Idee zu diesem Großeinkauf kommt keinen Tag zu früh, denn schon bald werden wir von der Gemeinde gefragt, ob wir ein Glasharfenkonzert auf Gut Merberich geben könnten. Aber wie kam es zu dieser Anfrage?

Vor zwei Jahren hatte unser Ort eine länderübergreifende Partnerschaft mit der englischen Stadt Exmouth ins Leben gerufen. In gegenseitigen jährlichen Besuchen lernte man sich bald näher kennen, und in diesem Frühjahr sollte unsere Gemeinde Gastgeber sein. Es ist vor Ostern, als die englischen Besucher mit ihrem Bus in Langerwehe eintreffen und von ihren Gastfamilien herzlich aufgenommen werden. Für viele, und auch für uns, ist es ein freudiges Wiedersehen, denn wir dürfen ein uns vom letzten Englandbesuch her schon bekanntes Ehepaar beherbergen. Auch er ist ein Tierarzt und freut sich, zwischendurch mit Peter eine deutsche Land- und Kleintierpraxis kennenzulernen.

Die Willkommensfeierlichkeiten finden in der Kulturhalle Langerwehe statt. Auch wir sind zugegen, und das ist sogar ein Glück, denn es ereignet sich ein ungewöhnlicher Zwischenfall, bei dem Peter nicht nur seine medizinische Erfahrung anwenden, sondern auch ein großes Stück Mut und Eigeninitiative einsetzen muss.

Während wir entspannt den Begrüßungsworten unseres Bürgermeisters lauschen, berührt plötzlich jemand sachte Peters Schulter.

„Entschuldigen Sie bitte die Störung, sind Sie nicht Doktor Behrendt, der Tierarzt?"

„Ja, kann ich Ihnen irgendwie helfen?"

„Wir brauchten dringend Ihre Hilfe. Schauen Sie unseren Pekinesen an. Heute morgen war das noch nicht so. Aber bei all diesen vielen Leuten hat er sich sehr aufgeregt, und plötzlich ist ein Auge herausgefallen! Schauen Sie hier unseren armen Kleinen!"

Tatsächlich! Wir starren erschrocken auf den kleinen Hund. Hervorstehende Augen liegen zwar in der Art der Pekinesen, aber hier ist eines richtig ein Stück weit aus der Augenhöhle herausgerutscht. So etwas habe ich noch nie gesehen, und auch Peter ist etwas erstaunt über diesen Unfall.

Schnell steht er auf und spontan folgt ihm auch sein englischer Kollege.

„Kommen Sie, wir fahren schnell in meine Praxis!"

Auch ich will schon aufstehen, aber Peter hält mich zurück.

„Bleib nur hier und berichte mir später, was es noch gegeben hat. Wir sind zu zweit und die Besitzerin vom Hund wird ihren kleinen Unglücksraben schon festhalten können, bis wir die Narkose gesetzt haben."

Etwas verdutzt bleibe ich sitzen, aber schon sind alle drei so diskret wie möglich zur Saaltüre hinaus verschwunden.

Noch versuche ich, den verschiedenen Reden, die von beiden Seiten, vor allem in Englischer Sprache, gehalten werden, zu folgen. Man bedankt sich für die wieder so herzliche Einladung und familiäre Aufnahme und richtet Grüße von Daheimgebliebenen aus. Aber immer wieder muss ich an den armen Hund denken: Wie kann man so ein heraus gefallenes Auge überhaupt retten?

Die Zeit bleibt zum Glück nie stehen, und pünktlich zum Buffet erscheinen dann auch die beiden Arztpioniere und genießen entspannt, nach getaner Arbeit, die nun angebotenen Köstlichkeiten, vor allem aber ein kühles Bier. Ich aber kann so schnell, als wäre nichts geschehen, nicht zur Tagesordnung übergehen.

„Was ist mit dem Hund, konntet ihr das Auge retten, und wie habt ihr das überhaupt machen können?"

„Es ging eigentlich ganz gut, ich war aber doch ganz froh, einen erfahrenen Kollegen zur Seite zu haben, der mir ganz unkompliziert zur Hand ging", fängt Peter seinen Bericht an.

„Tapfer hielt die Besitzerin ihr verstörtes Tier fest, bis wir ihm die Narkose gegeben hatten. Dann durfte sie sich ins Wartezimmer setzen. Vorsichtig drückte ich das Auge wieder in die Augenhöhle zurück. Inzwischen hat mein Partner das Nahtmaterial auf die krumme Nadel gezogen und reichte es mir an. Während er dann sachte die Augenlieder zusammen hielt, konnte ich diese mit zwei Heften zunähen. Unter diesen nun fest verschlossenen ‚Fensterläden' hoffen wir nun, dass sich das Auge wieder festigen kann."

Der Tag mit vielen freundschaftlichen Gesprächen ist aber noch lange nicht zu Ende, denn Vorzeigeschild für jeden Gast ist natürlich immer wieder unser heimisches Töpfereimuseum.

Der dörfliche Charakter ist Langerwehe noch bis heute geblieben, aber die Geschichte seiner Töpfer währt bereits seit 1.000 Jahren. Unseren sehr interessierten englischen Besuchern zeigt der Leiter des Museums, Dr. Burchard Sielmann, Modelle, Installationen und Filme, die die Arbeitswelt der Töpfer immer wieder erneut lebendig werden lassen, und die Töpfermeisterin demonstriert geschickt die künstlerische Handhabung und Gestaltung mit dem Lehm. Diesmal ist sie nicht so aufgeregt, denn es gilt dem Ton und nicht einer Katze.

Der Museumsleiter erläutert auch immer gerne viel Interessantes über den früher sehr gefährlichen Tonabbau in unterirdischen Schachtanlagen. Dann demonstriert er, mit Hilfe eines Filmes, das Verfahren des Steinzeugbrands und vor allem der „Baaren". Das sind große, ein Meter hohe

Vorratsgefäße, welche besonders für die Herstellung von Sauerkraut, nicht nur damals, auch heute noch, benutzt werden. Typisch für einen Langerweher Baaren ist der gezackte Fuß. Davon kann er den Besuchern einige schwere Exemplare zeigen. Fasziniert hören alle zu, als er erklärt, dass schon im Mittelalter bei den Aachener Wallfahrten, um die wertvollen Reliquien zu begrüßen, auf getöpferten Hörnern aus unserem Ort geblasen wurde. Neugierig versuchen sich dann auch einige Gäste, auf so einem Horn zu blasen. Musik aber soll es noch anderswo geben.

Dass unser Musikraum sich wieder in altem Glanz zeigen darf, das hatte sich schon herum gesprochen, und auch die Glasharfe kennt man von meinen ersten Konzertversuchen, die ich bei verschiedenen Veranstaltungen gegeben hatte. Diese Übungen auf dem hiesigen musikalischen Parkett, wie etwa bei dem Frauenkreis oder an einem Altersnachmittag, sind zwar schon länger her. Es ist aber nur vor einem knappen Jahr, dass ich auch hier, im hiesigen Töpfereimuseum, gespielt habe. So erinnerte man sich diesbezüglich an mich und läuft bei mir natürlich offene Türen ein. Wir sind doch recht stolz auf unseren endlich fertig gewordenen so schönen Saal, in dem von jetzt an so recht mit Freuden musiziert werden soll.
Wie gut, dass wir den Kauf von so vielen Stühlen rechtzeitig geplant und ausgeführt haben, denn es sind nicht weniger als 50 Bürger aus Exmouth, die in diesem Jahr über den Kanal zu uns gefunden haben.

Es ist der Ostermontag-Vormittag, der Tag des Abschieds. Da kommen sie, die Gäste aus Exmouth und dazu in zahlreicher Begleitung auch ihre Gastgeberfamilien, zum ersten Konzert in unserem neuen Musiksaal.
Zehn, zwanzig, dreißig, vierzig fünfzig und … haaalt! jetzt sind ja schon alle Stühle besetzt! Was nun? Mein innerer Hilfeschrei wird von niemandem vernommen, man strömt unentwegt weiter durch unsere Haustür in den Empfangsraum, den Wintergarten und durch die schöne neue, weit geöffnete Türe in den Musiksaal hinein, der stolz in alter und doch neuer Pracht für die Gäste bereit steht. Doch Peter reagiert direkt.
„Kinder, holt Stühle herbei, wo immer ihr welche finden könnt!"
Was für ein Glück, dass unsere Konzertbesucher sich selber auch erfinderisch zeigen. Die große, herrschaftliche Freitreppe zum ersten Stockwerk hinauf, begleitet von ihren schlossartigen Säulen, wird auch schnell besetzt. Der weiche Teppich lädt unkompliziert zum Sitzen ein. Die beiden weit geöffneten Flügeltüren zum Musikraum erlauben auch von drau-

ßen noch einer großen Zahl Zuhörer einen freien Blick auf den Flügel und die Glasharfe, so dass jeder genauso gut zuhören, wie auch in den Musikraum selber sehen kann.

In dem Zeitungsbericht der „Dürener Nachrichten" können wir ein paar Tage später Folgendes lesen: „Wie groß das Interesse sowohl auf englischer, wie auch auf deutscher Seite an dem Glasharfenkonzert war, bewies die Tatsache, dass das Musikzimmer auf Gut Merberich zu klein war, um alle Besucher aufzunehmen. Man musste notgedrungen die Türen offen lassen, so dass auch von dort noch den Klängen gelauscht werden konnte, die Liselotte Behrendt-Willach ihrem Instrument entlockte. Nun begannen leise, weiche Töne den Musiksaal von Gut Merberich zu erfüllen. Mit zarten Fingern entlockte Frau Behrendt den Gläsern die schönsten Melodien, Werke von Mozart, Beethoven, Naumann, sowie Kompositionen von Hans Graf, dem Erbauer des Instrumentes. Mit großer Virtuosität beherrschte sie dieses schwierige Instrument. Nach dem Konzert stürmten die derart interessierten Zuschauer nach vorne, um das Instrument noch einmal aus der Nähe zu betrachten und sich erklären zu lassen. Diesem Ansturm stellte sich Liselotte Behrendt-Willach jedoch mit typisch schweizerischer Gelassenheit und dem ihr eigenen Charme und blieb keine Antwort schuldig."

Wir hatten es geschafft, Gut Merberich darf endlich, nach Jahrzehnten der Verlassenheit und Beschädigung, in Langerwehe wieder ein kulturelles Zentrum zu sein.

Kapitel 23

Im Stöckli

Auf Entdeckungsreise im Stöckli – Zimmermädchen und Butler – der Reitclub muss umziehen – wir spielen Columbus – im Stöckli wird es lebendig – wir ziehen um – heimliches Fernsehen – ein wärmender Kamin und eine Schneewittchentreppe – Familie Maus stiehlt – Taubenschlag und Mansarde werden ausgebaut – unsere Tochter zieht um – ein Geschenkpapier für das Stöckli

Wir wohnen also jetzt hier. Aber wie ist es eigentlich zu diesem Umzug gekommen, nachdem wir einige Jahre fast feudal in schlossähnlichen Räumen wohnen durften?

Ich sitze draußen vor unserer Küche, gemütlich eingenistet in den weichen Kissen einer schweren Holzbank, die, neben den zwei dazu passenden Stühlen, täglich für unsere Bequemlichkeit sorgt. Dazu gehört noch ein sehr stabiler Holztisch, eine Errungenschaft, die in diesem so genannten Unterzug steht, dem sehr praktischen Eingangbereiches zu dem von uns neu besiedelten Stöckli-Haus. Diesen, von uns sehr frequentierten Ort, nannten wir bald so, weil er, städtischen Arkaden gleich, von einem Teil des Obergeschosses abgedeckt wird. Er ist ein, von der ganzen Familie sehr beliebter, fast ganzjähriger Sitzplatz, schützt uns vor jeglichem Regen und auch vor sommerlicher Hitze. Man tritt dann von ihm aus aber gleich in den Küchenbereich. Der eigentliche Hauseingang aber, der sich in den Treppenflur öffnet, befindet sich gleich neben der Mauer am Hoftor. Er wird von uns aber kaum jemals benutzt, höchstens am Putztag.

Hinter meiner Sitzbank, in einer sehr breiten und hohen Wandnische, wartet bereits das erste Brennholz auf seinen winterlichen Einsatz in unserem Wohnzimmerkamin.

Dieser oft benutzte Vorraum also, unter dessen Dach ich mich für einen stillen Augenblick gedankentief hingesetzt habe, wird nicht nur von allen als beliebter Treffpunkt aufgesucht, auch fast jede Mahlzeit wird, wenn möglich, hier aufgetragen. Oft aber decke ich auch für unser beliebtes Praxis-Teetrinken hier den Tisch. Problemlos kann man dann die Praxis, wie von einem verdeckten Kommandostand aus, über den Hof hinweg, im Auge behalten. Auch zum Stalleingang und auf die Reithalle hat man gute Sicht.

„Quak, quak!" Unsere Enten sind wohl gerade in einem wichtigen Gespräch. Ich kann sie von hier aus zwar nicht sehen, weiß jedoch, dass sie auf unserem Teich herum schwimmen, der sich von hier, geradeaus über den Hof, hinter einem dicken Lattenzaun befindet. Diesen Zaun haben wir vor einigen Jahren neu gestrichen, und zwar wiederum in dem gleichen original Merbericher Grünblau, wie schon die beiden schweren Haustüren. Die Spitzen jedoch, die pinselten wir ganz in Weiß.

Mein Blick und meine Gedanken aber gehen jetzt, von der frisch knospenden Hoflinde kaum verdeckt, hinüber zum eigentlichen Haupthaus mit dem herrschaftlichen Eingang. Dort drüben, in unserem herrlichen neuen Musikraum, durften wir gestern zu einem Konzert einladen. Jetzt ist alles vorüber, Flügel und Glasharfe stehen wieder in einer ruhevollen Stille. Gemeinsam haben wir noch am gleichen Abend die Stühle zusammengeklappt und an die Rückwand des Saales gestellt. Heute Nachmittag aber, werde ich hinüber gehen, und mich wieder an den Klängen meines geliebten Instrumentes erfreuen.

*

Jetzt aber gleiten meine Gedanken zurück zu dem Tag, an dem wir, den vielleicht etwas überraschenden Entschluss gefasst hatten, das Stöckli, unter dessen Unterzug ich jetzt sitze, für uns ausbauen zu lassen. Aber wie hatte das angefangen?

„Peter, was hältst du davon, wenn wir wieder einmal umziehen würden?"
„Mmmm, wohin denkst du denn, dass wir uns einquartieren sollen?"
„Ins Pförtnerhaus! Du weißt schon, das separate Gebäude rechts neben dem Hoftor."
„Warum möchtest du denn umziehen, gefällt es dir hier im Haupthaus nicht mehr? Und weshalb gerade dort hin? Du weißt ja, dass der unterste Raum durch den Reitclub schon besetzt ist. Anderseits gleichen die übrigen Räume eher einer Katastrophe und sehen nicht gerade sehr einladend aus!"
Jetzt aber spricht die Hausfrau aus mir.
„Das habe ich mir auch schon überlegt. Natürlich wohnen wir hier wunderschön, aber alles ist so groß. Das riesige, an die 60 m² große Wohn-

zimmer, der gleich große Empfangsraum mit dem Wintergarten, das weitläufige Treppenhaus. Wenn wir abends im Schlafzimmer sind und in der Küche etwas vergessen haben, dann ist es fast eine Odyssee, bis wir dorthin wieder zurückgelaufen sind. Und wer läuft? Nicht ein diensteifriger Butler, sonder meistens ich, denn ich bin ja für den Haushalt zuständig! Ich möchte einfach einmal ausprobieren, wie es sein würde, in einem normalen Haus zu wohnen.

Weißt du, auf diese Idee bin ich erst gekommen, als ich einmal hoffte, im Clubraum unserer Reiter, der so genannten Sattelkammer, einen Tee zu schnorren. Da war aber niemand. Die Kinder saßen in der Reithalle auf den Pferden und gehorchten den Kommandos der Reitlehrerin. Die Nichtreiter aber, vor allem die Betreuer, und manchmal die eine oder andere interessierte Mutter, standen vereint am Eingang oder in den weiten Öffnungen der Halle. Es sah, vom Hof aus betrachtet, fast lustig aus: Ein recht ausdauerndes Stillleben von menschlichen Rücken. Jetzt aber hier alleine herum zu sitzen und darauf zu warten, dass sich von draußen etwas bewegen könnte, dazu hatte ich auch keine Lust. So kam mir in den Sinn, wieder einmal, nach langer Zeit, eine neugierige Inspektion in die leeren und noch immer so ganz einsamen Räume im Obergeschosse zu machen.

Was ich da vorfand, das kennst du ja auch zur Genüge. Teilweise schwarz verschmierte Wände, von denen der Putz abbröckelt, und dabei das Unterholz freilegt. Auch heruntergerissene Tapeten, die nur an einigen Stellen noch an der Wand kleben. Der Boden bedeckt mit all dem Material, was an der Decke und den Wänden sich nicht mehr hatte halten können, dazu als besonderer Schmuck noch einige menschliche Hinterlassenschaften, wie ein paar wenige Flaschen ‚Marke Antik'."

„Ja, ich kenne diesen traurigen Zustand, weil ich ihn mir schon einige Male uneingeladen angeschaut hatte", antwortet mir Peter. „Auch mir waren dabei schon bestimmte Gedanken durch den Kopf gegangen, etwa wie und wann wir dieses eigentlich recht schöne Gebäude, endlich wieder bewohnbar machen könnten.

Aber denk auch daran, unserem Reitclub müssten wir dann ihre Sattelkammer kündigen. Darüber wird man nicht sehr begeistert sein, denn die Erwachsenen und besonders die Kinder haben sich darin schon seit einiger Zeit sehr häuslich niedergelassen, und alle fühlen sich recht wohl darin. Dann muss diese sehr aufwändige Instandsetzung auch noch finanziert werden. Wie hast du dir das vorgestellt?"

„Dazu habe ich mir Folgendes ausgerechnet. Eigentlich fehlt hier für eine so herrschaftliche Wohnung, wie wir sie im Augenblick genießen, etwas ganz Wesentliches, was früher als selbstverständlich gegolten hat!"

„Und das wäre?"

„Für mich wenigstens ein Zimmermädchen mit weißer Schürze und Häubchen, und für dich einen ausgebildeten Butler. Auch ein Kindermädchen wäre für unsere Gutsherrenkinder doch ganz passend? Damals, zu Hasenclevers Zeiten, hatte man viel Hauspersonal. Ebenfalls wurde uns berichtet, dass allein für die Betreuung des Parks acht Gärtner eingestellt worden waren. Für uns aber heißt es auch hier: ‚Do it yourself!', oder auf Deutsch ‚Mach es selber!'

Jetzt aber, wenn wir auf Zimmermädchen und Butler weiterhin verzichten, und nur das Gehalt von meiner wöchentlichen Putzfrau und Herrn Dohmen mit dem ganzen damaligen Personal vergleichen würden, so könnten wir für diese respektable Differenz dies ganze Haus wunderschön ausbauen lassen. Den Außenanstrich machen wir natürlich wieder selber."

„Sag einmal, ist das eine Art Frauenlogik?"

„Klar, aber kannst du sie widerlegen!"

*

Wie es Peter so weise schon voraus gesagt hatte, so gab es dann mit der Leiterin des Reitclubs tatsächlich noch so einige Probleme. Kaum hatten wir unsere Pläne im Club vorgebracht, wobei Peter sicher nicht vergessen hatte zu erwähnen, dass wir selbstverständlich einen anderen Raum als Ersatz finden würden, geriet man in grenzenlose Aufregung. Scheinbar hatte die Chefin nur das Wort ausziehen verstanden. Panik war also angesagt und Merberich bald wieder in vieler Leute Munde. Kurz nach diesem Gespräch wurde Peter von einem Landwirt angesprochen:

„Wir haben gehört, dass Sie Ihrem Reitclub gekündigt haben!? Man sucht jetzt in der ganzen Gegend verzweifelt nach einer Reithalle mit Clubraum!"

„Ganz sicher nicht, woher haben Sie denn dieses unwahre Gerücht? Es ist nur so, dass wir den Raum brauchen, weil wir demnächst das ganze Haus für uns ausbauen wollen. In Gut Merberich aber, mit seinen vielen leerstehenden Räumen, wird es sicher kein allzu großes Problem werden, für den Club einen brauchbaren Ersatz zu finden!"

Nun durfte Peter nicht nur als Tierarzt, sondern auch als Seelenarzt tätig werden. Dies gelang ihm bald, bei einem klärenden Gespräch, vor allem mit dem tröstlichen Angebot eines Ersatzraumes. Den fand man dann gemeinsam recht bald im Nebengebäude, der so genannten Alten Schmiede. Dieser langgezogene Gebäudetrakt, mit dem etwas aufgefrischten Fachwerk, verläuft parallel zur Reithalle und ist von dieser nur durch die Stallgasse abgegrenzt.

So verlief die ganze Aufregung glücklicherweise bald im Sande und ohne irgendwelchen Schaden angerichtet zu haben. Allerdings musste der große noch leer stehende Raum erst einmal beziehbar gemacht werden. Obwohl ein munteres Treiben im Clubraum weder Parkett noch Samtgardinen verlangt, sollte er doch für Kinder und Erwachsene sauber, warm und gemütlich sein. Also wurden wieder fleißig Wände sauber gekratzt und mit Farbe überrollt, und statt eines Van Goghs hingen, als Dekoration, bald bunte Pferdebilder daran. Mit vereinten Kräften, Kinder und Jugendliche waren dafür genügend vorhanden, wurde dann schon bald das ganze Mobiliar hinüber transportiert.

Der Weg auf den Hof ist von da zwar jetzt etwas weiter, dafür aber gibt es von dieser Stallgasse aus einen neu eingebauten zusätzlichen Direktzugang zur Reithalle.

*

Ich überlege gerade, dass der so fertig gestellte Clubraum eigentlich fast noch geräumiger ist, als der damalige hier im Stöckli, in dem ich jetzt meine Küche eingerichtet habe. Vor allem aber freute es mich, dass wir das Problem dann doch schnell und schmerzlos lösen konnten.

Der damalige schmutzige Zustand all der Räumlichkeiten, wie klar steht er mir heute noch vor Augen.

Viele Male betraten Peter und ich das Haus und durchwanderten darin den Paradiesgarten unserer Phantasie. Wenn die einzelnen Räume uns zuerst auch etwas ungewohnt klein erschienen, so fanden wir davon doch mehrere, und daher sicher reichlich Platz für unsere ganze fünfköpfige Familie.

Die Einteilung war dann schnell gemacht, die Ausführung allerdings, die dauerte dann doch etwas länger. Also, ganz unten, in der ehemaligen, von den Reitern so geliebten Sattelkammer, da sollten Küche und Esszimmer ihren Platz finden, und das zukünftige Wohnzimmer eine Etage höher. Um das zu diskutieren und zu planen stiegen wir im Treppenhaus eine noch originale, sehr dunkel, fast schwarz gestrichenen Treppe hinauf und betraten links durch eine Tür diesen, von uns schon verplanten Raum. Es bedurfte jedoch unserer ganzen Eingebung, um ihn, wenigstens gedanklich, zu dem werden zu lassen, den wir uns wünschten. Wir bemühten uns darum und kamen noch auf eine gute Idee.

„Wenn wir diese Trennwand versetzten, dann würde der vordere Raum größer, das Nachbarzimmer allerdings dadurch auch kleiner. Ein zusätzliches Fenster zum Hof und zur Reithalle hinaus würde es darin dennoch gemütlich, und vor allem hell machen."

„Das könnte dann mein Zimmer werden!", richtete Peter sich gedanklich schon ein.

Bald im vollen Planungseifer, kletterten wir im Treppenhaus noch eine Etage höher, wo wir noch zwei weitere Zimmer entdeckten.

„Es wäre praktisch, dort unser Schlafzimmer einzurichten. Und schau hier daneben, kommt dann mein Boudoir! Von hier aber geht es nicht mehr höher."

Also stiegen wir die Treppe wieder hinunter, bis vor die zukünftige Wohnzimmertür, und entdeckten dort auch gleich noch einen weiteren Raum, den wir als gemeinsames Badezimmer verplanten.

„Schau, hier scheint es einmal einen Durchgang gegeben zu haben, und der muss in den hinteren Teil des Hauses führen", machte Peter mich auf einen Teil der Mauer aufmerksam, der gut sichtbar aus anderen Steinen bestand.

Schon am anderen Tag half uns Herr Dohmen wieder, mit dem Vorschlaghammer diesen zu öffnen. Diese Art von Befreiungsarbeit war für ihn schon lange nicht mehr neu.

So konnten wir dann schon recht bald unsere Entdeckungsreise, neugierig wie wir waren, fortsetzen. Als wir dann, recht hochbeinig, erst über den ganzen Schutt steigend, den nächsten Raum betraten, fanden wir diesen so vollständig in einem nachkriegszeitlichen Rohzustand, dass man kaum glauben konnte, dass dieser vielleicht einmal ein bewohntes Zimmer gewesen sein könnte.

Schnell durchquerten wir ihn und fanden dahinter einen kleinen schmutzigen Flur.

„Weißt du was, hier könnte jedes der Kinder sein eigenes Reich einrichten, denn schau, da sind ja noch zwei weitere Zimmer. Und dieser kleine Raum hier würde sogar einer Toilette Platz bieten."

Eine Weile standen wir noch planend herum, und ließen fleißig unsere Phantasie ihre lebendigen Zukunftsbilder malen. Peter versuchte unterdessen, eine Art Haustüre zu öffnen. Nach einigem heftigen Ziehen und „Hau Ruck" gelang es und wir traten hinaus auf einen kleinen Balkon. Dunkler Steinboden unter unseren Füßen, über den sich mit der Zeit ungestört Moos und kleine schwarze Flechten breit machen konnten.

„Unsere Kinder werden sozusagen ein Haus für sich allein haben, und dazu noch mit einem eigenen Eingangsbereich, denn von dieser kleinen Terrasse aus führt, wie ich hier sehe, noch eine alte Holztreppe in den Vorgarten hinunter. Das wird sozusagen wie ein Privateingang für unseren Nachwuchs. Und dann haben unsere drei noch den Vorteil, dass sie, unten angekommen, nur ein paar Meter entfernt von der Sattelkammer des Reitclubs zu sein!"

„Ich muss schon sagen, mehr als praktisch! Aber pass auf! Besser wir steigen hier noch nicht hinunter, denn diese Stufen sind in ihrem augenblicklichen Zustand nicht mehr sehr stabil. Wir werden sie durch eine neue, am besten Wendeltreppe, ersetzen müssen", überlegte Peter, indem er dessen Stabilität, sich am Geländer festhaltend, vorsichtig prüfte.

Noch eine Weile betrachteten wir, von unserem hohen Aussichtspunkt aus, die rundum kilometerweite Sicht hinaus in die grüne Landschaft. Ganz in unserer Nähe hörten wir die beiden Teiche, das heißt natürlich deren Bewohner. Unser großer und auf der anderen Straßenseite der kleine. Beide sind umgeben vom dichten Baumbestand, der bis hinunter zur Eisenbahnstrecke reicht.

Dann aber kehrten wir, auf einmal recht tatendurstig, wieder zurück in den schmutzigen kleinen Flur. Dort aber huschte mir plötzlich ein Gedanke durch den Sinn.

„Kannst du dich noch an den dunklen Speicher erinnern? Vor langer Zeit waren wir einmal oben. Ich glaube, der liegt gleich hier hinten, hinter dieser grauen Holztür."

Kaum ausgesprochen und schon öffnete ich diese und stand vor einer Treppe.

„Meinst du, diese Stufen können uns noch tragen?", zögerte ich.

„Ich glaube schon, denn früher hat man sehr stabil gebaut, und diese ist, nicht wie diejenige draußen, doch vor Wind und Wetter immer geschützt gewesen."

Peter probierte, indem er gleich kräftig auftrat, diese alte Stabilität gleich aus.

„Auch wenn alles jetzt so traurig grau und hässlich aussieht, diese Stufen halten, etwas ausgebessert, noch viele Jahrzehnte und sollten sogar unsere drei ungestümen Trabanten noch lange überleben!"

Ja, das waren damals recht spannende Entdeckungstouren durch unser jetziges Haus, erinnere ich mich nun auf meiner gemütlichen Bank:

Als wir dann, höchst neugierig, aber dennoch recht vorsichtig, Stufe für Stufe diese staubige Holztreppe hinauf gestiegen waren, standen wir auf einmal auf einem sehr großen Speicher. Dessen Boden dort war aber nur gedeckt mit dicken Holzbohlen, ohne weitere Bodenauflage, dafür mit beängstigenden breiten Zwischenräumen.

„Bist du schwindelfrei?", stellte ich, bei dem ungemütlichen Anblick, diese wirklich mehr als berechtigte Frage. Dann aber bemühten wir uns, mutig zu sein und hüpften abenteuerlich von Balken zu Balken, diesen einzigen traurigen Überresten eines einstigen Holzbodens. Wie und warum sich die Auflage einmal verflüchtigt hatte, wer weiß das schon. So schützte nur noch eine fragile Zimmerdecke der darunter liegenden zukünftigen Kinderzimmer vor einer endgültigen Durchsicht. Auf diese dünne Unterlage sollten wir dann aber besser doch nicht treten. Dunkel war es hier oben, nur drei längliche schmale Öffnungen brachten nur etwas Dämmerlicht herein.

Unsere Turnübungen führten uns noch zu einer weiteren kleineren Treppe. Also nichts wie los, auch noch diese Stufen hoch, und schon standen wir vor einer alten Holztür. Vorsichtig öffneten wir sie, noch ahnungslos, was sich hier noch vor uns verborgen hält.

„Könnte das nicht der ehemalige Taubenschlag gewesen sein, von dem wir schon gehört haben?", interessierte ich mich beim Eintreten. Nur ganz kurz schaute ich mich in diesem kleinen Speicherräumchen um, dann war ich mit meinen Gedanken schon bei seiner Verplanung.

„Ich habe eine Idee! Daraus sollte man ein ganz niedliches kleines Dachgiebelstübchen machen. Schau, es ist vollkommen zeltartig eingebettet in die beidseitigen Schrägen des Dachfirstes, und der Holzboden scheint hier noch absolut stabil zu sein", ermunterte ich mich selber, indem ich, doch immer noch etwas vorsichtig, zu einer schmalen Dachluke tappte. Hier aber schien nun endgültig Endstation zu sein.

„Pass auf deinen Kopf auf", warnte Peter, der selber beinahe mit einer Dachsparre Bekanntschaft machte.

Ich war begeistert, obwohl nur eine scheibenlose kleine Öffnung am Giebel, früher wohl als Taubenausflug benutzt, etwas Licht hereinbrachte. Gemeinsam versuchten wir, durch dieses bescheidene Guckloch etwas hinaus zu schauen. Lange blieb mein Kopf in der engen Luke stecken, denn träumend betrachtete ich draußen das weite Grün des Gartens, blickte hinunter auf den ruhig im Sonnenlicht ruhenden Teich, und den momentan noch unbelebten Hof. Dann schaute ich hinauf. Da schien mir der Himmel, der heute so strahlend blau war, auf einmal so nah. Ein leichtfüßiger sanfter Wind wehte darüber und kleine weiße Schönwetterwölkchen hatten es sehr eilig.

„Juhuu!", rief ich laut durch diese Luke hinaus. Aber niemand schien mich bemerkt zu haben, denn es kam keine Antwort, oder doch?

„Hörst du im Wind, dieses leise Rascheln der Blätter unseres Lindenbaums? Er hat mich gehört und winkt tausendfach freundlich zu uns herüber."

*

Was suchen sie mich jetzt heim, hier, in dieser Stunde meiner vormittäglichen Ruhe, diese Bilder unserer damaligen interessanten Entdeckertour durch die Einsamkeit eines verlassenen Hauses. Wie nah ist er mir jetzt wieder, der Augenblick in diesem hoch gelegenen Dachzimmerchen. Da fühlte ich mich doch fast ein bisschen wie der genuesische Seefahrer Christoph Columbus, als er Ende des 15. Jahrhunderts auf dem amerikanischen Kontinent landete. Auch wir wussten zuerst nicht so genau, wo all diese Zimmer, Flure und Treppen endlich hinführen würden. Nur die Dimensionen zwischen Amerika zu unserem Stöckli sind wohl doch etwas unterschiedlich. Und dennoch verursachten beide Erlebnisse Spannung, und weckten auch in uns einen angeborenen Entdeckergeist.

*

Schon bald darauf wurde es in diesem Haus sehr lebendig. Wenn ich selber so ein Gebäude wäre, würde ich mich erst einmal sehr wundern, mich dann erstaunt schütteln und zuletzt aber all die täglich eintreffenden Ereignisse einfach Gott ergeben beobachten. Die Ruhe hatte nun lange genug darin ihr Regiment geführt. Jetzt wurde sie mit dem Besen energisch zu den Fenstern hinaus gewischt. Stille und Einsamkeit, die sich

Jahrzehnte lang hier eingenistet hatten, flüchteten nun endgültig durch die Fensterlöcher hinaus und verschwanden, denn in den kommenden Wochen und Monaten wurde hier täglich gehämmert, geklopft, gesägt und laut gebohrt. Der Elektriker kam, dann der Installateur, die Maurer, Putzer und selbstverständlich auch wir selber. Staub, Schmutz, alter Putz und modrige Bretter staunten nicht wenig über ihren Rausschmiss, wo sie sich doch schon so lange in dieser Umgebung heimisch gefühlt hatten.

Dann machte Peter in unserem zukünftigen Wohnzimmer, durch ein lose herunter hängendes Putzstück an der Decke, wieder einmal eine interessante Entdeckung.

„Komm einmal her und hilf mir! Ich will diese herunter hängende Platte entfernen. Ich vermute nämlich, dass diese Putzdecke erst später angebracht worden ist."

Und tatsächlich, durch die Freilegung dieser bröckeligen Verkleidung kamen schöne alte braune Holzbalken zum Vorschein. Dasselbe fanden wir in dem darüber liegenden zukünftigen Schlafzimmer. Obschon diese hässlichen Platten energisch dagegen protestierten und noch versuchten, sich an der alten Decke anzuklammern, es nützte ihnen nichts, denn, kurz entschlossen rissen wir, in beiden Räumen, diesen ganzen Stilbruch herunter. Sie flogen postwendend, nach viel Ziehen und Zerren, durch die Fenster hinaus und landeten in dem auf dem Hof stehenden müllgierigen Metallbehälter.

„Wie konnte man eine so schöne Decke so verschandeln?", ich musste verwundert den Kopf schütteln.

„Ich finde, diese alten, parallel angeordneten Holzsparren, einen neben den anderen, die nun hier alle zum Vorschein kommen, schenken den Zimmern gleich eine stilvolle und wohnliche Atmosphäre. Spürst du darin auch, so wie ich, eine Art pulsierendes Leben? Es ist, als wollte es mir jetzt seine einstige Wärme und Geborgenheit zurückgeben!"

Leider hatte man die verputzten Bretter mit vielen Nägeln befestigt. Inzwischen sind diese aber so verrostet, dass nun unsere erste Aufgabe darin bestand, jeden einzelnen vorsichtig mit der Zange heraus zu ziehen. Wir haben nicht gezählt, wie viele es waren, aber pro Balken fast sicher mehr als hundert. Dann bearbeitete Peter noch zusätzlich jeden Sparren mit seiner Schleifhexe, und überstrich zum Schluss alles mehrfach mit einer nussfarbenen Holzlasur. Dennoch blieben, die von den Nägeln verursachten Löcher, als ewiges Andenken gut sichtbar zurück, und erinnern auch heute noch an die frühere Verunstaltung.

Endlich war er dann so weit, unser zweiter Umzug in Merberich. Wir schleppten unser Mobiliar über den Hof in unser neues und romantisches Stöckli-Haus. Zu einem Umzug gehört normalerweise ein geräumiger Möbelwagen. Aber da bei unserem Haus das Wort „normal" bisher noch nicht Einzug gehalten hat, wurden hier keine professionellen Packer benötigt. Aber Hilfe, die konnten wir natürlich schon gebrauchen, und die kam spontan. Wenn auch nicht auf vier Rädern, so aber jeweils auf zwei Beinen. Der Kegelbruder Sepp, dem wir einmal bei seinem eigenen Umzug geholfen hatten, spannte seine Muskeln an, und wo es auf Merberich wieder eine besondere Aufgabe zu erfüllen gab, erschien natürlich auch Herr Pfeiffer der, wie auch unser Herr Dohmen, schon lange zur treuen und immer tatkräftigen Merbericher Hilfstruppe gehört. Das große Einräumen war dann noch meine und der Kinder Aufgabe, aber schon bald hatten wir es mit Bienenfleiß wieder einmal geschafft.

Unser täglich benutzter, so genannter Haupteingang, wurde die in unserem Unterzug schwere hölzerne Doppelhalbtüre. Das Spezielle daran ist, sie hat, wie bei manchen Pferdeboxen, die nach außen auf einen Hof gehen, eine obere und eine untere Klappe. Weshalb man damals hier eine so ungewöhnliche Tür eingebaut hatte, können wir nicht mehr nachvollziehen. Schon so mancher Liebhaber oder sogar Architekt wollte sie uns direkt abkaufen. Dieses Unikat aber blieb unser Haupteingang. Was für uns sehr praktisch, wirkt auf einen Besucher vielleicht manchmal etwas befremdend, denn, anstatt dass man in einer Garderobe seinen Mantel abgibt, muss der Eintretende erst einmal durch unsere Küche und gleich, damit verbunden, das Esszimmer laufen. Dahinter, die nächste Tür aber, die öffnet sich dann endlich zum Eingangsflur. Von dort führt dann die alte und dunkel gebeizte Treppe hinauf in den Wohnbereich.

*

Jetzt, wo ich immer noch, in Gedanken rückblickend, auf meiner weichen Bank sitze, ist die untere Türhälfte zwar geschlossen, die obere aber steht weit offen. So kann ich, von meinem gemütlichen Sitzplatz aus, ohne weiteres in meine neue Küche schauen.

Ich habe sie mir damals in einem hellen Grün ausgesucht. Von dem dahinter liegenden Esszimmer trennt eine große Theke, die wir aus rotem Backstein mauern ließen. Darauf angepasst liegt eine, extra dafür geschreinerte, dicke, grob gemaserte, nussbraune Holzplatte. Diese wird nicht nur von unserem Funk und dem unentbehrlichen Telefon belagert, wie so oft sitzen auch wir gemütlich für einen kleinen Imbiss daran. Als Küchenablage, für so manche hausfrauliche Tätigkeit, ist sie für mich bestens zu gebrauchen. An der Decke darüber, stabil aufgehängt, kann ich in einem langen Hängeschrank, sehr praktisch, so Einiges an Geschirr und Gewürze unterbringen.

Eigentlich könnte ich mich jetzt, statt hier draußen zu sitzen, in unserem Esszimmer niederlassen, denn dieses bietet eine ganz besonders charmante bauliche Spezialität.

Statt eines einzigen großen Fensters, hatte man damals einen Vorsprung an der Außenmauer, einen so genannten Erker, aus dunkelbraunem Holz mit darin vier voneinander getrennten Kassettenfenstern angebracht. Dies erweitert jetzt nicht nur unseren Essraum, wir konnten dort sogar eine gemütliche Eckbank einbauen, mit einem langen Esstisch davor. Diese kuschelige Essecke wird bei kühlerem oder winterlich kaltem Wetter benutzt. Heute aber, da ich mich an einem warmen und sonnigen Tag erfreuen darf, bleibe ich noch eine Weile draußen.

Zu einer Küche gehört meistens auch ein Vorratsraum. Der unserige befindet sich im Hausflur, am Fuß der wendeltreppenartigen Holztreppe und am gegenüberliegenden Ende der einsamen Haustüre. Darin haben sich nicht nur Staubsauger, Besen und Putzeimer breit gemacht, auch die gesamte Elektroanlage konnte hier installiert werden.

Abends aber genießen wir unser neu gestaltetes heimeliges Stöckli-Wohnzimmer, und manch einfaches „Café complet" wird auf einem Teebrett die steile, aber kurze Holztreppe hinauf getragen. Hier ist jetzt kein Weg mehr weit. Und wenn es dann draußen kühl geworden ist, knistert ein helles und wärmendes Feuer im neuen Kamin.

Ja, dieses Cheminée! Während wir unsere abendlichen Butterbrote streichen, begeistert uns immer wieder von neuem der tanzende Schein seines Feuers. Wir hatten ihn von einem Spezialisten, nach unseren eigenen Angaben aus rotem Backstein, bauen lassen. Nur die Feuerstelle selber ragt in den Raum hinein. In der Fortsetzung verdecken dann dieselben Steine die Wand bis hinauf zu der niedrigen Decke. Sie ist nun unterbrochen durch eine von mir gewünschte Nische, in die ich eine Figur oder auch manchmal eine Kerze hineinstellen kann. Dort aber trennt sich diese

Mauer mit einem stumpfen Winkel von der Wandecke und endet, mit einer darin ausgesparten Öffnung, am Türrahmen der Wohnzimmertür. In diesem, dadurch entstandenen Hohlraum befindet sich hinter einem abschließbaren Holztürchen unser Fernsehapparat. Eigentlich sollte es den ganzen Tag über geschlossen bleiben, doch manchmal wird es heimlich von einer Kinderhand vorsichtig geöffnet.

„Wo ist Niels?", keiner hat ihn gesehen. Ich aber ahne gleich seinen Aufenthaltsort. Mit zwei Stufen auf einmal stürze ich dann die Holztreppe hinauf, und wo finde ich unseren Jüngsten? Vor dem laufenden Gerät.

„Marsch hinaus, jetzt wird nicht fern geguckt! Wie sieht es mit den Schularbeiten aus?"

Nur wenig betrübt trottet der Sünder dann die Treppe hinunter. Er hat sich wieder einmal gelangweilt, denn Wiebke spielt mit Susanne, Claas ist irgendwo. Bei den Reitern sind, außer ihm und seinem Bruder, leider nur Mädchen. Ihm fehlt, weit ab vom Dorf, einfach ein Spielkamerad. Leider wartet er immer noch vergebens auf einen solchen:

„Könntet ihr nicht einmal Mieter aufnehmen, die einen Jungen haben?", hat er so manches mal gebettelt.

Es war ja eigentlich ein Zufall, dass Susanne und ihre Eltern auf Merberich eine Wohnung bezogen und Wiebke dadurch eine tägliche Freundin gefunden hat. Leider können wir Niels diesen Wunsch immer noch nicht erfüllen. Nichts im Leben ist eben vollkommen. Nicht einmal unser herrliches Gutshaus mit so viel Gelände und Spielfläche kann alle Träume erfüllen.

Am Freitagabend aber ist immer unser familiärer Fernsehabend. Da darf, weil am Samstag keine Schule ist, noch versüßt mit Schokolade und Guezli, auch unser Nachwuchs vor diesem wunderbaren, fast geheimnisvollen Kasten sitzen, in dem bildlich oft so spannende Geschichten gezeigt werden. Wenn der Film dann sogar noch ein „Happy End" bringt, dann tanzt der Jüngste jedes Mal erleichtert und fröhlich durchs ganze Zimmer.

Nur selten sind Peter und ich abends noch unterwegs. Sollten wir beide uns aber doch einmal einen Ausgang genehmigen, dann wird das Törchen vor dem verführerischen Inhalt sorgsam abgeschlossen und der Schlüssel versteckt. Doch die Eltern denken, aber die Kinder lenken.

Kaum sind wir, nachdem wir unseren Dreien in der Abteilung Kinderzimmer gute Nacht gesagt haben, unten zur Tür hinaus, da flitzt Niels schon ins Wohnzimmer und nimmt seinen heimlichen Wachposten am Fenster ein.

„Kommt schnell, sie sind gerade aus dem Hof hinaus gefahren!"
Jetzt beginnt ein eifriges Suchen nach dem wichtigen Sesam öffne dich!
„Ich hab ihn!" Wiebke hält ihn strahlend empor.

„Der war gar nicht schwer zu finden, wir sind doch keine Babys mehr!"
Und da man kein Baby mehr ist, darf man auch in Abwesenheit der Eltern fern gucken, und das so lange, bis dem Jüngsten, und bald dann auch
den beiden anderen, trotz aller Bemühungen noch etwas länger wach zu
bleiben, die Augen fast zufallen. Dann wird der Schlüssel wieder säuberlich und ordnungsgemäß in sein Versteck zurückgebracht. Wir sollten erst
viele Jahre später von solch herrlichen, ach so selbständigen Abenden erfahren.

In diesem familiär belebten Wohnzimmer kann man noch etwas ganz Besonderes und Charmantes entdecken. Nein, es ist nicht Peters neues Zimmer, welches ein zweites Fenster bekommen hat, und es sind auch nicht
die neuen, dunkel gebeizten und gut gefüllten Bücherregale. Hinter dem
vorstehenden Kamin, von der Zimmertür aus nicht gleich sichtbar, versteckt sich noch eine kleine Treppe. Keine ganz gewöhnliche. Es ist eine,
allseitig von Wänden eingefasste, hölzerne, blütenweiß gestrichene Wendeltreppe, die in einer nur leichten Drehung in mein Boudoir führt, welches, zusammen mit unserem Schlafzimmer, die höhere Etage einnimmt.
Ich habe sie „Schneewittchentreppe" genannt.

„Meinst du, du bist ein Schneewittchen?", bezweifelte Peter meine
Märchentreppe.

„Nein, geht nicht, ich habe in meiner Familie ja nur vier Zwerge und
Schneewittchen hatten davon sieben!", konterte ich.

Mein Bereich ist wieder etwas ganz Besonderes. Ein kleiner Raum,
um einiges kleiner als der den ich im Haupthaus bewohnt hatte, und mit
einer leichten Dachschräge. Möbliert ist mein Zimmerchen wieder mit
dem Damensekretär meiner Mutter und den drei Gobelinstühlen, die sie
einmal selber bestickt hatte.

Außer diesem Treppeneingang gibt es darin noch zwei Türen. Die eine
führt in unser Schlafzimmer. Aber hinter der zweiten versteckt sich die
kleine Werkstatt, in der meine erste, und vielleicht auch letzte, selbst gebaute Glasharfe entstanden ist.

Nach meinen zahlreichen Peill-Unternehmungen, trugen Peter und
ich das Instrument, trotz seiner beträchtlichen Schwere, wieder die bei-

den schmalen Treppen hinauf, und brachten es dahin zurück, wo es vor ein paar Monaten gebaut worden war.

Auch im Nachbarzimmer, unserem Schlafzimmer, gibt es so eine kleine Kammer mit einem gleichermaßen abfallenden Dach. Aber statt einer Tür ließen wir dort, gleich am Anfang der Dachschräge, eine hölzerne Schiebewand mit darin eingepasstem, rauem und getöntem Glas einbauen. An einer seitlich darin angebrachten Stange hängen nun unsere Kleider und Hosen und alles, was nicht in die Schubladen des Wandschrankes passt. Zusätzlich fristen darin einige Koffer ihre lange Zeit zwischen unseren jährlichen Ferien. Gleich daneben, in einem sehr kleinen, gesonderten Räumchen, fand sogar noch eine Toilette mit Dachfenster etwas Platz; unsere so genannte Mitternachtsvase!

So, wie die gegenüber liegende schräge Kammer, durch den Bau einer Glasharfe, sich jetzt seiner besonderen Wichtigkeit rühmen kann, durfte in den Vorweihnachtstagen auch diese hier über eine ganz besondere unvergessliche Spezialität verfügen.

Und das geschah so:

Einmal im Jahr wird in dieser, etwas düsteren Ecke, noch etwas ganz Besonderes hinein gestellt, und raubsicher, wie wir wenigstens glaubten, vor so einigen Schleckermäulern versteckt.

Es geschieht immer ungefähr einen Monat vor Weihnachten, da bestelle ich aus Süddeutschland etwa fünf Kilosäcke Baseler Leckli, ein schweizerisches Weihnachtsgebäck aus speziellen Lebkuchen. Doch eines Tages musste ich erfahren, dass es hier im Haus noch andere kleine Diebe gibt.

Diese weißen Papiersäcke stellte ich also dort hinein und holte nur auf Abruf jeweils einen Sack heraus, wenn der Inhalt des Vorgängers wieder einmal vollständig in den süßen Mündern meiner Familie verschwunden war.

Es passierte dann, kurz vor Weihnachten, als ich zur Teepause in unserer Sitzecke im Esszimmer der ganzen, pünktlich versammelten Familie, nur noch einen fast leeren Sack anbieten konnte.

„Wer hat denn hier schon geräubert?", fragte ich hinein in so einige kindliche Unschuldsgesichter." Ich zögerte nicht lange.

„Wir haben ja noch zwei Säcke oben, ich geh gleich einen davon holen!", versprach ich den hoffnungsvoll auf der Eckbank Sitzenden und eilte die beiden Holztreppen hinauf in unser Schlafzimmer.

„Hoffentlich kommen wir mit den restlichen Säcken bis Weihnachten aus. Es ist Zeit, dass ich die Weihnachtbäckerei in der eigenen Küche eröffne!", denke ich mir. Aber immerhin konnte ich jetzt noch zwei volle Säcke anbieten. Diese fand ich dann auch brav und senkrecht nebeneinander stehend am Boden dieses Wandschranks.

Schnell bückte ich mich danach und hob den einen hoch ... aber was war das, der war ja ganz leicht? Verwundert griff ich noch den anderen an seinem Griffbändchen. Aber auch der hatte ebenfalls kein Gewicht, schien absolut leer zu sein. Beim Umdrehen entdeckte ich dann ein säuberlich ausgeknabbertes Loch in der Rückwand, und das an beiden Säcken. Durch das musste der ganze herrliche Inhalt entschwunden sein. Was aber war hier passiert? Verständnislos, kopfschüttelnd und sehr frustriert setzte ich mich auf den Boden des Verstecks und begann mich, in dieser dort herrschenden Ruhe und Abgeschiedenheit, zu entspannen; vergessen waren im Augenblick die so mysteriös entschwundenen Leckerli. Weit weg erschien mir jetzt auch die Hektik des Tages und auch weshalb ich mich in dieser dämmrigen und so ganz stillen Kammer befand. Still und innerlich staunend, ganz versponnen in gerade diesen Augenblick, war ich mit meinen Gedanken vollkommen abgetreten.

Da, auf einmal, ein ganz leises Rascheln.

„Wer ist das?", fragte ich mich. „Wer kommt denn da auf leichten Füßen angetippelt?"

Es waren zwei graue Mäuslein. Sie blieben stehen, schnupperten erstaunt mit ihren Näschen in der Luft herum, dann trippelten sie weiter in Richtung Leckerlitüte.

„Fridolin, komm, ich habe etwas ganz Feines gefunden!"

„Was gibt's denn, Floriane?"

„Riechst du das nicht? In diesen beiden Türmen muss etwas Wunderbares sein, es riecht einfach himmlisch!"

„Doch, jetzt rieche ich es auch, einfach herrlich. Dann lass uns doch ein Loch in eines der beiden knabbern, dann können wir den Inhalt begutachten!"

„Aber pass auf, mach ganz vorsichtig, sonst fällt er noch auf uns herab!"

Aus meiner Ecke heraus konnte ich jetzt beobachten, wie die beiden ganz vorsichtig anfingen an der einen Tüte herum zu beißen. Ganz leise hörte ich die eifrigen Mausezähne am Papier. Plötzlich ein Laut, wie ein kleiner Riss.

„Pass bloß auf Fridolin, dass du an dem Turm nicht zu fest herumreißt, sonst kippt er noch auf uns herab!", kam erneut die Mahnung. Floriane zeigte sich recht besorgt, dennoch arbeitete auch sie sehr fleißig weiter. Dann plötzlich ein Plumps, eine süße Köstlichkeit schien durch das schon entstandene, und immer weiter gewordene Loch herausgefallen zu sein.

„Du, das schmeckt ja ganz toll, wir sollten unsere Kinder und die ganze Familie zu diesem Festessen rufen."

„Fiep, fiep!", hörte ich es jetzt aus zwei kleinen Mäuseschnäuzchen rufen und schon waren sie da. Zwei weitere kleine Mäuschen.

„Sue und Minipik, kommt und esst mit uns, wir haben hier etwas ganz Feines gefunden".

Nach weiterem Reißen an dem Sackpapier konnte ich es hören ... die zwei nächsten Leckerli fielen sogar gleichzeitig, heraus.

„Brüderchen Minipik könnte doch noch Oma und Opa, Onkel Gustav und Tante Claire herbei rufen!", höre ich das eine kleine Mäusekind vorschlagen.

Minipik, wie das andere Jungmäuschen zu heißen schien, verschwand ganz kurz und kam bald mit vier alten großen Mäusen zurück. Zwei davon waren schon uralt, denn ihr Fell war stumpf und strubbelig.

„Was habt ihr denn hier Herrliches gefunden, das riecht ja grandios. Danke Minipik, dass du uns zu diesem Festessen gerufen hast."

Das war wohl der Onkel Gustav, denn er wirkte etwas behäbiger als die anderen Mäuse.

Jetzt begann ein gieriges vielschnäuziges Schnabulieren, und ein Leckerli nach dem andern musste mit einem Plumps den Sack verlassen, wobei besonders der Onkel recht gefräßig wirkte, denn bei ihm fielen meistens gleich zwei Leckerli auf einmal heraus.

„Minipik, komm lass uns ein Loch in den anderen Turm knabbern, dann haben wir alles, was darin ist, ganz für uns allein. Aber sei ganz vorsichtig, nicht zu sehr reißen, Mama hat das gesagt, sonst ist das gefährlich!"

Ein recht praktisch denkendes Kind, diese kleine Sue. Schon bald entstand auch bei dem zweiten Sack ein immer breiter werdendes Loch, aus dem ein Leckerli nach dem andern heraus und diesen kleinen Räubern vor die Pfötchen fiel, um gleich darauf in den gierigen Schnäuzchen zu verschwinden.

„Jetzt ist aber genug, ihr fresst uns ja noch unsere ganzen Weihnachts-leckerli auf!" Schnell stand ich auf und wollte diese Frechdachse ver-scheuchen. Aber wo waren sie hingekommen? Keine Maus war mehr zu sehen, alle waren sie plötzlich weg, einfach verschwunden, die ganze Mäusefamilie, keine Sue, kein Minipik, keine Eltern, weder Großeltern noch die Tante Claire oder gar der besonders gefräßige Onkel Gustav, und auch kein Geräusch mehr vom Knabbern war mehr zu hören. Ich muss wohl geträumt haben! Und doch waren die absolut leeren Tüten Wirklich-keit und bestätigten, was hier passiert sein musste. Sie standen noch im-mer senkrecht wie die Soldaten nebeneinander auf dem Boden, genau so, wie ich sie vor ein paar Wochen voll hingestellt hatte, und jede mit einem dekorativ säuberlich ausgebissenen großen Loch an der Hinterseite. Und nicht einmal ein Krümchen konnte ich, daraus herausschütteln.

Meine wartenden Gäste waren recht amüsiert, als ich zwar mit scheinbar zwei vollen Tüten, und doch mit leeren Händen unten am Kaffeetisch erschien. Dann aber unterhielt ich alle mit der Mäusegeschichte, die ich noch etwas weiter phantasievoll ausschmückte. Aber trotz der Enttäu-schung waren wir der Familie Maus, die wohl ihren vollen Spaß gehabt hatte, eigentlich nicht richtig böse. Jetzt aber musste ich mich schleunigst selber um meine Weihnachtsbäckerei kümmern, sonst könnte es dann zur Adventszeit doch noch lange Gesichter geben.

Das ist eine kleine Schlafzimmergeschichte, die wohl nur in einem so al-ten Haus, wie dem Stöckli, entstehen kann. Aber was heißt hier alt? Wir haben doch jetzt alles so schön neu gemacht!

„Hast du dir schon einmal überlegt, an wie vielen Zimmermädchen und Butlern wir bis heute schon ihr Gehalt gespart haben?"

„Sparen ist gut, im Augenblick flattern nur Rechnungen ins Haus!", ant-wortete mir Peter.

„Ja schon, dafür aber haben wir nun alles neue Fenster, dann die wun-derschöne große Theke in dem Küchen-Esszimmer-Raum, im Wohnzim-mer knistert ein gemütlicher Kamin, und dazu kommt noch die allgemei-ne Renovierung all der vielen Decken und Fußböden. Du musst doch zu-geben, dass wir mit diesen Auslagen viele dieser dienstbaren Geister recht lange hätten beschäftigen dürfen. Jetzt aber haben wir auf diese vielen dienstbaren Geister verzichtet und genießen dafür täglich unser kusche-liges Heim."

Es ist wieder einmal so eine Überlegung, die ich beim gemeinsamen abendlichen Bad anspreche. In dieser besonders großen Badewanne in dem neu eingerichteten und recht geräumigen Tummelplatz der familiären Hygiene, werden die meisten, wenn auch nicht immer ganz billigen, Zukunftspläne ausgeheckt.

„Und vergiss nicht, für die ganz neu eingerichteten und voll renovierten Kinderzimmer wären die Kosten für die vielen Gärtner zuständig gewesen!", versuche ich die unbeliebten Postsendungen auch hier lachend ins Positive zu bringen.

Ja, diese Kinderzimmer. Man betritt diese Abteilung gleich hier vom Badezimmer aus, nur kurz getrennt durch meinen hauswirtschaftlichen Arbeitsraum. Das erste Zimmer gehörte lange Zeit unserer Ältesten. Von dort gelangt man dann in den Flur zu den Bubenzimmern. Leider wurde, durch das tägliche fleißige Hin- und Herrennen, daraus bald ein wirbliges Durchgangszimmer, was mit der Zeit unserer heranwachsenden Tochter verständlicherweise doch sehr auf die Nerven ging. Anklopfen wäre natürlich nur lästig gewesen und bei einer Schwester sowieso absolut überflüssig ...

War es gemeinsam mit ihrer Freundin Susanne, dass die beiden eines Tages von dem kleinen Flur aus die Tür zum Speicher aufmachten? Unternehmungslustig eilten sie die Treppe hinauf, hüpften auf der Mansarde über die noch immer auseinander stehenden Bodenbalken und kletterten abenteuerlustig die nächste kleinere Treppe zum Taubenschlag hinauf.

„Gerade sehr groß ist dieser Raum ja nicht und auch recht dunkel", vermerkte Susanne nachdenklich und etwas skeptisch. Nein, dieser kleine Giebelraum mit den beidseitig zeltartigen Dachschrägen, und als Fenster nur verwöhnt mit einem kleinen Guckloch, er präsentierte sich wirklich nicht gerade besonders einladend. Wiebke aber hatte sich, unbeirrt der momentanen Tatsachen, im Kopf ihr Zimmerchen bereits gemütlich hergerichtet.

„Hier wird uns so schnell niemand mehr stören. Und schau, ich werde Papa bitten, an dieser Seite noch ein schönes Dachfenster einbauen zu lassen. Darunter stelle ich dann meinen Schreibtisch, und an der Giebelseite könnte man diesen kleinen Ausguck auch noch etwas verbreitern. Du wirst sehen, mein zukünftiges Zimmer wird einmal wunderbar hell. Mein jetziger Raum ist zwar größer, hat aber auch nur ein Fenster zum Vorgarten hinaus. Von hier aus könnte ich dann über den ganzen Hof schauen und auch hinüber zu deinem Zimmer. Dann könnten wir uns einander immer durch Zurufen verständigen. Papa wird das schon richtig und wohnlich für mich machen, ich muss ihn nur noch von dieser Idee überzeugen."

Das väterliche Einverständnis zu bekommen dauerte dann auch gar nicht so lange. Ich selber fand diesen kleinen, ehemals verdreckten Raum schon bei der ersten Besichtigung entzückend.

Der Umbau gestaltete sich dann aber doch wieder recht aufwändig, denn es handelte sich dabei ja nicht allein um das kleine Zimmer selber. Auch der Aufgang musste neu gemacht werden, und vor allem wurde jetzt die Neubelegung des riesigen Speicherbodens dringend. Wir wollten ja nicht, dass der Zugang zu diesem Dachzimmerchen zu Unfällen führen könnte. Unmengen von Holzplatten mussten dann, vom Vorgarten her, auf der neuen, außen angebrachten und recht steilen Wendeltreppe hinauf balanciert werden. Auch die Treppe zum Speicher zeigte sich noch als ein mühsames Hindernis. Endlich aber konnte der reparaturbedürftige Boden fachgerecht neu belegt werden.

Um mehr Helligkeit in diese große Mansarde zu bringen, ließen wir noch zusätzlich die drei schon bestehenden schmalen Mauerschlitze, mit Hilfe eines eingesetzten Sturzes, zu einer hellen großen Öffnung erweitern. So wurde aus diesem dunklen, fast bodenlosen und weiträumigen Dachboden, ein schöner und heller Aufenthaltsraum, in dem, an einer später gekauften Tischtennisplatte, oft auch hitzige Turniere ausgetragen wurden.

Endlich konnte unsere Tochter ihren ganzen Kram in ihr neues, hoch über dem Hof liegendes Dachjuchhee schleppen, und schon bald wanderten die Schallwellen, mit dem Spezialruf „EeeeGeee!", ungehindert, wie sie dies schon vor der Erfindung des Telefons gemacht hatten, laut und vernehmlich von Fenster zu Fenster. Obwohl Susannes Zimmer ein Stockwerk tiefer liegt, hört sie ihre Freundin immer recht schnell, und schon streckt sie ihren Kopf neugierig aus ihrem Zimerfenster.

„EG, hier bin ich, was gibt es?"

Wie die beiden zu dieser komischen Abkürzung gekommen waren, danach fragte niemand, es hätte dazu auch keine Erklärung gegeben, es wurde einfach akzeptiert.

*

Der neu belegte Speicher bekam nun täglich seine Besucher. Einmal aber bemerkte ich dort etwas sehr Lustiges. Es war an einem Nachmittag, in der Reithalle war der Unterricht in vollem Gange. Deutlich vernahm ich an der Holzwand, neben dessen Treppe, nicht nur die Stimme der Reitlehrerin, auch das Getrappel der Pferdehufe war hier gut zu hören. Auf diese plötzliche Entdeckung hin folgte notgedrungen am Abend natürlich wieder eine so genannte Badewannenbesprechung.

„Peter, hast du auch bemerkt, dass hinter der Holzwand, gleich neben der Bodentreppe, direkt die Reithalle ist? Warum hat man eigentlich hier nur eine Wand aus Balken und Brettern gemacht?"

„Das kann ich dir leicht erklären. Du erinnerst dich sicher noch daran, als wir in Merberich einzogen, dass wir dort, wo jetzt unsere Reithalle ist, noch so einige Gestelle vorgefunden hatten, die deutlich auf einen ehemaligen Fischgrätenmelkstand hinwiesen. Direkt darüber war dann der große Heuboden. Als uns dann die Idee kam, für unsere ersten Pferde, die Mondfahrt und die Fiona, diesen Kuhstall in eine Reithalle umbauen zu lassen, mussten wir die ganze Decke dieses Heubodens entfernen, sonst wäre die Halle nicht hoch genug und daher für einen Pferdebetrieb auch ungeeignet gewesen. Wenn du also heute, bei der Mansardentreppe, nur noch eine Holzwand vorfindest, dann ist dies die noch übrig gebliebene einfache Trennwand zum damaligen Heuschober. Die Wand im Kinderflur jedoch, die gehörte schon damals zur Melkerwohnung, und ist daher eine feste Mauer."

„Da ist mir gerade eine tolle Idee gekommen. Durch diese Holzwand habe ich nämlich nicht nur den Betrieb in der Halle gehört, ich konnte sogar durch einen länglichen Spalt ein wenig hinunter gucken. Wenn wir jetzt bei dieser festen Wand hinten im Flur selber einen Durchbruch machen, und in die Öffnung dann ein Fenster einsetzen, könnten wir vom Kinderflur aus direkt hinunter in die Reithalle schauen!"

„Du möchtest also, ohne selber gesehen zu werden, zu jeder Zeit den Reitbetrieb beobachten können?"

„Das wäre doch prima, dann besäßen wir praktisch einen privaten Logenplatz, und könnten von dort aus sogar konkurrenzlos den Unterricht verfolgen!"

An einem ruhigen Vormittag, als niemand gedachte, die Reithalle zu benutzen, flogen Bretter und Putz Stück für Stück hinunter auf den Hallenboden. Von dort entsorgten wir dann den ganzen Schutt mit der Schubkarre säuberlich und ohne Rückstände. Woher Peter dann das alte große Fenster mit dem Metallrahmen aufgetrieben hat, weiß ich nicht mehr. Auf jeden Fall wurde es sehr schnell in die entsprechend große Öffnung eingesetzt. Obwohl man das Fenster nicht öffnen kann, benutzen wir diesen speziellen und praktischen Beobachtungsplatz recht oft, vor allem bei den hauseigenen Turnieren, bei denen sich immer eine große Anzahl Zuschauer, vor allem die ganze Elternschaft, an die Halleneingänge drängt. Jetzt können wir ungestört, und so lange wir Zeit haben, das ganze Geschehen von oben herab, und erst noch an der Wärme, betrachten. Leider fehlen dabei die samtbezogenen königlichen Sessel, auf die wir, zugunsten von Stehplätzen, aber großzügig verzichten.

*

Während der ganzen Kriegsjahre hindurch hatte auch das Stöckli, durch sträfliche Vernachlässigung, großen Schaden erlitten. Man hatte ihm Kratzer und Beulen zugefügt. Und dennoch ging sein eigenständiger Charakter, seine, wenn auch lange versteckte Originalität, dabei nie verloren. Als wir dann, mit unserem Ausbau, das ganze Haus aus Dreck und Schutt heraus geholt hatten, wurde es wieder das, was es jahrelang, wenn auch im Verborgenen, immer gewesen war, ein Paradies.

Aber so ein Haus, voll Originalität, Besonderheiten und Überraschungen, wie man es selten anderswo finden kann, ist wie ein kostbares und edles Geschenk, das nun auch entsprechend geschmückt und besonders schön eingepackt werden möchte.

Als Geschenkpapier sollte hier wiederum eine weiße Fassadenfarbe dienen.

Leider hat es noch immer nicht zu dem Luxus eines praktischen Gerüstes gereicht. Also stellten wir wieder einmal unsere altbewährten Leitern an die Hausmauer, kratzten zuerst geduldig mit Drahtbürste und Spachtel Stück für Stück die gelben Farbreste ab und stopften anschließend den Speis in die dabei gefundenen Löcher. Zuletzt, als die erfreulichste Tätigkeit, kam dann das Auftragen der weißen Farbe. Mehrmals rollten wir diese, Meter für Meter, auf das nun saubere Gemäuer. Dabei wurde jeder Rollenstrich nicht nur für das Haus, nein, auch für uns zur Belohnung. Nach vielen Tagen Kletterei in schwindelnder Höhe, wobei auch unsere Arbeitskleider von dieser Art „Verpackung" genügend beglückt wurden, erstrahlte die Fassade unseres Hauses in neuem und hellem Weiß.

Und doch fehlte hier immer noch etwas. Bei keinem liebevoll behandeltem Geschenkpaket fehlt die bunte Schleife und dazu noch eine fröhlich hineingesteckte Blume.

Also besuchten wir den nächsten Gärtner:

„Wir brauchen drei Kletterrosenstauden von schnellem und kräftigem Wuchs. Sie müssten dicht hoch wachsen, und daran sollten auch jedes Jahr, für lange Wochen, schöne rote Rosen blühen!"

Unsere Wünsche waren recht anspruchsvoll. Der Gärtner aber nahm die Herausforderung an. Schon im zweiten Jahr blühten, und von da an jährlich, an der schönen weißen Hauswand, die prächtigsten roten Rosen.

Von Jahr zu Jahr wachsen sie höher und höher, streben hinauf bis zu den Fenstern des Wohnzimmers im ersten Stock. Sie umschmeicheln heute auch den Erker des Esszimmers und bald schauen ein paar vorwitzige Zweige sogar um die Ecke, herein in unseren Unterzug, und grüßen, mit ihren roten Röschen, freundlich hinüber zu unserer dortigen Sitzecke. Das ganze Stöckli ist dann immer für viele Wochen im Jahr ein rot blühendes Wunder.

Noch versteckten sie sich aber in diesen frühen Frühlingstagen in ihren Knospen.

Der Sommer, der wird bald kommen und damit auch unsere roten Rosen.

Kapitel 24

Lebhaftes Gut Merberich!
Kinder, Mieter und andere Geschichten

Jakob – Coco, der Schlaumeier – nächtliche Betrachtungen –
„wo ist Claas?" – Niels unter dem Gitter – ein tolles Mofa – der besondere
„Farbtupfer" – der Kinnhaken – eine Mieterin mit Kunstverstand und eine
blaue Haustüre – ein Himmelbett – Die „Schroeder-Roadshow-Band"
bringt uns Vizetochter Susanne – ein duftiger Mieter – „Audio Technologie" –
Wäsche am falschen Ort – Tierschützer – „Enten, schöne Enten!" –
gemeinsamer Abendbrottisch – nächtlicher Nachklang

„Liebe Leser, habt Ihr schon einmal eine oder mehrere Wohnungen vermietet? Nein? Schade, das kann nämlich recht abwechslungsreich sein. Denn so, wie die Menschen sich nicht nur in ihrem Charakter, ihrer Einstellung zum Leben und ihren Erwartungen voneinander unterscheiden, so tun sie es auch als Mieter. Wären sie aber alle gleich, dann könnte ich jetzt nichts über dies bunte Miteinander, was wir in vielen Jahren selber erlebt haben, erzählen und das Kapitel würde einfach wegfallen. Eigentlich auch schade, nicht?"

*

Die Zeit verging und mit sich brachte sie als kleines Gepäck die Tage und Wochen, gewichtiger waren die Monate, aber noch schwerer trug sie an den Jahren.

In unserer ersten Zeit auf Gut Merberich erlebten wir das Haus noch voller Rätsel, tiefgründig und ruhig wie ein einsamer See. Kaum berührt kräuselte sich sein Wasser, nur sanft bewegt im fröhlichen Gezwitscher und Jubilieren der vielen Vögel in den Bäumen und dem geschwätzigen Gequake einiger Wildenten auf dem Teich.

Als wir dann aber eines Tages angefangen hatten, viele Wohnungen wieder bewohnbar zu machen, da kamen die Menschen und belebten die anfangs noch so stillen Räume. Unruhig wurden nun die vorher nur sanft wiegenden Wellen dieses bisher kaum berührten Wassers. Aufgewühlt wuchsen sie, überschlugen sich sogar manchmal und warfen Gischtkronen vor sich her. Doch nach jedem Sturm folgte immer wieder eine Zeit der Ruhe mit einem gleichbleibenden und ausgeglichenen Wellengang. Langweilig? Oh nein!

Was haben wir in den vergangenen Jahren doch alles erlebt!

Im Stöckli fühlten wir uns schon bald recht zuhause. Das Wohnen gestaltete sich darin zwar nicht ganz so edel, war aber heimeliger, denn die Dimensionen hatten sich auf ein Normalniveau reduziert. Jeder von uns konnte sich an seinem eigenen Reich erfreuen. Wenn ich dann beispielsweise unser gemeinsames Wohnzimmer betrat, war das nicht mehr der repräsentable Saal von 60 m². Dafür aber war es jetzt durch den schönen, mit rötlichem Backstein gebauten Kamin, darin wärmer. Auch unsere Bücher hatten in den neuen sehr dunklen, in fast schwarzem Holz gehaltenen Regalen ein für uns übersichtlicheres und leichter erreichbares Quartier gefunden.

Draußen wuchsen unsere Rosenstöcke von Jahr zu Jahr höher, ließen ihre Äste immer weiter die Hausmauer hinauf und um diese herum klettern. Im Frühjahr bis in den Sommer hinein konnten sie sich dann mit blühen nicht genug tun und wir genossen, als besonderen Anziehungspunkt, in den wärmeren Jahreszeiten unseren so genannten Unterzug. Diesen Platz vor Küche und Esszimmer konnten wir auch bei Regen gut geschützt benutzen und dabei alles auf dem Hof Geschehende beobachten. Leider waren wir aber selber von dort auch gut zu sehen, was manchmal von Nachteil und sogar etwas ärgerlich sein konnte.

*

Und schon erinnere ich mich an zwei lustige Geschichten. Die eine geschah an einem schulfreien Samstag. Die ganze Familie saß gemeinsam am Mittagstisch, als Wiebke plötzlich flüsterte:

„Achtung, Tarnkappe auf, Angriff von nebenan!"

Leider besaßen wir keine so hilfreiche Bedeckung, denn eine solche ist bis heute noch nicht aus den Märchen in den realen Alltag hinausgehüpft. Und auch schnell unter den Tisch kriechen hätte, allein schon aus Platzmangel, nicht viel geholfen. Stattdessen beobachteten wir kritisch, wie unser Tonspezialist von gegenüber mit langen Schritten, und das leider zielsicher in unsere Richtung, über den Hof geschritten kam.

Er war inzwischen schon der dritte Mieter, der unsere ehemaligen drei großen Parterreräume besiedelte. In dem damaligen ausgedehnten Wohnzimmer mit den roten Bodenfliesen da hat er jetzt sein Tonstudio eingerichtet. Wie praktisch war es für mich, dass meine Schallplatte dadurch hier im Haus selber aufgenommen werden konnte. Zu seiner Wohnung gehören noch das Kinder-, das Esszimmer sowie die Küche. Nun aber schien er Langeweile oder sonst ein Anliegen zu haben, was er unbedingt und gerade jetzt an unserem Esstisch vorbringen musste.

Da war aber noch jemand, der dieses familiäre Zusammensein nicht gestört haben wollte, und das war Jakob.

Unser Jakob war eine Elster. Woher aber hatten wir sie? Eines Tages rief unser Hausarzt an, eine Elster sei in seine Praxis herein gehüpft. Er könne das Tier aber nicht gebrauchen, fangen schon gar nicht. Also wozu hatte man einen Tierarzt im Ort, den man sogar persönlich kennt? Peter brachte den recht zahmen, damals aber noch ängstlichen Vogel, nach einer zeitraubenden Jagd durch die ärztliche Praxis, deren Küche und Garten zu uns nach Hause. Einstimmig, von den Kindern sogar begeistert, wurde er gleich als ein originelles, aber liebenswertes Mitglied in unsere Familie aufgenommen. Schön war der Vogel zwar nicht, eher hässlich, schmutzig und schwanzlos, dafür aber irgendwie eine Persönlichkeit, und schon daher liebten wir ihn.

„Du bist verrückt Jakob, du bist verrückt!", teilte er uns schon recht bald mit und hustete dazu wie ein alter Seebär. Wir vermuteten daher, dass er wohl einige Zeit in einer Wirtschaft zugebracht und dort seine Sprachschulung bekommen hatte.

Nun hüpfte er, während wir friedlich dem Essen zusprachen, heute ausnahmsweise sogar ohne Gemäkel der Kinder, vergnügt auf dem braunen Teppich, neben und unter dem Tisch herum und genoss es, von uns immer wieder einmal angesprochen zu werden. Warum er aber unseren Nachbarn nicht leiden konnte, blieb uns verborgen, denn dieser hatte sich noch nie als tierfeindlich gezeigt.

Aus seiner niedrigen Stellung unter dem Tisch sah er schon von weitem große Schuhe bedrohlich immer näher kommen. Dadurch irritiert stürzte er plötzlich diesen entgegen und begann, heftig mit seinem spitzen Schnabel darauf herum zu hacken. Trotz des stabilen Leders kann aber so ein kräftiges Fress- und Kampfgerät am Ende doch den Schuhinhalt erreichen. Unser unerwünschter Besucher führte einen sehenswerten

Stepptanz auf, der jedoch ohne Erfolg blieb. Trotz unserer, vielleicht etwas halbherzigen Bemühungen, war der Vogel nicht zu beruhigen. Wir versprachen also dem ungebetenen Besucher, dass wir uns bei ihm zu gegebener Zeit melden würden. Als dann dieser unerwünschte Störenfried fluchtartig auf der gegenüber liegenden Hofseite hinter seiner Haustüre wieder verschwunden war, lobten die Kinder, trotz unserer nicht ganz ernst gemeinten Mahnung, den energischen Torwächter mit „brav, Jakob, hast du gut gemacht". Dieser hopste, ganz stolz ob seiner Heldentat, auf dem Teppich herum.

Das zweite, so liebenswerte und daher unvergessliche Erlebnis handelt von einem anderen Vogel. Wir wohnten damals noch in der Hauptwohnung.

Coco hieß er und war ein Graupapagei undefinierbaren Alters. Sein Besitzer konnte ihn aus irgendwelchen Gründen nicht mehr halten, und so kamen wir unversehens in seinen Besitz. Tagsüber brachte ich seinen Käfig aus unserem damaligen Wohnzimmer im ersten Stock hinaus auf die große, ovale und halb überdachte Terrasse, damit er nicht nur frische Luft, sondern auch ein bisschen Natur und einen Hauch von Freiheit genießen konnte. Mit den Wochen gefiel mir seine Gefangenschaft aber immer weniger. Die Freiheit vor der Nase und dennoch hinter Gittern?!

„Peter, ich möchte unseren Coco einmal fliegen lassen, ich kann dieses Eingesperrtsein nicht mehr länger mit ansehen. Ich weiß zwar nicht, ob er überhaupt fliegen kann, und auch nicht, ob er, einmal die große Freiheit kennengelernt, auch wieder in den Käfig zurückkommen wird. Diese Entscheidung muss der Vogel aber selber fällen. Ich möchte es einfach einmal versuchen."

Gemeinsam öffneten wir das Käfigtörchen. Wir waren sehr gespannt auf die Reaktion. Coco beobachtete diesen ganzen Vorgang eine Weile, legte seinen Kopf schief, als wollte er die neue Situation erst einmal genauestens analysieren, hopste dann zur Öffnung, klammerte sich mit den Füßen am Draht fest und blieb so noch eine Weile kritisch überlegend, was er jetzt wohl machen könnte, stehen. Dann aber öffnete er plötzlich seine grauen Flügel und flog mutig bis auf das nahe Terrassengeländer.

„Schau, er kann fliegen!", rief ich begeistert aus.

„Lass ihn jetzt einfach in Ruhe, es liegt nun an ihm, was er aus seiner neuen Freiheit machen will. Ich muss noch einmal wegfahren und bin etwa in einer Stunde wieder zurück, dann werden wir es wohl erfahren", und schon eilte Peter das Treppenhaus hinunter.

Noch eine Weile hopste unser gefiederter Entdecker auf dem Geländer hin und her, dann aber lockte wohl doch das große Abenteuer. Auf einmal öffnete er wieder seine Flügel, flatterte zwar noch ein wenig unsicher, dann aber rief die Ferne, die noch so unbekannte Freiheit. Ein paar kräftige Flügelschläge, dann flog er hinauf, immer weiter, dem warmen und sonnendurchtränkten Himmel entgegen. Voll innerer Freude, und doch mit einiger Besorgnis verfolgte ich aufgeregt seinen Flug durch das Fenster. Er endete weit weg, auf dem Ast eines hohen Baumes, wo ich ihn als Punkt noch gerade erkennen konnte.

„Ob er wohl wieder nach Hause und in seinen Käfig, wo sein Körnerfutter auf ihn wartete, zurück findet?", fragte ich mich. Obwohl glücklich über seine neue Freiheit schaute ich doch häufiger etwas besorgt hinaus in den noch immer einsamen Käfig.

Endlich, bei beginnender Dämmerung, fand ich Coco wieder wohl geborgen in seiner Behausung. Der Hunger, oder war es der Durst, beide waren wohl seine besten Hüter.

„Hast du gut gemacht, Coco, jetzt trage ich dich aber wieder hinein in die gute Stube, und morgen darfst du wieder draußen mit den anderen Vögeln fliegen."

Von da an durfte er seinen Käfig täglich verlassen, und seine Ausflüge wurden immer mutiger und zeigten ihm die Welt auch in größerer Entfernung.

Manchmal aber dachte er gar nicht daran, wieder brav in seinen Käfig hincin zu hüpfen. Er fand bald heraus, wie er uns eine Weile zum Narren halten konnte. Wohl kam er zurück, guckte zu dem offenen Käfig, aber statt diesen wieder zu betreten, flatterte er, kurz davor, mutwillig einfach daran vorbei, ob er wohl dabei gelacht hat? Dann kletterte er behände an der Dachrinne entlang und demonstrierte seine Flugkünste auch über den Dachziegeln. Ich aber hielt ihm immer wieder einladend und lockend den offenen Käfig entgegen.

„Coco, nun komm nach Hause, es ist Zeit, es wird gleich dunkel!"

Aber er hatte wieder einmal seinen witzigen Tag. Immer, kurz vor dem Käfig, den ich ihm besorgt und eifrig hinhielt, tat er so, als wollte er mir doch endlich den Gefallen tun und hinein steigen. In Wirklichkeit aber hatte er dazu absolut und momentan keine Meinung. Kurz davor schwenkte er immer wieder mutwillig in eine andere Richtung ab. Nein, Coco wollte noch nicht ins Bett, sondern fand das Spiel, bei dem Frauchen rufend und lockend mit dem Käfig hinter ihm her rannte, einfach amüsant.

„So bleib halt die Nacht draußen, ich hab für deine Kapriolen keine Zeit mehr!", rief ich dem Spaßvogel noch nach, stellte den Käfig auf den Terrassentisch und ging hinein. Als ich später, es war inzwischen schon ganz dunkel geworden, noch einmal hinaus auf die Terrasse schaute, wer saß da, unschuldig im Käfig auf seiner Stange und versteckte den Kopf im Gefieder? Unser Ausreißer und machte sein nächtliches Schläfchen.

Einmal aber blieb Coco ganze drei Tage weg. Vergebens schaute ich abends, in der Nacht und am Morgen zu seinem Käfig, den wir natürlich offen auf der Terrasse hatten stehen lassen, der blieb einfach leer. Vielleicht hatte er eine Frau Papagei oder sonst eine ähnlich gefiederte Vogeldame entdeckt, denn für uns war er immer ein Jüngling? Sein Ausbleiben blieb uns ein Rätsel. Bei uns allen war Hoftrauer angesagt. Doch plötzlich war er wieder zu Hause, einfach, als wäre er nie weggewesen, saß auf seiner Stange und putzte sorglos sein Gefieder.

Wie traurig waren wir, als eines Tages unser putziger Papagei krank wurde. Hatte er draußen wohl etwas Giftiges gefressen? Uns war immer bewusst, dass in der ach so goldenen Freiheit für unseren Nicht-Europäer etliche Gefahren lauern konnten. Er bekam eine geschwollene Zunge und konnte damit keine Körner mehr aufnehmen. Herrchen gab ihm Medikamente, es wurde etwas besser. Zaghaft flog er wieder etwas herum, blieb aber immer in der Nähe des Käfigs. Dann aber half nichts mehr. Still verabschiedete sich unser fröhlicher Coco für immer von uns.

*

Kinder! Sind sie nicht ein Teil des Naturorchesters? Sie jauchzen und singen mit den zwitschernden Vögeln, diskutieren miteinander wie der Wind in den Baumkronen, tauschen, gleich einem murmelnden Bach, ihre Geheimnisse aus, reden miteinander wie die plätschernden Wellen eines Sees und zanken sich ein anderes Mal wie das tosende Wasser eines Flusses. Ihre Taten sprießen heraus aus einer noch ungetrübten Phantasie und verbleiben oft treu behütet im Erinnerungskästchen ihrer Eltern.

Es ist an einem Samstagabend, Peter ist noch unterwegs zu Patienten und ich bin damit beschäftigt, ein einfaches Abendessen für meine Familie vorzubereiten. Da, auf einmal melden sich bei mir, in der Ruhe meiner Stöckli-Küche, aus eben einem solchen Erinnerungskästchen, drei Geschichten, alle einmal fabriziert von Wiebke, Claas und Niels. Ich will versuchen, sie nun hier so getreu wie möglich wiederzugeben.

Zwischendurch schaue ich immer wieder einmal kurz über den oberen Teil unserer schweren hölzernen Doppeltür hinüber zum Stall. Dort brennt Licht, also sind die Kinder noch mit ihren Pferden beschäftigt. Mein zweiter Blick geht dann über den Hof zum Haupthaus. Die Dämmerung hat inzwischen eingesetzt und ich kann beobachten, wie drüben ein, zwei, drei und mehr Fenster, eines nach dem andern, zu leuchten beginnen. In der Praxis hat Annemarie, unsere Helferin, das Licht schon angezündet, und auch im zweiten Stockwerk darüber scheint man ebenfalls von der Arbeit nach Hause gekommen zu sein.

Heimelig ist dieser warme Schein vieler einzelner Lichtquellen, der nun sanft an den trutzigen Mauern des großen Hauses vorbei streicht und sogar noch den Hof schwach beleuchtet. Es ist eine Welt, die Schutz und Geborgenheit ausstrahlt.

Als wir vor einigen Jahren den Gutshof gekauft und darin unsere erste Wohnung, nach einer schnellen aber gründlicher Renovation, bezogen hatten, war es noch nicht so. Schwarz, mächtig, unheimlich, ja fast abweisend hatte damals das schmutziggelbe mit vielen, noch aus dem letzten Krieg stammenden Einschusslöchern verletzte Gemäuer, an das sich noch lange Zeit Zentimeter dick das Efeu anklammerte, jeden angestarrt, der sich in seine Nähe getraute.

Nun aber ist es nicht nur unser Zuhause geworden, es hat sich auch zu einer arbeits- und verantwortungsintensiven Lebensaufgabe entwickelt.

Schon bald aber begannen wir uns darüber Gedanken zu machen, wie wir wieder Leben in die vielen leeren und recht trostlosen Räume bringen könnten. Selbstverständlich musste zuerst eine Praxis mit daran anschließendem Wartezimmer gesucht und benutzbar gemacht werden. Platz fanden wir dafür im Mittelteil des großen Hauses, gleich neben dem sehr desolaten und leeren Stall. Etwas später, nachdem wir diese mit allem was dazugehört eingerichtet hatten, entdeckten wir während einer unserer immer noch spannenden Hausexpeditionen im zweiten Stockwerk darüber zwei niedliche Räume. Sie wurden, und wie immer mit entsprechender Eigenleistung, renoviert und schon bald zogen in diese kleine Zwei-Zimmer-Wohnung zwei junge Frauen ein.

Wir begegneten ihnen nicht oft, denn sie gingen tagsüber zur Arbeit und kamen erst abends zurück. Aber dennoch fühlten sie sich recht bald dem Hause zugetan und nahmen sogar einmal tatkräftig am inzwischen lebhaften Merbericher Leben teil. Ihren mitfühlenden Einsatz werden wir nicht vergessen.

Es geschah an dem aufregenden Tag, an dem unser kleiner Claas verloren ging. Jetzt, alleine beschäftigt in meiner Küche, erinnere ich mich an die große Aufregung, als Wiebke, zusammen mit Monika und Helga, den beiden Schülerinnen, die sich oft nachmittags um unsere Kinder kümmerten, erschreckt über den Hof gelaufen kam und rief:

„Mama, Papa, die Pferde sind weg! Wir wollten sie von der Weide holen, aber da war kein einziges mehr!"

Es war an einem Spätnachmittag im Herbst, als wir beim Eindunkeln die Pferde Mondfahrt und Fiona mit den beiden Ponys Simone und Polly vermissten. Sie hatten wohl wieder einmal eine Ausbruchsstelle gefunden. Darin waren besonders unsere Kleinpferde Meister, denn ein Zaun konnte nicht eng genug sein, dass sie nicht dennoch irgendein Schlupfloch darin zu erweitern vermochten, um in die große Freiheit ausbrechen zu können. Da Pferde absolute Herdentiere sind, setzten dann unsere Großen alles daran, den kleinen Lauskerlen irgendwie zu folgen, und wenn sie dabei einen Holzzaun durchbrechen mussten.

„Habt ihr schon unten an der Bahn nachgesehen!" Es war nicht nur Peters erster Gedanke, auch ich fürchtete diese Gefahr am meisten.

„Ich habe schon nachgeschaut, dort sind sie nicht!"

„Dann müssen wir sie bei den oberen Wiesen und in Richtung Halde suchen. Am besten wir verteilen uns dort über die verschiedenen Wege!"

Nun begann ein großes Suchen nach den Entlaufenen.

Auch Monika und ihre Schwester Helga, die bis eben noch mit unseren Kindern gespielt hatten, waren bereit mitzuhelfen.

Die Halde Nierchen, eine Abraumhalde der nahen Braunkohlengrube, begann direkt am oberen Teil unseres Grundstücks. Es war ein recht hoch ansteigender Hügel mit viel frisch gepflanztem Jungwald und breiten Arbeitswegen. Ihrem Fress- und Freiheitsdrang folgend hatten unsere Tiere, obschon ihnen eine große Wiese zur Verfügung stand, wieder einmal nachgegeben. Nun durften wir sie dort, jeder in eine andere Richtung laufend, suchen. Von allen Seiten her hörte man jetzt unseren Schlachtruf: „Hossi, Hossi, Hossi!"

Zusätzlich holte ich im Stall noch einen Futtereimer und füllte ihn mit Kraftfutter. Ich kannte ja meine Pappenheimer! Sollte ich sie entdecken, wäre es ein Einfaches, sie durch Schütteln und Rappeln ihres geliebten

Futters heranzulocken. Sobald man dann einen der Ausreißer am Halfter zu halten bekommt, folgen die anderen dann freiwillig.

Diesmal hatten wir zum Glück bald Erfolg.

„Ich hab sie!"

Es war Monika die es laut rief, und schon von weitem erkannten wir, dass sie die Mondfahrt am Kopfstück führte. Erleichtert stürmten wir alle gleichzeitig zu ihr hin. Jeder ergriff schnell ein Pferd und willig ließen sie sich jetzt in den Stall und in ihre Boxen führen. Als wir alle Tiere zufrieden an ihrem Futter kauen hörten, atmeten wir erleichtert auf.

„Kinder, jetzt ist es aber Zeit für die Badewanne!", war nach dem abendlichen Schrecken mein fröhlicher Sammelruf. Aber, da fehlte doch jemand?!

„Wo ist Claas?", fragte ich laut.

Großes Erstaunen und Herumsuchen. Der kleine Bub war weg. Er war damals erst zweieinhalb Jahre alt, aber wie alle unsere drei Kinder, immer neugierig und wenig ängstlich. Das allerdings aber waren *wir* jetzt.

„Claas, hallo, Claas, wo bist du!", schallte es über den Hof und bald im ganzen Garten herum. Auch in der Wohnung war er nicht zu finden.

„Als wir wegen der Pferde alle losgestürmt sind, hat ihn da jemand gesehen?", stellte ich nun an alle die Frage.

„Der hat auch gesucht, ich hab es gesehen!" Es war unsere um ein Jahr ältere, immer aufmerksame Wiebke, die das sagte.

„Dann ist er uns bei unserer Suche gefolgt, wir müssen also noch einmal alle unsere Wege ablaufen! Monika und Helga, wenn ihr nicht nach Hause müsst, wäre ich froh, wenn ihr bei den Kindern bleiben könntet."

„Das tun wir, wir passen schon auf!"

Niels, unser Jüngster, konnte damals zwar noch nicht laufen, aber allein mit Kriechen könnte man dennoch so einiges unternehmen. So war ich froh, dass eine zuverlässige Aufsicht bei den Kindern blieb.

Die beiden jungen Damen von oben kamen gerade von der Arbeit nach Hause und bemerkten gleich, dass bei uns eine besondere Aufregung herrschte, also etwas ganz und gar nicht in Ordnung zu sein schien.

„Was ist passiert!", erkundigten sie sich gleich freundlich.

„Unser Claas ist weg. Die Pferde waren ausgebrochen, wir eilten alle sie zu suchen und jetzt ist der Kleine verschwunden", war unsere recht beklommene Auskunft.

„Wir kommen mit und helfen beim Suchen!"

Alles stürmte erneut los, den Feldweg hinauf bis an die Kreuzung. Dort trennten wir uns und jeder lief, immer wieder laut rufend, in eine andere Richtung. Ich entschied mich für den breiten und geraden Weg nach rechts, der um einen Teil der langgestreckten Halde und in Richtung Weisweiler herum führt. Diesen kannten unsere Kinder von Spaziergängen her recht gut.

Inzwischen war die Dunkelheit eingebrochen. Hier draußen gab es keine Straßenbeleuchtung mehr, nur das kalte Leuchten eines sternenklaren Nachthimmels und einem Mond, der mit einer Hälfte noch ein bescheidenes Licht schenkte, zeigten mir einen teilweise recht nassen und morastigen Weg. Schwarz und kantig, einem scharfen Scherenschnitt gleich, hoben sich die Konturen eines dichten Tannenwaldes von diesem ab.

Eine fast unheimliche Stille umgab mich, nur aus der Ferne hörte ich hie und da das ängstliche Rufen nach unserem kleinen Sohn. Ein kleiner Pieps von einem Vogel, der wohl von seinen letzten Taten noch träumte, manchmal ein leises Rauschen in den Ästen, erzeugt von einem leichten Abendwind, und ein undefinierbares Rascheln, vielleicht war noch eine Maus auf Jagd unterwegs, sonst aber waren nur meine Schritte auf dem lehmigen Boden zu hören, aber nirgends ein Claas. Immer weiter lief ich, hoffte bei jedem Schritt eine kleine stolpernde Gestalt vor mir entdecken zu dürfen, aber nichts. Ich vergaß meine Scheu vor der undurchdringlichen Einsamkeit eines nächtlichen Waldes, die nur manchmal durch meinen hoffnungsvollen Ruf gestört wurde: „Claas, wo bist du!?" Nichts, kein Sohnemann, weder zu sehen noch zu hören.

„Aber so weit kann der Kleine in dieser Dunkelheit und mit seinen kurzen Beinchen doch nicht gelaufen sein! Vielleicht haben ihn die anderen schon gefunden."

Mit dieser bescheidenen Hoffnung blieb ich stehen. Noch einmal ein letzter, angstvoller Ruf:

„Claasiiii!" Wieder nichts.

Da drehte ich mich doch endlich um und lief den ganzen Weg wieder zurück. Auf dem Hof aber fand ich die anderen ratlos herumstehen, ohne das verlorene Kind. Die beiden Frauen empfanden teilnahmsvoll mit uns unsere große Unruhe.

„Ich rufe jetzt die Polizei", beschloss ich laut und wollte auch schon in die Wohnung eilen, da ... zwei Autoscheinwerfer von der Bahnschranke her ... sie kamen näher und näher ... jetzt erreichten sie die Hofeinfahrt ... ein Polizeiauto!

Es fuhr langsam auf den Hof ... hielt vor der ratlosen Merbericher Ansammlung ... alle starrten gespannt auf das Auto aus dem zwei Polizisten stiegen ... aber was kletterte jetzt vom Hintersitz herunter, ganz ruhig und wie selbstverständlich als wäre alles in bester Ordnung, wir trauten unseren Augen nicht, unser unschuldiger Sohn. Alle stürzten auf ihn zu.

Noch immer in großer Anspannung aber unglaublich erleichtert nahm ich ihn in die Arme.

„Wo bist du bloß gewesen?"

„Mama sucht!", war sein einziger Kommentar, dann löste er sich aus meiner Umarmung und ging, ohne sich über die große Ansammlung weiter Gedanken zu machen, wie selbstverständlich zu seinen Geschwistern. Er war jetzt wieder zu Hause und alles war für ihn in bester Ordnung. Vielleicht war er sogar stolz, dass er in einem richtigen Polizeiwagen hatte fahren dürfen.

Von den freundlichen Polizisten, die selber recht erleichtert schienen, die Eltern des kleinen Wandersmann gefunden zu haben, vor allem von dem Älteren der beiden, erfuhren wir dann Folgendes:

„Wir erleben in unserem Dienst manchmal die unglaublichsten Dinge, aber wie und vor allem wo wir diesen kleinen Buben gefunden haben, das ist uns noch nie passiert.

Wie jeden Abend an dem wir Dienst haben, machten wir auch heute unsere Inspektionsrunde. Diesmal überlegten wir, kurz einmal einen Teil der Halde Nierchen abzufahren, um nachzuschauen, ob sich dort weder unerlaubte Camper noch sonstiges Volk niedergelassen haben könnte.

Von der Heidesiedlung her fuhren wir also in Richtung Halde. Nach der Brücke über die Eisenbahn bogen wir in die jetzt verlassenen Wege des Hügels ein. Gleich erreichten wir den Platz unterhalb der breiten Steigung, die im Winter als Schlittenbahn benutzt wird. Sie kennen sich dort sicher bestens aus, und können sich jetzt vorstellen, wo wir ihren kleinen Buben gefunden haben. Von hier praktisch an der anderen Seite der Halde.

Die Wege waren vom letzten Regen etwas rutschig, so dass wir beschlossen, nicht die ganze Halde mit dem Auto zu umrunden. Gerade wollten wir wenden, da plötzlich sahen wir im Licht unserer Scheinwerfer ein kleines Kind stehen. Wir trauten unseren Augen nicht und fuhren etwas näher heran. Ein kleiner Junge und das nachts in dieser gottverlassenen Einsamkeit vor unseren Scheinwerfern.

‚Was macht denn der kleine Bursche hier ganz alleine, oder siehst du irgendwo einen Erwachsenen stehen?‘, fragte ich meinen neben mir sitzenden, auch sehr erschrockenen Kollegen.

‚Nein, da ist niemand, der Junge steht dort tatsächlich ganz alleine. Das Kerlchen nehmen wir ganz schnell mit, der Anblick tut einem ja im Herzen weh!‘

Eilig stiegen wir aus. Das Kind bewegte sich nicht von der Stelle, schaute uns nur ruhig entgegen. Indem wir langsam auf ihn zugingen begannen wir freundlich mit ihm zu sprechen.

‚Was machst du den da, mein Kleiner?‘

Er erschien uns weder sehr ängstlich, noch machte er Anstalten, vor uns weglaufen zu wollen. Mein Kollege nahm ihn sachte an einem Händchen, beugte sich zu ihm hinunter und fragte noch einmal mit ruhiger Stimme:

‚Wie heißt du denn, kleiner Mann, hast du Mama und Papa verloren?‘

Ernst schaute er meinen Kollegen an. Das Wort Mama schien eine Art Stichwort zu sein, denn jetzt antwortete er:

‚Mama sucht!‘

Seinen Namen konnte er uns nicht verraten und außer ‚Mama sucht‘ war auch nichts aus ihm herauszuholen.

Mein Kollege hier hat selber kleine Kinder, und so verstand er es jetzt besonders gut, ruhig und liebevoll mit dem Kleinen zu reden.

‚Willst du in unser Polizeiauto steigen, wir wollen dann zusammen deine Mama suchen!‘

Wir waren froh, als er uns vertrauensvoll sein Händchen gab, dabei noch aufmerksam unser spezielles Auto betrachtete, und dann wie selbstverständlich auf den Rücksitz kletterte.

‚Komm, lass uns zurück zur Heidesiedlung fahren, vielleicht kennt ihn dort jemand!‘, schlug ich vor.

Wir klingelten an einigen Häusern und fragten die Leute, ob sie dieses Kind in unserem Auto kennen würden. Was waren wir dann froh, als wir schon bald den beruhigenden Bescheid erhielten:

‚Das müsste ein Kind vom Doktor auf Merberich sein.‘

Nun sind wir sehr glücklich, dass das Büblein seine Mama jetzt auch wiedergefunden hat. Aber jetzt fragen wir Sie, haben Sie eine Idee, wie der kleine Kerl alleine in diese Einsamkeit, und das in schon dunkler Nacht, geraten ist?“

Das kann nur bei unserer Suche passiert sein, antwortete der erleichterte Papa.

Bei uns waren einige Pferde ausgebrochen und alles stürmte los, um diese so schnell wie möglich, und noch vor der Dunkelheit, zu finden. Es war ein Glück, dass wir sie doch recht bald bei der Halde, gar nicht weit von hier, einfangen konnten.

Was wir bei unserem Eifer aber nicht bemerkt hatten war, dass unser Sohn auch mithelfen wollte und uns wohl einfach gefolgt war. Dann aber musste er uns aus den Augen verloren haben, und so stiefelte unser Kleiner unverdrossen immer weiter und weiter den Waldweg entlang, denn unter „suchen' verstand er, in seiner kindlich unschuldigen Hoffnung: Immer weitergehen, bis er Mama und Papa dann endlich doch gefunden hat.

Trotz einsetzender Dunkelheit marschierte er den Waldweg entlang, im Glauben, irgendwo müssten wir doch sein. Und so begann wohl mutig und hoffnungsvoll seine nächtliche Odyssee. Sie haben ja gehört, wie er beim Aussteigen aus ihrem Auto sagte: ‚Mama sucht'. Bis zu der Stelle, wo sie ihn gefunden haben, müssten es von hier über zwei Kilometer weit sein, aber von da kannte er den Heimweg natürlich schon lange nicht mehr."

Das scheint ein recht unternehmungslustiger und wenig ängstlicher Sohn zu sein, auf den müssen sie besonders gut aufpassen!", wunderten sich die Polizisten.

„Normalerweise bleiben die Kinder immer zusammen, das kam nur dadurch, dass wir uns beim Suchen der Pferde überall hin verstreut hatten."

Wir verabschiedeten uns mit einem jetzt frohen und sehr herzlichen Dankeschön von den beiden aufmerksamen Polizisten. Dem kleinen Ausreißer aber gaben die Beamten noch einmal besonders liebevoll die Hand. Dann stiegen sie in ihr Dienstfahrzeug und fuhren, mit einem kurzen Abschied winkenden Aufleuchten ihres Blaulichts, aus dem Hof hinaus und ihrem wohlverdienten Feierabend entgegen.

Lange schauten wir ihnen noch nach und Peter überlegte laut:

„Ich könnte mir vorstellen, dass es für die Polizisten sogar etwas befriedigend sein könnte, nach vielen langweiligen und unspektakulären Einsätzen auch einmal wirklich gebraucht worden zu sein."

Auch bei den beiden Frauen bedankten wir uns für ihr Mitgefühl und dass sie sogar eigene Aktivität gezeigt hatten.

Jetzt aber schnell ins Bett mit den kleinen Herrschaften, für die Badewanne ist es zu spät. Aber halt! Noch einmal zählen: „Eins, zwei, drei!" – ja, diesmal waren meine drei vollzählig.

Später kam mir dann so recht erschreckend zum Bewusstsein dass, hätten die beiden Beamten an diesem Abend nicht zufällig beschlossen, eine Inspektion an der einsamen Halde zu machen, wäre es möglich gewesen, dass wir in dieser Nacht den Claas vielleicht gar nicht hätten finden können? Lieber nicht weiter darüber nachgrübeln, aber sicher sollten wir uns auch bei unserem aufmerksamen Schutzengel bedanken.

*

Die zweite Geschichte, an die ich jetzt denken muss, betrifft unseren Jüngsten.

Einige Zeit war seit diesem aufregenden Abend vergangen. Inzwischen fühlten sich die beiden Frauen unserem Haus immer mehr zugehörig. Ich stand gerade auf dem Hof, da rief es aufgeregt aus dem obersten Fenster herab:

„Frau Behrendt, Ihr Sohn Niels liegt hinter dem Haus im Garten unter einem Eisengitter!"

„Unter was für einem Eisengitter, und wo gibt es hier ein Eisengitter?" Großes Fragezeichen, aber ich handelte dennoch sofort, denn hier auf dem Hof war ja alles möglich. Schnell rannte ich durch den Stall, nahm die Kurve links herum zum Garten, und da sah ich den kleinen Kerl auch schon.

Am Haus, gleich neben unserer nachmittäglichen Teepause-Terrasse, befand sich eine breite Fensterfront, und dahinter ein von uns noch nicht genutzter ebenerdiger Kellerraum, der viel später dann als Labor ausgebaut und eingerichtet werden sollte.

Da diese Fenster aber fast bis zur Erde reichten, hatte man früher, wohl aus Sicherheitsgründen, davor ein entsprechend schweres Gitter in der Mauer verankert. Unser kleiner Niels, inzwischen hatte auch er das Laufen gelernt, hatte wohl versucht daran hochzuklettern. Als er sich aber an einem der Stäbe anklammerte und hochsteigen wollte, löste sich das Gitter aus dem in den Jahrzehnten bröckelig gewordenen Mauerwerk und begrub unseren wilden Sohn unter sich.

Als ich angelaufen kam, lag er ganz ruhig unter dem schweren Gitter, sagte nichts, weinte auch nicht, sondern schaute mich eher erstaunt an. Vielleicht hatte er noch gar nicht begriffen, unter welchem Ungetüm er lag. Da dessen Stangen aber schmiedeeisern gewölbt waren, hatte er zum Glück etwas Raum darunter. Jetzt aber erst Hilfe holen, das hätte mir doch zu lange gedauert. So begann ich alleine, aber doch mit recht viel

Mühe wegen des beträchtlichen Gewichts, das alte Gitter etwas hoch zu heben, gerade so weit, dass unser Kletterkünstler ganz unverletzt und als wäre nichts geschehen, hervorkriechen konnte.

Es war ein reiner Zufall, dass eine der Frauen ihn entdeckt hatte. Mit der Zeit aber, seiner einsamen und hilflosen Lage bewusst werdend, hätte er sich dann wohl doch von selbst gemeldet, und das wäre, erfahrungsgemäß, sicher nicht zu überhören gewesen.

*

So sorgten Kinder und Mieter immer wieder für etwas Abwechslung.

Es war kurz nach diesem Gitterunfall, da sah ich schon von weitem unsere drei langsam, und sich an irgendetwas festhaltend, die Straße herab kommen.

„Was zum Kuckuck schleppen die Kinder da wieder herbei?", murmelte ich vor mich hin, ging dann aber doch interessiert unserem Trio entgegen.

„Mama schau, wir haben ein Mofa gefunden. Kann man damit noch fahren, kann Papa das ausprobieren?"

So wurde ich gleich aufgeregt mit Fragen bombardiert. Angestrengt schiebend hielten sich Wiebke und Claas an einem klapprigen und angerosteten Zweirad mit Motor fest, während Niels ganz aufgeregt dahinter, davor und nebenher hüpfte. Kaum aber hatten die schwitzenden Transporteure den Hof erreicht, da kam auch schon der Papa herbei, denn er hatte diesen Aufmarsch von seiner Praxis aus beobachtet.

„Was bringt ihr denn da für eine Rostlaube, wo habt ihr das gute Stück gefunden?"

„Oben am Waldrand im Gebüsch. Wir hatten sehr viel Mühe, es heraus zu holen. Wiebke hat vorne gezogen und ich hinten geschoben und Niels riss die blöden Äste weg."

„Dann zeigt einmal her. Ich kann mir zwar nicht vorstellen, dass man dies Klappergestell noch zum Fahren bringen kann."

Auch ich war gespannt. Sehr einladend sah dieses rostige Vehikel nicht aus, aber angesteckt vom Eifer der Kinder versuchte Peter jetzt dennoch daran herumzudrehen und herumzuhebeln. Fast atemlos vor Spannung, voll Hoffnung und gläubiger Erwartung, standen die Kinder um ihn herum, und natürlich auch voll Vertrauen, dass Papa alles kann, sogar ein totes Mofa wieder zum Leben erwecken.

Da, kaum zu glauben, aber auf einmal begann der Motor an zu pfuffen und spuckte schwarzen Rauch aus seinem rostigen Auspuff, denn so ein Rohr war tatsächlich noch vorhanden.

„Papa fährt, unser Mofa fährt!" Die Kinder waren ganz aus dem Häuschen, als sich Peter auf den etwas kaputten Sattel setzte und ein, zwei, drei Runden um die Linde herum tuckerte.

„Ich will auch fahren!", drängelte nun Wiebke. Peter setzte sie auf den für sie etwas zu hohen Sitz, und Fräulein Tochter fuhr konzentriert und strahlend über den ganzen Hof.

„Ich auch, ich auch!"

Natürlich musste es jetzt jeder probieren, nur bei Niels konnte ich mir diese Mofa-Akrobatik nicht gut vorstellen. Kaum Laufen gelernt und dann schon Mofa fahren? Aber Claas, der konnte das sicher. Schon mit zehn Monaten stand er auf seinen Beinchen, und kaum bekam er sein erstes kleines Fahrrad, brauchte er daran auch schon bald keine Stützräder mehr. Er wurde damit sogar sehr unternehmungslustig.

Einmal vermissten wir ihn mit seinem Rädchen. Inzwischen aber war er doch schon groß genug, dass man nicht mehr nach ihm auf die Suche gehen musste. Als er dann endlich nach Hause kam, da hatte er eine dicke Beule an der Stirne.

„Aber Claas, was ist passiert! Kaum ist deine letzte Beule verheilt, hast du schon die nächste!"

„Ich bin gegen Pfeiffers Garagentür gefahren und habe mir den Kopf daran angeschlagen."

Pfeiffers wohnten, einen guten Kilometer von uns entfernt, in der Heidesiedlung. Eine breite Autostraße führt dorthin. Für Fußgänger oder auch für Fahrradfahrer, wie unseren Sohn, gab es einen, durch einen Grasstreifen abgegrenzten Fußweg.

Frau Pfeiffers Bericht, kurz nach dem Unfall, gestaltete sich dann etwas ausführlicher:

„Frau Behrendt, Sie können sich nicht vorstellen, wie ich gestern erschrocken bin. Ich war drinnen im Haus, als ich auf einmal draußen einen lauten Bums hörte. Eilig lief ich hinaus, und was sah ich zu meinem Schrecken: Claas lag vor unserer Garage am Boden, neben ihm sein Zweirädchen. Schnell lief ich zu ihm hin und hob ihn vom Boden hoch.

„Aber Claas, was ist passiert, hast du dir weh getan, komm lass mich dich ansehen!" So beschrieb sie uns in ihrem rheinischen Dialekt den Vorfall.

„Er weinte nicht, war wohl noch zu sehr erschrocken. Eines aber war mir gleich klar, der Kleine musste die steile Zufahrt zu unserer Garage mit seinem Rädchen ungebremst hinuntergefahren und dann mit voller Wucht gegen das Tor gepoltert sein.

Trotz der dicken Beule, die sich schnell an der Stirn bildete, stand er sehr schnell wieder auf seinen Beinen und erklärte mir, als müsste er nun mich beruhigen:

,Frau Pfeiffer, ich kann schon Radfahren, aber ich kann noch nicht ,bemmsen'!

Ich bin ja froh, dass dem netten Kerlchen nicht mehr passiert ist. Aber da muss ich Ihnen gerade noch eine andere lustige Geschichte erzählen. Sie wissen ja, dass Ihre Wiebke, obschon sie einige Jahre jünger ist, doch ganz gerne mit unserer Christiane spielt. Manchmal gehen die beiden zur Fritten-Bude in Weisweiler. Vorher wird aber Klein-Wiebke immer etwas fein gemacht. Einmal aber, die beiden meldeten sich bei mir wieder einmal für so einen Ausflug ab, da wurde vorher nicht erst schön Toilette gemacht. Als ich Christiane darauf aufmerksam machte, sagte diese: ,Nein, diesmal nicht!'

,Aber die Kleine hat ja ein ganz schmutziges Röcklein an.'

,Das macht nichts, aber das verstehst du nicht!', kam die etwas erstaunliche kurze Antwort. Als ich dann ein gar zu verständnisloses Gesicht machte, erklärte mir meine zehn jährige Tochter:

,Mama, du musst wissen, wenn Wiebke schmutzig aussieht, dann bekommen wir die Fritten umsonst!'"

Wir mussten beide lachen. Wie schön ist es doch, eine so fröhliche und mütterliche Fast-Nachbarin zu haben. Auch bei Niels erinnerte sie sich an eine kleine Begebenheit:

„Wissen Sie noch, Frau Behrendt, als Niels wieder einmal wütend, weil er nicht bekam, was er wollte, mit seinem Kopf auf den Boden schlug? Ich war so besorgt und wollte ihn hochheben. Sie aber sagten:

,Ach lassen Sie nur, Frau Pfeiffer, er muss selber merken, dass das weh tut!'"

Ja, diese Kinder! Als ich nun Claas mit Papas Hilfe das Moped besteigen sah, rief ich Peter noch lachend zu:

„Zeig Claas aber vorher noch wo die ,Bemmse' ist!"

Mit „brumm, brumm" fuhr unser Sohnemann jetzt auf diesem großen Zweirad, als hätte er das schon lange gekonnt.

„Ich auch, ich will auch Motorradfahren!"

Was die beiden Großen dürfen, das wollte unser Jüngster selbstverständlich auch ausprobieren. Ich hielt den Atem an; wird Peter ihn tatsächlich auf dieses Monstrum setzen?

„Gut, dann probier auch du, ob du fahren kannst!"

Verflixt, jetzt war ich aber doch etwas nervös. Peter ist auch ganz schön mutig. Ein kurzer Griff und schon saß der Kleine auf dem Sattel, die kurzen Beine in der Luft hängend. Das Lenkrad umklammerte er sehr fest. Der Motor ratterte immer noch brav. Eine Runde lang lief Peter noch mit und hielt den Kleinen am Gepäckträger fest, dann ... er ließ ihn tatsächlich los und ... Atem anhalten, Niels hatte nichts bemerkt und fuhr strahlend alleine weiter, bis er von Papa wieder aufgefangen wurde.

„Warum haben wir ihm eigentlich nicht schon lange so eine Motorrad geschenkt, dann hätte er mit Laufen lernen noch weiter warten können!", grinste Peter.

*

Aber jetzt zurück zu den zwei Frauen. Leider mussten wir uns eines Tages von den beiden trennen. Trotz ihrer immer spontanen Hilfsbereitschaft konnten sie nicht bleiben, wir mussten ihnen die kleine Wohnung kündigen. Diese, für uns sehr ungewohnte Maßnahme, hat uns damals sehr leid getan. Aber wie kam es dazu?

Eines Tages kam eine ältere Dame auf unseren Hof, schaute sich um, interessierte sich aber besonders für unseren Pferdestall. Ich war gerade mit der abendlichen Fütterung beschäftigt, als sie mich ansprach und wir uns gegenseitig vorstellten. Sie erzählte mir, sie sei Ärztin im Nachbarort und hätte bis vor kurzem noch eine gut gehende Praxis betreut. Nun sei sie aber im Ruhestand und hätte Zeit, ihr altes Hobby, das Reiten wieder mehr zu trainieren. Ihr gefiele die Atmosphäre unseres Gutes ganz besonders, und sie würde daher sehr gerne ihr Pferd bei uns einstellen.

So kam es, dass wir sie des Öfteren im Stall antrafen und dabei gerne auch etwas miteinander plauderten.

Einmal aber kam sie mit einem sehr ernsten Gesicht auf mich zu.

„Frau Behrendt, es tut mir aufrichtig leid, aber ich muss Sie, meiner Verantwortung als Ärztin bewusst, vor den beiden Damen, die hier im Haus über ihrer Praxis wohnen, doch sehr warnen!"

„Was ist denn passiert? Es sind doch freundliche und ruhige Bewohnerinnen?"

„Dass Sie einen so guten Eindruck von den beiden haben, das kann ich sehr gut verstehen. Als ich eines Tages der einen jungen Frau hier auf dem Hof begegnete, da habe ich sie gleich als eine ehemalige Patientin wiedererkannt. Meine Schweigepflicht als Ärztin erlaubt es mir nicht, Ihnen mehr darüber zu berichten. Ich weiß aber, dass sie Drogen nimmt, und meine Verantwortung zwingt mich Ihnen dies mitzuteilen. Ihre drei Kinder sind zwar noch zu klein, aber in Ihrem Reitclub haben Sie inzwischen viele Jugendliche in einem dafür gefährdeten Alter. Es ist eine traurige Wahrheit, aber Drogensüchtige ziehen oft andere junge Leute in ihre gesundheits- und oft sogar lebensgefährliche Handlungen mit hinein."

Nach reiflicher Überlegung kamen auch wir zum Schluss, dass wir gar nicht so viel Aufsicht halten können, um jede Gefahr auszuschließen. Schweren Herzens suchten wir dann nach einer Begründung, weshalb wir ihnen ihre kleine Wohnung kündigen mussten. Zum Glück und ohne viele Einwände zogen sie recht bald aus.

Später erfuhren wir leider noch von dem unrühmlichen Ende einer dieser jungen Frauen. Sie starb an einer Überdosis.

Die andere aber erholte sich erfreulicherweise, beendete ihre Ausbildung und besuchte uns viele Jahre später als fertig ausgebildete Lehrerin.

*

Solche Drogenschicksale geben mir immer wieder zu denken und auch jetzt in meiner Küche. Beinahe hätte ich dadurch vergessen, dass ich eigentlich das Abendessen zubereiten wollte, als ich plötzlich durch das Läuten an der Stöckli-Haustüre, die wir nur selten benutzen, aus meiner Gedankenwelt in die Wirklichkeit zurück geholt werde.

„Wer mag das jetzt noch sein, hoffentlich kein Praxisfall mehr. Es wäre schön, wenn Peter bald Feierabend machen könnte", murmle ich, etwas ungeduldig und in meinen Erinnerungen gestört vor mich hin, dann gehe ich öffnen. Es ist ein Mieter. Er lebt mit seiner jungen Frau in der kleinen, aber recht romantischen Dachwohnung in der zweiten Etage über der Praxis, also diejenige, die unsere beiden so sympathischen Frauen eine Zeitlang bewohnt hatten.

„Guten Abend, Frau Behrendt. Wir haben gerade entdeckt, dass die Decke in unserem Wohnzimmer einen nassen Fleck aufweist."

„Das tut mir leid, ich werde sofort unseren Dachdecker, Herrn Feucht, benachrichtigen, aber ich vermute, da es ja draußen jetzt schon dunkelt, dass er vor Montag nicht mehr kommen wird."

Herr Feucht, unser treuer und tüchtiger Dachdecker, ist dann auch, obwohl es schon Samstagabend ist, gleich selber am Telefon und verspricht mir, am Montagmorgen früh sich direkt um unser leckes Dach zu kümmern.

„So, das wäre erledigt!", murmle ich vor mich hin.

Noch eine Weile stehe ich draußen vor unserer Küche, schaue hinüber zum Stall, in dem immer noch geschäftiges Treiben herrscht und auch noch einmal zum Gegenüber ... da, jetzt kann ich beobachten, wie auch in dem ehemaligen Kinderzimmer unserer ersten Wohnung das Licht angezündet wird.

Jetzt spielt wieder ein kleines Mädchen darin, Wiebkes neue Freundin Susanne, und ich freue mich sehr darüber.

*

Neuwertige Wohnungen konnten wir in diesem alten Haus noch lange nicht anbieten, vor allem zu Anfang noch nicht. Was aber ein Merbericher Mieter hier immer finden konnten, war das Außergewöhnliche, in dem sich das Genie eines Jugendstilarchitekten für immer ein Denkmal gesetzt hatte. Jede eintönige Ecke eines Raumes wurde entweder durch eine runde, eine anders winklige Mauer oder durch eine Dachschräge in seiner Strenge aufgehoben. Damit überraschten Aufteilung und Formgebung der einzelnen Räume, wobei sich auch die verschiedenen Wohnungen selber durch bedeutende Größenunterschiede voneinander unterschieden.

So mussten wir eigentlich nur ganz selten selber Mieter suchen. Gut Merberich, dessen Außenmauern von uns fast überall jetzt ordentlich weiß angestrichen waren, fiel nicht nur jedem zufälligen Spaziergänger auf, auch für die Einwohner des Ortes, seit jeher ein bekanntes Gebäude, war es eine Freude, die Fortschritte seiner Wiederbelebung mitzuerleben. So kamen die Anfragen meistens von selber. Auch das ist vielleicht ein so genanntes Markenzeichen unseres Hauses.

*

Wir wohnten immer noch in unserer ersten Wohnung, als das verrückteste Merbericher Abenteuer in die darüber liegende, nur wenig renovierte Wohnung einzog. Es war die tolle Geschichte mit Frau Bok. So etwas kann eigentlich nur ein spannender Kinofilm oder unser großzügiges Merberich anbieten.

Eines Tages läutete es, und eine junge Frau stand vor unserer Haustür. Zwei nett gekleidete kleine Mädchen, ungefähr im Alter von unserer damals etwa achtjährigen Wiebke, standen schüchtern neben ihr. Sie sei auf der Suche nach einer Wohnung, die groß genug für vier Personen sein sollte. Abends berufstätig, bedurfte es für ihre beiden Töchterchen noch eines Kindermädchens.

Wir konnten ihr behilflich sein und, da wir immer gerne an Familien mit Kindern vermieteten, war sie uns mit den beiden Mädchen in dieser Wohnung sofort willkommen.

Eines muss ich wieder einmal feststellen, jetzt, während ich mit unserem Abendessen beschäftigt bin und mir diese Bok-Geschichte durch den Kopf geistert. In den Jahren des Vermietens machten wir immer wieder die gleiche erstaunliche Erfahrung:

Beim jeweiligen Vorstellungsgespräch saßen immer die nettesten und ordentlichsten Leute vor uns. Bei den Meisten stimmte dieser Eindruck auch überein, und wir können uns auf viele freundliche und unkomplizierte Mieter zurück erinnern, die oft noch nach Jahren eine gewisse Anhänglichkeit an ihre Zeit in Merberich zeigten.

Aber wie heißt es so schön: „Keine Regel ohne Ausnahme." Auch wenn diese Ausnahmen manchmal abenteuerliche Formen annehmen konnten, so sind sie doch die eigentlichen Farbtupfer im normalen Alltagsleben. Noch wussten wir nicht, dass so ein Farbtupfer gerade vor uns saß, sogar einer der buntesten einer. Bei dem Gespräch am diesem Nachmittag erzählte sie uns, sie sei die Tochter eines christlichen Diakons in der Nachbarstadt. Das klang ja fast zu ordentlich, ja beinahe fromm.

Bald darauf bezog Frau Bok die große Wohnung über uns.

Zu dieser Mieterin mit ihren beiden Kindern und einem jungen Kindermädchen gesellte sich dann eines Tages noch ihr Hausfreund und Arbeitskollege. Die Mädchen verhielten sich leider sehr scheu und zurückhaltend und ein gemeinsames Spielen mit den Unsrigen konnten wir nur selten beobachten.

Leider meldete sich aber dann schon recht bald der so genannte Farbtupfer.

Es war an einem Spätnachmittag, ich wollte gerade im Treppenhaus zu unserer Wohnung hinaufsteigen, da hörte ich jemanden von oben herunter kommen. Das konnte nur unsere Mieterin sein. Ich schaute hoch, sie schaute herunter, mir blieb für einen Augenblick die Luft weg, ihr nicht. Beide begegneten wir uns in unserer Arbeitsmontur, ich mit gärtnerisch erdigen Hosen und in Stiefeln, sie in der Montur, ähnlich derjenigen eines Stripgirls. Ihr Gesicht verschwand unter einer Kriegsbemalung, von der ein Indianer noch etwas hätte lernen können. Ihre Augen beherrschten dunkel umrandet ihr bleiches Gesicht mit langen, dick schwarz bestrichenen Wimpern und in Neon dunkelblau gefärbten Lidschatten. Ihr Mund, das lockende Mal eines Gesichts, wurde durch ein grelles Rot fast brutal hervorgehoben.

„Die Kinder sind mit dem Kindermädchen oben und ich muss zur Arbeit!"

Die Verwandlung der Dame überraschte mich zuerst dermaßen, dass ich einige Sekunden Zeit brauchte, mich dieser vokal zu stellen.

„Dann wünsche ich Ihnen einen guten Tag", konnte ich ihr nur noch antworten, dann entschwand sie die Treppe hinunter und stieg in das Taxi ihres Arbeitgebers, der auf dem Hof schon auf sie wartete. Warum habe ich eigentlich nicht gesagt: „Ich wünsche Ihnen eine arbeitsame Nacht?", aber die Zeit für diese Überlegung war dann doch etwas zu kurz, und schlagfertige Antworten sind eher in der Gegend von Peters Jugend beheimatet.

Nach dieser Treppenhausbegegnung etwas neugierig geworden, nahmen Peter und ich bald darauf, die schon länger ausgesprochene Einladung unserer neuen Mieterin an und besuchten sie an ihrer Arbeitsstelle. Peter, der sich durch seine Praxistätigkeit in der Umgebung sehr gut auskennt, fand ohne Probleme das etwas abgelegene, im Eschweiler Wald stehende kleine Haus. Es war Nachmittag, die Sonne schien freundlich von einem blauen Himmel. Als wir aber dann durch die Tür den inneren Raum des Hauses betraten, standen wir augenblicklich in einer rundum verdunkelten Bar, die diesen strahlenden Tag in die Düsternis einer Nacht verwandelte. Kleine Fenster mit dicken Vorhängen sperrten das Tageslicht aus, so dass diese künstliche Verdunkelung die Orientierung zuerst recht erschwerte. Etwas verunsichert in dieser befremdlichen Umgebung schauten wir uns kurz um, dann aber wurden wir von der Einladerin und ihrem Chef freundlich begrüßt. Zuvorkommend boten sie uns nicht nur zwei Plätze an der Bar zum Sitzen an, sie brachten uns auch gleich, auf unseren eigenen Wunsch, da wir uns noch auf Praxistour befanden, ein alkoholfreies Getränk.

Mir war aber dennoch recht ungemütlich zumute. Wie verhält man sich hier? Fremd, absolut ungewohnt, ja wie in eine andere Welt geraten, hockte ich dann brav neben Peter auf dem angebotenen hohen Stühlchen und schaute mich in diesem, nur mit Neonleuchten leicht erhellten Raum um. Hinter der Bar hantierten unsere Gastgeber. Im übrigen Raum standen noch Tische, bereit Gäste am Abend zu bewirten. Die den ganzen Raum einhüllende Dunkelheit verschluckte aber mehr oder weniger die Sicht auf die weitere Einrichtung.

„Ich glaube, wir sind vorläufig die einzigen Gäste!", flüsterte ich Peter zu.

„Hier ist ja auch mehr des Nachts Betrieb, und der wird wohl erst später losgehen."

Nun konnte ich die fast künstlerische Schminke verstehen, denn das im Tageslicht so grotesk wirkende Gesicht der Wirtin besaß nun im blauen UV-Licht eine fast natürliche Ausstrahlung. Trotz der sicher ehrlichen Freundlichkeit, die sie auch als Mieterin uns gegenüber immer zeigte, fühlte ich mich in dieser schummrigen Umgebung doch nicht so recht wohl. Als wir dann, nach der eher kurzen Stippvisite, wieder draußen im sonnigen und gewohnten Alltag standen und zu unserer Arbeit weiter fuhren, schaute ich froh und dankbar auf die von der Sonne warm beschienenen Wiesen, die dunklen ruhigen Wälder und auch auf den gewohnten, aber mich jetzt beruhigenden Straßenverkehr.

*

Die Wochen verliefen ruhig. Die Kinder spielten, wo immer sie ein interessantes Betätigungsfeld finden konnten, und das war auf Merberich fast unbegrenzt. Sie waren jetzt auch schon alt genug, so dass ich sie, trotz des nur zum Teil geschützten Teiches und der nahen Eisenbahn unbeaufsichtigt draußen herum laufen lassen konnte. Das ganz strenge Verbot, nicht allein ans Wasser zu gehen und auch die Straße hinunter zu der Bahnschranke absolut zu vermeiden, hoffte ich, dass sie es immer einhalten würden. Hier musste einfach das Vertrauen über der Kontrolle stehen, was unsere Kinder eigentlich immer erfüllten. Es war nur die Tochter eines Gastes, die einmal ungewollt im Teich baden gegangen war. Im Nachhinein können wir, was die Verbote anbetrifft sagen: „Weniger ist mehr!"

Da meldet sich unser Funkgerät und holt mich kurzfristig heraus aus meinem momentanen Aufenthalt im Erinnerungskästchen.

„Ja, Hugo 1", melde ich mich mit unserem Rufzeichen. „Es gibt nichts Neues!"

„Gut, ich habe nur noch zwei Patienten, dann komme ich zurück."

„Die Kinder sind noch im Stall beschäftigt!"

Wo bin ich doch gleich mit meinen Gedanken verblieben? Ach ja, jetzt wird es dramatisch. Es war an einem schönen Sonntagmorgen im Sommer. Peter und ich waren draußen im Garten beschäftigt, da kamen Wiebke, Claas und Niels aufgeregt und ganz außer Atem angelaufen.

„Papa, Mama! Da ist ein fremder Mann in dem leeren Haus hinter der Reithalle! Er liegt auf dem nackten Boden! Wer ist das, ist das ein Einbrecher?" Das tönte ja fast unheimlich. Nur gut war es taghell und die Nachtgespenster noch nicht unterwegs.

„Wo genau habt ihr ihn gesehen, und was hat er gemacht?"

„Er hat geschlafen, auf dem Holzboden und ganz ohne Matratze, er hat uns nicht gesehen, wir sind dann ganz leise wieder weggeschlichen", erklärte Wiebke.

Uns war es schon etwas mulmig zumute. Wir ließen alles stehen und liegen und rannten gemeinsam hinter den Kindern her zur Alten Schmiede, wie das langgestreckte Gebäude bei der Stallgasse von alters her genannt wurde. Der größte Teil davon hatte man früher als Scheune genutzt, an seinem Ende aber, zur Straße hin, von uns noch unberührt, stand ein kleines verklinkertes Wohnhaus. Bis hierher hatten unser Renovationsübungen und vor allem unsere finanziellen Möglichkeiten noch nicht gereicht, nur den Scheunentrakt belegten wir schon mit Heu und Stroh. Die Außenmauern aber trauerten weiter in ihrem noch beschädigten Zustand, die Fensterhöhlen gähnten ohne Scheiben, und innen waren die wenigen Räume verlottert und geprägt von einsamen Jahren. Jetzt verwandelten wir uns in Sherlock Holmes und Dr. Watson, kletterten, angespannt und so leise es auf den alten Brettern einer schmalen, an der Außenwand des Hauses anliegenden alten Holztreppe möglich ist, hinauf, die Kinder aufgeregt, geheimnisvoll und leise, wie es richtige Indianer tun, immer voraus.

„Bsssscht!", flüsterte jeder dem andern zu. Die Stufen waren zum Glück noch intakt. Nun öffneten wir sachte einen Spalt weit die alte Tür. Natürlich musste sie ein wenig knarren. Dann zwängten sich, mit langen

Hälsen, fünf neugierige Köpfe, jeder wollte natürlich zu vorderst sein um besser sehen zu können, durch den erst nur schmal geöffneten Türspalt. Dennoch waren wir wohl doch nicht leise genug gewesen, oder die Kinder hatten schon auf ihrem Entdeckungsrundgang auf sich aufmerksam gemacht, denn dort, ganz am Ende des kleinen Raumes, schaute uns das noch verschlafene Gesicht eines jungen Mannes entgegen. Er war gerade dabei, einige Tücher in einen alten Rucksack zu stopfen.

„Hat der hier die ganze Nacht auf dem nackten Holzboden geschlafen?" Niels war der Erste, der den Mund aufmachte und sich so seiner inneren Spannung entledigte.

„Was machen Sie hier?", Peter trat zu dem etwas verlegen dreinschauenden Fremden. „Wo kommen sie her?

„Ich komme aus Düsseldorf. Entschuldigen Sie bitte, dass ich hier so ungebeten die Nacht verbracht habe."

Und nun folgte ein längerer und aufschlussreicher Bericht:

„Gestern lernte ich in einer Bar zwei junge Damen kennen. Sie erzählten, sie befänden sich mit einem Bus auf einem Betriebsausflug. Wir alberten etwas herum, wie es in einem solchen Lokal so üblich ist, und als sie mit ihrer Gruppe wieder nach Hause fahren wollten, bin ich einfach mit in den Bus eingestiegen. Wir waren alle vom Alkohol ein bisschen lustig und keiner nahm Anstoß an dem Gruppenzuwachs, oder man kümmerte sich einfach nicht um mich. Auch meine beiden Frauen fanden mein Mitfahren nur einfach komisch, wir lachten viel, bis der Bus an einem Bahnhof anhielt und alle ausstiegen.

,Wir sind hier zu Hause. Wo aber wollen Sie jetzt schlafen?'

Das war jetzt eine schwierig zu beantwortende Frage, denn ich wusste nun auch nicht wohin. Geld hatte ich ebenfalls kaum noch welches bei mir, denn ich war gestern auf einen solchen Ausflug nicht eingerichtet gewesen. Ich hoffte, bei einer der jungen Frauen bleiben zu können, aber ein Zimmer zum Übernachten wollten sie mir nun doch nicht anbieten. Wir kannten uns ja auch kaum. Da hatte die eine Frau eine Idee:

,Wissen Sie was! Wenn sie hier am Bahnhof den Feldweg entlang gehen, noch ein Stück durch den Wald, dann treffen sie auf ein mächtiges, fast einsames Gebäude. Darin finden sie sicher noch leere Räume, in denen man übernachten kann.'

So bin ich hierhergekommen. Es tut mir leid, wenn sie in mir einen Eindringling sehen, was ja auch der Wahrheit entspricht, aber ich wusste gestern Abend wirklich nicht, wohin ich gehen könnte."

Die Kinder umringten den Mann. Claas studierte lange und nachdenklich den alten Holzboden.

„Ist dieser Boden zum Schlafen denn nicht sehr hart gewesen?", wollte er leicht staunend wissen.

Wiebke sagte indessen nichts, aber mit einem sehr kritischen Blick betrachtete sie den Fremden recht eingehend. Niels interessierte sich dann mehr für den Rucksack, aber da war nicht viel darin zu entdecken.

„Was wollen Sie jetzt machen, wo Sie doch kein Geld besitzen?", wollte Peter nun doch wissen.

„Ich kann arbeiten. Ich sehe, dass es an diesem schönen Gebäude noch recht viel zu tun gibt. Von Beruf bin ich nämlich Anstreicher."

Des Nachts wird er davon wohl nicht sehr viel gesehen haben, dachte sich Peter. Dann aber brauchte er nur kurz zu überlegen.

„Arbeit hätten wir wirklich genug, und wenn sie sich ein bisschen Geld für die Heimfahrt verdienen wollen, dann können sie gleich damit anfangen."

Unterdessen beobachteten die Kinder alles recht genau, und vor allem war so ein unerwarteter fremder Gast für sie hoch interessant. Viel hatte er nicht dabei, und so fragte ich mich etwas nachdenklich, wie das funktionieren soll.

„Genug der Vorstellung, draußen können wir dann weitersehen", unterbrach ich diese allgemeine Besichtigung, und flink kletterten wir nun allesamt die steile Holztreppe wieder hinunter, die Kinder natürlich immer noch etwas aufgeregt voran.

Auf dem Hof zeigten wir Franz Kassikeit, denn mit diesem Namen hatte sich uns der Fremde vorgestellt, dass er mit dem Anstreichen der Mauer bei der Reithalle beginnen könnte. Die Vorarbeit, nämlich das Abkratzen der alten gelben Farbe und das Zuspießen der Löcher hatten wir schon selbst erledigt, so dass er sich, ganz seinem angeblichen Beruf entsprechend, dem Abrollen der weißen Farbe widmen könnte.

„Jetzt kommen Sie aber erst einmal herein zum Frühstück, sonst fallen Sie uns noch von der Leiter", forderte ich unseren ungebetenen Gast auf.

Immer noch die neugierigen Nasen unserer Kinder im Schlepptau, die diese Situation voll spannend fanden, stiegen wir das Treppenhaus in unsere Wohnung hinauf.

„Sie haben ja nur einen kleinen Rucksack dabei? Ist da auch eine Zahnbürste darin?"

Wiebke wollte wieder einmal alles ganz genau wissen.

Aber gelingt das gegenseitige Kennenlernen mit der Direktheit und Ehrlichkeit der Kinder nicht immer am schnellsten und einfachsten? Darin erwiesen sie sich mit ihrer unkomplizierten Art doch wieder einmal als richtige Meister.

Von nun an konnten wir täglich den Fortschritt an der Reithallenmauer beobachten. Obwohl die Qualität, nach seinen fachlichen Taten zu urteilen, bestimmt nicht unbedingt auf große Kompetenz schließen ließ, verschwand dann Meter für Meter der unerfreuliche grau-gelbe Rohzustand unter einem strahlenden Weiß, und das sogar ohne diesmal selber immer wieder auf die Leitern klettern zu müssen.

„Wie lange kann er wohl bleiben? Vielleicht hat er Zeit, auch noch das Haus daneben zu streichen?", fragte ich mich hoffnungsvoll. Damit meinte ich das zukünftige Stöckli, damals noch im traurigen Rohzustand.

Dafür boten wir ihm Kost und Logis an, und für seine Arbeit ein kleines Taschengeld, wobei sich an seiner selber gewählten Liegestätte aber nicht viel änderte. Ein vernünftiges Bett, außer einer alten Matratze, konnten wir ihm nicht anbieten. Zum Glück waren die Sommertage recht angenehm warm.

Eines Tages aber wurde er von unten her noch von jemand anderem in seiner Streicharbeit auf der hohen Leiter bewundert. Das Kindermädchen von Frau Bok spielte mit den ihr anvertrauten beiden Mädchen auf dem Hof, und so machte man sich gegenseitig bekannt. Bald vermuteten wir, dass er damit ein bequemeres Bett gefunden hatte, denn wir konnten einmal beobachten, dass er zwischendurch in der Wohnung über uns verschwand wo ja abends regelmäßig sturmfreie Bude herrschte. Die Bok-Kinder wurden rechtzeitig ins Bett gebracht, und deren Mama verbrachte fast die ganze Nacht an ihrer Arbeitsstätte.

So schien eine Zeitlang alles in bester Ordnung ...

*

Bis es dann eines Nachts, die Uhren gingen schon gegen Mitternacht, an unserer Wohnungstür Sturm klingelte. Die Kinder schliefen fest und auch wir waren schon zu Bett gegangen. Tierärztliche Notfälle wurden normalerweise per Telefon gemeldet. Ein Klingeln des Nachts direkt im Haus?! Daran kann ich mich nicht erinnern.

Erschrocken schlüpften Peter und ich in unsere Trainingsanzüge und waren auch schon gleich an der Haustür. Draußen stand verstört und zitternd das Kindermädchen.

„Herr Doktor, kommen sie schnell, der Franz benimmt sich so komisch. Er läuft in der Wohnung herum und jammert mit einer ganz fremden Stimme: „Ich habe alles satt, kein richtiges zu Hause, ich gehe jetzt und werfe mich noch diese Nacht vor den Zug!"

„Hat er denn Alkohol getrunken?"

„Ja, aber nur wenig Alkohol, ich glaube aber, dass er Drogen nimmt. Jetzt kann er nicht mehr richtig sprechen, bemerkt mich auch kaum noch, schreit und lamentiert vor sich hin und rennt ziellos in der Wohnung herum! Die Kinder sind verängstigt, wir sind ganz alleine, Frau Bok ist mit ihrem Partner schon vor einigen Stunden zur Arbeit gefahren!"

„Warten Sie, ich komme gleich mit Ihnen", antwortete Peter.

Dann wendete er sich mir zu:

„Bleib bei den Kindern, falls sie aufwachen sollten, ich komme gleich wieder zurück. Ich will nur mal schauen, was da oben eigentlich los ist!", und damit eilte er auch schon mit der verstörten Frau die Treppe hinauf.

Leise ging ich in unser Kinderzimmer, schaute hinein und betrachtete eine Weile die ganz ruhig schlafenden Kinder.

Aber schon kurze Zeit darauf hörte ich draußen im Treppenhaus ein eigenartiges Poltern. Schnell machte ich die Kinderzimmertür wieder zu und lief hinaus. Franz kam schwankend und torkelnd, sich immer wieder am Geländer festhaltend und vor sich hin schimpfend, die Treppe herunter.

„Ich leg mich jetzt unter den Zug, es ist doch alles nur Scheiße, das ganze Leben ist blöd!", lallte er laut vor sich hin. Peter und das zitternde Kindermädchen kamen langsam hinter ihm her.

„Bleiben Sie oben bei den Kindern. Am besten, Sie bringen die beiden wieder ins Bett und versuchen beruhigend mit ihnen zu reden", ermahnte Peter die verschockte Frau.

Den Franz in seinem Lauf noch aufzuhalten, war im Augenblick gar nicht möglich. Der Kerl war nicht nur zu groß und zu stark, er wehrte auch jede Berührung mit schwingenden Armen von sich. Bald stolperte er an mir vorbei, hinter ihm, beobachtend und in geringem Abstand, Peter. Dann verschwanden die beiden unten durch die Haustüre und hinaus auf den Hof.

Noch einmal vergewisserte mich, dass unsere Kinder ihren ruhigen und geborgenen Schlaf schliefen, dann aber ging auch ich hinunter, um vielleicht doch irgendwie hilfreich zu sein, wenn ich auch keine Ahnung hatte wie. Doch immerhin wollte ich versuchen, in der Nähe zu bleiben. Franz, immer noch krakeelend voran, Peter ihm auf dem Fuß folgend, so liefen die beiden durch das Hoftor hinaus und die Straße hinunter.

„Der scheint es ja recht eilig zu haben, mit den Rädern einer Eisenbahn Bekanntschaft zu machen!", murmelte ich unsicher vor mich hin.

Noch bis zur Hofeinfahrt ging ich ihnen nach, dann aber blieb ich stehen, um wenigstens in der Nähe der Kinder zu sein. Von dort beobachtete ich noch wie die beiden, nur noch als nächtliche Schatten, in Richtung Barriere rannten. Die eine Gestalt schwankte dabei deutlich, gefolgt von der sorglich hinter her laufenden anderen.

Peter hatte mir noch im letzten Augenblick zugerufen: „Ruf die Polizei, der Bursche wirkt unberechenbar!"

So lief ich jetzt doch ganz schnell wieder nach oben und wählte die Nummer 112. Dann schaute ich noch einmal vorsorglich ins Kinderzimmer hinein, bevor ich wieder unten auf den Hof meinen Wachtposten besetzte.

Die Odyssee unten an der Straße konnte ich von hier oben nicht mehr weiter verfolgen, die Dunkelheit der Nacht hatte sie eine zeitlang zugedeckt. Alles war jetzt ruhig, auch die laute und zornige Stimme von Franz hatte sich in der Ferne verloren.

Doch da, unten die Bahnschranke, die noch gut beleuchtet war, da konnte ich jetzt beobachteten, wie die sich langsam zu senken begann. Das bedeutete also, dass der nächste Zug im Anrollen war. Und tatsächlich, nach einer kurzen Weile hörte ich in der Entfernung ein Rumpeln und gleich darauf ein warnendes Pfeifen. Aufmerksam und sehr beunruhigt lauschte ich auf diese warnenden Geräusche, welche in der Stille der Nacht, die mich umgab, noch deutlicher, auffallender und vor allem jetzt unheimlich und beängstigend zu hören waren.

Da, zwei Schatten, ich erkannte sie gut, denn sie waren leicht beleuchtet von dem nächtlichen Schein einiger Bahnlampen. Sie schienen sich zu bewegen, mehr konnte ich in dieser Entfernung nicht wahrnehmen. Weiter aufmerksam lauschend war es mir, als würde der Zug sein Tempo deutlich drosseln.

„Wird er anhalten?", fragte ich mich. Nein, das tat er nicht. Jedoch langsam, gerade nur im Schritttempo, fuhr er unten vorbei dem Langerweher Bahnhof entgegen.

Was war dort unten passiert? Fragte ich mich nervös. Da endlich konnte ich zwei Schatten erkennen. Langsam kamen sie die Straße herauf. Nach einer beunruhigenden Weile erkannte ich darin Peter mit dem Randalierer, der sich aber jetzt von ihm erstaunlich leicht führen ließ. Sie schienen, nach dieser nächtlichen Expedition, doch noch heil davon zurück zu kehren. Fast gleichzeitig kurvte auch ein Polizeiauto vom Dorf her in unsere Einfahrt und zwei Polizisten stiegen aus dem Wagen. Es waren aber nicht diejenigen, die damals Claas nach Hause gebracht hatten.

„Am besten wir gehen hinauf in Ihre Wohnung, damit wir feststellen können, was mit diesem Mann los ist", schlug einer der beiden Beamten vor.

Wir waren damit einverstanden, und bald saßen wir mit sechs Personen in unserem Wohnzimmer. Auch das Kindermädchen, etwas ruhiger geworden, war wieder aufgetaucht.

Franz, inzwischen gefügiger geworden, nahm auf mein Geheiß hin, brav auf unserem Sofa Platz. Ich setzte mich daneben und versuchte ihn durch ruhige Ansprache, weiter zu besänftigen. Nach einiger Zeit schien mir dies tatsächlich zu gelingen, denn ich erhielt von ihm sogar die erstaunliche Erwiderung auf mein Bemühen: „Sie sind eine gute Frau!" Etwas erstaunt über so ein ungewohntes Kompliment dachte ich im Stillen so bei mir: „Schade, dass man erst durch Drogen benebelt sein muss, um diese Eigenschaft an mir zu entdecken."

Die Polizisten beobachteten uns und kamen dann recht schnell zu dem Urteil: „Der Mann steht unter Drogen, der sollte erst einmal seinen Rausch ausschlafen."

Nach dieser Feststellung erhoben sie sich und wollten gehen;

Doch Peter sagte: „Halt, den müssen Sie mitnehmen, diese Verantwortung können wir nicht übernehmen. Hier sind Familien mit Kindern, davon haben wir allein schon drei!"

Mit diesem Argument waren die beiden Polizisten dann doch bald zu überzeugen und auch bereit, den Drogenpatienten zur Ausnüchterung mit auf die Wache zu nehmen.

Franz, der jetzt doch langsam zu bemerken schien, was um ihn herum so lief, war damit aber gar nicht einverstanden.

„Frau Behrendt, ich will wieder hierherkommen, ich geh nicht mit der Polizei!"

„Wenn sie ausgeschlafen haben, dann können sie morgen wieder draußen weiter streichen", beruhigte ich ihn. Auf dieses Versprechen hin folgte er dann endlich den Polizisten und stieg widerstandslos in deren Auto. Aber immer wieder schaute er zurück, als wollte er sich meiner Zusage noch einmal versichern.

Der nächtliche Sturm hatte sich gelegt, aber noch eine ganze Weile blieben wir stumm, schauten den letzten Lichtern des Polizeiautos nach, bis auch diese im Wäldchen verschwunden waren.

„Jetzt will ich aber endlich wissen, was sich unten an der Bahn abgespielt hat. In der Dunkelheit konnte ich hier vom Tor aus nicht alles erkennen", unterbrach ich endlich unsere Schweigsamkeit.

„Du wirst es kaum glauben", begann Peter zu erzählen. „Der Kerl wollte sich doch tatsächlich vor die Bahn werfen! Er stellte sich einfach mitten auf die Schienen, und ich musste natürlich hinterher. Als wir beide dort standen, da ging auch schon die Schranke herunter. Ich fühlte mich wie gefangen mit diesem verrückten Kerl. Gleich darauf sah ich die Bahn von Eschweiler her langsam um die Kurve kommen. Normalerweise hören wir diese sogar in unserer Wohnung, aber immer in einem großen Tempo vorbeirasen. Diesmal aber schien sie langsamer, ja fast im Schritt zu fahren, ich glaube, der Lokomotivführer betätigte sogar die Bremsen. Ich vermute, entweder hatte die Polizei schon reagiert oder noch wahrscheinlicher, der Schrankenwärter beobachtete von seinem etwas entfernten, auch nachts besetzten Häuschen aus diese sonderbare Szene und funkte dem Lokomotivführer schnell eine entsprechende Warnung zu.

Dennoch war es mehr als ungemütlich, als ich die Lichter unaufhaltsam näher und näher auf uns zukommen sah. Franz schwenkte jetzt sogar noch seine Arme: ‚Hurrah! Da kommt ja schon mein Zug!'

Da aber griff ich zu, zerrte ihn energisch und mit all meiner Kraft weg von seiner selbst gewählten Exekutionsstelle und schob ihn gegen die Schranke. Als er von da wieder zu den Schienen zurück streben wollte, wendete ich, du glaubst es nicht, es war in meinem Leben der erste Kinnhaken den ich ausgeteilt habe, aber hier blieb mir nichts anderes übrig, nicht gerade kinoreif aber äußerst wirkungsvoll an. Er flog rückwärts über die Schranke und landete drüben der Länge nach auf dem Boden. Es war auch höchste Zeit, denn jetzt rauschte die Lokomotive langsam und im Schritttempo an uns vorbei. Ich sah noch, wie der Lokomotivführer die Hände in die Luft und über seinen Kopf warf und uns beschimpfte. Wagen um Wagen folgte nun, ein langer, aber noch immer verlangsamter Zug kroch ratternd an uns vorbei. Dabei konnte ich gerade noch lesen: ‚Paris – Moskau'. Allmählich entschwanden dann auch seine letzten Lichter in der Ferne."

Das war also dieser Nachtschnellzug, der manchmal meine sehnsüchtigen Ferienträume mit sich nimmt und den ich, immer wenn ich ihn höre, mit dem Film Dr. Schiwago in Verbindung bringe. Und den hatte jetzt unser Spezialist hier fast zum Halten gebracht?! Wenigstens wäre er dabei unter vornehme Räder gekommen.

Schweigend hatte ich dem Bericht zugehört, dann aber platzte ich heraus:

„Und einen richtigen Kinnhaken hast du ihm versetzt? Wie hast du das nur fertig gebracht, solche Methoden bist du doch gar nicht gewöhnt?" Ich staunte und lachte zugleich.

„Und bist du nicht willig, so brauch ich Gewalt", meinte mein Held. „Man glaubt ja nicht, was man in der Bedrängnis alles fertig bringt. Vielleicht hat mir das Fernsehen darin auch einige Nachhilfestunden gegeben, und so wusste ich wenigstens, nach dem Vorbild eines Bildschirms, wie so etwas überhaupt funktioniert."

Unseren nächtlichen Artisten durfte Peter dann am nächsten Tag von der Polizeistation in Düren abholen. Recht wortkarg erkletterte dieser dann wieder seine Leiter, um seine Arbeit fortzusetzen.

Franz blieb aber nicht mehr lange bei uns. Das Haus neben der Reithalle, das Stöckli, meine große Hoffnung, dass mir diese Streicherei vielleicht doch noch erspart bleiben könnte, das durften wir später noch selber streichen. Er verschwand wenige Tage danach, leider aber mit ihm auch das ahnungslose aber verliebte Kindermädchen.

Viel später mussten wir von deren Mutter dann erfahren, dass ihre Tochter in einer Heilanstalt sei, unheilbar voll von Drogen. Wir haben uns noch lange gefragt, was wir hätten tun können, um so ein Schicksal zu vermeiden. Aber wir hatten damals selber noch sehr wenig Erfahrung von dieser immer mehr zunehmenden Gefahr.

*

Sinnend stehe ich jetzt in der Küche. Das Abendessen ist, trotz meiner Träumereien, inzwischen doch fast fertig geworden, da klingelt es erneut. Es ist der Mieter mit der feuchten Decke. Sogleich versuche ich ihn zu beruhigen:

„Ich habe unseren Dachdecker telefonisch schon erreichen können. Er versprach mir, Montagmorgen, gleich als ersten Auftrag, das defekte Dach über ihrer Wohnung zu reparieren."

Ohne mir darauf eine Antwort zu geben, dreht der junge Mann sich einfach um, marschierte über den Hof und verschwindet in seinem Treppenhaus.

Etwas irritiert schaue ich ihm nach.

„Der wirkt aber nicht gerade begeistert, aber mehr kann ich im Moment nicht für ihn tun, oder glaubt er, dass wir selber auf dieses hohe

Dach steigen sollten? Da hat er sich leider geirrt und wird jetzt halt doch noch etwas warten müssen!", brumme ich vor mich hin und gehe wieder zurück in meine Küche.

Nachdenklich durchwandern weiter Erinnerungen von fast abenteuerlichen Erlebnissen und Erfahrungen mit einigen unserer verflossenen Mieter durch meine Gedanken.

*

Maler Franz sollte nicht der einzige Selbstmordkandidat bleiben.

Es war an einem späten Abend, da klingelte es an unserer Tür und die Mutter von Susanne meldete ganz aufgeregt:

„Ich komme gerade nach Hause. Da sehe ich in der Toreinfahrt ein Auto mit laufendem Motor stehen. Das schien mir doch recht eigenartig und vor allem, ich kannte dieses Auto nicht. Ich bin dann näher herangetreten, da sah ich es gleich: Ein Schlauch vom Auspuff des laufenden Wagens führte in das Innere des Wagens, und darin erkannte ich tatsächlich einen Mann reglos darin sitzen."

„Ruf schnell die Rettung an, ich laufe hinaus und sehe nach, ob ich das Auto aufmachen kann!", und schon war Peter draußen. Bereits von weitem sah er den Wagen mit dem immer noch laufenden Motor. Kaum hatte er es erreicht, stürzte er zum Auspuff, riss energisch den Schlauch aus diesem heraus und öffnete blitzartig die Wagentür. Es dauerte nur wenige Minuten, da hörten wir in der Ferne das Tatü-Tata und damit kam der Notfallwagen angerast. Später teilte man uns mit, der Mann hätte seinen Suizidversuch überlebt. Wer er war, erfuhren wir nie und auch nicht, warum er sich dafür gerade unseren Hofeingang ausgesucht hatte.

Zwei Menschen konnten gerettet werden, der eine im Drogenrausch, der andere aus Lebensüberdruss.

Dem dritten Leben konnten wir leider nicht zu Hilfe kommen, und das berührte uns dann besonders empfindlich.

Frau Rutauer war eine ältere liebe, sehr umgängliche und ruhige Mieterin in der Zwei-Zimmer-Wohnung über der Praxis. Wir freuten uns immer mit ihr, wenn sie von ihren kleineren und manchmal auch weiter führenden Touren erzählte, die sie recht oft mit einem praktischen VW-Campingbus unternahm. Manchmal kam ihre Tochter zu Besuch, noch öfter aber der etwa elf jährige Enkel, der sehr an der Oma zu hängen schien. Eines Tages fragte sie uns, ob wir ihren Kleinbus kaufen möchten.

Dieses praktische und fast neue Gefährt hätten wir schon gerne gehabt, aber nach reiflicher Überlegung sagten wir uns:

„Wenn sie nicht mehr reisen kann und nur noch in der kleinen Wohnung ihren Alltag erlebt, täglich aber immer ihren ehemaligen Reisewagen vor Augen, dann könnte sie doch eines Tages recht traurig über diese neue Unbeweglichkeit werden."

Nein, das konnten und wollten wir nicht verantworten und sagten ihr ganz offen, wir würden uns noch mehr als über den Bus über ihre Berichte freuen.

Was wir allerdings nicht wussten, vom Arzt hatte sie eine Herzkrankheit diagnostiziert bekommen und ein entsprechendes Verbot, damit weitere Reisen zu unternehmen.

Wenige Tage später kam, kurz vor dem Praxisbeginn, der Enkel ganz aufgeregt zu uns: „Die Oma macht die Tür nicht auf, obwohl ich weiß, dass sie zu Hause sein muss, ihr Auto steht doch noch auf dem Parkplatz!"

Irgendwie befiel jetzt auch uns ein ungutes Gefühl. Wir begleiteten den Buben zu der Wohnung seiner Oma, aber auch auf unser Klingeln und Klopfen kam keine Reaktion von innen.

„Ich muss die Tür mit Gewalt öffnen, da stimmt wirklich etwas nicht", sagte Peter, nahm einen Anlauf, schmiss sich gegen die alte Wohnungstür und – rumps – landete er in der Wohnung. Da fanden wir sie friedlich und mit gefalteten Händen auf ihrem Bett liegen. Der schnell herbei gerufene Arzt musste leider ihren selbst gewählten Tod feststellen.

Erst jetzt realisierten wir, warum sie uns ihr Auto hatte abgeben wollen. Noch sicherer waren wir uns aber: Wenn wir dem Kauf zugestimmt hätten, würden wir uns ewig für ihren freiwilligen Tod schuldig fühlen. So sahen wir dann etwas wehmütig zu, wie recht bald von den Erben der schöne Wagen endgültig vom Hof gefahren wurde.

Die anderen Merbericher Bewohner überlebten gesund und munter ihren Aufenthalt bei uns. Manche blieben über viele Jahre, und wenn man sich später irgendwo noch einmal über den Weg lief, wurde an die schönen Jahre auf unserem Gutshof erinnert. Wie oft wurden dann im Gespräch noch so einige, oft auch recht lustige Geschichten aus früheren Zeiten erzählt.

Über solche, ich möchte fast sagen „Freunde des Hauses" gibt es zwar nichts Besonderes oder interessant Spektakuläres zu berichten, was eigentlich etwas ungerecht erscheinen mag, denn es waren dies alles Leute, ältere und junge, die mit ihrer Umgebung immer zufrieden waren. Sie pflegten, was ihnen während ihrer Merbericher Zeit wertvoll geworden war. Auch wir waren dankbar dafür, dass es sie gab. So verließen sie bei ihrem Auszug auch die Räumlichkeiten meist in einem ordentlichen Zustand.

Besonders schön und aufregend war es aber dann jedes Mal, wenn sich Nachkommen der Hasencleverschen Familie bei uns meldeten. Wir gingen mit ihnen durch den Garten und durch das Haus und erfuhren oft bei einem Tee noch so einiges aus alten Zeiten. Ein Hasenclever beispielsweise, er lebt jetzt in München, erzählte uns von seinen Jugendstreichen, und dass er einmal in den Teich gefallen sei. Fast etwas sehnsüchtig bemerkte er: „Eine Merbericher Jugend vergisst man sein Leben lang nie mehr."

*

Nachdem Frau Bok, ihres Kindermädchens beraubt, ausgezogen war, blieb die Wohnung nicht lange leer. Wir hatten das Glück, dass schon bald eine Bekannte in diese nun leer stehende Wohnung einzog. Sie war jemand Besonderes und blieb für uns bis heute positiv in prägender Erinnerung. Auch sie wollte sich eine Auszeit von einer langen Ehe nehmen.

Diese sympathische Mieterin hatte das außerordentliche Talent und auch die Mittel, in kürzester Zeit aus in dieser, bisher nur praktisch bewohnten Turmwohnung, sowohl deren bisher noch verborgene Individualität, als auch das künstlerisch Außergewöhnliche zu entdecken, hervor zu holen und wieder lebendig zu machen.

Mit ihrem feinfühligen Geschmack hatte sie den Räumen eine Renovation und eine Einrichtung angedeihen lassen, die ihresgleichen sucht. Sie war in unserem Haus eine unserer besten und kultiviertesten Bewohnerinnen, und machte aus dieser Wohnung bald ein richtiges Bijou. Mir imponierte vor allem, wie sie die schwierige Rundung, an den drei Fenstern der Außenwand des romantischen Turmzimmers, durch geschmiedete Stangen aufgefangen hatte, an denen dann wunderschöne und zarte Gardinen dem Raum eine zauberhafte Atmosphäre schenkten. Leider blieb sie uns nicht für immer erhalten, denn nach einer längeren Erholung von ihrer Ehe, wollte sie mit ihrem Mann doch einen Neuanfang wagen. Vielleicht hat unsere gute Luft und natürliche Umgebung dabei auch etwas geholfen.

*

Es war in dieser Zeit, als wir beschlossen, einen langgehegten Traum Wirklichkeit werden zu lassen. Wir wollten endlich in die herrschaftlichen Räume der ehemaligen Hauptwohnung einziehen. Das bedeutete natürlich erst einmal eine erneute Renovation. Vor ein paar Jahren zogen wir in Gutshaus Merberich ein, nun zogen wir im gleichen Hause wieder um.

Der Umzug selber gestaltete sich dann recht unkompliziert, denn die kleineren Teile unseres Mobiliars brauchten wir nur durch eine einzige Tür, hinüber in das gleich daneben liegende schlossartige Treppenhaus mit den weißen Säulen zu tragen. Der Wintergarten und auch der Musikraum, diese beiden einzigartigen Räume, die mussten damals noch eine Weile auf ihre Wiederbelebung warten.

Jeder Mieter, der bei uns einzog, zeigte eine besondere Vorliebe für den eigenen Charme dieser harmonischen, im Jugendstil gehaltenen Bauweise des Hauses und dessen Wohnungen. Vor allem aber liebten es alle, gleichzeitig mitten in der grünen Natur wohnen zu dürfen.

Diese Begeisterung aber hatte doch manchmal so seine extravaganten Auswirkungen, und vor allem staunten wir oft darüber, dass wir nie eingeladen wurden, an den verschiedenen Exkursionen ins Land der Phantasie teilnehmen zu dürfen. Immerhin aber durften wir dann das Endergebnis bewundern. Mit der Zeit mussten wir lernen, dass das Vermieten auch einige Toleranz und Anpassung von uns erforderte.

In diesem Sinne kommt mir jetzt, wo ich wieder zwischen meinen Tellern und Tassen stehe, eine, wenn auch nur eine kleine, Episode in den Sinn. Eines Tages entdeckten wir, mehr zufällig, aber mit einiger Überraschung, dass die weiße Flurtüre unserer ersten Wohnung, mit ihren vielen Glasscheiben, aus der wir gerade ausgezogen waren, und die wir sehr bald vermieten konnten, plötzlich auffallend blau angestrichen worden war. Über diese Verwandlung waren wir doch etwas erstaunt und ganz und gar nicht begeistert. Aber wie sagt doch der Engländer so weise: „It is no use to cry about spilt milk!", und so jammerten wir nicht weiter über diese „verschüttete Milch". Viel später blieb dann leider die Wiederherstellung der alten Farbe kostenintensiv wieder an uns hängen.

Eine Wohnung könnte man mit einem Gesicht vergleichen, das einerseits durch seine natürliche Schönheit wirkt, andererseits aber auch den Stempel des augenblicklichen Inhabers aufgedrückt bekommt. Traurig wenn dann, statt einer natürlichen Pflege, mit schwarzer, roter oder brauner Schminke behandelt, sie in ihrem Charakter vollkommen verwandelt, dann kaum mehr wiederzuerkennen ist.

Eine solche Veränderung musste dann leider auch die so schön und edel renovierte Turmzimmerwohnung erdulden. In den vergangenen Jahren waren dort schon zwei Parteien ein und ausgezogen, die Bardame mit dubiösem Anhang, und dann unsere Traummieterin. Jede hatte irgendwie ihre Wohngewohnheiten zurück gelassen. Ihre natürliche Schönheit und Eleganz aber, die sie durch diese letzte, und so ganz besondere Bewohnerin erhalten hatte, die wurde leider durch eine solche Schminke verunstaltet. Und das kam so:

Diese Wohnung blieb auch diesmal nicht lange leer. Da stellte sich bald einmal ein älteres Ehepaar vor. Sie waren von dieser großen Wohnung gleich so begeistert, dass sie versprachen, da der Mann einst Schreiner von Beruf, sogar jegliche eventuell anfallenden Reparaturen selber zu übernehmen.

Vielleicht fühlte sich dieser Herr, in seiner pensionierten Untätigkeit, etwas gelangweilt, denn dieses Versprechen versuchte er dann recht schnell in die Tat umzusetzen. Nur leider wusste er dabei seiner Phantasie und seinem Tätigkeitsdrang keine Grenzen zu setzen. Wie er sich die gerade bezogene Wohnung vorstellte, das durften wir dann, leicht entsetzt, bei einer späteren Besichtigung betrachten. Oh wie schwer taten wir uns dann, dabei auch noch Bewunderung zeigen zu müssen.

„Kommen Sie, jetzt zeige ich Ihnen etwas ganz Besonderes!" Eifrig steuerte er in Richtung Schlafzimmer, wir folgten ihm etwas zögerlich und skeptisch. Der Anblick, der uns dort geboten wurde, der war dann auch wirklich überwältigend.

Ein selbst geschreinertes französisches Himmelbett! Riesig und oval ausholend, nahm dieses angeberische Gebilde das gartenseitige, immerhin doch recht große Turmzimmer, fast ganz in Anspruch, so dass man sogar Mühe hatte, daran vorbei zu kommen. Uns blieb eine Weile die Sprache weg, was unser Meister vermutlich als restlose Bewunderung auslegte. Es war dann auch aufrichtig gemeint, als wir endlich, aber mit einem leisen Stoßseufzer, auf seine Erwartungen reagierten:

„So etwas haben wir noch nie gesehen!"

„Ob man, auf einer so ausladend großen Unterlage, im Dunkel der Nacht nicht manchmal die Orientierung verliert und dabei dann mit den Zehen dem Partner aus Versehen in den Ohren oder der Nase bohrt?", war nur eine meiner stillen Überlegungen.

Aber jedem Tierchen sein Pläsierchen. Wir mussten uns ja nicht darin zurechtfinden, und den stolzen Konstrukteur wollten wir auch nicht unbedingt beleidigen. Den Stil des Hauses aber, den hatte er nicht verstanden, und bei seiner Tätigkeit dabei auch so einige Grenzen des guten Geschmacks überschritten. Ach! wie sehr vermissten wir jetzt die so kultivierte Vorgängerin!

Beim nächsten Mal aber, da fügte er, bei seiner unermüdlichen Bastelei, dem Haus sogar erheblichen Schaden zu.

Eines Tages nämlich kam es zu einem Hilferuf aus der darunter liegenden Wohnung, derjenigen mit der neuen blauen Haustür.

„Herr Behrendt, kommen Sie doch schnell, die Decke von unserem Wohnzimmer wird von Minute zu Minute nasser! Ich habe das gerade erst bemerkt, als ich mit meinem Morgenkaffee auf dem Sofa saß, da plumpste ein Wassertropfen in meine Tasse. Das Wasser muss von oben, von der Wohnung der neuen Mieter kommen!"

Was stellte sich dann heraus? Der Herr Schreinermeister hatte in seiner Einrichtungs- und Umänderungsbegeisterung mit dem Hammer einen Nagel direkt in die kupferne Wasserleitung geschlagen und dadurch die untere Wohnung bewässert. Die feucht gewordene Decke musste aufgerissen und neu verputzt werden, und den Schaden durften wir dann auch noch selber bezahlen.

Oh, was waren wir doch oft so naiv! Später, nach seinem Auszug mit Frau und der weiteren Familie, die sich recht oft, aber nur besuchsweise, in der Wohnung getummelt hatte, mussten wir wieder einmal selber eine sehr gründliche Wiederherstellung des Altzustandes herbeiführen. Vor allem aber das ausladend große Himmelbett in seine „himmlischen Einzelteile" zerlegen und es dann auch noch selber entsorgen. Vielleicht dachte der ach so tüchtige Erbauer, der Nachmieter würde sich über ein solches Kunstwerk freuen und es weiter benutzen.

Manchmal frage ich mich doch, ob das Gebäude selber, in seiner originellen Architektur, vielleicht sogar und in gewisser Weise zu solchen Ausschweifungen verführt, indem sich so mancher auf derselben künstlerischen Ebene glaubt und dies durch seine Taten auch beweisen möchte, es dann aber doch nicht schafft.

*

Der zweite eigene Umzug führte uns dann hinüber ins Stöckli. Die Hauptwohnung aber blieb danach nicht lange leer, nur der Haupteingang mit der Garderobe und dem Wintergarten, sowie auch der noch eine Weile im Kriegszustand verbliebene Musikraum, blieben weiterhin in unserem Besitz.

Da meldeten sich eines Tages die Mitglieder einer Kölner Musik-Band. Sie nannten sich Schroeder Roadshow. Einer von ihnen war ein echter Langerweher. Diese Gruppe suchte nicht nur eine entsprechende Wohnung für mehrere Personen, sondern dazu auch einen genügend großen Raum, wo sie mit bandeigener Lautstärke auch ungestört gemeinsam proben konnten. Begeistert von unserem Angebot war der Mietvertrag, für ungefähr sechs Personen, inklusive Übungsraum, bald unterschrieben.

Was uns damals, bei diesen, uns gleich sympathischen jungen Leute, aber besonders freute: Zu dieser Großfamilie gehörte ein kleines Mädchen, ungefähr im Alter von unserer Ältesten. Sollte die erste Begegnung dieser beiden vielleicht sogar im Pferdestall stattgefunden haben, dann war die Freundschaft natürlich sehr schnell geschlossen.

Ihre Eltern mieteten, zusätzlich als Familie mit Kind, unsere damals erst bezogene Wohnung. Susanne, so hieß diese neue Freundin, bekam, als ihr eigenes Reich, das kleine ehemalige Kinderschlafzimmer mit Hofblick. Nicht nur für die Eltern war das ein guter und praktischer Entscheid, auch für die beiden Kinder. Auf einmal hörte man, und das mehrere Male am Tag, von diesem Kinderzimmerfenster her, den uns allen bekannten EeeeGeee-Ruf ganz drahtlos über den Hof schallen. Die Antwort, ebenfalls mit EG, kam dann postwendend zurück und einige Monate später, noch effizienter, aus dem kleinen Fenster von Wiebkes neu bezogenem Dachzimmer im Stöckli.

Wenn ich doch auch auf mein Rufen immer so schnell eine Antwort bekommen dürfte! dachte ich so manches Mal, aber ich nannte mich leider nicht „EG". Dafür lernte ich dann notgedrungen durch meine Finger zu pfeifen, ein vorzügliches Mittel, um auch jeden aus der hintersten Ecke hervor zu holen.

Nur wenige Jahre blieb uns die Band erhalten. Diese Zeit aber reichte, um mit jedem ihrer Mitglieder immer recht freundschaftlichen Kontakt zu pflegten. Leider löste sich eines Tages diese, immer recht aktive Gemeinschaft, einfach auf. Sie zogen weg, jedes mit einer eigenen Idee, in eine andere Richtung und zu einer neuen Aufgabe. Ein Mitglied wählte die Politik und entwickelte sich dort zu einer bekannten Politikerin einer Bonner Partei.

Wer uns aber blieb, war das Ehepaar Hundt mit Tochter Susanne und ihrem tierischen Mitbewohner gleichen Namens, nur ohne ein „t" am Ende. Dieser Hund war ebenso groß wie lieb und hörte auf den Namen Zorro.

*

Die Zeit huschte an uns vorbei, manchmal eilig, dann wieder etwas bedächtiger. In mehreren der neu renovierten Wohnungen des Hauses, und es wurden davon immer mehr, herrschte ein lebendiges Kommen und Gehen. Die einen trennten sich viele Jahre nicht von Merberich, andere befanden sich hier mehr oder weniger nur auf der Durchreise.

Ein ganz spezielles Mietererlebnis, es war diesmal kein Farb- sondern ein Dufttupfer, amüsiert mich jetzt, an diesem Samstagabend, allein in meiner Stöckli-Küche, ganz besonders. Fast reflexartig prüfe ich noch schnell, ob meine Küchenfenster auch alle fest verschlossen sind, obwohl das jetzt gar nicht mehr nötig wäre. Aber woher kommt diese meine recht eigenartige Reaktion? Auch hier handelt es sich um eine vermerkenswerte Geschichte:

Die Anfrage nach einer Wohnung kam schon kurz nach dem Auszug der Band.

Es war an einem frühen Nachmittag, ich war gerade damit beschäftigt, die Teller und Tassen vom Mittagstisch in der Spülmaschine einzuordnen, da sah ich einen Mann mittleren Alters, ordentlich bekleidet mit Anzug und Schlips, fast so, als wollte er uns etwas verkaufen, über den Hof laufen. Wie prüfend schaute er sich um, blieb dann stehen als suchte er etwas.

Ich wunderte mich, was dieser Herr hier eigentlich wollte. So ging ich hinaus und fragte ihn: „Entschuldigung, kann ich Ihnen helfen?"

„Gnädige Frau, ich nehme an, Sie sind hier die Besitzerin dieses wunderschönen Anwesens. Darf ich Sie fragen, ob Sie auch Zimmer oder kleinere Wohnungen vermieten? Von Beruf bin ich Möbelverkäufer und habe hier in der Nähe eine feste Anstellung bekommen, daher brauchte ich jetzt eine Bleibe."

„Sie haben Glück, gerade ist eine große Wohnung frei geworden. Kommen Sie doch gleich mit mir, ich kann Ihnen diese einmal zeigen."

Nach kurzer Besichtigung war dieser Herr mit zwei Räumen unserer einstigen Hauptwohnung überraschend schnell einverstanden. Es war das Zimmer mit dem einen Fenster zum Teich hinaus, unser ehemaliges holzgetäfeltes Esszimmer und der daran anschließenden Küche, sowie das Kinderspielzimmer mit dem Balkon zum Garten.

Alles schien erneut in bester Ordnung. Schon am kommenden Abend zog der neue Mieter ein. Viel später erst merkten wir, dass er hier nicht alleine eingezogen war und das kam so:

Nicht lange danach, jedes Mal, meist morgens, wenn der neue Mieter seine Wohnung lüftete, vor allem aber wenn er die Küchenfenster zum

Teich und Hof hinaus öffnete, rümpfte ich empfindlich meine Nase: „Hilfe, hier stinkt etwas!"

Dieser merkwürdigen und unangenehmen Duftwelle, die zeitweise den ganzen Hof umwölkte, musste ich doch endlich nachgehen. Wir waren nie Vermieter, die meinten, dauernd Inspektionen machen zu müssen. Dazu fehlte uns nicht nur die Zeit, sondern auch vollkommen das Bedürfnis, sich überall einzumischen. Diesmal aber war es etwas anderes.

Der Mieter befand sich gerade auf einer mehrtägigen Geschäftsreise, als wir doch endlich einmal der Ursache dieses Gestankes nachgehen wollten und daher mit dem Zweitschlüssel seine Wohnung betraten. Wir waren sprachlos. Es war auch ratsam, hier Mund und Nase so gut es ging fest geschlossen zu halten, und die Atmung auf ein Minimum zu reduzieren. Was wir vorfanden war eine ganze Menagerie von Katzen unterschiedlichster Größe, Farbe und Rasse, die er bei seinem Einzug, von uns unbemerkt, mitgebracht und in dem ehemaligen Spielzimmer der Kinder einquartiert hatte. Katzen, Katzen, überall krochen sie aus ihren Nestern und Kartonhäuschen. Da Herrchen abwesend, waren die Futternäpfe leer gefressen, dafür aber die Katzentoiletten, von niemandem gereinigt, überfüllt. Eigentlich niedliche und hübsche Tiere, wie sie da überall herumkletterten und miteinander spielten, aber es waren absolut zu viele davon, und der Raum konnte dadurch, dass der Herr Möbelverkäufer tagsüber nicht anwesend war, nicht sauber genug gehalten werden. Was für ein Glück, dass der Boden hier mit roten Steinfliesen belegt ist, so dass der Schaden sich allein auf den Geruch beschränkte. Aber diese Tiere taten mir sehr leid. Wir konnten uns auch vorstellen, dass hier für entsprechenden Nachwuchs ebenfalls gesorgt war. Recht ratlos standen wir mitten in diesem Gekrabbel. Die Wohnung kündigen? Noch wollten wir damit etwas zuwarten, und so verblieben wir in der nächsten Zeit so, dass wenn sich drüben das Küchenfenster öffnete, ich laut ausrief: „Fenster alle schließen, drüben wird gelüftet!"

Herr X blieb immer in einer Art Berufsfreundlichkeit, höflich grüßend, wenn er morgens zur Arbeit ging und wir ihm auf dem Hof begegneten. Als ich einmal an seine Tür klopfte, weil ich ihm etwas ausrichten wollte, empfing er mich in einem kleinen Badehöschen ... ich erledigte mich meiner Botschaft dann sehr schnell.

Ein anderes Mal kam Peter etwas verwirrt von drüben zurück, weil er mit der Begrüßung, diesmal aber im seidenen Bademantel, „Herr Behrendt, was haben Sie für eine schöne Frisur", empfangen wurde und damit nicht so ganz klar kam. Ihm war kurz die Sprache weggeblieben, und das ist für einen Fast-Berliner eher ungewöhnlich.

Eines Tages teilte uns Herr X mit, er hätte in einer größeren Stadt eine bessere und höher dotierte Stellung bekommen und möchte daher seine Wohnung bei uns kündigen. Wir waren damit mehr als einverstanden, vor allem aber auch, dass wir nun mit ihm und seinem Katzenheim doch noch friedlich auseinander gehen konnten.

Nachdem die Duftwolke verduftet war und wir den beiden Räumen eine Generalreinigung hatten angedeihen lassen, konnten wir uns jetzt auch wieder jederzeit im Unterzug aufhalten, ohne mehr der Gefährdung eines Erstickungsanfalles ausgesetzt zu sein.

*

Auch diesmal dauerte es nicht allzu lange, da meldete sich eine Einmann-Firma die diese Räume, mit zusätzlich noch unserem ehemaligen großen Wohnzimmer, mieten und zu einem Tonstudio einrichten wollte. So zog Audio-Technologie mit seinen schweren Geräten, die gut darin Platz fanden, bei uns ein. Für Tonaufnahmen war vor allem der große Raum mit den braunroten Fliesen recht gut geeignet. Schon recht bald danach wurde in seinem neu eingerichteten Studio, meine erste Schallplatte aufgenommen.

Es hat uns immer wieder sehr erstaunt, dass unser Jakob mit dieser Einquartierung scheinbar nicht einverstanden war, vor allem dann nicht, wenn die großen Schuhe auf dem Hof sichtbar wurden und es sogar wagten, in unsere Nähe zu kommen.

Ja unser Jakob, was war er doch für ein origineller und selbstbewusster Vogel; mit einem kleinen Lächeln muss ich gerade jetzt wieder an ihn denken.

„Ich könnte eigentlich noch eine Tomatensuppe zum Abendessen machen", ist meine kurze Überlegung, als ich draußen im Unterzug den Tisch decke. Dabei beschäftigen sich meine Gedanken aber immer noch lebhaft mit der kurzweiligen Vergangenheit, und vor allem mit den abenteuerlichen Erlebnissen und Erfahrungen mit einigen unserer verflossenen Mieter.

*

Das Abendessen ist inzwischen fast fertig geworden, da klingelt es erneut.

„Bitte, nicht schon wieder unser Mieter mit der nassen Decke!" Ahnungsvoll öffne ich die Tür und wer steht dort erneut, der jetzt so absolut Unerwünschte.

„Die Decke ist immer noch nass", verkündet er mir mit stoischer Miene.

„Dann spannen Sie Ihren Regenschirm auf!", antworte ich und schließe ungeduldig die Türe vor seiner Nase zu.

„Das wird aber noch Ärger geben, überlege ich, und nicht nur, weil die Kosten des Dachdeckers an uns hängen bleiben werden. Und tatsächlich. Schon drei Tage später hatten wir dann, obwohl Herr Feucht das Dach gleich am Montag früh zur allgemeinen Zufriedenheit repariert hatte, die entsprechende Antwort durch einen Brief des Mieterbundes, in dem uns Mietminderung angedroht wurde.

Nun aber frage ich mich wirklich: „Wird Merberich eigentlich noch auffallender und interessanter, wenn es in seinem Innern, durch den einen oder anderen angenehmen oder weniger genehmen Bewohner, wie ein Chamäleon, scheinbar wieder einmal die Farbe wechselt?"

Um eine Antwort dazu zu bekommen trete ich auf den Hof hinaus. Der ungeduldige Mieter mit der feuchten Decke ist verschwunden, so dass ich jetzt in Ruhe unser Haus auf mich einwirken lassen kann.

„Nein, eigentlich nicht", denke ich. Selbstsicher und in sich selbst ruhend umgibt mich jetzt das Gebäude mit seiner imposanten Größe und Würde, so, als ginge es die vielfältige Unruhe in seinem Inneren überhaupt nichts an.

Bei dieser stillen Betrachtung kommt mir noch ein anderer Spezialist in Sachen wohnen in Merberich in den Sinn.

Da war einmal ein Mieter, der war der Meinung, da das Haus nicht nur viel Platz anbietet, sondern daran leider noch lange Zeit viele Mängel sichtbar waren, man könne sich hier beliebig ausbreiten.

In der Nähe der Praxisräume, hinten zum Garten hinaus, befindet sich eine leicht erhöhte Terrasse. Den Boden deckten rotbraune Fliesen, und zwei verputzte Steinsäulen stützten ein einfaches, nur mit Dachpappe bedecktes Dach. Das Randmäuerchen hatte an der Seite zum Garten hin einige seiner Stützsteine verloren. Aber wir liebten diese heimeligen Sitzplatz sehr, denn von dort konnte man fast den ganzen Park mit seinen Rasenflächen und dem alten Baumbestand bewundern. Auch erfreute uns jedes Mal der schöne Wuchs der meterdicken, sicher schon sehr alten Platane, die gleich daneben ihre weit ausladenden Äste mit einem dichten Blätterdach wie beschützend ausbreitet.

Es war gerade an diesem alten Baum, an den Peter einmal ein Vogelhaus befestigt hatte. Im Frühjahr bezog dann, nach eingehender Inspektion, ein Meisenpaar darin Wohnung. Ihre Brut- und Aufzuchtszeit konnten wir von unserem Schlafzimmer aus beobachten und durften dann zufällig sogar noch den Freiheitsflug der Jungvögel miterleben.

Recht oft genossen wir bei warmem Wetter dort unsere kurze nachmittägliche Teezeit, eine Institution, die mit der Zeit uns und unseren Helferinnen sehr lieb geworden ist.

An so einem sonnigen Nachmittag, als ich mit Teekanne und Tassen beladen dort den Tisch decken wollte, stieß mein Kopf erstaunt an eine Ansammlung feuchter Wäsche, ordentlich an einer neu gespannten Wäscheleine aufgehängt und an der warmen Luft unschuldig trocknend.

„Zum Kuckuck! woher kommen denn diese Unterhosen!", rief ich erstaunt und ärgerlich zugleich aus.

Eigentlich konnte das nur der Mieter in der kleinen Wohnung im ersten Stock über der Praxis sein, aber der war jetzt sicher nicht zu Hause. So mussten wir leider unsere kurze Teepause, trotz des schönen Wetters, für diesmal wieder im Büroraum abhalten.

Am Abend, den Verursacher dieser sonderbaren Ausstellung zur Rede gestellt, meinte dieser mit Unschuldsmiene:

„Ich habe schon einmal an einem sonnigen Tag meine Wäsche dort aufgehängt. Diese kaputte Terrasse wird doch sowieso von niemandem benutzt."

„Da irren Sie sich aber gewaltig, wir sitzen dort recht oft und so kaputt ist diese nun auch wieder nicht. Bitte hängen Sie Ihre Wäsche demnächst in Ihrem eigenen Badezimmer auf!"

Etwas genervt versuchte ich damit diesen Irrtum zu erklären, was ihn aber nicht davon abhielt, gleich zum Mieterbund zu rennen, von denen ich daraufhin aufgeklärt wurde, dass es sich hier schon um ein Gewohnheitsrecht handle.

Dieses sonderbare, sehr schnell in Wirksamkeit tretende so genannte Recht, das aber mussten wir ihm nun doch energisch und deutlich ausreden.

Er fand dann eine andere, für ihn ebenfalls wenig aufwändige Lösung. Er hängte nämlich in Zukunft seine Wäsche nicht mehr unter, sondern auf dieses Balkondach. Sehr bequem konnte er dort einen Wäscheständer, von seinem Flur aus und nur durch ein Fenster hinaus hebend, weiterhin bunt bestücken. Von nun an durften wir aus fast jeder Ecke des Gartens feststellen, wann der Herr seinen Waschtag hat.

*

Merberich bekam mit den Jahren nicht nur immer mehr Bewohner, zusätzlich wirbelte mit unseren Kindern die ganze Kinderschar unseres Reitclubs in Stall, Reithalle, Hof und Garten herum. Tiere fehlten dabei nie, waren sogar schon ganz von Anfang an unsere täglichen Begleiter. Manchmal kamen auch unsere Mieter damit in Berührung. Das war meistens schön und begrüßenswert. Wenn sich darunter aber ein so genannter Tierschützer befand, konnte das leider in unserem ländlichen und oft sehr betriebsamen Hof zu unliebsamen Zusammenstössen führen. Ich habe sehr viel Verständnis für den Tierschutz, mancher Einspruch hat schon böse Missstände bei der Tierhaltung aufgedeckt und Verbesserungen ermöglicht. Aber dennoch, bei allem Mitgefühl, ein gesunder Verstand darf bei einer vernünftigen Beurteilung vorgeschlagener Schutzmaßnahmen nicht fehlen.

Jedes Mal im Frühjahr, so gegen den April, wenn alles immer wieder von Neuem zum Blühen und Sprießen bereit ist, die Vögel ihre Nester bauen und ihr Revier mit ihrem Gesang abgrenzen, da begannen auch recht schnell, leider viel zu schnell, unsere Enten auf dem Teich mit ihrer Nachzucht. Schon bald schlüpften dann die kleinen gelben Bällchen aus ihrem warmen und noch schützenden Ei-Häuschen hinaus und hüpften, manchmal sogar aus einem Baumloch in luftiger Höhe, hinunter in das noch kalte Wasser. Die Luft ist dann meist schon recht warm, und die Sonne tat dabei ihr Bestes. Jedoch das winterkalte Wasser im Teich etwas aufzuwärmen, das dauerte dann immer noch einige Wochen länger. Enten sind aber gleich nach ihrem Schlüpfen Wassertiere und plumps, plumps, plumps, eines nach dem anderen folgt den Eltern in das noch kalte Nass. Die Eltern besitzen unter ihrem Gefieder eine Kälte isolierende Fettschicht, bei den Jungen aber muss eine solche erst noch gebildet werden. So fanden wir täglich viele kleine Entchen tot am Ufer liegen oder als kleine Leichen im Wasser schwimmen. Auch wenn sie die ersten Wochen überleben durften, und wir schon Hoffnung schöpften, starben sie dennoch manchmal an einer plötzlich einsetzenden Frühjahrskälte.

Immer recht traurig und besorgt beobachteten wir dieses Entensterben, freuten uns aber dann wenn, der Kälte zum Trotz, einige Jungtiere diese schwierige erste Zeit überlebten. Es waren meistens diejenigen, die im späteren Frühjahr ausgebrütet wurden.

Aber eines Tages versuchten wir dann doch in den Lauf der Natur einzugreifen. Wir fingen drei Jungenten, die schon einige Zeit überlebt hatten und setzten sie hinter der alten Schmiede in einen mit Stroh eingestreuten Gitterkäfig. Wir hofften, da sie eingesperrt jetzt nicht mehr in das kalte Wasser laufen konnten, sie auf diese Weise am Leben halten zu können.

Diese Aufgabe war aber schwieriger, als wir sie uns erst vorgestellt hatten. Obschon wir immer wieder die Unterlage im Käfig erneuerten, stank dennoch, durch den Entenkot, die ganze Geschichte recht unangenehm, und auch das Gefieder der Tiere wurde dabei recht schmutzig. Aber sie blieben am Leben und fraßen fleißig ihr Körnerfutter.

Eines Abends machte ein junges Mieterpärchen einen Bummel über den Hof und auch durch den Stall. Hinten, in der Stallgasse, da hörten sie plötzlich ein mehrschnäbeliges Quaken. Dem Ruf nachgehend entdeckten sie unsere duftenden Sprösslinge. Leider hielten sie sich für große Tierschützer, aber welche von der unüberlegten und unrealistischen Sorte. Beim Anblick unserer nicht sehr appetitlichen Tiere war die Empörung groß:

„Was Sie da machen ist ja die reinste Tierquälerei! Die Enten gehören auf den Teich und nicht in so einen Dreck!"

Geduldig und ausführlich erklärten wir ihnen die Lage.

„Wir haben die Tiere hier eingesperrt, weil sie im Augenblick in dem noch kalten Teich kaum Überlebenschancen haben. Besonders jetzt, in diesen feuchtkalten Apriltagen, da sind sie doch noch recht schutzbedürftig."

Man glaubte uns wohl nicht, denn am anderen Morgen, als wir mit unserem Körnerfutter zum Käfig gingen, fanden wir diesen leer und unsere drei Jungenten tot am Teich liegen. Wir waren darüber nicht nur sehr traurig, uns ärgerte vor allem auch diese blödsinnige und unüberlegte Einmischung. Peter nahm dann die drei Leichen, band sie mit einer Schnur an den Beinen zusammen und hängte sie den tierfreundlichen Mietern an ihre Wohnungstür. Ein weiterer Kommentar ihrerseits, oder eine eventuelle Entschuldigung, blieben aus. Vielleicht machten sie sich nun doch einige Gedanken darüber, was hier wohl besser gewesen wäre: Stinkend und leider schmutzig, dafür aber warm, oder sauber aber kalt und tot.

Wir freuten uns jedes Mal, wenn dann, etwas später, dennoch eine größere Zahl an Ausgebrüteten bald auf unserem großen Teich herumpaddelte. Leider verloren die Enten dabei recht viel Kot, was wir bei den Eingesperrten schon erfahren hatten, und dies nicht nur an Land sondern er gerät vor allem auch in das Teichwasser. So bemerkten wir eines Tages, dass das Wasser immer trüber wurde und dabei auch unangenehm zu riechen begann. Bei all der Freude über die Überlebenden, so befürchteten wir doch eine Überdüngung, es schwammen einfach zu viele Tiere munter auf dem Wasser. Was also tun?

Aus meiner Jugendzeit wusste ich, dass es in Waldbröl, im Oberbergischen Land, etwa hundertfünfzig Kilometer von uns entfernt, einen wöchentlichen, bis heute noch immer aktiven Viehmarkt gibt. Also, nichts Einfacheres als das, dachte ich.

„Ich packe das junge Federvieh in einen Käfig und fahre damit zum Waldbröler Markt!", meldete ich eines Tages meiner Familie.

Bald aber merkte ich, dass die erste Schwierigkeit schon darin bestand, dass unsere Freiheit gewohnten Verkaufsobjekte nicht alleine und schon gar nicht freiwillig in so einen engen Behälter hineinspazieren wollten. Sie mussten erst einmal eingefangen werden. Aber die Erfahrung macht vieles möglich, und schon bald wurde ich eine recht geübte Entenfängerin.

„Mit Speck fängt man Mäuse" – und mit Körnern die Enten. Noch einige Tricks dazu, und schon waren alle untergebracht. Aber da war noch dieser schlaue Jungerpel, der meine Fangtaktik schnell durchschaut hatte.

„Nein, ich lass mich nicht fangen, du bekommst mich nicht. Die Körner allerdings, die fresse ich schon, aber dann renne ich einfach schnell weg!", sollte sein Gequake wohl bedeuten, und wollte mir gerade schon zum x-ten Male wieder im Teichgebüsch entwischen. Endlich aber war ich doch schneller. Mit einem Hechtsprung, ähnlich einem Torwart auf dem Fußballfeld, landete ich bäuchlings auf dem Boden, hatte aber mit den Händen den Schlauberger doch noch im letzten Moment an den Füßen packen können.

„Gack, gack, gack!", schrie dieser empört und auch angstvoll. Es nützte ihm aber nichts, er musste nun doch hinein zu den Entenfrauen.

Diese luftige Aktion fand an der Einfahrt zum Hof statt, und es wollte das Schicksal, dass gerade in diesem Augenblick, als ich hinter dem Vogel her durch die Luft segelte, ein neu glänzender Citroen in eben diese

Auffahrt einbog. Die Insassen waren ein älteres befreundetes Ehepaar. Sie durften die ganze Szene bühnenreif beobachten.

Nachdem ich mein Opfer sicher eingesperrt wusste, konnte ich den Besuch, der eigentlich nur mit dem Hund in die Praxis wollte, zwar nicht unbedingt in stubenreiner Kluft, dennoch aber freundlich begrüßen. Ihr Kompliment:

„Sie sind aber sehr sportlich!" Nun, damit konnte ich umgehen, so gut wie jetzt mit meinen Enten.

Für eine Nacht mussten diese allerdings noch in einem zwar luftigen, leider aber doch etwas beengten Käfig ausharren. Am anderen Morgen jedoch, schon sehr früh, schob ich die ganze piepsende Fracht in meinen gelbgrünen VW-Käfer, schwang mich hinter das Steuer und fuhr mit einem kurzen Abschiedshuper los.

Eigentlich hatte ich nicht die Absicht gehabt, während der Fahrt zu frieren, und auch die Enten sollten keine Halsschmerzen bekommen. Als aber nach einigen Kilometern der eigenartige Duft von hinten, verursacht durch die leider etwas gestressten Enten, immer penetranter wurde, musste ich alle Fenster hinunter kurbeln, um mich mit genügend Frischluft zu versorgen.

So überstanden wir allesamt die Fahrt, und sogar ohne Autobahnstau, ganz gut und reihten uns noch rechtzeitig in den ganzen Marktbetrieb ein.

Da mein Elternhaus nur etwa hundert Meter von dem ganzen Marktgeschehen entfernt steht, und ich schon als Kind am morgen früh die Kühe muhen, die Schweine quietschen und die Hähne krähen gehört hatte, kam mir jetzt mit einem kurzen Überblick, wieder alles sehr bekannt und vertraut vor.

Die vielen Marktstände präsentierten, neben dem Allerlei von Kleidungsstücken, landwirtschaftlichen Geräten, Haushaltsgegenständen auch Gemüse und etwas abseits gelegen standen dann die Tiere. Dorthin ging ich nun, organisierte schnell einen Strohballen, setzte mich darauf und präsentierte vor mir meine Entchen. Sie wirkten noch recht putzig in ihrem gelb-weißen Kindergefieder und verhielten sich jetzt auch erstaunlich ruhig und vernünftig. Sogar der widerspenstige Erpel schien sich mit den Damen angefreundet zu haben.

Da kam eine junge Frau auf mich zu:

„Oh sind die niedlich, darf ich eines davon heraus nehmen?"

„Aber sicher, hier haben sie eines."

Ich nahm ein Entchen aus der Kiste heraus und gab es ihr. Etwas unbeholfen aber entzückt streichelte sie es.

„Darf ich es kaufen?"

Sie behielt es dann gleich auf dem Arm. Was sie damit anfangen wollte, konnte ich nicht erraten, es beschäftigte mich auch nicht sehr, denn ich wollte die kleinen Pieper ja nicht wieder mit nach Hause nehmen. Das musste ich zum Glück auch nicht, ich brachte sie alle an den Käufer und durfte, nach der Entsorgung des Duftobjektes Karton, diesmal sogar mit geschlossenen Fenstern nach Hause fahren.

*

„Mama, darf Susanne mit uns essen?"

Es ist Wiebke, die plötzlich mit ihren beiden Brüdern und Susanne im Schlepptau in die Küche gestürmt kommt und damit meine vielen rückblickenden Gedanken unterbricht.

Man scheint im Stall endlich mit der abendlichen Arbeit fertig geworden zu sein und alle vier sind hungrig.

Jetzt bin ich nicht mehr allein, die Küche ist auf einmal voller Leben und die vielen Erinnerungen nehmen vor dem kindlichen Ansturm ganz schnell Reißaus.

Also aus mit Träumen, jetzt fordert mich wieder die Realität, und das ist gut so. Die Gegenwart ist nun wichtiger und die vergangenen Erlebnisse müssen wieder schnell zurück und hinein in ihre Gedächtniskiste.

„Habt ihr die Schuhe ausgezogen? Und bitte sofort die Hände waschen!"

„Jaaa, aber darf Susanne jetzt kommen?", repetiert hartnäckig wie immer unsere Tochter ihre Frage.

Seit Susanne mit ihren Eltern hier im Haus wohnt, hat sie bei uns dasselbe Kindesrecht wie die Unseren und ist daher immer willkommen.

„Dann bring noch einen Teller und eine Tasse auf den Tisch. Kommt Papa auch mit euch?"

„Da bin ich!", tönt es auch schon von der Türe her.

„Ich habe gesehen, dass der Tisch draußen im Unterzug gedeckt ist!"

„Es ist so ein milder Abend, wer weiß, wie lange wir noch draußen sitzen können. Wenn erst die kalten Tage kommen, die wir nun täglich erwarten, dann bleibt unsere schöne Sitzecke leider wieder für eine lange Zeit verwaist."

Hungrig setzen sich nun alle an ihre Plätze, Susanne natürlich neben ihrer Freundin. So wuchs sie geschwisterlich mit unseren Kindern auf. War aber unsere Vizetochter einmal von uns genervt, verschwand sie einfach und genoss vorübergehend das Privileg eines Einzelkindes. Auf einmal Geschwister zu bekommen, damit musste sie aber auch erst lernen umzugehen. Folgende Geschichte wird wohl für alle Zeiten mit ihr verbunden bleiben:

Einmal brachte Peter für die Kinder eine große Portion Pommes Frites nach Hause. Alles stürzte sich sogleich auf den noch heißen, mit der gelbknusperigen Herrlichkeit beladenen Karton. Susanne aber ging erst in die Küche um sich, wie es sich eigentlich auch gehört, eine Gabel zu holen. Als sie damit zurückkam, waren nur noch drei schäbige Frittchen übrig geblieben. Das Einzelkind hatte noch nicht gelernt, wie man sich in einem Rudel behauptet. So etwas passierte ihr aber kein zweites Mal, denn danach war das kleine Mädchen, welches zusammen mit der Musikband zu uns gekommen war, genau so flink wie die Unsrigen.

Zwischendurch schaue ich jetzt nicht nur zufrieden auf meine schnabulierende Familie, sondern auch immer wieder einmal hinaus auf den jetzt dunklen, nur von den erleuchteten Fenstern erhellten Hof. Achtung, da werden im Turmzimmer gerade die Lampen angezündet. Keine unserer Wohnungen wurde so abenteuerlich bewohnt und hatte dadurch so viele völlig unterschiedliche Gesichter bekommen wie gerade diese:

Die Bok-Maskerade – Damendesign – monströses Himmelbett ... – Seit kurzem wohnt dort oben ein junges Ehepaar, nett und freundlich und vor allem ohne Extravaganzen. Jetzt dürfen die Räume sogar für sich selber sprechen, und das ist uns immer noch am liebsten und angenehmsten.

Nun sitzen wir alle gemeinsam am Esstisch, der nur von einer einzigen Lampe an der Decke beleuchtet wird. Die Kinder, in ihren nach Stallluft duftenden Klamotten, löffeln brav meine Tomatensuppe und tauschen dabei eifrig ihre Erlebnisse des Tages und so manche kindliche Weisheit miteinander aus.

Aber jemand fehlt, eine liebe kleine Persönlichkeit die immer, wenn wir an diesem Tisch saßen, fröhlich zu unseren Füßen auf dem braunen Spannteppich herumgehüpft war. Wenn er dann von uns noch angesprochen wurde, dann gab er begeistert sein Du bist verrückt Jakob! von sich.

Fast ein Jahr lang blieb er bei uns, bis Peter eines Tages von dem angeblich ehemaligen Besitzer auf den Vogel angesprochen wurde. Wir mussten ihn zurückgeben. Noch recht lange trauerten wir dem geschwätzigen und oft recht komischen Familienmitglied nach, denn uns gegenüber war er immer lustig und umgänglich gewesen. Picken tat er höchstens fremde Füße.

*

Erst spät, als nicht nur im Stall, sondern auch bei den Kinder Ruhe eingetreten, und jedes in seinem Zimmer verschwunden ist, gehe ich noch einmal hinüber ins Haupthaus zu der Glasharfe von meinem Onkel Hans. Als ich durch den Wintergarten den Musiksaal betrete und die elektrischen Schalter betätige, da, in einem Bruchteil eines Augenblicks erstrahlen, fast spielerisch beleuchtet von den gläsernen Hängeleuchtern, die großen Fenster in deren warmem Licht und entlassen dieses wiederum, auch das stolze Gemäuer streichelnd, hinaus in den nächtlichen Park.

„Auch euch, meinen lieben singenden Gläser, möchte ich noch eine Melodie zur Nacht entlocken, darüber scheint ihr euch zu freuen, denn ihr empfangt mich mit einem Glänzen und Glitzern, welches ihr vom hellen Licht der Lampe ausgeliehen habt."

Als ich eines der Fenster öffne, umweht mich sanft die kühle Luft der Nacht, die noch die Düfte des blühenden Gartens trägt.

Dann aber beginne ich meine Gläser zu streichen und sende dabei die zarten Töne der Elegie hinaus in den dunklen Nachthimmel. Wie ein Geist, der weder Zeit noch Ort kennt, in der Luft schwebt und die Gegenwart und die Vergangenheit zu vereinen weiß, fliegen sie hinweg und singen dabei den Vögeln, den Käfern und so manchem Feldmäuschen ein Lied hinein in einen friedlichen Schlaf.

Kapitel 25

Meine Glasharfe –
Rückblende

In meinem Zimmer – Orientalisches Märchen – die Mauern fallen – Hauskonzert –
der „Spinettist" – Nachtfahrt – ungewöhnliche Erlebnisse – „Lifetime Membership" –
„the best glassblower of the world" – Peter, der Dirigent – Amish people –
GMF bekommen einen extra Rahmen – Sarrebourg – Abenteuer Paris – Münchener
Packerei – das Mühltobelhaus – RWTH … Boston und zurück – Trophy für
Gerhard Finkenbeiner – Philadelphia – Festival mit Fernsehleuten – unser „Pösteler"
bringt Überraschung – München – Paris – Williamsburg – Erinnerung an Bruno Hoffmann –
„Lifetime membership" für Carlton Davenport – „Die Glasmenagerie" – ein langer
Brief nach Japan – Bayreuther Mozart-Woche – Markgräfliches Opernhaus
und meine Glasharfe – Sie hat gelächelt!

„In diesen Blätterwirrwarr müsste ich eigentlich etwas System bringen. Was für ein Stapel voller Briefe, Zeitungsartikel, Prospekte, Flugkarten und noch sonstigen Krimskrams und das alles auch noch kunterbunt durcheinander!"

Leise murmle ich diese Selbsterkenntnis vor mich hin. Ein ganz voller Karton davon kam heute Morgen beim Aufräumen aus der Ecke meines Boudoirs hervor. Ordnung ist das halbe Leben!, sagt man nicht so? Wenn ich jetzt den ganzen Inhalt einfach auf meinen Schreibtisch ausleerte, in der Reihenfolge seines Inhaltes würde es keinen Unterschied machen, höchstens, dass die Hälfte meiner musischen Kostbarkeiten auf dem Boden landen könnte, und das möchte ich doch vermeiden. Wie aber kann man diesen Haufen Papiere überhaupt ordnen? Am besten, ohne Rücksicht auf das, was es im Einzelnen ist, ob Brief, Zeitung oder Prospekt. Ich suche erst einmal daran nur das jeweilige Datum und hefte es in dieser Reihenfolge in dem dicken roten Ordner, den ich extra für diesen Zweck besorgt habe, ab. Ob der wohl für den ganzen Packen ausreicht? Wenn ich mir das so anschaue, dann bezweifle ich es fast. Das ist allerdings eine andere Frage. Die wird sich wohl erst während meines plötzlichen Ordnungsfimmels herausstellen.

Also hinein in mein fröhliches und so erlebnisreiches Glasharfenerleben und meine künstlerische Vergangenheit!

Zuerst gerät mir ein Zeitungsartikel vom 27. Februar 1985 in die Hände. Zwar leicht vergilbt, aber das macht nichts, denn der Text ist immer noch gut lesbar und lockt mit dem romantischen Titel: „Im Palast der Rosen und Feen erwarten Sie orientalische Märchen und Musik zum Träumen."

In so einen „Feenpalast" hatte man die Galerie Danielshof in Alt-Kaster verzaubert. Allein die Überschrift bringt mich augenblicklich zu diesem Abend zurück und erinnert mich jetzt lebhaft an die Erzählerin mit ihren zauberhaften Märchen. Nur ein verstecktes Licht erhellte spärlich den Raum mit seiner östlichen Pracht alter kostbarer Stickereien, Spitzen und Pailletten aus Samt und Seide. Meine gläsernen Sänger aber fühlten sich in dieser romantischen Umgebung so richtig heimisch. Sie setzten sich mit ihren hellen Stimmen zwischen die einzelnen Geschichten, und untermalten manchmal recht mutig die von der Erzählerin gesprochenen Worte. „Frühlingslied", „Elegie", „Buscheschwänzlis Sunnefahrt", alles Kompositionen von Onkel Hans. Aber auch Händels „Wohl mir, dass ich Jesum habe" und „Plaisir d'amour" malten ihren musikalischen Pinselstrich in bunten Farben. In dieser märchenhaften Umgebung fühlte sich wohl jeder Besucher hinein versetzt in ein verzaubertes Land von blühenden Rosensträuchern.

Noch so manches Konzert durfte ich in den vergangenen Jahren geben, und das nicht nur in Deutschland. Manchmal führten mich Engagements über die Straßen und Autobahnen bis in die Schweiz, nach Frankreich oder auch nach Österreich. Mein gelbgrünes Wägelchen trug mich dann immer tapfer und widerspruchslos dorthin, wo ich jeweils erwartet wurde.

Oft kam mir dabei die Überlegung, wie bequem das Reisen heutzutage doch eigentlich ist, wenn nicht gerade ein elender Stau die freie Fahrt hemmt, denn ich brauchte mich nie, wie Georg Washington es damals tun musste, nicht nur mit meinem Instrument, auch mit etlichen Mitreisenden, in eine enge Kutsche hinein zu zwängen. Auch sind die Straßen heute weder schlammig noch haben sie grobe Schlaglöcher. Da ich fast immer alleine fuhr, ersetzte ein unterhaltsames Radio das Geplauder einer Familie. Dazu brauchte ich nur an einem Knopf zu drehen, und schon unterhielt mich irgendeine Sendung. Je nach Wunsch und Einstellung hörte ich neueste Nachrichten oder angenehme Unterhaltungsmusik. Am liebsten aber steckte ich eine mitgenommene Hörspielkassette in den Rekorder.

Über die jeweiligen, je nach Entfernung der Aufträge, notwendigen Unterkünfte konnte ich mich ebenfalls nie beklagen. Sie waren, da ich nicht in einem Sternehotel abzusteigen pflegte, zwar einfach, doch immer bequem und sauber.

Es konnte aber auch vorkommen, dass mein letzter Auftritt schon für den Nachmittag gewünscht wurde. Dann nutzte ich gerne die Möglichkeit, noch am selben Tag nach Hause zu fahren, auch wenn die Fahrt mich manchmal in die tiefe Nacht hinein führte.

*

Während ich immer noch fleißig in meinen Papieren wühle, erinnere ich mich auf einmal recht lebhaft an so eine ganz besondere nächtliche Heimfahrt. Es war die Nacht vom 9. November 1989, als europäische Geschichte geschrieben wurde.

Nach so einem nachmittäglichen Konzert in der Ostschweiz und nahe der deutschen Grenze verpackte ich eilig meine Glasharfe. Hilfreiche Hände halfen mir noch, das schwere Instrument zu meinem praktischen Fahrzeug zu tragen, wo es hinten im Gepäckraum, bei eingeklappten Rückbänken, seinen Platz fand. Meine Uhr zeigte zwar bereits sechs Uhr, aber dennoch sagte ich mir: „Wenn ich jetzt ohne Hindernis oder Stau durchkomme, kann ich gegen Mitternacht in meinem eigenen Bett liegen", Noch schnell ein Telefonat nach Hause, um meine späte Ankunft anzukündigen, und los ging es!

Die Dunkelheit, jetzt im November, brach sehr früh herein. Dennoch zog mich unwiderstehlich der heimische Magnet. Das spannende Hörspiel, das ich bei meiner Hinfahrt in den Rekorder geschoben hatte, wollte ich zur Zeitverkürzung jetzt noch zu Ende hören.

So vergingen die ersten zwei Stunden recht unterhaltsam. Zwischendurch schaltete ich auf Radio, um den Straßenzustand, vor allem aber auch die neuesten Nachrichten zu hören. Da, auf einmal, kaum hatte ich den deutschen Sender gefunden, hörte ich aus meinem Lautsprecher eine aufgeregte Männerstimme: „Schabowski verkündet Reisefreiheit für DDR-Bürger!"

„Was ist denn da passiert?! Habe ich richtig verstanden?!"

Achtung! Vor Überraschung hätte ich beinahe die Autobahnausfahrt verpasst. Schnell stellte ich das Radio lauter.

Heute, während ich in meinem Zimmer in den Papieren wühle, kommt mir die damalige Situation noch einmal so richtig klar vor Augen. Meine Gedanken wandern noch einmal zurück in mein Auto. Ich saß ja nur in einem kleinen Raum, und doch durfte ich in dieser Nacht darin deutsche, ja Weltgeschichte erleben. Erfüllt von Staunen und Erregung horchte ich damals auf die Stimme im Äther:

„Hunderte von DDR-Bürgern stehen an den Grenzübergängen. Wie ein Lauffeuer hat es ganz Ost-Berlin vernommen: Die DDR-Grenzen sind offen!"
Die Stimme des Berichterstatters ist laut, aufgeregt, überschlägt sich fast und ich verspüre darin eine enorme Anspannung.
Aber was soll das eigentlich bedeuten, ‚die DDR-Grenzen sind offen'? Das ist doch einfach nicht möglich?! Ich kam aus dem Staunen nicht heraus.
Um diese nächtliche Zeit herrschte auf meiner Autobahn nicht mehr allzu viel Betrieb. Jetzt aber, bei dieser wahnsinnigen Sensation, die aus dem Lautsprecher meine Autostube erfüllte, gehörten meine Augen zwar immer noch dem Verkehr, meine Ohren jedoch hingen unablässig am Radio. Mit größter Aufmerksamkeit verfolgte ich weiter die aufgeregte Berichterstattung. Kilometer um Kilometer rollten meine Autoräder auf dem Autobahnpflaster. Die Zeit verging, ich merkte es kaum.
Von West-Berlin her scharen sich jubelnde Menschen am Brandenburger Tor und strömen zu allen Grenzübergängen. Auch alle Ost-Berliner Trabis scheinen gestartet worden zu sein und warten geduldig auf eine Fahrt in den Westen.
Von beiden Seiten hört und sieht man lautes Rufen, Grüßen und Winken. Es ist eine spannungsgeladene Situation, ja fast eine Revolution, voll freudiger und doch ängstlicher Erwartung, die trotzdem geordnet und ohne jegliche Gewalt abläuft.

„Aber wie konnte dieses Wunder in Ost-Berlin eigentlich geschehen?", fragte ich mich immer wieder. Ahnungslos hatte ich diese Nachrichtensendung, durch mein zu spätes Einschalten des Radios, nicht von Anfang mitgehört. Endlich kam dann vom Sprecher die für mich so sehnsüchtig erwartete Aufklärung:
„Gerade in diesem Augenblick sind genauere Informationen hier im Studio eingegangen und darin heißt es: ‚Das Politbüro-Mitglied Günter Schabowski wurde bevollmächtigt, nach einer Sitzung des Zentralkomitees

durch den neuen SED-Generalsekretär Egon Krenz, an der heutigen Presse-konferenz auf die Frage eines Journalisten folgende Worte zu verlesen: ,Deshalb haben wir uns dazu entschlossen, heute eine Regelung zu treffen, die es jedem Bürger der DDR möglich macht, an Grenzübergangspunkten der DDR auszureisen.' Aber warum stehen denn die Menschen alle noch an den Grenzübergängen herum und laufen nicht nach West-Berlin?" Auch auf diese Frage bekomme ich bald eine Antwort geliefert.

„Über dieses überraschende neue Reisegesetz scheinen die Kontroll-posten an den Grenzen noch nicht informiert worden zu sein. Die Ver-wirrung auf beiden Seiten, im Osten wie auch im Westen, ist jetzt groß. In Scharen strömen die Menschen an die Grenzübergänge und wollen hinüber gelassen werden", höre ich den Sprecher.

In dieser Nacht brachte das Radio weder Sportresultate noch irgend-welche Musik, nicht einmal einen Ohrentöter. Es gab nur ein Thema, und das war: Wann werden die Grenzen endlich geöffnet? Ich war mir damals, und auch heute noch, ganz sicher: noch nie ist Radio so intensiv gehört worden und noch nie mit größerer Spannung und tieferem Mitgefühl als in dieser Nacht des 9. Novembers.

Endlich kamen die erlösenden Sätze:

„Wir bekommen gerade die fantastische Nachricht, dass an der Invali-denstraße hunderte von Westberlinern mutig und in wilder Entschlossen-heit über die Grenze nach Ostberlin vorgestürmt sind. Damit werden in diesem historischen Augenblick die Gesetze des Obrigkeitsstaates außer Kraft gesetzt. Die Mauern, Stacheldrahtzäune, die Schießkommandos, die Jahrzehnte lang Deutschland tyrannisiert und getrennt haben, sind endlich in dieser historischen Nacht gefallen. Einer Flutwelle gleich lau-fen jetzt tausende von Ost-Berlinern über die Grenzen und werden von West-Berlinern stürmisch empfangen! Menschen, die sich sonst fremd sind, umarmen sich unter Tränen. Unser Kameramann beleuchtet einen großen Teil der Mauer. Dort sieht man, wie junge Männer und Frauen auf dieses unmenschliche Hindernis steigen. Die Westberliner stehen schon hilfreich bereit oder versuchen selber, diese Hürde zu erklimmen, um eine stützende Hand zu bieten ..."

Weiter konnte ich nicht mehr zuhören, denn ich war inzwischen zu Hau-se angekommen. Peter war noch wach. Er hatte dieses unglaubliche und so bewegende Ereignis am Fernsehen verfolgen können.

Am anderen Vormittag telefonierte ich gleich mit meiner Berner Freundin Marianne, die mit ihrem Mann in West-Berlin wohnt. Sie beschrieb mir dann die Maueröffnung, wie sie sie selber erlebt hatte, folgendermaßen: „Wolfgang und ich waren im Theater. Als wir gegen Mitternacht auf dem Kurfürstendamm noch einen Nachtschluck trinken wollten, begegneten wir auf einmal drei, vier, fünf und mehr Trabis. ‚Wo kommen denn diese Ostautos her?', fragten wir uns erstaunt. Aber sehr schnell bekamen wir eine klärende Antwort darauf. Sofort eilten auch wir an die Grenze, wo wir den unglaublichen Jubel des Mauerfalls selber miterleben durften. du kannst dir vorstellen, dass in dieser Nacht unsere Betten lange auf uns warten mussten. Wir sanken erst gegen Morgen hinein."

Ganz anders berichtete später Peters Vetter über diesen denkwürdigen Tag. Nach seinem ersten Fehlversuch im Sommer, die Demokratische Republik über den Fluchtweg Ungarn zu verlassen, begann sein Abenteuer ein zweites Mal mit Kolonnenstehen, diesmal mit seinem Trabi vor der Tschechischen Grenze. Am Grenzbaum, nach langen angstvollen Stunden endlich angekommen, fragte man ihn dann, aber recht ironisch, warum er nicht über Berlin ausgereist wäre ...? Es war eben diese turbulente Nacht der Befreiung.

Später, bei einem ausführlichen Bericht, erfahren wir von unserem Verwandten noch von der spontanen Hilfe eines westdeutschen LKW-Fahrers, der ihm eine volle Tankfüllung und eine gute Mahlzeit spendiert hatte. Wegen seines nicht vorhandenen Westgeldes, hätte er nämlich, ohne diese kameradschaftliche Spende, sein geliebtes Wägelchen schon kurz nach der Grenze stehen lassen müssen. Dankbar und unvergessen dieser freundschaftlichen Geste, schickte er später das geliehene Geld dem großmütigen Helfer in die Eifel zurück.

*

Ich stelle gerade fest, dass meine Gedankenexkursion in die Vergangenheit sich erstaunlich spannend entwickelt. Da lohnt es sich ja wirklich, weiter in meinem Korrespondenzwald zu blättern. Darüber vergesse ich, dass ich eigentlich alles nach Datum einrichten und abheften wollte. Für den Augenblick genieße ich einfach das Herumschmökern und Durchlesen. Da fällt mir doch gerade noch so ein Zeitungsblatt der „Dürener Nachrichten" in die Hände.

Ach ja, das war in der Zeit, als ich das Büchlein über die Geschichte der Glasinstrumente verfasst hatte. Gleichzeitig war auch meine erste Schallplatte fertig geworden. Ich kann mich nicht mehr so genau daran erinnern, durch welche Quellen damals ein Journalist auf mich aufmerksam geworden war. Sein Artikel aber, nachdem ich ihm viele Informationen, nicht nur über den Klang, auch die Eigenheiten und den Charakter eines Glasinstrumentes gegeben hatte, bewies viel sachliches Verständnis, zeigte aber auch ein Gefühl von geistiger Freundschaft mit meinen Gläsern:

Grosse Kunst auf edlen Gläsern

Still im Kämmerlein schlummert in Gut Merberich in Langerwehe eine Weltrarität: Die „Glasharfe" der Liselotte Behrendt-Willach. Jetzt will die gebürtige Schweizerin ihr seltenes Instrument und die ihm zu entlockenden Melodien der Öffentlichkeit vorstellen. In diesen Tagen kommt eine Langspielplatte auf den Markt, auf der man einen umfassenden Einblick in die Glasharfenmusik erhält.

Das stille Kämmerlein aber vertauschte ich dann bald mit dem endlich fertig gewordenen Musiksaal. Still ist es zwar auch heute noch darin, außer, wenn ich fleißig übe. Dann aber öffne ich eines der großen Fenster, um die Stimmen der im Park jubilieren Vögel herein zu lassen. Diese Konkurrenz fürchten meine Gläser nicht, im Gegenteil, es ist ihnen ein Vergnügen, mit den emsigen Piepmätzen gemeinsam und eifrig zu orchestrieren. Diese zwitschern weiter, auch wenn sie jetzt auf blätterlosen Ästen und Zweigen herumfliegen und -hüpfen müssen. Der Winter hat sich nun endgültig angesagt und die Vorweihnachtszeit verführte uns wieder zu Ideen, die zu der kalten Jahreszeit passen. Wünscht man sich nicht gerade in der Adventszeit ganz besonders mit Freunden verbunden zu sein?

Und so luden wir Anfang Dezember 1987 erneut ein zum „Festlichem Hauskonzert zur Adventszeit".

Jedes unserer Feste konnte sich einer gewissen Eigenständigkeit rühmen, sei es durch die Feier einer architektonischen Wiedergeburt, einen ganz speziellen Gast oder einen hysterischen Musiker. Zwei denkwürdige Komponenten sind mir dabei ganz besonders in Erinnerung geblieben.

Über unseren Aachener „Schweizer Club" durften wir den südafrikanischen Botschafter mit Gattin kennen lernen, die für einige Jahre als

Landesvertretung in Bonn weilten. Durch unsere Tochter Wiebke, die im Schüleraustausch ein Jahr Gast in diesem schönen Land gewesen war, pflegten wir immer noch freundschaftliche Beziehungen dorthin. So war es für uns nun eine ganz besondere Freude, das Ehepaar an diesem Abend als liebe Gäste begrüßen zu dürfen.

Als Begleitung zu meiner Glasharfe sollte es diesmal ein Spinett sein. Dies aber ist die andere, leider weniger erfreuliche so genannte Komponente. Den Musiker selber kannten wir nicht, er wurde uns von einer Aachener Freundin empfohlen. Den Transporttermin verabredeten wir daher telefonisch.

Es war am Tag vor dem Konzert, als wir wieder einmal den Pferdehänger mit unserem Auto verkoppelten. Innen polsterten wir ihn, zur Sicherung und Stabilisierung des fremden Instrumentes, mit einigen Strohballen aus. Die Adresse fanden wir schnell, aber nicht den Pianisten, der war gerade aushäusig. Was nun? Peter hatte nicht die Zeit, den weiten Weg noch einmal zu fahren, es warteten seine Patienten. Da wir zu zweit waren, besprachen wir mit dessen Gattin, das Spinett auch ohne das Beisein des Besitzers zu verladen und mitzunehmen. Vorsichtig, dieses Wort ist bei der Besitzerin einer Glasharfe kein Fremdwort, trugen wir die zum Glück nicht sehr schwere Kostbarkeit hinaus, betteten sie, gesichert durch die schweren Strohballen und eingedeckt mit großen Decken, in unseren Hänger und fuhren davon.

Aber oh weh! Wir waren noch nicht lange zu Hause, da schrie nicht nur das Telefon, sondern auch der Sprecher am anderen Ende dieses Kommunikationsapparates:

„Was fällt Ihnen ein, mein Spinett einfach so selbständig mitzunehmen. Das ist ein äußerst kostbares Instrument. Wenn diesem etwas passiert sein sollte, dann nehme ich Sie in die Verantwortung ...!"

Puhhh!, das war eine deutliche Predigt, und nun sollte ich mit diesem Musenpfarrer gemeinsam einen Abend gestalten! Unbekümmert aber, trotz der Unstimmigkeit mit deren Spieler, haben sich die beiden Instrumente selber, das vollkommen unbeschädigte Spinett und meine Glasharfe, bestens miteinander verstanden und ergänzten sich gegenseitig in schöner Harmonie. So wurde auch dieser Abend ein voller Erfolg. Den Spinettisten aber haben wir dann nie mehr gesehen.

*

Das Konzert blieb aber nicht das letzte im wiedererstandenen Musiksaal von Gut Merberich. Jedes Jahr, sobald sich draußen die Natur zu ihrer alljährlichen Winterruhe zurück zieht, Tieren ein warmes Winterfell wächst oder wenn diese sich in ihre dunkle, wettergeschützte Höhle zurück ziehen, bei den Bäumen die jungen Blattspitzen sich in ihre, vor der winterlichen Kälte und Nässe schützenden Spelzen hinein kuscheln, da zieht sich auch der Mensch gerne in seine eigene schützende Höhle, menschliche Spelze oder eben in die warme Stube zurück. So manches Buch, das monatelang unbeachtet im Bücherregal ausharren musste, wird nun heraus geholt. Man blättert erst einmal kritisch darin herum, und bei Gefallen darf es uns dann auch seinen Inhalt erzählen.

Wir aber verblieben dann nicht allein bei den Büchern, obwohl unsere stetig wachsende Bücherwand uns täglich lockte. Auch die Hausmusik wurde wieder intensiver in diese kalten Tage hinein gebettet, was dann meistens zu einer erneuten „Einladung zum Hauskonzert" hinauslief.

Wie freue ich mich jetzt, in vielen Briefen noch so manche Zusage zu finden. Alle habe ich bis heute liebevoll aufbewahrt. Und ich weiß noch, mit wie viel Spannung ich sie damals in der Post, zwischen der Tageszeitung und den üblichen ungeliebten Rechnungen, entgegen genommen habe. So geht mir auch jetzt so manche Erinnerung durch den Kopf.

Ob Musiker wohl einen eingebauten Magneten in sich tragen? Es braucht nur etwas Zeit, Geduld und informatives Suchen, dann findet man sich. Besonders die verschiedenen Begleitinstrumente schenkten unseren Glasharfenkonzerten immer wieder eine andere musikalische Färbung. Eigentlich sollte Johann Gottlieb Naumanns Komposition für Glasharmonika von einer Laute begleitet werden, als Ersatz fand ich dafür eine Gitarre. Diese passte aber auch, und als leichtes Instrument, benötigte sie für den Transport auch keinen großen Transporter.

So trippelte die Gitarre gemeinsam mit der Glasharfe, das Klavier begleitete mit der edlen Schönheit seines Klanges, und die Singstimme vertrug sich mit den Gläsern in reinster Harmonie. Aber welches Instrument hätte Weihnachtsmelodien in ein stimmungsvolleres Jubilate zu bringen vermögen, als der strahlende und intensive Klang einer Geige? Daher brauchte ein gelungener und erfreulicher Musikabend auch nie der letzte zu sein.

So kam, mit diesen musikalischen Gesellschaftsabenden, nach vorangehendem Organisieren, etlichen Proben und genauem Planen, immer wieder ein unternehmungslustiges und sehr aktives Leben in unseren hellen und so geräumigen Musiksaal. Auch meine Schallplatte entstand dort und später, mit dem technischen Fortschritt, folgten noch drei CDs.

*

An viele lustige, aber auch schwierige Momente kann ich mich erinnern, die in den langen Jahren mit meiner Musik, in mir ihren unvergesslichen Platz erobert haben.

Oft hatte Peter die ehrenvolle Aufgabe, als Träger für mein edles Instrument zu dienen. Einmal mussten wir, um in den Konzertsaal zu gelangen, meinen sehr schweren Instrumentenkasten, leider wie so oft ohne anderweitige Hilfe, eine äußerst schmale Wendeltreppe hinauf tragen. Ein anderes Mal erkundigte man sich bei mir, es war während meines mehrwöchigen Engagements im Warenhaus Loeb in Bern, ob meine Gläser zum Verkauf stünden.

Auf der Reise mit Onkel Hans zum Glass Music Festival in Oxford, benötigten wir in New York, vor dem Weiterflug, für die Nacht ein Hotel. Kein Taxifahrer wollte uns befördern. Erst nach langem und finanziell aufwändigem Verhandeln, war dann endlich einer dazu bereit. Für seine Kollegen sah dieser recht ungewöhnliche Koffer einfach zu voluminös aus. Eigentlich hätte uns das nicht mehr zum Erstaunen bringen dürfen denn, uns erwartete damals die erste Hürde schon am Frankfurter Flughafen. Wir, immer noch recht unerfahrene Weltreisende, wurden dort darüber informiert, wäre dieses Gepäckstück auch nur drei Zentimeter breiter gewesen, so hätten wir damit gleich wieder nach Hause zurückkehren dürfen.

Da kommen mir noch die drei steifen Journalisten im Saal des heimischen Töpfereimuseums in den Sinn. Einen Tag vor meinem Konzert sollte ich ihnen meine Musik vorspielen und für einen Zeitungsbericht auch einiges darüber erklären. In den Händen ein Block, startbereit einen gespitzten Bleistift, mit ebenfalls zugespitzten Mienen, als trügen sie einen geistigen Vatermörder um den Hals, so saßen die drei vor mir und warteten ganz professionell auf mein Spiel. In dieser Unterkühlung wurden meine Hände kalt und steif, ich musste erst tief durchatmen. Dann aber sprach ich mit meinen Gläsern, die geduldig auf meine Finger warteten:

„Diese Globis sind für uns nicht existent, jetzt musizieren wir zusammen und kümmern uns nur um uns selber!"

Es funktionierte, und so fielen dann die Berichte in den Journalen doch zu meiner Zufriedenheit aus.

Nein, eintönig war es nie und Überraschungen waren einfach vorprogrammiert. Aber was wäre es doch langweilig, wenn alles nur gleichmäßig und störungsfrei abliefe. Alles Erlebte würde viel zu schnell in Vergessenheit geraten. Viele solcher unerwarteten Ereignisse jedoch, die verbleiben dann als fröhliche, oft auch humoristische Beigabe, oder sogar spannende Erinnerung, ein Leben lang im Gedächtnis.

Von Onkel Hans erhielt ich jahrelang immer wieder Briefe. Für diese könnte ich jetzt sogar einen Separatordner gebrauchen. Darin gab er mir so manchen guten Rat, immer aber in bescheidener Form, ohne mich jemals zu kritisieren oder zu entmutigen. Dafür bin ich ihm noch heute dankbar. Er war es vor allem, der mich darauf aufmerksam machte, die Stücke lieber etwas langsamer, aber mit Ausdruck zu spielen. Dies habe ich mir für alle Zeiten gemerkt. Auch nahm er regen Anteil an meinen musikalischen Fortschritten und Auftritten.

Ach ja! da finde ich noch etwas ganz Besonderes in meinem Papierkram. In den Händen halte jetzt nicht nur einen Brief von Norman, unserem Gründer und Präsidenten von Glass Music International, sondern auch ein ganz besonderes Foto. Was war das damals doch eine überwältigende Überraschung für unseren Glas-Pionier. Das Schreiben ist gerichtet an die GMI Board Member. In Punkt 2 schreibt er: „It has been proposed that we honor Hans Graf as a „lifetime" member of GMI. I have information for an article in the World newsletter and would like to graduate him in April. I would support this action."

In diesem Schreiben unterbreitet er den Mitgliedern von GMI den Vorschlag, Hans Graf, als Anerkennung seiner großartigen Arbeit für die Glasmusikwelt, eine „lifetime", das heißt „auf Lebenszeit", die Ehrenmitgliedschaft in GMI zu überreichen.

Dazu fragte mich Norman, ob ich es übernehmen könnte, eine entsprechende Ehrenplakette herstellen zu lassen. Natürlich tat ich das gerne, und wir übertrugen diese Aufgabe unserem schon bekannten Künstler, der meinen Instrumentenkörper so schön geschreinert hatte.

Es wurde dann ein wirkliches Kunstwerk: Eine auf einem gläsernen Ständer befestigte Weltkugel mit weißen Kontinenten in blauem Meer wurde umspannt von einem durchsichtigen Kunststoffring mit darin eingravierten schwarzen Musiknoten. Es ist gerade dieser Ring, der lebhaft und sichtbar die Grundidee, den Charakter und Sinn dieser Vereinigung einer weltumspannenden Musik aus Gläsern zum Ausdruck bringt, wobei es gleich ist, ob diese aus einer Glasharfe, einer Harmonika oder einem sonstigen ideenreich zusammengestellten Glasinstrument erklingt.

Eingraviert an seinem Fuß klebte die Plakette:

For his Contribution
Of Glass Music to the World
Hans Graf
is presented this 17th day of March, 1989
A LIFETIME MEMBERSHIP
In
Glass Music International, INC.
by its Board of Directors

Der Vorschlag, das Geburtsdatum des Würdenträgers, 17. März, auf der Plakette einzutragen, kam ebenfalls vom Präsidenten.

Was war ich doch in aufgeregter und erwartungsvoller Stimmung, als ich, kurz darauf, mit dieser kostbaren Ehrung nach Herrliberg fuhr.

Das Foto, das ich jetzt in der Hand halte zeigt, wie ich Onkel Hans und auch Tante Rösi, die beim Glasharfenbau mitgelitten hatte, die Weltkugel als Sieges-Pokal überreiche.

Den persönlichen und so liebenswürdigen Brief des Präsidenten selber durfte ich den beiden Jubilaren dann übersetzen, denn deutsche Worte fanden sich darin nur spärlich.

Lieber Herr Graf,

It is will a great deal of pride that I announce to you that the Board of Directors of Glass Music International, Inc. has unanimously approved your designation of "Lifetime Membership" within our organization.
This high honor is given freely to you in recognition for your contribution to glass music. It also means that membership in our ranks is free and you are entitled to all its privileges from this time forward.
You will be featured in the next issue of the GMI World newsletter. You should also know that you are the first person to receive this award. A plaque recognizing this achievement is currently being prepared and will arrive soon. We are honored to have you a part of our organization and thank you for your support.

Mit viele Grüsse von alles Ihre Freunden,
Euer Herr Norman Rehme
President GMI

Bald darauf brachte mir die Post die neue Ausgabe von „Glass Music World".

Als Titelbild: Hans Graf spielt auf seinen Gläsern, darunter, ins Englische übersetzt, der von ihm selber verfasste Entstehungsbericht.

*

Mit meinen Erinnerungen möchte ich jetzt noch eine Weile weiter in Amerika verbleiben. Wenn ich an die verschiedenen Glass Music Festivals denke, die in den letzten Jahren da und dort abgehalten worden waren, und mit den dadurch so unvergesslichen und wertvollen Begegnungen, dann fällt mir das gar nicht schwer. Und jedes Mal organisierten und transportierten Peter und ich das voluminöse Möbel.

Dazu muss ich aber noch ein bisschen in den Papieren herumkramen. Aber wer suchet, der findet! Jetzt bin ich doch froh, wie ich gerade feststellen kann, dass ich wenigstens bei den vielen Festivals etwas ordentlicher war, und all die Einladungen, Prospekte und Programme schon direkt in einen separaten Ordner gelegt habe.

Zu oberst finde ich mein Abenteuer in Columbus/Ohio, welches ich 1983 noch im Alleingang und auch noch ohne Instrument erlebt habe. Zwei Jahre später schleppten wir unseren immer noch recht unternehmungslustigen und auch mutigen Onkel Hans zum zweiten Festival mit nach Oxford/Ohio.

Zu einer erneuten Amerikareise aber konnten wir ihn dann leider doch nicht mehr überreden. Dafür durften wir Niels, unseren Jüngsten mitnehmen, der gerade seine Schulferien genoss. So flogen wir im Oktober 1988 erneut zu Dritt zum 3. Festival nach Corning, im Staate New York. Dieses wurde zu einem Teil vom dort ansässigen „Museum of Glass" gesponsert, die restlichen Auslagen trug Glass Music Int. dann selber.

Wenn ich jetzt so an all diese, mit den Jahren zahlreich gewordenen Begegnungen zurück denke, so wird mir bewusst, dass wir diese vor allem unseren drei fleißigen und engagierten Zugpferden, dem Präsidenten Norman Rehme, Gerhard Finkenbeiner und der Glasharmonikvirtuosin Vera Meyer verdanken. Aber auch nicht zu vergessen sind die verschiedenen Organisatoren, die sich bereit erklärt hatten, ein Festival zu planen und dazu weltweit einzuladen. Auch sie mussten sich Monate lang vorher dafür engagieren. Unterstützend wirkte immer wieder unsere Spezialzeitung Glass Music World. Mit ihren recht zahlreichen Beiträgen wurde es möglich, dass die Organisation stetig und weltweit wachsen konnte, so dass wir an jedem Festival wieder neue Mitglieder von nah, aber oft sogar von recht weit her, kennen lernen durften.

So ist Glass Music Int. inzwischen zu einer Non-Profit-Corporation" geworden, die sich der Förderung, Ausbildung und Vervollkommnung der Glasmusik rund um die Welt widmet.

Es war interessant zu beobachten, wie jedes Festival seinen ganz individuellen Charme und ganz persönlichen Charakter entwickelte und ausstrahlte. Gerade dadurch ist mir bis heute ein jedes unvergessen im

Gedächtnis haften geblieben. Ich erinnere mich vor allem an das fröhliche Wiedersehen mit den Musikern und ihren manchmal recht phantasievollen Glasinstrumenten. Begeistert erlebte ich in den vielen vergangenen Jahren, wie diese so ganz spezielle Art der Musik immer bekannter wurde, und wie sich dabei die Erfolge häuften. Und dann erst noch das erhebende Gefühl, zu spüren, selber dabei zu sein, und an dieser sich weltweit immer mehr ausbreitenden Entwicklung mithelfen zu dürfen! Mich machte das so richtig stolz und glücklich.

*

In Corning erzählte uns Vera, sie habe einmal gelesen, dass im 19. Jahrhundert ein paar experimentierfreudige Glasmusiker den erstmaligen Versuch gestartet hatten, ein Konzert gemeinsam mit gleich mehreren Instrumenten vorzutragen. Leider wurde damals nichts daraus, denn einige dieser gläsernen Kostbarkeiten gingen durch Unachtsamkeit in die Brüche.

Ein erneutes Experiment eines solchen Zusammenspiels fand bei unserem Präsident offene Ohren. Das Unglück aber, das sollte sich bei uns gewiss nicht wiederholen. Auch meine Gläser durften dabei natürlich nicht fehlen. Über deren Sicherheit aber, da sorgten Peter und ich sehr wachsam. Allerdings zirkulierten wohl doch in so einigen Köpfen die Zweifel, ob die untereinander im Bau doch so unterschiedlichen Glasinstrumente auch einen gemeinsamen und reinen Ton finden könnten?

Aber mutig und voll Hoffnung wuschen sich zehn Festival-Teilnehmer die Hände. Dann versuchten vier Glasharfen, fünf Glasharmonikas, dazu noch ein Instrument, bei dem die Töne durch Reiben von Stäben erzeugt werden, die Akustik vom Glas. Neugierig und hoffnungsvoll starteten wir den ersten Probelauf ... ach, warum so ängstlich! Aber vielleicht war da doch so ein kleiner vorwitziger, und sehr musikalischer kleiner Engel, der ein jedes Instrument einzeln mit seinen zarten Fingerspitzen, und mit einem verschmitzten Lächeln auf den Lippen, leicht berührte, damit es in diesem seltsamen Chor doch schön und rein tönen möge? Und tatsächlich, keines fiel musikalisch aus der Reihe, jedem noch so kritischen Ohr war es ein reiner Balsam. Jetzt konnten wir starten!
Doch da fehlte jemand; es war der Dirigent. Irgendwie war dieser in diesem gerade so spannenden und aufregenden Augenblick abhanden gekommen. Warten aber wollten wir nun nicht mehr, sondern endlich loslegen. Da stellte sich Peter mutig vor das startbereite Ensemble, hob zum ersten

Mal in seinem Leben einen Dirigentenstock, und Ludwig van Beethovens „Hymne an die Freude", gespielt von zehn unterschiedlichen Glasinstrumenten, jubilierte seit fast zweihundert Jahren zum ersten Mal in dieser Formation und in vollkommener reiner Einheit.

Der ganze große Saal war erfüllt von der Schönheit dieser Melodie. Obwohl von jedem Instrument charaktereigen gespielt, klang sie dennoch so harmonisch und tonrein, als würde sie einer gemeinsamen Seele entfliehen. Peter, der selber kein Instrument spielt, empfand diese kurze Gemeinsamkeit, wo Musiker und Dirigent im Spiel zu einer aufmerksamen Einheit wurden, als ein unvergessliches, eindrückliches und beglückendes Erlebnis.

Davor aber passierte uns noch eine andere, einerseits ärgerliche, andererseits dann doch recht amüsante Geschichte. Auch sie gehört zu dem Corning-Festival.

Natürlich interessierten wir uns auch sehr für die Glasbläserei und das dazu gehörende Glasmuseum. Dabei kam mir eine großartige Idee.

„Peter, du weißt doch, dass an einem der kleinen Gläser, eines mit einem hohen Ton, Onkel Hans den Stiel verkürzen und verkleben musste. Was hältst du von der Idee, den Superglasbläser zu fragen, ob er die Schneidstelle durch Hitze verschmelzen könnte? Das unschöne Sicherungs-Pflaster wäre dann überflüssig!"

„Fragen kann man ja!", und das taten wir dann auch. Vorsichtig hoben wir das Glas aus seiner Befestigung heraus, trugen es in die Werkstatt, um es vertrauensvoll in die Hände „of the best glass blower in the world!", wie man uns vorher versichert hatte, zu geben.

Anderntags warteten wir lange vergeblich auf das Glas. Mit der Zeit wurden wir dann doch etwas nervös, denn niemand konnte uns etwas über dessen Verbleib sagen. Also marschierten wir gemeinsam mit Gerhard und Ken zur Glasbläserei. Aber dort war „the best glassblower of the world" auch weiterhin unauffindbar. Dafür wurden wir darüber aufgeklärt: „the glass is broken, he let it drop ...", was auf Deutsch so viel heißt, der Meister hatte das Glas fallen lassen.

Ich war nicht nur schockiert, denn den Ton dieses Glases brauchte ich dringend zum Spielen, war aber auch sehr traurig, denn ein zerbrochenes Glas heißt für mich so viel wie: etwas für mich beim Spielen lebendig Werdendes ist jetzt für immer verstummt.

Trotzdem war aber zum Traurigsein keine Zeit. Eine kurze Beratung, was nun zu tun sei, dann marschierten wir gemeinsam zum nächsten

Glasladen. Corning ist zwar nur eine kleine Stadt, dafür aber gibt es dort wegen des bekannten Museums gleich vier Glasläden. So brauchten wir nicht lange danach zu suchen, sondern stürzten gleich alle vier hinein in den erst Besten. Zahlreich standen dort auf vielen Regalen Gläser in allen Formen und Größen, und warteten geduldig auf einen Interessenten.

In unserem Glaseifer dachten wir erst gar nicht daran, dem Verkäufer Beachtung zu schenken oder ihm Zeit zu geben, nach unseren Wünschen zu fragen, bis es uns dann doch endlich in den Sinn kam, bei der großen Auswahl, uns besonders nach Zwiesel-Gläsern zu erkundigen.

Bei den kleineren Gläsern nahmen wir eines nach dem anderen, in der gewünschten und vermutlich richtigen Größe, aus dem Regal. Mit feuchten Fingern begann dann jeder an dessen Rand zu reiben, denn gesucht wurde hier nicht seine Schönheit, sondern allein der gleiche reine Ton des „Verstummten".

Ich kann nur hoffen, dass wir damals nicht unsere eigene Spucke dazu benutzt haben, sondern vorher zu dieser intensiven und feuchten Tätigkeit doch wenigstens um ein Glas Wasser gebeten hatten. Man könnte es sicher keinem, und vor allem nicht dem Verkäufer selber verübeln, wenn man uns als ein bisschen oder sogar für etwas mehr als verschroben gehalten hätte.

Endlich wurden wir fündig. Alles schien zu stimmen, und die Höhe des Stiels brauchte von keinem Spezialisten mehr gekürzt zu werden. Ein bisschen Wasser und es schenkte uns den gewünschten Ton. Noch blieb mir der ganze Tag, um dieses neue Orchestermitglied in die Gemeinschaft der anderen Gläser einzubauen und selber mit ihm musikalisch Freundschaft zu schließen.

Es geschah dann am nächsten Tag, dem Freitag. Dennis James, der Dirigent, hatte gerade vor 600 Besuchern auf seiner Glasharmonika konzertiert. Nach Programm sollte er nach der Pause noch von einer Harfe begleitet werden. Jetzt aber, von der Saalluft durstig geworden, und um auch bei Gesprächen über das Gehörte zu diskutieren, strömten alle hinaus in die Eingangshalle.

Ob auch ich damals noch zu dieser Erfrischung gekommen bin, erinnere ich mich nicht mehr, denn draußen entdeckte ich, etwas abgesondert von dem anderen Publikum, ruhig auf einer Bank sitzend, eine ganz besondere Gruppe. Ich erkannte sie sogleich an ihrer Kleidung, es waren „Amish people". Eine Berner Schulfreundin hatte, vor noch nicht langer

Zeit, ein bebildertes, sehr informatives Buch über die ungewöhnliche Lebensweise dieser friedliebenden Menschen veröffentlicht. Ich hatte es mit Interesse gelesen, und so erinnerte ich mich jetzt noch so gut daran. Zum Beispiel, dass sie eine täuferisch-protestantische Glaubensgemeinschaft Mitteleuropas sind, die ihre Wurzeln vor allem eben in der Schweiz, Südwestdeutschland und dem Niederrhein haben. Während der Glaubenskriege aber mussten sie fliehen und leben nun im Nordosten der Vereinigten Staaten sowie im kanadischen Ontario.

Für einen Moment vergaß ich, dass ich eigentlich mein eigenes Konzert vor dem großen Auditorium, welches gerade noch genießerisch hier überall herum bummelte, halten sollte. Vergessen war auch mein Lampenfieber, um das ich mich anstandshalber eigentlich hätte kümmern sollen. Dafür aber steuerte ich schnurstracks auf diese, in eine schwarze Tracht gekleidete, Menschengruppe zu.

„Grüess ech mitenand!", waren meine ersten Worte, in der Hoffnung, dass sie ihre ursprüngliche Sprache vielleicht noch nicht ganz vergessen hatten. Und siehe da, trotz meines so plötzlichen Ansturms, erhielt ich als Antwort ein vielseitiges freundliches Lächeln.

Dann wechselte ich aber doch ins Englische über, denn es war ja nur die kurze Zeit der Pause, in der es uns vergönnt war, miteinander zu sprechen. Doch sie ermutigten mich zu einem weiteren Gespräch nach meinem Auftritt.

Das wäre einfach wunderbar, dachte ich bei mir, während ich mich jetzt endlich ans Händewaschen erinnerte, und schleunigst dem Rest room entgegen steuerte. Diese Gelegenheit, richtige Amische kennen zu lernen, mit ihnen zu sprechen und von ihnen selber einiges über ihr Leben zu erfahren, das konnte ich mir nicht entgehen lassen.

Meine Hände waren nun blitzblank und bereit, meine anspruchsvollen Gläser, und auch den Neuling, zum Klingen zu bringen. Aber als ich die große Bühne betrat, verblieb ich doch gedanklich noch ein ganz klein wenig, nur gerade so, wie mit einem kleinen Zeh, in der Amish-Begegnung.

Alle Plätze der zahlreichen Bankreihen waren voll besetzt. Der ganze Raum kam mir riesig vor. Und dennoch war mir bewusst, dass es auch hier nicht notwendig sein würde, ein Mikrophon zu bemühen. Es erstaunt immer wieder, dass das Material Glas zwar nur einen zarten Klang erzeugt, seine Schallwellen aber große Strecken, und das fast ungedämpft, zurückzulegen vermag.

Ganz kurz sprach ich noch leise mit meinen Lieblingen:

„Jetzt müsst ihr mir wieder helfen, wir haben heute sehr viele Zuhörer!"
Dann aber legte ich meine Fingerkuppen an die Glasränder und begann
zu spielen. Recht schweizerisch tönte es jetzt in diesem amerikanischen
Saal, denn als erstes verbreiteten sich darin die Kompositionen von Onkel
Hans. Diesen folgte die „Ballade" von Kenneth Piotrowski, ein musikalisch wunderschön für eine Glasharfe abgestimmtes Stück, was er eigens
für mein Instrument komponiert hatte. Auch die „Sonata F-Dur, Op. 1"
von Georg Friedrich Händel, meinem Lieblingskomponisten, durfte nicht
fehlen. Händel schrieb diese Melodie zwar für Flöte, meiner Glasharfe
aber war es kein Problem, die Stimme zu übernehmen. Mit der „Cantate
147: Wohl mir, dass ich Jesum habe" von Johann Sebastian Bach, ließ ich
meine Gläser ausklingen.

Der erneute Abschied von allen Freunden, alten und neu dazu gekom-
menen, war wieder etwas wehmütig, aber die französischen Kollegen hatten uns schon ein nächstes Festival in Aussicht gestellt.

*

Für uns drei aber wartete nun, statt des Flugzeuges, ein Campingbus, mit
dem wir noch zwei Wochen lang Amerika bereisen wollten. Es sollte eine
Fahrt ins Blaue werden, wobei wir aber dennoch zwei bestimmte Möglichkeiten ins Auge gefasst hatten.

Das erste Ziel waren die Niagara-Fälle an der Grenze zwischen dem
US-amerikanischen Bundesstaat New York und der kanadischen Provinz
Ontario. Nach Angaben unseres kleinen Reiseführers werden sie vom
Niagara Fluss gespeist, welcher den Erie-See mit dem Ontario-See verbin-
det. 57 Meter sollen diese Wassermassen in die Tiefe stürzen.

Leider lief mir meine Natur liebende Phantasie zu sehr voraus, und
ich glaubte, diese berühmten Fälle würden einen dichten Wald oder sogar
Dschungel durchbrechen. Die Realität zeigte sich dann, zu meiner verständlichen Enttäuschung, leider ganz anders. Was wir vorfanden, neben
den sicher recht beeindruckenden Fällen, waren Hotels, rege besuchte
Restaurants und Souvenir-Läden, einfach der ganze erdenkliche Touris-
tenrummel, der sich hier nicht nur breit machte, sondern wohl einfach
dazu gehören musste. Aber wenigstens für Niels war es dennoch ein großartiges Erlebnis, einmal diese weltberühmten Fälle gesehen zu haben.

*

Der zweite Anlaufpunkt war dann gar keine Enttäuschung mehr, im Gegenteil, eine wunderschöne Überraschung. Noch lange blieb uns in Erinnerung, dass wir damals das schönste Erlebnis in unserer Amerikareise bis zu den letzten Tagen aufgespart hatten, denn da fuhren wir nach Paradies, einem kleinen Dorf im Staate New York.

Herzlichst empfingen uns dort die neuen Amish-Freunde. Man kannte sich ja schon! Jetzt aber lief die ganze große Familie Miller zusammen, mit Vater, Mutter, Kindern, Großeltern, Tanten und Onkels, alle wollten uns kennen lernen. Damit aber nicht genug. Es dauerte nicht lange, da kamen auch noch die Nachbarn zu unserer Begrüßung herbei geeilt. Die Verständigung blieb dann allerdings, obwohl einige Sätze Versuchs-Berndeutsch verstanden wurden, doch bei der Englischen Sprache, denn nach 300 Jahren Einwanderung hatte sich das Deutsche oder Schweizerdeutsche zu einem Pennsylvaniadeutsch entwickelt, mit dem dann allerdings wir so unsere Mühe hatten. Bald stellte sich heraus, dass meine Konzertbesucher schon der ganzen Gemeinde von meiner Glasharfe berichtet hatten.

Bei einem einfachen Essen, viel Erzählen und manchmal auch ein bisschen Mitteldeutsch-Radebrechen, war es inzwischen Abend geworden.

„Wir müssen dein Instrument holen, sicher möchten doch alle gerne, vor allem diejenigen, die in Corning nicht dabei waren, deine Musik hören!", schlug Peter leise vor.

Was sind das doch für liebe Erinnerungen, die mir jetzt, so viele Jahre später und allein in meinem Zimmer, und vor einem Stapel Papier sitzend, den ich eigentlich ordnen wollte, durch den Kopf wandern.

Wir schleppten dann auch wirklich meine Glasharfe herein und stellten sie mitten in den kleinen Raum.

In meiner ganzen Konzertlaufbahn habe ich nie mehr meine Gläser im Lichte von nur einer Petroleumlampe gespielt, und nie mehr war es so feierlich und schön, als in diesem sanften Licht das „Buscheschwänzli", das „Frühlingslied", „Uf dr Grimmialpi" aus meinen Gläsern heraus erklang. Bald war der nur kleine Raum erfüllt von den herumwandernden Tönen meiner Glasharfe.

Heute kann ich nicht mehr sagen, wie viele Zuhörer aufmerksam lauschend auf Stühlen oder einfach auf dem Boden saßen. Es waren viele, denn auf Familie und nachbarliche Gemeinschaft wird bei den Amish großen Wert gelegt.

So klein das Haus unserer Gastgeber auch war, für uns drei wurde für die Nacht Platz gemacht.

Auch der kommende Tag bot uns ein unvergessliches Erlebnis, wobei wir bald merkten, wie stark verwurzelt das Leben dieser Menschen, besonders in ihrer Landwirtschaft, ist, und es für unsere modernen Begriffe manchmal doch recht seltsam anmutet. Sie lehnen bestimmte moderne Techniken ab, und akzeptieren nur etwas Neues nach sorgfältiger Prüfung deren Auswirkung. Aber so kritisch sie der modernen Technik auch gegenüber stehen, der Junior-Landwirt fand darin doch ein Schlupfloch, indem er sich mit einem Generator im Stall das Leben ein bisschen einfacher machte.

Inzwischen hatte Vater Miller ein Pferd vor sein Dachwägele, wie er den Pferdewagen nannte, gespannt, und wir wurden zu einer Kutschenfahrt eingeladen. Ich glaube, nur wenigen, die nicht zu dieser Glaubensgemeinschaft gehören, wurde diese Ehre jemals geboten. Aufgeregt kletterten wir auf die Sitzbank. Es war ziemlich eng aber doch sooo romantisch, denn worin wir nun saßen und gefahren wurden war eine eher kleine, für unsere Begriffe „museumsreife" schwarze Kutsche mit Verdeck.

Beim Abschied wurden wir noch mit einer dicken Familien-Agenda beschenkt. Gerne versprachen wir, bei unserem nächsten Amerikabesuch nicht zu vergessen, wieder bei ihnen vorbei zu schauen. Ihre Adresse hoben wir sorgfältig auf, aber das Paradies hätten wir ohnehin nicht vergessen. Dass dann aber doch noch lange zehn Jahre darüber verstreichen sollten, das allerdings ahnten wir damals nicht. Und dennoch, als wir wieder an ihre Türe klopften, erinnerten sie sich alle noch an uns, fragten nach Niels, auch nach meiner Glasharfe, und luden uns wieder in ihr gastfreundliches Haus ein.

*

Der Funke Glasmusik, angezündet in Columbus, ist mit den Jahren immer mehr in die weite Welt hinausgeflogen und hat sich dabei zu einem faszinierenden Feuer entwickelt. Schon bald erfuhren wir über unsere Fachzeitschrift, dass ein nächstes Festival in Vorbereitung sei, und zwar in Sarrebourg, Frankreich.

Während ich jetzt interessiert eine Ausgabe unserer „Glass Music World" durchblättere, rutscht mir doch gerade so ein eigenartiger Gedanke durch den Kopf. Wenn ich an diese drei ersten Festivals zurückdenke, so kommen sie mir vor wie bunte und sehr lebhafte Gemälde, die dem aufmerksamen Betrachter recht viel Geschehenes zu erzählen haben. Aber jedes davon sollte eigentlich auch von einem eigenen, sagen wir sogar, von einem persönlichen Rahmen, eingefasst werden. Dieser würde vor allem das Umfeld, das heißt, die Erlebnisse die neben dem Festival passiert sind, noch zum Ausdruck bringen, und das dann in einer dazu passenden Farbe. Wie aber könnte diese aussehen?

Beim Columbus-Festival würde ich an „nächtliches Dunkelgrau" denken, denn meine erste dortige Nacht war düster und hielt für mich die Hitchcock Mordgeschichte in sich verborgen. Das Bild selber aber, die drei Tage mit Musik, zeigen nur die schönen Erlebnisse mit den neu geschlossenen Freundschaften, und daher ist dieses fröhlich und bunt. Nun aber stellt sich die Frage: Ist hier eine graue Farbe denn überhaupt passend? Nein, nicht zum Bild selber, nur zu dem vom Gemälde unabhängigen Rahmen, denn jedes stellt in sich etwas Eigenständiges dar. Beide aber, das farbige Bild und der eher düstere Rahmen zusammengebracht, so verschieden in der Erinnerung, vereinen sich dann zu besonderen und unvergesslichen Erlebnissen.

Oxford/Ohio: Wäre da nicht „blau" der richtige Farbton? Onkel Hans sah zum ersten Mal in seinem Leben den blauen Himmel Amerikas und spielte auf seinem neuen, herrlich klingenden Glasspiel vor einem aufmerksamen Publikum, das ihm ein Standing ovation brachte. Diesmal passen Rahmen und Bild doch recht harmonisch zusammen. Oder würde dazu vielleicht auch rot passen, entsprechend der roten Hosenträger?

Kommen wir zum Corning-Festival.
Dieses Bild wird natürlich umrahmt von der überraschenden Begegnung und liebevollen Freundschaft mit den Amish Leuten. Eigentlich müsste ich „schwarz" sagen, denn nicht nur ihre Kleidung ist von dieser Farbe, sie fahren auch in schwarzen Kutschen. Zu dieser zu Traurigkeit neigenden Farbe aber, die ja eigentlich auch gar keine ist, melden sich meine musikalischen Gläser, denn auch dort durften sie doch so recht jubilieren. Auch waren die Kappen der Frauen und Mädchen weiß und sogar blütenweiß die Hemden der Männer und Knaben. Daher soll der Rahmen jetzt durchsichtig sein, wie das Glas, und nur von vielen schwarzen und

weißen Punkten, die meine zahlreichen Zuhörer darstellen, unterbrochen werden.

*

Die Vorbereitungen für das uns versprochene Festival in Sarrebourg schienen schon in vollem Gange zu sein. Einladungen und Programme aus Frankreich, sowie Anfragen, wer spielen oder etwas Spezielles vortragen möchte, lagen schon bald im Postkasten.

Bevor ich aber auch diesem nächsten Treffen einen passenden Rahmen geben kann, muss ich das ganze Geschehen erst einmal in meine Erinnerung zurückrufen.

Es war in den letzten Apriltagen des Jahres 1990. Alte Freunde, und auch einige neue Mitglieder, die in den zwei vergangenen Jahren in unserer internationalen Vereinigung aufgenommen worden waren, haben sich auf die mehr oder weniger lange Reise gemacht. Etliche kamen angeflogen, die meisten aber machten die Reise per Eisenbahn oder dem eigenen Auto.

Auch ich setzte mich rechtzeitig in mein Wägelchen, diesmal aber alleine, und fuhr in der guten Gesellschaft mit meiner Glasharfe in Richtung Nachbarland. Leider konnte mich Peter, wegen der Kinder und seiner Praxis, nicht begleiten. Aber ein Festival verpassen, bei dem ich sicher wieder viel Neues über Glasmusik hören und lernen werde?! ... das kam für mich nicht in Frage.

Wenn ich heute darauf zurück blicke, kann ich nur sagen: Ja, auch von dieser Reise kam ich reich beschenkt zurück.

Wie phantasievoll Glas musikalisch eingesetzt werden kann, durfte ich in diesen Tagen begeistert erfahren. Hauptinstrumente blieben die Glasharmoniken, die in der Bostoner Glasbläserei von Gerhard Finkenbeiner produziert werden, sowie die immer noch in meistens eigener Konstruktion gebauten Glasharfen.

Eigenartig und etwas befremdend für einen Glasmusiker war dann das von Bernard Baschet selber gebaute Instrument, und an diesem Festival zum ersten Mal vorgestellte „Glas-Stangen-Instrument"! Diese Erfindung hatte ich mir damals sehr interessiert auch von Nahem angesehen. Dabei bemerkte ich, dass man hier, um die Elemente zu bilden, Metallstäbe in eine schwere Platte eingebettet hatte. Jeder Metallstab wird dann von einem daran befestigten chromatisch abgestimmten Glasstab begleitet. Die Vibration des Glases wird durch den Metallstab an den schweren Metallblock weitergegeben. Dabei bestimmt die Länge, das Gewicht und die Position des Metallstabes am Gleichgewichtspunkt die Tonhöhe des Klangs. Es sind 56 Glasstäbe, die, mit einem nassen Finger sanft gestrichen, den Klang erzeugen.

Ein großartiges Erlebnis war es dann noch für sechs Glasmusiker, als sie eine Komposition von unserem Freund und Glasharmonikavirtuosen Thomas Bloch einüben durften. Einen Tag später wurde diese dann in der St. Quirin Kirche, unter den wunderschönen Glasfenstern von Marc Chagall, nicht nur in einem öffentlichen Konzert gespielt, sondern auch direkt für eine Schallplatte aufgenommen.

Da kommt mir doch gerade noch so eine eher komische Geschichte in den Sinn, obschon sie sich erst nach dem Festival abgespielt hatte. Aber gerade diese könnte dem Rahmen, der das Gemalte umgeben soll, die passende Farbe verleihen.

Und das kam so: Ein Zuhörer aus dem Publikum, er stellte sich uns mit Namen Monsieur Chapuis vor, schien ganz besonders fasziniert von unserer dargebotenen und dabei noch recht unterschiedlichen Glasmusik zu sein. Er fragte Norman Rehme, unseren Präsidenten, ob einige von uns eventuell mit nach Paris kommen könnten, um dort ein Konzert zu geben. Paris! Warum nicht? Ich war noch nie in dieser Stadt der Liebe, und für unsere Amerikaner würde es sicher ein besonderes Erlebnis werden, … und es wurde eins!

Nach dem Festival wiederum ein herzliches gegenseitiges Verabschieden mit dem immer wieder hoffnungsvollen Versprechen: „Wir sehen uns sicher irgendwo bald einmal wieder!" Dann setzten sich Norman und Carol in den Wagen des Franzosen, Vera Meyer und ich luden unsere Instrumente, meine Glasharfe und ihre Glasharmonika, hinten in meinen Opel Kadett Combi, wo beide zwischen unserem Gepäck, eng nebeneinander, gerade noch so ihren Platz fanden. Dann starteten wir gemeinsam die 500 km weite Reise nordwärts in Richtung französischer Hauptstadt.

Sogar hier und heute schaudert es mich noch, wo ich jetzt doch sicher und unbedroht in meinem Zimmer sitze, wenn ich diese unglaubliche Erinnerung ausgrabe.

Ahnungslos, aber gespannt auf alles Kommende, steuerte ich also meinen Wagen in Richtung Paris, und einem Abenteuer entgegen, das uns seinen unerwarteten Anfang schon gleich in den ersten Straßen der Stadt präsentierte, denn dort gerieten wir in die Rush hour … entsetzlich! Mit dem vor uns wegweisenden Führungswagen bewegten wir uns Zentimeter für Zentimeter in einem unglaublichen Haufen Autos. Eine Schlange rechts, eine vor uns und eine dritte links neben uns. Nicht nur dieser irrsinnige Verkehr erforderte meine volle Konzentration am Steuer, vor allem aber durften wir keinesfalls unseren voraus fahrenden Franzosen verlieren, denn das wäre für Vera und mich eine absolute Katastrophe gewesen. Die dramatische Situation verstärkte sich noch dadurch, dass weder Vera noch ich die Zieladresse kannten und folglich keine Ahnung hatten, wo sich diese so genannte „Konzert Halle" befinden sollte. Unsere einzige Chance, aus diesem Feierabendgetümmel heil heraus zu kommen war, unser Leithammel auf keinen Fall zu verlieren, und koste es eine Beule am Wagen.

Leider mussten meine, neben mir sitzende, sehr ruhig gewordene Beifahrerin und ich schon bald bemerken, dass unser „music manager" eine Art „scatterbrain", in unser gutes Deutsch übersetzt, ein kompletter Schussel zu sein schien. Sehr oft wechselte er einfach ganz plötzlich die Spur, und das ohne sich vorher um das Zeichen seines Blinklichtes zu bemühen. Auf dieses unerwartete Manöver hin musste auch ich dann ganz schnell reagieren, denn es war für Vera und mich beinahe überlebenswichtig, in diesem endlosen Verkehrsstrom immer wieder direkt hinter unseren so genannten Führer zu gelangen.

Aber auch der schlimmste Albtraum findet einmal sein Ende, und so erreichten wir endlich unser unbekanntes Ziel. Etwas erschöpft kletterten Vera und ich aus unserem Auto, schauten herum, bemühten uns aber vergeblich, ein entsprechendes Haus zu entdecken, in dem sich ein Musiksaal befinden könnte. Wo wir jetzt endlich angekommen und etwas hilflos herum standen, war nichts anderes als eine Art schmutziger Hinterhof. Und dennoch, wie erleichtert war ich, Norman und Carol zu sehen. Unser französischer Gastgeber jedoch schien sich hier bestens auszukennen, denn ohne irgendwelche Erklärungen oder einer vielleicht bescheidenen Entschuldigung, schloss er mit einem Schlüssel eine Türe auf und führte uns in das so genannte Auditorium.

„Das ist wohl ein Witz!" Meine diesbezügliche Äußerung hielt sich weder ans Französische noch Englische, denn sie kam tief aus meinem Herzen, und ich sprach voller Verblüffung Deutsch.

Wie uns die Außenseite empfangen hatte, so präsentierte sich dann auch die Innenraum. Die Wände zeigten einen desolaten Zustand, sie waren fleckig und feucht, und überall lag zurückgelassener oder einfach bequem deponierter Abfall. Es gab zwar, wie in einem richtigen Konzert-

oder Theatersaal, eine Art Bühne und auch Sitzreihen für das hier noch nicht eingetroffene Publikum. Aber auch daran war nichts Vornehmes mehr zu erblicken. Die mit dunkelrotem Samt bezogenen Sessel waren alt und von einem entsprechend abgenutzten Zustand. Nur ein sehr phantasiebegabter Betrachter konnte sich hier noch eine einstige, aber längst vergangene Theaterkultur vorstellen.

Langsam beschlich mich, bei dieser verstaubten Umgebung, der leise und ungemütliche Gedanke, und sicher passierte das nicht nur bei mir:

„Sind wir hier wohl in ein besonderes Etablissement, oder direkter ausgedrückt, in ein Bordell geraten?"

Oh, wie dankbar war ich jetzt über Normans Anwesenheit. Doch auch er schien sich in dieser mehr als ungewöhnlichen Umgebung ganz und gar nicht wohl zu fühlen.

Auf einmal aber, schon bald nach der ersten Verblüffung, begann mich diese ganze verrückte Situation zu amüsieren.

„Zu Hause werde ich dann etwas nicht ganz Alltägliches zu erzählen haben! Peter wird schmunzeln ... seine brave Ehefrau in einem ..."

Aber da nun einmal angekommen, und in Sarrebourg auch eine entsprechende Gage abgesprochen worden war, hatten wir keineswegs vor, auf Rückwärtsgang zu schalten. So abstrakt die Situation auch war, jetzt wollten wir sie uns auch verdienen. Wir packten also unsere Instrumente aus den Wagen und stellten sie auf die so genannte Bühne. Dann warteten wir geduldig auf das angekündigte Publikum. Es kam, tröpfelte herein und, passend zu der komischen Situation, wurden auch nur wenige der edlen Sessel besetzt. Noch eine Weile standen wir herum, immer in der Hoffnung, dass sich doch noch ein paar mehr Personen in diese „noble Kulturstätte" verirren könnten. Da sich aber weiter nichts tat, begannen wir Musik zu machen. Vera stimmte ihre Glasharmonika, Norman und ich versuchten unsere Glasharfen aufzuwecken. Aber...was war das?! Waren meine Gläser beleidigt, in so einer schäbigen Umgebung erklingen zu müssen? Es passierte in der Mitte meines Vortrages, plötzlich veränderte eines meiner wichtigen Gläser vollkommen seinen Ton. Es war ein Glas, das Onkel Hans an seinem gekürzten Stiel verklebt hatte. So etwas war mir noch nie passiert! Diese Veränderung des Tones konnte ich einfach nicht begreifen, denn das Glas selber war ja unversehrt. Noch ein paar Mal strich ich darüber, aber jedes Mal verweigerte es sich mir, und quietschte hartnäckig in seiner neuen Tonlage, als hätte es plötzlich den Stimmbruch bekommen. Es war einfach nicht mehr zu gebrauchen. Meinen Vortrag aber deswegen abzubrechen, das kam dann auch nicht in Frage. Also spielte ich meine Stücke zu ende, indem ich das rebellierende und leider nun absolut unbrauchbare Glas einfach übersprang.

Hat wohl irgendjemand meine neue Interpretation bemerkt oder sogar etwas dazu zusagen? Das war mir jetzt wirklich Jacke wie Hose! Ich glaube, dies Glas war halt ein Humorist, und hatte sich dieser skurielen Umgebung sprachlich einfach angepasst.

Am folgenden Morgen war dann, warum sollte auch, kein Geld für unsere Gage vorhanden. Nun aber blieb Norman hartnäckig, denn schließlich hatten wir nicht nur unsere Zeit für dieses Pseudokonzert eingesetzt, sondern auch die lange Reise hierher gemacht. Endlich, nach einer langen Diskussion, wurde dann das Geld doch noch irgendwie beschafft.

Mit welcher Farbe könnte ich nun dieses französische Festival bekränzen? Das frage ich mich jetzt mit einem kleinen Lachen.

Einerseits glaube ich, dass jedes Abenteuer es zuletzt doch wert ist, erlebt worden zu sein, und anderseits steht auf jeden Fall fest:

„Norman, du warst uns, bei diesem recht ungewöhnlichen Parisbesuch, Beschützer und Ritter!"

Trugen die tapferen Ritter im Mittelalter bei ihren Turnieren nicht manchmal einen purpurroten Umhang? In dieser Farbe war auch, erinnere ich mich jetzt noch lebhaft, die zerschlissene Theatersitzgarnitur. Also, dieser Rahmen soll dunkel- oder purpurrot sein!

Vera flog noch an diesem Tag nach Amerika zurück, Norman und Carol jedoch beschlossen, noch etwas anderes von Paris zu sehen als dessen verwahrlosten Hinterhöfe.

Zum Abschied gab ich ihnen noch die Adresse in Langerwehe. Zu Peters und meiner großen Freude kamen sie dann schon zwei Tage später. Beide aber schienen recht müde zu sein und froh, nach einigen weiteren überstandenen Strapazen, von denen sie uns dann noch erzählten, bei uns endlich etwas Ruhe zum Durchatmen zu finden.

„Oh, we had a terrible journey on the railway!" Die Reise sei schrecklich gewesen. Die meiste Zeit mussten sie im Zug von Paris stehen, denn er war einfach knüppelvoll. Sie hatten auch Probleme, ihr Gepäck, vor allem aber die schwere und große Glasharfe, in dem überfüllten Wagen unterzubringen.

Trotz eines gerade vorüber gezogenen Gewitters grillten wir auf dem Hof. Später aber trugen wir Normans Instrument in den Musiksaal, wo meine Gläser schon auf die Kollegin warteten. Dann ließen wir gemeinsam Mozarts Adagio froh, und dankbar für eine gut überstandene Reise, erklingen.

*

Während ich so intensiv und interessiert in meinen spannenden Papieren herumkrame, geht die Türe auf und Peter kommt herein.

„Was ist denn hier los, machst du Glasharfeninventur?"

„Ja, so ähnlich und da bin ich gerade in München gelandet. Sag einmal, kannst du dich auch noch daran erinnern, wie schrecklich unser Mühltobelhaus aussah, und das sogar noch kurz vor unserem Einweihungsfest? Gerade muss ich daran denken, wie ich damals, erneut geistig vollgestopft mit schönen und fröhlichen Erinnerungen an erlebnisreiche Tage am Münchner Festival, über die Autobahn in Richtung Schweiz gefahren bin. Der morgendliche Autobetrieb hatte sich schon verlaufen, so dass ich ohne Hindernisse die Stadt verlassen konnte. Du erinnerst dich sicher noch daran, dass ich damals aber nicht nach Langerwehe fuhr. Mein erstes Ziel war unsere Ferienwohnung in Kreuzlingen, denn ich musste noch unsere ganze Wohnung für den Umzug räumen."

„Aber dort hast du", unterbricht mich Peter, „nachdem wir diese verkauft hatten, in diesen letzten Tagen nur noch auf einer Matratze schlafen

können, denn der Umzug in unser neu restauriertes Haus in Rorschacherberg sollte doch schon in drei Tagen stattfinden!"

„So war alles geplant und gut vorbereitet. In Vorfreude steuerte ich
deshalb mein Auto nicht gleich nach Kreuzlingen, sondern noch ganz
schnell in die Richtung von unserem neuen Haus, hoch oben am Berg
und mit schöner Sicht auf den See."

„Und dann war deine Enttäuschung groß!", erinnert mich Peter.

„Das kann man wohl so sagen! Aber weißt du noch, als ich vor einigen
Monaten alleine in die Schweiz fuhr, um mir das uns angebotene Haus
zu begutachten? Es befand sich damals noch in einem sehr traurigen Zustand. Sogar gebrannt hatte es vor einiger Zeit darin, was man an einigen
Stellen immer noch feststellen konnte. Und dennoch war ich gleich begeistert, nicht nur vom Haus selber, sondern auch von seiner traumhaften
Lage, mit der herrlichen Sicht auf den Bodensee. Ich wünschte es mir
gleich als unser neues Heim. Meine Phantasie trug mich hinaus aus dieser
Halbruine, und zeigte mir stattdessen ein fertiges Zukunftsschloss.

Später, als du dann auch dabei warst, stellten wir uns auch unseren zukünftigen Nachbarn vor. Bei einem netten Begrüßungsgespräch erzählten
sie uns, dass dieses Gebäudes schon sehr alt sei. Baujahr 1872. Es hätte
bis vor einigen Jahren noch als kleines Bauernhaus gedient. Der damalige Wohnbereich, das konnten wir noch gut erkennen, war sehr bescheiden. Für die damalige Zeit sicher nichts Ungewöhnliches. Was mich aber
gleich faszinierte war der geräumige Heuboden. Durch einen langen Spalt
guckte ich hinunter auf den See. ‚Ist unser Haus wohl jetzt endlich fertig
geworden?', fragte ich mich damals etwas skeptisch, während ich aufmerksam auf der Autobahn von München her in Richtung Schweiz fuhr."

„Du hattest aber auch allen Grund, noch vorsichtig in deinen Erwartungen zu sein", unterbricht mich Peter. „Ich weiß noch genau, wie oft
wir enttäuscht wurden, weil die Umbauarbeiten nicht so richtig zügig und
schon gar nicht planmäßig voran gingen. Aber damit muss man leider immer rechnen, wenn der Bauherr 600 Kilometer entfernt wohnt und nicht
in jede Bauetappe seine Nase stecken kann."

„Gerade deshalb steuerte ich damals, voll innerer Zweifel und doch in
erwartungsvoller Spannung, in Rorschach den Berg hinauf."

„Und diese Erinnerungen kommen dir wohl jetzt aus diesem Papierkram
wieder entgegen? Am besten, du schreibst alles auf, denn ich muss jetzt
noch einmal ‚auf Praxis'!", und weg war meine bessere Hälfte.

Wieder allein gelassen nehme ich mir jetzt doch noch die Zeit, an den damaligen Schrecken zurück zu denken.

Es war inzwischen schon dämmrig geworden, als ich endlich meinen Wagen vor dem Haus zu Halten brachte. Einen Haustürschlüssel brauchte ich noch nicht, denn die dazu gehörende Tür, ich sah es schon von weitem, war immer noch ein Provisorium. „Positiv denken" war jetzt mein mutiger Leitspruch, als ich mich, mit düsteren Vorahnungen, dem Eingang näherte. Aber leider half dieses mir keineswegs über meine große Enttäuschung hinweg. Als ich eintrat und sehen musste, dass in den ganzen letzten Wochen drinnen gar nichts, aber auch wirklich gar nichts, passiert war. Das wenige Abendlicht, welches durch die frisch eingesetzten Fenster Eintritt fand, deckte auf, dass es drinnen aber auch wirklich nichts Neues zu entdecken gab. Weder war die Treppe vom Eingangsflur in den Wohnbereich, noch diejenige in das nächste Stockwerk, zu den geplanten Schlafräumen, fertig geworden. Stattdessen dienten, als Kletterersatz, immer noch die einfachen Leitern. Überall herrschte das reine Chaos. Der ehemalige Heuboden sollte Wohnraum werden. Anstatt, dass ich jetzt einen neuen Parkettboden betreten konnte, stand ich immer noch auf dem alten Holz. Ich schaute zur Decke hinauf; auch dort fehlte die neue Verkleidung und die Küche durfte ich mir, von den Plänen her, noch weiter geistig vorstellen. In nur drei Tagen aber sollte schon der Umzug sein, und zwei Tage danach, am Freitag, die Einweihungsfeier stattfinden. Die Umzugsfirma hatte ich noch vor der Münchenfahrt verständigt und die Gäste waren ebenfalls eingeladen.

„Jetzt bin ich aber doch gespannt, ob unser Baumeister hexen kann, denn damit muss er sich jetzt beschäftigen. Ich denke ja gar nicht daran, die Einweihung, im letzten Moment noch, auf einen späteren Termin zu verlegen. Peters Geburtstag und kein Tag später!", brummte ich genervt vor mich hin.

Ich weiß noch, wie ich dann im Schnelltempo nach Kreuzlingen fuhr, wo ich, trotz vorgerückter Abendstunde, den für den Umbau Verantwortlichen ans Telefon holte: „Übermorgen bringt die Umzugfirma die Möbel!" Mehr hatte ich nicht zu sagen.

Danach rief ich noch Peter an, der, zusammen mit Wiebke, die sich in diesen Tagen zum Studium in der Hotelfachschule in Luzern anmelden wollte, selber herkommen wollte.

„Morgen sind wir da, dann werden wir weitersehen!" Diese Antwort tröstete mich etwas.

Dann kamen sie, alle auf einmal, und nicht nur Peter und Wiebke mit unserem Dackel Eric, auch die Handwerker. An der schwindelnd hohen Decke wurde geklopft, zwischen den alten Holzbalken neue Leisten eingezogen, und bald versteckte sich der alte Boden Meter für Meter unter einem neuen Parkett. Aber immer noch mussten wir zu unseren Wohnräumen über Leitern hinauf klettern. Das aber fand jemand ganz und gar nicht gut. „Wau, wau!" machte es von unten, und zwei erwartungsvolle Augen und ein wedelndes Schwänzchen ermahnten, dass er als Hund dieser Kletterei nicht gewachsen sei.

„Ach Eric, dich habe ich ja ganz vergessen, warte, ich hole dich gleich!"

Am Mittwoch brachte der Umzugswagen seine Ladung in ein, von den verschiedenen Arbeiten, noch ungeputztes, treppenloses Haus, in dem überall noch eifrig gehämmert und gesägt wurde.

Und es war dann auch am gleichen Abend, als unser Mobiliar begann, sich in den neuen Räumen etwas heimisch zu fühlen, da klopfte es an unserer, jetzt tatsächlich neuen Haustür.

Oh, was für eine wunderschöne Überraschung! und doch, oh wie schrecklich! denn früher als angekündigt schauten zwei Gesichter erwartungsvoll durch eines der kleinen Haustürfenster zu uns herein. Es waren unsere Freunde aus Amerika.

„Welcome, how wonderful to see you, please come in!"

Bei all der Wiedersehensfreude erkannten wir aber doch gleich, dass unser lieber Besuch einen recht erschöpften Eindruck machte. Der Grund dazu aber war nicht eigentlich das immer noch herrschende Durcheinander von etwas wahllos hingestelltem Mobiliar inmitten einer wenig aufgeräumten Baustelle. Sie schauten sich nur ein wenig verdutzt in dieser Unordnung um. Das aber konnten wir nun nur zu gut verstehen!

„We are so sorry ... es tut uns so leid, dass wir euch nur in einem unfertigen Haus empfangen können. Wir haben uns sehr bemüht, die schon im absoluten Verzug stehenden Arbeiten voranzutreiben, aber wir haben euch erst für morgen erwartet! Was ist passiert? Ihr wolltet doch in Frankfurt mit Sascha noch ein Konzert geben? Aber kommt jetzt herein, seid herzlich willkommen und erzählt!"

Noch jemand anderes, immer neugierig auf Neues, diesmal aber oberhalb der komplizierten Leitersprossen, wedelte interessiert. Natürlich musste auch Eric gebührend und mit vielen Streicheleinheiten begrüßt werden.

Schnell halfen alle noch die Koffer, und vor allem Normans schweres Instrument, die Leiter hinauf und in unser zukünftiges Wohnzimmer zu tragen. Nun führten wir unsere Gäste auf die große Seeterrasse, wo wir den immer noch fleißig schaffenden Arbeitern am wenigsten im Wege standen.

Jetzt waren wir doch sehr froh, dass unser Umzugsgut an diesem Morgen, also noch gerade zur rechten Zeit, eingetroffen war. Nur die Küche fehlte immer noch und musste durch ein bescheidenes Provisorium ersetzt werden.

„How beautiful! Wie wunderschön ist hier der Blick auf euren See!", es war der erstaunte und bewundernde Ausruf von Carol.

„Kommt, setzt euch hier in unsere weichen Stuhlkissen, ich glaube, eine beruhigende Verschnaufpause wird euch, nach der langen Reise, gut tun, ihr seht etwas müde und angespannt aus. Was ist also passiert?"

Inzwischen hatte ich in unserem Wasserkocher Wasser aufgesetzt, der schon bald darauf brummte, dass er nun fertig sei mit Kochen! Daraufhin gab, zur allgemeinen Erholung, auch unsere Teekanne mit ihrem heißen Tee ihr Bestes. Nach einer Weile begann dann Carol mit ihrem Bericht:

„Es war ein unvergessliches Erlebnis, als wir nach dem Festival dieses wunderschöne München, mit seinen zahlreichen alten baulichen Schätzen, noch etwas bewundern durften.

Heute Morgen aber verpackten wir unsere Instrumente in Saschas Auto. Leider verzögerte sich die Abfahrt zu unserem terminlich festgelegten Konzert, denn Sascha hatte noch in seiner Firma zu tun. Dadurch gerieten wir auf der Autobahn in Richtung Frankfurt in einen endlosen Verkehrsstau. Eine Stunde zu spät erreichten wir dann endlich den Konzertsaal ... doch dort waren die Zuhörer, weil sie die Künstler vermisst hatten, inzwischen nach Hause gegangen.

Nach dieser Enttäuschung und Aufregung beschlossen wir, da Sascha wieder nach München zurück fahren musste, mit unserer Glasharfe ganz schnell in den nächsten Zug in Richtung Schweiz zu steigen ..."

„... und jetzt kommt ihr müde und enttäuscht in ein unfertiges Haus, in dem ihr nur über eine Leiter ins Bett kriechen könnt!", beendete ich Carols Beschreibung.

„Ich muss feststellen, Europa hat für euch schon jedes Mal so einiges zu bieten. Aber wohl gerade dadurch werden euch die Besuche in der ‚Alten Welt' auch noch nach vielen Jahren unvergesslich bleiben."

Noch heute staune ich, freue mich aber auch sehr darüber, mit wie viel

Humor und Flexibilität diese erneute und unerwartete Situation von unseren Freunden aufgenommen worden war. So reagiert nicht jeder, und es zeigte uns, was für wunderbare Menschen wir hier als Freunde haben dürfen, sie benahmen sich einfach großartig.

Wo gehobelt wird, da fallen auch Späne!, heißt es nicht so weise im Volksmund? Davon hatte ich genug in allen Ecken und Räumen.

Am anderen Tag putzten, meine tüchtigen Gäste und ich, wirklich und wahrhaftig im Schweiße unseres Angesichts, was die Handwerker bei ihrer Arbeit hatten fallen und liegen gelassen, denn am folgenden Tag sollte doch schon die Feier sein. Jetzt aber fehlten mein Mann und Wiebke. Großzügig hatte sich Peter bereit erklärt, die Tochter mit dem Wagen zur Vorstellung in der Hotelfachschule nach Luzern zu fahren. So waren diese beiden Helfer für einen Tag verschwunden und entgingen dieser häuslichen Aktion und einer eventuellen Staublunge.

Der große Tag war angebrochen. Endlich erschien der Lastwagen mit unserer neuen Küche. Auch die musste, noch bevor die geladenen Gäste eintrafen, eingebaut werden. Aber wo blieben die beiden Treppen? Sie kamen, wenn auch erst gegen Mittag, und leider mit weiterem Staub und Sägemehl, aber doch noch rechtzeitig, um allen Geladenen den notwendigen Auftritt zu ermöglichen. Aber dann, allen Schwierigkeiten zum Trotz, gestaltete sich das Fest in einem fröhlichen Rahmen. Norman und ich stellten rechtzeitig unsere beiden Glasharfen neben einander, dann bastelte ich mich hinein in meine Berner Sonntagstracht, und ebenfalls entsprechend uniformiert kam dann auch die Jodlerfamilie Rüegge. Für musikalische Stimmung war also bestens gesorgt und Carol wurde feierlich als Patin unseres endlich fast fertig gewordenen Mühltobelhauses vorgestellt.

Zusammen mit unseren amerikanischen Gästen folgten noch sehr schöne und unvergessliche Tage. Zu den weiteren Sehenswürdigkeiten, außer, was sicher nicht zu bezweifeln ist, natürlich unserem wieder auferstandenen Haus, gehörte natürlich auch die Stadt St.Gallen mit der weltberühmten Stiftsbibliothek. Die Aufforderung des Appenzellerlandes „chönd zonis", um seine grünen und regional typisch buckligen Hügel zu bewundern, und mit dem dahinter trotzigen Alpsteingebirge, ist sicher berechtigt. Nach einigen Tagen jedoch riefen Heimat und Familie in Amerika und entführten unsere Freunde wieder hinweg über den weiten Ozean. Zurück aber ließen sie die Kostbarkeit ihres Geistes in Persönlichkeit und Freundschaft.

Auch uns holte der Alltag, der wieder einmal Merberich hieß, nach Langerwehe zurück, und war ausgefüllt mit unserem unermüdlicher Einsatz in der Tierarztpraxis und die nie aufhörenden Arbeiten auf unserem Gutshof.

Zwischendurch kam immer wieder einmal die eine oder andere Konzertanfrage, die mich manchmal in die Nähe, oft aber auch in die Ferne führte und füllte zusätzlich noch die Zeit aus.

Dabei machte ich die Erfahrung, dass dieser allgemein so gerne erwähnte Zustand ‚Zeit‘ irgendwie auch sehr dehnbar sein kann. Man muss nur tüchtig daran ziehen und zerren. Dadurch entstehen auf einmal ganz unerwartete Freistellen, in die man noch den einen oder anderen tief greifenden Wunsch hinein schieben kann. War die Zeit mit so einer Lücke für mich nun doch noch gekommen?

Die Jahre waren so schnell vergangen. Die Kinder gingen inzwischen alle drei schon ihrer Ausbildung oder dem eigenen Beruf nach. Auch mein früherer Einsatz in der Praxis wurde seit einigen Jahren tagsüber von einer Helferin übernommen.

In so einen Zeitspalt steckte ich eines Tages mein lange erträumtes Studium der Biologie, und schrieb mich mutig als Studentin in diesem Fach in der Rheinisch Westfälischen Hochschule (RWTH) in Aachen ein. Meine Studienkollegen, die allerdings hätten inzwischen altersmäßig meine Kinder sein können. Aber nichts desto trotz fuhr ich von da an fast täglich für einige Stunden nach Aachen zu meinen Vorlesungen und Praktika.

*

Es war mitten in so einem Praktikum, eines für Pflanzenphysiologie, da rief Boston mit dem sechsten Glass Music Festival. Während eines praktischen Teiles meines Studiums durfte ich nicht mehr als zwei Arbeitstage fehlen, sonst wäre mir dieses nicht anerkannt worden. Also was tun … Boston absagen?! an diesem Zusammentreffen nicht teilnehmen? Kam ja gar nicht in Frage! Glücklicherweise wurde auch dieses Festival, wie auch diejenigen in der Vergangenheit, wieder an einem Wochenende abgehalten. Kurz entschlossen, und der familiären Genehmigung gewiss, besorgte ich mir mein Ticket. Diesmal aber mussten meine lieben Gläser zu Hause bleiben, denn ich flog ja nur mal ganz schnell nach Amerika.

Während ich jetzt in meinem Aktenhaufen wühle, um die GMI-Zeitung heraus zu suchen, datiert nach gerade diesem Festival, denke ich mit einem tiefen, ja fast wehmütigen Seufzer, an diesen spontanen Atlantikhüpfer zurück.

Ach! Dieser „kleine" Ausflug, er war es wirklich wert. Was für wunderschöne und absolut unvergessliche Tage durfte ich in der Ferne doch wieder erleben! Diese, in meinem Kopf und Herzen noch so lebhaft gespeicherten Erinnerungen leider schon recht lange vergangener Tage, machen mich noch heute so richtig glücklich. Sie waren einfach wundervoll!

Als ich damals am Flughafen Boston ankam, ließ ich mich gleich mit einem Taxi in das Lenox Hotel bringen. Diese Unterkunft hatte man schon frühzeitig für mich gebucht ... und dann was für eine, einfach überwältigend und bezaubernd. Als ich mein Zimmer betrat, konnte ich meinen Augen kaum trauen. Es war ausgestattet mit stilvollem Mobiliar, wie man es vielleicht in einem Privathaus erwarten könnte, aber sicher nicht in einem Hotel, bei dem normalerweise vor allem das rein Praktische von Wichtigkeit sein sollte. Aber hier war das nicht der Fall.

Mein bescheidenes Gepäck setzte ich auf den Boden und ging neugierig zu einem der großen Fenster. Erneutes Erstaunen meinerseits, denn von meiner hohen Hoteletage aus, erwartete mich jetzt ein faszinierender Ausblick über das Häusermeer einer mir noch ganz unbekannten Stadt.

„So kann das gerne weiter gehen", lachte ich beschwingt vor mich hin. Wie freute ich mich damals über all das Schöne, und war sehr neugierig darauf, was mich in den nächsten zwei Tagen noch so alles erwarten würde.

Von der langen Reise war ich nun doch recht müde. Da das erste Konzert erst für den späteren Nachmittag angesetzt worden war, legte ich mich ins weiche Bett und schlief zwei Stunden in der Geborgenheit einer europäisch heimisch anmutenden Zimmereinrichtung.

Pünktlich aber kam ich zum ersten Konzert des Festivals. Es wurde in der „French Library & Cultural Center" von Thomas Bloch auf seiner Glasharmonika vorgetragen.

Und schon war ich wieder freundschaftlich und vertraut unter alten Bekannten aufgehoben, voll freudiger Erwartung mitten drin im musikalischen Geschehen der vielen Glasinstrumente.

Ach, könnte man doch einige so ganz besondere Tage im Leben, die einst viel zu schnell vorüber gegangen sind, wie auch Goethe es sich in seinem Faust ersehnt hatte, zurückholen. Sich darin noch einmal so richtig wohlfühlen, und sie aus vollem Herzen genießen. Noch einmal verweilen unter alten und auch neuen Freunden, ihre Musik auf Glasharmonika und Glasharfe und anderen phantasievollen Glasinstrumenten hören … aber übrig bleibt uns nur, dafür aber als ein ganz besonderes Geschenk, die Erinnerung.

Die Zeit ist wie ein unbestechlicher Buchhalter, der unaufhaltsam die Stunden, Tage, Wochen, Monate und Jahre zählt.

Die Erinnerung aber, die kümmert sich nicht um Zahlen oder Daten. Ungeniert setzt sie sich einfach mitten hinein in die Zeit, lächelt uns dabei fröhlich und etwas geheimnisvoll an, und wir dürfen zu ihr zurück lächeln.

Und das tue ich jetzt, indem ich mich gedanklich noch einmal nach Boston und zu meinen dortigen Freunden zurück versetze.

Noch am gleichen Abend fanden wir uns alle zur Begrüßung bei einer Champagner Party zusammen. Gerhard Finkenbeiner mit Bill Meikle, beide aus Boston selber, hatten alle dazu eingeladen. Letzterer erschien verkleidet als Dr. Ben Franklin und führte uns bildlich und sprachlich zurück in die Ursprungszeit der Glasharmonika. Es war für mich sehr von Vorteil, dass ich die Geschichte schon recht gut kannte, denn von diesem Bostoner Amerikanisch verstand ich wieder nur wenig.

Gerhard, ursprünglich aus Konstanz am Bodensee stammend, Glasbläser nicht nur von Beruf, sondern auch aus Leidenschaft, betrieb hier in Waltham/Boston seine Glasfabrik.

Er war aber nicht nur der erste Konstrukteur von neuen Glasharmoniken und ähnlichen Instrumenten, wie zum Beispiel seinem Glasglockenspiel. Heute ist er auch einer der einflussreichsten Spezialisten in der ganzen Glasmusikwelt, und für uns der Mitbegründer, vor allem aber immer wieder ein großzügiger Unterstützer von Glass Music Int. Es war dann im Einklang mit Finkenbeiner, dass Sascha Reckert in München ebenfalls angefangen hatte, sich dem Bau dieses speziellen Franklinschen Glasinstrumentes zu widmen.

Trotz meines diesmal bescheidenen Gepäcks, hatte ich darin doch etwas sehr Wichtiges mitgebracht. Am kommenden Tag holte ich es dann heraus, wohl und sicher geborgen zwischen meiner Wäsche.

Es war: „The trophy of being Lifetime member of GMI."

Als im letzten Jahr mein Onkel Hans Graf im Alter von 86 erfüllten Jahren starb, kam diese Ehrenplakette oder musikalische Weltkugel zum Aufbewahren wieder zurück in meinen Besitz.

Es war in der „King's Chapel", als ich Gerhard, meinem liebevollen Kollegen und Freund, für sein unermüdliches und treues Wirken in unserer singenden Glaswelt, dieses Symbol der weltweiten Freundschaft in der Glasmusik überreichen durfte.

*

Beinahe pünktlich, nur mit einem Tag Verspätung, stand ich dann, unschuldig, wie die Fromme Helene von Wilhelm Busch, wieder an meinem Laborplatz. Keiner hatte es bemerkt, und ich verriet auch niemandem, dass ich ganz schnell einmal, und nur für drei kurze Tage, in Amerika gewesen war. Mit einem verschmitzten Lächeln, wie ein Lausbub, bereitete ich den für das Versuchsobjekt notwendigen Agar. Wie herrlich war es, einfach zu wissen, dass etwas sehr Wichtiges, und das ohne jedes „Wenn und Aber", von mir gewagt worden war.

Aber welchen Rahmen könnte ich nun diesem lebendigen Bild geben, das so reich ausgemalt ist mit unvergesslichen Geschehnissen?

Zwischen den vielen musikalischen Ereignissen hatte ich mich auch an der Boston Besichtigungstour, angeführt von Bill Meikle als Ben Franklin, beteiligt. Was für eine wunderschöne, manchmal fast europäisch anmutend herrliche, für Amerika schon recht alte Stadt. Ich weiß noch, wie ich mich einmal, während einer Mittagspause, ganz alleine an den Hafen setzte und über das endlose Wasser des Atlantischen Meeres blickte. Da wanderten meine Gedanken ganz weit hinaus, denn ich wusste:

Dort, ungefähr in der Entfernung von fast 8.000 Kilometern, liegt Europa und Deutschland und Peter, und die Kinder und Merberich und auch die RWTH und, und, und! Morgen werde ich wieder zurück fliegen, aber mit einem riesig großen geistigen Gepäck. Wie gut, dass der Zoll dieses nicht wiegen kann, die entsprechende Gebühr könnte ich niemals bezahlen.

Also, mit welcher Farbe könnte ich nun dies unvergessliche Bostoner Gemälde einrahmen? War das Meer nicht blau-grün? Ja, blau-grün war es, und das ist nun wohl auch die richtige Farbe.

*

Jeder, der ein Glasinstrument spielt weiß, dass Philadelphia im Staate Pennsylvania der Heimatort von Benjamin Franklin ist, dem legendären Erfinder der Glasharmonika, und dass er dort vor über zweihundert Jahren gelebt und gearbeitet hat. Nun wollte man mit einem nächsten, dem sechsten Glass Music Festival, an diesen berühmten Staatsmann, Musiker, Erfinder, Allroundman erinnern.

Erinnern, ja – aber gewidmet wurde dieses Festival Gerhard Finkenbeiner.

Dazu suche ich jetzt unsere Zeitung, die „Glass Music World" vom Sommer 2000 aus meinen Papieren heraus. Da ist sie ja endlich! Ich blättere sie durch und beginne zu lesen. Unser neuer Präsident, Carton Davenport, schreibt in der Einleitung:

„The Glass Music International Festival held in Philadelphia, Pennsylvania, USA, on April 27-30, 2000 was dedicated to our Patron, Meister Gerhard Finkenbeiner, one oft he founders of GMI and the central figure in the renaissance of glass music."

Ja, Gerhard war nicht nur Mitbegründer von Glass Music Int., er war auch eine herausragende, wenn nicht sogar die wichtigste Persönlichkeit in unserer Vereinigung. Als Künstler im Glas, war er der erste nach Franklin, der, nach dessen Vorbild, die Glasharmonika wieder baute. Für diejenigen, die ihn kennen lernen durften, war er auch geduldiger Berater aber vor allem auch Freund.

Peter und ich waren sehr traurig, als wir im Vorjahr von seinem Ableben hörten. Es hieß, er habe am 6. Juni sein Flugzeug vom Norwood Airport, in der Nähe von Boston, gestartet. Von diesem einsamen Flug kam er dann nie mehr zurück. Bis heute unauffindbar kehrte er zur Natur zurück, die ihn auch geschaffen hatte. Einige Mitglieder lassen in einer Extraausgabe von GMW aus ihren Erinnerungen unvergessliche und liebenswerte Erlebnisse und Begegnungen mit Gerhard wieder aufleben.

Wie froh bin ich heute, dass ich ihm, drei Jahre zuvor, während des Bostoner Festivals, in der „King's Chapel", die von meinem verstorbenen Onkel Hans mitgebrachte Weltkugel noch überreichen durfte. Sie bedeutet nicht nur eine lebenslängliche Mitgliedschaft bei GMI, sie ist auch Symbol für weltweite Freundschaft in der Glasmusik.

*

Norman Rehme, als Präsident viele Jahre lang tatkräftig im Einsatz für unsere weltweite Organisation, wurde in Philadelphia nun von Carlton Davenport in diesem sehr anspruchsvollen Amt abgelöst.

Ich muss jetzt doch eine Weile in meinen Papieren wühlen, um die Informationen und Einladungen zu diesem neuen Treffen zu finden, die damals schon recht früh in unserem Postkasten lagen, oder die mir der Postbote selber in die Hand gedrückt hatte.

Unser Pösteler ist noch immer derselbe. Mit den vielen Jahren, die er nun schon in seinem Amt tätig ist, hat er sich praktisch zu einer zu unserer Familie gehörenden erfreulichen Institution entwickelt. Ich vergesse nie, wie er jedes Mal, wenn Briefe von unseren Kindern aus der Ferne angekommen waren, schon von weitem mit so einem beglückenden Kuvert grüßte: „Post aus Südafrika, ein Brief aus Südamerika, Nachricht aus Japan!"

Auch jetzt wusste er genau, welche Freude ein Brief aus Amerika bei uns auslöste. So manches Mal dachte ich dann: Pöstler kann doch eigentlich ein recht beglückender Beruf sein. Weniger erfreulich ist es dann, wenn er lästige Rechnungen oder sogar eine Todesanzeige bringen muss.

Schriftlich wurden wir also rechtzeitig von diesem erneuten Treffen in Kenntnis gesetzt, so dass Peter diesmal seine Jahresferien in diese Zeit legen konnte.

Aber noch bevor ich für die Reise nach Philadelphia unsere Koffer und meine Glasharfe packte, die mich diesmal wieder für ein Konzert begleiten sollte, war mir vor allem noch sehr wichtig, mich mit Franklins Leben, der in dieser geschichtsträchtigen Stadt geboren wurde, und auch viele Jahre darin gelebt hatte, zu beschäftigen. Wie war das damals in meinem Tagtraum? Wie gut kann ich mich jetzt wieder daran erinnern. Jetzt aber frage ich mich: Wie hat sich wohl diese große Stadt in den vergangenen Jahrhunderten verändert? Kann man die Fußstapfen Franklins heute darin noch erkennen? Die Spuren seines so aktiven Lebens noch finden? Die, für die damalige Zeit so einmalig fortschrittliche Entwicklung, auf die Franklin so viel Einfluss genommen hatte? Seine vielen Erfindungen und nicht zu vergessen, sein bürgernahes Engagement. Noch heute wird uns bewusst, dass es vor allem ihm zu verdanken ist, dass seine Heimatstadt noch heute Eingang in die amerikanische Geschichte hat.

Hallo! da sind sie ja! Endlich habe ich alles gefunden, die Briefe, auch die entsprechende Ausgabe der „Glass Music World", sowie wichtige Zeitungsausschnitte zum Philadelphia-Festival.

Durch mein Durchwühlen ist allerdings noch mehr Unordnung in meinem kostbaren Papierkram entstanden. Aber das ist im Augenblick nicht so wichtig, wichtig ist jetzt nur, dass ich mit dieser zusätzlichen Hilfe des endlich gefundenen Materials, mich noch besser an die damaligen Tage zurück erinnern kann.

Also, das war so! Ein Tag vor unserem Abflug wartete unser Gepäck fertig und abreisegerecht gepackt auf den entscheidenden Moment. Mein Kopf fühlte sich, mit all dem aufschlussreichem Wissen über Philadelphia und dem Vater der Glasharmonika, genau so vollgestopft an, wie unsere Koffer, in die einfach nichts mehr hinein passen wollte.

Meine so genannte Packerei aber gestaltete sich, wie schon immer bei einer Flugreise mit meinem Instrument, recht ungewöhnlich. Der Glasharfenkasten beherbergte, statt seiner kostbaren Gläser, nun wieder meine Kleider und Schuhe. So mussten diese dann wieder mit drei festen und sicheren Metallkoffern vorlieb nehmen. Auf diese Weise durften wir aber diese zerbrechliche Kostbarkeit als Handgepäck ins Flugzeug hinein nehmen.

Von diesem ungewöhnlichen Umsortieren und Verpacken erzählte ich dann auch den beiden Kameramännern einer amerikanischen Fernsehgesellschaft, als sie mich in Philadelphia beim Einspielen meiner Gläser filmten.

Ich merke gerade, dass ich jetzt mit einem gedanklichen Sprung in Sekundenschnelle schon auf dem fernen Kontinent angekommen bin. So eine geistige Erinnerungsreise geht halt wesendlich schneller, als eine in natura.

Aber da ich nun schon einmal dort drüben angekommen bin, kann ich auch fortfahren, meine Gedächtnislücken mit Hilfe des noch gefundenen schriftlichen Materials aufzufüllen.

Wie kam ich damals zu der Ehre, im Amerikanischen Fernsehen zu erscheinen?

Es war am Samstagnachmittag. Im Programm war mein Konzert für diesen Abend um 20 Uhr eingeplant. Um dafür gut vorbereitet zu sein, übte ich mit meinen Gläsern in einem leeren Raum, der für uns Musiker zum Einspielen vorgesehen worden war. Plötzlich ging die Türe auf und Peter kam herein:

„Möchtest du ins Fernsehen kommen? Ich habe dir hier zwei Kameramänner mitgebracht!"

Recht verdutzt schaute ich zu den beiden Männern, die, beladen mit einer großen Filmkamera, in Peters Begleitung herein gekommen waren.

„Bitte, spielen sie doch weiter und lassen sie sich von uns nicht stören!", wurde ich, nach einer kurzen Vorstellung, in gutem amerikanischen Dialekt ermuntert.

Als wäre ich wieder alleine, und mein Augenmerk nur auf meine Gläser gerichtet, tat ich das dann auch, ohne mich weiter von dem unbestechlichen technischen Auge, das jetzt allein auf mich gerichtet war, irritieren zu lassen. Nach dem Adagio von Mozart aber wollten sie doch noch einiges von mir wissen. Woher ich komme und ob ich dieses sehr schöne Glasinstrument selber gebaut habe; eben die üblichen Fragen.

Bei diesem kurzen Interview spürte ich recht deutlich, wie meine Gläser, mit ihren reinen und für das Ohr so weichen und angenehmen Tönen, die beiden Kameraleute ganz besonders und in überraschender Weise sehr angesprochen hatten.

Es war dann bei diesem Interview, dass ich den beiden Herren, als amüsante kleine Anekdote, erzählte, wie ich für die Reise und zum Schutze meiner sehr kostbaren Gläser, diese in Metallkoffern untergebracht, dafür aber hier, in diesen Instrumentenkörper, meine Hosen und Pullover hinein gepackt hatte.

Wir waren noch nicht lange wieder zu Hause in Langerwehe, da kam unser Postbote, schwenkte fröhlich ein kleines Päckchen und rief: „Post aus Amerika!"

Sehr überrascht und vor allem neugierig, von dort ein kleines Paket zu bekommen, entfernte ich schnell eine Lage Packpapier, sogar noch in Gegenwart des ebenfalls sehr interessierten Überbringers. Und was hielt ich in den Händen:

„Das ist ja eine Kassette!", rief ich erfreut aus.

„Schauen Sie hier den Absender, das Paket kommt von den Fernsehleuten der Fernsehgesellschaft WPVI.TV 6abc aus Philadelphia."

Dann erzählte ich dem Postmann, der für den Augenblick scheinbar vergessen hatte, dass er an diesem Morgen noch eine Menge Post auszutragen hatte, dass ich vor der Kamera dieser Fernsehmänner auf meiner Glasharfe den Mozart gespielt hatte.

Aber nun noch einmal zurück nach Philadelphia selber, denn eigentlich bin ich mit meinen Gedanken und Papieren immer noch dort.

Leider waren nicht alle alten Freunde eingetroffen, dafür aber lernten wir zwei neue Mitglieder kennen, die eine weite Flugreise nicht gescheut hatten. Wer von beiden machte wohl den weiteren Weg? Der aus Japan mit einer Glasharmonika oder war es der aus Deutschland mit einer neuen Glasharfe?

Da erinnere ich mich noch an eine lustige Geschichte mit dieser neuen Glasharfe, die eigentlich fast tragisch begonnen hatte, der aber dann doch ein Happy End beschieden war.

Am Samstagnachmittag nahmen wir unsere Plätze im „Franklin Court Museum" ein, wo wir ein Glasharfenkonzert von Clemens Hofinger erwarteten, eben diesem neuen Mitglied aus München. Schon nach dem ersten musikalischen Stück wussten wir, dass wir mit ihm einen vollwertigen Mitstreiter in unserem Bunde bekommen hatten. Zwischen seinem Vortrag erzählte dieser uns dann folgende Geschichte:

„Es ist vor allem meinem Freund Sascha Reckert zu verdanken, dass ich jetzt hier stehe und vor euch auf meinem neuen Instrument spielen darf. Ja, es sind wirklich neue, so richtig taufrische Gläser. Sie sind erst vor kurzem in seiner Glasfabrik geblasen worden. Und das kam so:

Die Einladung zu diesem Festival war schon vor einer Weile eingetroffen, und auch meine Anmeldung dazu hatte ich bald darauf auf den Weg nach Amerika gebracht. Da passierte es. Ich weiß heute noch nicht so genau, wie es zu diesem Unglück kommen konnte, aber alle meine Gläser waren zerbrochen.

Aber ein altes Sprichwort sagt: ‚Scherben bringen Glück!'

Nein, gerade glücklich fühlte ich mich nicht, als meine Musik in verstummten Scherben vor mir auf dem Boden lag. Da aber kam ein guter Freund, der seinen Lebensberuf im Bauen von Glasinstrumenten gefunden hat. Sollte sich mit ihm diese Aussage über das Glück-Bringen vielleicht doch noch bewahrheiten?

Von diesem Moment an arbeiteten wir gemeinsam jeden Tag und fast die halben Nächte hindurch an einem neuen Instrument. Und wie ein Wunder, eines Tages war sie fertig, meine neue Glasharfe. Worin aber bestand nun dieses sprichwörtliche Glück? Doch, ich habe es selber erlebt. Es war dort, wo ein guter Freund bereit war, mit mir hunderte von neu geblasenen Gläsern auf ihren Ton zu prüften. Als dann das neue Instrument fertig und alle notwendigen Gläser gefunden waren, da stellten wir erstaunt fest, dass die neuen Gläser sogar noch schöner tönten als die alten."

Die Tage waren ausgefüllt von den Vorträgen auf bekannten Instrumenten wie Harmonika und Glasharfe. Erfreulicherweise waren aber auch wieder auf den verschiedensten, und oft sehr phantasievollen Produkten aus Glas, schöne und ungewöhnliche Konzerte zu hören. Wichtig gestalteten sich hier besonders auch die interessanten, und so manches Problem lösenden Diskussionen. Dabei wurden nicht nur von eigenen Erlebnissen berichtet, auch Fragen zu den unterschiedlichsten Spieltechniken und dem Instrumentenbau selber wurden erörtert und oft dazu brauchbare Lösungen von anderer Seite angeboten.

Für persönliche Gespräche war dann am Samstagabend eine Schifffahrt, mit feinem Abendessen und anschließendem Tanz, auf dem „Liberta Belle Riverboat" auf dem Delaware River organisiert worden. Unser alter Freund Peter Bennet sorgte indessen für weitere Unterhaltung, indem er lebhaft und sehr unterhaltsam aus seinen vielen Abenteuern als Straßenmusikant berichtete. Dazu brachte er natürlich auf seinen unorthodoxen Gläsern auch die entsprechende Musik. Diese waren, in ihren sehr unterschiedlichen Größen, genau so ungewöhnlich wie das liebenswerte Original selber. Beide, Unterhalter und Gläser, passten also bestens zusammen, fielen in ihrer Eigenständigkeit wohltuend aus dem herkömmlichen Rahmen und sorgten unbekümmert für fröhliche und sehr abwechslungsreiche Unterhaltung.

Zu diesem sechsten Festival brauche ich aber wieder eine dazu passende und ihm typische Umrandung. Gewidmet war es nicht nur Benjamin Franklin, vor allem aber dem Andenken des verstorbenen Gerhard Finkenbeiner, den wir in unserem altbewährten Freundschaftskreis doch sehr vermisst hatten. Aber schwarz möchten wir ihn sicher nicht haben. Nein, bunte Blumen sollte man darauf malen, ein farbiger Blumenstrauß für den Meister der Glasharmonika.

Aber auch dieses vielfältige Festival erreichte sein Ende.

Man kann auf zwei Wegen von Europa nach Amerika reisen. Meistens besteigt man heute dazu ein Flugzeug. Aber nach der Entdeckung dieses Kontinents haben Jahrhunderte lang Schiffe die Passagiere transportiert. Auch wir wollten uns diesmal die Zeit nehmen, wie Franklin vor zweihundert Jahren, und trotz unseres schweren Instrumentes, unsere Heimreise über das große Wasser machen. Für das gut verpackte Gestell fand

sich ein Platz in der Ecke eines Flurs, direkt neben einem Treppenauf-
gang. Manchmal habe ich das dort einsam Stehende besucht. Meine Gläser aber, meine Kinder, die durften mit in die Kabine.

Als wir dann langsam mit Queen Elisabeth II. aus dem New Yorker
Hafen, an den damals noch existierenden beiden Wolkenkratzern des
„World Trade Centers", und etwas später an der „Great Lady, Miss Liber-
ty" vorbei glitten, ließ unser Ozeanriese laut sein Nebelhorn erschallen.
„Good bye America!"

*

Obwohl schon in Philadelphia davon gesprochen worden war, dass unsere nächste gemeinsame Begegnung in Paris sein könnte, vergingen doch
noch ganze fünf Jahre, bis es dann im Februar 2005 so weit war.

In dieser langen Zwischenzeit aber blieben wir dennoch alle, auch wenn
uns zum Teil Kontinente voneinander trennten, eine aktive Interessens-
gemeinschaft. Pünktlich erhielten wir unsere Zeitung „Glass Music World",
in der aktive Mitglieder in sehr informativen Berichten über ihre persönlichen Erlebnisse, Begegnungen und neuen Erfahrungen berichteten.

Es war auch Zeit genug vorhanden, so manchem Phantasten oder Forscher die Substanz Glas selber zu den verrücktesten Experimenten zu
inspirieren. Mit den erstaunlichen Fähigkeiten und Möglichkeiten, die
dieses durchsichtige Material in sich verborgen hält, wurden neue Ideen
herausgefunden, entwickelt, um dann sozusagen als Überraschung an einer neuen Zusammenkunft vorgestellt zu werden.

So wurde zum Beispiel, beim Treffen in Paris, dem erstaunten Publikum ein kleines Musikstück auf einer Violine aus Glas vorgespielt, und an
einem andern Tag ein Film über „Underwater Glass Music and Subaquatic
Concerts" gezeigt.

Für einen Musiker, der ein Glasinstrument spielt, sind solche erstaunlichen und recht amüsanten Seitensprünge für seine Karriere nicht unbedingt nützlich und meist auch nicht realisierbar. Es befähigt ihn aber zu
einem tieferen Wissen um den Charakter des Materials Glas, mit dem er
täglich zu tun hat.

Jetzt bin ich mit den Beispielen besonderer Möglichkeiten natürlich
schon gleich mitten hinein in unser Pariser Festival gesprungen. Aber was

macht das schon! So wie Glas zu ungewöhnlichen und abstrakten Ideen verführt, verleitet es mich jetzt auch zu spontanen Gedankensprüngen. Eines aber ist gewiss: Nur unsere Zusammenkünfte schenken uns eine interessante Palette von realisierbaren oder auch nur denkbaren Möglichkeiten, die uns immer wieder die unglaublichen Fähigkeiten dieses besonderen Stoffes offenbart.

Paris hat uns also, oder wir Paris, seit der damals so absurden Begegnung, endlich wiedergesehen. Diesmal aber zeigte sich diese Weltstadt, bei einer für uns organisierten Bustour und der Besichtigung der kostbaren Schätze im Louvre, von einer weltoffenen und geschichtlich doch sehr prägnanten Seite.

Wenn ich jetzt in meinen Papieren die vielen Prospekte und Programme von den Pariser Erlebnissen herauskrame, so kommen mir diese vergangenen Tage ebenfalls vor wie ein lebhaftes Gemälde, in dem ich überraschende Szenen finde, die mich beim stillen Betrachten aber auch immer wieder besonders berühren.

Eine davon, es war gleich die erste; wer lief Peter und mir gleich über den Weg, als wir am späten Nachmittag in dieser so genannten „Stadt der Liebe" ankamen? unser charmanter Freund und Straßenmusiker Peter Bennet aus New Orleans. Was für eine großartige und, gerade so passend zu der Stadt selber, liebenswerte Überraschung. In unserer Wiedersehensfreude betraten wir gleich das nächste Café. Da wir uns bereits in der „Cité de la Musique" befanden, dem in der Einladung beschriebenen zentralen Ort für die vielen zu erwartenden Konzerte, Diskussionen und Erfahrungsberichte, brauchten wir jetzt auch nicht lange nach einem Stärkungstrunk zu suchen. In dieser Begegnung sehe ich heute noch einen bedeutenden Punkt in dem lebhaften Bild aller damaligen Pariser Geschehnisse.

Schon am anderen Tag erfreute uns dieser amerikanische Freund, in einem größeren Saal, mit seinem wieder lebhaften Konzert. Nachdem er einige seiner Musikstücke, die er auf seinen großen Glasschalen und den kleineren bis kleinsten Gläschen, vorher natürlich jedes Einzelne erst mit Wasser abgestimmt, elegant zu Ende gespielt hatte, begann er in seiner unkomplizierten und charmanten Art zu erzählen.

Wie sehr erinnert mich jetzt die Geschichte mit seiner Glasharfe wieder einmal an diejenige von Onkel Hans. Die beiden Glasmusiker sind sich wirklich auf eine fast abenteuerliche Weise recht ähnlich, denn Peter Bennet berichtete Folgendes:

„Eines Tages stand ich in einem Geschäft, in dem sich auf einem Regal viele Gläser nebeneinander reihten. Heute frage ich mich: Waren es wohl damals die Sonnenstrahlen, die zum Fenster herein schienen, lustig mit diesem durchsichtigen Material spielten und dadurch meine Aufmerksamkeit darauf erweckten? Irgendwie angesprochen von dieser funkelnden und blinkenden Gesellschaft nahm ich, wie spielerisch, ein Glas in die Hand und tippte mit einem Finger leicht daran. Seine Antwort darauf war ein zarter Ton. Jetzt aber packte mich plötzlich die Neugierde, und ich begann auch über seinen Rand zu streichen. Dabei wanderte etwas Wundersames in meine Ohren und mein Herz. Es war wie eine kleine Musik. Wie aufgeweckt versuchte ich dasselbe mit den anderen Gläsern. Wir unterhielten uns gegenseitig einfach prächtig! Vielleicht wollte es der Zufall, dass ich edle Kristallgläser in den Händen hielt. Es war für mein musikalisches Gehör wunderschön, es war reine Musik. Eine Musik, die mir wie eine wundervolle Entdeckung vorkam und mir zuflüsterte: Aus Gläsern kann man reine und schöne Töne heraus holen und vielleicht sogar eine Melodie!

Aus Gläsern Töne hervor zu locken, davon hatte ich in meinem, immer recht abwechslungsreichen Leben, noch nie gehört, und schon gar nicht von einem entsprechenden Instrument jemals etwas vernommen.

Und nun stehe ich hier und heute vor euch und kann nicht anders als begeistert auf diesen Gläsern spielen, die mir vor einigen Jahren so großmütig ihr musikalisches Geheimnis verraten hatten. Sie reagieren widerspruchslos auf alle meine Gefühle und spontanen Eingebungen.“

Jetzt, wo ich wieder an diesen Entdeckungsbericht denken muss, der von Peter Bennet mit so viel Phantasie und Feingefühl erzählt worden war, und dem damals ein aufmerksames Publikum gelauscht hatte, muss ich direkt wieder an Onkel Hans denken. Genau dasselbe erlebte auch er. Dieselbe Idee packte eines Tages auch ihn, wenn auch nicht in New Orleans, sondern in einem Geschäft in der Zürcher Bahnhofstrasse. Im Endprodukt, den beiden Glasharfen, und obwohl namensgleich, da sehe ich allerdings doch wesentliche Unterschiede.

Peter Bennet legte bei der Wahl seiner Gläser keinen besonderen Wert auf deren Tonreinheit und Größe. Um recht schnell zu einem brauchbaren Glasinstrument zu kommen, war er daher mit dem Stimmen mit Wasser vor jedem Spiel einverstanden, und das hörbar mit Pfiff aus einer, einer Fahrradpumpe ähnlichen großen Kunststoffspritze, und das heute noch. Sein schweizerischer Musikkollege jedoch wünschte nicht nur absolut tonreine und für das Ohr wohl klingende Gläser, sie sollten auch in ihrer Größe spielerisch so praktikabel wie möglich sein. Das war dann eine wahre Sisyphusarbeit.

Nachdem wir alle über eine Stunde Peter Bennets amüsante Geschichten genossen und uns an seinem phantasievollen Spiel erfreut hatten, wanderten wir gemeinsam zu einem weiteren musikalischen Treffpunkt.

Es war im Musik-Museum, wo sich uns eine erstaunliche menschliche Kreativität zur Erzeugung von Musik offenbarte. Antike, mit kostbaren Intarsien geschmückte Klaviere und Spinnette standen hoheitsvoll auf einem breiten Podest. Daneben aber fanden wir noch die erstaunlichsten und eigenartigsten Musikinstrumente aus verschiedensten Epochen. Sie alle ließen uns ihre einstige aktive Vergangenheit nur noch vermuten, denn jetzt, da von keiner Menschenhand mehr berührt, lagen sie gut bewacht und behütet und für immer verstummt in Vitrinen oder standen hinter einer niedrigen Absperrung.

War es wohl dieses Museum, in dem Gerhard die franklinsche Glasharmonika entdeckt hatte? fragte ich mich.

Was mir an meinem geistigen „Pariser Gemälde" aber jetzt noch ganz besonders auffällt, und mich an diese sehr vielseitigen musikalischen Tage immer wieder erinnert, ist der Besuch im „Baschet Atelier". Es war am letzten Tag des Festivals, als wir schon morgens den Pariser Vorortzug zu einer langen Fahrt hinaus nach „Saint Michel sur Orge" bestiegen.

Dort angekommen hatten wir noch einmal das große Vergnügen einer musikalischen Präsentation des von Bernard Baschet selber erfundenen, recht eigenartigen, 5-oktavigen so genannten Glas-Stangen-Instrumentes. Schon in Sarrebourg war uns diese Erfindung vorgestellt worden. Sehr interessiert hatte ich sie damals auch von Nahem angesehen. Jetzt durfte ich noch einmal seine etwas seltsame Musik hören, diesmal vorgetragen von einer jungen deutschen Musikerin in charmanter und perfekter Spielweise.

Sie erklärte uns auch eindrücklich die notwendige spielerische Technik und demonstrierte noch einmal, wie die Vibration der Glasstäbe mit den Händen erzeugt wird.

Dieser sehr persönliche Besuch, die nähere Bekanntschaft mit dem französischen Musiker, Komponisten und auch Erfinder, bedeutete nicht nur für Peter und mich den Höhepunkt an diesem Pariser Festival, es war auch gleichzeitig für uns alle wieder ein Dankeschön- und Abschiedsgruß eines freundschaftlichen, erlebnis- und auch lehrreichen Zusammenkommens.

Jetzt fehlt nur noch mein dazu gehörender geistiger Rahmen. Es fällt mir diesmal gar nicht so leicht, eine passende Farbe dafür zu finden. Ich muss nachdenken. Wie wäre es mit einem einfachen Grün? denn während des Baschet-Besuches hatten Peter und ich in der Mittagspause die Zeit für einen kurzen Spaziergang genutzt. Der führte uns hinaus aus dem kleinen Ort über frisch grünende Wiesen zu einem nahen Waldgebiet. Also nehme ich die Farbe „Frühlingsgrün".

*

Eigentlich bin ich sehr zufrieden damit, dass zwischen den einzelnen Festivals immer einige Jahre Abstand waren. Das gab mir die Möglichkeit, mich an meinem Instrument in Technik und Musikalität zu verbessern, aber zusätzlich auch neue Kompositionen einzustudieren. Vor allem aber war ich auch sehr glücklich darüber, dass mir dann mehr Zeit für die Familie blieb, obwohl unsere Kinder von Jahr zu Jahr erwachsener wurden. Und dann war da immer noch nicht zu vergessen unser Gutshof, warum sollte er nicht auch weiterhin so seine berechtigten Ansprüche an uns stellen!? Auch muss ich gestehen; viel Zeit und auch geistige Kraft erwartete von mir zusätzlich mein Biologiestudium, in welches, fast etwas abenteuerlich, es sind nun auch schon wieder so einige Jahre her, das Bostoner Festival mitten hinein gepurzelt war.

Sechs Jahre lang unterhielten und informierten wir uns wiederum gegenseitig durch unsere Welt verbindende und dadurch immer wieder sehr lebendige Zeitung Glass Music World.
Aber wer fühlte es nicht, dass in jeder neuen Information, wenn auch unsichtbar, doch so ein heimlicher Magnet steckt? Dieser zog immer stärker, bis eines Tages ein leiser, unhörbarer, aber doch für jeden deutlich fühlbarer Knall sich davon löste. Dann war unweigerlich eine neue Zusammenkunft fällig.

So rief, unter der Leitung unseres neuen Präsidenten Carlton Davenport, erneut Amerika und diesmal nach Colonial Williamsburg im Staate Virginia.

In der Einladung fand ich noch einen aufschlussreichen Prospekt. Beim interessierten Lesen wurde ich darüber aufgeklärt, dass diese, wenn auch nicht sehr große Stadt, dennoch eine der historisch signifikantesten Orte in den USA sei. Dies bestätigte sich uns dann schon am ersten Tag nach unserer Ankunft.

Den weiten Flug hatten wir wieder einmal gut überstanden, das kleine Hotel, von Ferne gebucht, bezogen und gutgeheißen. Aber kaum angekommen, vergaßen Peter und ich schon gleich irgendwelche unwillkommene oder gar hinderliche Müdigkeiten, denn eine rege Neugierde packte und drängte uns, einen informativen Spaziergang in der Nähe unseres Hotels zu unternehmen. Wir waren noch nicht weit gelaufen, da bemerkten wir auf einmal in der Ferne etwas Ungewöhnliches.

„Was ist denn dort los, ist heute irgendein Fest!", rief ich erstaunt aus.

„Schau, dort hinten auf der großen Wiese, da haben sie sogar alte Kanonen aufgestellt, und Männer in historischen Uniformen hantieren daran herum. Suchen die wohl einen Feind?"

„Das glaube ich kaum!", berichtigte Peter meine Beobachtung. „Diese roten Röcke und rote Hosen waren früher, in der Kolonialzeit, die charakteristische Bekleidung der britischen Soldaten. Im Amerikanischen Unabhängigkeitskrieg wurden sie Rotröcke genannt. Im 18. Jahrhundert diente Williamsburg als Hauptstadt der königlich britischen Kolonie von Virginia. Die Schlacht von Williamsburg war dann Teil des Amerikanischen Bürgerkrieges Mitte des 19. Jahrhunderts."

„Ach, jetzt erinnere ich mich auch! Vor unserer Reise habe ich im Prospekt, den man der Einladung beilgelegt hatte, etwas über dieses so genannte Living History-Museum hier in Colonial Williamsburg gelesen. Und schau dort, auf den Wegen vor den Häusern, da stehen Frauen in historischen Kostümen. Auch sie scheinen das Leben aus diesem Jahrhundert zu interpretieren."

Wir merkten bald, dass die meisten dieser historischen Gebäude, denen wir uns jetzt näherten, mit ihrer typischen, aus alten Zeiten stammenden Einrichtung, nicht nur die Türen geöffnet hatten, jeder Besucher wurde von den Damen in ihrer antiken Kleidung auch persönlich willkommen geheißen.

Diese Beobachtungen hatten mich nun so richtig aufgeregt gemacht. Es war unsere erste Begegnung mit der alten amerikanischen, und heute offensichtlich noch sehr lebendigen Geschichte.

„Das ist ja großartig, dass unser Festival in der Nähe dieses geschichtsträchtigen Museums stattfindet. Da haben wir immer wieder einmal die Möglichkeit, zwischen den Vorträgen dieses zu besuchen und näher kennenzulernen."

Amerika ist ein junger Kontinent und kann somit in seiner Entwicklung nur auf wenige Jahrhunderte zurückgreifen. So ist es umso spannender für uns, dass wir in diesen Tagen eine neu gelebte Begegnung mit dieser, von den Amerikanern immer wieder gerne in Erinnerung gebrachten Geschichte, erfahren durften.

Dabei kam uns auf einmal zum Bewusstsein, dass, mitten in dieser alten Tradition, auch wir selber, mit unseren Glasinstrumenten, eine Vergangenheit wieder lebendig machen durften.

Obwohl man die Geburtsstunde der Musical Glasses durch Richard Pockridge nach London und in die Mitte des 18. Jahrhunderts datiert, wurde diese großartige Idee, aus Glas Musik heraus zu holen, nur einige Jahre später, durch Benjamin Franklin, hier nach Amerika getragen, und in Form der Glasharmonika in eben diese amerikanische Geschichte hinein gebettet.

In diesen musikalisch fleißigen Tagen lernten wir, so ganz nebenbei, in Williamsburg viele verschiedene geschichtsträchtige Gebäude kennen. Unser Mitglied, Dean Shostak, Bürger dieser interessanten Stadt, hatte für uns und unsere Musik auch die Tore des Colonial Williamsburg Visitor Center, sowie das Hennage Auditorium in dem DeWitt Wallace Museum geöffnet. Dieses große Hennage Auditorium war dann der wichtigste Ort für die verschiedensten Konzerte und Vorträge.

Diesmal musste meine schwere Glasharfe wieder einmal zu Hause bleiben. Aber dennoch brachte ich, gut verpackt in meinem Koffer, etwas Besonderes mit. Zu Hause hatte ich, in vielen Stunden und Tagen, meine Erinnerungen an all die vielen Glass Music Festivals wieder aufleben lassen, und sie dann zu Papier gebracht. Unsere liebe Freundin Sabine aus Fort Collins hat dann mein Englisch noch in die korrekte Sprache hinein transferiert.

In diesem großräumigen Auditorium durfte ich dann von meinen unvergesslichen Erlebnissen in den acht voran gegangenen Begegnungen mit Glasinstrumenten erzählen. Ich bin die einzige, die lückenlos alle Festivals, wo auch immer sie ausgetragen worden sind, selber miterlebt habe. Dazu gehörte auch schon die erste Zusammenkunft, diejenige 1983 in Columbus/Ohio, also sogar noch vor der Gründung unseres Vereins.

Nach meinem Vortrag bewies Norman erneut seine Begabung, nicht nur als Musiker, sondern auch als ein begnadeter Fotograf. Er zeigte, auf der dortigen kinogroßen Leinwand, seine interessanten Diapositive, die an die vergangenen Festivals erinnerten, die er als Präsident in Europa und Amerika miterlebt hatte.

Dann aber kam ein Bild ... „nein! das ist nicht unser Haus!", rief ich laut und etwas erregt durch den großen Saal.

Was jetzt überdimensional groß an der Leinwand prangte, mit seinen gelben, vom hohen Alter und geringer Pflege beschädigten Außenmauern, das war unser Nachbarhaus.

Später aber kam dann unser Haus doch noch bildlich zu seinen Ehren. Aber hatte es nicht damals auch, als wir es kennen gelernt, also noch vor unserem Restaurieren, so ähnlich ausgesehen? Sicher! Aber jetzt eben nicht mehr!

Für diese Leinwand hatte ich dann auch noch etwas ganz Besonderes von zu Hause mitgebracht.

Es war wirklich ein großer Zufall, dass ich vor einiger Zeit im Fernsehen einen musikalischen Vortrag unseres Altmeisters Bruno Hoffmann erlebte. Er spielte das „Adagio und Rondo" von W. A. Mozart im Kaisersaal der Würzburger Residenz. Ganz schnell hatte ich eine Kassette zur Hand, um dieses Konzert aufzunehmen.

Jedem Musiker, der ein Glasinstrument spielt, ist bekannt, dass es Hoffmann war, der als erster, nach fast zwei Jahrhunderten des Unterbruchs, die Musical Glasses in der Öffentlichkeit wieder spielte. Durch eine besondere Ähnlichkeit mit dem Ton der Äolsharfe nannte er dann sein Instrument „Glasharfe". Da er aber vor etlichen Jahren schon verstorben war, hatten viele unserer Mitglieder den Meister der Glasharfe nie persönlich kennen gelernt, sie kannten ihn nur dem Namen nach.

Noch rechtzeitig vor den Vorträgen brachte ich diese Aufnahme in den Projektionsraum, mit der Bitte, auch diesen historisch interessanten

Film noch vorzuführen. Damit bildete diese Kostbarkeit dann noch einen feierlichen Schluss dieser vormittäglichen Vortragsreihe.

Jedes Festival bringt irgendetwas Neues, Überraschendes. Diesmal waren es zwei Mitglieder mit unvergesslichen musikalischen Darbietungen. Der eine kam aus Russland angereist, der andere hatte sich aus Kanada nach Williamsburg aufgemacht. Leider durften beide ihre Glasharfen vor öffentlichem Publikum nicht im großen Auditorium spielen, sondern mussten, und nur für uns Mitglieder, mit dem kleinen „Education Studio" des „DeWitt Wallace Museums" Vorlieb nehmen. Der bürokratische Grund war: Beide hatten keine Arbeitserlaubnis für Amerika bekommen. Das war ausgesprochen bedauernswert. Wir aber, das Fachpublikum, waren sehr angetan von der Qualität der beiden Instrumente, besonders aber begeisterte uns das sehr musikalische Spiel der beiden Interpreten. Ja, manchmal steht der Amtsschimmel Hochwertigem schlichtweg im Wege.

Schon zweimal durfte ich einem Ehrenmitglied von GMI die dekorative Weltkugel für den „Livetime Membership" überreichen. Zuerst wurde sie für Onkel Hans künstlerisch gestaltet, dann brachte ich sie nach Boston, wo ich Gerhard Finkenbeiner damit überraschte. Nun aber hat auch er uns für immer verlassen. Umsonst bemühte ich mich wochenlang, diese Auszeichnung von der Glasbläserei Finkenbeiner zurück zu bekommen. Es war nicht nur mein Wunsch, sondern auch der des Vorstandes, diese Ehrung an Carlton Davenport, für seinen, jetzt doch schon seit einigen Jahren unermüdlichen Einsatz für GMI, weiterzugeben.

E-mails gingen hin und her, sogar ein Telefonat, die Weltkugel blieb verschollen, war einfach nirgends mehr aufzufinden. Für unser Journal aber hatte ich damals das Kunstwerk, gleich nach seiner Fertigstellung, noch fotografisch festgehalten. Als Ersatz ließ ich nun eine Kopie von eben dieser Aufnahme machen, steckte sie in einen schönen Rahmen und brachte sie nach Williamsburg.

Es war am letzten Abend, als wir uns zur Feier unseres bunten, musischen, lehrreichen und freundschaftlichen Zusammenseins in der historischen „Kings Arms Taverne" trafen. Dieses Restaurant von 1772 ist bekannt für eine traditionelle Küche und spezielle Unterhaltungsprogramme. In einer solch faszinierenden Umgebung versammelten wir uns zu einem gemütlichen Abschieds-Festivaldinner.

Es machte mir dann dennoch Freude, bei dieser feierlichen Gelegenheit, Carlton diese Anerkennung, wenn auch nicht im Original, sondern nur als bescheidene Fotografie, übergeben zu dürfen.

Die musikalischen Würdenträger, also Hauptträger der Musik, waren in diesen letzten Tagen die Glasharfen, Glasharmonikas, das Cristal Baschet und als besonders phantasievolle Darbietung die Bottle Band. Bei dieser letzteren wurde die Musik durch mehr oder weniger kräftiges Blasen in Flaschen verschiedener Größen und Formen erzeugt.

So viel Musik mit Glas, im Glas und um das Glas herum.

Ich aber hatte noch etwas anderes mitgebracht, und das konnte auch Musik machen. Gut verpackt, in einem kleinen Rucksack, durfte ich mein kleines musikalisches Geheimnis sogar mit hinein in die Flugzeugkabine nehmen. Nun holte ich ganz mutig, an diesem letzten Festabend, mein Schwyzerörgeli aus seinem Köfferchen, in dem es die vergangenen Tage geduldig noch im Dunkeln hatte ausharren müssen. Jetzt bewies es vor dieser erlauchten, auf Glasmusik spezialisierten Gesellschaft, dass es auch eine sehr schöne Stimme hat, ganz fröhliche Musik machen und damit ein Publikum erfreuen kann.

Welche Farbe passt nun zu Williamsburg? Stelle ich mir erneut die Frage.

Rot! Rot müsste sie sein, wie die roten Röcke und Hosen der britischen Soldaten in der Kolonialzeit.

*

Nachdenklich lasse ich die bunte Schlupfbluse durch meine Finger gleiten. Ich habe sie nicht unter meinen Papieren, sondern ganz zufällig in einem extra Karton entdeckt. Sie ist aus einem glänzenden, irgendwie fast rutschigen Stoff genäht. Was für ein Material könnte das sein? Meine Schwiegertochter Kerstin weiß es, sie ist vom Fach. Es ist ein Satin. Eigentlich könnte mit diesem lustigen Schmuckstück auch ein Clown auftreten, denn mit seinem Rautenmuster aus den vier Farben Grün, Lila, Meergrün und Weißgrün würde es gut in eine Manege passen. Und tatsächlich, es war damals in einer ähnlichen Umgebung, als ich diese Bluse sechs Wochen lang getragen hatte, und das fast an jedem Abend.

Liebevoll streiche ich darüber, schlüpfe zur Probe noch einmal hinein und betaste die lustigen dicken weißgrünen Knöpfe auf der Vorderseite.

„Die Glasmenagerie", murmle ich vor mich hin. Was war das doch für ein eindrückliches und unvergessliches Erlebnis! Mit Melodien auf meiner Glasharfe begleitete ich die ganze Vorstellung.

Aber wie kam ich zu diesem großartigen Auftrag, und dieser für mich so ganz neuen Herausforderung?

Eines Tages erreichte mich ein Brief von einem Herrn Michel Bosshard, in dem er schrieb, er plane, für sein Kellertheater Goldige Schluuch in Winterthur, in Erinnerung an den Schriftsteller Tennessee Williams, das Theaterstück Die Glasmenagerie für die Monate März und April auf das Spielprogramm zu nehmen. Ihm, als Regisseur und Leiter des Theaters, seien Glasinstrumente nicht unbekannt. Nun könne er sich gut vorstellen, dass Melodien, die aus Glas hervorgehen, eine Geschichte, die von eben diesem Material handelt, sehr gut begleiten könnten. Nach einigen Informationen hätte er vernommen, dass ich so ein Instrument spiele.

Anfragen für Konzerte führten mich immer wieder einmal in die Schweiz, und so war ein Treffen zu einer diesbezüglichen Besprechung terminlich bald festgelegt.

Es war 1992, noch wohnten wir im Rheinland. Unser Mühltobelhaus, das uns damals noch einige Zeit als Feriendomizil diente, war gerade vor einem halben Jahr fertig geworden. So war eine mehrwöchige Unterkunft für mich schon gesichert. Also startete ich mein Benzinpferdchen und fuhr nach Winterthur, einem neuen, bisher noch nicht ausprobierten Abenteuer entgegen. Schon gleich bei der ersten Besprechung bemerkte ich, dass mich hier nicht nur ein sympathischer Mann mit einem Kopf voll Kraushaar, sondern auch gefüllt mit außergewöhnlichen Ideen und großer Begeisterungsfähigkeit erwartete. Bald würde er mich in eine mir noch ganz neue Welt einführen. Obwohl ich Theater bisher nur vom Zuschauerraum aus kannte, spürte ich schon gleich bei diesem ersten Vorgespräch ein gewisses Grundvertrauen, nicht nur zu der mir bevorstehenden Aufgabe, besonders aber zu diesem, meinem zukünftigen Regisseur.

Jetzt musste ich nur noch meiner Familie meine wochenlange Abwesenheit verständlich machen. Man ging großzügig mit mir um, ich durfte!

Bald packte ich meine Koffer, fuhr mit dem Instrument und dem für einige Wochen gut gepackten Koffer nach Rorschacherberg. Von dort lernte ich die Autobahn nach Winterthur fast jeden Abend kennen, 60 km hin und 60 km zurück und das natürlich bei jedem Wetter.

Bei vielen Proben wurden meine Einsätze und die meines Musikkollegen auf seiner Geige, minutiös besprochen. Wir beiden hatten unseren Platz seitlich im Zuschauerraum. Recht bald fühlte ich mich im Ablauf der Geschichte heimisch, denn ich durfte, aus meinem Repertoir, die passenden Melodien zu den jeweiligen Szenen selbst finden. Die Musik sollte, der Handlung und den dazu gesprochenen Worten angepasst, einerseits wie die Leichteste und Unbeschwerteste der Welt klingen, aber zugleich, eine tragische Situation untermalend, wie die Traurigste wirken, und die Sprechenden in den Handlungen immer wieder begleiten. Je öfter wir die Geschichte spielten, desto mehr konnte ich spüren, wie jeder von uns, sowohl Schauspieler wie auch wir Musiker, anfingen, uns immer mehr in die Handlung hinein zu fühlen und dabei wie ein lebender Teil davon zu werden.

Dann, eines Abends passierte es, zum Glück noch während einer der zahlreichen Proben. Auf einmal war alles still, man wartete ... da rief es aus dem Hintergrund, es war unser Regisseur: „Glasharfe!"

Hilfe! Ich hatte meinen Einsatz verpasst. Meine Gedanken hatten sich zu sehr mit dem Inhalt des Werkes selber beschäftigt.

Heute erinnere ich mich gerne daran, dass weder bei den Proben noch nachher bei den Aufführungen vor Publikum, jemals ein ungeduldiges oder gar böses Wort gefallen war, und dieses weder von dem großartigen Regisseur, noch von den Schauspielern. Nicht nur der Ehrgeiz trieb uns an, unser Bestes zu geben. Jeder versuchte einfach, sich in seine eigene Rolle so hinein zu leben, als wäre er wirklich die Person selber, die er zu spielen hatte.

Die Erinnerung daran macht dieses für mich einmalige Theater-Erlebnis zu einer unvergesslichen Kostbarkeit.

Dann kamen die Zuschauer und der nicht allzu große Saal wurde immer voll besetzt. Abend für Abend verging, wir spielten und immer mehr umspann uns der Zauber dieser Geschichte, hielt uns durch das ganze Stück hindurch gefangen. Die Melodien meiner Glasharfe vereinten sich mit der Sprache, wurden hinein gezogen in die Handlung und schenkten den entsprechenden Passagen den emotionalen Ausdruck.

Noch jetzt, Jahre danach, spüre ich die Intensität dieses sensiblen Theaterstückes.

*

Ach, da fällt mir dabei auf einmal eines meiner Tagebücher in die Hände. Es öffnet sich ganz von selber im Monat Mai, und daraus heraus fällt, auf blauem Briefpapier, ein von mir selber handgeschriebener Brief. Ach!, jetzt erinnere ich mich, worüber ich hier so viel zu erzählen hatte."

„Das ist ja der Bericht über mein Abenteuer in Bayreuth! Großartig, die reinste Fundgrube!", jauchze ich laut, und von dem Moment an vergesse ich alles um mich herum, denn da lese ich:

„Nun sitze ich hier in einer Bayreuther Gaststube. Als ich gestern am frühen Nachmittag eintraf, irrte ich mit meinem Auto erst einmal im Zentrum herum. Einbahnstraßen, Sperrschilder; es war einfach nicht möglich, in die Opernstrasse zu gelangen. Ein erneuter Anlauf, etwas mehr außen herum, bescherte mir dann endlich das ersehnte Hotel Anker.

Einen Augenblick, „zisch", man hat mir gerade meine bestellte Schorle gebracht.

Glücklicherweise ist meine Unterkunft nur ein paar Schritte vom Markgräflichen Opernhaus entfernt. Kaum hatte ich mein Zimmer bezogen, ging ich auch gleich nach nebenan, zu der Stätte meiner Bewährung oder ..., nein! davon wird nicht geredet, punktum!

Als ich gestern morgen durch die Eingangshalle in den Theatersaal trat, war ich einfach überwältigt. Dann hatte ich noch das Glück, mich direkt einer Führung anschließen zu dürfen. Aufmerksam lauschte ich den Erklärungen. Dabei lernte ich, dass die Innenausstattung, dieses ganz aus Holz gefertigten so genannten Logentheaters, mit seinem überreichen prächtigen Stuck und den geschnitzten und gemalten Dekorationen, die höfische Architektur des italienischen Spätbarocks des 18. Jahrhunderts repräsentiert.

Der Raum selber, fast nur im Blauton gehalten, ist zwar eher als klein zu beschreiben. Die drei Logenränge, wie ich vernahm, waren den drei Ständen der Gesellschaft zugeordnet. Das Opernhaus wurde 1746 – 48 erbaut und anlässlich der Vermählung des Markgrafenpaares Elisabeth Friederike Sophie von Brandenburg-Bayreuth mit dem Württemberger Herzog Carl Eugen eingeweiht. Die Mutter der Braut, Friederike Sophie Wilhelmine, war eine Schwester Friedrichs des Großen von Preußen.

Das Gebäude sollte den Besuchern der damaligen Zeit den Beginn eines Zeitalters der Weisheit und des Friedens vermitteln.

Der Führer erklärte dazu: ‚Architektur ist erstarrte Musik!'

Es berührte mich sehr zu erfahren, dass dies gerade auch die Zeit war, als der Pionier Pockridge in London Konzerte mit seinen Musical glasses gegeben hatte. So war dies eigentlich auch die Geburtsstunde der Vorfahren meiner Glasharfe.

Langsam löste ich mich von der Gruppe, die immer noch aufmerksam zuhörte und wanderte beobachtend alleine weiter durch die Gänge, bis ganz nach vorne. In innerlicher Stille versuchte ich, mit diesem Saal und seinen stummen, nur mit kerzenähnlichen Lichtern beleuchteten Wänden, Kontakt aufzunehmen. Nach einer Weile begann ich etwas von ihrem Wesen zu spüren. Dabei schien es mir, als wären sie getränkt von einem laut schwatzenden, oder auch aufmerksam Musik lauschenden, schon sehr lange vergangenem Leben. In dieser Umgebung fühlte ich mich auf einmal wie behütet, und langsam wich auch meine große Nervosität. Schon bald werde ich mit meinem Instrument dort oben auf der Bühne stehen!

Ob die Geister oder die fliegenden Goldengel an den dreistöckigen Rundungen der verzierten Balkonreihen, die jetzt, wie fast vertraut, von oben herab schauten, mich dann auch beschützen werden?

Leider aber wusste ich, dass in meinem nüchternen Hotelzimmer der kleine und böse Teufel Lampenfieber sich wieder grinsend bemerkbar machen wird.

Um jede noch so kleine Ablenkung war ich froh, denn nicht nur in den letzten Wochen, vor allem jetzt, kroch ich ängstlich beinahe in meine Glasharfe hinein. Eines war mir klar: Entweder ganz schnell sterben wie Herr Hoffmann, oder Zirkuszelt mit Drahtseilakt. Ich entschied mich für Letzteres, zum Sterben hatte ich noch keine Zeit. Die zauberhafte Musik meiner Gläser aber, die wird diesen Bösewicht wieder verscheuchen. Also werde ich spielen, spielen und weiter spielen.

Heute morgen fuhr ich, einer Wegbeschreibung von Professor Lukas folgend, nach Bamberg zum Haus von Familie Henneberg, wo mich die Musiker schon morgens um 10 Uhr erwarteten.

Den Mozart hatten wir bald fertig geprobt. Bei den alten Reichardt-Noten aber, da mussten noch einige kleine Veränderungen angebracht werden. Glücklicherweise aber nur für ihre eigenen Instrumente und keine für die Glasharfe. Am frühen Nachmittag waren wir mit Proben fertig und ich fuhr nach Bayreuth zurück.

Wieder in meinem einsamen Hotelzimmer angekommen, stellte ich den Fernsehapparat an ... aber – oh weh! – erschreckt auch gleich wieder aus. Was wurde gezeigt, und was hatte mich daran so verstört, dass ich schnell wieder nach dem Schalter greifen musste? Vor dem Markgräflichen Opernhaus, dem Ort meines großen Lampenfiebers und meines morgigen Auftritts, wurden zur Premiere dieser Mozart-Woche die hohen Gäste aus Politik und Wissenschaft begrüßt. Und vor dieser erlauchten Gesellschaft sollte ich morgen spielen?! Schnell eilte ich zu meiner Glasharfe.

„Da müssen wir nun durch, da hilft uns nun nichts mehr!!", sagte ich zu meinen Gläsern. Dann trainierte ich wieder und wieder den Mozart, den Bach, den Naumann und wiederholte zum x-ten Male den Reichardt. Aber immer wieder tröstete ich mich zuletzt an den mir so vertrauten Kompositionen von Onkel Hans.

Der große Tag kam. Der Buchhalter Zeit hatte kein Erbarmen.

Pünktlich um 11.30 stand mein Instrument auf der Bühne des Opernhauses. Kleinere Gruppen warteten in den Gängen auf eine der täglichen Führungen.

Jetzt will ich spielen und mich dabei an das Publikum hier gewöhnen, war mein schneller Entschluss. Vorher, in der Garderobe, noch ein gründliches Hände waschen mit meiner mitgebrachten Spezialseife, dann ging ich zu meinen Gläsern, die mich schon von weitem mit ihrem vertrauten Glitzern empfingen und begann zu spielen. Einige Leute blieben vor mir stehen und hörten aufmerksam meiner Musik zu. Dabei fühlte ich mich erneut in dieser, mir schon fast vertrauten Umgebung, erstaunlich ruhig. Keinerlei Nervosität mehr, ich spürte nur noch aufmerksame und freundliche Blicke.

Etwas später, um mich ein bisschen abzulenken, wanderte ich die Straße hoch, schaute mir die alten Gebäude an, die Leute, die scheinbar unbeschwert, vor allem aber unbelastet, ihrer Arbeit nachgingen oder Einkäufe machten.

Kaum hatte ich, um mich konzertmäßig anzuziehen, meine momentane Übernachtungsstätte betreten, wer begrüßte mich dort wieder grinsend? Es konnte kein anderer sein als mein alter Bekannter, der Belzebub Lampenfieber. Ihn mit Missachtung bestrafend, zog ich mir meinen langen schwarzen Rock an und dazu eine weiße Bluse.

Jetzt brauchte ich nur noch eine mir vertraute und ermutigende Stimme. Um die zu hören ging ich zum Telefon und wählte:

‚Onkel Hans, ich gehe jetzt hinüber!'

‚Rösi und ich denken an dich. Melde dich, wenn du dein Konzert gespielt hast!'

Von da an sah ich nichts mehr von dem, was sich um mich herum tat oder bewegte. Wie automatisch ging ich die Hoteltreppe hinunter, betrachtete dabei nur die Stufen, auf der Straße, sah nur das Straßenpflaster und einige Füße, die sich darauf bewegten. Ich fand das große Tor des Opernhauses und auch das Künstlerzimmer, wo ich noch eine Weile allein für mich war. Dann wurde es Zeit für die Bühne. Für die Zuhörer noch unsichtbar, wartete ich hinter dem hohen und weit ausladenden Bühnenvorhang, hörte die kurze Ansprache von Professor Lukas, doch seine Worte wollte ich nicht verstehen. Sehr wahrscheinlich erklärte er, warum auf den Plakaten, die man an verschiedenen Orten der Stadt aufgehängt hatte, noch der Name: ‚Bruno Hoffmann, Glasharfe' stand.

Dann vernahm ich Stühle rücken und kurz danach rutschte, mit graziöser Anmut, Mozarts Flötenquartett durch den mich vor dem Publikum noch schützenden Vorhang.

Als aber die letzten fröhlichen Töne verklungen waren, konnte ich mich nicht mehr weiter versteckt halten.

Der Saal war voll, sogar auf der Bühne, in nur geringem Abstand von meinem Instrument und den Musikern, hatte man noch Stühle aufgestellt. Ein kurzer Blick, auch diese waren alle besetzt. Dann aber schaute ich nur noch auf meine Gläser die mich wieder mit einem fast tröstenden Glitzern erwarteten. Es war, als wollten sie mir Mut zusprechen. Ach, wie so vertraut schauten sie mich jetzt an, wir kannten uns ja so gut.

Als Einstieg hatte ich einige Kompositionen von Onkel Hans ausgewählt. Kaum berührten meine Finger die Glasränder, sah ich nichts mehr um mich herum, spürte nur noch den mir so vertrauten Kontakt mit meinen ‚Singenden Gläsern', wie Onkel Hans sie so charakteristisch genannt hatte.

Leicht und behände glitten bei der Kantate Wohl mir, dass ich Jesum habe, meine Hände über ihre Ränder. Bis hinauf in die ganze Weite und Höhe des Saales reichte dann auch das eher langsame und doch so einschmeichelnde Adagio für Solo-Glasharmonika von W. A. Mozart.

Aber erst nach der Pause kam dann der ganz große Moment.

Es war ein wilder Tanz der Töne, der sich im „Rondo per l'armonica" von Johann Friedrich Reichardt in dem feierlichen alten Opernhaussaal aus den verschiedenen Instrumenten befreite. Die Glasharfe, als zentraler Tonkörper, verschmolz dabei in einem Wechselklang mit Violine, Flöte, Viola, Cello und Bass zu einem einzigen Klangkörper, wobei keines davon dem anderen im Wege stand. Es war, als würden sie sich gegenseitig verstärken, beleben und anziehender machen. Nie zuvor oder später habe ich eine so absolut perfekte und einfühlsame Begleitung erlebt, wie diejenige mit diesen Bamberger Musikern.

Auch Mozart hatte in seinem Adagio und Rondo für Glasharmonika, bedingt durch die Feinheit des Glasinstrumentes, eine instrumentale Unabhängigkeit angewendet, die im Spiel dennoch immer wieder zu einer Gemeinsamkeit führt.

Der Beifall von dem verzauberten Haus war dann so groß, so dass wir das Adagio wiederholen durften, ein unvergesslicher und ergreifender Abschluss des Konzertes.

Aber es ist doch wundersam, dass es dann nicht der lang anhaltende und begeisterte Applaus war, der mich ganz besonders und unvergesslich berührte, sondern eine kleine Begegnung, die ich, alleine auf dem Weg zum Künstlerzimmer, im dortigen Treppenhaus hatte. Eine Zuhörerin, die gerade die Treppe herunter kam, sagte: ‚Bravo!' Nur ein einziges Wort, aber ich empfand es wie die reichste und schönste Anerkennung."

Ich ging schnell zum Telefon und rief Onkel Hans und Tante Rösi an: „Onkel Hans, Tante Rösi, es ist prachtvoll gegangen. Jetzt fahre im Himmel auf sieben Wolken! Auch deine Kompositionen, Onkel Hans, sind gut angekommen und ich haben sie fehlerfrei gespielt. Sie waren mir eine vertraute Stütze", jubelte ich durchs Telefon.

„Das haben wir doch gewusst, dass du das kannst!", kam es von Tante Rösi zurück.

*

„Wo sind jetzt die Fotos meiner Bayreuther Musikergruppe? Ach, hier sind sie. Sie wurden noch ganz schnell nach dem Konzert auf der Bühne aufgenommen."

Aber ich weiß es noch. Kaum zu Hause angekommen, hatten meine Beine schon recht bald wieder beständige Bodenhaftung. Auch mein Ehemann landete bald darauf, von seinem Japan-Ausflug heimkehrend, wieder sicher auf dem Merbericher Boden und auch er wurde von seinem vertrauten Alltag erwartet.

Jetzt lasse ich mir, in aufregendem Angedenken, auch noch die Prospekte vom Markgräflichen Opernhaus, dem Hotel Anker und einiges Weniges von Bayreuth durch die Hände gleiten. Auch die ausgesprochen hervorragenden Kritiken in den Zeitungen lese ich noch einmal durch. Der eine Journalist schreibt:

Wenn sich auch die Ankündigung „Mozart und die Glasharfe"
für ein abendfüllendes Programm als nicht durchgehend
realisierbar erweist, so bewirkte offensichtlich das Außer-
gewöhnliche besondere Anziehungskraft: Welcher Rahmen
wäre für derartige Sphärenklänge geeigneter als die verstaubte
Pracht des Markgräflichen Opernhauses Bayreuth? Das kuriose
Instrument, zum Greifen nahe, und letztlich doch vergessen –
der Verdienst von Liselotte Behrendt-Willach, die für den vor
kurzem verstorbenen Glasharfenvirtuosen Bruno Hoffmann
eingesprungen war, kann nicht hoch genug eingeschätzt werden.
An einem für sie konstruierten Instrument erbrachte sie den
Beweis. Behrendt-Willach stellte sich als eine mit ihrem In-
strument zusammengewachsene hochkarätige Künstlerin vor,
einfühlsam, den Klängen besinnlich nachhorchend, ganz auf
Harmonie und Empfindung ausgerichtet.

Es war wohl kaum anders zu erwarten, dass in diesem Artikel auch den Bambergern, für ihre großartige musikalische Leistung, größtes Lob gebracht wurde. Noch heute weiß ich: Es war meine schönste und einfühlsamste Begleitung, die ich je gehabt habe, und auch eine bedeutende Stütze, die ganz Wesentliches zu meinem dortigen Erfolg beigesteuert hat.

Eigentlich muss ich dazu sagen, ich sah in mir nie eine so genannte „Künstlerin", denn vor Kunst habe ich einen großen Respekt. Aber ich habe mich bei jedem meiner Konzerte fleißig darum bemüht, wo immer sie auch stattgefunden haben, in einem großen Haus oder einem freundlichen Altersheim, mit viel Liebe und Einfühlsamkeit meine Gläser zum Schwingen zu bringen.

Noch einmal erlebe ich in träumerischen Gedanken, hier in meinem Zimmer, den großartigen und unglaublich eindrücklichen Abend.

Als ich damals mit meinen Musikkollegen auf der Bühne stand und mit einer Verbeugung für den herzlichen Beifall dankte, da war es mir, als würde ich, in diesem abgedunkelten Theatersaal, nur schwach beleuchtet von seinen zahlreichen elektrischen Kerzen, die von den vielen einzelnen Logen herab leuchteten, hinein in einen hohen Himmel voller Sterne schauen.

Aber noch etwas anderes sah ich in diesem Augenblick in meinem Geiste, ganz weit oben unter dem mächtigen Deckengemälde ...

Es war die allmächtige und schöne „Frau Musica". Leise, scheu und zart habe ich mit meinen Fingerspitzen den Rand ihres herrlichen langen und bauschigen Kleides berührt ... da hat sie mich angelächelt.

*

Eigentlich wollte ich alle meine Papiere sortieren und einordnen. Aber bei dem viele Durchsehen und Lesen bin ich bisher nicht dazu gekommen, ich war einfach viel zu beschäftigt. Viele eindrückliche Erinnerungen schwebten daraus heraus, fast zu vergleichen mit dem sich leise ausbreitenden Rauch eines brennenden Feuers. Ich fand einfach keine Zeit dazu. Nun liegt immer noch alles kunterbunt um mich herum. Ach, ich mach das ein anderes Mal, jetzt muss ich in die Küche, es ist gleich Mittag.

So stopfe ich halt einfach den ganzen Papierkram, und gerade so wie er gewesen ist, oder nach meiner Forschungsarbeit jetzt noch etwas schlimmer, zurück in die Kartons und versorge ihn erneut vollkommen ungeordnet im Schrank.

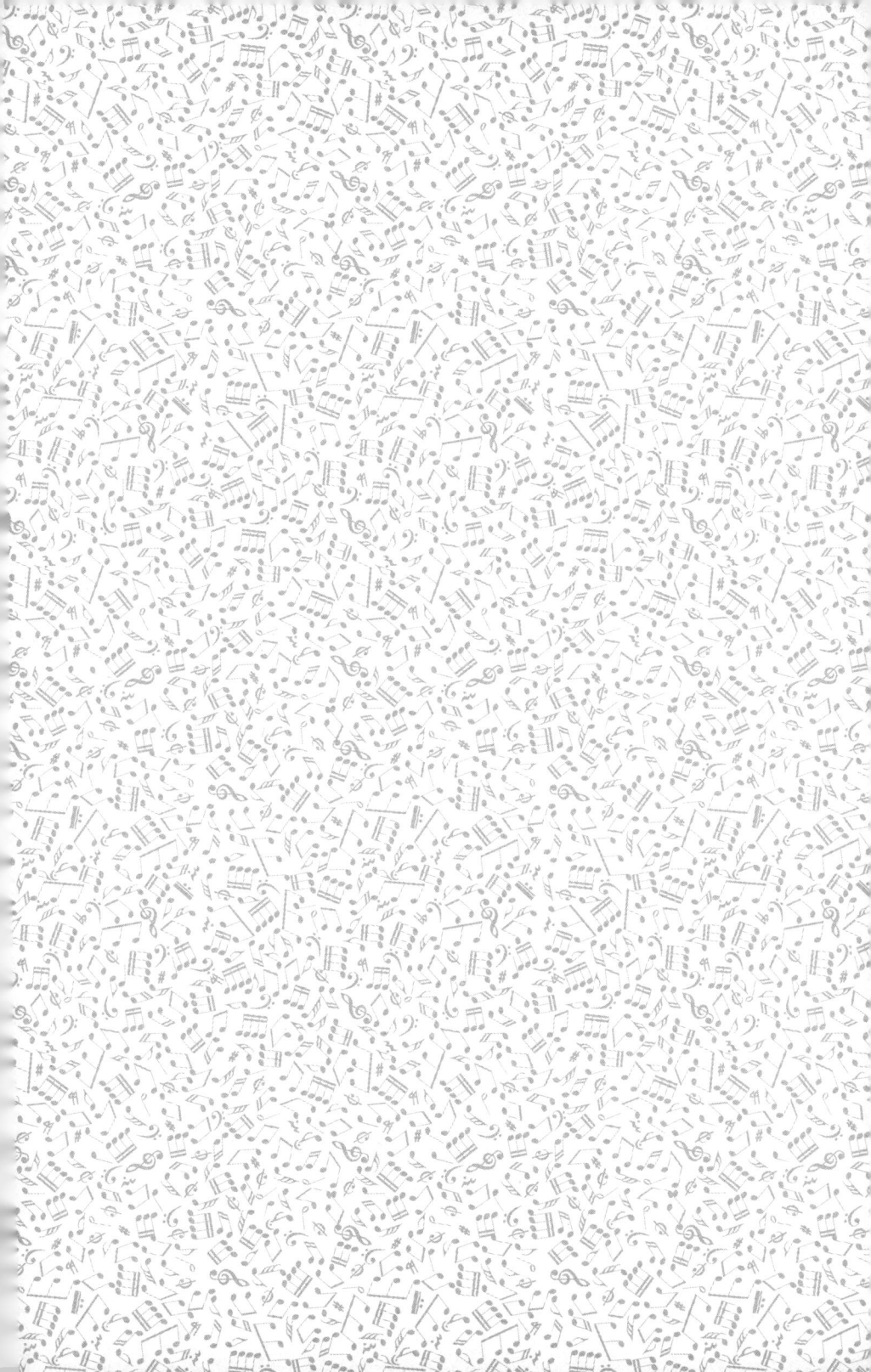

Noch ein paar
abschließende Worte ...

Wie ein Spiegel so klar und bewegungslos liegt der See unter mir. Es ist, als würde er, an diesem noch frischen Morgen und kaum gestört von ein paar kleinen Fischerbooten, noch tief und fest schlafen. Nur ein paar Streifen und Flecken in einem dunkleren Grau-Blau unterbrechen seine Glätte, hervorgerufen durch das sanfte Streicheln einer morgendlichen Brise. Ein zartblauer Himmel, der noch den nächtlichen Dunst in feinen Schleierwolken trägt, schenkt ihm etwas von seiner Farbe. Er wünschte wohl diese weiten, noch ruhenden Wasser zu küssen, jedoch ein etwas dunkleres Band trennt, was sich farblich vereinen möchte. Es sind die noch im frühen Nebel eingehüllten Landmassen des gegenüber liegenden Ufers.

Ein früher sommerlicher Sonnenaufgang hat mich auf die große Seeterrasse von unserem Mühltobelhaus in Rorschacherberg gelockt. Selber noch etwas mit meiner eigener Traumwelt verbunden, vereint sich mein Blick für einen stillen Augenblick mit dieser noch in sich ruhenden Wasserfläche des Bodensees. Auch betrachte ich die gerade kürzlich geschnittenen grünen Wiesen und verliere mich in dem Dunkel der Nadelbäume des dahinter liegenden Waldes. Diese Ruhe im Anblick des weiten Sees und der grünenden Natur, bringt mir auf einmal den Besuch von vielen Gedanken und Erinnerungen. Sie kommen von weit her in Distanz und auch Zeit.

Wie ging es damals weiter mit unserem prächtigen, aber auch immer sehr unterhaltsamen Gut Merberich? Die Kinder wurden erwachsen, denn bekanntlich werden „aus Kindern Leute". Nach dem Schulabschluss genoss Wiebke einen gastlichen und sehr freundschaftlichen Aufenthalt in Südafrika, und Claas sammelte gleichzeitig, während eines Schüleraustausches, im fernen Brasilien neue Eindrücke. Etwas später bemühte sich Niels, nicht nur die recht schwierige Sprache, sondern auch die für uns etwas befremdende Welt Japans zu verstehen.

Nach ihrer Rückkehr wendeten sich die beiden Söhne, nach ihrem Gymnasialabschluss, beruflich der Baubranche zu, während Wiebke, nach einer Lehre, auch noch die recht anspruchsvolle Hotelfachschule in Luzern meisterte. Viele Praktika ließen sie während dieser Zeit die große Welt bekannter Hotels erleben. Und so kam es, dass sie dabei wiederum in ihrem geliebten Südafrika verschwand, wo sie in Paarl, im damals besten Hotel dieses Landes, weitere fachliche Erfahrungen sammelte. Wieder in die Heimat zurückgekehrt und noch voll von unvergesslichen Eindrücken, begann in ihr der Gedanke immer lebendiger zu werden, unserem Gut Merberich ein ähnliches Ambiente zu verleihen.

Zu dieser Zeit aber genossen wir schon, auf unserem sogenannten Alterssitz mit seinem herrlichen Ausblick auf die Weite des Bodensees, die relative Freiheit des Ruhestandes. Aber auch dieses Haus – mit dem Garten und seinen teilweise recht steilen Hängen hinunter zum Tobelbach – stellte an uns so seine Ansprüche.

Dennoch verbrachten wir immer wieder einige Wochen auf unserem Gutshof, besonders als nach intensiver Planung, die Idee immer mehr zu wachsen begann, dass man mit einem Gästehaus so manchen Besucher willkommen heißen könnte.

Bald kamen wir gemeinsam mit unserer Tochter darin überein, dass sich dazu besonders die Räume unserer ersten Wohnung eignen würden. Die Küche zwischen unserem damaligen Wohn- und Esszimmer wurde nun erneut in diese Funktion zurück versetzt, wobei durch eine neu eingesetzte Trennmauer gleichzeitig auch das Nachbarzimmer mit einer Nasszelle bedient werden konnte.

Unser früheres Schlafzimmer mit Blick auf den Teich besaß bereits so eine Einrichtung. Das ehemalige Kinderzimmer aber, mit Sicht auf den Hof, der niedlichen Frisierkommode mit dem darin eingesenkten ovalen Waschbecken, das wurde als Einzelzimmer angeboten. Es musste nur noch einen kleinen Durchbruch zur benachbarten Toilette erleiden. Auch wurden die oberen Zimmer, erreichbar über die charmante Wendeltreppe neben meinem ehemaligen Boudoir, als zusätzliche Gästezimmer eingeplant. Die rostige desolate Badewanne, die damals, mit ihrer defekten Installation das halbe Haus, bis hinunter zur untersten Etage bewässert hatte, wurde schon vor einiger Zeit durch eine neue ersetzt, mit einem gleichzeitigen perfekten Wasseranschluss. Jetzt findet man sie in einem schick eingerichteten Badezimmer.

Was aber nun noch fehlte, war das Mobiliar. Während dieser, wie es sich bald herausstellte, doch sehr aufwändigen und erneut pekuniär ausgesprochen angriffslustigen Umbauphase, arbeitete unsere Tochter gerade im Hotel Quellenhof in Aachen. Eines Tages erfuhr sie, dass dort alle Zimmer neu eingerichtet werden sollten.

So rollte dann kurz danach ein großer Lastwagen auf unseren Hof. Bald aber wurden alle Hände gebraucht, denn bis auf den letzten Zentimeter war die Ladefläche, nicht nur mit vornehmen Möbeln vollgestopft, sondern auch mit herrlichen Gardinen aus schweren farbigen Vorhangstoffen. Jetzt durfte eingerichtet werden, und da ich in jeder von uns neu bezogenen Wohnung als Spezialistin für Vorhänge galt, war meine Arbeitskraft bereits eingeplant.

Dann war das Gästehaus fertig, und Wiebke übernahm die Leitung. Unser Langerweher Mitteilungsblatt meldete die Eröffnung unverzüglich. Und man kam, promenierte durch alle Räume und stellte erneut fest, dass wohl in keinem, auch noch so noblen Hotel, Zimmer mit einer solch einmaligen Individualität und einem so hinreißenden Charme zu finden sind, wie, dank des Genies seines damaligen Architekten, in diesem einzigartigen Haus.

Wie viel Spaß hatte es mir aber dann gemacht, immer wieder einmal eines der Zimmer als mein Schlafgemach auszusuchen. Ach, ich musste doch einfach ausprobieren, wie es sich in diesen, nun so vornehmen „Hotel"-Zimmern auch ruhen lässt. Dafür putzte ich dann fleißig die von den Gästen benutzten Räume und wechselte die Bettwäsche.

Schon bald wurde der rote Salon, mit dem immer noch perfekt funktionierenden Cheminée, von so manch großer Gesellschaft belebt. In unserem ehemaligen Esszimmer, mit der wunderschönen alten, noch perfekt erhaltenen Wandtäfelung aus Holz, traf man sich des Nachmittags bei einem gemütlichen Kaffeeklatsch, denn es wurde bekannt, dass es sich im „Kaffee am Ententeich" recht gemütlich sitzen lässt, und eines Tages erfreute sich der Wintergarten sogar der feurigen Musik einer jungen Jazz-Band. Auf einer Stufe des fürstlichen Treppenhauses genoss ich die temperamentvollen Klänge, die das ganze Haus, bis hinauf in die obersten Zimmer, erfüllten.

Zum Musiksaal jedoch gehörten die Melodien meiner Glasharfe. Obwohl wir nun in der Schweiz sesshaft geworden waren, fand ich für das eine oder andere Konzert immer wieder einmal Zeit.

Es wurde in unserer Familie aber auch geheiratet. Zuerst unsere Älteste, und wie es sich für eine „Gutsherrentochter" auch ziemt, fuhr eine weiße Kutsche, gezogen von vier munteren Schimmeln, auf den geschmückten Hof. Unser treuer Herr Pfeiffer ließ es sich dabei nicht nehmen, mit seiner Tochter Christiane, auf seinen besten Pferden die hübsche Braut zu begleiten. Auch Niels führte bald darauf seine Kerstin im gleichen Gefährt zur Kirche. Claas und seine schon langjährige Freundin Elke, die an der Universität noch fleißig studierte, wie man kranke Tiere wieder gesund macht, legten dann eine längere Pause ein, bevor sie sich im nahem Belgien das Jawort gaben.

Aber alles hat seine Zeit: Jedes Wachstum, jede Veränderung, jeder Aufbau, auch die Kindheit, die Jugend und sogar das Abenteuer Merberich. Wir merkten bald einmal, besonders wenn wir nicht täglich selber anwesend waren, wie viel Verantwortung und Kraft doch dieses große und so edle Haus immer wieder forderte. So gaben wir eines Tages, trotz allen Erfolges, unser Gutshaus in andere Hände.

Jetzt, noch immer auf unserer Seeterrasse sitzend, träumend und eingesponnen in unserer so lebhaften Vergangenheit, gehen mir noch einmal die letzten beiden Strophen des Gedichtes von „Das Schloß Boncourt" durch den Sinn:

Sei fruchtbar, o teurer Boden,
Ich segne dich mild und gerührt,
Und segn' ihn zwiefach, wer immer
Den Pflug nun über dich führt.

Ich aber will auf mich raffen,
Mein Saitenspiel in der Hand,
Die Weiten der Erde durchschweifen,
Und singen von Land zu Land.

Adalbert von Chamisso

Heute freue ich mich darüber, dass drei unserer Enkelkinder noch „Merbericher Kinder" geworden sind. Lara, die Älteste von Wiebke und Michael, führte als Dreijährige ihr erstes Pony, den Max mit dem ganz schwarzen Fell, ohne die geringste Scheu in den Stall. Schwesterchen Maja strampelte auch noch in ihrem Stühlchen unter dem Lindenbaum und sogar Ira, die Jüngste, erlebte ihre ersten Lebenstage unter Merberichs schützenden Dächern.

Die beiden Buben von Niels und Kerstin jedoch, Michel und Ole, und auch Claasens und Elkes beide Mädchen, Lina und Sophie, werden vielleicht einmal durch dieses Buch das Gut mit all den kleinen und großen Erlebnissen kennenlernen und dabei dort einen Teil ihrer eigenen Wurzeln entdecken.

Nun ist aber schon seit vielen Jahren unser Mühltobelhaus hoch über dem Bodensee unser Heim geworden. Wiebke und Niels sind inzwischen mit ihren Familien ebenfalls in die Schweiz gezogen und wohnen nicht weit entfernt von uns. Claas ist Deutschland treu geblieben, nur hat es da einen Ortswechsel gegeben. Die Familie lebt jetzt in der Nähe von Frankfurt.

Wauwau! Achtung!, weckt mich da doch jemand aus meinen Träumereien. Augenblicklich löse ich meinen Blick von dem noch immer ruhenden See und wende mich einem braunen Protestbündel zu, das jetzt fordernd vor mir am Boden sitzt. Es ist Rainy, unser Dackel Nummer vier.

Da muss ich jetzt doch noch daran denken, wie sehr unsere Hunde immer wieder unseren Alltag bereichert haben. Was durften wir mit ihnen nicht alles erleben. Zuerst freuten wir uns an der lebhaften und temperamentvollen Maidy, die oft mit Herrchen zu Hausbesuchen fuhr, um das Auto energisch bellend zu verteidigen. Und dann unser Schäferhund Spezi. Die Pferde noch etwas zu jagen, wenn sie eigentlich ruhig und brav auf die Weide hinauf laufen sollten, das hat er, trotz unseres Protestes, nie vergessen, Dann kam Mainy. Viele Male war sie mir auf meinen Konzertreisen eine treue Kameradin und Wächterin. Dackel Eric, Mainys Sohn, zog schon mit uns ins Mühltobelhaus. Jeden Donnerstag durfte er unsere Wandergruppe begleiten. Übermütig machte er dabei seine privaten Wiesenrunden. Einmal beobachteten wir, wie er plötzlich, mit ganz hoch erhobenem Kopf und im eiligen Dackelgalopp zu uns zurückkehrte. Er trug etwas in seiner Schnauze. Ach, wie strahlten seine Augen vor Stolz und Begeisterung, als er uns eine dicke Maus vor die Füße legte: Hab ich selber gefangen!

Wau!, macht es noch einmal vom Terrassenboden her. Da sitzt Rainy, den Körper gespannt und sprungbereit und mit einem herausfordernden Blick auf mich, dem noch immer tatenlos herumsitzenden Frauchen.

Ich hab Hunger, ich möchte jetzt mein Frühstück!, da gibt es jetzt kein Missverständnis mehr. Unser Hund hat ganz recht, jetzt habe ich lange genug nachgedacht und es wird Zeit, dass ich meine Träumereien verlasse und hinein gehe.

„Also, ich komm ja schon!" Hups, ein kleiner Sprung mit Wendung in Richtung Terrassentür, dann ein erneuter Blick zurück, ob Frauchen jetzt endlich aufsteht; ja sie tut es, also wieder ein paar aufgeregte Sprünge in Richtung Küche, erneuter Kontrollblick rückwärts mit der zufriedenen

Feststellung ... alles in Ordnung, sie kommt! Aufgeregt sitzt dann mein Dackel auf dem Küchenboden und beobachtet jede meiner Bewegungen.

Nach dem Frühstück will ich heute noch fleißig auf meinen Gläsern spielen, überlege ich, während ich das Futter in den Hundenapf fülle. Endlich erreicht der lebensrettend gefüllte Topf den Boden, wo er mit Begeisterung empfangen wird, und es herrscht wieder Frieden. Noch einen kurzen Moment beobachte ich amüsiert unseren hungrigen Vierbeiner beim konzentrierten Fressen, dann plane ich die Fortsetzung des gerade begonnenen Tages.

Eine Lehrerin sollte ihren Unterrichtsstoff doch gut beherrschen und da ich jetzt eine Glasharfenschülerin habe, gilt das auch für mich. Obschon ich keine richtigen Konzerte mehr gebe, spiele ich das Instrument von Onkel Hans selber immer noch gerne. Die viele Jahre verpackte Glasharfe aber, die ich einmal in dem kleinen Dachgiebelstübchen im Stöckli von Gut Merberich selbst gebaut habe, wurde wieder ans Tageslicht geholt. Nun spielt meine zweitälteste Enkelin Maja, darauf, und ich darf ihre Fortschritte begleiten. Sie hat auch schon einmal, im Säli von Mamas, d. h. Wiebkes „Bergrestaurant Fuchsacker", an einer Geburtstagsfeier ein kleines Konzert gegen. Alle Gäste waren begeistert und sprechen noch heute davon.

Mit den sphärischen Tönen eines zauberhaften Instrumentes verabschiedet sich jetzt das Buch. Aber es trägt nicht nur diese Musik in sich, es lacht auch aus Kindermündern, wiehert, quakt, miaut und bellt im Schutze eines würdevollen, wunderschönen Gutshauses.

So bleibt mir nur noch das Eine zu sagen: Danke!

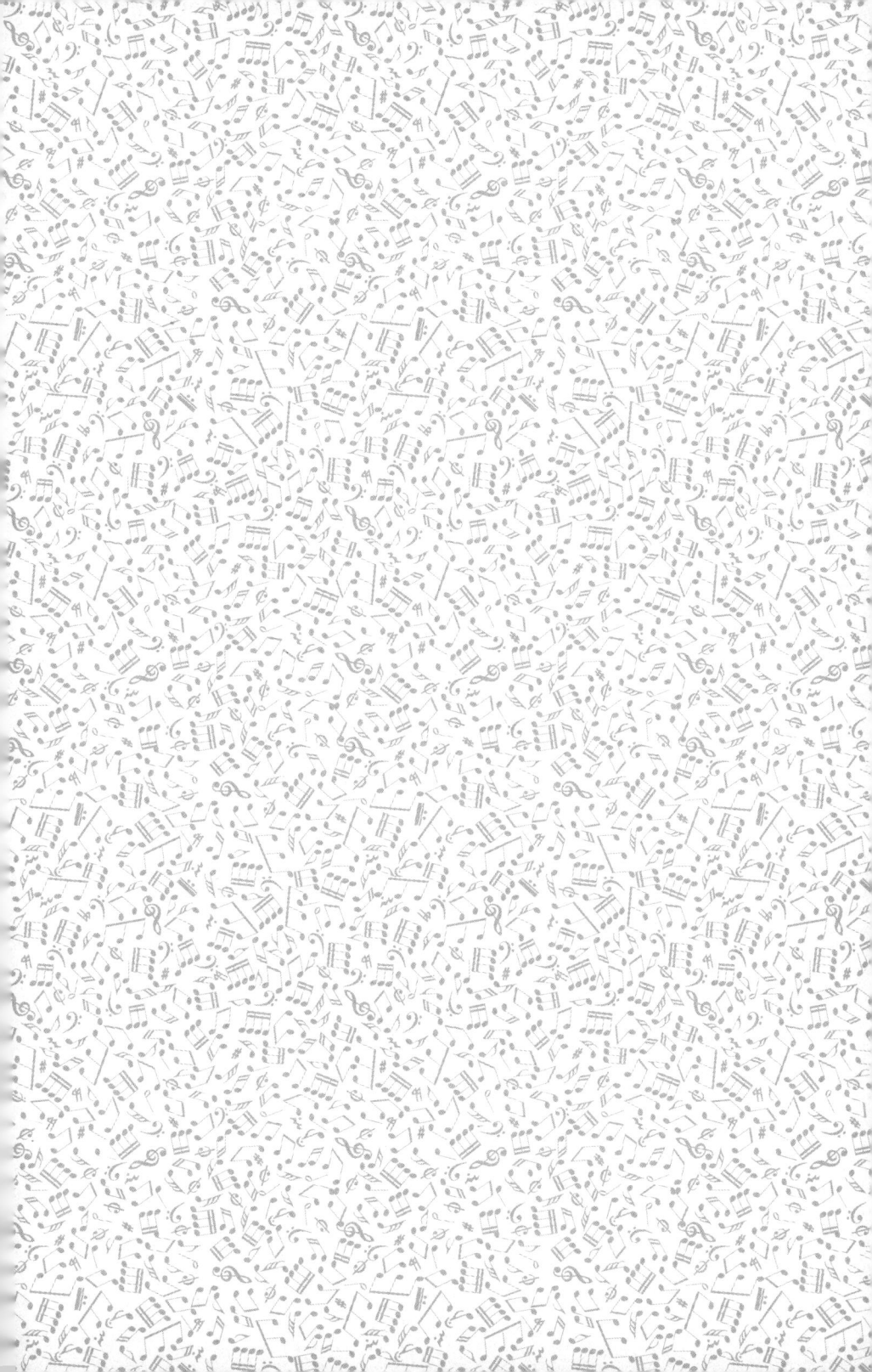

An meine
Wegbegleiter

Meinem immer standhaft gebliebenen Wegbegleiter, meinem *Ehemann Peter*, möchte ich danken für sein intensives Korrekturlesen, und dass er mir unermüdlich und beratend zur Seite stand. So habe ich durch ihn immer wieder den Weg finden können, der mir Erfüllung, Freude und Zufriedenheit schenkte.

Unser Dank gilt auch unserer *Tochter Wiebke*, die in wichtigen Momenten stets kameradschaftlich weiterhalf.

Auch *Sabine Jordan*, meiner Freundin aus den USA (Germanistikprofessorin), danke ich von Herzen für ihre begleitenden, aufmunternden, geistig unterstützenden Kommentare, sowie für das immer wieder gezeigte volle Interesse am Fortgang meiner Niederschrift.

LISELOTTE BEHRENDT-WILLACH

Über die Autorin

Liselotte Behrendt-Willach, geboren noch im Krieg, war bereits als Kind von Büchern fasziniert und hegte von klein auf den Wunsch, selbst einmal ein solches zu schreiben. Erst aber kam das Leben und begann zu diktieren.

Das Buch „Melodie in der Zeit" erzählt die Geschichte einer aufwändigen, Jahrzehnte andauernden Restaurierung eines prächtigen, Anfang des 20. Jahrhunderts vom Münchner Architekten Emanuel von Seidl im Jugendstil errichteten Landgutes. Es beschreibt auch im besonderen die Entwicklung einer jungen, eher verträumten Hausfrau und Mutter zu einer begeisterten Künstlerin an einem seltenen Instrument.

Als junge Schweizerin führt sie den Leser hinein in eine bürgerliche, sehr lebendige Familiengeschichte. Humorvoll berichtet sie von dem Wiederaufbau dieses alten, vom Krieg her sehr desolaten Landgutes in Deutschland. Als Biologin schreibt sie auch sehr anschaulich von aufregenden Erlebnissen in der tierärztlichen Praxis ihres Ehemannes. Mittelpunkt aber sind vor allem ihre drei lebhaften Kinder, die auf diesem wunderschönen Landgut aufwachsen und dort ihre kindlichen Abenteuer ausleben dürfen.

Begleitet werden die zahlreichen Geschichten immer wieder von den sphärischen Klängen eines in Vergessenheit geratenen, noch heute recht seltenen Instrumentes. Nachdem sie ein solches, eine Glasharfe, von ihrem Onkel übernommen hatte, widmete sie sich nicht nur begeistert dem Vertrautwerden mit diesen „Singenden Gläsern", sie begann auch in intensiver Forschung nach deren Historie zu fanden. Im Buch führt sie den Leser, mittels einer geistigen Rückversetzung, zu deren Ursprung nach London und sogar Amerika, wo man geschichtlichen Persönlichkeiten vor mehr als zweihundertfünfzig Jahren begegnet. Ihre Studien, von der Entwicklung und dem heutigen Wiederbeleben dieser über Jahrhunderten vergessenen Glasinstrumente, werden begleitet von vielen Konzerten in Europa und Amerika.

Anhang

Im nachfolgenden Anhang finden Sie Übersetzungen ausgewählter Texte
aus dem Inhalt sowie geschichtliche Hinweise zu Ereignissen und Personen,
auf welche die Autorin im Zuge ihrer Reisen und Recherchen stieß.
Auf der Innenseite des Schutzumschlags dokumentieren Fotos die
liebevolle Restaurierung des Gutshofes Merberich, dem paradiesischen
Zufluchtsort der Familie.

Kompositionen für Glasharfe von Hans Graf
Alphorn-Melodie 1965, C-Haspel/Morgenfrühe 1969, Frühlingslied 1969,
Uf de Berge 1970, De Diemtigtaler 1970, Elegie 1970, Uf der Grimmialp 1972
Buschelschwänzli's Sunnefahrt 1978

Kapitel 4
1 Abbildung Vorderseite Schriftstück

2   Abbildung Rückseite Schriftstück

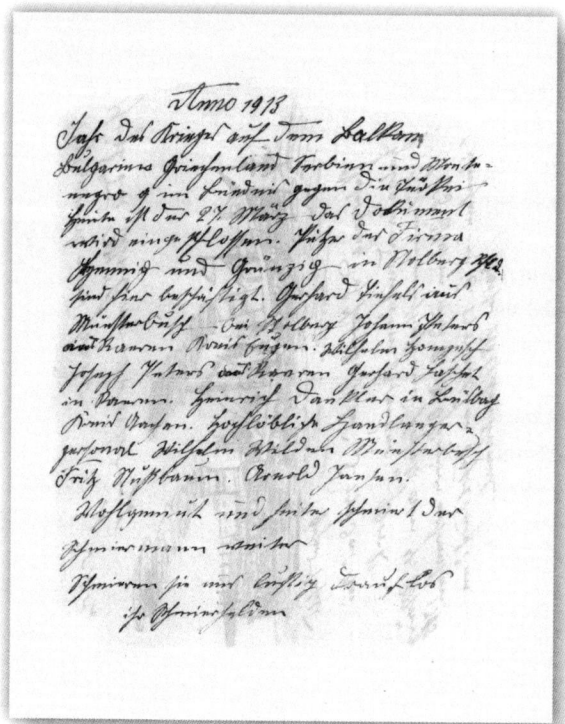

3   Eine Kopie davon übergaben wir später der Firma Grünzig in Aachen,
     die heute noch floriert. Nach Rücksprache mit deren Leitung erschien
     dann dieser Bericht in ihrer Jahreszeitung.

Kapitel 11

1   *Übersetzung:*
     Ich möchte Ihnen Frau Behrendt aus Deutschland vorstellen. Sie wird euch
     eine sehr charmante Geschichte erzählen, die mit dem Gentleman zu tun hat,
     der diesem Festival nicht beiwohnen kann, aber Sie werden an der Geschichte
     sicher viel Freude haben.

Kapitel 16

1 *Übersetzung:*

Am Dienstag, den 3. Mai, bietet der Erfinder von einem Glasinstrument im Theater von Smock Alley eine musikalische Benefizvorstellung, begleitet von Gesang und anderen Instrumenten an. Dazu kommt eine Komödie namens „The Old Bachelor" (Der alte Junggeselle). Da dies das allererste Mal ist, dass Gläser in einem Konzert vorgeführt werden, hoffen wir, dass die Neugier die Stadteinwohner anregen wird, das zu sehen, was alle, die das Instrument gehört haben, überrascht hat, und das sogar unter den ungünstigsten Umständen! Alle Herren, denen ein fröhliches Gläschen zusagt, werden zweifellos Gefallen daran finden.

An dem Abend werden die folgenden Stücke gespielt: eine von Vivaldis „Jahreszeiten", nämlich „Der Frühling", dazu von Herrn Baildon gesungen „Das frühe Jagdhorn" (The Early Horn) und „Horch, der trillernde Vogelchor" gesungen von Mrs. Storer, Ellin a Roon, Jack Latten welches nur auf Gläsern ausgeführt werden kann. Der Hauptteil der oben angeführten Musik wird auf Gläsern gespielt.

Dublin, 26.-30. April 1743

2 *Übersetzung:*

Am Montag, den 14. April, wird Signor Gluck, der Opernkomponist, ein Konzert in Mr. Hickford's Room in der Brewer's Street veranstalten. Er wird auf sechsundzwanzig mit Quellwasser gestimmten Trinkgläsern mit Orchesterbegleitung spielen. Es handelt sich um ein Instrument eigener Erfindung, auf dem man Melodien spielen kann wie sonst auf der Geige oder dem Cembalo. Damit hofft er, sowohl Neugierige, als auch Musikliebhaber zu befriedigen.

Konzertbeginn um halb sieben
Kartenpreis eine halbe Guinea

3 *Übersetzung:*

Pockrich hatte am 1. März 1744 in Mr. Hunt's Great Auction Room in der Stafford Street gespielt. Anscheinend fürchtete er immer noch ein Versagen. Daher gab er Folgendes in der Vorankündigung kund:
Als dem Publikum die Gläser zum ersten Mal vorgeführt wurden, konnte das Instrument nicht zu seinem größten Vorteil erscheinen; Einige behaupteten,

der Grund dafür sei darin zu suchen gewesen, dass der Spieler ein Glas zu
viel genommen habe. Aber es lag stattdessen daran, dass er in zu großer Eile
gewesen war, als er die Gläser wegräumte, und das verstimmte das Instrument
und brachte es aus dem Gleichgewicht.

4 *Übersetzung:*
Am 15. März 1744 wiederholte er in der Taylor Hall mit grossem Erfolg
die Aufführung von zwei Wochen zuvor. Neu war das Lied „Tell me,
lovely Shepherd" (Sag mir, schöner Hirte) von Fräulein Young gesungen,
die noch nie vorher öffentlich aufgetreten war.

5 *Weblink:*
http://www.glassarmonica.com/armonica/pockrich.htm#tthFtNtADF

Kapitel 17
1 *Übersetzung:*
Das 2. Internationale Glas Musik Festival ist in Planung. Das Ereignis findet
statt am Freitag, Samstag und Sonntag, 24. – 26. Mai 1985, hier in der
Miami Universität, in Oxford, Ohio.

Kapitel 18
1 Nach Überlieferung festgehalten in Wolfram Geisslers Roman:
„Die Glasharmonika"
2 *Übersetzung:*
Sie sprachen über nichts anderes als das vornehme Leben und die vornehme
Gesellschaft und andere Modeangelegenheiten, so wie Gemälde,
den guten Geschmack, Shakespeare und die „Musical Glasses".
3 7-jähriger Krieg in Europa (1756–1763)
4 Der 7-jährige Krieg in Nordamerika (1754–1763) war der vierte in einer Reihe
von Kolonialkriegen, die die beiden europäischen Großmächte Frankreich
und England in Übersee ausfochten.
5 Diese Kenntnis beruht u.a. auf einem Brief, von Franklin selber geschrieben
an Pater John Baptiste Beccaria (1716–1781), Professor der experimentellen
Physik in Turin.

Kapitel 19
1 Organisatorin des Festivals

Kapitel 20

1 Benjamin Franklin, geboren 17. Jänner 1706 in Boston;
   gestorben 17. April 1790 in Philadelphia
2 George Washington, geboren 22. Februar 1732, Gutshof Wakefield
   im Westmoreland County, Virginia; gestorben 14. Dezember 1799,
   Gut Vernon, Virginia. Erster Präsident der Vereinigten Staaten.
3 *Übersetzung:*
   Eine Armonika, erfunden von Mr. Franklin aus Philadelphia, sozusagen die
   Musical Glasses ohne Wasser, ein vollkommenes Instrument und nie verstimmt.

Kapitel 22

1 Gesellschaft für musikalische Aufführungs- und mechanische
   Vervielfältigungsrechte
2 Es muss hier bemerkt werden, dass es sich bei diesen Eiszapfen in der
   Zwergenwelt nicht um eine Glasharmonika handeln konnte, sondern diese
   bezogen sich auf das Glasspiel oder die Musical Glasses.
3 Peill – Spezial (pro Kanne):
   8 Beutel Malventee (ziehen und erkalten lassen)
   6 Esslöffel Zitronensaft
   2 Esslöffel Süßstoff flüssig
   1 roter Eiswürfel
   Pro Person:
   1/3 Malventee
   1 Stückchen Zitrone
   und mit Faber Sekt in einer Sektflöte anbieten: Prost!
4 *Übersetzung:*
   So weit ich erfahren habe, gibt es keine formelle Organisation von Glasmusikern, Handwerkern oder andere daran Interessierte. Da ich annehme,
   dass keiner von Euch von einer solchen Gruppe Kenntnis hat, möchte
   ich vorschlagen, eine solche international zu starten.

Quellenangabe

Otto Zierer: Weltgeschichte: Geschichte Amerikas; Bertelsmann-Verlag
Horst Wolfram Geißler: Die Glasharmonika; Deutsche Buch-Gemeinschaft Berlin
Liselotte Behrendt-Willach: Glasinstrumente gestern und heute –
Ein historischer Rückblick auf ihre Entwicklung bis zur Wiederentdeckung;
Langerwehe, April 1988; Eigenverlag